翻訳ミステリー小説 登場人物索引

単行本篇

2001-2005

An Index of The Characters in Foreign Mystery Novels Translated into Japanese

Published in 2001-2005

刊行にあたって

　本書は、小社の既刊「翻訳ミステリー小説登場人物索引」の継続版にあたるものである。

　採録の対象期間は2001年（平成13年）～2005年（平成17年）とし、その5年間に国内で翻訳刊行された海外のミステリー（ホラーを除く）の単行本作品の中から主な登場人物を採録し、登場人物から引ける索引とした。

　前刊「翻訳ミステリー小説登場人物索引」と同様、図書館の文庫本の書架の多くを占めるミステリー作品のうち、翻訳された外国人作家による作品を採録対象として主な登場人物を拾い出し、名前、年齢や短いプロフィールを抜き出して、人物名から作品を探せる索引とした。

　この索引は、外国のミステリー小説の中から登場人物の名をもとに目当てのものを探すための索引である。しかし、何らかの目的を持った探索だけでなく、これらの豊富な作品群の中から、読んでみたい、面白そう、内容に興味が涌く、といった作品の存在を知り、そしてまったく知ることのなかった作品に思いがけず出会うきっかけにもなり得る一覧リストである。

　新たな書籍群との出会いのきっかけとして、ミステリー・ファンの読書案内としての利用はもちろんのこと、図書館のレファレンスの現場でも是非利用していただきたい。

　既刊の「翻訳ミステリー小説登場人物索引」、続刊予定の翻訳ミステリー小説登場人物索引単行本篇・翻訳ミステリー小説登場人物索引アンソロジー篇などと合わせて活用いただけることを願ってやまない。

2018年9月

DBジャパン編集部

凡例

1. 本書の内容
　本書は国内で翻訳刊行された海外のミステリー小説（ホラーを除く）の単行本、文庫本等に登場する主な登場人物を採録した人物索引である。

2. 採録の対象
　2001年（平成13年）～2005年（平成17年）の5年間に国内で翻訳刊行された海外のミステリー小説 1,810 点に登場する主な登場人物のべ 6,045 人を採録した。その中には作品の中で主要と思われる動物名も採録した。

3. 記載項目
　登場人物名見出し
　　肩書・職業 ／ 登場する翻訳小説の書名 ／作家名；訳者名；挿絵画家名／出版者（叢書名） ／ 刊行年月
（例）
103号　いちぜろさんごう＊
アリの都市「ベル・オ・カン」の元兵隊アリ、寿命の近い三歳の赤アリ「蟻の革命－ウェルベル・コレクション〈3〉」ベルナール・ウェルベル著；永田千奈訳　角川書店（角川文庫）2003年9月

　　1) 登場人物名に別名がある場合は（　）に別名を付し、見出しに副出した。
　　2) 人物名のよみ方が不明のものについては末尾に＊（アステリスク）を付した。

4. 排列
　　1) 登場人物名の姓名よみ下しの五十音順とした。「ヴァ」「ヴィ」「ヴェ」「ヴォ」はそれぞれ「バ」「ビ」「ベ」「ボ」とみなし、「ヲ」は「オ」、「ヂ」

「ヅ」は「ジ」「ズ」とみなして排列した。
2) 濁音・半濁音は清音、促音・拗音はそれぞれ一字とみなして排列し、長音符は無視した。

5. 名前から引く登場人物名索引

人物名の姓ではなく、名前からも登場人物名見出しを引けるように索引を付した。

（例）
　　アームストロング医師　あーむすとろんぐいし→エドワード・アームストロング（アームストロング医師）
1) 排列はよみの五十音順とした。
2) →（矢印）を介して登場人物名見出しを示した。

6. 採録作品名一覧

巻末に索引の対象とした作品名一覧を掲載。
　（並び順は児童文学作家の姓の表記順→名の順→出版社の字順排列とした。）

登場人物名目次

【あ】

名前	ページ
アアヘテプ	1
アイアンサイド	1
アイク・タッカー	1
アイザック	1
アイザック・ディヘイヴン	1
アイザック・ドラム	1
アイゼンハルト	1
アイバーソン	1
アイバン	1
アイヴァン・ジョージ・ウェスタリング	1
アイバン・ロウ	2
アイラ・アースキン（アースキン）	2
アイラ・サリヴァン	2
アイラ・シュガーマン（シュガーマン）	2
アイラ・ラスコー	2
アイリス・カー	2
アイリス・ダルース	2
アイリーン	2
アイリーン・ケネディ（ケネディ）	2
アイリーン・ケリー	2
アイリーン・コーガン	2
アイリーン・ハンナ	2
アイリーン・ブレント	3
アイリーン・リード	3
アインシュタイン	3
アーウィン・ワイスバーグ（ワイスバーグ）	3
アウグスト	3
アウグスト・ミュラ	3
アガサ・ミルサム	3
アクズ	3
アクセル	3
アクセル・ファン・デ・グラーフ	3
アクセル・モーエン	3
アクナーテン	3
アグネス・ランピオン	3
アグネリ	4
アクロイド（ロジャー・アクロイド）	4
アクロイド氏　あくろいどし	4
アーケンハウト	4
アーサー・ウェイボーン	4
アーサー・キャルガリ（キャルガリ）	4
アーサー・シュナイダー（シュナイダー）	4
アサド・ハリール（ハリール）	4
アーサー・バンクス（アーティ）	4
アーサー・フェイン	4
アーサー・ブライト（ブライト）	4
アーサー・ブラウン（ブラウン）	4
アーサー・ブリッグズ（ブリッグズ）	5
アーサー・ヘイスティングズ	5
アーサー・ヘイスティングズ	6
アーサー・ベラミー	6
アーサー・レイヴン	6
アシュビー	6
アーシュラ	6
アシュリー・デイン	6
アシュリー・モンタギュー	6
アシュレー・パターソン	6
アシュレー・ブロンソン	7
アシュロン・ヘイディーズ	7
アースキン	7
アタスン	7
アダ・ハリス（ハリスおばさん）	7
アダム・オコナー	7
アダム・キャシディ	7
アダム・キングズリー	7
アダム・コーリフ	7
アダム・タリス	8
アダム・ダルグリッシュ（ダルグリッシュ）	8
アダム・チャートフ	8
アダム・メイソン	8
アダルウルフ	8
アーチ	8
アーチー・グッドウィン	8
アーチー・グッドウィン	9
アーチ・ゴールド	9
アーチー・スレーター	9
アーチボルト・ハースト（ハースト）	9
アーチー・ワイルドクラフト	9
アッケルマン	9
アッティリウス	9

(1)

アップルビー	9	アーニー・ワトソン	12
アーティ	9	アーニー・ワトソン	13
アディ	9	アーネ・オルフセン	13
アティカス・コディアック	9	アーネスト・ヘミングウェイ(ヘミングウェイ)	13
アテナ	9		
アデリア・ヴァリアント(アディ)	10	アネッテ・ブロリン	13
アデル・トゥリー	10	アネット(アニー)	13
アデルモ・バウディーノ	10	アネット・バイストック	13
アトウォーター	10	アーノルド・モーガン(モーガン)	13
アトウッド	10	アバジャジェ・デエバ	13
アドリアーナ・クレイトン	10	アヴァ・ダヴェネル	13
アードリアン	10	アバタンジェロ	13
アドリク・ヴァス(ヴァス)	10	アビー・カンニガム	14
アナ・ウェイクフィールド	10	アビー・ジェニングス	14
アナクリテス	10	アビー・ソーヤー	14
アナスタシヤ・カメンスカヤ	10	アビー・ディマティオ	14
アナスタシヤ・カメンスカヤ	11	アビー・ボーデン	14
アナスタシヤ・カメンスカヤ(ナースチャ)	11	アビー・ホフマン	14
		アビー・マクドナルド	14
アナスターシャ・バレンティナ・コリョロフ	11	アーヴィン・グールド(グールド)	14
		アフガン	14
アナ・デレオン	11	アブドゥ・ティアム	14
アナトリー・グルイズロフ(グルイズロフ)	11	アブドゥル・ジアド(ジアド)	14
		アブ・ハシム	15
アナトリ・コノヴァンコ(コノヴァンコ)	11	アプルビイ	15
アナナ	11	アフロディーテ	15
アナベル・アーチャー	11	アペピ	15
アナベル・タッシー	11	アヴェリー・ショーヴァン	15
アナベル・ハモンド	11	アボット	15
アナベル・ハンプトン(アーニ)	11	アーマ・カーデュー(カーティス)	15
アナ・ルケージィ	11	アマリヤ・ベジェツカヤ(ベジェツカヤ)	15
アーニ	11	アマンダ	15
アニー	12	アマンダ・ジャフィ	15
アニー・アデア	12	アマンダ・スターキー	16
アニー・ウィルソン	12	アマンダ・スペンサー	16
アニカ・クライン	12	アマンダ・パウエル	16
アニカ・ベングツソン	12	アマンダ・マクスウェル(エリカ・ベアード)	16
アニー・カボット	12		
アニー・コールフィールド	12	アマンダ・マックリーディ	16
アニー・チェスナット	12	アマンダ・メイ	16
アニー・デューイ	12	アマンダ・リー・ギャレット	16
アニー・ハンリー	12	アマンディーヌ・ラトゥール	16
アニー・マーブル(ミセス・マーブル)	12	アミアス・クレイル	16

アーミーナ・ユーゴニン	16
アミール・ラーマン（ラーマン）	16
アームストロング	16
アームストロング医師　あーむすとろんぐいし	16
アメリア・サックス（サックス）	17
アライザベル・クレイ	17
アライン・サイウォード	17
アラスター・マクエード（アリー）	17
アラーナ・ジェニングズ	17
アラン・グランサム	17
アラン・グラント（グラント）	17
アラン・グリズウォルド	17
アラン・グレイ	17
アラン・サーストン	18
アラン・ツイスト（ツイスト）	18
アラン・デマレスト	18
アラン・デュプリー	18
アラン・バンクス（バンクス）	18
アラン・ブラント（ブラント）	18
アラン・プロザロウ	18
アラン・ベックウィス（ベック）	18
アラン・リトルウッド	19
アリー	19
アリアドニ・オリヴァ（オリヴァ夫人）ありあどにおりば（おりばふじん）	19
アリアドニ・オリヴァ（ミセス・オリヴァ）	19
アリ・アブダル	19
アリエル・ランダ（ランダ）	19
アリグザンダー・キンロック	19
アリーク・ヤローム（ヤローム）	19
アリー・コーヘン	20
アリーザ	20
アリシア	20
アリシア・クレイトン	20
アリ・シャムロン（シャムロン）	20
アリ・ジョウンズ	20
アリス	20
アリス・グッドウィン	20
アリス・コノリー	20
アリス・サマーフィールド	20
アリスティード・パンプルムース（パンプルムース氏）ありすてぃーどぱんぷるむーす（ぱんぷるむーすし）	20
アリスティード・パンプルムース（パンプルムース氏）ありすてぃーどぱんぷるむーす（ぱんぷるむーすし）	21
アリストテレス	21
アリス・プリンス	21
アリス・ボーマン	21
アリス・マニング	21
アリス・ラウデン	21
アリスン	21
アリスン・ウィロビー	21
アリスン・テイラー	22
アリスン・ファーレイ	22
アリスン・レイヒー	22
アリソン・グラント	22
アリソン・シムズ	22
アリソン・デズモンド	22
アリソン・ハモンド	22
アリッサ・ロック	22
アリーティ	22
アーリマン	22
アル	22
R・I・ダンディ　あーるあいだんでぃ	23
アルカージ・レンコ	23
アル・キング	23
アール・クービオン（クービオン）	23
アルクランド	23
アール・グロンスキー（グロンスキー）	23
アル・ケリー	23
アルシア・オーベン（シア）	23
アル・ジョルディーノ（ジョルディーノ）	23
アール・スワガー	23
アール・スワガー	24
アルセーヌ・ルパン	24
アルセーヌ・ルパン（ドン・ルイス・ペレンナ）	24
アルセーヌ・ルパン（ラウール・ダンドレジー）	24
アルセーヌ・ルパン（ルパン）	24
アール・ディートリッチ	24
アール・パイク	25
アルヴァイラ・ミーハン	25

項目	頁
アルバ公爵夫人　あるばこうしゃくふじん	25
アルバータ・フレンチ	25
アルバータ・マレー（アルバータ・フレンチ）	25
アルバート・キャンピオン（キャンピオン）	25
アルバート・ジェイ・スモールズ（スモールズ）	25
アルバート・ハインド（ハインド）	25
アルバート・リーヴィ	25
アル・ヒューズ	25
アルヴィン・アダムズ・デューイ（デューイ）	25
アルファベット・ヒックス	26
アルフレッド・ハーデルベリ	26
アルブレヒト・フォン・ステッテン（ステッテン）	26
アル・ホーキン	26
アル・マンゴー	26
アルマン・デュフール	26
アルマン・ヴァンドスレール（ヴァンドスレール）	26
アルミニウス	26
アルメイダ	26
アレキサンダー・デルモア（アレックス）	26
アレクサ・ハミルトン	26
アレグザンダー	26
アレグザンダー・ウィルモット	26
アレグザンダー・グッドウィンター	26
アレグザンダー・グリアスン（アレック）	27
アレクサンダー・ショート	27
アレクサンダー・ブレイクリー	27
アレグザンダー・ボナパート・カスト（カスト）	27
アレグザンダー・マイケルズ（マイケルズ）	27
アレグザンドラ・クーパー	27
アレクサンドラ"クリケット"（クリケット）あれくさんどらくりけっと（くりけっと）	27
アレクサンドラ・ヘイウッド（アレックス）	27
アレクサンドラ・マクリモン（アレックス）	27
アレクサンドル・イワノフ（サーシャ）	27
アレクサンドル・カメンスキー（サーシャ）	28
アレクサンドロス・マヌッシ（アレックス）	28
アレクシー・アルバトフ	28
アレクシス・ソーン	28
アレクシス・ドーブレック（ドーブレック）	28
アレクシス・ボルスキー（ボルスキー）	28
アレクセイ・クルスク（クルスク）	28
アレクセイ・サロフ（サロフ）	28
アレクセイ・チスチャコフ	28
アレクセイ・チスチャコフ（リョーシャ）	28
アレクセイ・ベリアノフ（ベリアノフ）	28
アレック	28
アレック・グリアスン	29
アレックス	29
アレックス（アレグザンドラ・クーパー）	29
アレックス・ウエスト（ウエスト）	29
アレックス・オルランド	29
アレックス・カラゾフ	29
アレックス・ギルビー	29
アレックス・クーパー	29
アレックス・グレアム	30
アレックス・クロス	30
アレックス・ゲイサー	30
アレックス・ケラー（ケラー）	30
アレックス・シェレット	30
アレックス・テイバー	30
アレックス・デラウェア	30
アレックス・テンプル	30
アレックス・テンプルトン（テンプルトン）	30
アレックス・ドーシー（ドーシー）	30
アレックス・トラメル（トラメル）	30
アレックス・バルニ	30
アレックス・ハンター	31
アレックス・ホーク（ホーク）	31
アレックス・マクナイト	31
アレックス・モレノ	31
アレックス・ライダー	31
アレックス・ラッド	31
アレット・ピータース	31
アレット・ピータース	32

(4)

アレナス	32
アレハンドロ・クルース（クルース）	32
アレン	32
アレン・チョイス	32
アーロン・ガナー（ガナー）	32
アーロン・グラント	32
アーロン・ハウアー	32
アーロン・フリン（フリン）	32
アーロン・ヤンクルウィッツ	32
アーロン・ローリング（ローリング）	32
アン・アシュワース	33
アン・ウィンフィールド	33
アン・ウェイヴァリー（アナ・ウェイクフィールド）	33
アンガス・クレイグ三世　あんがすくれいぐさんせい	33
アンガス・ミントン	33
アン・カルティエ	33
アン・クック	33
アン・グリーン	33
アンクル・バド	33
アンゴラ・ライダー	33
アンサーマン	33
アンジー	33
アンシア・マンロー	34
アンジェラ	34
アンジェラ・ウェイクフィールド	34
アンジェラ・ジェナーロ（アンジー）	34
アンジェラ・ヒリヤード	34
アンジェラ・ベンボウ	34
アンジェラ・モンティ	34
アンジェリ	34
アンジェリーナ・アマーロ	35
アンジェロ	35
アンジェロ・アグネリ（アグネリ）	35
アンジー・ディマーコ	35
アンソニー・アンマン（アンマン）	35
アンソニイ・ミーカー	35
アンソニー・カルミ・オルランド（カルミ）	35
アンソニー・キャロル	35
アンソニー・ケイド	35
アンソニー・ダフ	35
アンソニー・フレミング（トニー・フレミング）	35
アンソニー・マーストン（トニー・マーストン）	36
アンソニー・マンゼッティー（マンゼッティー）	36
アンソニー・ランドル	36
アンソニー・ルカ	36
アンソニー・ローム（トニー）	36
アンソン・スコール（スコール大尉）あんそんすこーる（すこーる大尉）	36
アンダーズ・フェアヴォーン	36
アンダーソン	36
アンディ	36
アンディ・アンダーソン（アンダーソン）	36
アンディ・カーペンター	36
アンディ・カーペンター	37
アンディ・タウンゼンド	37
アンディ・ダルジール（ダルジール）	37
アンディ・ドラン	37
アンディ・パーカー（パーカー）	37
アンディー・ブラウン	37
アンディ・ブラジル	37
アンディ・ブレナー	37
アンディ・ベッカー	37
アンディ・ベネット	38
アンディ・ホリスター	38
アントーニア・ジネーブラ・ジャネッリ	38
アントニイ・ウォルトン	38
アントニオ・ザモラ	38
アントニオ・スカルラッタ（グンバ）	38
アントニオ・バーンズ	38
アントニオ・バーンズ（アントン）	38
アントニー・シェリダン（トニー）	38
アントネッリ	38
アントネラ・フィオレラ（トニー）	38
アンドリア	38
アンドリア	39
アンドリア・アスピヌル（アン・アシュワース）	39
アンドリアス・ヴァン・ライン	39
アンドリュー・ウォレス	39
アンドリュー・キルマーチン（キルマーチン）	39

名前	ページ
アンドリュー・コンプトン	39
アンドリュー・ジョベルティ(ジオ)	39
アンドリュー・テイル	39
アンドリュー・マックグレビー(マックグレビー)	39
アンドリュー・マッケイ(アンディ)	39
アンドリュー・ライアン(ライアン)	39
アンドルー・ウォーン(ウォーン)	39
アンドルー・ジャクソン・ボーデン	40
アンドルー・フェニモア(フェニモア)	40
アンドレア・カーティン(ミセス・カーティン)	40
アンドレアス・バルト(バルト)	40
アンドロメダ・リプリー	40
アントワーヌ	40
アントワーヌ・デュボワ	40
アントワーヌ・ファノン・ハヤート(ファノン・ハヤート)	40
アントワン・サルテイン(サルテイン)	40
アントン	40
アントン・シェフツオフ	40
アンナ	40
アンナ・ウェード	41
アンナ・エイムズ	41
アンナ・シェーレ	41
アンナ・ソーンダーズ	41
アンナ・ナヴァロ	41
アンナ・ニール	41
アンナ・ノース(ハーロウ・アナスターシャ・グレイル)	41
アンナ・ピジョン	41
アンナ・フランクリン	41
アンナ・マックエヴァン	41
アンナ・ミルン(ミルン夫人) あんな みるん(みるんふじん)	41
アンナ・モランテ	41
アンナリーザ・パッサレッリ	42
アン・バッツ(アニー)	42
アン・ハマースミス	42
アンバー・ラークスパー	42
アンバー・ランクィスト	42
アンバリー・カウデン	42
アン・ハンページ	42
アン・ブレーク	42
アンブローズ	42
アンブローズ・コングリーヴ(コングリーヴ)	42
アンブローズ・ディーリング(ミスター・ディーリング)	42
アン・ベディングフェルド	42
アン・ヘンダーソン	43
アン・ペンヒル	43
アン・ホワイトヘッド	43
アンマン	43
アン・モロー(アニー)	43
アン・ライアン	43
アン・ラスボーン	43
アンリ・ドビュック	43
アンリ・ド・マリニー(ド・マリニー)	43
アンリ・ルドック	43

【い】

名前	ページ
イアフメス	43
イアン・ジャレット	43
イアン・ホッジズ	44
イアン・マクナブ	44
イアン・ラトリッジ(ラトリッジ)	44
イアン・ラプストレイク	44
イ・ウソプ	44
イェーガー	44
イェーシェー	44
イェーツ	44
イーガン	44
イーガン・フレッチャー	45
李 慶寿　い・きょんす	45
イザベラ・アリエル・ニッカーソン	45
イザベラ・ジュベール	45
イザベラ・ラスカー	45
イザベル・ウェアリング	45
イザベル・フランダーズ	45
イーサン	45
イーサン・デッカー	45
石倉 達彦(タツ)　いしくら・たつひこ(たつ)	45
イシス・マクドナルド	45

イジドール・ボートルレ(ボートルレ)	45
イシドロ・プラナス(プラナス)	45
イ・ジノン	46
イ・ジヒョン	46
イ・ジンソク(ジンソク)	46
イ・ジンテ(ジンテ)	46
イーセック・バムロイ	46
103号　いちぜろさんごう*	46
103683号　いちぜろさんろくはちさんごう*	46
李 俊錫　い・ちゅんそく	46
李 重豪　い・ちゅんほ	46
イーデン・ショー	46
稲村 巨　いなむら・おみ	46
稲村 真理子　いなむら・まりこ	46
イーニッド・レスター＝グリーン	46
イネス	47
イネズ・ウィゲンズ(ウィギー)	47
井上 美惠　いのうえ・みえ	47
イーノック・ジュニア・ケイン(ジュニア)	47
イヴ	47
イファセン	47
イヴ・サムナー	47
イヴ・スタック	47
イヴ・ダイアモンド	47
イヴ・ダラス	47
イヴ・ダラス	48
イヴ・ダンカン	48
イヴ・ニール	48
イヴ・フィットフィールド	48
イヴ・マイケルズ(エレン・モーズリー)	48
イブラハム・サイード(サイード)	48
イヴリン・チェイン	48
イヴリン・ポール	49
イヴェット	49
イム・ジョンヒョン(ジョンヒョン)	49
イ・ムナク大尉　いむなくたいい	49
イム・ビョンホ(リム・ビョンホ)	49
イモジーン・リーマス	49
イーライ・ウェルチ	49
イライジャ・スコット(スコット)	49
イライジャ・ワデル	49
イーライ・タウザー(タウザー)	49
イリヤ・ドロンスキー	49
イルマ	49
イレーナ	49
イレーネ・ベスト	49
イレーヴ	50
イワン・フランツェヴィチ・ブリッシング(ブリッシング)	50
インチャン	50
インホ	50
インホテプ	50

【う】

ウィアード	50
ウィギー	50
ウィークス	50
ウィジー	50
ウィチャリー	51
ウィッカム・ゴア(ゴア大佐)　ういっかむごあ(ごあたいさ)	51
ウィック・スレッギル	51
ウィットビー	51
ウィニフレッド・オールダー(ウィン)	51
ウィニントン	51
ウィーヴァー	51
ウィラ	51
ウィラード	51
ウィリアム・オーステン(オーステン)	51
ウィリアム・カウリー(カウリー)	51
ウィリアム・ガレティ(ガレティ)	51
ウィリアム・コナー(コナー)	52
ウィリアム・サヴェジ(ビル)	52
ウィリアム・ジェイミソン・リード(リード)	52
ウィリアム・ジラード・ハットン(ウィル)	52
ウィリアム・スコット	52
ウィリアム・スタンリー・バーク(バーク)	52
ウィリアム・スパンドレル(スパンドレル)	52
ウィリアム・スミスバック(スミスバック)	52
ウィリアム・ダニエル	52
ウィリアム・チェイス(ビリー)	52

ウィリアム・トロット（トロット）	52		ウィンストン・レイノルズ	55
ウィリアム・バトラー（ビル）	52		ウィンターズ	56
ウィリアム・バルフア	52		ウィンターボザム	56
ウィリアム・ハンラハン（ビル）	52		ウェイド・エマーソン	56
ウィリアム・フレッド・オートリ	53		魏 徳華　うぇい・どーほあ	56
ウィリアム・ブロア（ブロア）	53		ウェイヴァリー	56
ウィリアム・ブロック・ガーナー（ガーナー）	53		ウェイン・コリンズ	56
			ウェイン・タランス（タランス）	56
ウィリアム・ヘンリー・チャンス（チャンス）	53		ウェイン・テッドロー・ジュニア	56
			ウェイン・プレンティス	56
ウィリアム・マーブル（ミスター・マーブル）	53		ウェクスフォード	56
			ウェスタ	56
ウィリアム・モリソン（モリソン）	53		ウェスト	57
ウィリアム・ルーパート・バントリング（バントリング）	53		ウエスト	57
			ウェストン警視正　うぇすとんけいしせい	57
ウィリアム・ワトキンズ（ビリーボーイ）	53		ウェズリイ	57
ウィリー・ミラー	53		ウェスリー・ウェスコット	57
ウィリング博士　ういりんぐはかせ	53		ウェズリー・ディーン・セロー（セロー）	57
ウィル	53		ウェックスラー	57
ウィル	54		ウェブ	57
ウィルキー・コリンズ（コリンズ）	54		ウェブスター・クイン	57
ウィルキー・ロビンソン	54		ウェブ・ロンドン	57
ウィル・グレアム（グレアム）	54		ウェルズビイ・メッソン・スミス（牧師）うぇるずびいめっそんすみす（ぼくし）	57
ウィル・サリヴァン（ウィリアム・ダニエル）	54			
			ウェルチ	58
ウィル・ジェニングス	54		ウェルドン・ソニエ	58
ウィル・ジェファーソン（ジェファーソン）	54		ウェンディ・ブラタンド	58
ウィル・ターナー	54		ウェンデル・フォースター	58
ウィールド	54		ウェンデル・マーサー	58
ウィル・ドーマー	54		ウォーカー	58
ウィルトン・マクリアリー（マクリアリー）	54		ウォーグレイヴ判事　うぉーぐれいぶはんじ	58
ウィルフォード・スミス	55			
ウィルフリッド・ロバーツ卿　ういるふりっどろばーつっきょう	55		ウォーターズ	58
			ウォッシュ	58
ウィル・ブリュワー	55		ウォッチマン	58
ウィルフレッド・ブレイク（ブレイク）	55		ウォード・ホプキンズ	58
ウィルマ・ドール	55		ウォード・リテル	59
ウィン	55		ウォニ	59
ウィンキー	55		ウォリック・ブラウン	59
ウィンザー・ホーン・ロックウッド三世（ウィン）　うぃんざーほーんろっくうっどさんせい（うぃん）	55		ウォーリー・ブライン（ブライン）	59
			ウォーリー・フランダーズ	59
ウィンストン・ブレイスウェイト（ブレイスウェイト）	55		ウォール・ストリート	59

ウォルター・F・ショート(フレンチー)	59
うぉるたーえふしょーと(ふれんちー)	
ウォルター・ケンジントン	59
ウォルター・コトラー	59
ウォルター・コール	59
ウォルター・ショート(フレンチー)	59
ウォルター・チャイルズ	59
ウォルター・バーク	60
ウォルター・ファインバーグ	60
ウォルター・フロレンタイン(フロレンタイン)	60
ウォレス・ポーターフィールド(ポーターフィールド)	60
ウォレス・ボンダラント(ボンダラント)	60
ウォーレン・ガマリエル・ハーディング(ハーディング)	60
ウォレン教授　うぉれんきょうじゅ	60
ウォーレン・クリーヴァー(クリーヴァー)	60
ウォーレン・タウマン	60
ウォーン	60
禹刑事　うけいじ	60
ウッドロウ	60
禹 東一(禹刑事)　う・どんいる(うけいじ)	60
ウラジーミル・ブラートニコフ(ブラートニコフ)	60
ウルフ	61
ウルフ博士　うるふはかせ	61
ウルフマイヤー	61
ウルフ・マッケンジー	61
ウールリッチ	61

【え】

エアリアル・ゴールド	61
エアリアル・ベーン	61
エイサ・リー・ピニオン(ピニオン)	62
エイダ・シャフツベリー	62
H・M　えいちえむ	62
H・B・ヤン　えいちびーやん*	62
エイディーン・マーリィ	62
エイブ・コールドスタイン	62
エイブ・モーゲンスターン	62

エイブラハム・リーバーマン(リーバーマン)	62
エイブラムズ	62
エイヴリー・エリザベス・ディレイニー	62
エイブ・リーバーマン(リーバーマン)	62
エイプリル・ウー	63
エイヴェリル・ブレイン	63
エイホン・ヴァフター	63
エイミー	63
エイミー・キンゼス	63
エイミー・スタントン	63
エイミー・デンプシー	63
エイミー・パーケンス	63
エイミー・ペニー	63
エイミー・ホリスター・チェンバース	63
エイミー・リスラン	63
エイミー・レザラン	63
エイムズ	63
エイメリー・ハイド	64
エイモン・バーク(バーク)	64
エイルノス	64
エイレン・マーデル	64
エインズリー	64
A・K・ウォーターズ(ウォーターズ)　えーけーうぉーたーず(うぉーたーず)*	64
A.J.ラッフルズ(ラッフルズ)　えーじぇいらっふるず(らっふるず)*	64
A・C・D　えーしーでぃー*	64
エシー・ロー	64
エス・イェーガー(イェーガー)	64
エスケリータ・レイナ(ベイビィ・キャット・フェイス)	64
エステラ	65
エステラ・サントス	65
エステル・ド・フリース	65
エスネ・ユースタス	65
エスペランサ・ディアス	65
エズラエル・カーヴァー	65
エスリン・アンドリューズ	65
エゼキエル・ドラクロフ	65
エゼキン・クロット(クロット)	65
エセル・ロジャース(ミセス・ロジャース)	65

エチエンヌ・ボワッセ	65	エドワード・ウェブスター・リン	68
X　えっくす*	65	エドワード・キャベンディッシュ（キャベンディッシュ）	68
XO　えっくすおー	65		
エッグベア（巡査部長）えっぐべあ（じゅんさぶちょう）	65	エドワード・ケリー（ケリー）	69
		エドワード・サッカレイ（サッカレイ）	69
エッタ	66	エドワード・J・リチャードソン（リッチ）えどわーどじぇいりちゃーどそん（りっち）*	69
エディ	66		
エディ（エドワード・ウェブスター・リン）	66		
エディ・グレイス	66	エドワード・ジョンソン	69
エディ・スピノーラ	66	エドワード・ディクスン・ブライ（ディクスン・ブライ）	69
エディ・ダンフォード（ダンフォード）	66		
エディ・デービス	66	エドワード・ハイド（ハイド）	69
エディ・バーンズ	66	エドワード・パウエル	69
エティ・ワシントン（エッタ）	66	エドワード・ハガード	69
エド・アンダースン	66	エドワード・ヘイヴァシャム	69
エドゥアルド・デニソフ（デニソフ）	66	エドワード・マースチン（ドクター・マースチン）	69
エドウィン・ウィルソン	66		
エドウィン・クライス	66	エドワード・ライアン・マコール二世（ビッグ・エディ）えどわーどらいあんまこーるにせい（びっぐえでぃ）	69
エドガー	67		
エドガー・ウィールド（ウィールド）	67		
エドガー・サイモン（サイモン）	67	エニシテ	69
エドガー・リー・ペンダー	67	エニス・チェイニー（チェイニー）	70
エド・ケネディ	67	エバ・シュテレンボッシュ女史（シュテレンボッシュ女史）えばしゅてれんぼっしゅじょし（しゅてれんぼっしゅじょし）	70
エド・ジャクソン	67		
エド・ディープノー	67		
エドナ・カラドス（カラドス夫人）えどなからどす（からどすふじん）	67		
		エバハート	70
		エヴァ・ヘルナンデス	70
エド・ハウザー	67	エヴァラードレイヴン	70
エド・フェントレス（フェントレス）	67	エーヴァルト・シュテルン（シュテルン）	70
エド・フォーリ	67	エヴァン・カイリー　えばんかいりー	70
エド・ブラウン	68	エヴァンズ	70
エド・ベア	68	エヴァン・トレボーン	70
エド・ホーエイグ	68	エヴァン・バーチ	70
エド・マグリフィン	68	エヴリン・サトクリフ（サトクリフ）	70
エドムント・ボイセン（ボイセン）	68	エマ	70
エド・モズビー	68	エマ・ウェルズ・フィンチ	70
エドモン・ウェルズ	68	エマ・ガン	71
エドモンド・クライヴ（クライヴ）	68	エマ・タイソー	71
エド・ラビドウスキィ（狂犬）えどらびどうすきぃ（まっどどっぐ）	68	エマ・ハウ	71
		エマ・ハーリー	71
エドワード・アームストロング（アームストロング医師）えどわーどあーむすとろんぐ（あーむすとろんぐいし）	68	エマ・ボイル	71
		エマ・ラヴェンナム	71
		エミリー	71

エミリアーノ・デル・ソル（エル・ペロ）	71
エミリイ・アランデル	71
エミリー・ダウニング	71
エミリー・チャイルズ	71
エミリー・ハンセン	71
エミリー・ハンセン	72
エミリー・ブレント	72
エミリー・マーシャル（エム）	72
エミリー・ルッキンランド	72
エミール・カーノフ	72
エミール・ブロード	72
エム	72
エームズ・マッキニー	72
エム・ハンセン（エミリー・ハンセン）	72
MP　えむぴー	72
エメリー　えめりー	72
エメ・ルデュック	72
エラ	73
エライアス	73
エライアス・ウィンターズ	73
エライアス・ゴードン	73
エライニア・マノス	73
エラスト・ペトローヴィチ・ファンドーリン（ファンドーリン）	73
エラ・ハーコート	73
エラリイ・クイーン	73
エラリイ・クイーン（クイーン）	73
エラリー・クイーン	73
エリー（フェニラ・グッドマン）	73
エリー・アクトン	73
エリオット	74
エリオット・コリンズ	74
エリオット氏　えりおっとし	74
エリオット・ステイル（ステイル）	74
エリオット・マッキンタイア（マッキンタイア）	74
エリオネット・ネス	74
エリカ・バーゴイン	74
エリカ・ベアード	74
エリー・キャヴァノー	74
エリク・ムルハイム	74
エリザベス	74
エリザベス・ウェアリング	75
エリザベス・エイムズ	75
エリザベス・オズボーン	75
エリザベス・オヘイガン（リタ）	75
エリザベス・クリー	75
エリザベス・ショート	75
エリザベス・ステュアート	75
エリザベス・スワン	75
エリザベス・ティアニー博士（ティジー）	75
えりざべすてぃあにーはくし（てぃじー）	
エリザベス・ハドレー	75
エリザベス・ピアス	75
エリザベス・ベック	75
エリザベス・ペンローズ（ベス）	75
エリザベス・ロス（リジー）	75
エリザヴェータ・フォン・エヴェルト・コロコリーツェフ（リーザン）	76
エリス・アルヴズ	76
エリーズ・アンドリオリ	76
エリーズ・サンドバーグ	76
エリーズ・シフリン	76
エリス・Z・ペティグルー（ジー）　えりすじーぺてぃぐるー（じー）*	76
エリス・ラングフォード	76
エリック	76
エリック・アッケルマン（アッケルマン）	76
エリック・ウー	76
エリック・サンティバ	76
エリック・スランスキー	76
エリック・チャン（チャン）	77
エリック・ノース	77
エリック・パーカー	77
エリック・ヴァニエ	77
エリック・ホーク	77
エリック・ライドナー（ライドナー博士）えりっくらいどなー（らいどなーはくし）	77
エリック・リチャード・エアリー	77
エリック・レイドナー	77
エーリッヒ・ラデック	77
エリナー・ビショップ	77
エリナー・ペティグルー	77
エリノア	77
エリノア・キャサリーン・カーライル	78

エリー・バー	78
エリー・パスコー	78
エリー・ブリッジズ	78
エリン・リッグズ	78
エルウッド	78
エル・カトリコ	78
エルキュール・ポアロ	78
エルキュール・ポアロ	79
エルキュール・ポアロ	80
エルキュール・ポアロ	81
エルキュール・ポワロ	81
エルキュール・ポワロ	82
エルシー・キング	82
エルスゼーベ	82
エルスペス・トゥーミー	82
エルスワース（XO）　えるすわーす（えっくすおー）*	82
エルヴィス・プレスリー	83
エルヴィン・ケーニッヒ	83
エルブリッジ	83
エルヴェ・デュマ（デュマ警部）　えるべでゅま（でゅまけいぶ）	83
エル・ペロ	83
エルマー・ケイ	83
エルモ・クラムリー	83
エルモ・クラムリー（クラムリー）	83
エルロイ・ドイル（ドイル）	83
エルンスト	83
エレイン・スカダー	83
エレオノーレ・ベーハイム（レオ）	83
エレットラ	83
エレナ・カイラー	84
エレノア	84
エレノア・ウィッシュ	84
エレノア・ダイサート（ネル）	84
エレン	84
エレン・アーカンド	84
エレン・ウィンター	84
エレン・クレイヴン（アテナ）	84
エレン・タッカー	84
エレン・ターナン	84
エレン・ディレイ	84
エレン・バーチ	84
エレン・モーズリー	84
エロイーズ	85
エロウィーズ・フォリー（ウィジー）	85
エンジェル	85
エンジェル・ホワイト	85
エンジニア（ゾルグループ）	85
エンダーズ	85
エンツォ・ラスチェロ（ラスチェロ）	85
エントウイッスル	85

【お】

オア	85
オイゲン・オット（オット）	85
オイゲン・ビショーフ	85
オイスター	86
オーウェン・カーティス	86
雄牛　おうし	86
オウニー・マドックス	86
王妃（マリア・ルイーサ）　おうひ（まりあるいーさ）	86
オエイン・グウィネス	86
オーガスタス・ギボンズ（ギボンズ）	86
オーガスタ・トレベック	86
オーガスティン	86
オーガスティン・ゴダード（ゴダード）	86
オーガスト	86
オーガスト・ローリング三世（ガス）　おーがすとろーりんぐさんせい（がす）	86
オーギー・シャーキー（シャーキー）	86
オーギュスト・ド・モンペリエ	86
オギルロイ	87
奥さん（キャロライン・クーツ）　おくさん（きゃろらいんくーつ）	87
オークス	87
オクス	87
オクトーバー	87
オコーネル	87
オコンネル	87
尾崎 秀実　おざき・ほつみ	87
オズウィン	87
オスカー・ガルシア（ガルシア）	87
オスカー・ストラバー	87

(12)

オースチン	87
オースチン	88
オースティン・チューリン	88
オーステン	88
オスマン	88
オズマンド	88
オーツ	88
オット	88
オットー・ホットヴァーグナー（ホットヴァーグナー）	88
オーティス・ジョイ（ジョイ）	88
オーディ・ライアン	88
オデル	88
男　おとこ	88
オードリー	88
オードリー・クインタード	89
オードリー・プレイス	89
オードリー・ヘラー・レインズ	89
オノリア・バルストロード（ミス・バルストロード）	89
オハラ	89
オーパル	89
オーヴィル・エリオット（エリオット）	89
オブライエン	89
オーブリー艦長　おーぶりーかんちょう	89
オーブリー艦長　おーぶりーかんちょう	90
オマー・クレップス　おまーくれっぷす	90
親父さん　おやじさん	90
オーランド・ホワイト（オーロン）	90
オリー・ウィークス（ウィークス）	90
オリヴァー・ウェンデル・ホームズ（ホームズ）	90
オリヴァー・クイグリィ	90
オリヴァー・クラストン	91
オリヴァー・クレイン	91
オリヴァ夫人　おりばふじん	91
オリヴァー・ランバート（ランバート）	91
オリヴィア・マーストン（リヴィ）	91
オリヴィア・マーロウ	91
オリヴィエ	91
オリヴィエ・ヴァン・ザクセンブルフ（ヴァン・ザクセンブルフ）	91
オリファント	91
オリヴェッティ	91
オルガ・メルニコワ	92
オルガ・モンティニャック	92
オルセン	92
オルタンス・ダニエル	92
オルテガ	92
オールデン・グリーン（グリーン）	92
オールデン・パイル（パイル）	92
オールド・ジェリー	92
オールトン	92
オレグ・イワノヴィッチ・ザイツェフ（ザイツェフ）	92
オローク	92
オロフ・ニルス（ニルス）	92
オーロフ・ルンドべり（ルンドべり）	92
オーロン	92

【か】

カー	93
母さん（ナタリー）　かあさん（なたりー）	93
母さん（メアリー）　かあさん（めありー）	93
ガイア・ラエリア	93
カイエターナ（アルバ公爵夫人）　かいえたーな（あるばこうしゃくふじん）	93
カイザー	93
ガイ・サッカリー（サッカリー）	93
カイダノフ博士　かいだのふはかせ	93
カイラ・アデア	93
カイル・クレイグ	93
カイル・ハンガマン	93
カイル・モンゴメリー	94
カイル・ロガヴィン（ロガヴィン）	94
カインズ	94
ガウェイン	94
カウ・コウ＝クン	94
カウ・パット・クーガン（クーガン）	94
カウリー	94
ガーガン	94
カーク・トーマス	94

カーク・トーランド	94	カート・ラムジー(ラムジー)	99
カザコフ	94	カトリーナ・マゾルスキー	99
カザール・アブダル	95	カトリーヌ・サレルヌ	99
カサンドラ	95	カトリーヌ・ヴァサロ	100
カサンドラ・オースティン	95	ガーナー	100
カサンドラ・ニール(キャシー)	95	ガナー	100
ガス	95	ガニア	100
ガース・カーソン	95	ガニマール	100
ガス・ゲルブライド	95	彼女　かのじょ	100
ガスティン	95	カーヴァー	100
カスト	95	カービイ	100
カストロ	95	カービー・ウィンター	100
カスバート・ボニフェイス・ディングル	95	カピストラーノ	100
ガース・パンケイク	96	カーヒル	100
ガース・フィッシャー	96	カープ	100
ガスラー	96	ガブリエール・アッシュ	101
カースレイク	96	ガブリエル・アロン	101
カーソン・ライダー	96	ガブリエル・ブートグルド	101
カーター	96	ガブリエル・マコーリー(ギャビー)	101
カダフィ大佐　かだふぃたいさ	96	ガブリエル・マッケンナ(ゲイブ)	101
カタリーナ	96	カブレラ警部　かぶれらけいぶ	101
カタリーナ・キュンツル	96	カベサ	101
カタリーナ・ハインリッヒ	96	ガーマジ	101
カーチ	96	カミー・クラーク	101
カーチス・メースン	96	カミッラ・カリオストリ	101
閣下　かっか	97	カミラ・ブルース	101
カッサランド・スチュアート	97	カミラ・ライアン	101
カッサンドラ・デウビル(キャシー)	97	カムジ	102
ガッシー・ホワイト	97	カーメス	102
カッペル	97	ガメー・トラウト	102
カーティス	97	カーメリーニ	102
カーティス・コールドウェル	97	カーメル・ローン	102
カーティス・スティール(スティール)	97	カラ	102
カーティス・マガーヴィ(マガーヴィ)	97	カラザス	102
カーティス・マーティンデイル	97	カラドス夫人　からどすふじん	102
カーディナル	97	カラヴァーレ	102
ガーデン	97	カーラ・ミュリエ	103
カート・オースチン(オースチン)	97	カーラ・ルマルション	103
カート・キャノン(キャノン)	98	カーリ	103
カート・デッカー	98	カーリー	103
カート・ノヴァク	98	カリー	103
カドフェル	98	カリイ警部　かりいけいぶ	103
カドフェル	99	カーリー・ウィルソン	103

カリオストロ伯爵夫人（ジョゼフィーヌ・バルサモ）　かりおすとろはくしゃくふじん（じょぜふぃーぬばるさも）	103
カリゾフ	103
カーリー・タイラー	103
ガリーナ	103
カーリー・ノーラン	103
カリム・アブドゥフ	103
カリール	104
カール	104
カール・カントレル	104
カール・グスタフ・ヘルマン	104
カル・クーパー	104
カール・グランヴィル	104
ガルシア	104
カール・シュトラッサー（シュトラッサー）	104
カール・スポイラー	104
カールスン	104
カルーソ	104
カール・デュウィット	104
カルドーニ	104
カルドニア（キャリー）	104
カルネラ	105
カルバイヨ	105
カール・ヴァーゼネッガー（カーリ）	105
カルパチア	105
カール・ハチェット（ハチェット）	105
カルブ・ウェズレイ	105
カール・フォス（フォス）	105
カルホーン	105
カルミ	105
カルラ	106
カルラ・シャリフ	106
カール・ランドリー	106
カルリス・リエパ（リエパ中佐）　かるりすりえぱ（りえぱちゅうさ）	106
カルル・レルナー（パパ）	106
カール・レッドモン	106
カルロス	106
カルロス・オルテガ（オルテガ）	106
カルロス・テハダ・アロンソ・イ・レオン（テハダ）	106
カルロス・マルチェロ（マルチェロ）	106
カルロス・レイナ	106
カルロ・ヴェントレスカ	106
ガレティ	106
ガレン	107
カレン・エインズリー	107
カレン・エリクソン	107
カレン・ジェニングス	107
カレン・ダクウィッツ	107
カレン・ニコルズ	107
カレン・ビアソン	107
カレン・ブラックモア	107
カレン・リース	107
カーロス・ヘンリ・リーマン	107
カーロ・パジェット	107
カロライン・ブルックス（カリー）	107
川村 みどり　かわむら・みどり	108
カーン	108
ガン	108
カン インチャン　かんいんちゃん	108
カン インチャン（インチャン）　かんいんちゃん（いんちゃん）	108
ガンサー・マンゼッティー	108
カンタン	108
ガンナー・ブラッシュウッド	108

【き】

キア・ウィントリップ	108
キアラ・ゾッリ	108
キアラン	109
ギイ・ド・モンペリエ	109
キーガン	109
ギジェット	109
キズ	109
キース・イネス	109
キース・コンヴァース	109
キース・プロクター（プロクター）	109
キース・ヘイワード	109
キズミン・ライダー（キズ）	109
キズミン・ライダー（ライダー）	109
キース・ワーウィック	109
キット	110

キッド	110	キャシー・ブラック	114
キット・ハリスン	110	キャシー・マレー	114
キット・フォリスト	110	キャシー・マロリー（マロリー）	114
キット・マーティン	110	キャシー・ライアン	114
ギデオン・ウルフ（ウルフ博士）ぎでおんうるふ（うるふはかせ）	110	キャス・アンジェロ	114
ギデオン・オリヴァー	110	キャス・ジェイムスン	115
ギデオン・フェル（フェル博士）ぎでおんふぇる（ふぇるはかせ）	110	キャス・ツリー	115
		キャス・ティーチ	115
ギデオン・フェル（フェル博士）ぎでおんふぇる（ふぇるはかせ）	111	キャスパー・ハーヴェイ（ハーヴェイ）	115
		キャスリン・カー（キャシー・カー）	115
キーナン・クーリー	111	キャスリーン・ダーシー	115
ギフォード・チャンピオン（チャンピオン）	111	キャスリーン・マッケイブ・ブリーズウッド	115
ギボンズ	111	キャット・ブロンスキー	115
キマー	111	キャディ	115
キム	111	キャディ・ブリッグズ	115
キム	112	キャドウェル・ソフィア・ジョーダン（キャディ）	115
キム・ウォルシュ	112	キャノン	115
ギム・グリッソム（グリッソム）	112	ギャヴァラン	115
キム・ジフン（ジフン）	112	ギャビー	116
キム・ジュノ（ジュノ）	112	ギャヴィラン	116
キム・デジナー	112	ギャビン・ハチソン	116
木村 直二　きむら・なおじ	112	ギャヴィン・ヴァーヒーク	116
キャサリン	112	キャフェリー	116
キャサリン・アン・ケンタイア（ケイト）	112	キャプテン・バルボッサ（バルボッサ）	116
キャサリン・ウィチャリー	112	キャプラン	116
キャサリン・ウィロウズ	113	ギャブリエラ（ベラ）	116
キャサリン・カーソン	113	キャベンディッシュ	116
キャサリン・カールソン	113	キャメロン	116
キャサリン・コーデル	113	キャメロン・ウィリアムズ	116
キャザリン・ドッド（ドッド刑事）きゃざりんどっど（どっどけいじ）	113	キャメロン・ウィリアムズ（バック）	116
		キャメロン・ウィリアムズ（バック）	117
キャサリン・ベイヤード	113	ギャラン	117
キャサリン・ベネット	113	キャリー	117
キャサリン・ライアン	113	キャリー・アレン	117
キャサリン・ルーカス	113	キャリイ・ルイズ	117
キャシー	113	ギャリソン	117
キャシー・オハラ	113	キャリー・ヤンクルウィッツ	117
キャシー・カー	114	キャリー・リンダーハースト	117
キャシー・キングマン（キャサリン）	114	キャル	117
キャシー・コクラン	114	キャル・カニングハム	118
キャシー・ノーラン（ノーラン）	114	キャルガリ	118

キャル・デクスター（デクスター）	118	キルマーチン	122
キャルヴィン・チェイス（キャル）	118	ギルモア	122
ギャレット・ウォーカー	118	ギル・ランキン	122
ギャレット・ハンロン（昆虫少年）ぎゃれっとはんろん（こんちゅうしょうねん）	118	ギルレイン	122
キャレドニア・ウィンゲイト	118	キーロフ	122
キャレラ	118	キンキー・フリードマン	122
キャレラ	119	キング	122
キャレン・シスコー	119	キングズリー聖堂参事　きんぐずりーせいどうさんじ	122
キャロウェイ	119	キンケイド	123
キャロライン・ウェークフィールド	119	キンジー・ミルホーン	123
キャロライン・エヴァンス	119	キンバリー（キマー）	123
キャロライン・カーマイクル（マッドドッグ）	119	キンバリー・オーガスト・クインシー	123
キャロライン・クーツ	119	キンバリー・バウアー（キム）	123
キャロライン・ナイト	119	キンバリー・バウアー（キム）	124
キャロライン・ブレシング	120		
キャロライン・マスターズ	120	【く】	
キャロライン・メイブリー	120	クァルト	124
キャロライン・ルイズ・セロコールド（キャリイ・ルイズ）	120	関 紅英　ぐあん・ほんいん	124
キャロラス・ディーン	120	グイード・グエッリエーリ	124
キャロリン・モートレイク	120	グイド・ブルネッティ（ブルネッティ）	124
キャロル	120	グイド・ブルネッティ（ブルネッティ）	125
キャロル・ジョーダン	120	グイド・マッフェオ	125
キャロル・スターキー（スターキー）	120	グイード・レオナルディ（レオナルディ）	125
キャロル・スペンサー	120	グィード・ロペス（ロペス）	125
キャロル・パーシヴァル	120	クィララン	125
キャロル・パーシヴァル	121	クィン	125
キャロル・ファーマー	121	クイーン	125
キャロル・ローゼン	121	クイン	126
キャンディス・タリー	121	クイン・オケーシー	126
キャンディス・ペニングトン	121	クインシー	126
キャンドラ・ワース	121	クインティリアン・ダルリンプル（ダルリンプル）	126
キャンドレス	121	グウェン・ウェルド	126
キャンバス	121	グウェン・コルベット・サリヴァン	126
キャンピオン	121	クウェンティン	126
Q・P（クウェンティン）　きゅーぴー（くうぇんてぃん）*	122	グウェンドリン・ピット	126
キュラ・ベルク	122	グエンダ・リード	126
ギュンター・シュレック	122	クエンティン・ヘイズ	126
キョンビン	122	グウェン・ランカスター	127
ギルバート・アップルビー	122	クーガン	127

(17)

クサヴェリー・フェオフィラクトヴィチ・グルーシン（グルーシン）	127	クラリス・メルジー	130
グスタフ・グレイヴス（グレイヴス）	127	クラレンス・フォーティンブラス（フォーティンブラス）	130
グスタフ・ヴォグラー	127	クランシー	131
クセノス・フィロティーモ	127	クランストン・プリッチャート（プリッチャート）	131
グーチ	127	グラント	131
口髭　くちひげ	127	クリオ・リオ	131
クーツ	127	クリケット	131
グッシー・ピース	127	グリゴーリイ・ノーヴィク（ノーヴィク）	131
グッチ	127	クリーシィ	131
クーパー	128	クリス	131
クービオン	128	クリス・アイアンサイド	131
クライド・エドソン	128	クリスタ・ピアソン	131
クライド・ジェイムズ	128	クリスタル	132
クライド・トーマス	128	クリスチーナ・トリセリ	132
クライヴ	128	クリスチャン	132
クライヴ-スミス少佐　くらいぶ-すみすしょうさ	128	クリスチャン・ファロン	132
グライムズ	128	クリスチャン・フォーグラー	132
クライン	128	クリスチャン・ヴォルコフ（ヴォルコフ）	132
クラウス・フックス（フックス）	128	クリスチャン・マジェク（マジェク）	132
クラウディア	129	クリスティー	132
クラウディア・バレンタイン	129	クリスティーナ・ウェルズ	132
クラウディア・ミューラー	129	クリスティーヌ・ド・シャニー	132
クラウディオ（ウルフ）	129	クリスティン・カー	132
クラーク	129	クリスティーン・カーペンター	132
グラシエラ・リヴァーズ	129	クリスティーン・クレイ	132
クラッシー・アルマーニスキー	129	クリストファ・ジャーヴィス（ジャーヴィス博士）　くりすとふぁじゃーびす（じゃーびすはかせ）	132
クラッシー・アルモニスキー	129		
クラッター氏　くらったーし	129	クリストファー・スノー（クリス）	133
クラドック	129	クリストファー・ディケン（ディケン）	133
グラフトン・バーンズ（バーンズ）	129	クリストファー・ノーラン	133
クラプリー	129	クリストファ・パジェット	133
グラボウスキー	130	クリストファー・ハート（ハート）	133
クラムスキー	130	クリストファー・ハート大佐（チーフ）　くりすとふぁーはーとたいさ（ちーふ）	133
クラムリー	130		
クララ・ピアス	130	クリストフ・マイアー	133
クララ・リンカー（リンカー）	130	クリス・ノーグレン	133
クララ・ロシュフォート・スクーディエリ	130	クリスフォード・ジェーンウェイ（クリフ）	133
クラリサ・ヘイルシャム・ブラウン	130	クリス・フォーリー（フォーリー大尉）　くりすふぉーりー（ふぉーりーたいい）	133
クラリス	130		
クラリス・コウビー	130	クリス・マラレク	133
クラリス・デティグ	130	グリッソム	133

クリッブ	133	クレイトン・ベネット	137
クリップ	134	クレイトン・レドモンド	137
グリトリ・モーゼル	134	グレイヴス	137
クリーヴァー	134	クレイヴン	138
クリフ	134	クレイマー	138
グリフィン	134	グレイ・ルイヤード	138
グリフィン・イェーツ	134	クレイン	138
グリフィン・スコープ	134	グレガー・パトニアクス(ジョージ)	138
グリフィン・リンチ	134	グレゴリー・チェンバース(チェンバース)	138
クリフォード・マーティン(アウグスト・ミュラ)	134	グレゴワール・ド・フロンサック(フロンサック)	138
グリーフ博士 ぐりーふはかせ	134	グレース・ハンラハン	138
グリーン	134	グレース・ミード	138
グルイズロフ	134	クレスラ・ファインゴールド	138
グルーシン	135	グレース・ローリング	138
クルース	135	グレタ・グレアム	138
クルスク	135	グレタ・ステンホルム	139
クルツ	135	グレッグ・グラヴァー	139
グールド	135	グレッグ・スペンサー	139
クルト・ヴァランダー(ヴァランダー)	135	グレッグ・モナーチ	139
クルト・フォン・グラース	135	クレマン・ベランジェ	139
グル・ニザリ(ニザリ)	135	クレメンタイン・リプリー(リプリー)	139
クレア・アージェント	135	グレン・サイクス(サイクス)	139
クレア・ウォッシュバーン	136	グレンジ警部 ぐれんじけいぶ	139
クレア・ダニエルズ	136	グレンダ・ウェッツェル	139
クレア・フレイザー	136	クローイ・ウィリアムズ	139
クレア・ブロック	136	クローイ・スチール	139
クレア・ペルティエ	136	クローイ・スチール・ウィリアムズ	140
グレアム	136	クローイ・ラーソン	140
グレアム・スミス	136	クロウ	140
クレア・モントローズ	136	クロウ・エドガー・ランサム	140
クレア・ランダル	136	クロエ・オブライエン	140
クレア・ローデンバーグ	137	黒蜘蛛 くろくも	140
クレイ	137	クロス	140
グレイ	137	クロッカー	141
グレイウルフ	137	クロック	141
クレイク	137	クロット	141
グレイ・グランサム	137	クローディア・グレアム	141
クレイジーピート	137	クローディア・サラザー	141
グレイス・エリーズ・フリント(フリント)	137	クローディーン・カーター	141
グレイス・シリング(ドクター・シリング)	137	クローデル	141
グレイス・マッケイブ	137		
クレイトン	137		

クロード・エイモリー卿　くろーどえいもりーきょう	141	ケイティ・ローガン	145
クロード・エイモリー卿(サー・クロード・エイモリー)　くろーどえいもりーきょう(さーくろーどえいもりー)	141	ケイト	145
		ケイト・アイヴァースン	145
		ケイト・ウェレット	145
クロード・コルジェ(コルジェ)	141	ケイト・オークレイ	145
クロード・マローチェ	142	ケイト・ギャラガー	145
クロード・モネ(モネ)	142	ケイト・キンセラ	145
クロード・ラトレル	142	ケイト・コンラン	145
クロード・ルーカス(ルーク)	142	ケイト・トレボーン	145
グローヴァー・ラングホーン	142	ケイト・ハリス	145
クロフォード	142	ケイト・ビーチャム	146
クローム警部　くろーむけいぶ	142	ケイト・マグナス	146
クロメリン	142	ケイト・マッキノン・ロススティーン	146
グロリア・ティレル	142	ケイト・マーティネリ	146
グロリア・ベンサム	142	ケイト・ミスキン	146
グロリア・マーチャント	142	ケイト・メイフィールド	146
グロリア・マーチャント	143	ケイト・ラシッド	146
グローリア・マンロー	143	ケイトリン	146
クロンジアック	143	ケイトリン・ヴァサロ	146
グロンスキー	143	ケイトリン・マスターズ	146
クヮイ	143	ケイト・ロス	146
クワーク	143	警部　けいぶ	146
クワン キーチー　くわん・きーちー	143	警部　けいぶ	147
グンテン	143	ゲイブ	147
グンバ	143	警部補(マーティネス)　けいぶほ(まーてぃねす)	147
		ケイ・ブライアント	147
【け】		ゲイブリエル・ジョーン・アタスン(アタスン)	147
ゲーアハルト・ゼルプ(ゼルプ)	143	ゲイブリエル・ジョン・アタスン(アタスン)	147
ケイ・ウィリアムズ	143		
ケイシー・ジョーンズ	144	ゲイブリエル・ホワイト(ホワイト)	147
ケイショーン・ウィルソン	144	ケイ・ラング	147
ケイシー・ライトマン	144	ケイリー	147
ケイ・スカーペッタ	144	ゲイリー・スコット	147
ケイ・スカーペッタ(スカーペッタ)	144	ゲイリー・マクロー(マクロー)	147
ケイス・ハーディン	144	ケイリー・ミラー	147
ケイス・ポラード	144	ゲイリー・レインズ	147
ゲイター	144	ゲイル・グレイスン	148
ケイティ	144	ケイレブ・カイル	148
ケイティ・シムラ	144	ゲイロード・オークス(オークス)	148
ケイティ・プルー	144	ケイン	148
ケイティ・マーカス	145	ケイン・マグレガー	148

ゲオルク・ポルガー	148
ケージ	148
K・C・コールデン(コールデン) けーしーこーるでん(こーるでん)*	148
KC・ロス　けーしーろす*	148
ケース・クロメリン(クロメリン)	148
ケッセルバッハ夫人　けっせるばっはふじん	148
K・ドッグ(ケイショーン・ウィルソン) けーどっぐ(けいしょーんうぃるそん)*	148
ケニス・カインズ(カインズ)	148
ケニー・トラベラー	148
ケネス・オーブリー	149
ケネス・P・ウィニントン(ウィニントン) けねすぴーうぃにんとん(うぃにんとん)*	149
ケネス・フランクリン(フランクリン)	149
ケネディ	149
ケヴィン・ポープ	149
ケヴィン・マクブライド(マクブライド)	149
ケヴィン・マドローン(マドローン)	149
ケマル	149
ゲミヌス	149
ケラー	149
ケリー	149
ケリー	150
ケリー・アシュトン	150
ゲーリー・ダスキヴィッチ(ダスキヴィッチ)	150
ケリー・ビショップ	150
ゲーリー・ローラー	150
ケルシー・カニンガム	150
ケルシー警部　けるしーけいぶ	150
ゲルハルト・ミーナー(ミーナー)	150
ケーレブ・タルボット	150
ケレン・スチュワート	151
ケロッグ	151
ケン	151
ケンウッド・ブレイク(ケン)	151
ケンダル・ピーターソン(ピート・テイラー)	151
ケン・ドゥーリー	151
ゲンドゥン	151
ケンドラ・サルバトリ(エンジェル)	151
ケンドラ・パイトリー	151
ゲンナジー・ボンダレンコ(ボンダレンコ)	151
ケンプ	151
ケンリック・ホープ(ホープ)	151

【こ】

ゴア大佐　ごあたいさ	151
ゴイルズ	152
コウビー	152
香部屋係り(カッペル)　こうべやがかり(かっぺる)	152
コーエン	152
コーク・オコナー	152
国務長官　こくむちょうかん	152
ココ	152
ココ(カウ・コウ＝クン)	152
ココ(カウ・コウ＝クン)	153
ココ・フラッペ	153
ココーリン	153
コスタ	153
幽霊番人　ごーすときーぱー	153
コーソ	153
コーソウ	153
ゴダード	153
コッキー	153
コックリル	153
コックリル(コッキー)	154
コック・ロビン	154
ゴッダード	154
ゴーディ	154
ゴーディアン	154
コーディ・オコナー	154
ゴディス・エイドニー	154
コーディック	154
コード	154
ゴードン	154
ゴードン・アクトン	154
ゴードン・ウェイヴァリー(ウェイヴァリー)	155
ゴードン・シーコム	155
ゴードン・フィンチ	155

ゴードン・ブリュワー(ゴーディ)	155	コールズ	158
ゴードン・ヘンソン	155	コルデ	159
コナー	155	ゴールディ	159
コナー・ストラトフォード	155	ゴルディ・シュルツ	159
コナー・マーカム	155	コルテン	159
コナー・マクラウド	155	コールデン	159
コナー・ヤング	155	コルビー	159
コナル・オギルロイ(オギルロイ)	155	コール・ブキャナン	159
コナー・ルーニー	156	コーレス	159
コニー	156	コレット	159
コーニッシュ	156	ゴレフ	159
コニー・ルイス	156	コロトコフ	160
コーネリアス・マクダーモット(マック)	156	コロンバヌス	160
コーネリアス・ロチェスター(ロチェスター)	156	コロンブ	160
コーネリア・ヘイウッド(ニーリー)	156	コロンボ	160
コノヴァンコ	156	コンウェイ	160
コヴ	156	コーンウォール・オギルロイ(オギルロイ)	160
コフィ	156	コンウォール・オギルロイ(オギルロイ)	160
ゴーフォース	156	コングリーヴ	160
コーマック・フィッツヒュー	156	コンクリン教授　こんくりんきょうじゅ	160
ゴヤ	156	混血児　こんけつじ	160
コーラ	157	ゴンサロ・リョレンテ	161
コーラー	157	今 純治　こん・じゅんじ	161
コーラ・フェラーズ	157	コンスタンス・セッジウィック	161
コーラ・フェルトン	157	コンスタンス・ダンフォース(コニー)	161
コーラ・ベンター	157	コンスタンス・ハラウェイ	161
コーラ・マギル	157	コンスタンス・ラティガン	161
コーリー	157	コンスタンチン	161
ゴーリー	157	コンスタンチン博士　こんすたんちんはくし	161
コリアー・ハロウェル	158		
コリーナ・シェリング(フィン夫人)　こりーなしぇりんぐ(ふぃんふじん)	158	コンスタンチン・ヴァジム(ヴァジム)	161
コリナ・シェリング(ミセス・フィン)	158	コンスタンチン・ロマノビッチ・キーロフ(キーロフ)	161
コリンズ	158	コンスタンティン・ロマノス(ロマノス)	161
コリン・バーク(バーク)	158	コンチャ	161
コリン・メドーズ(キャンバス)	158	昆虫少年　こんちゅうしょうねん	162
コリン・ラム	158	コン・ドーラン(ドーラン)	162
コール	158	コントロール	162
コルゲート警部　こるげーとけいぶ	158	コンラッド	162
コール・シアー　こーるしあー	158	コンラッド・アレン	162
コルジェ	158	コンラッド・イェーツ	162

コンラッド・サンスベリ	162
コンラッド・フート（フート）	162
コンラッド・レッドマン	162
コンラン	162

【さ】

サー・イアン・マクリーン（マクリーン）	162
サイクス	163
ザイツェフ	163
サイード	163
サイモン	163
サイモン（ボリス・レオノヴィッチ）	163
サイモン・アシュビィ	163
サイモン・イネス	163
サイモン・クアリイ	163
サイモン・ドイル	163
サイモン・モーガン（モーガン）	163
サイモン・ラッソ	163
サイラス	163
サイラス・チャンドラー・コルファックス	163
サイラス・ペイン	163
サウリャク	164
ザオ	164
サー・オーガスティン・テンプラー	164
ザカリー・ハミルトン（ザク）	164
ザク	164
サグデン警視　さぐでんけいし	164
サー・クロード・エイモリー	164
サーシャ	164
サーシャ・グッダル	164
サーシャ・フィリポフ	164
サー・スタフォード・ナイ（スタフォード・ナイ）	164
サーズデイ・ネクスト	165
サズ・マーティン	165
サタースウェイト	165
サタースウェイト氏　さたーすうぇいとし	165
サツォ・イリアチ	165
サッカリー	165
サッカレイ	165
ザック	165
サックス	166
ザック・マローン	166
サッチャー	166
サットン	166
ザ・ディガ（C・E・ディガ・ジョーンズ）ざでぃが（しーいーでぃがじょーんず）＊	166
サトクリフ	166
サニ	166
サニー	167
サニエル・フォックス	167
サニー・チャイルズ	167
サニー・ハンセン	167
サニー・フォード	167
サニー・ランドル	167
ザバーラ	167
ザヴィア・ジョーンズ	167
サビッチ	167
サビーナ・コーツキー	168
サビーナ・プレジャー	168
サーブラ・デンディ	168
サブリナ・ホロウェイ	168
サー・ヘンリー・クリザリング	168
サー・ヘンリー・シマーソン（シマーソン）	168
ザボ女王　ざぼじょおう	168
サー・ポール（ポール）	168
サマンサ	168
サマンサ・カーライル（サム）	168
サマンサ・キンケイド（サム・キンケイド）	168
サマンサ・ジョーンズ（サム）	169
サマンサ・バーゼル	169
サマンサ・リーズ	169
サミー・ピンテーラ	169
サミュエル	169
サミュエル・リエンゾ	169
サム	169
サム・ウォーターズ	169
サム・キーライン（サミュエル）	169
サム・キンケイド	169
サム・クラッグ	170
サム・スターク（スターク）	170

サム・スタレット	170	サルヴァトール・ローマ（ローマ）	173
サム・スタレット（スタレット）	170	サルヴァトーレ	173
サムソン	170	サルヴァトーレ・ネルヴィ	173
サム・デラローサ	170	サル・マタッチ	174
サム・ドノヴァン	170	サロフ	174
サム・バーク	170	サン	174
サム・ヴィンセント	170	サンウ	174
サム・ブリスコー（ブリスコー）	170	サングレ	174
サム・ホーソーン	170	ザンシア・ウェルチ	174
サム・ホーソーン	171	サンジョン・タパ	174
サム・マーロッテ	171	サンシール	174
サム・ロブ	171	サンセット・ジョーンズ	174
サモーラ	171	ザンダー・ケイジ	174
サー・ユースタス・ペドラー	171	サンダース	174
サラ	171	サンダース	175
サラ・アルトマン	171	サンチア	175
サラ・アレビ	171	サンディ	175
サラ・キング	171	サンディ・ウッドロウ（ウッドロウ）	175
サラ・サイドル	171	サンディ・キンソルヴィング	175
サラ・サイドル	172	サンディ・ジェームズ（ウェスタ）	175
サラ・ジョーンズ	172	サンティノ	175
ザラズィ	172	サンディ・ポルスン	175
サラディン（ハンス・ニーベルング）	172	サンデッカー	175
サラ・パトリック	172	サントス	175
サラ・フォスター	172	サンドラ・パリス	176
サラ・ヘイズ	172	サンドラ・プライス（サンディ）	176
サラ・マーカム	172	サンドラ・ロバーツ（タンディ）	176
サラマッジオ	172	サンドロ・マルケーゼ	176
サラ・モートン	172	サンピル	176
サラ・リントン	172	サン・マルタン	176
サリー	172	サンヨン	176
サリー・アップルヤード	172		
ザ・リップ（ロバート・J・リプランスキー）	173	【し】	
ざりっぷ（ろばーとじぇいりぷらんすき）			
サリナ・フリート	173	ジー	176
サリー・ハリントン	173	シア	176
サリヴァン	173	ジーア・ディラウロ	176
サリヴァン・ディーン（サリー）	173	ジアド	177
サリー・レインウォーター	173	C・E・ディガ・ジョーンズ　しーいーでぃがじょーんず	177
ザルガー	173		
サルテイン	173	シーウィフ	177
サルバドール・ド・ラ・シマルド	173		

項目	ページ
J・エドガー・フーヴァー(フーヴァー)	177
じぇいえどがーふーばー(ふーばー)*	
J・L・B・マテコニ(ラ・マテコニ) じぇいえるびーまてこに(らまてこに)*	177
ジェイク・ガイスマー	177
ジェイク・グラフトン	177
ジェイク・シーゲル	177
ジェイク・スパイヴィ	177
ジェイク・ダンサー	177
ジェイク・ディレッシオ(ディレッシオ)	177
ジェイク・ドラン	177
ジェイク・バーネット	177
ジェイク・ファウラー	178
ジェイク・ファーリー	178
ジェイク・ヘイズ	178
ジェイク・モンゴメリー	178
ジェイ・グリッドリー	178
ジェイク・ローパー(ローパー)	178
ジェイ・コウビー(コウビー)	178
ジェイコブ	178
ジェイコブ・ジョーンズ	178
ジェイコブ・ブラント	178
J・C・ロビン(コック・ロビン) じぇいしーろびん(こっくろびん)*	178
シェイ・ストーリー	178
ジェイソン	178
ジェイソン・キャンベル	179
ジェイソン・ジョンソン	179
ジェイソン・フィリ(マボンゾ)	179
ジェイソン・ブラック	179
ジェイソン・フランク	179
ジェイソン・メイプリー(フリー)	179
ジェイダ・ジャクソン	179
ジェイ・タリー	179
J・T じぇいてい	179
J・T・ディロン じぇいてぃーでぃろん*	179
J・D・ラファティ じぇいでぃらふぁてい*	179
ジェイド(バッドガール)	179
ジェイド・スペアリー	180
ジェイ・バーン	180
J・ピコー(ピコー) じぇいぴこー(ぴこー)*	180
シェイマス・リンチ	180
ジェイミー	180
ジェイミー・コーフマン	180
ジェイミー・ジー	180
ジェイミー孫 じぇいみーそん	180
ジェイミー・テスマン	180
ジェイミー・バーガー(バーガー)	180
ジェイミー・フレイザー	180
ジェイミー・フレイザー	181
ジェイムズ・ウィルソン・ジョーンズ	181
ジェイムズ・ウィンターズ(ウィンターズ)	181
ジェイムズ・エルロイ	181
ジェイムズ・キーガン(ジム)	181
ジェイムズ・キータイ	181
ジェイムズ・クレイトン	181
ジェイムズ・ゴードン(ゴードン)	181
ジェイムズ・シェパード	181
ジェイムズ・ジャック・クロス(クロス)	181
ジェイムズ・ピンカートン(ピンカートン)	181
ジェイムズ・ボンド(ボンド)	182
ジェイムズ・マクリン(マクリン)	182
ジェイムズ・マッキントッシュ・クィララン(クィララン)	182
ジェイムズ・モーガン(モーガン)	182
ジェイムズ・リーチ	182
ジェイムズ・ロースン(ジミー・ロースン)	182
ジェイン・キングズリー(ジンクス)	182
ジェイン・シンクレア	182
シェイン・タナヒル	182
ジェイン・ドウ(ドロレス・トゥーイ)	183
シェインドリン	183
ジェイン・ビー	183
ジェイン・ブライト	183
ジェイン・リゾーリ(リゾーリ)	183
ジェーク・オルセン(オルセン)	183
ジェーク・ジャスタス	183
ジェーク・タイラー	183
ジェサップ	183
ジェシー	183
ジェシー・ウェイド	183

ジェシカ	183	ジェブ・ウェインライト	187
ジェシカ・キング	184	ジェフ・コナーズ	187
ジェシカ・キンケイド	184	ジェフ・コンヴァース	187
ジェシカ・コラン	184	ジェフ・ストッカード(ゼン)	187
ジェシカ・ショー	184	ジェフ・ゼン・ストッカード(ゼン)	187
ジェシカ・マーティン	184	ジェフ・タリー(タリー)	187
ジェシカ・ライリー	184	ジェフリイ・ヴィントナー	188
ジェシー・コープランド	184	ジェフリー・スタインズ	188
ジェシー・スレーター	184	ジェフリー・トリヴァー	188
ジェシー・デュセット	184	ジェフリー・ハモンド(ジェフ)	188
ジェシー・ハリソン	184	ジェフリー・ブラックバーン	188
ジェシー・ブラント	184	ジェフリー・ヘイヴァシャム	188
ジェシー・メイフィールド	184	ジェフリー・リクター(リクター)	188
ジェス・ロンドン	184	ジェフリー・レベット	188
ジェスン	185	ジェフリー・ロックウッド(ロックウッド氏) じぇふりーろっくうっど(ろっくうっどし)	188
ジェースン・ラフィール	185		
ジェーソン・ウェード	185		
ジェッシイ・ストーン(ストーン)	185	ジェマ・ジェイムズ	188
シェード	185	ジェマ・ドーゲン	188
ジェナ・オコナー	185	紳士 じぇまん	188
ジェニー・ウィンデル	185	ジェム	189
ジェニー・ゲベン	185	ジェームズ・R・ヘロルド(ヘロルド) じぇーむずあーるへろるど(へろるど)*	189
ジェニファー	185		
ジェニファー・ガバメント	186	ジェームズ・ウィンターズ(ウィンターズ)	189
ジェニファー・コノリー	186		
ジェニファー・ニコルスン	186	ジェームズ・A・マロイ(マロイ) じぇーむずえーまろい(まろい)*	189
ジェニファー・ヒルトンシャム	186		
ジェニファー・フォックス(フォックス博士) じぇにふぁーふぉっくす(ふぉっくすはかせ)	186	ジェームズ・サンデッカー(サンデッカー)	189
		ジェームズ・シェパード	189
ジェニファー・マーチ	186	ジェームズ・スプリント	189
ジェニファー・リッター	186	ジェームズ・トーマス・フィールズ(フィールズ)	189
ジェニファー・ロッジ	186		
ジェニー・マローン	186	ジェームズ・ファレル	189
ジェネヴィーヴ・サチェット	186	ジェームズ・フィゲラス	189
ジェネロ	186	ジェームズ・フォリー	189
シェパード(ジェイムズ・シェパード)	186	ジェームズ・ブラウン(ブラウン)	190
シェパード(ジェイムズ・シェパード)	187	ジェームズ・ヘラー(ヘラー長官) じぇーむずへらー(へらーちょうかん)	190
シェパード(ジェイムズ・シェパード)	187		
JP じぇーぴー	187	ジェームズ・ホイッティアー	190
ジェフ	187	ジェームズ・ボンド(ボンド)	190
ジェファーソン	187	ジェームズ・マクゲイン	190
ジェファソン・ジョーンズ(ジョーンズ)	187	ジェームズ・マックエヴァン(ジミー)	190

(26)

ジェームズ・モバリー	190
ジェームズ・モリアーティ(モリアーティ)	190
ジェームズ・ラッセル・ローウェル(ローウェル)	190
ジェームズ・ラニアー(ラニアー)	190
ジェム・フィッシャー	191
ジェヨン	191
ジェラード・ナスーリ	191
ジェラード・ローガン(ローガン)	191
シエラ・マーフィー	191
ジェラルディン・ツラビー(ツラビー)	191
ジェラルディン・ロスマン	191
ジェラール・デュプレ(ドミニク)	191
ジェラルド・キャンドレス(キャンドレス)	191
ジェラルド・ジェイコブズ	191
シェリ	191
シェリー	191
ジェリー	191
シェリイ・ノワック	191
ジェリー・ウェルバック	192
ジェリー・エドガー(エドガー)	192
シェリー・カーター	192
シェリー・キャリガン・オトゥール	192
ジェリー・ゴールドマン(クセノス・フィロティーモ)	192
ジェリー・シグモンド	192
シェリダン・ピケット	192
ジェリー・デービス	192
ジェリー・ノース	192
ジェリー・バートン	192
ジェリー・パンコー	192
ジェリー・ラザラス(ラズ)	193
シェリル	193
シェル	193
シェル・スコット	193
シェルドン・スコット(シェル・スコット)	193
ジェレマイア・スパー	193
ジェレマイア・ピュー(ピュー)	193
ジェレミー・スレイド	193
ジェレミー・フォークス	193
ジェレミー・フラートン(フラートン)	193
ジェローム	193
ジェローム・カースヴィル	193
ジェローム・クリフォード	193
ジェン	193
ジェン	194
ジェン(ジェニファー)	194
ジェーン・ウィルキンスン	194
ジェーン・クック	194
ジェーン・シェパード	194
ジェーン・ジェフリイ	194
シェーン・スカリー	194
ジェーン・スチュアート	194
ジェーン・スミス	194
ジェンセン・リッチー	194
ジェーン・ターナー	194
シェンナ・ベラサー	195
ジェーン・ハドソン	195
ジェーン・バーナビー	195
ジェーン・ホワイトフィールド	195
ジェーン・マーブル	195
ジェーン・マーブル	196
ジェーン・ラクール	196
ジェーン・ロジャース	196
ジオ	196
シギー	196
ジギー	196
ジギー・マックス(サル・マタッチ)	196
ジキル	196
シグニー	197
ジークフリート・カール(山猫) じーくふりーとかーる(やまねこ)	197
ジグ・ベルサミ	197
シグムンド・マーキウイッツ(ジギー)	197
司祭 しさい	197
ジーザス・アセンシオ(ジェシー)	197
シザーレ・バンデーロ(リコ)	197
C.J.ヘイグ(ヘイグ) しーじぇいへいぐ(へいぐ)＊	197
C・J・タウンゼント(クローイ・ラーソン) しーじぇーたうんぜんど(くろーいらーそん)＊	197
C・J・タウンゼンド(クローイ・ラーソン) しーじぇーたうんぜんど(くろーいらーそん)＊	197

C・C・バド・キング（キング）　しーしー	197	ジミー・ロースン	201
ばどきんぐ（きんぐ）*		ジム	201
シスコ	197	ジム・ウェスト	201
シット・ハウス	197	ジム・クィララン（クィララン）	201
シド	198	ジム・クラーク（クラーク）	201
シド（シドニー・ジェームソン）	198	ジム・クリステンセン	201
シド・カールソン	198	ジム・ケイディ	201
シドニー・アイザック・キャプラン（キャプラン）	198	ジム・シュミット	202
		ジム・スティーヴンズ	202
シドニー・オルスン（シド）	198	ジム・ストロング	202
シドニー・ジェームソン	198	ジム・バード	202
シドニー・デッカー	198	ジム・バーネット（バーネット）	202
シドニー・マイルズ	198	ジム・バリー	202
ジーナ	198	ジム・フォラン	202
ジーナ・ブラッドリー	198	ジム・フレッチャー	202
ジーナ・マクゲイン	198	ジム・ブレッドソー	202
ジニー	199	ジム・ベケット	202
ジニー（アントーニア・ジネーブラ・ジャネッリ）	199	シメオン・リー	202
		シモーヌ・ド・ラ・フェール	202
シニア・チーフ	199	シモーネ・ハチソン	202
ジニー・ホーソン	199	シモン・デラム	202
シーヴァー	199	シャイナー	203
シヴァー先生　しばーせんせい	199	ジャイルズ・ロールストン	203
C・B（カスバート・ボニフェイス・ディングル）　しーびー（かすばーとぼにふぇいすでぃんぐる）*	199	ジャガー	203
		シャーキー	203
		ジャクソン・ナヴァー	203
シヴィア・ロス	199	ジャクソン・ワッツ	203
シビッラ	199	ジャクリ	203
シビラ	199	ジャクリーヌ・ドラクロワ（サラ・アレビ）	203
シビル	199	ジャクリーン・カービー	203
シビル・アダムズ	199	ジャジド・ヘンドラ	203
シフェール	199	ジャス（ジャスティス）	203
ジーヴズ	199	ジャズ・ディクスン	204
ジブラルタル	200	ジャスティス	204
ジフン	200	ジャスティン・カーライル	204
シボーン・クラーク	200	ジャスティン・クエイル	204
シマーソン	200	ジャスミン・ワシントン	204
ジミー	200	ジャダラー・サーレム・ズワイイ（ズワイイ）	204
ジミー・シシワン	200		
ジミー・パス	200	ジャッキー	204
ジミー・マーカス	200	ジャッキー・イシダ	204
ジミー・レース	201	ジャッキー・ロビンソン	204
ジミー・ロジャーズ	201	ジャック	204

ジャック	205	ジャック・ハーパー	209
ジャック(ジャッコ)	205	ジャック・ヴァーミリオン	209
ジャック・アームストロング(アームストロング)	205	ジャック・バリストン(バリストン)	209
ジャック・ウェイド	205	ジャック・ヴァレンタイン	209
ジャック・ウエスト	205	ジャック・バーンズ(バーンズ)	209
ジャック・エメリー	205	ジャック・バーンスタイン(バーンスタイン)	209
ジャック・オブライアン	205	ジャック・ピアース	209
ジャック・オーブリー(オーブリー艦長) じゃっくおーぶりー(おーぶりーかんちょう)	205	ジャック・ピアース(ピアース)	210
ジャック・オーブリー(オーブリー艦長) じゃっくおーぶりー(おーぶりーかんちょう)	206	ジャック・ピアース(ピアース警部) じゃっくぴあーす(ぴあーすけいぶ)	210
ジャック・カーチ(カーチ)	206	ジャック・フィッツローアン	210
ジャック・カービイ(カービイ)	206	ジャック・フォアマン	210
ジャック・キーパー・マルコーニ	206	ジャック・フォックス(フォックス)	210
ジャック・キャフェリー(キャフェリー)	206	ジャック・フォーリー(フォーリー)	210
ジャック・キンケイド(キンケイド)	206	ジャック・フリッポ	210
ジャック・クロフォード(クロフォード)	206	ジャック・ブレイクニー	210
ジャック・ケルソー	206	ジャック・フロスト(フロスト)	210
ジャック・コーディック(コーディック)	206	ジャック・ヴェリティ	210
ジャック・コリンズ(コリンズ)	206	ジャック・ペル(ペル)	210
ジャック・ジーグラー	206	ジャック・ホイットマン	210
ジャック・ジュニア	206	ジャック・ホワイトヘッド	210
ジャック・ストッダート(ストッダート)	206	ジャック・マクドゥガル	210
ジャック・ストライカー(ストライカー)	207	ジャック・マレン	211
ジャック・スパーリング(スパーリング)	207	ジャック・メリエス(メリエス)	211
ジャック・スパロウ	207	ジャック・モンフォール	211
ジャック・スモールボーン(スモールボーン)	207	ジャック・ライアン(ジョン・パトリック・ライアン)	211
ジャック・ソニエール(ソニエール)	207	ジャック・ライアン(ライアン)	211
ジャック・タガー	207	ジャック・ライトナー	211
ジャック・ダニエルズ(ジャッキー)	207	ジャック・ライリー	211
ジャック・テイラー	207	ジャック・ラッソ	211
ジャック・デューガン	207	ジャック・ラトリッジ(大統領) じゃっくらとりっじ(だいとうりょう)	211
ジャック・デュ・モーリエ	207	ジャック・ランディス	211
ジャック・デュランス(デュランス)	207	ジャック・ランドール	211
ジャック・ドゥビエリュー	207	ジャック・リーチャー(リーチャー)	211
ジャック・ニューリン	208	ジャック・ロス	211
ジャック・ノヴァク(ノヴァク)	208	ジャック・ロデリック	212
ジャック・バウアー	208	ジャッコ	212
ジャック・バウアー	209	ジャッド・クロッカー(クロッカー)	212
ジャック・バウアー(バウアー)	209	ジャップ	212
		ジャド・スティーブンス	212

ジャド・モーガン(モーガン)	212	シャーロット・ブライト(フレンチー)	216
ジャナス	212	シャロン・カーペルマン	216
ジャニス	212	シャロン・クランドル	216
ジャニーン	212	シャロン・ゴルバン	216
ジャネット・カーター	212	シャロン・デュプリー	216
ジャネット・グッドペニー	212	シャロン・マコーン(マコーン)	216
ジャネット・グリーン	212	ジャンカルロ・パルロッタ(パルロッタ)	216
ジャネット・コンプトン	213	ジャンキー	216
ジャネット・スピース	213	ジャン・キーン	216
ジャネット・スラッシュ	213	ジャン・ジャン	217
ジャネット・テンハイス(ネッティ)	213	単 道雲 しゃん・たおゆん	217
ジャネット・バーンズ	213	シャンタル・ウエスト	217
ジャネット・ブリスコウ	213	シャンデリア・ウェルズ	217
ジャノー(ジャン・ジャン)	213	ジャンヌ・ド・ラ・モット・ヴァロア	217
シャノン・マッケイ	213	ジャン・バプティスト・シャンドン	217
ジャーヴァス・シェヴニックス・ゴア	213	ジャン・ヴァン・デン・ホーベン	217
ジャーヴァス・フェン(フェン)	213	ジャン・フランソワ・ド・モランジアス	217
ジャーヴィス	213	ジャン・ポール・ドラローシュ(ドローシュ)	217
ジャーヴィス博士 じゃーびすはかせ	213		
シャープ	213	ジャン・マルク・アンドリアス	217
シャープ	214	張 猛 じゃん・もん	217
シャープ警部 しゃーぷけいぶ	214	ジャン・ルイ・サンシール(サンシール)	218
ジャブ・フリーマン	214		
ジャマール・ワシントン	214	ジャン・ルイ・シフェール(シフェール)	218
シャーマン	214	シュガーマン	218
シャムロン	214	シュグルー	218
ジャーラ・モハメド	214	ジュスチーヌ・ロンバール	218
シャーリー	214	ジュスト	218
シャリアック	214	ジュゼッペ・アマドネッリ	218
シャーリー・アン	214	ジュディ	218
シャリ・カーン	214	ジュディー	218
ジャリド・デイマウント	214	ジュディ・サスマン	218
シャリ・ネルソン	214	ジュディス・ダンディ	218
シャリ・ネルソン	215	ジュディス・パール	219
シャーリー・ノヴェロ(ノヴェロ)	215	ジュディス・ヘイスティングズ	219
シャーロック	215	ジュディス・ヘンリー・ハーパー(ジュディ)	219
シャーロック・ホームズ	215		
シャーロック・ホームズ(ホームズ)	215	ジュディ・ハマー(ハマー)	219
シャーロック・ホームズ(ホームズ)	216	ジュディ・ヒル	219
シャーロット・ジャスティス(ジャスティス)	216	ジュディ・マドックス	219
		ジュディ・マンデル	219
シャーロット・パーソンズ(シャーリー)	216	シュテップ	219
シャーロット・ピット	216		

シュテファニー・ファブリツィウス（ファニー）	219	ジュリエット・ボーディン	222
シュテファニー・ホルリック（シュテップ）	219	ジュリー・オリヴァー	222
シュテフィ・ユングマン	219	ジュリー・オリヴァー	223
シュテルン	219	ジュリー・カールソン	223
シュテレンボッシュ女史　しゅてれんぼっしゅじょし	219	ジュリー・クーパー	223
ジュード・ハーリー	220	シュリゲール	223
シュトラッサー	220	ジュリー・ジル	223
シュナイダー	220	ジュリー・ハーグリーヴズ	223
ジュニア	220	ジュリー・パンソン	223
ジュニア・ハミルトン	220	ジュリー・ブレモン	223
ジュニア・ミントン	220	シュレーダー	223
主任司祭（フュックス師）　しゅにんしさい（ふゅっくすし）	220	ジューン	223
ジュヌビエーブ・エルヌモン	220	巡査部長　じゅんさぶちょう	223
ジュヌヴィエーヴ・ディクラーク	220	ジューンバッグ・モンクリーフ	223
ジュヌビエーヴ・ド・ラ・シマルド（マダム・ド・ラ・シマルド）	220	ジューンバッグ・モンクリーフ	224
ジュノ	220	ジョー	224
シュミッツ	220	ジョー（スウェーデンのジョー）	224
シュミット	221	ジョアシャン・モーラ（モーラ）	224
シュラーデ	221	ジョアンナ・エバハート	224
ジュリー	221	ジョアンナ・マイスナー	224
ジュリア	221	ジョアンナ・ランダー	224
ジュリア・ウェブスター	221	ジョアンナ・ランド	224
ジュリア・オーストリアン	221	ジョアンナ・ロス（ジョーイ）	224
ジュリア・カーショー（ミス・カーショー）	221	ジョイ	224
ジュリア・ゴーディアン	221	ジョーイ	224
ジュリアス・ガブリエル	221	ジョイ・コール	225
ジュリアス・ベンテュラ（ベンテュラ）	221	ジョイス・レイクランド	225
ジュリア・タルボット	222	ジョーイ・デピーノ	225
ジュリア・フォアマン	222	ジョー・ウィルモット	225
ジュリア・ブレイシャー（ブレイシャー）	222	ジョー・ウィンストン	225
ジュリア・ラーウッド	222	ジョー・ウェルチ（ウェルチ）	225
ジュリア・ロシュフォート	222	将軍　しょうぐん	225
ジュリア・ロスマン（ロスマン夫人）じゅりあろすまん（ろすまんふじん）	222	少佐　しょうさ	225
ジュリア・ローレル	222	ジョウゼフ・フレンチ（フレンチ）	225
ジュリアン・ウェスト（ウェスト）	222	ジョウンズ夫人　じょうんずふじん	225
ジュリアン・フォーティエ	222	ジョウン・ハンター	225
ジュリエッタ・バッティン	222	ジョエル・シェーライバー	226
ジュリエット・ド・クレマン	222	ジョエル・チョーンシー	226
		ジョエル・フリードマン	226
		ジョエル・ロイヤー	226
		ジョー・エンダーズ（エンダーズ）	226
		ジョー・カーベリ・メンキン（メンキン）	226
		ジョー・カメロン	226

ジョー・ギャヴィラン（ギャヴィラン）	226
ジョー・キャリガン	226
ジョー・クイン	226
ジョー・クルツ（クルツ）	226
ジョージ	226
ジョージ	227
ジョージア・スキーアン	227
ジョージ・ウィントン	227
ジョージ・クーガン（クーガン）	227
ジョージ・コートリイ	227
ジョージ・スタッブス卿　じょーじすたっぶすきょう	227
ジョージ・スチュアート	227
ジョージ・ダナバン	227
ジョージ・タリー（タリー）	227
ジョージ・ディシー	227
ジョージ・デイリー	227
ジョージ・ドゥーリー	227
ジョージ・ナッシュ	227
ジョージーナ・フレッチャー	228
ジョジーヌ	228
ジョージ・パトナム	228
ジョージ・ハーヴェイ・ボーン	228
ジョージ・ハリソン	228
ジョージ・ベンドール（ベンドール）	228
ジョージ・マシューズ	228
ジョージ・マシューズ（マシューズ）	228
ジョージ・ミッチェル	228
ジョージ・メイソン	228
ジョージ・モートン	228
ジョシュア・スタフォード	228
ジョシュア・ヴァリーン	228
ジョシュ・ドリトル	229
ジョシュ・ブラウン	229
ジョシュ・マンデル	229
ジョージ・リーマス（リーマス）	229
ジョージ・ワシントン・グリーン（グリーン）	229
ジョス・ムヴラ	229
ジョーゼフ・アントネッリ（アントネッリ）	229
ジョゼフィーヌ・バルサモ	229
ジョゼフィーヌ・バルサモ（ジョジーヌ）	229
ジョゼフィーヌ・モールパ	229
ジョセフィン・ギャラント	229
ジョゼフィーン・メイザー	229
ジョセフ・T・ワトスン　じょぜふてぃーわとすん	229
ジョセフ・デル・リエコ（デル・リエコ）	230
ジョセフ・トリヴェリアン（トリヴェリアン大佐）じょせふとりべりあん（とりべりあんたいさ）	230
ジョセフ・トレヴェリヤン（トレヴェリヤン）	230
ジョセフ・バーク（バーク）	230
ジョーゼフ・マリガン（マリガン）	230
ジョーゼフ・ミーアン（ウォッチマン）	230
ジョーゼフ・ラコート（ジョー）	230
ジョーゼフ・リーナ（ジョー）	230
ジョゼフ・ルールタビーユ（ルールタビーユ）	230
ジョーダン・グラス	230
ジョーダン・テン・エイク	230
ジョーダン・ドラケン	230
ジョーダン・ポティート（ジョーディ）	230
ジョーダン・ポティート（ジョーディ）	231
ジョック・コーレス（コーレス）	231
ジョーディ	231
ジョーディ・シャープ	231
ジョディ・ナイトウッド	231
ジョー・ドゥーガン	231
ジョー・トローナ	231
ジョナサン	231
ジョナサン・アブシー	231
ジョナサン・ウェルズ	231
ジョナサン・ウェルズ	232
ジョナサン・ウォーキングスティック	232
ジョナサン・クリストファー	232
ジョナサン・スミス（スミス）	232
ジョナサン・ネイザム（ブルドッグ）	232
ジョナサン・ライス博士（ライス）じょなさんらいすはかせ（らいす）	232
ジョナサン・ラッド・ジョーンズ（ジョニー）	232
ジョナス・カレム	232
ジョナ・ラニエール	232
ジョニー	232
ジョニー	233

ジョニー・Z　じょにーぜっと*	233
ジョニー・フォンテーン	233
ジョニー・フレッチャー	233
ジョニー・ベルモント	233
ジョニー・マクスウェル	233
ジョニー・レイス（レイス）	233
ジョー・パオレッティ	233
ジョー・バーリー	233
ジョバンニ	233
ジョヴァンニ・デ・メディチ	233
ジョー・ピケット	234
ジョー・ヒッキー（ヒッキー）	234
ジョブソン	234
ジョー・マッケンジー	234
ジョー・モレリ（モレリ）	234
ジョリ	234
ジョリー	234
ジョリー	235
ジョー・リッグズ（リッグズ）	235
ジョー・ルーカス	235
ジョー・ルケージィ	235
ジョルジュ・クワニー	235
ジョルジュ・ブラスレル	235
ジョルジュ・ラ・トゥーシュ（ラ・トゥーシュ）	235
ジョルダン	235
ジョルディーノ	235
ジョレイン・ラックス	235
ジョン	236
ジョン	236
ジョン（ジョニー）	236
ジョン・アプルビイ	236
ジョン・アプルビイ（アプルビイ）	236
ジョン・イヴリン・ソーンダイク（ソーンダイク）	236
ジョンウ	236
ジョン・ウィグフル	236
ジョン・ウォーカー（ウォーカー）	236
ジョン・ウォーターズ（ウォーターズ）	236
ジョン・H・ワトスン　じょんえいちわとすん	237
ジョン・エドワード・リトルジョーン（ジョニー）	237
ジョン・F・Xマーカム（マーカム）　じょんえふえっくすまーかむ（まーかむ）*	237
ジョン・オズマンド（オズマンド）	237
ジョン・オローク	237
ジョン・カイザー（カイザー）	237
ジョン・カウン	237
ジョン・カーター	237
ジョン・カーディナル（カーディナル）	237
ジョン・カヴェンディッシュ	237
ジョン・カラドス（ジョニー）	237
ショーン・ガレン（ガレン）	237
ショーン・ガレン（ガレン）	238
ジョン・キー（ジャンキー）	238
ジョン・キーナン	238
ジョン・キャヴェンディッシュ	238
ジョン・ギャラン（ギャラン）	238
ジョン・ギャレット	238
ジョン・キングズリー（キングズリー聖堂参事）　じょんきんぐずりー（きんぐずりーせいどうさんじ）	238
ジョン・クィン（クィン）	238
ジョン・クラーク	238
ジョン・クリー	238
ジョーン・グレイ	238
ジョン・グレイ（グレイ）	238
ジョン・クロス	238
ジョン・クロス（クロス）	238
ジョン・ケイリー（ケイリー）	238
ジョン・ケナー	239
ジョン・ケラー（ケラー）	239
ジョン・ケリー（ケリー）	239
ジョン・コスタ	239
ジョン・ゴーフォース（ゴーフォース）	239
ジョン・コーリー	239
ジョン・コーリー（コーリー）	239
ジョン・ザント	239
ジョン・サンプスン	239
ジョン・J・ギャヴァラン（ギャヴァラン）　じょんじぇいぎゃばらん（ぎゃばらん）	239
ジョン・J・マローン（マローン）　じょんじぇいまろーん（まろーん）*	239
ジョン・シェード（シェード）	240
ジョン・シドニー・ハワード（ハワード）	240

ジョン・C・ラブジョイ（ラブジョイ）　じょんしーらぶじょい（らぶじょい）＊	240	ジョン・バロウズ	243
ジョン・C・ラブジョイ（ラブジョイ砲兵）　じょんしーらぶじょい（らぶじょいほうへい）＊	240	ジョン・バロン（バロン）	243
		ジョン・パンセル	243
		ジョン・ヴィクター・サリー	243
ジョン・シリングスワース（シリングスワース）	240	ジョン・ピゴット（ピゴット）	243
		ジョンヒョン	243
ジョーンズ	240	ジョン・フェルカ	243
ジョン・スタントン（スタントン）	240	ショーン・ブラック	244
ジョン・スチュアート	240	ジョーン・ブランチャードード	244
ジョン・スピルズベリー（スピルズベリー）	240	ジョン・ブレア・クレイトン（クレイトン）	244
		ジョン・ベイズウォーター（ベイズウォーターさん）	244
ジョン・スペンサー	240		
ジョン・スミス	240	ジョン・ベイズウォーター（ベイズウォーター氏）　じょんべいずうぉーたー（べいずうぉーたーし）	244
ジョン・スミス（スミス）	240		
ジョンスン	240		
ジョンスン	241	ジョン・ペサリントン・ミクルマス（ミクルマス）	244
ジョンスン大佐　じょんすんたいさ	241	ジョン・ヘジンボザム（ヘジンボザム）	244
ジョン・ソープ（J・T）　じょんそーぷ（じぇいてい）＊	241	ジョン・ヘスティングス（ヘスティングス）	244
ジョン・タイラー	241	ジョン・ペラム（ペラム）	244
ジョン・ダウリング（ダウリング）	241	ジョン・ベリー	244
ジョン・ターナー（ターナー）	241	ジョン・ポール・レナード	244
ジョン・チャステイン（チャステイン）	241	ジョン・マイクル・ファウルズ（ミスター・レッド）	245
ショーン・ディヴァイン	241		
ショーン・ディロン（ディロン）	241	ジョン・マカーサー（マカーサー将軍）　じょんまかーさー（まかーさーしょうぐん）	245
ショーン・ディロン（ディロン）	242		
ジョン・デッカー（デッカー）	242		
ジョン・ドー（プライムファクター）	242	ショーン・マクニーリー	245
ジョン・ドウ	242	ジョン・マクブッシュ（マクブッシュ）	245
ジョン・ドートマンダー（ドートマンダー）	242	ジョン・マクルーア博士（マクルーア博士）　じょんまくるーあはかせ（まくるーあはかせ）	245
ショーン・ドラモンド（ドラモンド）	242		
ジョン・トリブッチ	242	ジョーン・マーケッティ	245
ジョン・ナイキ	242	ジョン・マーシャル・タナー（タナー）	245
ジョン・ニルソン（ニルソン）	242	ジョン・マシンガム（マシンガム）	245
ジョン・バージェス（バージェス）	243	ジョン・マーチ	245
ジョン・パトナム・サッチャー（サッチャー）	243	ジョン・マッデン（マッデン）	245
		ジョン・マンティング	245
ジョン・パトリック・ホロウェイ（フェイト）	243	ジョン・ミルズ	245
ジョン・パトリック・ライアン	243	ジョン・ライダー	246
ジョン・パトリック・ライアン・ジュニア（ジャック・ジュニア）	243	ジョン・ラッセル	246
		ジョン・ラドキン（ラドキン）	246
ジョーン・ハプグッド	243	ジョン・リチャード（ドクター・コーマン）	246

ジョン・リーバス(リーバス)	246
ショーン・ルケージィ	246
ジョン・ルーニー	246
ジョン・レイン	246
ジョン・ロイル(ジャック)	247
ジョン・ロウ	247
ジョン・ローガン(ローガン)	247
ジョン・ロックハート(ロックハート)	247
ジョン・ロンドー(ロンドー)	247
シーラ	247
シライナ・アン・ドーズ(ドーズ)	247
シーラ・ウー	247
シーラ・ウォレン	247
シーラ・ダン	247
シーラ・トラヴィス	247
ジリアン・サリバン	247
ジリアン・ヘイズ	248
ジリアン・ボンデュラント	248
ジリアン・ミード	248
ジリアン・ロイド	248
ジリチ	248
シリ・プー・ニ	248
シリヤ・レイヴンズクロフト	248
シリングスワース	248
ジル・コッペリア	248
ジル・ターケル	248
ジル・バーンハート	248
シルビア	248
シルヴィア・ゲイナー	248
シルヴィア・ストレンジ	249
シルヴィア・フェアファックス	249
シルヴィア・ブルーム	249
シルヴェスター・マックスウェル(マックス)	249
ジルベール	249
ジレット	249
ジロー刑事　じろーけいじ	249
シーン	249
ジーン・ウェイド	249
ジーン・エルロイ	249
ジンクス	249
ジンク・チャンドラー	249
ジンク・チャンドラー(チャンドラー)	250
シンクレア	250
シンケ・ルイス(ルイス)	250
シンシア・エドウィナ・ライアン・マコール(シンディ)	250
シンシア・サンヒル	250
シンシア・デッカー(シンディ)	250
シンシア・バーンズ	250
シンシナティ・キッド(キッド)	250
ジンソク	250
ジンテ	250
シンディ	250
シンディ・カーヴァー	250
シンディ・シャーマン(シャーマン)	251
シンディ・トーマス	251
シンドラ・アンジェロ	251
ジンマーマン	251
杏 萬波　しん・わんぽう	251

【す】

ズィーク	251
スイーパー	251
ズーイ・ハラトニアン	251
スウ	251
スウィーニー	251
スウェイン	251
スウェーデンのジョー	251
スー・オデル	252
スカイラー	252
スカダー	252
スカーペッタ	252
スカベンジャー	252
スカム	252
スカルピア	252
スーキー・スタックハウス	252
スキッパー(プレンティス・マーシャル・ゲイツ三世)　すきっぱー(ぷれんていすまーしゃるげいつさんせい)	253
スキート・マクロイ	253
スキナー	253
スクーター	253
スーク・ムーン	253
スクラッフィ	253

スコット	253
スコット・F・ダンズモー(ダンズモー)	253
すこっとえふだんずもー(だんずもー)*	
スコット・オトゥール	253
スコット・ジェサップ	253
スコット・スターリング	253
スコット・ハーヴァス(ハーヴァス)	253
スコット・ハーヴァス(ハーヴァス)	254
スコット・ムーディー(ムーディー)	254
スコール大尉　すこーる大尉	254
スーザ・ドノヴァン	254
スーザン・ウェバー	254
スーザン・クレイマー	254
スーザン・ゲイ	254
スーザン・シェルビー	254
スーザン・シルヴァマン	254
スーザン・シルヴァマン	255
スーザン・シルバマン	255
スーザン・チャンドラー	255
スーザン・トリンダー(スウ)	255
スザンナ・ハーグローヴ	255
スーザン・ニューアル	255
スーザン・ノーマン	255
スーザン・パーカー	255
スーザン・フレミング	256
スーザン・プレンティス	256
スーザン・ベイリー・サラーム	256
スーザン・ポメランス	256
スーザン・マックス	256
スーザン・マッケイ	256
スーザン・メルヴィル(ミス・メルヴィル)	256
スーザン・ラムジー	256
スージー・ストラング	256
スター	256
スターキー	256
スターキー	257
スターク	257
スタークウェッダー	257
スター・ダンスタン	257
スタック	257
スタニスラス・オーツ(オーツ)	257
スタフォード・ナイ	257
スターリング・ボールダー	257
スタール夫人　すたーるふじん	257
スタレット	257
スタン	257
スタン・ウォルコノク(シニア・チーフ)	258
スタンガースン博士　すたんがーすんはくし	258
スタンスワース氏　すたんすわーすし	258
スタン・セネット	258
スタントン	258
スタンリー・ジュニア(スタン)	258
スタンリー・ヘイスティングズ(ヘイスティングズ)	258
スタンリー・ミッチェル	258
スタンレー・マレット(マレット)	258
スチュアート	258
スチュアート・ジョーダン(ドク)	258
スチュアート・スタフォード・ホーグ(ホーギー)	258
スチュアート・ハミルトン(ハミルトン)	259
スチュアート・ホーグ(ホーギー)	259
スチュ・ダマト(ダマト)	259
スチュー・レッドマン	259
スチュワート・チャーチ	259
スチュワート・ラティマー	259
ズットナー	259
ステイシー・タラント	259
ステイシー・マナリング	259
スティービー	259
スティーヴ・エドモンド	259
スティーブ・キャレラ(キャレラ)	259
スティーブ・キャレラ(キャレラ)	260
スティーヴ・クレイン(クレイン)	260
スティーヴ・スティレット(スティレット)	260
スティーブ・プレストン	260
スティーヴン・ウィートリー	260
スティーヴン・グラント	261
スティーヴン・ゴールドクリフ	261
スティーブン・サンダース(サンダース)	261
スティーヴン・ストラトフォード	261
スティーヴン・ストロング	261

スティーヴン・タシオ	261	ストライカー	265
スティーヴン・ティーチ	261	ストラータ・ルーナ	265
スティーブン・パターソン（パターソン博士）すてぃーぶんぱたーそん（ぱたーそんはくし）	261	ストラッカー	265
		ストランド	265
		ストリーター	265
スティーヴン・フィッツヒュー	262	ストール	265
スティーヴン・フェイガン	262	ストレンジ	265
スティーヴン・フォスター	262	ストーン	265
スティーブン・フォックス	262	ストーン	266
スティーヴン・フック（フック）	262	スナイ・ビンワジール（ビンワジール）	266
スティーブン・ボハノン（ボハノン）	262	スノー・ディベイン	266
スティーブン・マチュリン	262	スパイク	266
スティーブン・マチュリン（ドクター・マチュリン）	262	スパイク・デヴォル	266
		スパイダー	266
スティーヴン・マンロー	262	スパークル・ジョンスン	266
スティーヴン・メイヒュー（メイヒュー）	262	スパーリング	266
スティーヴン・ランダル（ランダル）	263	スパンドレル	266
スティール	263	スピアマン	267
ステイル	263	スピルズベリー	267
スティレット	263	スペクトゥール	267
ステーシー・オリファント（オリファント）	263	スペスネフ	267
ステッチ・フェイス	263	スペンサー	267
ステッテン	263	スペンサー	268
ステフ	263	スペンサー・アン・ハンティントン	268
ステファニー・パトリック（ペトラ・ロイター）	263	スペンサー・ホーズ	268
		スペンス	268
ステファニー・フォッグ	263	スペンス警視　すぺんすけいし	268
ステファニー・プラム	263	スー・ポーリング	268
ステファニー・プラム	264	スマイロー	268
ステファニー・ベイン	264	スミス	268
ステファニー・マンデル（ステフィ）	264	スミス	269
ステファノス	264	スミスバック	269
ステファン・ステファノスキー	264	スモーキー・ドルトン	269
ステフィ	264	スモールズ	269
ステラ	264	スモールボーン	269
ステラ・バーネット（ミス・バーネット）	264	スラック警部　すらっくけいぶ	269
ステラ・ヒギンス（スター）	264	スラッター	269
ステラ・マーズ	264	スレイター	269
ステン・トーステンソン	264	スー・ロブ	269
ストウト	265	スローン	269
ストゥー・ビショップ	265	スローン・レイノルズ	270
ストッダート	265	ズワイイ	270
ストーミー	265	スワン総監　すわんそうかん	270

(37)

スワンソン	270
スンソク	270

【せ】

セアラ	270
セアラ・グリーンウッド	270
セアラ・スチュアート	270
セアラ・パクストン	270
セアラ・ブレイクニー	270
青年（ヘンリー・アボット）　せいねん（へんりーあぼっと）	270
セイビン	270
セイビン・ベアリング・グールド	271
セイファー	271
セイラ	271
セイル	271
ゼイン・マッケンジー	271
セオドシア	271
セクストン	271
セケン	271
セサル	271
セザール	271
セジウィック・セクストン（セクストン）	271
セシル	271
セス・コルトン	271
セス・コルトン	272
セス・マッケイ	272
セス・ルフェーヴル	272
セス・ワイスマン	272
セニョリタ・ロリタ（ロリタ）	272
セバスチアン・ウォレン（ウォレン教授）　せばすちあんうぉれん（うぉれんきょうじゅ）	272
セバスチャン	272
セブ	272
ゼフィ・カルデラ	272
セプテンバー	272
セーラ・コーリー	272
セーラ・スティーヴンズ	272
セラフィム・ホワイト（フィミー）	272
セーラ・ボートライト	272
セーラ・ラブリオーラ	273
セリットー	273
セリー・デュラール	273
セリーナ・サーゲッティ	273
セリーナ・ジャーディン	273
セリーナ・チャーターズ	273
ゼル	273
セルゲイ・カイダノフ（カイダノフ博士）　せるげいかいだのふ（かいだのふはかせ）	273
セルジ・レニーヌ（レニーヌ）	273
セルッチ	273
セルニーヌ公爵　せるにーぬこうしゃく	274
ゼルプ	274
セルマ	274
セルマ・サッカレー	274
セレステ・ラカン	274
セロー	274
ゼン	274
ゼーン・ウィンストン	274
先生　せんせい	274
ゼンダ・レン	274
セント・ジャスト子爵　せんとじゃすとししゃく	274
セント・ジャスト子爵（アレクサンダー・ブレイクリー）　せんとじゃすとししゃく（あれくさんだーぶれいくりー）	275

【そ】

ソア	275
ソウル	275
ソニー	275
ソニア・クロンスキー（ソニー）	275
ソニア・ヘリス	275
ソニア・ミラー（サニー）	275
ソニエール	275
ソニー・コルレオーネ（サンティノ）	275
ソニー・ベンザ（ベンザ）	275
ソニー・ボーイ・マーサラス	275
ソノラ・ブレア	275
ソーヴィン・ギブズ（ソア）	276
ソフィー	276
ソフィア・ガローニ	276

ソフィア・シメオニディス	276
ソフィア・ジャンベッリ	276
ソフィア・レオニデス	276
ソフィ・デンプシー	276
ソフィー・ヌヴー	276
ソフィ・ペイン	276
ソフィー・メルシィエ・コランドウスカ	276
ソフィー・ライリー	276
ソラッツォ	276
ゾラン・ジリチ（ジリチ）	276
ゾランダ・スウェイド	277
ソーリー・マクラケン（マクラケン）	277
ゾルグループ	277
ゾルゲ	277
ゾロ	277
ソロモン・パリド（パリド）	277
ソーン	277
ソン ウォニ（ウォニ） そんうぉに（うぉに）	277
ソーンダイク	277
宋 鎮要 そん・ちぇんよう	277

【た】

ダイアナ	277
ダイアナ（プリンセス・オブ・ウェールズ・ダイアナ）	277
ダイアナ・ウェルズ	277
ダイアン	278
ダイアン・スウェイ	278
ダイアン・ヴァン・ドーマン	278
ダイアン・フライ	278
タイガー田中（田中） たいがーたなか（たなか）	278
代書人 だいしょにん	278
タイタス・クロウ（クロウ）	278
タイ・テニスン（テニスン）	278
大統領 だいとうりょう	278
ダイナ・ブランド	278
ダイナ・レイトン	278
タイニー・バルチャー	278
ダイヤモンド警視 だいやもんどけいし	278
ダイヤモンド警視 だいやもんどけいし	279
タイラー	279
タイラー・ウィンスロープ	279
タイラー・グレイソン	279
タイラー・コスグローヴ	279
タイラー・C・ヴァーンス（ヴァーンス） たいらーしーばーんす（ばーんす）*	279
タイラー・マクミラン	279
タイラー・ミルズ	279
タイロン・ブライスン（ミスター・ブライスン）	279
ダーウィン	279
ダーウィン・マイナー	280
タウザー	280
ダウリング	280
ダウワン・パーセル	280
陶侃 たおがん	280
陶将 たお・ちぇん	280
ダグ	280
ダグ・オケーシー	280
タグ・スラッター（スラッター）	280
ダーク・ピット（ピット）	280
ダグ・ブレイク	280
ダグラス・ロックウッド（ロックウッド）	281
タケシ・コヴァッチ	281
ダスキヴィッチ	281
ダスティ	281
ダスティー・ライト	281
ダスティン・ローズ	281
タズ・ファロン（ファロン）	281
タツ	281
タッカー	281
タッカー・ソーン	281
タック・ニューランド	281
タック・ニューランド（ニューランド）	282
タッド	282
タディアス・シュモイヤー（タッド）	282
ターナー	282
タナー	282
ダナ・エバンス	282
田中 たなか	282
タナッシ	282

ダナハー	282	タミー・タトル(ティミー)	286
ダニー	283	タミーナ・ラーマン	286
ダニー・アシュクロフト	283	田村 礼子　たむら・れいこ	286
ダニー・エイプリル	283	ダーモット・キンロス博士　だーもっと きんろすはかせ	286
ダニエル	283		
ダニエル・ウィロビー	283	ダーモット・クラドック(クラドック)	286
ダニエル・エイムズ	283	タラゴン・セージ・ヴァレリアン	286
ダニエル・オハラ	283	ダラス	287
ダニエル・クレイリー	283	ダラス・ディオール	287
ダニエル・スティパネク	283	ダラス・ファインズ(ファインズ)	287
ダニエル・スミス(スミス)	283	ダラス・ルンド	287
ダニエル・セイファー(セイファー)	284	タラ・マルレー	287
ダニエル・バクスター(バクスター)	284	タラール警部　たらーるけいぶ	287
ダニエル・ハルフォード(ハルフォー	284	タランス	287
ダニエル・マダーリィ	284	タリー	287
ダニエル・モースタン(少佐)　だにえ るもーすたん(しょうさ)	284	タリク・アルホウラニ	287
		ダリル・ゴードン	287
ダニエル・モーリー	284	ダリル・シルバー(ダリル・ゴードン)	287
ダニー・オーシャン	284	ダル・ガーロ	287
ダニー・キャッスル(タナッシ)	284	ダルグリッシュ	288
ダニー・フレイア(フレイア)	284	タルコット・ガーランド(ミーシャ)	288
ダニー・ミラー	284	タルコーニ	288
ターニャ・チェルノワ	284	ダルジール	288
ダニーロフ	284	タルボット	288
ダニロフ	284	ダルリンプル	288
タヴァナー	284	ダレル・マキャスキー(マキャスキー)	288
ダービー	285	ダロウ・グレアム	288
ダービー・ショウ	285	タロン	288
ダビッド・コーヘン	285	ダン	289
ダヴィデ・モントルシ(モントルシ)	285	タン(マンダリン・タン)	289
タビー・デュボネ	285	ダン・アバタンジェロ(アバタンジェロ)	289
ダフネ・サンガー	285	ダン・ガスラー(ガスラー)	289
ダフネ・マシューズ	285	ダン・カッセル	289
ダフネ・ミルン	285	ダンカン・アイダホ	289
ダフ・ロクスナー(ロクスナー)	285	ダンカン・キンケイド(キンケイド)	289
タペンス	285	タンジイ・セイラー	289
タペンス・ベレズフォード	285	ダンス	289
タペンス・ベレズフォード	286	ダン・スターキー(スターキー)	289
ダマト	286	ダンズモー	289
タマ・ハフナゲル	286	譚大佐　たんたいさ	289
タマラ・トリメイン	286	ダンテ	290
ダミアン・アルシナ	286	ダンテ・アリーティ(アリーティ)	290
ダミアン・クレイ(クレイ)	286	タンディ	290

(40)

ダンディ(R・I・ダンディ) だんでぃ(あーるあいだんでぃ)*	290
ダンテ・ボナー	290
ダンフォード	290
ダン・ヘッドリー	290
ダン・マークス	290
ダン・マディガン(マディガン)	290
ダン・マロイ(マロイ)	290
ダン・ラファティ(ラファティ)	290
ダン・リチャードスン	291

【ち】

小さい人間 ちいさいにんげん	291
チェイス	291
チェイニー	291
チェ ジェヒョン ちぇじぇひょん	291
チェスター・コンウェイ(コンウェイ)	291
チェスター・ノムラ(ノムラ)	291
チェ・スンソク(スンソク)	291
チェ・ソンファン	291
崔 太五 ちぇ・てお	291
チェブ	291
チェリー・デイン	291
チェルヴェッラーティ	292
陳 操 ちぇん・かお	292
チェンバース	292
父 ちち	292
父(ウォルター・コトラー) ちち(うぉるたーことらー)	292
父(ジェシー・スレーター) ちち(じぇしーすれーたー)	292
父(ジャクソン・ナヴァー) ちち(じゃくそんなばー)	292
父親(パトリック・モナハン) ちちおや(ぱとりっくもなはん)	292
父親(ランス) ちちおや(らんす)	292
チック・イーストン	292
チーニー・フィリップス	292
チーヴァー	292
チーフ	292
チベット僧 ちべっとそう	292
チャーク	293
チャステイン	293
チャック・オール	293
チャック・デマティス	293
チャック・バリス	293
チャック・フォーブズ	293
チャド・ハンター	293
チャド・ベイレス	293
チャニング・マスターズ	293
チャブ	293
チャーラ・オローク	293
チャーリー	293
チャーリー	294
チャーリー・アーグリスト	294
チャーリー・アシュモア	294
チャーリー・キャンピオン(キャンピオン)	294
チャーリー・コーコラン	294
チャーリー・シリング	294
チャーリー・シンプキンズ	294
チャーリー・スウィフト	294
チャーリー・タイドウォーター	294
チャリティ・トゥルイット	294
チャーリー・パーカー(バード)	294
チャーリー・パーカー(バード)	295
チャーリー・ハッチンスン	295
チャーリー・バード・パーカー(バード)	295
チャーリー・ブラウアー	295
チャーリー・フリーマン	295
チャーリー・ペン(ペン)	295
チャーリー・ポイス	295
チャーリー・マフィン	295
チャーリー・モンク	295
チャーリー・リッジオ	295
チャーリー・ルーク(ルーク)	295
チャールズ・アシュトン	295
チャールズ・ウィルフォード・スミス教授(ウィルフォード・スミス) ちゃーるずうぃるふぉーどすみすきょうじゅ(うぃるふぉーどすみす)	296
チャールズ・ウィンストン・ラトリッジ三世(チャールズ・ラトリッジ) ちゃーるずうぃんすとんらとりっじさんせい(ちゃーるずらとりっじ)	296
チャールズ・ガウアン(チャーリー)	296

チャールズ・カーター	296
チャールズ・カートライト	296
チャールズ・クレイトン	296
チャールズ・ケラハー(グリーン)	296
チャールズ・スワンソン(スワンソン)	296
チャールズ・ディケンズ(ディケンズ)	296
チャールズ・ノヴァク	296
チャールズ・ハーウッド(ハーウッド)	296
チャールズ・ハーカー(ハーカー)	296
チャールズ・ハドソン	297
チャールズ・バトラー	297
チャールズ・ヴァリアント(チャーク)	297
チャールズ・P・タフト2世(チャーリー)　ちゃーるずぴーたふとにせい(ちゃーりー)＊	297
チャールズ・ファーガスン(ファーガスン)	297
チャールズ・ファーガスン准将(ファーガスン)　ちゃーるずふぁーがすんじゅんしょう(ふぁーがすん)	297
チャールズ・フォックス＝ブラウン	297
チャールズ・フォレスト	298
チャールズ・ブレイドン(ブレイドン)	298
チャールズ・プレンティス	298
チャールズ・ヘイワード	298
チャールズ・ペインズウィック(判事)　ちゃーるずぺいんずうぃっく(はんじ)	298
チャールズ・ボールデン(バディ)	298
チャールズ・マクヴェイ	298
チャールズ・マーティン	298
チャールズ・マニオン(マニオン)	298
チャールズ・マラー	298
チャールズ・マローン(チェイス)	298
チャールズ・ラトリッジ	299
チャールズ・ラヴィッチ(チャーリー)	299
チャールズ・ランキン	299
チャールズ・リンドバーグ(リンドバーグ)	299
チャールズ・ルーク(チャーリー)	299
チャールズ・ルーク(ルーク)	299
チャールズワース	299
チャロ	299
チャン	299
チャンス	299
チャンス・クァルトロー	299
チャンス・マッケンジー	299
チャンドラー	299
チャンピオン	300
チャン・ユイシュー	300
張 玉樹(チャン・ユイシュー)　ちゃん・ゆいしゅー(ちゃんゆいしゅー)	300
チャン・ユンジュ	300
チューチン	300
チューリング・ホッパー	300
チョーク夫人　ちょーくふじん	300
チョコ	300
チョコレートマン	300
チョドニル　ちょどにる	300
チョリソー	300
鄭 相沢　ちょん・さんてく	300
チョーンシー・ウェイン・シュグルー(シュグルー)	301
チョン・ヒチョル(ヒチョル)	301
チリ・パーマー	301

【つ】

ツイスト	301
ツイード婦人　ついーどふじん	301
ツィヨン(ラビ・ベン・ユダ)	301
ツィヨン・ベン・ユダ	301
塚本 恭丈　つかもと・やすたけ	301
ツラビー	302
ツーリオ・カラヴァーレ(カラヴァーレ)	302
ツルミルチク	302

【て】

ディアゴラス	302
ディアス	302
ディエゴ・ヘルナンデス(ヘルナンデス)	302
D・A・パーカー　でぃーえーぱーかー＊	302
ティカムシ・ドッグ・バスチャン(バスチャン)	302
ティカムシ・バスチャン(ドッグ)	302

デイク・ウォーカー	302	デイヴィッド・イェーツ(イェーツ)	306
ディクシト	302	デイヴィッド・ウエスト(ウエスト)	306
ディクスン・ブライ	302	デイヴィッド・カー(モンド)	306
ディクラーク	302	デイヴィッド・キング	306
ディケン	302	デイヴィッド・グールド(グールド)	306
ディケンズ	303	デイヴィッド・クロウ(クロウ)	306
ディーコン	303	デイビット・サスマン	307
ティジー	303	デイヴィッド・サンチェス(リッチー)	307
禎司　ていじ	303	デイヴィッド・シール	307
デイジー	303	デイヴィッド・デルガド	307
デイジー・アン・マイナー	303	デイヴィッド・バイフィールド	307
TJ　てぃーじぇい*	303	デイビッド・パーマー(パーマー議員)　でぃびっどぱーまー(ぱーまーぎいん)	307
T・J・ヤザー　てぃーじぇいやざー*	303		
ディジェノヴェーゼ	303		
ティズダル	303	デイビッド・パーマー(パーマー大統領)　でぃびっどぱーまー(ぱーまーだいとうりょう)	307
ディー・ストーリー	303		
ディーゼル	303		
ティー・タッカー(タッカー)	303	デイビッド・パーマー(パーマー大統領)　でぃびっどぱーまー(ぱーまーだいとうりょう)	308
ティー・タッカー(タッカー)	304		
ディーター・フランク(フランク)	304		
ディッキー	304	デイヴィッド・ファスト(ファスト)	308
ディック	304	デイヴィッド・フィッツジェラルド	308
ディックス・スティール	304	デイヴィッド・プリッチャード(プリッチャード)	308
ディック・ハードキャスル(ハードキャスル)	304		
		デイヴィッド・ブーン	308
ディック・ヒコック	304	デイヴィッド・マスターズ(マスターズ少佐)　でいびっどますたーず(ますたーずしょうさ)	308
ディッディオ	304		
ディディウス・ファウォニウス(ゲミヌス)	304		
		デイヴィッド・ミドルトンブラウン	308
ディディウス・フェストゥス(フェストゥス)	304	デイビ・デンプシー	308
		ティービング	308
ティナ	304	ティファニー・カーター	308
ディナ・キーステン	304	デイヴ・ウェザー(ストーミー)	308
ディナ・ビショーフ	305	デイヴ・フォルシエ	308
狭判事　でぃーはんじ	305	デイヴ・ボイル	308
デイビー主任警部(フレッド・デイビー)　でいびーしゅにんけいぶ(ふれっどでいびー)	305	デイヴ・ボイル	309
		デイヴ・マイクルズ	309
		デイヴ・ライリー(ライリー)	309
デイビス	305	デイヴ・ロビショー	309
デイビス	306	ディヴェイン	309
デイヴィス・トンプソン(トンプソン)	306	ティボドー	309
デイヴィッド	306	ティミー	309
デイビッド・アトキンソン	306	デイミアン・ウォルターズ	309
		ディミトリアス・クリストフォラス	309

(43)

ディミトリー・ダニーロフ(ダニーロフ)	309	死の芸術家(デス・アーティスト) ですあーていすと(ですあーていすと)	313
ティミー・プライス	309	テス・ウィリアムズ(アンジェラ)	314
ティム	310	デスティナ	314
ティム・アートサイド	310	デズデモーナ・ウェインライト	314
ティム・ピンコスキ	310	デズデモーナ・マッコイ(マッコイ)	314
ティム・ヘス(ヘス)	310	テス・モナハン	314
ディメンシィ	310	デッカー	314
ティモシー・E・ハント(ティム) ていもしーいーはんと(ていむ)	310	テッサ・クエイル	314
ティモシー・オコンネル(オコンネル)	310	テッド・キャヴァノー	314
ティモシー・キニット	310	テッド・セイビン(セイビン)	315
ティモシー・ブラットン	310	テッド・ナッシュ(ナッシュ)	315
ティモシー・ベイリー(ベイリー大尉) ていもしーべいりー(べいりーたいい)	310	テッド・バンディ	315
		テッド・ブラック	315
ティモシー・ベイリー大尉(ティム) ていもしーべいりーたいい(ていむ)	310	テディ・グレックス	315
		テティシェリ	315
デイモン・タッカー	310	テディ・ダニエルズ	315
デイモンド・エヴァンズ	311	デニーズ・キャクストン	315
ディライラ・ブラウン	311	デニス・クレッグ(スパイダー)	315
ディラード教授 でぃらーどきょうじゅ	311	デニス・ファレンティーノ	315
ティリー	311	デニス・ミルン	315
ディリア・ピーポディ(ピーボディー)	311	テニスン	315
ディル	311	デニソフ	315
ティール・マコイ	311	テハダ	316
デイル・ミラー	311	デーヴィッド・ウィントリンガム	316
ディレッシオ	312	デビッド・オクス(オクス)	316
狄 仁傑(狄判事) でぃー・れんちぇ (でぃーはんじ)	312	デビッド・キャラウェイ	316
		デビッド・ゲイル	316
ディロン	312	デビッド・シンガー	316
ディロン・サビッチ(サビッチ)	312	デヴィット・ニール	316
ディロン・サビッチ(サビッチ)	313	デビッド・ベック	316
ディロン・バーク	313	デーヴィッド・ルイス	316
ディン	313	デヴィッド・ワイス	316
ディン(少佐) でいん(しょうさ)	313	デヴリン	316
デイン・ジャンセン	313	デボラ・コクラン	316
デイン・ホワイトロー	313	デボラ・パーカー	317
ディーン・マロイ	313	デーモン	317
デイン・ラッド	313	デューイ	317
デオドール・シュリゲール(シュリゲール)	313	デューイ・シャープ	317
		デュエイン・ハーバート・レイシー	317
テオ・ブキャナン	313	デューク・ロー(ロー)	317
デクスター	313	デュシャーヌ・シェリ(シェリ)	317
デス・アーティスト	313	デュヴァル	317

(44)

デュマ警部　でゅまけいぶ	317
デュラニー（ジョーダン・テン・エイク）	317
デュランス	317
デラ・ストリート	317
テランス	317
テリ	317
テリー	318
デーリア	318
テリー・ウインター	318
テリー・オア（オア）	318
テリー・クイン（クイン）	318
デリク・ベラサー	318
テリーザ・ペラルタ（テリ）	318
テリー・シェリダン	318
テリー・ソーン	318
テリー・ダルトン	318
デリック・レイナード博士（レイナード）でりっくれいなーどはかせ（れいなーど）	318
テリー・ハウ	318
テリー・フィニガン	318
テリー・ブレット	318
テリー・ペインター	319
テリー・マッケイレブ	319
テリー・マッケイレブ（マッケイレブ）	319
テリル・サムソン（サムソン）	319
デルーカ	319
デルドレイ	319
デル・リエコ	319
デルレイ	319
デレク・アレン	319
デレク・ストレンジ（ストレンジ）	320
テレサ・サンティアゴ	320
テレサ・ハーネット	320
デローム	320
デーン・カーバー	320
テンダー・ブランソン	320
デントン	320
テンプル・キャロル	320
テンプルトン	320
テンプル・ノーラン（ノーラン）	320
テンペランス・ブレナン	320
テンペランス・ブレナン（ブレナン）	320
デーン・ホリスター	321

【と】

ドア教授　どあきょうじゅ	321
ドアティ	321
ドイツ皇帝　どいつこうてい	321
ドイル	321
ドイル夫人　どいるふじん	321
トゥイリー・スプリー	321
父さん　とうさん	321
ドゥージー・トルド（伯爵夫人）　どぅーじーとるど（はくしゃくふじん）	322
ドゥーセット	322
ドゥーセット（パンプルムース婦人）どぅーせっと（ぱんぷるむーすふじん）	322
トゥルー・デイビーズ	322
トゥルー・デイビーズ	323
ドク	323
ドクター・アンドリュー・ドノヴァン	323
ドクター・ウェックスラー（ウェックスラー）	323
ドクタ・ウォールデン	323
ドクター・エドワーズ	323
ドクター・ケイ・スカーペッタ（スカーペッタ）	323
ドクター・コーマン	323
ドクター・シェリル・ノース（シェリル）	323
ドクター・シリング	323
ドクタ・ハバード	323
ドクター・ハリマン	323
ドクター・ピアス	323
ドクター・フレデリク・スタークス（リッキー）	324
ドクター・マースチン	324
ドクター・マチュリン	324
ドクター・ラングスロー	324
ド・サンタ・クロース侯爵　どさんたくろーすこうしゃく	324
ドーシー	324
ドーズ	324
ドーソン	324
ドツェンコ	324
ドック	324

ドッグ	324
ドット・エリス	324
ドッド刑事　どっどけいじ	325
ドートマンダー	325
ドナー・ミラー	325
ドナルド・K・リード(リード)　どなるど けーりーど(りーど)*	325
ドナルド・バフィット(バフィット)	325
トニー	325
トニー・アルメイダ	325
トニー・アルメイダ	326
トニー・アルメイダ(アルメイダ)	326
トニイ・マーカス	326
トニオ・トレスキ	326
トニー・サルバトーリ	326
トニー・ジュベール	326
トニー・スー	326
トニー・スローン(スローン)	326
トニー・チャート	326
トニー・ニーロ(ニーロ)	326
ドニー・バークスデイル	326
トニー・ハート(ハート)	327
トニー・ヴァレンタイン(ヴァレンタイ	327
トニー・ヒル(ヒル)	327
トニー・フェラーズ	327
トーニ・プレスコット	327
トニー・フレミング	327
トニー・マーストン	327
トニー・ラッセル(ラッセル)	327
トニー・ラブリオーラ	327
トニー・ラベッロ(ラベッロ)	327
トニー・ロード	327
トニー・ロング(ロング)	328
ドネリー	328
トーヴァル	328
トビー	328
トビー・オデル(オデル)	328
トビー・ジャンセン	328
トビー・ダイク	328
トビー・ローズ	328
トービン	328
トビン・ケラー	328
トフ氏(リチャード・ローリンソン卿) とふし(りちゃーどろーりんそんきょう)	328
ドーブレック	328
トーマス	328
トーマス・ウォーカー	328
トマス・カーター	329
トーマス・キャラハン	329
トーマス・クーパー	329
トーマス・サミュエルソン	329
トマス・ジェイコブス	329
トーマス・セント・ジョン(トム)	329
トーマス・ダービー(ダービー)	329
トマス・バーク(バーク)	329
トーマス・ハンラハン	329
トーマス・ピット(ピット)	329
トマス・B・レイモンド(レイ)　とます びーれいもんど(れい)*	329
トマス・ファウラー(ファウラー)	329
トーマス・プラット(プラット)	329
トーマス・ベタートン(ベタートン)	329
トーマス・ウェルズ	330
トーマス・ベレズフォード	330
トマス・ベレズフォード	330
トーマス・ホワイトホール(ホワイトホール)	330
トマス・マドゥン(トミー)	330
トマス・ムーア(ムーア)	330
トマス・ラース	330
トマス・ロジャース	330
トマス・ロビンソン	330
ド・マリニー	330
トミー	330
トミー(トーマス・ベレズフォード)	330
トミー・カーメリーニ(カーメリーニ)	330
ドミニク	331
ドミニク・カルーソー	331
ドミニク・ジョバンニ(ジョバンニ)	331
ドミニク・バスケス	331
ドミニク・ファルコネッティ	331
ドミノ・ハーヴェイ	331
トミー・フィールディング(フィールディング)	331
トミー・ヘヴナー	331

トミー・ベレズフォード	331	ド・ラ・ファイユ男爵　どらふぁいゆだんしゃく	335
トミー・ベレズフォード（トマス・ベレズフォード）	331	トラヴェリング・マン	335
トム	331	ドーラ・マーチ	336
トム	332	トラマチウス	336
トム・アンダーソン（アンダーソン）	332	トラメル	336
トム・ウィルソン	332	ドラモンド	336
トム・カー	332	ドラローシュ	336
トム・カーター	332	ドーラン	336
トム・カレン	332	トーランド	336
トム・カレン	333	トラン・ヴィン	336
トム・クローム	333	ドリー	336
トム・ゴードン	333	トリアナ・ベッカー	336
トム・コレッリ・サリヴァン	333	ドリスケル・ラモント	336
トム・シーモア	333	トリスターノ	336
トム・ジャクソン	333	トリップ	337
トム・シュルツ	333	トリヴェリアン大佐　とりべりあんたいさ	337
トム・トムリンソン	333	トリポリーナ（クラウディア）	337
トム・トリップ（トリップ）	333	ドルー・イートン	337
トム・ニュークイスト	334	ドルー・ソニエ	337
トム・パオレッティ	334	トレイシー	337
トム・ハーゲン	334	トレイシー・イートン	337
トム・ハバー（ハバー警部）　とむはばー（はばーけいぶ）	334	トレイス・ステュアート	337
トム・ハリス	334	ドレイトン	337
トム・ビショップ（ビショップ）	334	ドレイン	337
トム・フェアチャイルド	334	トレサリアン	337
トム・マクマイケル（マクマイケル）	334	トレーシー	337
トム・マッキー（ウィアード）	334	トーレス	337
トム・マンチーニ	334	トレス	337
トム・ランカスター	334	トーレス大佐　とーれすたいさ	338
トム・リッチ（リッチ）	334	トレス・ナヴァー	338
トム・リッチ（リッチ）	335	トレース・ローリングス	338
トム・リプリー（リプリー）	335	トレバー・レズニック	338
トム・ロビショー（ロビショー）	335	トレヴェリヤン	338
ドーラ	335	トレモント	338
ドラ	335	トロイ・ノエル	338
ドラガン・アジョニッチ	335	トロイ・フェラン	338
トラッシュキャン・マン（ドン・エルバート）	335	トロイ・フェラン（フェラン）	338
トラヴィス	335	ドロシイ	338
トラヴィス・マグワイア	335	ドロシー・バンター	338
		ドロシー・ペイル	338
		ドロシー・ペンジェリー	338

トロッター	339
トロット	339
ドロレス	339
ドロレス・ケッセルバッハ（ケッセルバッハ夫人）　どろれすけっせるばっは（けっせるばっはふじん）	339
ドロレス・サルシネス	339
ドロレス・スウェンセン（母）　どろれすすうぇんせん（はは）	339
ドロレス・デルガド	339
ドロレス・トゥーイ	339
ドン	339
ドン・アレハンドロ・ベガ	339
ドン・エルバート	339
ドン・カルロス・ブリド	339
ドンジン	340
ドン・ディエゴ・ベガ	340
トンプソン	340
トンプソン・カーヒル（カーヒル）	340
ドン・ルイス・ペレンナ	340

【な】

ナイジェル・ストレンジウェイズ	340
ナイジェル・バスゲイト	340
ナイトヒート	340
ナイフ	340
ナイメク	340
ナイル	341
ナオミ・スミス	341
羅　起龍　な・ぎりょん	341
ナサニエル・ダンス（ダンス）	341
ナサニエル・フレデリック・クライン（クライン）	341
ナースチャ	341
ナーセル	341
ナターシャ・ブレイク	341
ナタリー	341
ナタリー・カーマイケル	341
ナタリー・トレント	341
ナターリヤ・ニカンドロヴナ	341
ナターリヤ・ヴァジム	341
ナタールカ	342
ナッシュ	342
ナッシュ警視　なっしゅけいし	342
ナット・ディーズ	342
ナディアナ・ジェサップ	342
ナディア・ブレイク	342
ナヴァー（トレス）	342
ナビ・アラス	342
ナラコット警部　ならこっとけいぶ	342
ナンシー・クロンジアック（クロンジアック）	342
ナンシー・スターン	343
ナンシー・ポーター	343
ナンバー4　なんばー4	343

【に】

ニエマンス	343
ニオン・ポーク	343
ニキ	343
ニキ・ミラコス	343
ニコーラ	343
ニコラ	343
ニコライ	344
ニコライ・カルパチア（カルパチア）	344
ニコライ・ゴレフ（ゴレフ）	344
ニコラス・ウォーレン（ニック）	344
ニコラス・クエントン・ハーパー	344
ニコラス・クレイギー	344
ニコラス・スペンサー（ニック）	344
ニコラス・チェイニー	344
ニコラス・デントン（デントン）	344
ニコラス・ドレイク	344
ニコラス・バーバー	345
ニコラス・パラギュラ（パラギュラ）	345
ニコラス・パリッシュ（パリッシュ）	345
ニコラス・パリーニック	345
ニコラス・バルド	345
ニコラス・パレオロゴス（ニック）	345
ニコラス・ペニー（ニック）	345
ニコラス・ベンジャミン・ブキャナン（ニック）	345
ニコラス・マーティン（マーティン）	345
ニコラス・ワイアット（ワイアット）	345

ニコール・クイン（ニキ）	345	ニッコロウ・ベネデッティ（ベネデッティ）	350
ニコール・ザック（ニッキ）	345	ニーナ	350
ニコル・ジェミニ	345	ニーナ・エルナンデス	350
ニコル・タイチュン	346	ニーナ・キャプシェック	350
ニコル・バス（ニッキー）	346	ニーナ・クロフォード	350
ニコル・ハワード（ニッキイ）	346	ニーナ・ベイナム	350
ニコル・ルージュロン	346	ニーナ・ボーム	350
ニザリ	346	ニーナ・マイヤーズ	350
23号　にじゅうさんごう*	346	ニーナ・マイヤーズ（マイヤーズ）	350
ニッキ	346	ニーナ・マイヤーズ（マイヤーズ）	351
ニッキー	346	ニナ・ライリー	351
ニッキイ	346	ニミエ	351
ニッキ・ティンクス（リスカ）	346	ニューボルド	351
ニッキー・ヴェイル	346	ニューランド	351
ニック	346	ニーリー	351
ニック	347	ニール	351
ニック・アナンチアート	347	ニール・ガーヴィン	351
ニック・アンジェロ（ニック・エンジェル）	347	ニール・ケアリー	351
ニック・アンドロス	347	ニール警部　にーるけいぶ	351
ニック・エイテン	347	ニルス	351
ニック・エンジェル	347	ニルス・バーグランド	351
ニック・クレイヴン	347	ニール・スレイター（スレイター）	352
ニック・クレイヴン（クレイヴン）	347	ニルソン	352
ニック・ジョーンズ	348	ニール・バチェット	352
ニック・ストークス	348	ニール・マドレル	352
ニック・ストラング	348	ニーロ	352
ニック・ストーン	348		
ニック・トラヴァーズ	348	【ぬ】	
ニック・ニコクロポリス	348		
ニック・バックリー	348	ヌビア	352
ニック・バンバ	348	ヌンツィオ・パラディーゾ	352
ニック・ブライソン	348		
ニック・ベッカー	349	【ね】	
ニック・ヴェルヴェット	349		
ニック・ホーソン	349	ネイオミ・ヒューズ	352
ニック・マーチャント	349	ネイサン・カージ	352
ニック・モレリ	349	ネイサン・グリーン	352
ニック・モンタギュー	349	ネイザン・スミス	352
ニック・ライランダー	349	ネイサン・ミューア（ミューア）	352
ニック・ラファエル	349	ネイト・オライリー	353
ニック・ローソン（ローソン）	349	ネイト・カリー	353
ニッコーラ	349	ネイト・ヘラー（ヘラー）	353

ネイト・ロマノウスキ	353
ネイラー	353
ネイランド・スミス（スミス）	353
ネーサン・リー・スウィフト	353
ネッタ・ロングドン	353
ネッティ	353
ネッド・アトウッド（アトウッド）	353
ネッド・ダンスタン	353
ネヴィル・ウルフマイヤー（ウルフマイヤー）	353
ネヴィル・ストレンジ	354
ネフェルティティ	354
ネリ・ブラスレル	354
ネル	354
ネルソン・カーペンター	354
ネル・ブレイ	354
ネル・マクダーモット	354
ネロ・ウルフ（ウルフ）	354

【の】

ノア・ビショップ	355
ノア・メートランド	355
ノア・リード	355
ノエル・ウェルズ	355
ノエル・カロ	355
ノックス	355
ノヴァク	355
ノバック	355
ノーヴィク	355
ノヴェロ	355
ノーマン・コーエン（コーエン）	355
ノーマン・セイラー	355
ノーマン・Z・ムーディー　のーまんぜっとむーでぃー*	356
ノーマン・ローズ	356
ノムラ	356
ノーラ・ケリー	356
ノラ・サマーズ	356
ノラ・ハートスン	356
ノーラ・ブリッグズ	356
ノーラン	356
ノリコ・カズンズ	357
ノリーナ・ケスラー	357
ノリントン提督　のりんとんていとく	357

【は】

パイ	357
ハイアラム・イェーガー（イェーガー）	357
ハイアラム・バリスン	357
バイオレット・バターフィルド（バターフィルドおばさん）	357
パイク	358
ハイド	358
ハイド氏　はいどし	358
バイバ・リエパ	358
バイフォールド	358
バイ・ミツイ	358
ハイム・ブロンシュタイン	358
ハイ・リピンスキー	358
パイル	358
パイロット・ジェイムズ・エアリー	358
バイロン・ファリーノ	358
バイロン・ファロン	358
ハインド	358
パインハースト	358
ハウ	359
バウアー	359
ハウエル	359
パウエル	359
ハーウッド	359
ハーウッド・レイザム	359
パオラ・ブルネッティ	359
ハーカー	359
バーガー	359
パーカー	359
パーカー	360
パーカー・エバンズ	360
パーカー・パイン	360
バーク	360
バーク・エーヴリー	360
パク サングン　ぱくさんぐん	361
伯爵夫人　はくしゃくふじん	361
バクスター	361
バーク・デヴォア	361

ハザウェイ	361	バディ・コール	365
バージェス	361	バディ・ジョージ・ジュニア	365
ハーシェル・ジョリー(ジョリー)	361	ハティ・フォスター	365
ヴァージニア・シャピロ(ジニー)	361	バディ・ルイス(ルイス)	365
ヴァージニア・レイディン	361	ハーディング	365
ヴァージニア・レヴェル	361	パテル	365
パーシー・ベイツ(ベイツ)	361	ハート	365
ヴァジム	361	バート	365
ハシム・ニダル	361	バード	365
橋下 清文　はしもと・きよふみ	362	バード	366
ヴァシリ・ザイツェフ	362	ハート(アル)	366
ヴァージル	362	パトゥー	366
バジル・パレオロゴス	362	バトゥ・カーン	366
ヴァス	362	バド・ウルフ(ウルフ)	366
パスコー　ぱすこー	362	ハードキャスル	366
バスター・アボット・ライトホース・スミス	362	バート・コールズ(コールズ)	366
バスチャン	362	バート・シュレーダー(シュレーダー)	366
ハースト	362	ハートマン	366
バーソロミュー・クレイン(クレイン)	362	バトラー・ジャック	366
バーソロミュー・マーティン(マーティン少佐)　ばーそろみゅーまーてぃん(まーてぃんしょうさ)	363	バートラム・ミッドウィンター(ミッドウィンター)	366
バーソロミュー・ランピオン(バーティ)	363	バートランド・ディラード教授(ディラード教授)　ばーとらんどでぃらーどきょうじゅ(でぃらーどきょうじゅ)	366
パターソン博士　ぱたーそんはくし	363	パトリシア	366
バターフィルドおばさん	363	パトリシア・ノーラン(ノーラン)	367
ハチェット	363	パトリシア・ハンセン	367
バック	363	パトリシア・モンテラ(パット)	367
バック	364	パトリック	367
バック(キャメロン・ウィリアムズ)	364	パトリック・アシュビィ	367
ハック・エスカランティ	364	パトリック・アラン(ウォーレン・タウマン)	367
ハック・ナイキ	364	パトリック・ケンジー	367
パット	364	パトリック・コナー	367
パット・カラザス(カラザス)	364	パトリック・ハイド	367
バッドガール	364	パトリック・ハーパー(ハーパー)	367
パット・カンゲル	364	パトリック・ベンダリ・サガワン	367
ハット・ボウラー(ボウラー)	364	パトリック・マクラナハン(マクラナハン)	368
バッド・マストン	364	パトリック・マロニー	368
ハップ・エクハート	364	パトリック・モナハン	368
ハップ・コリンズ	364	パトリック・ライリー・モリソン(モリソン)	368
バーティ	365	バトル警視　ばとるけいし	368
バディ	365		
バーティ・ウースター	365		

バートレイド	368
ハードン(国務長官) はーどん(こくむちょうかん)	368
バートン・サンズ	369
バートン博士 ばーとんはくし	369
バードン・レイン	369
バーナード・スコット	369
バーナビー少佐 ばーなびーしょうさ	369
バーナム	369
花婿(ドクター・アンドリュー・ドノヴァン) はなむこ(どくたーあんどりゅーどのばん)	369
花嫁(エリザベス・ピアス) はなよめ(えりざべすぴあす)	369
バニー	369
バーニイ・ローデンバー	369
バーニス・トーランド・ジェームズ	369
バニー・ネイマン	370
ヴァネッサ・バイフィールド	370
バーネット	370
ヴァーノン・ギャント	370
ヴァーノン・ラッカー	370
母 はは	370
ハーパー	370
ヴァーバー	370
パパ	370
パパ(ジェイコブ)	370
ハーパー警視 はーぱーけいし	370
ハバー警部 はばーけいぶ	371
ハーパー署長 はーぱーしょちょう	371
ハーヴァス	371
ハーバート	371
ハーバード・ウィリアム・クラッター(クラッター氏) はーばーどういりあむくらったー(くらったーし)	371
ハーバート・マードリック(マードリック)	371
バーバラ・エイジンガー	371
バーバラ・ラウス(ラウス)	371
ハビエル・ファルコン(ファルコン)	371
ハビエール・マルモレーホ(マルモレーホ)	371
ハビーブ・シャー	372
ハビランド卿 はびらんどきょう	372
ハーヴィー・ロージャー(ロージャー)	372
バフィット	372
パーフェクト・リー	372
ハーブ・ストーン	372
ハーブ・ベネディクト	372
バブルズ・ヤブロンスキー	372
ハーヴェイ	372
パーヴェル・カザコフ(カザコフ)	372
パーヴェル・サウリャク(サウリャク)	372
ハマー	372
パーマー議員 ぱーまーぎいん	373
パーマー・ストウト(ストウト)	373
パーマー大統領 ぱーまーだいとうりょう	373
ハーマン・ペニイク(ペニイク)	373
ハーミア・マウント	373
ハミド・カーン(カーン)	373
ハミルトン	374
パメラ・ダーンリー	374
パメラ・ナッシュ(ボー)	374
パメラ・フラー	374
ハモンド・クロス	374
ハヨン	374
パラギュラ	374
ハラルド・オルフセン	374
ヴァランダー	374
ハーラン・ディヴェイン(ディヴェイン)	374
ハーランド	375
ハリー	375
ハリー・ウィンターボザム(ウィンターボザム)	375
ハーリー・エイブラムズ(エイブラムズ)	375
ハリエット	375
ハリエット・ショウ	375
ハリエット・ハーランド	375
ハリエット・フォスター(ハティ・フォスター)	376
ハリエット・ヴェイン	376
ハリー・ガーガン(ガーガン)	376
ハーリ・クィン	376
ハリー・グッチ(グッチ)	376
ハリー・グリフィン	376
バリー・グローヴァー	376

ハリー・ケンプル	376	ヴァル・ヴォルソン(ヴァル王) ばるぼるそん(ばるおう)	380
ハリー・コーエン(コーエン)	376	パルロッタ	380
ハリー・コーニッシュ(コーニッシュ)	376	ハル・ローパー	380
ハリー・コリンズ	376	バレリア・スヴィック(シビッラ)	380
ハリー・コンプトン	376	ヴァレリー・バークスデイル	380
ハリスおばさん	376	バレリー・ホランド	380
ハリスおばさん	377	バレンジャー	380
パリス・ギブソン	377	ヴァレンタイン	380
パリス・スコット	377	ヴァレンティン・サンシール	380
ハリー・ストラットン・トレヴェリアン	377	ハーロウ・アナスターシャ・グレイル	381
ハリー・ストランド(ストランド)	377	バロック	381
バリストン	377	ハロルド・ウィルマー	381
ハリー・ソルター	377	ハロルド・バクスター(バクスター)	381
ハリソン・デイビーズ	377	ハロルド・ヴィカーズ	381
ハリソン・デイビーズ	378	ハロルド・ローダー	381
パリッシュ	378	バロン	381
ハリ・ディクシト(ディクシト)	378	ハーロン・レッドフィールド(レッドフィールド博士) はーろんれっどふぃーるど(れっどふぃーるどはくし)	381
パリド	378	ハワード	381
ハリーナ	378	ハワード・エライアス(エライアス)	381
ハリー・ノーチラス	378	ハワード・リッター	381
ハリー・パウエル(パウエル)	378	ハワード・ルディガー(ルディガー)	381
ハリー・ハドソン	378	バンクス	381
ハリー・ファイヴァシャム(ファイヴァシャム)	378	ヴァン・ザクセンブルフ	382
ハリー・ファーレイ	378	ハン サンピル(サンピル) はんさんぴる(さんぴる)	382
バリー・プランケット	378	ヴァンサン・モロー	382
ハリー・フロブスキー	378	判事 はんじ	382
ハリー・ボッシュ(ボッシュ)	379	バンジャマン・マロセーヌ(マロセーヌ)	382
ハリー・マグレード	379	ヴァーンス	382
ハリー・マディガン	379	ヴァンス	382
ハリー・ライム	379	バーンズ	382
バリー・リー	379	バーンスタイン	382
ハリール	379	バーンスタイン	383
ハリ・ルクマン(ルクマン)	379	ハンス・トラウヒマン	383
パール	379	ハンス・ニーベルング	383
ハルイン	379	ヴァンダ	383
ヴァル王 ばるおう	379	ヴァーン・ダネガン	383
パールスタイン・ジュニア(ジュニア)	379	ハンター・ファロン	383
バルト	380	ハンター・マカロック	383
ハルトムート・グリッフェ(ヘルムート・ヴォルペ)	380	ヴァンドスレール	383
ハルフォード	380		
バルボッサ	380		

パンドラ	383	ピカリング氏　ぴかりんぐし	386
バントリング	383	ヴィク	387
バンドル（アイリーン・ブレント）	383	ヴィクター・キング	387
韓 東秀　はん・とんす	383	ヴィクター・スタンワース（スタンスワース氏）びくたーすたんわーす（すたんすわーすし）	387
ヴァン・ナイトヒート（ナイトヒート）	383		
ハンナ・スウェンセン	384		
ハンナ・バーンスタイン（バーンスタイン）	384	ヴィクター・トレモント（トレモント）	387
		ヴィクター・レイザー	387
ハンニバル・レクター博士（レクター）はんにばるれくたーはかせ（れくたー）	384	ビクター・レスコフ（レスコフ）	387
		ヴィクトリア・ウェイヴァリー	387
		ヴィクトリア・ケンジントン	387
パンプルムース氏　ぱんぷるむーす	384	ヴィクトリア・ジェーン・ニューフィールド（V・J）びくとりあじぇーんにゅーふぃーるど（ぶいじぇい）	387
パンプルムース氏　ぱんぷるむーす	385		
パンプルムース婦人　ぱんぷるむーすふじん	385	ヴィクトリア・ジョーンズ	387
		ヴィクトリア・ハート	387
ハンラハン	385	ヴィクトル・ゴルジェーエフ	388
バーンリー	385	ヴィクトール・マバシャ（マバシャ）	388
		ヴィク・トレイ（ジョン・ヴィクター・サリー）	388
【ひ】			
		ピコー	388
ピアース	385	ピゴット	388
ピアス	385	BJ　びーじぇい*	388
ピアース（JP）ぴあーす（じぇーぴー）*	385	ビジェイ・グルング	388
		B・J・ストーン　びーじぇいすとーん*	388
ピアース・クインシー（クインシー）	385	ヴィージェイ・パテル（パテル）	388
ピアース警部　ぴあーすけいぶ	386	ヴィジャイ・カウル	388
P・H・スローン（スローン）ぴーえいちすろーん（すろーん）*	386	ビショップ	388
		ヒス	388
ヴィエナ・リン	386	ビスクテール	388
B・F・コールター　びーえふこーるたー*	386	ビスケット	388
		B・Z・エイムズ（エイムズ）びーぜっとえいむず（えいむず）*	389
ピエール・アンジュ・デスティナ（デスティナ）	386		
		ピーター	389
ピエール・ド・シャニー	386	ピーター・ウィムジー	389
ピエール・ニエマンス（ニエマンス）	386	ピーター・ウィムジイ	389
ヴィエル・ハワード	386	ピーター・エアロン	389
ピエール・ボルジア	386	ピーター・エヴァンズ（エヴァンズ）	389
ピエール・リュシュ（リュシュ氏）ぴえーるりゅしゅ（りゅしゅし）	386	ピーター・クロウジャー	389
		ピーター・ダイヤモンド（ダイヤモンド警視）ぴーただいやもんど（だいやもんどけいし）	389
ヒエロニムス・ボッシュ（ハリー）	386		
ヴィオレーヌ・グラント（マダム・グラント）	386		
		ピーター・ダルース	390
ピカソ	386	ピーター・デッカー	390

(54)

ピーター・デッカー（デッカー）	390
ピーター・デュヴェット	390
ピーター・ナイメク（ナイメク）	390
ピーター・ノバック（ノバック）	390
ピーター・ノーブル	390
ピーター・ハウエル（ハウエル）	390
ピーター・パスコー（パスコー） ぴーたーぱすこー（ぱすこー）	390
ピーター・ハッブル（ピート）	390
ピーター・ハンター	390
ピーター・ブランド（ブランド）	391
ピーター・ペンジェリー	391
ピーター・ボーマン	391
ピーター・ボンデュラント	391
ピーター・マーティンデイル	391
ピーター・メッセンジャー	391
ピーター・モス	391
ピーター・リー	391
ピーター・ロビンソン	391
ヒチョル	391
ヒッキー	391
ヴィッキー・スウィート	391
ヴィッキー・ネルソン	391
ヴィッキー・フェイン	392
ヴィッキ・ラティマー	392
ビッグ・エディ	392
ヒックス（アルファベット・ヒックス）	392
ピックス・ミラー	392
ビッグ・ダン	392
ヴィック・ブロディ（ブロディ）	392
ビッグボーイ	392
ビッグ・ロック	392
ビッツィー・ブルーム	392
ピット	392
ピット	393
ピットマン	393
ヴィットリア・ヴェトラ	393
ピーティ	393
P・T ぴーてぃー*	393
ピート	393
ビドウェル	393
ピート・ギャリソン（ギャリソン）	393
ヴィトー・コルレオーネ	393
ピート・サバティーノ（クレイジーピート）	393
ピート・ジョーンズ	393
ピート・スキャンロン	393
ピート・ダンソン	394
ヴィドック	394
ピート・テイラー	394
ピート・ナイメク（ナイメク）	394
ピート・ボンデュラント	394
ピート・マリーノ	394
ピート・マリーノ（マリーノ）	394
ピート・マレイ（マレイ）	394
ヒドラ・カールスン	394
ピートリー	394
V・I・ウォーショースキー（ヴィク） びとりあいふぃげにあうぉーしょーすきー（びく）*	394
V・I・ウォーショースキー（ヴィク） びとりあいふぃげにあうぉーしょーすきー（びく）*	395
ヴィニー	395
ビニー	395
ヴィニイ・モリス	395
ピニオン	395
ヴィニー・カルーソ（カルーソ）	395
ヴィニー・ルブラン	395
ビーノ・ベイツ	396
ヴィヴィアーヌ・ラファグル	396
ヴィヴィアン・エルムズリー	396
ヴィヴィアン・パティン	396
ピーボディー	396
P・モーラン ぴーもーらん*	396
ビーモン	396
ピュー	397
ビュイ	397
ヒューイ・コットン	397
ヒューゴ・グリーフ博士（グリーフ博士） ひゅーごーぐりーふはかせ（ぐりーふはかせ）	397
ピュータ	397
ヒューバート・ハンズリー卿 ひゅーばーとはんずりーきょう	397
ヒューバート・ハンバーストーン	397
ヒューバート・フェイン	397

ヒューバート・ポーリング（将軍）	397	ビル	401
ひゅーばーとぽーりんぐ（しょうぐん）	397	ヴィルガニヨン	401
ヒュベアトス・ビゲンド	397	ビルガー・ルント（ルント）	401
ヒュー・ベリンガー（ベリンガー）	397	ビル・コード（コード）	401
ヒュー・ベリンガー（ベリンガー）	398	ビル・コリンズ（キッド）	401
ヒュミリス	398	ビル・コンプトン	401
ビューレイ	398	ビル・サイクス	401
ピョートル・アレクサンドロヴィチ・コーコーリン（ココーリン）	398	ビル・ジェニングス	401
ヒョンテ	398	ビル・シャット	402
ヒラリー	398	ビル・シュミット（シュミット）	402
ヒラリー・クレイヴン	399	ビル・スミス	402
ヒラリー・テイマー	399	ヒルダ・ウィルキンソン	402
ヒラリー・パンセル	399	ビル・ハンラハン（ハンラハン）	402
ヒラリー・ランド（ランド）	399	ビル・ボールドリッジ（ボールドリッジ）	402
ビリー	399	ビル・マスグレーヴ	402
ビリイ・ビショップ（エリナー・ビショップ）	399	ビル・モス	402
ビリー・オーガスト	399	ビル・ローズ（ダスティ）	402
ビリー・グラシーン	399	ビル・ロバーツ	402
ビリ・コール（コール）	399	ヴィレミーナ・ベアトリス・フォーセンストルム（シビラ）	402
ビリー・ジェイ・ウィーヴァー（ウィーヴァー）	399	ピンカートン	403
ビリー・ジャクスン	399	ビングル	403
ビリー・ジョゼフソン	399	ヴィンス	403
ビリー・スターキー	399	ヴィンセント（ヴィニー）	403
ビリー・ストレート	400	ヴィンセント・カルドーニ（カルドーニ）	403
ビリー・チャカ	400	ヴィンセント・カルホーン（カルホーン）	403
ビリー・ツリー	400	ヴィンセント・ジェネロ（ジェネロ）	403
ビリー・トゥルーズデール	400	ヴィンセント・バネリ（ビニー）	403
ビリー・ニコルズ	400	ヴィンセント・プラム（ヴィニー）	403
ビリー・ニューマン	400	ヴィンセント・マリノ	404
ビリー・ビール	400	ヴィンセント・ルカ（ヴィンス）	404
ビリー・ブレイク	400	ヴィンセント・ルビオ	404
ビリー・ヘイズ	400	ビンワジール	404
ビリー・ベクテル	400		
ビリーボーイ	400	【ふ】	
ビリー・ボブ	400	ファイヴァシャム	404
ビリー・マグラス	400	ファイロ・ヴァンス（ヴァンス）	404
ビリー・マドマン・サイモン（マドマン）	401	ファインズ	404
ビリー・ムーン	401	ファウラー	404
ヒル	401	ファーガスン	405
ビール	401	ファーシュ	405
		ファスト	405

ファーティリティ・ホリス	405
ファニー	405
ファーニス	405
ファニー・フェレイラ	405
ファニー伯母　ふぁにー伯母	405
ファノン・ハヤート	406
ファビオ・ロッシ	406
ファベル	406
ファミリーマン	406
ファラデー	406
ファルコ	406
ファルコン	407
ファレル・スレイター	407
ファロン	407
ファン	407
方文　ふぁん・うぇん	407
房幹　ふぁん・がん	407
ファンドーリン	407
ファン・フェーテレン	407
フィー	407
フィオナ	407
フィオナ・キャメロン	407
フィオナ・パーセル	407
フィオーナ・メイ・エアリー	407
V・J　ぶいじぇい	407
フィステリア・ジャンカージ	408
フィッツジェラルド	408
フィデル・カストロ（カストロ）	408
フィーニー	408
フィニアス・T・タッカー（フィン）ふぃにあすてぃーたっかー（ふぃん）*	408
フィービ・ウィチャリー	408
フィービおばさん	408
フィミー	409
フィリップ	409
フィリップ・アシュリー	409
フィリップ・ウィントル	409
フィリップ・ガント	409
フィリップ・ショーヴァン	409
フィリップ・スターリング	409
フィリップ・トマス	409
フィリップ・ニューピー	409
フィリップ・ノックス（ノックス）	409
フィリップ・バンター	409
フィリップ・マーサー（マーサー）	409
フィリップ・ランドール	409
フィリップ・ルフェーヴル（ルフェーヴル）	409
フィリップ・ロンバード（ロンバード大尉）ふぃりっぷろんばーど（ろんばーどたいい）	410
フィリー・ポスト（ポスト）	410
フィル	410
フィル・ウィリアムズ	410
フィル・ゲイター（ゲイター）	410
フィル・コルビー（コルビー）	410
フィールズ	410
フィールディング	410
フィールド	410
フィル・ボーモント	410
フィレモン	410
フィン	411
フィンドホーン	411
フィン夫人　ふぃんふじん	411
フィンレー・ドーソン（ドーソン）	411
フェイ	411
フェイ・アンダースン	411
フェイス・デブリン・ハーディー	411
フェイス・パーカー	411
フェイス・フェアチャイルド	411
フェイダー・ドーフマン	411
フェイト	411
フェイドラ・グリーン（フェイ）	411
フェイ・ヨー	411
フェストゥス	412
フェニモア	412
フェニラ・グッドマン	412
フェラーズ夫人　ふぇらーずふじん	412
フェラン	412
フェリクス・パスコー（フィー）	412
フェリシアン・シャルル	412
フェリシティ・クレア（フリック）	412
フェリシティ・ディル	412
フェリシティ・フレンチ	412
フェリツィタス（フレックス）	412
フェリックス・テンプラー	412

フェリーペ・サラザー（フィル）	413	ブライアン・レッドフォード（レッドフォード）	416
フェル・アルクランド（アルクランド）	413	ブライス	416
フェルディナント・コルテン（コルテン）	413	プライス	416
フェル博士　ふぇるはかせ	413	ブライズ・スチュアート	416
フェン	413	ブライス・プロクター	417
馮軍曹　ふえんぐんそう	413	ブライト	417
フェントレス	413	ブライトマイアー	417
フォーガス・オブライエン（オブライエン）	413	プライムファクター	417
フォーカーソン	413	ブライン	417
フォス	413	ブラウン	417
フォックス	413	ブラウン神父　ぶらうんしんぷ	417
フォックス博士　ふぉっくすはかせ	413	ブラザー・ガブリエル	417
フォーティンブラス	414	ブラッキー・クーガン	417
フォーリー	414	フラッグ	417
フォーリー大尉　ふぉーりーたいい	414	ブラック・タイ	417
フォルトリッグ	414	フラッシュ	418
フォレスト・アトリー	414	ブラッド	418
フォン	414	プラット	418
フォン・グンテン（グンテン）	414	ブラッド・スターリング	418
フォン・ヨッシュ男爵　ふぉんよっしゅだんしゃく	414	ブラッド・デニング	418
ブーク	414	ブラット・ファラー	418
ヴーケリッチ	414	ブラッドリー・スタインウィック（先生）ぶらっどりーすたいんういっく（せんせい）	418
ブッカー・リーヴズ	414	ブラートニコフ	418
フック	415	フラートン	418
フックス	415	プラナス	418
ブッチ・カープ（カープ）	415	フラニー	418
フッド	415	フラニー・ゴールドスミス	418
フート	415	フラニー・ゴールドスミス	419
フーヴァー	415	フラニー・ルート	419
フーバー・トリヴァー	415	フラビア・ジェミナ	419
ブーマー・ダニング	415	ブラブ・ニコライ	419
ブーマー・ワード	415	フランキー	419
フー・マンチュー	416	フランキー（フランシス・ダーウェント）	419
フムルム	416	フランキー（フランセス・ダーウェント）	419
フュックス師　ふゅっくすし	416	フランキー・ダブズ	419
ブライアム・ラスボーン（ラスボーン）	416	フランキー・ピアソン	419
ブライアン・カルーソー	416	フランキー・ボッサー	419
ブライアン・ジブラルタル（ジブラルタル）	416	フランク	419
ブライアン・ストラトフォード	416	フランク・アンジェリ（アンジェリ）	419
ブライアン・ブラックウッド	416	フランク・オグデン	419

フランク・オコーネル(オコーネル)	420	ブランシュ	423
フランク・カピストラーノ(カピストラーノ)	420	フランシーン	423
フランク・ギルモア(ギルモア)	420	フランセス・オニール(フラニー)	423
フランク・クランシー(クランシー)	420	フランセスカ・クリンゲンショーエン(ファニー伯母) ふらんせすかくりんげんしょーえん(ふぁにー伯母)	423
フランク・グレヴェンジャー	420	フランセス・ダーウェント	423
フランク・コーソ(コーソ)	420	フランソア	423
フランク・ゴーリー(ゴーリー)	420	フランソア・メラン(メラン)	423
フランク・サカイ	420	フランソワーズ・クラムスキー(クラムスキー)	423
フランク・ジャフィ	420	ブランダン	423
フランク・デイリー	420	ブランチ	423
フランク・ディロン(ドリー)	420	フランチェスコ・サビーノ	424
フランク・バーナム(バーナム)	420	フランツ・パヴラーク	424
フランク・ハリスン	421	フランツ・ベルガー(坊ちゃん) ふらんつべるがー(ぼっちゃん)	424
フランク・ハリマン	421	ブランディ・アレクザンダー	424
フランク・バレンジャー(バレンジャー)	421	ブランディ・ミューラー(ミューラー)	424
フランク・フォーカーソン(フォーカーソン)	421	ブラント	424
フランク・フーリハン	421	ブランド	424
フランク・プレンティス	421	ブランド警部 ぶらんどけいぶ	424
フランク・ベルソン(ベルソン)	421	フランボウ	424
フランク・ヘンズリー	421	フリー	424
フランク・ホワイト	421	フリア	424
フランク・マーティン	421	ブリアナ・ランダル	424
フランクリン	421	プリエーゼ	425
フランクリン・デウィーズ	422	プリシア・スイート	425
フランク・ワシントン	422	ブリジェット・コンウェイ	425
ブランコ・ド・ヴーケリッチ(ヴーケリッチ)	422	ブリジット・ローガン(ブリディ)	425
フランコ・ベネッティ	422	ブリスコー	425
フランコ・ロッシ(ロッシ)	422	プリースト	425
フランシス・スウェイン(スウェイン)	422	フリーダ	425
フランシス・ダーウェント	422	ブリーチ	425
フランシス・デ・ゴヤ(ゴヤ)	422	フリック	425
フランシス・バックラム	422	ブリッグズ	425
フランシス・フェイガン	422	ブリッシング	425
フランシス・ヴォーン(ファニー)	422	プリッチャート	425
フランシス・ペティグルー(ペティグルー)	422	プリッチャード	425
フランシス・マロニー(マロニー)	422	ブリディ	426
フランシス・ロナン	423	プリムローズ	426
フランシーヌ・アチュール	423	フリン	426
フラン・シモンズ	423	ブリン	426

フリン(マックール)	426	フレディ・プリムローズ(プリムローズ)	429
プリンセス・オブ・ウェールズ・ダイアナ	426	フレディ・レオン(レオン)	429
		フレデリコ	429
フリント	426	フレデリック・スタントン	430
ブリーンナ・ストッカード(ラブ)	426	フレデリック・ラルサン(ラルサン)	430
ブリーンナ・ラブ・ストッカード	426	フレドリック・トービン(トービン)	430
ブル	426	ブレナー	430
プール	426	ブレナ・ケネディ	430
ブルース・バーンズ	426	ブレナン	430
プルーデン	426	フレーム(エヴァ・ヘルナンデス)	430
プルーデンス・カウリイ(タペンス)	426	フレンチ	430
ブルドッグ	427	フレンチー	430
ブルナコフ	427	プレンティス・マーシャル・ゲイツ三世　ぷれんていすまーしゃるげいつさんせい	430
ブルーナー夫人　ぶるーなーふじん	427		
ブルネッティ	427		
ブルーノ・ハントリー	427	プレンティス・ラモント	430
フレイア	427	ブレント・スポルディング	430
フレイア・シュミット	427	ブレント・マックイーン	430
ブレイク	427	ブロア	431
ブレイク・ジョンスン(ジョンスン)	427	フロイド・ガーデン(ガーデン)	431
フレイザー	427	ブローガン	431
ブレイシャー	427	プロクター	431
ブレイスウェイト	428	フロスト	431
ブレイドン	428	プロスパー・シャルマ	431
ブレキンリッジ	428	ブロディ	431
プレシャス・ラモツエ(マ・ラモツエ)	428	プロバート博士　ぷろばーとはかせ	431
プレストン	428	フローラリント・レルナー	431
プレストン・マーシュ	428	フローレンス・プライス	431
プレスリー	428	フロレンタイン	431
フレックス	428	フロンサック	432
ブレット・アレン	428	ブロンテ・デブリン	432
ブレット・オーガスト(オーガスト)	428	豊後ピート　ぶんごぴーと	432
フレッド・コルレオーネ(フレデリコ)	428		
フレッド・C・ペッカー　ふれっどしーぺっかー*	429	【ヘ】	
ブレット・ソウヤー	429	ヘア	432
フレッド・デイビー	429	ベアード大佐　べあーどたいさ	432
フレッド・デルレイ(デルレイ)	429	ベアトリクス・カーマイケル	432
フレッド・フィッチ	429	ベアリー・ラブジョイ	432
フレッド・フィンドホーン(フィンドホーン)	429	ヘイグ	432
		ベイジル・ウィリング	432
フレッド・ポール	429		
ブレット・マクグラフ	429		

ベイジル・ウィリング（ウィリング博士）	432
べいじるういりんぐ（ういりんぐはかせ）	
ヘイズ	432
ベイズウォーターさん	433
ベイズウォーター氏　べいずうぉーたーし	433
ヘイスティ・ハザウェイ（ハザウェイ）	433
ヘイスティー・ラニオン（ラニオン）	433
ヘイスティングズ	433
ヘイスティングズ（アーサー・ヘイスティングズ）	433
ヘイスティングズ（アーサー・ヘイスティングズ）	434
ヘイズルリグ	434
ベイツ	434
ペイトン・シャーウッド	435
ベイビィ・キャット・フェイス	435
ヘイミッシュ・マクラウド	435
ヘイリー	435
ベイリー大尉　べいりーたいい	435
ペイル・セイント	435
ヘイワード	435
ペク・スンチョル	435
ヘクター	435
ヘクター・パズ	435
ヘクター・マグレガー（マグレガー）	435
ペクトンホ　ぺくとんほ	435
ヘザー	435
ヘザー・アセンシオ	435
ベサニー・グレイスター（ベス）	436
ベサニー・マーシャル	436
ヘザー・ランドール	436
ベジェツカヤ	436
ベシュー	436
ヘジンボザム	436
ヘス	436
ベス	436
ベス・コンヴェイ	436
ヘス・トーレス（トーレス大佐）　へすすとーれす（とーれすたいさ）	436
ヴェスタ・ブリッグズ	436
ヘスティングス	436
ベズ・ファーシュ（ファーシュ）	437
ペーター・アイゼンハルト（アイゼンハルト)	437
ベタートン	437
ベータ・ハーチャー	437
ペーター・ブロリン	437
ベッキー	437
ベッキー（レベッカ・バムロイ）	437
ベッキー・ジョーンズ	437
ベック	437
ベッツィ・オールデン	437
ベッツィー・カヴァリエ	437
ペッパー	437
ペッペ（ジュゼッペ・アマドネッリ）	438
ベティー・アレン	438
ペティグルー	438
ベティ・ジーフリート（ゴールディ）	438
ペートオ	438
ペトラ・コナー	438
ペトラ・ベッカー	438
ペトラ・ロイター	438
ペトロ	438
ペトロニウス・ロングス（ペトロ）	438
ペニー	438
ペニイク	438
ベニー・エルブリッジ（エルブリッジ）	439
ベニー・パチーノ	439
ベニー・マッコ（マッコ）	439
ペーニャ上院議員（ガス）　ぺーにゃじょういんぎいん（がす）	439
ペニー・レイモンド	439
ベニー・ロザート	439
ヴェニング警視　べにんぐけいし	439
ベネッチ大尉　べねっちたいい	439
ベネット・ニニアン	439
ベネデッティ	439
ペネロピ（ペニー）	439
ペネロピ・ライス（ポピー）	439
ベーブ	439
ペペ・カルバイヨ（カルバイヨ）	439
ベベ・ラウダーミルク	440
ヘミングウェイ	440
ベーム	440
ヘラー	440

ベラ	440	ヘレン・マニング	445
ヴェラ・クレイソーン	440	ヘレン・ミルナー	445
ヘラクレス・ポントー	440	ヘレン・レイ	445
ヘラー長官　へらーちょうかん	440	ベロ・キウ・キウニ	445
ベラドンナ（イザベラ・アリエル・ニッカーソン）	440	ヘロッド・セイル（セイル）	445
		ヴェロニカ	445
ペラム	441	ベロニック・デルジュモン	445
ベリアノフ	441	ヘロルド	445
ペリイ・ステュアート	441	ヘン	445
ペリィ・メイスン（メイスン）	441	ベン	445
ペリー・スミス	441	ペン	446
ヴェリティ	441	ベン・アレン	446
ペリー・バーグマン	441	ベン・オールトン（オールトン）	446
ベーリンガー	441	ベン・キャンディーディ	446
ベリンガー	441	ヴェンク	446
ベリンガー	442	ベン・クーパー	446
ベリンダ・マリガン	442	ペン・ケージ	446
ペル	442	ペン・ケージ（ケージ）	446
ヴェルガー	442	ベンザ	446
ベルソン	442	ベン・サントリ	446
ヘル・ドクトール	442	ペンジェリー	446
ベルトラム・ヴェルカー（ヴェルガー）	443	ベンジャミン・サックス（サックス）	446
ベルトラン・ファベル（ファベル）	443	ベンジャミン・ジャスティス（ジャスティス）	446
ヘールトロイド・ダムホイス	443		
ヴェルナー・クレル	443	ベンジャミン・シュピーゲル（ベン）	447
ヘルナンデス	443	ベンジャミン・ソープ	447
ベルベット・モジョ	443	ベンジャミン・ディル（ディル）	447
ヘルマン・コーラー（コーラー）	443	ベンジャミン・バーネット	447
ヘルムート・ヴォルペ	443	ベンジャミン・リエンゾ（ウィーヴァー）	447
ヘレナ	443	ベンジャミン・ワトキンス	447
ヘレーナ・アヤラ	443	**編集長　へんしゅうちょう**	447
ヘレナ・マークスベリ	443	ベン・スタック（スタック）	448
ヘレナ・ユスティナ	443	ベン・スタフォード	448
ヘレナ・ユスティナ	444	ベン・ゼーヴィ	448
ベレニス・ホリス	444	ベンダー	448
ヘレン	444	ペンダーガスト	448
ヘレン・ケイペル	444	ヴェンタナ	448
ヘレン・ジャスタス	444	ベンテュラ	448
ヘレン・ディープノー	444	ベンツ	448
ヘレン・トロイ	444	ヘンドリック・グルート（リークス）	448
ヘレン・バーク	444	ベンドール	448
ヘレン・フーヴァー・ボイル	445	ベン・トルーマン	448
ヘレン・ブラックウェル	445	ベントン・ウェズリー	448

ベントン・ウェズリー	449
ベントン・リンチ	449
ベン・バッドウィン	449
ベン・ハートマン	449
ベン・ハーパー	449
ベン・ヴァーバー(ヴァーバー)	449
ベン・マーコ(マーコ)	449
ベン・ヤージー(ヤージー)	449
ベン・ライアン	449
ヘンリー・アシュビー(アシュビー)	449
ヘンリー・アボット	449
ヘンリー・アンカテル卿　へんりーあんかてるきょう	449
ヘンリエッタ・オドワイヤー・コリンズ(ヘンリー・O)　へんりえったおどわいやーこりんず(へんりーおー)	449
ヘンリエッタプリチャード	450
ヘンリエッタ・マリン(ヘン)	450
ヘンリー・O　へんりーおー	450
ヘンリー・ガーマジ(ガーマジ)	450
ヘンリー卿(ヘンリー・クリザリング)　へんりーきょう(へんりーくりざりんぐ)	450
ヘンリー・クリザリング	450
ヘンリー・ゴイルズ(ゴイルズ)	450
ヘンリー・ジェイムズ・ジェスン三世(ジェスン)　へんりーじぇいむずじぇすんさんせい(じぇすん)	450
ヘンリー・ジキル(ジキル)	450
ヘンリー・シヴァー(シヴァー先生)　へんりーしばー(しばーせんせい)	450
ベン・リース	450
ヘンリー・スピアマン(スピアマン)	450
ヘンリー・チェイス	451
ヘンリー・トマス・スミス(スミス)	451
ベン・リヴィア(リヴィア)	451
ヘンリー・ピアス(ピアス)	451
ヘンリー・フィッツロイ	451
ヘンリー・フィールディング(フィールディング)	451
ヘンリー・ブラウン	451
ヘンリー・ブーン	451
ヘンリー・ヘラー	451
ヘンリー・メイナード	451
ヘンリー・メツガー(メツガー)	451
ヘンリー・メリヴェール(H・M)　へんりーめりべーる(えいちえむ)＊	451
ヘンリー・メルヴェール(H・M)　へんりーめるべーる(えいちえむ)＊	452
ヘンリー・リオス(リオス)	452
ヘンリー・ワズワース・ロングフェロー(ロングフェロー)	452

【ほ】

ボー	452
ボー(ボートワン・アンスラン)	452
ポアロ(エルキュール・ポアロ)	452
ポアロ(エルキュール・ポアロ)	453
ポアロ(エルキュール・ポアロ)	454
ポアロ(エルキュール・ポアロ)	455
ボイセン	455
ホイットニー・バーグ	455
ホイット・モーズリー	456
ホイット・モーズリー(モーズリー)	456
ボイド・ドビンズ	456
ホイーラン	456
ポウク	456
ホウゲンドバー	456
ボウラー	456
ホーギー	456
ホギー	456
ホーク	456
ホーク	457
牧師　ぼくし	457
ボゴミル・ツルミルチク(ツルミルチク)	457
ポスト	457
ホセ・ザバーラ(ザバーラ)	457
ポーターフィールド	458
ボッシュ	458
ボッチェッタ	458
坊ちゃん　ぼっちゃん	458
ホットヴァーグナー	458
ボード・ギャザー	458
ボートルレ	458
ボードワン	458
ボートワン・アンスラン	458
ボニー	458

ボニー・カントレル	458
ボニー・リー・ボーモント	459
ボハノン	459
ボビー	459
ポピー	459
ボビー（ロバート・ジョーンズ）	459
ボビイ（ロバート・ジョーンズ）	459
ボビー・ジーン	459
ボビー・ニューマン	459
ボビー・バーンズ	459
ボビー・ホールウェー	459
ボビー・マロリー	459
ボビー・メドリン	459
ホープ	460
ボブ	460
ボブ・ジョージ（幽霊番人）　ぼぶじょーじ（ごーすときーぱー）	460
ボブ・ハイタワー	460
ボブ・ハーバート（ハーバート）	460
ボブ・フレイザー	460
ボブ・ムーニー（ムーニー）	460
ホーマー・ウィチャリー（ウィチャリー）	460
ボーマニャン	460
ホームズ	460
ホームズ	461
ポムフリット	461
ポムフリット	462
ボーモン	462
ポーラ・ガーランド	462
ホラス・ジェイコブ・リトル	462
ポーラ・フォンテーン	462
ホリ	462
ホリー	462
ポリー	462
ポリー・ウィチャリー	462
ホリー・カーター	462
ホリー・カーナハン（オハラ）	463
ホリー・ジョンスン（ジョンスン）	463
ボリス・グリドル	463
ボリス・レオノヴィッチ	463
ポリー・ダンカン	463
ポリー・パジェット	463
ボリバル将軍　ぼりばるしょうぐん	463
ポリュグノースト	463
ポーリーン	463
ポーリーン・オナイダ（ペッパー）	463
ポーリーン・グラボウスキー（グラボウスキー）	464
ポール	464
ポール・アボット（アボット）	464
ポール・アマーロ	464
ポール・アンジェリ	464
ホルエムヘブ	464
ポール・カイト	464
ポール・キアケ	464
ポール・キング	464
ヴォルコフ	464
ホルコム	464
ポール・サモーラ（サモーラ）	465
ポール・シューマン	465
ポール・シンクレア	465
ボルスキー	465
ポール・セヴァリーン（シュミット）	465
ポール・ターナー（ターナー）	465
ポールト	465
ポール・ド・サン・マルタン（サン・マルタン）	465
ポール・トラウト	465
ボールドリッジ	465
ポール・ドレイク	465
ポルトン	465
ポール・ドンツォフ	466
ポール・ネルトー	466
ポールバターリャ	466
ポール・ハリス	466
ポール・ハワード	466
ポール・フッド（フッド）	466
ポール・ブラッドリー	466
ヴォルフラム・シュラーデ（シュラーデ）	466
ポール・ブレナー	466
ポール・ブレナー	467
ホルヘ・ロドリゲス	467
ポール・ヘロルド	467
ポール・マーチ	467
ポール・マドリアニ（マドリアニ）	467
ポール・ライリー（ライリー）	467

ポール・ラシッド	467
ポール・ラドブーカ(ラドブーカ)	467
ポール・リチャードソン	467
ポール・ルボー	467
ポール・レドナップ(レドナップ)	467
ホレイショ	467
ホレイショー・ブルースター	468
ホレス・ビドウェル(ビドウェル)	468
ホワイト	468
ホワイトホール	468
ホワイト・マイク(マイク)	468
ポワロ(エルキュール・ポワロ)	468
ポワロ(エルキュール・ポワロ)	469
ボンコンバーニ	469
ポンター・ボディット	469
ボンダラント	469
ボンダレンコ	469
ボンド	469
ポントウスキー	469

【ま】

マイア・リー	469
マイキー	470
マイク	470
マイク(マイケル・ロジャース)	470
マイク・キングストン	470
マイク・サンチェス	470
マイク・ストローザー	470
マイク・セルッチ(セルッチ)	470
マイク・ダナハー(ダナハー)	471
マイク・チャップマン	471
マイク・ドネリー(ドネリー)	471
マイク・パイク(パイク)	471
マイク・ブラッドリー	471
マイク・マクガバン	471
マイク・マクナリー	471
マイクル	471
マイクル・ウォーターストン	471
マイクル・ウォーターストン	472
マイクル・オージーンスキ	472
マイクル・スタークウェッダー(スタークウェッダー)	472
マイクル・デュヴァル(デュヴァル)	472
マイクル・ブロック	472
マイクル・マーフィー(マーフィー)	472
マイク・ロジャーズ(ロジャーズ)	472
マイクロフト・ネクスト	472
マイクロフト・ネクスト	473
マイケル	473
マイケル・アシュモア	473
マイケル・アダムス(アダム・チャートフ)	473
マイケル・アップルヤード	473
マイケル・アトウォーター(アトウォーター)	473
マイケル・オウリア	473
マイケル・オズボーン	473
マイケル・オローク(オローク)	473
マイケル・ガブリエル(ミック)	473
マイケル・ギャリック	473
マイケル・コルレオーネ	473
マイケル・サリヴァン(サリヴァン)	474
マイケル・ジュニア	474
マイケル・ジョーゼフ・カーバー	474
マイケルズ	474
マイケル・スタークウェッダー	474
マイケル・ストーン	474
マイケル・ディーコン(ディーコン)	474
マイケル・デイリー(マイク)	474
マイケル・トラヴィス(トラヴィス)	474
マイケル・トーランド(トーランド)	474
マイケル・ヒル	475
マイケル・ブラッカ	475
マイケル・ボネッロ(マイキー)	475
マイケル・マクレイン	475
マイケル・マラン	475
マイケル・リオ・ケリー(ケリー)	475
マイケル・リーバス	475
マイケル・ロジャース	475
マイヤーズ	475
マイヤー・マイヤー	475
マイヤー・マイヤー	476
マイラ・サヴェジ	476
マイラ・ラトレッジ	476
マイルズ・ケロッグ(ケロッグ)	476

マイロ・スタージス	476	マーク・ジェローム・タルボット(タルボット)	479
マイロ・モーション	476	マクシミーノ・アレナス(アレナス)	479
マイロン・ボライター	476	マクシミリアン・コーラー(コーラー)	479
マカーサー将軍　まかーさーしょうぐん	476	マクシミリアン・ヘア(ヘア)	479
マーカス・ウィットビー(ウィットビー)	476	マーク・スウェイ	480
マーカス・スモールボーン(スモールボーン)	476	マーク・スチュアート	480
マーカス・ディメンシィ(ディメンシィ)	476	マーク・スティーヴンソン	480
マーカス・テイラー	476	マグダ・ドゥーン(ミス・ドゥーン)	480
マーカス・デヴリン(マーカス・ライアン・オサリバン)	477	マクダレーナ・ロッシュ	480
マーカス・フォード	477	マグダレン	480
マーカス・モウブレイ(モウブレイ)	477	マーク・デイリー	480
マーカス・ライアン・オサリバン	477	マクナブ	480
マガーヴィ	477	マグノリア・シェルビー(ミス・マギー)	480
マーカム	477	マーク・ハリス(フィリップ・トマス)	480
マカラ・ハーコナン	477	マーク・ビーモン(ビーモン)	480
マーガレット	477	マクブッシュ	480
マーガレット・アン・サドフスキー(レッグズ)	477	マーク・プライス(プライス)	480
マーガレット・タッシー(ポリー)	477	マクブライド	481
マーガレット・ハリソン	477	マーク・ブラック	481
マーガレット・ブライア	477	マーク・ブリン(ブリン)	481
マギー	478	マーク・フルカワ	481
マギー・オコナー	478	マクマイケル	481
マギー・オデール	478	マーク・ライアン	481
マギー・ケリー	478	マクラケン	481
マギー・サマー	478	マクラナハン	481
マキシーン・ウィニントン	478	マーク・ラング(ラング)	481
マギー・シンプソン	478	マクリアリー	481
マーキス大佐　まーきすたいさ	478	マクリーン	482
マギー・バーンズ	478	マクリン	482
マギー・ピーターソン	478	マクルーア博士　まくるーあはかせ	482
マキャスキー	478	マーク・ルービン(モシェ)	482
マーク	478	マクレガー	482
マーク	479	マグレガー	482
マーク・アーリマン(アーリマン)	479	マクレーン(少佐)　まくれーん(しょうさ)	482
マーク・イースターブルック	479	マクロー	482
マーク・オーガスティン(オーガスティン)	479	マーコ	482
マーク・サイドマン	479	マーコヴィッツ	482
マーク・サンガー	479	マーゴ・フォーティエ	482
		マコーリフ	482
		マコーン	483
		マーサー	483

マザー・アバゲイル	483	マチルド・スタンガースン	487
マサイアス	483	マチルド・ドネー	487
マーサー・ウォーレス	483	マッキンタイア	487
マーサ・ゲルホーン	483	マッキンドレス	487
マサド・モハメド	483	マック	487
マーサ・ブレキンリッジ(ブレキンリッジ)	483	マック・イーストン	487
マーサ・マッコール	484	マックグレビー	487
マージ	484	マックス	487
マジェク	484	マックス	488
マーシー・コールダー	484	マックス・アイバーソン(アイバーソン)	488
マーシ・ディーン	484	マックスウェル・ノース(マックス)	488
マーシー・フレイシャー	484	マックス・キャンドル	488
マーシャ	484	マックス・クラウゼン	488
マーシャ・クロー	484	マックス・スティール	488
マーシャ・デカーロ(カーリー)	484	マックス・パーカル	488
マーシャ・ヒリス	484	マックス・ハートマン(ハートマン)	488
マーシャル・ウェスト	485	マックス・フリーリング	488
マーシャル・ヘイズ(ヘイズ)	485	マックス・ベーム	488
マシュー	485	マックス・ベーム(ベーム)	488
マシューズ	485	マック・スミス(ナイフ)	488
マシュー・ダブチェク	485	マックス・メイヤー	489
マシュー・プライア(マット)	485	マックス・ロデリック	489
マシュー・ブラック(マット)	485	マック・ナイフ・スミス(スミス)	489
マシュー・ランクリン(ランクリン)	485	マック・マクォーリー	489
マシュー・ランクリン(ランクリン大尉) ましゅーらんくりん(らんくりんたいい)	485	マック・マッカラム	489
		マック・マレンコ(マレンコ)	489
マージョリー・コンウェイ	485	マックール	489
マージョリー・ダン(マージ)	486	マッケイレブ	489
マージョリー・ヴェイン(レディ・ティヴァートン)	486	マッコ	489
マーシ・レイボーン	486	マッコイ	489
マシンガム	486	マッジ・ビアズリー	489
マスターズ少佐 ますたーずしょうさ	486	マッジ・メイナード	489
マタイ	486	マッソン	489
マーダ・スチュアート	486	マッデン	489
マダム・カリツカ	486	マット	490
マダム・グラント	486	マット・イングランド	490
マダム・コルベール	486	マット・ゲイブリエル	490
マダム・ド・ラ・シマルド	487	マット・スカダー(スカダー)	490
マチルダ・ギレスピー	487	マット・スティーヴンス	490
マチルダ・クレックヒートン	487	マット・ストール(ストール)	490
		マット・ダンバー	490
		マッドドッグ	490
		狂犬 まっどどっぐ	490

マットーネ	491
マット・ハプグッド	491
マット・ハンター	491
マット・ヒューズ	491
マット・ブラウニング	491
マット・ポントウスキー（ポントウスキー）	491
マット・ワイルダー	491
マーティー	491
マテーイ	491
マディ	491
マティアス・ドラマール（マタイ）	491
マーティー・カリッシュ	491
マディガン	491
マティ・コーディントン	491
マーティ・ジェイコブズ	492
マディスン・アデア	492
マディソン・カステリ	492
マーティ・ニッカーソン	492
マーティネス	492
マディ・ブレイク	492
マティルダ・フェアヴォーン	492
マーティン	492
マーティン・アーケンハウト（アーケンハウト）	492
マーティン・クイン	492
マーティン・クレイ	493
マーティン・クワーク（クワーク）	493
マーティン・ジェラルド	493
マーティン少佐　まーてぃんしょうさ	493
マーティン・シリンガー（マーティー）	493
マーティンズ	493
マーティン・ステュークリイ	493
マーティン・ディーフォード	493
マーティン・デルコフィー	493
マーティン・ビショップ	493
マーティン・ブリーチ（ブリーチ）	493
マーティン・ヘイズ	493
マーティン・ペインズウィック	493
マーティン・ベル	493
マーティン・ペンジェリー	494
マーティーン・ローズ	494
マデライン・デカーロ	494
マデライン・ネイラー（ネイラー）	494
マデリン・グリーン（マージ）	494
マデリン・ビーン	494
マデリン・フェイス・ワーツ（マディ）	494
マデリン・マッキンドレス	494
マート（マーティン・ディーフォード）	494
マドマン	494
マドリアニ	494
マードリック	494
マドリン・オキース・ターナー（ターナー）	495
マドレーヌ・ド・サラ	495
マドローン	495
マニ	495
マニオン	495
マニュエル・パルマリ	495
マニュエル・ロドリゲス（ロドリゲス）	495
マーニー・ライト	495
マバシャ	495
マーヴィン	495
マーヴ（マーヴィン）	495
マーフィ	495
マーフィ	496
マーフィー	496
マーフィー神父　まーふぃーしんぷ	496
マブゼ	496
マボンゾ	496
ママ	496
マ・マクチ	496
マユミ	496
マライア	496
マラカイ	496
マラカイ・デヴリン（デヴリン）	496
マーラ・コーマン	497
マーラ・ソング	497
マーラ・ハリントン	497
マ・ラモツエ	497
マリー	497
マリア	497
マリア・エレナ・エレーラ・ガルザ	497
マリア・ベナリアク	498
マリア・マルケス	498
マリア・ルイーサ	498

マリアン	498	マルコス・トーレス(トーレス)	501
マリアン・エスガード	498	マルコ・ソラッツォ(ソラッツォ)	501
マリー・アントワネット	498	マルコ・ヴァローニ	501
マリアンナ・サンダース	498	マルコム・エインズリー(エインズリー)	502
マリアンヌ・ド・モランジアス	498	マルコム・トレサリアン(トレサリアン)	502
マリアン・パイオット	498	マルコム・リヴァーズ	502
マリイ・ガーソン	498	マルコ・リンゲ	502
マリウス	498	マルコ・ロンバルディ(ロンバルディ)	502
マリオ	498	マルシャン	502
マリオ・ルッジェリオ	498	マルセル・ブラン	502
マリー・カーター	499	マルタ	502
マリガン	499	マルチェロ	502
マーリー・キーン	499	マルモレーホ	502
マリク	499	マルレーネ・チャンピ	502
マリサ・コナー	499	マルレン・ベルガー	502
マリス・マダーリィ・リード	499	マレイ	503
マリー・スラッタリー	499	マレイケ・ファン・ハッセルト	503
マリー・ダウリング	499	マレット	503
マリーナ	499	マレー・ホイーラン(ホイーラン)	503
マリーナ・グレッグ	499	マレー・ランディス	503
マリーナ・シェリダン	499	マレンコ	503
マリーナ・ベネディクト	499	マロイ	503
マリーナ・ルー	499	マロセーヌ	503
マリーノ	499	マロニー	503
マリーノ	500	マロリー	503
マリーノ・ペンタリーズ	500	マロリー	504
マリー・ブレモン	500	マロリー・キャンドラー	504
マリー・ライトフット	500	マローン	504
マリリー・ジェニングズ	500	馬栄 まーろん	504
マリリン	500	マンゼッティー	504
マーリン	500	マンソ・デ・エレラス	504
マーリーン・ベンソン	500	マンソン	504
マーリーン・ロウリイ	500	マンソン夫人 まんそんふじん	504
マルカム・アーニー	500	マンダリン・タン	504
マルガリータ	500	マンダレー・アウン(マンディー)	505
マルガレータ・エスタ(レディ・エスタ)	500	マンチーノ	505
マルク	500	マンディー	505
マルクス・アッティリウス・プリムス(アッティリウス)	501	マンディー・タナー	505
マルクス・ディディウス・ファルコ(ファルコ)	501	マンフレッド・パウエル(パウエル)	505
マルク・ヴァンドスレール(マルコ)	501	【み】	
マルコ	501	ミア・マーサー	505

ミカエル・マーコフ（マイク）	505	ミセス・ピアス（クララ・ピアス）	510
ミーガン・オマリー	505	ミセス・ヒル	510
ミーガン・レース	505	ミセズ・ファレル	510
ミクルマス	505	ミセス・フィン	510
ミゲル・リエンゾ	505	ミセス・ブラッドリー	510
ミシェル・コルデ（コルデ）	505	ミセズ・フランク・ベルソン	510
ミシェル・ルッソ	506	ミセス・マクゲイン	510
ミシェル・レナード	506	ミセス・マーフィ（マーフィ）	510
ミーシャ	506	ミセス・マーブル	511
ミーシャ・ドツェンコ（ドツェンコ）	506	ミセス・ラニラ	511
ミス・カーショー	506	ミセス・ロジャース	511
ミス・グレゴリィ	506	ミーチャム・キーフ	511
ミスターX　みすたーえっくす＊	506	ミッキー・コナー	511
ミスター・グリン	506	ミッキー・マグルーダー（ジョン・ラッセル）	511
ミスター・ディーリング	506		
ミスター・ブライスン	506	ミッキー・ラインハン	511
ミスター・プレイガー	506	ミック	511
ミスタ・マッキンドレス（マッキンドレス）	507	ミック・ハモンド	511
ミスター・マーブル	507	ミッシェル・デュラン	511
ミスター・レッド	507	ミッチ	511
ミスター・ローズ	507	ミッチ	512
ミス・チルマーク	507	ミッチェル	512
ミス・ドゥーン	507	ミッチェル・エリオット	512
ミス・バーネット	507	ミッチェル・ショー（ミッチ）	512
ミス・バルストロード	507	ミッチェル・ラップ（ラップ）	512
ミス・ピム	507	ミッチェル・レイフェルスン（ミッチ）	512
ミス・フロイ（ツイード婦人）　みすふろい（ついーどふじん）	507	ミッチェル・Y・マクディーア（ミッチ）みっちぇるわいまくでぃーあ（みっち）＊	512
ミス・マギー	507	ミッチ・テイラー	512
ミス・マープル（ジェーン・マーブル）	507	ミッチ・ラップ（ラップ）	512
ミス・マープル（ジェーン・マーブル）	508	ミッチ・レヴィン	512
ミス・メルヴィル	508	ミッドウィンター	512
ミス・メルヴィル	509	ミーナー	512
ミス・モード・シルヴァー	509	ミニー・スウェル	512
ミス・レイチェル	509	ミニー・マン	513
ミス・レモン	509	ミハイル・ワシン（ワシン）	513
ミス・ロメデュー	509	ミヒャエル・ファブリツィウス（ミーシャ）	513
ミセス・ウォーターストン	509	ミム	513
ミセス・オリヴァ	509	宮城 与徳　みやぎ・よとく	513
ミセス・カーティン	509	ミューア	513
ミセス・コッカートン	509	ミューラー	513
ミセス・ジョージ	510	ミュリエル・ウィン	513
ミセス・ダンディ（ジュディス・ダンディ）	510	ミュンスター	513

ミラ	513
ミラー	513
ミラ・エッジ	513
ミランダ	513
ミランダー	513
ミランダ・アボット	514
ミランダ・グレイ	514
ミランダ・シャルマ	514
ミランダ・ジョーンズ	514
ミランダ・ダニエルズ	514
ミランダ・ナイト(ランディ)	514
ミランダ・フロスト	514
ミランダ・ホウゲンドバー(ホウゲンドバー)	514
ミリアム・ブラッカ(ミム)	514
ミリアム・メンキン	514
ミリシア・ホニガー・スタントン	514
ミルドレッド・パウエル	514
ミルン夫人　みるんふじん	514
ミロ・ミロドラゴヴィッチ	514
ミン・ギョンビン(キョンビン)	515
ミンソン	515
ミン・テスマン	515

【む】

ムーア	515
ムーサ	515
ムスタファ・ヤシン(ヤシン)	515
ムチョス	515
ムーディー	515
ムーニー	515
ムハンマド・イクバール	515
ムラト三世　むらとさんせい	515

【め】

〈眼〉(老婆)　め(ろうば)	516
メアリ	516
メアリー	516
メアリー・アリーザ(アリーザ)	516
メアリー・イネス(イネス)	516
メアリー・リー・マスターズ　めありーりーますたーず	516
メアリー・エリザベス・ポッター	516
メアリー・クロー	516
メアリ・スミス	516
メアリー・デイ	517
メアリー・ディナンツィオ	517
メアリー・デービス	517
メアリー・ニューマン	517
メアリ・パット(MP)　めありぱっと(えむぴー)*	517
メアリー・フィニー	517
メアリー・ベルソン	517
メアリ・ヴォーン	517
メアリー・マイナー・ハリスティーン(ハリー)	517
メアリー・マーサ・オークレイ	517
メアリー・モリソン	517
メアリ・ラッセル	517
メアリ・ラッセル	518
メアリ・ルー	518
メアリー・ルー・ゴダード	518
メイジー・ダブズ	518
メイジー・ネリス	518
メイスン	518
メイ・チャン	518
メイトランド	518
メイヒュー	518
メイ・ヒル(ミセス・ヒル)	518
メイ・ベラミー	518
メイベル・ストラック	518
メイ・モリソン	518
メイ・モリソン	519
メガン・マッギー	519
メグ	519
メグ・アルトマン	519
メグ・エルジンブロド	519
メグ・ドアティ(ドアティ)	519
メグ・トーレンス	519
メグ・ペサトゥーロ	519
メグ・ホリングワース・ラングスロー	519
メグ・ムーア	519
メグ・ラングスロー	519

メグ・ラングスロー	520	モーズリー	524
メグレ	520	モーディカイ・グリーン	524
メツガー	520	モーティマー	524
メヴァ(レイモン・マカテア)	520	モート	524
メムノーン	520	モード・グレアム	524
メラニー・アカンデ	520	モード・リリー	524
メラニー・ウォッズワース	520	モートン・ディナースタイン(モート)	524
メラニー・カーカス	520	モナ・サバット	524
メラニー・ジョウン・ホール	520	モナ・ドゥラ・カート	524
メラニー・セバスティアン	520	モナ・ファレル	524
メラン	521	モニカ・サマーズ	524
メリエス	521	モニカ・サンプソン	524
メリエット・アスプレー	521	モニカ・ズットナー(ズットナー)	524
メリッサ・オーブリー	521	モネ	525
メリッサ・ギャント	521	モー・プレイガー(ミスター・プレイガー)	525
メリッサ・ゲール	521	モーラ	525
メリッサ・ライリー	521	モラート・ミクローシュ(ニコラ)	525
メリッサ・ランドル(アフロディーテ)	521	モリアーティ	525
メリーナ・ロイド	521	モリー・アバウィック	525
メリンダ・グッドウィンター	521	モリイ・クレイン	525
メリンダ・ストリックランド	521	モーリス・ジェローム(ジェローム)	525
メル・クーパー(クーパー)	521	モーリス・ジョブソン(ジョブソン)	525
メル・クーパー(クーパー)	522	モリー・スティール	525
メル・ダイアモンド	522	モーリス・ブランシュ(ブランシュ)	525
メルチェット大佐　めるちぇっとたいさ	522	モーリス・ブランメル	525
メル・ヴァンダイン	522	モリソン	525
メレディス・サンガー	522	モリソン	526
メレディス・デイビーズ	522	モリー・チショーム	526
メンキン	522	モリー・ピジョン	526
メンチュ・ローチ	522	モリー・プライス	526
		モリー・ラッシュ	526
【も】		モリー・ロールストン	526
モイラ・キャスリーン・ケリー	522	モーリーン	526
モウブレイ	522	モリン	526
モーガン	522	モーリン・デピーノ	526
モーガン	523	モーリーン・マローン	526
モーガン・ハケット	523	モレリ	526
モシェ	523	モレリ	527
モジョ(ムハンマド・イクバール)	523	モレル	527
モース	523	モンゴメリー・ジョーンズ(モンティー)	527
モーズビー	523	モンティ	527
モーズビー	524	モンティー	527

モンテル・ゴードン(ゴードン)	527	ヨーギ	530
モンド	527	ヨークシャー・リッパー(リッパー)	530
モントルシ	527	吉田 吾郎　よしだ・ごろう	530
		ヨナ・ヘイル	530
【や】		ヨンシン	530
		ヨン チェウン　よんちぇうん	531
姚 秀茹　やお・しぃうるぅ	527	ヨンミ	531
ヤーコ	527		
ヤーコフ	527	【ら】	
ヤーコブ・ミュンツァー(ヤーコ)	528		
ヤコブレフ	528	ライ	531
ヤージー	528	ライアン	531
ヤシン	528	ライアン・ケリー(ケリー)	531
ヤスミン	528	ライアン・ダフィ	531
ヤッセン・グレゴロヴィッチ	528	ライアン・フィーニー(フィーニー)	531
ヤノス・クラウダー	528	ライアン・フィーニー(フィーニー)	532
山岡 俊　やまおか・しゅん	528	ライアン・ボルダーリ	532
山猫　やまねこ	528	ライオネル・ベアード	532
ヤムヤム	528	ライカー	532
ヤムヤム	529	ライザ・シェリダン	532
矢村警部　やむらけいぶ	529	ライザ・スクーフ	532
ヤローム	529	ライザ・ロメロ	532
ヤン	529	ライス	533
ヤン・アンデルスフート	529	ライダー	533
ヤンハズバンド	529	ライドナー博士　らいどな―はくし	533
		ライナス・クラーク	533
【ゆ】		ライ・ポマーナ	533
		ライム	533
ユーアン	529	ライラ・カトラー	533
ユーグ・ド・ルカ	529	ライリー	534
ユージニア・スウィフト	529	ライリー・マッケンナ	534
ユージーン・シュミッツ(シュミッツ)	529	ライル・ケントン(イファセン)	534
ユスフ・ハリファ	529	ライル・ソニエ	534
ユーディト・メネズ	530	ラインハルト・エルンスト(エルンスト)	534
ユヴィッツア・グリーン	530	ラウス	534
ユーラ・コロトコフ(コロトコフ)	530	ラウドン・ドッド	534
ユルゲン・レンツ(レンツ)	530	ラウール・アヴィラ	534
ユン	530	ラウール・ダベルニー(アルセーヌ・ルパン)	534
ユン・スミ	530	ラウール・ダンドレジー	534
		ラウール・ダンドレジー(アルセーヌ・ルパン)	534
【よ】			
ヨアヒム・ベーハイム	530		

ラウレンツ・ブライトマイアー（ブライトマイアー）	534
ラグス	535
ラグナロク・ステナマー（ラグス）	535
ラーク・マクラレン	535
ラザーロ・キャンベル	535
ラジ	535
ラズ	535
ラスチェロ	535
ラスティ	535
ラスティー	535
ラスボーン	535
ラスボーン夫人（アン・ラスボーン）らすぼーんふじん（あんらすぼーん）	535
ラッキー	535
ラッキー（ルーク・オドンロン）	535
ラッキー・ロブデル	535
ラッセル	536
ラッセル・オア	536
ラッド・メイソン	536
ラップ	536
ラッフルズ	536
ラ・トゥーシュ	536
ラドキン	536
ラドブーカ	536
ラトリッジ	536
ラドルファス	536
ラナ	537
ラナ・ウィシュニア	537
ラニアー	537
ラニオン	537
ラヌルフ・レイヴン	537
ラビ・ベン・ユダ	537
ラビ・ラシュード	537
ラプ	537
ラファエラ・ホランド	537
ラファグル	537
ラファティ	537
ラフィール氏　らふぃーるし	537
ラフィール氏（ジェースン・ラフィール）らふぃーるし（じぇーすんらふぃーる）	538
ラブジョイ	538
ラブジョイ砲兵　らぶじょいほうへい	538
ラブリオーラ	538
ラベッコ	538
ラーマ	538
ラマー・コールスン	538
ラ・マテコニ	538
ラーマン	538
ラムジー	538
ラムジー・カーティス	538
ラム・シャントラ	538
ラモン・ボリバル（ボリバル将軍）らもんぼりばる（ぼりばるしょうぐん）	538
ララ・クィン	539
ララ・クロフト	539
ラーラ・トルドー	539
ラーラ・ノウルズ	539
ラリー	539
ラリー・アンダーウッド	539
ラリー・エメリー（エメリー）らりーえめりー（えめりー）	539
ラリー・ギャンドル	539
ラリー・スタークゼク	539
ラリッサ・トレサリアン	539
ラリー・トルーマン	539
ラリー・ヘイデン	540
ラリー・ミラー	540
ラリー・ロイド	540
ラルサン	540
ラルフ・ターンパイク	540
ラルフ・ビューレイ（ビューレイ）	540
ラルフ・ベイルズ	540
ラルフ・マルコム（マルク）	540
ラルフ・ロバーツ	540
ラング	540
ラングドン	540
ランクリン	541
ランクリン大尉　らんくりんたいい	541
ランシー・ホッジス	541
ランス	541
ランス・ブラッドリー	541
ランス・ベーリンガー（ベーリンガー）	541
ランス・ミッチェル（ミッチェル）	541
ランダ	541
ランダル	541

ランディ	541
ランディー・ウィルキンズ	541
ランディ・オグルズビー	541
ランディ・カーター(カーター)	542
ランディ・ラッセル	542
ランデン・パーク・レイン	542
ランド	542
ランドル・コヴ(コヴ)	542
ランドール・デヴリン(デヴリン)	542
ランドルフ	542
ランドル・フラッグ(フラッグ)	542
ランバート	542
ランプ	543

【り】

リー	543
リアム	543
リアム・コンラン(コンラン)	543
リーアム・メロウズ	543
リーアン・プルーデル	543
リエパ中佐　りえぱちゅうさ	543
リオス	543
リオネッロ・アンドリアス(リオン)	543
リオン	543
リ・ガウン	543
リカード・エイリアス(リッチー)	543
リカルド・ファー	544
リカ・ロペス	544
リーガン・ライリー	544
リークス	544
リクター	544
リコ	544
リーザ・ジョンソン	544
リーサ・セントクレア(ミセズ・フランク・ベルソン)	544
リサ・チュウ	544
リサ・ハーマン	544
リーザン	544
リジー	544
リジー・アンドルー・ボーデン	544
リー・ジャクソン	545
リシャール・ラファグル(ラファグル)	545
リシュアン・ドヴェルノワ(ルカ)	545
リズ	545
リズ(エリザベス・エイムズ)	545
リズ・アートサイド	545
リスカ	545
リース刑事　りーすけいじ	545
リス小僧　りすこぞう	545
リズ・デローム(デローム)	545
リズ・フィンチ	545
リー曹長　りーそうちょう	545
リゾーリ	545
リタ	546
リーダー	546
リタ・ブレークムア	546
リタ・マリア・ロンバーディ	546
リーチャー	546
リチャード・ウォーターフィールド	546
リチャード・ウォリック	546
リチャード・エリオット(エリオット氏)　りちゃーどえりおっと(えりおっとし)	546
リチャード・ガン(ディック)	546
リチャード・クリスティー(クリスティー)	546
リチャード・グレアム	546
リチャード・グレンジャー(プリースト)	546
リチャード・コストリル	546
リチャード・コリンズ	547
リチャード・ジェラード	547
リチャード・シャープ(シャープ)	547
リチャード・シンクレア	547
リチャード・デイビーズ	547
リチャード・ネール	547
リチャード・バートン	547
リチャード・パリッシュ(パリッシュ)	547
リチャード・フォーサイス	547
リチャード・マーカム(ディック)	547
リチャード・マックエヴァン(ディッキー)	547
リチャード・マンソン(マンソン)	547
リチャード・ライト	548
リチャード・リヴァース(紳士)　りちゃーどりぱーす(じぇまん)	548
リチャード・ルーデル	548
リチャード・ローゼンバーグ	548

(75)

リチャード・ローリンソン卿　りちゃーどろーりんそんきょう	548	リヴィア	552
リチャード・ワース	548	リヒアルト・ゾルゲ（ゾルゲ）	552
リー・チャン・イェン	548	リヴ	552
リッキー	548	リプリー	552
リッキイ・ウー	548	リーマス	553
リッキー・コレンソ	548	リー・マッキニー	553
リッキー・スウェイ	548	リム・ビョンホ	553
リッキー・マーティン	548	リュ	553
リッキー・モース	548	リュウ・アーチャー	553
リッキー・リー・チャールズ	549	リュエル・マクラレン	553
リッキー・ロイ・ロサーダ（ロサーダ）	549	リュク・クローデル（クローデル）	553
リッグズ	549	リュシュ氏　りゅしゅし	553
リック・ハンター	549	リョーシャ	553
リック・ピエロ	549	リリー	553
リック・ブローカ	549	リリー・アイリッシュ	553
リック・ベンツ（ベンツ）	549	リリアナ・マーティン	553
リック・ボカ	549	リリアン・ケンブリッジ	554
リック・マギル	549	リリアン・マンスフィールド（リリー）	554
リッチ	549	リリイ・サマーズ	554
リッチー	550	リリウィン	554
リッチー・バーク	550	リリー・カールソン（リル）	554
リッチー・ロドリゲス	550	リリー・クインラン	554
リッパー	550	リリー・ブリッジズ	554
リディア	550	リリー・ブルースター	554
リディア・チン	550	リリー・フレージャー	554
リディア・ハットン・ド・ラ・シマルド	550	リリー・ホワイト（リー）	554
リー・ティービング（ティービング）	551	リル	554
リード	551	リルケ	555
リードべリー	551	リロイ	555
リード・ランバート	551	リロイ・ペンジェリー（ペンジェリー）	555
リドル少佐　りどるしょうさ	551	リーン・イングリッシュ	555
リナ・アダムズ	551	リンカー	555
リーナ・ケンドリックス	551	リンカン・オニール（リンク）	555
リナ・ジョーンズ	551	リンカーン・ハウ（ハウ）	555
リナ・ミリアム・デッカー	551	リンカーン・ライム（ライム）	555
リネット・リッジウェイ	551	リンク	555
リーバ	551	リンク・シーヴァー（シーヴァー）	555
リヴァイア・パルロッタ	551	リン・シアー　りんしあー	556
リーバス	552	リンジー・ウォーカー	556
リーバーマン	552	リンジー・ボクサー	556
リーヴィ	552	リンダ	556
リーヴィ（ベーブ）	552	リンダ・アデア	556
		リンダ・マルドナード	556

リンダ・ムーン	556	ルーク・ライリー	560
リンディ・マーコフ	557	ルーシー	560
リンドバーグ	557	ルーシー・アイルズバロウ	560
		ルシアン・アナトール・ジョリ(ジョリ)	561
【る】		ル・ジェラン	561
		ルーシー・ギルバート	561
ルー	557	ルーシー・キングズリー	561
ルアド・ルビド(ルビド)	557	ルーシー・サーマン	561
ルイ・アンティオッシュ	557	ルーシー・ジョメッティ	561
ルイサ	557	ルーシー・スカーペッタ	561
ルイス	557	ルーシー・スプリング	561
ルイーズ	557	ルーシー・パトゥー(パトゥー)	561
ルイス・キンケイド	558	ルーシー・ピム(ミス・ピム)	561
ルイス・バーク	558	ルーシー・ファリネリ	561
ルイーズ・パクストン	558	ルーシー・フライ	561
ルイス・ハミルトン(ハミルトン)	558	ルーシー・プロクター	562
ルイス・ブレイディング	558	ルーシー・メッソン・スミス	562
ルイス・ベイリー	558	ルジューン	562
ルイーズ・ライドナー	558	ルシール・ケルズ	562
ルイーズ・ラング	558	ルシール・ヘア	562
ルイーズ・レイドナー	558	ルシンダ・プライア(ルーシー)	562
ルイ・マーコヴィッツ	558	ルース	562
ルイ・マーコヴィッツ(マーコヴィッツ)	558	ルース・パーク	562
ルウ	558	ルース・ファインゴールド	562
羅 維民　るお・うぇいみん	559	ルーズベルト・フロスト	562
羅 寛充　るお・くわんちゅん	559	ルース・レンズウィック	562
ルカ	559	ルディガー	562
ルーカス・イェーガー	559	ルディ・ガン(ガン)	562
ルーカス・グレイウルフ(グレイウルフ)	559	ルディ・ガン(ガン)	563
ルーカス・スウェイン	559	ルドルフ・グローヴィアン	563
ルーカス・ストーンコート	559	ルドルフ・ケッセルバッハ	563
ルーカス・ランサム(ルーク)	559	ルドルフ・サントニックス	563
ルーカ・セリエーリ	559	ルドルフ・メイズ	563
チャーリー	559	ルナ・シザム	563
ルーク	559	ルノマン部長　るのまんぶちょう	563
ルーク・オドンロン	560	ルーパス	563
ルーク・オドンロン(ラッキー)	560	ルパート・ロール	563
ルーク・ジョンストン	560	ルパン	563
ルーク・スキナー(スキナー)	560	ルパン	564
ルーク・デッカー(デッカー)	560	ルビー	564
ルーク・フィッツウィリアム	560	ルビイ・マーチンスン	564
ルクマン	560	ルビド	564
		ルビー・リン・カーマイケル	564

ルーファス・マッケロイ	564
ルファルジュ	564
ルフェーヴル	564
ルー・フォード	564
ルー・フォネスカ	564
ループ・オールダー	565
ルーベン・シェインドリン(シェインドリン)	565
ルーベン・V・アトリー　るーべんぶいあとりー*	565
ルーベン・モンティーゴ	565
ルー・ボールト(ボールト)	565
ルールタビーユ	565
ルント	565
ルンドベリ	565
ルンペルシュティルツキン	565

【れ】

レアルコ・パドバーニ(カルネラ)	565
レイ	565
レイ・アトリー	565
レイ・アトリー	566
レイ・エルウッド(エルウッド)	566
レイ・カーマン(ラビ・ラシュード)	566
レイク・クレイク(クレイク)	566
レイシー・クイン	566
レイシー・ファレル	566
レイ・シムラ	566
レイス	566
レイスン	566
レイチェル	566
レイチェル・アシュフォード	566
レイチェル・アシュリー	566
レイチェル・ウルフ	567
レイチェル・ウルフ(ウルフ)	567
レイチェル・シモンズ	567
レイチェル・ジャンセン	567
レイチェル・ジョコパーツィ	567
レイチェル・スターン	567
レイチェル・セクストン	567
レイチェル・バトラー	567
レイチェル・パームクィスト	567
レイチェル・ハワード	567
レイチェル・ブラッドリー	567
レイチェル・ブルーナー(ブルーナー夫人)　れいちぇるぶるーなー(ぶるーなーふじん)	567
レイチェル・ペンヒル	567
レイチェル・ペンブローク	567
レイチェル・マードック(ミス・レイチェル)	568
レイチェル・ミルズ	568
レイチェル・レイナード(レイナード)	568
レイチェル・レイン	568
レイド・ピアソン	568
レイ・ドラン	568
レイ・ドールトン	568
レイナード	568
レイニー	568
レイニー(ロレイン)	568
レイニー(ロレイン・コナー)	568
レイニー・ケリガン	568
レイ・パイ(パイ)	569
レイヴァリー大佐　れいばりーたいさ	569
レイフ・アンダーソン	569
レイフォード・スチール	569
レイフォード・ベントン・リンチ(ベントン・リンチ)	569
レイ・プレスリー(プレスリー)	569
レイヴン(ルース・パーク)	569
レイ・ボブ	569
レイモン	569
レイモンド・オリヴァー・ソーン	570
レイモンド・カーマイケル	570
レイモンド・キーン	570
レイモンド・ショウ	570
レイモンド・ビューレイ	570
レイモンド・ホワイト(レーヨン)	570
レイモンド・レイントゥリー(レイ)	570
レイモン・マカテア	570
レイラ・ムーア	570
レイン	570
レオ	570
レオ十世(ジョヴァンニ・デ・メディチ)　れおじゅっせい(じょばんにでめでぃち)	571

レオナルディ	571	レッドフィールド博士　れっどふぃーるどはかせ	574
レオナルド	571	レッドフォード	574
レオナルド・ダ・ヴィンチ	571	レティ	574
レオナルド・ヴェトラ	571	レディ・アマンダ・ソーンボウルド	574
レオ・ニューボルド（ニューボルド）	571	レディ・エスタ	574
レオネク・テルジアン	571	レティシア・ウェルズ	574
レオノーラ・ハットン	571	レティシア・デル・リオ（レティ）	574
レオノーレ・ザルガー（レオ）	571	レディ・スーザン・ケアリー	574
レオ・ベルティーナ	571	レディ・ティヴァートン	574
レオポルド・サラマッジオ（サラマッジオ）	571	レディ・ヘレン・ラング（ヘレン）	574
レオ・マーストン	571	レディ・ボウクレア	575
レオ・ラブリオーラ（ラブリオーラ）	571	レディ・ラウラ	575
レオ・レンフロ	571	レディー・ローワン・コンプトン	575
レオン	572	レトー・ド・ヴィレット	575
レオンティーヌ・アントワーヌ	572	レドナップ	575
レオン・ドーニン	572	レナ	575
レクシー・パスコー	572	レナ・クラウダー	575
レクター	572	レナータ	575
レーシー・シャーロック（シャーロック）	572	レナード・シェルビー	575
レジーナ・クローセン	572	レナード・パイン	575
レジナルド・ウェクスフォード（ウェクスフォード）	572	レナード・ボウル	575
レジャイナ・シェルダン	572	レーナ・ブラント	575
レジー・ラブ	572	レニ	575
レ神父　れしんぷ	572	レニー・ケイガン	576
レス	573	レニセンブ	576
レスコフ	573	レニー・ニュートン	576
レスター・ダント	573	レニーヌ	576
レストレード	573	レニー・ライアン	576
レスリー	573	レネ・サントス（サントス）	576
レスリー（レス）	573	レブ・バーネット	576
レスリー・ウエルズ	573	レヴ・ペトロシアン	576
レスリー・グラント	573	レーヴン・ジョンソン	576
レスリー・サスマン	573	レベッカ	576
レスリー・マッケンジー	573	レベッカ・キーズ	576
レーズン・パートロー	573	レベッカ・シェイズ	576
レダ・ラカン	573	レベッカ・テンプル	576
レッグズ	573	レベッカ・バムロイ	576
レックス・カーヴァー（カーヴァー）	574	レベッカ・バロン（レベッカ・マーティン）	577
レックス・ワイマン（ワイマン）	574	レベッカ・フォーネス	577
レッド・ウッドロー	574	レベッカ・マーティン	577
レッド・ドック	574	レベッカ・モラント	577
		レミー・ジャーディン	577

レーヨン	577
レン	577
レンジャー	577
レンズ保安官　れんずほあんかん	577
レンズ保安官　れんずほあんかん	578
レンツ	578

【ろ】

ロー	578
ロイ	578
ロイ・ホールドストロム	578
ロイ・アール	578
ロイ・クロック（クロック）	578
ロイ・コーリー（コーリー）	578
ロイス・サカイ	578
ロイス・チャース	578
ロイ・スレーター	578
ロイ・ディジェノヴェーゼ（ディジェノヴェーゼ）	579
ロイド	579
ロイド・ヘンリード	579
ロイ・ファウラー（ファウラー）	579
ロイ・フォルトリッグ（フォルトリッグ）	579
ロイ・ロック	579
ロウィーナ・グレアム	579
ローウェル	579
ローウェル・ロバーツ（ロバーツ判事）　ろーうぇるろばーつ（ろばーつはんじ）	579
ロウジー・エヴァンス	579
老婆　ろうば	579
ロガヴィン	579
ローガン	579
ローガン	580
ローガン・キンケイド	580
ローガン・グリフィン	580
ローク	580
ローク	581
ロクサーン・ビードルマン	581
ロクスナー	581
ロケーシュ	581
ロサーダ	581
ロザリーン・クロード	581
ロザリンド・バートン（ロズ）	581
ロザリンド・ベネガル（ロズ・ベンガル）	581
ロージー	581
ロジータ・ゴンザレス	581
ロージー・ドーン	582
ロージャー	582
ロジャー・アクロイド	582
ロジャー・アクロイド（アクロイド氏）　ろじゃーあくろいど（あくろいどし）	582
ロジャー・ウェイクフィールド	582
ロジャー・カークパトリック	582
ロジャー・ゴーディアン	582
ロジャー・ゴーディアン（ゴーディアン）	582
ロジャー・シェリンガム	582
ロジャー・シェリンガム	583
ロジャー・ジンマーマン（ジンマーマン）	583
ロジャーズ	583
ロジャー・スタレット（サム・スタレット）	583
ロジャー・バイフォールド（バイフォールド）	583
ロジャー・ハーディー	583
ロジャー・ブルーム（ハビランド卿）　ろじゃーぶるーむ（はびらんどきょう）	583
ロス	583
ローズ	584
ロズ	584
ロス・ウッド	584
ロスコウ・ハーヴィー・フレッチャー	584
ロス・コールマン	584
ローズ・トレヴェリアン	584
ローズ・バワリー	584
ロズ・ベンガル	584
ロス・マギー（マギー）	584
ローズマリー・バイフィールド	584
ローズマリー・バートン	584
ロス・マルトー	585
ロスマン夫人　ろすまんふじん	585
ロゼッタ（ローズ）	585
ローソン	585
ロチェスター	585
ロックウッド	585
ロックウッド氏　ろっくうっどし	585

ロックハート	585	ロバート・ティズダル（ティズダル）	588
ロッシ	585	ロバート・トーマス（トーマス）	588
ロティ・ハーシェル	585	ロバート・ドレイン（ドレイン）	589
ロディー・ロフィサー	585	ロバート・ナイガード（ボビー）	589
ロデリック・アレン	585	ロバート・ハーランド（ハーランド）	589
ロデリック・アレン（アレン）	586	ロバート・フェヴァー（ロビー）	589
ロード警部　ろーどけいぶ	586	ロバート・ブルースター	589
ロド・ボーンザイヤー	586	ロバート・ベンダー（ベンダー）	589
ロドリゲス	586	ロバート・マクダレン	589
ロートン・クロス（ロー）	586	ロバート・マロイ（マロイ）	589
ローナ・ウィアシンスキー	586	ロバート・メイトランド（メイトランド）	589
ローナ・マイルズ	586	ロバート・ラングドン（ラングドン）	589
ロナ・リー・グリュック	586	ロビー	589
ロナルド（ロニー）	586	ロビショー	590
ロナルド・ジェフリーズ	586	ロビンソン・ネヴィンズ	590
ロナルド・ストラットン	586	ロビン・ダーシイ	590
ロナルド・バウワーズ（ジョン・カーター）	586	ロビン・ティマリオット	590
ロニー	586	ロビン・ハドソン	590
ロニー・ガービン	586	ロビン・ラスティ（ラスティ）	590
ロニー・シドニー	587	ロブ	590
ロニー・ディヴィソン	587	ロブ・ウェスタフィールド	590
ロニー・ディール	587	ロペス	590
ロニー・フラー	587	ロベール・ダルザック	590
ロニー・ヴェンタナ（ヴェンタナ）	587	ロベルト	591
ロニョン	587	ロベルト・サントス	591
ローパー	587	ローマ	591
ロー・ハケット	587	ローマイン	591
ロバータ・ティズデール（ボビー）	587	ロマノス	591
ロバーツ判事　ろばーつはんじ	587	ロミー・ギャンドルフ	591
ロバート	587	ローヤン・アル・シッマ	591
ロバート・アイアンサイド（アイアンサイド）	587	ローラ・ウォリック	591
ロバート・ウェークフィールド	588	ローラ・エルウッド	591
ロバート・クラプリー（クラプリー）	588	ローラ・ジョー・ダン	591
ロバート・コンクリン（コンクリン教授）ろばーとこんくりん（こんくりんきょうじゅ）	588	ローラ・ダコタ	591
		ローラ・ハサウェイ	591
		ローラ・ピーターソン	591
ロバート・J・リプランスキ　ろばーとじぇいりぷらんすき	588	ローラ・ブックマン	592
		ローラ・マリー・アーカンド	592
ロバート・ジョーンズ	588	ローラ・ミーディル	592
ロバート・ディクラーク	588	ローラ・リー	592
ロバート・ディクラーク（ディクラーク）	588	ローラン・エイムズ	592

ローランド卿（ローランド・デラヘイ）ろーらんどきょう（ろーらんどでらへい）	592
ローランド・デラヘイ	592
ローランド・ハバード（ドクタ・ハバード）	592
ローラン・マドゥン	592
ローリ	592
ローリー	592
ローリィ・スマイロー（スマイロー）	592
ローリ・ケリー・ココーラン	592
ローリー・コリンズ	592
ローリー・コリンズ	593
ロリタ	593
ロリー・ティボドー（ティボドー）	593
ローリ・バンバ	593
ローリング	593
ロール・アッシュ	593
ロルフ・ブルーナ	593
ロレイン	593
ロレイン・キャメロン（レイン）	593
ロレイン・コナー	593
ロレイン・コナー（レイニー）	593
ロレッタ・マグワイア（ラナ）	593
ロレーヌ・プレイゲル	593
ロレンス	594
ローレンス・ウォーグレイヴ（ウォーグレイヴ判事）ろーれんすうぉーぐれいぶ（うぉーぐれいぶはんじ）	594
ローレンス・カレ	594
ローレンス・グリーンヒル	594
ローレンス・ジェフリー・ハート（ラリー）	594
ローレンス・バンクロフト	594
ローレンス・ミラー	594
ロレンス・レディング	594
ロレンソ・クァルト（クァルト）	594
ロレンツォ・ヴァサロ	594
ローレン・ロバーツ	594
ロロ・マーティンズ（マーティンズ）	594
ロワゾー・ド・ニュイ（ワゾー）	594
ロン・ウィドナー	595
ロン・カーター	595
ロング	595
ロングフェロー	595
ローン・グリフィン（グリフィン）	595
ロン・ケイン	595
ロン・ゴッダード（ゴッダード）	595
ロン・ジェントリイ	595
ロン・セリットー（セリットー）	595
ロンドー	595
ロンバード大尉　ろんばーどたいい	596
ロンバルディ	596
ロン・マクレガー（マクレガー）	596

【わ】

ワイアット	596
ワイアット・エドワード・ジレット（ジレット）	596
ワイアット・ケイツ	596
ワイアット・ストーム	596
ワイスバーグ	596
ワイマン	596
ワキル・ムハンマド・ザラズィ（ザラズィ）	596
ワシリー・ヤコブレフ（ヤコブレフ）	596
ワシン	596
ワシントン・ペルトン（ウォッシュ）	596
ワゾー	597
和田 留奈　わだ・るな	597
ワトスン	597
ワトスン（ジョゼフ・T・ワトスン）　わとすん（じょぜふてぃーわとすん）	597
ワトスン（ジョン・H・ワトスン）　わとすん（じょんえいちわとすん）	597
ワトソン	597
ワードマン	597
王国炎　わん・ぐぅおいいぇん	597
ワンステッド教授　わんすてっどきょうじゅ	597

登場人物索引

【あ】

アアヘテプ
エジプトの地を侵す「ヒクソス帝国」からエジプトの解放を目指す美しき王妃 「自由の王妃アアヘテプ物語3 燃えあがる剣」 クリスチャン・ジャック著;山田浩之訳 角川書店(角川文庫) 2004年1月

アアヘテプ
エジプトの地を侵す異国の民「ヒクソス」からエジプトの解放を目指す18歳の美しき王女 「自由の王妃アアヘテプ物語1 闇の帝国」 クリスチャン・ジャック著;山田浩之訳 角川書店(角川文庫) 2003年9月

アアヘテプ
エジプトの地を侵す異国の民「ヒクソス」からエジプトの解放を目指す美しき王妃 「自由の王妃アアヘテプ物語2 二つの王冠」 クリスチャン・ジャック著;山田浩之訳 角川書店(角川文庫) 2003年11月

アイアンサイド
サンフランシスコ市警察特別顧問、銃撃による下半身麻痺で車椅子を使用しているがたくましくハンサムな巨漢 「鬼警部アイアンサイド」 ジム・トンプスン著;尾之上浩司訳 早川書房(Hayakawa pocket mystery books) 2005年5月

アイク・タッカー
砂漠の町サン・アルコに生まれ育った若者、バイクショップ勤務の18歳 「源にふれろ」 ケム・ナン著;大久保寛訳 早川書房(ハヤカワ・ミステリ文庫) 2004年7月

アイザック
愛人と家出をしている母親ナタリーと一緒にいる三人の子供の一人、9歳の長男 「ロスト・ファミリー」 ローラ・リップマン著;吉澤康子訳 早川書房(ハヤカワ・ミステリ文庫) 2005年12月

アイザック・ディヘイヴン
極寒の山で墜落した少年スコットを救ったキャビンに住む男 「雪原決死行 上下」 ジョン・ギルストラップ著;飯島宏訳 扶桑社(扶桑社ミステリー) 2005年4月

アイザック・ドラム
ゴルゴタ刑務所に収容されている死刑執行目前の凶悪犯 「カインの檻」 ハーブ・チャップマン著;石田善彦訳 文藝春秋(文春文庫) 2005年6月

アイゼンハルト
ドイツのSF作家、メディアの帝王ジョン・カウンに雇われてイスラエルに行くことになった男 「イエスのビデオ 上下」 アンドレアス・エシュバッハ著;平井吉夫訳 早川書房(ハヤカワ文庫NV) 2003年2月

アイバーソン
元傭兵のボディーガード、警備会社の共同経営者 「覗く銃口」 サイモン・カーニック著;佐藤耕士訳 新潮社(新潮文庫) 2005年1月

アイバン
極度の不眠症の機械工(マシニスト)トレバーの同僚と名乗る謎の男 「マシニスト」 スコット・コーサー脚本;入間眞編訳 竹書房(竹書房文庫) 2005年1月

アイヴァン・ジョージ・ウェスタリング
イギリスのビール会社の経営者、故キンロック伯爵の妻が再婚した男 「不屈」 ディック・フランシス著;菊池光訳 早川書房(ハヤカワ・ミステリ文庫) 2002年1月

あいば

アイバン・ロウ
元PIRA(アイルランド共和軍暫定派)の金庫破り 「テロ資金根絶作戦」 クリス・ライアン著; 伏見威蕃訳　早川書房(ハヤカワ文庫NV)　2005年7月

アイラ・アースキン(アースキン)
コンサルタント会社経営者、名無しの探偵「わたし」に前妻を探してほしいと依頼してきた男 「幻影」 ビル・プロンジーニ著; 木村二郎訳　講談社(講談社文庫)　2003年8月

アイラ・サリヴァン
弁護士のグレッグの元パートナー、落ちぶれて麻薬に手を出し郵便局長殺人事件の容疑者となった男 「潔白」 バリー・シーゲル著; 雨沢泰訳　講談社(講談社文庫)　2001年1月

アイラ・シュガーマン(シュガーマン)
シアトルの私立探偵、年齢不詳の大柄な男 「探偵はいつも憂鬱」 スティーヴ・オリヴァー著; 真崎義博訳　早川書房(ハヤカワ・ミステリ文庫)　2002年8月

アイラ・ラスコー
アメリカ海軍の退役軍人、グリーンランド探検隊のメンバー 「パンドラの呪い 上下」 ジャック・ダブラル著; 村上和久訳　ソニー・マガジンズ(ビレッジブックス)　2005年10月

アイリス・カー
バカンス帰りに乗った特急列車で中年女性ミス・フロイと知り合った英国女性 「バルカン超特急 消えた女」 エセル・リナ・ホワイト著; 近藤三峰訳　小学館(Shogakukan mystery)　2003年1月

アイリス・ダルース
映画スター、大富豪ロレーヌ邸に招待されたダルース夫妻の妻 「悪女パズル」 パトリック・クェンティン著; 森泉玲子訳　扶桑社(扶桑社ミステリー)　2005年1月

アイリーン
工芸大学の学生テディ・グレックスの母 「心地よい眺め」 ルース・レンデル著; 茅律子訳　早川書房(Hayakawa pocket mystery books)　2003年8月

アイリーン・ケネディ(ケネディ)
CIAテロ対策センターの局長、隠密組織オリオン・チームの指揮者 「謀略国家」 ヴィンス・フリン著; 結城山和夫訳　二見書房(二見文庫)　2002年11月

アイリーン・ケネディ(ケネディ)
CIAテロ対策センター所長、次期CIA長官候補 「強権国家」 ヴィンス・フリン著; 結城山和夫訳　二見書房(二見文庫)　2003年3月

アイリーン・ケリー
イクスプレス紙の記者、刑事フランク・ハリマーの妻 「汚れた翼 上下」 ジャン・バーク著; 渋谷比佐子訳　講談社(講談社文庫)　2005年11月

アイリーン・ケリー
イクスプレス紙の記者、刑事フランク・ハリマーの妻 「親族たちの嘘」 ジャン・バーク著; 渋谷比佐子訳　扶桑社(扶桑社ミステリー)　2001年1月

アイリーン・ケリー
連続女性失踪事件の遺体発掘隊に同行することになったイクスプレス紙の女性記者 「骨 上下」 ジャン・バーク著; 渋谷比佐子訳　講談社(講談社文庫)　2002年6月

アイリーン・コーガン
精神科医、拘置所から逃亡した容疑者・マックスに誘拐された女性 「監禁治療」 ジョナサン・ナソー著; 匝瑳玲子訳　早川書房(ハヤカワ文庫NV)　2001年12月

アイリーン・ハンナ
リッチモンドの第四回裁判所の控訴判事、アトランタのデッカード郡地区検事メアリーの恩師 「ホワイトムーン」 サリー・ビッセル著; 酒井裕美訳　二見書房(二見文庫)　2003年5月

アイリーン・ブレント
事件の舞台チムニーズ館の所有者ケイタラム卿の娘、好奇心旺盛で行動力あふれる若い女性 「七つの時計」 アガサ・クリスティー著、深町真理子訳 早川書房(ハヤカワ文庫クリスティー文庫) 2004年2月

アイリーン・リード
コロラドスプリングズ警察捜査課の腕利きの女性刑事、元空軍パイロット 「テロリストのウォーゲーム」 ボニー・ラムサン著;佐藤耕士訳 集英社(集英社文庫) 2003年4月

アインシュタイン
タクシー運転手・レンの同僚、IQが高い天才の男 「ブラック・キャブ」 ジョン・マクラーレン著;玉木亨訳 角川書店(角川文庫) 2004年12月

アーウィン・ワイスバーグ(ワイスバーグ)
パズル・ハウスを建てた著名なアメリカ人建築家、右足を切断された殺人事件の犠牲者 「パズル」 アントワーヌ・ベロ著;香川由利子訳 早川書房(Hayakawa novels) 2004年11月

アウグスト
デンマークのビール学園にやってきた転校生、分裂病や恐怖症など重度の障害をもつ少年 「ボーダーライナーズ」 ペーター・ホゥ著;今井幹晴訳 求竜堂 2002年8月

アウグスト・ミュラ
西ドイツでアウグスト・ミュラと偽名を使ってゲーレン機関で働いていた諜報員 「歪められた男」 ビル・S.バリンジャー著;矢田智佳子訳 論創社(論創海外ミステリ) 2005年7月

アガサ・ミルサム
ベイズウォーターのハリソン家の家政婦、穿鑿好きな中年の独身女 「箱の中の書類」 ドロシイ・セイヤーズ著;松下祥子訳 早川書房(Hayakawa pocket mystery books) 2002年3月

アクズ
アルタシ一族の長、ウイグル人の男 「シルクロードの鬼神 上下」 エリオット・パティスン著;三川基好訳 早川書房(ハヤカワ・ミステリ文庫) 2002年2月

アクセル
謎めいたイギリス人のカメラマン、熊の調教師 「ソロモン王の絨毯」 バーバラ・ヴァイン著;羽田詩津子訳 角川書店(角川文庫) 2001年10月

アクセル・ファン・デ・グラーフ
麻薬密売人、十四歳の時にサマーキャンプでエイホンと出会ったヒルヴェルスムの病院経営者の息子 「洞窟」 ティム・クラベー著;西村由美訳 アーティストハウス(Book plus) 2002年8月

アクセル・モーエン
ローマ駐在のアメリカ麻薬取締局捜査官、生真面目ながらクセの強い孤独な男 「囮 上下」 ジェラルド・シーモア著;長野きよみ訳 講談社(講談社文庫) 2001年4月

アクナーテン
古代エジプトの王位継承者、後のアメンヘテプ四世 「アクナーテン」 アガサ・クリスティー著;中村妙子訳 早川書房(ハヤカワ・ミステリ文庫) 2002年2月

アクナーテン
古代エジプトの王位継承者、後のアメンヘテプ四世 「アクナーテン」 アガサ・クリスティー著;中村妙子訳 早川書房(ハヤカワ文庫クリスティー文庫) 2004年10月

アグネス・ランピオン
父なき子として神童バーティを生んだ母親 「サイレント・アイズ 上下」 ディーン・クーンツ著;田中一江訳 講談社(講談社文庫) 2005年7月

あぐね

アグネリ
ヴィクトリア州政府閣僚の行政アドバイザー・マレーのボス、同州政府芸術相 「ブラッシュ・オフ」 シェイン・マローニー著;浜野アキオ訳　文藝春秋(文春文庫) 2002年12月

アクロイド(ロジャー・アクロイド)
イギリスの村キングズ・アボットの地主、大富豪 「アクロイド殺し」 アガサ・クリスティー著;羽田詩津子訳　早川書房(ハヤカワ文庫クリスティー文庫) 2003年12月

アクロイド(ロジャー・アクロイド)
イギリスの村キングズ・アボットの地主、大富豪 「アクロイド殺害事件」 アガサ・クリスティー著;河野一郎訳　嶋中書店(嶋中文庫) 2004年10月

アクロイド(ロジャー・アクロイド)
イギリスの村キングズ・アボットの地主、大富豪 「アクロイド殺害事件」 アガサ・クリスティ著;大久保康雄訳　東京創元社(創元推理文庫) 2004年3月

アクロイド氏　あくろいどし
イギリスのキングズアボット村にあるファンリーパーク荘の主人、大成功をおさめた五十歳ちかい実業家 「アクロイド氏殺害事件」 アガサ・クリスティ作;花上かつみ訳　講談社(青い鳥文庫) 2005年4月

アーケンハウト
医師の息子でオランダ人、相手の「人生」を奪い取るためだけに殺人を犯しつづける青年 「人生を盗む男」 マイケル・パイ著;広津倫子訳　徳間書店 2002年2月

アーサー・ウェイボーン
殺害され下水道で発見された16歳の少年、貴族の跡取息子 「十六歳の闇」 アン・ペリー著;富永和子訳　集英社(集英社文庫) 2004年11月

アーサー・キャルガリ(キャルガリ)
地理学者、アージル家の過去の事件の関係者 「無実はさいなむ」 アガサ・クリスティー著;小笠原豊樹訳　早川書房(ハヤカワ文庫クリスティー文庫) 2004年7月

アーサー・シュナイダー(シュナイダー)
シュナイダー製造会社社長でシュナイダー一族の長、50代の大男 「死の信託」 エマ・レイサン著;中島なすか訳　論創社(論創海外ミステリ) 2005年11月

アサド・ハリール(ハリール)
「ライオン」と称されるリビアの残虐なテロリスト、カダフィ大佐の部下の息子 「王者のゲーム　上下」 ネルソン・デミル著;白石朗訳　講談社(講談社文庫) 2001年11月

アーサー・バンクス(アーティ)
サンフランシスコのテレビ局「KXAM」のニュースライター、ベトナム戦争帰りの男 「ウェイティング」 フランク・M.ロビンソン著;鎌田三平訳　角川書店(角川文庫) 2003年12月

アーサー・フェイン
浮気相手を殺してしまったという弁護士、25歳のヴィッキーの38歳になる夫 「殺人者と恐喝者」 カーター・ディクスン著;森英俊訳　原書房(ヴィンテージ・ミステリ・シリーズ) 2004年4月

アーサー・ブライト(ブライト)
オハイオ州エリー郡の郡検事、女性検事補・ステラの上司 「ダーク・レディ　上下」 リチャード・ノース・パタースン著;東江一紀訳　新潮社(新潮文庫) 2004年9月

アーサー・ブラウン(ブラウン)
アイソラ市87分署の二級刑事、スティーブ・キャレラの同僚で黒人の大男 「ビッグ・バッド・シティ」 エド・マクベイン著;山本博訳　早川書房(ハヤカワ・ミステリ文庫) 2005年3月

あさへ

アーサー・ブリッグズ(ブリッグズ)
　ポートランドでもっとも有力な法律事務所〈リード、ブリッグズ〉の代表弁護士 「女神の天秤」
　フィリップ・マーゴリン著;井坂清訳　講談社(講談社文庫) 2004年12月

アーサー・ヘイスティングズ
　私立探偵ポアロの友人で助手、第一次世界大戦従軍中の負傷のため予備役に退いた英
国陸軍大尉 「ABC殺人事件」 アガサ・クリスティー著;堀内静子訳　早川書房(ハヤカワ文
庫クリスティー文庫) 2003年11月

アーサー・ヘイスティングズ
　私立探偵ポアロの友人で助手、第一次世界大戦従軍中の負傷のため予備役に退いた英
国陸軍大尉 「エッジウェア卿の死」 アガサ・クリスティー著;福島正実訳　早川書房(ハヤカ
ワ文庫クリスティー文庫) 2004年7月

アーサー・ヘイスティングズ
　私立探偵ポアロの友人で助手、第一次世界大戦従軍中の負傷のため予備役に退いた英
国陸軍大尉 「カーテン」 アガサ・クリスティー著;中村能三訳　早川書房(ハヤカワ文庫クリ
スティー文庫) 2004年11月

アーサー・ヘイスティングズ
　私立探偵ポアロの友人で助手、第一次世界大戦従軍中の負傷のため予備役に退いた英
国陸軍大尉 「ゴルフ場殺人事件」 アガサ・クリスティー著;田村隆一訳　早川書房(ハヤカ
ワ文庫クリスティー文庫) 2004年1月

アーサー・ヘイスティングズ
　私立探偵ポアロの友人で助手、第一次世界大戦従軍中の負傷のため予備役に退いた英
国陸軍大尉 「スタイルズ荘の怪死事件」 アガサ・クリスティ作;花上かつみ訳　講談社(講
談社青い鳥文庫) 2003年2月

アーサー・ヘイスティングズ
　私立探偵ポアロの友人で助手、第一次世界大戦従軍中の負傷のため予備役に退いた英
国陸軍大尉 「スタイルズ荘の怪事件」 アガサ・クリスティー著;矢沢聖子訳　早川書房(ハ
ヤカワ文庫クリスティー文庫) 2003年10月

アーサー・ヘイスティングズ
　私立探偵ポアロの友人で助手、第一次世界大戦従軍中の負傷のため予備役に退いた英
国陸軍大尉 「ビッグ4」 アガサ・クリスティー著;中村妙子訳　早川書房(ハヤカワ文庫クリス
ティー文庫) 2004年3月

アーサー・ヘイスティングズ
　私立探偵ポアロの友人で助手、第一次世界大戦従軍中の負傷のため予備役に退いた英
国陸軍大尉 「ブラック・コーヒー 小説版」 アガサ・クリスティー著;チャールズ・オズボーン
小説化　早川書房(ハヤカワ文庫クリスティー文庫) 2004年9月

アーサー・ヘイスティングズ
　私立探偵ポアロの友人で助手、第一次世界大戦従軍中の負傷のため予備役に退いた英
国陸軍大尉 「ブラック・コーヒー」 アガサ・クリスティー著;麻田実訳　早川書房(ハヤカワ文
庫クリスティー文庫) 2004年1月

アーサー・ヘイスティングズ
　私立探偵ポアロの友人で助手、第一次世界大戦従軍中の負傷のため予備役に退いた英
国陸軍大尉 「ポアロ登場」 アガサ・クリスティー著;真崎義博訳　早川書房(ハヤカワ文庫
クリスティー文庫) 2004年7月

アーサー・ヘイスティングズ
　私立探偵ポアロの友人で助手、第一次世界大戦従軍中の負傷のため予備役に退いた英
国陸軍大尉 「もの言えぬ証人」 アガサ・クリスティー著;加島祥造訳　早川書房(ハヤカワ
文庫クリスティー文庫) 2003年12月

あさへ

アーサー・ヘイスティングズ
私立探偵ポアロの友人で助手、第一次世界大戦従軍中の負傷のため予備役に退いた英国陸軍大尉 「邪悪の家」 アガサ・クリスティー著;田村隆一訳　早川書房(ハヤカワ文庫クリスティー文庫) 2004年2月

アーサー・ヘイスティングズ
私立探偵ポワロの友人で助手、第一次世界大戦従軍中の負傷のため予備役に退いた英国陸軍大尉 「ABC殺人事件」 アガサ・クリスティ著;深町真理子訳　東京創元社(創元推理文庫) 2003年11月

アーサー・ヘイスティングズ
私立探偵ポワロの友人で助手、第一次世界大戦従軍中の負傷のため予備役に退いた英国陸軍大尉 「エンド・ハウスの怪事件」 アガサ・クリスティ著;厚木淳訳　東京創元社(創元推理文庫) 2004年1月

アーサー・ヘイスティングズ
私立探偵ポワロの友人で助手、第一次世界大戦従軍中の負傷のため予備役に退いた英国陸軍大尉 「ゴルフ場の殺人」 アガサ・クリスティ作;花上かつみ訳　講談社(講談社青い鳥文庫) 2004年1月

アーサー・ヘイスティングズ
私立探偵ポワロの友人で助手、第一次世界大戦従軍中の負傷のため予備役に退いた英国陸軍大尉 「スタイルズの怪事件」 アガサ・クリスティ著;田中西二郎訳　東京創元社(創元推理文庫) 2004年3月

アーサー・ベラミー
引退した飛行士オブライエンの従僕をつとめる巨漢の男 「死の殻」 ニコラス・ブレイク著;大山誠一郎訳　東京創元社(創元推理文庫) 2001年10月

アーサー・レイヴン
オグレディ・スタインバーグ・マルコーニ&ホーガン法律事務所の弁護士、38歳独身男性 「死刑判決 上下」 スコット・トゥロー著;佐藤;耕士訳　講談社(講談社文庫) 2004年10月

アシュビー
イギリスの俳優クラブの会員、古書の収集家としても有名な貴族 「文豪ディケンズと倒錯の館」 ウィリアム・J・パーマー著;宮脇孝雄訳　新潮社(新潮文庫) 2001年11月

アーシュラ
心臓発作で亡くなった著名な小説家・キャンドレスの妻 「煙突掃除の少年」 バーバラ・ヴァイン著;富永和子訳　早川書房(Hayakawa pocket mystery books) 2002年2月

アシュリー・デイン
ファッションデザイナー、CM撮影のためにフロリダの湿原を訪れた元モデルの女性 「ニューヨークから来た天使」 ヘザー・グレアム作;中野恵訳　ハーレクイン(シルエット・ラブストリーム) 2004年11月

アシュリー・モンタギュー
警察学校生、直観像記憶という特殊記憶能力をもつ25歳の女性 「危険な蜜月」 ヘザー・グレアム著;せとちやこ訳　ハーレクイン(MIRA文庫) 2005年2月

アシュレー・パターソン
シリコンバレーの広告会社で働く20代後半の女性、知的で魅力的な外見の持ち主 「よく見る夢 上下」 シドニィ・シェルダン作;天馬竜行訳　アカデミー出版 2003年2月

アシュレー・パターソン
シリコンバレーの広告会社で働く20代後半の女性、知的で魅力的な外見の持ち主 「よく見る夢 上下」 シドニィ・シェルダン作;天馬竜行訳　アカデミー出版 2004年4月

あだむ

アシュレー・ブロンソン
著名な科学者の愛娘、大物政治家を射殺した容疑で逮捕起訴された美女 「確信犯 上下」 スティーヴン・ホーン著;遠藤宏昭訳 早川書房(ハヤカワ・ミステリ文庫) 2001年8月

アシュロン・ヘイディーズ
いくつもの顔を持つ凶悪犯、英文学の教授にして詐欺師で強請屋で殺人鬼 「文学刑事サーズデイ・ネクスト1 ジェイン・エアを探せ!」 ジャスパー・フォード著;田村源二訳 ソニー・マガジンズ 2003年1月

アシュロン・ヘイディーズ
いくつもの顔を持つ凶悪犯、英文学の教授にして詐欺師で強請屋で殺人鬼 「文学刑事サーズデイ・ネクスト1 ジェイン・エアを探せ!」 ジャスパー・フォード著;田村源二訳 ソニー・マガジンズ(ヴィレッジブックス) 2005年9月

アースキン
コンサルタント会社経営者、名無しの探偵「わたし」に前妻を探してほしいと依頼してきた男 「幻影」 ビル・プロンジーニ著;木村二郎訳 講談社(講談社文庫) 2003年8月

アタスン
ロンドンに住む弁護士、医学博士ジキルの友人 「ジキル博士とハイド氏」 ロバート・ルイス・スティーヴンスン著;夏来健次訳 東京創元社(創元推理文庫) 2001年8月

アタスン
弁護士、医師のジキル博士の旧友 「ハイド氏の奇妙な犯罪」 ジャン=ピエール・ノーグレット著;三好郁朗訳 東京創元社(創元推理文庫) 2003年1月

アダ・ハリス(ハリスおばさん)
ロンドンのおやしき街でおてつだいさんをしている60歳ちかくの未亡人 「ハリスおばさんニューヨークへ行く」 ポール・ギャリコ著;亀山龍樹訳 ブッキング(fukkan.com) 2005年5月

アダ・ハリス(ハリスおばさん)
ロンドンのおやしき街でおてつだいさんをしている60歳ちかくの未亡人 「ハリスおばさんパリへ行く」 ポール・ギャリコ著;亀山龍樹訳 ブッキング(fukkan.com) 2005年4月

アダ・ハリス(ハリスおばさん)
ロンドンのおやしき街でおてつだいさんをしている60歳ちかくの未亡人 「ハリスおばさんモスクワへ行く」 ポール・ギャリコ著;亀山龍樹訳;遠藤みえこ訳 ブッキング(fukkan.com) 2005年7月

アダ・ハリス(ハリスおばさん)
ロンドンのおやしき街でおてつだいさんをしている60歳ちかくの未亡人 「ハリスおばさん国会へ行く」 ポール・ギャリコ著;亀山龍樹訳 ブッキング(fukkan.com) 2005年6月

アダム・オコナー
世界でも有数のダイバー、元警察官の男 「炎の瞳」 ヘザー・グレアム著;ほんてちえ訳 ハーレクイン(MIRA文庫) 2005年7月

アダム・キャシディ
ワイアット・テレコム社の平社員、うだつの上がらない独身男 「侵入社員 上下」 ジョゼフ・フィンダー著;石田善彦訳 新潮社(新潮文庫) 2005年12月

アダム・キングズリー
不動産業界の大立者、34歳の自動車事故で10日間記憶喪失になったジェインの父親 「昏い部屋」 ミネット・ウォルターズ著;成川裕子訳 東京創元社(創元推理文庫) 2005年4月

アダム・コーリフ
建築家、著名なコラムニスト・ネルの夫 「さよならを言う前に」 メアリ・H.クラーク著;宇佐川晶子訳 新潮社(新潮文庫) 2003年1月

あだむ

アダム・タリス
ヒマラヤで多くの人命を救った英雄的登山家、30代初めくらいの美しい男 「優しく殺して」 ニッキ・フレンチ著;務台夏子訳 角川書店(角川文庫) 2001年2月

アダム・ダルグリッシュ(ダルグリッシュ)
ロンドン警視庁の殺人特別捜査班を率いる警視長、詩作を趣味とする教養人 「わが職業は死」 P.D.ジェイムズ著;青木久惠訳 早川書房(ハヤカワ・ミステリ文庫) 2002年3月

アダム・ダルグリッシュ(ダルグリッシュ)
ロンドン警視庁の殺人特別捜査班を率いる警視長、詩作を趣味とする教養人 「殺人展示室」 P.D.ジェイムズ著;青木久惠訳 早川書房 (Hayakawa pocket mystery books) 2005年2月

アダム・ダルグリッシュ(ダルグリッシュ)
ロンドン警視庁の殺人特別捜査班を率いる警視長、詩作を趣味とする教養人 「神学校の死」 P.D.ジェイムズ著;青木久惠訳 早川書房 (Hayakawa pocket mystery books) 2002年7月

アダム・チャートフ
豪華客船で上院議員を拉致した集団の一人、元アメリカ陸軍軍人 「ふたつの顔を愛したら」 ヘザー・グレアム作;津田藤子訳 ハーレクイン(シルエット・ラブストリーム) 2005年3月

アダム・メイソン
突然姿を消した娘・ベサニーとつきあっていたフォトグラファー、イギリスの家族史探偵ナターシャの依頼人 「死より蒼く」 フィオナ・マウンテン著;竹内さなみ訳 講談社(講談社文庫) 2004年11月

アダルウルフ
アウシュヴィッツで人体実験を指揮していたメンゲル博士の秘蔵っ子、75歳になる最後のナチ 「ラスト・ナチ」 スタン・ポッティンガー著;中島哲也訳 柏艪舎(文芸シリーズ) 2005年9月

アーチ
ケータリング会社の女主人ゴルディ・シュルツのひとり息子、前夫とのあいだの子 「クッキング・ママの鎮魂歌」 ダイアン・デヴィッドソン著;加藤洋子訳 集英社(集英社文庫) 2005年9月

アーチ
コロラド州アスペンのケータリング店の女主人ゴルディ・シュルツの一人息子 「クッキング・ママの供述書」 ダイアン・デヴィッドソン著;加藤洋子訳 集英社(集英社文庫) 2003年9月

アーチ
コロラド州アスペンのケータリング店の女主人ゴルディ・シュルツの一人息子 「クッキング・ママの告訴状」 ダイアン・デヴィッドソン著;加藤洋子訳 集英社(集英社文庫) 2003年9月

アーチ
コロラド州アスペンのケータリング店の女主人ゴルディ・シュルツの一人息子 「クッキング・ママの超推理」 ダイアン・デヴィッドソン著;加藤洋子訳 集英社(集英社文庫) 2002年5月

アーチー・グッドウィン
ニューヨークでオフィスを構える私立探偵ウルフの右腕、有能な秘書兼探偵助手 「シーザーの埋葬」 レックス・スタウト著;大村美根子訳 光文社(光文社文庫) 2004年3月

アーチー・グッドウィン
ニューヨークでオフィスを構える私立探偵ウルフの右腕、有能な秘書兼探偵助手 「ネロ・ウルフ対FBI」 レックス・スタウト著;高見浩訳 光文社(光文社文庫) 2004年2月

アーチー・グッドウィン
ニューヨークに住む私立探偵ウルフの助手 「編集者を殺せ」 レックス・スタウト著;矢沢聖子訳 早川書房 (Hayakawa pocket mystery books) 2005年2月

あてな

アーチー・グッドウィン
マンハッタンに住む私立探偵ネロ・ウルフの助手 「殺人犯はわが子なり」レックス・スタウト著;大沢みなみ訳　早川書房(Hayakawa pocket mystery books) 2003年1月

アーチ・ゴールド
ニューヨーク郡公選弁護人、強盗殺人容疑をかけられた黒人青年・デイモンの弁護人 「死刑劇場」ロバート・ハイルブラン著;奥村章子訳　早川書房(ハヤカワ・ミステリ文庫) 2005年3月

アーチー・スレーター
故郷を出ていったロイの弟、十七歳の頃に凶悪な殺人事件を起こし自殺した少年 「蜘蛛の巣のなかへ」トマス・H・クック著;村松潔訳　文藝春秋(文春文庫) 2005年9月

アーチボルト・ハースト(ハースト)
ロンドン警視庁の警部、犯罪学者アラン・ツイストに協力をたのんでくる男 「カーテンの陰の死」ポール・アルテ著;平岡敦訳　早川書房(Hayakawa pocket mystery books) 2005年7月

アーチボルト・ハースト(ハースト)
ロンドン警視庁の警部、犯罪学者アラン・ツイストに協力をたのんでくる男 「死が招く」ポール・アルテ著;平岡敦訳　早川書房(Hayakawa pocket mystery books) 2003年6月

アーチー・ワイルドクラフト
オレンジ郡保安官事務所保安官補、妻が殺害された事件の容疑者 「ブラック・ウォーター」T.ジェファーソン・パーカー著;横山啓明訳　早川書房(Hayakawa novels) 2003年2月

アッケルマン
脳神経科医、記憶障害を持つアンナ・エイムズの主治医 「狼の帝国」ジャン=クリストフ・グランジェ著;高岡真訳　東京創元社(創元推理文庫) 2005年12月

アッティリウス
ローマ帝国で最長の水道・アウグスタ水道の管理官、代々水道技官をする家出身の27歳の男 「ポンペイの四日間」ロバート・ハリス著;菊地よしみ訳　早川書房(ハヤカワ文庫NV) 2005年3月

アップルビー
スコットランド・ヤードの部長刑事、主演男優が毒殺されたメントン・オン・ライのプレイハウス劇場にやってきた男 「チャーリー退場」アレックス・アトキンスン著;鈴木恵訳　東京創元社(創元推理文庫) 2004年4月

アーティ
サンフランシスコのテレビ局「KXAM」のニュースライター、ベトナム戦争帰りの男 「ウェイティング」フランク・M.ロビンソン著;鎌田三平訳　角川書店(角川文庫) 2003年12月

アディ
衝動的で頑固な女性騎手、調教師のチャークの妹 「トランプをめくる猫」リタ・メイ・ブラウン著;スニーキー・パイ・ブラウン著　早川書房(ハヤカワ・ミステリ文庫) 2004年1月

アティカス・コディアック
プロのボディーガード、私立探偵ブリジット・ローガンの恋人 「耽溺者(ジャンキー)」グレッグ・ルッカ著;古沢嘉通訳　講談社(講談社文庫) 2005年2月

アティカス・コディアック
米陸軍での経験を生かしたフリーランスのボディーガード 「暗殺者(キラー)」グレッグ・ルッカ著;古沢嘉通訳　講談社(講談社文庫) 2002年2月

アテナ
ニューヨーク州北部にあるハート・レーク女子学院の学生、ラテン語教師ジェーンの生徒 「乙女の湖」キャロル・グッドマン著;津森優子訳　早川書房(ハヤカワ・ミステリ文庫) 2003年1月

あでり

アデリア・ヴァリアント（アディ）
衝動的で頑固な女性騎手、調教師のチャークの妹 「トランプをめくる猫」 リタ・メイ・ブラウン著;スニーキー・パイ・ブラウン著　早川書房（ハヤカワ・ミステリ文庫）2004年1月

アデル・トゥリー
母親と住んでいた家を出て性的虐待癖がある父親の家に向かった十四歳の娘 「消えた人妻」 スチュアート・カミンスキー著;中津悠;訳　講談社（講談社文庫）　2004年9月

アデルモ・バウディーノ
第二次世界大戦終戦直後のトリノで誤解によって公職追放となった元鉄道公安官 「8017列車」 アレッサンドロ・ペリッシノット著;菅谷誠訳　柏艪舎（イタリア捜査シリーズ）2005年9月

アトウォーター
花形地区検事、女性とつきあっても一ヵ月以上つづくことはめったにない悪名高いプレイボーイ 「不当逮捕」 N・T・ローゼンバーグ著;吉野美耶子訳　講談社（講談社文庫）2003年10月

アトウッド
美貌で裕福な女性・イヴの前夫 「皇帝の嗅ぎ煙草入れ」 ジョン・ディクスン・カー著;中村能三訳　嶋中書店（嶋中文庫）2004年11月

アドリアーナ・クレイトン
裕福な実業家のひとり娘でロンドン郊外のクレメント女学校に通っている六歳の少女 「雨の午後の降霊会」 マーク・マクシェーン著;北澤和彦訳　東京創元社（創元推理文庫）2005年5月

アードリアン
ウィーンにある興信所「WMA」の所員、資産家キュンツルの娘の捜索依頼を受けた男 「カルトの影－現代ウィーン・ミステリー・シリーズ」 クルト・ブラハルツ著;郷正文訳　水声社　2002年2月

アドリク・ヴァス（ヴァス）
ロシア人マフィアのボス、ポータブル核爆弾（PNB）を売ろうとする男 「9デイズ」 ジェイソン・リッチマン著;マイケル・ブラウニング著;辻優子訳　メディアファクトリー（洋画文庫）2002年10月

アナ・ウェイクフィールド
宗教学教授、FBI捜査官の依頼でカルト教団「チェンジ」に単身潜入した中年女性 「奥津城」 ローリー・キング著;佐々田雅子訳　集英社（集英社文庫）2001年8月

アナクリテス
紀元72年頃のローマ帝国で活動する密偵頭、密偵ファルコの天敵 「密偵ファルコオリーブの真実」 リンゼイ・デイヴィス著;田代泰子訳　光文社（光文社文庫）2004年6月

アナクリテス
宮廷の密偵頭、パートナーのファルコとローマ帝国の国勢調査員になった男 「密偵ファルコ獅子の目覚め」 リンゼイ・デイヴィス著;田代泰子訳　光文社（光文社文庫）2005年4月

アナスタシヤ・カメンスカヤ
モスクワ市内総務局犯罪捜査局の34歳の女性分析官 「死とほんのすこしの愛 分析官アナスタシヤ・シリーズ③」 アレクサンドラ・マリーニナ著;佐々洋子訳　光文社（光文社文庫）2004年4月

アナスタシヤ・カメンスカヤ
モスクワ市内務総局犯罪捜査局主任捜査官、N市で休暇を過ごすことになった女性 「アウェイゲーム 分析官アナスタシヤ・シリーズ①」 アレクサンドラ・マリーニナ著;貝澤哉訳　光文社（光文社文庫）2003年4月

アナスタシヤ・カメンスカヤ
モスクワ市内務総局犯罪捜査局主任捜査官、五か国語を操りプロファイラーとして活躍する女性 「無限の殺意 分析官アナスタシヤ・シリーズ②」 アレクサンドラ・マリーニナ著;佐々洋子訳 光文社(光文社文庫) 2003年10月

アナスタシヤ・カメンスカヤ(ナースチャ)
モスクワ市警殺人課の心理分析官 「死刑執行人—モスクワ市警殺人課分析官アナスタシヤ3」 アレクサンドラ・マリーニナ著;吉岡ゆき訳 作品社 2002年3月

アナスターシャ・バレンティナ・コリョロフ
ロシア秘密諜報員、元プリマドンナ 「白夜 上中下」 ハンテフン著;徐正根訳 竹書房(竹書房文庫) 2005年3月

アナ・デレオン
サンアントニオ市警殺人課の美人刑事 「殺意の教壇」 リック・リオーダン著;林雅代訳 小学館(小学館文庫) 2005年5月

アナトリー・グルイズロフ(グルイズロフ)
ロシア国防副大臣、ロシア連邦軍参謀総長 「ロシア軍侵攻 上下」 デイル・ブラウン著;伏見威蕃訳 二見書房(二見文庫) 2005年10月

アナトリ・コノヴァンコ(コノヴァンコ)
元KGB上級諜報員、殺し屋マバシャを指図するロシア人の男 「白い雌ライオン」 ヘニング・マンケル著;柳沢由実子訳 東京創元社(創元推理文庫) 2004年9月

アナナ
グルメ・ガイドブック〈ル・ギード〉の覆面調査員パンプルムース氏に瓜二つの有名なテレビ・パーソナリティ 「パンプルムース氏のダイエット」 マイケル・ボンド著;木村博江訳 東京創元社(創元推理文庫) 2002年11月

アナベル・アーチャー
ワシントンDCで「ウエディング・ベル」を経営するウエディング・プランナー、30歳の独身女性 「ウエディング・プランナーは眠れない」 ローラ・ドラム著;上條ひろみ訳 ランダムハウス講談社(ランダムハウス講談社文庫) 2005年11月

アナベル・タッシー
珍品博物館「デザーズ・エンド」の管理人のポリーの姪、礼儀正しい十七歳の美少女 「殺人者の街角」 マージェリー・アリンガム著;佐々木愛訳 論創社(論創海外ミステリ) 2005年6月

アナベル・ハモンド
紅茶事業で成功した「ハモンド・ファイン・ティー」の経営責任者、華のある31歳の女性 「警視の接吻」 デボラ・クロンビー著;西田佳子訳 講談社(講談社文庫) 2001年6月

アナベル・ハンプトン(アーニ)
CIA局員、盗聴装置を使って国連の高官の活動を監視する仕事をしている三十二歳の女 「国連制圧」 トム・クランシー著;スティーヴ・ピチェニック著;伏見威蕃訳 新潮社(新潮文庫) 2003年5月

アナ・ルケージィ
ニューヨーク市警の刑事ジョーの妻、アイルランドで娘時代を過ごしたフリーランスのインテリアデザイナー 「ダークハウス」 アレックス・バークレー著;三木基子訳 柏艪舎(文芸シリーズ) 2005年10月

アーニ
CIA局員、盗聴装置を使って国連の高官の活動を監視する仕事をしている三十二歳の女 「国連制圧」 トム・クランシー著;スティーヴ・ピチェニック著;伏見威蕃訳 新潮社(新潮文庫) 2003年5月

あに

アニー
ゴールド・コーストにあるモーテル・チェーンの経営者・ジョージの妻 「沈黙の代償」パトリシア・カーロン著;池田真紀子訳 扶桑社(扶桑社ミステリー) 2001年2月

アニー
ロンドン南西部にあるミセス・ラニラの家の前の側溝で死んでいたイカれた黒人女性 「蛇の形」ミネット・ウォルターズ著;成川裕子訳 東京創元社(創元推理文庫) 2004年7月

アニー
高名な考古学者で美術史家、金属工芸品に関しては世界で随一の専門家である32歳の女性工芸品鑑定士 「美しき容疑者」スーザン・ブロックマン作;泉智子訳 ハーレクイン(シルエット・ラブストリーム) 2003年8月

アニー・アデア
ウィルス学者、遺体から強力なインフルエンザウィルス「スペインの貴婦人」を採取しようとした若い女性 「スペインの貴婦人」ジョン・ケース著;池田真紀子訳 ランダムハウス講談社 2003年11月

アニー・ウィルソン
ジョージア州ブリクストンの占い師、超感覚という透視能力を持った若き未亡人 「ギフト」ビリー・ボブ・ソーントン脚本・トム・エパーソン脚本;小島由記子訳 講談社(シネマブックス) 2001年5月

アニカ・クライン
ドイツ人医師で36歳の女性、グリーンランド探検隊のメンバー 「パンドラの呪い 上下」ジャック・ダブラル著;村上和久訳 ソニー・マガジンズ(ビレッジブックス) 2005年10月

アニカ・ベングツソン
ストックホルムの新聞社で働く女性記者、事件報道部デスク 「爆殺魔(ザ・ボンバー)」リサ・マークルンド著;柳沢由実子訳 講談社(講談社文庫) 2002年7月

アニー・カボット
英国イーストヴェイル署犯罪捜査部部長、美しい女性刑事 「渇いた季節」ピーター・ロビンスン著;野の水生訳 講談社(講談社文庫) 2004年7月

アニー・コールフィールド
NASA宇宙センターの宇宙飛行士長、女性宇宙飛行士 「死の極寒戦線」トム・クランシー著;マーティン・グリーンバーグ著;棚橋志行訳 二見書房(二見文庫) 2002年8月

アニー・チェスナット
ミステリー作家兼私立探偵、パームスプリングズに住む好奇心旺盛な中年女 「殺人者の日記」トム・ラシーナ著;夏来健次訳 扶桑社(扶桑社ミステリー) 2002年11月

アニー・デューイ
ネヴァダ州兵航空隊第111爆撃飛行隊大尉 「「影」の爆撃機 上下」デイル・ブラウン著;伏見威蕃訳 二見書房(二見文庫) 2002年1月

アニー・ハンリー
コネチカット州スカル島に住む高校2年生の少女 「いたずらメールの代償 danger.com 2」ジョーダン・クレイ著;小西道子訳 青春出版社(青春文庫) 2001年10月

アニー・マーブル(ミセス・マーブル)
借金に追われる銀行員・マーブルの妻 「終わりなき負債」C.S.フォレスター著;村上和久訳 小学館(Shogakukan mystery) 2004年1月

アーニー・ワトソン
私立探偵ヴィンセント・ルビオの親友で探偵事務所の共同経営者、人間の扮装をした「恐竜探偵」「さらば、愛しき鉤爪」エリック・ガルシア著;酒井昭伸訳 ソニー・マガジンズ(ヴィレッジブックス) 2001年11月

アーニー・ワトソン
私立探偵ヴィンセント・ルビオの親友で探偵事務所の共同経営者、人間の扮装をした「恐竜探偵」「鉤爪プレイバック」エリック・ガルシア著;酒井昭伸訳　ソニー・マガジンズ(ヴィレッジブックス)　2003年1月

アーネ・オルフセン
デンマーク陸軍航空隊の教官、サンデ島の牧師の息子でハラルドの10歳上の兄「ホーネット、飛翔せよ　上下」ケン;フォレット著;戸田;裕之訳　ソニー・マガジンズ(ヴィレッジブックス)　2004年12月

アーネスト・ヘミングウェイ(ヘミングウェイ)
ノーベル賞作家、第二次世界大戦のまっただなかキューバで諜報活動を行っていた男「諜報指揮官ヘミングウェイ　上下」ダン・シモンズ著;小林宏明訳　扶桑社(扶桑社ミステリー)　2002年6月

アネッテ・ブロリン
スウェーデンの新任地方検察官、若くて美しい女性「殺人者の顔」ヘニング・マンケル著;柳沢由実子訳　東京創元社(創元推理文庫)　2001年1月

アネット(アニー)
ゴールド・コーストにあるモーテル・チェーンの経営者・ジョージの妻「沈黙の代償」パトリシア・カーロン著;池田真紀子訳　扶桑社(扶桑社ミステリー)　2001年2月

アネット・バイストック
キングズマーカムにある職業安定所の失業アドバイザー「シミソラ」ルース・レンデル著;宇佐川晶子訳　角川書店(角川文庫)　2001年3月

アーノルド・モーガン(モーガン)
アメリカ国家安全保障局長官、海軍中将「ニミッツ・クラス」パトリック・ロビンソン著;伏見威蕃訳　角川書店(角川文庫)　2001年3月

アーノルド・モーガン(モーガン)
アメリカ国家安全保障問題担当大統領補佐官「最新鋭原潜シーウルフ奪還　上下」パトリック・ロビンソン著;上野元美訳　二見書房(二見文庫)　2002年5月

アーノルド・モーガン(モーガン)
アメリカ国家安全保障問題担当大統領補佐官、いまだ壮健の61歳の男「原潜シャークの叛乱」パトリック・ロビンソン著;山本光伸訳　二見書房(二見文庫)　2003年7月

アーノルド・モーガン(モーガン)
アメリカ国家安全保障問題担当大統領補佐官、テロリストが使用した原子力潜水艦「バラクーダ」の捜索をした海軍少将「原潜バラクーダ奇襲」パトリック・ロビンソン著;山本光伸訳　二見書房(二見文庫)　2005年9月

アーノルド・モーガン(モーガン)
アメリカ国家安全保障問題担当大統領補佐官、元原子力潜水艦艦長「キロ・クラス」パトリック・ロビンソン著;伏見威蕃訳　角川書店(角川文庫)　2002年2月

アバジャジェ・デエバ
弁護士グイード・グエッリエーリの依頼人、少年殺害事件の容疑者アブドゥ・ティアムの妻「狼の帝国」ジャン=クリストフ・グランジェ著;高岡真訳　東京創元社(創元推理文庫)　2005年12月

アヴァ・ダヴェネル
アラバマ州検死局モビール支局に勤務する新人職員で病理学者、黒髪の小柄な女性「百番目の男」ジャック・カーリイ著;三角和代訳　文藝春秋(文春文庫)　2005年4月

アバタンジェロ
カメラマンであり麻薬密輸組織のリーダーでもある男「悪魔の赤毛」デイヴィッド・コーベット著;小林宏明訳　新潮社(新潮文庫)　2005年2月

あびか

アビー・カンニガム
アメリカ合衆国連邦捜査局の女性捜査官 「凶運を語る女 上下」ドナルド・ジェイムズ著；棚橋志行訳 扶桑社（扶桑社ミステリー） 2001年7月

アビー・ジェニングス
ウィルとカレンのジェニングス夫妻の娘、小児糖尿病を患っているが利発で明るい5歳の少女 「24時間」グレッグ・アイルズ著；雨沢泰訳 講談社（講談社文庫） 2001年9月

アビー・ソーヤー
パーキンソン病を患っている往年の大スター、新進女優ジェニファーの母 「ひそやかな微笑み」ヘザー・グレアム著；山田香里訳 二見書房（二見文庫） 2002年11月

アビー・ディマティオ
アメリカのベイサイド病院外科研修医、マフィアの絡みの心臓移植手術の不正にまきこまれた女性 「僕の心臓を盗まないで」テス・ジェリッツェン著；浅羽莢子訳 角川書店（角川文庫） 2001年1月

アビー・ボーデン
実業家アンドルー・ボーデンの後妻、リジー・ボーデンの継母 「リジー・ボーデン事件」ベロック・ローンズ著；仁賀克雄訳 早川書房（Hayakawa pocket mystery books） 2004年3月

アビー・ホフマン
革命家、FBIから追われている男 「マンハッタンの中心でアホと叫ぶ カウボーイ探偵うたう大捜査線」キンキー・フリードマン著；吉田博訳 新風舎（新風舎文庫） 2004年10月

アビー・マクドナルド
両親を殺害された女学生、拷問を受けているところをブルース史研究家のニックに助けられた女の子 「ディープサウス・ブルース」エース・アトキンス著；小林宏明訳 小学館（小学館文庫） 2004年4月

アーヴィン・グールド（グールド）
イギリスのサリー州シア村の隠修女の論文を執筆中のアメリカ人中世史学者 「独房の修道女」ポール・L・ムーアクラフト著；野口百合子訳 扶桑社（扶桑社ミステリー） 2004年6月

アフガン
「ヒクソス帝国」への抵抗勢力「テーベ解放軍」の将校、元ラピス・ラズリ商人 「自由の王妃アアヘテプ物語3 燃えあがる剣」クリスチャン・ジャック著；山田浩之訳 角川書店（角川文庫） 2004年1月

アフガン
アフガニスタン出身の元ラピス・ラズリ商人、異国の民「ヒクソス」への抵抗勢力を組織する男 「自由の王妃アアヘテプ物語1 闇の帝国」クリスチャン・ジャック著；山田浩之訳 角川書店（角川文庫） 2003年9月

アフガン
異国の民「ヒクソス」への抵抗勢力「テーベ解放軍」の将校、元ラピス・ラズリ商人 「自由の王妃アアヘテプ物語2 二つの王冠」クリスチャン・ジャック著；山田浩之訳 角川書店（角川文庫） 2003年11月

アブドゥ・ティアム
弁護士グイード・グエッリエーリが弁護する少年殺害事件の容疑者、31歳のセネガル人行商人 「狼の帝国」ジャン=クリストフ・グランジェ著；高岡真訳 東京創元社（創元推理文庫） 2005年12月

アブドゥル・ジアド（ジアド）
ドバイの裕福な貴金属商、インド系イスラム教徒 「アルカイダの金塊を追え」ジェラール・ド・ヴィリエ著；小林修訳 扶桑社（扶桑社ミステリー） 2004年6月

あまん

アブ・ハシム
米国大統領に脅迫状を送ったアル・カイーダの指導者 「亡国のゲーム 上・下」 グレン・ミード著;戸田裕之訳 二見書房(ザ・ミステリ・コレクション) 2003年12月

アプルビイ
スコットランドヤードの警部、知的で空想好きの男 「アプルビイズ・エンド」 マイケル・イネス著;鬼頭玲子訳 論創社(論創海外ミステリ) 2005年9月

アフロディーテ
ニューヨーク州北部にあるハート・レーク女子学院の学生、ラテン語教師ジェーンの生徒 「乙女の湖」 キャロル・グッドマン著;津森優子訳 早川書房(ハヤカワ・ミステリ文庫) 2003年1月

アペピ
エジプトの地を侵す「ヒクソス帝国」の皇帝、ファラオを自称する男 「自由の王妃アアヘテプ物語3 燃えあがる剣」 クリスチャン・ジャック著;山田浩之訳 角川書店(角川文庫) 2004年1月

アペピ
エジプトの地を侵す異国の民「ヒクソス」の強大な軍を統率する最高権力者 「自由の王妃アアヘテプ物語1 闇の帝国」 クリスチャン・ジャック著;山田浩之訳 角川書店(角川文庫) 2003年9月

アペピ
エジプトの地を侵す異国の民「ヒクソス」の強大な軍を統率する最高権力者 「自由の王妃アアヘテプ物語2 二つの王冠」 クリスチャン・ジャック著;山田浩之訳 角川書店(角川文庫) 2003年11月

アヴェリー・ショーヴァン
新聞記者、父の死を機にワシントンから故郷ルイジアナ州サイプレス・スプリングスに帰郷した女性 「沈黙」 エリカ・スピンドラー著;平江まゆみ訳 ハーレクイン(MIRA文庫) 2004年10月

アボット
米国科学アカデミーの長、天才科学者ミランダの父 「紀元零年の遺物 上下」 ジェフ・ロング著;山本光伸訳 二見書房(二見文庫) 2004年11月

アーマ・カーデュー(カーティス)
美しい女殺し屋、貴族探偵トフ氏の仇敵 「トフ氏と黒衣の女」 ジョン・クリーシー著;田中孜訳 論創社(論創海外ミステリ) 2004年11月

アマリヤ・ベジェツカヤ(ベジェツカヤ)
人を惹きつけるまなざしをもった正体不明の美女 「堕ちた天使 アザゼル」 ボリス・アクーニン著;沼野恭子訳 作品社 2001年4月

アマンダ
ブルックリン地区検事補ジオの元妻 「哀しみの街の検事補」 ロブ・ルーランド著;北沢和彦訳 扶桑社(扶桑社ミステリー) 2004年4月

アマンダ・ジャフィ
オレゴン州の一流法律事務所〈ジャフィ、カッツ〉の代表弁護士 「女神の天秤」 フィリップ・マーゴリン著;井坂清訳 講談社(講談社文庫) 2004年12月

アマンダ・ジャフィ
ポートランド在住の新米弁護士、辣腕弁護士フランクの娘 「野性の正義」 フィリップ・マーゴリン著;加賀山卓朗訳 早川書房(Hayakawa novels) 2001年6月

あまん

アマンダ・スターキー
ウィスコンシンの凍結した湖で水死した女性・マチルダの姉、妹の遺児のルースを育てた伯母 「湖の記憶」 クリスティーナ・シュワルツ著;北沢あかね訳 講談社(講談社文庫) 2003年8月

アマンダ・スペンサー
シカゴでクリニックを開業する心理学者 「聖母マリア再臨の日 上下」 アーヴィング・ウォーレス著;青木久惠訳 扶桑社(扶桑社ミステリー) 2005年10月

アマンダ・パウエル
ロンドンのテムズ河畔の高級住宅地に住む建築家、36歳の謎めいた女性 「囁く谺」 ミネット・ウォルターズ著;成川裕子訳 東京創元社(創元推理文庫) 2002年4月

アマンダ・マクスウェル(エリカ・ベアード)
ニューヨーク市警の鑑識カメラマン、証人保護プログラムによってエリカとしての過去を消された女性 「ヒロインは眠らない 上下」 ドリス・モートマン著;栗木さつき訳 二見書房(二見文庫) 2004年1月

アマンダ・マックリーディ
ボストンで行方不明になった4歳の少女 「愛しき者はすべて去りゆく」 デニス・レヘイン著;鎌田三平訳 角川書店(角川文庫) 2001年9月

アマンダ・メイ
『ワシントン・ジャーナル』紙の有能な新聞記者、小説家志望の青年・カールの元恋人 「ギデオン神の怒り」 ラッセル・アンドルース著;渋谷比佐子訳 講談社(講談社文庫) 2001年2月

アマンダ・リー・ギャレット
アメリカ海軍特殊部隊「シーファイター」任務部隊司令の大佐 「攻撃目標を殲滅せよ 上下」 ジェイムズ・H・コッブ著;伏見威蕃訳 文藝春秋(文春文庫) 2002年10月

アマンディーヌ・ラトゥール
革命に沸くパリに住む女性、未亡人セリーの友人 「フランス革命夜話」 アン・ペリー著;大倉貴子訳 ソニー・マガジンズ(ヴィレッジブックス) 2002年8月

アミアス・クレイル
16年前に殺された画家、カーラ・ルマルションの父 「五匹の子豚」 アガサ・クリスティー著;桑原千恵子訳 早川書房(ハヤカワ文庫クリスティー文庫) 2003年12月

アーミーナ・ユーゴニン
内乱の間に弟とともに行方不明になったウスターの貴族の娘 「氷のなかの処女」 エリス・ピーターズ著;岡本浜江訳 光文社(光文社文庫) 2003年11月

アミール・ラーマン(ラーマン)
インドネシア大統領、国内の中国系インドネシア人に対し残虐な行為を続けている独裁者 「奪還」 マイケル・デイ著;松本剛史訳 ソニー・マガジンズ(ヴィレッジブックス) 2005年4月

アームストロング
小さな田舎町ブラックウォーター・ベイの建設業者、次期保安官選挙の立候補者 「すべての石の下に」 ポーラ・ゴズリング著;山本俊子訳 早川書房(Hayakawa pocket mystery books) 2001年1月

アームストロング医師　あーむすとろんぐいし
ロンドンで評判の良い婦人科の医師、インディアン島オーエン邸に招かれた客の1人 「そして誰もいなくなった」 アガサ・クリスティー著;清水俊二訳 早川書房(ハヤカワ文庫クリスティー文庫) 2003年10月

アメリア・サックス（サックス）
ニューヨーク市警の警察官で科学捜査専門家リンカーン・ライムのパートナー、元ファッションモデルで射撃の達人 「コフィン・ダンサー 上・下」 ジェフリー・ディーヴァー著;池田真紀子訳 文藝春秋（文春文庫）2004年10月

アメリア・サックス（サックス）
ニューヨーク市警の警察官で科学捜査専門家リンカーン・ライムのパートナー、元ファッションモデルで射撃の達人 「ボーン・コレクター 上・下」 ジェフリー・ディーヴァー著;池田真紀子訳 文藝春秋（文春文庫）2003年5月

アメリア・サックス（サックス）
ニューヨーク市警の警察官で科学捜査専門家リンカーン・ライムのパートナー、元ファッションモデルで射撃の達人 「石の猿―「リンカーン・ライム」シリーズ [4]」 ジェフリー・ディーヴァー著;池田真紀子訳 文藝春秋 2003年5月

アメリア・サックス（サックス）
ニューヨーク市警の警察官で科学捜査専門家リンカーン・ライムのパートナー、元ファッションモデルで射撃の達人 「魔術師(イリュージョニスト)―「リンカーン・ライム」シリーズ [5]」 ジェフリー・ディーヴァー著;池田真紀子訳 文藝春秋 2004年10月

アメリア・サックス（サックス）
ニューヨーク市警警官、科学捜査専門家・ライムの助手をしている女性 「エンプティー・チェア―リンカーン・ライムシリーズ〈3〉」 ジェフリー・ディーヴァー著;池田真紀子訳 文藝春秋 2001年1月

アライザベル・クレイ
ウィッチハンターのサニエルがロンドンの旧市街で保護した記憶を失った美少女 「魔物を狩る少年」 クリス・ウッディング著;渡辺庸子訳 東京創元社（創元推理文庫）2005年8月

アライン・サイウォード
シュルーズベリ城の戦いで兄を失った貴族の娘、明るい金髪の美しく気丈な女性 「死体が多すぎる」 エリス・ピーターズ著;大出健訳 光文社（光文社文庫）2003年3月

アラスター・マクエード（アリー）
リゾートの仕掛人であるギャビンが主催する同窓会に招待された電気技師の男 「楽園占拠」 クリストファー・ブルックマイア著;玉木亨訳 ソニー・マガジンズ（ヴィレッジブックス）2003年7月

アラーナ・ジェニングズ
トライオン・システムズ社の「マエストロ」チームの一員、裕福で優秀な美人 「侵入社員 上・下」 ジョゼフ・フィンダー著;石田善彦訳 新潮社（新潮文庫）2005年12月

アラン・グランサム
メイナード邸当主・ヘンリーおよび探偵のフェル博士の友人、三十代半ばの男性 「月明かりの闇 フェル博士最後の事件」 ジョン・ディクスン・カー著;田口俊樹訳 早川書房（ハヤカワ・ミステリ文庫）2004年9月

アラン・グラント（グラント）
ロンドン警視庁の腕利き刑事、極度の神経症を患いスコットランドへ療養のため旅立つことになった男 「歌う砂～グラント警部最後の事件」 ジョセフィン・テイ著;鹽野佐和子訳 論創社（論創海外ミステリ）2005年6月

アラン・グリズウォルド
国連職員のロバートの友人、CIAの職員だった男 「スパイズ・ライフ 上下」 ヘンリー・ポーター著;二宮磬訳 新潮社（新潮文庫）2005年2月

アラン・グレイ
映画や演劇で活躍する往年の大物俳優、ベテラン女優ドロシーの夫 「リリーからの最後の電話」 トビー・リット著;雨海弘美訳 ソニー・マガジンズ（ヴィレッジブックス）2004年9月

あらん

アラン・サーストン
過去に起きた出来事を再現するシミュレーションを行うグループ「G7」の一員、男子高校生 「ネットフォースエクスプローラーズ 1は孤独な数字」トム・クランシー著;スティーヴ・ピチェニック著 アスペクト 2001年3月

アラン・ツイスト(ツイスト)
信じがたい事件の数々を解明した犯罪学者、長身痩躯に上品そうな物腰の英国紳士 「カーテンの陰の死」ポール・アルテ著;平岡敦訳 早川書房 (Hayakawa pocket mystery books) 2005年7月

アラン・ツイスト(ツイスト)
信じがたい事件の数々を解明した犯罪学者、長身痩躯に上品そうな物腰の英国紳士 「死が招く」ポール・アルテ著;平岡敦訳 早川書房 (Hayakawa pocket mystery books) 2003年6月

アラン・ツイスト(ツイスト)
信じがたい事件の数々を解明した犯罪学者、長身痩躯に上品そうな物腰の英国紳士 「第四の扉」ポール・アルテ著;平岡敦訳 早川書房 (Hayakawa pocket mystery books) 2002年5月

アラン・デマレスト
合衆国元国務省特殊部隊員ジャンソンのかつての上官、残酷さと知性を兼ね備えた少佐 「メービウスの環 上下」ロバート・ラドラム著;山本光伸訳 新潮社(新潮文庫) 2005年1月

アラン・デュプリー
ワシントン州スポーカン市警の女刑事のキャロラインの上司で部長刑事 「血の奔流」ジェス・ウォルター著;天野淑子訳 早川書房(ハヤカワ文庫NV) 2002年2月

アラン・バンクス(バンクス)
イーストヴェイル署犯罪捜査部主席警部 「誰もが戻れない」ピーター・ロビンスン著;幸田敦子訳 講談社(講談社文庫) 2001年11月

アラン・バンクス(バンクス)
英国イーストヴェイル署犯罪捜査部主席警部、有能だが一匹狼でサボリ屋の三十代半ばの男 「渇いた季節」ピーター・ロビンスン著;野の水生訳 講談社(講談社文庫) 2004年7月

アラン・ブラント(ブラント)
イギリスの諜報機関MI6の特別作戦局長 「女王陛下の少年スパイ!アレックス スコルピア」アンソニー・ホロヴィッツ著;森嶋マリ訳 集英社 2004年7月

アラン・ブラント(ブラント)
イギリスの諜報機関MI6の特別作戦局長 「女王陛下の少年スパイ!アレックス ポイントブランク」アンソニー・ホロヴィッツ著;竜村風也訳 集英社 2002年12月

アラン・ブラント(ブラント)
ロイヤル&ジェネラル銀行の頭取、実はイギリス諜報機関MI6の特別作戦局長 「女王陛下の少年スパイ!アレックス ストームブレイカー」アンソニー・ホロヴィッツ著;竜村風也訳 集英社 2002年8月

アラン・プロザロウ
ナイチンゲール・クリニックの医師、自動車事故で記憶喪失になったジェインを治療した男 「昏い部屋」ミネット・ウォルターズ著;成川裕子訳 東京創元社(創元推理文庫) 2005年4月

アラン・ベックウィス(ベック)
私立探偵キンジーの元の雇い主 「ロマンスのR」スー・グラフトン著;嵯峨静江訳 早川書房(Hayakawa novels) 2005年7月

アラン・リトルウッド
病気の保養のために海辺のサンボーン村にある医師のポールの家に滞在した詩人志望の21歳の青年 「被告の女性に関しては」 フランシス・アイルズ著;白須清美訳 晶文社(晶文社ミステリ) 2002年6月

アリー
リゾートの仕掛人であるギャビンが主催する同窓会に招待された電気技師の男 「楽園占拠」 クリストファー・ブルックマイア著;玉木亨訳 ソニー・マガジンズ(ヴィレッジブックス) 2003年7月

アリアドニ・オリヴァ(オリヴァ夫人) ありあどにおりば(おりばふじん)
高名な女流探偵作家、がっしりした体格の愛想の良い中年女性 「ひらいたトランプ」 アガサ・クリスティー著;加島祥造訳 早川書房(ハヤカワ文庫クリスティー文庫) 2003年10月

アリアドニ・オリヴァ(オリヴァ夫人) ありあどにおりば(おりばふじん)
高名な女流探偵作家、がっしりした体格の愛想の良い中年女性 「マギンティ夫人は死んだ」 アガサ・クリスティー著;田村隆一訳 早川書房(ハヤカワ文庫クリスティー文庫) 2003年12月

アリアドニ・オリヴァ(オリヴァ夫人) ありあどにおりば(おりばふじん)
高名な女流探偵作家、がっしりした体格の愛想の良い中年女性 「死者のあやまち」 アガサ・クリスティー著;田村隆一訳 早川書房(ハヤカワ文庫クリスティー文庫) 2003年12月

アリアドニ・オリヴァ(オリヴァ夫人) ありあどにおりば(おりばふじん)
高名な女流探偵作家、がっしりした体格の愛想の良い中年女性 「蒼ざめた馬」 アガサ・クリスティー著;高橋恭美子訳 早川書房(ハヤカワ文庫クリスティー文庫) 2004年8月

アリアドニ・オリヴァ(オリヴァ夫人) ありあどにおりば(おりばふじん)
高名な女流探偵作家、がっしりした体格の愛想の良い中年女性 「第三の女」 アガサ・クリスティー著;小尾芙佐訳 早川書房(ハヤカワ文庫クリスティー文庫) 2004年8月

アリアドニ・オリヴァ(ミセス・オリヴァ)
高名な女流探偵作家、がっしりした体格の愛想の良い中年女性 「ハロウィーン・パーティ」 アガサ・クリスティー著;中村能三訳 早川書房(ハヤカワ文庫クリスティー文庫) 2003年11月

アリアドニ・オリヴァ(ミセス・オリヴァ)
高名な女流探偵作家、がっしりした体格の愛想の良い中年女性 「象は忘れない」 アガサ・クリスティー著;中村能三訳 早川書房(ハヤカワ文庫クリスティー文庫) 2003年12月

アリ・アブダル
テロリスト集団「デス・スクワッド」第6支部のリーダー、60代のアラブ人男性 「ふたつの顔を愛したら」 ヘザー・グレアム作;津田藤子訳 ハーレクイン(シルエット・ラブストリーム) 2005年3月

アリエル・ランダ(ランダ)
キューバ人の砂糖相場アナリスト、カストロ主義を信奉している男 「ハバナ・ミッドナイト」 ホセ・ラトゥール著;山本さやか訳 早川書房(ハヤカワ・ミステリ文庫) 2003年3月

アリグザンダー・キンロック
スコットランドでひとり暮らしをする29歳の孤高の画家、故キンロック伯爵の四男 「不屈」 ディック・フランシス著;菊池光訳 早川書房(ハヤカワ・ミステリ文庫) 2002年1月

アリーク・ヤローム(ヤローム)
ロサンゼルス郊外に住むダイヤモンド・ディーラー、ユダヤ人 「逃れの町」 フェイ・ケラーマン著;高橋恭美子訳 東京創元社(創元推理文庫) 2005年9月

ありこ

アリー・コーヘン
俗世から離れて洞窟に隠遁するユダヤ教敬虔派の写学生、古文書学者ダビッド・コーヘンの息子 「クムラン 蘇る神殿」 エリエット・アベカシス著;鈴木敏弘訳 角川書店 2002年10月

アリーザ
ポンター＆カー法律事務所の弁護士、心臓発作で倒れたテロリストの仲間を助けた女性 「誘拐指令」 J.ケニーリー著;高橋健次訳 講談社(講談社文庫) 2001年6月

アリシア
ハバナで母親と暮らしている23歳の売春婦 「バイク・ガールと野郎ども」 ダニエル・チャヴァリア著;真崎義博訳 早川書房(ハヤカワ・ミステリ文庫) 2002年11月

アリシア・クレイトン
小児伝染病の専門医、小児エイズセンターの理事 「神と悪魔の遺産 上下」 F.ポール・ウィルスン著;大滝啓裕訳 扶桑社(扶桑社ミステリー) 2001年1月

アリ・シャムロン(シャムロン)
イスラエル諜報機関「オフィス」の元長官、美術修復師ガブリエル・アロンの元上司 「さらば死都ウィーン－美術修復師ガブリエル・アロンシリーズ」 ダニエル・シルヴァ著;山本光伸訳 論創社 2005年10月

アリ・シャムロン(シャムロン)
イスラエル諜報機関「オフィス」の長官 「報復という名の芸術－美術修復師ガブリエル・アロン」 ダニエル・シルヴァ著;山本光伸訳 論創社 2005年8月

アリ・ジョウンズ
ニューヨークに住むコンピュータ・プログラマーとして働く女、アパートの同居人を探していた独身白人女性 「同居人求む」 ジョン・ラッツ著;延原泰子訳 早川書房(ハヤカワ・ミステリ文庫) 2005年12月

アリス
私立探偵スタンリー・ヘイスティングズの妻 「休暇はほしくない」 パーネル・ホール著;田中一江訳 早川書房(ハヤカワ・ミステリ文庫) 2005年6月

アリス
少女惨殺の罪で23年の獄中生活を送っている〈わたし〉が殺した少女 「わたしがアリスを殺した理由」 A.M.ホームズ著;高山祥子訳 扶桑社(扶桑社ミステリー) 2004年4月

アリス
夫と生んだばかりの娘を捨てヴァイオリニストを目指している若い女性 「ソロモン王の絨毯」 バーバラ・ヴァイン著;羽田詩津子訳 角川書店(角川文庫) 2001年10月

アリス・グッドウィン
酪農家・ハワードの妻、親友の娘を溺死させてしまったうえ性的虐待疑惑で逮捕された女性 「マップ・オブ・ザ・ワールド」 ジェーン・ハミルトン著;紅葉誠一訳 講談社(講談社文庫) 2001年12月

アリス・コノリー
恋人殺しの容疑で収監されている女性、弁護士のベニーと瓜ふたつで双子だと自称する女 「似た女」 リザ・スコットライン著;高山祥子訳 講談社(講談社文庫) 2002年2月

アリス・サマーフィールド
少女惨殺の罪で獄中生活を送る「わたし」が殺した少女 「わたしがアリスを殺した理由」 A.M.ホームズ著;高山祥子訳 扶桑社(扶桑社ミステリー) 2004年4月

アリスティード・パンプルムース(パンプルムース氏) ありすてぃーどぱんぷるむーす(ぱんぷるむーすし)
グルメ・ガイドブック〈ル・ギード〉の覆面調査員、元パリ警視庁の刑事で50代後半の男性 「パンプルムース氏のダイエット」 マイケル・ボンド著;木村博江訳 東京創元社(創元推理文庫) 2002年11月

ありす

アリスティード・パンプルムース（パンプルムース氏）　ありすてぃーどぱんぷるむーす（ぱんぷるむーすし）
グルメ・ガイドブック〈ル・ギード〉の覆面調査員、元パリ警視庁の刑事で50代半ばの男性「パンプルムース氏と飛行船」マイケル・ボンド著;木村博江訳　東京創元社（創元推理文庫）　2003年6月

アリスティード・パンプルムース（パンプルムース氏）　ありすてぃーどぱんぷるむーす（ぱんぷるむーすし）
グルメ・ガイドブック〈ル・ギード〉の覆面調査員、元パリ警視庁の刑事で50代半ばの男性「パンプルムース氏の秘密任務」マイケル・ボンド著;木村博江訳　東京創元社（創元推理文庫）　2001年11月

アリスティード・パンプルムース（パンプルムース氏）　ありすてぃーどぱんぷるむーす（ぱんぷるむーすし）
グルメ・ガイドブック〈ル・ギード〉の覆面調査員、元パリ警視庁の刑事で60代かの男性「パンプルムース氏対ハッカー」マイケル・ボンド著;木村博江訳　東京創元社（創元推理文庫）　2004年1月

アリスティード・パンプルムース（パンプルムース氏）　ありすてぃーどぱんぷるむーす（ぱんぷるむーすし）
フランスのグルメ・ガイドブック〈ル・ギード〉の覆面調査員、元パリ警視庁の刑事で50代半ばの男性「パンプルムース家の犬」マイケル・ボンド著;木村博江訳　東京創元社（創元推理文庫）　2002年4月

アリスティード・パンプルムース（パンプルムース氏）　ありすてぃーどぱんぷるむーす（ぱんぷるむーすし）
フランスのグルメ・ガイドブック〈ル・ギード〉の覆面調査員、元パリ警視庁の刑事で50代半ばの男性「パンプルムース氏のおすすめ料理」マイケル・ボンド著;木村博江訳　東京創元社（創元推理文庫）　2001年7月

アリスティード・パンプルムース（パンプルムース氏）　ありすてぃーどぱんぷるむーす（ぱんぷるむーすし）
フランスのグルメ・ガイドブック〈ル・ギード〉の覆面調査員、元パリ警視庁の刑事で50代半ばの男性「パンプルムース氏の晩餐会」マイケル・ボンド著;木村博江訳　東京創元社（創元推理文庫）　2005年5月

アリストテレス
アテナイ市の学校「リュケイオン」の校長、五十四歳の哲学者「哲人アリストテレスの殺人推理」マーガレット・ドゥーディ著;左近司祥子訳;左近司彩子訳　講談社　2005年6月

アリス・プリンス
バイオテクノロジー会社バイロベクターの創設者、行動遺伝学者キャシー・カーのスポンサー「クライム・ゼロ」マイクル・コーディ著;内田昌之訳　徳間書店　2001年3月

アリス・ボーマン
クアド石油社のアメリカ人技師・ピーターの妻「プルーフ・オブ・ライフ」デビッド・ロビンス著;池谷律代訳　光文社（光文社文庫）　2001年3月

アリス・マニング
赤ん坊を殺した罪で告訴されメリーランド州少年刑務所にいた少女「あの日、少女たちは赤ん坊を殺した」ローラ・リップマン著;吉澤康子訳　早川書房（ハヤカワ・ミステリ文庫）　2005年10月

アリス・ラウデン
イギリスの製薬会社に勤める科学者、安穏な生活を送っていた独身の女性「優しく殺して」ニッキ・フレンチ著;務台夏子訳　角川書店（角川文庫）　2001年2月

アリスン
女性専用のフィットネス・ジム「パワー・フェムズ」の経営者、元私立探偵のハーディングの恋人「あの夏の日に別れのキスを」ジョン・ウェッセル著;矢口誠訳　ソニー・マガジンズ（ヴィレッジブックス）　2004年7月

アリスン・ウィロビー
ラスヴェガスで託児所勤務をしている女性、カード・ディーラーのボイドの同棲相手「悪党どもの荒野」ブライアン・ホッジ著;白石朗訳　扶桑社（扶桑社ミステリー）　2001年6月

ありす

アリスン・テイラー
刑事弁護士トニーの高校時代のガールフレンド 「サイレント・ゲーム 上下」 リチャード・ノース・パタースン著;後藤由季子訳　新潮社(新潮文庫)　2005年11月

アリスン・テイラー
弁護士トニー・ロードの高校時代のガールフレンド 「サイレント・ゲーム」 リチャード・ノース・パタースン著;後藤由季子訳　新潮社　2003年3月

アリスン・ファーレイ
野生動物保護協会の主宰者、夫のハリーと離婚しようと思っているアメリカ人の女性 「大密林」 ジェイムズ・W・ホール著;北澤和彦訳　講談社(講談社文庫)　2002年8月

アリスン・レイヒー
48歳のアメリカ合衆国司法長官、初の女性大統領をねらう民主党候補者 「誘拐」 ジェイムズ・グリッパンド著;白石朗訳　小学館(Shogakukan mystery)　2003年2月

アリソン・グラント
若い女リンダ・マシューズ殺しの容疑者となったリテラリー・エージェントのスティーヴン・グラントの33歳の妻 「証拠が問題」 ジェームズ;アンダースン著;藤村;裕美訳　東京創元社(創元推理文庫)　2002年11月

アリソン・シムズ
独身の看護婦・テリーのコテージの新しい借家人、テリーよりずっと年下の無邪気で明るい女性 「暗闇でささやく声」 ジョイ・フィールディング著;吉田利子訳　文藝春秋(文春文庫)　2003年5月

アリソン・デズモンド
ポートランドでドラッグ浸りのヒッピー生活を送る自由奔放な少女 「そして、黄昏が優しくつつむ」 ノーマン・ボグナー著;岡山徹訳　産業編集センター　2003年4月

アリソン・ハモンド
MI5の幹部、冷静沈着で魅力的な美女 「テロ資金根絶作戦」 クリス・ライアン著;伏見威蕃訳　早川書房(ハヤカワ文庫NV)　2005年7月

アリッサ・ロック
FBI対テロリスト部隊の一員、ハイジャック機奪還計画現場の監視にやってきた女性 「氷の女王の怒り」 スーザン・ブロックマン著;山田久美子訳　ソニー・マガジンズ(ヴィレッジブックス)　2005年11月

アリッサ・ロック
FBI対テロ部隊隊員、元米海軍中尉で狙撃の名手 「沈黙の女を追って」 スーザン・ブロックマン著;阿尾正子訳　ソニー・マガジンズ(ヴィレッジブックス)　2004年1月

アリーティ
ニューヨークの麻薬組織で名の知られた売人、CTUの特別攻撃部隊に捕らえられた男 「24-CTU機密解除記録－ヘルゲート作戦 上下」 ジョエル・サーナウ原案;ロバート・コクラン原案;マーク・セラシーニ著;文永優訳　英知出版(英知文庫)　2005年11月

アーリマン
天才精神科医、ゲーム作家のマーティの主治医 「汚辱のゲーム 上下」 ディーン・クーンツ著;田中一江訳　講談社(講談社文庫)　2002年9月

アル
兄殺しの容疑で故郷のニューオーリンズからフィラデルフィアに逃亡してきた三十四歳の青年 「狼は天使の匂い」 デイヴィッド・グーディス著;真崎義博訳　早川書房(Hayakawa pocket mystery books)　2003年7月

あるす

R・I・ダンディ　あーるあいだんでぃ
ニューヨークのプラスチック製造会社「R・I・ダンディ&カンパニー」の社長でジュディスの夫　「アルファベット・ヒックス」　レックス・スタウト著;加藤由紀訳　論創社(論創海外ミステリ)　2005年10月

アルカージ・レンコ
ロシア検察局の捜査官、かつて親しかった元KGB大佐プリブルーダの死体を家族のかわりに引き取るためにキューバへ向かった男　「ハバナ・ベイ」　マーティン・C.スミス著;北沢和彦訳　講談社(講談社文庫)　2002年10月

アル・キング
イギリス人歌手、ロック・ソウル界のスーパースターで大金持ち　「アルとダラスの大冒険 上下」　ジャッキー・コリンズ著;井野上悦子訳　扶桑社　2002年4月

アール・クービオン(クービオン)
カリフォルニア州シエラネヴァダ山脈の寒村に忍び込んだ3人組の犯罪者のうちの1人　「雪に閉ざされた村」　ビル・プロンジーニ著;中井京子訳　扶桑社(扶桑社ミステリー)　2001年12月

アルクランド
失踪した「行動センター」近隣区の上級メンバー　「オンリー・フォワード」　マイケル・マーシャル・スミス著;嶋田洋一訳　ソニー・マガジンズ　2001年7月

アール・グロンスキー(グロンスキー)
周りから恐れられている前科者、骨太で筋肉質の大男　「セメントの女」　マーヴィン・アルバート著;横山啓明訳　早川書房(Hayakawa pocket mystery books)　2004年4月

アル・ケリー
賭け屋、ボクシングのプロモーターであるザ・リップの幼なじみで親友の男　「成り上がりの掟」　スティーヴ・モンロー著;宮内もと子訳　早川書房(ハヤカワ文庫NV)　2001年12月

アルシア・オーベン(シア)
コンピューター・サーヴィスを生業としている女性、過去にレイプ暴行を受けたことがあるシングルマザー　「蝶のめざめ」　ダリアン・ノース著;羽田詩津子訳　文藝春秋(文春文庫)　2001年5月

アル・ジョルディーノ(ジョルディーノ)
NUMA(国立海中海洋機関)の特務任務次長でダーク・ピットとは幼なじみの親友、短躯ながらたくましい筋肉質の体を持つイタリア系アメリカ人　「アトランティスを発見せよ 上下」　クライブ・カッスラー著;中山善之訳　新潮社(新潮文庫)　2001年11月

アル・ジョルディーノ(ジョルディーノ)
NUMA(国立海中海洋機関)の特務任務次長でダーク・ピットとは幼なじみの親友、短躯ながらたくましい筋肉質の体を持つイタリア系アメリカ人　「オデッセイの脅威を暴け 上下」　クライブ・カッスラー著;中山善之訳　新潮社(新潮文庫)　2005年6月

アル・ジョルディーノ(ジョルディーノ)
NUMA(国立海中海洋機関)の特務任務次長でダーク・ピットとは幼なじみの親友、短躯ながらたくましい筋肉質の体を持つイタリア系アメリカ人　「マンハッタンを死守せよ 上下」　クライブ・カッスラー著;中山善之訳　新潮社(新潮文庫)　2002年12月

アール・スワガー
アーカンソー州警察の警官で元海兵隊曹長、フィデル・カストロ暗殺のためキューバに送り込まれた腕利きのスナイパー　「ハバナの男たち 上下」　スティーヴン・ハンター著;公手成幸訳　扶桑社(扶桑社ミステリー)　2004年7月

アール・スワガー
アーカンソー州警察巡査部長　「最も危険な場所 上下」　スティーヴン・ハンター著;公手成幸訳　扶桑社(扶桑社ミステリー)　2002年5月

あるす

アール・スワガー
元海兵隊先任曹長、硫黄島で日本兵を壊滅させた英雄 「悪徳の都 上下」 スティーヴン・ハンター著;公手成幸訳 扶桑社(扶桑社ミステリー) 2001年2月

アルセーヌ・ルパン
19世紀のフランスで中世の財宝をめぐる抗争に巻きこまれた20歳の平民出身の青年 「カリオストロ伯爵夫人」 モーリス・ルブラン作;竹西英夫訳 偕成社(偕成社文庫) 2005年9月

アルセーヌ・ルパン
フランスの国民的怪盗アルセーヌ・ルパンが偽名をつかって変装した田舎の小貴族 「カリオストロの復讐」 モーリス・ルブラン作;長島良三訳 偕成社(偕成社文庫) 2005年9月

アルセーヌ・ルパン(ドン・ルイス・ペレンナ)
大胆不敵な大怪盗、時に名探偵として時に愛国者として縦横無尽の活躍をする紳士 「棺桶島」 モーリス・ルブラン著;堀口大学訳 新潮社(新潮文庫) 2004年8月

アルセーヌ・ルパン(ラウール・ダンドレジー)
デティック男爵の一人娘のクラリスの恋人、20歳の青年 「カリオストロ伯爵夫人」 モーリス・ルブラン著;平岡敦訳 早川書房(ハヤカワ・ミステリ文庫) 2005年8月

アルセーヌ・ルパン(ルパン)
フランスの国民的怪盗、変装の名人で神出鬼没の大盗賊 「ルパン対ホームズ」 モーリス・ルブラン作;榊原晃三訳 岩波書店(岩波少年文庫) 2001年4月

アルセーヌ・ルパン(ルパン)
フランスの国民的怪盗、変装の名人で神出鬼没の大盗賊 「奇岩城」 モーリス・ルブラン作;榊原晃三訳 岩波書店(岩波少年文庫) 2001年7月

アルセーヌ・ルパン(ルパン)
金持ちや貴族しか狙わず乱暴や殺人は決して働かない「怪盗紳士」 「ルパン」 ジャン・ポール・サロメ著;ローラン・ヴァショー著;番由美子編訳 メディアファクトリー(洋画文庫) 2005年8月

アルセーヌ・ルパン(ルパン)
死んだと思われていた有名な怪盗紳士 「813 アルセーヌ・ルパン」 モーリス・ルブラン作;大友徳明訳 偕成社(偕成社文庫) 2005年9月

アルセーヌ・ルパン(ルパン)
神出鬼没の怪盗紳士、数カ月前から武勇の数々が新聞の紙上をにぎわせている謎の人物 「怪盗紳士ルパン」 モーリス・ルブラン著;平岡敦訳 早川書房(ハヤカワ・ミステリ文庫) 2005年9月

アルセーヌ・ルパン(ルパン)
代議士ドーブレックのマリーテレーズ別荘に手下と強盗に入った強盗紳士 「水晶栓―ルパン傑作集6」 モーリス・ルブラン著;堀口大學訳 新潮社(新潮文庫) 2002年7月

アルセーヌ・ルパン(ルパン)
大胆不敵な大怪盗、時に名探偵として時に愛国者として縦横無尽の活躍をする紳士 「ルパンの告白」 モーリス・ルブラン著;堀口大學訳 新潮社(新潮文庫) 2004年5月

アルセーヌ・ルパン(ルパン)
謎の人物『L・M』の手によって刑務所に放り込まれた有名な怪盗 「続813アルセーヌ・ルパン」 モーリス・ルブラン作;大友徳明訳 偕成社(偕成社文庫) 2005年9月

アール・ディートリッチ
大富豪、弁護士のビリー・ボブがかつて愛した女性のペギー・ジーンの夫 「ハートウッド」 ジェイムズ・リー・バーク著;佐藤耕士訳 講談社(講談社文庫) 2001年7月

あるび

アール・パイク
元陸軍大佐、「ブラックウォーター・トランジット社」社長・ジャックに武器コレクションをメキシコへ運ぶ依頼をした男 「ブラックウォーター・トランジット」 カーステン・ストラウド著;布施由紀子訳 文藝春秋(文春文庫) 2002年11月

アルヴァイラ・ミーハン
強運のアマチュア探偵、六十三歳のおばさん 「誘拐犯はそこにいる」 メアリ・ヒギンズ・クラーク著;キャロル・ヒギンズ・クラーク著;宇佐川晶子訳 新潮社(新潮文庫) 2003年12月

アルバ公爵夫人　あるばこうしゃくふじん
19世紀初頭のスペイン一の大貴族・アルバ家の一人娘、美しく奔放な女公爵 「裸のマハ―名画に秘められた謎」 ビガス・ルナ脚本;クカ・カナルス脚本　徳間書店(徳間文庫) 2002年5月

アルバータ・フレンチ
夫に裏切られた22歳の若妻 「黒い天使」 コーネル・ウールリッチ著;黒原敏行訳　早川書房(ハヤカワ・ミステリ文庫) 2005年2月

アルバータ・マレー(アルバータ・フレンチ)
夫に裏切られた22歳の若妻 「黒い天使」 コーネル・ウールリッチ著;黒原敏行訳　早川書房(ハヤカワ・ミステリ文庫) 2005年2月

アルバート・キャンピオン(キャンピオン)
自分の本名や身分を決して出さないアマチュア探偵 「霧の中の虎」 マージェリー・アリンガム著;山本俊子訳　早川書房(Hayakawa pocket mystery books) 2001年11月

アルバート・キャンピオン(キャンピオン)
素人探偵、五十代初めの背の高い痩せた金髪の男 「殺人者の街角」 マージェリー・アリンガム著;佐々木愛訳　論創社(論創海外ミステリ) 2005年6月

アルバート・キャンピオン(キャンピオン)
素人探偵、背が高くて痩せている金髪の四十四歳の男 「検屍官の領分」 マージェリー・アリンガム著;佐々木愛訳　論創社(論創海外ミステリ) 2005年1月

アルバート・キャンピオン(キャンピオン)
素人探偵、背が高くて痩せている金髪の男 「陶人形の幻影」 マージェリー・アリンガム著;佐々木愛訳　論創社(論創海外ミステリ) 2005年9月

アルバート・ジェイ・スモールズ(スモールズ)
ニューヨークの少女殺害事件の容疑者、拘留中否認を続ける浮浪者の若者 「闇に問いかける男」 トマス・H・クック著;村松潔訳　文藝春秋(文春文庫) 2003年7月

アルバート・ハインド(ハインド)
出所した元服役囚、20年前に重罪にされたことを恨みスコール大尉に復讐を誓っていた男 「警察官よ汝を守れ」 ヘンリー・ウエイド著;鈴木絵美訳　国書刊行会(世界探偵小説全集) 2001年5月

アルバート・リーヴィ
ナチス戦争犯罪人調査員、住所と名前を伏せてロンドン近郊に居住してる男 「鷹の城の亡霊」 ジョン・ウィルソン著;水野谷とおる訳　東京創元社(創元推理文庫) 2002年9月

アル・ヒューズ
ニューオーリンズに住む弁護士・タビーの友人、節操のない判事 「判事の桃色な日々」 トニイ・ダンバー著;中津悠訳　早川書房(ハヤカワ・ミステリ文庫) 2002年2月

アルヴィン・アダムズ・デューイ(デューイ)
カンザス州捜査局州西部担当の捜査官、元FBI特別捜査官の47歳の男 「冷血」 トルーマン・カポーティ著;佐々田雅子訳　新潮社 2005年9月

あるふ

アルファベット・ヒックス
ニューヨークでタクシー運転手をしている元弁護士 「アルファベット・ヒックス」 レックス・スタウト著;加藤由紀子訳 論創社(論創海外ミステリ) 2005年10月

アルフレッド・ハーデルベリ
スウェーデンのスコーネ地方にあるファーンホルム城の主、国際的に活躍している実業家 「笑う男」 ヘニング・マンケル著;柳沢由実子訳 東京創元社(創元推理文庫) 2005年9月

アルブレヒト・フォン・ステッテン(ステッテン)
ウィーン貴族の老人、美術鑑定家のベンに絵画調査を依頼した絵画コレクターの伯爵 「略奪」 アーロン・エルキンズ著;笹野洋子訳 講談社(講談社文庫) 2001年1月

アル・ホーキン
サンフランシスコ市警の捜査官、女性捜査官・ケイトのパートナー 「捜査官ケイト夜勤」 ローリー・キング著;布施由紀子訳 集英社(集英社文庫) 2001年10月

アル・マンゴー
かつてアメリカ西海岸を牛耳っていた大物ギャング 「セメントの女」 マーヴィン・アルバート著;横山啓明訳 早川書房(Hayakawa pocket mystery books) 2004年4月

アルマン・デュフール
公証人兼宣誓管理官、パリからニューヨークへ怪人エリクを捜しに出た弁護士 「マンハッタンの怪人」 フレデリック・フォーサイス著;篠原慎訳 角川書店(角川文庫) 2002年10月

アルマン・ヴァンドスレール(ヴァンドスレール)
パリのボロ館に住む若い歴史学者・マルクの伯父、クビになった元刑事 「死者を起こせ」 フレッド・ヴァルガス著;藤田真利子訳 東京創元社(創元推理文庫) 2002年6月

アルミニウス
ローマのウェスタ神殿で仕える巫女候補の少女ガイアの叔父、ポモナリス神官 「密偵ファルコ聖なる灯を守れ」 リンゼイ・デイヴィス著;矢沢聖子訳 光文社(光文社文庫) 2005年10月

アルメイダ
CTUロサンゼルス支局の諜報捜査官 「24 CTU/テロ対策ユニットの真実」 マーク・セラシーニ編集;文永優訳 角川書店 2004年3月

アルメイダ
CTUロサンゼルス支局の諜報捜査官 「24 TWENTY FOUR [1]上中下」 ジョエル・サーナウ原案;ロバート・コクラン原案 竹書房(竹書房文庫) 2003年12月

アレキサンダー・デルモア(アレックス)
フロリダ州の不動産業界の帝王 「哀しい嘘」 スーザン・ブロックマン作;安倍杏子訳 ハーレクイン(シルエット・ラブストリーム) 2002年7月

アレクサ・ハミルトン
ロサンジェルス市警内務部法務官、警部補候補のキャリア警官 「追われる警官」 スティーヴン・キャネル著;真野;明裕訳 小学館(小学館文庫) 2003年9月

アレグザンダー
謎の対テロ組織<マジェンタ・ハウス>のリーダー、整った顔立ちの50歳くらいの男 「堕天使の報復」 マーク・バーネル著;中井京子訳 二見書房(二見文庫) 2002年12月

アレグザンダー・ウィルモット
1795年のロンドンに暮らすアマチュアの天文学者、内務省の役人ジョナサンの異父兄 「天球の調べ」 エリザベス・レッドファーン著;山本やよい訳 新潮社 2002年10月

アレグザンダー・グッドウィンター
莫大な遺産を継いだもと新聞記者クィラランの恋人、美人弁護士 「猫は郵便配達をする」 リリアン・J・ブラウン著;羽田詩津子訳 早川書房(ハヤカワ・ミステリ文庫) 2002年1月

アレグザンダー・グリアスン（アレック）
イギリスの小説家ロジャーの親友、オックスフォード出身でかなりの財産を持った若者 「レイトン・コートの謎」 アントニイ・バークリー著;巴妙子訳 国書刊行会（世界探偵小説全集） 2002年9月

アレクサンダー・ショート
ニューヨーク公共図書館の司書、大富豪の老人・ジェスンから時間外の仕事を依頼された若者 「形見函と王妃の時計」 アレン・カーズワイル著;大島豊訳 東京創元社（海外文学セレクション） 2004年7月

アレクサンダー・ブレイクリー
作家マギーの作品の主人公、19世紀英国のハンサムな貴族探偵 「マギーはお手上げ」 ケイシー・マイケルズ著;早川麻百合訳 二見書房（二見文庫） 2004年9月

アレグザンダー・ボナパート・カスト（カスト）
ストッキングの行商人、眼鏡をかけたみすぼらしい風体の男 「ABC殺人事件」 アガサ・クリスティー著;堀内静子訳 早川書房（ハヤカワ文庫クリスティー文庫） 2003年11月

アレグザンダー・ボナパート・カスト（カスト）
ストッキングの行商人、眼鏡をかけたみすぼらしい風体の男 「ABC殺人事件」 アガサ・クリスティ著;深町真理子訳 東京創元社（創元推理文庫） 2003年11月

アレグザンダー・マイケルズ（マイケルズ）
FBIのネット犯罪特捜サブユニット「ネットフォース」の司令官 「ネットフォース〈4〉－殲滅の周波数」 トム・クランシー著;スティーヴ・ペリー著;スティーヴ・ピチェニック著;熊谷千寿訳 角川書店（角川文庫） 2001年5月

アレグザンダー・マイケルズ（マイケルズ）
FBIのネット犯罪特捜サブユニット「ネットフォース」の司令官 「ネットフォース〈6〉－電子国家独立宣言」 トム・クランシー著;スティーヴ・ペリー著;スティーヴ・ピチェニック著;熊谷千寿訳 角川書店（角川文庫） 2002年7月

アレグザンダー・マイケルズ（マイケルズ）
FBIのネット犯罪特捜サブユニット「ネットフォース」の司令官 「ネットフォース 5－ドラッグ・ソルジャー」 トム・クランシー 角川書店（角川文庫） 2001年11月

アレグザンドラ・クーパー
女性検察官、マンハッタン地方検察庁の性犯罪訴追課長 「隠匿」 リンダ・フェアスタイン著;平井イサク訳 早川書房（ハヤカワ・ミステリ文庫） 2005年6月

アレクサンドラ"クリケット"（クリケット）　あれくさんどらくりけっと（くりけっと）
洞窟生態学者兼海洋生物学者ホイットニーの10代の娘 「地底迷宮 上下」 マーク;サリヴァン著;上野;元美訳 新潮社（新潮文庫） 2004年3月

アレクサンドラ・ヘイウッド（アレックス）
写真家、ケンタッキー州シェルビー郡「ホイッスルダウン農場」の長女 「パラダイスに囚われて」 カレン・ロバーズ著;小林令子訳 ソニー・マガジンズ（ヴィレッジブックス） 2002年10月

アレクサンドラ・マクリモン（アレックス）
アトランタの検事メアリー・クローのロースクール時代の親友 「人狩りの森」 サリー・ビッセル著;酒井裕美訳 二見書房（二見文庫） 2001年1月

アレクサンドル・イワノフ（サーシャ）
ロシア特殊部隊少佐、ロシア・マフィアと戦うために新編成された特殊部隊の訓練におけるロシア側の教官 「偽装殲滅」 クリス・ライアン著;伏見威蕃訳 早川書房（ハヤカワ文庫NV） 2001年4月

あれく

アレクサンドル・カメンスキー（サーシャ）
モスクワの民間銀行の幹部、女性分析官アナスタシヤの25歳の異父弟 「死とほんのすこしの愛 分析官アナスタシヤ・シリーズ③」アレクサンドラ・マリーニナ著;佐々洋子訳 光文社（光文社文庫）2004年4月

アレクサンドロス・マヌッシ（アレックス）
ギリシャ人実業家、夫を亡くしたミランダが死神の使いだと思っている男 「黒衣の天使」シャーロット・ラム著;三木基子訳 二見書房（二見文庫）2002年4月

アレクシー・アルバトフ
ロシア対外情報局副長官、逮捕された合衆国陸軍モリソン准将が抱きこんだというロシアの最も重要なスパイ機関のナンバー・ツー 「キングメーカー 上下」ブライアン・ヘイグ著;平賀秀明訳 新潮社（新潮文庫）2004年10月

アレクシス・ソーン
証券ブローカー、私刑団〈シスターフッド〉のメンバー 「シスターフッド」ファーン・マイケルズ著;小原亜美訳 二見書房（二見文庫）2004年11月

アレクシス・ドーブレック（ドーブレック）
謎の金色に輝く〈水晶栓〉を所持していた代議士 「水晶栓―ルパン傑作集6」モーリス・ルブラン著;堀口大學訳 新潮社（新潮文庫）2002年7月

アレクシス・ボルスキー（ボルスキー）
自称王子、欧州戦争による動乱の中で刺殺されたドイツ人の男 「棺桶島」モーリス・ルブラン著;堀口大学訳 新潮社（新潮文庫）2004年8月

アレクセイ・クルスク（クルスク）
ロシア連邦保安局捜査課の少佐、アル・カイーダの実行犯のひとり・ニコライをよく知る男 「亡国のゲーム 上・下」グレン・ミード著;戸田裕之訳 二見書房（ザ・ミステリ・コレクション）2003年12月

アレクセイ・サロフ（サロフ）
核爆弾を使って世界を社会主義体制に戻そうと企むロシア人、旧ソ連の軍人 「女王陛下の少年スパイ!アレックス スケルトンキー」アンソニー・ホロヴィッツ著;森嶋マリ訳 集英社 2003年6月

アレクセイ・チスチャコフ
モスクワ民警犯罪捜査局の女性捜査官アナスタシヤの恋人、優秀な数学者 「無限の殺意 分析官アナスタシヤ・シリーズ②」アレクサンドラ・マリーニナ著;佐々洋子訳 光文社（光文社文庫）2003年10月

アレクセイ・チスチャコフ
女性分析官アナスタシヤの夫、料理の達人 「死とほんのすこしの愛 分析官アナスタシヤ・シリーズ③」アレクサンドラ・マリーニナ著;佐々洋子訳 光文社（光文社文庫）2004年4月

アレクセイ・チスチャコフ（リョーシャ）
数学の教授、ロシア市警殺人課の分析官・アナスタシヤの夫 「死刑執行人―モスクワ市警殺人課分析官アナスタシヤ3」アレクサンドラ・マリーニナ著;吉岡ゆき訳 作品社 2002年3月

アレクセイ・ベリアノフ（ベリアノフ）
アメリカに亡命したロシアの元KGB将軍、筋金入りの共産主義者 「ロシア大統領暗殺 上下」ゲイル・リンズ著;佐竹史子訳 早川書房（ハヤカワ文庫NV）2002年1月

アレック
イギリスの小説家ロジャーの親友、オックスフォード出身でかなりの財産を持った若者 「レイトン・コートの謎」アントニイ・バークリー著;巴妙子訳 国書刊行会（世界探偵小説全集）2002年9月

アレック・グリアスン
アマチュア探偵ロジャー・シェリンガムの友人で助手 「ウィッチフォード毒殺事件」 アントニイ・バークリー著;藤村裕美訳 晶文社(晶文社ミステリ) 2002年9月

アレックス
アトランタの検事メアリー・クローのロースクール時代の親友 「人狩りの森」 サリー・ビッセル著;酒井裕美訳 二見書房(二見文庫) 2001年1月

アレックス
イギリスの田舎町のアワー・グローリアス校に通う卒業を間近に控えた女子生徒 「穴」 ガイ・バート著;矢野浩三郎訳 アーティストハウス(BOOK PLUS) 2002年3月

アレックス
ギリシャ人実業家、夫を亡くしたミランダが死神の使いだと思っている男 「黒衣の天使」 シャーロット・ラム著;三木基子訳 二見書房(二見文庫) 2002年4月

アレックス
フロリダ州の不動産業界の帝王 「哀しい嘘」 スーザン・ブロックマン作;安倍杏子訳 ハーレクイン(シルエット・ラブストリーム) 2002年7月

アレックス
写真家、ケンタッキー州シェルビー郡「ホイッスルダウン農場」の長女 「パラダイスに囚われて」 カレン・ロバーズ著;小林令子訳 ソニー・マガジンズ(ヴィレッジブックス) 2002年10月

アレックス(アレグザンドラ・クーパー)
女性検察官、マンハッタン地方検察庁の性犯罪訴追課長 「隠匿」 リンダ・フェアスタイン著;平井イサク訳 早川書房(ハヤカワ・ミステリ文庫) 2005年6月

アレックス・ウエスト(ウエスト)
金のために働くトレジャーハンター、同じくトレジャーハンターのララの元恋人 「トゥームレイダー」 デイヴ・スターン著;富永和子訳 徳間書店(徳間文庫) 2001年9月

アレックス・オルランド
ニューヨークの高級デパート「バーニーズ」職員、カリフォルニア出身の28歳の女性 「恋人たちのマンハッタン」 メグ・カスタルド著;山下郁子訳 DHC 2002年11月

アレックス・カラゾフ
スイスの豪勢な山荘で暮らしているベストセラーの推理作家、元CIA職員 「風のペガサス 上下」 アイリス・ジョハンセン著;大倉貴子訳 二見書房(二見文庫) 2001年7月

アレックス・ギルビー
スコットランド・セントアンドルーズ大学の学生、殺害された女性の第一発見者の一人 「過去からの殺意」 ヴァル・マクダーミド著;宮内もと子訳 集英社(集英社文庫) 2005年3月

アレックス・クーパー
マンハッタンの地方検察庁で性犯罪追訴課を率いる美貌の女性検事補 「誤殺」 リンダ・フェアスタイン著;平井イサク訳 早川書房(ハヤカワ・ミステリ文庫) 2002年7月

アレックス・クーパー
マンハッタン地方検察庁の性犯罪追訴課長、34歳の女性 「絶叫」 リンダ・フェアスタイン著;平井イサク訳 早川書房(ハヤカワ・ミステリ文庫) 2002年1月

アレックス・クーパー
マンハッタン地方検察庁の性犯罪追訴課長、35歳独身女性 「冷笑」 リンダ・フェアスタイン著;平井イサク訳 早川書房(ハヤカワ・ミステリ文庫) 2003年2月

アレックス・クーパー
マンハッタン地方検察庁の性犯罪追訴課長、独身女性 「妄執」 リンダ・フェアスタイン著;平井イサク訳 早川書房(ハヤカワ・ミステリ文庫) 2004年8月

あれっ

アレックス・グレアム
数多くの災害現場を取材してきたフリーの女性フォトジャーナリスト 「その夜、彼女は獲物になった」 アイリス・ジョハンセン著;池田真紀子訳 ソニー・マガジンズ(ヴィレッジブックス) 2005年7月

アレックス・クロス
ワシントン市警の殺人課刑事で心理学博士、ピアノ演奏が趣味で家族思いの黒人男性 「闇に薔薇」 ジェームズ・パターソン著;小林宏明訳 講談社(講談社文庫) 2005年4月

アレックス・ゲイサー
テキサス州パーセルで25年前に母が殺害された事件を追う若い女性検事補 「封印された愛の闇 上下」 サンドラ・ブラウン著;秋月しのぶ訳 集英社(集英社文庫) 2003年6月

アレックス・ケラー(ケラー)
ニューヨーク州ブラッドストーンの治安官、元軍人の五十代の男 「嘲笑う闇夜」 ビル・プロンジーニ著;バリー・N.マルツバーグ著 文藝春秋(文春文庫) 2002年5月

アレックス・シェレット
ルイジアナ州プレスコットの弁護士、地元名門一族の先代当主の親友 「あの日を探して」 リンダ・ハワード著;林啓恵訳 二見書房(二見文庫) 2001年12月

アレックス・テイバー
ミス・メルヴィルをスカウトした殺し屋組織の連絡員 「ミス・メルヴィルの後悔」 イーヴリン・E.スミス著;長野きよみ訳 早川書房(ハヤカワ・ミステリ文庫) 2005年1月

アレックス・テイバー
ミス・メルヴィルをスカウトした殺し屋組織の連絡員 「ミス・メルヴィルの復讐」 イーヴリン・E.スミス著;長野きよみ訳 早川書房(ハヤカワ・ミステリ文庫) 2005年8月

アレックス・テイバー
ミス・メルヴィルをスカウトした殺し屋組織の連絡員 「帰ってきたミス・メルヴィル」 イーヴリン・E.スミス著;長野きよみ訳 早川書房(ハヤカワ・ミステリ文庫) 2005年4月

アレックス・デラウェア
LAの小児臨床心理医、知性的で鋭い洞察力を秘めた男 「モンスター 臨床心理医アレックス」 ジョナサン・ケラーマン著;北澤和彦訳 講談社(講談社文庫) 2005年3月

アレックス・テンプル
イギリス陸軍特殊空挺部隊大尉、裏切った長期潜入工作員・ウォッチマンを抹殺するよう極秘任務を下された男 「暗殺工作員ウォッチマン」 クリス・ライアン著;伏見威蕃訳 早川書房(ハヤカワ文庫NV) 2003年7月

アレックス・テンプルトン(テンプルトン)
三流紙「ロサンゼルス・サン」の腕利きの犯罪担当記者、大学院を卒業したばかりの青年 「夜の片隅で」 ジョン・モーガン・ウィルスン著;岩瀬孝雄訳 早川書房(ハヤカワ・ミステリ文庫) 2002年2月

アレックス・ドーシー(ドーシー)
首なし死体で発見されたペイタースン警察署の悪徳警官 「悪徳警官はくたばらない」 デイヴィッド・ローゼンフェルト著;白石朗訳 文藝春秋(文春文庫) 2005年2月

アレックス・トラメル(トラメル)
フロリダ州オーランド市警の刑事、刑事デーン・ホリスターの友人で捜査パートナー 「夜を忘れたい」 リンダ・ハワード著;林啓恵訳 二見書房(二見文庫) 2001年8月

アレックス・バルニ
銀行強盗と殺人を犯し逃走中のフランス人の男 「蜘蛛の微笑」 ティエリー・ジョンケ著;平岡敦訳 早川書房(ハヤカワ・ミステリ文庫) 2004年6月

アレックス・ハンター
「ボナー・ハンター警備会社」社長、常に完璧をもとめるアメリカ人の男 「真夜中への鍵」ディーン・クーンツ著;細美遙子訳 東京創元社(創元推理文庫) 2001年1月

アレックス・ホーク(ホーク)
海賊の末裔にしてイギリス屈指の大富豪、元英国海軍中佐 「ハシシーユン暗殺集団 上下」テッド・ベル著;広瀬順弘訳 早川書房(ハヤカワ文庫NV) 2005年6月

アレックス・ホーク(ホーク)
海賊の末裔にして大富豪の男、百戦錬磨の元英国海軍中佐で世界的な実業家 「ステルス原潜を追え 上下」テッド・ベル著;広瀬順弘訳 早川書房(ハヤカワ文庫NV) 2003年1月

アレックス・マクナイト
デトロイトの「プルーデル・マクナイト探偵事務所」の私立探偵、元警察官の男 「狩りの風よ吹け」スティーヴ・ハミルトン著;越前敏弥訳 早川書房(ハヤカワ・ミステリ文庫) 2002年5月

アレックス・マクナイト
ミシガン州パラダイスのロッジ経営者兼私立探偵、同僚の死を心の傷に持つ元警官 「ウルフ・ムーンの夜」スティーヴ・ハミルトン著;越前敏弥訳 早川書房(ハヤカワ・ミステリ文庫) 2001年1月

アレックス・モレノ
ニューヨーク在住の美人調査員、私立探偵ニックの昔の仲間 「エア・ハンター 相続人を探せ」クリス・ラースガード著;雨沢泰訳 集英社 2001年11月

アレックス・ライダー
ロンドンのブルックランド総合学校に通う十四歳の少年、実はMI6の秘密工作員 「女王陛下の少年スパイ!アレックス イーグルストライク」アンソニー・ホロヴィッツ著;森嶋マリ訳 集英社 2003年11月

アレックス・ライダー
ロンドンのブルックランド総合学校に通う十四歳の少年、実はMI6の秘密工作員 「女王陛下の少年スパイ!アレックス スケルトンキー」アンソニー・ホロヴィッツ著;森嶋マリ訳 集英社 2003年6月

アレックス・ライダー
ロンドンのブルックランド総合学校に通う十四歳の少年、実はMI6の秘密工作員 「女王陛下の少年スパイ!アレックス スコルピア」アンソニー・ホロヴィッツ著;森嶋マリ訳 集英社 2004年7月

アレックス・ライダー
ロンドンのブルックランド総合学校に通う十四歳の少年、実はMI6の秘密工作員 「女王陛下の少年スパイ!アレックス ポイントブランク」アンソニー・ホロヴィッツ著;竜村風也訳 集英社 2002年12月

アレックス・ライダー
ロンドンのブルックランド中学に通う十四歳、叔父の死をきっかけにMI6の特殊工作員になった少年 「女王陛下の少年スパイ!アレックス ストームブレイカー」アンソニー・ホロヴィッツ著;竜村風也訳 集英社 2002年8月

アレックス・ラッド
サウスカロライナ州チャールストンで診療所を開業する女性心療内科医 「殺意は誰ゆえに 上下」サンドラ・ブラウン著;吉沢康子訳 新潮社(新潮文庫) 2001年3月

アレット・ピータース
シリコンバレーで働くローマ生まれの女性で素人画家、アシュレー・パターソンの同僚 「よく見る夢 上下」シドニィ・シェルダン作;天馬竜行訳 アカデミー出版 2003年2月

あれっ

アレット・ピータース
シリコンバレーで働くローマ生まれの女性で素人画家、アシュレー・パターソンの同僚 「よく見る夢 上下」 シドニィ・シェルダン作;天馬竜行訳 アカデミー出版 2004年4月

アレナス
キューバの国有会社アヒール・コーポレーションの副社長、先物取引の専門家・ランダの少年時代からの知人 「ハバナ・ミッドナイト」 ホセ・ラトゥール著;山本さやか訳 早川書房（ハヤカワ・ミステリ文庫）2003年3月

アレハンドロ・クルース（クルース）
FBI国際連絡部の特別捜査官、通称アレックス 「煉獄の華」 テイラー・スミス著;安野玲訳 ハーレクイン（MIRA文庫）2004年6月

アレン
ロンドン警視庁犯罪捜査課の主任警部、オックスフォード大学を極めて優秀な成績で卒業したエリート 「アレン警部登場」 ナイオ・マーシュ著;岩佐薫子訳 論創社（論創海外ミステリ）2005年4月

アレン・チョイス
ボディーガード、元恋人のリンダから変死した弟・ヘクターの捜査を頼まれた男 「アンダーキル」 レナード・チャン著;三川基好訳 アーティストハウス（Book plus）2003年8月

アレン・チョイス
ボディーガード、同僚のポールを殺害した犯人を追った男 「夜明けの挽歌」 レナード・チャン著;三川基好訳 アーティストハウス 2002年7月

アーロン・ガナー（ガナー）
「ベトナム従軍兵」「警察官」「電気工」といった経歴を経てロサンゼルスで私立探偵となった男性 「愚者の群れ」 ガー・アンソニー・ヘイウッド著;熊谷千寿訳 早川書房（ハヤカワ・ミステリ文庫）2001年3月

アーロン・グラント
コネチカット州にある「ベイカーズヘイヴン・ガゼット」で新聞記者をしている青年 「パズルレディの名推理」 パーネル・ホール著;田中一江訳 早川書房（ハヤカワ・ミステリ文庫）2001年8月

アーロン・グラント
コネチカット州の田舎町の新聞社〈ベイカーヘイヴン・ガゼット〉の青年記者 「パズルレディと赤いニシン」 パーネル・ホール著;松下祥子訳 早川書房（ハヤカワ・ミステリ文庫）2003年4月

アーロン・ハウアー
ミネソタ州スティル・ウォーターズの町外れに住むアーミッシュの大工、40歳前後の無口で痩せた男 「ふたりだけの岸辺」 タミー・ホウグ著;宮下有香訳 二見書房（二見文庫）2004年2月

アーロン・フリン（フリン）
ゲラー製薬訴訟の原告弁護士、「弱者の味方」として知られる高名な辣腕弁護士 「女神の天秤」 フィリップ・マーゴリン著;井坂清訳 講談社（講談社文庫）2004年12月

アーロン・ヤンクルウィッツ
イギリス秘密情報部の工作員ニック・ストーンのパナマでの任務の支援要員、ヒッピーのような外見の男 「ラスト・ライト」 アンディ・マクナブ著;伏見威蕃訳 角川書店（角川文庫）2005年4月

アーロン・ローリング（ローリング）
ボストンにある古い屋敷ローリング邸の主、病で臥せっている男 「ローリング邸の殺人」 ロジャー・スカーレット著;板垣節子訳 論創社（論創海外ミステリ）2005年12月

あんじ

アン・アシュワース
イギリス秘密情報部＜カンパニー＞の情報員、ドイツを憎み祖国イギリスのスパイとしてリスボンに赴いた女 「スパイは異邦に眠る 上下」 ロバート・ウィルスン著;田村義進訳 早川書房(ハヤカワ・ミステリ文庫) 2003年3月

アン・ウィンフィールド
ウェスチェスター劇団団員、ジュリエット役を演じることになった三十五歳の女優 「仮面劇場の殺人」 ディクスン・カー著;田口俊樹訳 東京創元社(創元推理文庫) 2003年9月

アン・ウェイヴァリー(アナ・ウェイクフィールド)
宗教学教授、FBI捜査官の依頼でカルト教団「チェンジ」に単身潜入した中年女性 「奥津城」 ローリー・キング著;佐々田雅子訳 集英社(集英社文庫) 2001年8月

アンガス・クレイグ三世　あんがすくれいぐさんせい
髑髏島にそびえたつ魏巌城の当主、傲慢で自信に満ち溢れた28歳の美青年 「髑髏島の惨劇」 マイケル・スレイド著;夏来健次訳 文藝春秋(文春文庫) 2002年1月

アンガス・ミントン
テキサス州パーセルの実業家、堂々たる風貌の男 「封印された愛の闇を 上下」 サンドラ・ブラウン著;秋月しのぶ訳 集英社(集英社文庫) 2003年6月

アン・カルティエ
18世紀後半のロンドンで暮らしていた聾学校の教師、幼いころからボードビル芸人として活躍していた女性 「王宮劇場の惨劇」 チャールズ・オブライアン著;奥村章子訳 早川書房(ハヤカワ・ミステリ文庫) 2002年1月

アン・クック
子供専門の肖像写真家スノーの母親 「失われた自画像」 シャーロット・ヴェイル・アレン著;細郷妙子訳 ハーレクイン(MIRA文庫) 2002年5月

アン・グリーン
ヨーロッパ駐留の米国空軍大尉、美術探偵クリス・ノーグレンが出会った美人 「偽りの名画」 アーロン・エルキンズ著;秋津知子訳 早川書房(ハヤカワ・ミステリ文庫) 2005年3月

アンクル・バド
元刑事、富豪の息子の誘拐を企てる男 「アフター・ダーク」 ジム・トンプスン著;三川基好訳 扶桑社(扶桑社ミステリー) 2001年10月

アンゴラ・ライダー
お嬢様育ちの32歳、式の最中に花婿に振られいとこのロクサーンと旅を始める女性 「恋と殺しのホームカミング」 ステファニー・ボンド著;押田由起訳 文藝春秋(文春文庫) 2003年6月

アンサーマン
ニューヨークに住む小説家・ホーギーに自分の書いた小説を送った謎の人物 「殺人小説家」 デイヴィッド・ハンドラー著;北沢あかね訳 講談社(講談社文庫) 2005年6月

アンジー
ヒッチハイカー、オーストラリアへの旅の途中だったジャーナリスト・ニックと出会った二十一歳の娘 「どんづまり」 ダグラス・ケネディ著;玉木亨訳 講談社(講談社文庫) 2001年12月

アンジー
ボストン在住の私立探偵・パトリックのパートナー 「雨に祈りを」 デニス・レヘイン著;鎌田三平訳 角川書店(角川文庫) 2002年9月

アンジー
ボストン在住の私立探偵・パトリックのパートナーで同じく私立探偵、パトリックと一緒に住んでいる女性 「愛しき者はすべて去りゆく」 デニス・レヘイン著;鎌田三平訳 角川書店(角川文庫) 2001年9月

あんし

アンシア・マンロー
貴族探偵トフ氏の女友達、若く魅力的な女性 「トフ氏と黒衣の女」 ジョン・クリーシー著;田中孜訳 論創社(論創海外ミステリ) 2004年11月

アンジェラ
シアトルの高級住宅地に住む裕福なブラッドリー夫妻に養子として引き取られた双子の姉妹の一人、反応性愛着障害の女の子 「緋色の影」 メグ・オブライエン著;皆川孝子訳 ハーレクイン(MIRA文庫) 2004年8月

アンジェラ
詐欺師ロイと離婚した妻との間の娘、14歳で初めてロイの前に現れた小悪魔的な少女 「マッチスティック・メン」 エリック・ガルシア著;土屋晃訳 ソニー・マガジンズ(ヴィレッジブックス) 2003年9月

アンジェラ
不幸な家庭で育った女性、元バークシャー郡警察官の連続女性殺人犯・ジムの元妻 「素顔は見せないで」 リサ・ガードナー著;前野律訳 ソニー・マガジンズ(ヴィレッジブックス) 2002年2月

アンジェラ・ウェイクフィールド
弁護士、ボストンの名門ウェイクフィールド家に嫁いだ女性 「三人の怒れる妻たち 上下」 オリヴィア・ゴールドスミス著;安藤由紀子訳 扶桑社(扶桑社セレクト) 2003年10月

アンジェラ・ジェナーロ(アンジー)
ボストン在住の私立探偵・パトリックのパートナー 「雨に祈りを」 デニス・レヘイン著;鎌田三平訳 角川書店(角川文庫) 2002年9月

アンジェラ・ジェナーロ(アンジー)
ボストン在住の私立探偵・パトリックのパートナーで同じく私立探偵、パトリックと一緒に住んでいる女性 「愛しき者はすべて去りゆく」 デニス・レヘイン著;鎌田三平訳 角川書店(角川文庫) 2001年9月

アンジェラ・ヒリヤード
ニューヨークにあるインターバンクの上級副頭取・ウォルターの部下であり愛人 「華やかな誤算」 ダイアナ・ダイアモンド著;高橋佳奈子訳 ソニー・マガジンズ(ヴィレッジブックス) 2002年4月

アンジェラ・ベンボウ
サンディエゴ近郊にある高級老人ホーム〈海の上のカムデン〉の住人、故提督夫人 「氷の女王が死んだ」 コリン・ホルト・ソーヤー著;中村有希訳 東京創元社(創元推理文庫) 2002年4月

アンジェラ・ベンボウ
ロサンジェルスの高級老人ホーム「海の上のカムデン」で暮らす故提督夫人、探偵きどりの元気な老婦人 「フクロウは夜ふかしをする」 コリン・ホルト・ソーヤー著;中村有希訳 東京創元社(創元推理文庫) 2003年3月

アンジェラ・ベンボウ
高級老人ホーム「海の上のカムデン」の住人で提督の未亡人、好奇心旺盛な小柄な老女 「ピーナッツバター殺人事件」 コリン・ホルト・ソーヤー著;中村有希訳 東京創元社(創元推理文庫) 2005年6月

アンジェラ・モンティ
イエスの古文書を発見した考古学者アウグスト・モンティの娘 「イエスの古文書 上下」 アーヴィング・ウォーレス著;宇野利泰訳 扶桑社(扶桑社ミステリー) 2005年3月

アンジェリ
ニューヨーク19分署の殺人課の若手刑事 「顔 上下」 シドニィ・シェルダン作;天馬竜行訳 アカデミー出版 2001年2月

アンジェリーナ・アマーロ
マンハッタンのマフィア・ポールの一人娘、父の手下で初恋の相手だったジギーを探す旅に出た二十七歳の女性 「灼熱」 ローレンス・シェイムズ著;北沢あかね訳 講談社(講談社文庫) 2001年5月

アンジェロ
イタリア系三世の少年・ヌンツィオの名付け親で父親のまたいとこ、昔探偵社に勤めていたおじ 「パラダイス・サルヴェージ」 ジョン・フスコ著;奥野昌子訳 角川書店(角川文庫) 2001年10月

アンジェロ
探偵事務所ルンギ家の次男、探偵家族の中心的存在 「探偵家族/冬の事件簿」 マイクル・Z・リューイン著;田口俊樹訳 早川書房(Hayakawa pocket mystery books) 2004年1月

アンジェロ
探偵事務所ルンギ家の次男、探偵家族の中心的存在 「探偵家族」 マイクル・Z・リューイン著;田口俊樹訳 早川書房(ハヤカワ・ミステリ文庫) 2003年12月

アンジェロ・アグネリ(アグネリ)
ヴィクトリア州政府閣僚の行政アドバイザー・マレーのボス、同州政府芸術相 「ブラッシュ・オフ」 シェイン・マローニー著;浜野アキオ訳 文藝春秋(文春文庫) 2002年12月

アンジー・ディマーコ
自称21歳の家出少女、連続殺人事件の唯一の目撃者 「業火の灰 上下」 タミー・ホウグ著;飛田野裕子訳 二見書房(二見文庫) 2002年8月

アンソニー・アンマン(アンマン)
美術商、ボンベイの由緒あるイギリス人家庭出身の男 「ボンベイ・アイス」 レスリー・フォーブス著;池田真紀子訳 角川書店 2003年8月

アンソニイ・ミーカー
ボストンの暗黒街を牛耳るギャングであるジュリアス・ヴェンチュラの娘婿 「チャンス」 ロバート・B.パーカー著;菊池光訳 早川書房(ハヤカワ・ミステリ文庫) 2003年11月

アンソニー・カルミ・オルランド(カルミ)
ニューヨークに住むCBSのカメラマン、28歳のアレックスの叔父 「恋人たちのマンハッタン」 メグ・カスタルド著;山下郁子訳 DHC 2002年11月

アンソニー・キャロル
CIAエージェントで技術局長、記憶を失ったルークと学生時代に親友だった男 「コード・トゥ・ゼロ」 ケン・フォレット著;戸田裕之訳 小学館(小学館文庫) 2003年5月

アンソニー・ケイド
キャッスル・セレクト旅行社の案内役、長身で日焼けした気さくな態度の青年 「チムニーズ館の秘密」 アガサ・クリスティー著;高橋豊訳 早川書房(ハヤカワ文庫クリスティー文庫) 2004年2月

アンソニー・ダフ
これまでに何度も世界を救ってきた組織《委員会》の一員、四十五歳のIT業界の大立者 「深海の大河 セス・コルトンシリーズ 2」 エリック・ローラン著;長島良三訳 小学館 2004年6月

アンソニー・フレミング(トニー・フレミング)
アンティークショップ店員キャロラインの再婚相手、ニューヨークの高級アパート・ロックウェル館の住人 「ミッドナイト・ボイス」 ジョン;ソール著;野村,芳夫訳 ソニー・マガジンズ(ヴィレッジブックス) 2004年3月

あんそ

アンソニー・マーストン（トニー・マーストン）
容姿に恵まれた遊び好きな若者、インディアン島オーエン邸に招かれた客の1人 「そして誰もいなくなった」 アガサ・クリスティー著;清水俊二訳 早川書房（ハヤカワ文庫クリスティー文庫） 2003年10月

アンソニー・マンゼッティー（マンゼッティー）
ニューヨーク市警殺人課のイタリア人の刑事 「キャンディーランド」 エヴァン・ハンター著;エド・マクベイン著;山本博訳 早川書房(Hayakawa novels) 2001年10月

アンソニー・ランドル
精神分析医シルヴィア・ストレンジが鑑定を依頼された男、ニューメキシコ州で逮捕された22歳のレイプ犯 「フクロウは死を運ぶ」 サラ・ラヴェット著;阿尾正子訳 扶桑社（扶桑社ミステリー） 2002年6月

アンソニー・ルカ
高校生ヴィンセント・ルカの父親、ニューヨーク一帯を仕切るマフィアのボス 「恋人はマフィア」 ゴードン;コーマン著;杉田;七重訳 集英社（集英社文庫） 2004年1月

アンソニー・ローム（トニー）
マイアミにオフィスを構えている遊び人の私立探偵 「セメントの女」 マーヴィン・アルバート著;横山啓明訳 早川書房(Hayakawa pocket mystery books) 2004年4月

アンソン・スコール（スコール大尉）　あんそんすこーる（すこーる大尉）
ブロドシャー州警察本部長、復讐を誓う元服役囚に脅かされていた大尉 「警察官よ汝を守れ」 ヘンリー・ウエイド著;鈴木絵美訳 国書刊行会（世界探偵小説全集） 2001年5月

アンダーズ・フェアヴォーン
マンハッタン大学天体物理学教授 「歌うダイアモンド」 ヘレン・マクロイ著;好野理恵訳 晶文社（晶文社ミステリ） 2003年1月

アンダーソン
カリフォルニア州警察コンピュータ犯罪課主任、45歳の警部補 「青い虚空」 ジェフリー・ディーヴァー著;土屋晃訳 文藝春秋（文春文庫） 2002年11月

アンダーソン
私立探偵ヴァレンティン・サンシールの雇い主、ルイジアナ州議会議員で知事に次ぐ権力者 「快楽通りの悪魔」 デイヴィッド;フルマー著;田村;義進訳 新潮社（新潮文庫） 2004年6月

アンディ
ミス・メルヴィルの代理人ジルの夫、秘密機関の調査員 「ミス・メルヴィルの決闘」 イーヴリン・E.スミス著;長野きよみ訳 早川書房（ハヤカワ・ミステリ文庫） 2005年11月

アンディ
ミス・メルヴィルの代理人ジルの夫、秘密機関の調査員 「ミス・メルヴィルの復讐」 イーヴリン・E.スミス著;長野きよみ訳 早川書房（ハヤカワ・ミステリ文庫） 2005年8月

アンディ
一人娘を誘拐された美貌の人妻、元IRAの爆弾製造者（ボム・メーカー）で本名はアンドレア・ヘイズ 「ロンドン爆破まで九日間 上下」 スティーブン・レザー著;田辺千幸訳 ランダムハウス講談社（ランダムハウス講談社文庫） 2005年10月

アンディ・アンダーソン（アンダーソン）
カリフォルニア州警察コンピュータ犯罪課主任、45歳の警部補 「青い虚空」 ジェフリー・ディーヴァー著;土屋晃訳 文藝春秋（文春文庫） 2002年11月

アンディ・カーペンター
ニュージャージーの弁護士、元ニュージャージー地区主席検事ネルソン・カーペンターの息子 「弁護士は奇策で勝負する」 デイヴィッド・ローゼンフェルト著;白石朗訳 文藝春秋（文春文庫） 2004年4月

あんで

アンディ・カーペンター
ニュージャージー州に自宅も事務所も構える個人で開業している弁護士 「悪徳警官はくたばらない」 デイヴィッド・ローゼンフェルト著;白石朗訳　文藝春秋 (文春文庫) 2005年2月

アンディ・カーペンター
奇策が得意なニュージャージー州の若い弁護士、急死した州首席検事・ネルスンの息子 「弁護士は奇策で勝負する」 デイヴィッド・ローゼンフェルト著;白石朗訳　文藝春秋 (文春文庫) 2004年4月

アンディ・タウンゼンド
フロリダ在住の緊急医療の医師、エヴァーグレイズにキャンプに出かけた家族の父親 「エヴァーグレイズに消える」 T.J.マグレガー著;古賀弥生訳　早川書房 (ハヤカワ・ミステリ文庫) 2004年3月

アンディ・ダルジール (ダルジール)
中部ヨークシャー警察の警視、巨漢の警察官 「死者との対話」 レジナルド・ヒル著;秋津知子訳　早川書房 (Hayakawa pocket mystery books) 2003年9月

アンディ・ダルジール (ダルジール)
中部ヨークシャー警察の警視、巨漢の警察官 「武器と女たち」 レジナルド・ヒル著;松下祥子訳　早川書房 (Hayakawa pocket mystery books) 2001年12月

アンディ・ダルジール (ダルジール)
中部ヨークシャー警察の警視、作家・ペンと旧知の巨漢の刑事 「死の笑話集」 レジナルド・ヒル著;松下祥子訳　早川書房 (Hayakawa pocket mystery books) 2004年11月

アンディ・ドラン
ニューヨークで売れっ子だったファッションカメラマン、救いを求めてきた昔なじみの元モデル・アストリッドに会いにカリブ海へ向かった男 「天使は夜を翔べ」 レックス・ダンサー著;中川聖訳　講談社 (講談社文庫) 2001年8月

アンディ・パーカー (パーカー)
アイソラ市87分署の三級刑事、人種差別発言の多い嫌われ者 「キス」 エド・マクベイン著;井上一夫訳　早川書房 (ハヤカワ・ミステリ文庫) 2001年4月

アンディ・パーカー (パーカー)
アイソラ市87分署の三級刑事、人種差別発言の多い嫌われ者 「ロマンス」 エド・マクベイン著;井上一夫訳　早川書房 (ハヤカワ・ミステリ文庫) 2002年8月

アンディ・パーカー (パーカー)
アイソラ市87分署の三級刑事、人種差別発言の多い嫌われ者 「悪戯」 エド・マクベイン著;井上一夫訳　早川書房 (ハヤカワ・ミステリ文庫) 2002年5月

アンディー・ブラウン
これまでに何度も世界を救ってきた組織《委員会》の一員、情報プロセッサー製造会社社長 「深海の大河 セス・コルトンシリーズ 2」 エリック・ローラン著;長島良三訳　小学館 2004年6月

アンディ・ブラジル
地域の新聞に犯罪コラムを書いているバージニア州警察官、女性署長ハマーが赴任先にはかならず伴ってきた部下 「女性署長ハマー 上下」 パトリシア・コーンウェル著;矢沢聖子訳　講談社 (講談社文庫) 2001年12月

アンディ・ブレナー
シアトル市警刑事、連続レイプ事件の捜査責任者 「あやつられたスケッチ」 ケイ・フーパー著;長島水際訳　ソニー・マガジンズ (ヴィレッジブックス) 2005年3月

アンディ・ベッカー
地方新聞の記者、ニック・ベッカーの弟で捜査協力者 「カリフォルニア・ガール」 T.ジェファーソン・パーカー著;七搦理美子訳　早川書房 (Hayakawa novels) 2005年10月

アンディ・ベネット
精神科医、十五歳の時に親友のジュリーとレーヴンとだれも住んでいない新築住宅でSMプレイをしている男女を目撃した女の子 「ショッキング・ピンク 上下」 エリカ・スピンドラー著;中谷ハルナ訳 ハーレクイン(MIRA文庫) 2004年1月

アンディ・ホリスター
子供の頃事故により部分的記憶喪失となったキャディの幼なじみ、双子の姉エイミーの弟で保険業者 「閉ざされた記憶」 ファーン・マイケルズ著;大鳰双恵訳 二見書房(二見文庫) 2004年2月

アントーニア・ジネーブラ・ジャネッリ
美術史研究家、スタントマンのレブとメディチ家の短剣を探した女性 「メディチ家の短剣」 キャメロン・ウエスト著;酒井武志訳 早川書房(ハヤカワ文庫NV) 2002年10月

アントニイ・ウォルトン
アマチュア探偵ロジャー・シェリンガムの従弟で助手 「ロジャー・シェリンガムとヴェインの謎」 アントニイ・バークリー著;武藤崇恵訳 晶文社(晶文社ミステリ) 2003年4月

アントニオ・ザモラ
イタリアマフィアのボス・ジェネロが目撃者のニコールを抹殺するために差し向けた完璧な仕事をほこる第一級のスナイパー 「射程圏」 J・C・ポロック著;中原裕子訳 早川書房(ハヤカワ文庫NV) 2001年6月

アントニオ・スカルラッタ(グンバ)
サンタモニカで仲間のダニーたちとギャングから金を奪う計画を立てたイタリア系の若者 「フランクリンを盗め」 フランク・フロスト著;加賀山卓朗訳 早川書房(ハヤカワ・ミステリ文庫) 2002年4月

アントニオ・バーンズ
ワイオミング州犯罪捜査部の特別捜査官、熟練したロッククライマー 「絶壁の死角」 クリントン・マッキンジー著;熊谷千寿訳 新潮社(新潮文庫) 2005年9月

アントニオ・バーンズ(アントン)
ワイオミング州の特別捜査官、薬物依存症患者・ロベルトの弟 「コロラドの血戦」 クリントン・マッキンジー著;熊谷千寿訳 新潮社(新潮文庫) 2004年11月

アントニー・シェリダン(トニー)
40歳過ぎでデヴォン州ホルズワージーに移り住んだ人材スカウト 「石に刻まれた時間」 ロバート・ゴダード著;越前敏弥訳 東京創元社(創元推理文庫) 2003年1月

アントネッリ
オレゴン州ポートランドに住む弁護士 「遺産」 D.W.;バッファ著;二宮;磐訳 文藝春秋(文春文庫) 2004年10月

アントネラ・フィオレラ(トニー)
ネット犯罪特捜機関「ネットフォース」の司令官・マイケルズの恋人、元副司令官 「ネットフォース〈4〉-殲滅の周波数」 トム・クランシー著;スティーヴ・ペリー著;スティーヴ・ピチェニック著;熊谷千寿訳 角川書店(角川文庫) 2001年5月

アンドリア
「お菓子探偵」ハンナの妹、ゴージャスな美貌の持ち主で行動的な女性 「シュガークッキーが凍えている」 ジョアン・フルーク著;上條ひろみ訳 ソニー・マガジンズ(ビレッジブックス) 2005年12月

アンドリア
「お菓子探偵」ハンナの妹、ゴージャスな美貌の持ち主で行動的な女性 「ストロベリー・ショートケーキが泣いている」 ジョアン・フルーク著;上条ひろみ訳 ソニー・マガジンズ(ヴィレッジブックス) 2003年8月

アンドリア
「お菓子探偵」ハンナの妹、ゴージャスな美貌の持ち主で行動的な女性 「ファッジ・カップケーキは怒っている」 ジョアン・フルーク著;上條ひろみ訳 ソニー・マガジンズ(ビレッジブックス) 2005年6月

アンドリア・アスピヌル(アン・アシュワース)
イギリス秘密情報部＜カンパニー＞の情報員、ドイツを憎み祖国イギリスのスパイとしてリスボンに赴いた女 「スパイは異邦に眠る 上下」 ロバート・ウィルスン著;田村義進訳 早川書房(ハヤカワ・ミステリ文庫) 2003年3月

アンドリアス・ヴァン・ライン
イギリスの秘密機関カーダの正規要員、元SAS隊員ニールの親友で元同僚 「特別執行機関カーダ」 クリス・ライアン著;伏見威蕃訳 早川書房(ハヤカワ文庫NV) 2002年5月

アンドリュー・ウォレス
新人記者のジェイクの元同窓生、正体不明の作家のホラス・ジェイコブ・リトルの正体をつきつめることに憑りつかれた男 「詩神たちの館」 デイヴィッド・チャクルースキー著;立石光子訳 早川書房 2002年7月

アンドリュー・キルマーチン(キルマーチン)
第二次大戦のロンドンに住む法廷弁護士 「トロイの木馬」 ハモンド・イネス著;伏見威蕃訳 ソニー・マガジンズ(ヴィレッジブックス) 2002年11月

アンドリュー・コンプトン
刑務所から脱獄した連続殺人犯 「絢爛たる屍」 ポピー・Z.ブライト著;柿沼瑛子訳 文藝春秋(文春文庫) 2003年6月

アンドリュー・ジョベルティ(ジオ)
ブルックリン地区検事補、自分の不注意から幼い娘を亡くし叱責の念に駆られる日々を過ごす男 「哀しみの街の検事補」 ロブ・ルーランド著;北沢和彦訳 扶桑社(扶桑社ミステリー) 2004年4月

アンドリュー・テイル
飛行機事故で精神衰弱になってしまった二十六歳、父に命じられ亡き大叔母が残した屋敷「テイル館」の視察に向かった青年 「テイル館の謎」 ドロシー・ギルマン著;柳沢由実子訳 集英社(集英社文庫) 2001年4月

アンドリュー・マックグレビー(マックグレビー)
ニューヨーク19分署の殺人課の警部補 「顔 上下」 シドニィ・シェルダン作;天馬竜行訳 アカデミー出版 2001年2月

アンドリュー・マッケイ(アンディ)
ミス・メルヴィルの代理人ジルの夫、秘密機関の調査員 「ミス・メルヴィルの決闘」 イーヴリン・E.スミス著;長野きよみ訳 早川書房(ハヤカワ・ミステリ文庫) 2005年11月

アンドリュー・マッケイ(アンディ)
ミス・メルヴィルの代理人ジルの夫、秘密機関の調査員 「ミス・メルヴィルの復讐」 イーヴリン・E.スミス著;長野きよみ訳 早川書房(ハヤカワ・ミステリ文庫) 2005年8月

アンドリュー・ライアン(ライアン)
ケベック州警察殺人課の警部、型破りな刑事 「既死感上下」 キャスリーン・レイクス著;山本やよい訳 角川書店(角川文庫) 2001年1月

アンドルー・ウォーン(ウォーン)
ロボット工学専門家、アメリカの巨大テーマパーク「ユートピア」の技術と売上金を狙ったテロリストを追った男 「ユートピア」 リンカーン・チャイルド著;白石朗訳 文藝春秋(文春文庫) 2003年12月

あんと

アンドルー・ジャクソン・ボーデン
マサチューセッツの小村フォール・リヴァーに住む70歳の実業家、リジー・ボーデンの父 「リジー・ボーデン事件」ベロック・ローンズ著;仁賀克雄訳　早川書房(Hayakawa pocket mystery books)　2004年3月

アンドルー・フェニモア(フェニモア)
フィラデルフィアに小さな診療所を持つ心臓医、探偵業もする男 「フェニモア先生、人形を診る」ロビン・ハサウェイ著;坂口玲子訳　早川書房(ハヤカワ・ミステリ文庫)　2002年5月

アンドルー・フェニモア(フェニモア)
フィラデルフィアに小さな診療所を持つ心臓医、探偵業もする男 「フェニモア先生、墓を掘る」ロビン・ハサウェイ著;坂口玲子訳　早川書房(ハヤカワ・ミステリ文庫)　2001年5月

アンドルー・フェニモア(フェニモア)
フィラデルフィアに小さな診療所を持つ心臓医、探偵業もする男 「フェニモア先生、宝に出くわす」ロビン・ハサウェイ著;坂口玲子訳　早川書房(ハヤカワ・ミステリ文庫)　2003年7月

アンドレア・カーティン(ミセス・カーティン)
ボツワナ唯一の女性探偵マ・ラモツエの依頼人、アメリカからやって来た婦人 「キリンの涙―ミス・ラモツエの事件簿⟨2⟩」アレグザンダー・マコール;スミス著;小林;浩子訳　ソニー・マガジンズ(ヴィレッジブックス)　2004年8月

アンドレアス・バルト(バルト)
民間検査会社ラバッグ社の技術者、食品検査分野の責任者 「プリオンの迷宮」マルティン・ズーター著;小津薫訳　扶桑社(扶桑社ミステリー)　2005年9月

アンドロメダ・リプリー
ミシシッピ州の田舎町の作家志望者サークルの一員、SF映画脚本家をめざす女性バイカー 「ミシシッピ・シークレット」リジー・ハート著;安藤由紀子訳　東京創元社(創元コンテンポラリ)　2003年3月

アントワーヌ
パリの路上生活者、パーティーにもぐりこんではただ食いして暮らしている男 「夜を喰らう」トニーノ・ベナキスタ著;藤田真利子訳　早川書房(ハヤカワ・ミステリ文庫)　2001年4月

アントワーヌ・デュボワ
ロンドンの聾学校の教師・アンの義父、アンの母親の死後はパリで俳優をしていた男 「王宮劇場の惨劇」チャールズ・オブライアン著;奥村章子訳　早川書房(ハヤカワ・ミステリ文庫)　2002年1月

アントワーヌ・ファノン・ハヤート(ファノン・ハヤート)
武器商人、もとはイギリス秘密情報部に協力していたがいまは関係を断ちセルビアと近い関係にある男 「特別執行機関カーダ」クリス・ライアン著;伏見威蕃訳　早川書房(ハヤカワ文庫NV)　2002年5月

アントワン・サルテイン(サルテイン)
人気グループを抱える「サルテインレコード」の社長 「ハリウッド的殺人事件」ロン・シェルトン脚本;ロバート・ソウザ脚本;石田享編訳　竹書房(竹書房文庫)　2004年1月

アントン
ワイオミング州の特別捜査官、薬物依存症患者・ロベルトの弟 「コロラドの血戦」クリントン・マッキンジー著;熊谷千寿訳　新潮社(新潮文庫)　2004年11月

アントン・シェフツォフ
モスクワの⟨犯罪ニュース紙⟩のカメラマン 「死とほんのすこしの愛　分析官アナスタシヤ・シリーズ③」アレクサンドラ・マリーニナ著;佐々洋子訳　光文社(光文社文庫)　2004年4月

アンナ
英国陸軍大尉ロックハートの妻、オランダに侵攻したドイツ軍に捕まった女性 「反逆部隊上下」ガイ・ウォルターズ著;横山啓明訳　早川書房(ハヤカワ文庫NV)　2003年11月

あんな

アンナ・ウェード
崖から転落したところを調査員サムに救出されたハリウッドのスター女優 「鷲の眼 上下」 デイヴィッド・ダン著;田中;昌太郎訳 早川書房(ハヤカワ文庫 NV) 2004年4月

アンナ・エイムズ
パリ在住の記憶障害を持つ女性、高級官僚の妻 「狼の帝国」 ジャン=クリストフ・グランジェ著;高岡真訳 東京創元社(創元推理文庫) 2005年12月

アンナ・シェーレ
国際銀行頭取の秘書、頭取から絶大な信頼を置かれる有能な女性 「バグダッドの秘密」 アガサ・クリスティー著;中村妙子訳 早川書房(ハヤカワ文庫クリスティー文庫) 2004年7月

アンナ・ソーンダーズ
カリフォルニア州ロングビーチの大富豪、6歳のクリストファーの祖母 「追いつめられて」 ジル・マリー・ランディス著;橋本夕子訳 二見書房(二見文庫) 2005年4月

アンナ・ナヴァロ
アメリカ司法省特別捜査課エージェント、ICUに勤務することになった33歳の女性 「シグマ最終指令 上下」 ロバート・ラドラム著;山本光伸訳 新潮社(新潮文庫) 2002年11月

アンナ・ニール
ダブリンの博物館に勤務する昆虫学者 「殺人者は蜜蜂をおくる」 ジュリー・パーソンズ著;大嶌双恵訳 扶桑社(扶桑社ミステリー) 2002年2月

アンナ・ノース(ハーロウ・アナスターシャ・グレイル)
スリラー作家、女優サヴァンナ・ノースの娘で幼いころ誘拐された過去を持つ女性 「戦慄」 エリカ・スピンドラー著;平江まゆみ訳 ハーレクイン(MIRA文庫) 2002年9月

アンナ・ピジョン
国立公園の法執行レンジャー、自由の女神の島で一人の少女が転落死したのを目撃した女性 「女神の島の死」 ネヴァダ・バー著;松井みどり訳 小学館(Shogakukan mystery) 2003年10月

アンナ・ピジョン
国立公園の法執行レンジャー兼救急救命士、夏季の防火要員としてカンバーランド島に駆り出された女性 「絶滅危惧種」 ネヴァダ・バー著;栗原百代訳 小学館(Shogakukan mystery) 2002年11月

アンナ・ピジョン
国立公園の法執行レンジャー兼救急救命士、負傷した同僚・フリーダを救出するため閉所恐怖症を抑えてレチュギヤ洞の迷路に入り込んだ女性 「闇へ降りる」 ネヴァダ・バー著;栗原百代訳 小学館(Shogakukan mystery) 2003年6月

アンナ・フランクリン
ロンドン在住の39歳の敏腕フリージャーナリスト、六歳の娘リリーの未婚の母 「フィレンツェに消えた女」 サラ・デュナント著;小西敦子訳 講談社(講談社文庫) 2003年6月

アンナ・マックエヴァン
弁護士・リチャードの娘、離婚したのち有望な弁護士のチャールズ・ノーデンの恋人になった女性 「記憶なき嘘」 ロバート・クラーク著;小津薫訳 講談社(講談社文庫) 2001年9月

アンナ・ミルン(ミルン夫人)　あんなみるん(みるんふじん)
イギリスのチョービー村に娘ダフネと住む未亡人、深夜に人を轢いてしまったと警察署にきた女性 「その死者の名は」 エリザベス・フェラーズ著;中村有希訳 東京創元社(創元推理文庫) 2002年8月

アンナ・モランテ
溺死したルーカの恋人、若い女性 「ぼくは死んでいる」 フィリップ・ベッソン著;稲松三千野訳 早川書房(ハヤカワ・ミステリ文庫) 2005年9月

あんな

アンナリーザ・パッサレッリ
フランシスコ警察の巡査ハンター・ファロンの幼馴染、〈イヴニング・ブルタン〉新聞のオペラ・演劇担当記者 「激震」ジェイムズ・ダレッサンドロ著;菊地;よしみ訳 早川書房(Hayakawa novels) 2004年7月

アン・バッツ(アニー)
ロンドン南西部にあるミセス・ラニラの家の前の側溝で死んでいたイカれた黒人女性 「蛇の形」ミネット・ウォルターズ著;成川裕子訳 東京創元社(創元推理文庫) 2004年7月

アン・ハマースミス
CIA第七特殊工作班メンバー 「逃走航路」ジョン・リード著;夏来健次訳 二見書房(二見文庫) 2004年3月

アンバー・ラークスパー
アメリカ政府要人の29歳の娘、豪華客船で襲撃犯たちに囚われた元編集者 「ふたつの顔を愛したら」ヘザー・グレアム作;津田藤子訳 ハーレクイン(シルエット・ラブストリーム) 2005年3月

アンバー・ランクィスト
女刑事弁護士キャスの依頼人、生まれてくる子どもの養子縁組契約をした妊娠中のティーンエイジャー 「彼女は水草に抱かれ」キャロリン・ウィート著;堀内静子訳 早川書房(ハヤカワ・ミステリ文庫) 2001年3月

アンバリー・カウデン
21歳になり莫大な遺産を相続した翌朝に崖の下で死体で発見された病弱な青年 「予期せぬ夜」エリザベス・デイリイ著;白須清美訳 早川書房(Hayakawa pocket mystery books) 2002年1月

アン・ハンページ
モデルのカレンのかつての親友、精神障害の息子と二人暮らしのシングルマザー 「オウン・ゴール」フィル・アンドリュース著;玉木亨訳 角川書店(角川文庫) 2001年7月

アン・ブレーク
精神分析医ジャド・スティーブンスの患者、美しい人妻 「顔 上下」シドニィ・シェルダン作;天馬竜行訳 アカデミー出版 2001年2月

アンブローズ
コーンウォールの一領主・フィリップを父親に代わり育てた従兄 「レイチェル」ダフネ・デュ・モーリア著;務台夏子訳 東京創元社(創元推理文庫) 2004年6月

アンブローズ・コングリーヴ(コングリーヴ)
ロンドン警視庁特別保安部の顧問 「ステルス原潜を追え 上下」テッド・ベル著;広瀬順弘訳 早川書房(ハヤカワ文庫NV) 2003年1月

アンブローズ・コングリーヴ(コングリーヴ)
ロンドン警視庁特別保安部の顧問、海賊の末裔にして大富豪・アレックスの人生の師 「ハシシーユン暗殺集団 上下」テッド・ベル著;広瀬順弘訳 早川書房(ハヤカワ文庫NV) 2005年6月

アンブローズ・ディーリング(ミスター・ディーリング)
フランス・サボイ山中の精神病院シャトー・ランドリーのベテラン薬剤師 「白い恐怖」フランシス・ビーディング著;山本俊子訳 早川書房(Hayakawa pocket mystery books) 2004年2月

アン・ベディングフェルド
考古学者の父を亡くした娘、冒険やロマンスに憧れる少女 「茶色の服の男」アガサ・クリスティー著;中村能三訳 早川書房(ハヤカワ文庫クリスティー文庫) 2004年1月

アン・ヘンダーソン
私立探偵ジャック・テイラーに娘の死の調査を依頼する母親、30代後半の美人 「酔いどれに悪人なし」 ケン・ブルーウン著;東野さやか訳 早川書房(ハヤカワ・ミステリ文庫) 2005年1月

アン・ペンヒル
九歳の茶色のお下げ髪の少女、二十九歳の宝石商のレイチェルの姪 「雨が降りつづく夜」 パトリシア・カーロン著;沢万里子訳 扶桑社(扶桑社ミステリー) 2003年12月

アン・ホワイトヘッド
〈LAミレニアム〉の辛口批評で知られる映画担当記者、映画セットに利用するロス・フェリーズのプールハウスに住む30代の女性 「ハリウッドは鎮魂歌(レクイエム)を奏でる」 ヘレン・ノード著;大倉貴子訳 ソニー・マガジンズ(ヴィレッジブックス) 2004年9月

アンマン
美術商、ボンベイの由緒あるイギリス人家庭出身の男 「ボンベイ・アイス」 レスリー・フォーブス著;池田真紀子訳 角川書店 2003年8月

アン・モロー(アニー)
高名な考古学者で美術史家、金属工芸品に関しては世界で随一の専門家である32歳の女性工芸品鑑定士 「美しき容疑者」 スーザン・ブロックマン作;泉智子訳 ハーレクイン(シルエット・ラブストリーム) 2003年8月

アン・ライアン
イギリス人高級娼婦、赤毛の美女 「キスしたいのはおまえだけ」 マキシム・ジャクボヴスキー著;真崎義博訳 扶桑社(扶桑社ミステリー) 2002年7月

アン・ラスボーン
イギリスのブルーフィールド村から夫婦で行方不明になった妻、チョーク夫人の従妹 「骨と髪」 レオ・ブルース著;小林晋訳 原書房(ヴィンテージ・ミステリ・シリーズ) 2005年9月

アンリ・ドビュック
コンゴのプランテーションの実験所で働くベルギー人、恰幅のよいハンサムな青年 「藪に棲む悪魔」 マシュー・ヘッド著;中島なすか訳 論創社(論創海外ミステリ) 2005年9月

アンリ・ド・マリニー(ド・マリニー)
ロンドンに住むオカルティスト・クロウの友人、ニューオリンズの神秘学者の息子 「タイタス・クロウの事件簿」 ブライアン・ラムレイ著;夏来健次訳 東京創元社(創元推理文庫) 2001年3月

アンリ・ルドック
高等遊民、出版者のリチャード・フォーサイス変死事件の真相を「ピンカートン探偵社」の調査員のフィル・ボーモントと追った男 「仮面舞踏会」 ウォルター・サタスウェイト著;大友香奈子訳 東京創元社(創元推理文庫) 2004年3月

【い】

イアフメス
王妃アアヘテプと亡きファラオ・セケンの第二王子 「自由の王妃アアヘテプ物語2 二つの王冠」 クリスチャン・ジャック著;山田浩之訳 角川書店(角川文庫) 2003年11月

イアフメス
王妃アアヘテプと亡きファラオ・セケンの第二王子 「自由の王妃アアヘテプ物語3 燃えあがる剣」 クリスチャン・ジャック著;山田浩之訳 角川書店(角川文庫) 2004年1月

イアン・ジャレット
フリーランスのカメラマン、妻子持ちのイギリス人 「一瞬の光のなかで 上下」 ロバート・ゴダード著;加地美知子訳 扶桑社(扶桑社ミステリー) 2002年2月

いあん

イアン・ホッジズ
図書館司書ロウィーナ・グレアムの妹のクローディアがオーナーを務めるレストラン〈ル・ランデブー〉の支配人、礼儀正しいイギリス紳士 「クローディアの憂鬱」 シャーロット・ヴェイル・アレン著;細郷妙子訳 ハーレクイン(MIRA文庫) 2003年3月

イアン・マクナブ
ニューヨーク市警電子探査課の捜査官でライアン・フィーニーの部下、ファッション好きの若者 「招かれざるサンタクロース」 J.D.ロブ著;青木悦子訳 ソニー・マガジンズ(ヴィレッジブックス) 2004年12月

イアン・マクナブ
ニューヨーク市警電子探査課の捜査官でライアン・フィーニーの部下、ファッション好きの若者 「復讐は聖母の前で」 J.D.ロブ著;青木悦子訳 ソニー・マガジンズ(ヴィレッジブックス) 2004年9月

イアン・ラトリッジ(ラトリッジ)
イギリス・コーンウォールに派遣されたロンドン警視庁の警部 「炎の翼」 チャールズ・トッド著;山本やよい訳 扶桑社(扶桑社ミステリー) 2001年1月

イアン・ラプストレイク
レアリティーズ・アンリミテッドの警備部門責任者、画家スーザ・ドノヴァンのボディガード 「三つの死のアート」 エリザベス・ローウェル著;高田恵子訳 ソニー・マガジンズ(ヴィレッジブックス) 2005年10月

イ・ウソプ
18歳の高校3年生、出張ホストのアルバイトをする楽天的な性格の若者 「ひとまず走れ!」 チョウィソク脚本;蒔田陽平日本語ノベライズ 双葉社 2005年9月

イェーガー
NUMA(国立海中海洋機関)の情報部門の責任者、シリコンバレー出身でヒッピー風の風貌の天才的プログラマー 「アトランティスを発見せよ 上下」 クライブ・カッスラー著;中山善之訳 新潮社(新潮文庫) 2001年11月

イェーガー
NUMA(国立海中海洋機関)の情報部門の責任者、シリコンバレー出身でヒッピー風の風貌の天才的プログラマー 「オデッセイの脅威を暴け 上下」 クライブ・カッスラー著;中山善之訳 新潮社(新潮文庫) 2005年6月

イェーガー
NUMA(国立海中海洋機関)の情報部門の責任者、シリコンバレー出身でヒッピー風の風貌の天才的プログラマー 「マンハッタンを死守せよ 上下」 クライブ・カッスラー著;中山善之訳 新潮社(新潮文庫) 2002年12月

イェーガー
奇跡のダイエット薬「ミラ・ロス」の製薬会社が雇った失せ物探しのプロ 「運び屋を追え」 ジェイ・マクラーティ著;山本光伸訳 二見書房(二見文庫) 2004年4月

イェーシェー
中国経済部の元主任監察官・単の助手、元囚人のチベット人青年 「頭蓋骨のマントラ 上下」 エリオット・パティスン著;三川基好訳 早川書房(ハヤカワ・ミステリ文庫) 2001年3月

イェーツ
殺された白人女性シャーロット・キングの上司で大手探偵調査会社の経営者 「死刑劇場」 ロバート・ハイルブラン著;奥村章子訳 早川書房(ハヤカワ・ミステリ文庫) 2005年3月

イーガン
プロのテロリスト 「ロンドン爆破まで九日間 上下」 スティーブン・レザー著;田辺千幸訳 ランダムハウス講談社(ランダムハウス講談社文庫) 2005年10月

イーガン・フレッチャー
海軍大佐、誘導ミサイル駆逐艦USS〈ナロン・ヴェット〉の艦長 「不手際な暗殺」 ノーム・ハリス著;結城山和夫訳 二見書房(二見文庫) 2004年1月

李 慶寿　い・きょんす
板門店中立国監査委・情報部少領ジグ・ベルサミの父、元人民軍将校 「JSA―共同警備区域」 朴商延著;金重明訳 文藝春秋(文春文庫) 2001年5月

イザベラ・アリエル・ニッカーソン
イギリスの特権階級に属する男たちが三年に一度禁断の快楽を味わう「秘密クラブ」に囚われた十八歳の美少女 「囚われて 上下」 カレン・モリーン著;田村達子訳 講談社(講談社文庫) 2001年8月

イザベラ・ジュベール
マイアミの軍事製品輸出企業「ジュベール社」オーナーの長女、29歳の会社員 「ゼウスの烙印」 ジャスミン・クレスウェル著;米崎邦子訳 ハーレクイン(MIRA文庫) 2002年11月

イザベラ・ラスカー
マンハッタンの女性検事補アレックス・クーパーの親友、女優 「誤殺」 リンダ・フェアスタイン著;平井イサク訳 早川書房(ハヤカワ・ミステリ文庫) 2002年7月

イザベル・ウェアリング
不動産会社のトップセールスウーマンのレイシーに交通事故死した娘・ヘザーの部屋を売りたいと依頼した夫人 「見ないふりして」 メアリ・H.クラーク著;深町真理子訳 新潮社(新潮文庫) 2002年3月

イザベル・フランダーズ
設計士、私刑団〈シスターフッド〉のメンバー 「シスターフッド」 ファーン・マイケルズ著;小原亜美訳 二見書房(二見文庫) 2004年11月

イーサン
高校の科学教師ジェシカを連れ去った誘拐犯のリーダー 「セルラー」 ラリー・コーエン原案;クリス・モーガン脚本;真田おいる訳 メディアファクトリー(洋画文庫) 2005年2月

イーサン・デッカー
ニューメキシコの砂漠でトレーラーに住む元CIAの工作員、3年前に任務の失敗で5歳の息子を失ってから世捨て人同然に暮らす男 「幼き逃亡者の祈り」 パトリシア;ルーイン著;林啓恵訳 ソニー・マガジンズ(ヴィレッジブックス) 2004年7月

石倉 達彦(タツ)　いしくら・たつひこ(たつ)
警察庁の部長、殺し屋ジョン・レインのヴェトナム時代の旧友 「雨の影」 バリー・アイスラー著;池田真紀子訳 ソニー・マガジンズ(ヴィレッジブックス) 2004年1月

イシス・マクドナルド
古代言語学者、聖書考古学者マイクル・マーフィーに協力する女性 「ノアの箱舟の秘密 上下」 T.ラヘイ著;B.フィリップス著 扶桑社(扶桑社ミステリー) 2005年8月

イシス・マクドナルド
古代言語学者、聖書考古学者マイクル・マーフィーに協力する女性 「秘宝・青銅の蛇を探せ 上下」 T.ラヘイ著;G.ディナロ著 扶桑社(扶桑社ミステリー) 2005年5月

イジドール・ボートルレ(ボートルレ)
パリの高校生、天才的推理力で怪盗ルパンを追い詰める少年 「奇岩城」 モーリス・ルブラン作;榊原晃三訳 岩波書店(岩波少年文庫) 2001年7月

イシドロ・プラナス(プラナス)
バルセロナの企業家連盟副総裁 「楽園を求めた男」 M・バスケス・モンタルバン著;田部武光訳 東京創元社(創元推理文庫) 2002年11月

いじの

イ・ジノン
18歳の高校3年生、音楽と映画を愛する目立たない模範生 「ひとまず走れ!」 チョウィソク脚本;蒔田陽平日本語ノベライズ 双葉社 2005年9月

イ・ジヒョン
ソウルのチョンノ警察に勤務する新米刑事 「ひとまず走れ!」 チョウィソク脚本;蒔田陽平日本語ノベライズ 双葉社 2005年9月

イ・ジンソク(ジンソク)
兄のジンテとともに徴兵された青年、ソウルで暮らしている学生 「ブラザーフッド」 カン・ジェギュ著;上之二郎ノベライズ 集英社(集英社文庫) 2004年5月

イ・ジンテ(ジンテ)
弟のジンソクとともに徴兵された兄、ソウルで暮らし靴磨きで生計を助けていた青年 「ブラザーフッド」 カン・ジェギュ著;上之二郎ノベライズ 集英社(集英社文庫) 2004年5月

イーセック・バムロイ
インディアンに両親を殺されさらわれた少年、5年後町へ戻り妹のベッキーと逃亡した兄 「バックスキンの少女」 ドロシー・ギルマン著;柳沢由実子訳 集英社(集英社文庫) 2002年11月

103号　いちぜろさんごう*
アリの都市「ベル・オ・カン」の元兵隊アリ、寿命の近い三歳の赤アリ 「蟻の革命－ウェルベル・コレクション〈3〉」 ベルナール・ウェルベル著;永田;千奈訳 角川書店(角川文庫) 2003年9月

103683号　いちぜろさんろくはちさんごう*
アリの都市「ベル・オ・カン」の探検部隊のアリ、「指」の国から故郷へ戻る旅をする赤アリ 「蟻の革命－ウェルベル・コレクション〈3〉」 ベルナール・ウェルベル著;永田;千奈訳 角川書店(角川文庫) 2003年9月

103683号　いちぜろさんろくはちさんごう*
岩盤の上のアリの都市ベル・オ・カンの兵隊アリ 「蟻の時代 ウェルベル・コレクションⅡ」 ベルナール・ウェルベル著;小中陽太郎訳;森山隆訳 角川書店(角川文庫) 2003年7月

李 俊錫　い・ちゅんそく
港都釜山育ちの四人の幼なじみの一人、父親が有名なやくざの息子 「友へ」 郭【キョン】沢著;金重明訳 文藝春秋(文春文庫) 2002年2月

李 重豪　い・ちゅんほ
港都釜山育ちの四人の幼なじみの一人、母親が密輸商をしている少年 「友へ」 郭【キョン】沢著;金重明訳 文藝春秋(文春文庫) 2002年2月

イーデン・ショー
ファッションモデル、モデル業の成功によりさらに美しさが増してきた二十六歳の娘 「死を呼ぶスカーフ」 ミニオン・G・エバハート著;板垣節子訳 論創社(論創海外ミステリ) 2005年1月

稲村 巨　いなむら・おみ
精神分析医、京都のクラブの副支配人の真理子の叔父 「真夜中への鍵」 ディーン・クーンツ著;細美遙子訳 東京創元社(創元推理文庫) 2001年1月

稲村 真理子　いなむら・まりこ
京都のクラブ「ムーングロウ・ラウンジ」副支配人、謙虚で優美な30歳の女性 「真夜中への鍵」 ディーン・クーンツ著;細美遙子訳 東京創元社(創元推理文庫) 2001年1月

イーニッド・レスター＝グリーン
最も売れている女流作家、災いを呼ぶ屋敷といわれている「フライアーズ・パードン館」を購入した59歳の女 「フライアーズ・パードン館の謎」 フィリップ・マクドナルド著;白須清美訳 原書房(ヴィンテージ・ミステリ・シリーズ) 2005年3月

イネス
ベストセラー作家・ルーシーが講演をすることになった女子体育大学の優秀な二年生 「裁かれる花園」 ジョセフィン・テイ著;中島なすか訳 論創社(論創海外ミステリ) 2005年2月

イネズ・ウィゲンズ(ウィギー)
弁護士・ジェスの友人の若い女性、百貨店のバイヤーアシスタント 「真実の問題」 C・W・グラフトン著;高田朔訳 国書刊行会(世界探偵小説全集) 2001年1月

井上 美惠 いのうえ・みえ
北京出身で中国名喬雪惠(チャオシュエフイ)、藤吉代議士の私設秘書でその愛人 「海怒 東京黒社会群狼記 上下」 陳放著;椙田雅美訳;宮崎真紀訳 バジリコ 2004年4月

イーノック・ジュニア・ケイン(ジュニア)
腕のいい理学療法士、衝動的に愛する新妻を墜落死させた男 「サイレント・アイズ 上下」 ディーン・クーンツ著;田中一江訳 講談社(講談社文庫) 2005年7月

イヴ
イギリスの秘密機関カーダのチーム・リーダー、冷静沈着でいかにも上流階級の人間に見える美女 「特別執行機関カーダ」 クリス・ライアン著;伏見威蕃訳 早川書房(ハヤカワ文庫NV) 2002年5月

イファセン
ニューヨーク・アストリア地区に住み霊界と交信できるという霊能者 「始末屋ジャック幽霊屋敷の秘密 上下」 F.ポール・ウィルソン著;大瀧啓裕訳 扶桑社(扶桑社ミステリー) 2005年10月

イヴ・サムナー
ミシシッピ州ナチェズで不動産業を営む女性 「魔力の女」 グレッグ・アイルズ著;雨沢泰訳 講談社(講談社文庫) 2005年11月

イヴ・スタック
「フィル・スタック保険代理店」の経営者の妻、外交員のジミーの情事の相手 「転落の道標」 ケント・ハリントン著;古沢嘉通訳 扶桑社(扶桑社ミステリー) 2001年2月

イヴ・ダイアモンド
〈ロサンジェルス・タイムズ〉記者、弟の事故死によるトラウマに苦しむ女性 「ジャスミン・トレード」 デニーズ・ハミルトン著;堀内静子訳 早川書房(ハヤカワ・ミステリ文庫) 2003年5

イヴ・ダラス
ニューヨーク市警殺人課の女性警部補、クールな外見で男勝りの敏腕捜査官 「カサンドラの挑戦」 J.D.ロブ著;青木悦子訳 ソニー・マガジンズ(ヴィレッジブックス) 2005年6月

イヴ・ダラス
ニューヨーク市警殺人課の女性警部補、クールな外見で男勝りの敏腕捜査官 「この悪夢が消えるまで」 J.D.ロブ著;青木悦子訳 ソニー・マガジンズ(ヴィレッジブックス) 2002年12月

イヴ・ダラス
ニューヨーク市警殺人課の女性警部補、クールな外見で男勝りの敏腕捜査官 「ラストシーンは殺意とともに」 J.D.ロブ著;小林浩子訳 ソニー・マガジンズ(ヴィレッジブックス) 2005年11月

イヴ・ダラス
ニューヨーク市警殺人課の女性警部補、クールな外見で男勝りの敏腕捜査官 「雨のなかの待ち人」 J.D.ロブ著;小林浩子訳 ソニー・マガジンズ(ヴィレッジブックス) 2003年5月

イヴ・ダラス
ニューヨーク市警殺人課の女性警部補、クールな外見で男勝りの敏腕捜査官 「死にゆく者の微笑」 J.D.ロブ著;青木悦子訳 ソニー・マガジンズ(ヴィレッジブックス) 2004年2月

いぶだ

イヴ・ダラス
ニューヨーク市警殺人課の女性警部補、クールな外見で男勝りの敏腕捜査官 「招かれざるサンタクロース」J.D.ロブ著;青木悦子訳 ソニー・マガジンズ(ヴィレッジブックス) 2004年12月

イヴ・ダラス
ニューヨーク市警殺人課の女性警部補、クールな外見で男勝りの敏腕捜査官 「白衣の神のつぶやき」J.D.ロブ著;中谷ハルナ訳 ソニー・マガジンズ(ヴィレッジブックス) 2005年4月

イヴ・ダラス
ニューヨーク市警殺人課の女性警部補、クールな外見で男勝りの敏腕捜査官 「不死の花の香り」J.D.ロブ著;青木悦子訳 ソニー・マガジンズ(ヴィレッジブックス) 2003年9月

イヴ・ダラス
ニューヨーク市警殺人課の女性警部補、クールな外見で男勝りの敏腕捜査官 「復讐は聖母の前で」J.D.ロブ著;青木悦子訳 ソニー・マガジンズ(ヴィレッジブックス) 2004年9月

イヴ・ダラス
ニューヨーク市警殺人課の女性警部補、クールな外見で男勝りの敏腕捜査官 「魔女が目覚める夕べ」J.D.ロブ著;小林浩子訳 ソニー・マガジンズ(ヴィレッジブックス) 2004年6月

イヴ・ダンカン
アメリカ有数の科学捜査の復顔彫刻家、アトランタのスラム育ちの女性 「嘘はよみがえる」アイリス・ジョハンセン著;北沢;あかね訳 講談社(講談社文庫) 2004年6月

イヴ・ダンカン
頭蓋骨から生前の顔を復元する復顔彫刻家、ジョージア州アトランタに住む30代の女性 「嘘はよみがえる」アイリス・ジョハンセン著;北沢あかね訳 講談社(講談社文庫) 2004年6月

イヴ・ダンカン
復顔像製作の専門家、幼い一人娘・ボニーを凶悪犯に殺された母親 「顔のない狩人」アイリス・ジョハンセン著;池田真紀子訳 二見書房(二見文庫) 2001年4月

イヴ・ニール
アンジュ街にある家のまむかいに住んでいるトビーと婚約している美貌で裕福な女性 「皇帝の嗅ぎ煙草入れ」ジョン・ディクスン・カー著;中村能三訳 嶋中書店(嶋中文庫) 2004年11月

イヴ・フィットフィールド
サンフランシスコ市警察の女性警官、特別顧問アイアンサイドの助手 「鬼警部アイアンサイド」ジム・トンプスン著;尾之上浩司訳 早川書房(Hayakawa pocket mystery books) 2005年5月

イヴ・マイケルズ(エレン・モーズリー)
テキサス州の町ポートレオの治安判事ホイトの幼い頃に家族を棄てて失踪した母親 「逃げる悪女」ジェフ・アボット著;吉澤康子訳 早川書房(ハヤカワ・ミステリ文庫) 2005年1月

イブラハム・サイード(サイード)
シカゴ市警のアラブ人刑事、アラブ人テロリストと憎悪煽動集団の専門家 「刑事エイブ・リーバーマン 憎しみの連鎖」スチュアート・カミンスキー著;棚橋志行訳 扶桑社(扶桑社ミステリー) 2003年1月

イヴリン・チェイン
元英国情報部で長官H・Mの右腕だった女、元同僚ケンの婚約者 「パンチとジュディ」カーター・ディクスン著;白須清美訳 早川書房(ハヤカワ・ミステリ文庫) 2004年3月

イヴリン・ポール
海辺の村に住む医師ポールの妻、療養にやって来た学生アランと親しくなった女 「被告の女性に関しては」 フランシス・アイルズ著;白須清美訳 晶文社(晶文社ミステリ) 2002年6月

イヴェット
全身麻痺の36歳のエリーズの介護人の女性 「雪の死神」 ブリジット・オベール著;香川由利子訳 早川書房(ハヤカワ・ミステリ文庫) 2002年2月

イム・ジョンヒョン(ジョンヒョン)
ソウルのソフト会社に勤めるプログラマー 「第二次朝鮮戦争勃発の日 上下」 ファンセヨン著;米津篤八訳 扶桑社(扶桑社ミステリー) 2004年11月

イ・ムナク大尉　いむなくたいい
実尾島教育部隊の隊長、南韓の軍隊の上士(軍曹) 「シルミド・裏切りの実尾島」 イ・スグァン;著;米津篤八;訳 早川書房(ハヤカワ文庫NV) 2004年5月

イム・ビョンホ(リム・ビョンホ)
朝鮮人民軍対南事業本部の最優秀要員、諜報活動のため韓国に偽装亡命した男 「二重スパイ」 具本韓著;秋那訳 新潮社(新潮文庫) 2003年5月

イモジーン・リーマス
酒密売業者ジョージ・リーマスの妻、シンシナティの上流階級出身の女性 「ジャズ・バード」 クレイグ・ホールデン著;近藤純夫訳 扶桑社(扶桑社ミステリー) 2002年9月

イーライ・ウェルチ
ケンタッキー州シェルビー郡「ホイッスルダウン農場」の管理人ジョーの16歳の長男 「パラダイスに囚われて」 カレン・ロバーズ著;小林令子訳 ソニー・マガジンズ(ヴィレッジブックス) 2002年10月

イライジャ・スコット(スコット)
ニューヨーク市警の刑事、女性歌手ディライラのファン 「ディーバ」 ケイン&アベル著;Noboru訳 青山出版社(Hiphop★novels) 2005年8月

イライジャ・ワデル
ヴァージニア州パマンキー郡に住む製紙工場の整備工、放火殺人の容疑をかけられる黒人 「焦熱の裁き」 デイヴィッド・L.;ロビンズ著;村上;和久訳 新潮社(新潮文庫) 2005年1月

イーライ・タウザー(タウザー)
シカゴ市警の刑事リーバーマンの孫の家庭教師、<ユダヤ人救済運動>の活動家の青年 「刑事エイブ・リーバーマン 憎しみの連鎖」 スチュアート・カミンスキー著;棚橋志行訳 扶桑社(扶桑社ミステリー) 2003年1月

イリヤ・ドロンスキー
モスクワ検察局取調官、警察官ヴァジムの元部下 「凶運を語る女 上下」 ドナルド・ジェイムズ著;棚橋志行訳 扶桑社(扶桑社ミステリー) 2001年7月

イルマ
ひきこもるように暮らしている青年・ハイムの母親 「グルーム」 ジャン・ヴォートラン著;高野優訳 文藝春秋(文春文庫) 2002年1月

イレーナ
ロシアの犯罪組織「アナーキー99」の金庫番、リーダーのヨーギの愛人 「トリプルX」 リッチ・ウィルクス脚本;メル・オドム著;富永和子訳 角川書店(角川文庫) 2002年9月

イレーネ・ベスト
ロンドンにある老舗ブティックのショールームの主任、販売員 「ハイヒールの死」 クリスチアナ・ブランド著;恩地三保子訳 早川書房(ハヤカワ・ミステリ文庫) 2003年1月

いれぶ

イレーヴ
主人の柩とともに巡礼の旅から帰った羊毛商ウィリアムの番頭、彫たくましく快活な青年 「異端の徒弟」エリス・ピーターズ著;岡達子訳 光文社(光文社文庫) 2005年7月

イワン・フランツェヴィチ・ブリッシング(ブリッシング)
モスクワ警察本署直属特捜部侍従武官直属特殊任務捜査官 「堕ちた天使 アザゼル」ボリス・アクーニン著;沼野恭子訳 作品社 2001年4月

インチャン
秘密裏の組織684部隊第3班班長、逮捕歴のある元チンピラの男 「シルミド」キム・ヒジェ著;伊藤正治訳 角川書店(角川文庫) 2004年5月

インホ
韓国の金井二洞分署所属の消防士、火災現場の司令塔 「リベラ・メ」ヒョンチョンヨル脚本;ヨジナ脚本;小林弘利訳 角川書店(角川文庫) 2001年10月

インホテプ
古代エジプト・ナイル河畔の都市シーブズに住むインホテプ家の家長、墓所守 「死が最後にやってくる」アガサ・クリスティー著;加島祥造訳 早川書房(ハヤカワ文庫クリスティー文庫) 2004年4月

【う】

ウィアード
スコットランド・セントアンドルーズ大学の学生、殺害された女性の第一発見者の一人 「過去からの殺意」ヴァル・マクダーミド著;宮内もと子訳 集英社(集英社文庫) 2005年3月

ウィギー
弁護士・ジェスの友人の若い女性、百貨店のバイヤーアシスタント 「真実の問題」C・W・グラフトン著;高田朔訳 国書刊行会(世界探偵小説全集) 2001年1月

ウィークス
アイソラ市87分署の一級刑事、太っていて身なりに構わず強欲だが憎めない男 「ノクターン」エド・マクベイン著;井上一夫訳 早川書房(ハヤカワ・ミステリ文庫) 2004年7月

ウィークス
アイソラ市88分署の一級刑事、太っていて身なりに構わず強欲だが憎めない男 「でぶのオリーの原稿」エド・マクベイン著;山本博訳 早川書房(Hayakawa pocket mystery books) 2003年11月

ウィークス
アイソラ市88分署の一級刑事、太っていて身なりに構わず強欲だが憎めない男 「マネー、マネー、マネー」エド・マクベイン著;山本博訳 早川書房(Hayakawa pocket mystery books) 2002年9月

ウィークス
アイソラ市88分署の一級刑事、太っていて身なりに構わず強欲だが憎めない男 「歌姫」エド・マクベイン著;山本博訳 早川書房(Hayakawa pocket mystery books) 2004年12月

ウィークス
アイソラ市88分署の一級刑事、太っていて身なりに構わず強欲だが憎めない男 「耳を傾けよ!」エド・マクベイン著;山本博訳 早川書房(Hayakawa pocket mystery books) 2005年10月

ウィジー
アンティークをあちこちでピックアップしてディーラーに卸す「ピッカー」の女性 「愛さずにはいられない 上下」メアリー・ケイ・アンドルーズ著;安藤由紀子訳 集英社(集英社文庫) 2004年10月

ウィチャリー
メドウ・ファームズ住む60過ぎの大富豪、私立探偵リュウ・アーチャーへの依頼主 「ウィチャリー家の女」 ロス・マクドナルド著;小笠原豊樹訳　早川書房(ハヤカワ・ミステリ文庫) 2004年7月

ウィッカム・ゴア(ゴア大佐)　ういっかむごあ(ごあたいさ)
元軍人の私立探偵、盗まれた機密文書の調査を元首相・ハビランド卿に依頼された男 「醜聞の館」 リン・ブロック著;田中孜訳　論創社(論創海外ミステリ) 2005年7月

ウィック・スレッギル
テキサス州フォートワース警察署の刑事 「指先に語らせないで 上下」 サンドラ・ブラウン著;吉沢康子訳　新潮社(新潮文庫) 2003年11月

ウィットビー
私立探偵V・I・ウォーショースキーが調査先で遺体を発見した黒人ジャーナリスト 「ブラック・リスト」 サラ・パレツキー著;山本やよい訳　早川書房(Hayakawa novels) 2004年9月

ウィニフレッド・オールダー(ウィン)
失踪したループ・オールダーの上の姉、サマセットのストリート在住 「秘められた伝言 上下」 ロバート・ゴダード著;加地美知子訳　講談社(講談社文庫) 2003年9月

ウィニントン
ニューヨーク在住の売れっ子サスペンス作家 「サスペンスは嫌い」 パーネル・ホール著;田中一江訳　早川書房(ハヤカワ・ミステリ文庫) 2004年4月

ウィーヴァー
18世紀のロンドンで暮らしている調査員、元ボクサーの男 「紙の迷宮 上下」 デイヴィッド・リス著;松下祥子訳　早川書房(ハヤカワ・ミステリ文庫) 2001年8月

ウィーヴァー
ニューヨーク市警特別詐欺課の刑事 「花嫁誘拐記念日」 クリス・ネリ著;高瀬素子訳　早川書房(ハヤカワ・ミステリ文庫) 2002年9月

ウィラ
強盗殺人の罪で死刑となったベンの妻 「狩人の夜」 デイヴィス・グラッブ著;宮脇裕子訳　東京創元社(創元推理文庫) 2002年12月

ウィラ
米国科学アカデミーに勤務するケイトの妹、失踪した22歳の女性 「背信の海」 ルアン・ライス著;栗木さつき訳　集英社(集英社文庫) 2004年4月

ウィラード
毎週金曜日に巨大ドライブイン・シアター「オービット」に通う高校生「ぼく」の仲間 「モンスター・ドライヴイン」 ジョー・R.ランズデール著;尾之上浩司訳　東京創元社(創元SF文庫) 2003年2月

ウィリアム・オーステン(オーステン)
ロンドン警視庁刑事部の警視、育ちが良く知性派の切れ者 「看護婦への墓碑銘」 アン・ホッキング著;鬼頭玲子訳　論創社(論創海外ミステリ) 2005年12月

ウィリアム・カウリー(カウリー)
合衆国での爆弾テロについてモスクワ民警の刑事・ダニーロフと合同捜査でコンビを組むことになったFBI本部ロシア課の課長 「爆魔 上下」 ブライアン・フリーマントル著;松本剛史訳　新潮社(新潮文庫) 2004年11月

ウィリアム・ガレティ(ガレティ)
ロンドン警視庁の警部補、テムズ川から女性の惨殺死体を引き揚げる現場に新人官僚・オリヴァーといあわせた男 「霧けむる王国」 ジェイン・ジェイクマン著;長野きよみ訳　新潮社 2004年2月

うぃり

ウィリアム・コナー（コナー）
リゾートの仕掛人・ギャビンが主催する同窓会パーティに乗り込んだ武装集団のリーダー　「楽園占拠」　クリストファー・ブルックマイア著;玉木亨訳　ソニー・マガジンズ（ヴィレッジブックス）　2003年7月

ウィリアム・サヴェジ（ビル）
霊媒のマイラの夫、持病があるため体に負担がかからない仕事しかできない三十九歳の男　「雨の午後の降霊会」　マーク・マクシェーン著;北澤和彦訳　東京創元社（創元推理文庫）　2005年5月

ウィリアム・ジェイミソン・リード（リード）
スコットランド・ヤードの首席警部、探偵ジェフリーの亡くなった父親の友人　「魔法人形」　マックス・アフォード著;霜島義明訳　国書刊行会（世界探偵小説全集）　2003年8月

ウィリアム・ジラード・ハットン（ウィル）
精神科医、39歳の女流画家ローラの幼なじみの男　「ローラに何がおきたのか」　フレドリック・ヒュープナー著;法村里絵訳　角川書店（角川文庫）　2003年5月

ウィリアム・スコット
ロンドンのホクストン通りの下宿屋に住む新聞記者をしている男　「カーテンの陰の死」　ポール・アルテ著;平岡敦訳　早川書房（Hayakawa pocket mystery books）　2005年7月

ウィリアム・スタンリー・バーク（バーク）
シカゴのスキンヘッド集団「煽動隊」のリーダー、アメリカをヨーロッパ系白人だけの国にしようとしている男　「刑事エイブ・リーバーマン　憎しみの連鎖」　スチュアート・カミンスキー著;棚橋志行訳　扶桑社（扶桑社ミステリー）　2003年1月

ウィリアム・スパンドレル（スパンドレル）
18世紀初頭のロンドンで暮らしていた地図製作者、返せない借金を抱えていた男　「今ふたたびの海　上下」　ロバート・ゴダード著;加地美知子訳　講談社（講談社文庫）　2002年9月

ウィリアム・スミスバック（スミスバック）
ニューヨーク・タイムズ記者、ニューヨーク市自然史博物館の女性研究員・ノーラの恋人　「殺人者の陳列棚　上下」　D.プレストン著;L.チャイルド著　二見書房（二見文庫）　2003年8月

ウィリアム・ダニエル
アメリカ上院議員、不妊治療の末に妊娠したグウェンの夫　「狂信者の黙示録　上下」　ダグ・リチャードソン著;高澤真弓訳　東京創元社（創元推理文庫）　2004年8月

ウィリアム・チェイス（ビリー）
メイン州ポート・アルマの「センティネル新聞社」社長、検察官キャルの5歳下の弟　「心の砕ける音」　トマス・H・クック著;村松潔訳　文藝春秋（文春文庫）　2001年9月

ウィリアム・トロット（トロット）
ドイツに駐屯しているアメリカ軍犯罪調査部に所属する一等軍曹、闇物資取引に関与した友人のピート・マレイを追った男　「憲兵トロットの汚名」　デイヴィッド・イーリイ著;大庭忠男訳　早川書房（ハヤカワ・ミステリ文庫）　2004年11月

ウィリアム・バトラー（ビル）
ローリー市警の第一級刑事、女探偵ケイシーがひとめぼれした男　「女探偵の条件」　ケイティ・マンガー著;務台夏子訳　新潮社（新潮文庫）　2002年12月

ウィリアム・バルフア
18世紀のロンドンで暮らしている調査員・ウィーヴァーの依頼人　「紙の迷宮　上下」　デイヴィッド・リス著;松下祥子訳　早川書房（ハヤカワ・ミステリ文庫）　2001年8月

ウィリアム・ハンラハン（ビル）
シカゴ警察の老刑事リーバーマンのパートナー、アイルランド系アメリカ人　「人間たちの絆」　スチュアート・カミンスキー著;棚橋志行訳　扶桑社（扶桑社ミステリー）　2002年4月

ウィリアム・フレッド・オートリ
ジョージア州のウェイド一家殺人事件の担当検事、地元出身の検察官 「ダーク・サーティ」 テリー・ケイ著;渋谷比佐子訳 扶桑社(扶桑社ミステリー) 2003年10月

ウィリアム・ブロア(ブロア)
私立探偵で元ロンドン警視庁犯罪捜査部の警部、インディアン島オーエン邸に招かれた客の1人 「そして誰もいなくなった」 アガサ・クリスティー著;清水俊二訳 早川書房(ハヤカワ文庫クリスティー文庫) 2003年10月

ウィリアム・ブロック・ガーナー(ガーナー)
早期に退役した元米国海軍将校の海洋学者、筋肉隆々の魅力的なハンサム 「腐海」 ジェームズ・ポーリック著;古賀弥生訳 徳間書店 2001年6月

ウィリアム・ヘンリー・チャンス(チャンス)
CIAのスパイ活動を副業としている若い弁護士、同業者カーメリーニの同僚 「キューバ 上下」 スティーブン・クーンツ著,;北澤;和彦訳 講談社(講談社文庫) 2003年4月

ウィリアム・マーブル(ミスター・マーブル)
ナショナル・カウンティ銀行の銀行員、借金に追われ海外での事業に成功した甥の金を搾取した男 「終わりなき負債」 C.S.フォレスター著;村上和久訳 小学館(Shogakukan mystery) 2004年1月

ウィリアム・モリソン(モリソン)
国家反逆罪でFBIに逮捕された合衆国陸軍准将、ドラモンド少佐と犬猿の仲の元上司 「キングメーカー 上下」 ブライアン・ヘイグ著;平賀秀明訳 新潮社(新潮文庫) 2004年10月

ウィリアム・ルーパート・バントリング(バントリング)
フロリダのブロンド美女連続殺人事件の容疑者、家具のバイヤー 「報復」 ジリアン・ホフマン著;吉田利子訳 ソニー・マガジンズ(ヴィレッジブックス) 2004年11月

ウィリアム・ルーパート・バントリング(バントリング)
被害者11人の心臓を奪った残虐なキューピッド事件の犯人とされる男、死刑囚 「報復ふたたび」 ジリアン・ホフマン著;吉田利子訳 ソニー・マガジンズ(ヴィレッジブックス) 2005年11月

ウィリアム・ワトキンズ(ビリーボーイ)
ニューオリンズの石油会社経営者、銃刀類収集家 「女競買人 横盗り」 ウィリアム・D・ブランケンシップ著;中川聖訳 講談社(講談社文庫) 2001年5月

ウィリー・ミラー
弁護士アンディ・カーペンターが再審で弁護する死刑囚、28歳のアフリカ系アメリカ人 「弁護士は奇策で勝負する」 デイヴィッド・ローゼンフェルト著;白石朗訳 文藝春秋(文春文庫) 2004年4月

ウィリング博士　ういりんぐはかせ
精神分析学者、雪深い山中で道に迷い不吉な伝説のある翔鴉館に一夜の宿を求めた博士 「割れたひづめ」 ヘレン・マクロイ著;好野理恵訳 国書刊行会(世界探偵小説全集) 2002年11月

ウィル
「ウィル(人々の意思)」と名乗り法で裁けぬ悪人たちを処刑する連続殺人犯 「処刑宣告」 ローレンス・ブロック著;田口俊樹訳 二見書房(二見文庫) 2005年3月

ウィル
オレンジ郡郡政委員、ジョー・トローナの養父 「サイレント・ジョー」 T.ジェファーソン・パーカー著;七搦理美子訳 早川書房(ハヤカワ・ミステリ文庫) 2005年9月

ウィル
オレンジ郡郡政委員、保安官補ジョー・トローナの養父 「サイレント・ジョー」 T.ジェファーソン・パーカー著;七搦理美子訳 早川書房(ハヤカワ・ミステリ文庫) 2005年9月

ウィル
精神科医、39歳の女流画家ローラの幼なじみの男 「ローラに何がおきたのか」 フレドリック・ヒューブナー著;法村里絵訳　角川書店(角川文庫) 2003年5月

ウィルキー・コリンズ(コリンズ)
先輩格の大作家・ディケンズと20年以上一緒にロンドンの夜の街を散歩していた文豪 「文豪ディケンズと倒錯の館」 ウィリアム・J・パーマー著;宮脇孝雄訳　新潮社(新潮文庫) 2001年11月

ウィルキー・ロビンソン
1831年のイギリス・サンダーランドに暮らす少女ガスティンの下宿先の大家 「青いドレスの少女」 シェリ・ホールマン著;河野純治訳　DHC 2002年5月

ウィル・グレアム(グレアム)
元FBIアカデミー教官で異常犯罪捜査の専門家、満月の夜に連続して起きた一家惨殺事件を捜査した男 「レッド・ドラゴン 上下」 トマス・ハリス著;小倉多加志訳　早川書房(ハヤカワ文庫NV) 2002年9月

ウィル・サリヴァン(ウィリアム・ダニエル)
アメリカ上院議員、不妊治療の末に妊娠したグウェンの夫 「狂信者の黙示録　上下」 ダグ・リチャードソン著;高澤真弓訳　東京創元社(創元推理文庫) 2004年8月

ウィル・ジェニングス
ミシシッピ州ジャクソン市在住で自家用機を操縦する裕福な麻酔医、アビーの父 「24時間」 グレッグ・アイルズ著;雨沢泰訳　講談社(講談社文庫) 2001年9月

ウィル・ジェファーソン(ジェファーソン)
連続殺人事件を捜査しているボストン警察の刑事、ブローガン警部補の相棒 「虐殺魔〈ジン〉 上下」 マシュー・B.J.ディレイニー著;田中昌太郎訳　早川書房(ハヤカワ文庫NV) 2003年3月

ウィル・ターナー
鍛冶屋の見習い、英国海軍総監の娘のエリザベスをひそかに愛している若者 「パイレーツ・オブ・カリビアン 呪われた海賊たち」 テッド・エリオット脚本;テリー・ロッシオ脚本;ジェイ・ウォルパート脚本;鈴木玲子ノヴェライズ　竹書房(竹書房文庫) 2003年8月

ウィールド
中部ヨークシャー警察の部長刑事、表情が読み取れない男 「死の笑話集」 レジナルド・ヒル著;松下祥子訳　早川書房(Hayakawa pocket mystery books) 2004年11月

ウィールド
中部ヨークシャー警察の部長刑事、表情が読み取れない男 「死者との対話」 レジナルド・ヒル著;秋津知子訳　早川書房(Hayakawa pocket mystery books) 2003年9月

ウィールド
中部ヨークシャー警察の部長刑事、表情が読み取れない男 「武器と女たち」 レジナルド・ヒル著;松下祥子訳　早川書房(Hayakawa pocket mystery books) 2001年12月

ウィル・ドーマー
ロサンゼルス市警の刑事、相棒のハップ・エクハートと少女殺害事件捜査のため白夜の街アラスカへやってきた男 「インソムニア」 ロバート・ウェストブルックノベライズ;新藤純子訳　新潮社(新潮文庫) 2002年8月

ウィルトン・マクリアリー(マクリアリー)
建国百年記念万博の会場警備を任されたフィラデルフィア警察の警察官 「黒い囚人馬車」 マーク・グレアム著;山本俊子訳　早川書房(Hayakawa pocket mystery books) 2001年1月

ウィルフォード・スミス
イスラエルで遺跡発掘をしている発掘団団長、パレスチナに駐屯していたことがある元軍人 「イエスのビデオ 上下」 アンドレアス・エシュバッハ著;平井吉夫訳 早川書房(ハヤカワ文庫NV) 2003年2月

ウィルフリッド・ロバーツ卿　ういるふりっどろばーつっきょう
勅撰弁護士、青年レナード・ボウルの弁護人 「検察側の証人」 アガサ・クリスティー著;加藤恭平訳 早川書房(ハヤカワ文庫クリスティー文庫) 2004年5月

ウィル・ブリュワー
骨董商、ニューヨーク州レンセリアー群でのアンティークフェアに出店した新顔の男 「死体あります アンティーク・フェア殺人事件」 リア・ウェイト著;木村博江訳 文藝春秋(文春文庫) 2003年9月

ウィルフレッド・ブレイク(ブレイク)
カナダ連邦騎馬警察(RCMP)草創期の伝説的捜査官 「ヘッドハンター 上下」 マイケル・スレイド著;大島豊訳　東京創元社(創元推理文庫) 2005年9月

ウィルマ・ドール
夫の道具箱に三日間閉じこめられたエレンの友人、大工のスプロッテンプランの娘 「箱の女」 G・K・ウオリ著;富永和子訳 早川書房(ハヤカワ文庫NV) 2004年2月

ウィン
スポーツ・エージェントのマイロン・ボライターの相棒で大学時代からの友人 「ウイニング・ラン」 ハーラン・コーベン著;中津悠訳 早川書房(ハヤカワ・ミステリ文庫) 2002年4月

ウィン
スポーツ・エージェントのマイロンの相棒、ニューヨークに事務所を構える財務アドバイザー 「パーフェクト・ゲーム」 ハーラン・コーベン著;中津悠訳 早川書房(ハヤカワ・ミステリ文庫) 2001年2月

ウィン
失踪したループ・オールダーの上の姉、サマセットのストリート在住 「秘められた伝言 上下」 ロバート・ゴダード著;加地美知子訳 講談社(講談社文庫) 2003年9月

ウィンキー
著作権エージェント・ジェーンの家の三毛猫、2歳の雌猫 「迷子のマーリーン 三毛猫ウィンキー&ジェーン1」 エヴァン・マーシャル著;高橋恭美子訳 ソニー・マガジンズ(ヴィレッジブックス) 2004年4月

ウィンザー・ホーン・ロックウッド三世(ウィン)　ういんざーほーんろっくうっどさんせい(ういん)
スポーツ・エージェントのマイロン・ボライターの相棒で大学時代からの友人 「ウイニング・ラン」 ハーラン・コーベン著;中津悠訳 早川書房(ハヤカワ・ミステリ文庫) 2002年4月

ウィンザー・ホーン・ロックウッド三世(ウィン)　ういんざーほーんろっくうっどさんせい(ういん)
スポーツ・エージェントのマイロンの相棒、ニューヨークに事務所を構える財務アドバイザー 「パーフェクト・ゲーム」 ハーラン・コーベン著;中津悠訳 早川書房(ハヤカワ・ミステリ文庫) 2001年2月

ウィンストン・ブレイスウェイト(ブレイスウェイト)
イギリス内務省および首都警察の精神医学顧問、40代の黒人男性 「グール 上下」 マイケル・スレイド著;大島豊訳　東京創元社(創元推理文庫) 2004年3月

ウィンストン・レイノルズ
ギャンブル好きの敏腕弁護士、アフリカ系アメリカ人の男性 「財産分与 女弁護士ニナ・ライリー」 ペリー・オショーネシー著;富永和子訳 小学館(小学館文庫) 2004年12月

うぃん

ウィンターズ
FBIのバーチャル犯罪特捜隊「ネットフォース」のメンバー、少年部隊「ネットフォース・エクスプローラーズ」の連絡担当部長 「ネットフォースエクスプローラーズ 1は孤独な数字」トム・クランシー著;スティーヴ・ピチェニック著 アスペクト 2001年3月

ウィンターズ
FBIのバーチャル犯罪特捜隊「ネットフォース」のメンバー、少年部隊「ネットフォース・エクスプローラーズ」の連絡担当部長 「ネットフォースエクスプローラーズ 陰謀のゲーム」トム・クランシー著;スティーヴ・ピチェニック著 アスペクト 2001年12月

ウィンターボザム
古典文学の大学教授にして第二次世界大戦中の英国情報部の工作員 「スパイが集う夜」 ジョン・オールトマン著;広瀬順弘訳 早川書房(ハヤカワ文庫NV) 2001年6月

ウェイド・エマーソン
元財政コンサルタント、「ホテル・フィリップ」のオーナーだったスティーヴン・エマーソンの二十四歳の息子 「ミステリアス・ホテル」E.C.シーディ著;酒井裕美訳 二見書房(二見文庫) 2005年11月

魏 徳華 うぇい・どーほあ
市公安局副局長で刑事警察隊隊長、古城刑務所捜査官・羅維民の親友 「十面埋伏 上下」張平著;荒岡啓子訳 新風舎 2005年11月

ウェイヴァリー
私立探偵シェル・スコットの依頼人、ハリウッドの映画誌「インサイド」の発行者 「ハリウッドで二度吊せ!」リチャード・S.プラザー著;三浦彊子訳 論創社(論創海外ミステリ) 2004年12月

ウェイン・コリンズ
ジョージア州ブリクストンの小学校の校長先生、優秀で人柄もいい30代の男 「ギフト」ビリー・ボブ・ソーントン脚本;トム・エパーソン脚本;小島由記子訳 講談社(シネマブックス) 2001年5月

ウェイン・タランス(タランス)
メンフィスの中堅法律事務所を監視しているFBIの特別捜査官 「法律事務所」ジョン・グリシャム著;白石;朗訳 小学館(小学館文庫) 2003年3月

ウェイン・テッドロー・ジュニア
ラスヴェガス市警の部長刑事、CIAの麻薬密造計画の参加者 「アメリカン・デス・トリップ 上下」ジェイムズ・エルロイ著;田村義進訳 文藝春秋 2001年9月

ウェイン・プレンティス
ニューヨークに住む中堅作家、ベストセラー作家のブライスと過去に親しかった男 「鉤」ドナルド・E.ウェストレイク著;木村二郎訳 文藝春秋(文春文庫) 2003年5月

ウェクスフォード
キングズマーカム警察主任警部、ソーシャルワーカーのシルヴィアの父親 「悪意の傷跡」ルース・レンデル著;吉野美恵子訳 早川書房(Hayakawa pocket mystery books) 2002年12月

ウェクスフォード
キングズマーカム警察主任警部、白人の大男 「シミソラ」ルース・レンデル著;宇佐川晶子訳 角川書店(角川文庫) 2001年3月

ウェスタ
ニューヨーク州北部にあるハート・レーク女子学院の学生、ラテン語教師ジェーンの生徒 「乙女の湖」キャロル・グッドマン著;津森優子訳 早川書房(ハヤカワ・ミステリ文庫) 2003年1月

ウエスト
有名作家、ブルースター兄妹が企画した会費制パーティーに参加した男 「夜の静寂に」 ジル・チャーチル著;戸田早紀訳　東京創元社（創元推理文庫）2004年2月

ウエスト
金のために働くトレジャーハンター、同じくトレジャーハンターのララの元恋人 「トゥームレイダー」 デイヴ・スターン著;富永和子訳　徳間書店（徳間文庫）2001年9月

ウエスト
国際臓器移植会社「IORC」に専属医師としてスカウトされた若い心臓外科医 「Jファクター―臓器移植順位」 スティーヴン・カーナル著;平井イサク訳　早川書房（ハヤカワ文庫NV）2001年1月

ウェストン警視正　うぇすとんけいしせい
デヴォン州警察本部長、私立探偵ポアロとは古い知り合い 「白昼の悪魔」 アガサ・クリスティー著;鳴海四郎訳　早川書房（ハヤカワ文庫クリスティー文庫）2003年10月

ウェズリイ
ニューヨーク裏社会の探偵バークの幼なじみ、バークの宿敵の殺し屋 「クリスタル」 アンドリュー・ヴァクス著;菊地よしみ訳　早川書房（ハヤカワ・ミステリ文庫）2001年6月

ウェスリー・ウェスコット
ハリウッドのパーティー企画・ケータリング会社〈マデリン・ビーン・ケータリング〉のマデリンの仕事仲間、何でも出来る物知りな青年 「死人主催晩餐会」 ジェリリン・ファーマー著;智田貴子訳　早川書房（ハヤカワ・ミステリ文庫）2002年7月

ウェスリー・ウェスコット
ロサンゼルスのケータリング会社「マデリン・ビーン・イベント」の共同経営者 「殺人現場で朝食を」 ジェリリン・ファーマー著;智田貴子訳　早川書房（ハヤカワ・ミステリ文庫）2003年3月

ウェズリー・ディーン・セロー（セロー）
カルト教団の教祖、信者の集団自殺の首謀者として獄中の死刑囚 「狂信者の黙示録　上下」 ダグ・リチャードソン著;高澤真弓訳　東京創元社（創元推理文庫）2004年8月

ウェックスラー
マンハッタンに診療所を構える結婚カウンセラー 「Mr.&Mrs.スミス」 キャシー・デュボウスキー著;小島由記子編訳　ソニー・マガジンズ（ヴィレッジブックス）2005年9月

ウェブ
17歳のジェイミーにとって友達以上の存在の男の子 「わたしが消えた夜」 ジュリー・R・ディーヴァー著;石原未奈子訳　集英社（集英社文庫）2003年7月

ウェブスター・クイン
50歳の天才形成外科医、ニューヨークで事故にあったブロンテの顔の手術をした男性医師 「一つの顔、二人の女」 アン・メイジャー著;細郷妙子訳　ハーレクイン（MIRA文庫）2002年11月

ウェブ・ロンドン
FBIのエリート集団HRT（人質救出チーム）所属のスナイパー、過去の事件で顔の半分を失った男 「ラストマン・スタンディング」 デイヴィッド・バルダッチ著;熊谷千寿訳　小学館（小学館文庫）2004年7月

ウェルズビイ・メッソン・スミス（牧師）　うぇるずびいめっそんすみす（ぼくし）
イギリス国教会の教区牧師、馬の血統やコンディションを研究して勝ち馬を当てることができる男 「判事とペテン師」 ヘンリー・セシル著;中村美穂訳　論創社（論創海外ミステリ）2005年12月

うぇる

ウェルチ
ケンタッキー州シェルビー郡「ホイッスルダウン農場」の管理人、30代後半の大男 「パラダイスに囚われて」 カレン・ロバーズ著;小林令子訳 ソニー・マガジンズ(ヴィレッジブックス) 2002年10月

ウェルドン・ソニエ
石油会社の経営者、元エア・アメリカのパイロット 「過去が我らを呪う」 ジェイムズ・リー・バーク著;鈴木恵訳 角川書店(角川文庫) 2001年1月

ウェンディ・ブラタンド
シングルマザーとしてひとり息子のピートと貧乏生活をする女性 「硝煙のトランザム」 ロブ・ライアン著;鈴木恵訳 文藝春秋(文春文庫) 2003年8月

ウェンデル・フォースター
パーム・スプリングスの「デザート長寿研究所」の所長、元外科医の79歳の男 「探偵はいつも憂鬱」 スティーヴ・オリヴァー著;真崎義博訳 早川書房(ハヤカワ・ミステリ文庫) 2002年8月

ウェンデル・マーサー
行方不明になっている不動産会社の経営者 「探偵ムーディー、営業中」 スティーヴ・オリヴァー著;真崎義博訳 早川書房(ハヤカワ・ミステリ文庫) 2001年10月

ウォーカー
ロンドンの巡査、ロンドン警視庁警部になることを夢見る将来有望な若者 「樽」 F.W.クロフツ著;加賀山卓朗訳 早川書房(ハヤカワ・ミステリ文庫) 2005年1月

ウォーグレイヴ判事　うぉーぐれいぶはんじ
高名な元判事、インディアン島オーエン邸に招かれた客の1人 「そして誰もいなくなった」 アガサ・クリスティー著;清水俊二訳 早川書房(ハヤカワ文庫クリスティー文庫) 2003年10月

ウォーターズ
50年代のシドニーで恐れられていた悪徳刑事、復員兵の男 「有り金をぶちこめ」 ピーター・ドイル著;佐藤耕士訳 文藝春秋(文春文庫) 2002年12月

ウォーターズ
ミシシッピ州ナチェズで石油会社を経営する41歳の男、石油地質学者 「魔力の女」 グレッグ・アイルズ著;雨沢泰訳 講談社(講談社文庫) 2005年11月

ウォーターズ
米海軍特殊部隊SEAL部隊長、なによりも部下の安全を優先する現場指揮官 「ティアーズ・オブ・ザ・サン」 アレックス・ラスカー脚本;パトリック・シリーロ脚本;石田享訳 竹書房(竹書房文庫) 2003年10月

ウォッシュ
ニューヨーク州矯正局局長、以前アッティカ刑務所に新米看守として配属された三人の男の一人 「汚名」 ヴィンセント・ザンドリ著;高橋恭美子訳 文藝春秋(文春文庫) 2001年8月

ウォッチマン
イギリスの国内保安部・MI5の長期潜入工作員、テロリストのIRA内部に送り込まれた男 「暗殺工作員ウォッチマン」 クリス・ライアン著;伏見威蕃訳 早川書房(ハヤカワ文庫NV) 2003年7月

ウォード・ホプキンズ
元CIA捜査官、自動車事故で亡くした両親の死の謎を探っていく男 「死影」 マイケル・マーシャル著;嶋田洋一訳 ソニー・マガジンズ(ヴィレッジブックス) 2005年5月

うぉる

ウォード・リテル
マフィアに雇われる弁護士、元FBI捜査官 「アメリカン・デス・トリップ 上下」 ジェイムズ・エルロイ著;田村義進訳 文藝春秋 2001年9月

ウォニ
秘密裏の組織684部隊第1班所属の訓練兵、明るい性格の男 「シルミド」 キム・ヒジェ著;伊藤正治訳 角川書店(角川文庫) 2004年5月

ウォリック・ブラウン
ラスベガス市警科学捜査班のメンバー、優秀だがギャンブル好きなのが唯一の弱点の男 「CSI:科学捜査班 シン・シティ」 マックス・アラン・コリンズ著;鎌田三平訳 角川書店(角川文庫) 2005年5月

ウォリック・ブラウン
ラスベガス市警科学捜査班のメンバー、優秀だがギャンブル好きなのが唯一の弱点の男 「CSI:科学捜査班 ダブル・ディーラー」 マックス・アラン・コリンズ著;鎌田三平訳 角川書店(角川文庫) 2005年3月

ウォーリー・ブライン(ブライン)
ピアニスト・エディが演奏するフィラデルフィアの酒場の用心棒、43歳の元プロレスラー 「ピアニストを撃て」 デイヴィッド・グーディス著;真崎義博訳 早川書房 (Hayakawa pocket mystery books) 2004年5月

ウォーリー・フランダーズ
マザーズ・ヴィニャードの警察署長、マンハッタンの女性検事補アレックス・クーパーの10年来の知り合い 「誤殺」 リンダ・フェアスタイン著;平井イサク訳 早川書房(ハヤカワ・ミステリ文庫) 2002年7月

ウォール・ストリート
フランスの密輸組織のボス 「トランスポーター」 リュック・ベッソン著;ロバート・マーク・ケイメン著;小島由記子訳 角川書店(角川文庫) 2003年1月

ウォルター・F・ショート(フレンチー)　うぉるたーえふしょーと(ふれんちー)
アーカンソー州の犯罪摘発部隊隊員、20歳の警察官 「悪徳の都 上下」 スティーヴン・ハンター著;公手成幸訳 扶桑社(扶桑社ミステリー) 2001年2月

ウォルター・ケンジントン
女性弁護士ヴィクトリア・ケンジントンの父、大手法律事務所のトップ 「疑惑のサンクチュアリ 上下」 アンドレア・ケイン著;藤田佳澄訳 ソニー・マガジンズ(ヴィレッジブックス) 2004年4月

ウォルター・コトラー
二十年間行方不明だった元米国務次官、ロンドン大学に遊学中のニックの父 「スパイにされたスパイ」 ジョゼフ・キャノン著;飯島宏訳 文藝春秋(文春文庫) 2001年6月

ウォルター・コール
ニューヨーク市警警部補、仕事も家庭も順調の男 「死せるものすべてに 上下」 ジョン・コナリー著;北澤和彦訳 講談社(講談社文庫) 2003年9月

ウォルター・ショート(フレンチー)
キューバのアメリカ大使館在勤のCIA職員、対諜報部門のトップ 「ハバナの男たち 上下」 スティーヴン・ハンター著;公手成幸訳 扶桑社(扶桑社ミステリー) 2004年7月

ウォルター・チャイルズ
ニューヨークにあるインターバンクの上級副頭取、若い愛人と結婚しようとしている男 「華やかな誤算」 ダイアナ・ダイアモンド著;高橋佳奈子訳 ソニー・マガジンズ(ヴィレッジブックス) 2002年4月

うぉる

ウォルター・バーク
CIA訓練所のベテラン教官、優秀な人間を採用し訓練することで国に仕えてきた男 「リクルート」 ロジャー・タウン脚本;カート・ウィマー脚本;ミッチ・グレイザー脚本;保志一蔵編訳 角川書店（角川文庫） 2003年12月

ウォルター・ファインバーグ
私立探偵、ニューヨーク市警の元殺人課刑事 「確信犯 上下」 スティーヴン・ホーン著;遠藤宏昭訳 早川書房（ハヤカワ・ミステリ文庫） 2001年8月

ウォルター・フロレンタイン（フロレンタイン）
実業家、不気味なイグアナや怪しい原住民がいる「南米バナナ共和国」のツアーに参加したアメリカ人観光客 「観光旅行」 デイヴィッド・イーリイ著;一ノ瀬直二訳 早川書房（ハヤカワ・ミステリ文庫） 2004年6月

ウォレス・ポーターフィールド（ポーターフィールド）
ウェスト・ヴァージニアの谷間にある田舎町を独裁者のように支配している悪徳保安官 「蜘蛛の巣のなかへ」 トマス・H・クック著;村松潔訳 文藝春秋（文春文庫） 2005年9月

ウォレス・ボンダラント（ボンダラント）
家庭医でコロイド州医師会の会長、患者のテリーに乳癌を放置したと訴えられた男 「柔らかい棘」 ベイン・カー著;高野裕美子訳 講談社（講談社文庫） 2002年3月

ウォーレン・ガマリエル・ハーディング（ハーディング）
第二十九代アメリカ合衆国大統領、遊説先のサンフランシスコで謎の死を遂げた男 「奇術師カーターの華麗なるフィナーレ 上下」 グレン・デイヴィッド・ゴールド著;島村浩子訳 早川書房 2003年1月

ウォレン教授　うぉれんきょうじゅ
ヘレン・ケイペルがメイドとして働くサミット邸の主人、科学者 「らせん階段」 エセル・リナ・ホワイト著;山本俊子訳 早川書房 (Hayakawa pocket mystery books) 2003年9月

ウォーレン・クリーヴァー（クリーヴァー）
パイングローヴ精神病院の責任者、臨死体験を魂の神経生物学として計量的にとらえようと研究している医師 「打ち砕かれた昏睡（コーマ）」 ジョン・ダーントン著;嶋田洋一訳 ソニー・マガジンズ（ヴィレッジブックス） 2005年8月

ウォーレン・タウマン
「闇の徘徊者（ナイト・クローラー）」と呼ばれる殺人鬼 「洋上の殺意 上下」 ロバート・ウォーカー著;瓜生知寿子訳 扶桑社（扶桑社ミステリー） 2002年1月

ウォーン
ロボット工学専門家、アメリカの巨大テーマパーク「ユートピア」の技術と売上金を狙ったテロリストを追った男 「ユートピア」 リンカーン・チャイルド著;白石朗訳 文藝春秋（文春文庫） 2003年12月

禹刑事　うけいじ
ソウル市警殺人課のベテラン刑事、40代の冷血漢の男 「ソウル—逃亡の果てに」 金聖鍾著;祖田律男訳 新風舎（新風舎文庫） 2005年4月

ウッドロウ
ナイロビ英国高等弁務官事務所長、高等弁務官への昇進を望む40歳の男 「ナイロビの蜂 上下」 ジョン・ル・カレ著;加賀山卓朗訳 集英社（集英社文庫） 2003年12月

禹東一（禹刑事）　う・どんいる（うけいじ）
ソウル市警殺人課のベテラン刑事、40代の冷血漢の男 「ソウル—逃亡の果てに」 金聖鍾著;祖田律男訳 新風舎（新風舎文庫） 2005年4月

ウラジーミル・ブラートニコフ（ブラートニコフ）
暗殺された連邦保安局の将軍 「死刑執行人—モスクワ市警殺人課分析官アナスタシヤ 3」 アレクサンドラ・マリーニナ著;吉岡ゆき訳 作品社 2002年3月

ウルフ
コロンビア反政府組織のリーダー、通称「ウルフ」と呼ばれるテロリスト 「コラテラル・ダメージ」 デイビッド・グリフィス脚本;ピーター・グリフィス脚本 光文社(光文社文庫) 2002年3月

ウルフ
ナイフ使いの殺し屋、極悪非道の男 「女競買人 横盗り」 ウィリアム・D・ブランケンシップ著;中川聖訳 講談社(講談社文庫) 2001年5月

ウルフ
ニューヨークでオフィスを構える巨大漢の私立探偵、偏屈な安楽椅子型の名探偵 「シーザーの埋葬」 レックス・スタウト著;大村美根子訳 光文社(光文社文庫) 2004年3月

ウルフ
ニューヨークでオフィスを構える巨大漢の私立探偵、偏屈な安楽椅子型の名探偵 「ネロ・ウルフ対FBI」 レックス・スタウト著;高見浩訳 光文社(光文社文庫) 2004年2月

ウルフ
ニューヨークに住む私立探偵 「編集者を殺せ」 レックス・スタウト著;矢沢聖子訳 早川書房(Hayakawa pocket mystery books) 2005年2月

ウルフ
マンハッタンに住む私立探偵、超肥満体の美食家 「殺人犯はわが子なり」 レックス・スタウト著;大沢みなみ訳 早川書房(Hayakawa pocket mystery books) 2003年1月

ウルフ
優秀な女性犯罪心理学者 「死せるものすべてに 上下」 ジョン・コナリー著;北澤和彦訳 講談社(講談社文庫) 2003年9月

ウルフ博士　うるふはかせ
犯罪心理学者、ニューヨークの大学で犯罪心理学と歴史を教えている博士 「キリング・タイム」 ケイレブ・カー著;加賀山卓朗訳 早川書房(Hayakawa novels) 2002年11月

ウルフマイヤー
ボストン・レッドソックスのジェネラルマネージャー 「殺人豪速球」 デイヴィッド;フェレル著;棚橋志行訳 二見書房(二見文庫) 2003年10月

ウルフ・マッケンジー
ワイオミング州の田舎町・ルースに住む牧場経営者、インディアンの血をひく偏屈な中年の男 「マッケンジーの山」 リンダ・ハワード著;高木晶子訳 ハーレクイン(MIRA文庫) 2005年5月

ウールリッチ
ルイジアナ州ニューオリンズのFBI特別捜査官補 「死せるものすべてに 上下」 ジョン・コナリー著;北澤和彦訳 講談社(講談社文庫) 2003年9月

【え】

エアリアル・ゴールド
ロサンゼルスのテレビ局に勤めるキャリアウーマン、一年前に記憶を失ってしまった33歳の女性 「猜疑」 ジュディ・マーサー著;北沢あかね訳 講談社(講談社文庫) 2001年11月

エアリアル・ベーン
アイダホの核施設セキュリティ担当者、変死した従兄のサミュアル・ベーンから送られてきた謎の文書を解明しようとした女性 「マジック・サークル　上下」 キャサリン・ネヴィル著;大滝啓裕訳 学研 2003年9月

えいさ

エイサ・リー・ピニオン(ピニオン)
「シカゴ・コメット紙」の記者、ロンドンで「誤解された男のクラブ」の会員である四人の不思議な人物に出会った男性 「四人の申し分なき重罪人」 G.K.チェスタトン著;西崎憲訳 国書刊行会(ミステリーの本棚) 2001年8月

エイダ・シャフツベリー
食べ物に目がないが義侠心に富む万引き常習犯、バースの街で暮らすホームレスの大女 「暗い迷宮」 ピーター・ラヴゼイ著;山本やよい訳 早川書房(ハヤカワ・ミステリ文庫) 2003年7月

H・M えいちえむ
イギリス陸軍省の大物にして名探偵 「殺人者と恐喝者」 カーター・ディクスン著;森英俊訳 原書房(ヴィンテージ・ミステリ・シリーズ) 2004年4月

H・M えいちえむ
イギリス陸軍情報局総裁であり名探偵 「読者よ欺かるるなかれ」 カーター・ディクスン著;宇野利泰訳 早川書房(ハヤカワ・ミステリ文庫) 2002年4月

H・M えいちえむ
英国陸軍情報部部長官、元情報部部員ケンの結婚式前日に元スパイの屋敷へ潜入を命じた男 「パンチとジュディ」 カーター・ディクスン著;白須清美訳 早川書房(ハヤカワ・ミステリ文庫) 2004年3月

H・B・ヤン えいちびーやん*
ニューヨーク・チャイナタウンの大物でイースト・ポイント計画での市長の相談役、私立探偵リディア・チンの依頼主 「苦い祝宴」 S.J.ローザン著;直良和美訳 東京創元社(創元推理文庫) 2004年1月

エイディーン・マーリィ
アメリカの国家危機管理センター通称"オプ・センター"の職員、スペインで暗殺された上司・マーサの部下 「自爆政権」 トム・クランシー著;スティーヴ・ピチェニック著;伏見威蕃訳 新潮社(新潮文庫) 2002年8月

エイブ・コールドスタイン
「スケルトン探偵」ギデオン・オリヴァーの恩師、文化人類学者 「呪い!」 アーロン・エルキンズ著;青木久惠訳 早川書房(ハヤカワ・ミステリ文庫) 2005年5月

エイブ・モーゲンスターン
ニューヨークにある酒場のオーナー 「孤独な鳥がうたうとき」 トマス・H・クック著;村松潔訳 文藝春秋 2004年11月

エイブラハム・リーバーマン(リーバーマン)
シカゴ警察の老刑事、ユダヤ系アメリカ人 「人間たちの絆」 スチュアート・カミンスキー著;棚橋志行訳 扶桑社(扶桑社ミステリー) 2002年4月

エイブラムズ
FBIの特別捜査官、大統領候補者ハウの孫誘拐事件捜査の総指揮をとる46歳の男 「誘拐」 ジェイムズ・グリッパンド著;白石;朗訳 小学館(Shogakukan mystery) 2003年2月

エイヴリー・エリザベス・ディレイニー
27歳のFBIアナリスト、出産直後に姿を消した異常な女ジリーの娘 「魔性の女がほほえむとき」 ジュリー・ガーウッド;著;鈴木;美朋訳 ソニーマガジンズ(ヴィレッジブックス) 2004年12月

エイブ・リーバーマン(リーバーマン)
シカゴ市警に勤務するユダヤ系の老刑事、襲撃されたミア・シャヴォット教会の信徒 「刑事エイブ・リーバーマン 憎しみの連鎖」 スチュアート・カミンスキー著;棚橋志行訳 扶桑社(扶桑社ミステリー) 2003年1月

エイプリル・ウー
ニューヨーク市警20分署の中国系女性刑事 「紅唇(ルージュ)」 レスリー・グラス著;翔田朱美訳 講談社(講談社文庫) 2001年10月

エイヴェリル・ブレイン
飛行機エンジンを製造する「ブレイン・カンパニー」の経営者、きれいで誇り高い二十四歳の娘 「死を呼ぶスカーフ」 ミニオン・G・エバハート著;板垣節子訳 論創社(論創海外ミステリ) 2005年1月

エイホン・ヴァフター
地質学者、麻薬密売人・アクセルの言いなりになって麻薬入りのトランクを持ちラタナキリ国へやってきた男 「洞窟」 ティム・クラベー著;西村由美訳 アーティストハウス(Book plus) 2002年8月

エイミー
6歳のときに英国陸軍大尉だった父親ロックハートと別れたきりになった娘 「反逆部隊 上下」 ガイ・ウォルターズ著;横山啓明訳 早川書房(ハヤカワ文庫NV) 2003年11月

エイミー
カメラマンのイアン・ジャレットの14歳の娘 「一瞬の光のなかで 上下」 ロバート・ゴダード著;加地美知子訳 扶桑社(扶桑社ミステリー) 2002年2月

エイミー・キンゼス
サンディエゴ近郊にある高級老人ホーム〈海の上のカムデン〉の新しい入居者、お高くとまった嫌われ者 「氷の女王が死んだ」 コリン・ホルト・ソーヤー著;中村有希訳 東京創元社(創元推理文庫) 2002年4月

エイミー・スタントン
テキサス州セントラルシティの教師、保安官助手ルー・フォードの恋人 「おれの中の殺し屋」 ジム・トンプスン著;三川基好訳 扶桑社(扶桑社ミステリー) 2005年5月

エイミー・デンプシー
シンシナティのビデオ制作会社の経営パートナー、経営者ソフィの妹 「プレイボーイをやっつけろ!」 ジェニファー・クルージー著;米山裕子訳 二見書房(二見文庫) 2005年9月

エイミー・パーケンス
名門の法律事務所で働く情報システムの責任者、幼い娘をもつシングルマザー 「汚れた遺産」 ジェイムズ・グリッパンド著;白石朗訳 小学館(小学館文庫) 2003年11月

エイミー・ペニー
テレビレポーターのロビンの夫・バークの愛人、若く美しく有能なテレビ司会者 「トレンチコートに赤い髪」 スパークル・ヘイター著;中谷ハルナ訳 新潮社(新潮文庫) 2002年12月

エイミー・ホリスター・チェンバース
子供の頃事故により部分的記憶喪失となったキャディの幼なじみ、双子の弟アンディの姉 「閉ざされた記憶」 ファーン・マイケルズ著;大鳥双恵訳 二見書房(二見文庫) 2004年2月

エイミー・リスラン
考古学者レイドナー博士の妻の付き添い看護師、物語の語り手 「殺人は癖になる」 アガサ・クリスティ著;厚木淳訳 東京創元社(創元推理文庫) 2003年11月

エイミー・レザラン
考古学者ライドナー博士の妻の付き添い看護師、物語の語り手 「メソポタミヤの殺人」 アガサ・クリスティー著;石田善彦訳 早川書房(ハヤカワ文庫クリスティー文庫) 2003年12月

エイムズ
2004年の米国統合参謀本部副議長、改革の必要性を説く精力的な陸軍大将 「派兵の代償」 トマス・E.リックス著;藤田佳澄訳 早川書房(ハヤカワ文庫NV) 2002年4月

えいめ

エイメリー・ハイド
ピルグリム財団から資金援助を受けている医師・スーザンの父親 「迷宮の暗殺者」 デイヴィッド・アンブローズ著;鎌田三平訳 ソニー・マガジンズ(ヴィレッジブックス) 2004年2月

エイモン・バーク(バーク)
かつてワシントンとモスクワの海外特派員として名を馳せていたイギリス在住のフリージャーナリスト 「神の火を盗んで」 ピーター・ミラー著;野村芳夫訳 徳間書店(徳間文庫) 2001年5月

エイルノス
新任の教区司祭、学識があり謹厳実直だが人間的な優しさに欠ける男 「門前通りのカラス」 エリス・ピーターズ著;岡達子訳 光文社(光文社文庫) 2004年11月

エイレン・マーデル
高級娼婦、元刑事の私立探偵・マットの恋人 「獣たちの墓」 ローレンス・ブロック著;田口俊樹訳 二見書房(二見文庫) 2001年1月

エインズリー
マイアミ警察署殺人課の部長刑事、元カトリック神父 「殺人課刑事 上下」 アーサー・ヘイリー著;永井淳訳 新潮社(新潮文庫) 2001年5月

A・K・ウォーターズ(ウォーターズ)　えーけーうぉーたーず(うぉーたーず)*
米海軍特殊部隊SEAL部隊長、なによりも部下の安全を優先する現場指揮官 「ティアーズ・オブ・ザ・サン」 アレックス・ラスカー脚本;パトリック・シリーロ脚本;石田享訳 竹書房(竹書房文庫) 2003年10月

A.J.ラッフルズ(ラッフルズ)　えーじぇいらっふるず(らっふるず)*
スポーツマンシップにのっとり盗みをはたらくアマチュア泥棒紳士、上流階級出身でクリケットの名手 「またまた二人で泥棒を」 E.W.ホーナング著;藤松忠夫訳 論創社(論創海外ミステリ) 2005年1月

A.J.ラッフルズ(ラッフルズ)　えーじぇいらっふるず(らっふるず)*
スポーツマンシップにのっとり盗みをはたらくアマチュア泥棒紳士、上流階級出身でクリケットの名手 「最後に二人で泥棒を」 E.W.ホーナング著;藤松忠夫訳 論創社(論創海外ミステリ) 2005年3月

A.J.ラッフルズ(ラッフルズ)　えーじぇいらっふるず(らっふるず)*
スポーツマンシップにのっとり盗みをはたらくアマチュア泥棒紳士、上流階級出身でクリケットの名手 「二人で泥棒を—ラッフルズとバニー」 E.W.ホーナング著;藤松忠夫訳 論創社(論創海外ミステリ) 2004年11月

A・C・D　えーしーでぃー*
名探偵シャーロック・ホームズと同居する医師ワトソンの友人、一般開業医 「シャーロック・ホームズ対切り裂きジャック」 マイケル・ディブディン著;日暮雅通訳 河出書房新社(河出文庫) 2004年2月

エシー・ロー
自殺したとされている恋人の不可解な死の真相について調べ始めた娘 「凶器の貴公子」 ボストン・テラン著;田口俊樹訳 文藝春秋(文春文庫) 2005年8月

エス・イェーガー(イェーガー)
奇跡のダイエット薬「ミラ・ロス」の製薬会社が雇った失せ物探しのプロ 「運び屋を追え」 ジェイ・マクラーティ著;山本光伸訳 二見書房(二見文庫) 2004年4月

エスケリータ・レイナ(ベイビィ・キャット・フェイス)
ニューオーリンズに住む23歳の女性、製油所に勤めるジンボの恋人 「ベイビィ・キャット-フェイス」 バリー・ギフォード著;真崎義博訳 文藝春秋(文春文庫) 2001年4月

エステラ
失踪したジャーナリスト・アンナの学生時代からの親友、アムステルダムで働いている女 「フィレンツェに消えた女」 サラ・デュナント著;小西敦子訳 講談社(講談社文庫) 2003年6月

エステラ・サントス
殺し屋、十数年ぶりに故郷のマンチェスターに帰ってきた女 「アシッド・カジュアルズ」 ニコラス・ブリンコウ著;玉木亨訳 文藝春秋(文春文庫) 2002年2月

エステル・ド・フリース
アムステルダムの東インド会社の役員であるド・フリースの若い妻、英国人 「今ふたたびの海 上下」 ロバート・ゴダード著;加地美知子訳 講談社(講談社文庫) 2002年9月

エスネ・ユースタス
イギリス軍将校ハリー・ファイヴァシャムの婚約者、アイルランド・ドニゴール生まれのヴァイオリンの名手 「サハラに舞う羽根」 A.E.W.メースン著;古賀弥生訳 東京創元社(創元推理文庫) 2003年7月

エスペランサ・ディアス
スポーツ・エージェントのマイロン・ボライターの同僚、バイセクシュアルの女性 「ウイニング・ラン」 ハーラン・コーベン著;中津悠訳 早川書房(ハヤカワ・ミステリ文庫) 2002年4月

エズラエル・カーヴァー
ロンドンのチープサイド警察署刑事、20代後半の青年 「魔物を狩る少年」 クリス・ウッディング著;渡辺庸子訳 東京創元社(創元推理文庫) 2005年8月

エスリン・アンドリューズ
スコッツデイル郊外に住む女性写真家、ひときわ裕福な環境の中で育った白人 「侵入者」 サンドラ・ブラウン著;松村和紀子訳 ハーレクイン(MIRA文庫) 2001年9月

エゼキエル・ドラクロフ
キリストの再臨を待つ秘密団体「ブラザーフッド」の統率者、九十歳を超える老人 「メサイア・コード 上下」 マイクル・コーディ著;内田昌之訳 早川書房(ハヤカワ文庫NV) 2005年8月

エゼキン・クロット(クロット)
乞食組合の親方、ロンドンのダーク地帯クルクット・レーンズに住む40代の男 「魔物を狩る少年」 クリス・ウッディング著;渡辺庸子訳 東京創元社(創元推理文庫) 2005年8月

エセル・ロジャース(ミセス・ロジャース)
インディアン島オーエン邸の料理人、執事トマスの妻 「そして誰もいなくなった」 アガサ・クリスティー著;清水俊二訳 早川書房(ハヤカワ文庫クリスティー文庫) 2003年10月

エチエンヌ・ボワッセ
新聞記者、私立探偵ヴィドックの伝記を書いているという若者 「ヴィドック」 ジャン=クリストフ・グランジェ脚本;江崎リエノベライズ編訳 角川書店(角川文庫) 2001年12月

X えっくす*
英文学教授、自らの妻子を含む連続殺人を自白し精神鑑定を受けている拘留中の容疑者 「自白の迷宮」 ケネス・J・ハーヴェイ著;金子浩訳 扶桑社(扶桑社ミステリー) 2004年6月

XO えっくすおー
米国海軍駆逐艦ウィンストン・チャーチル号の副長、海軍将官2世の男 「化学兵器テロを阻止せよ—ホワイトハウス極秘指令」 ビル・ハーロウ著;塩川優訳 扶桑社(扶桑社ミステリー) 2002年12月

エッグベア(巡査部長) えっぐべあ(じゅんさぶちょう)
イギリスのチョービー村の警察署の巡査部長 「その死者の名は」 エリザベス・フェラーズ著;中村有希訳 東京創元社(創元推理文庫) 2002年8月

エッタ
マンハッタンのヘルズ・キッチンに住む黒人の老婦人 「ヘルズ・キッチン」 ジェフリー・ディーヴァー著;渋谷正子訳 早川書房(ハヤカワ・ミステリ文庫) 2002年12月

エディ
無一文の流れ者、テキサスの街でコンビニの店員を殺害してしまい相棒のレイ・ボブと逃避行を開始した男 「終わりのないブルーズ」 クリストファー・クック著;奥田祐士訳 ソニー・マガジンズ(ヴィレッジブックス) 2002年2月

エディ(エドワード・ウェブスター・リン)
フィラデルフィアの酒場で演奏するピアニスト、中背で痩せ気味の30代前半の男 「ピアニストを撃て」 デイヴィッド・グーディス著;真崎義博訳 早川書房(Hayakawa pocket mystery books) 2004年5月

エディ・グレイス
4歳の少女ルーシーを誘拐した無職の青年、元教師 「天使の遊戯」 アンドリュー・テイラー著;越前敏弥訳 講談社(講談社文庫) 2004年2月

エディ・スピノーラ
フリーライター、メリッサの元夫で脳を活性化する薬「MDT-48」を手に入れた男 「ブレイン・ドラッグ」 アラン・グリン著;田村義進訳 文藝春秋(文春文庫) 2004年2月

エディ・ダンフォード(ダンフォード)
「ヨークシャー・ポスト」の事件記者 「1983ゴースト」 デイヴィッド・ピース著;酒井武志訳 早川書房(ハヤカワ・ミステリ文庫) 2004年5月

エディ・ダンフォード(ダンフォード)
イングランド<ヨークシャー・ポスト>紙の記者 「1974ジョーカー」 デイヴィッド・ピース著;酒井武志訳 早川書房(ハヤカワ・ミステリ文庫) 2001年7月

エディ・デービス
ニューヨークに住む無名役者、風貌は冴えないが素直で誠実な男 「億万ドルの舞台」 シドニィ・シェルダン作;天馬竜行訳 アカデミー出版 2004年9月

エディ・バーンズ
元デルタ・フォース隊員、戦友のスタフォードとともにカナダの原生林で飛行機が墜落した現場にいた男 「終極の標的」 J・C・ポロック著;広瀬順弘訳 早川書房(ハヤカワ文庫NV) 2002年6月

エティ・ワシントン(エッタ)
マンハッタンのヘルズ・キッチンに住む黒人の老婦人 「ヘルズ・キッチン」 ジェフリー・ディーヴァー著;渋谷正子訳 早川書房(ハヤカワ・ミステリ文庫) 2002年12月

エド・アンダースン
退職したスパルタ警察の刑事 「黒い夏」 ジャック・ケッチャム著;金子浩訳 扶桑社(扶桑社ミステリー) 2005年6月

エドゥアルド・デニソフ(デニソフ)
モスクワ市の女性捜査官アナスタシヤが休暇を過ごすことになったN市を支配している黒幕 「アウェイゲーム 分析官アナスタシヤ・シリーズ①」 アレクサンドラ・マリーニナ著;貝澤哉訳 光文社(光文社文庫) 2003年4月

エドウィン・ウィルソン
ジョージア州アトランタの「連邦疫病対策センター」に所属する生物学者 「ダスト 上下」 チャールズ・ペレグリーノ;白石朗訳 ソニー・マガジンズ(ヴィレッジブックス) 2002年5月

エドウィン・クライス
元FBI海外諜報部捜査官、ヴァージニア州ブラックスバーグで隠遁生活を送るかつての「スパイ狩人」 「闇の狩人を撃て 上下」 P.T.デューターマン著;阿尾正子訳 二見書房(二見文庫) 2003年4月

エドガー
ロサンジェルス市警ハリウッド署の刑事、刑事ハリー・ボッシュのパートナー 「シティ・オブ・ボーンズ」 マイクル・コナリー著;古沢嘉通訳 早川書房(ハヤカワ・ミステリ文庫) 2005年2月

エドガー
ロサンジェルス市警ハリウッド署の刑事、刑事ハリー・ボッシュのパートナー 「シティ・オブ・ボーンズ」 マイクル・コナリー著;古沢嘉通訳 早川書房(Hayakawa novels) 2002年12月

エドガー・ウィールド(ウィールド)
中部ヨークシャー警察の部長刑事、表情が読み取れない男 「死の笑話集」 レジナルド・ヒル著;松下祥子訳 早川書房(Hayakawa pocket mystery books) 2004年11月

エドガー・ウィールド(ウィールド)
中部ヨークシャー警察の部長刑事、表情が読み取れない男 「死者との対話」 レジナルド・ヒル著;秋津知子訳 早川書房(Hayakawa pocket mystery books) 2003年9月

エドガー・ウィールド(ウィールド)
中部ヨークシャー警察の部長刑事、表情が読み取れない男 「武器と女たち」 レジナルド・ヒル著;松下祥子訳 早川書房(Hayakawa pocket mystery books) 2001年12月

エドガー・サイモン(サイモン)
合衆国大統領の法律顧問、青年弁護士マイケルの上司 「大統領法律顧問」 ブラッド・メルツァー著;中原裕子訳 早川書房(Hayakawa novels) 2002年1月

エドガー・リー・ペンダー
FBI特別捜査官、連続殺人犯のマックスを追った男 「監禁治療」 ジョナサン・ナソー著;匝瑳玲子訳 早川書房(ハヤカワ文庫NV) 2001年12月

エド・ケネディ
未成年のタクシー運転手、社会の落ちこぼれでなんの取り柄もない十九歳の少年 「メッセージ The first card」 マークース・ズーサック著;立石光子訳 ランダムハウス講談社(ランダムハウス講談社文庫) 2005年12月

エド・ジャクソン
ワシントン市警殺人課の刑事、作家グレイス・マッケイブの姉キャスリーンの隣人 「傲慢な花」 ノーラ・ロバーツ著;飛田野,裕子訳 ハーレクイン(MIRA文庫) 2004年2月

エド・ディープノー
メイン州デリーの住人ラルフの隣人、妻へのDVで逮捕された男 「不眠症 上下」 スティーヴン・キング著;芝山幹郎訳 文藝春秋 2001年7月

エドナ・カラドス(カラドス夫人)　えどなからどす(からどすふじん)
英国空軍中佐のジョンの母親、戦前の黄金期の綿花王の娘で先代カラドス公爵夫人 「検屍官の領分」 マージェリー・アリンガム著;佐々木愛訳 論創社(論創海外ミステリ) 2005年1月

エド・ハウザー
「ハウザー&トッド法律事務所」のパートナー、ローラの母のエレンの恋人 「ローラに何がおきたのか」 フレドリック・ヒューブナー著;法村里絵訳 角川書店(角川文庫) 2003年5月

エド・フェントレス(フェントレス)
ヴァージニア州検事、弁護士ナット・ディーズの元上司 「焦熱の裁き」 デイヴィッド・L.;ロビンズ著;村上;和久訳 新潮社(新潮文庫) 2005年1月

エド・フォーリ
イランでの諜報活動が認められて昇進しCIA支局長としてモスクワに赴任した男 「教皇暗殺 1・2・3・4」 トム・クランシー著;田村源二訳 新潮社(新潮文庫) 2004年4月

えどぶ

エド・ブラウン
サンフランシスコ市警察部長刑事、特別顧問アイアンサイドの助手 「鬼警部アイアンサイド」ジム・トンプスン著;尾之上浩司訳 早川書房(Hayakawa pocket mystery books) 2005年5月

エド・ベア
歓楽都市アトランティック・シティのタクシー運転手、全米のバーを6年以上もわたりあるいている巨体の男 「9ミリの挽歌」ロブ・ライアン著;鈴木恵訳 文藝春秋(文春文庫) 2001年10月

エド・ホーエイグ
クイーンズ909分署一級刑事、チョコレートマン事件の捜査担当者 「よい子はみんな天国へ」ジェシー・ハンター著;青木悦子訳 東京創元社(創元推理文庫) 2005年11月

エド・マグリフィン
ミシシッピ州の黒人町ティーブスに潜入した6人の射撃ティームメンバーのひとり 「最も危険な場所 上下」スティーヴン・ハンター著;公手成幸訳 扶桑社(扶桑社ミステリー) 2002年5月

エドムント・ボイセン(ボイセン)
米国で爆発炎上したツェッペリン型飛行船・ヒンデンブルクの乗員、昇降舵手 「ヒンデンブルク炎上 上下」ヘニング・ボエティウス著;天沼春樹訳 新潮社(新潮文庫) 2004年8月

エド・モズビー
ロサンゼルスの伝説的バウンティ・ハンター、もとモデルのドミノとチームを組んだ50代の白人 「ドミノ」リチャード・ケリー脚本;富永和子訳 竹書房(竹書房文庫) 2005年10月

エドモン・ウェルズ
蟻に関する「相対的かつ絶対的知の百科事典」を遺した生物学者、元錠前屋ジョナサンの伯父 「蟻―ウェルベル・コレクション〈1〉」ベルナール;ウェルベル著;小中;陽太郎訳;森山;隆訳 角川書店(角川文庫) 2003年6月

エドモン・ウェルズ
生物学者、蟻との対話機械の生みの親 「蟻の時代 ウェルベル・コレクションⅡ」ベルナール・ウェルベル著;小中陽太郎訳;森山隆訳 角川書店(角川文庫) 2003年7月

エドモンド・クライヴ(クライヴ)
ロサンゼルスの私立探偵、数々の修羅場をくぐりぬけてきたタフガイ 「非情の裁き」リイ・ブラケット著;浅倉久志訳 扶桑社(扶桑社ミステリー) 2003年8月

エド・ラビドウスキィ(狂犬) えどらびどうすきぃ(まっどどっぐ)
カナダ連邦騎馬警察巡査長、ユーコン準州の狩人の息子で「狂犬」と呼ばれているマッチョ・マン 「斬首人の復讐」マイケル・スレイド著;夏来健次訳 文藝春秋(文春文庫) 2005年9月

エドワード・アームストロング(アームストロング医師) えどわーどあーむすとろんぐ(あーむすとろんぐいし)
ロンドンで評判の良い婦人科の医師、インディアン島オーエン邸に招かれた客の1人 「そして誰もいなくなった」アガサ・クリスティー著;清水俊二訳 早川書房(ハヤカワ文庫クリスティー文庫) 2003年10月

エドワード・ウェブスター・リン
フィラデルフィアの酒場で演奏するピアニスト、中背で痩せ気味の30代前半の男 「ピアニストを撃て」デイヴィッド・グーディス著;真崎義博訳 早川書房(Hayakawa pocket mystery books) 2004年5月

エドワード・キャベンディッシュ(キャベンディッシュ)
ロスアラモス研究所の遺伝子学者、クローン研究者 「紀元零年の遺物 上下」ジェフ・ロング著;山本光伸訳 二見書房(二見文庫) 2004年11月

エドワード・ケリー（ケリー）
ケンタッキー州エデヴィル刑務所に収容されている死刑囚、連続殺人犯 「地底迷宮 上下」 マーク；サリヴァン著；上野；元美訳 新潮社（新潮文庫）2004年3月

エドワード・サッカレイ（サッカレイ）
19世紀末ロンドンのスコットランド・ヤードの巡査 「絞首台までご一緒に」 ピーター・ラヴゼイ著；三好一美訳 早川書房（ハヤカワ・ミステリ文庫）2004年1月

エドワード・サッカレイ（サッカレイ）
スコットランド・ヤードの巡査、忍耐強くお人好しの男 「降霊会の怪事件」 ピーター・ラヴゼイ著；谷田貝常夫訳 早川書房（ハヤカワ・ミステリ文庫）2002年6月

エドワード・J・リチャードソン（リッチ）　えどわーどじぇいりちゃーどそん（りっち）*
戦時下のアメリカ海軍の潜水艦艦長、何事にも慎重な男 「深く静かに潜航せよ」 エドワード・L・ビーチ著；鳥見真生訳 柏艪舎 2003年8月

エドワード・ジョンソン
トランス・ユナイテッド航空の運航担当重役で筆頭副社長、つねに会社の最大の利益を考えている優秀な企業家 「超音速漂流」 ネルソン・デミル著；トマス・ブロック著；村上博基訳 文藝春秋（文春文庫）2001年12月

エドワード・ディクスン・ブライ（ディクスン・ブライ）
元イギリス空軍士官、バース署刑事ダイヤモンドの妻の元夫 「最期の声」 ピーター・ラヴゼイ著；山本やよい訳 早川書房（Hayakawa novels）2004年1月

エドワード・ハイド（ハイド）
ジキル博士の家に出入りする謎の男、小柄で不快な容貌の持ち主 「ジキル博士とハイド氏」 ロバート・ルイス・スティーヴンスン著；夏来健次訳 東京創元社（創元推理文庫）2001年8月

エドワード・パウエル
ウェールズにある小さな町・ルウールに住んでいる青年、伯母のミルドレッドの束縛から逃れるため殺害をたくらんでいる甥 「伯母殺人事件」 リチャード・ハル著；中村能三訳 嶋中書店（嶋中文庫）2005年6月

エドワード・ハガード
イングランド南部の海辺の町で診療所を開いている医師、外科の研修医の時既婚女性と恋愛をした男 「愛という名の病」 パトリック・マグラア著；宮脇孝雄訳 河出書房新社 2003年10月

エドワード・ヘイヴァシャム
英国首相、イングランドおよびウェールズの法務総裁・ジェフリーの弟で兄を誘拐した真犯人を追った男 「デッドリミット」 ランキン・デイヴィス著；白石朗訳 文藝春秋（文春文庫）2001年5月

エドワード・マースチン（ドクター・マースチン）
フランス・サボイ山中の精神病院シャトー・ランドリーの院長代理、ハンサムな青年医師 「白い恐怖」 フランシス・ビーディング著；山本俊子訳 早川書房（Hayakawa pocket mystery books）2004年2月

エドワード・ライアン・マコール二世（ビッグ・エディ）　えどわーどらいあんまこーるにせい（びっぐえでぃ）
アメリカの大富豪、ブティック経営者シンディの父 「夢をかなえて」 エリザベス・ローウェル作；山本亜里紗訳 ハーレクイン（ハーレクイン文庫）2001年4月

エニシテ
16世紀末のオスマン・トルコの元高官で細密画師、皇帝ムラト三世より『祝賀本』制作の命を受けた細密画工房の監督 「わたしの名は「紅」」 オルハン；パムク著；和久井；路子訳 藤原書店 2004年11月

えにす

エニス・チェイニー（チェイニー）
21012年にペンシルヴェニアの上院議員だったアフリカ系アメリカ人 「蛇神降臨記」 スティーヴ・オルテン著;野村芳夫訳　文藝春秋(文春文庫) 2003年2月

エバ・シュテレンボッシュ女史（シュテレンボッシュ女史）　えばしゅてれんぼっしゅじょし（しゅてれんぼっしゅじょし）
14歳のMI6秘密工作員アレックスが潜入した「ポイントブランク・アカデミー」の副校長 「女王陛下の少年スパイ!アレックス ポイントブランク」 アンソニー・ホロヴィッツ著;竜村風也訳 集英社 2002年12月

エバハート
自殺した男、名無しの探偵「わたし」の警察学校時代からの友人 「幻影」 ビル・プロンジーニ著;木村二郎訳 講談社(講談社文庫) 2003年8月

エヴァ・ヘルナンデス
SMプレイ専門ホテル「ロワシー」のオーナー、ニューヨーク市警の元女性警察官 「悦楽者たちの館」 ジョン・ウォーレン著;三川基好訳 扶桑社(扶桑社ミステリー) 2003年1月

エヴァラードレイヴン
十九世紀の作家ラヌルフの長男、ニューミレニアム百科事典を編纂している初老の男性 「アプルビイズ・エンド」 マイケル・イネス著;鬼頭玲子訳 論創社(論創海外ミステリ) 2005年9月

エーヴァルト・シュテルン（シュテルン）
ウィーン警視庁殺人犯捜査課二係係長、寡黙で実務家タイプの警部 「小さな花—現代ウィーン・ミステリー・シリーズ」 エルンスト・ヒンターベルガー著;鈴木隆雄訳 水声社 2001年10月

エヴァン・カイリー　えばんかいりー
幼い息子を誘拐されたという男、新聞記者 「沈黙の代償」 パトリシア・カーロン著;池田真紀子訳 扶桑社(扶桑社ミステリー) 2001年2月

エヴァンズ
法律事務所「ハッスル&ブラック」の弁護士、二十八歳の青年 「恐怖の存在 上下」 マイクル・クライトン著;酒井昭伸訳　早川書房(Hayakawa novels) 2005年9月

エヴァン・トレボーン
記憶喪失によってタイムスリップする特殊能力を持つ青年 「バタフライ・エフェクト」 ジェームズ・スワロウ著;酒井紀子訳 竹書房(竹書房文庫) 2005年4月

エヴァン・バーチ
ピアス大学哲学科教授で双子の男児の父親、女子高校生失踪事件の被疑者 「悩み多き哲学者の災難」 ジョージ・ハラ著;対馬妙訳 早川書房(ハヤカワ文庫NV) 2004年11月

エヴリン・サトクリフ（サトクリフ）
ニューヨークのユニバーシティ病院のERで働く36歳の研修医 「研修医エヴリンと夏の殺人鬼」 レイア・ルース・ロビンソン著;清水ふみ訳 東京創元社(創元推理文庫) 2005年8月

エマ
新聞記者ジャック・タガーの女性上司 「ロックンロール・ウイドー」 カール・ハイアセン著;田村義進訳　文藝春秋(文春文庫) 2004年12月

エマ
全身に魚の鱗の刺青を掘られショック状態で保護された15歳くらいの少女 「タトゥ・ガール」 ブルック・スティーヴンズ著;細美遙子訳 講談社(講談社文庫) 2004年1月

エマ・ウェルズ・フィンチ
英国の聖ガートルード女子学院の校長、男性経験のなさを悔やんでいる品行方正な名門出の英国人令嬢 「レディ・エマの微笑み」 スーザン・エリザベス・フィリップス著;宮崎槇訳 二見書房(二見文庫) 2005年3月

エマ・ガン
いとこのヴィクトリアの嫁ぎ先・ニューメキシコ準州に一緒に行った娘 「レディ・ヴィクトリア」 リンダ・ハワード著;加藤洋子訳 ソニー・マガジンズ(ヴィレッジブックス) 2002年7月

エマ・タイソー
バース在住の犯罪心理分析官、海水浴場で絞殺された女 「漂う殺人鬼」 ピーター・ラヴゼイ著;山本やよい訳 早川書房(Hayakawa novels) 2005年1月

エマ・ハウ
カリフォルニア州「エマ・ハウ探偵事務所」所長、2児の母で55歳の未亡人 「わたしをさがさないで」 ギリアン・ロバーツ著;栗木さつき訳 集英社(集英社文庫) 2002年6月

エマ・ハーリー
コネチカット州の田舎町いちばんのお金持ち、パズルを解いた者に莫大な遺産を譲ると遺言状を遺して亡くなった女性 「パズルレディと赤いニシン」 パーネル・ホール著;松下祥子訳 早川書房(ハヤカワ・ミステリ文庫) 2003年4月

エマ・ボイル
ニューヨーク市警特殊被害者班の刑事、離婚手続き中の34歳の女性 「キャンディーランド」 エヴァン・ハンター著;エド・マクベイン著;山本博訳 早川書房(Hayakawa novels) 2001年10月

エマ・ラヴェンナム
ロンドン警視庁の警視長アダム・ダルグリッシュの恋人、ケンブリッジ大学の英文学講師 「殺人展示室」 P.D.ジェイムズ著;青木久惠訳 早川書房(Hayakawa pocket mystery books) 2005年2月

エマ・ラヴェンナム
ロンドン警視庁の警視長アダム・ダルグリッシュの恋人、ケンブリッジ大学の英文学講師 「神学校の死」 P.D.ジェイムズ著;青木久惠訳 早川書房(Hayakawa pocket mystery books) 2002年7月

エミリー
ニューヨークから郊外に移り住む9歳の少女、心理学者デビッドの娘 「ハイド・アンド・シーク」 アリ・シュロスバーグ脚本;小島由記子ノベライズ編訳 竹書房(竹書房文庫) 2005年4月

エミリアーノ・デル・ソル(エル・ペロ)
メキシコ系暴力団のボス、シカゴ市警の老刑事リーバーマンとギブアンドテイクの関係にある男 「刑事エイブ・リーバーマン 憎しみの連鎖」 スチュアート・カミンスキー著;棚橋志行訳 扶桑社(扶桑社ミステリー) 2003年1月

エミリイ・アランデル
イギリスの田舎町マーケット・ベイシングの小緑荘の女主人、上品な老婦人 「もの言えぬ証人」 アガサ・クリスティー著;加島祥造訳 早川書房(ハヤカワ文庫クリスティー文庫) 2003年12月

エミリー・ダウニング
スポーツ・エージェントのマイロン・ボライターの大学時代の恋人 「ウイニング・ラン」 ハーラン・コーベン著;中津悠訳 早川書房(ハヤカワ・ミステリ文庫) 2002年4月

エミリー・チャイルズ
ニューヨークにあるインターバンクの上級副頭取・ウォルターの25年間連れ添った妻 「華やかな誤算」 ダイアナ・ダイアモンド著;高橋佳奈子訳 ソニー・マガジンズ(ヴィレッジブックス) 2002年4月

エミリー・ハンセン
ワイオミング州出身の地質学者、元石油会社勤務の女性 「沈黙の日記」 サラ・アンドリューズ著;高橋恭美子訳 早川書房(ハヤカワ・ミステリ文庫) 2001年2月

えみり

エミリー・ハンセン
ワイオミング州出身の法地質学者、デンバーの石油会社に勤務する30代前半の白人女性 「化石の殺人」 サラ・アンドリューズ著;高橋恭美子訳　早川書房(ハヤカワ・ミステリ文庫) 2002年9月

エミリー・ブレント
信仰があつく厳格な65歳の老嬢、インディアン島オーエン邸に招かれた客の1人 「そして誰もいなくなった」 アガサ・クリスティー著;清水俊二訳　早川書房(ハヤカワ文庫クリスティー文庫)　2003年10月

エミリー・マーシャル(エム)
フロリダ州セント・シモーン地区のハイスクールで英語の教師をしている25歳の女性 「哀しい嘘」 スーザン・ブロックマン作;安倍杏子訳　ハーレクイン(シルエット・ラブストリーム) 2002年7月

エミリー・ルッキンランド
ニューヨークで母と暮らす9歳の少女、誘拐の被害者 「よい子はみんな天国へ」 ジェシー・ハンター著;青木悦子訳　東京創元社(創元推理文庫)　2005年11月

エミール・カーノフ
ノーベル医学賞を受賞した医師、長年催眠術を用いて病気を治療する方法を研究している博士 「雷鳴の記憶」 ダイナ・マコール著;皆川孝子訳　ハーレクイン(MIRA文庫)　2003年5月

エミール・ブロード
1948年東ヨーロッパ某国の人民警察殺人捜査課の新人捜査官、22歳のブロンドの若者 「嘆きの橋」 オレン・スタインハウアー著;村上博基訳　文藝春秋(文春文庫)　2005年1月

エム
フロリダ州セント・シモーン地区のハイスクールで英語の教師をしている25歳の女性 「哀しい嘘」 スーザン・ブロックマン作;安倍杏子訳　ハーレクイン(シルエット・ラブストリーム) 2002年7月

エームズ・マッキニー
召喚状送達業者・ルーの親友、七十四歳になる男 「消えた人妻」 スチュアート・カミンスキー著;中津悠;訳　講談社(講談社文庫)　2004年9月

エム・ハンセン(エミリー・ハンセン)
ワイオミング州出身の地質学者、元石油会社勤務の女性 「沈黙の日記」 サラ・アンドリューズ著;高橋恭美子訳　早川書房(ハヤカワ・ミステリ文庫)　2001年2月

エム・ハンセン(エミリー・ハンセン)
ワイオミング州出身の法地質学者、デンバーの石油会社に勤務する30代前半の白人女性 「化石の殺人」 サラ・アンドリューズ著;高橋恭美子訳　早川書房(ハヤカワ・ミステリ文庫) 2002年9月

MP　えむぴー
CIAモスクワ支局長エド・フォーリの妻、同支局職員 「教皇暗殺 1・2・3・4」 トム・クランシー著;田村源二訳　新潮社(新潮文庫)　2004年4月

エメリー　えめりー
ミネソタ州マストン郡の保安官、屈強な男 「真実への銃声 上下」 チャック・ローガン著;千葉隆章訳　扶桑社(扶桑社ミステリー)　2001年7月

エメ・ルデュック
パリで探偵事務所をかまえる私立探偵、34歳のアメリカ系フランス人で刑事の娘 「パリ、殺人区」 カーラ・ブラック著;奥村章子訳　早川書房(ハヤカワ・ミステリ文庫) 2002年3月

エラ
主人公の青年ジョーと荷船で同居する女、船の持ち主レスリーの妻 「ヤング・アダム」 アレグザンダー・トロッキ著;浜野アキオ訳 河出書房新社 2005年1月

エライアス
黒人の人権派弁護士、ロサンジェルス市警の長年にわたる宿敵 「堕天使は地獄へ飛ぶ」 マイクル・コナリー著;古沢嘉通訳 扶桑社 2001年9月

エライアス・ウィンターズ
シアトル郊外の町ウィスパリング・ウォーターズ・コーヴの雑貨屋店主、クレイジー・オーティス桟橋の元地主ヘイデン・ストーンの相続人 「ささやく水」 ジェイン・アン・クレンツ著;中村三千恵訳 二見書房(二見文庫) 2002年6月

エライアス・ゴードン
18世紀のロンドンで暮らしている調査員ウィーヴァーの親友、外科医 「紙の迷宮 上下」 デイヴィッド・リス著;松下祥子訳 早川書房(ハヤカワ・ミステリ文庫) 2001年8月

エライニア・マノス
テキサス州サンアントニオにある「エライニア・マノス探偵社」の女探偵 「殺意の教壇」 リック・リオーダン著;林雅代訳 小学館(小学館文庫) 2005年5月

エラスト・ペトローヴィチ・ファンドーリン(ファンドーリン)
モスクワ警察本署直属特捜部文書係、赴任して3週間の新米刑事 「堕ちた天使 アザゼル」 ボリス・アクーニン著;沼野恭子訳 作品社 2001年4月

エラ・ハーコート
アメリカ帰りの英国名門の令嬢、長いアメリカ暮らしのため英国上流階級のしきたりにそぐわなくなった女性 「溺れゆく者たち」 リチャード・メイソン著;那波かおり訳 角川書店(Book plus) 2001年1月

エラリイ・クイーン
アメリカの探偵、徹底した理論家 「スペイン岬の秘密」 エラリイ・クイーン著;大庭忠男訳 早川書房(ハヤカワ・ミステリ文庫) 2002年3月

エラリイ・クイーン
小説家探偵、長年対立する俳優一家をテーマに映画脚本を執筆するためハリウッドを訪れた男 「ハートの4」 エラリイ・クイーン著;大庭忠男訳 早川書房(ハヤカワ・ミステリ文庫) 2004年2月

エラリイ・クイーン(クイーン)
不可能犯罪を解決する頭脳的な名探偵、探偵小説の作家 「日本庭園の秘密」 エラリイ・クイーン著;大庭忠男訳 早川書房(ハヤカワ・ミステリ文庫) 2003年4月

エラリー・クイーン
犯罪を求めて世界を周遊するアメリカのミステリ作家兼名探偵 「エラリー・クイーンの国際事件簿」 エラリー・クイーン著;飯城勇三訳 東京創元社(創元推理文庫) 2005年7月

エラリー・クイーン
名探偵 「神の灯」 エラリー・クイーン著;大久保康雄訳 嶋中書店(嶋中文庫) 2004年11月

エリー(フェニラ・グッドマン)
アメリカ大富豪の娘、呪われた地と言われている「ジプシーが丘」で青年のマイケルと出会った二十一歳 「終りなき夜に生れつく」 アガサ・クリスティー著;乾信一郎訳 早川書房(ハヤカワ文庫クリスティー文庫) 2004年8月

エリー・アクトン
下院議員候補の資産家ゴードン・アクトンの妻、特殊教育の専門家 「糖蜜色の偽り」 ダイアナ・ダイアモンド著;高橋佳奈子訳 ソニー・マガジンズ(ヴィレッジブックス) 2005年9月

えりお

エリオット
連続婦女暴行殺人の罪で逮捕され精神病院に収容された20歳の男 「待ちうける影」 ヒラリー・ウォー著;法村里絵訳 東京創元社(創元推理文庫) 2001年7月

エリオット・コリンズ
ノース・キャロライナ大学心理学科助教授、二十六歳の青年 「神聖娼婦」 グレイアム・ワトキンズ著;大瀧啓裕訳 学習研究社 2004年4月

エリオット氏　えりおっとし
イギリスの人気探偵作家で農場経営者、犯罪者ヒーローをえがく小説「スパイダー」の作者 「ストップ・プレス」 マイクル・イネス著;富塚由美訳 国書刊行会(世界探偵小説全集) 2005年9月

エリオット・ステイル(ステイル)
キューバの高校の英語教師、私立探偵のガスラーからアメリカへの亡命をもちかけられた男 「追放者」 ホセ・ラトゥール著;酒井武志訳 早川書房(ハヤカワ・ミステリ文庫) 2001年2月

エリオット・マッキンタイア(マッキンタイア)
アメリカ海軍中将、海軍特殊「シーファイター」任務部隊司令官 「攻撃目標を殲滅せよ 上下」 ジェイムズ・H・コッブ著;伏見威蕃訳 文藝春秋(文春文庫) 2002年10月

エリオネット・ネス
元財務省特別捜査官、私立探偵・ヘラーの友人 「黒衣のダリア」 マックス・アラン・コリンズ著;三川基好訳 文藝春秋(文春文庫) 2003年9月

エリカ・バーゴイン
英国ウェストオーバー群警察の署長バーゴインの17歳の娘 「ロウソクのために一シリングを」 ジョセフィン・テイ著;直良和美訳 早川書房(Hayakawa pocket mystery books) 2001年7月

エリカ・ベアード
ニューヨーク市警の鑑識カメラマン、証人保護プログラムによってエリカとしての過去を消された女性 「ヒロインは眠らない 上下」 ドリス・モートマン著;栗木さつき訳 二見書房(二見文庫) 2004年1月

エリー・キャヴァノー
「アトランタ・ニューズ」紙の調査報道記者、七歳の時に殺された姉の遺体を発見した女性 「魔が解き放たれる夜に」 メアリ・ヒギンズ・クラーク著;安原和見訳 新潮社(新潮文庫) 2004年4月

エリク・ムルハイム
パリのオペラ座に棲んでいた怪人、ニューヨークへ国外逃亡し巨万の富と絶大な権力を手にした醜い容姿の男 「マンハッタンの怪人」 フレデリック・フォーサイス著;篠原慎訳 角川書店(角川文庫) 2002年10月

エリザベス
ハバナに住むエリート会社員・ヴィクターの妻 「バイク・ガールと野郎ども」 ダニエル・チャヴァリア著;真崎義博訳 早川書房(ハヤカワ・ミステリ文庫) 2002年11月

エリザベス
ボストンに住む女性探偵サニー・ランドルの姉、弁護士ハルの妻で専業主婦 「二度目の破滅」 ロバート・B.パーカー著;奥村章子訳 早川書房(ハヤカワ・ミステリ文庫) 2001年9月

エリザベス
田舎町ストーンヴィルの映画館主・ジョーの妻 「取るに足りない殺人」 ジム・トンプスン著;三川基好訳 扶桑社 2003年9月

エリザベス・ウェアリング
冷酷無情なヤング・エグゼクティブであるヘンリーの高校時代の同級生 「ヘンリーの悪行リスト」 ジョン・スコット・シェパード著;矢口誠訳 新潮社(新潮文庫) 2005年2月

エリザベス・エイムズ
カウンセラー、フロリダ州キーウエストの教会の牧師・レイチェルの妹 「邪神」 エリカ・スピンドラー著;平江まゆみ訳 ハーレクイン(MIRA文庫) 2003年5月

エリザベス・オズボーン
CIA工作員マイケルの妻で弁護士、ダグラス・キャノン民主党上院議員の娘 「暗殺者の烙印」 ダニエル・シルヴァ著;二宮磬訳 文藝春秋(文春文庫) 2002年5月

エリザベス・オヘイガン(リタ)
1950年代のニューヨーク州で作られた少女ギャング団「フォックスファイア」のメンバー、元いじめられっ子の少女 「フォックスファイア」 ジョイス・キャロル・オーツ著;井伊順彦訳 DHC 2002年7月

エリザベス・クリー
ヴィクトリア朝後期のロンドンで夫殺しの罪で絞首刑となった女 「切り裂き魔ゴーレム」 ピーター・アクロイド著;池田栄一訳 白水社 2001年9月

エリザベス・ショート
「ブラック・ダリア」と呼ばれ娼婦まがいなことをしていた娘、体をふたつに切断され殺された女性 「黒衣のダリア」 マックス・アラン・コリンズ著;三川基好訳 文藝春秋(文春文庫) 2003年9月

エリザベス・ステュアート
大富豪の夫との離婚後にミネソタ州の町スティル・ウォーターズに移り住んだ34歳の女性、地方新聞の発行人 「ふたりだけの岸辺」 タミー・ホウグ著;宮下有香訳 二見書房(二見文庫) 2004年2月

エリザベス・スワン
英国海軍総監の父をもつ男まさりで行動力がある美しい娘 「パイレーツ・オブ・カリビアン 呪われた海賊たち」 テッド・エリオット脚本;テリー・ロッシオ脚本;ジェイ・ウォルパート脚本;鈴木玲子ノヴェライズ 竹書房(竹書房文庫) 2003年8月

エリザベス・ティアニー博士(ティジー)　 えりざべすていあにーはくし(ていじー)
ロックフェラー大学の双子研究の専門家、30歳の女性 「エクスペリメント 上下」 ジョン・ダーントン著;嶋田洋一訳 ソニー・マガジンズ(ヴィレッジブックス) 2002年4月

エリザベス・ハドレー
パレスチナ難民を支援するNGO組織の職員、美しいイギリス人女性 「スパイ・ゲーム」 マイケル・フロスト・ベックナー脚本;池谷律代編訳 竹書房(竹書房文庫) 2001年12月

エリザベス・ピアス
ウエディングプランナーのアナベルが担当する式の花嫁 「ウエディング・プランナーは眠れない」 ローラ・ダラム著;上條ひろみ訳 ランダムハウス講談社(ランダムハウス講談社文庫) 2005年11月

エリザベス・ベック
小児科医ベックの亡き妻、8年前に連続殺人鬼に襲われて死亡した女性 「唇を閉ざせ 上下」 ハーラン・コーベン著;佐藤耕士訳 講談社(講談社文庫) 2002年1月

エリザベス・ペンローズ(ベス)
ニューヨーク州ロングアイランドのサフォーク郡警殺人課の美人刑事 「プラムアイランド 上下」 ネルソン・デミル著;上田公子訳 文藝春秋(文春文庫) 2002年6月

エリザベス・ロス(リジー)
27歳の弁護士、弁護士事務所RT&Jを経営するジャック・ロスの長女 「マンハッタンの薔薇」 シンシア;ビクター著;田村;達子訳 講談社(講談社文庫) 2004年5月

えりざ

エリザヴェータ・フォン・エヴェルト・コロコリーツェフ（リーザン）
モスクワ県控訴院議長の娘、大学生ココーリンのピストル自殺を目撃した17歳の少女 「堕ちた天使 アザゼル」 ボリス・アクーニン著；沼野恭子訳 作品社 2001年4月

エリス・アルヴズ
女子大生メリッサ殺害の罪で有罪になりシーダー・ジャンクションで服役中の黒人男性 「悪党」 ロバート・B.パーカー著；菊池光訳 早川書房（ハヤカワ・ミステリ文庫）2004年11月

エリーズ・アンドリオリ
全身麻痺で目が見えず口もきけないが左手だけは回復した36歳のフランス人女性 「雪の死神」 ブリジット・オベール著；香川由利子訳 早川書房（ハヤカワ・ミステリ文庫）2002年2月

エリーズ・サンドバーグ
ジョージア州サヴァナ市警殺人課刑事、別れた夫と暮らす思春期の娘オードリーの母 「擬死」 アン・フレイジャー著；北沢あかね訳 ランダムハウス講談社 2005年12月

エリーズ・シフリン
エリック・パーカーが22日前に結婚した女性、詩人でありヨーロッパと世界の銀行業で財を成した伝説的なシフリン家の嫡子 「コズモポリス」 ドン・デリーロ著；上岡伸雄訳 新潮社（新潮文庫）2004年2月

エリス・Z・ペティグルー（ジー）　えりすじーぺてぃぐるー（じー）＊
米海軍特殊部隊SEAL部隊員、通信技術のスペシャリスト 「ティアーズ・オブ・ザ・サン」 アレックス・ラスカー脚本、パトリック・シリーロ脚本；石田享訳 竹書房（竹書房文庫）2003年10月

エリス・ラングフォード
31歳の仮釈放中のピザ配達人、刑務所で6本のシナリオを書きあげた脚本家志望の男 「男殺しのロニー」 レイ・シャノン著；鈴木恵訳 ソニー・マガジンズ（ヴィレッジブックス）2005年9月

エリック
CIA情報分析官キャロラインの旅客機爆破テロで死んだはずの夫、元CIA工作官 「カットアウト 上下」 フランシーヌ・マシューズ著；高野裕美子訳 新潮社（新潮文庫）2002年6月

エリック
ヴァイオリニスト志望の青年・ジェームズの親友、フランス人のピアニスト 「溺れゆく者たち」 リチャード・メイソン著；那波かおり訳 角川書店（Book plus）2001年1月

エリック
ルイジアナ州シュリーヴポートでクラブを経営する長寿で力のあるヴァンパイア 「満月と血とキスと」 シャーレイン・ハリス著；林啓恵訳 集英社（集英社文庫）2003年10月

エリック・アッケルマン（アッケルマン）
脳神経科医、記憶障害を持つアンナ・エイムズの主治医 「狼の帝国」 ジャン＝クリストフ・グランジェ著；高岡真訳 東京創元社（創元推理文庫）2005年12月

エリック・ウー
億万長者のグリフィンに雇われた殺し屋、凄惨な過去を持つ北朝鮮出身の26歳の男 「唇を閉ざせ 上下」 ハーラン・コーベン著；佐藤耕士訳 講談社（講談社文庫）2002年1月

エリック・サンティバ
FBI行動科学部部長、FBI女検視官のジェシカ・コランと「闇の徘徊者」事件を追う男 「洋上の殺意 上下」 ロバート・ウォーカー著；瓜生知寿子訳 扶桑社（扶桑社ミステリー）2002年1月

エリック・スランスキー
『ブラウナー・ショー』のプロデューサー、テレビレポーター・ロビンの年下の恋人 「トレンチコートに赤い髪」 スパークル・ヘイター著；中谷ハルナ訳 新潮社（新潮文庫）2002年12月

エリック・チャン（チャン）
カナダ連邦騎馬警察警部補、コロンビア大学を優等で卒業した中国人心理分析官 「髑髏島の惨劇」 マイケル・スレイド著;夏来健次訳 文藝春秋（文春文庫）2002年1月

エリック・ノース
中世写本の専門家、レアリティーズ・アンリミテッドのコンサルタント 「水晶の鐘が鳴るとき 上下」 エリザベス・ローウェル著;高田恵子訳 ソニー・マガジンズ（ヴィレッジブックス）2002年9月

エリック・パーカー
28歳にして資産運用の会社を経営し大成功を収めている大金持ちの男 「コズモポリス」 ドン・デリーロ著;上岡伸雄訳 新潮社（新潮文庫）2004年2月

エリック・ヴァニエ
巨大な富を持つ「ヴァニエ財団」代表、悪魔崇拝集団のリーダー的存在の男 「ブレス・ザ・チャイルド 上下」 キャシー・キャッシュ・スペルマン著;中俣真知子訳 竹書房（竹書房文庫）2001年11月

エリック・ホーク
作家、宝石会社のCM撮影のためにフロリダの湿原の土地を貸した男性 「ニューヨークから来た天使」 ヘザー・グレアム作;中野恵訳 ハーレクイン（シルエット・ラブストリーム）2004年11月

エリック・ライドナー（ライドナー博士） えりっくらいどなー（らいどなーはくし）
スウェーデン系アメリカ人の考古学者、イラクの古代遺跡の調査隊長 「メソポタミヤの殺人」 アガサ・クリスティー著;石田善彦訳 早川書房（ハヤカワ文庫クリスティー文庫）2003年12月

エリック・リチャード・エアリー
脳外科医、総合失調症のパイロットの兄 「もつれ」 ピーター・ムーア・スミス著;伏見威蕃訳 東京創元社（創元推理文庫）2004年12月

エリック・レイドナー
スウェーデン系アメリカ人の考古学者、イラクの古代遺跡の調査隊長 「殺人は癖になる」 アガサ・クリスティ著;厚木淳訳 東京創元社（創元推理文庫）2003年11月

エーリッヒ・ラデック
元ナチス親衛隊保安諜報部員 「さらば死都ウィーン－美術修復師ガブリエル・アロンシリーズ」 ダニエル・シルヴァ著;山本光伸訳 論創社 2005年10月

エリナー・ビショップ
元スワンプ・スコットハイスクールの生徒、皆から売女と呼ばれていた行方不明の家出少女 「湖水に消える」 ロバート・B.パーカー著;菊池光訳 早川書房（ハヤカワ・ミステリ文庫）2005年10月

エリナー・ビショップ
元スワンプ・スコットハイスクールの生徒、皆から売女と呼ばれていた行方不明の家出少女 「湖水に消える」 ロバート・B.パーカー著;菊池光訳 早川書房（Hayakawa novels）2002年4月

エリナー・ペティグルー
元弁護士のペティグルーの親子ほども年の離れた妻 「いつ死んだのか」 シリル・ヘアー著;矢田智佳子訳 論創社（論創海外ミステリ）2005年11月

エリノア
アメリカ東部ニューポートに住む富豪の妻、24歳のキャロルの32歳の姉 「黄色の間」 メアリ・ロバーツ・ラインハート著;阿部里美訳 早川書房（Hayakawa pocket mystery books）2002年6月

えりの

エリノア・キャサリーン・カーライル
殺人の疑いをかけられた若い娘、裕福な未亡人ローラ・ウエルマンの姪 「杉の柩」 アガサ・クリスティー著;恩地三保子訳 早川書房(ハヤカワ文庫クリスティー文庫) 2004年5月

エリー・バー
白夜の街アラスカの地元の女性刑事、腕利き刑事のウィルを尊敬している二十三歳の女性 「インソムニア」 ロバート・ウェストブルックノベライズ;新藤純子訳 新潮社(新潮文庫) 2002年8月

エリー・パスコー
パスコー主任警部の妻、作家志望のフェミニスト 「武器と女たち」 レジナルド・ヒル著;松下祥子訳 早川書房(Hayakawa pocket mystery books) 2001年12月

エリー・ブリッジズ
ポート・アルバーニ病院緊急治療室勤務の医師、仕事に行き詰っている32歳の女性 「腐海」 ジェームズ・ポーリック著;古賀弥生訳 徳間書店 2001年6月

エリン・リッグズ
服役中の元FBI捜査官の娘、過酷な運命に翻弄され孤軍奮闘している美しい女性 「影のなかの恋人」 シャノン・マッケナ著;中西和美訳 二見書房(二見文庫) 2005年8月

エルウッド
合衆国陸軍四等特技下士官、ドイツ駐屯基地で密造ドラッグで稼いでいた男 「バッファロー・ソルジャーズ」 ロバート・オコナー著;松下祥子訳 早川書房(ハヤカワ文庫NV) 2002年5月

エル・カトリコ
スペイン人ゲリラ隊の首領、元スペイン陸軍大佐 「秘められた黄金―シャープ・シリーズ〈2〉」 バーナード・コーンウェル著;高水香訳 光人社 2004年7月

エルキュール・ポアロ
「灰色の脳細胞」を駆使して事件に挑むイギリスの私立探偵、小柄なベルギー人 「アクロイド殺し」 アガサ・クリスティー著;羽田詩津子訳 早川書房(ハヤカワ文庫クリスティー文庫) 2003年12月

エルキュール・ポアロ
「灰色の脳細胞」を駆使して事件に挑むイギリスの私立探偵、小柄なベルギー人 「エッジウェア卿の死」 アガサ・クリスティー著;福島正実訳 早川書房(ハヤカワ文庫クリスティー文庫) 2004年7月

エルキュール・ポアロ
「灰色の脳細胞」を駆使して事件に挑むイギリスの私立探偵、小柄なベルギー人 「カーテン」 アガサ・クリスティー著;中村能三訳 早川書房(ハヤカワ文庫クリスティー文庫) 2004年11月

エルキュール・ポアロ
「灰色の脳細胞」を駆使して事件に挑むイギリスの私立探偵、小柄なベルギー人 「クリスマス・プディングの冒険」 アガサ・クリスティー著;橋本福夫ほか訳 早川書房(ハヤカワ文庫クリスティー文庫) 2004年11月

エルキュール・ポアロ
「灰色の脳細胞」を駆使して事件に挑むイギリスの私立探偵、小柄なベルギー人 「ゴルフ場殺人事件」 アガサ・クリスティー著;田村隆一訳 早川書房(ハヤカワ文庫クリスティー文庫) 2004年1月

エルキュール・ポアロ
「灰色の脳細胞」を駆使して事件に挑むイギリスの私立探偵、小柄なベルギー人 「ナイルに死す」 アガサ・クリスティー著;加島祥造訳 早川書房(ハヤカワ文庫クリスティー文庫) 2003年10月

エルキュール・ポアロ
「灰色の脳細胞」を駆使して事件に挑むイギリスの私立探偵、小柄なベルギー人 「ハロウィーン・パーティ」 アガサ・クリスティー著;中村能三訳　早川書房(ハヤカワ文庫クリスティー文庫)　2003年11月

エルキュール・ポアロ
「灰色の脳細胞」を駆使して事件に挑むイギリスの私立探偵、小柄なベルギー人 「ビッグ4」 アガサ・クリスティー著;中村妙子訳　早川書房(ハヤカワ文庫クリスティー文庫)　2004年3月

エルキュール・ポアロ
「灰色の脳細胞」を駆使して事件に挑むイギリスの私立探偵、小柄なベルギー人 「ヒッコリー・ロードの殺人」 アガサ・クリスティー著;高橋豊訳　早川書房(ハヤカワ文庫クリスティー文庫)　2004年7月

エルキュール・ポアロ
「灰色の脳細胞」を駆使して事件に挑むイギリスの私立探偵、小柄なベルギー人 「ひらいたトランプ」 アガサ・クリスティー著;加島祥造訳　早川書房(ハヤカワ文庫クリスティー文庫)　2003年10月

エルキュール・ポアロ
「灰色の脳細胞」を駆使して事件に挑むイギリスの私立探偵、小柄なベルギー人 「ブラック・コーヒー 小説版」 アガサ・クリスティー著;チャールズ・オズボーン小説化　早川書房(ハヤカワ文庫クリスティー文庫)　2004年9月

エルキュール・ポアロ
「灰色の脳細胞」を駆使して事件に挑むイギリスの私立探偵、小柄なベルギー人 「ブラック・コーヒー」 アガサ・クリスティー著;麻田実訳　早川書房(ハヤカワ文庫クリスティー文庫)　2004年1月

エルキュール・ポアロ
「灰色の脳細胞」を駆使して事件に挑むイギリスの私立探偵、小柄なベルギー人 「ヘラクレスの冒険」 アガサ・クリスティー著;田中一江訳　早川書房(ハヤカワ文庫クリスティー文庫)　2004年9月

エルキュール・ポアロ
「灰色の脳細胞」を駆使して事件に挑むイギリスの私立探偵、小柄なベルギー人 「ポアロのクリスマス」 アガサ・クリスティー著;村上啓夫訳　早川書房(ハヤカワ文庫クリスティー文庫)　2003年11月

エルキュール・ポアロ
「灰色の脳細胞」を駆使して事件に挑むイギリスの私立探偵、小柄なベルギー人 「ポアロ登場」 アガサ・クリスティー著;真崎義博訳　早川書房(ハヤカワ文庫クリスティー文庫)　2004年7月

エルキュール・ポアロ
「灰色の脳細胞」を駆使して事件に挑むイギリスの私立探偵、小柄なベルギー人 「マギンティ夫人は死んだ」 アガサ・クリスティー著;田村隆一訳　早川書房(ハヤカワ文庫クリスティー文庫)　2003年12月

エルキュール・ポアロ
「灰色の脳細胞」を駆使して事件に挑むイギリスの私立探偵、小柄なベルギー人 「メソポタミヤの殺人」 アガサ・クリスティー著;石田善彦訳　早川書房(ハヤカワ文庫クリスティー文庫)　2003年12月

エルキュール・ポアロ
「灰色の脳細胞」を駆使して事件に挑むイギリスの私立探偵、小柄なベルギー人 「もの言えぬ証人」 アガサ・クリスティー著;加島祥造訳　早川書房(ハヤカワ文庫クリスティー文庫)　2003年12月

えるき

エルキュール・ポアロ
「灰色の脳細胞」を駆使して事件に挑むイギリスの私立探偵、小柄なベルギー人 「愛国殺人」 アガサ・クリスティー著;加島祥造訳　早川書房(ハヤカワ文庫クリスティー文庫) 2004年6月

エルキュール・ポアロ
「灰色の脳細胞」を駆使して事件に挑むイギリスの私立探偵、小柄なベルギー人 「雲をつかむ死」 アガサ・クリスティー著;加島祥造訳　早川書房(ハヤカワ文庫クリスティー文庫) 2004年4月

エルキュール・ポアロ
「灰色の脳細胞」を駆使して事件に挑むイギリスの私立探偵、小柄なベルギー人 「五匹の子豚」 アガサ・クリスティー著;桑原千恵子訳　早川書房(ハヤカワ文庫クリスティー文庫) 2003年12月

エルキュール・ポアロ
「灰色の脳細胞」を駆使して事件に挑むイギリスの私立探偵、小柄なベルギー人 「三幕の殺人」 アガサ・クリスティー著;長野きよみ訳　早川書房(ハヤカワ文庫クリスティー文庫) 2003年10月

エルキュール・ポアロ
「灰色の脳細胞」を駆使して事件に挑むイギリスの私立探偵、小柄なベルギー人 「死との約束」 アガサ・クリスティー著;高橋豊訳　早川書房(ハヤカワ文庫クリスティー文庫) 2004年5月

エルキュール・ポアロ
「灰色の脳細胞」を駆使して事件に挑むイギリスの私立探偵、小柄なベルギー人 「死人の鏡」 アガサ・クリスティー著;小倉多加志訳　早川書房(ハヤカワ文庫クリスティー文庫) 2004年5月

エルキュール・ポアロ
「灰色の脳細胞」を駆使して事件に挑むイギリスの私立探偵、小柄なベルギー人 「邪悪の家」 アガサ・クリスティー著;田村隆一訳　早川書房(ハヤカワ文庫クリスティー文庫) 2004年2月

エルキュール・ポアロ
「灰色の脳細胞」を駆使して事件に挑むイギリスの私立探偵、小柄なベルギー人 「象は忘れない」 アガサ・クリスティー著;中村能三訳　早川書房(ハヤカワ文庫クリスティー文庫) 2003年12月

エルキュール・ポアロ
「灰色の脳細胞」を駆使して事件に挑むイギリスの私立探偵、小柄なベルギー人 「杉の柩」 アガサ・クリスティー著;恩地三保子訳　早川書房(ハヤカワ文庫クリスティー文庫) 2004年5月

エルキュール・ポアロ
「灰色の脳細胞」を駆使して事件に挑むイギリスの私立探偵、小柄なベルギー人 「青列車の秘密」 アガサ・クリスティー著;青木久恵訳　早川書房(ハヤカワ文庫クリスティー文庫) 2004年7月

エルキュール・ポアロ
「灰色の脳細胞」を駆使して事件に挑むイギリスの私立探偵、小柄なベルギー人 「葬儀を終えて」 アガサ・クリスティー著;加島祥造訳　早川書房(ハヤカワ文庫クリスティー文庫) 2003年11月

エルキュール・ポアロ
「灰色の脳細胞」を駆使して事件に挑むイギリスの私立探偵、小柄なベルギー人 「第三の女」 アガサ・クリスティー著;小尾芙佐訳　早川書房(ハヤカワ文庫クリスティー文庫) 2004年8月

えるき

エルキュール・ポアロ
「灰色の脳細胞」を駆使して事件に挑むイギリスの私立探偵、小柄なベルギー人 「鳩のなかの猫」 アガサ・クリスティー著;橋本福夫訳 早川書房(ハヤカワ文庫クリスティー文庫) 2004年7月

エルキュール・ポアロ
「灰色の脳細胞」を駆使して事件に挑むイギリスの私立探偵、小柄なベルギー人 「複数の時計」 アガサ・クリスティー著;橋本福夫訳 早川書房(ハヤカワ文庫クリスティー文庫) 2003年11月

エルキュール・ポアロ
「灰色の脳細胞」を駆使して事件に挑むイギリスの私立探偵、小柄なベルギー人 「満潮に乗って」 アガサ・クリスティー著;恩地三保子訳 早川書房(ハヤカワ文庫クリスティー文庫) 2004年6月

エルキュール・ポアロ
「灰色の脳細胞」を駆使して事件に挑むイギリスの私立探偵、卵型の頭とピンと跳ねた口髭が特徴の小柄なベルギー人 「ABC殺人事件」 アガサ・クリスティー著;堀内静子訳 早川書房(ハヤカワ文庫クリスティー文庫) 2003年11月

エルキュール・ポアロ
「灰色の脳細胞」を駆使して事件に挑むイギリスの私立探偵、卵型の頭とピンと跳ねた口髭が特徴の小柄なベルギー人 「オリエント急行の殺人」 アガサ・クリスティー著;中村能三訳 早川書房(ハヤカワ文庫クリスティー文庫) 2003年10月

エルキュール・ポアロ
「灰色の脳細胞」を駆使して事件に挑むイギリスの私立探偵、卵型の頭とピンと跳ねた口髭が特徴の小柄なベルギー人 「スタイルズ荘の怪事件」 アガサ・クリスティー著;矢沢聖子訳 早川書房(ハヤカワ文庫クリスティー文庫) 2003年10月

エルキュール・ポアロ
「灰色の脳細胞」を駆使して事件に挑むイギリスの私立探偵、卵型の頭とピンと跳ねた口髭が特徴の小柄なベルギー人 「ホロー荘の殺人」 アガサ・クリスティー著;中村能三訳 早川書房(ハヤカワ文庫クリスティー文庫) 2003年12月

エルキュール・ポアロ
「灰色の脳細胞」を駆使して事件に挑むイギリスの私立探偵、卵型の頭とピンと跳ねた口髭が特徴の小柄なベルギー人 「死者のあやまち」 アガサ・クリスティー著;田村隆一訳 早川書房(ハヤカワ文庫クリスティー文庫) 2003年12月

エルキュール・ポアロ
「灰色の脳細胞」を駆使して事件に挑むイギリスの私立探偵、卵型の頭とピンと跳ねた口髭が特徴の小柄なベルギー人 「白昼の悪魔」 アガサ・クリスティー著;鳴海四郎訳 早川書房(ハヤカワ文庫クリスティー文庫) 2003年10月

エルキュール・ポアロ
イングランドの田舎にある住民が知りあいばかりというキングズアボット村に住みはじめた私立探偵、ベルギー人の元花形捜査官 「スタイルズ荘の怪死事件」 アガサ・クリスティ作;花上かつみ訳 講談社(講談社青い鳥文庫) 2003年2月

エルキュール・ポアロ
イングランドの田舎にある住民が知りあいばかりというキングズアボット村に住みはじめた私立探偵、ベルギー人の元花形捜査官 「三幕の悲劇」 アガサ・クリスティ作;花上かつみ訳 講談社(講談社青い鳥文庫) 2004年8月

エルキュール・ポワロ
「灰色の脳細胞」を駆使して事件に挑むイギリスの私立探偵、小柄なベルギー人 「ABC殺人事件」 アガサ・クリスティ著;深町眞理子訳 東京創元社(創元推理文庫) 2003年11月

えるき

エルキュール・ポワロ
「灰色の脳細胞」を駆使して事件に挑むイギリスの私立探偵、小柄なベルギー人 「アクロイド殺害事件」 アガサ・クリスティ著;大久保康雄訳　東京創元社(創元推理文庫) 2004年3月

エルキュール・ポワロ
「灰色の脳細胞」を駆使して事件に挑むイギリスの私立探偵、小柄なベルギー人 「エンド・ハウスの怪事件」 アガサ・クリスティ著;厚木淳訳　東京創元社(創元推理文庫) 2004年1月

エルキュール・ポワロ
「灰色の脳細胞」を駆使して事件に挑むイギリスの私立探偵、小柄なベルギー人 「スタイルズの怪事件」 アガサ・クリスティ著;田中西二郎訳　東京創元社(創元推理文庫) 2004年3月

エルキュール・ポワロ
「灰色の脳細胞」を駆使して事件に挑むイギリスの私立探偵、小柄なベルギー人 「殺人は癖になる」 アガサ・クリスティ著;厚木淳訳　東京創元社(創元推理文庫) 2003年11月

エルキュール・ポワロ
「灰色の脳細胞」を駆使して事件に挑むイギリスの私立探偵、卵型の頭とピンと跳ねた口髭が特徴の小柄なベルギー人 「アクロイド殺害事件」 アガサ・クリスティー著;河野一郎訳　嶋中書店(嶋中文庫) 2004年10月

エルキュール・ポワロ
「灰色の脳細胞」を駆使して事件に挑むイギリスの私立探偵、卵型の頭とピンと跳ねた口髭が特徴の小柄なベルギー人 「オリエント急行の殺人」 アガサ・クリスティ著;長沼弘毅訳　東京創元社(創元推理文庫) 2003年11月

エルキュール・ポワロ
イングランドの田舎にある住民が知りあいばかりというキングズアボット村に住みはじめた私立探偵、ベルギー人の元花形捜査官 「アクロイド氏殺害事件」 アガサ・クリスティ作;花上かつみ訳　講談社(青い鳥文庫) 2005年4月

エルキュール・ポワロ
イングランドの田舎にある住民が知りあいばかりというキングズアボット村に住みはじめた私立探偵、ベルギー人の元花形捜査官 「ゴルフ場の殺人」 アガサ・クリスティ作;花上かつみ訳　講談社(講談社青い鳥文庫) 2004年1月

エルシー・キング
20歳の新聞記者デイヴィッドの姉、上品で美しい26歳の女性 「黒い囚人馬車」 マーク・グレアム著;山本俊子訳　早川書房(Hayakawa pocket mystery books) 2001年1月

エルスゼーベ
1910年のウィーンで起こった殺人事件を捜査する警部の妻、ジプシーの迷信や俗信に詳しいハンガリー人 「イチジクを喰った女」 ジョディ・シールズ著;奥村章子訳　早川書房(ハヤカワ・ミステリ文庫) 2001年2月

エルスペス・トゥーミー
記憶を失ったルークの妻、宇宙ロケット開発のケープ・カナベラルで秘書として勤める女性 「コード・トゥ・ゼロ」 ケン・フォレット著;戸田裕之訳　小学館(小学館文庫) 2003年5月

エルスワース(XO)　えるすわーす(えっくすおー)*
米国海軍駆逐艦ウィンストン・チャーチル号の副長、海軍将官2世の男 「化学兵器テロを阻止せよ—ホワイトハウス極秘指令」 ビル・ハーロウ著;塩川優訳　扶桑社(扶桑社ミステリー) 2002年12月

えれっ

エルヴィス・プレスリー
キング・オブ・ロックンロール、ファンクラブの会長が次々と死んでいく事件の調査を始めた男 「キル・ミー・テンダー」 ダニエル・クライン著;山田久美子訳 集英社(集英社文庫) 2002年6月

エルヴィン・ケーニッヒ
ドイツ陸軍少佐、狙撃の達人 「スターリングラード」 ジャン・ジャック・アノー脚本;アラン・ゴダール脚本;塙幸成訳 角川書店(角川文庫) 2001年3月

エルブリッジ
ギャングスター・ラッパーのザ・ディガの父 「愚者の群れ」 ガー・アンソニー・ヘイウッド著;熊谷千寿訳 早川書房(ハヤカワ・ミステリ文庫) 2001年3月

エルヴェ・デュマ(デュマ警部)　えるべでゅま(でゅまけいぶ)
スイス・モントルー警察署の警部、穏やかな声に穏やかな顔の男性 「コウノトリの道」 ジャン=クリストフ・グランジェ著;平岡敦訳 東京創元社(創元推理文庫) 2003年7月

エル・ペロ
メキシコ系暴力団のボス、シカゴ市警の老刑事リーバーマンとギブアンドテイクの関係にある男 「刑事エイブ・リーバーマン 憎しみの連鎖」 スチュアート・カミンスキー著;棚橋志行訳 扶桑社(扶桑社ミステリー) 2003年1月

エルマー・ケイ
ミシシッピ州の黒人町ティーブスに潜入した6人の射撃ティームメンバーのひとり 「最も危険な場所 上下」 スティーヴン・ハンター著;公手成幸訳 扶桑社(扶桑社ミステリー) 2002年5月

エルモ・クラムリー
ロサンゼスルスのヴェニス署の刑事、シナリオライターの「私」の友だち 「黄泉からの旅人」 レイ・ブラッドベリ著;日暮雅通訳 文藝春秋 2005年11月

エルモ・クラムリー(クラムリー)
ロサンゼルスのヴェニス署の警部補 「死ぬときはひとりぼっち」 レイ・ブラッドベリ著;小笠原豊樹訳 文藝春秋 2005年10月

エルモ・クラムリー(クラムリー)
ロサンゼルスの刑事、探偵小説作家の「私」の友人 「さよなら、コンスタンス」 レイ・ブラッドベリ著;越前敏弥訳 文藝春秋 2005年9月

エルロイ・ドイル(ドイル)
7件の連続殺人の罪で電気椅子送りが決まった死刑囚 「殺人課刑事 上下」 アーサー・ヘイリー著;永井淳訳 新潮社(新潮文庫) 2001年5月

エルンスト
ドイツ国内安定担当全権委員、殺し屋ポール・シューマンの標的 「獣たちの庭園」 ジェフリー・ディーヴァー著;土屋晃訳 文藝春秋(文春文庫) 2005年9月

エレイン・スカダー
私立探偵マット・スカダーの妻、画廊経営者 「死への祈り」 ローレンス・ブロック著;田口俊樹訳 二見書房 2002年11月

エレオノーレ・ベーハイム(レオ)
英仏海峡のジャージー島に取材に訪れたハンブルクの雑誌社の若手記者、活発で知識欲旺盛な女性 「ある貴婦人の肖像」 ペトラ・エルカー著;小津薫訳 扶桑社(扶桑社ミステリー) 2002年1月

エレットラ
ヴェネツィア警察副署長パッタの美人秘書 「ヴェネツィア刑事はランチに帰宅する」 ダナ・レオン著;北條元子訳 講談社(講談社文庫) 2005年4月

えれな

エレナ・カイラー
元コロンビア反政府ゲリラ組織の一員、美しさと強靭な精神を併せ持つ女性 「そしてさよならを告げよう」 アイリス・ジョハンセン著;池田真紀子訳 ソニー・マガジンズ(ヴィレッジブックス) 2004年9月

エレノア
合衆国陸軍軍曹のレイモンドの母親、再婚した夫のジョニー・アイズリンを次期大統領にするため画策していた女性 「影なき狙撃者」 リチャード・コンドン著;佐和誠訳 早川書房(ハヤカワ文庫NV) 2002年12月

エレノア・ウィッシュ
FBI捜査官、ハリウッド署の刑事ボッシュの妻 「堕天使は地獄へ飛ぶ」 マイクル・コナリー著;古沢嘉通訳 扶桑社 2001年9月

エレノア・ウィッシュ
FBI特別捜査官、ハリウッド署の刑事だったボッシュの元妻 「暗く聖なる夜 上下」 マイクル・コナリー著;古沢嘉通訳 講談社(講談社文庫) 2005年9月

エレノア・ダイサート(ネル)
オハイオ州コロンバスのマッケンナ探偵社で秘書として働き始めた42歳のバツイチ女性 「ファーストウーマン」 ジェニファー・クルージー著;葉月陽子訳 二見書房(二見文庫) 2003年7月

エレン
臨床心理学者、失業中のプログラマーのジャックの姉 「プレイ 獲物 上下」 マイクル・クライトン著;酒井昭伸訳 早川書房 2003年4月

エレン・アーカンド
39歳の女流画家ローラの母、弁護士エドの恋人 「ローラに何がおきたのか」 フレドリック・ヒューブナー著;法村里絵訳 角川書店(角川文庫) 2003年5月

エレン・ウィンター
記録保管人ベン・リースの教え子、スコットランドの大邸宅の相続人 「難事件鑑定人」 サリー・ライト著;長島水際訳 早川書房(ハヤカワ・ミステリ文庫) 2001年10月

エレン・クレイヴン(アテナ)
ニューヨーク州北部にあるハート・レーク女子学院の学生、ラテン語教師ジェーンの生徒 「乙女の湖」 キャロル・グッドマン著;津森優子訳 早川書房(ハヤカワ・ミステリ文庫) 2003年1月

エレン・タッカー
砂漠の町サン・アルコ生まれの娘、アイク・タッカーの姉 「源にふれろ」 ケム・ナン著;大久保寛訳 早川書房(ハヤカワ・ミステリ文庫) 2004年7月

エレン・ターナン
イギリスの国民的大作家ディケンズ後半生の愛人、一家で女優の娘 「文豪ディケンズと倒錯の館」 ウィリアム・J・パーマー著;宮脇孝雄訳 新潮社(新潮文庫) 2001年11月

エレン・ディレイ
メイン州北部に住むディレイ夫妻の妻、夫の道具箱に三日間閉じこめられた後家を出て森でひとりで暮らすようになった四十代の女 「箱の女」 G・K・ウオリ著;富永和子訳 早川書房(ハヤカワ文庫NV) 2004年2月

エレン・バーチ
ピアス大学哲学科教授エヴァン・バーチの妻 「悩み多き哲学者の災難」 ジョージ・ハラ著;対馬;妙訳 早川書房(ハヤカワ文庫NV) 2004年11月

エレン・モーズリー
テキサス州の町ポートレオの治安判事ホイットの幼い頃に家族を棄てて失踪した母親 「逃げる悪女」 ジェフ・アボット著;吉澤康子訳 早川書房(ハヤカワ・ミステリ文庫) 2005年1月

エロイーズ
希代の天才詐欺師リプリーの妻、フランスの製薬会社のオーナーの娘 「死者と踊るリプリー」 パトリシア・ハイスミス著;佐宗鈴夫訳 河出書房新社(河出文庫) 2003年12月

エロウィーズ・フォリー(ウィジー)
アンティークをあちこちでピックアップしてディーラーに卸す「ピッカー」の女性 「愛さずにはいられない 上下」 メアリー・ケイ・アンドルーズ著;安藤由紀子訳 集英社(集英社文庫) 2004年10月

エンジェル
エディ・グレイスの家の下宿人、フリーランスの保母 「天使の遊戯」 アンドリュー・テイラー著;越前敏弥訳 講談社(講談社文庫) 2004年2月

エンジェル
小柄な白人の元泥棒、ゲイで殺し屋のルイスの恋人 「奇怪な果実 上下」 ジョン・コナリー著;北澤和彦訳 講談社(講談社文庫) 2005年10月

エンジェル
犯罪組織のボスのトニー・サルバトーリの妻、聡明で若く美しい女性 「凍える瞳」 クリスティ・ティリーー・フレンチ著;中西和美訳 二見書房(二見文庫) 2005年3月

エンジェル・ホワイト
母親フィミーがレイプされた結果この世に生をうけた娘 「サイレント・アイズ 上下」 ディーン・クーンツ著;田中一江訳 講談社(講談社文庫) 2005年7月

エンジニア(ゾルグループ)
ヴァルデマール・ゾルグループという名のエンジニア、1909年のウィーンで宮廷俳優ビショーフの家に招かれていた男 「最後の審判の巨匠」 レオ・ペルッツ著;垂野創一郎訳 晶文社(晶文社ミステリ) 2005年3月

エンダーズ
米海兵隊軍曹、暗号通信兵のベン・ヤージーの護衛としてサイパン上陸作戦に同行した男 「ウインドトーカーズ」 マックス・A.コリンズ著;北沢和彦訳 新潮社(新潮文庫) 2002年8月

エンツォ・ラスチェロ(ラスチェロ)
アメリカの原子力潜水艦「タルサ」の航海長 「原潜を救助せよ」 ジェイムズ・フランシス著;村上和久訳 二見書房(二見文庫) 2003年11月

エントウイッスル
72歳の引退した弁護士、リチャード・アバネシーの友人で遺言執行者 「葬儀を終えて」 アガサ・クリスティー著;加島祥造訳 早川書房(ハヤカワ文庫クリスティー文庫) 2003年11月

【お】

オア
ニューヨークの私立探偵、妻と子を殺害した犯人を追うために探偵になった元歴史作家 「NYPI」 ジム;フジツリ著;公手,成幸訳 講談社(講談社文庫) 2004年11月

オイゲン・オット(オット)
ドイツ軍の日独連絡将校でのちのドイツ駐日大使、ソ連赤軍スパイ・ゾルゲの友人 「ゾルゲ 引裂かれたスパイ 上下」 ロバート・ワイマント著;西木正明訳 新潮社(新潮文庫) 2003年5月

オイゲン・ビショーフ
宮廷俳優、1909年のウィーンの家に友人を招いた男 「最後の審判の巨匠」 レオ・ペルッツ著;垂野創一郎訳 晶文社(晶文社ミステリ) 2005年3月

オイスター
環境テロリストの若者、魔女崇拝者・モナの恋人 「ララバイ」 チャック・パラニューク著;池田真紀子訳 早川書房 2005年3月

オーウェン・カーティス
ロンドン警視庁の警部、オースティン警視の部下で平凡実直な男 「看護婦への墓碑銘」 アン・ホッキング著;鬼頭玲子訳 論創社(論創海外ミステリ) 2005年12月

雄牛　おうし
ギャング団「ズー」のリーダー、いかつい顔のがっしりした男 「リベンジは頭脳で」 シドニィ・シェルダン著;天馬龍行訳 アカデミー出版 2005年11月

オウニー・マドックス
アーカンソー州の歓楽の街ホットスプリングズを牛耳るギャング、筋肉質の50代の男 「悪徳の都 上下」 スティーヴン・ハンター著;公手成幸訳 扶桑社(扶桑社ミステリー) 2001年2月

王妃(マリア・ルイーサ)　おうひ(まりあるいーさ)
スペイン王カルロス四世の王妃、大貴族のカイエターナと反目する最高権力者 「裸のマハ ― 名画に秘められた謎」 ビガス・ルナ脚本;クカ・カナルス脚本 徳間書店(徳間文庫) 2002年5月

オエイン・グウィネズ
ウェールズのグウィネズの領主、器量が大きく能力の高い人物 「デーン人の夏」 エリス・ピーターズ著;岡達子訳 光文社(光文社文庫) 2005年11月

オーガスタス・ギボンズ(ギボンズ)
NSA(国家安全保障局)のエージェント、顔にやけどの傷がある男 「トリプルX」 リッチ・ウィルクス脚本、メル・オドム著;富永和子訳 角川書店(角川文庫) 2002年9月

オーガスタ・トレベック
女性刑事キャシー・マロリーの故郷ルイジアナ・デイボーンで女医キャス・シェリーの遺産管理人を務める老婦人 「天使の帰郷」 キャロル・オコンネル著;務台夏子訳 東京創元社(創元推理文庫) 2003年2月

オーガスティン
アメリカ疫病対策予防センター局長 「ダーウィンの使者 上下」 グレッグ・ベア著;大森望訳 ソニー・マガジンズ(ヴィレッジブックス) 2002年12月

オーガスティン・ゴダード(ゴダード)
トライオン・システムズ社の創立者で天才的技術者、社員に慕われる人格者 「侵入社員 上下」 ジョゼフ・フィンダー著;石田善彦訳 新潮社(新潮文庫) 2005年12月

オーガスト
アメリカ政府の精鋭危機管理チーム"オプ・センター"のストライカーチームの指揮官、空軍大佐 「国連制圧」 トム・クランシー著;スティーヴ・ピチェニック著;伏見威蕃訳 新潮社(新潮文庫) 2003年5月

オーガスト・ローリング三世(ガス)　おーがすとろーりんぐさんせい(がす)
過去に夫からの暴力を乗り越えた作家グレースの兄、元教師 「Eメールは眠らない」 シャーロット・ヴェイル・アレン著;京兼玲子訳 ハーレクイン(MIRA文庫) 2004年3月

オーギー・シャーキー(シャーキー)
ボストンン・レッドソックスの監督、今年で就任9年目になる57歳の男 「殺人豪速球」 デイヴィッド;フェレル著;棚橋志行訳 二見書房(二見文庫) 2003年10月

オーギュスト・ド・モンペリエ
1795年のイギリスに弟のギイと住むパリからの逃亡貴族、天文学者団体のメンバー 「天球の調べ」 エリザベス・レッドファーン著;山本やよい訳 新潮社 2002年10月

オギルロイ
英国情報局エージェント・ランクリン大尉の助手 「誇り高き男たち」 ギャビン・ライアル著;遠藤宏昭訳 早川書房(Hayakawa novels) 2002年6月

オギルロイ
英国情報局のエージェント・ランクリンの相棒、情報局のパリ駐在員 「誇りは永遠に」 ギャビン・ライアル著;遠藤宏昭訳 早川書房(Hayakawa novels) 2003年1月

オギルロイ
英国情報局員ランクリン大尉の助手、元アイルランド反体制活動家 「スパイの誇り」 ギャビン・ライアル著;石田善彦訳 早川書房(ハヤカワ・ミステリ文庫) 2003年10月

奥さん(キャロライン・クーツ)　おくさん(きゃろらいんくーつ)
イギリスの片田舎・ソルトマーシュ村に住むクーツ牧師の妻、家庭内で絶対的な権力をもつ奥さん 「ソルトマーシュの殺人」 グラディス・ミッチェル著;宮脇孝雄訳 国書刊行会(世界探偵小説全集) 2002年7月

オークス
ホワイトハウスの切り札といわれる伝説のCIA諜報員 「9デイズ」 ジェイソン・リッチマン著;マイケル・ブラウニング著;辻優子訳 メディアファクトリー(洋画文庫) 2002年10月

オクス
ジョージ・ワシントン大学の考古学の元教授、青年考古学者ネーサン・リー・スウィフトの恩師で義理の兄 「紀元零年の遺物 上下」 ジェフ・ロング著;山本光伸訳 二見書房(二見文庫) 2004年11月

オクトーバー
元KGBの殺し屋、謎の暗殺者 「顔のないテロリスト」 ダニエル・シルヴァ著;二宮磬訳 文藝春秋(文春文庫) 2005年10月

オコーネル
刑事事件専門弁護士、30代なかばのさえない男 「確信犯 上下」 スティーヴン・ホーン著;遠藤宏昭訳 早川書房(ハヤカワ・ミステリ文庫) 2001年8月

オコンネル
殺された軍曹、中年のアイルランド人 「ロード・ジョン・グレイ 緑のドレスの女」 ダイアナ・ガバルドン著;石原未奈子訳 ソニー・マガジンズ(ヴィレッジブックス) 2005年10月

尾崎 秀実　おざき・ほつみ
朝日新聞記者、ソ連赤軍スパイ・ゾルゲの東京諜報網の重要人物 「ゾルゲ引裂かれたスパイ 上下」 ロバート・ワイマント著;西木正明訳 新潮社(新潮文庫) 2003年5月

オズウィン
シュルーズベリ大修道院の見習い修道士でカドフェルの助手、善意にあふれ無邪気だが非常に不器用な若者 「死を呼ぶ婚礼」 エリス・ピーターズ著;大出健訳 光文社(光文社文庫) 2003年9月

オスカー・ガルシア(ガルシア)
悪徳警官・ドーシーの自称殺害犯人、パセーイク在住のプエルトリコ移民の男 「悪徳警官はくたばらない」 デイヴィッド・ローゼンフェルト著;白石朗訳 文藝春秋(文春文庫) 2005年2月

オスカー・ストラバー
アムステルダムのメルカトル銀行行員、広報部に所属する男 「ユーロ 贋札に隠された陰謀」 ロエル・ヤンセン著;小岡礼子訳;大塚仁子訳 インターメディア出版 2001年12月

オースチン
NUMA(国立海中海洋機関)の特別出動班班長、均整の取れた肉体と勇敢な精神を持つ海洋科学者 「ロマノフの幻を追え 上下」 クライブ・カッスラー著;ポール・ケンプレコス著 新潮社(新潮文庫) 2004年8月

おすち

オースチン
NUMA（国立海中海洋機関）の特別出動班班長、均整の取れた肉体と勇敢な精神を持つ海洋科学者 「白き女神を救え」 クライブ・カッスラー著;ポール・ケンプレコス著 新潮社（新潮文庫） 2003年4月

オースティン・チューリン
主人公チャーリーの祖父、ヴァージニアに住む元自動車ディーラー 「雲母の光る道」 ウィリアム・エリオット・ヘイゼルグローブ著;原田勝訳 東京創元社（創元推理文庫） 2004年3月

オーステン
ロンドン警視庁刑事部の警視、育ちが良く知性派の切れ者 「看護婦への墓碑銘」 アン・ホッキング著;鬼頭玲子訳 論創社（論創海外ミステリ） 2005年12月

オスマン
16世紀末のオスマン・トルコの細密画師、皇帝ムラト三世直属の工房の頭 「わたしの名は「紅」」 オルハン;パムク著;和久井;路子訳 藤原書店 2004年11月

オズマンド
謎の貴族、アンバースウェイトの鱒屋に長期間滞在している変わった男 「暗い広場の上で」 ヒュー・ウォルポール著;澄木柚訳 早川書房 (Hayakawa pocket mystery books) 2004年8月

オーツ
スコットランドヤード犯罪捜査課の主任警視 「検屍官の領分」 マージェリー・アリンガム著;佐々木愛訳 論創社（論創海外ミステリ） 2005年1月

オット
ドイツ軍の日独連絡将校でのちのドイツ駐日大使、ソ連赤軍スパイ・ゾルゲの友人 「ゾルゲ 引裂かれたスパイ 上下」 ロバート・ワイマント著;西木正明訳 新潮社（新潮文庫） 2003年5月

オットー・ホットヴァーグナー（ホットヴァーグナー）
ウィーン警視庁殺人犯捜査課二係主任、本庁「殺人班」の最年長で定年間近の警部補 「小さな花—現代ウィーン・ミステリー・シリーズ」 エルンスト・ヒンターベルガー著;鈴木隆雄訳 水声社 2001年10月

オーティス・ジョイ（ジョイ）
イングランドのウィルトシャー州「聖バーソロミュー教会」の牧師、愛想がよくてハンサムな青年 「死神の戯れ」 ピーター・ラヴゼイ著;山本やよい訳 早川書房（ハヤカワ・ミステリ文庫） 2002年1月

オーディ・ライアン
ミシシッピ州の黒人町ティーブスに潜入した6人の射撃ティームメンバーのひとり 「最も危険な場所 上下」 スティーヴン・ハンター著;公手成幸訳 扶桑社（扶桑社ミステリー） 2002年5月

オデル
ワールドクエスト社の元共同経営者、優秀なプログラマー 「悪夢の帆走」 ジェイムズ・セイヤー著;安原和見訳 新潮社（新潮文庫） 2005年7月

男　おとこ
財界の大御所に雇われた一匹狼の暗殺者 「踏みはずし」 ミシェル・リオ著;堀江敏幸訳 白水社（白水Uブックス） 2001年7月

オードリー
タクシー運転手エドの仕事仲間でありトランプ仲間の笑顔がかわいい十九歳の少女 「メッセージ The first card」 マークース・ズーサック著;立石光子訳 ランダムハウス講談社（ランダムハウス講談社文庫） 2005年12月

おぶり

オードリー・クインタード
ギタリストのサルバドールの妻リディアの学生時代のルームメイト、積極的な野心家 「サルバドールの復活 上下」 ジェレミー・ドロンフィールド著;越前敏弥訳 東京創元社(創元推理文庫) 2005年1月

オードリー・プレイス
1831年のイギリス・サンダーランドに住む医師ヘンリーの婚約者、プレイス海運の令嬢 「青いドレスの少女」 シェリ・ホールマン著;河野純治訳 DHC 2002年5月

オードリー・ヘラー・レインズ
国防長官ジェームズ・ヘラーの娘、国防総省職員 「24 TWENTY FOUR 4-1」 ジョエル・サーナウ原案;ロバート・コクラン原案 竹書房(竹書房文庫) 2005年9月

オードリー・ヘラー・レインズ
国防長官ジェームズ・ヘラーの娘、国防総省職員 「24 TWENTY FOUR 4-2」 ジョエル・サーナウ原案;ロバート・コクラン原案 竹書房(竹書房文庫) 2005年9月

オードリー・ヘラー・レインズ
国防長官ジェームズ・ヘラーの娘、国防総省職員 「24 TWENTY FOUR 4-3」 ジョエル・サーナウ原案;ロバート・コクラン原案 竹書房(竹書房文庫) 2005年1月

オードリー・ヘラー・レインズ
国防長官ジェームズ・ヘラーの娘、国防総省職員 「24 TWENTY FOUR 4-4」 ジョエル・サーナウ原案;ロバート・コクラン原案 竹書房(竹書房文庫) 2005年11月

オノリア・バルストロード(ミス・バルストロード)
ロンドン郊外の名門女子校メドウバンク校の女性校長、仕事を生き甲斐とする優秀な女性 「鳩のなかの猫」 アガサ・クリスティー著;橋本福夫訳 早川書房(ハヤカワ文庫クリスティー文庫) 2004年7月

オハラ
第二次世界大戦のさなかのアメリカで小説家の青年デュラニーが愛した女性 「深夜特別放送 上下」 ジョン・ダニング著;三川基好訳 早川書房(ハヤカワ・ミステリ文庫) 2001年1月

オーパル
ブルックリン地区検事補ジオがみずからの不注意で事故死させてしまった彼の愛娘 「哀しみの街の検事補」 ロブ・ルーランド著;北沢和彦訳 扶桑社(扶桑社ミステリー) 2004年4月

オーヴィル・エリオット(エリオット)
連続婦女暴行殺人の罪で逮捕され精神病院に収容された20歳の男 「待ちうける影」 ヒラリー・ウォー著;法村里絵訳 東京創元社(創元推理文庫) 2001年7月

オブライエン
引退した飛行士、英国の空の英雄と讃えられた男 「死の殻」 ニコラス・ブレイク著;大山誠一郎訳 東京創元社(創元推理文庫) 2001年10月

オーブリー艦長　おーぶりーかんちょう
19世紀初頭の若き英国海軍海尉艦長、軍医スティーヴンの友人 「勅任艦長への航海 上下」 パトリック・オブライアン著;高沢次郎訳 早川書房(ハヤカワ文庫NV) 2003年4月

オーブリー艦長　おーぶりーかんちょう
英国海軍スループ艦ソフィー号艦長 「新鋭艦長、戦乱の海へ 上下」 パトリック・オブライアン著;高橋泰邦訳 早川書房(ハヤカワ文庫NV) 2002年12月

オーブリー艦長　おーぶりーかんちょう
英国海軍勅任艦長、モーリシャス方面の戦隊を指揮する戦隊司令官になった男 「攻略せよ、要衝モーリシャス 上下」 パトリック・オブライアン著;高津幸枝訳 早川書房(ハヤカワ文庫NV) 2004年7月

おぶり

オーブリー艦長　おーぶりーかんちょう
英国海軍勅任艦長、英国艦レパート号艦長　「囚人護送艦、流刑大陸へ　上下」　パトリック・オブライアン著;大森洋子訳　早川書房（ハヤカワ文庫NV）2005年5月

オーブリー艦長　おーぶりーかんちょう
英国海軍勅任艦長、軍医のマチュリンとアメリカ軍の捕虜としてボストンへ連行されてしまった男　「ボストン沖、決死の脱出行　上下」　パトリック・オブライアン著;高沢次郎訳　早川書房（ハヤカワ文庫NV）2005年9月

オマー・クレップス　おまーくれっぷす
甥のカービーを育てた叔父、急死した大富豪　「金時計の秘密」　ジョン・D・マクドナルド著;本間有訳　扶桑社（扶桑社ミステリー）2003年7月

親父さん　おやじさん
ルンギ探偵事務所の創設者、バイタリティにあふれ頑固な親父さん　「探偵家族/冬の事件簿」　マイクル・Z・リューイン著;田口俊樹訳　早川書房（Hayakawa pocket mystery books）2004年1月

親父さん　おやじさん
ルンギ探偵事務所の創設者、バイタリティにあふれ頑固な親父さん　「探偵家族」　マイクル・Z・リューイン著;田口俊樹訳　早川書房（ハヤカワ・ミステリ文庫）2003年12月

オーランンド・ホワイト（オーロン）
ケチな動物業者、32歳になる双子の兄弟レーオンの弟　「大密林」　ジェイムズ・W・ホール著;北澤和彦訳　講談社（講談社文庫）2002年8月

オリー・ウィークス（ウィークス）
アイソラ市87分署の一級刑事、太っていて身なりに構わず強欲だが憎めない男　「ノクターン」　エド・マクベイン著;井上一夫訳　早川書房（ハヤカワ・ミステリ文庫）2004年7月

オリー・ウィークス（ウィークス）
アイソラ市88分署の一級刑事、太っていて身なりに構わず強欲だが憎めない男　「でぶのオリーの原稿」　エド・マクベイン著;山本博訳　早川書房（Hayakawa pocket mystery books）2003年11月

オリー・ウィークス（ウィークス）
アイソラ市88分署の一級刑事、太っていて身なりに構わず強欲だが憎めない男　「マネー、マネー、マネー」　エド・マクベイン著;山本博訳　早川書房（Hayakawa pocket mystery books）2002年9月

オリー・ウィークス（ウィークス）
アイソラ市88分署の一級刑事、太っていて身なりに構わず強欲だが憎めない男　「歌姫」　エド・マクベイン著;山本博訳　早川書房（Hayakawa pocket mystery books）2004年12月

オリー・ウィークス（ウィークス）
アイソラ市88分署の一級刑事、太っていて身なりに構わず強欲だが憎めない男　「耳を傾けよ!」　エド・マクベイン著;山本博訳　早川書房（Hayakawa pocket mystery books）2005年10月

オリヴァー・ウェンデル・ホームズ（ホームズ）
ハーヴァード大学教授で詩人・小説家、南北戦争直後のアメリカでダンテ『神曲』の翻訳に取り組む「ダンテ・クラブ」のメンバー　「ダンテ・クラブ」　マシュー・パール著;鈴木;恵訳　新潮社　2004年8月

オリヴァー・クイグリイ
農場主キャスパー・ハーヴェイの馬を預かる調教師、気象予報士ペリイ・ステュアートのファン　「烈風」　ディック・フランシス著;菊池光訳　早川書房（ハヤカワ・ミステリ文庫）2004年11月

オリヴァー・クラストン
外務省の新人官僚、テムズ川から女性の惨殺死体を引き揚げる現場にガレティ警部補といあわせた男 「霧けむる王国」 ジェイン・ジェイクマン著;長野きよみ訳 新潮社 2004年2月

オリヴァー・クレイン
リスクマネジメント会社「クレイン＆アソシエイツ」の代表 「王は闇に眠る 上下」 フランシーヌ・マシューズ著;中井京子訳 新潮社(新潮文庫) 2003年10月

オリヴァ夫人　おりばふじん
高名な女流探偵作家、がっしりした体格の愛想の良い中年女性 「ひらいたトランプ」 アガサ・クリスティー著;加島祥造訳 早川書房(ハヤカワ文庫クリスティー文庫) 2003年10月

オリヴァ夫人　おりばふじん
高名な女流探偵作家、がっしりした体格の愛想の良い中年女性 「マギンティ夫人は死んだ」 アガサ・クリスティー著;田村隆一訳 早川書房(ハヤカワ文庫クリスティー文庫) 2003年12月

オリヴァ夫人　おりばふじん
高名な女流探偵作家、がっしりした体格の愛想の良い中年女性 「死者のあやまち」 アガサ・クリスティー著;田村隆一訳 早川書房(ハヤカワ文庫クリスティー文庫) 2003年12月

オリヴァ夫人　おりばふじん
高名な女流探偵作家、がっしりした体格の愛想の良い中年女性 「蒼ざめた馬」 アガサ・クリスティー著;高橋恭美子訳 早川書房(ハヤカワ文庫クリスティー文庫) 2004年8月

オリヴァ夫人　おりばふじん
高名な女流探偵作家、がっしりした体格の愛想の良い中年女性 「第三の女」 アガサ・クリスティー著;小尾芙佐訳 早川書房(ハヤカワ文庫クリスティー文庫) 2004年8月

オリヴァー・ランバート(ランバート)
メンフィスの中堅法律事務所のシニア・パートナー、61歳の老練な弁護士 「法律事務所」 ジョン・グリシャム著;白石朗訳 小学館(小学館文庫) 2003年3月

オリヴィア・マーストン(リヴィ)
作家ペン・ケージのハイスクール時代の恋人、地元有力者レオ・マーストンの娘。 「沈黙のゲーム 上下」 グレッグ・アイルズ著;雨沢泰訳 講談社(講談社文庫) 2003年7月

オリヴィア・マーロウ
イギリス・コーンウォールの旧家の自殺した当主、詩人O.Aマニングとして知られていた女性 「炎の翼」 チャールズ・トッド著;山本やよい訳 扶桑社(扶桑社ミステリー) 2001年1月

オリヴィエ
大学の講師、二十歳ほど年上のマダム・カトリーヌに心を奪われてしまった青年 「プティ・ベーゼ」 ドミニク・ディアンス著;山中芳美訳 早川書房(ハヤカワ・ミステリ文庫) 2003年8月

オリヴィエ・ヴァン・ザクセンブルフ(ヴァン・ザクセンブルフ)
アムステルダムのメルカトル銀行頭取、体力も精神もピークを保っている61歳の男 「ユーロ贋札に隠された陰謀」 ロエル・ヤンセン著;小岡礼子訳;大塚仁子訳 インターメディア出版 2001年12月

オリファント
郡保安官事務所犯罪捜査課の老刑事、私立探偵キンジー・ミルホーンの協力者 「危険のP」 スー・グラフトン著;嵯峨静江訳 早川書房(Hayakawa novels) 2001年8月

オリヴェッティ
スイス衛兵隊の最高責任者、剛直で意志の固そうな顔つきをした大男 「天使と悪魔 上下」 ダン・ブラウン著;越前敏弥訳 角川書店 2003年10月

おるが

オルガ・メルニコワ
ロシア民警上級捜査官で30代半ばの女性、ロシア大統領狙撃事件の捜査責任者 「城壁に手をかけた男 上下」ブライアン；フリーマントル著；戸田；裕之訳 新潮社（新潮文庫）2004年5月

オルガ・モンティニャック
窃盗癖と異常な性癖を持つ人妻、精神分析医ミッシェル・デュランの患者 「青い夢の女」ジャン＝ピエール・ガッテーニョ著；松本百合子訳 扶桑社 2001年11月

オルセン
プロの殺し屋、元SEAL隊員の若い男 「殺し屋とポストマン」マシュー・ブラントン著；佐和誠訳 早川書房（ハヤカワ文庫NV）2002年4月

オルタンス・ダニエル
エーグルロッシュ伯の義理の姪としてラ・マレーズ城館に居住する26歳の美しい女性 「八点鐘」モーリス・ルブラン著；堀口大学訳 新潮社（新潮文庫）2003年12月

オルテガ
デンヴァー警察殺人課巡査部長、地質学者エム・ハンセンの友人 「沈黙の日記」サラ・アンドリューズ著；高橋恭美子訳 早川書房（ハヤカワ・ミステリ文庫）2001年2月

オールデン・グリーン（グリーン）
十歳のマーシャの家の隣に引っ越してきたあやしげな独身男性 「指先にふれた罪」スザンヌ・バーン著；友田葉子訳 DHC 2001年4月

オールデン・パイル（パイル）
ヴェトナム戦争直前のサイゴンで経済援助使節団の一員としてアメリカ公使館に勤務する32歳のアメリカ人 「おとなしいアメリカ人－グレアム・グリーン・セレクション」グレアム；グリーン著；田中；西二郎訳 早川書房（ハヤカワepi文庫）2004年8月

オールド・ジェリー
ミシガン州イプシランティで孫のチャーリーと脳に損傷を持つ青年P・Tと暮らしている70歳の老人 「パートタイム・サンドバッグ」リーサ・リアドン著；川副智子訳 ランダムハウス講談社（ランダムハウス講談社文庫）2005年11月

オールトン
FBIシカゴ支局の正義感の強い捜査官、癌で片脚を失った黒人男性 「鉄槌」ポール・リンゼイ著；笹野洋子訳 講談社（講談社文庫）2005年7月

オレグ・イワノヴィッチ・ザイツェフ（ザイツェフ）
ソ連KGB第8管理本部に所属する若き通信将校 「教皇暗殺 1・2・3・4」トム・クランシー著；田村源二訳 新潮社（新潮文庫）2004年4月

オローク
墜落した旅客機の機長・ケイトに会いに来た国家輸送安全委員会の男性メンバー 「ジェットスター緊急飛行」カム・マージ著；戸田裕之訳 ソニー・マガジンズ（ヴィレッジブックス）2002年6月

オロフ・ニルス（ニルス）
若い巨漢のデンマーク人パズル選手、右手を切断された殺人事件の犠牲者 「パズル」アントワーヌ・ベロ著；香川由利子訳 早川書房（Hayakawa novels）2004年11月

オーロフ・ルンドベリ（ルンドベリ）
大手広告会社の社長、威厳ある態度の60歳前後の男 「罪」カーリン・アルヴテーゲン著；柳沢由実子訳 小学館（小学館文庫）2005年6月

オーロン
ケチな動物業者、32歳になる双子の兄弟レーヨンの弟 「大密林」ジェイムズ・W・ホール著；北澤和彦訳 講談社（講談社文庫）2002年8月

【か】

カー
ニューヨークのストリートボーイ、映画で覚えた東洋武術の使い手 「バレットモンク」 J・M・ディラード著;大城光子訳 竹書房(竹書房文庫) 2004年1月

母さん(ナタリー)　かあさん(なたりー)
メリーランド州に住む毛皮商・ルービンの妻、三人の子供を連れて家出をした30歳の女性 「ロスト・ファミリー」 ローラ・リップマン著;吉澤康子訳 早川書房(ハヤカワ・ミステリ文庫) 2005年12月

母さん(メアリー)　かあさん(めありー)
19世紀初頭の英国でメランフィー家の一人息子ジョニーと二人半幽閉的な生活をする母親 「五輪の薔薇Ⅰ」 チャールズ・パリサー著;甲斐萬里江訳 早川書房(ハヤカワ文庫NV) 2003年3月

母さん(メアリー)　かあさん(めありー)
メランフィー家の一人息子ジョニーの母親 「五輪の薔薇Ⅱ」 チャールズ・パリサー著;甲斐萬里江訳 早川書房(ハヤカワ文庫NV) 2003年4月

母さん(メアリー)　かあさん(めありー)
メランフィー家の一人息子ジョニーの亡くなった母親 「五輪の薔薇Ⅲ」 チャールズ・パリサー著;甲斐萬里江訳 早川書房(ハヤカワ文庫NV) 2003年5月

ガイア・ラエリア
ローマのウェスタ神殿で仕える巫女の候補、密偵ファルコに助けを求めた6歳の少女 「密偵ファルコ聖なる灯を守れ」 リンゼイ・デイヴィス著;矢沢聖子訳 光文社(光文社文庫) 2005年10月

カイエターナ(アルバ公爵夫人)　かいえたーな(あるばこうしゃくふじん)
19世紀初頭のスペイン一の大貴族・アルバ家の一人娘、美しく奔放な女公爵 「裸のマハー名画に秘められた謎」 ビガス・ルナ脚本;クカ・カナルス脚本 徳間書店(徳間文庫) 2002年5月

カイザー
女性カメラマンのジョーダン・グラスとともに犯人を追うFBI特別捜査官 「戦慄の眠り 上下」 グレッグ・アイルズ著;雨沢泰訳 講談社(講談社文庫) 2004年4月

ガイ・サッカリー(サッカリー)
香港に本拠を置く国際貿易会社「ユーラシア・エンタープライズ」の最高経営責任者 「007/ゼロ・マイナス・テン」 レイモンド・ベンソン著;小林浩子訳 早川書房(Hayakawa pocket mystery books) 2002年11月

カイダノフ博士　かいだのふはかせ
製品が先天的欠陥症を引き起こしたとして訴えられたゲラー製薬の科学者 「女神の天秤」 フィリップ・マーゴリン著;井坂清訳 講談社(講談社文庫) 2004年12月

カイラ・アデア
モデル兼歌手のマディスンの妹、3人の子をもつ母親 「視線の先の狂気」 ヘザー・グレアム著;風音さやか訳 ハーレクイン(MIRA文庫) 2001年9月

カイル・クレイグ
FBI捜査官で地方局長、刑事アレックス・クロスの友人 「闇に薔薇」 ジェームズ・パターソン著;小林宏明訳 講談社(講談社文庫) 2005年4月

カイル・ハンガマン
28歳のアレックスの旧友、アメリカ国中を放浪している男 「恋人たちのマンハッタン」 メグ・カスタルド著;山下郁子訳 DHC 2002年11月

かいる

カイル・モンゴメリー
FBI捜査員、モデル兼歌手のマディスンを本当の妹のように思っている男 「視線の先の狂気」 ヘザー・グレアム著;風音さやか訳 ハーレクイン(MIRA文庫) 2001年9月

カイル・ロガヴィン(ロガヴィン)
エリート連邦検事、長身痩軀の35歳の男 「確信犯 上下」 スティーヴン・ホーン著;遠藤宏昭訳 早川書房(ハヤカワ・ミステリ文庫) 2001年8月

カインズ
リサ・ミリカン殺人事件の捜査を担当することになったローム市警の部長刑事 「七つの丘のある街」 トマス・H・クック著;佐藤和彦訳 原書房 2003年11月

ガウェイン
世紀の大強奪計画のため天才知能犯・ドア教授に集められた男、潜入と偵察のプロ 「レディ・キラーズ」 ジョエル・コーエン脚本;イーサン・コーエン脚本;村雨麻規訳 竹書房(竹書房文庫) 2004年5月

カウ・コウ＝クン
元新聞記者で「ムース郡なんとか」紙のコラムニスト・クィラランが飼っている利口なシャム猫 「猫は銀幕にデビューする」 リリアン・J.ブラウン著;羽田詩津子訳 早川書房(ハヤカワ・ミステリ文庫) 2005年2月

カウ・コウ＝クン
元新聞記者で「ムース郡なんとか」紙のコラムニスト・クィラランが飼っている利口なシャム猫 「猫は日記をつける」 リリアン・J.ブラウン著;羽田詩津子訳 早川書房(ハヤカワ・ミステリ文庫) 2005年7月

カウ・コウ＝クン
老練な新聞記者クィラランが飼っているシャム猫 「猫はブラームスを演奏する」 リリアン・J.ブラウン著;羽田詩津子訳 早川書房(ハヤカワ・ミステリ文庫) 2001年6月

カウ・パット・クーガン(クーガン)
元IRAのテロリスト、殺害された女子大生・マーガレットの元恋人 「ジャックと離婚」 コリン・ベイトマン著;金原瑞人訳;橋本知香訳 東京創元社(創元コンテンポラリ) 2002年7月

カウリー
合衆国での爆弾テロについてモスクワ民警の刑事・ダニーロフと合同捜査でコンビを組むことになったFBI本部ロシア課の課長 「爆魔 上下」 ブライアン・フリーマントル著;松本剛史訳 新潮社(新潮文庫) 2004年11月

ガーガン
観光旅行会社社長、不気味なイグアナや怪しい原住民がいる「南米バナナ共和国」のツアーを企画した男 「観光旅行」 デイヴィッド・イーリイ著;一ノ瀬直二訳 早川書房(ハヤカワ・ミステリ文庫) 2004年6月

カーク・トーマス
米国海軍対テロ特殊部隊の元指揮官 「核の砂漠」 アンドリュー・スティーヴンスン著;塩川優訳 扶桑社(扶桑社ミステリー) 2005年4月

カーク・トーランド
作家マギーの元恋人で出版元の社長、47歳のハンサムなナイスミドル 「マギーはお手上げ」 ケイシー・マイケルズ著;早川麻百合訳 二見書房(二見文庫) 2004年9月

カザコフ
ロシアの石油会社の経営者で大富豪、闇経済の支配者 「「影」の爆撃機 上下」 デイル・ブラウン著;伏見威蕃訳 二見書房(二見文庫) 2002年1月

カザコフ
ロシアの石油会社の経営者で大富豪、闇経済の支配者 「炎の翼 上下」 デイル・ブラウン著;伏見威蕃訳 二見書房(二見文庫) 2004年7月

カザール・アブダル
テロリスト集団「デス・スクワッド」第6支部のリーダーの息子 「ふたつの顔を愛したら」 ヘザー・グレアム作;津田藤子訳 ハーレクイン(シルエット・ラブストリーム) 2005年3月

カサンドラ
連続殺人事件の容疑者Xの共犯者、奔放で悪魔的な若い女性 「自白の迷宮」 ケネス・J・ハーヴェイ著;金子浩訳 扶桑社(扶桑社ミステリー) 2004年6月

カサンドラ
黎明期の中東の暗殺者・マサイアスの前に現れた謎の妖術師、まれに見る美女 「スコーピオン・キング」 マックス・アラン・コリンズ著;小田川佳子訳 角川書店(角川文庫) 2002年5月

カサンドラ・オースティン
遺伝子学者、連続殺人犯ペイル・セイントを担当した検事オースティンの妻 「クローン捜査官」 エリック・ラストベーダー著;皆川孝子訳 徳間書店(徳間文庫) 2002年1月

カサンドラ・ニール(キャシー)
ノースカロライナ州ライアンズ・ブラフに住む女性、人の心を読む超能力者 「シャドウ・ファイル/覗く」 ケイ・フーパー著;幹遙子訳 早川書房(ハヤカワ文庫NV) 2001年5月

ガス
イースト・ロサンジェルス選出の上院議員、飲酒運転で人を轢き殺した男 「秘められた掟」 マイケル・ナーヴァ著;柿沼瑛子訳 東京創元社(創元推理文庫) 2002年1月

ガス
過去に夫からの暴力を乗り越えた作家グレースの兄、元教師 「Eメールは眠らない」 シャーロット・ヴェイル・アレン著;京兼玲子訳 ハーレクイン(MIRA文庫) 2004年3月

ガース・カーソン
ニューヨークに住んでいる剥製ディーラー、立ち寄った中古品店で子供番組の人気キャラクター・ピップスキークの剥製を見つけた男 「ピップスキーク!」 ブライアン・M.ウィプラッド著;新井ひろみ訳 ランダムハウス講談社(ランダムハウス講談社文庫) 2005年1月

ガス・ゲルブライド
カリフォルニア州の田舎町ハシエンダスの苺農場経営者、背の低い赤ら顔の男 「憎悪の果実」 スティーヴン・グリーンリーフ著;黒原敏行訳 早川書房(Hayakawa pocket mystery books) 2001年3月

ガスティン
1831年のイギリス・サンダーランドで昼は陶工の助手をしながら娼婦をしていた15歳の少女 「青いドレスの少女」 シェリ・ホールマン著;河野純治訳 DHC 2002年5月

カスト
ストッキングの行商人、眼鏡をかけたみすぼらしい風体の男 「ABC殺人事件」 アガサ・クリスティー著;堀内静子訳 早川書房(ハヤカワ文庫クリスティー文庫) 2003年11月

カスト
ストッキングの行商人、眼鏡をかけたみすぼらしい風体の男 「ABC殺人事件」 アガサ・クリスティ著;深町眞理子訳 東京創元社(創元推理文庫) 2003年11月

カストロ
キューバの若手弁護士、カリスマ的雄弁家 「ハバナの男たち 上下」 スティーヴン・ハンター著;公手成幸訳 扶桑社(扶桑社ミステリー) 2004年7月

カスバート・ボニフェイス・ディングル
ニュージャージー州の花協会に莫大な資産を遺したグッドローの甥 「誘拐犯はそこにいる」 メアリ・ヒギンズ・クラーク著;キャロル・ヒギンズ・クラーク著;宇佐川晶子訳 新潮社(新潮文庫) 2003年12月

がすぱ

ガース・パンケイク
世紀の大強奪計画のため天才知能犯・ドア教授に集められた男、爆破のプロ 「レディ・キラーズ」 ジョエル・コーエン脚本;イーサン・コーエン脚本;村雨麻規訳　竹書房(竹書房文庫) 2004年5月

ガース・フィッシャー
テネシー州東部の山間に住む早期引退した警官 「凍える瞳」 クリスティ・ティリー・フレンチ著;中西和美訳　二見書房(二見文庫) 2005年3月

ガスラー
アメリカからやってきたという私立探偵、キューバの高校教師・ステイルの亡命の手助けをしたいと現れた男 「追放者」 ホセ・ラトゥール著;酒井武志訳　早川書房(ハヤカワ・ミステリ文庫) 2001年2月

カースレイク
スコットランド・ヤードの警視 「百万に一つの偶然－迷宮課事件簿〔Ⅱ〕」 ロイ・ヴィカーズ著;宇野利泰訳　早川書房(ハヤカワ・ミステリ文庫) 2003年7月

カーソン・ライダー
アラバマ州モビール市警察本部の精神病理・社会病理捜査班に所属する若手刑事 「百番目の男」 ジャック・カーリイ著;三角和代訳　文藝春秋(文春文庫) 2005年4月

カーター
FDNY(ニューヨーク市消防局)のベテラン火災捜査官、59歳の男性 「欺く炎」 スザンヌ・チェイズン著;中井京子訳　二見書房(二見文庫) 2004年9月

カーター
ニューヨーク市消防局火災捜査官、女性捜査官・ジョージアのパートナーの黒人男性 「火災捜査官」 スザンヌ・チェイズン著;中井京子訳　二見書房(二見文庫) 2003年11月

カーター
女性警官スローンの絶縁状態にある実父、銀行の頭取でパームビーチの名士 「夜は何をささやく」 ジュディス・マクノート著;中谷ハルナ訳　新潮社(新潮文庫) 2001年5月

カダフィ大佐　かだふぃたいさ
リビアで権力の座について30数年が経つ男 「化学兵器テロを阻止せよ－ホワイトハウス極秘指令」 ビル・ハーロウ著;塩川優訳　扶桑社(扶桑社ミステリー) 2002年12月

カタリーナ
ビール学園の女生徒、少年ペートォとともに知的障害児にかかわる国家規模の計画について影の部分を暴いた少女 「ボーダーライナーズ」 ペーター・ホゥ著;今井幹晴訳　求竜堂 2002年8月

カタリーナ・キュンツル
ウィーンに住む資産家の行方不明になった若い娘 「カルトの影－現代ウィーン・ミステリー・シリーズ」 クルト・ブラハルツ著;郷正文訳　水声社 2002年2月

カタリーナ・ハインリッヒ
ナチス親衛隊のスパイ、第二次世界大戦中のアメリカ国内に長期間潜伏していた女 「スパイが集う夜」 ジョン・オールトマン著;広瀬順弘訳　早川書房(ハヤカワ文庫NV) 2001年6月

カーチ
私立探偵、裏の顔をもつ男 「バッドラック・ムーン 上下」 マイクル・コナリー著;木村二郎訳　講談社(講談社文庫) 2001年8月

カーチス・メースン
実業家、信託の管理と個人投資のコンサルタントを依頼していた若手弁護士スコットに横領された男 「背任」 ボニー・マクドゥーガル著;吉野美耶子訳　講談社(講談社文庫) 2002年4月

閣下　かっか
秘密クラブのメンバー、十八歳の美少女・ベラドンナを競り落とした男 「囚われて 上下」 カレン・モリーン著;田村達子訳 講談社(講談社文庫) 2001年8月

カッサランド・スチュアート
評論家、ミステリー作家のジョンの妻 「ミステリー・ウィーク」 ヘザー・グレアム著;笠原博子訳 ハーレクイン(MIRA文庫) 2002年1月

カッサンドラ・デウビル(キャシー)
19世紀初頭のハワイ島に画家の父とともに暮らす娘、フランス生まれの19歳 「眠れぬ楽園」 アイリス・ジョハンセン著;林啓恵訳 二見書房(二見文庫) 2003年4月

ガッシー・ホワイト
骨董商、骨董商のマギーの親友 「死体あります アンティーク・フェア殺人事件」 リア・ウェイト著;木村博江訳 文藝春秋(文春文庫) 2003年9月

カッペル
フランス東部の町モルトフォンの教会の年寄りの用務員 「サンタクロース殺人事件」 ピエール・ヴェリー著;村上光彦訳 晶文社(必読系!ヤングアダルト) 2003年11月

カーティス
美しい女殺し屋、貴族探偵トフ氏の仇敵 「トフ氏と黒衣の女」 ジョン・クリーシー著;田中孜訳 論創社(論創海外ミステリ) 2004年11月

カーティス・コールドウェル
交通事故死した女性・ヘザーの部屋を購入したいと不動産会社のレイシーに依頼してきた男 「見ないふりして」 メアリ・H.クラーク著;深町眞理子訳 新潮社(新潮文庫) 2002年3月

カーティス・スティール(スティール)
債券偽造で服役していた模写のプロ、ニューヨークの画商のジョナス・カレムにレオナルド・ダ・ヴィンチの贋作計画を持ちかけられた男 「ダ・ヴィンチ贋作計画」 トーマス・スワン著;篠原慎訳 角川書店(角川文庫) 2002年3月

カーティス・マガーヴィ(マガーヴィ)
イギリス警察本部の警部、バース署刑事ダイヤモンドの妻殺人事件の捜査責任者 「最期の声」 ピーター・ラヴゼイ著;山本やよい訳 早川書房(Hayakawa novels) 2004年1月

カーティス・マーティンデイル
カリフォルニア州に住んでいた日系二世・フランクの1964年に書かれた遺書に名が記された男 「ある日系人の肖像」 ニーナ・ルヴォワル著;本間有訳 扶桑社(扶桑社ミステリー) 2005年8月

カーディナル
カナダのオンタリオ州にあるアルゴンキン・ベイ警察の優秀な刑事 「悲しみの四十語」 ジャイルズ・ブラント著;阿部里美訳 早川書房(ハヤカワ・ミステリ文庫) 2002年7月

ガーデン
ニューヨークのペントハウスに住む化学者イフフレイム・ガーデン教授の息子、競馬狂の青年 「ガーデン殺人事件」 ヴァン・ダイン著;井上;勇訳 東京創元社(創元推理文庫) 2002年11月

カート・オースチン(オースチン)
NUMA(国立海中海洋機関)の特別出動班班長、均整の取れた肉体と勇敢な精神を持つ海洋科学者 「ロマノフの幻を追え 上下」 クライブ・カッスラー著;ポール・ケンプレコス著 新潮社(新潮文庫) 2004年8月

カート・オースチン(オースチン)
NUMA(国立海中海洋機関)の特別出動班班長、均整の取れた肉体と勇敢な精神を持つ海洋科学者 「白き女神を救え」 クライブ・カッスラー著;ポール・ケンプレコス著 新潮社(新潮文庫) 2003年4月

かとき

カート・キャノン（キャノン）
ニューヨークの裏町に住む酒浸りの男、探偵の認可証を取り上げられた元私立探偵 「酔いどれ探偵街を行く」 カート・キャノン著;都筑道夫訳　早川書房（ハヤカワ・ミステリ文庫） 2005年11月

カート・デッカー
元ナチスドイツSS将校の息子、連続殺人の前歴をもつ筋金入りの犯罪者 「覇者 上下」 ポール・リンゼイ著;笹野洋子訳　講談社（講談社文庫）　2003年5月

カート・ノヴァク
元FBI捜査官コナーの宿敵の脱獄犯、東欧マフィアの大物の息子 「影のなかの恋人」 シャノン・マッケナ著;中西和美訳　二見書房（二見文庫）　2005年8月

カドフェル
イングランドのシュルーズベリ大修道院に所属する修道士で薬草園の管理者、ウェールズ出身で第1回十字軍に参加した経歴を持つ経験豊かで洞察力に優れた「修道士探偵」 「憎しみの巡礼」 エリス・ピーターズ著;岡達子訳　光文社（光文社文庫）　2004年7月

カドフェル
イングランドのシュルーズベリ大修道院に所属する修道士で薬草園の管理者、第1回十字軍に参加した経歴を持つ「修道士探偵」 「アイトン・フォレストの隠者」 エリス・ピーターズ著;大出健訳　光文社（光文社文庫）　2005年3月

カドフェル
イングランドのシュルーズベリ大修道院に所属する修道士で薬草園の管理者、第1回十字軍に参加した経歴を持つ「修道士探偵」 「デーン人の夏」 エリス・ピーターズ著;岡達子訳　光文社（光文社文庫）　2005年11月

カドフェル
イングランドのシュルーズベリ大修道院に所属する修道士で薬草園の管理者、第1回十字軍に参加した経歴を持つ「修道士探偵」 「ハルイン修道士の告白」 エリス・ピーターズ著;岡本浜江訳　光文社（光文社文庫）　2005年5月

カドフェル
イングランドのシュルーズベリ大修道院に所属する修道士で薬草園の管理者、第1回十字軍に参加した経歴を持つ「修道士探偵」 「悪魔の見習い修道士」 エリス・ピーターズ著;大出健訳　光文社（光文社文庫）　2004年3月

カドフェル
イングランドのシュルーズベリ大修道院に所属する修道士で薬草園の管理者、第1回十字軍に参加した経歴を持つ「修道士探偵」 「異端の徒弟」 エリス・ピーターズ著;岡達子訳　光文社（光文社文庫）　2005年7月

カドフェル
イングランドのシュルーズベリ大修道院に所属する修道士で薬草園の管理者、第1回十字軍に参加した経歴を持つ「修道士探偵」 「死を呼ぶ婚礼」 エリス・ピーターズ著;大出健訳　光文社（光文社文庫）　2003年9月

カドフェル
イングランドのシュルーズベリ大修道院に所属する修道士で薬草園の管理者、第1回十字軍に参加した経歴を持つ「修道士探偵」 「死者の身代金」 エリス・ピーターズ著;岡本浜江訳　光文社（光文社文庫）　2004年5月

カドフェル
イングランドのシュルーズベリ大修道院に所属する修道士で薬草園の管理者、第1回十字軍に参加した経歴を持つ「修道士探偵」 「死体が多すぎる」 エリス・ピーターズ著;大出健訳　光文社（光文社文庫）　2003年3月

カドフェル
イングランドのシュルーズベリ大修道院に所属する修道士で薬草園の管理者、第1回十字軍に参加した経歴を持つ「修道士探偵」「修道士の頭巾(フード)」エリス・ピーターズ著;岡本浜江訳　光文社(光文社文庫)　2003年5月

カドフェル
イングランドのシュルーズベリ大修道院に所属する修道士で薬草園の管理者、第1回十字軍に参加した経歴を持つ「修道士探偵」「聖ペテロ祭殺人事件」エリス・ピーターズ著;大出健訳　光文社(光文社文庫)　2003年7月

カドフェル
イングランドのシュルーズベリ大修道院に所属する修道士で薬草園の管理者、第1回十字軍に参加した経歴を持つ「修道士探偵」「聖域の雀」エリス・ピーターズ著;大出健訳　光文社(光文社文庫)　2004年1月

カドフェル
イングランドのシュルーズベリ大修道院に所属する修道士で薬草園の管理者、第1回十字軍に参加した経歴を持つ「修道士探偵」「聖女の遺骨求む」エリス・ピーターズ著;大出健訳　光文社(光文社文庫)　2003年3月

カドフェル
イングランドのシュルーズベリ大修道院に所属する修道士で薬草園の管理者、第1回十字軍に参加した経歴を持つ「修道士探偵」「代価はバラ一輪」エリス・ピーターズ著;大出健訳　光文社(光文社文庫)　2005年1月

カドフェル
イングランドのシュルーズベリ大修道院に所属する修道士で薬草園の管理者、第1回十字軍に参加した経歴を持つ「修道士探偵」「陶工の畑」エリス・ピーターズ著;大出健訳　光文社(光文社文庫)　2005年9月

カドフェル
イングランドのシュルーズベリ大修道院に所属する修道士で薬草園の管理者、第1回十字軍に参加した経歴を持つ「修道士探偵」「秘跡」エリス・ピーターズ著;大出健訳　光文社(光文社文庫)　2004年9月

カドフェル
イングランドのシュルーズベリ大修道院に所属する修道士で薬草園の管理者、第1回十字軍に参加した経歴を持つ「修道士探偵」「氷のなかの処女」エリス・ピーターズ著;岡本浜江訳　光文社(光文社文庫)　2003年11月

カドフェル
イングランドのシュルーズベリ大修道院に所属する修道士で薬草園の管理者、第1回十字軍に参加した経歴を持つ「修道士探偵」「門前通りのカラス」エリス・ピーターズ著;岡達子訳　光文社(光文社文庫)　2004年11月

カート・ラムジー(ラムジー)
ロサンゼルス近郊の豪邸に住む俳優、殺害された女性の元夫「イノセンス　上下」ジョナサン・ケラーマン著;北沢和彦訳　講談社(講談社文庫)　2001年7月

カトリーナ・マゾルスキー
ワシントン在住の流暢なロシア語を話す弁護士、美人で切れ者「キングメーカー　上下」ブライアン・ヘイグ著;平賀秀明訳　新潮社(新潮文庫)　2004年10月

カトリーヌ・サレルヌ
パリの高級アパルトマンで暮らしている四十五歳のマダム、二十歳ほど年下の大学の講師・オリヴィエに心を奪われた女性「プティ・ベーゼ」ドミニク・ディアンス著;山中芳美訳　早川書房(ハヤカワ・ミステリ文庫)　2003年8月

かとり

カトリーヌ・ヴァサロ
物語の主人公ジュリエットの親友、ヴァサロ農園の領主 「女神たちの嵐 上下」 アイリス・ジョハンセン著;酒井裕美訳 二見書房(二見文庫) 2002年7月

ガーナー
早期に退役した元米国海軍将校の海洋学者、筋肉隆々の魅力的なハンサム 「腐海」 ジェームズ・ポーリック著;古賀弥生訳 徳間書店 2001年6月

ガナー
「ベトナム従軍兵」「警察官」「電気工」といった経歴を経てロサンゼルスで私立探偵となった男性 「愚者の群れ」 ガー・アンソニー・ヘイウッド著;熊谷千寿訳 早川書房(ハヤカワ・ミステリ文庫) 2001年3月

ガニア
大富豪ヴァニエの屋敷で3歳のコーディの面倒を見る乳母、悪魔崇拝集団の一員 「ブレス・ザ・チャイルド 上下」 キャシー・キャッシュ・スペルマン著;中俣真知子訳 竹書房(竹書房文庫) 2001年11月

ガニマール
怪盗ルパンを追い続けるフランス警察当局の老警部 「ルパン対ホームズ」 モーリス・ルブラン作;榊原晃三訳 岩波書店(岩波少年文庫) 2001年4月

ガニマール
怪盗ルパンを追い続けるフランス警察当局の老警部 「奇岩城」 モーリス・ルブラン作;榊原晃三訳 岩波書店(岩波少年文庫) 2001年7月

彼女　かのじょ
少女惨殺の罪で獄中生活を送っている〈わたし〉と文通している「とある有名女子大学の第二学年を終え」たという若い女性 「わたしがアリスを殺した理由」 A.M.ホームズ著;高山祥子訳 扶桑社(扶桑社ミステリー) 2004年4月

彼女　かのじょ
少女惨殺の罪で獄中生活を送る「わたし」の十九歳の文通相手、小児溺愛者 「わたしがアリスを殺した理由」 A.M.ホームズ著;高山祥子訳 扶桑社(扶桑社ミステリー) 2004年4月

カーヴァー
イギリスの私立探偵、へそ曲がりでお調子者だが正義感と行動力を持つ男 「溶ける男」 ヴィクター・カニング著;水野恵訳 論創社(論創海外ミステリ) 2005年10月

カービイ
ニューヨーク市警情報部組織犯罪監視班の刑事 「射程圏」 J・C・ポロック著;中原裕子訳 早川書房(ハヤカワ文庫NV) 2001年6月

カービー・ウィンター
急死した大富豪の叔父から金時計1個と手紙だけを相続した青年 「金時計の秘密」 ジョン・D・マクドナルド著;本間有訳 扶桑社(扶桑社ミステリー) 2003年7月

カピストラーノ
ホワイトハウス直属の国家安全保障特別顧問でテロ対策のエキスパート、工作員マルコ・リンゲの依頼主 「ビンラディンの剣(サーベル)」 ジェラール・ド・ヴィリエ著;小林修訳 扶桑社(扶桑社ミステリー) 2004年2月

カーヒル
アラバマ州マウンテン・ブルック署の刑事 「一度しか死ねない」 リンダ・ハワード著;加藤洋子訳 二見書房(二見文庫) 2003年1月

カープ
法廷検事、ニューヨーク地区検察局刑事裁判課課長の検事補 「さりげない殺人者」 ロバート・K.タネンボーム著;菅沼裕乃訳 講談社(講談社文庫) 2005年1月

ガブリエール・アッシュ
大統領選の現職の対立候補セクストン上院議員の個人秘書 「デセプション・ポイント 上下」 ダン・ブラウン著;越前敏弥訳　角川書店　2005年4月

ガブリエル・アロン
イスラエル諜報機関「オフィス」の元暗殺工作員、美術修復師 「報復という名の芸術－美術修復師ガブリエル・アロン」 ダニエル・シルヴァ著;山本光伸訳　論創社　2005年8月

ガブリエル・アロン
美術修復師、イスラエル諜報機関「オフィス」の暗殺工作員 「さらば死都ウィーン－美術修復師ガブリエル・アロンシリーズ」 ダニエル・シルヴァ著;山本光伸訳　論創社　2005年10月

ガブリエル・ブートグルド
コンゴのプランテーションで働く一家の娘、健康的な十八歳くらいのベルギー人の美少女 「藪に棲む悪魔」 マシュー・ヘッド著;中島なすか訳　論創社(論創海外ミステリ)　2005年9月

ガブリエル・マコーリー(ギャビー)
法人類学者・テンペと20年来の親友、カナダ在住の女性 「既死感上下」 キャスリーン・レイクス著;山本やよい訳　角川書店(角川文庫)　2001年1月

ガブリエル・マッケンナ(ゲイブ)
オハイオ州コロンバスのマッケンナ探偵社のオーナー、四十がらみのワンマンな探偵 「ファーストウーマン」 ジェニファー・クルージー著;葉月陽子訳　二見書房(二見文庫)　2003年7月

カブレラ警部　かぶれらけいぶ
スペイン人警部、コスタ・デル・ソルの一角エストレージャ・デ・マルで起きたホリンガー邸放火殺人事件の担当捜査官 「コカイン・ナイト」 J.G.バラード著;山田和子訳　新潮社(新潮文庫)　2005年7月

カベサ
連続殺人事件の容疑者Xの鑑定を行っている精神科医 「自白の迷宮」 ケネス・J・ハーヴェイ著;金子浩訳　扶桑社(扶桑社ミステリー)　2004年6月

ガーマジ
ニューヨークで暮らしている名探偵、どこから見ても立ち居振る舞いが見苦しい男 「予期せぬ夜」 エリザベス・デイリイ著;白須清美訳　早川書房(Hayakawa pocket mystery books)　2002年1月

カミー・クラーク
ミステリー作家のジョンの女性秘書 「ミステリー・ウィーク」 ヘザー・グレアム著;笠原博子訳　ハーレクイン(MIRA文庫)　2002年1月

カミッラ・カリオストリ
イタリア・モデナ市警察少年課警部、美人で有能な女性刑事 「霧に消えた約束」 ジュゼッペ・ペデリアーリ著;関口英子訳　二見書房(二見文庫)　2005年4月

カミラ・ブルース
メイナード邸当主の娘・マッジの友人 「月明かりの闇 フェル博士最後の事件」 ジョン・ディクスン・カー著;田口俊樹訳　早川書房(ハヤカワ・ミステリ文庫)　2004年9月

カミラ・ライアン
ニューヨーク市警の富豪刑事コンラッド・フートの元恋人でNBCのプロデューサー、プラチナブロンドの美女 「殺意に招かれた夜」 イーサン・ブラック著;加賀山卓朗訳　ソニー・マガジンズ(ヴィレッジブックス)　2003年11月

かむじ

カムジ
エジプトの地を侵す「ヒクソス帝国」の残忍で冷酷な財務長官 「自由の王妃アアヘテプ物語3 燃えあがる剣」 クリスチャン・ジャック著;山田浩之訳 角川書店(角川文庫) 2004年1月

カムジ
エジプトの地を侵す異国の民「ヒクソス」の残忍で冷酷な財務長官 「自由の王妃アアヘテプ物語2 二つの王冠」 クリスチャン・ジャック著;山田浩之訳 角川書店(角川文庫) 2003年11月

カムジ
エジプトの地を侵す異国の民「ヒクソス」の統制官、残忍で冷酷な人物 「自由の王妃アアヘテプ物語1 闇の帝国」 クリスチャン・ジャック著;山田浩之訳 角川書店(角川文庫) 2003年9月

カーメス
王妃アアヘテプと亡きファラオ・セケンの第一王子 「自由の王妃アアヘテプ物語2 二つの王冠」 クリスチャン・ジャック著;山田浩之訳 角川書店(角川文庫) 2003年11月

ガメー・トラウト
NUMA(国立海中海洋機関)の海洋生物学者でポール・トラウトの妻、ブドウ色の髪の敏捷でタフな女性 「ロマノフの幻を追え 上下」 クライブ・カッスラー著;ポール・ケンプレコス著 新潮社(新潮文庫) 2004年8月

ガメー・トラウト
NUMA(国立海中海洋機関)の海洋生物学者でポール・トラウトの妻、ブドウ色の髪の敏捷でタフな女性 「白き女神を救え」 クライブ・カッスラー著;ポール・ケンプレコス著 新潮社(新潮文庫) 2003年4月

カーメリーニ
CIAのスパイ活動を副業としている若い弁護士、同業者チャンスの同僚 「キューバ 上下」 スティーブン・クーンツ著;北澤;和彦訳 講談社(講談社文庫) 2003年4月

カーメル・ローン
ミネアポリスの女刑事弁護士、恋心を抱いた弁護士・ヘレンの妻の殺害を女殺し屋のリンカーに依頼した女 「餌食」 ジョン・サンドフォード著;北沢あかね訳 講談社(講談社文庫) 2003年2月

カラ
16世紀末のオスマン・トルコの細密画画家、細密画工房監督エニシテの弟子で義理の甥 「わたしの名は「紅」」 オルハン;パムク著;和久井;路子訳 藤原書店 2004年11月

カラ
ハンガリー人スパイ・モラートの恋人、ブエノスアイレスの富豪一族出身の美女 「影の王国」 アラン・ファースト著;黒原敏行訳 講談社(講談社文庫) 2005年8月

カラザス
パトロール巡査スチュアート・ハミルトンの親友、教師 「謀殺の火」 S.H.コーティア著;伊藤星江訳 論創社(論創海外ミステリ) 2005年4月

カラドス夫人　からどすふじん
英国空軍中佐のジョンの母親、戦前の黄金期の綿花王の娘で先代カラドス公爵夫人 「検屍官の領分」 マージェリー・アリンガム著;佐々木愛訳 論創社(論創海外ミステリ) 2005年1月

カラヴァーレ
イタリア・マッジョーレ湖畔ストレーザの地区憲兵隊司令官 「骨の島」 アーロン・エルキンズ著;青木久惠訳 早川書房(ハヤカワ・ミステリ文庫) 2005年10月

カーラ・ミュリエ
心霊写真研究家、写真家のヴィエナの妻 「Lの憑依」 ハワード・ノーマン著;茂木健訳 東京創元社(創元コンテンポラリ) 2003年8月

カーラ・ルマルション
探偵ポアロの依頼人、すらりとした体型の美しい若い女性 「五匹の子豚」 アガサ・クリスティー著;桑原千恵子訳 早川書房(ハヤカワ文庫クリスティー文庫) 2003年12月

カーリ
ウィーン警視庁殺人犯捜査課二係主任、どこか斜に構えたところがある警部補 「小さな花―現代ウィーン・ミステリー・シリーズ」 エルンスト・ヒンターベルガー著;鈴木隆雄訳 水声社 2001年10月

カーリー
経済コラムニスト、「ジェン・ストーン社」の社長ニコラス・スペンサーの妻のリンの義妹 「消えたニック・スペンサー」 メアリ・H.クラーク著;宇佐川晶子訳 新潮社(新潮文庫) 2005年5月

カリー
フロリダの水族館に勤める海洋生物学者、ブロンドの若い女性 「とらわれのエンジェル」 スーザン・ブロックマン作;安倍杏子訳 ハーレクイン(シルエット・ラブストリーム) 2002年8月

カリイ警部　かりいけいぶ
事件の捜査担当の警部、愛想良く物静かで丁寧な物腰の男 「魔術の殺人」 アガサ・クリスティー著;田村隆一訳 早川書房(ハヤカワ文庫クリスティー文庫) 2004年3月

カーリー・ウィルソン
英語教師エミリーの隣人、3回の離婚歴がある29歳の女性 「哀しい嘘」 スーザン・ブロックマン作;安倍杏子訳 ハーレクイン(シルエット・ラブストリーム) 2002年7月

カリオストロ伯爵夫人(ジョゼフィーヌ・バルサモ)　かりおすとろはくしゃくふじん(じょぜふぃーぬばるさも)
フランス王家の財宝を狙う謎の女、気品に満ちた美女 「ルパン」 ジャン・ポール・サロメ著;ローラン・ヴァショー著;番由美子編訳 メディアファクトリー(洋画文庫) 2005年8月

カリオストロ伯爵夫人(ジョゼフィーヌ・バルサモ)　かりおすとろはくしゃくふじん(じょぜふぃーぬばるさも)
世紀の怪人・カリオストロの末裔と名のる絶世の美女 「カリオストロ伯爵夫人」 モーリス・ルブラン著;平岡敦訳 早川書房(ハヤカワ・ミステリ文庫) 2005年8月

カリゾフ
ロシア・パズル界の新星、左腕を切断された殺人事件の犠牲者 「パズル」 アントワーヌ・ベロ著;香川由利子訳 早川書房(Hayakawa novels) 2004年11月

カーリー・タイラー
サクラメントのレストランのシェフ、過去に死体のように捨てられそれ以前の記憶を失った女 「Sの誘惑」 ローラ・リーズ著;池田真紀子訳 早川書房(Hayakawa novels) 2002年3月

ガリーナ
シベリアのイルクーツク州マルコヴォ市長ノーヴィクの16歳になる一人娘 「凍土の牙」 ロビン・ホワイト著;鎌田三平訳 文藝春秋(文春文庫) 2003年12月

カーリー・ノーラン
カリフォルニア州トワイライト・コーヴの26歳の画家、6歳のクリストファーの母 「追いつめられて」 ジル・マリー・ランディス著;橋本夕子訳 二見書房(二見文庫) 2005年4月

カリム・アブドゥフ
フランス・ロット県サルザック警察の警部、不良上がりのアラブ人二世 「クリムゾン・リバー」 ジャン=クリストフ・グランジェ著;平岡敦訳 東京創元社(創元推理文庫) 2001年1月

かりる

カリール
イスラム系テロリストの謎の黒幕 「堕天使の報復」 マーク・バーネル著;中井京子訳 二見書房(二見文庫) 2002年12月

カール
地下鉄の最終電車の中で若者たちから殴られ昏睡状態になってしまった男 「昏睡(コーマ)」 アレックス・ガーランド著;村井智之訳 アーティストハウスパブリッシャーズ 2004年6月

カール・カントレル
アル中の元警察官、女性弁護士・メガンの依頼人ボニーの元夫 「殺意のクリスマス・イブ」 W.バーンハート著;白石朗訳 講談社(講談社文庫) 2002年11月

カール・グスタフ・ヘルマン
アメリカ陸軍大佐で、ポール・ブレナーの犯罪捜査部(CID)時代の上司、ポールの恋人シンシアの現上司 「アップ・カントリー 上下」 ネルソン・デミル著;白石朗訳 講談社(講談社文庫) 2003年11月

カル・クーパー
シアトル・マリナーズの主力打者、テレビ局リポーターのレイニーの婚約者 「ブロンドライフ」 ジョン・スコット・シェパード脚本;ダナ・スティーヴンス脚本;池谷律代訳 竹書房(竹書房文庫) 2003年8月

カール・グランヴィル
ニューヨークに住む小説家志望の28歳の青年 「ギデオン神の怒り」 ラッセル・アンドルース著;渋谷比佐子訳 講談社(講談社文庫) 2001年2月

ガルシア
悪徳警官・ドーシーの自称殺害犯人、パセーイク在住のプエルトリコ移民の男 「悪徳警官はくたばらない」 デイヴィッド・ローゼンフェルト著;白石朗訳 文藝春秋(文春文庫) 2005年2月

カール・シュトラッサー(シュトラッサー)
ドイツ武装親衛隊大尉、1943年にベルリン本部の配属となった27歳の将校 「反逆部隊 上下」 ガイ・ウォルターズ著;横山啓明訳 早川書房(ハヤカワ文庫NV) 2003年11月

カール・スポイラー
中古車ディーラー、ギターの個人教師・ジェイソンの家の間借り人 「本末転倒の男たち」 ジェリー・レイン著;常田景子訳 扶桑社(扶桑社ミステリー) 2001年1月

カールスン
犯罪者・パーカーと組んで銀行を襲撃した男、痩せこけた男 「悪党パーカー/地獄の分け前」 リチャード・スターク著;小鷹信光訳 早川書房(ハヤカワ・ミステリ文庫) 2002年1月

カルーソ
高利貸しのレオ・ラブリオーラの手下 「孤独な鳥がうたうとき」 トマス・H・クック著;村松潔訳 文藝春秋 2004年11月

カール・デュウィット
メリーランド州の有料道路のパトロール隊員、未解決の殺人事件を追い続けている元警察官 「ラスト・プレイス」 ローラ・リップマン著;吉澤康子訳 早川書房(ハヤカワ・ミステリ文庫) 2004年11月

カルドーニ
離婚訴訟中の外科医、加重殺人の容疑者 「野性の正義」 フィリップ・マーゴリン著;加賀山卓朗訳 早川書房(Hayakawa novels) 2001年6月

カルドニア(キャリー)
テキサス州東部の町デューモントに住む高校生、13歳のスタンリーの姉 「ダークライン」 ジョー・R.ランズデール著;匝瑳玲子訳 早川書房(Hayakawa novels) 2003年3月

カルネラ
第二次世界大戦中のイタリアのレジスタンスの闘士でロマーニャ地方サン・タルベルトの英雄的存在、鷲鼻の巨漢 「混濁の夏」 カルロ・ルカレッリ著;菅谷誠訳 柏艪舎(イタリア捜査シリーズ) 2005年3月

カルバイヨ
美食家の私立探偵 「楽園を求めた男」 M・バスケス・モンタルバン著;田部武光訳 東京創元社(創元推理文庫) 2002年11月

カール・ヴァーゼネッガー(カーリ)
ウィーン警視庁殺人犯捜査課二係主任、どこか斜に構えたところがある警部補 「小さな花―現代ウィーン・ミステリー・シリーズ」 エルンスト・ヒンターベルガー著;鈴木隆雄訳 水声社 2001年10月

カルパチア
アメリカ国連事務総長、カリスマ的個性を持つルーマニア出身の男 「トリビュレーション・フォース レフトビハインド2」 ティム・ラヘイ著;ジェリー・ジェンキンズ著;松本和子訳 いのちのことば社フォレストブックス 2002年8月

カルパチア
ルーマニア出身の元国連事務総長、世界を統合する「グローバル・コミュニティー」の主権者 「アサシンズーレフトビハインド(6)」 ティム・ラヘイ著;ジェリー・ジェンキンズ著;伊藤肇;訳 いのちのことば社フォレストブックス 2005年6月

カルパチア
旧国連「グローバル・コミュニティー」の反キリストの主権者、ルーマニア出身の青年 「ニコライ―レフトビハインド〈3〉」 ティム・ラヘイ著;ジェリー・ジェンキンズ著;松本和子訳 いのちのことば社フォレストブックス 2003年1月

カルパチア
世界平和を唱える新勢力"グローバル・コミュニティー"主権者、ルーマニア出身の男 「ソウル・ハーベスト レフトビハインド4」 ティム・ラヘイ著;ジェリー・ジェンキンズ著;松本和子訳 いのちのことば社フォレストブックス 2003年9月

カール・ハチェット(ハチェット)
ヴェトナム戦争の戦場で起きた事件の捜査に当たる合衆国陸軍憲兵隊犯罪捜査部の捜査官 「ヴェトナム戦場の殺人」 デイヴィッド・K・ハーフォード著;松本剛史訳 扶桑社(扶桑社ミステリー) 2002年3月

カルブ・ウェズレイ
元英国空軍特殊部隊の連絡将校、イスラム教徒に心を奪われているダイアナ妃を監視することになった男 「ロイヤル・ブラッド」 バリー・デービス著;窪嶋優子訳 インターメディア出版 2002年7月

カール・フォス(フォス)
ドイツ陸軍情報将校、共産主義者を追ってリスボンに来た青年 「スパイは異邦に眠る 上下」 ロバート・ウィルスン著;田村義進訳 早川書房(ハヤカワ・ミステリ文庫) 2003年3月

カルホーン
メキシコのティファンに赴任している米国麻薬取締局捜査員、アメリカ合衆国への密入国者たちに手助けして不当に金を稼いでいる男 「死者の日」 ケント・ハリントン著;田村義進訳 扶桑社 2001年9月

カルミ
ニューヨークに住むCBSのカメラマン、28歳のアレックスの叔父 「恋人たちのマンハッタン」 メグ・カスタルド著;山下郁子訳 DHC 2002年11月

かるら

カルラ
フランスの土地開発会社「セディム社」社長秘書、難聴というハンディキャプを抱える35歳の女性 「リード・マイ・リップス」 トニーノ・ブナキスタ著;ジャック・オディアール著;沼澤哲也訳 メディアファクトリー 2003年9月

カルラ・シャリフ
大変な美人のパレスチナ人テロリスト 「亡国のゲーム 上・下」 グレン・ミード著;戸田裕之訳 二見書房(ザ・ミステリ・コレクション) 2003年12月

カール・ランドリー
アメリカ〈ボストン・グローブ〉の記者、元陸軍軍曹 「合衆国復活の日 上下」 ブレンダン・デュボイズ著;野口百合子訳 扶桑社(扶桑社ミステリー) 2002年8月

カルリス・リエパ(リエパ中佐)　かるりすりえぱ(りえぱちゅうさ)
ラトヴィア警察からスウェーデンの小さな田舎町で起きた殺人事件の捜査に派遣されてきた中佐、リガ警察の犯罪捜査官 「リガの犬たち」 ヘニング・マンケル著;柳沢由実子訳 東京創元社(創元推理文庫) 2003年4月

カルル・レルナー(パパ)
ウィーンで暮らしている女学生フローの父親、かつて神学者としても名を知られた大学教授 「ペスト記念柱―現代ウィーン・ミステリー・シリーズ」 ロッテ・イングリッシュ著;城田千鶴子訳 水声社 2001年5月

カール・レッドモン
ソルトレーク警察生え抜きの刑事、神と正義を一直線に信じているモルモン教徒の青年 「神の街の殺人」 トマス・H・クック著;村松潔訳 文藝春秋(文春文庫) 2002年4月

カルロス
海洋生物学者のカリーが勤める水族館に不法侵入した息を奪うほどゴージャスな男 「とらわれのエンジェル」 スーザン・ブロックマン作;安倍杏子訳 ハーレクイン(シルエット・ラブストリーム) 2002年8月

カルロス・オルテガ(オルテガ)
デンヴァー警察殺人課巡査部長、地質学者エム・ハンセンの友人 「沈黙の日記」 サラ・アンドリューズ著;高橋恭美子訳 早川書房(ハヤカワ・ミステリ文庫) 2001年2月

カルロス・テハダ・アロンソ・イ・レオン(テハダ)
マドリード内戦に勝利した国民軍治安警備隊の軍曹、隊員に尊敬されている二十代の青年 「青と赤の死」 レベッカ・パウエル著;松本依子訳 早川書房(Hayakawa pocket mystery books) 2004年11月

カルロス・マルチェロ(マルチェロ)
マフィアの大物で弁護士ウォード・リテルのクライアント、ケネディ暗殺の黒幕 「アメリカン・デス・トリップ 上下」 ジェイムズ・エルロイ著;田村義進訳 文藝春秋 2001年9月

カルロス・レイナ
カリフォルニア州の田舎町ハシエンダスの苺農場で働く青年、25歳のリタの婚約者 「憎悪の果実」 スティーヴン・グリーンリーフ著;黒原敏行訳 早川書房(Hayakawa pocket mystery books) 2001年3月

カルロ・ヴェントレスカ
前教皇のカメルレンゴ、端整な顔立ちの30歳代後半の男 「天使と悪魔 上下」 ダン・ブラウン著;越前敏弥訳 角川書店 2003年10月

ガレティ
ロンドン警視庁の警部補、テムズ川から女性の惨殺死体を引き揚げる現場に新人官僚・オリヴァーといあわせた男 「霧けむる王国」 ジェイン・ジェイクマン著;長野きよみ訳 新潮社 2004年2月

ガレン
一匹狼のフリーの傭兵、野性味あふれる一方知的で思いやりある男 「そしてさよならを告げよう」 アイリス・ジョハンセン著;池田真紀子訳 ソニー・マガジンズ(ヴィレッジブックス) 2004年9月

ガレン
復顔彫刻家イヴ・ダンカンを警護するフリーのボディーガード 「嘘はよみがえる」 アイリス・ジョハンセン著;北沢あかね訳 講談社(講談社文庫) 2004年6月

カレン・エインズリー
マイアミ警察署殺人課の部長刑事マルコムの妻 「殺人課刑事 上下」 アーサー・ヘイリー著;永井淳訳 新潮社(新潮文庫) 2001年5月

カレン・エリクソン
フロリダ州マイアミの小学校教師、警察学校生アシュリーの幼なじみ 「危険な蜜月」 ヘザー・グレアム著;せとちやこ訳 ハーレクイン(MIRA文庫) 2005年2月

カレン・ジェニングス
麻酔医ウィル・ジェニングスの妻でアビーの母、元看護師 「24時間」 グレッグ・アイルズ著;雨沢泰訳 講談社(講談社文庫) 2001年9月

カレン・ダクウィッツ
デンマークの裕福な銀行家の娘、サンデ島出身の若者ハラルド・オルフセンの親友ティクの双子の妹 「ホーネット、飛翔せよ 上下」 ケン;フォレット著;戸田 裕之訳 ソニー・マガジンズ(ヴィレッジブックス) 2004年12月

カレン・ニコルズ
同じジムに通う男・コディにつきまとわれて私立探偵・パトリックに相談した裕福な家で育った女、全裸で投身自殺を図った女性 「雨に祈りを」 デニス・レヘイン著;鎌田三平訳 角川書店(角川文庫) 2002年9月

カレン・ビアソン
モデル、私立探偵スティーヴンの同級生 「オウン・ゴール」 フィル・アンドリュース著;玉木亨訳 角川書店(角川文庫) 2001年7月

カレン・ブラックモア
ワシントンDC在住の米国国務省の事務職員、16歳の妹を寄宿学校に通わせるバツイチの女性 「真夏のデイドリーム」 サンドラ・ブラウン著;広田真奈美訳 ハーレクイン(MIRA文庫) 2004年3月

カレン・リース
ニューヨークに在住する結婚を控えた流行作家、ジャパネスク趣味の40歳の女性 「日本庭園の秘密」 エラリイ・クイーン著;大庭忠男訳 早川書房(ハヤカワ・ミステリ文庫) 2003年4月

カーロス・ヘンリ・リーマン
ニュージーランドの田舎町・シーブルックうに住む38歳既婚者の農夫、マオリと白人の混血 「挑発」 シャーロット・グリムショー著;猪俣美江子訳 早川書房(ハヤカワ・ミステリ文庫) 2001年4月

カーロ・パジェット
サンフランシスコの辣腕弁護士クリストファ・パジェットの息子 「子供の眼 上下」 リチャード・ノース・パタースン著;東江一紀訳 新潮社(新潮文庫) 2004年2月

カロライン・ブルックス(カリー)
フロリダの水族館に勤める海洋生物学者、ブロンドの若い女性 「とらわれのエンジェル」 スーザン・ブロックマン作;安倍杏子訳 ハーレクイン(シルエット・ラブストリーム) 2002年8月

かわむ

川村 みどり　かわむら・みどり
ジャズピアニスト、殺し屋レインが暗殺した官僚の娘　「雨の牙」　バリー・アイスラー著;池田真紀子訳　ソニー・マガジンズ(ヴィレッジブックス)　2002年1月

カーン
パキスタンの陸軍参謀長で政変首謀者　「中国の野望―印パ戦争勃発」　ハンフリー・ホークスリー著;山本光伸訳　二見書房(二見文庫)　2002年9月

ガン
NUMA(国立海中海洋機関)の次長でダーク・ピットやアル・ジョルディーノの同僚、長官サンデッカーを助ける参謀役　「オデッセイの脅威を暴け　上下」　クライブ・カッスラー著;中山善之訳　新潮社(新潮文庫)　2005年6月

ガン
NUMA(国立海中海洋機関)の次長でダーク・ピットやアル・ジョルディーノの同僚、長官サンデッカーを助ける参謀役　「マンハッタンを死守せよ　上下」　クライブ・カッスラー著;中山善之訳　新潮社(新潮文庫)　2002年12月

ガン
NUMA(国立海中海洋機関)の次長でダーク・ピットやアル・ジョルディーノの同僚、優れた組織運営力で長官サンデッカーを助ける参謀役　「アトランティスを発見せよ　上下」　クライブ・カッスラー著;中山善之訳　新潮社(新潮文庫)　2001年11月

カン インチャン　かんいんちゃん
元シルミドの訓練兵、服役後小説家となったペク・トンホの兄貴分　「シルミド」　白東虎著;鄭銀淑訳　幻冬舎　2004年5月

カン インチャン(インチャン)　かんいんちゃん(いんちゃん)
秘密裏の組織684部隊第3班班長、逮捕歴のある元チンピラの男　「シルミド」　キム・ヒジェ著;伊藤正治訳　角川書店(角川文庫)　2004年5月

ガンサー・マンゼッティー
ラスヴェガスのカジノで借金の取り立て人をしている男　「悪党どもの荒野」　ブライアン・ホッジ著;白石朗訳　扶桑社(扶桑社ミステリー)　2001年6月

カンタン
1555年にフランスからブラジルをめざす船団に乗っていた聖霊修道会の男　「ブラジルの赤」　ジャン=クリストフ・リュファン著;野口雄司訳　早川書房　2002年12月

ガンナー・ブラッシュウッド
アトランタにあるピーチツリー探偵社の放浪癖のある社長、大統領とも懇意の有名探偵　「ピーチツリー探偵社」　ルース・バーミングハム著;宇佐川晶子訳　早川書房(ハヤカワ・ミステリ文庫)　2002年11月

【き】

キア・ウィントリップ
アメリカ先住民ティロック族の獣医、カルフォルニア州の山岳地帯に墜落したジェット機から秘密の研究記録を持ち出した男　「氷雪のサバイバル戦」　デイヴィッド・ダン著;佐和誠訳　早川書房(ハヤカワ文庫NV)　2003年5月

キアラ・ゾッリ
イスラエル諜報機関「オフィス」の女性暗殺工作員、美術修復師ガブリエル・アロンのパートナー　「さらば死都ウィーン―美術修復師ガブリエル・アロンシリーズ」　ダニエル・シルヴァ著;山本光伸訳　論創社　2005年10月

キアラン
シュルーズベリの聖ウィニフレッド祭を訪れた若い巡礼者、重い鉄製の十字架を首に下げ裸足で歩く苦行者 「憎しみの巡礼」 エリス・ピーターズ著;岡達子訳 光文社 (光文社文庫) 2004年7月

ギイ・ド・モンペリエ
1795年のイギリスに姉のオーギュストと住むパリからの逃亡貴族、天文学者団体のメンバー 「天球の調べ」 エリザベス・レッドファーン著;山本やよい訳 新潮社 2002年10月

キーガン
ロンドン警視庁部長刑事、私立探偵ジャック・テイラーに協力する下品で肥満した男 「酔いどれ故郷にかえる」 ケン・ブルーウン著;東野さやか訳 早川書房 (ハヤカワ・ミステリ文庫) 2005年5月

ギジェット
フリークショーの一座の経営者フロストの妻、金髪の若い女 「アイスマン」 ジョー・R.ランズデール著;七搦理美子訳 早川書房 (Hayakawa novels) 2002年2月

キズ
ロス市警本部長室に所属する女刑事、私立探偵のボッシュが刑事だった時の元相棒 「暗く聖なる夜 上下」 マイクル・コナリー著;古沢嘉通訳 講談社 (講談社文庫) 2005年9月

キース・イネス
ロンドンの西の運河の町に住む11歳の少年、サイモン・イネスの弟 「月が昇るとき」 グラディス・ミッチェル著;好野理恵訳 晶文社 (晶文社ミステリ) 2004年9月

キース・コンヴァース
無実の罪で有罪となった青年・ジェフの父 「マンハッタン狩猟クラブ」 ジョン・ソール著;加賀山卓郎訳 文藝春秋 (文春文庫) 2004年3月

キース・プロクター (プロクター)
フリーのジャーナリスト 「堕天使の報復」 マーク・バーネル著;中井京子訳 二見書房 (二見文庫) 2002年12月

キース・ヘイワード
第二次世界大戦中ロンドン郊外のクロース (袋小路) で親友スティーヴンと「スパイごっこ」をしていた少年 「スパイたちの夏」 マイケル・フレイン著;高儀進訳 白水社 2003年3月

キズミン・ライダー (キズ)
ロス市警本部長室に所属する女刑事、私立探偵のボッシュが刑事だった時の元相棒 「暗く聖なる夜 上下」 マイクル・コナリー著;古沢嘉通訳 講談社 (講談社文庫) 2005年9月

キズミン・ライダー (ライダー)
ハリウッド署の女刑事、上司ボッシュの相棒 「堕天使は地獄へ飛ぶ」 マイクル・コナリー著;古沢嘉通訳 扶桑社 2001年9月

キズミン・ライダー (ライダー)
ロサンジェルス市警強盗殺人課刑事、刑事ハリー・ボッシュの元部下 「シティ・オブ・ボーンズ」 マイクル・コナリー著;古沢嘉通訳 早川書房 (ハヤカワ・ミステリ文庫) 2005年2月

キズミン・ライダー (ライダー)
ロサンジェルス市警強盗殺人課刑事、刑事ハリー・ボッシュの元部下 「シティ・オブ・ボーンズ」 マイクル・コナリー著;古沢嘉通訳 早川書房 (Hayakawa novels) 2002年12月

キース・ワーウィック
レディングに住む資産家の弟の転落死した孫、謎の事故死を遂げている一族の男 「断崖は見ていた」 ジョセフィン・ベル著;上杉真理訳 論創社 (論創海外ミステリ) 2005年3月

きっと

キット
イギリスの田舎の母子家庭で育った少年 「迷い子たちの長い夜」 フランセスカ・ワイズマン著;猪俣美江子訳 ランダムハウス講談社(ランダムハウス講談社文庫) 2005年1月

キット
ロンドン警視庁の警視キンケイドの12歳の息子 「警視の不信」 デボラ・クロンビー著;西田佳子訳 講談社(講談社文庫) 2005年9月

キット
ロンドン警視庁警視キンケイドの11歳の息子 「警視の接吻」 デボラ・クロンビー著;西田佳子訳 講談社(講談社文庫) 2001年6月

キッド
かつて一世を風靡した元ボクサー、コルサコフ症候群の持ち主 「アフター・ダーク」 ジム・トンプスン著;三川基好訳 扶桑社(扶桑社ミステリー) 2001年10月

キッド
シンシナティのスタッド・ポーカー界指折りの名手、26歳の若きギャンブラー 「シンシナティ・キッド」 リチャード・ジェサップ著;真崎義博訳 扶桑社(扶桑社ミステリー) 2001年3月

キット・ハリスン
連続医師失踪事件を追ってコロラドに来たFBI捜査官、獣医フラニー・オニールのキャビンの住人 「翼のある子供たち」 ジェイムズ・パタースン著;古賀弥生訳 ランダムハウス講談社(ランダムハウス講談社文庫) 2005年11月

キット・フォリスト
アメリカのビスケーン湾にある人工島の高級住宅地に住む二十代前半の娘 「セメントの女」 マーヴィン・アルバート著;横山啓明訳 早川書房(Hayakawa pocket mystery books) 2004年4月

キット・マーティン
ミステリー作家、犯罪心理学者フィオナ・キャメロンの恋人で同居人 「シャドウ・キラー」 ヴァル・マクダーミド著;森沢麻里訳 集英社(集英社文庫) 2001年9月

ギデオン・ウルフ(ウルフ博士)　ぎでおんうるふ(うるふはかせ)
犯罪心理学者、ニューヨークの大学で犯罪心理学と歴史を教えている博士 「キリング・タイム」 ケイレブ・カー著;加賀山卓朗訳 早川書房(Hayakawa novels) 2002年11月

ギデオン・オリヴァー
一片の骨から事件を見透す「スケルトン探偵」、ワシントン大学の人類学教授 「古い骨」 アーロン・エルキンズ著;青木久惠訳 早川書房(ハヤカワ・ミステリ文庫) 2005年1月

ギデオン・オリヴァー
一片の骨から事件を見透す「スケルトン探偵」、ワシントン大学の人類学教授 「骨の島」 アーロン・エルキンズ著;青木久惠訳 早川書房(ハヤカワ・ミステリ文庫) 2005年10月

ギデオン・オリヴァー
一片の骨から事件を見透す「スケルトン探偵」、ワシントン大学の人類学教授 「呪い!」 アーロン・エルキンズ著;青木久惠訳 早川書房(ハヤカワ・ミステリ文庫) 2005年5月

ギデオン・フェル(フェル博士)　ぎでおんふぇる(ふぇるはかせ)
イギリスの探偵、山賊風口ひげをはやした恰幅のよい紳士 「死が二人をわかつまで」 ジョン・ディクスン・カー著;仁賀克雄訳 早川書房(ハヤカワ・ミステリ文庫) 2005年4月

ギデオン・フェル(フェル博士)　ぎでおんふぇる(ふぇるはかせ)
巨体で赤ら顔のイギリス人名探偵、五十四歳の歴史家のノックスの旧友 「仮面劇場の殺人」 ディクスン・カー著;田口俊樹訳 東京創元社(創元推理文庫) 2003年9月

ギデオン・フェル（フェル博士）　ぎでおんふぇる（ふぇるはかせ）
探偵、小山のような体型の男性　「月明かりの闇 フェル博士最後の事件」ジョン・ディクスン・カー著;田口俊樹訳　早川書房（ハヤカワ・ミステリ文庫）2004年9月

キーナン・クーリー
ブルックリンに住むレバノン系の麻薬ディーラー　「獣たちの墓」ローレンス・ブロック著;田口俊樹訳　二見書房（二見文庫）2001年1月

ギフォード・チャンピオン（チャンピオン）
CNNテレビの極東特派員、仕事一途のまじめな男　「不手際な暗殺」ノーム・ハリス著;結城山和夫訳　二見書房（二見文庫）2004年1月

ギボンズ
NSA（国家安全保障局）のエージェント、顔にやけどの傷がある男　「トリプルX」リッチ・ウィルクス脚本;メル・オドム著;富永和子訳　角川書店（角川文庫）2002年9月

キマー
法学教授タルコットの妻、連邦控訴裁判所判事職の最終候補に残った女性　「オーシャン・パークの帝王 上下」スティーヴン・L.カーター著;黒原敏行訳　アーティストハウスパブリッシャーズ　2003年9月

キム
CTU捜査官ジャック・バウアーの一人娘、CTUロサンゼルス支局通信部門スタッフ　「24 TWENTY FOUR 2-1」ジョエル・サーナウ原案;ロバート・コクラン原案　竹書房（竹書房文庫）2004年4月

キム
CTU捜査官ジャック・バウアーの一人娘、CTUロサンゼルス支局通信部門スタッフ　「24 TWENTY FOUR 2-2」ジョエル・サーナウ原案;ロバート・コクラン原案　竹書房（竹書房文庫）2004年4月

キム
CTU捜査官ジャック・バウアーの一人娘、CTUロサンゼルス支局通信部門スタッフ　「24 TWENTY FOUR 2-3」ジョエル・サーナウ原案;ロバート・コクラン原案　竹書房（竹書房文庫）2004年5月

キム
CTU捜査官ジャック・バウアーの一人娘、CTUロサンゼルス支局通信部門スタッフ　「24 TWENTY FOUR 2-4」ジョエル・サーナウ原案;ロバート・コクラン原案　竹書房（竹書房文庫）2004年6月

キム
CTU捜査官ジャック・バウアーの一人娘、サンタモニカ高校2年生　「24 CTU/テロ対策ユニットの真実」マーク・セラシーニ編集;文永優訳　角川書店　2004年3月

キム
CTU捜査官ジャック・バウアーの一人娘、サンタモニカ高校2年生　「24 TWENTY FOUR [1]上中下」ジョエル・サーナウ原案;ロバート・コクラン原案　竹書房（竹書房文庫）2003年12月

キム
CTU捜査官ジャック・バウアーの一人娘、住み込みのベビーシッター　「24 TWENTY FOUR 3-1」ジョエル・サーナウ原案;ロバート・コクラン原案　竹書房（竹書房文庫）2004年11月

キム
CTU捜査官ジャック・バウアーの一人娘、住み込みのベビーシッター　「24 TWENTY FOUR 3-2」ジョエル・サーナウ原案;ロバート・コクラン原案　竹書房（竹書房文庫）2004年11月

きむ

キム
CTU捜査官ジャック・バウアーの一人娘、住み込みのベビーシッター 「24 TWENTY FOUR 3-3」 ジョエル・サーナウ原案;ロバート・コクラン原案 竹書房(竹書房文庫) 2004年12月

キム
CTU捜査官ジャック・バウアーの一人娘、住み込みのベビーシッター 「24 TWENTY FOUR 3-4」 ジョエル・サーナウ原案;ロバート・コクラン原案 竹書房(竹書房文庫) 2004年12月

キム・ウォルシュ
環境保全活動家で弁護士、片目の女 「コロラドの血戦」 クリントン・マッキンジー著;熊谷千寿訳 新潮社(新潮文庫) 2004年11月

ギム・グリッソム(グリッソム)
ラスベガス市警科学捜査班主任、状況判断の冷静さと思慮深さを併せ持つ男 「CSI:科学捜査班 シン・シティ」 マックス・アラン・コリンズ著;鎌田三平訳 角川書店(角川文庫) 2005年5月

ギム・グリッソム(グリッソム)
ラスベガス市警科学捜査班主任、状況判断の冷静さと思慮深さを併せ持つ男 「CSI:科学捜査班 ダブル・ディーラー」 マックス・アラン・コリンズ著;鎌田三平訳 角川書店(角川文庫) 2005年3月

キム・ジフン(ジフン)
韓国軍の一等兵、小説家を夢見ながら兵役につく若者 「DMZ非武装地帯」 イキュヒョン著;宮本尚寛訳 PHP研究所 2005年7月

キム・ジュノ(ジュノ)
恋人・ユンジュの夫を殺害し死刑囚となったスリ、南韓の軍隊の特殊部隊に行った男 「シルミド・裏切りの実尾島」 イ・スグァン;著 米津篤八;訳 早川書房(ハヤカワ文庫 NV) 2004年5月

キム・デジナー
超能力を備えたFBI捜査官、誘拐された黒人少年ラマーとテレパシーで交信する女性 「肩の上の死神」 ロバート・ウォーカー著;岡田葉子訳 扶桑社(扶桑社ミステリー) 2001年4月

木村 直二 きむら・なおじ
警視庁刑事部国際捜査課課長補佐、北京大学に留学していたキャリア組のエリート 「海怒 東京黒社会群狼記 上下」 陳放著;椙田雅美訳;宮崎真紀訳 バジリコ 2004年4月

キャサリン
小さな町・ロングメドーで暮らす亡き父の治療費で借金に苦しむ病院勤務の若い娘 「ドアをあける女」 メイベル・シーリー著;板垣節子訳 論創社(論創海外ミステリ) 2005年7月

キャサリン
足と靴のフェティシストである主人公「ぼく」の恋人、美しい足の持ち主 「美しい足に踏まれて」 ジェフ・ニコルスン著;雨海弘美訳 扶桑社(扶桑社ミステリー) 2003年8月

キャサリン・アン・ケンタイア(ケイト)
16世紀イングランド・シェフィールドの牧師夫妻に預けられた娘、スコットランド女王メアリ・スチュアートの庶子 「女王の娘」 アイリス・ジョハンセン著;葉月陽子訳 二見書房(二見文庫) 2002年10月

キャサリン・ウィチャリー
メドウ・ファームズの大富豪ホーマー・ウィチャリーの前妻 「ウィチャリー家の女」 ロス・マクドナルド著;小笠原豊樹訳 早川書房(ハヤカワ・ミステリ文庫) 2004年7月

キャサリン・ウィロウズ
ラスベガス市警科学捜査班のメンバー、元ストリップダンサーでシングルマザーの犯罪学者 「CSI:科学捜査班 シン・シティ」 マックス・アラン・コリンズ著;鎌田三平訳 角川書店(角川文庫) 2005年5月

キャサリン・ウィロウズ
ラスベガス市警科学捜査班のメンバー、元ストリップダンサーでシングルマザーの犯罪学者 「CSI:科学捜査班 ダブル・ディーラー」 マックス・アラン・コリンズ著;鎌田三平訳 角川書店(角川文庫) 2005年3月

キャサリン・カーソン
小児科専門の精神科医師、少女エミリーの父親デビッドの教え子 「ハイド・アンド・シーク」 アリ・シュロスバーグ脚本;小島由記子ノベライズ編訳 竹書房(竹書房文庫) 2005年4月

キャサリン・カールソン
同性愛者の弁護ばかりを引き受けてる弁護士、共同弁護人ドラモンド少尉と犬猿の仲の女性 「反米同盟 上下」 ブライアン・ヘイグ著;平賀秀明訳 新潮社(新潮文庫) 2003年6月

キャサリン・コーデル
ピルグリム医療センター外傷外科医、サヴァナの連続殺人事件の最後の被害者であり犯人を射殺した女性 「外科医」 テス・ジェリッツェン著;安原和見訳 文藝春秋(文春文庫) 2003年8月

キャサリン・ドッド(ドッド刑事)　きゃざりんどっど(どっどけいじ)
ガラス工芸家ローガンの店の区域が受け持ちの刑事、若いイギリス人女性 「勝利」 ディック・フランシス著;菊池光訳 早川書房(Hayakawa novels) 2001年5月

キャサリン・ベイヤード
私立探偵V・I・ウォーショースキーが調査先で出会った少女、ベイヤード出版の創始者カルヴィン・ベイヤードの孫娘 「ブラック・リスト」 サラ・パレツキー著;山本;やよい訳 早川書房(Hayakawa novels) 2004年9月

キャサリン・ベネット
魔界都市ロンドンの女ウィッチハンター、20代後半の女性 「魔物を狩る少年」 クリス・ウッディング著;渡辺庸子訳 東京創元社(創元推理文庫) 2005年8月

キャサリン・ライアン
北アイルランド紛争時の王党派の活動家マイケル・ライアンの姪 「悪魔と手を組め」 ジャック・ヒギンズ著;黒原敏行訳 早川書房(ハヤカワ文庫NV) 2001年3月

キャサリン・ルーカス
長距離トレーラーの運転手、私刑団〈シスターフッド〉のメンバー 「シスターフッド」 ファーン・マイケルズ著;小原亜美訳 二見書房(二見文庫) 2004年11月

キャサリン・ルーカス
長距離トレーラーの女性運転手、秘密結社「シスターフッド」のメンバー 「シスターフッド」 ファーン・マイケルズ著;小原亜美訳 二見書房(二見文庫) 2004年11月

キャシー
19世紀初頭のハワイ島に画家の父とともに暮らす娘、フランス生まれの19歳 「眠れぬ楽園」 アイリス・ジョハンセン著;林啓恵訳 二見書房(二見文庫) 2003年4月

キャシー
ノースカロライナ州ライアンズ・ブラフに住む女性、人の心を読む超能力者 「シャドウ・ファイル/覗く」 ケイ・フーパー著;幹遙子訳 早川書房(ハヤカワ文庫NV) 2001年5月

キャシー・オハラ
広告会社の経営者、ミュージシャンの夫ブレントと別れフロリダ州に娘と暮らす女性 「フォーエバー・マイ・ラブ」 ヘザー・グレアム作;津田藤子訳 ハーレクイン(シルエット・ラブストリーム) 2005年11月

きゃし

キャシー・カー
スタンフォード大学所属の行動遺伝学者、FBI捜査官ルーク・デッカーのかつての恋人 「クライム・ゼロ」 マイクル・コーディ著;内田昌之訳 徳間書店 2001年3月

キャシー・キングマン(キャサリン)
小さな町・ロングメドーで暮らす亡き父の治療費で借金に苦しむ病院勤務の若い娘 「ドアをあける女」 メイベル・シーリー著;板垣節子訳 論創社(論創海外ミステリ) 2005年7月

キャシー・コクラン
「ダレンブルック・ブロードキャスティング・システム」の社長で創始者ジャクソンの妻 「スキャンダル」 ローラ・V.ウォーマー著;小林浩子訳 集英社(集英社文庫) 2003年6月

キャシー・ノーラン(ノーラン)
北アイルランド警察秘密捜査部門に派遣されたMI5の覆面捜査官、北アイルランド生まれの20代後半の女性 「七月の暗殺者 上下」 ゴードン・スティーヴンズ著;藤倉秀彦訳 東京創元社(創元推理文庫) 2005年11月

キャシー・ブラック
自動車販売員、ハイ・デザート女子刑務所から仮釈放中の元窃盗犯 「バッドラック・ムーン 上下」 マイクル・コナリー著;木村二郎訳 講談社(講談社文庫) 2001年8月

キャシー・マレー
ヨガインストラクター、図書館司書レオノーラ・ハットンの友人 「鏡のラビリンス」 ジェイン・アン・クレンツ著;中西和美訳 二見書房(二見文庫) 2005年12月

キャシー・マロリー(マロリー)
ニューヨーク市警の巡査部長、類まれな美貌とハッカーとしての天才的な頭脳を持つ女性捜査官 「アマンダの影」 キャロル・オコンネル著;務台夏子訳 東京創元社(創元推理文庫) 2001年6月

キャシー・マロリー(マロリー)
ニューヨーク市警の巡査部長、類まれな美貌とハッカーとしての天才的な頭脳を持つ女性捜査官 「死のオブジェ」 キャロル・オコンネル著;務台夏子訳 東京創元社(創元推理文庫) 2001年8月

キャシー・マロリー(マロリー)
ニューヨーク市警の巡査部長、類まれな美貌とハッカーとしての天才的な頭脳を持つ女性捜査官 「天使の帰郷」 キャロル・オコンネル著;務台夏子訳 東京創元社(創元推理文庫) 2003年2月

キャシー・マロリー(マロリー)
ニューヨーク市警の巡査部長、類まれな美貌とハッカーとしての天才的な頭脳を持つ女性捜査官 「氷の天使」 キャロル・オコンネル著;務台夏子訳 東京創元社(創元推理文庫) 2001年5月

キャシー・マロリー(マロリー)
ニューヨーク市警の巡査部長、類まれな美貌とハッカーとしての天才的な頭脳を持つ女性捜査官 「魔術師の夜 上下」 キャロル・オコンネル著;務台夏子訳 東京創元社(創元推理文庫) 2005年12月

キャシー・ライアン
CIAの若き分析官ジャックの妻、ジョンズ・ホプキンズ大学病院勤務の眼外科医 「教皇暗殺 1・2・3・4」 トム・クランシー著;田村源二訳 新潮社(新潮文庫) 2004年4月

キャス・アンジェロ
弁護士マークが殺した妻の兄、大物ギャング 「危険がいっぱい」 デイ・キーン著;松本依子訳 早川書房(Hayakawa pocket mystery books) 2005年7月

キャス・ジェイムスン
ニューヨークで活動する女性弁護士、代理母アンバーの代理人を務めた女 「彼女は水草に抱かれ」 キャロリン・ウィート著;堀内静子訳 早川書房(ハヤカワ・ミステリ文庫) 2001年3月

キャス・ツリー
シークレット・サービスを退職した男ビリーの妹 「故郷への苦き想い」 デヴィッド・ウィルツ著;汀一弘訳 扶桑社(扶桑社ミステリー) 2001年12月

キャス・ティーチ
看護婦、教師のサラを連れ去ったスティーヴンの妻 「地下室の箱」 ジャック・ケッチャム著;金子浩訳 扶桑社(扶桑社ミステリー) 2001年5月

キャスパー・ハーヴェイ(ハーヴェイ)
英国サフォーク州ニューマーケット地区の裕福な農場主、数頭のサラブレッドを持つ馬主 「烈風」 ディック・フランシス著;菊池光訳 早川書房(ハヤカワ・ミステリ文庫) 2004年11月

キャスリン・カー(キャシー・カー)
スタンフォード大学所属の行動遺伝学者、FBI捜査官ルーク・デッカーのかつての恋人 「クライム・ゼロ」 マイクル・コーディ著;内田昌之訳 徳間書店 2001年3月

キャスリーン・ダーシー
彗星のように文壇に登場し世紀の大ベストセラー『氷のなかに裸で』を発表後に失踪した作家 「ベストセラー「殺人」事件」 エリザベス・ピーターズ著;田村義進訳 扶桑社(扶桑社ミステリー) 2003年6月

キャスリーン・マッケイブ・ブリーズウッド
ワシントンDC郊外に住む歴史教師、ベストセラー作家グレイス・マッケイブの姉 「傲慢な花」 ノーラ・ロバーツ著;飛田野;裕子訳 ハーレクイン(MIRA文庫) 2004年2月

キャット・ブロンスキー
FBI女性特別捜査官、香港国際空港を離陸したジャンボ旅客機を突然包んだ強力な閃光の謎を調査した女性 「ブラックアウト 上下」 ジョン・J.ナンス著;飯島宏訳 新潮社(新潮文庫) 2002年5月

キャディ
子供時代を過ごし事故で記憶を失くしたインディゴ・バレーに戻ってきた女性、元映画スターのローラの孫 「閉ざされた記憶」 ファーン・マイケルズ著;大嶌双恵訳 二見書房(二見文庫) 2004年2月

キャディ・ブリッグス
フリーの美術コンサルタント、美術研究家の血筋に生まれた独身女性 「迷子の大人たち」 ジェイン・アン・クレンツ著;中西和美訳 二見書房(二見文庫) 2003年12月

キャドウェル・ソフィア・ジョーダン(キャディ)
子供時代を過ごし事故で記憶を失くしたインディゴ・バレーに戻ってきた女性、元映画スターのローラの孫 「閉ざされた記憶」 ファーン・マイケルズ著;大嶌双恵訳 二見書房(二見文庫) 2004年2月

キャノン
ニューヨークの裏町に住む酒浸りの男、探偵の認可証を取り上げられた元私立探偵 「酔いどれ探偵街を行く」 カート・キャノン著;都筑道夫訳 早川書房(ハヤカワ・ミステリ文庫) 2005年11月

ギャヴァラン
ブラック・ジェット証券の創業者でCEO、38歳の元アメリカ空軍パイロット。 「謀略上場 上下」 クリストファー;ライク著;土屋;京子訳 ランダムハウス講談社 2004年11月

ギャビー
法人類学者・テンペと20年来の親友、カナダ在住の女性 「既死感上下」 キャスリーン・レイクス著;山本やよい訳 角川書店(角川文庫) 2001年1月

ギャヴィラン
ハリウッド分署殺人課のベテラン刑事、副業で不動産会社を営む男 「ハリウッド的殺人事件」 ロン・シェルトン脚本;ロバート・ソウザ脚本;石田享編訳 竹書房(竹書房文庫) 2004年1月

ギャビン・ハチソン
リゾートの仕掛人、同窓会パーティの主催者 「楽園占拠」 クリストファー・ブルックマイア著;玉木亨訳 ソニー・マガジンズ(ヴィレッジブックス) 2003年7月

ギャヴィン・ヴァーヒーク
司法長官特別顧問を経てFBIに転身し現在はFBI長官特別法律顧問を務めている男 「ペリカン文書」 ジョン・グリシャム著;白石朗訳 小学館(小学館文庫) 2003年4月

キャフェリー
ロンドン警視庁圏内重要犯罪捜査隊Bチームに所属する34歳の警部 「死を啼く鳥」 モー・ヘイダー著;小林宏明訳 角川春樹事務所(ハルキ文庫) 2002年4月

キャフェリー
ロンドン警視庁圏内重要犯罪捜査隊Bチーム所属の警部、27年前に失踪した兄がいる男 「悪鬼(トロール)の檻」 モー・ヘイダー著;小林宏明訳 角川春樹事務所(ハルキ文庫) 2003年7月

キャプテン・バルボッサ(バルボッサ)
伝説の海賊、死者の世界からよみがえった海賊船ブラックパール号の元一等航海士 「パイレーツ・オブ・カリビアン 呪われた海賊たち」 テッド・エリオット脚本;テリー・ロッシオ脚本;ジェイ・ウォルパート脚本;鈴木玲子ノヴェライズ 竹書房(竹書房文庫) 2003年8月

キャプラン
ニューヨークの刑事弁護士、夫殺しで逮捕された女・プリシアの弁護を引き受けた男 「裁きを待つ女」 デイヴィッド・クレイ著;北沢あかね訳 ソニー・マガジンズ(ヴィレッジブックス) 2002年4月

ギャブリエラ(ベラ)
私立探偵テリー・オアの12歳の娘 「NYPI」 ジム;フジッリ著;公手成幸訳 講談社(講談社文庫) 2004年11月

キャベンディッシュ
ロスアラモス研究所の遺伝子学者、クローン研究者 「紀元零年の遺物 上下」 ジェフ・ロング著;山本光伸訳 二見書房(二見文庫) 2004年11月

キャメロン
親友4人で「ソーイングクラブ」を結成しニューオリンズで詐欺や横領を繰り返していた34歳の男 「標的のミシェル」 ジュリー・ガーウッド著;部谷真奈実訳 ソニーマガジンズ(ヴィレッジブックス) 2003年6月

キャメロン・ウィリアムズ
「グローバル・ウィークリー」誌の主任記者、飛行中に突然何人かの乗客が消えてしまった旅客機に搭乗していた三十歳の男 「レフトビハインド」 ティム・ラヘイ著;ジェリー・ジェンキンズ著;上野五男、訳 いのちのことば社フォレストブックス 2002年3月

キャメロン・ウィリアムズ(バック)
アメリカのクリスチャングループ「トリビュレーション・フォース」のメンバー、クロイの夫 「ニコライーレフトビハインド〈3〉」 ティム・ラヘイ著;ジェリー・ジェンキンズ著;松本和子訳 いのちのことば社フォレストブックス 2003年1月

キャメロン・ウィリアムズ (バック)
アメリカの一流雑誌グローバル・ウィークリーの主任記者 「トリビュレーション・フォース レフトビハインド2」 ティム・ラヘイ著;ジェリー・ジェンキンス著;松本和子訳 いのちのことば社フォレストブックス 2002年8月

キャメロン・ウィリアムズ (バック)
元グローバル・ウィークリー誌の主任記者で雑誌「真理」の編集者、クリスチャンの集団「トリビュレーション・フォース」のメンバー 「アサシンズ―レフトビハインド (6)」 ティム・ラヘイ著;ジェリー・ジェンキンス著;伊藤肇;訳 いのちのことば社フォレストブックス 2005年6月

キャメロン・ウィリアムズ (バック)
世界平和を唱える新勢力"グローバル・コミュニティー"のウィークリー誌発行人 「ソウル・ハーベスト レフトビハインド4」 ティム・ラヘイ著;ジェリー・ジェンキンス著;松本和子訳 いのちのことば社フォレストブックス 2003年9月

ギャラン
ロンドン警視庁刑事部の巡査部長 「覗く銃口」 サイモン・カーニック著;佐藤耕士訳 新潮社 (新潮文庫) 2005年1月

キャリー
テキサス州東部の町デューモントに住む高校生、13歳のスタンリーの姉 「ダークライン」 ジョー・R.ランズデール著;匝瑳玲子訳 早川書房 (Hayakawa novels) 2003年3月

キャリー
情報局の施設「ヘイヴン」から逃げ出した女の子 「幼き逃亡者の祈り」 パトリシア・ルーイン著;林;啓恵訳 ソニー・マガジンズ (ヴィレッジブックス) 2004年7月

キャリー・アレン
22歳のトゥルーが勤めるモルグに新しく赴任した精神科医 「トゥルー・コーリング Vol.5」 ジョン・ハーモン・フェルドマン原案;酒井紀子編訳 竹書房 (竹書房文庫) 2005年9月

キャリー・アレン
22歳のトゥルーが勤めるモルグに新しく赴任した精神科医、トゥルーの宿敵・ジャックの協力者 「トゥルー・コーリング Vol.6」 ジョン・ハーモン・フェルドマン原案;酒井紀子編訳 竹書房 (竹書房文庫) 2005年9月

キャリイ・ルイズ
ミス・マープルの旧友で富豪、少年院を運営するルイス・セロコールドの妻 「魔術の殺人」 アガサ・クリスティー著;田村隆一訳 早川書房 (ハヤカワ文庫クリスティー文庫) 2004年3月

ギャリソン
財務省秘密検察局「シークレット・サービス」の一員、アメリカのジョーダン大統領夫人の護衛をしている男 「謀殺の星条旗」 ジェラルド;ペティヴィッチ著;渡辺;庸子訳 ソニー・マガジンズ (ヴィレッジブックス) 2004年8月

キャリー・ヤンクルウィッツ
イギリス秘密情報部の工作員ニック・ストーンのパナマでの任務の支援要員、同じく支援要員アーロンの妻 「ラスト・ライト」 アンディ・マクナブ著;伏見威蕃訳 角川書店 (角川文庫) 2005年4月

キャリー・リンダーハースト
オーク・グローブ署に勤める未亡人の婦人警官レイチェルの次姉、弁護士 「不当逮捕」 N・T・ローゼンバーグ著;吉野美耶子訳 講談社 (講談社文庫) 2003年10月

キャル
ニューヨーク州ジェファーソン郡地方検察官、メイン州の新聞社社長ビリーの5歳上の兄 「心の砕ける音」 トマス・H・クック著;村松潔訳 文藝春秋 (文春文庫) 2001年9月

きゃる

キャル・カニングハム
ニューヨークの書店でアルバイトとして働く作家志望の25歳の青年 「著者略歴」 ジョン・コラピント著;横山啓明訳　早川書房(Hayakawa novels)　2002年3月

キャル・カニングハム
作家志望の自堕落な青年、事故で死んだスチュワートのルームメート 「著者略歴」 ジョン・コラピント著;横山啓明訳　早川書房（ハヤカワ・ミステリ文庫）2005年11月

キャルガリ
地理学者、アージル家の過去の事件の関係者 「無実はさいなむ」 アガサ・クリスティー著;小笠原豊樹訳　早川書房（ハヤカワ文庫クリスティー文庫）2004年7月

キャル・デクスター（デクスター）
コードネーム「アヴェンジャー」を持ち裏稼業として人狩りを請け負う弁護士、ベトナム戦争時の特殊部隊のメンバー 「アヴェンジャー　上下」 フレデリック;フォーサイス著;篠原慎訳　角川書店（角川文庫）2004年8月

キャルヴィン・チェイス（キャル）
ニューヨーク州ジェファーソン郡地方検察官、メイン州の新聞社社長ビリーの5歳上の兄 「心の砕ける音」 トマス・H・クック著;村松潔訳　文藝春秋（文春文庫）2001年9月

ギャレット・ウォーカー
大富豪が創設した対テロ傭兵部隊IFORの指揮官、元海軍特殊部隊SEAL隊員 「影の傭兵部隊、出動」 ディック・カウチ著;高沢次郎訳　早川書房（ハヤカワ文庫NV）2004年10月

ギャレット・ハンロン（昆虫少年）　ぎゃれっとはんろん（こんちゅうしょうねん）
小さな郡のタナーズコーナーで起きた誘拐事件の容疑者、昆虫集めの趣味を持つ十六歳の少年 「エンプティー・チェア―リンカーン・ライムシリーズ〈3〉」 ジェフリー・ディーヴァー著;池田真紀子訳　文藝春秋　2001年1月

キャレドニア・ウィンゲイト
サンディエゴ近郊にある高級老人ホーム〈海の上のカムデン〉の住人、故提督夫人 「氷の女王が死んだ」 コリン・ホルト・ソーヤー著;中村有希訳　東京創元社（創元推理文庫）2002年4月

キャレドニア・ウィンゲイト
ロサンジェルスの高級老人ホーム「海の上のカムデン」で暮らす故提督夫人、探偵きどりの元気な老婦人 「フクロウは夜ふかしをする」 コリン・ホルト・ソーヤー著;中村有希訳　東京創元社（創元推理文庫）2003年3月

キャレドニア・ウィンゲイト
高級老人ホーム「海の上のカムデン」の住人で提督の未亡人、アンジェラの親友 「ピーナッツバター殺人事件」 コリン・ホルト・ソーヤー著;中村有希訳　東京創元社（創元推理文庫）2005年6月

キャレラ
アイソラ市87分署の二級刑事、イタリア系で大柄な筋肉質の体格をもち正義感あふれる好漢 「キス」 エド・マクベイン著;井上一夫訳　早川書房（ハヤカワ・ミステリ文庫）2001年4月

キャレラ
アイソラ市87分署の二級刑事、イタリア系で大柄な筋肉質の体格をもち正義感あふれる好漢 「でぶのオリーの原稿」 エド・マクベイン著;山本博訳　早川書房 (Hayakawa pocket mystery books)　2003年11月

キャレラ
アイソラ市87分署の二級刑事、イタリア系で大柄な筋肉質の体格をもち正義感あふれる好漢 「ノクターン」 エド・マクベイン著;井上一夫訳　早川書房（ハヤカワ・ミステリ文庫）2004年7月

キャレラ
アイソラ市87分署の二級刑事、イタリア系で大柄な筋肉質の体格をもち正義感あふれる好漢 「ビッグ・バッド・シティ」 エド・マクベイン著;山本博訳　早川書房（ハヤカワ・ミステリ文庫） 2005年3月

キャレラ
アイソラ市87分署の二級刑事、イタリア系で大柄な筋肉質の体格をもち正義感あふれる好漢 「マネー、マネー、マネー」 エド・マクベイン著;山本博訳　早川書房（Hayakawa pocket mystery books） 2002年9月

キャレラ
アイソラ市87分署の二級刑事、イタリア系で大柄な筋肉質の体格をもち正義感あふれる好漢 「ロマンス」 エド・マクベイン著;井上一夫訳　早川書房（ハヤカワ・ミステリ文庫） 2002年8月

キャレラ
アイソラ市87分署の二級刑事、イタリア系で大柄な筋肉質の体格をもち正義感あふれる好漢 「悪戯」 エド・マクベイン著;井上一夫訳　早川書房（ハヤカワ・ミステリ文庫） 2002年5月

キャレラ
アイソラ市87分署の二級刑事、イタリア系で大柄な筋肉質の体格をもち正義感あふれる好漢 「歌姫」 エド・マクベイン著;山本博訳　早川書房（Hayakawa pocket mystery books） 2004年12月

キャレラ
アイソラ市87分署の二級刑事、イタリア系で大柄な筋肉質の体格をもち正義感あふれる好漢 「耳を傾けよ!」 エド・マクベイン著;山本博訳　早川書房（Hayakawa pocket mystery books） 2005年10月

キャレン・シスコー
銀行強盗ジャック・フォーリーと偶然出会った連邦執行官、美しくタフな29歳の女性 「アウト・オブ・サイト」 エルモア・レナード著;高見浩訳　角川書店（角川文庫） 2002年1月

キャロウェイ
ロンドン警視庁の警察官、闇商人のハリー・ライムを追っていた男 「第三の男」 グレアム・グリーン著;小津次郎訳　早川書房（ハヤカワepi文庫） 2001年5月

キャロライン・ウェークフィールド
合衆国麻薬対策本部本部長・ロバートのひとり娘、ワシントンの私立高校に通う優等生 「トラフィック」 スティーブン・ギャガン著;富永和子訳　新潮社（新潮文庫） 2001年4月

キャロライン・エヴァンス
ニューヨークのアンティークショップの店員、通り魔に夫を殺された二児の母親 「ミッドナイト・ボイス」 ジョン;ソール著;野村;芳夫訳　ソニー・マガジンズ（ヴィレッジブックス） 2004年3月

キャロライン・カーマイクル（マッドドッグ）
CIA情報分析官、夫のエリックを旅客機爆破テロで亡くした女性 「カットアウト 上下」 フランシーヌ・マシューズ著;高野裕美子訳　新潮社（新潮文庫） 2002年6月

キャロライン・クーツ
イギリスの片田舎・ソルトマーシュ村に住むクーツ牧師の妻、家庭内で絶対的な権力をもつ奥さん 「ソルトマーシュの殺人」 グラディス・ミッチェル著;宮脇孝雄訳　国書刊行会（世界探偵小説全集） 2002年7月

キャロライン・ナイト
イギリスの全寮制パブリック・スクールの歴史教師、1年前の事故で夫をなくした女性 「踊り子の死」 ジル・マゴーン著;高橋なお子訳　東京創元社（創元推理文庫） 2002年9月

きゃろ

キャロライン・ブレシング
父を亡くしたばかりのチェリスト、テネシー州選出の下院議員・ダグラスの妻 「裸のフェニックス」 マーシャ・タリー編;ローリー・キングほか著 ソニー・マガジンズ（ヴィレッジブックス） 2002年6月

キャロライン・マスターズ
サンフランシスコ最大の法律事務所ケニオン・アンド・ウォーカーのパートナー弁護士 「子供の眼 上下」 リチャード・ノース・パタースン著;東江一紀訳 新潮社（新潮文庫） 2004年2月

キャロライン・マスターズ
孤独癖のある45歳の辣腕弁護士、殺人罪で逮捕された女子大生ブレットの叔母 「最後の審判 上下」 リチャード・ノース・パタースン著;東江一紀訳 新潮社（新潮文庫） 2005年6月

キャロライン・マスターズ
連邦控訴裁判所判事に指名された女弁護士、22歳の被告人ブレットの叔母 「最後の審判」 リチャード・ノース・パタースン著;東江一紀訳 新潮社 2002年9月

キャロライン・メイブリー
ワシントン州スポーカン市警の女刑事、市民を射殺したという過去がある女 「血の奔流」 ジェス・ウォルター著;天野淑子訳 早川書房（ハヤカワ文庫NV） 2002年2月

キャロライン・ルイズ・セロコールド（キャリイ・ルイズ）
ミス・マープルの旧友で富豪、少年院を運営するルイス・セロコールドの妻 「魔術の殺人」 アガサ・クリスティー著;田村隆一訳 早川書房（ハヤカワ文庫クリスティー文庫） 2004年3月

キャロラス・ディーン
イギリスに住む素人探偵、失踪した女性アンの行方を突き止めるよう依頼人に頼まれた男 「骨と髪」 レオ・ブルース著;小林晋訳 原書房（ヴィンテージ・ミステリ・シリーズ） 2005年9月

キャロリン・モートレイク
殺害された退官判事の連れ子のふたり娘の姉、容疑者ホワイトの知人で28歳の女性 「第三の銃弾」 カーター・ディクスン著;田口俊樹訳 早川書房（ハヤカワ・ミステリ文庫） 2001年9月

キャロル
パートタイム探偵ジョー・バーリーの同棲相手、読書をこよなく愛する女性 「ロージー・ドーンの誘拐」 エリック・ライト著;佐藤耕士訳 早川書房（ハヤカワ・ミステリ文庫） 2001年12月

キャロル・ジョーダン
ロンドン警視庁の警部、ドイツの犯罪組織のおとり捜査をする女性警部 「殺しの迷路」 ヴァル・マクダーミド著;森沢麻里訳 集英社（集英社文庫） 2004年7月

キャロル・スターキー（スターキー）
ロサンゼルス市警犯罪共謀課二級刑事、爆発物処理員だった頃に爆発事故で恋人を失い自らも瀕死となった過去を持つ女性 「破壊天使 上下」 ロバート・クレイス著;村上和久訳 講談社（講談社文庫） 2002年8月

キャロル・スペンサー
南大平洋海戦で婚約者を亡くした24歳の女性、メーン州の別荘で焼死体を発見した人 「黄色の間」 メアリ・ロバーツ・ラインハート著;阿部里美訳 早川書房（Hayakawa pocket mystery books） 2002年6月

キャロル・パーシヴァル
ヨークシャーの荒れ野で農場を営む女性 「飛蝗の農場」 ジェレミー・ドロンフィールド著;越前敏弥訳 東京創元社（創元推理文庫） 2002年3月

キャロル・パーシヴァル
ヨークシャーの女農場主 「飛蝗の農場」 ジェレミー・ドロンフィールド著;越前敏弥訳 東京創元社(創元推理文庫) 2002年3月

キャロル・ファーマー
器量の悪い娘、田舎の映画館主・ジョーの愛人となった家政婦 「取るに足りない殺人」 ジム・トンプスン著;三川基好訳 扶桑社 2003年9月

キャロル・ローゼン
レイプの被害者三人が自分たちで犯人をつきとめるために結成された「サバイバーズ・クラブ」のメンバー、四十二歳の主婦 「いまは誰も愛せない」 リサ・ガードナー;著;前野律訳 ソニー・マガジンズ(ヴィレッジブックス) 2004年10月

キャンディス・タリー
図書館長ジョーダン・ポティートの助手、裕福な家の娘で独身の美人 「図書館の死体」 ジェフ・アボット著;佐藤耕士訳 早川書房(ハヤカワ・ミステリ文庫) 2005年3月

キャンディス・タリー
図書館長ジョーダン・ポティートの助手で恋人、裕福な家の娘で独身の美人 「図書館の美女」 ジェフ・アボット著;佐藤耕士訳 早川書房(ハヤカワ・ミステリ文庫) 2005年7月

キャンディス・ペニングトン
マサチュセッツ州パラダイスに住む16歳の少女、ハイ・スクールの生徒 「影に潜む」 ロバート・B.パーカー著;菊池光訳 早川書房(Hayakawa novels) 2004年3月

キャンドラ・ワース
女流画家スウィーニーの絵を扱う画廊の経営者 「黄昏に生まれたから」 リンダ・ハワード著;加藤洋子訳 ソニー・マガジンズ(ヴィレッジブックス) 2002年1月

キャンドレス
心臓発作で亡くなった著名な小説家、二人の娘を溺愛していた父親 「煙突掃除の少年」 バーバラ・ヴァイン著;富永和子訳 早川書房(Hayakawa pocket mystery books) 2002年2月

キャンバス
英国人の傭兵、諜報界で飛び抜けて優れた技術を持つ伝説のフォー・フェイズ・マンのもうひとりの生き残り 「死のダンス」 リチャード・スタインバーグ著 酒井裕美訳 二見書房(二見文庫) 2002年3月

キャンピオン
カリフォルニア州の機密軍事施設保安委員、テキサス州アーネットで妻子とともに病死した男 「ザ・スタンド 1」 スティーヴン・キング著;深町眞理子訳 文藝春秋(文春文庫) 2004年4月

キャンピオン
自分の本名や身分を決して出さないアマチュア探偵 「霧の中の虎」 マージェリー・アリンガム著;山本俊子訳 早川書房(Hayakawa pocket mystery books) 2001年11月

キャンピオン
素人探偵、五十代初めの背の高い痩せた金髪の男 「殺人者の街角」 マージェリー・アリンガム著;佐々木愛訳 論創社(論創海外ミステリ) 2005年6月

キャンピオン
素人探偵、背が高くて痩せている金髪の四十四歳の男 「検屍官の領分」 マージェリー・アリンガム著;佐々木愛訳 論創社(論創海外ミステリ) 2005年1月

キャンピオン
素人探偵、背が高くて痩せている金髪の男 「陶人形の幻影」 マージェリー・アリンガム著;佐々木愛訳 論創社(論創海外ミステリ) 2005年9月

きゅぴ

Q・P（クウェンティン）　きゅーぴー（くうぇんてぃん）*
少年に対する猥褻行為で保護観察中の白人男、若者に無理やりロボトミーを施しては失敗している31歳で独身の同性愛者　「生ける屍」ジョイス・キャロル・オーツ著;井伊順彦訳　扶桑社（扶桑社ミステリー）　2004年7月

キュラ・ベルク
「ベルリナー・モルゲン紙」の事件記者、女性殺人犯を取材した女性　「殺戮の女神」テア・ドルン著;小津薫訳　扶桑社　2001年2月

ギュンター・シュレック
ネオナチの異常殺人犯、精神病性犯罪者収容施設へ護送される途中に保安官補を殺害し脱走した男　「暗黒大陸の悪霊」マイケル・スレイド著;夏来健次訳　文藝春秋（文春文庫）　2003年1月

キョンビン
アメリカ・ペンシルベニア州の大学教授、ニューヨークの領事官の叔父の依頼でロシアへ向かった元特殊工作員　「白夜　上中下」ハンテフン著;徐正根訳　竹書房（竹書房文庫）　2005年3月

ギルバート・アップルビー
雑誌記者レオ・ベーハイムの取材に同行するイギリス人カメラマン　「ある貴婦人の肖像」ペトラ・エルカー著;小津薫訳　扶桑社（扶桑社ミステリー）　2002年1月

キルマーチン
第二次大戦のロンドンに住む法廷弁護士　「トロイの木馬」ハモンド・イネス著;伏見威蕃訳　ソニー・マガジンズ（ヴィレッジブックス）　2002年11月

ギルモア
田舎のデントン市の警察署に着任した若き部長刑事、中年刑事フロスト警部の部下　「夜のフロスト」R.D.ウィングフィールド著;芹沢恵訳　東京創元社（創元推理文庫）　2001年6月

ギル・ランキン
プリンストン大学経済学部4年生、奇書「ヒュプネロトマキア」を研究するポールのルームメイトで銀行家の息子　「フランチェスコの暗号　上下」イアン・コールドウェル著;ダスティン・トマスン著;柿沼瑛子訳　新潮社（新潮文庫）　2004年10月

ギルレイン
元判事のタクシー運転手、悪をはぐくむ街・クインシガモンドで惨殺された被害者を最後に目撃した男　「闇に刻まれた言葉」ジャック・オコネル著;浜野アキオ訳　ソニー・マガジンズ（ヴィレッジブックス）　2002年1月

キーロフ
ロシアの新興財閥、多国籍企業マーキュリー・ブロードバンドのCEO　「謀略上場　上下」クリストファー;ライク著;土屋京子訳　ランダムハウス講談社　2004年11月

キンキー・フリードマン
ニューヨークに住むミュージシャン兼私立探偵、シャーロックホームズ気どりの男　「マンハッタンの中心でアホと叫ぶ　カウボーイ探偵うたう大捜査線」キンキー・フリードマン著;吉田博訳　新風舎（新風舎文庫）　2004年10月

キング
マイアミの製薬会社「バイオテック社」と建設会社を経営するオーナー　「マイアミ殺人懲りないドクター」ダーク・ワイル著;森沢麻里訳　集英社（集英社文庫）　2003年11月

キングズリー聖堂参事　きんぐずりーせいどうさんじ
聖堂参事、ロンドンに住む画家のルーシーの父　「死のさだめ」ケイト・チャールズ著;中村有希訳　東京創元社（創元推理文庫）　2001年4月

キンケイド
FBIシカゴ支局のうらぶれた捜査官、自らも犯罪に手を染める男 「鉄槌」 ポール・リンゼイ著;笹野洋子訳　講談社(講談社文庫)　2005年7月

キンケイド
ロンドン警視庁で殺人事件捜査の指揮をとっている警視、12歳の少年キットの父親 「警視の不信」 デボラ・クロンビー著;西田佳子訳　講談社(講談社文庫)　2005年9月

キンケイド
ロンドン警視庁警視、不可解な自動書記状態になった建築士・ジャックの従兄 「警視の予感」 デボラ・クロンビー著;西田佳子訳　講談社(講談社文庫)　2003年11月

キンケイド
ロンドン警視庁警視、部下の巡査部長ジェマの恋人 「警視の接吻」 デボラ・クロンビー著;西田佳子訳　講談社(講談社文庫)　2001年6月

キンジー・ミルホーン
カリフォルニア州サンタ・テレサの私立探偵、35歳の女性探偵 「縛り首のN」 スー・グラフトン著;嵯峨静江訳　早川書房(ハヤカワ・ミステリ文庫)　2001年1月

キンジー・ミルホーン
カリフォルニア州サンタ・テレサの私立探偵、自立心旺盛な30代の女性 「獲物のQ」 スー・グラフトン著;嵯峨静江訳　早川書房(Hayakawa novels)　2003年9月

キンジー・ミルホーン
カリフォルニア州サンタ・テレサの私立探偵、自立心旺盛な30代の女性 「危険のP」 スー・グラフトン著;嵯峨静江訳　早川書房(Hayakawa novels)　2001年8月

キンジー・ミルホーン
カリフォルニア州サンタ・テレサ在住の私立探偵、36歳で2度の離婚経験がある女性 「アウトローのO」 スー・グラフトン著;嵯峨静江訳　早川書房（ハヤカワ・ミステリ文庫）　2004年4月

キンジー・ミルホーン
サンタ・テレサで開業しているライセンスを持った私立探偵、二度離婚経験のある36歳の女性 「危険のP」 スー・グラフトン著;嵯峨静江訳　早川書房（ハヤカワ・ミステリ文庫）　2005年5月

キンジー・ミルホーン
南カリフォルニアに住む2度離婚経験のある37歳の私立探偵 「ロマンスのR」 スー・グラフトン著;嵯峨静江訳　早川書房(Hayakawa novels)　2005年7月

キンバリー(キマー)
法学教授タルコットの妻、連邦控訴裁判所判事職の最終候補に残った女性 「オーシャン・パークの帝王 上下」 スティーヴン・L.カーター著;黒原敏行訳　アーティストハウスパブリッシャーズ　2003年9月

キンバリー・オーガスト・クインシー
FBI主任捜査官・クインシーの次女、ニューヨーク大学の学生で両親と音信不通の娘 「誰も知らない恋人」 リサ・ガードナー著;前野;律訳　ソニーマガジンズ(ヴィレッジブックス)　2003年3月

キンバリー・バウアー(キム)
CTU捜査官ジャック・バウアーの一人娘、CTUロサンゼルス支局通信部門スタッフ 「24 TWENTY FOUR 2-1」 ジョエル・サーナウ原案;ロバート・コクラン原案　竹書房(竹書房文庫)　2004年4月

キンバリー・バウアー(キム)
CTU捜査官ジャック・バウアーの一人娘、CTUロサンゼルス支局通信部門スタッフ 「24 TWENTY FOUR 2-2」 ジョエル・サーナウ原案;ロバート・コクラン原案　竹書房(竹書房文庫)　2004年4月

きんば

キンバリー・バウアー（キム）
CTU捜査官ジャック・バウアーの一人娘、CTUロサンゼルス支局通信部門スタッフ 「24 TWENTY FOUR 2-3」 ジョエル・サーナウ原案;ロバート・コクラン原案　竹書房（竹書房文庫） 2004年5月

キンバリー・バウアー（キム）
CTU捜査官ジャック・バウアーの一人娘、CTUロサンゼルス支局通信部門スタッフ 「24 TWENTY FOUR 2-4」 ジョエル・サーナウ原案;ロバート・コクラン原案　竹書房（竹書房文庫） 2004年6月

キンバリー・バウアー（キム）
CTU捜査官ジャック・バウアーの一人娘、サンタモニカ高校2年生 「24 CTU/テロ対策ユニットの真実」 マーク・セラシーニ編集;文永優訳　角川書店　2004年3月

キンバリー・バウアー（キム）
CTU捜査官ジャック・バウアーの一人娘、サンタモニカ高校2年生 「24 TWENTY FOUR [1]上中下」 ジョエル・サーナウ原案;ロバート・コクラン原案　竹書房（竹書房文庫） 2003年12月

キンバリー・バウアー（キム）
CTU捜査官ジャック・バウアーの一人娘、住み込みのベビーシッター 「24 TWENTY FOUR 3-1」 ジョエル・サーナウ原案;ロバート・コクラン原案　竹書房（竹書房文庫） 2004年11月

キンバリー・バウアー（キム）
CTU捜査官ジャック・バウアーの一人娘、住み込みのベビーシッター 「24 TWENTY FOUR 3-2」 ジョエル・サーナウ原案;ロバート・コクラン原案　竹書房（竹書房文庫） 2004年11月

キンバリー・バウアー（キム）
CTU捜査官ジャック・バウアーの一人娘、住み込みのベビーシッター 「24 TWENTY FOUR 3-3」 ジョエル・サーナウ原案;ロバート・コクラン原案　竹書房（竹書房文庫） 2004年12月

キンバリー・バウアー（キム）
CTU捜査官ジャック・バウアーの一人娘、住み込みのベビーシッター 「24 TWENTY FOUR 3-4」 ジョエル・サーナウ原案;ロバート・コクラン原案　竹書房（竹書房文庫） 2004年12月

【く】

クァルト
ハッカーの調査のためにセビリアの教会に来たヴァチカン外務局の神父、たくましい長身のハンサムな男 「サンタ・クルスの真珠」 アルトゥーロ・ペレス・レベルテ著;佐宗鈴夫訳　集英社　2002年10月

関 紅英　ぐあん・ほんいん
共産中国で全国模範労働者に選ばれた女性 「上海の紅い死 上下」 ジョー・シャーロン著;田中昌太郎訳　早川書房（ハヤカワ・ミステリ文庫） 2001年11月

グイード・グエッリエーリ
南イタリア・バーリに暮らす刑事裁判担当弁護士、情熱を失い惰性で仕事をする38歳の男 「無意識の証人」 ジャンリーコ・カロフィーリオ著;石橋典子訳　文藝春秋（文春文庫） 2005年12月

グイド・ブルネッティ（ブルネッティ）
ヴェネツィア警察の警視 「ヴェネツィア刑事はランチに帰宅する」 ダナ・レオン著;北條元子訳　講談社（講談社文庫） 2005年4月

グイド・ブルネッティ(ブルネッティ)
ヴェネツィア警察の警視、真面目に職務に取り組む正義漢 「ヴェネツィア殺人事件」 ダナ・レオン著;北条元子訳 講談社(講談社文庫) 2003年3月

グイド・マッフェオ
ナポリの音楽院の教師で美声の少年トニオの指導者、カストラート 「トニオ、天使の歌声 上下」 アン・ライス著;柿沼瑛子訳 扶桑社(扶桑社ミステリー) 2001年10月

グイード・レオナルディ(レオナルディ)
イタリアのエミーリア・ロマーニャ地方サン・タルベルトのパルチザン警察巡査部長 「混濁の夏」 カルロ・ルカレッリ著;菅谷誠訳 柏艪舎(イタリア捜査シリーズ) 2005年3月

グィード・ロペス(ロペス)
2001年のミラノ警察捜査本部の警部、国際会議の要人警護を命じられた男 「イスマエルの名のもとに」 ジュゼッペ・ジェンナ著;荒瀬ゆみこ訳 角川書店 2004年6月

クィララン
アメリカ北部ムース郡ピカックスに住む地元紙コラムニスト、長身で恰幅がよく巨大な口ひげが特徴の50歳前後の男 「猫は川辺で首をかしげる」 リリアン・J.ブラウン著;羽田詩津子訳 早川書房(ハヤカワ・ミステリ文庫) 2004年2月

クィララン
元新聞記者で「ムース郡なんとか」紙のコラムニスト、地元の名士でミスターQとして親しまれている中年男性 「猫は銀幕にデビューする」 リリアン・J.ブラウン著;羽田詩津子訳 早川書房(ハヤカワ・ミステリ文庫) 2005年2月

クィララン
元新聞記者で「ムース郡なんとか」紙のコラムニスト、地元の名士でミスターQとして親しまれている中年男性 「猫は日記をつける」 リリアン・J.ブラウン著;羽田詩津子訳 早川書房(ハヤカワ・ミステリ文庫) 2005年7月

クィララン
新聞「デイリー・フラクション」紙の記者、都会で暮らす老練なジャーナリスト 「猫はブラームスを演奏する」 リリアン・J.ブラウン著;羽田詩津子訳 早川書房(ハヤカワ・ミステリ文庫) 2001年6月

クィララン
莫大な遺産を継いで北国のピカックスに移り住むことになったもと新聞記者の男 「猫は郵便配達をする」 リリアン・J.ブラウン著;羽田詩津子訳 早川書房(ハヤカワ・ミステリ文庫) 2002年1月

クィララン
北国ピカックスに住むもと新聞記者、簡素な生活を好む億万長者 「猫はコインを貯める」 リリアン・J.ブラウン著;羽田詩津子訳 早川書房(ハヤカワ・ミステリ文庫) 2002年12月

クィララン
北国ピカックスに住むもと新聞記者、簡素な生活を好む億万長者 「猫は火事場にかけつける」 リリアン・J.ブラウン著;羽田詩津子訳 早川書房(ハヤカワ・ミステリ文庫) 2003年6

クィララン
北国ピカックスに住むもと新聞記者、簡素な生活を好む億万長者 「猫は流れ星を見る」 リリアン・J.ブラウン著;羽田詩津子訳 早川書房(ハヤカワ・ミステリ文庫) 2002年6月

クィン
FBI特別捜査官、鋭い勘の持ち主で自在に人を操ることができる44歳の男 「業火の灰 上下」 タミー・ホウグ著;飛田野裕子訳 二見書房(二見文庫) 2002年8月

クイーン
不可能犯罪を解決する頭脳的な名探偵、探偵小説の作家 「日本庭園の秘密」 エラリイ・クイーン著;大庭忠男訳 早川書房(ハヤカワ・ミステリ文庫) 2003年4月

クイン
IRA暫定派軍事評議会のメンバー、指揮系統の頂点をねらう巨体の男 「七月の暗殺者 上下」 ゴードン・スティーヴンズ著;藤倉秀彦訳 東京創元社(創元推理文庫) 2005年11月

クイン
私立探偵デレク・ストレンジの相棒、白人の元警官 「終わりなき孤独」 ジョージ・P.ペレケーノス著;佐藤耕士訳 早川書房(ハヤカワ・ミステリ文庫) 2004年8月

クイン
私立探偵デレク・ストレンジの相棒、白人の元警官 「曇りなき正義」 ジョージ・P.ペレケーノス著;佐藤耕士訳 早川書房(ハヤカワ・ミステリ文庫) 2001年11月

クイン・オケーシー
フロリダ州キーラーゴの私立探偵、元FBI職員 「エターナル・ダンス」 ヘザー・グレアム著;風音さやか訳 ハーレクイン(MIRA文庫) 2005年10月

クインシー
FBI主任特別捜査官、家族が次々と不可解な事故に巻き込まれた男 「誰も知らない恋人」 リサ・ガードナー著;前野;律訳 ソニーマガジンズ(ヴィレッジブックス) 2003年3月

クインシー
FBI捜査支援課の特別捜査官、女性保安官補・レイニーとベイカーズヴィル八年制校で起きた射殺事件を追った男 「あどけない殺人」 リサ・ガードナー著;前野律訳 ソニー・マガジンズ(ヴィレッジブックス) 2002年6月

クインティリアン・ダルリンプル(ダルリンプル)
奇妙な理想主義的独立都市国家エディンバラの公園部の清掃員、元公安局の上級刑事 「ボディ・ポリティック」 ポール・ジョンストン著;森下賢一訳 徳間書店(徳間文庫) 2001年7月

グウェン・ウェルド
ワールドクエスト社システム開発部長を務める女性コンピュータエンジニア、ヨット「ビクトリー号」のシステム設計者 「悪夢の帆走」 ジェイムズ・セイヤー著;安原和見訳 新潮社(新潮文庫) 2005年7月

グウェン・コルベット・サリヴァン
アメリカ上院議員ウィルの不妊治療の末に妊娠した妻 「狂信者の黙示録 上下」 ダグ・リチャードソン著;高澤真弓訳 東京創元社(創元推理文庫) 2004年8月

クウェンティン
少年に対する猥褻行為で保護観察中の白人男、若者に無理やりロボトミーを施しては失敗している31歳で独身の同性愛者 「生ける屍」 ジョイス・キャロル・オーツ著;井伊順彦訳 扶桑社(扶桑社ミステリー) 2004年7月

グゥエンドリン・ピット
カルト教団「ヴォイジャーズ」の教祖 「ささやく水」 ジェイン・アン・クレンツ著;中村三千恵訳 二見書房(二見文庫) 2002年6月

グエンダ・リード
ニュージーランドからイングランドに来た若妻、ヒルサイド荘の購入者 「スリーピング・マーダー」 アガサ・クリスティー著;綾川梓訳 早川書房(ハヤカワ文庫クリスティー文庫) 2004年11月

クエンティン・ヘイズ
FBIスペシャル・クライム・ユニットの捜査官、青年実業家ジョン・ギャレットの友人 「あやつられたスケッチ」 ケイ・フーパー著;長島水際訳 ソニー・マガジンズ(ヴィレッジブックス) 2005年3月

グウェン・ランカスター
失踪した大学院生トムの姉 「沈黙」 エリカ・スピンドラー著;平江まゆみ訳 ハーレクイン(MIRA文庫) 2004年10月

クーガン
シングルマザーのウェンディの隣人、元レインジャー部隊員 「硝煙のトランザム」 ロブ・ライアン著;鈴木恵訳 文藝春秋(文春文庫) 2003年8月

クーガン
元IRAのテロリスト、殺害された女子大生・マーガレットの元恋人 「ジャックと離婚」 コリン・ベイトマン著;金原瑞人訳;橋本知香訳 東京創元社(創元コンテンポラリ) 2002年7月

クサヴェリー・フェオフィラクトヴィチ・グルーシン(グルーシン)
モスクワ警察本署直属特捜部警部、新米刑事ファンドーリンの直属の上司 「堕ちた天使アザゼル」 ボリス・アクーニン著;沼野恭子訳 作品社 2001年4月

グスタフ・グレイヴス(グレイヴス)
英国のダイヤモンド王、極秘の宇宙プロジェクトで世界制覇を狙う男 「007/ダイ・アナザー・デイ」 レイモンド・ベンソン著;富永和子訳 竹書房(竹書房文庫) 2003年3月

グスタフ・ヴォグラー
ミュンヘン警察の警部、「英国庭園」で外国人を狙撃した犯人を追っている男 「究極のライフル」 トレヴァー・スコット著;棚橋志行訳 扶桑社(扶桑社ミステリー) 2005年8月

クセノス・フィロティーモ
元米国国防情報局の特殊任務将校、諜報界で飛び抜けて優れた技術を持つ伝説のフォー・フェイズ・マンの生き残り 「死のダンス」 リチャード・スタインバーグ著;酒井裕美訳 二見書房(二見文庫) 2002年3月

グーチ
釣り船のオーナー兼釣りガイド、ポートレオ判事ホイット・モーズリーの協力者 「海賊岬の死体」 ジェフ・アボット著;吉沢康子訳 早川書房(ハヤカワ・ミステリ文庫) 2004年7月

口髭　くちひげ
「ヒクソス帝国」への抵抗勢力「テーベ解放軍」の将校、元牛飼い 「自由の王妃アアヘテプ物語3 燃えあがる剣」 クリスチャン・ジャック著;山田浩之訳 角川書店(角川文庫) 2004年1月

口髭　くちひげ
異国の民「ヒクソス」への抵抗勢力「テーベ解放軍」の将校、元牛飼い 「自由の王妃アアヘテプ物語2 二つの王冠」 クリスチャン・ジャック著;山田浩之訳 角川書店(角川文庫) 2003年11月

口髭　くちひげ
元牛飼い、元ラピス・ラズリ商人のアフガンと「ヒクソス」への抵抗勢力を組織する男 「自由の王妃アアヘテプ物語1 闇の帝国」 クリスチャン・ジャック著;山田浩之訳 角川書店(角川文庫) 2003年9月

クーツ
ワイオミング州の町「二十マイル」の貸馬屋主人B・J・ストーンの相棒、チェロキー・インディアン 「ワイオミングの惨劇」 トレヴェニアン著;雨沢;泰訳 新潮社(新潮文庫) 2004年6月

グッシー・ピース
青年アンドリューの亡き大叔母が残した屋敷「テイル館」に住みついていた元家政婦 「テイル館の謎」 ドロシー・ギルマン著;柳沢由実子訳 集英社(集英社文庫) 2001年4月

グッチ
特別捜査局(OSI)の少佐 「偽りの名画」 アーロン・エルキンズ著;秋津知子訳 早川書房(ハヤカワ・ミステリ文庫) 2005年3月

くぱ

クーパー
ニューヨーク市警鑑識課員、科学捜査専門家リンカーン・ライムの元同僚 「コフィン・ダンサー 上・下」 ジェフリー・ディーヴァー著;池田真紀子訳 文藝春秋（文春文庫）2004年10

クーパー
ニューヨーク市警鑑識課員、科学捜査専門家リンカーン・ライムの元同僚 「ボーン・コレクター 上・下」 ジェフリー・ディーヴァー著;池田真紀子訳 文藝春秋（文春文庫）2003年5

クーパー
ニューヨーク市警鑑識課員、科学捜査専門家リンカーン・ライムの元同僚 「石の猿－「リンカーン・ライム」シリーズ [4]」 ジェフリー・ディーヴァー著;池田真紀子訳 文藝春秋 2003年5月

クーパー
ニューヨーク市警鑑識課員、科学捜査専門家リンカーン・ライムの元同僚 「魔術師（イリュージョニスト）－「リンカーン・ライム」シリーズ [5]」 ジェフリー・ディーヴァー著;池田真紀子訳 文藝春秋 2004年10月

クービオン
カリフォルニア州シエラネヴァダ山脈の寒村に忍び込んだ3人組の犯罪者のうちの1人 「雪に閉ざされた村」 ビル・プロンジーニ著;中井京子訳 扶桑社（扶桑社ミステリー） 2001年12月

クライド・エドソン
不良少年のリーダー、ベッキー・ジョーンズが教える高校の生徒 「テキサス・ナイトランナーズ」 ジョー・R.ランズデール著;佐々田雅子訳 文藝春秋（文春文庫）2002年3月

クライド・ジェイムズ
ブルース史研究家ニックの養母ロレッタの死んだと思われていた弟、60年代ソウルのビッグスター 「ディープサウス・ブルース」 エース・アトキンス著;小林宏明訳 小学館（小学館文庫）2004年4月

クライド・トーマス
テキサス州ワシントン郡の保安官助手、精悍で有能な黒人 「ロデオ・ダンス・ナイト」 ジェイムズ・ハイム著;真崎義博訳 早川書房（ハヤカワ・ミステリ文庫）2005年5月

クライヴ
ロサンゼルスの私立探偵、数々の修羅場をくぐりぬけてきたタフガイ 「非情の裁き」 リイ・ブラケット著;浅倉久志訳 扶桑社（扶桑社ミステリー） 2003年8月

クライヴ-スミス少佐　くらいぶ-すみすしょうさ
要人暗殺未遂ののち故国イギリスに帰国した主人公「わたし」を追い続ける男 「追われる男」 ジェフリー・ハウスホールド著;村上博基訳 東京創元社（創元推理文庫）2002年8月

グライムズ
犯罪組織の首領、年配の男・ポウクに2万ドルの借りがあるという初老の男 「野獣よ牙を研げ」 ジョージ・P.ペレケーノス著;横山啓明訳 早川書房（ハヤカワ・ミステリ文庫）2003年7月

クライン
米国大統領直属の特務機関「カヴァート・ワン」の全活動を掌握するチーフ、科学者・スミスの上司 「破滅の預言－秘密組織カヴァート・ワン〈2〉」 ロバート;ラドラム著;フィリップ;シェルビー著;峯村利哉訳 角川書店（角川文庫）2002年11月

クラウス・フックス（フックス）
心臓発作で死亡したドイツ生まれの物理学者、原爆スパイとして歴史に名を残している人物 「神の火を盗んで」 ピーター・ミラー著;野村芳夫訳 徳間書店（徳間文庫）2001年5月

クラウディア
ボローニャの娼館の女将 「オーケ通り」 カルロ・ルカレッリ著;菅谷誠訳 柏艪舎(イタリア捜査シリーズ) 2005年5月

クラウディア・バレンタイン
私立探偵、顧客であり親友だったタンゴダンサー・ドロレスを殺した犯人を追った女性 「破滅への舞踏」 マレール・デイ著;沢万里子訳 文藝春秋(文春文庫) 2002年12月

クラウディア・ミューラー
スイス連邦検事局の捜査官、5ヵ国語が堪能でねばり強さと細部を見る鋭い目をもつ女性 「傭兵部隊〈ライオン〉を追え 上下」 ブラッド・ソー著;田中昌太郎訳 早川書房(ハヤカワ文庫NV) 2002年7月

クラウディオ(ウルフ)
コロンビア反政府組織のリーダー、通称「ウルフ」と呼ばれるテロリスト 「コラテラル・ダメージ」 デイビッド・グリフィス脚本;ピーター・グリフィス脚本 光文社(光文社文庫) 2002年3月

クラーク
重大犯罪特捜班の警視、二年前の麻薬捜査事件で右脚に重傷を負った52歳の男 「氷の刃」 ポール・カースン著;真野明裕訳 二見書房(二見文庫) 2002年7月

グラシエラ・リヴァーズ
コンビニ強盗に殺されたグロリアの姉、30代前半の看護師 「わが心臓の痛み 上下」 マイクル・コナリー著;古沢嘉通訳 扶桑社(扶桑社ミステリー) 2002年11月

クラッシー・アルマーニスキー
シカゴで集金代行業をしている青年ダニーに居場所を探されている美しい娘 「煙で描いた肖像画」 ビル・S.バリンジャー著;矢口誠訳 東京創元社(創元推理文庫) 2002年7月

クラッシー・アルモニスキー
シカゴで未収金取り立て業をしている青年ダニーに居所を探されている美しい娘 「煙の中の肖像」 ビル・S.バリンジャー著;仁賀克雄訳 小学館(Shogakukan mystery) 2002年6月

クラッター氏　くらったーし
カンザス州の裕福な農場主、州農場組織会議の議長で顔の広い48歳の男 「冷血」 トルーマン・カポーティ著;佐々田雅子訳 新潮社 2005年9月

クラドック
ミドルシャー警察捜査課の警部、ミス・マープルの協力者 「予告殺人」 アガサ・クリスティー著;田村隆一訳 早川書房(ハヤカワ文庫クリスティー文庫) 2003年11月

クラドック
ロンドン警視庁刑事部警部、ミス・マープルの昔の知り合い 「パディントン発4時50分」 アガサ・クリスティー著;松下祥子訳 早川書房(ハヤカワ文庫クリスティー文庫) 2003年10月

クラドック
ロンドン警視庁主任警部、ミス・マープルの昔の知り合い 「鏡は横にひび割れて」 アガサ・クリスティー著;橋本福夫訳 早川書房(ハヤカワ文庫クリスティー文庫) 2004年7月

グラフトン・バーンズ(バーンズ)
ブラック・ジェット証券CEOジョン・J・ギャヴァランの親友で仕事上の片腕、空軍時代の上官 「謀略上場 上下」 クリストファー;ライク著;土屋;京子訳 ランダムハウス講談社 2004年11月

クラプリー
フロリダの開発業者、麻薬ビジネスで財を成した下品な男 「トード島の騒動 上下」 カール・ハイアセン著;佐々田雅子訳 扶桑社(扶桑社ミステリー) 2001年5月

グラボウスキー
マンハッタンにあるネルソン・グドウィン&ミケル法律事務所の最高の調査員の一人、「ビーチハウス」ジェイムズ・パターソン著;ピーター・デ・ジョング著 ソニー・マガジンズ(ヴィレッジブックス) 2003年5月

クラムスキー
カドネ市にある「ブルナコフ翻訳事務所」の所長・ブルナコフの秘書 「ゴルディオスの結び目」ベルンハルト・シュリンク著;岩淵達治ほか訳 小学館(Shogakukan mystery) 2003年8月

クラムリー
ロサンゼルスのヴェニス署の警部補 「死ぬときはひとりぼっち」レイ・ブラッドベリ著;小笠原豊樹訳 文藝春秋 2005年10月

クラムリー
ロサンゼルスの刑事、探偵小説作家の「私」の友人 「さよなら、コンスタンス」レイ・ブラッドベリ著;越前敏弥訳 文藝春秋 2005年9月

クララ・ピアス
ウエディングプランナーのアナベルが担当する式の花嫁・エリザベスの母親 「ウエディング・プランナーは眠れない」ローラ・ダラム著;上條ひろみ訳 ランダムハウス講談社(ランダムハウス講談社文庫) 2005年11月

クララ・リンカー(リンカー)
女殺し屋、女刑事弁護士・カーメルから弁護士のヘレンの妻の殺害を依頼された女 「餌食」ジョン・サンドフォード著;北沢あかね訳 講談社(講談社文庫) 2003年2月

クララ・ロシュフォート・スクーディエリ
メゾソプラノ歌手・ジュリアの祖母、第二次世界大戦時に非情な拷問者「スカルピア」に深手を負わされた女性 「スカルピア」リンゼイ・タウンゼンド著;犬飼みずほ訳 講談社(講談社文庫) 2002年2月

クラリサ・ヘイルシャム・ブラウン
外交官ヘンリー・ヘイルシャム・ブラウンの妻、想像力豊かでユーモアのセンスがある女性 「蜘蛛の巣」アガサ・クリスティー著;加藤恭平訳 早川書房(ハヤカワ文庫クリスティー文庫) 2004年6月

クラリス
オルレアン公一味のドルー・スービーズ公爵の娘、怪盗紳士ルパンの従妹 「ルパン」ジャン・ポール・サロメ著;ローラン・ヴァショー著;番由美子編訳 メディアファクトリー(洋画文庫) 2005年8月

クラリス・コウビー
殺害された画廊のオーナー、私立探偵リナの友人 「砂漠の風に吹かれて」ベティ・ウェブ著;上条ひろみ訳 扶桑社(扶桑社ミステリー) 2004年9月

クラリス・デティグ
爵位と金儲けのことしか関心がないデティグ男爵の18歳の娘、20歳のラウールの恋人 「カリオストロ伯爵夫人」モーリス・ルブラン著;平岡敦訳 早川書房(ハヤカワ・ミステリ文庫) 2005年8月

クラリス・メルジー
強盗紳士ルパンの手下・ジルベールの母親、美女 「水晶栓―ルパン傑作集6」モーリス・ルブラン著;堀口大學訳 新潮社(新潮文庫) 2002年7月

クラレンス・フォーティンブラス(フォーティンブラス)
著名な会計士でナショナル社の株主、小柄できびきびとした態度の70歳前後の男性 「死の会計」エマ・レイサン著;西山百々子訳 論創社(論創海外ミステリ) 2005年2月

クランシー
アイルランド国家警察の警視、私立探偵ジャック・テイラーの元相棒 「酔いどれに悪人なし」 ケン・ブルーウン著;東野さやか訳 早川書房(ハヤカワ・ミステリ文庫) 2005年1月

クランシー
アイルランド国家警察の警視、私立探偵ジャック・テイラーの元相棒 「酔いどれ故郷にかえる」 ケン・ブルーウン著;東野さやか訳 早川書房(ハヤカワ・ミステリ文庫) 2005年5月

クランシー
ダブリン「マーシー病院」の血液学専門顧問医、正義感の強い三十八歳の男 「氷の刃」 ポール・カースン著;真野明裕訳 二見書房(二見文庫) 2002年7月

クランストン・プリッチャート(プリッチャート)
投資会社副社長、私立探偵ヘイスティングズの依頼人 「罠から逃げたい」 パーネル・ホール著;田中一江訳 早川書房(ハヤカワ・ミステリ文庫) 2001年11月

グラント
ロンドン警視庁の警部、援助の要請を受けてウェストオーバー群に来た男 「ロウソクのために一シリングを」 ジョセフィン・テイ著;直良和美訳 早川書房(Hayakawa pocket mystery books) 2001年7月

グラント
ロンドン警視庁の腕利き刑事、極度の神経症を患いスコットランドへ療養のため旅立つことになった男 「歌う砂～グラント警部最後の事件」 ジョセフィン・テイ著;鹽野佐和子訳 論創社(論創海外ミステリ) 2005年6月

クリオ・リオ
有名なロック歌手ジミー・ストマの若い未亡人、歌手 「ロックンロール・ウイドー」 カール・ハイアセン著;田村義進訳 文藝春秋(文春文庫) 2004年12月

クリケット
洞窟生態学者兼海洋生物学者ホイットニーの10代の娘 「地底迷宮 上下」 マーク;サリヴァン著;上野;元美訳 新潮社(新潮文庫) 2004年3月

グリゴーリイ・ノーヴィク(ノーヴィク)
シベリアのイルクーツク州マルコヴォ市長、16歳の一人娘をもつ37歳のポーランド系ロシア人 「凍土の牙」 ロビン・ホワイト著;鎌田三平訳 文藝春秋(文春文庫) 2003年12月

クリーシィ
元外人部隊兵士のボディーガード、警護をしていた十一歳の少女を誘拐し殺害された事件を追った男 「ブラック・ホーン」 A.J.クィネル著;大熊栄訳 集英社(集英社文庫) 2001年4月

クリス
カリフォルニア州のアシュドン大学教授の息子、難病に苦しむ28歳の青年 「何ものも恐れるな 上下」 ディーン・クーンツ著;天馬竜行訳 アカデミー出版 2001年4月

クリス
マストン財団の理事・バッドの義息、ベッキーと双子の16歳の少年 「真実への銃声 上下」 チャック・ローガン著;千葉隆章訳 扶桑社(扶桑社ミステリー) 2001年7月

クリス・アイアンサイド
BBCの気象部に勤める気象予報士でペリイ・ステュアートの同僚、自家用機の操縦を趣味とする好男子 「烈風」 ディック・フランシス著;菊池光訳 早川書房(ハヤカワ・ミステリ文庫) 2004年11月

クリスタ・ピアソン
スポーツキャスターのレイドの妻で芸術好きの繊細な女性、フランキーの母 「フリーキー・グリーンアイ」 ジョイス・キャロル・オーツ著;大鳥双恵訳 ソニー・マガジンズ 2005年9月

くりす

クリスタル
サンタ・テレサで行方不明となった老医師の現在の妻 「危険のP」 スー・グラフトン著;嵯峨静江訳　早川書房（ハヤカワ・ミステリ文庫） 2005年5月

クリスチーナ・トリセリ
アメリカ大陸における歯周学の権威を目指している33歳の歯科医、砂糖相場アナリストのランダの恋人 「ハバナ・ミッドナイト」 ホセ・ラトゥール著;山本さやか訳　早川書房（ハヤカワ・ミステリ文庫） 2003年3月

クリスチャン
スウェーデン人の建築家 「恋人たちのマンハッタン」 メグ・カスタルド著;山下郁子訳　DHC　2002年11月

クリスチャン・ファロン
サンフランシスコ警察の巡査、同署の巡査ハンター・ファロンの兄 「激震」 ジェイムズ・ダレッサンドロ著;菊地;よしみ訳　早川書房（Hayakawa novels）2004年7月

クリスチャン・フォーグラー
殺人被害者の夫でボードレールの翻訳家、SM趣味を持った教養豊かな男 「美しき凶」 トニー・ストロング著;橋本;夕子訳　角川書店（角川文庫） 2004年1月

クリスチャン・ヴォルコフ（ヴォルコフ）
東欧出身の国際的犯罪王、東欧から勢力を伸ばしてきた犯罪界の大立者 「全米無差別テロの恐怖 上・下」 カイル・ミルズ著;公手成幸訳　扶桑社（扶桑社ミステリー） 2004年6月

クリスチャン・マジェク（マジェク）
漁村ブライド・バイ・ザ・シーの若い漁師、大工を兼業する35歳の器用な青年 「塩沢地の霧」 ヘンリー・ウエイド著;駒月雅子訳　国書刊行会（世界探偵小説全集） 2003年2月

クリスティー
刑事、女優のマリーナが目撃した赤ちゃん誘拐事件を担当した四十三歳の男 「誘拐工場」 キャスリーン・ジョージ著;高橋恭美子訳　新潮社（新潮文庫） 2003年8月

クリスティーナ・ウェルズ
元囚人のウェイトレス、知力と美貌に恵まれながらも犯罪グループに引きこまれてしまった二十七歳の女性 「アフターバーン 上下」 コリン・ハリスン著;黒原敏行訳　新潮社（新潮文庫） 2001年12月

クリスティーヌ・ド・シャニー
ヨーロッパでもっとも偉大なプリマドンナ、かつてパリのオペラ座に棲んでいた怪人に求愛されたことがある女性 「マンハッタンの怪人」 フレデリック・フォーサイス著;篠原慎訳　角川書店（角川文庫） 2002年10月

クリスティン・カー
売春の世界から足を洗う日を夢見て生きているハリウッドでもトップクラスのコールガール 「LA闇のコネクション」 ジャッキー・コリンズ著;野原房訳　扶桑社（扶桑社ミステリー） 2002年1月

クリスティーン・カーペンター
14世紀のイギリスのサリー州シア村でひたすら神に祈り生涯を送った隠修女 「独房の修道女」 ポール・L・ムーアクラフト著;野口百合子訳　扶桑社（扶桑社ミステリー） 2004年6月

クリスティーン・クレイ
英国南部の海岸で溺死体で発見された映画女優 「ロウソクのために一シリングを」 ジョセフィン・テイ著;直良和美訳　早川書房（Hayakawa pocket mystery books） 2001年7月

クリストファ・ジャーヴィス（ジャーヴィス博士）　くりすとふぁじゃーびす（じゃーびすはかせ）
医学博士、科学探偵ソーンダイクの親友でその活動の記録者 「歌う白骨」 オースチン・フリーマン著;大久保康雄訳　嶋中書店（嶋中文庫） 2004年12月

クリストファー・スノー（クリス）
カリフォルニア州のアシュドゥン大学教授の息子、難病に苦しむ28歳の青年 「何ものも恐れるな 上下」 ディーン・クーンツ著;天馬竜行訳 アカデミー出版 2001年4月

クリストファー・ディケン（ディケン）
アメリカ国立感染症センターのウィルスハンター 「ダーウィンの使者 上下」 グレッグ・ベア著;大森望訳 ソニー・マガジンズ（ヴィレッジブックス） 2002年12月

クリストファー・ノーラン
カリフォルニア州ロングビーチの大富豪の孫、画家カーリーの息子 「追いつめられて」 ジル・マリー・ランディス著;橋本夕子訳 二見書房（二見文庫） 2005年4月

クリストファ・パジェット
民主党より上院選への出馬を要請されたサンフランシスコの辣腕弁護士 「子供の眼 上下」 リチャード・ノース・パタースン著;東江一紀訳 新潮社（新潮文庫） 2004年2月

クリストファー・ハート（ハート）
イギリス人の美術史教授、名画窃盗犯だった男 「人生を盗む男」 マイケル・パイ著;広津倫子訳 徳間書店 2002年2月

クリストファー・ハート大佐（チーフ）　くりすとふぁーはーとたいさ（ちーふ）
アメリカ先住民出身のNASAの宇宙飛行士、国民的英雄 「いたずらが死を招く 上下」 サンドラ・ブラウン著;吉沢康子訳 新潮社（新潮文庫） 2002年9月

クリストフ・マイアー
ベルン連邦司法・警察省特別顧問、元スイス銀行家殺人事件の捜査を任された男 「スイス銀行の陰謀」 ダニエル・ジュフレ著;長島良三訳 中央公論新社（中公文庫） 2001年12月

クリス・ノーグレン
サンフランシスコ郡立美術館の学芸員、絵画にまつわる事件を解決する「美術探偵」 「偽りの名画」 アーロン・エルキンズ著;秋津知子訳 早川書房（ハヤカワ・ミステリ文庫） 2005年3月

クリスフォード・ジェーンウェイ（クリフ）
古書店経営者、元デンヴァー市警の警官 「失われし書庫」 ジョン・ダニング著;宮脇孝雄訳 早川書房（ハヤカワ・ミステリ文庫） 2004年12月

クリス・フォーリー（フォーリー大尉）　くりすふぉーりー（ふぉーりーたいい）
第二次大戦下のイギリス軍大尉、機雷の除去にあたるモーターランチの艇長 「起爆阻止」 ダグラス・リーマン著;高沢次郎訳 早川書房 2004年3月

クリス・マラレク
シンシナティ郊外に住んでいる主婦、アートディレクターの妻で二男一女の母 「グランド・アヴェニュー」 ジョイ・フィールディング著;吉田利子訳 文藝春秋（文春文庫） 2002年4月

グリッソム
ラスベガス市警科学捜査班主任、状況判断の冷静さと思慮深さを併せ持つ男 「CSI:科学捜査班 シン・シティ」 マックス・アラン・コリンズ著;鎌田三平訳 角川書店（角川文庫） 2005年5月

グリッソム
ラスベガス市警科学捜査班主任、状況判断の冷静さと思慮深さを併せ持つ男 「CSI:科学捜査班 ダブル・ディーラー」 マックス・アラン・コリンズ著;鎌田三平訳 角川書店（角川文庫） 2005年3月

クリップ
19世紀末ロンドンのスコットランド・ヤードの部長刑事 「絞首台までご一緒に」 ピーター・ラヴゼイ著;三好一美訳 早川書房（ハヤカワ・ミステリ文庫） 2004年1月

くりっ

クリップ
スコットランド・ヤードの部長刑事、寡黙でシニカルな男 「降霊会の怪事件」 ピーター・ラヴゼイ著;谷田貝常夫訳 早川書房(ハヤカワ・ミステリ文庫) 2002年6月

グリトリ・モーゼル
メーゲンドルフ村付近の森で殺された娘、モースバッハに住んでいた少女 「約束」 フリードリッヒ・デュレンマット著;前川道介訳 早川書房(ハヤカワ・ミステリ文庫) 2002年5月

クリーヴァー
パイングローヴ精神病院の責任者、臨死体験を魂の神経生物学として計量的にとらえようと研究している医師 「打ち砕かれた昏睡(コーマ)」 ジョン・ダーントン著;嶋田洋一訳 ソニー・マガジンズ(ヴィレッジブックス) 2005年8月

クリフ
古書店経営者、元デンヴァー市警の警官 「失われし書庫」 ジョン・ダニング著;宮脇孝雄訳 早川書房(ハヤカワ・ミステリ文庫) 2004年12月

グリフィン
ロードアイランド州警察重要犯罪課部長刑事 「いまは誰も愛せない」 リサ・ガードナー;著;前野律訳 ソニー・マガジンズ(ヴィレッジブックス) 2004年10月

グリフィン・イェーツ
異端の考古学者・コンラッドの養父、米空軍少将 「レイジング・アトランティス」 トマス・グレニーアス著;嶋田洋一訳 早川書房(ハヤカワ文庫NV) 2005年11月

グリフィン・スコープ
多国籍複合企業を経営する億万長者、息子への歪んだ愛情に凝り固まった男 「唇を閉ざせ 上下」 ハーラン・コーベン著;佐藤耕士訳 講談社(講談社文庫) 2002年1月

グリフィン・リンチ
弟のシェイマスとともに活動しているテロリスト、アイルランド共和国軍に所属している男 「24-CTU機密解除記録－ヘルゲート作戦 上下」 ジョエル・サーナウ原案;ロバート・コクラン原案;マーク・セラシーニ著;文永優訳 英知出版(英知文庫) 2005年11月

クリフォード・マーティン(アウグスト・ミュラ)
西ドイツでアウグスト・ミュラと偽名を使ってゲーレン機関で働いていた諜報員 「歪められた男」 ビル・S.バリンジャー著;矢田智佳子訳 論創社(論創海外ミステリ) 2005年7月

グリーフ博士　ぐりーふはかせ
南アフリカ出身の天才生化学者、「ポイントブランク・アカデミー」の校長 「女王陛下の少年スパイ!アレックス ポイントブランク」 アンソニー・ホロヴィッツ著;竜村風也訳 集英社 2002年12月

グリーン
十歳のマーシャの家の隣に引っ越してきたあやしげな独身男性 「指先にふれた罪」 スザンヌ・バーン著;友田葉子訳 DHC 2001年4月

グリーン
米国海軍情報部員 「キューバ海峡」 カーステン;ストラウド著;布施;由紀子訳 文藝春秋(文春文庫) 2004年5月

グリーン
歴史学者で元牧師、南北戦争直後のアメリカでダンテ『神曲』の翻訳に取り組む「ダンテ・クラブ」のメンバー 「ダンテ・クラブ」 マシュー・パール著;鈴木;恵訳 新潮社 2004年8月

グルイズロフ
ロシア国防副大臣、ロシア連邦軍参謀総長 「ロシア軍侵攻 上下」 デイル・ブラウン著;伏見威蕃訳 二見書房(二見文庫) 2005年10月

グルーシン
モスクワ警察本署直属特捜部警部、新米刑事ファンドーリンの直属の上司 「堕ちた天使 アザゼル」 ボリス・アクーニン著;沼野恭子訳　作品社　2001年4月

クルース
FBI国際連絡部の特別捜査官、通称アレックス 「煉獄の華」 テイラー・スミス著;安野玲訳　ハーレクイン（MIRA文庫）　2004年6月

クルスク
ロシア連邦保安局捜査課の少佐、アル・カイーダの実行犯のひとり・ニコライをよく知る男 「亡国のゲーム　上・下」 グレン・ミード著;戸田裕之訳　二見書房（ザ・ミステリ・コレクション）　2003年12月

クルツ
元私立探偵、殺人罪で11年間のアッティカ刑務所暮らしを終え仮出所してきた男 「鋼」 ダン・シモンズ著;嶋田洋一訳　早川書房（Hayakawa novels）　2002年5月

クルツ
元私立探偵、十一年の刑期を終え刑務所から仮釈放された男 「雪嵐」 ダン・シモンズ著;嶋田洋一訳　早川書房（Hayakawa novels）　2003年6月

グールド
イギリスのサリー州シア村の隠修女の論文を執筆中のアメリカ人中世史学者 「独房の修道女」 ポール・L・ムーアクラフト著;野口百合子訳　扶桑社（扶桑社ミステリー）　2004年6月

グールド
ジョージア州サヴァナ市警殺人課刑事でエリーズ・サンドバーグの相棒、元FBI捜査官 「擬死」 アン・フレイジャー著;北沢あかね訳　ランダムハウス講談社　2005年12月

クルト・ヴァランダー（ヴァランダー）
スウェーデンのイースタ警察署警部、3ヶ月前に離婚したばかりの42歳の男 「殺人者の顔」　ヘニング・マンケル著;柳沢由実子訳　東京創元社（創元推理文庫）　2001年1月

クルト・ヴァランダー（ヴァランダー）
スウェーデンのイースタ警察署警部、正当防衛だが人を殺した罪悪感を払拭できず休職中の男 「笑う男」 ヘニング・マンケル著;柳沢由実子訳　東京創元社（創元推理文庫）　2005年9月

クルト・ヴァランダー（ヴァランダー）
スウェーデンの小さな田舎町・イースタに住む警部 「リガの犬たち」 ヘニング・マンケル著;柳沢由実子訳　東京創元社（創元推理文庫）　2003年4月

クルト・ヴァランダー（ヴァランダー）
スウェーデンの田舎町イースタ署の犯罪捜査担当警部、44歳の男 「白い雌ライオン」 ヘニング・マンケル著;柳沢由実子訳　東京創元社（創元推理文庫）　2004年9月

クルト・フォン・グラース
英国西部地方の軍政長官、日ごろから尊大でつねに理知的な独軍中将 「英国占領　上・下」 マリ・デイヴィス著;真野明裕訳　二見書房（二見文庫）　2005年7月

グル・ニザリ（ニザリ）
タリバンのアヘン取引担当者 「アフガン・決死の潜入作戦」 マイクル・サラザー著;棚橋志行訳　扶桑社（扶桑社ミステリー）　2004年4月

クレア・アージェント
「悪霊センター」と呼ばれるスタークウェザー州立病院の心理医 「モンスター　臨床心理医アレックス」 ジョナサン・ケラーマン著;北澤和彦訳　講談社（講談社文庫）　2005年3月

くれあ

クレア・ウォッシュバーン
サンフランシスコ市検死局主席検死官、刑事リンジーの友人で「女性殺人捜査クラブ」のメンバー 「1番目に死がありき」 ジェイムズ・パタースン著;羽田詩津子訳 角川書店(角川文庫) 2002年10月

クレア・ウォッシュバーン
サンフランシスコ市検死局主席検死官、警部補リンジーの友人で「女性殺人捜査クラブ」のメンバー 「チャンスは2度めぐる」 ジェイムズ・パタースン著;羽田詩津子訳 角川書店(角川文庫) 2005年4月

クレア・ダニエルズ
精神分析医、HRT(人質救出チーム)メンバーのウェブ・ロンドンの担当医 「ラストマン・スタンディング」 デイヴィッド;バルダッチ著;熊谷;千寿訳 小学館(小学館文庫) 2004年7月

クレア・フレイザー
時代をタイムスリップする元看護師、ハイランド出身の戦士・ジェイミーの妻 「ジェイミーの墓標〈2〉─アウトランダー5」 ダイアナ・ガバルドン著;加藤洋子訳 ソニー・マガジンズ(ヴィレッジブックス) 2004年1月

クレア・フレイザー
時代をタイムスリップする元看護師、ハイランド出身の戦士・ジェイミーの妻 「ジェイミーの墓標〈3〉─アウトランダー6」 ダイアナ・ガバルドン著;加藤洋子訳 ソニー・マガジンズ(ヴィレッジブックス) 2004年2月

クレア・ブロック
ワシントン「ジョージタウン総合病院」の外科レジデント、弁護士マイクルの妻 「路上の弁護士 上下」 ジョン・グリシャム著;白石朗訳 新潮社(新潮文庫) 2001年9月

クレア・ペルティエ
アラバマ州検死局モビール支局長、40代の女性病理学者 「百番目の男」 ジャック・カーリイ著;三角和代訳 文藝春秋(文春文庫) 2005年4月

グレアム
元FBIアカデミー教官で異常犯罪捜査の専門家、満月の夜に連続して起きた一家惨殺事件を捜査した男 「レッド・ドラゴン 上下」 トマス・ハリス著;小倉多加志訳 早川書房(ハヤカワ文庫NV) 2002年9月

グレアム・スミス
ロンドンのホクストン通りの下宿屋に住む自称作家のアメリカ国籍の男 「カーテンの陰の死」 ポール・アルテ著;平岡敦訳 早川書房(Hayakawa pocket mystery books) 2005年7

クレア・モントローズ
オレゴン州自動車局職員、大叔母の遺産を受け取ることになった35歳の女性 「フェルメール殺人事件」 エイプリル・ヘンリー著;小西敦子訳 講談社(講談社文庫) 2002年4月

クレア・モントローズ
大おばの遺産のおかげで気ままに暮らしている35歳の女性、元オレゴン州自動車局職員 「ミッシング・ベイビー殺人事件」 エイプリル・ヘンリー著;小西敦子訳 講談社(講談社文庫) 2004年8月

クレア・ランダル
時空を越え二百年前に生きたハイランドのスコットランド人ジェイミー・フレイザーとの子を身ごもり20世紀に戻った女性 「アウトランダー7 時の彼方の再会1」 ダイアナ・ガバルドン著;加藤洋子訳 ソニー・マガジンズ(ヴィレッジブックス) 2005年1月

クレア・ランダル
時代をタイムスリップする元看護師、ハイランド出身の戦士・ジェイミーの妻 「ジェイミーの墓標〈1〉─アウトランダー4」 ダイアナ・ガバルドン著;加藤洋子訳 ソニー・マガジンズ(ヴィレッジブックス) 2003年12月

クレア・ローデンバーグ
英国出身の女優の卵、ニューヨークの探偵事務所で囮捜査のアルバイトをする24歳の女 「美しき囮」トニー・ストロング著;橋本;夕子訳　角川書店（角川文庫）2004年1月

クレイ
イギリスの国民的歌手、実業家でもあり篤志家でもある男　「女王陛下の少年スパイ!アレックス イーグルストライク」アンソニー・ホロヴィッツ著;森嶋マリ訳　集英社 2003年11月

グレイ
イングランド軍の少佐 「ロード・ジョン・グレイ 緑のドレスの女」ダイアナ・ガバルドン著;石原未奈子訳　ソニー・マガジンズ（ヴィレッジブックス）2005年10月

グレイウルフ
インディアン地位向上のための活動をしている弁護士、インディアン居留地で育った白人とインディアンの混血でナバホ族の男　「侵入者」サンドラ・ブラウン著;松村和紀子訳　ハーレクイン（MIRA文庫）2001年9月

クレイク
オランダの「ボール紙のゴッホ」と呼ばれるスピードパズル選手、左足を切断された殺人事件の犠牲者　「パズル」アントワーヌ・ベロ著;香川由利子訳　早川書房(Hayakawa novels) 2004年11月

グレイ・グランサム
「ワシントンポスト」の三十八歳の敏腕記者　「ペリカン文書」ジョン・グリシャム著;白石朗訳　小学館（小学館文庫）2003年4月

クレイジーピート
コネティカット州キャッスルフォードの図書館の職員、フリーメーソン陰謀説にとりつかれた男　「スキャンダル」ローラ・V.ウォーマー著;小林浩子訳　集英社（集英社文庫）2003年6月

グレイス・エリーズ・フリント（フリント）
ロンドン警視庁犯罪捜査部の警部、覆面捜査を専らとする女性囮捜査官　「フリント　上下」ポール・エディ著;芹澤;恵訳　新潮社（新潮文庫）2003年2月

グレイス・シリング（ドクター・シリング）
「ウェルベック・クリニック」の精神分析医、ロンドン警視庁に協力する女性心理学者　「素顔の裏まで」ニッキ・フレンチ著;務台夏子訳　角川書店（角川文庫）2002年1月

グレイス・マッケイブ
マンハッタン在住のベストセラー作家、闊達でおおらかな性格の女性　「傲慢な花」ノーラ・ロバーツ著;飛田野;裕子訳　ハーレクイン（MIRA文庫）2004年2月

クレイトン
ニューヨークのウェスト・ヴィレッジの中心地に住む小説家　「砕かれた街　上下」ローレンス・ブロック著;田口俊樹訳　二見書房（二見文庫）2004年8月

クレイトン・ベネット
モンタナ州でチャーター機会社〈ビッグ・スカイ・アドヴェンチャー〉を営む飛行士　「ハード・アイス」ジェニー・サイラー著;安藤由紀子訳　早川書房（ハヤカワ・ミステリ文庫）2001年5月

クレイトン・レドモンド
合衆国大統領候補で元連邦最高裁陪席判事、ピアニストのジュリアの伯父　「謀略のモザイク　上下」ゲイル・リンズ著;猪俣美江子訳　早川書房（ハヤカワ文庫NV）2001年10月

グレイヴス
英国のダイヤモンド王、極秘の宇宙プロジェクトで世界制覇を狙う男　「007/ダイ・アナザー・デイ」レイモンド・ベンソン著;富永和子訳　竹書房（竹書房文庫）2003年3月

くれい

クレイヴン
カナダ連邦騎馬警察巡査長、元不良少年 「髑髏島の惨劇」 マイケル・スレイド著;夏来健次訳 文藝春秋（文春文庫）2002年1月

クレイマー
ニューヨーク市警殺人課の警部 「編集者を殺せ」 レックス・スタウト著;矢沢聖子訳 早川書房（Hayakawa pocket mystery books）2005年2月

グレイ・ルイヤード
ルイジアナ州プレスコットの名門一族の当主 「あの日を探して」 リンダ・ハワード著;林啓恵訳 二見書房（二見文庫）2001年12月

クレイン
マンハッタンで探偵事務所を開く隻眼の敏腕私立探偵、失踪した探偵ヴァーバーの同僚 「片目の追跡者」 モリス・ハーシュマン著;三浦亜紀訳 論創社（論創海外ミステリ）2004年11月

クレイン
若手弁護士、カナダ北部のマードッグで起こった二人の少女行方不明の事件で逮捕された教師・トムの弁護を引き受けた男 「ロスト・ガールズ」 アンドリュー・パイパー著;堀内静子訳 早川書房 2001年3月

グレガー・パトニアクス（ジョージ）
イリノイ州クック郡の46歳の泥棒、16歳から1度も働いたことがない男 「人間たちの絆」 スチュアート・カミンスキー著;棚橋志行訳 扶桑社（扶桑社ミステリー）2002年4月

グレゴリー・チェンバース（チェンバース）
マイアミの高級住宅地で開業する精神科医、女性検事補C・J・タウンゼントの主治医 「報復」 ジリアン・ホフマン著;吉田利子訳 ソニー・マガジンズ（ヴィレッジブックス）2004年11月

グレゴワール・ド・フロンサック（フロンサック）
ルイ15世に仕える博物学者、謎の獣の調査を命じられフランス中南部の辺境地・ジェヴォーダンに赴いた男 「ジェヴォーダンの獣」 ピエール・ペロー著;佐野晶訳 ソニー・マガジンズ（ヴィレッジブックス）2002年1月

グレース・ハンラハン
「ゼラルダ・エレクトロニクス社」社長、前社長の次女でボストン市警の刑事・トマスの妻 「もう一人の相続人」 マレー・スミス著;広瀬順弘訳 文藝春秋（文春文庫）2001年2月

グレース・ミード
スミソニアン博物館の学芸員ジリアンの母親、元反ナチ活動家で田舎町の英雄だった女 「煉獄の華」 テイラー・スミス著;安野玲訳 ハーレクイン（MIRA文庫）2004年6月

クレスラ・ファインゴールド
有名作家の義父と元下院議員の母をもつ18歳の少女 「傷心」 デイヴィッド・ハンドラー著;北沢あかね訳 講談社（講談社文庫）2001年6月

グレース・ローリング
バーモント州に住む四十八歳の作家、過去に夫からの暴力を乗り越えた経験をもつ女性 「Eメールは眠らない」 シャーロット・ヴェイル・アレン著;京兼玲子訳 ハーレクイン（MIRA文庫）2004年3月

グレタ・グレアム
イギリス国防大臣・ピーターの個人秘書、十六歳の少年・トマスの継母となる女性 「女被告人」 サイモン・トールキン著;伏見威蕃訳 ランダムハウス講談社 2003年11月

グレタ・ステンホルム
辛口映画記者アン・ホワイトの住むプールハウスのバスルームで遺体で発見された脚本家志望の美女 「ハリウッドは鎮魂歌(レクイエム)を奏でる」 ヘレン・ノード著;大倉;貴子訳 ソニー・マガジンズ(ヴィレッジブックス) 2004年9月

グレッグ・グラヴァー
広告代理業者、独身のサラを妊娠させた妻子ある男 「地下室の箱」 ジャック・ケッチャム著;金子浩訳 扶桑社(扶桑社ミステリー) 2001年5月

グレッグ・スペンサー
南太平洋海戦の英雄となり大統領から勲章を授与されることになった軍人、キャロルの兄 「黄色の間」 メアリ・ロバーツ・ラインハート著;阿部里美訳 早川書房(Hayakawa pocket mystery books) 2002年6月

グレッグ・モナーチ
弁護士、郵便局長殺人事件の容疑者となってしまった元パートナー・アイラを弁護した男 「潔白」 バリー・シーゲル著;雨沢泰訳 講談社(講談社文庫) 2001年1月

クレマン・ベランジェ
ニュー・スコットランド・ヤードの警部研修生の青年、22歳のフランス人警官 「夜の音楽」 ベルトラン・ピュアール著;東野純子訳 集英社(集英社文庫) 2002年10月

クレメンタイン・リプリー(リプリー)
ミシガン湖畔ワーナー・ピア在住の有名女性弁護士 「チョコ猫で町は大騒ぎ」 ジョアンナ・カール著;岩田佳代子訳 ソニー・マガジンズ(ビレッジブックス) 2005年5月

クレン・サイクス(サイクス)
無能な仕事仲間を何より嫌うプロの殺し屋 「パーティーガール」 リンダ・ハワード著;加藤洋子訳 二見書房(二見文庫) 2002年3月

グレンジ警部　ぐれんじけいぶ
ウィールドシャー州警察の警部、大柄でがっしりした体格の男 「ホロー荘の殺人」 アガサ・クリスティー著;中村能三訳 早川書房(ハヤカワ文庫クリスティー文庫) 2003年12月

グレンダ・ウェッツェル
ニューヨークの女私立探偵、「恐竜探偵」ヴィンセント・ルビオの親友で同じく人間の扮装をした恐竜 「鉤爪の収穫」 エリック・ガルシア著;酒井昭伸訳 ソニー・マガジンズ(ヴィレッジブックス) 2005年8月

クローイ・ウィリアムズ
アメリカのクリスチャングループ「トリビュレーション・フォース」のメンバー、バックの妻でレイフォードの娘 「ニコライ―レフトビハインド〈3〉」 ティム・ラヘイ著;ジェリー・ジェンキンズ著;松本和子訳 いのちのことば社フォレストブックス 2003年1月

クローイ・ウィリアムズ
カルパチア専用機の機長レイフォードの娘、元スタンフォード大学学生 「ソウル・ハーベスト レフトビハインド4」 ティム・ラヘイ著;ジェリー・ジェンキンズ著;松本和子訳 いのちのことば社フォレストブックス 2003年9月

クローイ・スチール
パン・コンチネンタル航空のパイロットのレイフォードの娘、スタンフォード大学の学生 「レフトビハインド」 ティム・ラヘイ著;ジェリー・ジェンキンズ著;上野五男;訳 いのちのことば社フォレストブックス 2002年3月

クローイ・スチール
パン・コンチネンタル航空パイロットのレイフォードの娘、元スタンフォード大学学生 「トリビュレーション・フォース レフトビハインド2」 ティム・ラヘイ著;ジェリー・ジェンキンズ著;松本和子訳 いのちのことば社フォレストブックス 2002年8月

くろい

クローイ・スチール・ウィリアムズ
クリスチャンの集団「トリビュレーション・フォース」のメンバー、レイフォード・スチールの娘でキャメロン・ウィリアムズの妻 「アサシンズ─レフトビハインド（6）」 ティム・ラヘイ著;ジェリー・ジェンキンズ著;伊藤肇,訳 いのちのことば社フォレストブックス 2005年6月

クローイ・ラーソン
マイアミ・デード郡地方検事局の検事補、かつて激しい暴行を受けた被害者の女性 「報復 ふたたび」 ジリアン・ホフマン著;吉田利子訳 ソニー・マガジンズ（ヴィレッジブックス） 2005年11月

クローイ・ラーソン
マイアミ・デード郡地方検事局の女性検事補、12年前のレイプ事件の被害者 「報復」 ジリアン・ホフマン著;吉田利子訳 ソニー・マガジンズ（ヴィレッジブックス） 2004年11月

クロウ
ロンドンに住むオカルティスト、陸軍省でヒットラーの神秘趣味に関して上層部に助言していた男 「タイタス・クロウの事件簿」 ブライアン・ラムレイ著;夏来健次訳 東京創元社（創元推理文庫） 2001年3月

クロウ
不吉な伝説のある翔鴉館の貸主、小説家フランシスの担当編集者 「割れたひづめ」 ヘレン・マクロイ著;好野理恵訳 国書刊行会（世界探偵小説全集） 2002年11月

クロウ・エドガー・ランサム
私立探偵テスの年下の元恋人、テキサスで行方不明になったギタリスト 「ビッグ・トラブル」 ローラ・リップマン著;吉沢康子訳 早川書房（ハヤカワ・ミステリ文庫） 2001年7月

クロエ・オブライエン
CTUロサンゼルス支局情報部門チーフ・アシスタント、ジャック・バウアーの協力者 「24 TWENTY FOUR 4-1」 ジョエル・サーナウ原案;ロバート・コクラン原案 竹書房（竹書房文庫） 2005年9月

クロエ・オブライエン
CTUロサンゼルス支局情報部門チーフ・アシスタント、ジャック・バウアーの協力者 「24 TWENTY FOUR 4-2」 ジョエル・サーナウ原案;ロバート・コクラン原案 竹書房（竹書房文庫） 2005年9月

クロエ・オブライエン
CTUロサンゼルス支局情報部門チーフ・アシスタント、ジャック・バウアーの協力者 「24 TWENTY FOUR 4-3」 ジョエル・サーナウ原案;ロバート・コクラン原案 竹書房（竹書房文庫） 2005年1月

クロエ・オブライエン
CTUロサンゼルス支局情報部門チーフ・アシスタント、ジャック・バウアーの協力者 「24 TWENTY FOUR 4-4」 ジョエル・サーナウ原案;ロバート・コクラン原案 竹書房（竹書房文庫） 2005年11月

黒蜘蛛　くろくも
伝説的テロリスト、謎の東洋人 「白夜 上中下」 ハンテフン著;徐正根訳 竹書房（竹書房文庫） 2005年3月

クロス
CIA工作部幹部局員、第七特殊工作班リーダー 「逃走航路」 ジョン・リード著;夏来健次訳 二見書房（二見文庫） 2004年3月

クロス
ニューヨーク州の地方紙「ブラッドストーン・センティネル」の記者、作家志望の男 「嘲笑う闇夜」 ビル・プロンジーニ著;バリー・N.マルツバーグ著 文藝春秋（文春文庫） 2002年5月

クロッカー
アメリカ海軍原子力潜水艦〈シーウルフ〉艦長、40歳のアメリカ海軍大佐　「最新鋭原潜シーウルフ奪還　上下」　パトリック・ロビンソン著;上野元美訳　二見書房(二見文庫)　2002年5月

クロック
アメリカ国務省特別捜査官、有力な証人を目の前で消されてしまった男　「硝煙のトランザム」　ロブ・ライアン著;鈴木恵訳　文藝春秋(文春文庫)　2003年8月

クロット
乞食組合の親方、ロンドンのダーク地帯クルクット・レーンズに住む40代の男　「魔物を狩る少年」　クリス・ウッディング著;渡辺庸子訳　東京創元社(創元推理文庫)　2005年8月

クローディア・グレアム
図書館司書のロウィーナの妹、レストラン〈ル・ランデブー〉のオーナーで奔放な37歳の女　「クローディアの憂鬱」　シャーロット・ヴェイル・アレン著;細郷妙子訳　ハーレクイン(MIRA文庫)　2003年3月

クローディア・サラザー
テキサス州の町ポートレオの女性刑事、治安判事ホイットと連携して捜査を進めるタフネス・ウーマン　「逃げる悪女」　ジェフ・アボット著;吉澤康子訳　早川書房(ハヤカワ・ミステリ文庫)　2005年1月

クローディア・サラザー
テキサス州ポートレオ警察の女性刑事、タフで粘り強い捜査官　「さよならの接吻」　ジェフ・アボット著;吉沢康子訳　早川書房(ハヤカワ・ミステリ文庫)　2004年3月

クローディア・サラザー
テキサス州ポートレオ警察の女性刑事、タフで粘り強い捜査官　「海賊岬の死体」　ジェフ・アボット著;吉沢康子訳　早川書房(ハヤカワ・ミステリ文庫)　2004年7月

クローディーン・カーター
ユーロポール特捜班の心理分析官、駐ベルギー合衆国大使令嬢を誘拐した犯人との交渉役を務めた女性　「虐待者　上下」　フリーマントル著;幾野宏訳　新潮社(新潮文庫)　2001年4月

クローデル
モントリオール市警察殺人課の部長刑事、不愛想な男　「既死感　上下」　キャスリーン・レイクス著;山本やよい訳　角川書店(角川文庫)　2001年1月

クローデル
モントリオール市警殺人課部長刑事、法人類学者テンペと共同で捜査にあったことがあるが不愛想な男　「骨と歌う女」　キャシー・ライクス著;山本やよい訳　講談社(講談社文庫)　2004年4月

クロード・エイモリー卿　くろーどえいもりーきょう
サリー州マーケット・グレイヴ近郊在住の勲爵士、国家的な研究に携わる物理学者　「ブラック・コーヒー」　アガサ・クリスティー著;麻田実訳　早川書房(ハヤカワ文庫クリスティー文庫)　2004年1月

クロード・エイモリー卿(サー・クロード・エイモリー)　くろーどえいもりーきょう(さーくろーどえいもりー)
サリー州マーケット・グレイヴ近郊在住の勲爵士、国家的な研究に携わる物理学者　「ブラック・コーヒー　小説版」　アガサ・クリスティー著;チャールズ・オズボーン小説化　早川書房(ハヤカワ文庫クリスティー文庫)　2004年9月

クロード・コルジェ(コルジェ)
ジュネーヴ出身の画商　「夜の色」　デイヴィッド・リンジー著;鳥見;真生訳　柏艪舎(柏艪舎文芸シリーズ)　2004年1月

くろど

クロード・マローチェ
国際的殺人犯、従来の手術では助かる見込みのない脳腫瘍を抱えた患者 「病棟封鎖72時間」 マイケル・パーマー著;川副智子訳 ソニー・マガジンズ(ヴィレッジブックス) 2002年10月

クロード・モネ(モネ)
画家、貧困と愛人問題の過去を引きずりながらロンドンに滞在していた老人 「霧けむる王国」 ジェイン・ジェイクマン著;長野きよみ訳 新潮社 2004年2月

クロード・ラトレル
ダンスの得意なハンサムな青年、パーカー・パインの助手 「パーカー・パイン登場」 アガサ・クリスティー著;乾信一郎訳 早川書房(ハヤカワ文庫クリスティー文庫) 2004年1月

クロード・ルーカス(ルーク)
陸軍弾道ミサイル局研究員、何者かによって記憶を消された男 「コード・トゥ・ゼロ」 ケン・フォレット著;戸田裕之訳 小学館(小学館文庫) 2003年5月

グローヴァー・ラングホーン
フランス無政府主義者の青年、現英国国王の息子で王位継承者だと言う二十三歳の男 「誇りは永遠に」 ギャビン・ライアル著;遠藤宏昭訳 早川書房(Hayakawa novels) 2003年1月

クロフォード
FBI特別捜査官、法医学の専門家 「レッド・ドラゴン 上下」 トマス・ハリス著;小倉多加志訳 早川書房(ハヤカワ文庫NV) 2002年9月

クローム警部　くろーむけいぶ
ロンドン警視庁の警部、無口で尊大な男 「ABC殺人事件」 アガサ・クリスティー著;堀内静子訳 早川書房(ハヤカワ文庫クリスティー文庫) 2003年11月

クローム警部　くろーむけいぶ
ロンドン警視庁の警部、無口で尊大な男 「ABC殺人事件」 アガサ・クリスティ著;深町真理子訳 東京創元社(創元推理文庫) 2003年11月

クロメリン
アムステルダムのメルカトル銀行頭取、個人顧客部門責任者 「ユーロ 贋札に隠された陰謀」 ロエル・ヤンセン著;小岡礼子訳;大塚仁子訳 インターメディア出版 2001年12月

グロリア・ティレル
ロス・アンゼルス「ウィロウブルック医療センター」の有能な看護婦 「感染者 上下」 パトリック・リンチ著;高見浩訳 飛鳥新社 2002年5月

グロリア・ベンサム
パームビーチにあるギャラリーのオーナー、40代後半の女性 「炎に消えた名画(アート)」 チャールズ・ウィルフォード著;浜野アキオ訳 扶桑社(扶桑社ミステリー) 2004年8月

グロリア・マーチャント
怪盗ニックと一緒に暮らす恋人 「怪盗ニックの事件簿」 エドワード・D.ホック著;木村二郎訳 早川書房(ハヤカワ・ミステリ文庫) 2003年11月

グロリア・マーチャント
怪盗ニックと一緒に暮らす恋人 「怪盗ニックを盗め」 エドワード・D.ホック著;木村二郎訳 早川書房(ハヤカワ・ミステリ文庫) 2003年8月

グロリア・マーチャント
怪盗ニックと一緒に暮らす恋人 「怪盗ニック対女怪盗サンドラ」 エドワード・D.ホック著;木村二郎訳 早川書房(ハヤカワ・ミステリ文庫) 2004年7月

グロリア・マーチャント
怪盗ニックと一緒に暮らす恋人 「怪盗ニック登場」 エドワード・D.ホック著;小鷹信光編 早川書房(ハヤカワ・ミステリ文庫) 2003年5月

グローリア・マンロー
私立探偵ペイトン・シャーウッドが助けたホームレスの娘 「Aアヴェニューの東」 ラッセル・アトウッド著;塩川優訳 早川書房(ハヤカワ・ミステリ文庫) 2001年7月

クロンジアック
FBIの国内テロリズム班のボス格、かねてからある白人至上主義団体の動向を追っていた女性特別捜査官 「墜落事故調査官」 ビル・マーフィ著;伊達奎訳 二見書房(二見文庫) 2001年3月

グロンスキー
周りから恐れられている前科者、骨太で筋肉質の大男 「セメントの女」 マーヴィン・アルバート著;横山啓明訳 早川書房(Hayakawa pocket mystery books) 2004年4月

クワイ
謎の中国人の美女ライの父親 「トランスポーター」 リュック・ベッソン著;ロバート・マーク・ケイメン著;小島由記子訳 角川書店(角川文庫) 2003年1月

クワーク
ボストン警察殺人課の警部・責任者、大柄で怪力な男 「真相」 ロバート・B.パーカー著;菊池光訳 早川書房(Hayakawa novels) 2003年7月

クワン キーチー　くわん・きーちー
韓国大統領 「韓国軍北侵 上下」 デイル・ブラウン著;伏見威蕃訳 二見書房(二見文庫) 2001年6月

グンテン
メーゲンドルフ村に来ていた行商人、14歳の少女を凌辱した前科のある男 「約束」 フリードリッヒ・デュレンマット著;前川道介訳 早川書房(ハヤカワ・ミステリ文庫) 2002年5月

グンバ
サンタモニカで仲間のダニーたちとギャングから金を奪う計画を立てたイタリア系の若者 「フランクリンを盗め」 フランク・フロスト著;加賀山卓朗訳 早川書房(ハヤカワ・ミステリ文庫) 2002年4月

【け】

ゲーアハルト・ゼルプ(ゼルプ)
私立探偵、ナチ政権に仕えた元検事で六十九歳の男 「ゼルプの欺瞞」 ベルンハルト・シュリンク著;平野卿子訳 小学館(Shogakukan mystery) 2002年10月

ゲーアハルト・ゼルプ(ゼルプ)
私立探偵、銀行の頭取ヴェルガーから匿名の預金者の身元調査を依頼された老人 「ゼルプの殺人」 ベルンハルト・シュリンク著;岩淵達治ほか訳 小学館(Shogakukan mystery) 2003年4月

ゲーアハルト・ゼルプ(ゼルプ)
西ドイツのマンハイムに住む私立探偵、戦前ナチの政権下で検事だった男 「ゼルプの裁き」 ベルンハルト・シュリンク著;ヴァルター・ポップ著;岩淵達治他訳 小学館(Shogakukan mystery) 2002年6月

ケイ・ウィリアムズ
コネティカット州のアンティーク商、商売上手でバツイチの美女 「女競買人 横盗り」 ウィリアム・D・ブランケンシップ著;中川聖訳 講談社(講談社文庫) 2001年5月

けいし

ケイシー・ジョーンズ
ノース・カロライナ州の探偵事務所に勤めている無免許で前科もちの女探偵 「女探偵の条件」 ケイティ・マンガー著;務台夏子訳 新潮社(新潮文庫) 2002年12月

ケイシー・ジョーンズ
無免許の女探偵、8年前の警官殺害事件の死刑囚の家族から再捜査を依頼された女 「時間ぎれ」 ケイティ・マンガー著;務台夏子訳 新潮社(新潮文庫) 2003年6月

ケイショーン・ウィルソン
16歳からの5年間を刑務所で過ごして故郷のハーレムに戻ってきた若者 「ロード・ドッグス」 クワン著;Masae訳 青山出版社(Hiphop★novels) 2005年8月

ケイシー・ライトマン
テネシー州ナッシュヴィルのステーキハウスに勤める美人ウェイトレス 「天使の悪夢 上下」 マイケル・フレイズ著;西田佳子訳 講談社(講談社文庫) 2004年7月

ケイ・スカーペッタ
バージニア州検屍局長、明晰な頭脳と卓越した推理力をもつ美女 「審問 上下」 P・コーンウェル著;相原真理子訳 講談社(講談社文庫) 2000年12月

ケイ・スカーペッタ
フロリダ州ハイウッドにある全米法医学アカデミーの元法医科学部長、ブロワード郡検屍局の顧問法病理学者 「神の手 上下」 パトリシア・コーンウェル著;相原真理子訳 講談社(講談社文庫) 2005年12月

ケイ・スカーペッタ(スカーペッタ)
法医学コンサルタント、有能な法病理学者で元バージニア州検屍局長 「痕跡 上下」 パトリシア・コーンウェル著;相原真理子訳 講談社(講談社文庫) 2004年12月

ケイ・スカーペッタ(スカーペッタ)
法病理学コンサルタント、有能な法病理学者で元バージニア州検屍局長 「黒蠅 上下」 パトリシア・コーンウェル著;相原真理子訳 講談社(講談社文庫) 2003年12月

ケイス・ハーディン
更生した麻薬中毒者、カルト教団〈左手の小径〉の元メンバーの女 「神は銃弾」 ボストン・テラン著;田口俊樹訳 文藝春秋(文春文庫) 2001年9月

ケイス・ポラード
新製品の売れ行きを直感的に判断できる能力を持つクールハンター、ネットに埋もれた断片的映像「フッテージ」のファンの三十二歳の女性 「パターン・レコグニション」 ウィリアム・ギブスン著;浅倉久志訳 角川書店 2004年5月

ゲイター
元強盗犯、イタリアへ高飛びしたイギリス人・フランキーの父親に暴行した男 「本末転倒の男たち」 ジェリー・レイン著;常田景子訳 扶桑社(扶桑社ミステリー) 2001年1月

ケイティ
失踪した大学生・パトリックの離婚歴のある一番上の姉 「完全なる四角」 リード・ファレル・コールマン著;熊谷千寿訳 早川書房(ハヤカワ・ミステリ文庫) 2004年10月

ケイティ・シムラ
子供専門の肖像写真家スノーの親友、画家 「失われた自画像」 シャーロット・ヴェイル・アレン著;細郷妙子訳 ハーレクイン(MIRA文庫) 2002年5月

ケイティ・プルー
作家ゲイルの5歳の娘 「青い家」 テリ・ホルブルック著;山本俊子訳 早川書房(Hayakawa pocket mystery books) 2003年1月

ケイティ・マーカス
雑貨店経営者のジミーとその亡き前妻の娘、19歳の美しい女性 「ミスティック・リバー」 デニス・ルヘイン著;加賀山卓朗訳　早川書房　2001年9月

ケイティ・マーカス
雑貨店経営者のジミーとその亡き前妻の娘、19歳の美しい女性 「ミスティック・リバー」 デニス・ルヘイン著;加賀山卓朗訳　早川書房(ハヤカワ・ミステリ文庫)　2003年12月

ケイティ・ローガン
リヴァー・クローズ警察ラリー署の刑事、署内で唯一の女性刑事 「ドライビング・レッスン」 エド・マクベイン著;永井淳訳　ソニー・マガジンズ(ヴィレッジブックス)　2002年1月

ケイト
16世紀イングランド・シェフィールドの牧師夫妻に預けられた娘、スコットランド女王メアリ・スチュアートの庶子 「女王の娘」 アイリス・ジョハンセン著;葉月陽子訳　二見書房(二見文庫)　2002年10月

ケイト
デンバーに住む建築家・ブラッドの妻で11歳のジェイソンの母親 「ブラッド/孤独な反撃」 デイヴィッド・マレル著;山本光伸訳　早川書房(ハヤカワ文庫NV)　2002年9月

ケイト
美術界への転身を目指している哲学者・マーティンの妻、美術史を専攻している学者 「墜落のある風景」 マイケル・フレイン著;山本やよい訳　東京創元社(創元推理文庫)　2001年9月

ケイト・アイヴァースン
始末屋ジャックの姉、レズビアンの小児科医 「始末屋ジャック見えない敵 上下」 F.ポール・ウィルスン著;大瀧啓裕訳　扶桑社(扶桑社ミステリー)　2005年1月

ケイト・ウェレット
セント・キャサリン病院の神経外科医、カリフォルニアからニューヨークに移り国内で最高の神経外科チームに加わった女医 「打ち砕かれた昏睡(コーマ)」 ジョン・ダーントン著;嶋田洋一訳　ソニー・マガジンズ(ヴィレッジブックス)　2005年8月

ケイト・オークレイ
9歳のメアリーの離婚協議中の母親 「心憑かれて」 マーガレット・ミラー著;汀一弘訳　東京創元社(創元推理文庫)　2002年11月

ケイト・ギャラガー
ケネディ国際空港に着陸できず墜落した旅客機の女性機長 「ジェットスター緊急飛行」 カム・マージ著;戸田裕之訳　ソニー・マガジンズ(ヴィレッジブックス)　2002年6月

ケイト・キンセラ
私立探偵兼非常勤看護婦、赤毛で太めの体形の女性 「看護婦探偵ケイト」 クリスティン・グリーン著;浅羽莢子訳　扶桑社(扶桑社ミステリー)　2001年8月

ケイト・コンラン
ミネソタ州ヘネピン郡検事局代理弁護人、42歳の元FBI女性捜査官 「業火の灰 上下」 タミー・ホウグ著;飛田野裕子訳　二見書房(二見文庫)　2002年8月

ケイト・トレボーン
グランサム州立大学・英文学の助教授、ストライカー警部補の恋人 「死の連鎖」 ポーラ・ゴズリング著;山本俊子訳　早川書房(Hayakawa pocket mystery books)　2003年5月

ケイト・ハリス
米国科学アカデミーに勤務する海洋生物学者、失踪した妹・ウィラを探している34歳の女性 「背信の海」 ルアン・ライス著;栗木さつき訳　集英社(集英社文庫)　2004年4月

ケイト・ビーチャム
スコットランドのグランピアン州警察の主任警部、沈没した大型フェリー・アムピトリテ号から生還した女性 「ストーム」 ボリス・スターリング著;野沢佳織訳 アーティストハウス 2001年6月

ケイト・マグナス
「フィナンシャル・ジャーナル」紙の記者、ブラック・ジェット証券CEOジョン・J・ギャヴァランの元恋人 「謀略上場 上下」 クリストファー;ライク著;土屋;京子訳 ランダムハウス講談社 2004年11月

ケイト・マッキノン・ロススティーン
元刑事の美術評論家、ニューヨーク美術界を震撼させた連続殺人事件の犯人を追った女性 「デス・アーティスト」 ジョナサン・サントロファー著;高山祥子訳 ソニー・マガジンズ(ヴィレッジブックス) 2003年4月

ケイト・マーティネリ
サンフランシスコ市警の捜査官でレズビアン、女性に虐待していた男たちが謎の集団に誘拐され殺された事件を追った女性 「捜査官ケイト夜勤」 ローリー・キング著;布施由紀子訳 集英社(集英社文庫) 2001年10月

ケイト・ミスキン
ロンドン警視庁の女性警部でアダム・ダルグリッシュの部下 「殺人展示室」 P.D.ジェイムズ著;青木久惠訳 早川書房(Hayakawa pocket mystery books) 2005年2月

ケイト・ミスキン
ロンドン警視庁の女性警部でアダム・ダルグリッシュの部下 「神学校の死」 P.D.ジェイムズ著;青木久惠訳 早川書房(Hayakawa pocket mystery books) 2002年7月

ケイト・メイフィールド
連邦統合テロリスト対策特別機動隊のエージェント、FBI捜査官の30歳くらいの女性 「王者のゲーム 上下」 ネルソン・デミル著;白石朗訳 講談社(講談社文庫) 2001年11月

ケイト・ラシッド
アラブとイギリスの血を引く名門ラシッド家の末娘、「ラシッド投資会社」の最高業務責任者 「復讐の血族」 ジャック・ヒギンズ著;黒原敏行訳 角川書店(角川文庫) 2005年1月

ケイトリン
テロリストのリンチ兄弟が活動の場にしているパブで働く22歳のアイルランド人、テロに加担している少年リアムの姉 「24-CTU機密解除記録－ヘルゲート作戦 上下」 ジョエル・サーナウ原案;ロバート・コクラン原案;マーク・セラシーニ著;文永優訳 英知出版(英知文庫) 2005年11月

ケイトリン・ヴァサロ
南フランスにあるヴァサロ農園の資金不足に悩んでいる経営者の女性 「風のペガサス 上下」 アイリス・ジョハンセン著;大倉貴子訳 二見書房(二見文庫) 2001年7月

ケイトリン・マスターズ
ナチェズの地元紙「エグザミナー」の発行者兼記者、作家ペン・ケージの協力者となる黒髪の美女 「沈黙のゲーム 上下」 グレッグ・アイルズ著;雨沢泰訳 講談社(講談社文庫) 2003年7月

ケイト・ロス
ポートランドでもっとも有力な法律事務所〈リード、ブリッグズ〉の調査員 「女神の天秤」 フィリップ・マーゴリン著;井坂清訳 講談社(講談社文庫) 2004年12月

警部　けいぶ
1910年のウィーンで起こった殺人事件を捜査する警部、最新科学や犯罪心理学に通じたオーストリア人 「イチジクを喰った女」 ジョディ・シールズ著;奥村章子訳 早川書房(ハヤカワ・ミステリ文庫) 2001年2月

警部　けいぶ
共産党政権下のメキシコ・タバスコ州でカトリックの神父を追跡する警察官、貧しい生まれのメキシコ人　「権力と栄光－グレアム・グリーン・セレクション」　グレアム・グリーン著;齋藤、数衛訳　早川書房（ハヤカワepi文庫）　2004年9月

ゲイブ
オハイオ州コロンバスのマッケンナ探偵社のオーナー、四十がらみのワンマンな探偵　「ファーストウーマン」　ジェニファー・クルージー著;葉月陽子訳　二見書房（二見文庫）　2003年7月

警部補（マーティネス）　けいぶほ（まーてぃねす）
サンディエゴ郡警察署の警部補、高級老人ホームでの連続殺人事件を捜査する刑事　「フクロウは夜ふかしをする」　コリン・ホルト・ソーヤー著;中村有希訳　東京創元社（創元推理文庫）　2003年3月

ケイ・ブライアント
ロンドンの安アパートに住む女流画家、夫と別居中の女　「私が見たと蠅は言う」　エリザベス・フェラーズ著;長野きよみ訳　早川書房（ハヤカワ・ミステリ文庫）　2004年4月

ゲイブリエル・ジョーン・アタスン（アタスン）
弁護士、医師のジギル博士の旧友　「ハイド氏の奇妙な犯罪」　ジャン＝ピエール・ノーグレット著;三好郁朗訳　東京創元社（創元推理文庫）　2003年1月

ゲイブリエル・ジョン・アタスン（アタスン）
ロンドンに住む弁護士、医学博士ジキルの友人　「ジキル博士とハイド氏」　ロバート・ルイス・スティーヴンスン著;夏来健次訳　東京創元社（創元推理文庫）　2001年8月

ゲイブリエル・ホワイト（ホワイト）
強盗傷害事件の容疑者でかつて事件の裁判を担当した退官判事殺害の容疑者　「第三の銃弾」　カーター・ディクスン著;田口俊樹訳　早川書房（ハヤカワ・ミステリ文庫）　2001年9月

ケイ・ラング
アメリカ国内で発見された未知のウィルスの解明を続けている分子生物学者　「ダーウィンの使者　上下」　グレッグ・ベア著;大森望訳　ソニー・マガジンズ（ヴィレッジブックス）　2002年12月

ケイリー
FBIモスクワ支局長、ロシア大統領狙撃事件のアメリカ側捜査担当者　「城壁に手をかけた男　上下」　ブライアン;フリーマントル著;戸田;裕之訳　新潮社（新潮文庫）　2004年5月

ゲイリー・スコット
元売春婦のロナ・リーが殺した被害女性の夫　「テキサスは眠れない」　メアリ＝アン・T・スミス著;匝瑳玲子訳　ソニー・マガジンズ（ヴィレッジブックス）　2002年12月

ゲイリー・マクロー（マクロー）
ニューヨーク市警刑事、弁護士ジャック・ロスの妻の殺害事件を担当する捜査官　「マンハッタンの薔薇」　シンシア;ビクター著;田村;達子訳　講談社（講談社文庫）　2004年5月

ケイリー・ミラー
特殊能力者エヴァン・トレボーンの幼なじみで初恋の相手　「バタフライ・エフェクト」　ジェームズ・スワロウ著;酒井紀子訳　竹書房（竹書房文庫）　2005年4月

ゲイリー・レインズ
ヴァーモント州ネルソンズ・ポイント刑務所の所長、女性司法心理学者マイケル・ストーンの古くからの知り合い　「囚人分析医」　アンナ・ソルター著;矢沢聖子訳　早川書房（ハヤカワ・ミステリ文庫）　2004年4月

げいる

ゲイル・グレイスン
ジョージア州スタトラーズ・クロスに住む未亡人作家、5歳のケイティ・プルーの母 「青い家」 テリ・ホルブルック著;山本俊子訳 早川書房 (Hayakawa pocket mystery books) 2003年1月

ケイレブ・カイル
謎の殺人鬼、グリーンヴィルで邪悪の代名詞となっている男 「奇怪な果実 上下」 ジョン・コナリー著;北澤和彦訳 講談社(講談社文庫) 2005年10月

ゲイロード・オークス(オークス)
ホワイトハウスの切り札といわれる伝説のCIA諜報員 「9デイズ」 ジェイソン・リッチマン著;マイケル・ブラウニング著;辻優子訳 メディアファクトリー(洋画文庫) 2002年10月

ケイン
ボストン警察の警視、見知らぬ男ファラデーにローリング邸の調査を頼まれた病気療養中の男 「ローリング邸の殺人」 ロジャー・スカーレット著;板垣節子訳 論創社(論創海外ミステリ) 2005年12月

ケイン・マグレガー
アトランタの土木建築会社の経営者、FBI捜査官ノア・ビショップの友人 「シャドウ・ファイル/潜む」 ケイ・フーパー著;宮内もと子訳 早川書房(ハヤカワ文庫NV) 2001年7月

ゲオルク・ポルガー
ドイツ人翻訳家、南フランスで軍用ヘリコプターの設計図翻訳の仕事にありついた男 「ゴルディオスの結び目」 ベルンハルト・シュリンク著;岩淵達治ほか訳 小学館(Shogakukan mystery) 2003年8月

ケージ
石油会社経営者ジョン・ウォーターズから相談を受ける作家、ミシシッピ州ナチェズに住む元検事 「魔力の女」 グレッグ・アイルズ著;雨沢泰訳 講談社(講談社文庫) 2005年11月

K・C・コールデン(コールデン)　けーしーこーるでん(こーるでん)*
ハリウッド分署殺人課の新人刑事、副業でヨガインストラクターをしている俳優志望の青年 「ハリウッド的殺人事件」 ロン・シェルトン脚本;ロバート・ソウザ脚本;石田享編訳 竹書房(竹書房文庫) 2004年1月

KC・ロス　けーしーろす*
私立探偵スペンサーの恋人・スーザンの女友達、ストーカー被害にあっている女性 「沈黙」 ロバート・B・パーカー著;菊池光訳 早川書房(ハヤカワ・ミステリ文庫) 2005年7月

ケース・クロメリン(クロメリン)
アムステルダムのメルカトル銀行頭取、個人顧客部門責任者 「ユーロ 贋札に隠された陰謀」 ロエル・ヤンセン著;小岡礼子訳;大塚仁子訳 インターメディア出版 2001年12月

ケッセルバッハ夫人　けっせるばっはふじん
パリのホテルで殺害されたダイヤモンド王ケッセルバッハの妻、未亡人 「続813アルセーヌ・ルパン」 モーリス・ルブラン作;大友徳明訳 偕成社(偕成社文庫) 2005年9月

K・ドッグ(ケイショーン・ウィルソン)　けーどっぐ(けいしょーんういるそん)*
16歳からの5年間を刑務所で過ごして故郷のハーレムに戻ってきた若者 「ロード・ドッグス」 クワン著;Masae訳 青山出版社(Hiphop★novels) 2005年8月

ケニス・カインズ(カインズ)
リサ・ミリカン殺人事件の捜査を担当することになったローム市警の部長刑事 「七つの丘のある街」 トマス・H・クック著;佐藤和彦訳 原書房 2003年11月

ケニー・トラベラー
トーナメントへ出場停止中のプロゴルファー、際立った美貌だが自己中心的なアメリカ人男性 「レディ・エマの微笑み」 スーザン・エリザベス・フィリップス著;宮崎槙訳 二見書房(二見文庫) 2005年3月

けり

ケネス・オーブリー
元英秘密情報局工作員・ハイドの元上司、英下院議員マリアンの名付け親 「闇にとけこめ 上下」 クレイグ・トーマス著;田村源二訳 新潮社(新潮文庫) 2001年6月

ケネス・P・ウィニントン(ウィニントン) けねすぴーういんとん(ういんとん)＊
ニューヨーク在住の売れっ子サスペンス作家 「サスペンスは嫌い」 パーネル・ホール著;田中一江訳 早川書房(ハヤカワ・ミステリ文庫) 2004年4月

ケネス・フランクリン(フランクリン)
弁護士、投資コンサルタントのロージャーの友人 「人間たちの絆」 スチュアート・カミンスキー著;棚橋志行訳 扶桑社(扶桑社ミステリー) 2002年4月

ケネディ
CIAテロ対策センターの局長、隠密組織オリオン・チームの指揮者 「謀略国家」 ヴィンス・フリン著;結城山和夫訳 二見書房(二見文庫) 2002年11月

ケネディ
CIAテロ対策センター所長、次期CIA長官候補 「強権国家」 ヴィンス・フリン著;結城山和夫訳 二見書房(二見文庫) 2003年3月

ケヴィン・ポープ
国際的古美術商マイケル・ターナーを名乗り世界を股にかける二重スパイ 「9デイズ」 ジェイソン・リッチマン著;マイケル・ブラウニング著;辻優子訳 メディアファクトリー(洋画文庫) 2002年10月

ケヴィン・マクブライド(マクブライド)
CIA捜査官、「アヴェンジャー」キャル・デクスターのかつての部下 「アヴェンジャー 上下」 フレデリック;フォーサイス著;篠原、慎訳 角川書店(角川文庫) 2004年8月

ケヴィン・マドローン(マドローン)
米空軍ハイテクノロジー航空宇宙兵器センターでの人為的神経情報伝達反応システム開発の被験者に選ばれた陸軍大尉 「幻影のエアフォース」 デイル・ブラウン著;上野元美訳 二見書房(二見文庫) 2005年2月

ケマル
ニュースキャスターのダナ・エバンスがサラエボから連れ帰った12歳の少年 「空が落ちる 上下」 シドニィ・シェルダン著;天馬竜行訳 アカデミー出版 2001年9月

ケマル
ニュースキャスターのダナ・エバンスがサラエボから連れ帰った12歳の少年 「空が落ちる 上下」 シドニィ・シェルダン著;天馬竜行訳 アカデミー出版 2003年5月

ゲミヌス
古代ローマの密偵ファルコの一家を捨てた父、競売人 「密偵ファルコ海神(ポセイドン)の黄金」 リンゼイ・デイヴィス著;矢沢聖子訳 光文社(光文社文庫) 2001年4月

ケラー
ニューヨークに住む殺し屋、切手蒐集が趣味の男 「殺しのリスト」 ローレンス・ブロック著;田口俊樹訳 二見書房(二見文庫) 2002年6月

ケラー
ニューヨーク州ブラッドストーンの治安官、元軍人の五十代の男 「嘲笑う闇夜」 ビル・プロンジーニ著;バリー・N.マルツバーグ著 文藝春秋(文春文庫) 2002年5月

ケリー
イギリス秘密情報部の工作員ニック・ストーンが亡くなった同僚から引き取った娘 「クライシス・フォア」 アンディ・マクナブ著;伏見威蕃訳 角川書店(角川文庫) 2001年9月

けり

ケリー
イギリス秘密情報部の工作員ニック・ストーンが亡くなった同僚から引き取った娘 「ファイアウォール」 アンディ・マクナブ著;伏見威蕃訳　角川書店(角川文庫) 2003年4月

ケリー
イギリス秘密情報部の工作員ニック・ストーンが亡くなった同僚から引き取った娘 「ラスト・ライト」 アンディ・マクナブ著;伏見威蕃訳　角川書店(角川文庫) 2005年4月

ケリー
オヘア空港TRACONの航空管制官の男 「航空管制室 上下」 ポール・マックエルロイ著;熊谷千寿訳　早川書房(ハヤカワ文庫NV) 2002年2月

ケリー
ケンタッキー州エデヴィル刑務所に収容されている死刑囚、連続殺人犯 「地底迷宮 上下」 マーク;サリヴァン著;上野;元美訳　新潮社(新潮文庫) 2004年3月

ケリー
ダブリンでいちばん物騒な区域に住む33歳の麻薬中毒の男 「氷の刃」 ポール・カースン著;真野明裕訳　二見書房(二見文庫) 2002年7月

ケリー
引退したボストン市警殺人課の刑事、ヴァーセイルズ警察署長ベン・トルーマンの協力者 「ボストン、沈黙の街」 ウィリアム・ランデイ著;東野さやか訳　早川書房(ハヤカワ・ミステリ文庫) 2003年9月

ケリー・アシュトン
ボストンで働く小児科医、休暇でボールドウィンズ・ブリッジに帰省した大尉トムに再会した女性 「遠い夏の英雄」 スーザン・ブロックマン著;山田久美子訳　ソニー・マガジンズ(ヴィレッジブックス) 2003年11月

ゲーリー・ダスキヴィッチ(ダスキヴィッチ)
ブルックリン七六分署でいちばん若い刑事、エリート刑事・ジャックのパートナー 「贖いの地」 ガブリエル・コーエン著;北沢和彦訳　新潮社(新潮文庫) 2003年5月

ケリー・ビショップ
中米モンテネグロから孤児9人を連れ出す任務を帯びた若いアメリカ人女性教師 「星をなくした夜」 サンドラ・ブラウン著;霜月桂訳　ハーレクイン(MIRA文庫) 2001年11月

ゲーリー・ローラー
アメリカ合衆国最強の軍事情報チーム「ダークナイト」のリーダー、スコット・ハーヴァスの亡き父の親友 「<亡霊国家ソヴィエト>を倒せ」 ブラッド・ソー著;田中昌太郎訳　早川書房(ハヤカワ文庫NV) 2005年12月

ケルシー・カニンガム
マイアミの宣伝広告社「シャーマン・アンド・カティ」社員、フロリダキーズ出身の女性 「ハリケーン・ベイ」 ヘザー・グレアム著;せとちやこ訳　ハーレクイン(MIRA文庫) 2003年7月

ケルシー警部　けるしーけいぶ
ハースト・セント・サイプリアン警察署捜査課の警部、「鳩のなかの猫」 アガサ・クリスティー著;橋本福夫訳　早川書房(ハヤカワ文庫クリスティー文庫) 2004年7月

ゲルハルト・ミーナー(ミーナー)
スイス戦略情報局の幹部、スイス政府最高位の情報官で国防軍の施設の警備に関するエキスパート 「傭兵部隊<ライオン>を追え 上下」 ブラッド・ソー著;田中昌太郎訳　早川書房(ハヤカワ文庫NV) 2002年7月

ケーレブ・タルボット
ニューヨークの刑事弁護士・キャプランの調査員 「裁きを待つ女」 デイヴィッド・クレイ著;北沢あかね訳　ソニー・マガジンズ(ヴィレッジブックス) 2002年4月

ケレン・スチュワート
セラピスト、スコットランドに馬牧場を所有している三十代後半の女性 「夜の牝馬」 マンダ・スコット著;山岡訓子訳 講談社(講談社文庫) 2002年11月

ケロッグ
元CIAエージェント、大物政治家射殺事件の目撃者 「確信犯 上下」 スティーヴン・ホーン著;遠藤宏昭訳 早川書房(ハヤカワ・ミステリ文庫) 2001年8月

ケン
元英国情報部で長官H・Mの右腕だった男、元同僚イヴリンの婚約者 「パンチとジュディ」 カーター・ディクスン著;白須清美訳 早川書房(ハヤカワ・ミステリ文庫) 2004年3月

ケンウッド・ブレイク(ケン)
元英国情報部で長官H・Mの右腕だった男、元同僚イヴリンの婚約者 「パンチとジュディ」 カーター・ディクスン著;白須清美訳 早川書房(ハヤカワ・ミステリ文庫) 2004年3月

ケンダル・ピーターソン(ピート・テイラー)
CIA局員、ボディーガードのピートとして考古学者アニーの前に現れた男 「美しき容疑者」 スーザン・ブロックマン作;泉智子訳 ハーレクイン(シルエット・ラブストリーム) 2003年8月

ケン・ドゥーリー
未成年の女性犯罪者の指導にあたっていたローム青少年育成センターの職員、家を銃撃された男 「七つの丘のある街」 トマス・H・クック著;佐藤和彦訳 原書房 2003年11月

ゲンドゥン
ラマ僧の長、元中国経済部主任監査官の単の師匠 「シルクロードの鬼神 上下」 エリオット・パティスン著;三川基好訳 早川書房(ハヤカワ・ミステリ文庫) 2002年2月

ケンドラ・サルバトーリ(エンジェル)
犯罪組織のボスのトニー・サルバトーリの妻、聡明で若く美しい女性 「凍える瞳」 クリスティ・ティレリー・フレンチ著;中西和美訳 二見書房(二見文庫) 2005年3月

ケンドラ・パイトリー
ジェファーソンハイスクールに通う高校生で学校新聞の記者、FBI捜査官の娘 「恋人はマフィア」 ゴードン;コーマン著;杉且;七重訳 集英社(集英社文庫) 2004年1月

ゲンナジー・ボンダレンコ(ボンダレンコ)
ロシア極東軍管区総司令官 「大戦勃発 1～4」 トム・クランシー著;田村源二訳 新潮社(新潮文庫) 2002年4月

ケンプ
ロンドン警視庁の主任警部、木を掘り出したような風貌の男 「忘られぬ死」 アガサ・クリスティー著;中村能三訳 早川書房(ハヤカワ文庫クリスティー文庫) 2004年5月

ケンリック・ホープ(ホープ)
HHF(ホープ&ハピネス・ファンデーション)創立者、テキサスの億万長者 「因果応報の終わるまで―ミャンマー崩壊作戦」 ポール・アディレックス著;高橋洋伸訳 文芸社 2004年10月

【こ】

ゴア大佐　ごあたいさ
元軍人の私立探偵、盗まれた機密文書の調査を元首相・ハビランド卿に依頼された男 「醜聞の館」 リン・ブロック著;田中孜訳 論創社(論創海外ミステリ) 2005年7月

ごいる

ゴイルズ
イタリアの第一二七捕虜収容所に収容されている英国陸軍大尉、脱走の常習者 「捕虜収容所の死」 マイケル・ギルバート著;石田善彦訳 東京創元社(創元推理文庫) 2003年5月

コウビー
殺害された画廊のオーナー・クラリスの夫 「砂漠の風に吹かれて」 ベティ・ウェブ著;上条ひろみ訳 扶桑社(扶桑社ミステリー) 2004年9月

香部屋係り(カッペル) こうべやがかり(かっぺる)
フランス東部の町モルトフォンの教会の年寄りの用務員 「サンタクロース殺人事件」 ピエール・ヴェリー著;村上光彦訳 晶文社(必読系!ヤングアダルト) 2003年11月

コーエン
ニューヨーク市警のベテラン刑事、刑事ピアースの相棒でユダヤ系の独身の中年男 「闇に問いかける男」 トマス・H・クック著;村松潔訳 文藝春秋(文春文庫) 2003年7月

コーエン
姿を消した囮捜査官フリントの行方を追う弁護士、元MI5の首席法律顧問 「フリント 上下」 ポール・エディ著;芹澤恵訳 新潮社(新潮文庫) 2003年2月

コーク・オコナー
元保安官、ミネソタのアイアン湖畔の町・オーロラで雪嵐の日に亡くなった老判事の死に不振を抱き捜査を始めた男 「凍りつく心臓」 ウィリアム・K.クルーガー著;野口百合子訳 講談社(講談社文庫) 2001年9月

国務長官 こくむちょうかん
21世紀初頭の米国の国務長官 「化学兵器テロを阻止せよ―ホワイトハウス極秘指令」 ビル・ハーロウ著;塩川優訳 扶桑社(扶桑社ミステリー) 2002年12月

ココ
ムース郡の地元紙コラムニストのジェイムズ・クィラランが飼っているシャム猫、毛並みの美しい雄猫 「猫は川辺で首をかしげる」 リリアン・J.ブラウン著;羽田詩津子訳 早川書房(ハヤカワ・ミステリ文庫) 2004年2月

ココ
もと新聞記者・クィラランの飼い猫、とびぬけた知性と直観力を備えたほっそりとしてたくましい雄のシャム猫 「猫はコインを貯める」 リリアン・J・ブラウン著;羽田詩津子訳 早川書房(ハヤカワ・ミステリ文庫) 2002年12月

ココ
もと新聞記者・クィラランの飼い猫、とびぬけた知性と直観力を備えたほっそりとしてたくましい雄のシャム猫 「猫は火事場にかけつける」 リリアン・J・ブラウン著;羽田詩津子訳 早川書房(ハヤカワ・ミステリ文庫) 2003年6月

ココ
もと新聞記者・クィラランの飼い猫、とびぬけた知性と直観力を備えたほっそりとしてたくましい雄のシャム猫 「猫は流れ星を見る」 リリアン・J・ブラウン著;羽田詩津子訳 早川書房(ハヤカワ・ミステリ文庫) 2002年6月

ココ
億万長者クィラランの飼い猫、雄のシャム猫 「猫は郵便配達をする」 リリアン・J・ブラウン著;羽田詩津子訳 早川書房(ハヤカワ・ミステリ文庫) 2002年1月

ココ(カウ・コウ=クン)
元新聞記者で「ムース郡なんとか」紙のコラムニスト・クィラランが飼っている利口なシャム猫 「猫は銀幕にデビューする」 リリアン・J・ブラウン著;羽田詩津子訳 早川書房(ハヤカワ・ミステリ文庫) 2005年2月

ココ(カウ・コウ＝クン)
元新聞記者で「ムース郡なんとか」紙のコラムニスト・クィラランが飼っている利口なシャム猫 「猫は日記をつける」 リリアン・J.ブラウン著;羽田詩津子訳　早川書房(ハヤカワ・ミステリ文庫) 2005年7月

ココ(カウ・コウ＝クン)
老練な新聞記者クィララン飼っているシャム猫 「猫はブラームスを演奏する」 リリアン・J.ブラウン著;羽田詩津子訳　早川書房(ハヤカワ・ミステリ文庫) 2001年6月

ココ・フラッペ
ミシシッピ州の田舎町の作家志望者サークルの一員、整形美人の料理研究家 「ミシシッピ・シークレット」 リジー・ハート著;安藤由紀子訳　東京創元社(創元コンテンポラリ) 2003年3月

ココーリン
モスクワ帝国大学法学部の学生、ピストル自殺をした23歳の青年 「堕ちた天使 アザゼル」 ボリス・アクーニン著;沼野恭子訳　作品社　2001年4月

コスタ
サンタモニカで仲間のダニーたちとギャングから金を奪う計画を立てたギリシャ系の若者 「フランクリンを盗め」 フランク・フロスト著;加賀山卓朗訳　早川書房(ハヤカワ・ミステリ文庫) 2002年4月

幽霊番人　ごーすときーぱー
カナダ連邦騎馬警察巡査部長、「幽霊番人」と呼ばれている鑑識技術が抜群の男 「斬首人の復讐」 マイケル・スレイド著;夏来健次訳　文藝春秋(文春文庫) 2005年9月

コーソ
シアトルの新聞記者で世間から身を隠し桟橋に付けた船の上で暮らすタフな男、元ニューヨーク・タイムズの花形記者 「憤怒」 G.M.フォード著;三川基好訳　新潮社(新潮文庫) 2003年10月

コーソ
事件の真相を追うノンフィクション作家、シアトルの桟橋に付けた船の上で暮らすタフな男 「黒い河」 G.M.フォード著;三川基好訳　新潮社(新潮文庫) 2004年5月

コーソ
事件の真相を追うノンフィクション作家、シアトルの桟橋に付けた船の上で暮らすタフな男 「白骨」 G.M.フォード著;三川基好訳　新潮社(新潮文庫) 2005年5月

コーソウ
FBI捜査官、麻薬取引の仲間に撃たれたマーティンを取り調べた男 「魂の傷痕」 アンソニー・リー著;横山啓明訳　早川書房(Hayakawa novels) 2002年8月

ゴダード
トライオン・システムズ社の創立者で天才的技術者、社員に慕われる人格者 「侵入社員 上下」 ジョゼフ・フィンダー著;石田善彦訳　新潮社(新潮文庫) 2005年12月

コッキー
ロンドン警視庁警部、家で殺人が起こったロウジーから求められ事件を追った老警官 「疑惑の霧」 クリスチアナ・ブランド著;野上彰訳　早川書房(ハヤカワ・ミステリ文庫) 2004年5月

コックリル
休暇でイタリア周遊ツアーに参加したスコットランド・ヤードの名警部 「はなれわざ」 クリスチアナ・ブランド著;宇野利泰訳　早川書房(ハヤカワ・ミステリ文庫) 2003年6月

こっく

コックリル（コッキー）
ロンドン警視庁警部、家で殺人が起こったロウジーから求められ事件を追った老警官 「疑惑の霧」クリスチアナ・ブランド著;野上彰訳　早川書房（ハヤカワ・ミステリ文庫）2004年5月

コック・ロビン
ニューヨークで死体となって発見されたスポーツマン、弓道の選手権者 「僧正殺人事件」S.S.ヴァン・ダイン著;宇野利泰訳　嶋中書店（嶋中文庫）　2004年1月

ゴッダード
言語学者、ジョージア州スタトラーズ・クロスに引っ越してきたイギリス人の男 「青い家」テリ・ホルブルック著;山本俊子訳　早川書房（Hayakawa pocket mystery books）2003年1月

ゴーディ
ロサンゼルス消防署第6消防隊長、人命救助のためなら危険を恐れない男 「コラテラル・ダメージ」デイビッド・グリフィス脚本、ピーター・グリフィス脚本　光文社（光文社文庫）2002年3月

ゴーディアン
米国の巨大企業「アップリンク・インターナショナル」の創設者であり最高経営者 「謀殺プログラム」トム・クランシー著;マーティン・グリーンバーグ著;棚橋志行訳　二見書房（二見文庫）2003年5月

ゴーディアン
米国の巨大企業アップリンク社の創業者で経営者 「細菌テロを討て! 上下」トム・クランシー著;マーティン・グリーンバーグ著;棚橋志行訳　二見書房（二見文庫）2001年11月

コーディ・オコナー
骨董品店店主マギーの孫娘、"女神イシスの使者"の生まれ変わりだという3歳の少女 「ブレス・ザ・チャイルド 上下」キャシー・キャッシュ・スペルマン著;中俣真知子訳　竹書房（竹書房文庫）2001年11月

ゴディス・エイドニー
女帝モードの支持者ファルク・エイドニーの娘でヒュー・ベリンガーの婚約者、美しく勇敢な少女 「死体が多すぎる」エリス・ピーターズ著;大出健訳　光文社（光文社文庫）2003年3月

コーディック
サンフランシスコ中央署警部補、身元不明の老人の死体が海岸で発見された事件を担当した男 「誘拐指令」J.ケニーリー著;高橋健次訳　講談社（講談社文庫）2001年6月

コード
インディアナ州ニューレバノン保安官事務所捜査主任、40歳 「死の教訓 上下」ジェフリー・ディーヴァー著;越前敏弥訳　講談社（講談社文庫）2002年3月

ゴードン
アメリカ海軍情報部中佐、殺し屋ポール・シューマンの雇い主 「獣たちの庭園」ジェフリー・ディーヴァー著;土屋晃訳　文藝春秋（文春文庫）2005年9月

ゴードン
カリフォルニア州サンディエゴの麻薬取締局おとり捜査官 「トラフィック」スティーブン・ギャガン著;富永和子訳　新潮社（新潮文庫）2001年4月

ゴードン・アクトン
アクション・ボート社社長、下院議員候補の資産家 「糖蜜色の偽り」ダイアナ・ダイアモンド著;高橋佳奈子訳　ソニー・マガジンズ（ヴィレッジブックス）2005年9月

ゴードン・ウェイヴァリー(ウェイヴァリー)
私立探偵シェル・スコットの依頼人、ハリウッドの映画誌「インサイド」の発行者 「ハリウッドで二度吊せ!」 リチャード・S.プラザー著;三浦彊子訳 論創社(論創海外ミステリ) 2004年12月

ゴードン・シーコム
イギリスの片田舎にあるクックリー新中等学校の英語・歴史教師 「忌まわしき絆」 L.P.デイビス著;板垣節子訳 論創社(論創海外ミステリ) 2005年2月

ゴードン・フィンチ
ストリートミュージシャン、ロンドンのイーストエンドの建設会社社長の息子 「警視の接吻」 デボラ・クロンビー著;西田佳子訳 講談社(講談社文庫) 2001年6月

ゴードン・ブリュワー(ゴーディ)
ロサンゼルス消防署第6消防隊長、人命救助のためなら危険を恐れない男 「コラテラル・ダメージ」 デイビッド・グリフィス脚本;ピーター・グリフィス脚本 光文社(光文社文庫) 2002年3月

ゴードン・ヘンソン
フロリダ州サウスビーチ地区のダンススタジオ「ムーンライト・ソナタ」のオーナー 「エターナル・ダンス」 ヘザー・グレアム著;風音さやか訳 ハーレクイン(MIRA文庫) 2005年10月

コナー
リゾートの仕掛人・ギャビンが主催する同窓会パーティに乗り込んだ武装集団のリーダー 「楽園占拠」 クリストファー・ブルックマイア著;玉木亨訳 ソニー・マガジンズ(ヴィレッジブックス) 2003年7月

コナー
ロンドンの半分を支配しているギャング・ヴァルと対立するギャング、ヴァルの娘・シグニーと攻略結婚した30歳前の男 「ブラッドタイド」 メルヴィン・バージェス著;安原和見訳 東京創元社(創元推理文庫) 2005年3月

コナー・ストラトフォード
ニューヨーク州リーフブルック市の市長の弟でブライアンの叔父、成功したベンチャーキャピタリスト 「崩壊のプレリュード」 アンドレア・ケイン著;藤田佳澄訳 ソニー・マガジンズ(ヴィレッジブックス) 2005年8月

コナー・マーカム
俳優で映画スター、新進女優ジェニファーと犬猿の仲の義兄 「ひそやかな微笑み」 ヘザー・グレアム著;山田香里訳 二見書房(二見文庫) 2002年11月

コナー・マクラウド
FBI捜査官、「レイザー貿易」経営者ヴィクターに殺されたジェシー・マッケイの元パートナー 「そのドアの向こうで」 シャノン・マッケナ著;中西和美訳 二見書房(二見文庫) 2004年3月

コナー・マクラウド
脚に障害を持つ元FBI捜査官、人生に幻滅してやりきれない空虚感を抱いている男 「影のなかの恋人」 シャノン・マッケナ著;中西和美訳 二見書房(二見文庫) 2005年8月

コナー・ヤング
アメリカSNNのニュースキャスター、国立人事記録センター職員サミーの32歳の妹 「機密基地」 ボブ・メイヤー著;鎌田三平訳 二見書房(二見文庫) 2003年2月

コナル・オギルロイ(オギルロイ)
英国情報局員ランクリン大尉の助手、元アイルランド反体制活動家 「スパイの誇り」 ギャビン・ライアル著;石田善彦訳 早川書房(ハヤカワ・ミステリ文庫) 2003年10月

こなる

コナー・ルーニー
シカゴのアイルランド系マフィアのボス・ルーニーの一人息子、三十代の男 「ロード・トゥ・パーディション」 マックス・A・コリンズ著;松本剛史訳 新潮社(新潮文庫) 2002年9月

コニー
ヴァーモント州の無認可助産婦・シビルの14歳の娘 「助産婦が裁かれるとき」 クリス・ボジャリアン著;高山祥子訳 東京創元社(創元推理文庫) 2004年5月

コニー
謎の集団に追われる若者をかくまった十六歳のフレックスのおじさん、霊感のある少し変わった男 「17歳の悪夢 ブラックボックス」 バルバラ・ビューヒナー著;山崎恒裕訳 ポプラ社 2003年5月

コーニッシュ
ロンドンのパラダイス・ウェイの浮浪者、暴行容疑で逮捕された男 「戦士たちの挽歌」 フレデリック・フォーサイス著;篠原慎訳 角川書店 2002年1月

コニー・ルイス
女性火災捜査官ジョージアの親友、NYPD(ニューヨーク市警)放火爆発捜査班刑事 「欺く炎」 スザンヌ・チェイズン著;中井京子訳 二見書房(二見文庫) 2004年9月

コーネリアス・マクダーモット(マック)
有力な元下院議員、著名なコラムニスト・ネルの祖父 「さよならを言う前に」 メアリ・H・クラーク著;宇佐川晶子訳 新潮社(新潮文庫) 2003年1月

コーネリアス・ロチェスター(ロチェスター)
人里離れた谷間の屋敷に住む高名な悪魔学研究家、探偵ジェフリーの旧友ロロを秘書とする男 「魔法人形」 マックス・アフォード著;霜島義明訳 国書刊行会(世界探偵小説全集) 2003年8月

コーネリア・ヘイウッド(ニーリー)
ケンタッキー州シェルビー郡「ホイッスルダウン農場」の次女、反抗期の15歳の少女 「パラダイスに囚われて」 カレン・ロバーズ著;小林令子訳 ソニー・マガジンズ(ヴィレッジブックス) 2002年10月

コノヴァンコ
元KGB上級諜報員、殺し屋マバシャを指図するロシア人の男 「白い雌ライオン」 ヘニング・マンケル著;柳沢由実子訳 東京創元社(創元推理文庫) 2004年9月

コヴ
FBIのベテラン潜入捜査官、強靭な肉体を持つ大柄な男 「ラストマン・スタンディング」 デイヴィッド・バルダッチ著;熊谷・千寿訳 小学館(小学館文庫) 2004年7月

コフィ
アフリカの密林に住むコンゴ人の少年 「樹海脱出」 マーカス・スティーヴンス著;小林宏明訳 二見書房(二見文庫) 2003年9月

ゴーフォース
有力企業の経営者、「ヨットクラブ」と呼ばれる秘密主義的な社交クラブの会員に憧れている中年の実業家 「ヨットクラブ」 デイヴィッド・イーリイ著;白須清美訳 晶文社(晶文社ミステリ) 2003年10月

コーマック・フィッツヒュー
イギリス・コーンウォールの旧家の自殺した当主オリヴィアの義兄 「炎の翼」 チャールズ・トッド著;山本やよい訳 扶桑社(扶桑社ミステリー) 2001年1月

ゴヤ
スペイン王カルロス四世に仕える宮廷画家、アルバ公爵夫人・カイエターナに憧れている男 「裸のマハ―名画に秘められた謎」 ビガス・ルナ脚本;クカ・カナルス脚本 徳間書店(徳間文庫) 2002年5月

コーラ
弁護士チャーリーの冷淡で嫉妬深い妻 「殺人の代償」 ハリイ・ホイッティントン著;佐藤耕士訳 扶桑社(扶桑社ミステリー) 2003年9月

コーラー
スイスの欧州原子核研究機構所長、60歳代前半の車椅子の男 「天使と悪魔 上下」 ダン・ブラウン著;越前敏弥訳 角川書店 2003年10月

コーラー
パリ・ゲシュタポ中央本部警部、サンシール警部とナチ占領下で起こった若い男の変死体の捜査を開始した男 「虜囚の都」 J.ロバート・ジェインズ著;石田善彦訳 文藝春秋(文春文庫) 2001年11月

コーラー
パリ・ゲシュタポ本部警部、フランス国家治安警察主任警部・サンシールとナチス占領下のパリで起きた連続殺人事件を追った男 「磔刑の木馬」 J.ロバート・ジェインズ著;石田善彦訳 文藝春秋(文春文庫) 2002年6月

コーラ・フェラーズ
英国のブラックフィールド村の宿屋「黒鳥亭」の二十三歳の娘 「赤い霧」 ポール・アルテ著;平岡敦訳 早川書房(Hayakawa pocket mystery books) 2004年10月

コーラ・フェルトン
パズル作家、コネチカット州ベイカーズヘイヴンに姪のシェリーと二人で暮らす老婦人 「パズルレディの名推理」 パーネル・ホール著;田中一江訳 早川書房(ハヤカワ・ミステリ文庫) 2001年8月

コーラ・フェルトン
全国各地の新聞にパズル連載を持つ有名人、パズルレディ 「パズルレディと赤いニシン」 パーネル・ホール著;松下祥子訳 早川書房(ハヤカワ・ミステリ文庫) 2003年4月

コーラ・ベンター
夫と息子の前で突然見知らぬ男を果物ナイフでめった刺しにした二十五歳の主婦、一部の期間の記憶が欠落している女 「記憶を埋める女」 ペトラ・ハメスファール著;畔上司訳 学研 2002年11月

コーラ・マギル
ニューヨーク州立大学の歴史学教授・コンクリン教授の元教え子、同じく元教え子のリックの妻 「廃墟ホテル」 デイヴィッド・マレル著;山本光伸訳 ランダムハウス講談社(ランダムハウス講談社文庫) 2005年12月

コーリー
ボストン沖シャッター島にある精神病院「アッシュクリフ病院」の医長、伝説的な権威ある精神科医 「シャッター・アイランド」 デニス・ルヘイン著;加賀山卓朗訳 早川書房 2003年12月

コーリー
ラテン語教師ジェーンが高校生のころの親友のいとこ、ニューヨーク州警察の刑事 「乙女の湖」 キャロル・グッドマン著;津森優子訳 早川書房(ハヤカワ・ミステリ文庫) 2003年1月

コリー
ロンドンの安アパートに住むケイのもとをたずねてきた捜査課の警部補 「私が見たと蠅は言う」 エリザベス・フェラーズ著;長野きよみ訳 早川書房(ハヤカワ・ミステリ文庫) 2004年4月

ゴーリー
スコットランドのインヴァネス管区警察警部補 「死の極寒戦線」 トム・クランシー著;マーティン・グリーンバーグ著;棚橋志行訳 二見書房(二見文庫) 2002年8月

こりあ

コリアー・ハロウェル
女弁護士ニナと旧知の腕のいい検事補 「殺害容疑 女弁護士ニナ・ライリー」 ペリー・オショーネシー著;富永和子訳 小学館(小学館文庫) 2005年1月

コリーナ・シェリング(フィン夫人)　こりーなしぇりんぐ(ふぃんふじん)
アメリカの大富豪の娘、金を使うことにも儲けることにも熱心な女性 「誇り高き男たち」 ギャビン・ライアル著;遠藤宏昭訳 早川書房(Hayakawa novels) 2002年6月

コリナ・シェリング(ミセス・フィン)
米国の大富豪レイナード・シェリングの娘、才気煥発な美女 「スパイの誇り」 ギャビン・ライアル著;石田善彦訳 早川書房(ハヤカワ・ミステリ文庫) 2003年10月

コリンズ
FBI捜査官、一人息子をアル・カイーダに殺された父親 「亡国のゲーム 上・下」 グレン・ミード著;戸田裕之訳 二見書房(ザ・ミステリ・コレクション) 2003年12月

コリンズ
先輩格の大作家・ディケンズと20年以上一緒にロンドンの夜の街を散歩していた文豪 「文豪ディケンズと倒錯の館」 ウィリアム・J・パーマー著;宮脇孝雄訳 新潮社(新潮文庫) 2001年11月

コリン・バーク(バーク)
「ワシントン・トリビューン」紙の外信部の編集次長 「ダ・ヴィンチの罠」 ロバート・カレン著;玉木亨訳 二見書房(二見文庫) 2001年2月

コリン・メドーズ(キャンバス)
英国人の傭兵、諜報界で飛び抜けて優れた技術を持つ伝説のフォー・フェイズ・マンのもうひとりの生き残り 「死のダンス」 リチャード・スタインバーグ著;酒井裕美訳 二見書房(二見文庫) 2002年3月

コリン・ラム
表向きは海洋生物学者だが実は秘密情報部員、クローディン警察署ディック・ハードキャッスル警部の友人 「複数の時計」 アガサ・クリスティー著;橋本福夫訳 早川書房(ハヤカワ文庫クリスティー文庫) 2003年11月

コール
ドイツ刑事警察警視、農家出身の叩き上げの刑事 「獣たちの庭園」 ジェフリー・ディーヴァー著;土屋晃訳 文藝春秋(文春文庫) 2005年9月

コルゲート警部　こるげーとけいぶ
イギリス南西部の避暑地スマグラーズ島で起きた事件の捜査担当警部 「白昼の悪魔」 アガサ・クリスティー著;鳴海四郎訳 早川書房(ハヤカワ文庫クリスティー文庫) 2003年10月

コール・シアー　こーるしあー
"死者を見る能力"を持つ9歳の少年、全米でも屈指の名門私立校に通う男の子 「シックス・センス逃亡者」 デイヴィッド・ベンジャミン著;酒井紀子訳 竹書房(竹書房文庫) 2001年3月

コール・シアー　こーるしあー
"死者を見る能力"を持つ9歳の少年、全米でも屈指の名門私立校に通う男の子 「シックス・センス密告者」 デイヴィッド・ベンジャミン著;酒井紀子訳 竹書房(竹書房文庫) 2001年7月

コルジェ
ジュネーヴ出身の画商 「夜の色」 デイヴィッド・リンジー著;鳥見;真生訳 柏艪舎(柏艪舎文芸シリーズ) 2004年1月

コールズ
アメリカの田舎町ウォーターベリーの地元紙〈ミドルタウンダイヤル〉の記者 「待ちうける影」 ヒラリー・ウォー著;法村里絵訳 東京創元社(創元推理文庫) 2001年7月

コルデ
革命期のフランスに送り込まれたイギリス人スパイ、バンパイアのシモーヌと反政府行動をともにする男 「闇を駆ける女神」 カレン・ハーバー著;島村浩子訳 ソニー・マガジンズ(ヴィレッジブックス) 2005年12月

ゴールディ
1950年代のニューヨーク州で作られた少女ギャング団「フォックスファイア」のメンバー、積極的な性格の15歳の少女 「フォックスファイア」 ジョイス・キャロル・オーツ著;井伊順彦訳 DHC 2002年7月

ゴルディ・シュルツ
「ゴルディロックス・ケータリング」の女主人、「クッキング・ママの鎮魂歌」 ダイアン・デヴィッドソン著;加藤洋子訳 集英社(集英社文庫) 2005年9月

ゴルディ・シュルツ
コロラド州アスペンで営業する「ゴルディロックス・ケータリング」の女主人、思春期の息子を持つ明るくエネルギッシュな女性 「クッキング・ママの供述書」 ダイアン・デヴィッドソン著;加藤洋子訳 集英社(集英社文庫) 2003年9月

ゴルディ・シュルツ
コロラド州アスペンで営業する「ゴルディロックス・ケータリング」の女主人、思春期の息子を持つ明るくエネルギッシュな女性 「クッキング・ママの超推理」 ダイアン・デヴィッドソン著;加藤洋子訳 集英社(集英社文庫) 2002年5月

ゴルディ・シュルツ
コロラド州アスペンで営業する「ゴルディロックス・ケータリング」の女主人で思春期の息子の母、明るくエネルギッシュな女性 「クッキング・ママの告訴状」 ダイアン・デヴィッドソン著;加藤洋子訳 集英社(集英社文庫) 2001年5月

コルテン
西ドイツのライン化学工業会長、私立探偵ゼルプの義兄 「ゼルプの裁き」 ベルンハルト・シュリンク著;ヴァルター・ポップ著;岩淵達治他訳 小学館(Shogakukan mystery) 2002年6月

コールデン
ハリウッド分署殺人課の新人刑事、副業でヨガインストラクターをしている俳優志望の青年 「ハリウッド的殺人事件」 ロン・シェルトン脚本;ロバート・ソウザ脚本;石田享編訳 竹書房(竹書房文庫) 2004年1月

コルビー
休暇中に隣の州で事件に巻き込まれた23分署の刑事 「湖畔に消えた婚約者」 エド・マクベイン著;塩川優訳 扶桑社(扶桑社ミステリー) 2001年11月

コール・ブキャナン
ニューオーリンズの海運会社社長、記憶を喪失したレミーの恋人 「愛は仮面舞踏会の夜に」 ジャネット・デイリー著;矢倉尚子訳 集英社(集英社文庫) 2003年5月

コーレス
クィーンズランド・レイクビューの商店主、ブリスベン警察ヘイグ警部の捜査協力者 「ドリームタイム・ランド」 S.H.コーティア著;伊藤星江訳 論創社(論創海外ミステリ) 2005年11月

コレット
アメリカじゅうで詐欺を働いているジェリー親子と出会った奔放な魅力と鋭い観察眼を持つ若い女 「ホット・プラスティック」 ピーター・クレイグ著;森嶋マリ訳 アーティストハウスパブリッシャーズ 2004年8月

ゴレフ
ロシア司法当局に指名手配されているチェチェン人テロリスト、アル・カイーダの実行犯のひとり 「亡国のゲーム 上・下」 グレン・ミード著;戸田裕之訳 二見書房(ザ・ミステリ・コレクション) 2003年12月

ころと

コロトコフ
モスクワ市内務総局犯罪捜査局部長の通称「丸パン」の部下、女性捜査官アナスタシヤのよき相棒 「無限の殺意 分析官アナスタシヤ・シリーズ②」 アレクサンドラ・マリーニナ著;佐々洋子訳 光文社（光文社文庫） 2003年10月

コロンバヌス
シュルーズベリ大修道院の見習い修道士、ノルマン貴族の出で異常なまでに神経質で厳格な若者 「聖女の遺骨求む」 エリス・ピーターズ著;大出健訳 光文社（光文社文庫） 2003年3月

コロンブ
1555年にフランスからブラジルをめざす船団に兄ジュストと加わった孤児の少女 「ブラジルの赤」 ジャン=クリストフ・リュファン著;野口雄司訳 早川書房 2002年12月

コロンボ
ロサンゼルス市警殺人課警部、よれよれのレインコートがトレードマークの冴えない風貌の男 「人形の密室」 アルフレッド・ローレンス著;小鷹信光訳 二見書房（二見文庫） 2001年3月

コロンボ
ロス市警殺人課の名物警部、ブラッドフォード建設会社の殺人現場にきた刑事 「硝子の塔」 スタンリー・アレン著;大妻裕一訳 二見書房（二見文庫） 2001年8月

コンウェイ
建設会社の社長、テキサス州セントラルシティの有力者 「おれの中の殺し屋」 ジム・トンプスン著;三川基好訳 扶桑社（扶桑社ミステリー） 2005年5月

コンウェイ
保安官補・ルーの義兄が事故死した建設現場を請け負い設計していたコンウェイ建設の所有者、ウエスト・テキサス最大の建設業者 「内なる殺人者」 ジム・トンプスン著;村田勝彦訳 河出書房新社 2001年2月

コーンウォール・オギルロイ（オギルロイ）
英国情報局エージェント・ランクリン大尉の助手 「誇り高き男たち」 ギャビン・ライアル著;遠藤宏昭訳 早川書房（Hayakawa novels） 2002年6月

コンウォール・オギルロイ（オギルロイ）
英国情報局のエージェント・ランクリンの相棒、情報局のパリ駐在員 「誇りは永遠に」 ギャビン・ライアル著;遠藤宏昭訳 早川書房（Hayakawa novels） 2003年1月

コングリーヴ
ロンドン警視庁特別保安部の顧問 「ステルス原潜を追え 上下」 テッド・ベル著;広瀬順弘訳 早川書房（ハヤカワ文庫NV） 2003年1月

コングリーヴ
ロンドン警視庁特別保安部の顧問、海賊の末裔にして大富豪・アレックスの人生の師 「ハシシーユン暗殺集団 上下」 テッド・ベル著;広瀬順弘訳 早川書房（ハヤカワ文庫NV） 2005年6月

コンクリン教授　こんくりんきょうじゅ
ニューヨーク州立大学の歴史学教授、封印された過去を見るため違法行為を承知の上で建物に入り込むクリーパー（都市探検者） 「廃墟ホテル」 デイヴィッド・マレル著;山本光伸訳 ランダムハウス講談社（ランダムハウス講談社文庫） 2005年12月

混血児　こんけつじ
逃亡するウィスキー坊主につきまとうメキシコ人とインディアンの混血児 「権力と栄光－グレアム・グリーン・セレクション」 グレアム・グリーン著;齋藤;数衛訳 早川書房（ハヤカワepi文庫） 2004年9月

ゴンサロ・リョレンテ
マドリード内戦に敗れた共和側の元兵士、国民軍治安警備隊軍曹のテハダに射殺された女性の恋人 「青と赤の死」 レベッカ・パウエル著;松本依子訳　早川書房(Hayakawa pocket mystery books) 2004年11月

今 純治　こん・じゅんじ
「河童」の異名をもつ小人の殺し屋 「007/赤い刺青(いれずみ)の男」 レイモンド・ベンスン著;小林浩子訳　早川書房(Hayakawa pocket mystery books) 2003年10月

コンスタンス・セッジウィック
フランス・サボイ山中の精神病院シャトー・ランドリーに赴任した新人女医 「白い恐怖」 フランシス・ビーディング著;山本俊之訳　早川書房(Hayakawa pocket mystery books) 2004年2月

コンスタンス・ダンフォース(コニー)
ヴァーモント州の無認可助産婦・シビルの14歳の娘 「助産婦が裁かれるとき」 クリス・ボジャリアン著;高山祥子訳　東京創元社(創元推理文庫) 2004年5月

コンスタンス・ハラウェイ
テキサス大学オースティン校の三十なかばの女助教授、死刑廃止団体の活動家 「ライフ・オブ・デビッド・ゲイル」 デュウィ・グラム著;本間有訳　新潮社(新潮文庫) 2003年7月

コンスタンス・ラティガン
ハリウッドで働くシナリオライターの「私」の相談相手、56歳の元女優 「黄泉からの旅人」 レイ・ブラッドベリ著;日暮雅通訳　文藝春秋 2005年11月

コンスタンス・ラティガン
失踪したハリウッドの往年の名女優、探偵小説家の「私」と旧知の女 「さよなら、コンスタンス」 レイ・ブラッドベリ著;越前敏弥訳　文藝春秋 2005年9月

コンスタンチン
世界中を放浪してアメリカに戻ってきた男、ヒッチハイクで年配の男・ポウクに拾われた青年 「野獣よ牙を研げ」 ジョージ・P・ペレケーノス著;横山啓明訳　早川書房(ハヤカワ・ミステリ文庫) 2003年7月

コンスタンチン博士　こんすたんちんはくし
ギリシア人の医師、小柄で色黒の男 「オリエント急行の殺人」 アガサ・クリスティ著;長沼弘毅訳　東京創元社(創元推理文庫) 2003年11月

コンスタンチン博士　こんすたんちんはくし
私立探偵ポアロとともにオリエント急行に乗り合わせたギリシア人の医師、小柄で色黒の男 「オリエント急行の殺人」 アガサ・クリスティー著;中村能三訳　早川書房(ハヤカワ文庫クリスティー文庫) 2003年10月

コンスタンチン・ヴァジム(ヴァジム)
ロシアのムルマンスク州第18管区警察署上級捜査官 「凶運を語る女 上下」 ドナルド・ジェイムズ著;棚橋志行訳　扶桑社(扶桑社ミステリー) 2001年7月

コンスタンチン・ロマノビッチ・キーロフ(キーロフ)
ロシアの新興財閥、多国籍企業マーキュリー・ブロードバンドのCEO 「謀略上場 上下」 クリストファー・ライク著;土屋京子訳　ランダムハウス講談社 2004年11月

コンスタンティン・ロマノス(ロマノス)
宗教と哲学を研究する「新ピタゴラス教団」の教祖で大富豪、哲学者で数学者 「007/ファクト・オブ・デス」 レイモンド・ベンスン著;小林浩子訳　早川書房(Hayakawa pocket mystery books) 2004年10月

コンチャ
アルゼンチンの反政府活動家、元アルゼンチン軍の女スパイ 「SAS特命潜入隊」 クリス・ライアン著;伏見威蕃訳　早川書房(ハヤカワ文庫NV) 2004年8月

昆虫少年　こんちゅうしょうねん
小さな郡のタナーズコーナーで起きた誘拐事件の容疑者、昆虫集めの趣味を持つ十六歳の少年　「エンプティー・チェアーリンカーン・ライムシリーズ〈3〉」　ジェフリー・ディーヴァー著;池田真紀子訳　文藝春秋　2001年1月

コン・ドーラン(ドーラン)
サンタ・テレサ警察殺人課警部補、私立探偵キンジー・ミルホーンと旧知の仲の老刑事　「危険のP」　スー・グラフトン著;嵯峨静江訳　早川書房(Hayakawa novels)　2001年8月

コントロール
賞金200万ドルを競うリアリティ・ショー『24/7』を乗っ取った謎の人物　「デスゲーム24/7」　ジム・ブラウン著;田中昌太郎訳　早川書房(ハヤカワ文庫NV)　2002年3月

コンラッド
旧ソ連の軍人サロフ将軍のアシスタント兼秘書、元テロリストで醜悪な外見をした男　「女王陛下の少年スパイ!アレックス スケルトンキー」　アンソニー・ホロヴィッツ著;森嶋マリ訳　集英社　2003年6月

コンラッド・アレン
ロス・アンゼルス「ウィロウブルック医療センター」で心肺系の障害専門のベテラン医師　「感染者 上下」　パトリック・リンチ著;高見浩訳　飛鳥新社　2002年5月

コンラッド・イェーツ
ハンサムな異端の宇宙考古学者　「レイジング・アトランティス」　トマス・グレニーアス著;嶋田洋一訳　早川書房(ハヤカワ文庫NV)　2005年11月

コンラッド・サンスベリ
これまでに何度も世界を救ってきた組織《委員会》の創始者、五十七歳の世界一のメディア王　「深海の大河 セス・コルトンシリーズ 2」　エリック・ローラン著;長島良三訳　小学館　2004年6月

コンラッド・フート(フート)
ニューヨーク市警性犯罪課の刑事、豪邸に住みモデル並みの容姿を持つ31歳の富豪刑事　「殺意に招かれた夜」　イーサン・ブラック著;加賀山卓朗訳　ソニー・マガジンズ(ヴィレッジブックス)　2003年11月

コンラッド・フート(フート)
ニューヨーク市警性犯罪課の刑事、代々警察官の家系出身で豪邸に住みモデル並みの容姿を持つ31歳の富豪刑事　「古き友からの伝言」　イーサン・ブラック著;加賀山卓朗訳　ソニー・マガジンズ(ヴィレッジブックス)　2005年6月

コンラッド・レッドマン
ロンドンで映像関係の仕事をしているCMディレクター、元恋人で女優のリリーを忘れられないダメ男　「リリーからの最後の電話」　トビー・リット著;雨海弘美訳　ソニー・マガジンズ(ヴィレッジブックス)　2004年9月

コンラン
IRA暫定派軍事評議会のメンバー、指揮系統の頂点をねらう長身瘦躯の男　「七月の暗殺者 上下」　ゴードン・スティーヴンズ著;藤倉秀彦訳　東京創元社(創元推理文庫)　2005年11月

【さ】

サー・イアン・マクリーン(マクリーン)
イギリス海軍潜水艦隊司令長官　「ニミッツ・クラス」　パトリック・ロビンソン著;伏見威蕃訳　角川書店(角川文庫)　2001年3月

サイクス
無能な仕事仲間を何より嫌うプロの殺し屋 「パーティーガール」 リンダ・ハワード著;加藤洋子訳 二見書房(二見文庫) 2002年3月

ザイツェフ
ソ連KGB第8管理本部に所属する若き通信将校 「教皇暗殺 1・2・3・4」 トム・クランシー著;田村源二訳 新潮社(新潮文庫) 2004年4月

サイード
シカゴ市警のアラブ人刑事、アラブ人テロリストと憎悪煽動集団の専門家 「刑事エイブ・リーバーマン 憎しみの連鎖」 スチュアート・カミンスキー著;棚橋志行訳 扶桑社(扶桑社ミステリー) 2003年1月

サイモン
合衆国大統領の法律顧問、青年弁護士マイケルの上司 「大統領法律顧問」 ブラッド・メルツァー著;中原裕子訳 早川書房(Hayakawa novels) 2002年1月

サイモン(ボリス・レオノヴィッチ)
運び屋、奇跡のダイエット薬「ミラ・ロス」の分析結果のデータを運んでいた時に失せ物探しのプロのエス・イェーガーに追われた中年男 「運び屋を追え」 ジェイ・マクラーティ著;山本光伸訳 二見書房(二見文庫) 2004年4月

サイモン・アシュビィ
アシュビィ家の次男、八年前に行方不明になっているパトリックとふたごの弟 「魔性の馬」 ジョセフィン・テイ著;堀田碧訳 小学館(Shogakukan mystery) 2003年3月

サイモン・イネス
ロンドンの西の運河の町に住む13歳の少年、ミセス・ブラッドリーの協力者 「月が昇るとき」 グラディス・ミッチェル著;好野理恵訳 晶文社(晶文社ミステリ) 2004年9月

サイモン・クアリイ
イギリス有数の出版社「クアリィ・プレス」社長、飛行機テロで妻子を殺された男 「復讐の天使」 ロビン・ハンター著;鎌田三平訳 角川書店(角川文庫) 2001年12月

サイモン・ドイル
リネット・リッジウェイの夫、長身でハンサムな青年 「ナイルに死す」 アガサ・クリスティー著;加島祥造訳 早川書房(ハヤカワ文庫クリスティー文庫) 2003年10月

サイモン・モーガン(モーガン)
難破船の積荷を奪うレッカーたちの村に住む男、美しい少女メアリーのおじ 「呪われた航海」 イアン・ローレンス作;三辺律子訳 理論社 2001年9月

サイモン・ラッソ
FBI犯罪分析課特別捜査官・サビッチの友人、美術商 「袋小路」 キャサリン・コールター著;林啓恵訳 二見書房(ザ・ミステリ・コレクション) 2004年1月

サイラス
残酷無比なカルト教団〈左手の小径〉の教祖 「神は銃弾」 ボストン・テラン著;田口俊樹訳 文藝春秋(文春文庫) 2001年9月

サイラス・チャンドラー・コルファックス
私立探偵、「リーブルック・ガラス博物館」の館長・ユージニアと変死した資産家のコレクターについて調査することになった男性 「ガラスのかけらたち」 ジェイン・アン・クレンツ著;中西和美訳 二見書房(二見文庫) 2004年12月

サイラス・ペイン
ルイジアナ州トゥーサンのセント・セシル教会の神父、保安官補スパイク・デヴォルの友人 「血のキスをあなたに」 ステラ・キャメロン著;大島双恵訳 二見書房(二見文庫) 2005年1

さうり

サウリャク
元連邦保安局の将軍ブラートニコフ配下の工作員、ブラートニコフ将軍の裏の顔の秘密の鍵を握る重要人物 「死刑執行人―モスクワ市警殺人課分析官アナスタシヤ3」 アレクサンドラ・マリーニナ著;吉岡ゆき訳 作品社 2002年3月

ザオ
北朝鮮の危険人物であるムーン大佐の部下、殺しに長けたテロリスト 「007/ダイ・アナザー・デイ」 レイモンド・ベンソン著;富永和子訳 竹書房(竹書房文庫) 2003年3月

サー・オーガスティン・テンプラー
イングランド南部で宏壮な屋敷を構える名門テンプラー家の当主の老人 「テンプラー家の惨劇」 ハリントン・ヘクスト著;高田朔訳 国書刊行会(世界探偵小説全集) 2003年5月

ザカリー・ハミルトン(ザク)
女性弁護士ヴィクトリア・ケンジントンの恋人、FBIに協力して麻薬シンジケートを追う競合情報専門家 「疑惑のサンクチュアリ 上下」 アンドレア・ケイン著;藤田佳澄訳 ソニー・マガジンズ(ヴィレッジブックス) 2004年4月

ザク
女性弁護士ヴィクトリア・ケンジントンの恋人、FBIに協力して麻薬シンジケートを追う競合情報専門家 「疑惑のサンクチュアリ 上下」 アンドレア・ケイン著;藤田佳澄訳 ソニー・マガジンズ(ヴィレッジブックス) 2004年4月

サグデン警視　さぐでんけいし
ミドルシャー警察の警視、大柄で濃い口髭をもつ男 「ポアロのクリスマス」 アガサ・クリスティー著;村上啓夫訳 早川書房(ハヤカワ文庫クリスティー文庫) 2003年11月

サー・クロード・エイモリー
サリー州マーケット・グレイヴ近郊在住の勲爵士、国家的な研究に携わる物理学者 「ブラック・コーヒー 小説版」 アガサ・クリスティー著;チャールズ・オズボーン小説化 早川書房(ハヤカワ文庫クリスティー文庫) 2004年9月

サーシャ
モスクワの民間銀行の幹部、女性分析官アナスタシヤの25歳の異父弟 「死とほんのすこしの愛 分析官アナスタシヤ・シリーズ③」 アレクサンドラ・マリーニナ著;佐々洋子訳 光文社(光文社文庫) 2004年4月

サーシャ
ロシア特殊部隊少佐、ロシア・マフィアと戦うために新編成された特殊部隊の訓練におけるロシア側の教官 「偽装殲滅」 クリス・ライアン著;伏見威蕃訳 早川書房(ハヤカワ文庫NV) 2001年4月

サーシャ
英国情報部員チャーリーとロシア内務省内部保安連絡局長ナターリヤの娘 「待たれていた男 上下」 フリーマントル著;戸田裕之訳 新潮社(新潮文庫) 2002年2月

サーシャ・グッダル
カリフォルニア州ムーンライト・ベイの町で唯一のラジオ局「KBAY」の女性職員 「何ものも恐れるな 上下」 ディーン・クーンツ著;天馬竜行訳 アカデミー出版 2001年4月

サーシャ・フィリポフ
ソ連陸軍狙撃手ヴァシリに憧れている靴磨きの少年 「スターリングラード」 ジャン・ジャック・アノー脚本;アラン・ゴダール脚本;塙幸成訳 角川書店(角川文庫) 2001年3月

サー・スタフォード・ナイ(スタフォード・ナイ)
45歳の外交官、才気はあるが出世から外れた変わり者 「フランクフルトへの乗客」 アガサ・クリスティー著;永井淳訳 早川書房(ハヤカワ文庫クリスティー文庫) 2004年1月

サーズデイ・ネクスト
"もうひとつ別の現代イギリス"の文学刑事局ロンドン本局に勤め三十六歳になる女性の文学刑事 「文学刑事サーズデイ・ネクスト 1 ジェイン・エアを探せ!」ジャスパー・フォード著;田村源二訳 ソニー・マガジンズ 2003年1月

サーズデイ・ネクスト
"もうひとつ別の現代イギリス"の文学刑事局ロンドン本局に勤め三十六歳になる女性の文学刑事 「文学刑事サーズデイ・ネクスト 1 ジェイン・エアを探せ!」ジャスパー・フォード著;田村源二訳 ソニー・マガジンズ(ヴィレッジブックス) 2005年9月

サーズデイ・ネクスト
文学刑事局スウィンドン支局に勤める女刑事、忽然と消えてしまった夫・ランデンの行方を追った妻 「文学刑事サーズデイ・ネクスト〈2〉」ジャスパー・フォード著;田村源二訳 ソニー・マガジンズ 2004年9月

サズ・マーティン
レズビアンの私立探偵、カリスマ的な人気の精神療法学者・マックスの過去をたどる調査をした女性 「あやつられた魂」ステラ・ダフィ著;柿沼瑛子訳 新潮社(新潮文庫) 2003年5月

サズ・マーティン
レズビアンの私立探偵、失踪者捜索のためニューヨークの高級カジノに潜入した女性 「カレンダー・ガール」ステラ・ダフィ著;柿沼瑛子訳 新潮社(新潮文庫) 2002年11月

サタースウェイト
元俳優チャールズ・カートライトの友人で美術と演劇のパトロン、知的で観察眼の優れた男 「三幕の殺人」アガサ・クリスティー著;長野きよみ訳 早川書房(ハヤカワ文庫クリスティー文庫) 2003年10月

サタースウェイト
元俳優チャールズ・カートライトの友人で美術と演劇のパトロン、知的で観察眼の優れた男 「三幕の悲劇」アガサ・クリスティ作;花上かつみ訳 講談社(講談社青い鳥文庫) 2004年8月

サタースウェイト氏　さたーすうぇいとし
美術や演劇に造詣の深い英国紳士、人生の悲喜劇に並外れた興味を抱く小柄な老人 「謎のクィン氏」アガサ・クリスティー著;嵯峨静江訳 早川書房(ハヤカワ文庫クリスティー文庫) 2004年11月

サツォ・イリアチ
セルビア軍軍曹、アメリカ軍海兵隊のタイラー・コスグローヴを誘拐した男 「猟犬たちの山脈 上下」ビング・ウェスト著;村上和久訳 文藝春秋(文春文庫) 2004年9月

サッカリー
香港に本拠を置く国際貿易会社「ユーラシア・エンタープライズ」の最高経営責任者 「007/ゼロ・マイナス・テン」レイモンド・ベンスン著;小林浩子訳 早川書房(Hayakawa pocket mystery books) 2002年11月

サッカレイ
19世紀末ロンドンのスコットランド・ヤードの巡査 「絞首台までご一緒に」ピーター・ラヴゼイ著;三好一美訳 早川書房(ハヤカワ・ミステリ文庫) 2004年1月

サッカレイ
スコットランド・ヤードの巡査、忍耐強くお人好しの男 「降霊会の怪事件」ピーター・ラヴゼイ著;谷田貝常夫訳 早川書房(ハヤカワ・ミステリ文庫) 2002年6月

ザック
CIA訓練生、元警察官の筋骨逞しい男 「リクルート」ロジャー・タウン脚本;カート・ウィマー脚本;ミッチ・グレイザー脚本;保志一蔵編訳 角川書店(角川文庫) 2003年12月

さっく

サックス
ウィスコンシン州の路上で爆死したテロリスト、作家のピーターの親友だった男 「リヴァイアサン」 ポール・オースター著;柴田元幸訳 新潮社(新潮文庫) 2002年12月

サックス
ニューヨーク市警の警察官で科学捜査専門家リンカーン・ライムのパートナー、元ファッションモデルで射撃の達人 「コフィン・ダンサー 上・下」 ジェフリー・ディーヴァー著;池田真紀子訳 文藝春秋(文春文庫) 2004年10月

サックス
ニューヨーク市警の警察官で科学捜査専門家リンカーン・ライムのパートナー、元ファッションモデルで射撃の達人 「ボーン・コレクター 上・下」 ジェフリー・ディーヴァー著;池田真紀子訳 文藝春秋(文春文庫) 2003年5月

サックス
ニューヨーク市警の警察官で科学捜査専門家リンカーン・ライムのパートナー、元ファッションモデルで射撃の達人 「石の猿—「リンカーン・ライム」シリーズ [4]」 ジェフリー・ディーヴァー著;池田真紀子訳 文藝春秋 2003年5月

サックス
ニューヨーク市警の警察官で科学捜査専門家リンカーン・ライムのパートナー、元ファッションモデルで射撃の達人 「魔術師(イリュージョニスト)—「リンカーン・ライム」シリーズ [5]」 ジェフリー・ディーヴァー著;池田真紀子訳 文藝春秋 2004年10月

サックス
ニューヨーク市警警官、科学捜査専門家・ライムの助手をしている女性 「エンプティー・チェア―リンカーン・ライムシリーズ〈3〉」 ジェフリー・ディーヴァー著;池田真紀子訳 文藝春秋 2001年1月

ザック・マローン
IT企業の〈UL〉社のシニア・プログラマー、人工知能・チューリングの製作者 「恋するA・I探偵」 ドナ・アンドリューズ著;島村浩子訳 早川書房(ハヤカワ・ミステリ文庫) 2005年8月

サッチャー
ニューヨーク・ウォール街スローン・ギャランティー信託銀行の副頭取で信託部部長、若々しく活力ある男性 「死の会計」 エマ・レイサン著;西山百々子訳 論創社(論創海外ミステリ) 2005年2月

サッチャー
ニューヨーク・ウォール街スローン・ギャランティー信託銀行の副頭取で信託部部長、若々しく活力ある男性 「死の信託」 エマ・レイサン著;中島なすか訳 論創社(論創海外ミステリ) 2005年11月

サットン
ゴールウェイ在住の画家、私立探偵ジャック・テイラーの友人 「酔いどれに悪人なし」 ケン・ブルーウン著;東野さやか訳 早川書房(ハヤカワ・ミステリ文庫) 2005年1月

ザ・ディガ(C・E・ディガ・ジョーンズ)　ざでぃが(しーいーでぃがじょーんず)＊
全米一カリスマ性のあるギャングスター・ラッパー、本名はカールトン・ウィリアム・エルブリッジ 「愚者の群れ」 ガー・アンソニー・ヘイウッド著;熊谷千寿訳 早川書房(ハヤカワ・ミステリ文庫) 2001年3月

サトクリフ
ニューヨークのユニバーシティ病院のERで働く36歳の研修医 「研修医エヴリンと夏の殺人鬼」 レイア・ルース・ロビンソン著;清水ふみ訳 東京創元社(創元推理文庫) 2005年8月

サニ
ニューヨークでどでかいことをしようしている放火魔 「ヘルズ・キッチン」 ジェフリー・ディーヴァー著;渋谷正子訳 早川書房(ハヤカワ・ミステリ文庫) 2002年12月

サニー
シカゴの宅配便会社の配達人、大物テロリストクリスピン・ハワーの娘 「危険な駆け引き」 リンダ・ハワード著；皆川孝子訳　ハーレクイン(MIRA文庫)　2005年12月

サニエル・フォックス
魔界都市ロンドンのウィッチハンター、17歳の少年 「魔物を狩る少年」 クリス・ウッディング著；渡辺庸子訳　東京創元社(創元推理文庫)　2005年8月

サニー・チャイルズ
アトランタにあるピーチツリー探偵社の探偵、小柄でやせっぽちな34歳の女性 「ピーチツリー探偵社」 ルース・バーミングハム著；宇佐川晶子訳　早川書房(ハヤカワ・ミステリ文庫)　2002年11月

サニー・ハンセン
環境保全活動家、同じく活動家で女性弁護士キムの友人 「コロラドの血戦」 クリントン・マッキンジー著；熊谷千寿訳　新潮社(新潮文庫)　2004年11月

サニー・フォード
外科医師マーカスの娘、父に反抗的な態度ばかりとる13歳の少女 「感染者 上下」 パトリック・リンチ著；高見浩訳　飛鳥新社　2002年5月

サニー・ランドル
ボストンに住む30代半ばの女性私立探偵、元警官 「束縛」 ロバート・B.パーカー著；奥村章子訳　早川書房(ハヤカワ・ミステリ文庫)　2003年4月

サニー・ランドル
ボストンに住む30代半ばの女性私立探偵、元警官 「二度目の破滅」 ロバート・B.パーカー著；奥村章子訳　早川書房(ハヤカワ・ミステリ文庫)　2001年9月

サニー・ランドル
ボストンに住む37歳の女性私立探偵、元警官 「メランコリー・ベイビー」 ロバート・B.パーカー著；奥村章子訳　早川書房(ハヤカワ・ミステリ文庫)　2005年11月

ザバーラ
NUMA(国立海中海洋機関)の特別出動班班員、ミドル級ボクサーの経験を持つヒスパニック系の海洋技術者 「ロマノフの幻を追え 上下」 クライブ・カッスラー著；ポール・ケンプレコス著　新潮社(新潮文庫)　2004年8月

ザバーラ
NUMA(国立海中海洋機関)の特別出動班班員、ミドル級ボクサーの経験を持つヒスパニック系の海洋技術者 「白き女神を救え」 クライブ・カッスラー著；ポール・ケンプレコス著　新潮社(新潮文庫)　2003年4月

ザヴィア・ジョーンズ
イエズス会の修道士で元シェフ、ケータリング会社を経営するマデリンの元婚約者 「殺人現場で朝食を」 ジェリリン・ファーマー著；智田貴子訳　早川書房(ハヤカワ・ミステリ文庫)　2003年3月

サビッチ
FBI犯罪分析課(CAU)の課長でレーシー・シャーロックの上司、パソコンを天才的に操る捜査官 「迷路」 キャサリン・コールター著；林啓恵訳　二見書房(二見文庫)　2003年8月

サビッチ
FBI犯罪分析課の特別捜査官、直属の部下・シャーロックの夫 「袋小路」 キャサリン・コールター著；林啓恵訳　二見書房(ザ・ミステリ・コレクション)　2004年1月

サビッチ
FBI犯罪分析課捜査官・シャーロックの夫で直属の上司 「土壇場」 キャサリン・コールター著；林啓恵訳　二見書房(ザ・ミステリ・コレクション)　2004年6月

サビーナ・コーツキー
ドイツの雑誌〈イーオン〉の記者、美貌の女性編集者 「神の火を盗んで」 ピーター・ミラー著;野村芳夫訳　徳間書店(徳間文庫)　2001年5月

サビーナ・プレジャー
14歳のMI6秘密工作員アレックスがウィンブルドンで出会ったボールガール 「女王陛下の少年スパイ!アレックス　スケルトンキー」 アンソニー・ホロヴィッツ著;森嶋マリ訳　集英社　2003年6月

サビーナ・プレジャー
14歳のMI6秘密工作員アレックスのガールフレンド 「女王陛下の少年スパイ!アレックス　イーグルストライク」 アンソニー・ホロヴィッツ著;森嶋マリ訳　集英社　2003年11月

サーブラ・デンディ
テキサス州フォートワース一の富豪の娘、ハイスクールの生徒 「虜にされた夜」 サンドラ・ブラウン著;法村里絵訳　新潮社(新潮文庫)　2001年7月

サブリナ・ホロウェイ
アメリカ人ミステリー作家、類まれな優雅さと美しさがある28歳の女性 「ミステリー・ウィーク」 ヘザー・グレアム著;笠原博子訳　ハーレクイン(MIRA文庫)　2002年1月

サー・ヘンリー・クリザリング
引退したロンドン警視庁の元総監、ミス・マープルの知人 「火曜クラブ」 アガサ・クリスティー著;中村妙子訳　早川書房(ハヤカワ文庫クリスティー文庫)　2003年10月

サー・ヘンリー・クリザリング
引退したロンドン警視庁の元総監、ミス・マープルの知人 「書斎の死体」 アガサ・クリスティー著;山本やよい訳　早川書房(ハヤカワ文庫クリスティー文庫)　2004年2月

サー・ヘンリー・シマーソン(シマーソン)
英国陸軍サウスエセックス連隊連隊長、プライドばかりが高くて無能な男 「イーグルを奪え―シャープ・シリーズ〈1〉」 バーナード・コーンウェル著;原佳代子訳　光人社　2004年6月

ザボ女王　ざぼじょおう
職業的スケープゴート・バンジャマンが勤めているタリオン出版の社長、奇怪な外見と書物に対する並はずれた嗅覚を持つ女性 「散文売りの少女」 ダニエル・ペナック著;平岡敦訳　白水社　2002年3月

サー・ポール(ポール)
ブッカー賞作家、顔にひどいケガをして眼球も失い世間と隔絶した生活を送っている男 「閉じた本」 ギルバート・アデア著;青木純子訳　東京創元社(海外文学セレクション)　2003年9月

サマンサ
レイチェル・マードックの亡姉アガサのペットだった黒猫 「黒猫は殺人を見ていた」 D.B.オルセン著;澄木柚訳　早川書房 (Hayakawa pocket mystery books)　2003年5月

サマンサ・カーライル(サム)
フロリダ沖シー・ファイア島の「シー・ファイア・イン」の女経営者、ダイビングインストラクター 「炎の瞳」 ヘザー・グレアム著;ほんてちえ訳　ハーレクイン(MIRA文庫)　2005年7月

サマンサ・キンケイド(サム・キンケイド)
オレゴン州マルトノマ郡地方検察局重大犯罪訴追課の女性検事補、バツイチのキャリアウーマン 「消えた境界線」 アラフェア・バーク著;七搦理美子訳　文藝春秋(文春文庫)　2005年6月

サマンサ・キンケイド(サム・キンケイド)
オレゴン州マルトノマ郡地方検察局麻薬及び性犯罪訴追課の女性検事補、バツイチのキャリアウーマン 「女検事補サム・キンケイド」 アラフェア・バーク著;七搦理美子訳　文藝春秋(文春文庫)　2004年6月

サマンサ・ジョーンズ（サム）
パートタイムでスポーツジムのインストラクターをしている売れない彫刻家、ロンドンに住む素人探偵 「死美人」 ローレン・ヘンダースン著;池田真紀子訳　新潮社(新潮文庫) 2002年11月

サマンサ・バーゼル
ロサンゼルスのマフィア組織で働くジェリーの恋人 「ザ・メキシカン」 ロバート・ウエストブルック著;小島由記子訳　竹書房(竹書房文庫) 2001年4月

サマンサ・リーズ
ニューオーリンズのラジオ局で悩み相談の番組を担当する精神分析医 「ロザリオとともに葬られ」 リサ・ジャクソン著;富永・和子訳　ソニーマガジンズ(ヴィレッジブックス) 2004年8月

サミー・ピンテーラ
ミズーリ州の国立人事記録センター職員、ニュースキャスターのコナーの36歳の姉 「機密基地」 ボブ・メイヤー著;鎌田三平訳　二見書房(二見文庫) 2003年2月

サミュエル
CIA局員、ロシア・ユーラシア地域の主任分析官の男性 「謀略のモザイク 上下」 ゲイル・リンズ著;猪俣美江子訳　早川書房(ハヤカワ文庫NV) 2001年10月

サミュエル・リエンゾ
調査員ウィーヴァーの事故死した父親、やり手の株屋 「紙の迷宮 上下」 デイヴィッド・リス著;松下祥子訳　早川書房(ハヤカワ・ミステリ文庫) 2001年8月

サム
パートタイムでスポーツジムのインストラクターをしている売れない彫刻家、ロンドンに住む素人探偵 「死美人」 ローレン・ヘンダースン著;池田真紀子訳　新潮社(新潮文庫) 2002年11月

サム
フロリダ沖シー・ファイア島の「シー・ファイア・イン」の女経営者、ダイビングインストラクター 「炎の瞳」 ヘザー・グレアム著;ほんてちえ訳　ハーレクイン(MIRA文庫) 2005年7月

サム
ロサンゼルスを本拠に私立探偵か弁護士のような事務所を構えて活躍する調査員 「鷲の眼 上下」 デイヴィッド・ダン著;田中;昌太郎訳　早川書房 (ハヤカワ文庫 NV) 2004年4月

サム・ウォーターズ
イギリスの全寮制パブリック・スクールの美術教師、癖の強い性格の男 「踊り子の死」 ジル・マゴーン著;高橋なお子訳　東京創元社(創元推理文庫) 2002年9月

サム・キーライン（サミュエル）
CIA局員、ロシア・ユーラシア地域の主任分析官の男性 「謀略のモザイク 上下」 ゲイル・リンズ著;猪俣美江子訳　早川書房(ハヤカワ文庫NV) 2001年10月

サム・キンケイド
オレゴン州マルトノマ郡地方検察局重大犯罪訴追課の女性検事補、バツイチのキャリアウーマン 「消えた境界線」 アラフェア・バーク著;七搦理美子訳　文藝春秋 (文春文庫) 2005年6月

サム・キンケイド
オレゴン州マルトノマ郡地方検察局麻薬及び性犯罪訴追課の女性検事補、バツイチのキャリアウーマン 「女検事補サム・キンケイド」 アラフェア・バーク著;七搦理美子訳　文藝春秋 (文春文庫) 2004年6月

さむく

サム・クラッグ
本のセールスマン、相棒のジョニーとホテルの隣室で男の死体を見つけた力持ちの男 「フランス鍵の秘密」 フランク・グルーバー著;仁賀克雄訳 早川書房（Hayakawa pocket mystery books） 2005年9月

サム・スターク（スターク）
シアトルのIT会社「スターク・セキュリティ・システムズ」CEO、ずば抜けた頭脳をもった34歳の独身男性 「曇り時々ラテ」 ジェイン・アン・クレンツ著;中村三千恵訳 二見書房（二見文庫） 2002年12月

サム・スタレット
アメリカ最強の特殊部隊SEAL第十六チームの中尉、ハイジャック機奪還計画の指揮を執る男 「氷の女王の怒り」 スーザン・ブロックマン著;山田久美子訳 ソニー・マガジンズ（ヴィレッジブックス） 2005年11月

サム・スタレット（スタレット）
米海軍特殊部隊SEAL第16チームの隊員、少尉 「沈黙の女を追って」 スーザン・ブロックマン著;阿尾正子訳 ソニー・マガジンズ（ヴィレッジブックス） 2004年1月

サムソン
アメリカ合衆国ハイテクノロジー航空宇宙兵器センター司令官 「韓国軍北侵 上下」 デイル・ブラウン著;伏見威蕃訳 二見書房（二見文庫） 2001年6月

サム・デラローサ
シンシナティ警察殺人課刑事、女性刑事・ソノラと牧場で馬とともに消えた少女・ジョエルの捜査を始めた男性 「消失点」 リン・S.ハイタワー著;小西敦子訳 講談社（講談社文庫） 2001年3月

サム・ドノヴァン
ミシガン州ウォーレンの警官、ハマーステッド社給与会計課社員ジェイン・ブライトの隣人 「Mr.パーフェクト」 リンダ・ハワード著;加藤洋子訳 二見書房（二見文庫） 2001年5月

サム・バーク
FBIニューヨーク支部長 「逃げる男」 シドニィ・シェルダン著;天馬竜行訳 アカデミー出版 2003年11月

サム・バーク
FBIニューヨーク支部長 「逃げる男」 シドニィ・シェルダン著;天馬竜行訳 アカデミー出版 2005年5月

サム・ヴィンセント
弁護士、アーカンソー州ポーク郡の元地方検事 「最も危険な場所 上下」 スティーヴン・ハンター著;公手成幸訳 扶桑社（扶桑社ミステリー） 2002年5月

サム・ブリスコー（ブリスコー）
取材のためアイルランドの首都ベルファストを訪れたアメリカ人ジャーナリスト 「天国の銃弾」 ピート・ハミル著;高見浩訳 東京創元社（創元推理文庫） 2003年12月

サム・ホーソーン
ニュー・イングランドの町ノースモントに診療所を構える医師、素人探偵 「サム・ホーソーンの事件簿 2」 エドワード・D.ホック著;木村二郎訳 東京創元社（創元推理文庫） 2002年5月

サム・ホーソーン
ニュー・イングランドの町ノースモントに診療所を構える医師、素人探偵 「サム・ホーソーンの事件簿 3」 エドワード・D.ホック著;木村二郎訳 東京創元社（創元推理文庫） 2004年9月

サム・ホーソーン
ニュー・イングランドの田舎町ノースモントに診療所を構える医師 「サイモン・アークの事件簿 2」 エドワード・D. ホック著;木村二郎訳　東京創元社（創元推理文庫）　2002年5月

サム・ホーソーン
ニュー・イングランドの田舎町ノースモントに診療所を構える医師 「サイモン・アークの事件簿 3」 エドワード・D. ホック著;木村二郎訳　東京創元社（創元推理文庫）　2004年9月

サム・マーロッテ
ルイジアナ州北部の田舎町ボンタンのバーの店主 「満月と血とキスと」 シャーレイン・ハリス著;林啓恵訳　集英社（集英社文庫）　2003年10月

サム・ロブ
オクラホマ州レイクシティ高校の教頭、弁護士トニー・ロードの高校時代の親友 「サイレント・ゲーム」 リチャード・ノース・パタースン著;後藤由季子訳　新潮社　2003年3月

サム・ロブ
レイクシティ高校の教頭、弁護士トニーの昔の親友 「サイレント・ゲーム 上下」 リチャード・ノース・パタースン著;後藤由季子訳　新潮社（新潮文庫）　2005年11月

サモーラ
オレンジ郡保安官事務所殺人課刑事、マーシ・レイボーンの相棒 「ブラック・ウォーター」 T.ジェファーソン・パーカー著;横山啓明訳　早川書房（Hayakawa novels）　2003年2月

サー・ユースタス・ペドラー
貸家ミル・ハウスの所有者、下院議員 「茶色の服の男」 アガサ・クリスティー著;中村能三訳　早川書房（ハヤカワ文庫クリスティー文庫）　2004年1月

サラ
マンハッタンに住むノンフィクション・ライターのジョージの妻、やり手の画廊経営者 「偶然のラビリンス」 デイヴィッド・アンブローズ著;鎌田三平訳　ソニー・マガジンズ（ヴィレッジブックス）　2005年9月

サラ
英国公爵家令嬢エラとそっくりな容姿をもつ従姉、のちにヴァイオリニスト志望の青年・ジェームズの妻となる女性 「溺れゆく者たち」 リチャード・メイソン著;那波かおり訳　角川書店（Book plus）　2001年1月

サラ
心臓発作で亡くなった著名な小説家・キャンドレスの長女、父の回想録を執筆することになった娘 「煙突掃除の少年」 バーバラ・ヴァイン著;富永和子訳　早川書房 (Hayakawa pocket mystery books)　2002年2月

サラ・アルトマン
母のメグとマンハッタンで緊急時の避難用に作られた「パニック・ルーム」のあるマンションに引っ越してきた十歳の娘 「パニック・ルーム」 ジェームズ・エリソン著;柳下毅一郎訳　ソニー・マガジンズ（ヴィレッジブックス）　2002年3月

サラ・アレビ
イスラエル諜報機関「オフィス」の女性補助工作員、ファッション・モデル 「報復という名の芸術―美術修復師ガブリエル・アロン」 ダニエル・シルヴァ著;山本光伸訳　論創社　2005年8月

サラ・キング
イギリス人の若い精神病医、外交的で意志の強い魅力的な女性 「死との約束」 アガサ・クリスティー著;高橋豊訳　早川書房（ハヤカワ文庫クリスティー文庫）　2004年5月

サラ・サイドル
ラスベガス市警科学捜査班のメンバー、ハーヴァード大学出身の才女 「CSI:科学捜査班 シン・シティ」 マックス・アラン・コリンズ著;鎌田三平訳　角川書店（角川文庫）　2005年5月

さらさ

サラ・サイドル
ラスベガス市警科学捜査班のメンバー、ハーヴァード大学出身の才女 「CSI:科学捜査班 ダブル・ディーラー」 マックス・アラン・コリンズ著;鎌田三平訳 角川書店（角川文庫） 2005年3月

サラ・ジョーンズ
億万長者の慈善家のモートンの秘書、映画スターにも引けをとらない容姿の三十歳の美女 「恐怖の存在 上下」 マイクル・クライトン著;酒井昭伸訳 早川書房（Hayakawa novels） 2005年9月

ザラズィ
タリバン政権の急進的な原理主義派閥ヒズボラの地域司令官、38歳の自由戦士 「ロシア軍侵攻 上下」 デイル・ブラウン著;伏見威蕃訳 二見書房（二見文庫） 2005年10月

サラディン（ハンス・ニーベルング）
イスラム同盟の指導者、強力なリーダーシップを発揮しイスラム世界をひとつにまとめあげるカリスマ的人物 「総力戦」 サイモン・ピアソン著;結城山和夫訳 二見書房（ザ・ミステリ・コレクション） 2001年9月

サラ・パトリック
捜索救助犬の訓練士、世界を飛び回る捜索救助隊の一員 「爆風」 アイリス・ジョハンセン著;池田真紀子訳 二見書房（二見文庫） 2003年2月

サラ・フォスター
教師、妻子あるグレッグの子供を妊娠していた独身の女性 「地下室の箱」 ジャック・ケッチャム著;金子浩訳 扶桑社（扶桑社ミステリー） 2001年5月

サラ・ヘイズ
ニック少年が狂人となった大人たちから助けた少女 「地獄の世紀 上下」 サイモン・クラーク著;夏来健次訳 扶桑社（扶桑社ミステリー） 2004年5月

サラ・マーカム
タフト大学に通う21歳の女子大生、女性探偵サニー・ランドルへの調査依頼主 「メランコリー・ベイビー」 ロバート・B.パーカー著;奥村章子訳 早川書房（ハヤカワ・ミステリ文庫） 2005年11月

サラマッジオ
セント・キャサリン病院の神経外科部長、昏睡状態の少年・タイラーの担当になった世界的に有名なカリスマ神経外科医 「打ち砕かれた昏睡（コーマ）」 ジョン・ダーントン著;嶋田洋一訳 ソニー・マガジンズ（ヴィレッジブックス） 2005年8月

サラ・モートン
五十代半ばのイギリス人女流ミステリー作家、既婚の編集者・ジョンの恋人 「スイミング・プール」 フランソワ・オゾン著;佐野晶編訳 アーティストハウスパブリッシャーズ、角川書店発売 2004年5月

サラ・リントン
ジョージア州グラント郡検死官、警察署長ジェフリーの元妻で小児科医 「開かれた瞳孔」 カリン・スローター著;大槻寿美枝訳 早川書房（ハヤカワ・ミステリ文庫） 2002年1月

サリー
FBI捜査官、若い女性たちが謎の自殺を遂げる事件の被害者家族の友人 「雷鳴の記憶」 ダイナ・マコール著;皆川孝子訳 ハーレクイン（MIRA文庫） 2003年5月

サリー・アップルヤード
ロンドンのセント・ジョージ教会の副牧師、誘拐されたルーシーの母親 「天使の遊戯」 アンドリュー・テイラー著;越前敏弥訳 講談社（講談社文庫） 2004年2月

ザ・リップ（ロバート・J・リプランスキ）　ざりっぷ（ろばーとじぇいりぷらんすき）
刑務所入りの前歴があるいかさま師、ボクシングのプロモーター　「成り上がりの掟」　スティーヴ・モンロー著;宮内もと子訳　早川書房（ハヤカワ文庫NV）　2001年12月

サリナ・フリート
アート雑誌の女性編集長、殺害されたテイラーの婚約者　「ブラッシュ・オフ」　シェイン・マローニー著;浜野アキオ訳　文藝春秋（文春文庫）　2002年12月

サリー・ハリントン
コネティカット州「ヘラルド・アメリカン」紙の記者兼DBS系列WSCTテレビのレポーター、スペンサーの恋人で三十歳の女性　「ラスト・ラヴァー」　ローラ・V.;ウォーマー著;小林浩子訳　集英社（集英社文庫）　2004年5月

サリー・ハリントン
コネティカット州キャッスルフォードの地方新聞「ヘラルド・アメリカン」の記者、30歳の独身女性　「スキャンダル」　ローラ・V.ウォーマー著;小林浩子訳　集英社（集英社文庫）　2003年6月

サリヴァン
禁酒法時代のシカゴで暗躍していた殺し屋、アイルランド系マフィアのボス・ルーニーに仕えていた中年の男　「ロード・トゥ・パーディション」　マックス・A・コリンズ著;松本剛史訳　新潮社（新潮文庫）　2002年9月

サリヴァン・ディーン（サリー）
FBI捜査官、若い女性たちが謎の自殺を遂げる事件の被害者家族の友人　「雷鳴の記憶」　ダイナ・マコール著;皆川孝子訳　ハーレクイン（MIRA文庫）　2003年5月

サリー・レインウォーター
殺害された実力者ピート・ブラガの付き添い看護師、遺体の第一発見者　「コールド・ロード」　T.ジェファーソン・パーカー著;七搦理美子訳　早川書房（Hayakawa novels）　2003年10月

ザルガー
行方不明になった女子大生・レオの父親と名乗り娘の捜索を私立探偵・ゼルプに依頼してきた男　「ゼルプの欺瞞」　ベルンハルト・シュリンク著;平野卿子訳　小学館（Shogakukan mystery）　2002年10月

サルテイン
人気グループを抱える「サルテインレコード」の社長　「ハリウッド的殺人事件」　ロン・シェルトン脚本;ロバート・ソウザ脚本;石田享編訳　竹書房（竹書房文庫）　2004年1月

サルバドール・ド・ラ・シマルド
デヴォンの広壮な城館に生まれ育った名ギタリスト、リディアの夫　「サルバドールの復活 上下」　ジェレミー・ドロンフィールド著;越前敏弥訳　東京創元社（創元推理文庫）　2005年1月

サルヴァトール・ローマ（ローマ）
カルト教団SESOUPの創始者　「異界への扉」　F.ポール・ウィルスン著;大滝啓裕訳　扶桑社（扶桑社ミステリー）　2002年7月

サルヴァトーレ
探偵事務所ルンギ家の長男、かってきままな性格の放蕩者　「探偵家族」　マイクル・Z・リューイン著;田口俊樹訳　早川書房（ハヤカワ・ミステリ文庫）　2003年12月

サルヴァトーレ
探偵事務所ルンギ家の長男、極楽トンボの画家　「探偵家族/冬の事件簿」　マイクル・Z・リューイン著;田口俊樹訳　早川書房（Hayakawa pocket mystery books）　2004年1月

サルヴァトーレ・ネルヴィ
CIAの暗殺者・リリーの親友一家を殺した国際犯罪組織のボス　「くちづけは眠りの中で」　リンダ・ハワード著;加藤洋子訳　二見書房（二見文庫）　2005年7月

サル・マタッチ
バーテン、マンハッタンのマフィア・ポールの元手下 「灼熱」 ローレンス・シェイムズ著;北沢あかね訳　講談社 (講談社文庫)　2001年5月

サロフ
核爆弾を使って世界を社会主義体制に戻そうと企むロシア人、旧ソ連の軍人 「女王陛下の少年スパイ!アレックス スケルトンキー」 アンソニー・ホロヴィッツ著;森嶋マリ訳　集英社　2003年6月

サン
ロサンジェルスのギャング・ジョリーに雇われた韓国人の私立探偵 「フランクリンを盗め」 フランク・フロスト著;加賀山卓朗訳　早川書房 (ハヤカワ・ミステリ文庫)　2002年4月

サンウ
韓国の金井二洞分署所属の消防士、強靭な肉体と精神力をもつ男 「リベラ・メ」 ヒョンチョンヨル脚本;ヨジナ脚本;小林弘利訳　角川書店 (角川文庫)　2001年10月

サングレ
連続殺人事件の容疑者Xの取り調べを行っている刑事 「自白の迷宮」 ケネス・J・ハーヴェイ著;金子浩訳　扶桑社 (扶桑社ミステリー)　2004年6月

ザンシア・ウェルチ
私立探偵兼タクシー運転手兼新聞記者のムーディーの恋人 「探偵はいつも憂鬱」 スティーヴ・オリヴァー著;真崎義博訳　早川書房 (ハヤカワ・ミステリ文庫)　2002年8月

サンジョン・タパ
マサチューセッツ工科大学地球環境工学部助手、ネパールのムスタン出身の男 「恐怖の存在 上下」 マイクル・クライトン著;酒井昭伸訳　早川書房 (Hayakawa novels)　2005年9月

サンシール
フランス国家治安警察主任警部、ゲシュタポ本部警部・コーラーとナチス占領下のパリで起きた連続殺人事件を追った男 「磔刑の木馬」 J.ロバート・ジェインズ著;石田善彦訳　文藝春秋 (文春文庫)　2002年6月

サンシール
フランス国家治安警察主任警部、相棒のコーラー警部とナチ占領下で起こった若い男の変死体の捜査を開始した男 「虜囚の都」 J.ロバート・ジェインズ著;石田善彦訳　文藝春秋 (文春文庫)　2001年11月

サンセット・ジョーンズ
1930年代のテキサス東部・製鉄所のある小さな街キャンプ・ラプチャーの治安官 「サンセット・ヒート」 ジョー・R.ランズデール著;北野寿美枝訳　早川書房 (Hayakawa novels)　2004年5月

ザンダー・ケイジ
エクストリーム・スポーツの天才、NSA (国家安全保障局) のエージェントに抜擢された男 「トリプルX」 リッチ・ウィルクス脚本;メル・オドム著;富永和子訳　角川書店 (角川文庫)　2002年9月

サンダース
英国諜報部MI6の元メンバー、かつてのCTUによるコソボの極秘作戦の参加者 「24 TWENTY FOUR 2-1」 ジョエル・サーナウ原案;ロバート・コクラン原案　竹書房 (竹書房文庫)　2004年4月

サンダース
英国諜報部MI6の元メンバー、かつてのCTUによるコソボの極秘作戦の参加者 「24 TWENTY FOUR 2-2」 ジョエル・サーナウ原案;ロバート・コクラン原案　竹書房 (竹書房文庫)　2004年4月

サンダース
英国諜報部MI6の元メンバー、かつてのCTUによるコソボの極秘作戦の参加者 「24 TWENTY FOUR 2-3」 ジョエル・サーナウ原案;ロバート・コクラン原案　竹書房(竹書房文庫)　2004年5月

サンダース
英国諜報部MI6の元メンバー、かつてのCTUによるコソボの極秘作戦の参加者 「24 TWENTY FOUR 2-4」 ジョエル・サーナウ原案;ロバート・コクラン原案　竹書房(竹書房文庫)　2004年6月

サンチア
16世紀初頭のイタリア・フィレンツェに暮らす奴隷の少女 「風の踊り子」 アイリス・ジョハンセン著;酒井裕美訳　二見書房(二見文庫)　2003年9月

サンディ
ロンドン〈タイムズ〉の記者、スリムで優美な女性 「合衆国復活の日 上下」 ブレンダン・デュボイズ著;野口百合子訳　扶桑社(扶桑社ミステリー)　2002年8月

サンディ・ウッドロウ(ウッドロウ)
ナイロビ英国高等弁務官事務所長、高等弁務官への昇進を望む40歳の男 「ナイロビの蜂 上下」 ジョン・ル・カレ著;加賀山卓朗訳　集英社(集英社文庫)　2003年12月

サンディ・キンソルヴィング
義父の会社〈ベイリー＆サン〉社ワイン部門の責任者、妻と関係が冷え切っている男 「不完全な他人」 スチュアート・ウッズ著;峯村利哉訳　角川書店(角川文庫)　2001年8月

サンディ・ジェームズ(ウェスタ)
ニューヨーク州北部にあるハート・レーク女子学院の学生、ラテン語教師ジェーンの生徒 「乙女の湖」 キャロル・グッドマン著;津森優子訳　早川書房(ハヤカワ・ミステリ文庫)　2003年1月

サンティノ
アメリカのマフィアのドンであるヴィトーの長男、背が高く頑丈な体つきで少々気が短い男 「ゴッドファーザー 上下」 マリオ・プーゾォ著;一ノ瀬直二訳　早川書房(ハヤカワ文庫NV)　2005年11月

サンディ・ポルスン
郵便局長殺人事件の目撃者、知る人ぞ知る嘘の名人の若い女 「潔白」 バリー・シーゲル著;雨沢泰訳　講談社(講談社文庫)　2001年1月

サンデッカー
NUMA(国立海中海洋機関)の長官でダーク・ピットの上司、海軍出身の有能で人望篤い人物 「アトランティスを発見せよ 上下」 クライブ・カッスラー著;中山善之訳　新潮社(新潮文庫)　2001年11月

サンデッカー
NUMA(国立海中海洋機関)の長官でダーク・ピットの上司、海軍出身の有能で人望篤い人物 「オデッセイの脅威を暴け 上下」 クライブ・カッスラー著;中山善之訳　新潮社(新潮文庫)　2005年6月

サンデッカー
NUMA(国立海中海洋機関)の長官でダーク・ピットの上司、海軍出身の有能で人望篤い人物 「マンハッタンを死守せよ 上下」 クライブ・カッスラー著;中山善之訳　新潮社(新潮文庫)　2002年12月

サントス
冷徹な国際的テロリスト、ユダヤ人大富豪を誘拐する任務のためサンフランシスコへやってきた男 「誘拐指令」 J.ケニーリー著;高橋健次訳　講談社(講談社文庫)　2001年6月

サンドラ・パリス
「白の女王」というニックネームを持つ女怪盗で怪盗ニックのライバル、プラチナブロンドの天使のような美女 「怪盗ニック対女怪盗サンドラ」 エドワード・D.ホック著;木村二郎訳 早川書房（ハヤカワ・ミステリ文庫）2004年7月

サンドラ・プライス（サンディ）
ロンドン〈タイムズ〉の記者、スリムで優美な女性 「合衆国復活の日 上下」 ブレンダン・デュボイズ著;野口百合子訳 扶桑社（扶桑社ミステリー） 2002年8月

サンドラ・ロバーツ（タンディ）
ボディビルにのめりこむ看護婦、元モデル 「赦されざる罪」 フェイ・ケラーマン著;高橋恭美子訳 東京創元社（創元推理文庫）2001年6月

サンドロ・マルケーゼ
合衆国関税局捜査官、マイアミの軍事製品輸出企業「ジュベール社」の元社員 「ゼウスの烙印」 ジャスミン・クレスウェル著;米崎邦子訳 ハーレクイン（MIRA文庫）2002年11月

サンピル
秘密裏の組織684部隊第1班班長、殺人歴がある短気で情的な男 「シルミド」 キム・ヒジェ著;伊藤正治訳 角川書店（角川文庫） 2004年5月

サン・マルタン
18世紀後半のフランスの街道巡邏隊長、大佐で公爵 「王宮劇場の惨劇」 チャールズ・オブライアン著;奥村章子訳 早川書房（ハヤカワ・ミステリ文庫）2002年1月

サンヨン
4人の若者の殺し屋のチームのリーダー、同じチームでコンピュータが得意なハヨンの兄 「ガン&トークス― キラーは愛を守るために」 チャンジン著;梁承喜訳 PHP研究所 2003年2月

【し】

ジー
米海軍特殊部隊SEAL部隊員、通信技術のスペシャリスト 「ティアーズ・オブ・ザ・サン」 アレックス・ラスカー脚本;パトリック・シリーロ脚本;石田享訳 竹書房（竹書房文庫）2003年10月

シア
コンピューター・サーヴィスを生業としている女性、過去にレイプ暴行を受けたことがあるシングルマザー 「蝶のめざめ」 ダリアン・ノース著;羽田詩津子訳 文藝春秋（文春文庫）2001年5月

ジーア・ディラウロ
始末屋ジャックの恋人、シングルマザー 「異界への扉」 F.ポール・ウィルスン著;大滝啓裕訳 扶桑社（扶桑社ミステリー） 2002年7月

ジーア・ディラウロ
始末屋ジャックの恋人、シングルマザー 「始末屋ジャック見えない敵 上下」 F.ポール・ウィルスン著;大瀧啓裕訳 扶桑社（扶桑社ミステリー） 2005年1月

ジーア・ディラウロ
始末屋ジャックの恋人、シングルマザー 「始末屋ジャック幽霊屋敷の秘密 上下」 F.ポール・ウィルスン著;大瀧啓裕訳 扶桑社（扶桑社ミステリー） 2005年10月

ジーア・ディラウロ
始末屋ジャックの恋人、シングルマザー 「神と悪魔の遺産 上下」 F.ポール・ウィルスン著;大滝啓裕訳 扶桑社（扶桑社ミステリー） 2001年1月

ジアド
ドバイの裕福な貴金属商、インド系イスラム教徒 「アルカイダの金塊を追え」ジェラール・ド・ヴィリエ著;小林修訳 扶桑社(扶桑社ミステリー) 2004年6月

C・E・ディガ・ジョーンズ しーいーでぃがじょーんず
全米一カリスマ性のあるギャングスター・ラッパー、本名はカールトン・ウィリアム・エルブリッジ 「愚者の群れ」ガー・アンソニー・ヘイウッド著;熊谷千寿訳 早川書房(ハヤカワ・ミステリ文庫) 2001年3月

シーウィフ
1942年2月に沈没したサン・フェリックス号の乗客の1人、イギリス人女性 「人魚とビスケット」J.M.スコット著;清水ふみ訳 東京創元社(創元推理文庫) 2001年2月

J・エドガー・フーヴァー(フーヴァー) じぇいえどがーふーばー(ふーばー)＊
FBIの初代長官 「諜報指揮官ヘミングウェイ 上下」ダン・シモンズ著;小林宏明訳 扶桑社(扶桑社ミステリー) 2002年6月

J・L・B・マテコニ(ラ・マテコニ) じぇいえるびーまてこに(らまてこに)＊
〈トロクェン・ロード・スピーディ・モーターズ〉の経営者、女性探偵マ・ラモツエの婚約者 「キリンの涙―ミス・ラモツエの事件簿〈2〉」アレグザンダー・マコール;スミス著;小林;浩子訳 ソニー・マガジンズ(ヴィレッジブックス) 2004年8月

ジェイク・ガイスマー
アメリカのジャーナリスト、「コリアーズ」誌の特派員として戦前暮らしていたベルリンを再び訪れた男 「さらば、ベルリン 上下」ジョゼフ・キャノン著;渋谷正子訳 早川書房(Hayakawa novels) 2002年9月

ジェイク・グラフトン
アメリカ海軍少将、キューバのグアンタナモに駐留する空母艦隊の司令官 「キューバ 上下」スティーブン・クーンツ著,;北澤;和彦訳 講談社(講談社文庫) 2003年4月

ジェイク・シーゲル
パラダイム・ピクチャーズ社長、映画のテクニカルアドバイザー・リックの取引先 「キューバ海峡」カーステン;ストラウド著;布施;由紀子訳 文藝春秋(文春文庫) 2004年5月

ジェイク・スパイヴィ
上院調査監視分科委員会の顧問・ディルの旧友、元防衛兵器の売買人で財をなした男 「女刑事の死」ロス・トーマス著;藤本和子訳 早川書房(ハヤカワ・ミステリ文庫) 2005年6

ジェイク・ダンサー
カリフォルニア州マリン郡に雇われている司法心理学者、女弁護士のサラと不倫中の37歳の男 「告白」ドメニック・スタンズベリー著;松本依子訳 早川書房(ハヤカワ・ミステリ文庫) 2005年12月

ジェイク・ディレッシオ(ディレッシオ)
フロリダ州マイアミのメトロ・デイド署殺人課の刑事 「危険な蜜月」ヘザー・グレアム著;せとちやこ訳 ハーレクイン(MIRA文庫) 2005年2月

ジェイク・ドラン
民間の反テロ組織「T-FLAC」の優秀な工作員、自分をおとしめた裏切り者の正体をつかむため山中の隠れ家に一人で潜伏していた男 「隠れ家の天使」チェリー・アデア著;小林令子訳 ランダムハウス講談社(ランダムハウス講談社文庫) 2005年1月

ジェイク・バーネット
マンハッタンの新聞社で働く新人記者、正体不明の作家のホラス・ジェイコブ・リトルの実像を暴く仕事を命じられた男 「詩神たちの館」デイヴィッド・チャクルースキー著;立石光子訳 早川書房 2002年7月

しえい

ジェイク・ファウラー
探偵事務所を経営するユーモアたっぷりの男、私立探偵 「ヒロインは眠らない 上下」 ドリス・モートマン著;栗木さつき訳　二見書房(二見文庫)　2004年1月

ジェイク・ファーリー
スネイク・リヴァーにある保安官事務所の主任刑事 「悪党パーカー/地獄の分け前」 リチャード・スターク著;小鷹信光訳　早川書房(ハヤカワ・ミステリ文庫)　2002年1月

ジェイク・ヘイズ
天才的ストリート・チェス・プレイヤー、高額な報酬につられてCIAに協力することになった男 「9デイズ」 ジェイソン・リッチマン著;マイケル・ブラウニング著;辻優子訳　メディアファクトリー(洋画文庫)　2002年10月

ジェイク・モンゴメリー
カリフォルニア州の私立探偵、画家カーリーの亡き夫リックの友人 「追いつめられて」 ジル・マリー・ランディス著;橋本夕子訳　二見書房(二見文庫)　2005年4月

ジェイ・グリッドリー
FBIのネット犯罪特捜サブユニット「ネットフォース」の天才プログラマー 「ネットフォース〈6〉－電子国家独立宣言」 トム・クランシー著;スティーヴ・ペリー著;スティーヴ・ピチェニック著;熊谷千寿訳　角川書店(角川文庫)　2002年7月

ジェイク・ローパー(ローパー)
ニュー・メキシコ準州の大牧場の所有者・マクレーン少佐に雇われたガンマン 「レディ・ヴィクトリア」 リンダ・ハワード著;加藤洋子訳　ソニー・マガジンズ(ヴィレッジブックス)　2002年7月

ジェイ・コウビー(コウビー)
殺害された画廊のオーナー・クラリスの夫 「砂漠の風に吹かれて」 ベティ・ウェブ著;上条ひろみ訳　扶桑社(扶桑社ミステリー)　2004年9月

ジェイコブ
テキサス州東部の小さな町の治安官兼理髪師、ハリーとトムの父 「ボトムズ」 ジョー・R・ランズデール著;北野寿美枝訳　早川書房(ハヤカワ・ミステリ文庫)　2005年3月

ジェイコブ
テキサス東部に住む少年ハリーの父、理髪店主兼治安官 「ボトムズ」 ジョー・R・ランズデール著;大槻寿美枝訳　早川書房(Hayakawa novels)　2001年11月

ジェイコブ・ジョーンズ
ユダヤ系のイギリス人、元情報取材会社経営者 「キスしたいのはおまえだけ」 マキシム・ジャクボヴスキー著;真崎義博訳　扶桑社(扶桑社ミステリー)　2002年7月

ジェイコブ・ブラント
精神科医のマシューズの患者、何人かの小人が見える青年 「死を呼ぶペルシュロン」 ジョン・フランクリン・バーディン著;今本渉訳　晶文社(晶文社ミステリ)　2004年4月

J・C・ロビン(コック・ロビン)　じぇいしーろびん(こっくろびん)*
ニューヨークで死体となって発見されたスポーツマン、弓道の選手権者 「僧正殺人事件」 S.S.ヴァン・ダイン著;宇野利泰訳　嶋中書店(嶋中文庫)　2004年1月

シェイ・ストーリー
バーで働くディーの十三歳の娘、母親と共に元カリフォルニア州の保安官補・ヴィクを殺そうとした女性 「死者を侮るなかれ」 ボストン・テラン著;田口俊樹訳　文藝春秋(文春文庫)　2003年9月

ジェイソン
デンバーに住む建築家・ブラッドの11歳の息子 「ブラッド/孤独な反撃」 デイヴィッド・マレル著;山本光伸訳　早川書房(ハヤカワ文庫NV)　2002年9月

ジェイソン・キャンベル
ギターの個人教師、中古車ディーラーのカールの家主 「本末転倒の男たち」 ジェリー・レイン著;常田景子訳 扶桑社(扶桑社ミステリー) 2001年1月

ジェイソン・ジョンソン
アメリカ空軍落下傘降下救難員、アフガニスタンで極秘軍事作戦に当たる工作員 「アフガン・決死の潜入作戦」 マイクル・サラザー著;棚橋志行訳 扶桑社(扶桑社ミステリー) 2004年4月

ジェイソン・ジョンソン
米空軍・落下傘降下救助員 「ロシアの超兵器を破壊せよ」 マイクル・サラザー著;棚橋志行訳 扶桑社(扶桑社ミステリー) 2004年12月

ジェイソン・フィリ(マボンゾ)
アフリカのカマンガ国アルファ・コマンドウの曹長、ジョス・ムヴラ少佐の部下で優秀な追跡員 「孤立突破」 クリス・ライアン著;伏見威蕃訳 早川書房(ハヤカワ文庫NV) 2001年11月

ジェイソン・ブラック
"死者を見る能力"を持つ少年・コールの親友、兄が謎の失踪を遂げた9歳の少年 「シックス・センス逃亡者」 デイヴィッド・ベンジャミン著;酒井紀子訳 竹書房(竹書房文庫) 2001年3月

ジェイソン・フランク
精神科医、頭脳明晰で意欲も旺盛な男 「紅唇(ルージュ)」 レスリー・グラス著;翔田朱美訳 講談社(講談社文庫) 2001年10月

ジェイソン・メイプリー(フリー)
米海軍特殊部隊SEAL部隊員、天才的スナイパー 「ティアーズ・オブ・ザ・サン」 アレックス・ラスカー脚本;パトリック・シリーロ脚本;石田享訳 竹書房(竹書房文庫) 2003年10月

ジェイダ・ジャクソン
「カウンティ・ワイド銀行」の支店長、夫の策略で子供と家を奪われそうになった黒人女性 「三人の怒れる妻たち 上下」 オリヴィア・ゴールドスミス著;安藤由紀子訳 扶桑社(扶桑社セレクト) 2003年10月

ジェイ・タリー
ATFのインターポール担当捜査官、彫刻のような体のハンサム男 「審問 上下」 P・コーンウェル著;相原真理子訳 講談社(講談社文庫) 2000年12月

J・T じぇいてい
FBIの検視官、同僚のジェシカ・コランと連続殺人犯「炎熱妖怪」を追う男 「魔王のささやき」 ロバート・ウォーカー著;瓜生知寿子訳 扶桑社(扶桑社ミステリー) 2002年12月

J・T・ディロン　じぇいてぃーでぃろん*
元海兵隊員、連続女性殺人犯で元夫のジムに命を狙われているテスに特殊軍事訓練を教えた男 「素顔は見せないで」 リサ・ガードナー著;前野律訳 ソニー・マガジンズ(ヴィレッジブックス) 2002年2月

J・D・ラファティ　じぇいでぃらふぁてぃ*
ニューエデンにあるスターズ・アンド・バーズ牧場の牧場主、地元のカウボーイ 「楽園の暗い影 上下」 タミー・ホウグ著;立石ゆかり訳 原書房(ライムブックス) 2005年12月

ジェイド(バッドガール)
武術を駆使するミステリアスな美少女ストリートファイター 「バレットモンク」 J・M・ディラード著;大城光子訳 竹書房(竹書房文庫) 2004年1月

ジェイド・スペアリー
サウスカロライナ州パルメット出身のビジネスウーマン、故郷での繊維工場建設の責任者 「復讐のとき愛は始まる 上下」 サンドラ・ブラウン著;秋月しのぶ訳 集英社(集英社文庫) 2004年6月

ジェイ・バーン
ひそかに凄惨な殺人を繰り返す富豪の少年、本名はライサンダー・バーン・ジュニア 「絢爛たる屍」 ポピー・Z.ブライト著;柿沼瑛子訳 文藝春秋(文春文庫) 2003年6月

J・ピコー(ピコー)　じぇいぴこー(ぴこー)＊
ニューオーリンズ警察の警部補 「快楽通りの悪魔」 デイヴィッド;フルマー著;田村;義進訳 新潮社(新潮文庫) 2004年6月

シェイマス・リンチ
表向きはコンピュータの店を経営しているが兄とともにテロ活動に身を投じている男 「24-CTU機密解除記録－ヘルゲート作戦 上下」 ジョエル・サーナウ原案;ロバート・コクラン原案;マーク・セラシーニ著;文永優訳 英知出版(英知文庫) 2005年11月

ジェイミー
ニューレバノン保安官事務所捜査主任ビル・コードの19歳の息子 「死の教訓 上下」 ジェフリー・ディーヴァー著;越前敏弥訳 講談社(講談社文庫) 2002年3月

ジェイミー・コーフマン
愛人殺しの被疑者となった司法心理学者ジェイクの弁護人、「呪われし者の女王」と呼ばれる腕利きの女弁護士 「告白」 ドメニック・スタンズベリー著;松本依子訳 早川書房(ハヤカワ・ミステリ文庫) 2005年12月

ジェイミー・ジー
ブラッドフォードに住む男運のない女性コメディアン 「ストーン・ベイビー」 ジュールズ・デンビー著;古賀弥生訳 早川書房(Hayakawa pocket mystery books) 2002年8月

ジェイミー孫　じぇいみーそん
中国外相 「中国の野望－印パ戦争勃発」 ハンフリー・ホークスリー著;山本光伸訳 二見書房(二見文庫) 2002年9月

ジェイミー・テスマン
カリフォルニア州スティーブンズ高校に通う17歳の女の子 「わたしが消えた夜」 ジュリー・R・ディーヴァー著;石原未奈子訳 集英社(集英社文庫) 2003年7月

ジェイミー・バーガー(バーガー)
ニューヨークの女性検事、人目をひく美しい女性 「審問 上下」 P・コーンウェル著;相原真理子訳 講談社(講談社文庫) 2000年12月

ジェイミー・フレイザー
18世紀に生きたスコットランドのハイランド出身の戦士 「ジェイミーの墓標〈1〉－アウトランダー4」 ダイアナ・ガバルドン著;加藤洋子訳 ソニー・マガジンズ(ヴィレッジブックス) 2003年12月

ジェイミー・フレイザー
18世紀に生きたスコットランドのハイランド出身の戦士 「ジェイミーの墓標〈3〉－アウトランダー6」 ダイアナ・ガバルドン著;加藤洋子訳 ソニー・マガジンズ(ヴィレッジブックス) 2004年2月

ジェイミー・フレイザー
18世紀のパリのワイン商、スコットランドのハイランド出身の元戦士 「ジェイミーの墓標〈2〉－アウトランダー5」 ダイアナ・ガバルドン著;加藤洋子訳 ソニー・マガジンズ(ヴィレッジブックス) 2004年1月

ジェイミー・フレイザー
二百年前に生きたハイランドのスコットランド人、時空を越えた20世紀の女性クレアの二番目の夫 「アウトランダー7 時の彼方の再会1」 ダイアナ・ガバルドン著;加藤洋子訳 ソニー・マガジンズ(ヴィレッジブックス) 2005年1月

ジェイムズ・ウィルスン・ジョーンズ
1930年代のテキサス東部のキャンプ・ラプチャーに住むサンセット・ジョーンズの夫ピートの父 「サンセット・ヒート」 ジョー・R.ランズデール著;北野寿美枝訳 早川書房(Hayakawa novels) 2004年5月

ジェイムズ・ウィンターズ(ウィンターズ)
FBIのバーチャル犯罪特捜隊「ネットフォース」のメンバー、少年部隊「ネットフォース・エクスプローラーズ」の連絡担当部長 「ネットフォースエクスプローラーズ 1は孤独な数字」 トム・クランシー著;スティーヴ・ピチェニック著 アスペクト 2001年3月

ジェイムズ・エルロイ
十歳のときにいまだ未解決である実母の殺害事件に遭遇した息子、稀代の暗黒小説家 「わが母なる暗黒」 ジェイムズ・エルロイ著;佐々田雅子訳 文藝春秋(文春文庫) 2004年10月

ジェイムズ・キーガン(ジム)
フロリダ州セント・シモーン警察署の刑事、英語教師エミリーの元恋人 「哀しい嘘」 スーザン・ブロックマン作;安倍杏子訳 ハーレクイン(シルエット・ラブストリーム) 2002年7月

ジェイムズ・キータイ
アラスカの岬の岩棚に打ち上げられたところを移動図書館の女船長・ライザに助けられたネイティヴのトリンギット族の少年 「裏切りの色」 マーシャ・シンプスン著;堀内静子訳 早川書房(ハヤカワ・ミステリ文庫) 2001年11月

ジェイムズ・クレイトン
CIA訓練生、ベテラン教官のバークに才能を見出されたエリート学生 「リクルート」 ロジャー・タウン脚本;カート・ウィマー脚本;ミッチ・グレイザー脚本;保志一蔵編訳 角川書店(角川文庫) 2003年12月

ジェイムズ・ゴードン(ゴードン)
アメリカ海軍情報部中佐、殺し屋ポール・シューマンの雇い主 「獣たちの庭園」 ジェフリー・ディーヴァー著;土屋晃訳 文藝春秋(文春文庫) 2005年9月

ジェイムズ・シェパード
イングランドのキングズアボット村に住みフェラーズ夫人の検死を行った医師、アクロイド氏の友人 「アクロイド氏殺害事件」 アガサ・クリスティ作;花上かつみ訳 講談社(青い鳥文庫) 2005年4月

ジェイムズ・シェパード
富豪ロジャー・アクロイドの友人の医師 「アクロイド殺害事件」 アガサ・クリスティー著;河野一郎訳 嶋中書店(嶋中文庫) 2004年10月

ジェイムズ・シェパード
富豪ロジャー・アクロイドの友人の医師、物語の語り手 「アクロイド殺害事件」 アガサ・クリスティ著;大久保康雄訳 東京創元社(創元推理文庫) 2004年3月

ジェイムズ・ジャック・クロス(クロス)
ニューヨーク州の地方紙「ブラッドストーン・センティネル」の記者、作家志望の男 「嘲笑う闇夜」 ビル・プロンジーニ著;バリー・N.マルツバーグ著 文藝春秋(文春文庫) 2002年5月

ジェイムズ・ピンカートン(ピンカートン)
元孤児のアメリカ人青年、商売人の息子ラウドンのパリの美術学校での同級生 「難破船」 ロバート・ルイス・スティーヴンスン著;ロイド・オズボーン著;駒月雅子訳 早川書房(Hayakawa pocket mystery books) 2005年6月

しえい

ジェイムズ・ボンド（ボンド）
英国情報局秘密情報部員、イギリス返還直前の香港壊滅という大陰謀に挑む男 「007/ゼロ・マイナス・テン」 レイモンド・ベンスン著;小林浩子訳 早川書房(Hayakawa pocket mystery books) 2002年11月

ジェイムズ・ボンド（ボンド）
英国情報局秘密情報部員、化学兵器による連続テロが発生したキプロスに特派された男 「007/ファクト・オブ・デス」 レイモンド・ベンスン著;小林浩子訳 早川書房(Hayakawa pocket mystery books) 2004年10月

ジェイムズ・ボンド（ボンド）
殺しのライセンスを持つ英国秘密諜報部(MI6)の工作員、コードネームは「007」 「007/ダイ・アナザー・デイ」 レイモンド・ベンソン著;富永和子訳 竹書房(竹書房文庫) 2003年3月

ジェイムズ・ボンド（ボンド）
殺しのライセンスを持つ英国秘密諜報部(MI6)の工作員、コードネームは「007」 「007/赤い刺青(いれずみ)の男」 レイモンド・ベンスン著;小林浩子訳 早川書房(Hayakawa pocket mystery books) 2003年10月

ジェイムズ・マクリン（マクリン）
刑務所を出たばかりの犯罪のプロ、パラダイス港のスタイルズ島の強奪を計画する男 「忍び寄る牙」 ロバート・B・パーカー著;菊池光訳 早川書房(ハヤカワ・ミステリ文庫) 2004年9月

ジェイムズ・マッキントッシュ・クィララン（クィララン）
アメリカ北部ムース郡ピカックスに住む地元紙コラムニスト、長身で恰幅がよく巨大な口ひげが特徴の50歳前後の男 「猫は川辺で首をかしげる」 リリアン・J.ブラウン著;羽田詩津子訳 早川書房(ハヤカワ・ミステリ文庫) 2004年2月

ジェイムズ・マッキントッシュ・クィララン（クィララン）
元新聞記者で「ムース郡なんとか」紙のコラムニスト、地元の名士でミスターQとして親しまれている中年男性 「猫は日記をつける」 リリアン・J.ブラウン著;羽田詩津子訳 早川書房(ハヤカワ・ミステリ文庫) 2005年7月

ジェイムズ・モーガン（モーガン）
ニューヨーク市警風俗犯罪取締班の刑事 「キャンディーランド」 エヴァン・ハンター著;エド・マクベイン著;山本博訳 早川書房(Hayakawa novels) 2001年10月

ジェイムズ・リーチ
ロンドン警視庁警部、バトル警視の甥 「ゼロ時間へ」 アガサ・クリスティー著;三川基好訳 早川書房(ハヤカワ文庫クリスティー文庫) 2004年5月

ジェイムズ・ロースン（ジミー・ロースン）
事件現場に最初に到着した巡査、後のスコットランド・ファイフ警察本部長補 「過去からの殺意」 ヴァル・マクダーミド著;宮内もと子訳 集英社(集英社文庫) 2005年3月

ジェイン・キングズリー（ジンクス）
自動車事故で10日間記憶喪失になった写真家、不動産王のアダムの34歳の娘 「昏い部屋」 ミネット・ウォルターズ著;成川裕子訳 東京創元社(創元推理文庫) 2005年4月

ジェイン・シンクレア
企業都市エデン・オランピア内にあるクリニックの医師、ポールの妻 「スーパー・カンヌ」 J.G.バラード著;小山太一訳 新潮社 2002年11月

シェイン・タナヒル
ラスヴェガスの複合娯楽施設『ゴールデン・フリース』のオーナー、ハンサムで魅力的な男性 「禁じられた黄金」 エリザベス・ローウェル著;高田恵子訳 ソニー・マガジンズ(ヴィレッジブックス) 2003年7月

ジェイン・ドウ(ドロレス・トゥーイ)
人類学者、母親に餓死されられそうになっていた女の子・ルスを救い母親の代わりに育てている女性 「夜の回帰線 上下」 マイケル・グルーバー著;田口俊樹訳 新潮社(新潮文庫) 2004年7月

シェインドリン
マイアミにある貿易会社の経営者、闇商人 「追放者」 ホセ・ラトゥール著;酒井武志訳 早川書房(ハヤカワ・ミステリ文庫) 2001年2月

ジェイン・ビー
バッキンガム宮殿で働くメイド探偵、カナダ・プリンスエドワード島出身の休学中の女子学生 「バッキンガム宮殿の殺人」 C.C.ベニスン著;宮脇裕子訳 早川書房(ハヤカワ・ミステリ文庫) 2005年2月

ジェイン・ブライト
ミシガン州ウォーレンに住むハマーステッド社給与会計課の社員、口の悪さで婚約を3度破談にした30歳の女性 「Mr.パーフェクト」 リンダ・ハワード著;加藤洋子訳 二見書房(二見文庫) 2001年5月

ジェイン・リゾーリ(リゾーリ)
ボストン市警察殺人課の女性刑事、刑事のムーアと女性の子宮を取って喉を掻き切る怪奇連続殺人事件の捜査をした女性 「外科医」 テス・ジェリッツェン著;安原和見訳 文藝春秋(文春文庫) 2003年8月

ジェーク・オルセン(オルセン)
プロの殺し屋、元SEAL隊員の若い男 「殺し屋とポストマン」 マシュー・ブラントン著;佐和誠訳 早川書房(ハヤカワ文庫NV) 2002年4月

ジェーク・ジャスタス
シカゴの名士、のっぽで痩せっぽちでおっちょこちょいの熱血漢 「マローン御難」 クレイグ・ライス著;山本やよい訳 早川書房(ハヤカワ・ミステリ文庫) 2003年9月

ジェーク・ジャスタス
シカゴの名士、のっぽで痩せっぽちでおっちょこちょいの熱血漢 「暴徒裁判」 クレイグ・ライス著;山本やよい訳 早川書房(ハヤカワ・ミステリ文庫) 2005年5月

ジェーク・タイラー
NBCの男性記者、マンハッタン地方検察庁の検察官アレックスの恋人 「隠匿」 リンダ・フェアスタイン著;平井イサク訳 早川書房(ハヤカワ・ミステリ文庫) 2005年6月

ジェサップ
代々暗殺者の技能を磨いてきた少数部族アッカド人の一人、誇り高き暗殺者・マサイアスの兄弟 「スコーピオン・キング」 マックス・アラン・コリンズ著;小田川佳子訳 角川書店(角川文庫) 2002年5月

ジェシー
カリフォルニア州ニューポート・ビーチで開業するメキシコ系アメリカ人の私立探偵、元FBI捜査官 「ワンダーランドで人が死ぬ」 ケント・ブレイスウェイト著;渋谷比佐子訳 扶桑社(扶桑社ミステリー) 2002年7月

ジェシー・ウェイド
ジョージア州ティカナリー谷の名士、身内六人を惨殺された地主 「ダーク・サーティ」 テリー・ケイ著;渋谷比佐子訳 扶桑社(扶桑社ミステリー) 2003年10月

ジェシカ
弁護士フィリップ・ランドールの不倫相手、友人コナーの妻 「おとしあな」 ハワード・ローワン著;天野淑子訳 早川書房(Hayakawa pocket mystery books) 2001年6月

じぇし

ジェシカ・キング
ジョージア州ブリクストンの有力者の1人娘、小学校校長のウェインの婚約者 「ギフト」 ビリー・ボブ・ソーントン脚本;トム・エパーソン脚本;小島由記子訳 講談社(シネマブックス) 2001年5月

ジェシカ・キンケイド
企業セキュリティ・コンサルタントのジャンソンをつけ狙うスナイパー、充分な訓練を積んでいる優れた女戦士 「メービウスの環 上下」 ロバート・ラドラム著;山本光伸訳 新潮社(新潮文庫) 2005年1月

ジェシカ・コラン
FBIの女検視官、火を使った連続殺人犯「炎熱妖怪」を追う女性 「魔王のささやき」 ロバート・ウォーカー著;瓜生知寿子訳 扶桑社(扶桑社ミステリー) 2002年12月

ジェシカ・コラン
FBIの女検視官、行動科学部長のサンティバと「闇の徘徊者」事件を追う女性 「洋上の殺意 上下」 ロバート・ウォーカー著;瓜生知寿子訳 扶桑社(扶桑社ミステリー) 2002年1月

ジェシカ・ショー
ミステリ愛好家の集まり「猟犬クラブ」の会員、女性探偵に詳しい女性 「猟犬クラブ」 ピーター・ラヴゼイ著;山本やよい訳 早川書房(ハヤカワ・ミステリ文庫) 2001年6月

ジェシカ・マーティン
高校の科学教師、何者かに誘拐された女性 「セルラー」 ラリー・コーエン原案;クリス・モーガン脚本;真田おいる訳 メディアファクトリー(洋画文庫) 2005年2月

ジェシカ・ライリー
ヴァージニア州ジュニパー在住の精神科医、32歳の知的な女性 「見えない絆」 アイリス・ジョハンセン著;北沢あかね訳 講談社(講談社文庫) 2004年1月

ジェシー・コープランド
東マサチューセッツ医療センターの脳神経外科の女医 「病棟封鎖72時間」 マイケル・パーマー著;川副智子訳 ソニー・マガジンズ(ヴィレッジブックス) 2002年10月

ジェシー・スレーター
故郷を出ていったロイの父親、肝癌で余命短い男 「蜘蛛の巣のなかへ」 トマス・H・クック著;村松潔訳 文藝春秋(文春文庫) 2005年9月

ジェシー・デュセット
マストン財団の理事・バッドの妻 「真実への銃声 上下」 チャック・ローガン著;千葉隆章訳 扶桑社(扶桑社ミステリー) 2001年7月

ジェシー・ハリソン
ミシガン州ルーンレイク署の警察官、情緒不安定ですぐにかっとなる男 「死のように静かな冬」 P・J・パリッシュ著;長島水際訳 早川書房(ハヤカワ・ミステリ文庫) 2003年11月

ジェシー・ブラント
カリフォルニア州の小学校に通う9歳の少女 「心憑かれて」 マーガレット・ミラー著;汀一弘訳 東京創元社(創元推理文庫) 2002年11月

ジェシー・メイフィールド
FBIのコンピューター担当捜査官、獣医のキアと共にカルフォルニア州の山岳地帯に墜落したジェット機から秘密の研究記録を持ち出した女性 「氷雪のサバイバル戦」 デイヴィッド・ダン著;佐和誠訳 早川書房(ハヤカワ文庫NV) 2003年5月

ジェス・ロンドン
アメリカの法律事務所で働く新米弁護士、辣腕弁護士の上司・ミッチの義弟 「真実の問題」 C・W・グラフトン著;高田朔訳 国書刊行会(世界探偵小説全集) 2001年1月

ジェスン
大富豪、ニューヨーク公共図書館の司書・アレクサンダーに時間外の仕事を依頼した老人 「形見函と王妃の時計」 アレン・カーズワイル著;大島豊訳　東京創元社(海外文学セレクション)　2004年7月

ジェースン・ラフィール
西インド諸島でミス・マープルと知り合った裕福な老人、故人 「復讐の女神」 アガサ・クリスティー著;乾信一郎訳　早川書房(ハヤカワ文庫クリスティー文庫)　2004年1月

ジェーソン・ウェード
ハリウッドのスター女優アンナ・ウェードの兄、フランスのグレース・テクノロジーズ社の優秀な研究員　「鷲の眼 上下」 デイヴィッド・ダン著;田中:昌太郎訳　早川書房(ハヤカワ文庫NV)　2004年4月

ジェッシイ・ストーン(ストーン)
マサチューセッツ州パラダイスの警察署長、長年ロス市警殺人課に勤務していた男 「忍び寄る牙」 ロバート・B・パーカー著;菊池光訳　早川書房(ハヤカワ・ミステリ文庫)　2004年9月

ジェッシイ・ストーン(ストーン)
マサチュセッツ州パラダイスの警察署長、経験豊富で熱き警察魂を持った男 「影に潜む」 ロバート・B.パーカー著;菊池光訳　早川書房(Hayakawa novels)　2004年3月

ジェッシイ・ストーン(ストーン)
マサチュセッツ州パラダイスの警察署長、経験豊富で熱き警察魂を持った男 「真相」 ロバート・B.パーカー著;菊池光訳　早川書房(Hayakawa novels)　2003年7月

ジェッシイ・ストーン(ストーン)
マサチュセッツ州パラダイスの警察署長、元ロスアンジェルス市警のベテラン刑事 「暗夜を渉る」 ロバート・B.パーカー著;菊池光訳　早川書房(ハヤカワ・ミステリ文庫)　2001年5月

ジェッシイ・ストーン(ストーン)
マサチュセッツ州パラダイスの警察署長、元ロスアンジェルス市警のベテラン刑事 「湖水に消える」 ロバート・B.パーカー著;菊池光訳　早川書房(ハヤカワ・ミステリ文庫)　2005年10月

ジェッシイ・ストーン(ストーン)
マサチュセッツ州パラダイスの警察署長、元ロスアンジェルス市警のベテラン刑事 「湖水に消える」 ロバート・B.パーカー著;菊池光訳　早川書房(Hayakawa novels)　2002年4月

シェード
女医ジョディの恋人で作家、美しくセクシーな男 「夢の研究 上下」 ジャック・バトラー著;南山宏訳　角川書店(角川文庫)　2001年2月

ジェナ・オコナー
富豪の実業家エリックの16歳の妻、3歳のコーディの母 「ブレス・ザ・チャイルド 上下」 キャシー・キャッシュ・スペルマン著;中俣真知子訳　竹書房(竹書房文庫)　2001年11月

ジェニー・ウィンデル
ロンドンに暮らす冒険好きでミステリ好きな18歳の少女 「四日間の不思議」 A.A.ミルン著;武藤崇恵訳　原書房(ヴィンテージ・ミステリ・シリーズ)　2004年6月

ジェニー・ゲベン
暴行を受け遺体で発見されたインディアナ州ニューレバノンの4年制大学・オーデン大学の女子学生 「死の教訓 上下」 ジェフリー・ディーヴァー著;越前敏弥訳　講談社(講談社文庫)　2002年3月

ジェニファー
マサチュセッツ州パラダイスの警察署長ジェッシイ・ストーンの別れた妻、女優 「暗夜を渉る」 ロバート・B.パーカー著;菊池光訳　早川書房(ハヤカワ・ミステリ文庫)　2001年5月

じぇに

ジェニファー・ガバメント
政府捜査官、左目の下にバーコードの刺青があるシングルマザー 「ジェニファー・ガバメント」 マックス・バリー著;泊山梁訳 竹書房(竹書房文庫) 2003年12月

ジェニファー・コノリー
お昼のメロドラマに出演中の演技派新進女優、往年の大スター・アビーの娘 「ひそやかな微笑み」 ヘザー・グレアム著;山田香里訳 二見書房(二見文庫) 2002年11月

ジェニファー・ニコルスン
心臓医兼私立探偵アンドルー・フェニモアの恋人で書店アシスタント 「フェニモア先生、人形を診る」 ロビン・ハサウェイ著;坂口玲子訳 早川書房(ハヤカワ・ミステリ文庫) 2002年5月

ジェニファー・ニコルスン
心臓医兼私立探偵アンドルー・フェニモアの恋人で書店アシスタント 「フェニモア先生、墓を掘る」 ロビン・ハサウェイ著;坂口玲子訳 早川書房(ハヤカワ・ミステリ文庫) 2001年5月

ジェニファー・ニコルスン
心臓医兼私立探偵アンドルー・フェニモアの恋人で書店アシスタント 「フェニモア先生、宝に出くわす」 ロビン・ハサウェイ著;坂口玲子訳 早川書房(ハヤカワ・ミステリ文庫) 2003年7月

ジェニファー・ヒルトンシャム
ロンドンに夫と3人の息子と暮らす主婦、脅迫状を受け取った38歳の女性 「素顔の裏まで」 ニッキ・フレンチ著;務台夏子訳 角川書店(角川文庫) 2002年1月

ジェニファー・フォックス(フォックス博士) じぇにふぁーふぉっくす(ふぉっくすはかせ)
イースターマン博士殺害の被疑者、白血病の集団発生に農薬工場が関係していると指摘した女性 「デッドリミット」 ランキン・デイヴィス著;白石朗訳 文藝春秋(文春文庫) 2001年5月

ジェニファー・マーチ
ロングアイランドに住む女性弁護士、20代後半のブルネットの美人 「すべてが罠 上下」 グレン・ミード著;戸田裕之訳 二見書房(二見文庫) 2005年11月

ジェニファー・リッター
ハドソン川周遊船上で殺された俳優・ハワードの美しい娘、女優の卵 「ハドソン川殺人事件」 D・フリン著;中山善之訳 講談社(講談社文庫) 2001年3月

ジェニファー・ロッジ
フィラデルフィアの大手法律事務所のパートナー・ダンの若い女性アソシエイト 「背任」 ボニー・マクドゥーガル著;吉野美耶子訳 講談社(講談社文庫) 2002年4月

ジェニー・マローン
ペンシルヴァニア州ミラーリッジ高校に通う16歳の少女、同級生のジョナのガールフレンド 「出会い系サイトの罠 danger.com 1」 ジョーダン・クレイ著;中江昌彦訳 青春出版社(青春文庫) 2001年10月

ジェネヴィーヴ・サチェット
ロサンゼルスで売り出し中の若く有能な女性の陪審コンサルタント 「財産分与 女弁護士ニナ・ライリー」 ペリー・オショーネシー著;富永和子訳 小学館(小学館文庫) 2004年12月

ジェネロ
イタリアマフィアのガンビーノ・ファミリーのボス 「射程圏」 J・C・ポロック著;中原裕子訳 早川書房(ハヤカワ文庫NV) 2001年6月

シェパード(ジェイムズ・シェパード)
富豪ロジャー・アクロイドの友人の医師 「アクロイド殺害事件」 アガサ・クリスティー著;河野一郎訳 嶋中書店(嶋中文庫) 2004年10月

シェパード（ジェイムズ・シェパード）
富豪ロジャー・アクロイドの友人の医師、物語の語り手 「アクロイド殺害事件」 アガサ・クリスティ著;大久保康雄訳 東京創元社（創元推理文庫） 2004年3月

シェパード（ジェームズ・シェパード）
富豪ロジャー・アクロイドの友人の医師、物語の語り手 「アクロイド殺し」 アガサ・クリスティー著;羽田詩津子訳 早川書房（ハヤカワ文庫クリスティー文庫） 2003年12月

JP　じぇーぴー
海軍一等兵曹、法務官のフェイドラ付きの事務系下士官を務める女性 「不手際な暗殺」 ノーム・ハリス著;結城山和夫訳 二見書房（二見文庫） 2004年1月

ジェフ
《ワシントン・ポスト》のベテラン記者、自信に満ちあふれた大男 「ロシア大統領暗殺 上下」 ゲイル・リンズ著;佐竹史子訳 早川書房（ハヤカワ文庫NV） 2002年1月

ジェフ
イギリスの田舎町のアワー・グロリアス校に通う卒業を間近に控えた男子生徒 「穴」 ガイ・バート著;矢野浩三郎訳 アーティストハウス（BOOK PLUS） 2002年3月

ジェファーソン
連続殺人事件を捜査しているボストン警察の刑事、ブローガン警部補の相棒 「虐殺魔〈ジン〉 上下」 マシュー・B.J.ディレイニー著;田中昌太郎訳 早川書房（ハヤカワ文庫NV） 2003年3月

ジェファソン・ジョーンズ（ジョーンズ）
ワイオミング州ララミー郡の保安官代理、州特別捜査官アントニオ・バーンズに協力する大男 「絶壁の死角」 クリントン・マッキンジー著;熊谷千寿訳 新潮社（新潮文庫） 2005年9月

ジェブ・ウェインライト
画家マローンの悪友、CIAで働く37歳の男 「赤い砂塵」 デイヴィッド・マレル著;山本光伸訳 早川書房（ハヤカワ文庫NV） 2001年2月

ジェフ・コナーズ
ワシントン・トリビューン・ネットワークテレビのスポーツキャスターでダナ・エバンスの恋人、元メジャーリーグのピッチャー 「空が落ちる 上下」 シドニィ・シェルダン著;天馬竜行訳 アカデミー出版 2001年9月

ジェフ・コナーズ
ワシントン・トリビューン・ネットワークテレビのスポーツキャスターでダナ・エバンスの恋人、元メジャーリーグのピッチャー 「空が落ちる 上下」 シドニィ・シェルダン著;天馬竜行訳 アカデミー出版 2003年5月

ジェフ・コンヴァース
無実の罪で有罪となり投獄直前に拉致された青年、コロンビア大学の学生 「マンハッタン狩猟クラブ」 ジョン・ソール著;加賀山;卓郎訳 文藝春秋（文春文庫） 2004年3月

ジェフ・ストッカード（ゼン）
米空軍ハイテクノロジー航空宇宙兵器センター少佐、同センター大尉・ブリーンナの夫 「幻影のエアフォース」 デイル・ブラウン著;上野元美訳 二見書房（二見文庫） 2005年2

ジェフ・ゼン・ストッカード（ゼン）
米空軍ハイテクノロジー航空宇宙兵器センターのテスト中の事故で車椅子生活となった少佐、同センターのブリーンナ大尉の夫 「砂漠の機密空域」 デイル・ブラウン著;上野元美訳 二見書房（二見文庫） 2003年6月

ジェフ・タリー（タリー）
カリフォルニア州ブリスト・カミーノ警察署署長、元ロサンゼルス市警察SWATの敏腕交渉人 「ホステージ 上下」 ロバート・クレイス著;村上和久訳 講談社（講談社文庫） 2005年5月

じぇふ

ジェフリイ・ヴィントナー
イギリスの作曲家でオルガン奏者、オックスフォード大学教授・フェンの同窓生 「大聖堂は大騒ぎ」 エドマンド・クリスピン著;滝口達也訳 国書刊行会(世界探偵小説全集) 2004年5月

ジェフリー・スタインズ
悪徳警官・ドーシー殺害の容疑者、弁護士アンディの依頼人 「悪徳警官はくたばらない」 デイヴィッド・ローゼンフェルト著;白石朗訳 文藝春秋(文春文庫) 2005年2月

ジェフリー・トリヴァー
ジョージア州グラント郡検死官のサラの元夫、警察署長 「開かれた瞳孔」 カリン・スローター著;大槻寿美枝訳 早川書房(ハヤカワ・ミステリ文庫) 2002年1月

ジェフリー・ハモンド(ジェフ)
《ワシントン・ポスト》のベテラン記者、自信に満ちあふれた大男 「ロシア大統領暗殺 上下」 ゲイル・リンズ著;佐竹史子訳 早川書房(ハヤカワ文庫NV) 2002年1月

ジェフリー・ブラックバーン
数学的思考で事件を解決するイギリスの若い探偵、元大学教授の数学者 「魔法人形」 マックス・アフォード著;霜島義明訳 国書刊行会(世界探偵小説全集) 2003年8月

ジェフリー・ヘイヴァシャム
イングランドおよびウェールズの法務総裁、英国首相・エドワードの兄でテロリストに誘拐された男 「デッドリミット」 ランキン・デイヴィス著;白石朗訳 文藝春秋(文春文庫) 2001年5月

ジェフリー・リクター(リクター)
アメリカの原子力潜水艦「タルサ」の艦長、真面目で頭脳明晰な38歳の中佐 「原潜を救助せよ」 ジェイムズ・フランシス著;村上和久訳 二見書房(二見文庫) 2003年11月

ジェフリー・レベット
30代前半の知的で強固な意志を持った青年、戦争未亡人メグの婚約者 「霧の中の虎」 マージェリー・アリンガム著;山本俊子訳 早川書房 (Hayakawa pocket mystery books) 2001年11月

ジェフリー・ロックウッド(ロックウッド氏)　じぇふりーろっくうっど(ろっくうっどし)
ロンドンのおやしき街に住む作家、いかつい風貌があどけない表情もみせる35歳の男 「ハリスおばさんモスクワへ行く」 ポール・ギャリコ著;亀山龍樹訳;遠藤みえこ訳 ブッキング(fukkan.com) 2005年7月

ジェマ・ジェイムズ
ノッティング・ヒル署の身重の警部補、4歳の少年トビーの母親 「警視の不信」 デボラ・クロンビー著;西田佳子訳 講談社(講談社文庫) 2005年9月

ジェマ・ジェイムズ
ロンドン警視庁警部補、キンケイド警視の恋人 「警視の予感」 デボラ・クロンビー著;西田佳子訳 講談社(講談社文庫) 2003年11月

ジェマ・ジェイムズ
ロンドン警視庁巡査部長、上司の警視キンケイドの恋人 「警視の接吻」 デボラ・クロンビー著;西田佳子訳 講談社(講談社文庫) 2001年6月

ジェマ・ドーゲン
ニューヨーク・ミッド－マンハッタン・メディカル・センターの脳神経外科教授、58歳の白人女性 「絶叫」 リンダ・フェアスタイン著;平井イサク訳 早川書房(ハヤカワ・ミステリ文庫) 2002年1月

紳士　じぇまん
ロンドンに住む掏摸の少女・スウと顔見知りの詐欺師、水も滴るいい男 「荊の城 上・下」 サラ・ウォーターズ著;中村有希訳 東京創元社(創元推理文庫) 2004年4月

ジェム
カンボジアのキリング・フィールド生き延びた娘、ニューヨーク裏社会の探偵バークのパートナーとなった女 「グッド・パンジイ」 アンドリュー・ヴァクス著;菊地よしみ訳 早川書房(ハヤカワ・ミステリ文庫) 2003年8月

ジェームズ・R・ヘロルド(ヘロルド)　じぇーむずあーるへろるど(へろるど)＊
ネブラスカに住む老資産家、マンハッタンへ私立探偵ウルフを訪ねてきた依頼人 「殺人犯はわが子なり」 レックス・スタウト著;大沢みなみ訳 早川書房(Hayakawa pocket mystery books) 2003年1月

ジェームズ・ウィンターズ(ウィンターズ)
FBIのバーチャル犯罪特捜隊「ネットフォース」のメンバー、少年部隊「ネットフォース・エクスプローラーズ」の連絡担当部長 「ネットフォースエクスプローラーズ 陰謀のゲーム」 トム・クランシー著;スティーヴ・ピチェニック著 アスペクト 2001年12月

ジェームズ・A・マロイ(マロイ)　じぇーむずえーまろい(まろい)＊
殺人事件の聞きこみをしていたニューヨーク市警の刑事 「イン・ザ・カット」 スザンナ・ムーア著;川副智子訳 早川書房(ハヤカワ文庫NV) 2004年3月

ジェームズ・サンデッカー(サンデッカー)
NUMA(国立海中海洋機関)の長官でダーク・ピットの上司、海軍出身の有能で人望篤い人物 「アトランティスを発見せよ 上下」 クライブ・カッスラー著;中山善之訳 新潮社(新潮文庫) 2001年11月

ジェームズ・サンデッカー(サンデッカー)
NUMA(国立海中海洋機関)の長官でダーク・ピットの上司、海軍出身の有能で人望篤い人物 「オデッセイの脅威を暴け 上下」 クライブ・カッスラー著;中山善之訳 新潮社(新潮文庫) 2005年6月

ジェームズ・サンデッカー(サンデッカー)
NUMA(国立海中海洋機関)の長官でダーク・ピットの上司、海軍出身の有能で人望篤い人物 「マンハッタンを死守せよ 上下」 クライブ・カッスラー著;中山善之訳 新潮社(新潮文庫) 2002年12月

ジェームズ・シェパード
富豪ロジャー・アクロイドの友人の医師、物語の語り手 「アクロイド殺し」 アガサ・クリスティー著;羽田詩津子訳 早川書房(ハヤカワ文庫クリスティー文庫) 2003年12月

ジェームズ・スプリント
ドイツ人の問題児、ポイントブランク・アカデミーに潜入したアレックスと仲良くなった少年 「女王陛下の少年スパイ!アレックス ポイントブランク」 アンソニー・ホロヴィッツ著;竜村風也訳 集英社 2002年12月

ジェームズ・トーマス・フィールズ(フィールズ)
出版社「ティクナー・アンド・フィールズ」の経営者、南北戦争直後のアメリカでダンテ『神曲』の翻訳に取り組む「ダンテ・クラブ」のメンバー 「ダンテ・クラブ」 マシュー・パール著;鈴木恵訳 新潮社 2004年8月

ジェームズ・ファレル
ロンドンで暮らすヴァイオリニスト志望の青年、アメリカ帰りの名門令嬢・エラにひと目で恋に落ちた男 「溺れゆく者たち」 リチャード・メイソン著;那波かおり訳 角川書店(Book plus) 2001年1月

ジェームズ・フィゲラス
アメリカで絶対的な成功を手にしたフルタイムの若き美術評論家 「炎に消えた名画(アート)」 チャールズ・ウィルフォード著;浜野アキオ訳 扶桑社(扶桑社ミステリー) 2004年8月

ジェームズ・フォリー
元司祭で弁護士、アンティーク・ピッカーのウィジーのおじ 「愛さずにはいられない 上下」 メアリー・ケイ・アンドルーズ著;安藤由紀子訳 集英社(集英社文庫) 2004年10月

じぇむ

ジェームズ・ブラウン(ブラウン)
フィラデルフィア警察の刑事、飛行機墜落事故を通じてコール少年の能力を知り良き友人となった男 「シックス・センス逃亡者」 デイヴィッド・ベンジャミン著;酒井紀子訳 竹書房(竹書房文庫) 2001年3月

ジェームズ・ヘラー(ヘラー長官) じぇーむずへらー(へらーちょうかん)
米国国防長官、ジャック・バウアーの直属の上司 「24 TWENTY FOUR 4-1」 ジョエル・サーナウ原案;ロバート・コクラン原案 竹書房(竹書房文庫) 2005年9月

ジェームズ・ヘラー(ヘラー長官) じぇーむずへらー(へらーちょうかん)
米国国防長官、ジャック・バウアーの直属の上司 「24 TWENTY FOUR 4-2」 ジョエル・サーナウ原案;ロバート・コクラン原案 竹書房(竹書房文庫) 2005年9月

ジェームズ・ヘラー(ヘラー長官) じぇーむずへらー(へらーちょうかん)
米国国防長官、ジャック・バウアーの直属の上司 「24 TWENTY FOUR 4-3」 ジョエル・サーナウ原案;ロバート・コクラン原案 竹書房(竹書房文庫) 2005年1月

ジェームズ・ヘラー(ヘラー長官) じぇーむずへらー(へらーちょうかん)
米国国防長官、ジャック・バウアーの直属の上司 「24 TWENTY FOUR 4-4」 ジョエル・サーナウ原案;ロバート・コクラン原案 竹書房(竹書房文庫) 2005年11月

ジェームズ・ホイッティアー
ネブラスカ州コールドウォーター大学の英文学科長、副司書長ジャクリーン・カービーの恋人 「ロマンス作家「殺人」事件」 エリザベス・ピーターズ著;本間有訳 扶桑社(扶桑社ミステリー) 2005年6月

ジェームズ・ボンド(ボンド)
新素材「スキン17」の盗まれた製法の奪回を命じられた英国秘密情報部員 「007/ハイタイム・トゥ・キル」 レイモンド・ベンスン著;小林浩子訳 早川書房(Hayakawa pocket mystery books) 2005年11月

ジェームズ・マクゲイン
カリフォルニア州ナパヴァレーでワイナリー「ビブロス」を双子の妹ジーナと経営する43歳の男 「Sの誘惑」 ローラ・リーズ著;池田真紀子訳 早川書房(Hayakawa novels) 2002年3月

ジェームズ・マックエヴァン(ジミー)
株式仲買人で弁護士・リチャードの弟、フィンレーで狩猟中に事故死した男 「記憶なき嘘」 ロバート・クラーク著;小津薫訳 講談社(講談社文庫) 2001年9月

ジェームズ・モバリー
宝石コレクター・ブレイディングの秘書の男 「ブレイディング・コレクション」 パトリシア・ウェントワース著;中島なすか訳 論創社(論創海外ミステリ) 2005年6月

ジェームズ・モリアーティ(モリアーティ)
19世紀末のロンドンに住む頭脳明晰な科学者にして犯罪界のナポレオンと評された悪党 「千里眼を持つ男」 マイケル・クーランド著;吉川;正子訳 講談社(講談社文庫) 2004年6月

ジェームズ・ラッセル・ローウェル(ローウェル)
ハーヴァード大学教授で詩人・編集者、南北戦争直後のアメリカでダンテ『神曲』の翻訳に取り組む「ダンテ・クラブ」のメンバー 「ダンテ・クラブ」 マシュー・パール著;鈴木;恵訳 新潮社 2004年8月

ジェームズ・ラニアー(ラニアー)
ロサンゼルスのクレンショー地区の公民館に勤める男性、日系二世のフランクの遺書に名が記されていたカーティスのいとこ 「ある日系人の肖像」 ニーナ・ルヴォワル著;本間有訳 扶桑社(扶桑社ミステリー) 2005年8月

ジェム・フィッシャー
フロリダ沖シー・ファイア島の「シー・ファイア・イン」の従業員、バハマ人の男 「炎の瞳」 ヘザー・グレアム著;ほんてちえ訳 ハーレクイン(MIRA文庫) 2005年7月

ジェヨン
サンヨンが率いる4人の若者の殺し屋のチームの一人、スナイパー 「ガン&トークス― キラーは愛を守るために」 チャンジン著;梁承喜訳 PHP研究所 2003年2月

ジェラード・ナスーリ
犯罪者向け投資情報サービス機関といわれている「MWB銀行」の元常務取締役 「黒い地図」 ピーター・スピーゲルマン著;松本剛史訳 ソニー・マガジンズ(ヴィレッジブックス) 2005年1月

ジェラード・ローガン(ローガン)
イギリス人のガラス工芸家、レース中に事故死した騎手・マーティンの友人 「勝利」 ディック・フランシス著;菊池光訳 早川書房(Hayakawa novels) 2001年5月

シエラ・マーフィー
ギレスピーの街にあるベンが経営するホテルの向かいに引っ越してきた造園業者、ベンの好みにぴったりの女性 「一夜だけの約束」 ローリ・フォスター著;石原未奈子訳 ソニー・マガジンズ(ヴィレッジブックス) 2005年2月

ジェラルディン・ツラビー(ツラビー)
タリバンのヒズボラ派地域司令官・ザラズィの副隊長、天才的な戦術家 「ロシア軍侵攻 上下」 デイル・ブラウン著;伏見威蕃訳 二見書房(二見文庫) 2005年10月

ジェラルディン・ロスマン
イギリス人の女性病理学者、急速な老化で死亡する奇病を解明するために結成されたグループのメンバー 「シャングリラ病原体 上下」 ブライアン・フリーマントル著;松本剛史訳 新潮社(新潮文庫) 2003年3月

ジェラール・デュプレ(ドミニク)
フランスの資産価値10億ドルのソフトウェア会社「ドゥマン」の経営者 「欧米掃滅 上下」 トム・クランシー著;スティーヴ・ピチェニック著;伏見威蕃訳 新潮社(新潮文庫) 2001年3月

ジェラルド・キャンドレス(キャンドレス)
心臓発作で亡くなった著名な小説家、二人の娘を溺愛していた父親 「煙突掃除の少年」 バーバラ・ヴァイン著;富永和子訳 早川書房(Hayakawa pocket mystery books) 2002年2月

ジェラルド・ジェイコブズ
ニューヨーク州の片田舎で隠遁生活をおくっていた80代の孤独で偏屈な大富豪 「エア・ハンター 相続人を探せ」 クリス・ラースガード著;雨沢泰訳 集英社 2001年11月

シェリ
フランスの大企業グレース・テクノロジーズ社の経営者、52歳の男 「鷲の眼 上下」 デイヴィッド・ダン著;田中昌太郎訳 早川書房(ハヤカワ文庫 NV) 2004年4月

シェリー
材木業者オグデンと霊媒師アイリーンの養女、14年前に父親が山で遭難した娘 「魔の淵」 ヘイク・タルボット著;小倉多加志訳 早川書房(Hayakawa pocket mystery books) 2001年4月

ジェリー
アメリカじゅうで息子のケヴィンと詐欺を働いている天才的に口のうまい男 「ホット・プラスティック」 ピーター・クレイグ著;森嶋マリ訳 アーティストハウスパブリッシャーズ 2004年8月

シェリイ・ノワック
「主婦探偵」ジェーン・シェフリイの隣人で親友 「エンドウと平和」 ジル・チャーチル著;浅羽莢子訳 東京創元社(創元推理文庫) 2001年11月

しぇり

ジェリー・ウェルバック
ロサンゼルスのマフィア組織で働く運び屋、ちょっぴりドジな男 「ザ・メキシカン」 ロバート・ウエストブルック著;小島由記子訳 竹書房(竹書房文庫) 2001年4月

ジェリー・エドガー(エドガー)
ロサンジェルス市警ハリウッド署の刑事、刑事ハリー・ボッシュのパートナー 「シティ・オブ・ボーンズ」 マイクル・コナリー著;古沢嘉通訳 早川書房(ハヤカワ・ミステリ文庫) 2005年2月

ジェリー・エドガー(エドガー)
ロサンジェルス市警ハリウッド署の刑事、刑事ハリー・ボッシュのパートナー 「シティ・オブ・ボーンズ」 マイクル・コナリー著;古沢嘉通訳 早川書房(Hayakawa novels) 2002年12月

シェリー・カーター
パズルレディ・コーラの姪でクロスワードパズルの制作者、内気でまじめで利口な幼稚園の代理教員 「パズルレディと赤いニシン」 パーネル・ホール著;松下祥子訳 早川書房(ハヤカワ・ミステリ文庫) 2003年4月

シェリー・カーター
保育園の代理教員、伯母のコーラとコネチカット州ベイカーズヘイヴンに暮らす若い女性 「パズルレディの名推理」 パーネル・ホール著;田中一江訳 早川書房(ハヤカワ・ミステリ文庫) 2001年8月

シェリー・キャリガン・オトゥール
ヘビメタ好きの少年スコットの離婚した母、精神科医で作家 「雪原決死行 上下」 ジョン・ギルストラップ著;飯島宏訳 扶桑社(扶桑社ミステリー) 2005年4月

ジェリー・ゴールドマン(クセノス・フィロティーモ)
元米国国防情報局の特殊任務将校、諜報界で飛び抜けて優れた技術を持つ伝説のフォー・フェイズ・マンの生き残り 「死のダンス」 リチャード・スタインバーグ著;酒井裕美訳 二見書房(二見文庫) 2002年3月

ジェリー・シグモンド
アメリカの人気トーク番組の司会者、ふたりの娘の父 「ダスト 上下」 チャールズ・ペレグリーノ著;白石朗訳 ソニー・マガジンズ(ヴィレッジブックス) 2002年5月

シェリダン・ピケット
猟区管理官ジョー・ピケットの11歳の娘、読書好きで眼鏡がコンプレックスの少女 「凍れる森」 C.J.ボックス著;野口百合子訳 講談社(講談社文庫) 2005年10月

シェリダン・ピケット
猟区管理官ジョー・ピケットの7歳の娘、読書好きで眼鏡がコンプレックスの少女 「沈黙の森」 C.J.ボックス著;野口百合子訳 講談社(講談社文庫) 2004年8月

ジェリー・デービス
シカゴからロサンゼルスに移ってきた優秀な電子工学エンジニア、地味な風貌の小柄な男 「リベンジは頭脳で」 シドニィ・シェルダン著;天馬龍行訳 アカデミー出版 2005年11月

ジェリー・ノース
フロリダ沖シー・ファイア島の滞在客、華奢で小柄でかわいらしい40代後半の女性 「炎の瞳」 ヘザー・グレアム著;ほんてちえ訳 ハーレクイン(MIRA文庫) 2005年7月

ジェリー・バートン
療養のためイギリスの田舎町リムストックに滞在する傷痍軍人、物語の語り手 「動く指」 アガサ・クリスティー著;高橋豊訳 早川書房(ハヤカワ文庫クリスティー文庫) 2004年4月

ジェリー・パンコー
ニューヨークで掃除人をしている同性愛者の男 「砕かれた街 上下」 ローレンス・ブロック著;田口俊樹訳 二見書房(二見文庫) 2004年8月

ジェリー・ラザラス（ラズ）
弁護士、親友のマーティーと慈善団体である児童財団にくわわった男性 「覗く。上下」 デイヴィッド・エリス著;中津悠訳　講談社（講談社文庫）　2003年3月

シェリル
マイアミの製薬会社「バイオテック社」の主任科学者、会社のオーナーの右腕　「マイアミ殺人懲りないドクター」　ダーク・ワイル著;森沢麻里訳　集英社（集英社文庫）　2003年11月

シェル
ラスヴェガスにある賭博場のカードディラーの女　「悪魔の赤毛」　デイヴィッド・コーベット著;小林宏明訳　新潮社（新潮文庫）　2005年2月

シェル・スコット
ロサンゼルスに探偵事務所を構える私立探偵、腕っぷしが強く女性に弱い銀髪の巨漢　「ハリウッドで二度吊せ!」　リチャード・S.プラザー著;三浦彊子訳　論創社（論創海外ミステリ）　2004年12月

シェルドン・スコット（シェル・スコット）
ロサンゼルスに探偵事務所を構える私立探偵、腕っぷしが強く女性に弱い銀髪の巨漢　「ハリウッドで二度吊せ!」　リチャード・S.プラザー著;三浦彊子訳　論創社（論創海外ミステリ）　2004年12月

ジェレマイア・スパー
テキサス州の牧場主、引退したテキサス・レンジャー　「ロデオ・ダンス・ナイト」　ジェイムズ・ハイム著;真崎義博訳　早川書房（ハヤカワ・ミステリ文庫）　2005年5月

ジェレマイア・ピュー（ピュー）
米国の大手煙草企業に壊滅的な打撃を与える証言を裁判において行おうとしている証人　「暗殺者（キラー）」　グレッグ・ルッカ著;古沢嘉通訳　講談社（講談社文庫）　2002年2月

ジェレミー・スレイド
ハリウッドの映画プロデューサー、モンスター映画『グー』シリーズの製作者　「ハリウッドで二度吊せ!」　リチャード・S.プラザー著;三浦彊子訳　論創社（論創海外ミステリ）　2004年12月

ジェレミー・フォークス
ニューヨークの放送局に勤める男、広告会社社長令嬢ドロシーの元恋人　「殺意のシナリオ」　ジョン・フランクリン・バーディン著;宮下嶺夫訳　小学館（Shogakukan mystery）　2003年12月

ジェレミー・フラートン（フラートン）
カリフォルニア州選出上院議員　「遺産」　D.W.;バッファ著;二宮;磬訳　文藝春秋（文春文庫）　2004年10月

ジェローム
殺害された貴族の息子の家庭教師、面白みがない皮肉屋　「十六歳の闇」　アン・ペリー著;富永和子訳　集英社（集英社文庫）　2004年11月

ジェローム・カースヴィル
失業して2ヵ月になる元中小企業の管理職、公務員の妻と大学生の娘をもつ父　「首切り」　ミシェル・クレスピ著;山中芳美訳　早川書房（ハヤカワ・ミステリ文庫）　2002年7月

ジェローム・クリフォード
ニューオーリンズのマフィアや麻薬密売人などを相手に仕事している弁護士　「依頼人」　ジョン・グリシャム著;白石朗訳　小学館（小学館文庫）　2003年1月

ジェン
マサチューセッツ州パラダイスの警察署長ジェッシイ・ストーンの別れた妻、女優　「影に潜む」　ロバート・B.パーカー著;菊池光訳　早川書房（Hayakawa novels）　2004年3月

しえん

ジェン
マサチュセッツ州パラダイスの警察署長ジェッシイ・ストーンの別れた妻、女優 「湖水に消える」 ロバート・B.パーカー著;菊池光訳　早川書房（ハヤカワ・ミステリ文庫）2005年10月

ジェン
マサチュセッツ州パラダイスの警察署長ジェッシイ・ストーンの別れた妻、女優 「湖水に消える」 ロバート・B.パーカー著;菊池光訳　早川書房(Hayakawa novels) 2002年4月

ジェン（ジェニファー）
マサチュセッツ州パラダイスの警察署長ジェッシイ・ストーンの別れた妻、女優 「暗夜を渉る」 ロバート・B.パーカー著;菊池光訳　早川書房（ハヤカワ・ミステリ文庫）2001年5月

ジェーン・ウィルキンスン
アメリカ人の元女優で美貌の若い女性、エッジウェア卿の妻 「エッジウェア卿の死」 アガサ・クリスティー著;福島正実訳　早川書房（ハヤカワ文庫クリスティー文庫）2004年7月

ジェーン・クック
アメリカの名門大学のフランス文学科教師、仕事にも恋愛にも悩みをかかえ情緒不安定気味の女性 「ジェーンに起きたこと」 カトリーヌ・キュッセ著;長谷川沙織訳　東京創元社（創元推理文庫）2004年7月

ジェーン・シェパード
インターチェンジ下の「島」にある映画館の地下で暮らす若い女 「コンクリート・アイランド」 J.G.バラード著;大和田始訳;國領昭彦訳　太田出版　2003年9月

ジェーン・ジェフリイ
シカゴに住む専業主婦で3人の子の母親、近隣に起きた殺人事件を推理し解決する「主婦探偵」 「エンドウと平和」 ジル・チャーチル著;浅羽莢子訳　東京創元社（創元推理文庫）2001年11月

シェーン・スカリー
ロサンジェルス市警南西署強盗殺人課の巡査部長、警部補レイの妻バーバラの友人 「追われる警官」 スティーヴン・キャネル著;真野;明裕訳　小学館（小学館文庫）2003年9月

ジェーン・スチュアート
ニューヨーク郊外で著作権代理事務所を営む38歳のシングルマザー 「迷子のマーリーン」 エヴァン・マーシャル著;高橋恭美子訳　ソニー・マガジンズ（ヴィレッジブックス）2004年4月

ジェーン・スチュアート
二年前に夫を亡くしひとりで著作権代理事務所を切り盛りしているシングル・ワーキング・マザー 「迷子のマーリーン 三毛猫ウィンキー＆ジェーン1」 エヴァン・マーシャル著;高橋恭美子訳　ソニー・マガジンズ（ヴィレッジブックス）2004年4月

ジェーン・スミス
IT企業経営者で一級建築士ジョンの妻、映画スターのような美女 「Mr.&Mrs.スミス」 キャシー・デュボウスキー著;小島由記子編訳　ソニー・マガジンズ（ヴィレッジブックス）2005年9月

ジェンセン・リッチー
検死助手のトゥルーが通う医学部の学生、明るく勉強熱心でトゥルーと意気投合した男の子 「トゥルー・コーリング Vol.6」 ジョン・ハーモン・フェルドマン原案;酒井紀子編訳　竹書房（竹書房文庫）2005年9月

ジェーン・ターナー
「ピンカートン探偵社」の調査員、調査のためリチャード叔父夫妻の家に家庭教師として潜入した女 「仮面舞踏会」 ウォルター・サタスウェイト著;大友香奈子訳　東京創元社（創元推理文庫）2004年3月

シェンナ・ベラサー
武器商人デリクの妻、30歳の元スーパーモデル 「赤い砂塵」 デイヴィッド・マレル著;山本光伸訳 早川書房(ハヤカワ文庫NV) 2001年2月

ジェーン・ハドソン
ニューヨーク州北部にある母校のハート・レーク女学院に赴任したラテン語教師 「乙女の湖」 キャロル・グッドマン著;津森優子訳 早川書房(ハヤカワ・ミステリ文庫) 2003年1月

ジェーン・バーナビー
19世紀後半のインドの町カサンポールで鉄道敷設に携わる技師、アメリカユタ州生まれの女性 「光の旅路 上下」 アイリス・ジョハンセン著;酒井裕美訳 二見書房(二見文庫) 2004年4月

ジェーン・ホワイトフィールド
故あって姿をけさなければならない人々にまったく別の人生を提供する蒸発請負人、ネイティヴ・アメリカンの血を引くキュートでタフな女性 「蒸発請負人」 トマス・ペリー著;飯島宏訳 講談社(講談社文庫) 2001年3月

ジェーン・マープル
ロンドン近郊セント・メアリ・ミード村に住む老嬢探偵、ゴシップ好きで好奇心旺盛な老婦人 「カリブ海の秘密」 アガサ・クリスティー著;永井淳訳 早川書房(ハヤカワ文庫クリスティー文庫) 2003年12月

ジェーン・マープル
ロンドン近郊セント・メアリ・ミード村に住む老嬢探偵、ゴシップ好きで好奇心旺盛な老婦人 「スリーピング・マーダー」 アガサ・クリスティー著;綾川梓訳 早川書房(ハヤカワ文庫クリスティー文庫) 2004年11月

ジェーン・マープル
ロンドン近郊セント・メアリ・ミード村に住む老嬢探偵、ゴシップ好きで好奇心旺盛な老婦人 「バートラム・ホテルにて」 アガサ・クリスティー著;乾信一郎訳 早川書房(ハヤカワ文庫クリスティー文庫) 2004年7月

ジェーン・マープル
ロンドン近郊セント・メアリ・ミード村に住む老嬢探偵、ゴシップ好きで好奇心旺盛な老婦人 「パディントン発4時50分」 アガサ・クリスティー著;松下祥子訳 早川書房(ハヤカワ文庫クリスティー文庫) 2003年10月

ジェーン・マープル
ロンドン近郊セント・メアリ・ミード村に住む老嬢探偵、ゴシップ好きで好奇心旺盛な老婦人 「ポケットにライ麦を」 アガサ・クリスティー著;宇野利泰訳 早川書房(ハヤカワ文庫クリスティー文庫) 2003年11月

ジェーン・マープル
ロンドン近郊セント・メアリ・ミード村に住む老嬢探偵、ゴシップ好きで好奇心旺盛な老婦人 「火曜クラブ」 アガサ・クリスティー著;中村妙子訳 早川書房(ハヤカワ文庫クリスティー文庫) 2003年10月

ジェーン・マープル
ロンドン近郊セント・メアリ・ミード村に住む老嬢探偵、ゴシップ好きで好奇心旺盛な老婦人 「鏡は横にひび割れて」 アガサ・クリスティー著;橋本福夫訳 早川書房(ハヤカワ文庫クリスティー文庫) 2004年7月

ジェーン・マープル
ロンドン近郊セント・メアリ・ミード村に住む老嬢探偵、ゴシップ好きで好奇心旺盛な老婦人 「書斎の死体」 アガサ・クリスティー著;山本やよい訳 早川書房(ハヤカワ文庫クリスティー文庫) 2004年2月

じぇん

ジェーン・マーブル
ロンドン近郊セント・メアリ・ミード村に住む老嬢探偵、ゴシップ好きで好奇心旺盛な老婦人 「動く指」アガサ・クリスティー著;高橋豊訳　早川書房(ハヤカワ文庫クリスティー文庫) 2004年4月

ジェーン・マーブル
ロンドン近郊セント・メアリ・ミード村に住む老嬢探偵、ゴシップ好きで好奇心旺盛な老婦人 「復讐の女神」アガサ・クリスティー著;乾信一郎訳　早川書房(ハヤカワ文庫クリスティー文庫)　2004年1月

ジェーン・マーブル
ロンドン近郊セント・メアリ・ミード村に住む老嬢探偵、ゴシップ好きで好奇心旺盛な老婦人 「牧師館の殺人」アガサ・クリスティー著;田村隆一訳　早川書房(ハヤカワ文庫クリスティー文庫)　2003年10月

ジェーン・マーブル
ロンドン近郊セント・メアリ・ミード村に住む老嬢探偵、ゴシップ好きで好奇心旺盛な老婦人 「魔術の殺人」アガサ・クリスティー著;田村隆一訳　早川書房(ハヤカワ文庫クリスティー文庫)　2004年3月

ジェーン・マーブル
ロンドン近郊セント・メアリ・ミード村に住む老嬢探偵、ゴシップ好きで好奇心旺盛な老婦人 「予告殺人」アガサ・クリスティー著;田村隆一訳　早川書房(ハヤカワ文庫クリスティー文庫)　2003年11月

ジェーン・ラクール
女性カメラマンのジョーダン・グラスの双子の妹、行方不明になっているニューオーリンズ連続誘拐事件の被害者　「戦慄の眠り 上下」グレッグ・アイルズ著;雨沢泰訳　講談社(講談社文庫)　2004年4月

ジェーン・ロジャース
「銅の巻物」に記された宝物の発掘隊のメンバー、写学生アリーのかつての恋人　「クムラン 蘇る神殿」エリエット・アベカシス著;鈴木敏弘訳　角川書店　2002年10月

ジオ
ブルックリン地区検事補、自分の不注意から幼い娘を亡くし叱責の念に駆られる日々を過ごす男　「哀しみの街の検事補」ロブ・ルーランド著;北沢和彦訳　扶桑社(扶桑社ミステリー)　2004年4月

シギー
ロンドンの半分を支配しているギャング・ヴァルの三男、14歳のシグニーの双子の弟　「ブラッドタイド」メルヴィン・バージェス著;安原和見訳　東京創元社(創元推理文庫)　2005年3月

ジギー
スコットランド・セントアンドルーズ大学の学生、殺害された女性の第一発見者の一人　「過去からの殺意」ヴァル・マクダーミド著;宮内もと子訳　集英社(集英社文庫)　2005年3月

ジギー・マックス(サル・マタッチ)
バーテン、マンハッタンのマフィア・ポールの元手下　「灼熱」ローレンス・シェイムズ著;北沢あかね訳　講談社(講談社文庫)　2001年5月

ジキル
19世紀後半のロンドンに住む高名な医学博士、弁護士アタスンの顧客　「ジキル博士とハイド氏」ロバート・ルイス・スティーヴンスン著;夏来健次訳　東京創元社(創元推理文庫)　2001年8月

シグニー
ロンドンの半分を支配しているギャング・ヴァルの長女、対立するギャングのコナーと攻略結婚させられた14歳の娘 「ブラッドタイド」 メルヴィン・バージェス著;安原和見訳　東京創元社(創元推理文庫)　2005年3月

ジークフリート・カール(山猫)　じーくふりーとかーる(やまねこ)
凄腕の傭兵、麻薬取引の世界の闇の帝王ディヴェインに雇われている男 「謀殺プログラム」 トム・クランシー著;マーティン・グリーンバーグ著;棚橋志行訳　二見書房(二見文庫)　2003年5月

ジグ・ベルサミ
板門店中立国監査委・情報部少領、北朝鮮の兵士が韓国軍兵士に射殺された事件の捜査をした韓国系スイス人 「JSA―共同警備区域」 朴商延著;金重明訳　文藝春秋(文春文庫)　2001年5月

シグムンド・マーキウイッツ(ジギー)
スコットランド・セントアンドルーズ大学の学生、殺害された女性の第一発見者の一人 「過去からの殺意」 ヴァル・マクダーミド著;宮内もと子訳　集英社(集英社文庫)　2005年3月

司祭　しさい
共産党政権下のメキシコ・タバスコ州で逃亡を続けるカトリックの神父、「ウィスキー坊主」の呼び名を持つ酒好きの破戒僧 「権力と栄光―グレアム・グリーン・セレクション」 グレアム・グリーン著;齋藤;数衛訳　早川書房(ハヤカワepi文庫)　2004年9月

ジーザス・アセンシオ(ジェシー)
カリフォルニア州ニューポート・ビーチで開業するメキシコ系アメリカ人の私立探偵、元FBI捜査官 「ワンダーランドで人が死ぬ」 ケント・ブレイスウェイト著;渋谷比佐子訳　扶桑社(扶桑社ミステリー)　2002年7月

シザーレ・バンデーロ(リコ)
リトル・イタリア地区で使い走りからのし上がったギャング団の首領 「リトル・シーザー」 W.R.バーネット著;小鷹信光訳　小学館(Shogakukan mystery)　2003年7月

C.J.ヘイグ(ヘイグ)　しーじぇいへいぐ(へいぐ)*
ブリスベン警察捜査課の警部、口が悪く態度の大きい男 「ドリームタイム・ランド」 S.H.コーティア著;伊藤星江訳　論創社(論創海外ミステリ)　2005年11月

C・J・タウンゼント(クローイ・ラーソン)　しーじぇーたうんぜんど(くろーいらーそん)*
マイアミ・デード郡地方検事局の女性検事補、12年前のレイプ事件の被害者 「報復」 ジリアン・ホフマン著;吉田利子訳　ソニー・マガジンズ(ヴィレッジブックス)　2004年11月

C・J・タウンゼンド(クローイ・ラーソン)　しーじぇーたうんぜんど(くろーいらーそん)*
マイアミ・デード郡地方検事局の検事補、かつて激しい暴行を受けた被害者の女性 「報復ふたたび」 ジリアン・ホフマン著;吉田利子訳　ソニー・マガジンズ(ヴィレッジブックス)　2005年11月

C・C・バド・キング(キング)　しーしーばどきんぐ(きんぐ)*
マイアミの製薬会社「バイオテック社」と建設会社を経営するオーナー 「マイアミ殺人懲りないドクター」 ダーク・ワイル著;森沢麻里訳　集英社(集英社文庫)　2003年11月

シスコ
若い空軍大尉、2004年にCIAに出向していた情報戦のスペシャリスト 「派兵の代償」 トマス・E.リックス著;藤田佳澄訳　早川書房(ハヤカワ文庫NV)　2002年4月

シット・ハウス
軍事産業と遺伝子ビジネスを牛耳る「ゴライアス社」の社員、幹部のジャック・シットの弟 「文学刑事サーズデイ・ネクスト〈2〉」 ジャスパー・フォード著;田村源二訳　ソニー・マガジンズ　2004年9月

しど

シド
カリフォルニア州検事局主任捜査員、対組織犯罪機動隊の女性リーダー 「ダーウィンの剃刀」 ダン・シモンズ著;嶋田;洋一訳;渡辺;庸子訳 早川書房(ハヤカワ文庫NV) 2004年12月

シド(シドニー・ジェームソン)
記者、連続婦女暴行事件の犯人を目撃した女性 「ラッキーをつかまえろ」 スーザン・ブロックマン作;長田乃莉子訳 ハーレクイン(シルエット・ラブストリーム) 2001年6月

シド・カールソン
サウスキャロライナ州の建設業界の大物、元ミスサウスキャロライナのジュリー・カールソンの夫 「月明かりのキリング・フィールド」 カレン・ロバーズ著;高田;恵子訳 ソニー・マガジンズ(ヴィレッジブックス) 2004年11月

シドニー・アイザック・キャプラン(キャプラン)
ニューヨークの刑事弁護士、夫殺しで逮捕された女・プリシアの弁護を引き受けた男 「裁きを待つ女」 デイヴィッド・クレイ著;北沢あかね訳 ソニー・マガジンズ(ヴィレッジブックス) 2002年4月

シドニー・オルスン(シド)
カリフォルニア州検事局主任捜査員、対組織犯罪機動隊の女性リーダー 「ダーウィンの剃刀」 ダン・シモンズ著;嶋田;洋一訳;渡辺;庸子訳 早川書房(ハヤカワ文庫NV) 2004年12月

シドニー・ジェームソン
記者、連続婦女暴行事件の犯人を目撃した女性 「ラッキーをつかまえろ」 スーザン・ブロックマン作;長田乃莉子訳 ハーレクイン(シルエット・ラブストリーム) 2001年6月

シドニー・デッカー
元CIA工作員イーサン・デッカーの元妻、ダラスに住みブレイドン研究所で小児白血病の遺伝子研究を行うドクター 「幼き逃亡者の祈り」 パトリシア;ルーイン著;林;啓恵訳 ソニー・マガジンズ(ヴィレッジブックス) 2004年7月

シドニー・マイルズ
新聞記者、十年前の密室殺人事件を調べ直すために英国のブラックフィールド村に帰郷した男 「赤い霧」 ポール・アルテ著;平岡敦訳 早川書房(Hayakawa pocket mystery books) 2004年10月

ジーナ
探偵事務所ルンギ家の次男・アンジェロの妻、子どもがふたりいることが信じられないくらいの美貌の持ち主 「探偵家族/冬の事件簿」 マイクル・Z・リューイン著;田口俊樹訳 早川書房(Hayakawa pocket mystery books) 2004年1月

ジーナ
探偵事務所ルンギ家の次男・アンジェロの妻、子どもがふたりいることが信じられないくらいの美貌の持ち主 「探偵家族」 マイクル・Z・リューイン著;田口俊樹訳 早川書房(ハヤカワ・ミステリ文庫) 2003年12月

ジーナ・ブラッドリー
フリーのインテリア・デザイナー、アンジェラとレイチェルの双子を養子にしたシアトルの高級住宅地に住む裕福な夫妻の妻 「緋色の影」 メグ・オブライエン著;皆川孝子訳 ハーレクイン(MIRA文庫) 2004年8月

ジーナ・マクゲイン
カリフォルニア州ナパヴァレーでワイナリー「ビブロス」を双子の兄ジェームズと経営する43歳の女 「Sの誘惑」 ローラ・リーズ著;池田真紀子訳 早川書房(Hayakawa novels) 2002年3月

ジニー
セントルイスの新聞記者、20年前にある私立小学校の英才児クラスに在籍していた女性 「雷鳴の記憶」 ダイナ・マコール著;皆川孝子訳 ハーレクイン(MIRA文庫) 2003年5月

ジニー(アントーニア・ジネーブラ・ジャネッリ)
美術史研究家、スタントマンのレブとメディチ家の短剣を探した女性 「メディチ家の短剣」 キャメロン・ウエスト著;酒井武志訳 早川書房(ハヤカワ文庫NV) 2002年10月

シニア・チーフ
アメリカ最強の特殊部隊SEAL第十六チームの上級上等兵曹 「氷の女王の怒り」 スーザン・ブロックマン著;山田久美子訳 ソニー・マガジンズ(ヴィレッジブックス) 2005年11月

ジニー・ホーソン
獣医師、親友のセーラの婚約者・トムが好きだった28歳の地味な女性 「スプーン三杯の嫉妬」 バンティ・アヴィーソン著;高月園子訳 ソニー・マガジンズ(ヴィレッジブックス) 2005年4月

シーヴァー
ネヴァダ州兵航空隊第111爆撃飛行隊の少佐、強靭な体つきのウェールズ人の男 「韓国軍北侵 上下」 デイル・ブラウン著;伏見威蕃訳 二見書房(二見文庫) 2001年6月

シヴァー先生　しばーせんせい
1831年のイギリス・サンダーランドに住む医師、医学生に解剖を教える解剖学者 「青いドレスの少女」 シェリ・ホールマン著;河野純治訳 DHC 2002年5月

C・B(カスバート・ボニフェイス・ディングル)　しーびー(かすばーとぼにふぇいすでぃんぐる)*
ニュージャージー州の花協会に莫大な資産を遺したグッドローの甥 「誘拐犯はそこにいる」 メアリ・ヒギンズ・クラーク著;キャロル・ヒギンズ・クラーク著;宇佐川晶子訳 新潮社(新潮文庫) 2003年12月

シヴィア・ロス
盗難美術品回収の専門家、ユダヤ系アメリカ人の女性 「覇者 上下」 ポール・リンゼイ著;笹野洋子訳 講談社(講談社文庫) 2003年5月

シビッラ
女占い師、斜視で赤毛の謎めいた美女 「白紙委任状」 カルロ・ルカレッリ著;菅谷誠訳 柏艪舎(イタリア捜査シリーズ) 2005年1月

シビラ
ストックホルムの街中で暮らすホームレスの32歳の女、18歳で家出した富豪の令嬢 「喪失」 カーリン・アルヴテーゲン著;柳沢由実子訳 小学館(小学館文庫) 2005年1月

シビル
ヴァーモント州に住む自然な出産にこだわる無認可の助産婦、14歳の少女・コンスタンスの母 「助産婦が裁かれるとき」 クリス・ボジャリアン著;高山祥子訳 東京創元社(創元推理文庫) 2004年5月

シビル・アダムズ
目の不自由な大学教授、刑事リナの双子の妹 「開かれた瞳孔」 カリン・スローター著;大槻寿美枝訳 早川書房(ハヤカワ・ミステリ文庫) 2002年1月

シフェール
引退したパリ十区担当の警部、「鉄の男」「裏金」のあだ名を持つかつての悪徳警官 「狼の帝国」 ジャン=クリストフ・グランジェ著;高岡真訳 東京創元社(創元推理文庫) 2005年12月

ジーヴズ
20世紀初頭のロンドンであやゆるトラブルを解決し雇い主を窮地から救う有能な執事 「ジーヴズの事件簿」 P.G.ウッドハウス著;岩永正勝編訳 文藝春秋(P・G・ウッドハウス選集) 2005年5月

じぶら

ジブラルタル
ミシガン州ルーンレイク署の警察署長、名門スタンフォード大学出身のインテリ男 「死のように静かな冬」 P・J・パリッシュ著;長島水際訳　早川書房(ハヤカワ・ミステリ文庫) 2003年11月

ジフン
韓国軍の一等兵、小説家を夢見ながら兵役につく若者 「DMZ非武装地帯」 イキュヒョン著;宮本尚寛訳　PHP研究所　2005年7月

シボーン・クラーク
エジンバラのゲイフィールド・スクエア署の若い女性刑事、リーバス警部の部下 「獣と肉」 イアン・ランキン著;延原泰子訳　早川書房(Hayakawa novels)　2005年11月

シボーン・クラーク
エジンバラのセント・レナーズ署の若い女性刑事、リーバス警部の部下 「血に問えば」 イアン・ランキン著;延原泰子訳　早川書房(Hayakawa novels)　2004年10月

シボーン・クラーク
エジンバラのセント・レナーズ署の若い女性刑事、リーバス警部の部下 「滝」 イアン・ランキン著;延原泰子訳　早川書房(Hayakawa pocket mystery books)　2002年3月

シボーン・クラーク
エジンバラのセント・レナーズ署の若い女性刑事、リーバス警部の部下 「蹲る骨」 イアン・ランキン著;延原泰子訳　早川書房(Hayakawa pocket mystery books)　2001年4月

シマーソン
英国陸軍サウスエセックス連隊連隊長、プライドばかりが高くて無能な男 「イーグルを奪え－シャープ・シリーズ〈1〉」 バーナード・コーンウェル著;原佳代子訳　光人社　2004年6月

ジミー
株式仲買人で弁護士・リチャードの弟、フィンレーで狩猟中に事故死した男 「記憶なき嘘」 ロバート・クラーク著;小津薫訳　講談社(講談社文庫)　2001年9月

ジミー
工芸大学の学生テディ・グレックスの父 「心地よい眺め」 ルース・レンデル著;茅律子訳　早川書房(Hayakawa pocket mystery books)　2003年8月

ジミー
私立探偵スモーキー・ドルトンの友人ジョウ・ベイリーの弟 「危険な道」 クリス・ネルスコット著;延原泰子訳　早川書房(Hayakawa pocket mystery books)　2001年9月

ジミー・シシワン
スコッツデールで暮らしている私立探偵リナのパートナー、ピマ族の男性 「砂漠の風に吹かれて」 ベティ・ウェブ著;上条ひろみ訳　扶桑社(扶桑社ミステリー)　2004年9月

ジミー・パス
マイアミ警察殺人課刑事、妊婦が惨殺され臓器と胎児の脳を摘出された事件の犯人を追った男 「夜の回帰線　上下」 マイケル・グルーバー著;田口俊樹訳　新潮社(新潮文庫)　2004年7月

ジミー・マーカス
娘のケイティを惨殺された父親で雑貨店経営者、少年時代に境遇の違うショーンとデイヴと友だちだった男 「ミスティック・リバー」 デニス・ルヘイン著;加賀山卓朗訳　早川書房　2001年9月

ジミー・マーカス
娘のケイティを惨殺された父親で雑貨店経営者、少年時代に境遇の違うショーンとデイヴと友だちだった男 「ミスティック・リバー」 デニス・ルヘイン著;加賀山卓朗訳　早川書房(ハヤカワ・ミステリ文庫)　2003年12月

じむけ

ジミー・レース
"シカゴ・センティネル紙"のシカゴ本部からパリ支局に派遣された血の気の多い若い記者 「恐怖の審問」 ポール・ギャリコ著;早野依子訳　新樹社　2005年10月

ジミー・ロジャーズ
「フィル・スタック保険代理店」の外交員でカルフォルニアの地方都市の元市長の息子、かつて州最高のハイスクール・アスリートと呼ばれた三十三歳の男 「転落の道標」 ケント・ハリントン著;古沢嘉通訳　扶桑社(扶桑社ミステリー)　2001年2月

ジミー・ロースン
事件現場に最初に到着した巡査、後のスコットランド・ファイフ警察本部長補 「過去からの殺意」 ヴァル・マクダーミド著;宮内もと子訳　集英社(集英社文庫)　2005年3月

ジム
フロリダ州セント・シモーン警察署の刑事、英語教師エミリーの元恋人 「哀しい嘘」 スーザン・ブロックマン作;安倍杏子訳　ハーレクイン(シルエット・ラブストリーム)　2002年7月

ジム・ウェスト
アメリカ合衆国大統領 「北朝鮮最終決戦 上下」 ハンフリー・ホークスリー著;棚橋志行訳　二見書房(二見文庫)　2005年5月

ジム・クィララン(クィララン)
元新聞記者で「ムース郡なんとか」紙のコラムニスト、地元の名士でミスターQとして親しまれている中年男性 「猫は銀幕にデビューする」 リリアン・J.ブラウン著;羽田詩津子訳　早川書房(ハヤカワ・ミステリ文庫)　2005年2月

ジム・クィララン(クィララン)
新聞「デイリー・フラクション」紙の記者、都会で暮らす老練なジャーナリスト 「猫はブラームスを演奏する」 リリアン・J.ブラウン著;羽田詩津子訳　早川書房(ハヤカワ・ミステリ文庫)　2001年6月

ジム・クィララン(クィララン)
莫大な遺産を継いで北国のピカックスに移り住むことになったもと新聞記者の男 「猫は郵便配達をする」 リリアン・J.ブラウン著;羽田詩津子訳　早川書房(ハヤカワ・ミステリ文庫)　2002年1月

ジム・クィララン(クィララン)
北国ピカックスに住むもと新聞記者、簡素な生活を好む億万長者 「猫はコインを貯める」 リリアン・J.ブラウン著;羽田詩津子訳　早川書房(ハヤカワ・ミステリ文庫)　2002年12月

ジム・クィララン(クィララン)
北国ピカックスに住むもと新聞記者、簡素な生活を好む億万長者 「猫は火事場にかけつける」 リリアン・J.ブラウン著;羽田詩津子訳　早川書房(ハヤカワ・ミステリ文庫)　2003年6

ジム・クィララン(クィララン)
北国ピカックスに住むもと新聞記者、簡素な生活を好む億万長者 「猫は流れ星を見る」 リリアン・J.ブラウン著;羽田詩津子訳　早川書房(ハヤカワ・ミステリ文庫)　2002年6月

ジム・クラーク(クラーク)
重大犯罪特捜班の警視、二年前の麻薬捜査事件で右脚に重傷を負った52歳の男 「氷の刃」 ポール・カースン著;真野明裕訳　二見書房(二見文庫)　2002年7月

ジム・クリステンセン
ピッツバーグ大学教授、心理学者 「人形の記憶」 マーティン・J.スミス著;幾野宏訳　新潮社(新潮文庫)　2003年10月

ジム・ケイディ
飛行機エンジンを製造する「ブレイン・カンパニー」の技術者、経営者のエイヴェリンの婚約者 「死を呼ぶスカーフ」 ミニオン・G・エバハート著;板垣節子訳　論創社(論創海外ミステリ)　2005年1月

じむし

ジム・シュミット
大統領報道官、米国海軍駆逐艦ウィンストン・チャーチル号艦長のビルの兄 「化学兵器テロを阻止せよ―ホワイトハウス極秘指令」 ビル・ハーロウ著;塩川優訳 扶桑社(扶桑社ミステリー) 2002年12月

ジム・スティーヴンズ
エジンバラの地元新聞の記者、腐敗や犯罪を暴く刑事能力に長けたベテラン 「紐と十字架」 イアン・ランキン著;延原泰子訳 早川書房(ハヤカワ・ミステリ文庫) 2005年4月

ジム・ストロング
弁護士ニナの依頼人、カリフォルニア有数のスキーリゾートのオーナー一族の長男 「殺害容疑 女弁護士ニナ・ライリー」 ペリー・オショーネシー著;富永和子訳 小学館(小学館文庫) 2005年1月

ジム・バード
CIA秘密工作員の監督係、並外れて背が高い30歳の男 「コンフェッション」 チャック・バリス著;雨海弘美訳 角川書店(角川文庫) 2003年7月

ジム・バーネット(バーネット)
私立探偵、パリに開業した奇妙な「バーネット探偵社」の主 「バーネット探偵社 改版―ルパン傑作集〈7〉」 モーリス・ルブラン著;堀口大学訳 新潮社(新潮文庫) 2003年7月

ジム・バリー
雑誌編集者、息子を野球選手に育てるために草野球チームに心血を注ぐ男 「硝煙のトランザム」 ロブ・ライアン著;鈴木恵訳 文藝春秋(文春文庫) 2003年8月

ジム・フォラン
イエズス会士、発掘現場で見つかった骨がイエス・キリストのものかどうか調べるために聖地エルサレムへ派遣されたアメリカ人 「遺骨」 リチャード・ベン・サピア著;新谷寿美香訳 青山出版社 2002年10月

ジム・フレッチャー
テキサス州ブレナムの有力な牧師、10年前に殺害されたシシーの父親 「ロデオ・ダンス・ナイト」 ジェイムズ・ハイム著;真崎義博訳 早川書房(ハヤカワ・ミステリ文庫) 2005年5月

ジム・ブレッドソー
戦時下のアメリカ海軍の潜水艦副長、自由奔放で何事にも意欲的な野心家 「深く静かに潜航せよ」 エドワード・L・ビーチ著;鳥見真生訳 柏艪舎 2003年8月

ジム・ベケット
テスの元夫、元バークシャー郡警察官の連続女性殺人犯 「素顔は見せないで」 リサ・ガードナー著;前野律訳 ソニー・マガジンズ(ヴィレッジブックス) 2002年2月

シメオン・リー
ゴーストン館の当主で大富豪、偏屈な老人 「ポアロのクリスマス」 アガサ・クリスティー著;村上啓夫訳 早川書房(ハヤカワ文庫クリスティー文庫) 2003年11月

シモーヌ・ド・ラ・フェール
フランスの由緒ある貴族の令嬢で超人的な能力を持つ美女、人間に戻ることを願うバンパイア 「闇を駆ける女神」 カレン・ハーバー著;島村浩子訳 ソニー・マガジンズ(ヴィレッジブックス) 2005年12月

シモーネ・ハチソン
リゾートの仕掛人であるギャビンの妻、旧姓はシモーネ・ドレイバー 「楽園占拠」 クリストファー・ブルックマイア著;玉木亨訳 ソニー・マガジンズ(ヴィレッジブックス) 2003年7月

シモン・デラム
シン・ベト(イスラエル国家秘密情報機関)の長官、古文書学者ダビッドの旧友 「クムラン蘇る神殿」 エリエット・アベカシス著;鈴木敏弘訳 角川書店 2002年10月

シャイナー
エリック・パーカーの会社のテクノロジー主任、小柄で童顔の男 「コズモポリス」 ドン・デリーロ著;上岡伸雄訳 新潮社（新潮文庫）2004年2月

ジャイルズ・ロールストン
モリー・ロールストンの夫、少し偉そうだが好感の持てる20代の青年 「ねずみとり」 アガサ・クリスティー著;鳴海四郎訳 早川書房（ハヤカワ文庫クリスティー文庫） 2004年3月

ジャガー
終身刑となった異常殺人鬼、無実の罪で有罪となったジェフの〈ゲーム〉での相棒 「マンハッタン狩猟クラブ」 ジョン・ソール著;加賀山卓郎訳 文藝春秋（文春文庫）2004年3月

シャーキー
ボストン・レッドソックスの監督、今年で就任9年目になる57歳の男 「殺人豪速球」 デイヴィッド;フェレル著;棚橋志行訳 二見書房（二見文庫）2003年10月

ジャクソン・ナヴァー
テキサス州サンアントニオで10年前に殺された保安官、帰郷した青年・ナヴァーの父親 「ビッグ・レッド・テキーラ」 リック・リオーダン著;伏見威蕃訳 小学館(Shogakukan mystery) 2002年12月

ジャクソン・ワッツ
ニューハンプシャー州検察局殺人部首席検事 「最後の審判」 リチャード・ノース・パタースン著;東江一紀訳 新潮社 2002年9月

ジャクリ
アルタシ一族の長アクズの姪、聡明で美しいウイグル人の女 「シルクロードの鬼神 上下」 エリオット・パティスン著;三川基好訳 早川書房（ハヤカワ・ミステリ文庫）2002年2月

ジャクリーヌ・ドラクロワ（サラ・アレビ）
イスラエル諜報機関「オフィス」の女性補助工作員、ファッション・モデル 「報復という名の芸術－美術修復師ガブリエル・アロン」 ダニエル・シルヴァ著;山本光伸訳 論創社 2005年8月

ジャクリーン・カービー
アメリカの大学図書館の司書、英国の大学教授となったトマスとは友達以上恋人未満の女性 「リチャード三世「殺人」事件」 エリザベス・ピーターズ著;安野玲訳 扶桑社(扶桑社ミステリー) 2003年2月

ジャクリーン・カービー
ネブラスカ州コールドウォーター大学の図書館副司書長、皮肉屋で好奇心旺盛な女性 「ロマンス作家「殺人」事件」 エリザベス・ピーターズ著;本間有訳 扶桑社(扶桑社ミステリー) 2005年6月

ジャクリーン・カービー
ロマンス小説作家、大ベストセラー『氷のなかに裸で』の続編執筆者に選ばれた作家 「ベストセラー「殺人」事件」 エリザベス・ピーターズ著;田村義進訳 扶桑社(扶桑社ミステリー) 2003年6月

ジャジド・ヘンドラ
インドネシア政府科学技術大臣、かなり風変わりで冷酷な男 「奪還」 マイケル・デイ著;松本剛史訳 ソニー・マガジンズ（ヴィレッジブックス）2005年4月

ジャス（ジャスティス）
K・ドッグの友人、コカインの売人 「ロード・ドッグス」 クワン著;Masae訳 青山出版社（Hiphop★novels）2005年8月

じゃす

ジャズ・ディクスン
ミシシッピ州の田舎町の作家志望者サークルの一員、図書館司書をしている知的な女性 「ミシシッピ・シークレット」 リジー・ハート著;安藤由紀子訳　東京創元社（創元コンテンポラリ）2003年3月

ジャスティス
「ロサンゼルス・タイムズ」の元記者、マスコミを追われ失意の毎日を送っている男 「夜の片隅で」 ジョン・モーガン・ウィルソン著;岩瀬孝雄訳　早川書房（ハヤカワ・ミステリ文庫） 2002年2月

ジャスティス
K・ドッグの友人、コカインの売人 「ロード・ドッグス」 クワン著;Masae訳　青山出版社（Hiphop★novels）2005年8月

ジャスティス
ロサンジェルス市警強盗殺人課の刑事、勇敢で有能な38歳の黒人女性 「エンジェル・シティ・ブルース」 ポーラ・L.ウッズ著;猪俣美江子訳　早川書房（ハヤカワ・ミステリ文庫）2003年6月

ジャスティン・カーライル
海洋学者、ダイビングインストラクターのサマンサの父 「炎の瞳」 ヘザー・グレアム著;ほんてちえ訳　ハーレクイン（MIRA文庫）2005年7月

ジャスティン・クエイル
ナイロビ英国高等弁務官事務所に勤める一等書記官、若妻のテッサを惨殺された中年の男 「ナイロビの蜂 上下」 ジョン・ル・カレ著;加賀山卓朗訳　集英社（集英社文庫）2003年12月

ジャスミン・ワシントン
コンピューター科学者、遺伝子解読装置"ジーンスコープ"を発明した女博士 「メサイア・コード 上下」 マイクル・コーディ著;内田昌之訳　早川書房（ハヤカワ文庫NV）2005年8月

ジャダラー・サーレム・ズワイイ（ズワイ）
リビア連合王国大統領、狂信的イスラム教徒集団ムスリム同盟の中心人物 「炎の翼 上下」 デイル・ブラウン著;伏見威蕃訳　二見書房（二見文庫）2004年7月

ジャッキー
シカゴ市警の女性警部補、不眠症で離婚経験のある46歳 「ウィスキー・サワーは殺しの香り」 J.A.コンラス著;木村博江訳　文藝春秋（文春文庫）2005年2月

ジャッキー・イシダ
カリフォルニア大学のL.A校法科大学院3年生、日系二世の祖父フランクを亡くした孫娘 「ある日系人の肖像」 ニーナ・ルヴォワル著;本間有訳　扶桑社（扶桑社ミステリー）2005年8月

ジャッキー・ロビンソン
ブルックリン・ドジャースの新人選手、黒人初の大リーガー 「ダブルプレー」 ロバート・B・パーカー著;菊池光訳　早川書房（Hayakawa novels）2005年2月

ジャック
依頼に応じて不可解な事件を解決する闇の始末屋 「異界への扉」 F.ポール・ウィルスン著;大滝啓裕訳　扶桑社（扶桑社ミステリー）2002年7月

ジャック
依頼に応じて不可解な事件を解決する闇の始末屋 「始末屋ジャック見えない敵 上下」 F.ポール・ウィルスン著;大瀧啓裕訳　扶桑社（扶桑社ミステリー）2005年1月

ジャック
依頼に応じて不可解な事件を解決する闇の始末屋 「始末屋ジャック幽霊屋敷の秘密 上下」 F.ポール・ウィルスン著;大瀧啓裕訳　扶桑社（扶桑社ミステリー）2005年10月

ジャック
依頼に応じて不可解な事件を解決する闇の始末屋 「神と悪魔の遺産 上下」 F.ポール・ウィルスン著;大滝啓裕訳 扶桑社(扶桑社ミステリー) 2001年1月

ジャック
映画スター、長年対立していた俳優一家スチュアート家の当主・ブライズと結婚することになった俳優 「ハートの4」 エラリイ・クイーン著;大庭忠男訳 早川書房(ハヤカワ・ミステリ文庫) 2004年2月

ジャック
街角の預言者、シアトルのダウンタウンの路上で天のお告げを伝える初老のホームレス 「ブロンドライフ」 ジョン・スコット・シェパード脚本;ダナ・スティーヴンス脚本;池谷律代訳 竹書房(竹書房文庫) 2003年8月

ジャック(ジャッコ)
アージル家の養子の一人、殺人罪で逮捕され獄中で病死した男 「無実はさいなむ」 アガサ・クリスティー著;小笠原豊樹訳 早川書房(ハヤカワ文庫クリスティー文庫) 2004年7月

ジャック・アームストロング(アームストロング)
小さな田舎町ブラックウォーター・ベイの建設業者、次期保安官選挙の立候補者 「すべての石の下に」 ポーラ・ゴズリング著;山本俊子訳 早川書房(Hayakawa pocket mystery books) 2001年1月

ジャック・ウェイド
保険会社「カリフォルニア火災生命」の火災査定人、消防学校出身で元郡保安局火災調査官 「カリフォルニアの炎」 ドン・ウィンズロウ著;東江一紀訳 角川書店(角川文庫) 2001年9月

ジャック・ウエスト
テキサス州で無実の罪を着せられて刑務所に5年間いた男、行方不明のシャンタルの夫 「一つの顔、二人の女」 アン・メイジャー著;細郷妙子訳 ハーレクイン(MIRA文庫) 2002年11月

ジャック・エメリー
地方検事、女性弁護士ニコール・クインの恋人 「シスターフッド」 ファーン・マイケルズ著;小原亜美訳 二見書房(二見文庫) 2004年11月

ジャック・オブライアン
ミシシッピ州の黒人町ティーブスに潜入した6人の射撃ティームメンバーのひとり 「最も危険な場所 上下」 スティーヴン・ハンター著;公手成幸訳 扶桑社(扶桑社ミステリー) 2002年5月

ジャック・オーブリー(オーブリー艦長) じゃっくおーぶりー(おーぶりーかんちょう)
19世紀初頭の若き英国海軍海尉艦長、軍医スティーブンの友人 「勅任艦長への航海 上下」 パトリック・オブライアン著;高沢次郎訳 早川書房(ハヤカワ文庫NV) 2003年4月

ジャック・オーブリー(オーブリー艦長) じゃっくおーぶりー(おーぶりーかんちょう)
英国海軍スループ艦ソフィー号艦長 「新鋭艦長、戦乱の海へ 上下」 パトリック・オブライアン著;高橋泰邦訳 早川書房(ハヤカワ文庫NV) 2002年12月

ジャック・オーブリー(オーブリー艦長) じゃっくおーぶりー(おーぶりーかんちょう)
英国海軍勅任艦長、モーリシャス方面の戦隊を指揮する戦隊司令官になった男 「攻略せよ、要衝モーリシャス 上下」 パトリック・オブライアン著;高津幸枝訳 早川書房(ハヤカワ文庫NV) 2004年7月

ジャック・オーブリー(オーブリー艦長) じゃっくおーぶりー(おーぶりーかんちょう)
英国海軍勅任艦長、英国艦レパート号艦長 「囚人護送艦、流刑大陸へ 上下」 パトリック・オブライアン著;大森洋子訳 早川書房(ハヤカワ文庫NV) 2005年5月

じゃっ

ジャック・オーブリー（オーブリー艦長）　じゃっくおーぶりー（おーぶりーかんちょう）
英国海軍勅任艦長、軍医のマチュリンとアメリカ軍の捕虜としてボストンへ連行されてしまった男　「ボストン沖、決死の脱出行 上下」　パトリック・オブライアン著;高沢次郎訳　早川書房（ハヤカワ文庫NV）　2005年9月

ジャック・カーチ（カーチ）
私立探偵、裏の顔をもつ男　「バッドラック・ムーン 上下」　マイクル・コナリー著;木村二郎訳　講談社（講談社文庫）　2001年8月

ジャック・カービイ（カービイ）
ニューヨーク市警情報部組織犯罪監視班の刑事　「射程圏」　J・C・ポロック著;中原裕子訳　早川書房（ハヤカワ文庫NV）　2001年6月

ジャック・キーパー・マルコーニ
グリーン・ヘヴン刑務所所長、以前アッティカ刑務所に新米看守として配属された三人の男の一人　「汚名」　ヴィンセント・ザンドリ著;高橋恭美子訳　文藝春秋（文春文庫）　2001年8月

ジャック・キャフェリー（キャフェリー）
ロンドン警視庁圏内重要犯罪捜査隊Bチームに所属する34歳の警部　「死を啼く鳥」　モー・ヘイダー著;小林宏明訳　角川春樹事務所（ハルキ文庫）　2002年4月

ジャック・キャフェリー（キャフェリー）
ロンドン警視庁圏内重要犯罪捜査隊Bチーム所属の警部、27年前に失踪した兄がいる男　「悪鬼（トロール）の檻」　モー・ヘイダー著;小林宏明訳　角川春樹事務所（ハルキ文庫）　2003年7月

ジャック・キンケイド（キンケイド）
FBIシカゴ支局のうらぶれた捜査官、自らも犯罪に手を染める男　「鉄槌」　ポール・リンゼイ著;笹野洋子訳　講談社（講談社文庫）　2005年7月

ジャック・クロフォード（クロフォード）
FBI特別捜査官、法医学の専門家　「レッド・ドラゴン 上下」　トマス・ハリス著;小倉多加志訳　早川書房（ハヤカワ文庫NV）　2002年9月

ジャック・ケルソー
CIA特殊作戦部門の副長官　「すべてが罠 上下」　グレン・ミード著;戸田裕之訳　二見書房（二見文庫）　2005年11月

ジャック・コーディック（コーディック）
サンフランシスコ中央署警部補、身元不明の老人の死体が海岸で発見された事件を担当した男　「誘拐指令」　J.ケニーリー著;高橋健次訳　講談社（講談社文庫）　2001年6月

ジャック・コリンズ（コリンズ）
FBI捜査官、一人息子をアル・カイーダに殺された父親　「亡国のゲーム 上・下」　グレン・ミード著;戸田裕之訳　二見書房（ザ・ミステリ・コレクション）　2003年12月

ジャック・ジーグラー
法学教授タルコットの父親オリヴァーの旧友、三度起訴され無罪とされた過去のある男　「オーシャン・パークの帝王 上下」　スティーヴン・L.カーター著;黒原敏行訳　アーティストハウスパブリッシャーズ　2003年9月

ジャック・ジュニア
前アメリカ大統領の長男、民間の極秘諜報機関「ザ・キャンパス」の新入分析官　「国際テロ 上下」　トム・クランシー著;田村源二訳　新潮社（新潮文庫）　2005年8月

ジャック・ストッダート（ストッダート）
アメリカ人気候学者、急速な老化により死亡する奇病を解明するために結成されたグループのリーダー　「シャングリラ病原体 上下」　ブライアン・フリーマントル著;松本剛史訳　新潮社（新潮文庫）　2003年3月

ジャック・ストライカー（ストライカー）
グランサム警察の警部補、州立大学の助教授・ケイトの恋人 「死の連鎖」 ポーラ・ゴズリング著；山本俊子訳　早川書房（Hayakawa pocket mystery books）2003年5月

ジャック・スパーリング（スパーリング）
二年前に妻殺害事件で逮捕されTVプロデューサーのエアリアルが取材をしていた男、評決不能で釈放された元被告 「猜疑」 ジュディ・マーサー著；北沢あかね訳　講談社（講談社文庫）2001年11月

ジャック・スパロウ
海賊船ブラックパール号の船長、自由を愛する気ままな海賊 「パイレーツ・オブ・カリビアン 呪われた海賊たち」 テッド・エリオット脚本；テリー・ロッシオ脚本；ジェイ・ウォルパート脚本；鈴木玲子ノヴェライズ　竹書房（竹書房文庫）2003年8月

ジャック・スモールボーン（スモールボーン）
ロンドン警視庁の中年刑事、スーパーモデルが片目をえぐられ殺害された事件の捜査をした男 「迷い子たちの長い夜」 フランチェスカ・ワイズマン著；猪俣美江子訳　ランダムハウス講談社（ランダムハウス講談社文庫）2005年1月

ジャック・ソニエール（ソニエール）
殺害されたルーヴル美術館館長、フランス司法警察暗号捜査官ソフィー・ヌヴーの祖父 「ダ・ヴィンチ・コード 上下」 ダン・ブラウン著；越前敏弥訳　角川書店　2004年5月

ジャック・タガー
南フロリダの「ユニオン・レジスター」紙の記者、死亡記事担当に左遷中の46歳の男 「ロックンロール・ウイドー」 カール・ハイアセン著；田村義進訳　文藝春秋（文春文庫）2004年12月

ジャック・ダニエルズ（ジャッキー）
シカゴ市警の女性警部補、不眠症で離婚経験のある46歳 「ウィスキー・サワーは殺しの香り」 J.A.コンラス著；木村博江訳　文藝春秋（文春文庫）2005年2月

ジャック・テイラー
アイルランド西部の都市ゴールウェイの私立探偵で元警官、アルコール依存症で無類の本好き 「酔いどれに悪人なし」 ケン・ブルーウン著；東野さやか訳　早川書房（ハヤカワ・ミステリ文庫）2005年1月

ジャック・テイラー
アイルランド西部の都市ゴールウェイの私立探偵で元警官、アルコール依存症で無類の本好き 「酔いどれ故郷にかえる」 ケン・ブルーウン著；東野さやか訳　早川書房（ハヤカワ・ミステリ文庫）2005年5月

ジャック・デューガン
マイアミの恐竜マフィアのボス、「恐竜探偵」ヴィンセント・ルビオの幼なじみで同じく人間の扮装をした恐竜 「鉤爪の収穫」 エリック・ガルシア著；酒井昭伸訳　ソニー・マガジンズ（ヴィレッジブックス）2005年8月

ジャック・デュ・モーリエ
フランス革命期の公安委員会の捜査官 「闇を駆ける女神」 カレン・ハーバー著；島村浩子訳　ソニー・マガジンズ（ヴィレッジブックス）2005年12月

ジャック・デュランス（デュランス）
19世紀末のイギリス軍東サリー連隊の中尉、北サリー連隊の将校ハリー・ファイヴァシャムの親友 「サハラに舞う羽根」 A.E.W.メースン著；古賀弥生訳　東京創元社（創元推理文庫）2003年7月

ジャック・ドゥビエリュー
火災ですべての作品を失ったフランス人の老画家、現代美術の世界での最重鎮 「炎に消えた名画(アート)」 チャールズ・ウィルフォード著；浜野アキオ訳　扶桑社（扶桑社ミステリー）2004年8月

ジャック・ニューリン
フィラデルフィアの著名な法律事務所の共同経営者、43歳の弁護士 「代理弁護」リザ;スコットライン著;高山;祥子訳　講談社(講談社文庫)　2004年3月

ジャック・ノヴァク(ノヴァク)
女性検事補・ステラの元恋人、麻薬犯罪専門の弁護士 「ダーク・レディ 上下」リチャード・ノース・パタースン著;東江一紀訳　新潮社(新潮文庫)　2004年9月

ジャック・バウアー
テロ対策ユニットロサンゼルス支局の特別捜査官、無鉄砲で混乱を引き起こす男 「24-CTU機密解除記録－ヘルゲート作戦 上下」ジョエル・サーナウ原案;ロバート・コクラン原案;マーク・セラシーニ著;文永優訳　英知出版(英知文庫)　2005年11月

ジャック・バウアー
米国国防長官の特別補佐官、政府テロ対策機関CTUの元捜査官 「24 TWENTY FOUR 4-1」ジョエル・サーナウ原案;ロバート・コクラン原案　竹書房(竹書房文庫)　2005年9月

ジャック・バウアー
米国国防長官の特別補佐官、政府テロ対策機関CTUの元捜査官 「24 TWENTY FOUR 4-2」ジョエル・サーナウ原案;ロバート・コクラン原案　竹書房(竹書房文庫)　2005年9月

ジャック・バウアー
米国国防長官の特別補佐官、政府テロ対策機関CTUの元捜査官 「24 TWENTY FOUR 4-3」ジョエル・サーナウ原案;ロバート・コクラン原案　竹書房(竹書房文庫)　2005年1月

ジャック・バウアー
米国国防長官の特別補佐官、政府テロ対策機関CTUの元捜査官 「24 TWENTY FOUR 4-4」ジョエル・サーナウ原案;ロバート・コクラン原案　竹書房(竹書房文庫)　2005年11月

ジャック・バウアー
米国政府テロ対策機関CTUのロサンゼルス支局工作部門チーフ、知的肉体的能力の極めて高い優秀な捜査官 「24 TWENTY FOUR 2-1」ジョエル・サーナウ原案;ロバート・コクラン原案　竹書房(竹書房文庫)　2004年4月

ジャック・バウアー
米国政府テロ対策機関CTUのロサンゼルス支局工作部門チーフ、知的肉体的能力の極めて高い優秀な捜査官 「24 TWENTY FOUR 2-2」ジョエル・サーナウ原案;ロバート・コクラン原案　竹書房(竹書房文庫)　2004年4月

ジャック・バウアー
米国政府テロ対策機関CTUのロサンゼルス支局工作部門チーフ、知的肉体的能力の極めて高い優秀な捜査官 「24 TWENTY FOUR 2-3」ジョエル・サーナウ原案;ロバート・コクラン原案　竹書房(竹書房文庫)　2004年5月

ジャック・バウアー
米国政府テロ対策機関CTUのロサンゼルス支局工作部門チーフ、知的肉体的能力の極めて高い優秀な捜査官 「24 TWENTY FOUR 2-4」ジョエル・サーナウ原案;ロバート・コクラン原案　竹書房(竹書房文庫)　2004年6月

ジャック・バウアー
米国政府テロ対策機関CTUの元ロサンゼルス支局チーフ、知的肉体的能力の極めて高い優秀な捜査官 「24 TWENTY FOUR 3-1」ジョエル・サーナウ原案;ロバート・コクラン原案　竹書房(竹書房文庫)　2004年11月

ジャック・バウアー
米国政府テロ対策機関CTUの元ロサンゼルス支局チーフ、知的肉体的能力の極めて高い優秀な捜査官 「24 TWENTY FOUR 3-2」ジョエル・サーナウ原案;ロバート・コクラン原案　竹書房(竹書房文庫)　2004年11月

ジャック・バウアー
米国政府テロ対策機関CTUの元ロサンゼルス支局チーフ、知的肉体的能力の極めて高い優秀な捜査官 「24 TWENTY FOUR 3-3」 ジョエル・サーナウ原案;ロバート・コクラン原案 竹書房(竹書房文庫) 2004年12月

ジャック・バウアー
米国政府テロ対策機関CTUの元ロサンゼルス支局チーフ、知的肉体的能力の極めて高い優秀な捜査官 「24 TWENTY FOUR 3-4」 ジョエル・サーナウ原案;ロバート・コクラン原案 竹書房(竹書房文庫) 2004年12月

ジャック・バウアー(バウアー)
米国政府テロ対策機関CTUのロサンゼルス支局の特別捜査官 「24 CTU/テロ対策ユニットの真実」 マーク・セラシーニ編集;文永優訳 角川書店 2004年3月

ジャック・バウアー(バウアー)
米国政府テロ対策機関CTUのロサンゼルス支局の特別捜査官 「24 TWENTY FOUR [1]上中下」 ジョエル・サーナウ原案;ロバート・コクラン原案 竹書房(竹書房文庫) 2003年12月

ジャック・ハーパー
22歳のトゥルーが勤めるモルグの新人スタッフ、過去に死から生還した経験があるミステリアスな男 「トゥルー・コーリング Vol.4」 ジョン・ハーモン・フェルドマン原案;酒井紀子編訳 竹書房(竹書房文庫) 2005年7月

ジャック・ハーパー
時間を遡る能力を持つトゥルーと同じ力を持つ男、死にゆく人間の運命を守ろうとトゥルーを阻止する宿敵 「トゥルー・コーリング Vol.5」 ジョン・ハーモン・フェルドマン原案;酒井紀子編訳 竹書房(竹書房文庫) 2005年9月

ジャック・ハーパー
時間を遡る能力を持つトゥルーと同じ力を持つ男、死にゆく人間の運命を守ろうとトゥルーを阻止する宿敵 「トゥルー・コーリング Vol.6」 ジョン・ハーモン・フェルドマン原案;酒井紀子編訳 竹書房(竹書房文庫) 2005年9月

ジャック・ヴァーミリオン
「ブラックウォーター・トランジット社」の経営者、元陸軍兵のアール・パイクより武器コレクションをメキシコへ運んでほしいという依頼を引き受けた男 「ブラックウォーター・トランジット」 カーステン・ストラウド著;布施由紀子訳 文藝春秋(文春文庫) 2002年11月

ジャック・バリストン(バリストン)
米国のバイオテクノロジー会社「オキシ・テク社」の社長、天才的な遺伝学の科学者 「消えた小麦〈1〉―セス・コルトンシリーズ」 エリック・ローラン著;長島良三訳 小学館 2003年11月

ジャック・ヴァレンタイン
イギリス首相直属の極秘の諜報機関・MRUの情報部員、北アイルランドにパラシュート降下した工作員の死体を探し出すよう任命された男 「シリウス・ファイル」 ジョン・クリード著;鎌田三平訳 新潮社(新潮文庫) 2004年7月

ジャック・バーンズ(バーンズ)
ロンドンのドーバー・ストリート署警部補刑事 「戦士たちの挽歌」 フレデリック・フォーサイス著;篠原慎訳 角川書店 2002年1月

ジャック・バーンスタイン(バーンスタイン)
ロサンゼルスにあるブラッドフォード建設の副支社長、次期支社長選に臨む男 「硝子の塔」 スタンリー・アレン著;大妻裕一訳 二見書房(二見文庫) 2001年8月

ジャック・ピアース
キャンボーン署の警部、画家ローズ・トレヴェリアンの恋人 「しっかりものの老女の死」 ジェイニー・ボライソー著;安野玲訳 東京創元社(創元推理文庫) 2005年4月

ジャック・ピアース（ピアース）
ニューヨーク市警のベテラン刑事、刑事コーエンの相棒で幼い娘を殺された33歳の男 「闇に問いかける男」 トマス・H・クック著;村松潔訳 文藝春秋（文春文庫）2003年7月

ジャック・ピアース（ピアース警部）　じゃっくぴあーす（ぴあーすけいぶ）
画家のローズが第一発見者となった転落死を捜査した地元警察署の警部 「容疑者たちの事情」 ジェイニー・ボライソー著;山田順子訳　東京創元社（創元推理文庫）2004年11月

ジャック・フィッツローアン
アイルランド貴族出身で「ゼラルダ・エレクトロニクス社」前社長、航海中に非業の死を遂げ2億ドルの遺産を隠し子に贈ると遺言した六十歳 「もう一人の相続人」 マレー・スミス著;広瀬順弘訳　文藝春秋（文春文庫）2001年2月

ジャック・フォアマン
失業中のプログラマー、多忙な妻に代わり専業主夫を務めている三児の父 「プレイ 獲物 上下」 マイクル・クライトン著;酒井昭伸訳　早川書房　2003年4月

ジャック・フォックス（フォックス）
マフィア「ソラッツォ・ファミリー」の幹部 「審判の日」 ジャック・ヒギンズ著;黒原敏行訳　角川書店（角川文庫）2004年9月

ジャック・フォーリー（フォーリー）
銀行強盗のプロで脱獄犯、知的で軽妙な会話を好む47歳の男 「アウト・オブ・サイト」 エルモア・レナード著;高見浩訳　角川書店（角川文庫）2002年1月

ジャック・フリッポ
ダラスで弁護士をしているハルのもとで働く調査員、元検事補 「ビッグ・タウン」 ダグ・J・スワンソン著;黒原敏行訳　早川書房（ハヤカワ・ミステリ文庫）2001年2月

ジャック・ブレイクニー
強烈な個性を備えた売れない画家、医師のセアラの夫 「鉄の柩」 ミネット・ウォルターズ著;成川裕子訳　東京創元社（創元推理文庫）2002年12月

ジャック・フロスト（フロスト）
だらしのない中年男でイギリスの田舎のデントン市警察署の警部、新米の部長刑事・ギルモアの上司 「夜のフロスト」 R.D.ウィングフィールド著;芹沢恵訳　東京創元社（創元推理文庫）2001年6月

ジャック・ヴェリティ
元警官、家出した息子を探す母親・シアの手助けをした男性 「蝶のめざめ」 ダリアン・ノース著;羽田詩津子訳　文藝春秋（文春文庫）2001年5月

ジャック・ペル（ペル）
女性刑事スターキーが調査中の爆発事件に捜査協力するためワシントンからやって来たFBI特別捜査官 「破壊天使 上下」 ロバート・クレイス著;村上和久訳　講談社（講談社文庫）2002年8月

ジャック・ホイットマン
巨大メディア企業の企画・開発担当副社長、地下鉄で出会った美女のドロレスに一目惚れして名刺を渡した男 「闇に消えた女」 コリン・ハリソン著;笹野洋子訳　講談社（講談社文庫）2002年6月

ジャック・ホワイトヘッド
〈ヨークシャー・ポスト〉紙の記者 「1977リッパー」 デイヴィッド・ピース著;酒井武志訳　早川書房（ハヤカワ・ミステリ文庫）2001年9月

ジャック・マクドゥガル
カナダ連邦騎馬警察（RCMP）警部補、バンクーヴァーを脅かす連続殺人鬼〈ヘッドハンター〉の特別捜査本部副本部長 「ヘッドハンター 上下」 マイケル・スレイド著;大島豊訳　東京創元社（創元推理文庫）2005年9月

ジャック・マレン
ロングアイランドのモントーク出身で名門コロンビア大学のロースクールに通う優等生、ネルソン・グドウィン＆ミケル法律事務所の実習生 「ビーチハウス」 ジェイムズ・パタースン著；ピーター・デ・ジョング著 ソニー・マガジンズ（ヴィレッジブックス） 2003年5月

ジャック・メリエス（メリエス）
パリ警察署辣腕警視、怖がり屋の32歳の男 「蟻の時代 ウェルベル・コレクションⅡ」 ベルナール・ウェルベル著；小中陽太郎訳；森山隆訳 角川書店（角川文庫） 2003年7月

ジャック・モンフォール
不可解な自動書記状態になった建築士、ロンドン警視庁警視キンケイドの従弟 「警視の予感」 デボラ・クロンビー著；西田佳子訳 講談社（講談社文庫） 2003年11月

ジャック・ライアン（ジョン・パトリック・ライアン）
再選を果たしたアメリカ合衆国大統領 「大戦勃発 1～4」 トム・クランシー著；田村源二訳 新潮社（新潮文庫） 2002年4月

ジャック・ライアン（ライアン）
CIAに入局したてでイギリスのSISに修行に出された駆け出しの32歳の情報分析官 「教皇暗殺 1・2・3・4」 トム・クランシー著；田村源二訳 新潮社（新潮文庫） 2004年4月

ジャック・ライトナー
ブルックリン・サウス殺人課特別捜査班のエリート刑事、生まれ育ったレッド・フックで起きたドミニカ人刺殺事件を担当した男 「贖いの地」 ガブリエル・コーエン著；北沢和彦訳 新潮社（新潮文庫） 2003年5月

ジャック・ライリー
ニューヨーク市警重要犯罪捜査課警部、頭脳明晰で整った顔立ちの青年 「誘拐犯はそこにいる」 メアリ・ヒギンズ・クラーク著；キャロル・ヒギンズ・クラーク著；宇佐川晶子訳 新潮社（新潮文庫） 2003年12月

ジャック・ラッソ
アラバマ州ヒルズボロの警察署長、元SWAT隊員で36歳の凄腕警官 「パーティーガール」 リンダ・ハワード著；加藤洋子訳 二見書房（二見文庫） 2002年3月

ジャック・ラトリッジ（大統領）　じゃっくらとりっじ（だいとうりょう）
ユタ州のスキー・リゾートでテロリストに襲われ誘拐されたアメリカ合衆国大統領 「傭兵部隊〈ライオン〉を追え 上下」 ブラッド・ソー著；田中昌太郎訳 早川書房（ハヤカワ文庫NV） 2002年7月

ジャック・ランディス
ファミリー・ケーブル・ネットワークの社長で超人気番組のホスト役、タイピスト・ポリーの上司 「ウォータースライドをのぼれ」 ドン・ウィンズロウ著；東江一紀訳 東京創元社（創元推理文庫） 2005年7月

ジャック・ランドール
近未来都市・ニューリッチモンド警察の元警部補、人間のクローン「スペア」を飼育する「農場」の管理人 「スペアーズ」 マイケル・マーシャル・スミス著；嶋田洋一訳 ソニー・マガジンズ（ヴィレッジブックス） 2001年11月

ジャック・リーチャー（リーチャー）
元米国軍人、脚の悪いFBI女捜査官・ホリーとモンタナの山奥へ誘拐されてしまった三十七歳の男 「反撃 上下」 リー・チャイルド著；小林宏明訳 講談社（講談社文庫） 2003年2月

ジャック・ロス
ニューヨークの弁護士事務所RT&Jの経営者、エリザベスとジョーイ姉妹の父 「マンハッタンの薔薇」 シンシア；ビクター著；田村；達子訳 講談社（講談社文庫） 2004年5月

ジャック・ロデリック
元OSS(戦略作戦局)局員、タイシルク王 「王は闇に眠る 上下」 フランシーヌ・マシューズ著;中井京子訳 新潮社(新潮文庫) 2003年10月

ジャッコ
アージル家の養子の一人、殺人罪で逮捕され獄中で病死した男 「無実はさいなむ」 アガサ・クリスティー著;小笠原豊樹訳 早川書房(ハヤカワ文庫クリスティー文庫) 2004年7月

ジャッド・クロッカー(クロッカー)
アメリカ海軍原子力潜水艦〈シーウルフ〉艦長、40歳のアメリカ海軍大佐 「最新鋭原潜シーウルフ奪還 上下」 パトリック・ロビンソン著;上野元美訳 二見書房(二見文庫) 2002年5月

ジャップ
ロンドン警視庁の主任警部、私立探偵ポアロとは旧知の仲の優秀な刑事 「愛国殺人」 アガサ・クリスティー著;加島祥造訳 早川書房(ハヤカワ文庫クリスティー文庫) 2004年6月

ジャド・スティーブンス
ニューヨークにクリニックを開業する著名な精神分析医 「顔 上下」 シドニィ・シェルダン作;天馬竜行訳 アカデミー出版 2001年2月

ジャド・モーガン(モーガン)
元CIAの暗殺者、女性フォトジャーナリストのアレックス・グレアムのボディーガード 「その夜、彼女は獲物になった」 アイリス・ジョハンセン著;池田真紀子訳 ソニー・マガジンズ(ヴィレッジブックス) 2005年7月

ジャナス
エジプトの地を侵す「ヒクソス帝国」の水軍司令長官 「自由の王妃アアヘテプ物語3 燃えあがる剣」 クリスチャン・ジャック著;山田浩之訳 角川書店(角川文庫) 2004年1月

ジャナス
エジプトの地を侵す異国の民「ヒクソス」の水軍司令長官 「自由の王妃アアヘテプ物語2 二つの王冠」 クリスチャン・ジャック著;山田浩之訳 角川書店(角川文庫) 2003年11月

ジャニス
売春婦、ミルガース署部長刑事ボブの愛人 「1977リッパー」 デイヴィッド・ピース著;酒井武志訳 早川書房(ハヤカワ・ミステリ文庫) 2001年9月

ジャニーン
私立探偵デレク・ストレンジの秘書で恋人、一児の母 「終わりなき孤独」 ジョージ・P.ペレケーノス著;佐藤耕士訳 早川書房(ハヤカワ・ミステリ文庫) 2004年8月

ジャニーン
私立探偵デレク・ストレンジの秘書で恋人、一児の母 「曇りなき正義」 ジョージ・P.ペレケーノス著;佐藤耕士訳 早川書房(ハヤカワ・ミステリ文庫) 2001年11月

ジャネット・カーター
FBIロアノーク駐在事務所凶悪犯罪捜査課の女性捜査官、エドウィン・クライスの協力者 「闇の狩人を撃て 上下」 P.T.デューターマン著;阿尾正子訳 二見書房(二見文庫) 2003年4月

ジャネット・グッドペニー
"シカゴ・センティネル紙"パリ支局の編集部司書、地味で垢抜けない娘 「恐怖の審問」 ポール・ギャリコ著;早野依子訳 新樹社 2005年10月

ジャネット・グリーン
事故で死んだ青年・スチュワートの昔の恋人 「著者略歴」 ジョン・コラピント著;横山啓明訳 早川書房(ハヤカワ・ミステリ文庫) 2005年11月

ジャネット・コンプトン
国際的な巨大企業と国との条約に詳しい検察官の卵、二十代半ばの女性 「Jファクター－臓器移植順位」 スティーヴン・カーナル著;平井イサク訳　早川書房(ハヤカワ文庫NV) 2001年1月

ジャネット・スピース
女優志願の美女、男の死体が見つかったホテルの部屋の隣室を借りていた娘 「フランス鍵の秘密」 フランク・グルーバー著;仁賀克雄訳　早川書房(Hayakawa pocket mystery books) 2005年9月

ジャネット・スラッシュ
ロック歌手ジミー・ストマの妹 「ロックンロール・ウイドー」 カール・ハイアセン著;田村義進訳　文藝春秋 (文春文庫) 2004年12月

ジャネット・テンハイス(ネッティ)
ミシガン湖畔ワーナー・ピアのチョコショップ「テンハイス・ショコラーデ」のオーナー、リー・マッキニーの伯母 「チョコ猫で町は大騒ぎ」 ジョアンナ・カール著;岩田佳代子訳　ソニー・マガジンズ(ビレッジブックス) 2005年5月

ジャネット・バーンズ
元デルタ・フォース隊員のエディの妹、元麻薬取締局局員 「終極の標的」 J・C・ポロック著;広瀬順弘訳　早川書房(ハヤカワ文庫NV) 2002年6月

ジャネット・ブリスコウ
大富豪が創設した対テロ傭兵部隊IFORの作戦立案者、元空軍中佐の黒人女性 「影の傭兵部隊、出動」 ディック・カウチ著;高沢次郎訳　早川書房(ハヤカワ文庫NV) 2004年10月

ジャノー(ジャン・ジャン)
犯罪捜査班の警部、コートダジュールで起こった複数の死体を切断して縫合する怪奇事件を担当した男 「死の仕立屋」 ブリジット・オベール著;香川由利子訳　早川書房(ハヤカワ・ミステリ文庫) 2004年6月

シャノン・マッケイ
フロリダ州サウスビーチ地区のダンススタジオ「ムーンライト・ソナタ」の美人マネージャー 「エターナル・ダンス」 ヘザー・グレアム著;風音さやか訳　ハーレクイン(MIRA文庫) 2005年10月

ジャーヴァス・シェヴニックス・ゴア
富豪の准男爵、とっぴな逸話の多い風変わりな男 「死人の鏡」 アガサ・クリスティー著;小倉多加志訳　早川書房(ハヤカワ文庫クリスティー文庫) 2004年5月

ジャーヴァス・フェン(フェン)
オックスフォード大学の英語英文学教授で素人探偵、作曲家・ジェフリの同窓生 「大聖堂は大騒ぎ」 エドマンド・クリスピン著;滝口達也訳　国書刊行会(世界探偵小説全集) 2004年5月

ジャーヴィス
アパートとなった廃校・ケンブリッジ学校の家主、地下鉄マニアの青年 「ソロモン王の絨毯」 バーバラ・ヴァイン著;羽田詩津子訳　角川書店(角川文庫) 2001年10月

ジャーヴィス博士　じゃーびすはかせ
医学博士、科学探偵ソーンダイクの親友でその活動の記録者 「歌う白骨」 オースチン・フリーマン著;大久保康雄訳　嶋中書店(嶋中文庫) 2004年12月

シャープ
英国陸軍サウスエセックス連隊軽歩兵中隊大尉 「秘められた黄金－シャープ・シリーズ〈2〉」 バーナード・コーンウェル著;高水香訳　光人社　2004年7月

シャープ
英国陸軍第95ライフル銃連隊中尉 「イーグルを奪え－シャープ・シリーズ〈1〉」 バーナード・コーンウェル著;原佳代子訳 光人社 2004年6月

シャープ警部　しゃーぷけいぶ
ロンドン警視庁の警部、大柄で温和な顔立ちの男 「ヒッコリー・ロードの殺人」 アガサ・クリスティー著;高橋豊訳 早川書房(ハヤカワ文庫クリスティー文庫) 2004年7月

ジャブ・フリーマン
鑑識課の刑事 「被害者のV」 ローレンス・トリート著;常田景子訳 早川書房 (Hayakawa pocket mystery books) 2003年8月

ジャマール・ワシントン
上院議員ジェレミー・フラートン殺害事件の容疑者、黒人医学生 「遺産」 D.W.;バッファ著;二宮;磐訳 文藝春秋(文春文庫) 2004年10月

シャーマン
陸軍少佐、2004年の米国で陸軍参謀総長シリングスワース付きの士官だった女性 「派兵の代償」 トマス・E.リックス著;藤田佳澄訳 早川書房(ハヤカワ文庫NV) 2002年4月

シャムロン
イスラエル諜報機関「オフィス」の元長官、美術修復師ガブリエル・アロンの元上司 「さらば死都ウィーン－美術修復師ガブリエル・アロンシリーズ」 ダニエル・シルヴァ著;山本光伸訳 論創社 2005年10月

シャムロン
イスラエル諜報機関「オフィス」の長官 「報復という名の芸術－美術修復師ガブリエル・アロン」 ダニエル・シルヴァ著;山本光伸訳 論創社 2005年8月

ジャーラ・モハメド
シカゴ大学内にあるアラブ人過激派集団「アラブ人学生対応委員会」の一員でメンバーのマサドの姉 「刑事エイブ・リーバーマン 憎しみの連鎖」 スチュアート・カミンスキー著;棚橋志行訳 扶桑社(扶桑社ミステリー) 2003年1月

シャーリー
イギリス南西部の田舎町の23歳の女性教師 「囮 上下」 ジェラルド・シーモア著;長野きよみ訳 講談社(講談社文庫) 2001年4月

シャリアック
法務関係の専門家、法律を逆手にとり世の中を器用に渡り歩いている男 「首切り」 ミシェル・クレスピ著;山中芳美訳 早川書房(ハヤカワ・ミステリ文庫) 2002年7月

シャーリー・アン
ミステリ愛好家の集まり「猟犬クラブ」の新入会員の女性 「猟犬クラブ」 ピーター・ラヴゼイ著;山本やよい訳 早川書房(ハヤカワ・ミステリ文庫) 2001年6月

シャリ・カーン
ニューヨーク市警の富豪刑事コンラッド・フートの恋人でアップル銀行の副頭取、小柄で明るく頭の良い女性 「殺意に招かれた夜」 イーサン・ブラック著;加賀山卓朗訳 ソニー・マガジンズ(ヴィレッジブックス) 2003年11月

ジャリド・デイマウント
イングランドのモーランド公爵、容姿端麗な若者 「眠れぬ楽園」 アイリス・ジョハンセン著;林啓恵訳 二見書房(二見文庫) 2003年4月

シャリ・ネルソン
聖書考古学者マイクル・マーフィーの教え子、プレストン大学で考古学を専攻する女子学生 「ノアの箱舟の秘密 上下」 T.ラヘイ著;B.フィリップス著 扶桑社(扶桑社ミステリー) 2005年8月

シャリ・ネルソン
聖書考古学者マイクル・マーフィーの教え子、プレストン大学で考古学を専攻する女子学生 「秘宝・青銅の蛇を探せ 上下」 T.ラヘイ著;G.ディナロ著 扶桑社(扶桑社ミステリー) 2005年5月

シャーリー・ノヴェロ(ノヴェロ)
中部ヨークシャー警察の刑事、若い女性警察官 「武器と女たち」 レジナルド・ヒル著;松下祥子訳 早川書房(Hayakawa pocket mystery books) 2001年12月

シャーロック
FBI犯罪分析課(CAU)の女性捜査官、FBIアカデミーを優秀な成績で卒業した新人 「迷路」 キャサリン・コールター著;林啓恵訳 二見書房(二見文庫) 2003年8月

シャーロック
FBI犯罪分析課の捜査官、直属の上司・サビッチの妻 「袋小路」 キャサリン・コールター著;林啓恵訳 二見書房(ザ・ミステリ・コレクション) 2004年1月

シャーロック
FBI犯罪分析課の捜査官、直属の上司・サビッチの妻 「土壇場」 キャサリン・コールター著;林啓恵訳 二見書房(ザ・ミステリ・コレクション) 2004年6月

シャーロック・ホームズ
私立探偵 「シャーロック・ホームズの息子 上下」 フリーマントル著;日暮雅通訳 新潮社(新潮文庫) 2005年1月

シャーロック・ホームズ(ホームズ)
19世紀イギリスの名探偵 「シャーロック・ホームズ対切り裂きジャック」 マイケル・ディブディン著;日暮雅通訳 河出書房新社(河出文庫) 2004年2月

シャーロック・ホームズ(ホームズ)
19世紀末のロンドンに住む名探偵、鋭い観察眼と推理力を持った男 「千里眼を持つ男」 マイケル・クーランド著;吉川;正子訳 講談社(講談社文庫) 2004年6月

シャーロック・ホームズ(ホームズ)
ドイツ皇帝と会見しAPOONの秘密を発見する約束をとりかわしたイギリスの名探偵 「続813アルセーヌ・ルパン」 モーリス・ルブラン作;大友徳明訳 偕成社(偕成社文庫) 2005年9月

シャーロック・ホームズ(ホームズ)
引退してサセックスで養蜂を営む探偵 「シャーロック・ホームズの失われた事件簿」 ケン;グリーンウォルド著;日暮;雅通訳 原書房 2004年11月

シャーロック・ホームズ(ホームズ)
天才的な観察眼と推理力を持つ名探偵 「ワトスン君、これは事件だ!」 コリン・ブルース著;布施由紀子訳 角川書店(角川文庫) 2001年12月

シャーロック・ホームズ(ホームズ)
名推理をはたらかせるイギリスが誇る五十歳ほどの名探偵 「ルパン対ホームズ」 モーリス・ルブラン作;榊原晃三訳 岩波書店(岩波少年文庫) 2001年4月

シャーロック・ホームズ(ホームズ)
名推理をはたらかせるイギリスが誇る五十歳ほどの名探偵 「奇岩城」 モーリス・ルブラン作;榊原晃三訳 岩波書店(岩波少年文庫) 2001年7月

シャーロック・ホームズ(ホームズ)
名探偵 「バスカヴィルの謎―シャーロック・ホームズの愛弟子」 ローリー・キング著;山田久美子訳 集英社(集英社文庫) 2002年4月

しゃろ

シャーロック・ホームズ（ホームズ）
名探偵、さまざまな姿に身を変えて旅を続けた男 「シャーロック・ホームズ 東洋の冒険」 テッド;リカーディ著;日暮;雅通訳 光文社（光文社文庫） 2004年8月

シャーロック・ホームズ（ホームズ）
名探偵、ロンドンを離れて養蜂に専念している初老の男 「エルサレムへの道－シャーロック・ホームズの愛弟子」 ローリー・キング著;山田久美子訳 集英社（集英社文庫） 2004年8月

シャーロット・ジャスティス（ジャスティス）
ロサンジェルス市警強盗殺人課の刑事、勇敢で有能な38歳の黒人女性 「エンジェル・シティ・ブルース」 ポーラ・L.ウッズ著;猪俣美江子訳 早川書房（ハヤカワ・ミステリ文庫） 2003年6月

シャーロット・パーソンズ（シャーリー）
イギリス南西部の田舎町の23歳の女性教師 「囮 上下」 ジェラルド・シーモア著;長野きよみ訳 講談社（講談社文庫） 2001年4月

シャーロット・ピット
トーマス警部の妻、良家の出の聡明で美しい女性 「十六歳の闇」 アン・ペリー著;富永和子訳 集英社（集英社文庫） 2004年11月

シャーロット・ブライト（フレンチー）
イギリスのブルーフィールド村から失踪した女性アンの姉、行方が分からない娼婦 「骨と髪」 レオ・ブルース著;小林晋訳 原書房（ヴィンテージ・ミステリ・シリーズ） 2005年9月

シャロン・カーペルマン
赤ん坊を殺した罪で告訴されたアリスの担当だった公選弁護人の女性 「あの日、少女たちは赤ん坊を殺した」 ローラ・リップマン著;吉澤康子訳 早川書房（ハヤカワ・ミステリ文庫） 2005年10月

シャロン・クランドル
サンフランシスコ発東京行のトランス・ユナイテッド航空52便のフライト・アテンダント 「超音速漂流」 ネルソン・デミル著;トマス・ブロック著;村上博基訳 文藝春秋（文春文庫） 2001年12月

シャロン・ゴルバン
考古学者、聖地エルサレムの発掘現場でイエス・キリストの遺骨である可能性が高い骨を見つけたイスラエル人 「遺骨」 リチャード・ベン・サピア著;新谷寿美香訳 青山出版社 2002年10月

シャロン・デュプリー
フロリダ州マイアミのレストラン&バー「ニックス」の店主ニックの恋人 「危険な蜜月」 ヘザー・グレアム著;せとちやこ訳 ハーレクイン（MIRA文庫） 2005年2月

シャロン・マコーン（マコーン）
サンフランシスコの女性私立探偵、アメリカ先住民ショショニ族の血を引く女性 「沈黙の叫び」 マーシャ・マラー著;古賀弥生訳 講談社（講談社文庫） 2004年3月

ジャンカルロ・パルロッタ（パルロッタ）
ローマの料理店「パルロッタ」の主人、体重百キロはありそうながっちりとした男 「死を招く料理店」 ベルンハルト・ヤウマン著;小津薫訳 扶桑社（扶桑社ミステリー） 2005年2月

ジャンキー
マンチェスターにあるクラブ〈グラビティ〉のVJ、ヤクのやりすぎで片目を失った男 「アシッド・カジュアルズ」 ニコラス・ブリンコウ著;玉木亨訳 文藝春秋（文春文庫） 2002年2月

ジャン・キーン
ニューヨークの私立探偵スカダーの元恋人、彫刻家 「死者との誓い」 ローレンス・ブロック著;田口俊樹訳 二見書房（二見文庫） 2002年2月

ジャン・ジャン
犯罪捜査班の警部、コートダジュールで起こった複数の死体を切断して縫合する怪奇事件を担当した男 「死の仕立屋」 ブリジット・オベール著;香川由利子訳 早川書房(ハヤカワ・ミステリ文庫) 2004年6月

単 道雲 しゃん・たおゆん
元中国経済部主任監察官 「シルクロードの鬼神 上下」 エリオット・パティスン著;三川基好訳 早川書房(ハヤカワ・ミステリ文庫) 2002年2月

単 道雲 しゃん・たおゆん
元中国経済部主任監察官、老チベット人の僧・ロケーシュの親友 「霊峰の血 上下」 エリオット・パティスン著;三川基好訳 早川書房(ハヤカワ・ミステリ文庫) 2004年2月

単 道雲 しゃん・たおゆん
中国経済部の元主任監察官、北京を追われ今はチベットの奥地にある強制労働収容所で過酷な日々を送っている男 「頭蓋骨のマントラ 上下」 エリオット・パティスン著;三川基好訳 早川書房(ハヤカワ・ミステリ文庫) 2001年3月

シャンタル・ウエスト
夫ジャックに背信行為を繰り返し行方不明になっている妻、テキサス州の牧場の娘 「一つの顔、二人の女」 アン・メイジャー著;細郷妙子訳 ハーレクイン(MIRA文庫) 2002年11月

シャンデリア・ウェルズ
ロマンチック・サスペンスのベストセラー作家、高飛車で自己顕示欲の塊のような女性 「最終章」 スティーヴン・グリーンリーフ著;黒原敏行訳 早川書房(Hayakawa pocket mystery books) 2002年4月

ジャンヌ・ド・ラ・モット・ヴァロア
フランスの没落した名門ヴァロア家の末裔、実家の家名の存続を目論む若い伯爵夫人 「マリー・アントワネットの首飾り」 エリザベス・ハンド著;野口百合子訳 新潮社(新潮文庫) 2002年2月

ジャン・バプティスト・シャンドン
「狼男」と呼ばれる凶悪な異常人格者の死刑囚、逃亡犯ジェイの兄 「黒蠅 上下」 パトリシア・コーンウェル著;相原真理子訳 講談社(講談社文庫) 2003年12月

ジャン・ヴァン・デン・ホーベン
宝石商、アントワープ出身の厭世家の男 「恋人たちのマンハッタン」 メグ・カスタルド著;山下郁予訳 DHC 2002年11月

ジャン・フランソワ・ド・モランジアス
フランス中南部の辺境地・ジェヴォーダン地方の名士であるモランジアス伯爵の息子 「ジェヴォーダンの獣」 ピエール・ペロー著;佐野晶訳 ソニー・マガジンズ(ヴィレッジブックス) 2002年1月

ジャン・ポール・ドラローシュ(ドラローシュ)
暗号名が〈オクトーバー〉の凄腕の暗殺者 「暗殺者の烙印」 ダニエル・シルヴァ著;二宮磬訳 文藝春秋(文春文庫) 2002年5月

ジャン・マルク・アンドリアス
海運・銀行業を営む大富豪、ヴァサロ農園の領主カトリーヌの後見人 「女神たちの嵐 上下」 アイリス・ジョハンセン著;酒井裕美訳 二見書房(二見文庫) 2002年7月

張 猛 じゃん・もん
日本へ密航後福建マフィア洪福幇(ホンフーバン)幹部となるが刺殺された男、張儀の弟 「海怒 東京黒社会群狼記 上下」 陳放著;椙田雅美訳;宮崎真紀訳 バジリコ 2004年4月

じゃん

ジャン・ルイ・サンシール（サンシール）
フランス国家治安警察主任警部、ゲシュタポ本部警部・コーラーとナチス占領下のパリで起きた連続殺人事件を追った男　「磔刑の木馬」　J.ロバート・ジェインズ著;石田善彦訳　文藝春秋（文春文庫）2002年6月

ジャン・ルイ・サンシール（サンシール）
フランス国家治安警察主任警部、相棒のコーラー警部とナチ占領下で起こった若い男の変死体の捜査を開始した男　「虜囚の都」　J.ロバート・ジェインズ著;石田善彦訳　文藝春秋（文春文庫）2001年11月

ジャン・ルイ・シフェール（シフェール）
引退したパリ十区担当の警部、「鉄の男」「裏金」のあだ名を持つかつての悪徳警官　「狼の帝国」　ジャン=クリストフ・グランジェ著;高岡真訳　東京創元社（創元推理文庫）2005年12月

シュガーマン
シアトルの私立探偵、年齢不詳の大柄な男　「探偵はいつも憂鬱」　スティーヴ・オリヴァー著;真崎義博訳　早川書房（ハヤカワ・ミステリ文庫）2002年8月

シュガーマン
豪華客船M・S・エクリプス号の警備を引き受けている警備員、世捨て人・ゾーンの親友　「豪華客船のテロリスト」　ジェイムズ・W・;ホール著;北澤和彦訳　講談社（講談社文庫）2004年10月

シュグルー
酒びたりでドラッグ漬けの私立探偵、ヴェトナム戦争帰りの中年男　「友よ、戦いの果てに」　ジェイムズ・クラムリー著;小鷹信光訳　早川書房（ハヤカワ・ミステリ文庫）2001年8月

ジュスチーヌ・ロンバール
成年障害者山岳レジャーセンターに入所したばかりの盲目の52歳の女性　「雪の死神」　ブリジット・オベール著;香川由利子訳　早川書房（ハヤカワ・ミステリ文庫）2002年2月

ジュスト
1555年にフランスからブラジルをめざす船団に妹コロンブと加わった孤児の少年　「ブラジルの赤」　ジャン=クリストフ・リュファン著;野口雄司訳　早川書房　2002年12月

ジュゼッペ・アマドネッリ
密かに異端の教義グノーシスを信奉している小人、ローマ教皇レオ十世の侍従　「グノーシスの薔薇」　デヴィッド・マドセン著;大久保譲訳　角川書店　2004年11月

ジュディ
ニューヨークの画廊オーナー、私立探偵テリー・オアの亡妻で画家だったマリーナの代理人　「NYPI」　ジム;フジッリ著;公手;成幸訳　講談社（講談社文庫）2004年11月

ジュディー
ミュージシャン兼私立探偵のキンキーの依頼人、戦死した恋人を見たという女性　「マンハッタンの中心でアホと叫ぶ　カウボーイ探偵うたう大捜査線」　キンキー・フリードマン著;吉田博訳　新風舎（新風舎文庫）2004年10月

ジュディ・サスマン
パームスプリングズのインテリアデザイナー、インスピレーション豊かな34歳の女性　「殺人者の日記」　トム・ラシーナ著;夏来健次訳　扶桑社（扶桑社ミステリー）2002年11月

ジュディス・ダンディ
ニューヨークのプラスチック製造会社「R・I・ダンディ＆カンパニー」の社長ダンディの妻　「アルファベット・ヒックス」　レックス・スタウト著;加藤由紀訳　論創社（論創海外ミステリ）2005年10月

ジュディス・パール
シュルーズベリの町一番の服地屋の跡取り娘、夫と子どもを相次いで亡くした若い未亡人 「代価はバラ一輪」エリス・ピーターズ著;大出健訳　光文社（光文社文庫）2005年1月

ジュディス・ヘイスティングズ
私立探偵ポアロの友人ヘイスティングズ大尉の娘、研究医の助手 「カーテン」アガサ・クリスティー著;中村能三訳　早川書房（ハヤカワ文庫クリスティー文庫）2004年11月

ジュディス・ヘンリー・ハーパー（ジュディ）
ニューヨークの画廊オーナー、私立探偵テリー・オアの亡妻で画家だったマリーナの代理人 「NYPI」ジム;フジッリ著;公手;成幸訳　講談社（講談社文庫）2004年11月

ジュディ・ハマー（ハマー）
リッチモンド市警察署長からバージニア州警察署長となった55歳の女性署長 「女性署長ハマー　上下」パトリシア・コーンウェル著;矢沢聖子訳　講談社（講談社文庫）2001年12月

ジュディ・ヒル
イギリスのスタンズフィールド署の女性部長刑事 「踊り子の死」ジル・マゴーン著;高橋なお子訳　東京創元社（創元推理文庫）2002年9月

ジュディ・マドックス
FBI入局10年の腕利き女性捜査官、アメリカとベトナムの混血でアジア系外見を持つ女性 「ハンマー・オブ・エデン—エデンの鉄槌」ケン;フォレット著;矢野;浩三郎訳　小学館（小学館文庫）2004年9月

ジュディ・マンデル
《ニューヨーク・トリビューン》紙の女性記者、スクープ記事を書くことで認められたいと願っている若い女 「一瞬の英雄」ピーター・ブローナー著;服部清美訳　徳間書店（徳間文庫）2001年10月

シュテップ
アムステルダムのメルクトル銀行のトレーディングルームに勤務する女性行員 「ユーロ 贋札に隠された陰謀」ロエル・ヤンセン著;小岡礼子訳;大塚仁子訳　インターメディア出版　2001年12月

シュテファニー・ファブリツィウス（ファニー）
ウィーンで暮らしているレルナー教授のプライベートな秘書、とつぜん失踪した22歳の女性 「ペスト記念柱—現代ウィーン・ミステリー・シリーズ」ロッテ・イングリッシュ著;城田千鶴子訳　水声社　2001年5月

シュテファニー・ホルリック（シュテップ）
アムステルダムのメルクトル銀行のトレーディングルームに勤務する女性行員 「ユーロ 贋札に隠された陰謀」ロエル・ヤンセン著;小岡礼子訳;大塚仁子訳　インターメディア出版　2001年12月

シュテフィ・ユングマン
ベルリンの環境保護団体員、何者かに命を狙われているというじゃじゃ馬娘 「深海の大河　セス・コルトンシリーズ 2」エリック・ローラン著;長島良三訳　小学館　2004年6月

シュテルン
ウィーン警視庁殺人犯捜査課二係係長、寡黙で実務家タイプの警部 「小さな花—現代ウィーン・ミステリー・シリーズ」エルンスト・ヒンターベルガー著;鈴木隆雄訳　水声社　2001年10月

シュテレンボッシュ女史　しゅてれんぼっしゅじょし
14歳のMI6秘密工作員アレックスが潜入した「ポイントブランク・アカデミー」の副校長 「女王陛下の少年スパイ!アレックス ポイントブランク」アンソニー・ホロヴィッツ著;竜村風也訳　集英社　2002年12月

しゅと

ジュード・ハーリー
ニューヨークのタブロイド紙に記事を書く30歳の新聞記者 「エクスペリメント 上下」 ジョン・ダーントン著;嶋田洋一訳 ソニー・マガジンズ(ヴィレッジブックス) 2002年4月

シュトラッサー
ドイツ武装親衛隊大尉、1943年にベルリン本部の配属となった27歳の将校 「反逆部隊 上下」 ガイ・ウォルターズ著;横山啓明訳 早川書房(ハヤカワ文庫NV) 2003年11月

シュナイダー
シュナイダー製造会社社長でシュナイダー一族の長、50代の大男 「死の信託」 エマ・レイサン著;中島なすか訳 論創社(論創海外ミステリ) 2005年11月

ジュニア
マンハッタンのマンションの「パニック・ルーム」で暮らしていたメグとサラの母娘を襲った三人の泥棒の一人、大富豪のシドニー・パールスタインの孫 「パニック・ルーム」 ジェームズ・エリソン著;柳下毅一郎訳 ソニー・マガジンズ(ヴィレッジブックス) 2002年3月

ジュニア
腕のいい理学療法士、衝動的に愛する新妻を墜落死させた男 「サイレント・アイズ 上下」 ディーン・クーンツ著;田中一江訳 講談社(講談社文庫) 2005年7月

ジュニア・ハミルトン
ヘビー級の次期チャンピオンを狙う有望な若手黒人ボクサー、貧しい生粋のシカゴっ子 「成り上がりの掟」 スティーヴ・モンロー著;宮内もと子訳 早川書房(ハヤカワ文庫NV) 2001年12月

ジュニア・ミントン
実業家アンガス・ミントンの息子、女性検事補アレックス・ゲイサーの母セリーナのクラスメート 「封印された愛の闇を 上下」 サンドラ・ブラウン著;秋月しのぶ訳 集英社(集英社文庫) 2003年6月

主任司祭(フュックス師) しゅにんしさい(ふゅっくすし)
聖ニコラの祭日を迎えたフランス東部の町モルトフォンの教会の神父 「サンタクロース殺人事件」 ピエール・ヴェリー著;村上光彦訳 晶文社(必読系!ヤングアダルト) 2003年11月

ジュヌビエーブ・エルヌモン
勉強のおくれた子どもたちを無料で世話する学校を経営している若い娘 「813 アルセーヌ・ルパン」 モーリス・ルブラン作;大友徳明訳 偕成社(偕成社文庫) 2005年9月

ジュヌビエーブ・エルヌモン
勉強のおくれた子どもたちを無料で世話する学校を経営している若い娘 「続813アルセーヌ・ルパン」 モーリス・ルブラン作;大友徳明訳 偕成社(偕成社文庫) 2005年9月

ジュヌヴィエーヴ・ディクラーク
カナダ連邦騎馬警察(RCMP)警視ロバートの妻、心理学者 「ヘッドハンター 上下」 マイケル・スレイド著;大島豊訳 東京創元社(創元推理文庫) 2005年9月

ジュヌビエーヴ・ド・ラ・シマルド(マダム・ド・ラ・シマルド)
ギタリストのサルバドール・ド・ラ・シマルドの母、デヴォンの城館の女主人 「サルバドールの復活 上下」 ジェレミー・ドロンフィールド著;越前敏弥訳 東京創元社(創元推理文庫) 2005年1月

ジュノ
恋人・ユンジュの夫を殺害し死刑囚となったスリ、南韓の軍隊の特殊部隊に行った男 「シルミド・裏切りの実尾島」 イ・スグァン;著 米津篤八;訳 早川書房(ハヤカワ文庫NV) 2004年5月

シュミッツ
サンフランシスコ市長 「激震」 ジェイムズ・ダレッサンドロ著;菊地;よしみ訳 早川書房(Hayakawa novels) 2004年7月

シュミット
ナチスから逃れて英国に亡命したユダヤ人エンジニア、殺人容疑で指名手配中で本名はフランツ・シュミット 「トロイの木馬」 ハモンド・イネス著;伏見威蕃訳 ソニー・マガジンズ(ヴィレッジブックス) 2002年11月

シュミット
米国海軍駆逐艦ウィンストン・チャーチル号の艦長、大統領報道官・ジムの弟 「化学兵器テロを阻止せよ—ホワイトハウス極秘指令」 ビル・ハーロウ著;塩川優訳 扶桑社(扶桑社ミステリー) 2002年12月

シュラーデ
ベルリンに住む50代前半のドイツ人、画商クロード・コルジェの顧客 「夜の色」 デイヴィッド・リンジー著;鳥見真生訳 柏艪舎(柏艪舎文芸シリーズ) 2004年1月

ジュリー
職業的スケープゴート・バンジャマンの恋人、特ダネを追って世界各地を飛びまわっているタフな女性記者 「散文売りの少女」 ダニエル・ペナック著;平岡敦訳 白水社 2002年3月

ジュリー
編集者・ジョンの娘、フランスの別荘で女流作家のサラと過ごした二十代の奔放な女 「スイミング・プール」 フランソワ・オゾン著;佐野晶編訳 アーティストハウスパブリッシャーズ、角川書店発売 2004年5月

ジュリア
アメリカ合衆国南東部の離れ小島の実験施設で育った女性、スカイラーの恋人 「エクスペリメント 上下」 ジョン・ダーントン著;嶋田洋一訳 ソニー・マガジンズ(ヴィレッジブックス) 2002年4月

ジュリア
シンディの長女、女優志望の21歳 「二度失われた娘」 ジョイ・フィールディング著;吉田利子訳 文藝春秋(文春文庫) 2005年4月

ジュリア・ウェブスター
美容整形外科医、私刑団〈シスターフッド〉のメンバー 「シスターフッド」 ファーン・マイケルズ著;小原亜美訳 二見書房(二見文庫) 2004年11月

ジュリア・オーストリアン
心因性の病から盲目になった天才ピアニスト、合衆国大統領候補のクレイトンの姪 「謀略のモザイク 上下」 ゲイル・リンズ著;猪俣美江子訳 早川書房(ハヤカワ文庫NV) 2001年10月

ジュリア・カーショー(ミス・カーショー)
レディングに住む資産家の甥の義妹、転落死した居候のキースの叔母 「断崖は見ていた」 ジョセフィン・ベル著;上杉真理訳 論創社(論創海外ミステリ) 2005年3月

ジュリア・ゴーディアン
米国の巨大企業「アップリンク・インターナショナル」の経営者の三十五歳の娘 「謀殺プログラム」 トム・クランシー著;マーティン・グリーンバーグ著;棚橋志行訳 二見書房(二見文庫) 2003年5月

ジュリアス・ガブリエル
過去の遺物を研究する科学者で考古学者、統合失調症患者ミックの2001年に死んだ父親 「蛇神降臨記」 スティーヴ・オルテン著;野村芳夫訳 文藝春秋(文春文庫) 2003年2月

ジュリアス・ベンテュラ(ベンテュラ)
ボストンの暗黒街を牛耳るギャング 「チャンス」 ロバート・B・パーカー著;菊池光訳 早川書房(ハヤカワ・ミステリ文庫) 2003年11月

ジュリア・タルボット
27歳の小学校教師、母とともに児童虐待のワークショップを開く勉強熱心な理想主義者
「崩壊のプレリュード」アンドレア・ケイン著;藤田佳澄訳 ソニー・マガジンズ(ヴィレッジブックス) 2005年8月

ジュリア・フォアマン
「ザイモス・テクノロジー社」の事業部長、極秘の新技術開発に携わる三十六歳の三児の母
「プレイ 獲物 上下」マイクル・クライトン著;酒井昭伸訳 早川書房 2003年4月

ジュリア・ブレイシャー(ブレイシャー)
ロサンジェルス市警ハリウッド署の新人刑事、刑事ハリー・ボッシュの恋人 「シティ・オブ・ボーンズ」マイクル・コナリー著;古沢嘉通訳 早川書房(ハヤカワ・ミステリ文庫) 2005年2月

ジュリア・ブレイシャー(ブレイシャー)
ロサンジェルス市警ハリウッド署の新人刑事、刑事ハリー・ボッシュの恋人 「シティ・オブ・ボーンズ」マイクル・コナリー著;古沢嘉通訳 早川書房(Hayakawa novels) 2002年12月

ジュリア・ラーウッド
ロンドンの弁護士、オックスフォード大学テイマー教授の教え子 「女占い師はなぜ死んでゆく」サラ・コードウェル著;羽地和世訳 早川書房(Hayakawa pocket mystery books) 2001年5月

ジュリア・ロシュフォート
メゾソプラノ歌手、第二次世界大戦時に祖父母を拉致し拷問した男「スカルピア」を捜すことにした女性 「スカルピア」リンゼイ・タウンゼンド著;犬飼みずほ訳 講談社(講談社文庫) 2002年2月

ジュリア・ロスマン(ロスマン夫人)　じゅりあろすまん(ろすまんふじん)
ベネチアに住む富豪の女性、危険な犯罪組織「スコルピア」のメンバー 「女王陛下の少年スパイ!アレックス スコルピア」アンソニー・ホロヴィッツ著;森嶋マリ訳 集英社 2004年7月

ジュリア・ローレル
オックスフォード大学に通う陽気で快活な十八歳の少女、良家の一人娘 「陶人形の幻影」マージェリー・アリンガム著;佐々木愛訳 論創社(論創海外ミステリ) 2005年9月

ジュリアン・ウェスト(ウェスト)
有名作家、ブルースター兄妹が企画した会費制パーティーに参加した男 「夜の静寂に」ジル・チャーチル著;戸田早紀訳 東京創元社(創元推理文庫) 2004年2月

ジュリアン・フォーティエ
コラムニストのマーゴの夫、41歳の隠れゲイ 「壁のなかで眠る男」トニー・フェンリー著;川副智子訳 新潮社(新潮文庫) 2003年8月

ジュリエッタ・バッティン
ベルリン国立歌劇場バレエ団の研修生、19歳の新人女性ダンサー 「殺戮のタンゴ」ヴォルフラム・フライシュハウアー著;平井吉夫訳 早川書房(Hayakawa novels) 2002年10月

ジュリエット・ド・クレマン
18世紀末のフランス宮廷に出入りする候爵夫人セレスト・ド・クレマンの娘 「女神たちの嵐 上下」アイリス・ジョハンセン著;酒井裕美訳 二見書房(二見文庫) 2002年7月

ジュリエット・ボーディン
ロマンス小説家、ペンネームはアンジェリカ・ケストレル・ヘイブン 「嘆きのパ・ド・ドゥ」エレン・ポール著;木村博江訳 ソニー・マガジンズ(ヴィレッジブックス) 2003年10月

ジュリー・オリヴァー
「スケルトン探偵」ギデオン・オリヴァーの妻、パークレンジャー 「古い骨」アーロン・エルキンズ著;青木久惠訳 早川書房(ハヤカワ・ミステリ文庫) 2005年1月

ジュリー・オリヴァー
「スケルトン探偵」ギデオン・オリヴァーの妻、パークレンジャー 「骨の島」 アーロン・エルキンズ著;青木久惠訳 早川書房(ハヤカワ・ミステリ文庫) 2005年10月

ジュリー・オリヴァー
「スケルトン探偵」ギデオン・オリヴァーの妻、パークレンジャー 「呪い!」 アーロン・エルキンズ著;青木久惠訳 早川書房(ハヤカワ・ミステリ文庫) 2005年5月

ジュリー・カールソン
サウスキャロライナ州の高級住宅地に住む29歳の女性、元ミスサウスキャロライナ 「月明かりのキリング・フィールド」 カレン・ロバーズ著;高田,恵子訳 ソニー・マガジンズ(ヴィレッジブックス) 2004年11月

ジュリー・クーパー
十五歳の時に親友のアンディとレーヴンとだれも住んでいない新築住宅でSMプレイをしている男女を目撃した女の子、厳格な父から言葉の虐待を受けていた娘 「ショッキング・ピンク 上下」エリカ・スピンドラー著;中谷ハルナ訳 ハーレクイン(MIRA文庫) 2004年1月

シュリゲール
大手ドイツ鉄鋼会社の重役、"サラマ"として知られるドイツ・スパイ 「諜報指揮官ヘミングウェイ 上下」 ダン・シモンズ著;小林宏明訳 扶桑社(扶桑社ミステリー) 2002年6月

ジュリー・ジル
ニューヨークの刑事弁護士・キャプランの秘書 「裁きを待つ女」 デイヴィッド・クレイ著;北沢あかね訳 ソニー・マガジンズ(ヴィレッジブックス) 2002年4月

ジュリー・ハーグリーヴズ
バースにあるエイヴォン・アンド・サマセット警察の警部、ダイヤモンド警視の補佐役 「暗い迷宮」 ピーター・ラヴゼイ著;山本やよい訳 早川書房(ハヤカワ・ミステリ文庫) 2003年7月

ジュリー・ハーグリーヴズ
バースのエイヴォン・アンド・サマセット警察殺人捜査班のDBジャパンのダイヤモンド警視の部下 「地下墓地」 ピーター・ラヴゼイ著;山本やよい訳 早川書房(ハヤカワ・ミステリ文庫) 2004年12月

ジュリー・パンソン
精神分析医の治療を受ける19歳の高校生、森で不思議な百科事典が入ったカバンを拾った少女 「蟻の革命ーウェルベル・コレクション〈3〉」 ベルナール・ウェルベル著;永田;千奈訳 角川書店(角川文庫) 2003年9月

ジュリー・ブレモン
殺されたジャーナリストの娘 「踏みはずし」 ミシェル・リオ著;堀江敏幸訳 白水社(白水Uブックス) 2001年7月

シュレーダー
NY市警警部、これまでにいちども失敗したことがない人質交渉人 「ニューヨーク大聖堂 上下」 ネルソン・デミル著;白石朗訳 講談社(講談社文庫) 2005年5月

ジューン
テキサス東部に住む少年ハリーの祖母、旋風を巻き起こす肝っ玉婆さん 「ボトムズ」ジョー・R・ランズデール著;大槻寿美枝訳 早川書房(Hayakawa novels) 2001年11月

巡査部長　じゅんさぶちょう
イギリスのチョービー村の警察署の巡査部長 「その死者の名は」 エリザベス・フェラーズ著;中村有希訳 東京創元社(創元推理文庫) 2002年8月

ジューンバッグ・モンクリーフ
ミラボー在住の警察署長、図書館長ジョーダン・ポティートの幼なじみ 「図書館の死体」 ジェフ・アボット著;佐藤耕士訳 早川書房(ハヤカワ・ミステリ文庫) 2005年3月

じゅん

ジューンバッグ・モンクリーフ
ミラボー在住の警察署長、図書館長ジョーダン・ポティートの幼なじみ 「図書館の美女」 ジェフ・アボット著;佐藤耕士訳　早川書房(ハヤカワ・ミステリ文庫) 2005年7月

ジョー
シカゴのスポーツ用品店経営者、バイク事故で視覚記憶能力の大半を失った青年 「神の創り忘れたビースト」 ジム・ハリスン著;金原瑞人訳　アーティストハウス 2002年6月

ジョー
ニュージャージーのマフィアのドン、38歳の悪辣なギャング 「マフィアをはめろ!」 スティーヴン・キャネル著;真野明裕訳　小学館(Shogakukan mystery) 2002年8月

ジョー
運河を上り下りする荷船の船上で暮らす青年 「ヤング・アダム」 アレグザンダー・トロッキ著;浜野アキオ訳　河出書房新社 2005年1月

ジョー(スウェーデンのジョー)
刑務所帰りのトニーの親友、家族思いで義理堅い若い男 「男の争い」 オーギュスト・ル・ブルトン著;野口雄司訳　早川書房(Hayakawa pocket mystery books) 2003年12月

ジョアシャン・モーラ(モーラ)
アメリカの実業家、元警視のメグレにニューヨークへ来てほしいと懇願した十九歳の若者 「メグレ、ニューヨークへ行く」 G.シムノン著;長島良三訳　河出書房新社(河出文庫) 2001年3月

ジョアンナ・エバハート
郊外の高級住宅地ステップフォードに越してきたばかりの主婦で二児の母、セミプロの写真家 「ステップフォードの妻たち」 アイラ・レヴィン著;平尾圭吾訳　早川書房(ハヤカワ文庫NV) 2003年11月

ジョアンナ・マイスナー
ハーヴァード大学の大学院生、ルームメイトのデボラと田舎町にある不妊治療クリニックに卵子を提供し高額の報酬を得た女性 「ショック」 ロビン・クック著;林克己訳　早川書房(ハヤカワ文庫NV) 2002年11月

ジョアンナ・ランダー
デンヴァーのマーシー・ジェネラル病院に勤務する若い認知心理学者、神経内科医・リチャードの同僚 「航路 上下」 コニー・ウィリス;著;大森;望;訳　ソニーマガジンズ(ヴィレッジブックス) 2002年10月

ジョアンナ・ランド
京都のクラブ「ムーングロウ・ラウンジ」支配人兼歌手、ニューヨーク出身の32歳の女性 「真夜中への鍵」 ディーン・クーンツ著;細美遙子訳　東京創元社(創元推理文庫) 2001年1月

ジョアンナ・ロス(ジョーイ)
ジャーナリスト志望の25歳の女性、弁護士事務所RT&Jを経営するジャック・ロスの次女 「マンハッタンの薔薇」 シンシア;ビクター著;田村;達子訳　講談社(講談社文庫) 2004年5月

ジョイ
イングランドのウィルトシャー州「聖バーソロミュー教会」の牧師、愛想がよくてハンサムな青年 「死神の戯れ」 ピーター・ラヴゼイ著;山本やよい訳　早川書房(ハヤカワ・ミステリ文庫) 2002年1月

ジョーイ
ジャーナリスト志望の25歳の女性、弁護士事務所RT&Jを経営するジャック・ロスの次女 「マンハッタンの薔薇」 シンシア;ビクター著;田村;達子訳　講談社(講談社文庫) 2004年5月

ジョイ・コール
「呪いの部屋」がある「ホテル・フィリップ」を継父から引き継いだ娘、「オールワールド・トラベルマガジン」のライター 「ミステリアス・ホテル」 E.C.シーディ著;酒井裕美訳 二見書房(二見文庫) 2005年11月

ジョイス・レイクランド
セントラルシティの売春婦 「おれの中の殺し屋」 ジム・トンプスン著;三川基好訳 扶桑社(扶桑社ミステリー) 2005年5月

ジョーイ・デピーノ
ニューヨークに住む35歳のギャンブル狂いの男 「嘘つき男は地獄へ堕ちろ」 ジェイソン;スター著;浜野;アキオ訳 ソニー・マガジンズ(ヴィレッジブックス) 2004年6月

ジョー・ウィルモット
田舎町ストーンヴィルの映画館を引き継いだ男、違法すれすれのやり口でビジネスをのばしてきた映画館主 「取るに足りない殺人」 ジム・トンプスン著;三川基好訳 扶桑社 2003年9月

ジョー・ウィンストン
ウィンストン四兄弟のいとこ、流れ弾が膝に当たって警察を辞めた大男 「流浪のヴィーナス」 ローリ・フォスター著;白須清美訳 ソニー・マガジンズ(ヴィレッジブックス) 2005年1月

ジョー・ウェルチ(ウェルチ)
ケンタッキー州シェルビー郡「ホイッスルダウン農場」の管理人、30代後半の大男 「パラダイスに囚われて」 カレン・ロバーズ著;小林令子訳 ソニー・マガジンズ(ヴィレッジブックス) 2002年10月

将軍 しょうぐん
ディーサイド軽歩兵隊旅団長、英国の片田舎ブリンバレーに住む八十歳を超える老人 「空高く」 マイクル・ギルバート著;熊井ひろ美訳 早川書房(ハヤカワ・ミステリ文庫) 2005年8月

将軍 しょうぐん
世紀の大強奪計画のため天才知能犯・ドア教授に集められた男、トンネル掘りのプロ 「レディ・キラーズ」 ジョエル・コーエン脚本;イーサン・コーエン脚本;村雨麻規訳 竹書房(竹書房文庫) 2004年5月

少佐 しょうさ
ニュー・メキシコ準州の奪った土地で大牧場を営む男 「レディ・ヴィクトリア」 リンダ・ハワード著;加藤洋子訳 ソニー・マガジンズ(ヴィレッジブックス) 2002年7月

少佐 しょうさ
メーン州の知人宅で療養している傷病兵 「黄色の間」 メアリ・ロバーツ・ラインハート著;阿部里美訳 早川書房(Hayakawa pocket mystery books) 2002年6月

少佐 しょうさ
赤ら顔に見事な口髭でずんぐりとした体格の愛想のいい現役軍人 「赤い霧」 ポール・アルテ著;平岡敦訳 早川書房(Hayakawa pocket mystery books) 2004年10月

ジョウゼフ・フレンチ(フレンチ)
ロンドン警視庁の主任警部、人当たりがよく旅行好きの愛妻家 「フレンチ警部と漂う死体」 F.W.クロフツ著;井伊順彦訳 論創社(論創海外ミステリ) 2004年12月

ジョウンズ夫人 じょうんずふじん
イギリスの諜報機関MI6の特別作戦局次長 「女王陛下の少年スパイ!アレックス スコルピア」 アンソニー・ホロヴィッツ著;森嶋マリ訳 集英社 2004年7月

ジョウン・ハンター
マンチェスター警察副本部長ピーターの妻 「1980ハンター」 デイヴィッド・ピース著;酒井武志訳 早川書房(ハヤカワ・ミステリ文庫) 2002年5月

じょえ

ジョエル・シェーライバー
アメリカ映画産業界の大物、国会議員に立候補したハリスおばさんの支持者 「ハリスおばさん国会へ行く」 ポール・ギャリコ著;亀山龍樹訳 ブッキング(fukkan.com) 2005年6月

ジョエル・チョーンシー
オハイオ州シンシナティ周辺の馬牧場の娘、突然馬とともに行方不明になった十五歳の少女 「消失点」 リン・S.ハイタワー著;小西敦子訳 講談社(講談社文庫) 2001年3月

ジョエル・フリードマン
企業担当弁護士、「シンプソン・アンド・ゲイツ法律事務所」のアソシエイト 「ドリームチーム弁護団」 シェルドン・シーゲル著;古屋美登里訳 講談社(講談社文庫) 2001年2月

ジョエル・ロイヤー
レストランの女経営者ハリーの前夫、地方検事補 「ラストチャンス・カフェ」 リンダ・ラエル・ミラー著;高田恵子訳 ソニー・マガジンズ(ヴィレッジブックス) 2004年3月

ジョー・エンダーズ(エンダーズ)
米海兵隊軍曹、暗号通信兵のベン・ヤージーの護衛としてサイパン上陸作戦に同行した男 「ウインドトーカーズ」 マックス・A.コリンズ著;北沢和彦訳 新潮社(新潮文庫) 2002年8月

ジョー・カーベリ・メンキン(メンキン)
地質学者エム・ハンセンの元上司、倒産した石油会社「ブラックフィート・オイル」の元社長 「沈黙の日記」 サラ・アンドリューズ著;高橋恭美子訳 早川書房(ハヤカワ・ミステリ文庫) 2001年2月

ジョー・カメロン
ジェフコート・ランディング・バプティスト教会の牧師、凶悪犯・ドラムを父親代わりに世話したことがある男 「カインの檻」 ハーブ・チャップマン著;石田善彦訳 文藝春秋(文春文庫) 2005年6月

ジョー・ギャヴィラン(ギャヴィラン)
ハリウッド分署殺人課のベテラン刑事、副業で不動産会社を営む男 「ハリウッド的殺人事件」 ロン・シェルトン脚本;ロバート・ソウザ脚本;石田享編訳 竹書房(竹書房文庫) 2004年1月

ジョー・キャリガン
ロンドンのウィンブルドンの精神科医、CIAで働いていたことがある男 「鷹の城の亡霊」 ジョン・ウィルソン著;水野谷とおる訳 東京創元社(創元推理文庫) 2002年9月

ジョー・クイン
アトランタ死刑の刑事、復顔彫刻家イヴ・ダンカンの恋人 「嘘はよみがえる」 アイリス・ジョハンセン著;北沢あかね訳 講談社(講談社文庫) 2004年6月

ジョー・クイン
元海軍特殊部隊隊員でアトランタ市警の刑事、復顔彫刻家・イヴの恋人 「嘘はよみがえる」 アイリス・ジョハンセン著;北沢;あかね訳 講談社(講談社文庫) 2004年6月

ジョー・クルツ(クルツ)
元私立探偵、殺人罪で11年間のアッティカ刑務所暮らしを終え仮出所してきた男 「鋼」 ダン・シモンズ著;嶋田洋一訳 早川書房(Hayakawa novels) 2002年5月

ジョー・クルツ(クルツ)
元私立探偵、十一年の刑期を終え刑務所から仮釈放された男 「雪嵐」 ダン・シモンズ著;嶋田洋一訳 早川書房(Hayakawa novels) 2003年6月

ジョージ
イリノイ州クック郡の46歳の泥棒、16歳から1度も働いたことがない男 「人間たちの絆」 スチュアート・カミンスキー著;棚橋志行訳 扶桑社(扶桑社ミステリー) 2002年4月

ジョージ
相棒のトビーとイギリスのチョービー村で起きた殺人事件の捜査に加わった男 「その死者の名は」 エリザベス・フェラーズ著;中村有希訳 東京創元社(創元推理文庫) 2002年8月

ジョージア・スキーアン
FDNY(ニューヨーク市消防局)の女性火災捜査官 「欺く炎」 スザンヌ・チェイズン著;中井京子訳 二見書房(二見文庫) 2004年9月

ジョージア・スキーアン
ニューヨーク市消防局火災捜査官、マンハッタンで五十四名の死者を出したビル火災の現場へ急行した女性 「火災捜査官」 スザンヌ・チェイズン著;中井京子訳 二見書房(二見文庫) 2003年11月

ジョージ・ウィントン
ゴールド・コーストにあるモーテル・チェーンの経営者、娘を誘拐されたことがある父親 「沈黙の代償」 パトリシア・カーロン著;池田真紀子訳 扶桑社(扶桑社ミステリー) 2001年2月

ジョージ・クーガン(クーガン)
シングルマザーのウェンディの隣人、元レインジャー部隊員 「硝煙のトランザム」 ロブ・ライアン著;鈴木恵訳 文藝春秋(文春文庫) 2003年8月

ジョージ・コートリイ
画家、淑女のレディ・ボウクレアの細密肖像画を持って仮面舞踏会に参加した老人 「迷宮の舞踏会」 ロス・キング著;河野純治訳 早川書房(Hayakawa novels) 2004年4月

ジョージ・スタッブス卿　じょーじすたっぷすきょう
ナス屋敷の所有者、赤ら顔にあご髭ほはやした大男 「死者のあやまち」 アガサ・クリスティー著;田村隆一訳 早川書房(ハヤカワ文庫クリスティー文庫) 2003年12月

ジョージ・スチュアート
SMプレイ専門ホテル「ロワシー」の宿泊客、上場企業「ヴァーチャリティ」の元社長 「悦楽者たちの館」 ジョン・ウォーレン著;三川基好訳 扶桑社(扶桑社ミステリー) 2003年1月

ジョージ・ダナバン
FBIの捜査官で警部補、端正な顔立ちで長身のがっちりした体格の男 「闇のアンティーク」 サルバトーレ・ウォーカー著;工藤妙子訳 扶桑社(扶桑社ミステリー) 2005年11月

ジョージ・タリー(タリー)
ヴァージニア州パマンキー郡の保安官、弁護士ナット・ディーズの幼なじみ 「焦熱の裁き」 デイヴィッド・L.;ロビンス著;村上;和久訳 新潮社(新潮文庫) 2005年1月

ジョージ・ディシー
ソルトレイク・シティ在住の古生物学者、国際的に著名な「恐竜博士」 「化石の殺人」 サラ・アンドルーズ著;高橋恭美子訳 早川書房(ハヤカワ・ミステリ文庫) 2002年9月

ジョージ・デイリー
マンハッタンに住むノンフィクション・ライター、偶然を次の本の題材に決めた作家 「偶然のラビリンス」 デイヴィッド・アンブローズ著;鎌田三平訳 ソニー・マガジンズ(ヴィレッジブックス) 2005年9月

ジョージ・ドゥーリー
アメリカ〈ボストン・グローブ〉の市内面編集長、記者カールの上司 「合衆国復活の日 上下」 ブレンダン・デュボイス著;野口百合子訳 扶桑社(扶桑社ミステリー) 2002年8月

ジョージ・ナッシュ
国家安全保障庁「テスラ・プロジェクト」のリーダー、足が不自由な男 「エヴァーグレイズに消える」 T.J.マグレガー著;古賀弥生訳 早川書房(ハヤカワ・ミステリ文庫) 2004年3月

じょし

ジョージーナ・フレッチャー
アバディーン大学英文学教授、スコットランドの大邸宅ケアンウェル・ハウスの女主人 「難事件鑑定人」 サリー・ライト著;長島水際訳　早川書房(ハヤカワ・ミステリ文庫) 2001年10月

ジョジーヌ
別名「カリオストロ伯爵夫人」と呼ばれる女盗賊、中世の財宝を狙う妖婦 「カリオストロ伯爵夫人」 モーリス・ルブラン作;竹西英夫訳　偕成社(偕成社文庫) 2005年9月

ジョージ・パトナム
小さな田舎町ブラックウォーター・ベイの保安官・マットの下で働く主任保安官助手 「すべての石の下に」 ポーラ・ゴズリング著;山本俊子訳　早川書房(Hayakawa pocket mystery books) 2001年1月

ジョージ・ハーヴェイ・ボーン
ロンドンのアールズコートの下層街に屯するアルコール依存症で失業中の34歳の男 「二つの脳を持つ男」 パトリック・ハミルトン著;大石健太郎訳　小学館(Shogakukan mystery) 2003年11月

ジョージ・ハリソン
土木会社に勤める電気技師、ベイズウォーターで妻と息子と家政婦と暮らしている男 「箱の中の書類」 ドロシイ・セイヤーズ著;松下祥子訳　早川書房(Hayakawa pocket mystery books) 2002年3月

ジョージ・ベンドール(ベンドール)
ロシア大統領狙撃犯、30年前にロシアに亡命したイギリス人核科学者の息子 「城壁に手をかけた男 上下」 ブライアン;フリーマントル著;戸田:裕之訳　新潮社(新潮文庫) 2004年5月

ジョージ・マシューズ
精神科医、広告会社社員のフィリップの旧友 「殺意のシナリオ」 ジョン・フランクリン・バーディン著;宮下嶺夫訳　小学館(Shogakukan mystery) 2003年12月

ジョージ・マシューズ(マシューズ)
精神科医、患者のジェイコブが見えると言った小人に一緒に会いに行った男 「死を呼ぶペルシュロン」 ジョン・フランクリン・バーディン著;今本渉訳　晶文社([晶文社ミステリ) 2004年4月

ジョージ・ミッチェル
イングランドのウィルトシャー州のウォーミンスター警察署の巡査 「死神の戯れ」 ピーター・ラヴゼイ著;山本やよい訳　早川書房(ハヤカワ・ミステリ文庫) 2002年1月

ジョージ・メイソン
ロビー(ロバート)・フェヴァーの弁護士、本書の語り手 「囮弁護士 上下」 スコット・トゥロー著;二宮磬訳　文藝春秋(文春文庫) 2004年11月

ジョージ・モートン
環境保護団体を支援する億万長者の慈善家、よく食べよく笑う大柄で太っ腹の六十五歳の男 「恐怖の存在 上下」 マイクル・クライトン著;酒井昭伸訳　早川書房(Hayakawa novels) 2005年9月

ジョシュア・スタフォード
亡き老富豪の顧問弁護士 「テスタメント 上下」 ジョン・グリシャム著;白石朗訳　新潮社(新潮文庫) 2003年2月

ジョシュア・ヴァリーン
彫刻家、スコットランド古城の地下室に飾られている蝋人形を製作した美しい青年 「ミステリー・ウィーク」 ヘザー・グレアム著;笠原博子訳　ハーレクイン(MIRA文庫) 2002年1月

じょぜ

ジョシュ・ドリトル
コネチカット州スカル島に住む高校2年生の少年、同級生のアニーの元ボーイフレンド 「いたずらメールの代償 danger.com 2」 ジョーダン・クレイ著;小西道子訳 青春出版社(青春文庫) 2001年10月

ジョシュ・ブラウン
SAS隊員、マーク・ブラック率いるSASチームのメンバー 「SAS特命潜入隊」 クリス・ライアン著;伏見威蕃訳 早川書房(ハヤカワ文庫NV) 2004年8月

ジョシュ・マンデル
ロサンジェルスで暮らしているゲイのヘンリーの元恋人、HIV感染者の青年 「秘められた掟」 マイケル・ナーヴァ著;柿沼瑛子訳 東京創元社(創元推理文庫) 2002年1月

ジョージ・リーマス(リーマス)
禁酒法時代のオハイオ州シンシナティの酒密売業者、元弁護士 「ジャズ・バード」 クレイグ・ホールデン著;近藤純夫訳 扶桑社(扶桑社ミステリー) 2002年9月

ジョージ・ワシントン・グリーン(グリーン)
歴史学者で元牧師、南北戦争直後のアメリカでダンテ『神曲』の翻訳に取り組む「ダンテ・クラブ」のメンバー 「ダンテ・クラブ」 マシュー・パール著;鈴木;恵訳 新潮社 2004年8月

ジョス・ムヴラ
アフリカのカマンガ国アルファ・コマンドウ指揮官で少佐、快活で人好きのする男 「孤立突破」 クリス・ライアン著;伏見威蕃訳 早川書房(ハヤカワ文庫NV) 2001年11月

ジョーゼフ・アントネッリ(アントネッリ)
オレゴン州ポートランドに住む弁護士 「遺産」 D.W.;バッファ著;二宮;磐訳 文藝春秋(文春文庫) 2004年10月

ジョゼフィーヌ・バルサモ
フランス王家の財宝を狙う謎の女、気品に満ちた美女 「ルパン」 ジャン・ポール・サロメ著;ローラン・ヴァショー著;番由美子編訳 メディアファクトリー(洋画文庫) 2005年8月

ジョゼフィーヌ・バルサモ
世紀の怪人・カリオストロの末裔と名のる絶世の美女 「カリオストロ伯爵夫人」 モーリス・ルブラン著;平岡敦訳 早川書房(ハヤカワ・ミステリ文庫) 2005年8月

ジョゼフィーヌ・バルサモ(ジョジーヌ)
別名「カリオストロ伯爵夫人」と呼ばれる女盗賊、中世の財宝を狙う妖婦 「カリオストロ伯爵夫人」 モーリス・ルブラン作;竹西英夫訳 偕成社(偕成社文庫) 2005年9月

ジョゼフィーヌ・モールパ
皮を売る商売人の女、「私」の幼なじみ 「灰色の魂」 フィリップ・クローデル著;高橋啓訳 みすず書房 2004年10月

ジョセフィン・ギャラント
ボルティモアの老人ホームで暮らしている老婆、探検家のリチャード・バートンと交流があったチャールズ・ウォレンの孫 「失われし書庫」 ジョン・ダニング著;宮脇孝雄訳 早川書房(ハヤカワ・ミステリ文庫) 2004年12月

ジョゼフィーン・メイザー
ロンドン郊外の田舎町で暮らす十三歳ほどの身体障害者の少女 「あの薔薇を見てよ」 エリザベス・ボウエン著;太田良子訳 ミネルヴァ書房(MINERVA世界文学選) 2004年8月

ジョゼフ・T・ワトソン じょぜふてぃーわとすん
セントルイスの大手法律事務所のアソシエイト、民事専門の新人事務弁護士 「ブレイン・ストーム 上下」 リチャード・ドゥーリング著;白石朗訳 講談社(講談社文庫) 2003年4月

じょせ

ジョセフ・デル・リエコ（デル・リエコ）
一流人材バンク「ド・ワーヴル社」のプロジェクトマネージャー、50歳くらいの紳士 「首切り」 ミシェル・クレスピ著;山中芳美訳　早川書房（ハヤカワ・ミステリ文庫）2002年7月

ジョセフ・トリヴェリアン（トリヴェリアン大佐）　じょせふとりべりあん（とりべりあんたいさ）
ダートムアにあるシタフォード荘の持ち主、退役した海軍大佐で資産家 「シタフォードの秘密」 アガサ・クリスティー著;田村隆一訳　早川書房（ハヤカワ文庫クリスティー文庫）2004年3月

ジョセフ・トレヴェリヤン（トレヴェリヤン）
イングランド軍の少佐グレイの従妹の婚約者、性病にかかっている男 「ロード・ジョン・グレイ　緑のドレスの女」 ダイアナ・ガバルドン著;石原未奈子訳　ソニー・マガジンズ（ヴィレッジブックス）2005年10月

ジョセフ・バーク（バーク）
黒人初の大リーガーのジャッキー・ロビンソンのボディーガードとなった男、第二次世界大戦で身も心も深い傷を負いアメリカに帰還した元海兵隊員 「ダブルプレー」 ロバート・B・パーカー著;菊池光訳　早川書房（Hayakawa novels）2005年2月

ジョーゼフ・マリガン（マリガン）
アメリカ海軍作戦本部長 「キロ・クラス」 パトリック・ロビンソン著;伏見威蕃訳　角川書店（角川文庫）2002年2月

ジョーゼフ・ミーアン（ウォッチマン）
イギリスの国内保安部・MI5の長期潜入工作員、テロリストのIRA内部に送り込まれた男 「暗殺工作員ウォッチマン」 クリス・ライアン著;伏見威蕃訳　早川書房（ハヤカワ文庫NV）2003年7月

ジョゼフ・ラコート（ジョー）
シカゴのスポーツ用品店経営者、バイク事故で視覚記憶能力の大半を失った青年 「神の創り忘れたビースト」 ジム・ハリスン著;金原瑞人訳　アーティストハウス　2002年6月

ジョーゼフ・リーナ（ジョー）
ニュージャージーのマフィアのドン、38歳の悪辣なギャング 「マフィアをはめろ!」 スティーヴン・キャネル著;真野明裕訳　小学館（Shogakukan mystery）2002年8月

ジョゼフ・ルールタビーユ（ルールタビーユ）
有力紙「エポック」の18歳の記者、生意気で自惚れが強いが鋭く独創的な推理力の持ち主 「黄色い部屋の謎」 ガストン・ルルー著;宮崎嶺雄訳　嶋中書店（嶋中文庫）2005年2月

ジョーダン・グラス
ピュリッツァー賞受賞カメラマン、戦場写真を多く手がけてきた40歳の女性 「戦慄の眠り 上下」 グレッグ・アイルズ著;雨沢泰訳　講談社（講談社文庫）2004年4月

ジョーダン・テン・エイク
第二次世界大戦のさなか片耳の聴力がないため徴兵されなかった32歳の大男、高校を中退しアメリカ各地を放浪しながら作家を目指している青年 「深夜特別放送 上下」 ジョン・ダニング著;三川基好訳　早川書房（ハヤカワ・ミステリ文庫）2001年1月

ジョーダン・ドラケン
イングランドのキャンバロン公爵、幻のステンドグラス「天国に続く窓」を追う男 「虹の彼方に」 アイリス・ジョハンセン著;酒井裕美訳　二見書房（二見文庫）2005年5月

ジョーダン・ポティート（ジョーディ）
テキサス州の田舎町ミラボーの図書館長、母の世話のためにボストンから故郷に帰ってきた青年 「図書館の死体」 ジェフ・アボット著;佐藤耕士訳　早川書房（ハヤカワ・ミステリ文庫）2005年3月

じょな

ジョーダン・ポティート（ジョーディ）
テキサス州の田舎町ミラボーの図書館長、母の世話のためにボストンから故郷に帰ってきた青年 「図書館の美女」 ジェフ・アボット著;佐藤耕士訳　早川書房（ハヤカワ・ミステリ文庫） 2005年7月

ジョック・コーレス（コーレス）
クィーンズランド・レイクビューの商店主、ブリスベン警察ヘイグ警部の捜査協力者 「ドリームタイム・ランド」 S.H.コーティア著;伊藤星江訳　論創社（論創海外ミステリ）　2005年11月

ジョーディ
テキサス州の田舎町ミラボーの図書館長、母の世話のためにボストンから故郷に帰ってきた青年 「図書館の死体」 ジェフ・アボット著;佐藤耕士訳　早川書房（ハヤカワ・ミステリ文庫） 2005年3月

ジョーディ
テキサス州の田舎町ミラボーの図書館長、母の世話のためにボストンから故郷に帰ってきた青年 「図書館の美女」 ジェフ・アボット著;佐藤耕士訳　早川書房（ハヤカワ・ミステリ文庫） 2005年7月

ジョーディ・シャープ
アフリカのカマンガ国で政府軍コマンドウ部隊の訓練を行っていたイギリスSASチームの曹長 「孤立突破」 クリス・ライアン著;伏見威蕃訳　早川書房（ハヤカワ文庫NV）　2001年11月

ジョーディ・シャープ
ロシア・マフィアと戦うために新編成された特殊部隊の指揮官、イギリスSASチームを指揮する曹長 「偽装殲滅」 クリス・ライアン著;伏見威蕃訳　早川書房（ハヤカワ文庫NV）　2001年4月

ジョディ・ナイトウッド
睡眠や夢の仕組みについて研究している女医、サンタフェにある睡眠クリニックの経営者 「夢の研究 上下」 ジャック・バトラー著;南山宏訳　角川書店（角川文庫）　2001年2月

ジョー・ドゥーガン
ジョージア州コロンバス大学の英語教授 「地下墓地」 ピーター・ラヴゼイ著;山本やよい訳　早川書房（ハヤカワ・ミステリ文庫）2004年12月

ジョー・トローナ
オレンジ郡保安官事務所の保安官補で中央刑務所の看守、顔半分に火傷の痕がある男 「サイレント・ジョー」 T.ジェファーソン・パーカー著;七搦理美子訳　早川書房（ハヤカワ・ミステリ文庫） 2005年9月

ジョー・トローナ
オレンジ郡保安官事務所の保安官補で中央刑務所の看守、顔半分に火傷の痕がある男 「サイレント・ジョー」 T.ジェファーソン・パーカー著;七搦理美子訳　早川書房（ハヤカワ・ミステリ文庫） 2005年9月

ジョナサン
古代ローマの港町・オスティアで暮らすユダヤ人少年、船長の娘・フラビアの隣人 「オスティア物語」 キャロライン・ローレンス著;田栗美奈子訳　PHP研究所　2003年3月

ジョナサン・アブシー
1795年のイギリス内務省で働く役人、1年前に娘を絞殺された40歳の父親 「天球の調べ」 エリザベス・レッドファーン著;山本やよい訳　新潮社　2002年10月

ジョナサン・ウェルズ
錠前職人、アパートの地下にもぐったきり行方不明になった男 「蟻の時代 ウェルベル・コレクションⅡ」 ベルナール・ウェルベル著;小中陽太郎訳、森山隆訳　角川書店（角川文庫） 2003年7月

じょな

ジョナサン・ウェルズ
生物学者だった伯父が遺したアパートの地下室で姿を消した元錠前屋 「蟻―ウェルベル・コレクション〈1〉」 ベルナール;ウェルベル著;小中;陽太郎訳;森山;隆訳　角川書店(角川文庫)　2003年6月

ジョナサン・ウォーキングスティック
ノースカロライナに住むチェロキー族の青年、アトランタの検事メアリー・クローの初恋の人 「人狩りの森」 サリー・ビッセル著;酒井裕美訳　二見書房(二見文庫)　2001年1月

ジョナサン・クリストファー
検察局からも市警本部からも一目置かれているニューヨーク市警殺人課警部補、遺伝子学者のカサンドラの昔からの友人 「クローン捜査官」 エリック・ラストベーダー著;皆川孝子訳　徳間書店(徳間文庫)　2002年1月

ジョナサン・スミス(スミス)
合衆国陸軍中佐で医学博士、陸軍伝染病研究所「USAMRIID」の科学者 「冥界からの殺戮者―秘密組織カヴァート・ワン〈1〉」 ロバート;ラドラム著;ゲイル・リンズ著;峯村利哉訳　角川書店(角川文庫)　2002年3月

ジョナサン・ネイザム(ブルドッグ)
1942年2月に沈没したサン・フェリックス号の乗客の1人、イギリス人 「人魚とビスケット」 J.M.スコット著;清水ふみ訳　東京創元社(創元推理文庫)　2001年2月

ジョナサン・ライス博士(ライス)　じょなさんらいすはかせ(らいす)
新種の生物兵器を開発した邪悪な科学者 「トゥームレイダー2」 デイヴ・スターン著;富永和子訳　徳間書店(徳間文庫)　2003年9月

ジョナサン・ラッド・ジョーンズ(ジョニー)
ロサンゼルスの私立探偵クライヴの助手、健康そうな顔立ちの小男 「非情の裁き」 リイ・ブラケット著;浅倉久志訳　扶桑社(扶桑社ミステリー)　2003年8月

ジョナス・カレム
ニューヨークの画商、模写のプロ・スティールにレオナルド・ダ・ヴィンチの贋作計画を持ちかけた男 「ダ・ヴィンチ贋作計画」 トーマス・スワン著;篠原慎訳　角川書店(角川文庫)　2002年3月

ジョナ・ラニエール
ペンシルヴァニア州ミラーリッジ高校に通う16歳の少年、同級生のジェニーのボーイフレンド 「出会い系サイトの罠 danger.com 1」 ジョーダン・クレイ著;中江昌彦訳　青春出版社(青春文庫)　2001年10月

ジョニー
19世紀初頭の英国で母と二人半幽閉的な生活をするメランフィー家の一人息子 「五輪の薔薇Ⅰ」 チャールズ・パリサー著;甲斐萬里江訳　早川書房(ハヤカワ文庫NV)　2003年3月

ジョニー
アルコール依存症のジョージのかつての同級生、心優しく物腰がしっかりした34歳の男 「二つの脳を持つ男」 パトリック・ハミルトン著;大石健太郎訳　小学館(Shogakukan mystery)　2003年11月

ジョニー
メランフィー家の一人息子、苛酷な労働を強いる学校から脱出してロンドンに戻ってきた少年 「五輪の薔薇Ⅲ」 チャールズ・パリサー著;甲斐萬里江訳　早川書房(ハヤカワ文庫NV)　2003年5月

ジョニー
メランフィー家の一人息子、母と二人半幽閉的な生活をしていた田舎からロンドンへ出てきた少年 「五輪の薔薇Ⅱ」 チャールズ・パリサー著;甲斐萬里江訳　早川書房(ハヤカワ文庫NV)　2003年4月

ジョニー
ロサンゼルスの私立探偵クライヴの助手、健康そうな顔立ちの小男 「非情の裁き」リイ・ブラケット著;浅倉久志訳 扶桑社(扶桑社ミステリー) 2003年8月

ジョニー
英国空軍中佐、名家に生まれ芸術家の才能にも恵まれている穏やかな青年 「検屍官の領分」マージェリー・アリンガム著;佐々木愛訳 論創社(論創海外ミステリ) 2005年1月

ジョニー
名門一族クロウジャー家の末裔であり莫大な遺産相続の権利を持つ少年 「五輪の薔薇 IV」 チャールズ・パリサー著;甲斐萬里江訳 早川書房(ハヤカワ文庫NV) 2003年6月

ジョニー
名門一族クロウジャー家の末裔であり莫大な遺産相続の権利を持つ少年 「五輪の薔薇 V」 チャールズ・パリサー著;甲斐萬里江訳 早川書房(ハヤカワ文庫NV) 2003年7月

ジョニー・Z　じょにーぜっと*
サンタモニカで仲間のダニーたちとギャングから金を奪う計画を立てたギリシャ系の若者 「フランクリンを盗め」フランク・フロスト著;加賀山卓朗訳 早川書房(ハヤカワ・ミステリ文庫) 2002年4月

ジョニー・フォンテーン
映画女優の妻をもつ人気が下降気味のハリウッドスター 「ゴッドファーザー 上下」マリオ・プーゾォ著;一ノ瀬直二訳 早川書房(ハヤカワ文庫NV) 2005年11月

ジョニー・フレッチャー
本のセールスマン、相棒のサムとホテルの隣室で男の死体を見つけた口八丁の男 「フランス鍵の秘密」フランク・グルーバー著;仁賀克雄訳 早川書房(Hayakawa pocket mystery books) 2005年9月

ジョニー・ベルモント
トランスセクシャルのボーが愛している男、「ホテル・アンバサドール」の給仕 「異形の花嫁」ブリジット・オベール著;藤本優子訳 早川書房(ハヤカワ・ミステリ文庫) 2003年5月

ジョニー・マクスウェル
世界最強の特殊部隊〈ドミナンス・レイン〉の元隊員、連邦刑務所から脱走した男 「特別追撃任務」マーカス・ウィン著;遠藤宏昭訳 早川書房(ハヤカワ文庫NV) 2003年8月

ジョニー・レイス(レイス)
60歳すぎの元陸軍大佐、ケンプ主任警部の協力者 「忘られぬ死」アガサ・クリスティー著;中村能三訳 早川書房(ハヤカワ文庫クリスティー文庫) 2004年5月

ジョー・パオレッティ
ボストンの町ボールドウィンズ・ブリッジに住むチャールズの戦友、大尉トムの大叔父 「遠い夏の英雄」スーザン・ブロックマン著;山田久美子訳 ソニー・マガジンズ(ヴィレッジブックス) 2003年11月

ジョー・バーリー
トロントに住む30代後半の英文学の非常勤講師、張り込み専門のパートタイムの探偵 「ロージー・ドーンの誘拐」エリック・ライト著;佐藤耕士訳 早川書房(ハヤカワ・ミステリ文庫) 2001年12月

ジョバンニ
武器商人、カリブ海の高級リゾート「ポルト・ビアンコ」のオーナーで女性記者ラファエラ・ホランドの実父 「カリブより愛をこめて」キャサリン・コールター著;林啓恵訳 二見書房(二見文庫) 2005年2月

ジョヴァンニ・デ・メディチ
メディチ家出身の教養豊かなローマ教皇 「グノーシスの薔薇」デヴィッド・マドセン著;大久保譲訳 角川書店 2004年11月

じょひ

ジョー・ピケット
ワイオミング州猟区管理官、無口で不器用だが家族を愛し正義感の強い高潔な男 「沈黙の森」 C.J.ボックス著;野口百合子訳 講談社(講談社文庫) 2004年8月

ジョー・ピケット
ワイオミング州猟区管理官、無口で不器用だが家族を愛し正義感の強い高潔な男 「凍れる森」 C.J.ボックス著;野口百合子訳 講談社(講談社文庫) 2005年10月

ジョー・ヒッキー(ヒッキー)
身代金目的誘拐犯グループのリーダー、自らの犯罪計画に忠実で冷酷なサディスト 「24時間」 グレッグ・アイルズ著;雨沢泰訳 講談社(講談社文庫) 2001年9月

ジョブソン
ウェスト・ヨークシャー警察主任警視 「1980ハンター」 デイヴィッド・ピース著;酒井武志訳 早川書房(ハヤカワ・ミステリ文庫) 2002年5月

ジョブソン
ヨークシャー州リーズ警察の主任警視、「フクロウ」のあだ名を持つ黒縁の眼鏡をかけた男 「1983ゴースト」 デイヴィッド・ピース著;酒井武志訳 早川書房(ハヤカワ・ミステリ文庫) 2004年5月

ジョー・マッケンジー
ワイオミング州の田舎町・ルースに住む16歳の少年、インディアンの血をひく牧場経営者ウルフの息子 「マッケンジーの山」 リンダ・ハワード著;高木晶子訳 ハーレクイン(MIRA文庫) 2005年5月

ジョー・モレリ(モレリ)
ニュージャージー州トレントン警察の私服刑事、「バウンティ・ハンター」ステファニー・プラムの幼なじみ 「お騒がせなクリスマス」 ジャネット・イヴァノヴィッチ著;細美遙子訳 扶桑社(扶桑社ミステリー) 2003年1月

ジョー・モレリ(モレリ)
ニュージャージー州トレントン警察の私服刑事、「バウンティ・ハンター」ステファニー・プラムの幼なじみ 「クリムゾン・リバー」 ジャン=クリストフ・グランジェ著;平岡敦訳 東京創元社(創元推理文庫) 2001年1月

ジョー・モレリ(モレリ)
ニュージャージー州トレントン警察の私服刑事、「バウンティ・ハンター」ステファニー・プラムの幼なじみ 「快傑ムーンはご機嫌ななめ」 ジャネット・イヴァノヴィッチ著;細美遙子訳 扶桑社(扶桑社ミステリー) 2003年2月

ジョー・モレリ(モレリ)
ニュージャージー州トレントン警察の私服刑事、バウンティ・ハンター(賞金稼ぎ)のステファニー・プラムの幼なじみ 「やっつけ仕事で八方ふさがり」 ジャネット・イヴァノヴィッチ著;細美遙子訳 扶桑社(扶桑社ミステリー) 2003年5月

ジョー・モレリ(モレリ)
ニュージャージー州トレントン警察の私服刑事、バウンティ・ハンター(賞金稼ぎ)のステファニー・プラムの幼なじみ 「わしの息子はろくでなし」 ジャネット・イヴァノヴィッチ著;細美遙子訳 扶桑社(扶桑社ミステリー) 2002年4月

ジョリ
フランス司法警察局の警部 「古い骨」 アーロン・エルキンズ著;青木久惠訳 早川書房(ハヤカワ・ミステリ文庫) 2005年1月

ジョリー
ロサンジェルスでギャングがらみのビジネスを牛耳っている男 「フランクリンを盗め」 フランク・フロスト著;加賀山卓朗訳 早川書房(ハヤカワ・ミステリ文庫) 2002年4月

ジョリー
貴族探偵トフ氏の召使い、ロンドンの地理に精通し優れた洞察力を持つ男 「トフ氏と黒衣の女」 ジョン・クリーシー著;田中孜訳 論創社(論創海外ミステリ) 2004年11月

ジョー・リッグズ(リッグズ)
ボディーガードのマックス・アイバーソンとともに警備会社を営む共同経営者、元将校 「覗く銃口」 サイモン・カーニック著;佐藤耕士訳 新潮社(新潮文庫) 2005年1月

ジョー・ルーカス
第二次世界大戦中につくられたスパイ組織"クルック・ファクトリー"の一員、SIS特別捜査官 「諜報指揮官ヘミングウェイ 上下」 ダン・シモンズ著;小林宏明訳 扶桑社(扶桑社ミステリー) 2002年6月

ジョー・ルケージィ
休職中のニューヨーク市警の刑事、妻と息子とともにアイルランドの灯台に暮らす黒髪の中年男 「ダークハウス」 アレックス・バークレー著;三木基子訳 柏艪舎(文芸シリーズ) 2005年10月

ジョルジュ・クワニー
革命に沸くパリに住む女性アマンディーヌの恋人 「フランス革命夜話」 アン・ペリー著;大倉貴子訳 ソニー・マガジンズ(ヴィレッジブックス) 2002年8月

ジョルジュ・ブラスレル
フランス人青年ルイ・アンティオッシュの養父で元外交官、ルイの死んだ両親の親友 「コウノトリの道」 ジャン=クリストフ・グランジェ著;平岡敦訳 東京創元社(創元推理文庫) 2003年7月

ジョルジュ・ラ・トゥーシュ(ラ・トゥーシュ)
ロンドンの有名な私立探偵、国際的事件を専門とする地味な外見の男 「樽」 F.W.クロフツ著;加賀山卓朗訳 早川書房(ハヤカワ・ミステリ文庫) 2005年1月

ジョルダン
謎の大金持ち・ボーモンがパリの路上生活者・アントワーヌへ執拗に捜し出すよう迫った身元不明の男、吸血鬼じみた男 「夜を喰らう」 トニーノ・ベナキスタ著;藤田真利子訳 早川書房(ハヤカワ・ミステリ文庫) 2001年4月

ジョルディーノ
NUMA(国立海中海洋機関)の特務任務次長でダーク・ピットとは幼なじみの親友、短躯ながらたくましい筋肉質の体を持つイタリア系アメリカ人 「アトランティスを発見せよ 上下」 クライブ・カッスラー著;中山善之訳 新潮社(新潮文庫) 2001年11月

ジョルディーノ
NUMA(国立海中海洋機関)の特務任務次長でダーク・ピットとは幼なじみの親友、短躯ながらたくましい筋肉質の体を持つイタリア系アメリカ人 「オデッセイの脅威を暴け 上下」 クライブ・カッスラー著;中山善之訳 新潮社(新潮文庫) 2005年6月

ジョルディーノ
NUMA(国立海中海洋機関)の特務任務次長でダーク・ピットとは幼なじみの親友、短躯ながらたくましい筋肉質の体を持つイタリア系アメリカ人 「マンハッタンを死守せよ 上下」 クライブ・カッスラー著;中山善之訳 新潮社(新潮文庫) 2002年12月

ジョレイン・ラックス
フロリダ州グレンジに住む動物病院の看護師、宝くじの1等に当せんしたアフリカ系アメリカ人の35歳の女性 「幸運は誰に? 上下」 カール・ハイアセン著;田口俊樹訳 扶桑社(扶桑社ミステリー) 2005年12月

ジョン
強盗殺人の罪で死刑となったベンの息子、9歳の少年 「狩人の夜」 デイヴィス・グラブ著;宮脇裕子訳 東京創元社(創元推理文庫) 2002年12月

ジョン
親友4人で「ソーイングクラブ」を結成しニューオリンズで詐欺や横領を繰り返していた33歳の男 「標的のミシェル」 ジュリー・ガーウッド著;部谷真奈実訳 ソニーマガジンズ(ヴィレッジブックス) 2003年6月

ジョン(ジョニー)
19世紀初頭の英国で母と二人半幽閉的な生活をするメランフィー家の一人息子 「五輪の薔薇Ⅰ」 チャールズ・パリサー著;甲斐萬里江訳 早川書房(ハヤカワ文庫NV) 2003年3月

ジョン(ジョニー)
メランフィー家の一人息子、苛酷な労働を強いる学校から脱出してロンドンに戻ってきた少年 「五輪の薔薇Ⅲ」 チャールズ・パリサー著;甲斐萬里江訳 早川書房(ハヤカワ文庫NV) 2003年5月

ジョン(ジョニー)
メランフィー家の一人息子、母と二人半幽閉的な生活をしていた田舎からロンドンへ出てきた少年 「五輪の薔薇Ⅱ」 チャールズ・パリサー著;甲斐萬里江訳 早川書房(ハヤカワ文庫NV) 2003年4月

ジョン(ジョニー)
名門一族クロウジャー家の末裔であり莫大な遺産相続の権利を持つ少年 「五輪の薔薇Ⅳ」 チャールズ・パリサー著;甲斐萬里江訳 早川書房(ハヤカワ文庫NV) 2003年6月

ジョン(ジョニー)
名門一族クロウジャー家の末裔であり莫大な遺産相続の権利を持つ少年 「五輪の薔薇Ⅴ」 チャールズ・パリサー著;甲斐萬里江訳 早川書房(ハヤカワ文庫NV) 2003年7月

ジョン・アプルビイ
スコットランド・ヤードCIDに勤務する首席警部、人気探偵作家エリオット氏の娘ベリンダの友人の兄 「ストップ・プレス」 マイクル・イネス著;富塚由美訳 国書刊行会(世界探偵小説全集) 2005年9月

ジョン・アプルビイ(アプルビイ)
スコットランドヤードの警部、知的で空想好きの男 「アプルビイズ・エンド」 マイケル・イネス著;鬼頭玲子訳 論創社(論創海外ミステリ) 2005年9月

ジョン・イヴリン・ソーンダイク(ソーンダイク)
ロンドンに住居兼研究所を持つ法医学者で弁護士、出張時は常に実験道具を携帯する科学探偵 「歌う白骨」 オースチン・フリーマン著;大久保康雄訳 嶋中書店(嶋中文庫) 2004年12月

ジョンウ
サンヨンが率いる4人の若者の殺し屋のチームの一人、爆弾製造のエキスパートの男 「ガン&トークス— キラーは愛を守るために」 チャンジン著;梁承喜訳 PHP研究所 2003年2月

ジョン・ウィグフル
バースのエイヴォン・アンド・サマセット警察殺人捜査班主任警部 「地下墓地」 ピーター・ラヴゼイ著;山本やよい訳 早川書房(ハヤカワ・ミステリ文庫) 2004年12月

ジョン・ウォーカー(ウォーカー)
ロンドンの巡査、ロンドン警視庁警部になることを夢見る将来有望な若者 「樽」 F.W.クロフツ著;加賀山卓朗訳 早川書房(ハヤカワ・ミステリ文庫) 2005年1月

ジョン・ウォーターズ(ウォーターズ)
ミシシッピ州ナチェズで石油会社を経営する41歳の男、石油地質学者 「魔力の女」 グレッグ・アイルズ著;雨沢泰訳 講談社(講談社文庫) 2005年11月

ジョン・H・ワトスン　じょんえいちわとすん
名探偵シャーロック・ホームズと同居する友人、元陸軍軍医　「シャーロック・ホームズ対切り裂きジャック」マイケル・ディブディン著;日暮雅通訳　河出書房新社（河出文庫）2004年2月

ジョン・エドワード・リトルジョーン（ジョニー）
アルコール依存症のジョージのかつての同級生、心優しく物腰がしっかりした34歳の男　「二つの脳を持つ男」パトリック・ハミルトン著;大石健太郎訳　小学館（Shogakukan mystery）2003年11月

ジョン・F・Xマーカム（マーカム）　じょんえふえっくすまーかむ（まーかむ）＊
私立探偵ファイロ・ヴァンスと15年来の親交があるニューヨーク州地方検事　「僧正殺人事件」S.S.ヴァン・ダイン著;宇野利泰訳　嶋中書店（嶋中文庫）2004年1月

ジョン・オズマンド（オズマンド）
謎の貴族、アンバースウェイトの鱒屋に長期間滞在している変わった男　「暗い広場の上で」ヒュー・ウォルポール著;澄木柚訳　早川書房（Hayakawa pocket mystery books）2004年8月

ジョン・オローク
コネティカット州に住む刑事裁判の被告弁護士、男手ひとつでふたりの子どもを育てている父親　「背信の海」ルアン・ライス著;栗木さつき訳　集英社（集英社文庫）2004年4月

ジョン・カイザー（カイザー）
女性カメラマンのジョーダン・グラスとともに犯人を追うFBI特別捜査官　「戦慄の眠り 上下」グレッグ・アイルズ著;雨沢泰訳　講談社（講談社文庫）2004年4月

ジョン・カウン
「カウン・エンタープライズ」の42歳の会長、イスラエルの遺跡発掘に資金を出しているアメリカ人　「イエスのビデオ 上下」アンドレアス・エシュバッハ著;平井吉夫訳　早川書房（ハヤカワ文庫NV）2003年2月

ジョン・カーター
ミステリ作家、謎解きの名に値する小説を書き続けている五十歳くらいの男　「第四の扉」ポール・アルテ著;平岡敦訳　早川書房（Hayakawa pocket mystery books）2002年5月

ジョン・カーディナル（カーディナル）
カナダのオンタリオ州にあるアルゴンキン・ベイ警察の優秀な刑事　「悲しみの四十語」ジャイルズ・ブラント著;阿部里美訳　早川書房（ハヤカワ・ミステリ文庫）2002年7月

ジョン・カヴェンディッシュ
エセックスの地主でスタイルズ荘の住人、ヘイスティングズ大尉の旧友　「スタイルズ荘の怪死事件」アガサ・クリスティ作;花上かつみ訳　講談社（講談社青い鳥文庫）2003年2月

ジョン・カヴェンディッシュ
エセックスの地主でスタイルズ荘の住人、ヘイスティングズ大尉の旧友　「スタイルズ荘の怪事件」アガサ・クリスティー著;矢沢聖子訳　早川書房（ハヤカワ文庫クリスティー文庫）2003年10月

ジョン・カラドス（ジョニー）
英国空軍中佐、名家に生まれ芸術家の才能にも恵まれている穏やかな青年　「検屍官の領分」マージェリー・アリンガム著;佐々木愛訳　論創社（論創海外ミステリ）2005年1月

ショーン・ガレン（ガレン）
一匹狼のフリーの傭兵、野性味あふれる一方知的で思いやりある男　「そしてさよならを告げよう」アイリス・ジョハンセン著;池田真紀子訳　ソニー・マガジンズ（ヴィレッジブックス）2004年9月

しょん

ショーン・ガレン(ガレン)
復顔彫刻家イヴ・ダンカンを警護するフリーのボディーガード 「嘘はよみがえる」 アイリス・ジョハンセン著;北沢あかね訳 講談社(講談社文庫) 2004年6月

ジョン・キー(ジャンキー)
マンチェスターにあるクラブ〈グラビティ〉のVJ、ヤクのやりすぎで片目を失った男 「アシッド・カジュアルズ」 ニコラス・ブリンコウ著;玉木亨訳 文藝春秋(文春文庫) 2002年2月

ジョン・キーナン
FBI行動アカデミーに勤務する主任プロファイラー 「カインの檻」 ハーブ・チャップマン著;石田善彦訳 文藝春秋(文春文庫) 2005年6月

ジョン・キャヴェンディッシュ
エセックスの地主でスタイルズ荘の住人、ヘイスティングズ大尉の旧友 「スタイルズの怪事件」 アガサ・クリスティ著;田中西二郎訳 東京創元社(創元推理文庫) 2004年3月

ジョン・ギャラン(ギャラン)
ロンドン警視庁刑事部の巡査部長 「覗く銃口」 サイモン・カーニック著;佐藤耕士訳 新潮社(新潮文庫) 2005年1月

ジョン・ギャレット
シアトルの青年実業家で大富豪、連続レイプ事件の2人目の被害者の兄 「あやつられたスケッチ」 ケイ・フーパー著;長島水際訳 ソニー・マガジンズ(ヴィレッジブックス) 2005年3月

ジョン・キングズリー(キングズリー聖堂参事)　じょんきんぐずりー(きんぐずりーせいどうさんじ)
聖堂参事、ロンドンに住む画家のルーシーの父 「死のさだめ」 ケイト・チャールズ著;中村有希訳 東京創元社(創元推理文庫) 2001年4月

ジョン・クィン(クィン)
FBI特別捜査官、鋭い勘の持ち主で自在に人を操ることができる44歳の男 「業火の灰 上下」 タミー・ホウグ著;飛田野裕子訳 二見書房(二見文庫) 2002年8月

ジョン・クラーク
アリゾナ州の警察官、西部劇に登場しそうな大男 「悦楽者たちの館」 ジョン・ウォーレン著;三川基好訳 扶桑社(扶桑社ミステリー) 2003年1月

ジョン・クリー
ヴィクトリア朝後期のロンドンで妻に殺害された夫 「切り裂き魔ゴーレム」 ピーター・アクロイド著;池田栄一訳 白水社 2001年9月

ジョーン・グレイ
クックリー新中等学校の女性美術教師、英語・歴史教師ゴードン・シーコムの同僚 「忌まわしき絆」 L.P.デイビス著;板垣節子訳 論創社(論創海外ミステリ) 2005年2月

ジョン・グレイ(グレイ)
イングランド軍の少佐 「ロード・ジョン・グレイ 緑のドレスの女」 ダイアナ・ガバルドン著;石原未奈子訳 ソニー・マガジンズ(ヴィレッジブックス) 2005年10月

ジョン・クロス
CIA工作部幹部局員、第七特殊工作班リーダー 「逃走航路」 ジョン・リード著;夏来健次訳 二見書房(二見文庫) 2004年3月

ジョン・クロス(クロス)
CIA工作部幹部局員、第七特殊工作班リーダー 「逃走航路」 ジョン・リード著;夏来健次訳 二見書房(二見文庫) 2004年3月

ジョン・ケイリー(ケイリー)
FBIモスクワ支局長、ロシア大統領狙撃事件のアメリカ側捜査担当者 「城壁に手をかけた男 上下」 ブライアン;フリーマントル著;戸田;裕之訳 新潮社(新潮文庫) 2004年5月

ジョン・ケナー
マサチューセッツ工科大学危機分析センター所長、二年間謎の休暇をとっている三十九歳の男 「恐怖の存在 上下」 マイクル・クライトン著;酒井昭伸訳 早川書房(Hayakawa novels) 2005年9月

ジョン・ケラー(ケラー)
ニューヨークに住む殺し屋、切手蒐集が趣味の男 「殺しのリスト」 ローレンス・ブロック著;田口俊樹訳 二見書房(二見文庫) 2002年6月

ジョン・ケリー(ケリー)
引退したボストン市警殺人課の刑事、ヴァーセイルズ警察署長ベン・トルーマンの協力者 「ボストン、沈黙の街」 ウィリアム・ランデイ著;東野さやか訳 早川書房(ハヤカワ・ミステリ文庫) 2003年9月

ジョン・コスタ
大英博物館職員、絵を盗んだとされているクリストファー・ハート教授に会いにポルトガルに向かった男 「人生を盗む男」 マイケル・パイ著;広津倫子訳 徳間書店 2002年2月

ジョン・ゴーフォース(ゴーフォース)
有力企業の経営者、「ヨットクラブ」と呼ばれる秘密主義的な社交クラブの会員に憧れている中年の実業家 「ヨットクラブ」 デイヴィッド・イーリイ著;白須清美訳 晶文社(晶文社ミステリ) 2003年10月

ジョン・コーリー
ニューヨーク市警殺人課刑事、職務中に負傷し療養休暇中の40代の男 「プラムアイランド 上下」 ネルソン・デミル著;上田公子訳 文藝春秋(文春文庫) 2002年6月

ジョン・コーリー
連邦統合テロリスト対策特別機動隊の特別契約エージェント、元ニューヨーク市警刑事の50歳の男 「王者のゲーム 上下」 ネルソン・デミル著;白石朗訳 講談社(講談社文庫) 2001年11月

ジョン・コーリー(コーリー)
ボストン沖シャッター島にある精神病院「アッシュクリフ病院」の医長、伝説的な権威ある精神科医 「シャッター・アイランド」 デニス・ルヘイン著;加賀山卓朗訳 早川書房 2003年12月

ジョン・ザント
元ロサンジェルス市警の刑事、三年前に愛娘を誘拐した犯人を追う男 「死影」 マイケル・マーシャル著;嶋田洋一訳 ソニー・マガジンズ(ヴィレッジブックス) 2005年5月

ジョン・サンプスン
刑事アレックス・クロスの同僚刑事で幼なじみの親友、2メートルを超える巨漢 「闇に薔薇」 ジェームズ・パターソン著;小林宏明訳 講談社(講談社文庫) 2005年4月

ジョン・J・ギャヴァラン(ギャヴァラン)　じょんじぇいぎゃばらん(ぎゃばらん)
ブラック・ジェット証券の創業者でCEO、38歳の元アメリカ空軍パイロット。「謀略上場 上下」 クリストファー;ライク著;土屋;京子訳 ランダムハウス講談社 2004年11月

ジョン・J・マローン(マローン)　じょんじぇいまろーん(まろーん)*
シカゴの売れっ子刑事弁護士でジェークとヘレンのジャスタス夫妻の友人、小太りで感傷的な男 「マローン御難」 クレイグ・ライス著;山本やよい訳 早川書房(ハヤカワ・ミステリ文庫) 2003年9月

ジョン・J・マローン(マローン)　じょんじぇいまろーん(まろーん)*
シカゴの売れっ子刑事弁護士でジェークとヘレンのジャスタス夫妻の友人、小太りで感傷的な男 「暴徒裁判」 クレイグ・ライス著;山本やよい訳 早川書房(ハヤカワ・ミステリ文庫) 2005年5月

じょん

ジョン・シェード(シェード)
女医ジョディの恋人で作家、美しくセクシーな男 「夢の研究 上下」 ジャック・バトラー著;南山宏訳 角川書店(角川文庫) 2001年2月

ジョン・シドニー・ハワード(ハワード)
現役を退いた老弁護士、戦時中にフランスの片田舎へ釣りに出かけたイギリス人 「パイド・パイパー 自由への越境」 ネビル・シュート著;池央耿訳 東京創元社(創元推理文庫) 2002年2月

ジョン・C・ラブジョイ(ラブジョイ)　じょんしーらぶじょい(らぶじょい)＊
英領ジブラルタルに駐留する英国陸軍砲兵隊の砲兵、サル担当士官ティモシー・ベイリー大尉の部下 「われらが英雄スクラッフィ」 ポール・ギャリコ著;山田蘭訳 東京創元社(創元推理文庫) 2002年11月

ジョン・C・ラブジョイ砲兵(ラブジョイ砲兵)　じょんしーらぶじょい(らぶじょいほうへい)＊
英国陸軍砲兵隊サル担当士官・ベイリー大尉の部下 「われらが英雄スクラッフィ」 ポール・ギャリコ著;山田蘭訳 東京創元社(創元推理文庫) 2002年11月

ジョン・シリングスワース(シリングスワース)
2004年の米国陸軍参謀総長、典型的な昔の陸軍兵士 「派兵の代償」 トマス・E.リックス著;藤田佳澄訳 早川書房(ハヤカワ文庫NV) 2002年4月

ジョーンズ
ワイオミング州ララミー郡の保安官代理、州特別捜査官アントニオ・バーンズに協力する大男 「絶壁の死角」 クリントン・マッキンジー著;熊谷千寿訳 新潮社(新潮文庫) 2005年9月

ジョン・スタントン(スタントン)
CIA局員、麻薬密造計画の指揮者 「アメリカン・デス・トリップ 上下」 ジェイムズ・エルロイ著;田村義進訳 文藝春秋 2001年9月

ジョン・スチュアート
スコットランド系アメリカ人のミステリー作家、スコットランドのロックライア城の城主 「ミステリー・ウィーク」 ヘザー・グレアム著;笠原博子訳 ハーレクイン(MIRA文庫) 2002年1月

ジョン・スピルズベリー(スピルズベリー)
パズルを瞬時に組み立てる「黄金の左手」を持つ男、行方不明になっているイギリス人 「パズル」 アントワーヌ・ベロ著;香川由利子訳 早川書房(Hayakawa novels) 2004年11月

ジョン・スペンサー
初航海にのぞんだロンドンに住む14歳の少年、父親は船主だが自分は船乗りになりたい息子 「呪われた航海」 イアン・ローレンス作;三辺律子訳 理論社 2001年9月

ジョン・スミス
一級建築士でIT企業経営者ジェーンの夫、映画スターのような美男 「Mr.&Mrs.スミス」 キャシー・デュボウスキー著;小島由記子編訳 ソニー・マガジンズ(ヴィレッジブックス) 2005年9月

ジョン・スミス(スミス)
医学博士の科学者、米国大統領直属の特務機関「カヴァート・ワン」の一員 「破滅の預言－秘密組織カヴァート・ワン〈2〉」 ロバート;ラドラム著;フィリップ;シェルビー著;峯村利哉訳 角川書店(角川文庫) 2002年11月

ジョンスン
FBI捜査官、偶然出会った元米国軍人・リーチャーと共にモンタナの山奥へ誘拐されてしまった脚の悪い女性 「反撃 上下」 リー・チャイルド著;小林宏明訳 講談社(講談社文庫) 2003年2月

ジョンスン
アメリカ大統領直属捜査機関「ベイスメント」の責任者、イギリス首相直属情報組織のエージェントショーン・ディロンの盟友 「ホワイトハウス・コネクション」 ジャック・ヒギンズ著;黒原敏行訳 角川書店(角川文庫) 2003年9月

ジョンスン
アメリカ大統領直属捜査機関「ベイスメント」の責任者、イギリス首相直属情報組織のエージェントショーン・ディロンの盟友 「審判の日」 ジャック・ヒギンズ著;黒原敏行訳 角川書店(角川文庫) 2004年9月

ジョンスン大佐　じょんすんたいさ
ミドルシャー警察の本部長、大佐 「ポアロのクリスマス」 アガサ・クリスティー著;村上啓夫訳 早川書房(ハヤカワ文庫クリスティー文庫) 2003年11月

ジョン・ソープ(J・T)　じょんそーぷ(じぇいてい)＊
FBIの検視官、同僚のジェシカ・コランと連続殺人犯「炎熱妖怪」を追う男 「魔王のささやき」 ロバート・ウォーカー著;瓜生知寿子訳 扶桑社(扶桑社ミステリー) 2002年12月

ジョン・タイラー
ニューヨークに住むセールスマン、30代なかばのハンサムな独身男 「逃げる男」 シドニィ・シェルダン著;天馬竜行訳 アカデミー出版 2003年11月

ジョン・タイラー
ニューヨークに住むセールスマン、30代なかばのハンサムな独身男 「逃げる男」 シドニィ・シェルダン著;天馬竜行訳 アカデミー出版 2005年5月

ジョン・ダウリング(ダウリング)
アメリカの原子力潜水艦「タルサ」の機関長、艦長ジェフリー・リクターの親友 「原潜を救助せよ」 ジェイムズ・フランシス著;村上和久訳 二見書房(二見文庫) 2003年11月

ジョン・ターナー(ターナー)
中央アジアとインド・パキスタン地域専門の情報ビジネス向けコンサルタント、元CIA工作員 「ビンラディンの剣(サーベル)」 ジェラール・ド・ヴィリエ著;小林修訳 扶桑社(扶桑社ミステリー) 2004年2月

ジョン・チャステイン(チャステイン)
ロサンジェルス市警内務監査課の刑事 「堕天使は地獄へ飛ぶ」 マイクル・コナリー著;古沢嘉通訳 扶桑社 2001年9月

ショーン・ディヴァイン
マサチューセッツ州警察殺人課の刑事、少年時代に境遇の違うジミーとデイヴと友だちだった男 「ミスティック・リバー」 デニス・ルヘイン著;加賀山卓朗訳 早川書房 2001年9月

ショーン・ディヴァイン
マサチューセッツ州警察殺人課の刑事、少年時代に境遇の違うジミーとデイヴと友だちだった男 「ミスティック・リバー」 デニス・ルヘイン著;加賀山卓朗訳 早川書房(ハヤカワ・ミステリ文庫) 2003年12月

ショーン・ディロン(ディロン)
イギリスの対テロ組織のエージェントで元IRA闘士、王立演劇学校で学んだ演技の天才 「復讐の血族」 ジャック・ヒギンズ著;黒原敏行訳 角川書店(角川文庫) 2005年1月

ショーン・ディロン(ディロン)
イギリス首相直属情報組織のエージェントで元IRAテロリスト、戦闘とダイビングの達人 「ホワイトハウス・コネクション」 ジャック・ヒギンズ著;黒原敏行訳 角川書店(角川文庫) 2003年9月

しょん

ショーン・ディロン（ディロン）
イギリス首相直属情報組織のエージェントで元IRAテロリスト、戦闘とダイビングの達人 「悪魔と手を組め」 ジャック・ヒギンズ著;黒原敏行訳 早川書房(ハヤカワ文庫NV) 2001年3月

ショーン・ディロン（ディロン）
イギリス首相直属情報組織のエージェントで元IRAテロリスト、戦闘とダイビングの達人 「審判の日」 ジャック・ヒギンズ著;黒原敏行訳 角川書店(角川文庫) 2004年9月

ジョン・デッカー（デッカー）
プロの殺し屋、40代の後半にさしかかった男 「殺し屋とポストマン」 マシュー・ブラントン著;佐和誠訳 早川書房(ハヤカワ文庫NV) 2002年4月

ジョン・ドー（プライムファクター）
アメリカの巨大テーマパーク「ユートピア」の技術と売上金を狙ったグループのリーダー 「ユートピア」 リンカーン・チャイルド著;白石朗訳 文藝春秋(文春文庫) 2003年12月

ジョン・ドウ
世界の十指に入る超一流暗殺者のひとり、正体不明の殺し屋 「暗殺者(キラー)」 グレッグ・ルッカ著;古沢嘉通訳 講談社(講談社文庫) 2002年2月

ジョン・ドートマンダー（ドートマンダー）
ニューヨークを中心に仲間たちと稼ぐ天才的泥棒、ある国から隣国が所有している聖少女の骨を奪ってほしいと頼まれた男 「骨まで盗んで」 ドナルド・E・ウェストレイク著;木村仁良訳 早川書房(ハヤカワ・ミステリ文庫) 2002年6月

ショーン・ドラモンド（ドラモンド）
合衆国陸軍法務部法務官で少佐、逮捕された犬猿の仲のモリソン准将の妻と過去に恋愛関係にあった男 「キングメーカー 上下」 ブライアン・ヘイグ著;平賀秀明訳 新潮社(新潮文庫) 2004年10月

ショーン・ドラモンド（ドラモンド）
陸軍法務部法務官、ユーゴスラヴィアのコソヴォ自治州で合衆国陸軍特殊部隊のセルビア人虐殺疑惑の調査に向かった少佐 「極秘制裁 上下」 ブライアン・ヘイグ著;平賀秀明訳 新潮社(新潮文庫) 2001年6月

ショーン・ドラモンド（ドラモンド）
陸軍法務部法務官、共同弁護人キャサリン・カールソンとロースクール時代に犬猿の仲だった少尉 「反米同盟 上下」 ブライアン・ヘイグ著;平賀秀明訳 新潮社(新潮文庫) 2003年6月

ジョン・トリブッチ
カリフォルニア州シエラネヴァダ山脈の寒村ヒドゥン・ヴァレーのスポーツショップの経営者 「雪に閉ざされた村」 ビル・プロンジーニ著;中井京子訳 扶桑社(扶桑社ミステリー) 2001年12月

ジョン・ナイキ
ナイキの新製品部門ゲリラ・マーケティング実行員 「ジェニファー・ガバメント」 マックス・バリー著;泊山梁訳 竹書房(竹書房文庫) 2003年12月

ジョン・ナイキ
ナイキの新製品部門ゲリラ・マーケティング主幹 「ジェニファー・ガバメント」 マックス・バリー著;泊山梁訳 竹書房(竹書房文庫) 2003年12月

ジョン・ニルソン（ニルソン）
米海軍特殊部隊SEAL第16チームの隊員、中尉 「沈黙の女を追って」 スーザン・ブロックマン著;阿尾正子訳 ソニー・マガジンズ(ヴィレッジブックス) 2004年1月

ジョン・バージェス（バージェス）
マンチェスターにあるクラブの経営者、殺し屋の女・エステラのかつての仕事仲間 「アシッド・カジュアルズ」 ニコラス・ブリンコウ著;玉木亨訳 文藝春秋（文春文庫）2002年2月

ジョン・パトナム・サッチャー（サッチャー）
ニューヨーク・ウォール街スローン・ギャランティー信託銀行の副頭取で信託部部長、若々しく活力ある男性 「死の会計」 エマ・レイサン著;西山百々子訳 論創社（論創海外ミステリ） 2005年2月

ジョン・パトナム・サッチャー（サッチャー）
ニューヨーク・ウォール街スローン・ギャランティー信託銀行の副頭取で信託部部長、若々しく活力ある男性 「死の信託」 エマ・レイサン著;中島なすか訳 論創社（論創海外ミステリ） 2005年11月

ジョン・パトリック・ホロウェイ（フェイト）
シリコン・ヴァレーに住む連続殺人犯、かつては真面目で優秀だった27歳の青年 「青い虚空」 ジェフリー・ディーヴァー著;土屋晃訳 文藝春秋（文春文庫）2002年11月

ジョン・パトリック・ライアン
再選を果たしたアメリカ合衆国大統領 「大戦勃発 1～4」 トム・クランシー著;田村源二訳 新潮社（新潮文庫） 2002年4月

ジョン・パトリック・ライアン・ジュニア（ジャック・ジュニア）
前アメリカ大統領の長男、民間の極秘諜報機関「ザ・キャンパス」の新入分析官 「国際テロ 上下」 トム・クランシー著;田村源二訳 新潮社（新潮文庫） 2005年8月

ジョーン・ハプグッド
十六歳のマットの母親、一緒に暮らすことになったアルツハイマー症の母の横暴にじっと耐えていた女性 「妖香」 ジョン・ソール著;野村芳夫訳 ソニー・マガジンズ（ヴィレッジブックス） 2002年3月

ジョン・バロウズ
賞金稼ぎの殺し屋、エルヴィス・プレスリーを神と崇めるマザコンのサイコパス的サディスト 「ディープサウス・ブルース」 エース・アトキンス著;小林宏明訳 小学館（小学館文庫）2004年4月

ジョン・バロン（バロン）
ロサンジェルス市警察殺人課5-2班の若い優秀な刑事 「皇帝の血脈 上下」 アラン・フォルサム著;戸田裕之訳 新潮社（新潮文庫） 2005年11月

ジョン・パンセル
北海をのぞむ漁村で妻のヒラリーとつましい暮らしをする画家、四十代の元軍人 「塩沢地の霧」 ヘンリー・ウエイド著;駒月雅子訳 国書刊行会（世界探偵小説全集） 2003年2月

ジョン・ヴィクター・サリー
元カリフォルニア州ベイカーの保安官補、ディーとシェイの母娘に殺されかけた男 「死者を侮るなかれ」 ボストン・テラン著;田口俊樹訳 文藝春秋（文春文庫）2003年9月

ジョン・ピゴット（ピゴット）
少女殺害容疑で逮捕されたマイケル・ミシュキンの弁護士 「1983ゴースト」 デイヴィッド・ピース著;酒井武志訳 早川書房（ハヤカワ・ミステリ文庫） 2004年5月

ジョンヒョン
ソウルのソフト会社に勤めるプログラマー 「第二次朝鮮戦争勃発の日 上下」 ファンセヨン著;米津篤八訳 扶桑社（扶桑社ミステリー） 2004年11月

ジョン・フェルカ
行方をくらませるため蒸発請負人のジェーンのもとに現われた元警官の男 「蒸発請負人」 トマス・ペリー著;飯島宏訳 講談社（講談社文庫） 2001年3月

しょん

ショーン・ブラック
マイケル・シェインのペンネームで活躍するベストセラー作家、15年ぶりに故郷マイアミに戻って来た男 「甘い香りの誘惑」 ヘザー・グレアム著;高科優子訳 二見書房(二見文庫) 2004年7月

ジョーン・ブランチャードード
ネブラスカ州フォールズ・シティの高校の保健室付き看護婦 「故郷への苦き想い」 デヴィッド・ウィルツ著;汀一弘訳 扶桑社(扶桑社ミステリー) 2001年12月

ジョン・ブレア・クレイトン(クレイトン)
ニューヨークのウェスト・ヴィレッジの中心地に住む小説家 「砕かれた街 上下」 ローレンス・ブロック著;田口俊樹訳 二見書房(二見文庫) 2004年8月

ジョン・ベイズウォーター(ベイズウォーターさん)
フランス大使シャサニュ公爵のおかかえ運転手 「ハリスおばさん国会へ行く」 ポール・ギャリコ著;亀山龍樹訳 ブッキング(fukkan.com) 2005年6月

ジョン・ベイズウォーター(ベイズウォーター氏)　じょんべいずうぉーたー(べいずうぉーたーし)
フランス大使シャサニュ公爵のおかかえ運転手 「ハリスおばさんニューヨークへ行く」 ポール・ギャリコ著;亀山龍樹訳 ブッキング(fukkan.com) 2005年5月

ジョン・ペサリントン・ミクルマス(ミクルマス)
MI5副長官、次期長官をねらう53歳の男 「七月の暗殺者 上下」 ゴードン・スティーヴンズ著;藤倉秀彦訳 東京創元社(創元推理文庫) 2005年11月

ジョン・ヘジンボザム(ヘジンボザム)
米英戦争でアメリカの国家機密を漏らし国家機密反逆罪で有罪判決を受けた男 「シックス・センス密告者」 デイヴィッド・ベンジャミン著;酒井紀子訳 竹書房(竹書房文庫) 2001年7月

ジョン・ヘスティングス(ヘスティングス)
アメリカ合衆国大統領 「中国の野望一印パ戦争勃発」 ハンフリー・ホークスリー著;山本光伸訳 二見書房(二見文庫) 2002年9月

ジョン・ペラム(ペラム)
ドキュメンタリー映画を製作中の映画のロケーション・スカウト、元インディペンデント系映画監督の独身男 「ヘルズ・キッチン」 ジェフリー・ディーヴァー著;渋谷正子訳 早川書房(ハヤカワ・ミステリ文庫) 2002年12月

ジョン・ペラム(ペラム)
映画のロケーション・スカウトをしている37歳の男、元スタントマン 「シャロウ・グレイブズ」 ジェフリー・ディーヴァー著;飛田野裕子訳 早川書房(ハヤカワ・ミステリ文庫) 2003年2月

ジョン・ペラム(ペラム)
映画のロケーション・スカウトをしている37歳の男、元スタントマン 「ブラディ・リバー・ブルース」 ジェフリー・ディーヴァー著;藤田佳澄訳 早川書房(ハヤカワ・ミステリ文庫) 2003年1月

ジョン・ベリー
サンフランシスコ発東京行のトランス・ユナイテッド航空52便の乗客、ビジネスマン 「超音速漂流」 ネルソン・デミル著;トマス・ブロック著;村上博基訳 文藝春秋(文春文庫) 2001年12月

ジョン・ポール・レナード
元海兵隊員、妹の命を狙っていたプロの殺し屋モンクを追う男 「魔性の女がほほえむとき」 ジュリー・ガーウッド;著;鈴木;美朋訳 ソニーマガジンズ(ヴィレッジブックス) 2004年12月

ジョン・マイクル・ファウルズ（ミスター・レッド）
連続爆破事件の犯人、新聞に名前が出るような有名な爆発物処理員を爆殺することに病的な喜びを見いだす男 「破壊天使 上下」 ロバート・クレイス著;村上和久訳 講談社（講談社文庫） 2002年8月

ジョン・マカーサー（マカーサー将軍） じょんまかーさー（まかーさーしょうぐん）
退役した白髪の老将軍、インディアン島オーエン邸に招かれた客の1人 「そして誰もいなくなった」 アガサ・クリスティー著;清水俊二訳 早川書房（ハヤカワ文庫クリスティー文庫） 2003年10月

ショーン・マクニーリー
女性探偵サニーの恋人、ロンの義弟 「ピーチツリー探偵社」 ルース・バーミングハム著;宇佐川晶子訳 早川書房（ハヤカワ・ミステリ文庫） 2002年11月

ジョン・マクブッシュ（マクブッシュ）
アメリカ大使館員、実業家のフロレンタインに「南米バナナ共和国」のツアーの内偵を頼んだ男 「観光旅行」 デイヴィッド・イーリイ著;一ノ瀬直二訳 早川書房（ハヤカワ・ミステリ文庫） 2004年6月

ジョン・マクルーア博士（マクルーア博士） じょんまくるーあはかせ（まくるーあはかせ）
ニューヨーク在住の流行作家カレンのフィアンセ、癌研究の権威の医師 「日本庭園の秘密」 エラリイ・クイーン著;大庭忠男訳 早川書房（ハヤカワ・ミステリ文庫） 2003年4月

ジョーン・マーケッティ
アトランタの検事メアリー・クローのロースクール時代の親友 「人狩りの森」 サリー・ビッセル著;酒井裕美訳 二見書房（二見文庫） 2001年1月

ジョン・マーシャル・タナー（タナー）
カリフォルニア州サンフランシスコの私立探偵 「憎悪の果実」 スティーヴン・グリーンリーフ著;黒原敏行訳 早川書房（Hayakawa pocket mystery books） 2001年3月

ジョン・マーシャル・タナー（タナー）
サンフランシスコに住む中年の私立探偵、ベストセラー作家・シャンデリアのボディーガードを依頼された男 「最終章」 スティーヴン・グリーンリーフ著;黒原敏行訳 早川書房（Hayakawa pocket mystery books） 2002年4月

ジョン・マシンガム（マシンガム）
ロンドン警視庁の警視長アダム・ダルグリッシュとともに事件を捜査するロンドン警視庁の警部 「わが職業は死」 P.D.ジェイムズ著;青木久惠訳 早川書房（ハヤカワ・ミステリ文庫） 2002年3月

ジョン・マーチ
ニューヨークマンハッタン在住の私立探偵、元保安官補の32歳の男 「黒い地図」 ピーター・スピーゲルマン著;松本剛史訳 ソニー・マガジンズ（ヴィレッジブックス） 2005年1月

ジョン・マッデン（マッデン）
ロンドン警視庁犯罪捜査部警部補、第一次大戦からの生き残りの男 「夜の闇を待ちながら」 レニー・エアース著;田中靖訳 講談社（講談社文庫） 2001年10月

ジョン・マンティング
ベイズウォーターのハリソン家の下宿人、30歳を過ぎた売れない作家 「箱の中の書類」 ドロシイ・セイヤーズ著;松下祥子訳 早川書房（Hayakawa pocket mystery books） 2002年3月

ジョン・ミルズ
ナチスドイツ占領下の英国で活動するレジスタンスの大佐 「英国占領 上下」 マリ・デイヴィス著;真野明裕訳 二見書房（二見文庫） 2005年7月

ジョン・ライダー
14歳のMI6秘密工作員アレックスの父、犯罪組織「スコルピア」の元殺し屋 「女王陛下の少年スパイ!アレックス スコルピア」 アンソニー・ホロヴィッツ著;森嶋マリ訳 集英社 2004年7月

ジョン・ライダー
眼球を失った作家のポールの口述筆記用助手、ロンドン在住の三十三歳の青年 「閉じた本」 ギルバート・アデア著;青木純子訳 東京創元社(海外文学セレクション) 2003年9月

ジョン・ラッセル
女性私立探偵キンジーの離婚した最初の夫、元サンタ・テレサ警察風紀取締課の刑事 「アウトローのO」 スー・グラフトン著;嵯峨静江訳 早川書房(ハヤカワ・ミステリ文庫) 2004年4月

ジョン・ラドキン(ラドキン)
ウェスト・ヨークシャーのミルガース署警部 「1977リッパー」 デイヴィッド・ピース著;酒井武志訳 早川書房(ハヤカワ・ミステリ文庫) 2001年9月

ジョン・リチャード(ドクター・コーマン)
ケータリング会社の女主人ゴルディ・シュルツの前夫、暴行罪で収監されていた元産婦人科医 「クッキング・ママの鎮魂歌」 ダイアン・デヴィッドソン著;加藤洋子訳 集英社(集英社文庫) 2005年9月

ジョン・リーバス(リーバス)
エジンバラのグレイト・ロンドン・ロード署の部長刑事、元陸軍特殊空挺部隊隊員 「紐と十字架」 イアン・ランキン著;延原泰子訳 早川書房(ハヤカワ・ミステリ文庫) 2005年4月

ジョン・リーバス(リーバス)
エジンバラのゲイフィールド・スクエア署の警部、元陸軍特殊空挺部隊隊員 「獣と肉」 イアン・ランキン著;延原泰子訳 早川書房(Hayakawa novels) 2005年11月

ジョン・リーバス(リーバス)
エジンバラのセント・レナーズ署の警部、元陸軍特殊空挺部隊隊員 「血に問えば」 イアン・ランキン著;延原泰子訳 早川書房(Hayakawa novels) 2004年10月

ジョン・リーバス(リーバス)
エジンバラのセント・レナーズ署の警部、元陸軍特殊空挺部隊隊員 「滝」 イアン・ランキン著;延原泰子訳 早川書房(Hayakawa pocket mystery books) 2002年3月

ジョン・リーバス(リーバス)
エジンバラのセント・レナーズ署の警部、元陸軍特殊空挺部隊隊員 「蹲る骨」 イアン・ランキン著;延原泰子訳 早川書房(Hayakawa pocket mystery books) 2001年4月

ショーン・ルケージィ
ニューヨーク市警の刑事ジョーと妻アナの一人息子、笑顔が魅力的な16歳の少年 「ダークハウス」 アレックス・バークレー著;三木基子訳 柏艪舎(文芸シリーズ) 2005年10月

ジョン・ルーニー
禁酒法時代のシカゴで暗躍していたアイルランド系マフィアのボス、一人息子コナーの老父 「ロード・トゥ・パーディション」 マックス・A・コリンズ著;松本剛史訳 新潮社(新潮文庫) 2002年9月

ジョン・レイン
フリーランスの殺し屋、日米ハーフの男 「雨の影」 バリー・アイスラー著;池田真紀子訳 ソニー・マガジンズ(ヴィレッジブックス) 2004年1月

ジョン・レイン
東京で幾度も政治がらみの暗殺を手がけてきた凄腕の殺し屋、日米のハーフの男 「雨の牙」 バリー・アイスラー著;池田真紀子訳 ソニー・マガジンズ(ヴィレッジブックス) 2002年1月

ジョン・ロイル(ジャック)
映画スター、長年対立していた俳優一家スチュアート家の当主・ブライズと結婚することになった俳優 「ハートの4」 エラリイ・クイーン著;大庭忠男訳 早川書房(ハヤカワ・ミステリ文庫) 2004年2月

ジョン・ロウ
FBIシアトル支部特別捜査官、人類学者ギデオン・オリヴァーの友人 「古い骨」 アーロン・エルキンズ著;青木久惠訳 早川書房(ハヤカワ・ミステリ文庫) 2005年1月

ジョン・ローガン(ローガン)
コンピューター会社をはじめ数々の事業を興した大富豪、サラ・パトリックの依頼人 「爆風」 アイリス・ジョハンセン著;池田真紀子訳 二見書房(二見文庫) 2003年2月

ジョン・ローガン(ローガン)
政府にも影響力をもつ大富豪、フォトジャーナリストのアレックス・グレアムの親友サラの夫 「その夜、彼女は獲物になった」 アイリス・ジョハンセン著;池田真紀子訳 ソニー・マガジンズ(ヴィレッジブックス) 2005年7月

ジョン・ロックハート(ロックハート)
30歳の英国陸軍大尉、1943年に潜入したクレタ島でドイツ軍の捕虜となった軍人 「反逆部隊 上下」 ガイ・ウォルターズ著;横山啓明訳 早川書房(ハヤカワ文庫NV) 2003年11月

ジョン・ロンドー(ロンドー)
テキサス州オースティン警察署コンピュータ犯罪取締班の巡査、引き締まった体つきのハンサムな若者 「暗闇よこんにちは 上下」 サンドラ・ブラウン著;法村里絵訳 新潮社(新潮文庫) 2004年11月

シーラ
国際連盟の職員・キャヴァナー氏の幼い娘、イギリス人の子ども 「パイド・パイパー 自由への越境」 ネビル・シュート著;池央耿訳 東京創元社(創元推理文庫) 2002年2月

シライナ・アン・ドーズ(ドーズ)
19世紀イギリスのミルバンク監獄の女囚、霊媒といわれる美しい娘 「半身」 サラ・ウォーターズ著;中村有希訳 東京創元社(創元推理文庫) 2003年5月

シーラ・ウー
経営者のウェンデルが行方不明になっている不動産会社の社員 「探偵ムーディー、営業中」 スティーヴ・オリヴァー著;真崎義博訳 早川書房(ハヤカワ・ミステリ文庫) 2001年10月

シーラ・ウォレン
マイアミの広告会社社員ケルシーの幼なじみ、行方不明の女性 「ハリケーン・ベイ」 ヘザー・グレアム著;せとちやこ訳 ハーレクイン(MIRA文庫) 2003年7月

シーラ・ダン
アイルランドの田舎の娘、10歳の時に結婚した夫・エイモンの暴力に耐えていた18歳の少女 「最後の真実」 リズ・アレン著;森沢麻里訳 集英社(集英社文庫) 2005年4月

シーラ・トラヴィス
ニューヨーク州のマンスフィールドに住む警察官・レイの隣に引っ越してきた人妻、美人でクールで性悪な女 「ライン・オブ・サイト」 ジャック・ケリー著;内海由起子訳 DHC 2002年10月

ジリアン・サリバン
ウェストバージニア州オールダーソンの連邦女子刑務所から釈放されたばかりの元判事 「死刑判決 上下」 スコット・トゥロー著;佐藤・耕士訳 講談社(講談社文庫) 2004年10月

じりあ

ジリアン・ヘイズ
レイプの被害者三人が自分たちで犯人をつきとめるために結成された「サバイバーズ・クラブ」のリーダー、広告代理店を営む三十六歳の女性 「いまは誰も愛せない」リサ・ガードナー著;前野律訳 ソニー・マガジンズ(ヴィレッジブックス) 2004年10月

ジリアン・ボンデュラント
ミネソタ州ミネアポリスの資産家ボンデュラントの大学生のひとり娘 「業火の灰 上下」タミー・ホウグ著;飛田野裕子訳 二見書房(二見文庫) 2002年8月

ジリアン・ミード
スミソニアン博物館の学芸員、歴史学者 「煉獄の華」テイラー・スミス著;安野玲訳 ハーレクイン(MIRA文庫) 2004年6月

ジリアン・ロイド
一卵性双生児の一方でメリーナの姉、不動産業に従事する36歳の美女 「いたずらが死を招く 上下」サンドラ・ブラウン著;吉沢康子訳 新潮社(新潮文庫) 2002年9月

ジリチ
旧ユーゴのマフィア、現在は南米サン・マルティン共和国の私設要塞に隠れ住むセルビア人 「アヴェンジャー 上下」フレデリック;フォーサイス著;篠原;慎訳 角川書店(角川文庫) 2004年8月

シリ・プー・ニ
岩盤の上のアリの都市ベル・オ・カンの女王アリ 「蟻の時代 ウェルベル・コレクションⅡ」ベルナール・ウェルベル著;小中陽太郎訳;森山隆訳 角川書店(角川文庫) 2003年7月

シリヤ・レイヴンズクロフト
ミセス・オリヴァの名付け子、長身ではつらつとした娘 「象は忘れない」アガサ・クリスティー著;中村能三訳 早川書房(ハヤカワ文庫クリスティー文庫) 2003年12月

シリングスワース
2004年の米国陸軍参謀総長、典型的な昔の陸軍兵士 「派兵の代償」トマス・E.リックス著;藤田佳澄訳 早川書房(ハヤカワ文庫NV) 2002年4月

ジル・コッペリア
カリフォルニア州サンフランシスコの地方検事補、40代はじめの男 「憎悪の果実」スティーヴン・グリーンリーフ著;黒原敏行訳 早川書房(Hayakawa pocket mystery books) 2001年3月

ジル・ターケル
画家としてのミス・メルヴィルの代理人、ドライでビジネスライクな女性 「帰ってきたミス・メルヴィル」イーヴリン・E.スミス著;長野きよみ訳 早川書房(ハヤカワ・ミステリ文庫) 2005年4月

ジル・バーンハート
地区検事補、サンフランシスコ市警の刑事リンジーの友人で「女性殺人捜査クラブ」のメンバー 「1番目に死がありき」ジェイムズ・パターソン著;羽田詩津子訳 角川書店(角川文庫) 2002年10月

ジル・バーンハート
地区検事補、警部補リンジーの友人で「女性殺人捜査クラブ」のメンバー 「チャンスは2度めぐる」ジェイムズ・パターソン著;羽田詩津子訳 角川書店(角川文庫) 2005年4月

シルビア
美術コンサルタントキャディ・ブリッグズのいとこ、「ギャラリー・シャテライン」のCEO 「迷子の大人たち」ジェイン・アン・クレンツ著;中西和美訳 二見書房(二見文庫) 2003年12月

シルヴィア・ゲイナー
病院勤務で借金に苦しむキャシーの従妹妹、お金持ちで華やかな娘 「ドアをあける女」メイベル・シーリー著;板垣節子訳 論創社(論創海外ミステリ) 2005年7月

シルヴィア・ストレンジ
ニューメキシコ州サンタフェの〈司法鑑定センター〉所属の精神分析医　「フクロウは死を運ぶ」　サラ・ラヴェット著;阿尾正子訳　扶桑社(扶桑社ミステリー)　2002年6月

シルヴィア・フェアファックス
キングズマーカム警察主任警部・ウェクスフォードの長女、ソーシャルワーカー　「悪意の傷跡」　ルース・レンデル著;吉野美恵子訳　早川書房(Hayakawa pocket mystery books) 2002年12月

シルヴィア・ブルーム
数カ国語に堪能な国連通訳、旧仏嶺マトボ共和国育ちで三十歳の美人　「ザ・インタープリター」　デイヴィッド・ジェイコブズ著;富永和子訳　徳間書店(徳間文庫)　2005年5月

シルヴェスター・マックスウェル(マックス)
ニューヨーク州ロングアイランドのサウソウルド警察署長、40代独身のハンサム男　「プラムアイランド 上下」　ネルソン・デミル著;上田公子訳　文藝春秋(文春文庫)　2002年6月

ジルベール
強盗紳士ルパンの手下、感じのいい顔付の青年　「水晶栓―ルパン傑作集6」　モーリス・ルブラン著;堀口大學訳　新潮社(新潮文庫)　2002年7月

ジレット
天才ハッカー、カリフォルニア州サンノゼにある連邦男子矯正施設の29歳の受刑囚　「青い虚空」　ジェフリー・ディーヴァー著;土屋晃訳　文藝春秋(文春文庫)　2002年11月

ジロー刑事　じろーけいじ
パリ警視庁の有名な刑事、尊大な態度の長身の男　「ゴルフ場の殺人」　アガサ・クリスティ作;花上かつみ訳　講談社(講談社青い鳥文庫)　2004年1月

ジロー刑事　じろーけいじ
パリ警視庁の有名な刑事、尊大な態度の長身の男　「ゴルフ場殺人事件」　アガサ・クリスティー著;田村隆一訳　早川書房(ハヤカワ文庫クリスティー文庫)　2004年1月

シーン
野生動物保護協会の主宰者・アリスンの次女、大学生のアスリートで皮肉屋の少女　「大密林」　ジェイムズ・W・ホール著;北澤和彦訳　講談社(講談社文庫)　2002年8月

ジーン・ウェイド
英国コッツウォルド地方のマナーハウスの留守番係、中年男のマイクルと妊婦のステフと同居生活をはじめることになった初老の女性　「夢の破片(かけら)」　モーラ・ジョス著;猪俣美江子訳　早川書房(Hayakawa pocket mystery books)　2004年12月

ジーン・エルロイ
1958年に絞殺死体で発見された美女、のちの作家ジェイムズ・エルロイの母　「わが母なる暗黒」　ジェイムズ・エルロイ著;佐々田雅子訳　文藝春秋(文春文庫)　2004年10月

ジンクス
英国秘密諜報部員のボンドがキューバで出会う謎の美女、実はNSA(米国国家安全保障局)のエージェント　「007/ダイ・アナザー・デイ」　レイモンド・ベンソン著;富永和子訳　竹書房(竹書房文庫)　2003年3月

ジンクス
自動車事故で10日間記憶喪失になった写真家、不動産王のアダムの34歳の娘　「昏い部屋」　ミネット・ウォルターズ著;成川裕子訳　東京創元社(創元推理文庫)　2005年4月

ジンク・チャンドラー
カナダ連邦騎馬警察特別対外課警部補　「カットスロート 上下」　マイケル・スレイド著;大島豊訳　東京創元社(創元推理文庫)　2005年11月

しんく

ジンク・チャンドラー(チャンドラー)
カナダ連邦騎馬警察の警部補、大柄で筋骨たくましい男 「グール 上下」 マイケル・スレイド著;大島豊訳 東京創元社(創元推理文庫) 2004年3月

ジンク・チャンドラー(チャンドラー)
事件で負傷しカナダ連邦騎馬警察を休職中の男 「髑髏島の惨劇」 マイケル・スレイド著;夏来健次訳 文藝春秋(文春文庫) 2002年1月

シンクレア
英国内務大臣、法曹界出身で与党次期党首と目される49歳の男 「七月の暗殺者 上下」 ゴードン・スティーヴンズ著;藤倉秀彦訳 東京創元社(創元推理文庫) 2005年11月

シンケ・ルイス(ルイス)
急進的黒人組織「黒人解放戦線」の幹部 「エンジェル・シティ・ブルース」 ポーラ・L.ウッズ著;猪俣美江子訳 早川書房(ハヤカワ・ミステリ文庫) 2003年6月

シンシア・エドウィナ・ライアン・マコール(シンディ)
アメリカ西海岸と東海岸でブティックを経営している女性 「夢をかなえて」 エリザベス・ローウェル作;山本亜里紗訳 ハーレクイン(ハーレクイン文庫) 2001年4月

シンシア・サンヒル
ジョージア州フォートベニング基地に勤務する陸軍犯罪捜査部(CID)秘密捜査官、元CID秘密捜査官ポール・ブレナーの恋人 「アップ・カントリー 上下」 ネルソン・デミル著;白石朗訳 講談社(講談社文庫) 2003年11月

シンシア・デッカー(シンディ)
ロサンゼルス市警デッカーの長女、コロンビア大学に通う19歳の少女 「赦されざる罪」 フェイ・ケラーマン著;高橋恭美子訳 東京創元社(創元推理文庫) 2001年6月

シンシア・バーンズ
メリーランド州で赤ん坊だった娘を誘拐され殺害された母親、判事の娘 「あの日、少女たちは赤ん坊を殺した」 ローラ・リップマン著;吉澤康子訳 早川書房(ハヤカワ・ミステリ文庫) 2005年10月

シンシナティ・キッド(キッド)
シンシナティのスタッド・ポーカー界指折りの名手、26歳の若きギャンブラー 「シンシナティ・キッド」 リチャード・ジェサップ著;真崎義博訳 扶桑社(扶桑社ミステリー) 2001年3月

ジンソク
兄のジンテとともに徴兵された青年、ソウルで暮らしている学生 「ブラザーフッド」 カン・ジェギュ著;上之二郎ノベライズ 集英社(集英社文庫) 2004年5月

ジンテ
弟のジンソクとともに徴兵された兄、ソウルで暮らし靴磨きで生計を助けていた青年 「ブラザーフッド」 カン・ジェギュ著;上之二郎ノベライズ 集英社(集英社文庫) 2004年5月

シンディ
アメリカ西海岸と東海岸でブティックを経営している女性 「夢をかなえて」 エリザベス・ローウェル作;山本亜里紗訳 ハーレクイン(ハーレクイン文庫) 2001年4月

シンディ
ロサンゼルス市警デッカーの長女、コロンビア大学に通う19歳の少女 「赦されざる罪」 フェイ・ケラーマン著;高橋恭美子訳 東京創元社(創元推理文庫) 2001年6月

シンディ・カーヴァー
離婚歴のある女性、2人の娘の母 「二度失われた娘」 ジョイ・フィールディング著;吉田利子訳 文藝春秋(文春文庫) 2005年4月

シンディ・シャーマン（シャーマン）
陸軍少佐、2004年の米国で陸軍参謀総長シリングスワース付きの士官だった女性 「派兵の代償」 トマス・E.リックス著;藤田佳澄訳 早川書房（ハヤカワ文庫NV） 2002年4月

シンディ・トーマス
「クロニクル」紙の女性記者、サンフランシスコ市警の刑事リンジーの友人で「女性殺人捜査クラブ」のメンバー 「1番目に死がありき」 ジェイムズ・パタースン著;羽田詩津子訳 角川書店（角川文庫） 2002年10月

シンディ・トーマス
「クロニクル」紙の女性記者、警部補リンジーの友人で「女性殺人捜査クラブ」のメンバー 「チャンスは2度めぐる」 ジェイムズ・パタースン著;羽田詩津子訳 角川書店（角川文庫） 2005年4月

シンドラ・アンジェロ
アメリカ中西部の田舎町の高校生、ニック・アンジェロの異母姉 「天使の迷い道 上下」 ジャッキー・コリンズ著;佐藤知津子訳 二見書房（二見文庫） 2005年6月

ジンマーマン
ニューヨークに住む精神分析医リッキーの患者、過保護の母親と暮らす男 「精神分析医 上下」 ジョン・カッツェンバック著;堀内静子訳 新潮社（新潮文庫） 2003年10月

杏 萬波　しん・わんぽう
中国人民解放軍参謀幕僚、中国に潜入している女性工作員 「逃走航路」 ジョン・リード著;夏来健次訳 二見書房（二見文庫） 2004年3月

【す】

ズィーク
メリーランド州に住む毛皮商の妻・ナタリーの家出に同行し旅をしている愛人 「ロスト・ファミリー」 ローラ・リップマン著;吉澤康子訳 早川書房（ハヤカワ・ミステリ文庫） 2005年12月

スイーパー
私立探偵ジャック・テイラーの依頼人、裕福なジプシー 「酔いどれ故郷にかえる」 ケン・ブルーウン著;東野さやか訳 早川書房（ハヤカワ・ミステリ文庫） 2005年5月

ズーイ・ハラトニアン
ロンドンに住む小学校教師、脅迫状を受け取った23歳の独身女性 「素顔の裏まで」 ニッキ・フレンチ著;務台夏子訳 角川書店（角川文庫） 2002年1月

スウ
ロンドンの下町で掏摸を生業として暮らしている17歳になる少女 「荊の城　上・下」 サラ・ウォーターズ著;中村有希訳 東京創元社（創元推理文庫） 2004年4月

スウィーニー
ニューヨークに住む31歳の女流画家 「黄昏に生まれたから」 リンダ・ハワード著;加藤洋子訳 ソニー・マガジンズ（ヴィレッジブックス） 2002年1月

スウェイン
不吉な伝説のある翔鴉館の借主、小説家の男 「割れたひづめ」 ヘレン・マクロイ著;好野理恵訳 国書刊行会（世界探偵小説全集） 2002年11月

スウェーデンのジョー
刑務所帰りのトニーの親友、家族思いで義理堅い若い男 「男の争い」 オーギュスト・ル・ブルトン著;野口雄司訳 早川書房（Hayakawa pocket mystery books） 2003年12月

すおで

スー・オデル
「ワシントン・ポスト」の記者、ウィンストン・チャーチル号のスキャンダルを記事にした女性 「化学兵器テロを阻止せよ―ホワイトハウス極秘指令」ビル・ハーロウ著;塩川優訳　扶桑社（扶桑社ミステリー）　2002年12月

スカイラー
アメリカ合衆国南東部の離れ小島の実験施設で育った青年　「エクスペリメント 上下」 ジョン・ダーントン著;嶋田洋一訳　ソニー・マガジンズ（ヴィレッジブックス）　2002年4月

スカダー
ニューヨークの許可証を持たない私立探偵、元刑事　「獣たちの墓」 ローレンス・ブロック著;田口俊樹訳　二見書房（二見文庫）　2001年1月

スカダー
ニューヨークの私立探偵、連続殺人犯「ウィル」に狙われた弁護士の身辺警護を依頼された男　「処刑宣告」 ローレンス・ブロック著;田口俊樹訳　二見書房（二見文庫）　2005年3月

スカダー
ニューヨークの無免許の私立探偵、秘密の会「三十一人の会」の事件を調査する男　「死者の長い列」 ローレンス・ブロック著;田口俊樹訳　二見書房（二見文庫）　2002年12月

スカダー
ニューヨークの無免許の私立探偵、弁護士のホルツマン殺害事件の背景を追う男　「死者との誓い」 ローレンス・ブロック著;田口俊樹訳　二見書房（二見文庫）　2002年2月

スカダー
初老の私立探偵、元ニューヨーク市警察の警官　「死への祈り」 ローレンス・ブロック著;田口俊樹訳　二見書房　2002年11月

スカーペッタ
バージニア州検屍局長、40代なかばの金髪の美しい女性　「女性署長ハマー 上下」 パトリシア・コーンウェル著;矢沢聖子訳　講談社（講談社文庫）　2001年12月

スカーペッタ
法医学コンサルタント、有能な法病理学者で元バージニア州検屍局長　「痕跡 上下」 パトリシア・コーンウェル著;相原真理子訳　講談社（講談社文庫）　2004年12月

スカーペッタ
法病理学コンサルタント、有能な法病理学者で元バージニア州検屍局長　「黒蠅 上下」 パトリシア・コーンウェル著;相原真理子訳　講談社（講談社文庫）　2003年12月

スカベンジャー
ミステリ作家のマークに「連続殺人鬼の正体を暴くゲームをしよう」とフロッピーを送ってきた謎の人物　「捕食者の貌」 トム・サヴェージ著;奥村章子訳　早川書房（ハヤカワ・ミステリ文庫）　2001年8月

スカム
SMプレイ専門ホテル「ロワシー」の専属奴隷、革の拘束マスクをかぶった三十五歳くらいの男　「悦楽者たちの館」 ジョン・ウォーレン著;三川基好訳　扶桑社（扶桑社ミステリー）　2003年1月

スカルピア
ボローニャのファシスト、第二次世界大戦時に「スカルピア」と名乗りトスカを口ずさむ非情の拷問者　「スカルピア」 リンゼイ・タウンゼンド著;犬飼みずほ訳　講談社（講談社文庫）　2002年2月

スーキー・スタックハウス
ルイジアナ州北部の田舎町ボンタンのバーのウエイトレス、読心能力がある25歳の娘　「満月と血とキスと」 シャーレイン・ハリス著;林啓恵訳　集英社（集英社文庫）　2003年10月

スキッパー(プレンティス・マーシャル・ゲイツ三世)　すきっぱー(ぷれんていすまーしゃるげいつさんせい)
サンフランシスコ地区検事長、少年売春殺人疑惑で逮捕された男　「検事長ゲイツの犯罪」　シェルドン・シーゲル著;古屋美登里訳　講談社(講談社文庫)　2002年5月

スキート・マクロイ
パームスプリングズの有名なレストラン「ファンシーズ」のオーナーシェフ　「殺人者の日記」　トム・ラシーナ著;夏来健次訳　扶桑社(扶桑社ミステリー)　2002年11月

スキナー
ロンドンのドーバー・ストリート署巡査部長　「戦士たちの挽歌」　フレデリック・フォーサイス著;篠原慎訳　角川書店　2002年1月

スクーター
ウェブデザイナーのニコーラの元夫、金儲けばかりを考えている男　「快楽通り12番地」　マーサ・コンウェイ著;米山裕子訳　早川書房(ハヤカワ・ミステリ文庫)　2005年8月

スーク・ムーン
非武装地帯の近くで北朝鮮兵に襲われていたところをアメリカ兵のタイラーに助けられた18歳の韓国娘　「灰色の非武装地帯」　クレイ・ハーヴェイ著;島田三蔵訳　扶桑社(扶桑社ミステリー)　2002年9月

スクラッフィ
ジブラルタルの岩山に住む暴れ者のサル　「われらが英雄スクラッフィ」　ポール・ギャリコ著;山田蘭訳　東京創元社(創元推理文庫)　2002年11月

スクラッフィ
第二次大戦下の英領ジブラルタルにいる群れでいちばん暴れもののサル　「われらが英雄スクラッフィ」　ポール・ギャリコ著;山田蘭訳　東京創元社(創元推理文庫)　2002年11月

スコット
ニューヨーク市警の刑事、女性歌手ディライラのファン　「ディーバ」　ケイン&アベル著;Noboru訳　青山出版社(Hiphop★novels)　2005年8月

スコット・F・ダンズモー(ダンズモー)　すこっとえふだんずもー(だんずもー)＊
アメリカ海軍作戦本部長、海軍大将　「ニミッツ・クラス」　パトリック・ロビンソン著;伏見威蕃訳　角川書店(角川文庫)　2001年3月

スコット・オトゥール
ヘビメタ好きの16歳、吹雪で墜落したセスナ機に乗っていた少年　「雪原決死行 上下」　ジョン・ギルストラップ著;飯島宏訳　扶桑社(扶桑社ミステリー)　2005年4月

スコット・ジェサップ
妻に先立たれたカメラマン、昏睡状態に陥った少年・タイラーの父　「打ち砕かれた昏睡(コーマ)」　ジョン・ダーントン著;嶋田洋一訳　ソニー・マガジンズ(ヴィレッジブックス)　2005年8月

スコット・スターリング
フィラデルフィアの由緒ある巨大法律事務所の若いアソシエイト、企業家一族の信託資産を横領した弁護士　「背任」　ボニー・マクドゥーガル著;吉野美耶子訳　講談社(講談社文庫)　2002年4月

スコット・ハーヴァス(ハーヴァス)
シークレット・サーヴィス大統領警護隊員、アメリカ海軍の特殊部隊SEAL出身の男　「テロリスト<征服者>を撃て 上下」　ブラッド・ソー著;田中昌太郎訳　早川書房(ハヤカワ文庫NV)　2003年9月

スコット・ハーヴァス(ハーヴァス)
シークレット・サーヴィス大統領警護隊員、タフで行動的な正義漢　「傭兵部隊<ライオン>を追え 上下」　ブラッド・ソー著;田中昌太郎訳　早川書房(ハヤカワ文庫NV)　2002年7月

すこっ

スコット・ハーヴァス（ハーヴァス）
国際捜査支援局スペシャル・エイジェント、海軍特殊部隊の亡き隊員・マイクルの息子 「〈亡霊国家ソヴィエト〉を倒せ」 ブラッド・ソー著;田中昌太郎訳　早川書房（ハヤカワ文庫NV）2005年12月

スコット・ムーディー（ムーディー）
ワシントン州スポーカンでタクシー運転手をしている新米私立探偵の男 「探偵ムーディー、営業中」 スティーヴ・オリヴァー著;真崎義博訳　早川書房（ハヤカワ・ミステリ文庫）2001年10月

スコット・ムーディー（ムーディー）
私立探偵兼タクシー運転手兼新聞記者、ヴェトナム戦争によるPTSDで幻聴幻覚に悩まされてる男 「探偵はいつも憂鬱」 スティーヴ・オリヴァー著;真崎義博訳　早川書房（ハヤカワ・ミステリ文庫）2002年8月

スコール大尉　すこーる大尉
ブロドシャー州警察本部長、復讐を誓う元服役囚に脅かされていた大尉 「警察官よ汝を守れ」 ヘンリー・ウエイド著;鈴木絵美訳　国書刊行会（世界探偵小説全集）2001年5月

スーザ・ドノヴァン
世界的に高名な女流画家、70歳を過ぎても創作意欲の衰えない小柄で魅力的な女性 「三つの死のアート」 エリザベス・ローウェル著;高田恵子訳　ソニー・マガジンズ（ヴィレッジブックス）2005年10月

スーザン・ウェバー
アメリカン・アジアン投資会社に務める30歳前後の美人キャリアウーマン、元CID秘密捜査官ポール・ブレナーの現地協力者 「アップ・カントリー 上下」 ネルソン・デミル著;白石朗訳　講談社（講談社文庫）2003年11月

スーザン・ウェバー
合衆国陸軍犯罪捜査部の元秘密捜査官ブレナーの捜査協力者、投資会社に勤める30歳くらいの女性 「アップ・カントリー 上下—兵士の帰還」 ネルソン・デミル著;白石朗訳　講談社(講談社文庫)2003年11月

スーザン・クレイマー
アメリカの老舗骨董商の女主人、情熱的で高飛車な性格の美人 「闇のアンティーク」 サルバトーレ・ウォーカー著;工藤妙子訳　扶桑社（扶桑社ミステリー）2005年11月

スーザン・ゲイ
イーストヴェイル署犯罪捜査部刑事巡査 「誰もが戻れない」 ピーター・ロビンスン著;幸田敦子訳　講談社（講談社文庫）2001年11月

スーザン・シェルビー
美少女映画スター、自動車事故の現場から誘拐された十一歳の少女 「心理捜査」 レオナード・サンダーズ著;矢沢聖子訳　講談社（講談社文庫）2001年7月

スーザン・シルヴァマン
私立探偵・スペンサーの恋人 「冷たい銃声」 ロバート・B・パーカー著;菊池光訳　早川書房(Hayakawa novels) 2005年12月

スーザン・シルヴァマン
私立探偵・スペンサーの恋人、カウンセラー 「沈黙」 ロバート・B・パーカー著;菊池光訳　早川書房（ハヤカワ・ミステリ文庫）2005年7月

スーザン・シルヴァマン
私立探偵・スペンサーの恋人、プロモーターのブラッドの元妻 「突然の災禍」 ロバート・B・パーカー著;菊池光訳　早川書房（ハヤカワ・ミステリ文庫）2005年3月

スーザン・シルヴァマン
私立探偵スペンサーの彼女で精神科医、ポート・シティ劇団の理事 「チャンス」 ロバート・B.パーカー著;菊池光訳　早川書房 (ハヤカワ・ミステリ文庫) 2003年11月

スーザン・シルヴァマン
私立探偵スペンサーの彼女で精神科医、ポート・シティ劇団の理事 「ポットショットの銃弾」　ロバート・B.パーカー著;菊池光訳　早川書房(Hayakawa novels)　2001年7月

スーザン・シルヴァマン
私立探偵スペンサーの彼女で精神科医、ポート・シティ劇団の理事 「虚空」 ロバート・B.パーカー著;菊池光訳　早川書房 (ハヤカワ・ミステリ文庫) 2002年9月

スーザン・シルヴァマン
私立探偵スペンサーの彼女で精神科医、ポート・シティ劇団の理事 「笑う未亡人」 ロバート・B.パーカー著;菊池光訳　早川書房(Hayakawa novels)　2002年7月

スーザン・シルヴァマン
私立探偵スペンサーの彼女で精神科医、ポート・シティ劇団の理事 「真相」 ロバート・B.パーカー著;菊池光訳　早川書房(Hayakawa novels)　2003年7月

スーザン・シルヴァマン
私立探偵スペンサーの彼女で精神科医、ポート・シティ劇団の理事 「背信」 ロバート・B.パーカー著;菊池光訳　早川書房(Hayakawa novels)　2004年12月

スーザン・シルヴァマン
私立探偵スペンサーの彼女で精神科医、ポート・シティ劇団の理事 「歩く影」 ロバート・B.パーカー著;菊池光訳　早川書房 (ハヤカワ・ミステリ文庫) 2001年11月

スーザン・シルバマン
私立探偵スペンサーの彼女で精神科医、ポート・シティ劇団の理事 「悪党」 ロバート・B.パーカー著;菊池光訳　早川書房 (ハヤカワ・ミステリ文庫) 2004年11月

スーザン・チャンドラー
元検事補で臨床心理学者でラジオ番組のパーソナリティ、番組で世界周遊中に行方を絶った女性証券アナリスト・レジーナの事件を取り上げた女性 「君ハ僕ノモノ」 メアリ・H.クラーク著;宇佐川晶子訳　新潮社(新潮文庫)　2002年5月

スーザン・トリンダー(スウ)
ロンドンの下町で掏摸を生業として暮らしている17歳になる少女 「荊の城　上・下」 サラ・ウォーターズ著;中村有希訳　東京創元社(創元推理文庫)　2004年4月

スザンナ・ハーグローヴ
イギリス・コーンウォールの旧家の自殺した当主オリヴィアの異父妹、スティーヴンの双子の姉 「炎の翼」 チャールズ・トッド著;山本やよい訳　扶桑社(扶桑社ミステリー)　2001年1月

スーザン・ニューアル
海洋地質学者、「ベンシック・マリン社」の社長・ペリーと共に潜水艇で海底の視察に赴いた女性 「アブダクション」 ロビン・クック著;林克己訳　早川書房(ハヤカワ文庫NV)　2001年10月

スーザン・ノーマン
シンシナティ郊外に住んでいる大学に通う主婦、医者の妻で二女の母 「グランド・アヴェニュー」 ジョイ・フィールディング著;吉田利子訳　文藝春秋(文春文庫)　2002年4月

スーザン・パーカー
アメリカ西海岸と東海岸でブティックを経営しているデザイナーの女性 「夢をかなえて」 エリザベス・ローウェル作;山本亜里紗訳　ハーレクイン(ハーレクイン文庫)　2001年4月

すざん

スーザン・フレミング
ピルグリム財団から資金援助を受け研究している医師 「迷宮の暗殺者」 デイヴィッド・アンブローズ著;鎌田三平訳 ソニー・マガジンズ(ヴィレッジブックス) 2004年2月

スーザン・プレンティス
ニューヨークに住む中堅作家ウェインの妻、慈善団体の傘下組織の副理事 「鉤」 ドナルド・E.ウェストレイク著;木村二郎訳 文藝春秋(文春文庫) 2003年5月

スーザン・ベイリー・サラーム
エジプト大統領夫人 「炎の翼 上下」 デイル・ブラウン著;伏見威蕃訳 二見書房(二見文庫) 2004年7月

スーザン・ポメランス
ニューヨークの〈スーザン・ポメランス画廊〉の美人オーナー、37歳でセックス依存症の女 「砕かれた街 上下」 ローレンス・ブロック著;田口俊樹訳 二見書房(二見文庫) 2004年8

スーザン・マックス
イギリス各地を巡業してまわるキャロリン・ダクレス英国喜劇一座の女優 「ヴィンテージ・マーダー」 ナイオ・マーシュ著;岩佐薫子訳 論創社(論創海外ミステリ) 2005年1月

スーザン・マッケイ
弁護士ポールの恋人、サンディエゴ児童保護局長 「弁護人 上下」 S・マルティニ著;斉藤伯好訳 講談社(講談社文庫) 2002年11月

スーザン・メルヴィル(ミス・メルヴィル)
40代半ばのオールドミスでお嬢様育ちの画家、射撃の上手な殺し屋 「ミス・メルヴィルの決闘」 イーヴリン・E.スミス著;長野きよみ訳 早川書房(ハヤカワ・ミステリ文庫) 2005年11月

スーザン・メルヴィル(ミス・メルヴィル)
40代半ばのオールドミスでお嬢様育ちの画家、射撃の上手な殺し屋 「ミス・メルヴィルの後悔」 イーヴリン・E.スミス著;長野きよみ訳 早川書房(ハヤカワ・ミステリ文庫) 2005年1月

スーザン・メルヴィル(ミス・メルヴィル)
40代半ばのオールドミスでお嬢様育ちの画家、射撃の上手な殺し屋 「ミス・メルヴィルの復讐」 イーヴリン・E.スミス著;長野きよみ訳 早川書房(ハヤカワ・ミステリ文庫) 2005年8月

スーザン・メルヴィル(ミス・メルヴィル)
40代半ばのオールドミスでお嬢様育ちの画家、射撃の上手な殺し屋 「帰ってきたミス・メルヴィル」 イーヴリン・E.スミス著;長野きよみ訳 早川書房(ハヤカワ・ミステリ文庫) 2005年4月

スーザン・ラムジー
ラムジー写真館の娘、裕福な幼少期を過ごしお転婆で美しく成長したケンドルトン在住の少女 「復讐の子」 パトリック・レドモンド著;高山祥子訳 新潮社(新潮文庫) 2005年3月

スージー・ストラング
"シカゴ・センティネル紙"パリ支局の編集長の妻、冷静沈着で美しいフランス人女性 「恐怖の審問」 ポール・ギャリコ著;早野依子訳 新樹社 2005年10月

スター
テロ集団「エデンの鉄槌」のリーダー・プリーストの恋人でコミューンの一員、性的に奔放な女性 「ハンマー・オブ・エデン—エデンの鉄槌」 ケン;フォレット著;矢野;浩三郎訳 小学館(小学館文庫) 2004年9月

スターキー
ロサンゼルス市警犯罪共謀課二級刑事、爆発物処理員だった頃に爆発事故で恋人を失い自らも瀕死となった過去を持つ女性 「破壊天使 上下」 ロバート・クレイス著;村上和久訳 講談社(講談社文庫) 2002年8月

スターキー
北アイルランドで暮らしているフリーの新聞記者、飲んだくれの皮肉屋 「ジャックと離婚」 コリン・ベイトマン著;金原瑞人訳;橋本知香訳 東京創元社(創元コンテンポラリ) 2002年7月

スターク
シアトルのIT会社「スターク・セキュリティ・システムズ」CEO、ずば抜けた頭脳をもった34歳の独身男性 「曇り時々ラテ」 ジェイン・アン・クレンツ著;中村三千恵訳 二見書房(二見文庫) 2002年12月

スターク
近未来の「色彩」近隣区に住むトラブルシューター 「オンリー・フォワード」 マイケル・マーシャル・スミス著;嶋田洋一訳 ソニー・マガジンズ 2001年7月

スターク
人捜し専門の探偵、だれにも顔を見せない男 「孤独な鳥がうたうとき」 トマス・H・クック著;村松潔訳 文藝春秋 2004年11月

スタークウェッダー
ウォリック家への不意の訪問者、行動的で頭が切れそうな35歳ぐらいの男 「招かれざる客」 アガサ・クリスティー著;深町眞理子訳 早川書房(ハヤカワ文庫クリスティー文庫) 2004年9月

スター・ダンスタン
少年ネッドの母、ひとつの所に腰を落ち着けていられない性分の歌手 「ミスターX 上下」 ピーター・ストラウブ著;近藤麻里子訳 東京創元社(創元推理文庫) 2002年5月

スタック
ニューヨーク市警殺人課の刑事、女性刑事リカの上司で古風なタイプの紳士 「火炙り」 ジョン・ラッツ著;天野淑子訳 早川書房(ハヤカワ・ミステリ文庫) 2003年1月

スタニスラス・オーツ(オーツ)
スコットランドヤード犯罪捜査課の主任警視 「検屍官の領分」 マージェリー・アリンガム著;佐々木愛訳 論創社(論創海外ミステリ) 2005年1月

スタフォード・ナイ
45歳の外交官、才気はあるが出世から外れた変わり者 「フランクフルトへの乗客」 アガサ・クリスティー著;永井淳訳 早川書房(ハヤカワ文庫クリスティー文庫) 2004年1月

スターリング・ボールダー
作家マギーの作品の登場人物、19世紀英国の貴族探偵セント・ジャストの相棒 「マギーはお手上げ」 ケイシー・マイケルズ著;早川麻百合訳 二見書房(二見文庫) 2004年9月

スターリング・ボールダー
人気作家マギーが書いたミステリーシリーズの主人公セント・ジャスト子爵の相棒兼パートナー 「マギーはお手上げ」 ケイシー・マイケルズ著;早川麻百合訳 二見書房(二見文庫) 2004年9月

スタール夫人　すたーるふじん
革命に沸くパリに住むスウェーデン大使の妻、未亡人のセリーが仕える貴族 「フランス革命夜話」 アン・ペリー著;大倉貴子訳 ソニー・マガジンズ(ヴィレッジブックス) 2002年8月

スタレット
米海軍特殊部隊SEAL第16チームの隊員、少尉 「沈黙の女を追って」 スーザン・ブロックマン著;阿尾正子訳 ソニー・マガジンズ(ヴィレッジブックス) 2004年1月

スタン
テキサス州東部の町デューモントに住む13歳の少年 「ダークライン」 ジョー・R.ランズデール著;匝瑳玲子訳 早川書房(Hayakawa novels) 2003年3月

すたん

スタン・ウォルコノク(シニア・チーフ)
アメリカ最強の特殊部隊SEAL第十六チームの上級上等兵曹 「氷の女王の怒り」 スーザン・ブロックマン著;山田久美子訳 ソニー・マガジンズ(ヴィレッジブックス) 2005年11月

スタンガースン博士　すたんがーすんはくし
エピネー・シュル・オルジュのグランディエ城に居住し研究を行う科学者、フランス科学院会員で原子物理学の権威 「黄色い部屋の謎」 ガストン・ルルー著;宮崎嶺雄訳 嶋中書店(嶋中文庫) 2005年2月

スタンスワース氏　すたんすわーすし
歴史ある屋敷「レイトン・コート」を夏の間借りたロンドンの財産家、六十がらみの老紳士 「レイトン・コートの謎」 アントニイ・バークリー著;巴妙子訳 国書刊行会(世界探偵小説全集) 2002年9月

スタン・セネット
連邦検事、ペトロス計画の責任者 「囮弁護士 上下」 スコット・トゥロー著;二宮磐訳 文藝春秋(文春文庫) 2004年11月

スタントン
CIA局員、麻薬密造計画の指揮者 「アメリカン・デス・トリップ 上下」 ジェイムズ・エルロイ著;田村義進訳 文藝春秋 2001年9月

スタンリー・ジュニア(スタン)
テキサス州東部の町デューモントに住む13歳の少年 「ダークライン」 ジョー・R.ランズデール著;匝瑳玲子訳 早川書房(Hayakawa novels) 2003年3月

スタンリー・ヘイスティングズ(ヘイスティングズ)
ニューヨークで法律事務所の下請けを専門とする私立探偵、お人好しで控え目な平和主義者 「サスペンスは嫌い」 パーネル・ホール著;田中一江訳 早川書房(ハヤカワ・ミステリ文庫) 2004年4月

スタンリー・ヘイスティングズ(ヘイスティングズ)
ニューヨークに住んでいる私立探偵、天才的不運の持ち主 「休暇はほしくない」 パーネル・ホール著;田中一江訳 早川書房(ハヤカワ・ミステリ文庫) 2005年6月

スタンリー・ヘイスティングズ(ヘイスティングズ)
ニューヨークに住んでいる私立探偵、天才的不運の持ち主 「罠から逃げたい」 パーネル・ホール著;田中一江訳 早川書房(ハヤカワ・ミステリ文庫) 2001年11月

スタンリー・ミッチェル
テキサス州東部の町デューモントのドライヴ・イン・シアター「デュー・ドロップ」の経営者、スタンリー・ジュニアとキャリーの父 「ダークライン」 ジョー・R.ランズデール著;匝瑳玲子訳 早川書房(Hayakawa novels) 2003年3月

スタンレー・マレット(マレット)
イギリスの田舎のデントン市警察署の署長、フロスト警部の捜査を妨害する官僚主義者 「夜のフロスト」 R.D.ウィングフィールド著;芹沢恵訳 東京創元社(創元推理文庫) 2001年6月

スチュアート
見習い弁護士ステラの恋人、38歳の腕利き刑事弁護士 「挑発」 シャーロット・グリムショー著;猪俣美江子訳 早川書房(ハヤカワ・ミステリ文庫) 2001年4月

スチュアート・ジョーダン(ドク)
ノースカロライナ州ハバード郡の産婦人科医でパートタイムの検視官 「夢なき者たちの絆 上下」 M.C.ホワイト著;汀一弘訳 扶桑社(扶桑社ミステリー) 2002年9月

スチュアート・スタフォード・ホーグ(ホーギー)
ニューヨークに住む小説家、作家の卵と思われるアンサーマンから手紙を送られた男 「殺人小説家」 デイヴィッド・ハンドラー著;北沢あかね訳 講談社(講談社文庫) 2005年6月

スチュアート・ハミルトン(ハミルトン)
ヴィクトリア州ペラディン渓谷で六年前に起きた事件を解き明かそうとするパトロール巡査 「謀殺の火」S.H.コーティア著;伊藤星江訳 論創社(論創海外ミステリ) 2005年4月

スチュアート・ホーグ(ホーギー)
作家、大学時代からの友人の有名作家ソアからゴーストライターを頼まれた男 「傷心」デイヴィッド・ハンドラー著;北沢あかね訳 講談社(講談社文庫) 2001年6月

スチュ・ダマト(ダマト)
ボストン・レッドソックスのベテランスカウト、才能のある選手を40年間探し続けている男 「殺人豪速球」デイヴィッド;フェレル著;棚橋志行訳 二見書房(二見文庫) 2003年10月

スチュー・レッドマン
ウィルスにより死滅したアメリカの生存者、テキサス州の電卓工場で働く孤独な男 「ザ・スタンド 2」スティーヴン・キング著;深町眞理子訳 文藝春秋(文春文庫) 2004年5月

スチュー・レッドマン
テキサス州アーネットの小さな電卓工場で働いている孤独な男 「ザ・スタンド 1」スティーヴン・キング著;深町眞理子訳 文藝春秋(文春文庫) 2004年4月

スチュー・レッドマン
死滅したアメリカの生存者たちが築いた〈フリーゾーン〉の住民、テキサス州の孤独な男 「ザ・スタンド 4」スティーヴン・キング著;深町眞理子訳 文藝春秋(文春文庫) 2004年7月

スチュワート・チャーチ
作家志望の青年キャルのルームメート、ロー・スクールの学生 「著者略歴」ジョン・コラピント著;横山啓明訳 早川書房(ハヤカワ・ミステリ文庫) 2005年11月

スチュワート・ラティマー
マルベリー大聖堂に任命された新主席司祭、ロンドンから来た野心家の男 「死のさだめ」ケイト・チャールズ著;中村有希訳 東京創元社(創元推理文庫) 2001年4月

ズットナー
ウィーン警視庁殺人犯捜査課二係刑事、小柄だが黒帯初段で拳銃射撃の名手でもある新任の女性巡査部長 「小さな花—現代ウィーン・ミステリー・シリーズ」エルンスト・ヒンターベルガー著;鈴木隆雄訳 水声社 2001年10月

ステイシー・タラント
弁護士トニーの妻、世間に広く顔の知られた歌手であり女優 「サイレント・ゲーム 上下」リチャード・ノース・パタースン著;後藤由季子訳 新潮社(新潮文庫) 2005年11月

ステイシー・マナリング
細密画家、宝石コレクター・ブレイディングの従兄弟のチャールズの前妻 「ブレイディング・コレクション」パトリシア・ウェントワース著;中島なすか訳 論創社(論創海外ミステリ) 2005年6月

スティービー
極度の不眠症の機械工(マシニスト)トレバーのなじみの娼婦 「マシニスト」スコット・コーサー脚本;入間眞編訳 竹書房(竹書房文庫) 2005年1月

スティーヴ・エドモンド
カナダ財界の大立者で旧ユーゴで殺害されたリッキー・コレンソの祖父、キャル・デクスターの依頼人 「アヴェンジャー 上下」フレデリック;フォーサイス著;篠原;慎訳 角川書店(角川文庫) 2004年8月

スティーブ・キャレラ(キャレラ)
アイソラ市87分署の二級刑事、イタリア系で大柄な筋肉質の体格をもち正義感あふれる好漢 「キス」エド・マクベイン著;井上一夫訳 早川書房(ハヤカワ・ミステリ文庫) 2001年4月

すてい

スティーブ・キャレラ(キャレラ)
アイソラ市87分署の二級刑事、イタリア系で大柄な筋肉質の体格をもち正義感あふれる好漢 「でぶのオリーの原稿」 エド・マクベイン著;山本博訳 早川書房 (Hayakawa pocket mystery books) 2003年11月

スティーブ・キャレラ(キャレラ)
アイソラ市87分署の二級刑事、イタリア系で大柄な筋肉質の体格をもち正義感あふれる好漢 「ノクターン」 エド・マクベイン著;井上一夫訳 早川書房(ハヤカワ・ミステリ文庫) 2004年7月

スティーブ・キャレラ(キャレラ)
アイソラ市87分署の二級刑事、イタリア系で大柄な筋肉質の体格をもち正義感あふれる好漢 「ビッグ・バッド・シティ」 エド・マクベイン著;山本博訳 早川書房(ハヤカワ・ミステリ文庫) 2005年3月

スティーブ・キャレラ(キャレラ)
アイソラ市87分署の二級刑事、イタリア系で大柄な筋肉質の体格をもち正義感あふれる好漢 「マネー、マネー、マネー」 エド・マクベイン著;山本博訳 早川書房 (Hayakawa pocket mystery books) 2002年9月

スティーブ・キャレラ(キャレラ)
アイソラ市87分署の二級刑事、イタリア系で大柄な筋肉質の体格をもち正義感あふれる好漢 「ロマンス」 エド・マクベイン著;井上一夫訳 早川書房(ハヤカワ・ミステリ文庫) 2002年8月

スティーブ・キャレラ(キャレラ)
アイソラ市87分署の二級刑事、イタリア系で大柄な筋肉質の体格をもち正義感あふれる好漢 「悪戯」 エド・マクベイン著;井上一夫訳 早川書房(ハヤカワ・ミステリ文庫) 2002年5月

スティーブ・キャレラ(キャレラ)
アイソラ市87分署の二級刑事、イタリア系で大柄な筋肉質の体格をもち正義感あふれる好漢 「歌姫」 エド・マクベイン著;山本博訳 早川書房 (Hayakawa pocket mystery books) 2004年12月

スティーブ・キャレラ(キャレラ)
アイソラ市87分署の二級刑事、イタリア系で大柄な筋肉質の体格をもち正義感あふれる好漢 「耳を傾けよ!」 エド・マクベイン著;山本博訳 早川書房 (Hayakawa pocket mystery books) 2005年10月

スティーヴ・クレイン(クレイン)
マンハッタンで探偵事務所を開く隻眼の敏腕私立探偵、失踪した探偵ヴァーバーの同僚 「片目の追跡者」 モリス・ハーシュマン著;三浦亜紀訳 論創社(論創海外ミステリ) 2004年11月

スティーヴ・スティレット(スティレット)
美容師バブルズ・ヤブロンスキーに協力する報道カメラマン、日焼けした筋骨たくましくハンサムな男 「バブルズはご機嫌ななめ」 サラ・ストロマイヤー著;細美遙子訳 講談社(講談社文庫) 2005年8月

スティーブ・プレストン
ロンドン警視庁の警視、犯罪心理学者フィオナ・キャメロンの学生時代からの友人 「シャドウ・キラー」 ヴァル・マクダーミド著;森沢麻里訳 集英社(集英社文庫) 2001年9月

スティーヴン・ウィートリー
第二次世界大戦中ロンドン郊外のクロース(袋小路)で親友キースと「スパイごっこ」をしていた少年 「スパイたちの夏」 マイケル・フレイン著;髙儀進訳 白水社 2003年3月

スティーヴン・グラント
出版業界で働くリテラリー・エージェント、リンダ・マシューズ殺しの容疑者 「証拠が問題」 ジェームズ;アンダースン著;藤村;裕美訳　東京創元社(創元推理文庫) 2002年11月

スティーヴン・ゴールドクリフ
キャロル・パーシヴァルの農場に現れた記憶喪失の男 「飛蝗の農場」 ジェレミー・ドロンフィールド著;越前敏弥訳　東京創元社(創元推理文庫) 2002年3月

スティーヴン・ゴールドクリフ
ヨークシャーの荒れ野で農場を営むキャロルの前に現れた謎めいた男 「飛蝗の農場」 ジェレミー・ドロンフィールド著;越前敏弥訳　東京創元社(創元推理文庫) 2002年3月

スティーブン・サンダース(サンダース)
英国諜報部MI6の元メンバー、かつてのCTUによるコソボの極秘作戦の参加者 「24 TWENTY FOUR 2-1」 ジョエル・サーナウ原案;ロバート・コクラン原案　竹書房(竹書房文庫) 2004年4月

スティーブン・サンダース(サンダース)
英国諜報部MI6の元メンバー、かつてのCTUによるコソボの極秘作戦の参加者 「24 TWENTY FOUR 2-2」 ジョエル・サーナウ原案;ロバート・コクラン原案　竹書房(竹書房文庫) 2004年4月

スティーブン・サンダース(サンダース)
英国諜報部MI6の元メンバー、かつてのCTUによるコソボの極秘作戦の参加者 「24 TWENTY FOUR 2-3」 ジョエル・サーナウ原案;ロバート・コクラン原案　竹書房(竹書房文庫) 2004年5月

スティーブン・サンダース(サンダース)
英国諜報部MI6の元メンバー、かつてのCTUによるコソボの極秘作戦の参加者 「24 TWENTY FOUR 2-4」 ジョエル・サーナウ原案;ロバート・コクラン原案　竹書房(竹書房文庫) 2004年6月

スティーヴン・ストラトフォード
ニューヨーク州リーフブルック市の市長で州上院選候補者、ブライアンの父 「崩壊のプレリュード」 アンドレア・ケイン著;藤田佳澄訳　ソニー・マガジンズ(ヴィレッジブックス) 2005年8月

スティーヴン・ストロング
私立探偵、離婚手続き中の冴えない中年男 「オウン・ゴール」 フィル・アンドリュース著;玉木亨訳　角川書店(角川文庫) 2001年7月

スティーヴン・タシオ
映画撮影の特殊効果技術者、カルト集団<中世を模倣する会>のメンバー 「わたしをさがさないで」 ギリアン・ロバーツ著;栗木さつき訳　集英社(集英社文庫) 2002年6月

スティーヴン・ティーチ
中絶するためクリニックに向かっていたサラを連れ去った木工業者の男、看護婦のキャスの夫 「地下室の箱」 ジャック・ケッチャム著;金子浩訳　扶桑社(扶桑社ミステリー) 2001年5月

スティーブン・パターソン(パターソン博士)　すてぃーぶんぱたーそん(ぱたーそんはくし)
高名な心臓外科医、シリコンバレーの広告会社員アシュレーの父 「よく見る夢 上下」 シドニィ・シェルダン作;天馬竜行訳　アカデミー出版 2003年2月

スティーブン・パターソン(パターソン博士)　すてぃーぶんぱたーそん(ぱたーそんはくし)
高名な心臓外科医、シリコンバレーの広告会社員アシュレーの父 「よく見る夢 上下」 シドニィ・シェルダン作;天馬竜行訳　アカデミー出版 2004年4月

すてい

スティーヴン・フィッツヒュー
イギリス・コーンウォールの旧家の自殺した当主オリヴィアの異父弟、スザンナの双子の弟 「炎の翼」 チャールズ・トッド著;山本やよい訳 扶桑社(扶桑社ミステリー) 2001年1月

スティーヴン・フェイガン
大富豪が創設した対テロ傭兵部隊IFORの最高責任者、元CIA工作員 「影の傭兵部隊、出動」 ディック・カウチ著;高沢次郎訳 早川書房(ハヤカワ文庫NV) 2004年10月

スティーヴン・フォスター
ニューヨークの広告会社「ブラウン・アンド・フォスター社」社長 「殺意のシナリオ」 ジョン・フランクリン・バーディン著;宮下嶺夫訳 小学館(Shogakukan mystery) 2003年12月

スティーブン・フォックス
イスラエルの遺跡発掘に参加したボランティア、ニューヨーク探検家協会会員の男子学生 「イエスのビデオ 上下」 アンドレアス・エシュバッハ著;平井吉夫訳 早川書房(ハヤカワ文庫NV) 2003年2月

スティーヴン・フック(フック)
ニューヨーク州ブラッドストーンで暮らす断酒中の元舞台俳優 「嘲笑う闇夜」 ビル・プロンジーニ著;バリー・N.マルツバーグ著 文藝春秋(文春文庫) 2002年5月

スティーヴン・ボハノン(ボハノン)
自分探しの旅の途中でパプアニューギニアに立ち寄った失業中のアメリカ人青年 「密林・生存の掟」 アラン・ディーン・フォスター著;中原尚哉訳 扶桑社(扶桑社ミステリー) 2003年5月

スティーブン・マチュリン
英国海軍スループ艦ソフィー号の軍医 「新鋭艦長、戦乱の海へ 上下」 パトリック・オブライアン著;高橋泰邦訳 早川書房(ハヤカワ文庫NV) 2002年12月

スティーブン・マチュリン
英国海軍の軍医、博物学者で優秀な海軍情報員 「ボストン沖、決死の脱出行 上下」 パトリック・オブライアン著;高沢次郎訳 早川書房(ハヤカワ文庫NV) 2005年9月

スティーブン・マチュリン
英国海軍の軍医かつ海軍情報員、英国海軍勅任艦長・オーブリーの親友 「攻略せよ、要衝モーリシャス 上下」 パトリック・オブライアン著;高津幸枝訳 早川書房(ハヤカワ文庫NV) 2004年7月

スティーブン・マチュリン
英国艦レパート号軍医、艦長のオーブリーの親友 「囚人護送艦、流刑大陸へ 上下」 パトリック・オブライアン著;大森洋子訳 早川書房(ハヤカワ文庫NV) 2005年5月

スティーヴン・マチュリン(ドクター・マチュリン)
19世紀初頭の英国海軍軍医で諜報活動を行なう男、海軍海尉ジャックの友人 「勅任艦長への航海 上下」 パトリック・オブライアン著;高沢次郎訳 早川書房(ハヤカワ文庫NV) 2003年4月

スティーヴン・マンロー
ウィトリンガル・ホールで起こった事件の謎を解く従僕の青年 「シシリーは消えた」 アントニイ・バークリー著;森英俊訳・解説 原書房(ヴィンテージ・ミステリ・シリーズ) 2005年2月

スティーヴン・メイヒュー(メイヒュー)
老嬢探偵ミス・レイチェルの協力者、カリフォルニア州ブレイカーズ・ビーチ警察の警部補 「黒猫は殺人を見ていた」 D.B.オルセン著;澄木柚訳 早川書房(Hayakawa pocket mystery books) 2003年5月

スティーヴン・ランダル（ランダル）
新たな聖書の発行プロジェクトをめぐる謎に立ち向かう宣伝広告会社の社長 「イエスの古文書 上下」 アーヴィング・ウォーレス著;宇野利泰訳　扶桑社（扶桑社ミステリー） 2005年3月

スティール
アイルランド共和国軍の暫定派の指揮官 「天国の銃弾」 ピート・ハミル著;高見浩訳　東京創元社（創元推理文庫） 2003年12月

スティール
債券偽造で服役していた模写のプロ、ニューヨークの画商のジョナス・カレムにレオナルド・ダ・ヴィンチの贋作計画を持ちかけられた男 「ダ・ヴィンチ贋作計画」 トーマス・スワン著;篠原慎訳　角川書店（角川文庫） 2002年3月

ステイル
キューバの高校の英語教師、私立探偵のガスラーからアメリカへの亡命をもちかけられた男 「追放者」 ホセ・ラトゥール著;酒井武志訳　早川書房（ハヤカワ・ミステリ文庫） 2001年2月

スティレット
美容師バブルズ・ヤブロンスキーに協力する報道カメラマン、日焼けした筋骨たくましくハンサムな男 「バブルズはご機嫌ななめ」 サラ・ストロマイヤー著;細美遙子訳　講談社（講談社文庫） 2005年8月

ステーシー・オリファント（オリファント）
郡保安官事務所犯罪捜査課の老刑事、私立探偵キンジー・ミルホーンの協力者 「危険のP」 スー・グラフトン著;嵯峨静江訳　早川書房（Hayakawa novels） 2001年8月

ステッチ・フェイス
魔界都市ロンドンの市民たちを震撼させている正体不明の怪人 「魔物を狩る少年」 クリス・ウッディング著;渡辺庸子訳　東京創元社（創元推理文庫） 2005年8月

ステッテン
ウィーン貴族の老人、美術鑑定家のベンに絵画調査を依頼した絵画コレクターの伯爵 「略奪」 アーロン・エルキンズ著;笹野洋子訳　講談社（講談社文庫） 2001年1月

ステフ
出産前に恋人に去られた妊婦、中年男のマイクルと初老のジーンと同居生活をはじめることになった女性 「夢の破片（かけら）」 モーラ・ジョス著;猪俣美江子訳　早川書房（Hayakawa pocket mystery books） 2004年12月

ステファニー・パトリック（ペトラ・ロイター）
イギリスのダーラム大学の元学生、娼婦からプロのテロリストに転向した二十二歳の娘 「堕天使の報復」 マーク・バーネル著;中井京子訳　二見書房（二見文庫） 2002年12月

ステファニー・フォッグ
元辣腕ファンドマネジャー、リスクマネジメント会社調査員の39歳の女性 「王は闇に眠る 上下」 フランシーヌ・マシューズ著;中井京子訳　新潮社（新潮文庫） 2003年10月

ステファニー・プラム
ニュージャージー州トレントンの保釈保証会社の逃亡者逮捕請負人、通称「バウンティ・ハンター」（賞金稼ぎ） 「お騒がせなクリスマス」 ジャネット・イヴァノヴィッチ著;細美遙子訳　扶桑社（扶桑社ミステリー） 2003年1月

ステファニー・プラム
ニュージャージー州トレントンの保釈保証会社の逃亡者逮捕請負人、通称「バウンティ・ハンター」（賞金稼ぎ） 「けちんぼフレッドを探せ!」 ジャネット・イヴァノヴィッチ著;細美遙子訳　扶桑社（扶桑社ミステリー） 2001年8月

すてふ

ステファニー・プラム
ニュージャージー州トレントンの保釈保証会社の逃亡者逮捕請負人、通称「バウンティ・ハンター」(賞金稼ぎ) 「やっつけ仕事で八方ふさがり」ジャネット・イヴァノヴィッチ著;細美遙子訳 扶桑社(扶桑社ミステリー) 2003年5月

ステファニー・プラム
ニュージャージー州トレントンの保釈保証会社の逃亡者逮捕請負人、通称「バウンティ・ハンター」(賞金稼ぎ) 「わしの息子はろくでなし」ジャネット・イヴァノヴィッチ著;細美遙子訳 扶桑社(扶桑社ミステリー) 2002年4月

ステファニー・プラム
ニュージャージー州トレントンの保釈保証会社の逃亡者逮捕請負人、通称「バウンティ・ハンター」(賞金稼ぎ) 「快傑ムーンはご機嫌ななめ」ジャネット・イヴァノヴィッチ著;細美遙子訳 扶桑社(扶桑社ミステリー) 2003年2月

ステファニー・ベイン
過去に夫からの暴力を乗り越えた作家グレースにメールを送ってきた読者、主婦 「Eメールは眠らない」シャーロット・ヴェイル・アレン著;京兼玲子訳 ハーレクイン(MIRA文庫) 2004年3月

ステファニー・マンデル(ステフィ)
サウスカロライナ州チャールストン郡検察官、ハモンド・クロスのライバルで勝ち気な女性 「殺意は誰ゆえに 上下」サンドラ・ブラウン著;吉沢康子訳 新潮社(新潮文庫) 2001年3

ステファノス
二十三歳のアテナイ市民、哲学者アリストテレスの元生徒 「哲人アリストテレスの殺人推理」マーガレット・ドゥーディ著;左近司祥子訳;左近司彩子訳 講談社 2005年6月

ステファン・ステファノスキー
未亡人トリアナの前に現れた若い美青年バイオリニスト 「幻のヴァイオリン」アン・ライス著;浅羽莢子訳 扶桑社(扶桑社ミステリー) 2001年11月

ステフィ
サウスカロライナ州チャールストン郡検察官、ハモンド・クロスのライバルで勝ち気な女性 「殺意は誰ゆえに 上下」サンドラ・ブラウン著;吉沢康子訳 新潮社(新潮文庫) 2001年3

ステラ
ニュージーランド・オークランド郊外に住む22歳の見習い弁護士 「挑発」シャーロット・グリムショー著;猪俣美江子訳 早川書房(ハヤカワ・ミステリ文庫) 2001年4月

ステラ・バーネット(ミス・バーネット)
素人探偵ロジャー・シェリンガムの秘書、完璧な美しさと聡明さを兼ね備えるが愛想のない若い女性 「最上階の殺人」アントニイ・バークリー著;大沢晶訳 新樹社(Shinjusha mystery) 2001年8月

ステラ・ヒギンス(スター)
テロ集団「エデンの鉄槌」のリーダー・プリーストの恋人でコミューンの一員、性的に奔放な女性 「ハンマー・オブ・エデン―エデンの鉄槌」ケン;フォレット著;矢野;浩三郎訳 小学館(小学館文庫) 2004年9月

ステラ・マーズ
オハイオ州スティールトンの検察局殺人課課長、法廷で無敗を誇る38歳の女性検事補 「ダーク・レディ 上下」リチャード・ノース・パタースン著;東江一紀訳 新潮社(新潮文庫) 2004年9月

ステン・トーステンソン
スウェーデンのイースタ警察署警部ヴァランダーの友人で弁護士、父親の死に疑問を感じている男 「笑う男」ヘニング・マンケル著;柳沢由実子訳 東京創元社(創元推理文庫) 2005年9月

ストウト
フロリダで活動する腕利きのロビイスト、ハンティングを趣味とする俗物的な男 「トード島の騒動 上下」 カール・ハイアセン著;佐々田雅子訳 扶桑社(扶桑社ミステリー) 2001年5月

ストゥー・ビショップ
ハリウッド署の刑事、女性刑事ペトラ・コナーの相棒で37歳の美男子 「イノセンス 上下」 ジョナサン・ケラーマン著;北沢和彦訳 講談社(講談社文庫) 2001年7月

ストッダート
アメリカ人気候学者、急速な老化により死亡する奇病を解明するために結成されたグループのリーダー 「シャングリラ病原体 上下」 ブライアン・フリーマントル著;松本剛史訳 新潮社(新潮文庫) 2003年3月

ストーミー
スコットランドヤード主任警部 「最期の声」 ピーター・ラヴゼイ著;山本やよい訳 早川書房(Hayakawa novels) 2004年1月

ストライカー
グランサム警察の警部補、州立大学の助教授・ケイトの恋人 「死の連鎖」 ポーラ・ゴズリング著;山本俊子訳 早川書房(Hayakawa pocket mystery books) 2003年5月

ストラータ・ルーナ
ジョージア州サヴァナ市の娼館の女主人、黒衣の謎めいた女 「擬死」 アン・フレイジャー著;北沢あかね訳 ランダムハウス講談社 2005年12月

ストラッカー
永遠の若さと世界征服する力を手に入れるため60年にわたって究極の巻物を追っている元ナチス将校、武器商人 「バレットモンク」 J・M・ディラード著;大城光子訳 竹書房(竹書房文庫) 2004年1月

ストランド
ヒューストンに住む画商、1年前に妻を交通事故で亡くした中年男性 「夜の色」 デイヴィッド・リンジー著;鳥見;真生訳 柏艪舎(柏艪舎文芸シリーズ) 2004年1月

ストリーター
中年の新聞記者、乳幼児が突然死する「ぽっくり病」の取材を進める男 「ララバイ」 チャック・パラニューク著;池田真紀子訳 早川書房 2005年3月

ストール
アメリカ政府の精鋭危機管理チーム"オプ・センター"作戦支援官、気弱で小太りの男 「欧米掃滅 上下」 トム・クランシー著;スティーヴ・ピチェニック著;伏見威蕃訳 新潮社(新潮文庫) 2001年3月

ストレンジ
ワシントンDCに事務所を構える黒人私立探偵、50代の元警官 「終わりなき孤独」 ジョージ・P.ペレケーノス著;佐藤耕士訳 早川書房(ハヤカワ・ミステリ文庫) 2004年8月

ストレンジ
ワシントンDCに事務所を構える黒人私立探偵、50代の元警官 「曇りなき正義」 ジョージ・P.ペレケーノス著;佐藤耕士訳 早川書房(ハヤカワ・ミステリ文庫) 2001年11月

ストーン
マサチューセッツ州パラダイスの警察署長、長年ロス市警殺人課に勤務していた男 「忍び寄る牙」 ロバート・B・パーカー著;菊池光訳 早川書房(ハヤカワ・ミステリ文庫) 2004年9月

ストーン
マサチュセッツ州パラダイスの警察署長、経験豊富で熱き警察魂を持った男 「影に潜む」 ロバート・B.パーカー著;菊池光訳 早川書房(Hayakawa novels) 2004年3月

すとん

ストーン
マサチュセッツ州パラダイスの警察署長、経験豊富で熱き警察魂を持った男 「真相」 ロバート・B・パーカー著;菊池光訳　早川書房(Hayakawa novels)　2003年7月

ストーン
マサチュセッツ州パラダイスの警察署長、元ロスアンジェルス市警のベテラン刑事 「暗夜を渉る」 ロバート・B・パーカー著;菊池光訳　早川書房 (ハヤカワ・ミステリ文庫)　2001年5月

ストーン
マサチュセッツ州パラダイスの警察署長、元ロスアンジェルス市警のベテラン刑事 「湖水に消える」 ロバート・B・パーカー著;菊池光訳　早川書房 (ハヤカワ・ミステリ文庫)　2005年10月

ストーン
マサチュセッツ州パラダイスの警察署長、元ロスアンジェルス市警のベテラン刑事 「湖水に消える」 ロバート・B・パーカー著;菊池光訳　早川書房(Hayakawa novels)　2002年4月

スナイ・ビンワジール(ビンワジール)
女だけの暗殺組織を率いるテロリスト 「ハシシーユン暗殺集団 上下」 テッド・ベル著;広瀬順弘訳　早川書房(ハヤカワ文庫NV)　2005年6月

スノー・ディベイン
ニューヨークで子供専門の肖像写真家として働く31歳の女性 「失われた自画像」 シャーロット・ヴェイル・アレン著;細郷妙子訳　ハーレクイン(MIRA文庫)　2002年5月

スパイク
女性私立探偵サニー・ランドルの親友、飲食店の共同経営者で怪力のゲイの男 「メランコリー・ベイビー」 ロバート・B・パーカー著;奥村章子訳　早川書房 (ハヤカワ・ミステリ文庫) 2005年11月

スパイク
女性私立探偵サニー・ランドルの親友、飲食店の共同経営者で怪力のゲイの男 「束縛」 ロバート・B・パーカー著;奥村章子訳　早川書房 (ハヤカワ・ミステリ文庫)　2003年4月

スパイク
女性私立探偵サニー・ランドルの親友、飲食店の共同経営者で怪力のゲイの男 「二度目の破滅」 ロバート・B・パーカー著;奥村章子訳　早川書房 (ハヤカワ・ミステリ文庫)　2001年9月

スパイク・デヴォル
ルイジアナ州トゥーサンの保安官補、30代のバツイチ子持ちでハンサムな男 「血のキスをあなたに」 ステラ・キャメロン著;大鳥双恵訳　二見書房(二見文庫)　2005年1月

スパイダー
カナダで療養を終え20年ぶりにロンドンに戻った男 「スパイダー」 パトリック・マグラア著;富永和子訳　早川書房(ハヤカワepi文庫)　2002年9月

スパークル・ジョンスン
ロサンゼルスの720/KTLK局の花形ラジオ・パーソナリティ、30代の美しい女性 「愚者の群れ」 ガー・アンソニー・ヘイウッド著;熊谷千寿訳　早川書房 (ハヤカワ・ミステリ文庫)　2001年3月

スパーリング
二年前に妻殺害事件で逮捕されTVプロデューサーのエアリアルが取材をしていた男、評決不能で釈放された元被告 「猜疑」 ジュディ・マーサー著;北沢あかね訳　講談社(講談社文庫)　2001年11月

スパンドレル
18世紀初頭のロンドンで暮らしていた地図製作者、返せない借金を抱えていた男 「今ふたたびの海 上下」 ロバート・ゴダード著;加地美知子訳　講談社(講談社文庫)　2002年9月

スピアマン
ハーバード大学経済学部の大物教授、大学の教授昇任委員会の委員 「経済学殺人事件」 マーシャル・ジェボンズ著;青木;栄一訳 日本経済新聞社(日経ビジネス人文庫) 2004年2月

スピルズベリー
パズルを瞬時に組み立てる「黄金の左手」を持つ男、行方不明になっているイギリス人 「パズル」 アントワーヌ・ベロ著;香川由利子訳 早川書房(Hayakawa novels) 2004年11月

スペクトゥール
架空の国フリアンの首都カピの刑事、世界一の腕利き捜査官 「悪党どもはぶち殺せ!」 ジスラン・タシュロー著;吉田良子訳 扶桑社(扶桑社ミステリー) 2003年11月

スペスネフ
キューバに送り込まれたソ連のベテラン秘密工作員、変装とギャンブルの達人 「ハバナの男たち 上下」 スティーヴン・ハンター著;公手成幸訳 扶桑社(扶桑社ミステリー) 2004年7月

スペンサー
ボストンに住む元刑事の私立探偵、恐れを知らないタフな男 「チャンス」 ロバート・B.パーカー著;菊池光訳 早川書房(ハヤカワ・ミステリ文庫) 2003年11月

スペンサー
ボストンに住む元刑事の私立探偵、恐れを知らないタフな男 「ポットショットの銃弾」 ロバート・B.パーカー著;菊池光訳 早川書房(Hayakawa novels) 2001年7月

スペンサー
ボストンに住む元刑事の私立探偵、恐れを知らないタフな男 「悪党」 ロバート・B.パーカー著;菊池光訳 早川書房(ハヤカワ・ミステリ文庫) 2004年11月

スペンサー
ボストンに住む元刑事の私立探偵、恐れを知らないタフな男 「虚空」 ロバート・B.パーカー著;菊池光訳 早川書房(ハヤカワ・ミステリ文庫) 2002年9月

スペンサー
ボストンに住む元刑事の私立探偵、恐れを知らないタフな男 「笑う未亡人」 ロバート・B.パーカー著;菊池光訳 早川書房(Hayakawa novels) 2002年7月

スペンサー
ボストンに住む元刑事の私立探偵、恐れを知らないタフな男 「真相」 ロバート・B.パーカー著;菊池光訳 早川書房(Hayakawa novels) 2003年7月

スペンサー
ボストンに住む元刑事の私立探偵、恐れを知らないタフな男 「背信」 ロバート・B.パーカー著;菊池光訳 早川書房(Hayakawa novels) 2004年12月

スペンサー
ボストンに住む元刑事の私立探偵、恐れを知らないタフな男 「歩く影」 ロバート・B.パーカー著;菊池光訳 早川書房(ハヤカワ・ミステリ文庫) 2001年11月

スペンサー
私立探偵、銃撃され瀕死の重傷を負った男・ホークの相棒 「沈黙」 ロバート・B・パーカー著;菊池光訳 早川書房(ハヤカワ・ミステリ文庫) 2005年7月

スペンサー
私立探偵、銃撃され瀕死の重傷を負った男・ホークの相棒 「冷たい銃声」 ロバート・B・パーカー著;菊池光訳 早川書房(Hayakawa novels) 2005年12月

スペンサー
恋人のスーザンから前夫を助けるよう依頼された私立探偵 「突然の災禍」 ロバート・B・パーカー著;菊池光訳　早川書房（ハヤカワ・ミステリ文庫）2005年3月

スペンサー・アン・ハンティントン
狙撃された殺人課刑事の妻、夫の親友の私立探偵デイヴィッドの元恋人 「容疑者」 ヘザー・グレアム著;鈴木たえ子訳　ハーレクイン（MIRA文庫）2003年5月

スペンサー・ホーズ
マンハッタンの大手出版社「ベネットーフィッツアレン＆コー」の編集主幹、サリーの恋人 「ラスト・ラヴァー」 ローラ・V.;ウォーマー著;小林浩子訳　集英社（集英社文庫）2004年5

スペンサー・ホーズ
大手出版社の編集主幹、マンハッタンで記者のサリーと出会った35歳の独身男性 「スキャンダル」 ローラ・V.ウォーマー著;小林浩子訳　集英社（集英社文庫）2003年6月

スペンス
キルチェスター警察の警視、マギンティ夫人殺害事件の再調査の依頼人 「マギンティ夫人は死んだ」 アガサ・クリスティー著;田村隆一訳　早川書房（ハヤカワ文庫クリスティー文庫）2003年12月

スペンス
引退した元警視、探偵ポアロの協力者 「ハロウィーン・パーティ」 アガサ・クリスティー著;中村能三訳　早川書房（ハヤカワ文庫クリスティー文庫）2003年11月

スペンス警視　すぺんすけいし
オーストシャー警察の警視、クロード一族の事件の捜査主任 「満潮に乗って」 アガサ・クリスティー著;恩地三保子訳　早川書房（ハヤカワ文庫クリスティー文庫）2004年6月

スー・ポーリング
ディーサイド軽歩兵隊旅団長の孫娘、十七歳の少女 「空高く」 マイクル・ギルバート著;熊井ひろ美訳　早川書房（ハヤカワ・ミステリ文庫）2005年8月

スマイロー
サウスカロライナ州チャールストン警察の部長刑事 「殺意は誰ゆえに 上下」 サンドラ・ブラウン著;吉沢康子訳　新潮社（新潮文庫）2001年3月

スミス
イギリス地方警察の警部、地味な風貌ながら人情味あふれる人柄の中年男 「贖罪の終止符」 サイモン・トロイ著;水野恵訳　論創社（論創海外ミステリ）2005年3月

スミス
ニューヨーク州警察の警部補、殺人事件捜査担当の四十代の男 「嘲笑う闇夜」 ビル・プロンジーニ著;バリー・N.マルツバーグ著　文藝春秋（文春文庫）2002年5月

スミス
ビルマから帰国した英国政府高等弁務官、開業医ピートリーの旧友 「怪人フー・マンチュー」 サックス・ローマー著;嵯峨静江訳　早川書房（Hayakawa pocket mystery books）2004年9月

スミス
医学博士の科学者、米国大統領直属の特務機関「カヴァート・ワン」の一員 「破滅の預言－秘密組織カヴァート・ワン〈2〉」 ロバート;ラドラム著;フィリップ;シェルビー著;峯村利哉訳　角川書店（角川文庫）2002年11月

スミス
合衆国陸軍中佐で医学博士、陸軍伝染病研究所「USAMRIID」の科学者 「冥界からの殺戮者－秘密組織カヴァート・ワン〈1〉」 ロバート;ラドラム著;ゲイル・リンズ著;峯村利哉訳　角川書店（角川文庫）2002年3月

スミス
米空軍ハイテクノロジー航空宇宙兵器センターの少佐でパイロット 「砂漠の機密空域」 デイル・ブラウン著;上野元美訳　二見書房(二見文庫)　2003年6月

スミス
幼児猥褻ならびに幼児殺害の罪の刑期を終えキングズマーカムに戻ってきた男、71歳の小児性愛者 「悪意の傷跡」 ルース・レンデル著;吉野美恵子訳　早川書房(Hayakawa pocket mystery books)　2002年12月

スミスバック
ニューヨーク・タイムズ記者、ニューヨーク市自然史博物館の女性研究員・ノーラの恋人 「殺人者の陳列棚 上下」 D.プレストン著;L.チャイルド著　二見書房(二見文庫)　2003年8月

スモーキー・ドルトン
メンフィスに事務所を構える私立探偵、筋骨逞しいインテリの黒人青年 「危険な道」 クリス・ネルスコット著;延原泰子訳　早川書房(Hayakawa pocket mystery books)　2001年9月

スモールズ
ニューヨークの少女殺害事件の容疑者、拘留中否認を続ける浮浪者の若者 「闇に問いかける男」 トマス・H・クック著;村松潔訳　文藝春秋(文春文庫)　2003年7月

スモールボーン
ロンドンの法律事務所の顧客、イカボッド・ストークス信託共同管財人 「スモールボーン氏は不在」 マイケル・ギルバート著;浅羽莢子訳　小学館(Shogakukan mystery)　2003年9月

スモールボーン
ロンドン警視庁の中年刑事、スーパーモデルが片目をえぐられ殺害された事件の捜査をした男 「迷い子たちの長い夜」 フランセスカ・ワイズマン著;猪俣美江子訳　ランダムハウス講談社(ランダムハウス講談社文庫)　2005年1月

スラック警部　すらっくけいぶ
ラドフォードシャー州警察の警部でメルチェットの部下、エネルギッシュで横柄な男 「牧師館の殺人」 アガサ・クリスティー著;田村隆一訳　早川書房(ハヤカワ文庫クリスティー文庫)　2003年10月

スラッター
顔にタトゥーを入れた悪辣な少年、ニック少年の天敵 「地獄の世紀 上下」 サイモン・クラーク著;夏来健次訳　扶桑社(扶桑社ミステリー)　2004年5月

スレイター
任務で心に深い傷を負った元SAS隊員、イギリス秘密情報部直属の秘密機関カーダに入った男 「特別執行機関カーダ」 クリス・ライアン著;伏見威蕃訳　早川書房(ハヤカワ文庫NV)　2002年5月

スー・ロブ
弁護士トニーの昔の親友・サムの妻 「サイレント・ゲーム 上下」 リチャード・ノース・パタースン著;後藤由季子訳　新潮社(新潮文庫)　2005年11月

スローン
元TVコマーシャルのプロデューサーで最近ヒット作を飛ばしたばかりの映画監督 「ブラディ・リバー・ブルース」 ジェフリー・ディーヴァー著;藤田佳澄訳　早川書房(ハヤカワ・ミステリ文庫)　2003年1月

スローン
元探偵、アメリカのチョチェーラ渓谷で観光牧場を経営している男 「死を呼ぶスカーフ」 ミニオン・G・エバハート著;板垣節子訳　論創社(論創海外ミステリ)　2005年1月

スローン・レイノルズ
ベルハーバー署の正義感あふれる警官、生まれてから父親の声を聞いたこともない30歳の女性 「夜は何をささやく」 ジュディス・マクノート著;中谷ハルナ訳 新潮社(新潮文庫) 2001年5月

ズワイイ
リビア連合王国大統領、狂信的イスラム教徒集団ムスリム同盟の中心人物 「炎の翼 上下」 デイル・ブラウン著;伏見威蕃訳 二見書房(二見文庫) 2004年7月

スワン総監　すわんそうかん
英国海軍総監、ひとり娘のスワンと提督に昇進したノリントンの結婚を望む父親 「パイレーツ・オブ・カリビアン 呪われた海賊たち」 テッド・エリオット脚本;テリー・ロッシオ脚本;ジェイ・ウォルパート脚本;鈴木玲子ノヴェライズ 竹書房(竹書房文庫) 2003年8月

スワンソン
マーティネス警部補の助手を務める刑事、「ちびすけ」のあだ名を持つのっぽの青年 「ピーナッツバター殺人事件」 コリン・ホルト・ソーヤー著;中村有希訳 東京創元社(創元推理文庫) 2005年6月

スンソク
韓国国家情報院のエリート要員 「第二次朝鮮戦争勃発の日 上下」 ファンセヨン著;米津篤八訳 扶桑社(扶桑社ミステリー) 2004年11月

【せ】

セアラ
アパラチア山脈の小さな町・イェールに住む父親が失踪した多感な年ごろの娘 「危険な匂いのする男」 テリー・ケイ著;栗原百代訳 扶桑社(扶桑社ミステリー) 2002年1月

セアラ
ニューレバノン保安官事務所捜査主任ビル・コードの9歳の娘、学習障害児 「死の教訓 上下」 ジェフリー・ディーヴァー著;越前敏弥訳 講談社(講談社文庫) 2002年3月

セアラ・グリーンウッド
CIAテロリズム対策センターに派遣されている英国情報部員、ニック・ストーンの元同僚で美貌の女 「クライシス・フォア」 アンディ・マクナブ著;伏見威蕃訳 角川書店(角川文庫) 2001年9月

セアラ・スチュアート
SMプレイ専門ホテル「ロワシー」の宿泊客、上場企業「ヴァーチャリティ」の元社長の妻 「悦楽者たちの館」 ジョン・ウォーレン著;三川基好訳 扶桑社(扶桑社ミステリー) 2003年1月

セアラ・パクストン
殺害されたルイーズと婦人科医キースとの娘 「永遠に去りぬ」 ロバート・ゴダード著;伏見威蕃訳 東京創元社(創元推理文庫) 2001年2月

セアラ・ブレイクニー
亡くなった資産家の老婦人マチルダの主治医、売れない画家ジャックの妻 「鉄の枷」 ミネット・ウォルターズ著;成川裕子訳 東京創元社(創元推理文庫) 2002年12月

青年(ヘンリー・アボット)　せいねん(へんりーあぼっと)
ひもじさにふるえみすぼらしいスーツをまとった目の覚めるような美青年、鑑識眼と知識を持ち合わせた男 「銀の仮面」 ヒュー・ウォルポール著;倉阪鬼一郎訳 国書刊行会(ミステリーの本棚) 2001年10月

セイビン
ミネソタ州ヘネピン郡首席検事、長身でハンサムな男 「業火の灰 上下」 タミー・ホウグ著;飛田野裕子訳 二見書房(二見文庫) 2002年8月

セイビン・ベアリング・グールド
ルー・トレンチャードの教区牧師、地元住民の変死事件の真相を名探偵のシャーロック・ホームズに依頼した老人 「バスカヴィルの謎―シャーロック・ホームズの愛弟子」 ローリー・キング著;山田久美子訳 集英社(集英社文庫) 2002年4月

セイファー
35歳くらいのFBI特別捜査官、コサックを思わせる風貌のロシア系ユダヤ人男性 「ホワイトムーン」 サリー・ビッセル著;酒井裕美訳 二見書房(二見文庫) 2003年5月

セイラ
女医レベッカの義理の母、家族のほとんどがホロコーストの犠牲になった女性 「死、ふたたび」 シルヴィア・マウルターシュ・ウォルシュ著;横山啓明訳 早川書房(ハヤカワ・ミステリ文庫) 2004年12月

セイル
レバノン出身の大実業家、コンピュータ会社「セイル・エンタープライズ」の創業者でオーナー社長 「女王陛下の少年スパイ!アレックス ストームブレイカー」 アンソニー・ホロヴィッツ著;竜村風也訳 集英社 2002年8月

ゼイン・マッケンジー
合衆国海軍少佐で特殊部隊「シール」指揮官、インディアンの血をひく牧場経営者ウルフの四男 「愛は命がけ」 リンダ・ハワード著;霜月桂訳 ハーレクイン(MIRA文庫) 2005年9月

セオドシア
チャールストンで「インディゴ・ティーショップ」を経営している36歳の女性 「ダージリンは死を招く」 ローラ・チャイルズ著;東野さやか訳 ランダムハウス講談社(ランダムハウス講談社文庫) 2005年9月

セクストン
大統領選の現職の対立候補である上院議員、国家偵察局員レイチェルの父 「デセプション・ポイント 上下」 ダン・ブラウン著;越前敏弥訳 角川書店 2005年4月

セケン
王宮の庭師助手の青年、王女アアヘテプののちの夫 「自由の王妃アアヘテプ物語1 闇の帝国」 クリスチャン・ジャック著;山田浩之訳 角川書店(角川文庫) 2003年9月

セサル
ゲイの古美術商、女性の絵画修復士・フリアの後見人的存在 「フランドルの呪画(のろいえ)」 アルトゥーロ・ペレス・レベルテ著;佐宗鈴夫訳 集英社(集英社文庫) 2001年5月

セザール
刑務所帰りのトニーの仲間、金庫破りの達人 「男の争い」 オーギュスト・ル・ブルトン著;野口雄司訳 早川書房(Hayakawa pocket mystery books) 2003年12月

セジウィック・セクストン(セクストン)
大統領選の現職の対立候補である上院議員、国家偵察局員レイチェルの父 「デセプション・ポイント 上下」 ダン・ブラウン著;越前敏弥訳 角川書店 2005年4月

セシル
銃撃を受け瀕死の重傷を負った男・ホークの恋人 「冷たい銃声」 ロバート・B・パーカー著;菊池光訳 早川書房(Hayakawa novels) 2005年12月

セス・コルトン
これまでに何度も世界を救ってきた組織《委員会》の一員、驚くべき推論能力と分析能力をもつ男 「深海の大河 セス・コルトンシリーズ 2」 エリック・ローラン著;長島良三訳 小学館 2004年6月

せすこ

セス・コルトン
極秘組織「委員会」の諜報員の男、他言語を話し並外れたIT技術と知能をもった武道の達人 「消えた小麦〈1〉―セス・コルトンシリーズ」 エリック・ローラン著;長島良三訳 小学館 2003年11月

セス・マッケイ
セキュリティ・コンサルタント、「レイザー貿易」経営者ヴィクターに殺されたジェシー・マッケイの兄 「そのドアの向こうで」 シャノン・マッケナ著;中西和美訳 二見書房(二見文庫) 2004年3月

セス・ルフェーヴル
ラス・ピエルナス警察の刑事フィリップ・ルフェーヴルの息子 「汚れた翼 上下」 ジャン・パーク著;渋谷比佐子訳 講談社(講談社文庫) 2005年11月

セス・ワイスマン
コラムニスト、女性判事のソニアと二十五年前西海岸で同棲していた男性 「われらが父たちの掟 上下」 スコット・トゥロー著;二宮磬訳 文藝春秋(文春文庫) 2001年12月

セニョリタ・ロリタ(ロリタ)
カリフォルニアの零落した農場主の娘、優雅で小柄な18歳の美少女 「快傑ゾロ」 ジョンストン・マッカレー著;井上一夫訳 東京創元社(創元推理文庫) 2005年12月

セバスチアン・ウォレン(ウォレン教授)　せばすちあんうぉれん(うぉれんきょうじゅ)
ヘレン・ケイペルがメイドとして働くサミット邸の主人、科学者 「らせん階段」 エセル・リナ・ホワイト著;山本俊子訳 早川書房 (Hayakawa pocket mystery books) 2003年9月

セバスチャン
私立探偵のシャーロック・ホームズの息子 「シャーロック・ホームズの息子 上下」 フリーマントル著;日暮雅通訳 新潮社(新潮文庫) 2005年1月

セブ
アルゼンチンで活動するイギリス軍の現地諜報員、マーク・ブラック率いるSASチームの案内人 「SAS特命潜入隊」 クリス・ライアン著;伏見威蕃訳 早川書房(ハヤカワ文庫NV) 2004年8月

ゼフィ・カルデラ
元警察官の映画テクニカルアドバイザー・リックの恋人、キーウエスト・マリーナのドック長 「キューバ海峡」 カーステン;ストラウド著;布施;由紀子訳 文藝春秋(文春文庫) 2004年5月

セプテンバー
中年男のジョン・クラークとデートする月の名前にちなんで名前を呼ばれていた謎の女 「カレンダー・ガール」 ステラ・ダフィ著;柿沼瑛子訳 新潮社(新潮文庫) 2002年11月

セーラ・コーリー
テレビリポーター、ジニーの親友で華やかで社交的な28歳の女性 「スプーン三杯の嫉妬」 バンティ・アヴィーソン著;高月園子訳 ソニー・マガジンズ(ヴィレッジブックス) 2005年4月

セーラ・スティーヴンズ
プロの女性執事兼ボディガード、武術と射撃の達人 「一度しか死ねない」 リンダ・ハワード著;加藤洋子訳 二見書房(二見文庫) 2003年1月

セラフィム・ホワイト(フィミー)
レイプの結果娘のエンジェルを生んだ母親 「サイレント・アイズ 上下」 ディーン・クーンツ著;田中一江訳 講談社(講談社文庫) 2005年7月

セーラ・ボートライト
アメリカの巨大テーマパーク「ユートピア」の運営総責任者、ロボット工学専門家のウォーンの元恋人 「ユートピア」 リンカーン・チャイルド著;白石朗訳 文藝春秋(文春文庫) 2003年12月

セーラ・ラブリオーラ
シンガーになるのが夢の女、南部からひとりニューヨークに逃げてきた主婦 「孤独な鳥がうたうとき」 トマス・H・クック著;村松潔訳　文藝春秋　2004年11月

セリットー
ニューヨーク市警殺人課のベテラン刑事、科学捜査専門家リンカーン・ライムの旧友 「コフィン・ダンサー 上・下」 ジェフリー・ディーヴァー著;池田真紀子訳　文藝春秋（文春文庫）　2004年10月

セリットー
ニューヨーク市警殺人課のベテラン刑事、科学捜査専門家リンカーン・ライムの旧友 「ボーン・コレクター 上・下」 ジェフリー・ディーヴァー著;池田真紀子訳　文藝春秋（文春文庫）　2003年5月

セリットー
ニューヨーク市警殺人課のベテラン刑事、科学捜査専門家リンカーン・ライムの旧友 「石の猿－「リンカーン・ライム」シリーズ [4]」 ジェフリー・ディーヴァー著;池田真紀子訳　文藝春秋　2003年5月

セリットー
ニューヨーク市警殺人課のベテラン刑事、科学捜査専門家リンカーン・ライムの旧友 「魔術師(イリュージョニスト)－「リンカーン・ライム」シリーズ [5]」 ジェフリー・ディーヴァー著;池田真紀子訳　文藝春秋　2004年10月

セリー・デュラール
革命に沸くパリで貴族の屋敷で働く若い未亡人、友人に預けていた息子が死んだと聞いた女性 「フランス革命夜話」 アン・ペリー著;大倉貴子訳　ソニー・マガジンズ（ヴィレッジブックス）　2002年8月

セリーナ・サーゲッティ
元修道女の言語学者、環境保護活動家 「レイジング・アトランティス」 トマス・グレニーアス著;嶋田洋一訳　早川書房（ハヤカワ文庫NV）　2005年11月

セリーナ・ジャーディン
ロンドンの弁護士、オックスフォード大学テイマー教授の教え子 「女占い師はなぜ死んでゆく」 サラ・コードウェル著;羽地和世訳　早川書房（Hayakawa pocket mystery books）　2001年5月

セリーナ・チャーターズ
12世紀の写本『賢者の書』を代々保管してきた一族の女性、古い織り子の家系の末裔 「水晶の鐘が鳴るとき 上下」 エリザベス・ローウェル著;高田恵子訳　ソニー・マガジンズ（ヴィレッジブックス）　2002年9月

ゼル
ナチスの残党 「マラソン・マン」 ウィリアム・ゴールドマン著;沢川進訳　早川書房（ハヤカワ文庫NV）　2005年6月

セルゲイ・カイダノフ(カイダノフ博士)　せるげいかいだのふ(かいだのふはかせ)
製品が先天的欠陥症を引き起こしたとして訴えられたゲラー製薬の科学者 「女神の天秤」 フィリップ・マーゴリン著;井坂清訳　講談社（講談社文庫）　2004年12月

セルジ・レニーヌ(レニーヌ)
エーグルロッシュ伯の客としてラ・マレーズ城館に滞在する公爵、盗賊アルセーヌ・ルパンの仮の姿 「八点鐘」 モーリス・ルブラン著;堀口大学訳　新潮社（新潮文庫）　2003年12月

セルッチ
トロント警察殺人課刑事、元刑事で私立探偵ヴィッキーの元彼 「ブラッド・プライス 血の召喚」 タニア・ハフ著;和爾桃子訳　早川書房（ハヤカワ文庫FT）　2005年10月

せるに

セルニーヌ公爵　せるにーぬこうしゃく
パリ在住のロシア人グループのなかでとりわけめだった存在のロシアの貴族 「813 アルセーヌ・ルパン」モーリス・ルブラン作;大友徳明訳　偕成社(偕成社文庫) 2005年9月

ゼルプ
私立探偵、ナチ政権に仕えた元検事で六十九歳の男 「ゼルプの欺瞞」 ベルンハルト・シュリンク著;平野卿子訳　小学館(Shogakukan mystery) 2002年10月

ゼルプ
私立探偵、銀行の頭取ヴェルガーから匿名の預金者の身元調査を依頼された老人 「ゼルプの殺人」 ベルンハルト・シュリンク著;岩淵達治ほか訳　小学館(Shogakukan mystery) 2003年4月

ゼルプ
西ドイツのマンハイムに住む私立探偵、戦前ナチの政権下で検事だった男 「ゼルプの裁き」 ベルンハルト・シュリンク著;ヴァルター・ポップ著;岩淵達治他訳　小学館(Shogakukan mystery) 2002年6月

セルマ
黒人の医師のビリー・ジャクスンの助手、エルヴィス・プレスリーとジャクスン医師と一緒に連続殺人の調査を始めた女性 「キル・ミー・テンダー」 ダニエル・クライン著;山田久美子訳　集英社(集英社文庫) 2002年6月

セルマ・サッカレー
元ハリウッド女優、故郷のムース郡に帰ってきた82歳の老夫人 「猫は銀幕にデビューする」 リリアン・J.ブラウン著;羽田詩津子訳　早川書房(ハヤカワ・ミステリ文庫) 2005年2月

セレステ・ラカン
彫刻家ロス・アルトーの依頼主、メキシコの血が混じった美しい女性 「刻まれる女」 デイヴィッド・L.;リンジー著;山本;光伸訳　新潮社(新潮文庫) 2004年3月

セロー
カルト教団の教祖、信者の集団自殺の首謀者として獄中の死刑囚 「狂信者の黙示録 上下」 ダグ・リチャードソン著;高澤真弓訳　東京創元社(創元推理文庫) 2004年8月

ゼン
米空軍ハイテクノロジー航空宇宙兵器センターのテスト中の事故で車椅子生活となった少佐、同センターのブリーンナ大尉の夫 「砂漠の機密空域」 デイル・ブラウン著;上野元美訳　二見書房(二見文庫) 2003年6月

ゼン
米空軍ハイテクノロジー航空宇宙兵器センター少佐、同センター大尉・ブリーンナの夫 「幻影のエアフォース」 デイル・ブラウン著;上野元美訳　二見書房(二見文庫) 2005年2

ゼーン・ウィンストン
ウィンストン兄弟の三男でコンピューターショップの27歳のオーナー 「流浪のヴィーナス」 ローリ・フォスター著;白須清美訳　ソニー・マガジンズ(ヴィレッジブックス) 2005年1月

先生　せんせい
人質事件が起こったコンビニの客、医療知識のある牧場主 「虜にされた夜」 サンドラ・ブラウン著;法村里絵訳　新潮社(新潮文庫) 2001年7月

ゼンダ・レン
近未来の「行動センター」近隣区の一員、トラブルシューター・スタークの依頼人 「オンリー・フォワード」 マイケル・マーシャル・スミス著;嶋田洋一訳　ソニー・マガジンズ 2001年7

セント・ジャスト子爵　せんとじゃすとししゃく
人気作家マギーが書いたミステリーシリーズの主人公、19世紀イギリスのわがままな貴族探偵 「マギーはお手上げ」 ケイシー・マイケルズ著;早川麻百合訳　二見書房(二見文庫) 2004年9月

セント・ジャスト子爵（アレクサンダー・ブレイクリー）　せんとじゃすとししゃく（あれくさんだーぶれいくりー）
作家マギーの作品の主人公、19世紀英国のハンサムな貴族探偵　「マギーはお手上げ」　ケイシー・マイケルズ著;早川麻百合訳　二見書房（二見文庫）　2004年9月

【そ】

ソア
有名作家、18歳の義理の娘クレスラと駆け落ちした71歳の男　「傷心」　デイヴィッド・ハンドラー著;北沢あかね訳　講談社（講談社文庫）　2001年6月

ソウル
ロンドンの弁護士、要人暗殺未遂ののち故国イギリスに帰国後も追われ続ける主人公「わたし」の財産管理人　「追われる男」　ジェフリー・ハウスホールド著;村上博基訳　東京創元社（創元推理文庫）　2002年8月

ソニー
キンドル郡中央裁判所判事、旧知の州上院議員のエドガーの前妻ジューン殺害事件の訴訟を指揮することになった女性　「われらが父たちの掟　上下」　スコット・トゥロー著;二宮磬訳　文藝春秋（文春文庫）　2001年12月

ソニア・クロンスキー（ソニー）
キンドル郡中央裁判所判事、旧知の州上院議員のエドガーの前妻ジューン殺害事件の訴訟を指揮することになった女性　「われらが父たちの掟　上下」　スコット・トゥロー著;二宮磬訳　文藝春秋（文春文庫）　2001年12月

ソニア・ヘリス
五十路を迎えている聡明な中年女性、一時の感情に駆られて親切心を出してしまう悪い癖のある女　「銀の仮面」　ヒュー・ウォルポール著;倉阪鬼一郎訳　国書刊行会（ミステリーの本棚）　2001年10月

ソニア・ミラー（サニー）
シカゴの宅配便会社の配達人、大物テロリストクリスピン・ハワーの娘　「危険な駆け引き」　リンダ・ハワード著;皆川孝子訳　ハーレクイン（MIRA文庫）　2005年12月

ソニエール
殺害されたルーヴル美術館館長、フランス司法警察暗号捜査官ソフィー・ヌヴーの祖父　「ダ・ヴィンチ・コード　上下」　ダン・ブラウン著;越前敏弥訳　角川書店　2004年5月

ソニー・コルレオーネ（サンティノ）
アメリカのマフィアのドンであるヴィトーの長男、背が高く頑丈な体つきで少々気が短い男　「ゴッドファーザー　上下」　マリオ・プーゾ著;一ノ瀬直二訳　早川書房（ハヤカワ文庫NV）　2005年11月

ソニー・ベンザ（ベンザ）
西海岸最大の犯罪組織のボス、カリフォルニア郊外に住む会計士ウォルター・スミスの雇い主　「ホステージ　上下」　ロバート・クレイス著;村上和久訳　講談社（講談社文庫）　2005年5月

ソニー・ボーイ・マーサラス
ニューオリンズに舞い戻ってきた一匹狼の犯罪者、刑事のロビショーに手帳を託した男　「燃える天使」　ジェイムズ・リー・バーク著;鈴木恵訳　角川書店（角川文庫）　2002年7月

ソノラ・ブレア
シンシナティ警察殺人課刑事、相棒のサムと牧場で馬とともに消えた少女・ジョエルの捜査を始めた女性　「消失点」　リン・S.ハイタワー著;小西敦子訳　講談社（講談社文庫）　2001年3月

そびん

ソーヴィン・ギブズ(ソア)
有名作家、18歳の義理の娘クレスラと駆け落ちした71歳の男 「傷心」 デイヴィッド・ハンドラー著;北沢あかね訳 講談社(講談社文庫) 2001年6月

ソフィー
11世紀の南フランスで宿屋を営むユーグ・ド・ルカの妻 「黒十字の騎士」 ジェイムズ・パタースン著;アンドリュー・グロス著 ソニー・マガジンズ(ビレッジブックス) 2004年4月

ソフィア・ガローニ
イタリア美術品特捜部員、美術の博士号を持つ40歳を超えたばかりの女 「聖骸布血盟 上下」 フリア・ナバロ著;白川貴子訳 ランダムハウス講談社(ランダムハウス講談社文庫) 2005年9月

ソフィア・シメオニディス
パリにあるボロ館の隣に住んでいるギリシア人、引退したオペラ歌手の婦人 「死者を起こせ」 フレッド・ヴァルガス著;藤田真利子訳 東京創元社(創元推理文庫) 2002年6月

ソフィア・ジャンベッリ
ワイナリー「ジャンベッリ・カリフォルニア社」運営者の孫で広報担当重役、26歳の女性 「ぶどう畑の秘密 上下」 ノーラ・ロバーツ著;中谷ハルナ訳 扶桑社(扶桑社ロマンス) 2003年11月

ソフィア・レオニデス
大富豪アリスタイド・レオニデスの娘、容姿端麗で有能な役人 「ねじれた家」 アガサ・クリスティー著;田村隆一訳 早川書房(ハヤカワ文庫クリスティー文庫) 2004年6月

ソフィ・デンプシー
シンシナティでビデオ制作会社を営む32歳の女性 「プレイボーイをやっつけろ!」 ジェニファー・クルージー著;米山裕子訳 二見書房(二見文庫) 2005年9月

ソフィー・ヌヴー
フランス司法警察の暗号解読官、ルーヴル美術館の高名な館長ソニエールの孫娘 「ダ・ヴィンチ・コード」 ダン・ブラウン著;越前敏弥訳 角川書店 2005年8月

ソフィー・ヌヴー
フランス司法警察暗号捜査官、ルーヴル美術館館長ジャック・ソニエールの孫娘 「ダ・ヴィンチ・コード 上下」 ダン・ブラウン著;越前敏弥訳 角川書店 2004年5月

ソフィ・ペイン
ベルリンで極右武装組織に誘拐されたアメリカ合衆国副大統領 「カットアウト 上下」 フランシーヌ・マシューズ著;高野裕美子訳 新潮社(新潮文庫) 2002年6月

ソフィー・メルシィエ・コランドウスカ
元弁護士で国民議会代議士、美しく聡明な女性 「スイス銀行の陰謀」 ダニエル・ジュフュレ著;長島良三訳 中央公論新社(中公文庫) 2001年12月

ソフィー・ライリー
ケニルワース・ホテルのメイド、大学で心理学を専攻している学生 「ヘンリーの悪行リスト」 ジョン・スコット・シェパード著;矢口誠訳 新潮社(新潮文庫) 2005年2月

ソラッツォ
アメリカ人弁護士、マフィアの首領アントニオ・ルッソの甥 「悪魔と手を組め」 ジャック・ヒギンズ著;黒原敏行訳 早川書房(ハヤカワ文庫NV) 2001年3月

ゾラン・ジリチ(ジリチ)
旧ユーゴのマフィア、現在は南米サン・マルティン共和国の私設要塞に隠れ住むセルビア人 「アヴェンジャー 上下」 フレデリック・フォーサイス著;篠原慎訳 角川書店(角川文庫) 2004年8月

ゾランダ・スウェイド
過激女性擁護組織の主宰者、男を憎み逃亡する母親や子供に手を貸している女 「弁護人 上下」S・マルティニ著;斉藤伯好訳 講談社(講談社文庫) 2002年11月

ソーリー・マクラケン(マクラケン)
パプアニューギニアに住むスコットランド人、気むずかしい男 「密林・生存の掟」アラン・ディーン・フォスター著;中原尚哉訳 扶桑社(扶桑社ミステリー) 2003年5月

ゾルグループ
ヴァルデマール・ゾルグループという名のエンジニア、1909年のウィーンで宮廷俳優ビショーフの家に招かれていた男 「最後の審判の巨匠」レオ・ペルッツ著;垂野創一郎訳 晶文社(晶文社ミステリ) 2005年3月

ゾルゲ
ナチス党員でソ連赤軍第四本部スパイ、ソ連東京諜報網のトップ 「ゾルゲ引裂かれたスパイ 上下」ロバート・ワイマント著;西木正明訳 新潮社(新潮文庫) 2003年5月

ゾロ
怪盗、黒いマントと黒いマスクに身をつつんだ謎の剣士 「快傑ゾロ」ジョンストン・マッカレー著;井上一夫訳 東京創元社(創元推理文庫) 2005年12月

ソロモン・パリド(パリド)
17世紀にポルトガル系ユダヤ教徒の共同体を統治する公会議マアマドの役員、相場師ミゲルに圧力をかけている商人 「珈琲相場師」デイヴィッド・リス著;松下祥子訳 早川書房(ハヤカワ・ミステリ文庫) 2004年6月

ソーン
キイラーゴのフィッシング・ガイド、過去に殺人を犯し世捨て人となった男 「豪華客船のテロリスト」ジェイムズ・W・ホール著;北澤和彦訳 講談社(講談社文庫) 2004年10月

ソン ウォニ(ウォニ) そんうぉに(うぉに)
秘密裏の組織684部隊第1班所属の訓練兵、明るい性格の男 「シルミド」キム・ヒジェ著;伊藤正治訳 角川書店(角川文庫) 2004年5月

ソーンダイク
ロンドンに住居兼研究所を持つ法医学者で弁護士、出張時は常に実験道具を携帯する科学探偵 「歌う白骨」オースチン・フリーマン著;大久保康雄訳 嶋中書店(嶋中文庫) 2004年12月

宋 鎮要 そん・ちぇんよう
中国国家安全局員、アメリカ大統領の政治資金調達を担当している男 「逃走航路」ジョン・リード著;夏来健次訳 二見書房(二見文庫) 2004年3月

【た】

ダイアナ
アメリカ中西部の町ブライアーヒルに大学教授の夫と8歳の娘と暮らす40歳の主婦でスケッチ画家 「春に葬られた光」ローラ・カジシュキー著;木村博江訳 ソニー・マガジンズ(ヴィレッジブックス) 2005年3月

ダイアナ(プリンセス・オブ・ウェールズ・ダイアナ)
イギリスの第1位王位継承権者ウェールズ公チャールズの最初の妃 「ロイヤル・ブラッド」バリー・デービス著;窪嶋優子訳 インターメディア出版 2002年7月

ダイアナ・ウェルズ
弁護士、ブライドン航空顧問弁護士・マイケルの恋人 「終身刑」アイラ・ゲンバーグ著;石田善彦訳 講談社(講談社文庫) 2001年4月

ダイアン
ニューレバノン保安官事務所捜査主任ビル・コードの43歳の妻 「死の教訓 上下」 ジェフリー・ディーヴァー著;越前敏弥訳 講談社(講談社文庫) 2002年3月

ダイアン・スウェイ
11歳のマークと8歳のリッキーの母親 「依頼人」 ジョン・グリシャム著;白石朗訳 小学館(小学館文庫) 2003年1月

ダイアン・ヴァン・ドーマン
アメリカのグルメ雑誌の女性発行人、食にうるさいミステリ作家6人組のイヴェントツアーの企画者 「パンプルムース氏の晩餐会」 マイケル・ボンド著;木村博江訳 東京創元社(創元推理文庫) 2005年5月

ダイアン・フライ
新しく異動してきた野心家の女刑事、クーパー刑事の相棒 「黒い犬」 スティーヴン・ブース著;宮脇裕子訳 東京創元社(創元推理文庫) 2003年8月

タイガー田中(田中)　たいがーたなか(たなか)
日本の公安調査庁長官、英国秘密諜報部員ジェイムズ・ボンドの旧友 「007/赤い刺青(いれずみ)の男」 レイモンド・ベンスン著;小林浩子訳 早川書房(Hayakawa pocket mystery books) 2003年10月

代書人　だいしょにん
中世フランスで異端の嫌疑を受け10年間の追放処分ののちパリに戻り代書屋を営んでいるのっぽの男 「赤の文書」 ユベール・ド・マクシミー著;篠田勝英訳 白水社 2001年12月

タイタス・クロウ(クロウ)
ロンドンに住むオカルティスト、陸軍省でヒットラーの神秘趣味に関して上層部に助言していた男 「タイタス・クロウの事件簿」 ブライアン・ラムレイ著;夏来健次訳 東京創元社(創元推理文庫) 2001年3月

タイ・テニスン(テニスン)
パプアニューギニアに旅行に来たボハノンの財布を盗んだ現地の女 「密林・生存の掟」 アラン・ディーン・フォスター著;中原尚哉訳 扶桑社(扶桑社ミステリー) 2003年5月

大統領　だいとうりょう
ユタ州のスキー・リゾートでテロリストに襲われ誘拐されたアメリカ合衆国大統領 「傭兵部隊〈ライオン〉を追え 上下」 ブラッド・ソー著;田中昌太郎訳 早川書房(ハヤカワ文庫NV) 2002年7月

ダイナ・ブランド
鉱山の町バーンズビル市の高等淫売、町の情報屋 「血の収穫」 ダシール・ハメット著;河野一郎訳;田中西二郎訳 嶋中書店(嶋中文庫) 2005年1月

ダイナ・レイトン
女性雑誌記者、アトランタ市職員フェイス・パーカーの友人 「シャドウ・ファイル/潜む」 ケイ・フーパー著;宮内もと子訳 早川書房(ハヤカワ文庫NV) 2001年7月

タイニー・バルチャー
ニューヨークに住む天才的泥棒・ドートマンダーの仲間、怪物のような大男 「骨まで盗んで」 ドナルド・E・ウェストレイク著;木村仁良訳 早川書房(ハヤカワ・ミステリ文庫) 2002年6

ダイヤモンド警視　だいやもんどけいし
イギリスのバース署殺人捜査班警視、何者かに妻を射殺された男 「最期の声」 ピーター・ラヴゼイ著;山本やよい訳 早川書房(Hayakawa novels) 2004年1月

ダイヤモンド警視　だいやもんどけいし
エイヴォン・アンド・サマセット警察の警視 「猟犬クラブ」 ピーター・ラヴゼイ著;山本やよい訳 早川書房(ハヤカワ・ミステリ文庫) 2001年6月

ダイヤモンド警視　だいやもんどけいし
バースにあるエイヴォン・アンド・サマセット警察の警視 「暗い迷宮」 ピーター・ラヴゼイ著;山本やよい訳　早川書房（ハヤカワ・ミステリ文庫）2003年7月

ダイヤモンド警視　だいやもんどけいし
バースのエイヴォン・アンド・サマセット警察殺人捜査班警視、巨漢の48歳の男 「地下墓地」 ピーター・ラヴゼイ著;山本やよい訳　早川書房（ハヤカワ・ミステリ文庫）2004年12月

ダイヤモンド警視　だいやもんどけいし
バース警察署の警視、バース在住の犯罪心理分析官・エマが絞殺された事件の捜査をした男 「漂う殺人鬼」 ピーター・ラヴゼイ著;山本やよい訳　早川書房(Hayakawa novels) 2005年1月

タイラー
カメラマンのスコットの息子、ハイキング中の事故で深い昏睡状態に陥った少年 「打ち砕かれた昏睡（コーマ）」 ジョン・ダーントン著;嶋田洋一訳　ソニー・マガジンズ（ヴィレッジブックス）2005年8月

タイラー・ウィンスロープ
名門ウィンスロープ家の当主、慈善事業と公職での業績で世界的に著名な人物 「空が落ちる　上下」 シドニィ・シェルダン著;天馬竜行訳　アカデミー出版　2001年9月

タイラー・ウィンスロープ
名門ウィンスロープ家の当主、慈善事業と公職での業績で世界的に著名な人物 「空が落ちる　上下」 シドニィ・シェルダン著;天馬竜行訳　アカデミー出版　2003年5月

タイラー・グレイソン
ニューヨーク市警の鑑識カメラマン・アマンダの元恋人、エリート・ビジネスマン 「ヒロインは眠らない　上下」 ドリス・モートマン著;栗木さつき訳　二見書房（二見文庫）2004年1月

タイラー・コスグローヴ
セルビア共和国南部のコソボ自治州に平和維持部隊として駐留していたアメリカ軍海兵隊予備役の大尉、マーク・ラング大尉の親友 「猟犬たちの山脈　上下」 ビング・ウェスト著;村上和久訳　文藝春秋（文春文庫）2004年9月

タイラー・C・ヴァーンス（ヴァーンス）　たいらーしーばーんす（ばーんす）＊
朝鮮半島の非武装地帯で兵役についていた米国陸軍軍曹、17歳の時に起こした警察沙汰のため陸軍に入隊した男 「灰色の非武装地帯」 クレイ・ハーヴェイ著;島田三蔵訳　扶桑社（扶桑社ミステリー）2002年9月

タイラー・マクミラン
ワイナリー「マクミラン社」運営者の孫で醸造者、良質なワインをつくる頑固な職人 「ぶどう畑の秘密　上下」 ノーラ・ロバーツ著;中谷ハルナ訳　扶桑社（扶桑社ロマンス）2003年11月

タイラー・ミルズ
弁護士フィリップ・ランドールの学生時代の友人 「おとしあな」 ハワード・ローワン著;天野淑子訳　早川書房(Hayakawa pocket mystery books) 2001年6月

タイロン・ブライスン（ミスター・ブライスン）
末期がんだという謎の病人、失踪人のパトリックについて素人探偵モーのもとへ電話をかけてきた男 「完全なる四角」 リード・ファレル・コールマン著;熊谷千寿訳　早川書房（ハヤカワ・ミステリ文庫）2004年10月

ダーウィン
車回収業者メグの同僚で友人、GMACで勤務する傍らバーでドラァグ・クィーンとしてショーに出演している男性 「ハード・アイス」 ジェニー・サイラー著;安藤由紀子訳　早川書房（ハヤカワ・ミステリ文庫）2001年5月

ダーウィン・マイナー
サンディエゴに住む物理学博士、事故現場で科学的見地から原因を究明してみせる事故復元調査員 「ダーウィンの剃刀」 ダン・シモンズ著;嶋田洋一訳;渡辺庸子訳 早川書房(ハヤカワ文庫NV) 2004年12月

タウザー
シカゴ市警の刑事リーバーマンの孫の家庭教師、＜ユダヤ人救済運動＞の活動家の青年 「刑事エイブ・リーバーマン 憎しみの連鎖」 スチュアート・カミンスキー著;棚橋志行訳 扶桑社(扶桑社ミステリー) 2003年1月

ダウリング
アメリカの原子力潜水艦「タルサ」の機関長、艦長ジェフリー・リクターの親友 「原潜を救助せよ」 ジェイムズ・フランシス著;村上和久訳 二見書房(二見文庫) 2003年11月

ダウワン・パーセル
サンタ・テレサで敬愛されていたが行方不明となった著名な老医師 「危険のP」 スー・グラフトン著;嵯峨静江訳 早川書房(ハヤカワ・ミステリ文庫) 2005年5月

陶侃 たおがん
漢陽県知事の狄(ディー)判事の副官 「雷鳴の夜」 ロバート・ファン・ヒューリック著;和爾桃子訳 早川書房(Hayakawa pocket mystery books) 2003年4月

陶将 たお・ちぇん
中国の国家主席 「中国の野望―印パ戦争勃発」 ハンフリー・ホークスリー著;山本光伸訳 二見書房(二見文庫) 2002年9月

ダグ
コネティカット州ニューヘイヴンの地方検事補、「ヘラルド・アメリカン」紙の記者サリーの恋人 「スキャンダル」 ローラ・V・ウォーマー著;小林浩子訳 集英社(集英社文庫) 2003年6月

ダグ・オケーシー
フロリダ州サウスビーチ地区のパトロール警官、私立探偵クインの弟 「エターナル・ダンス」 ヘザー・グレアム著;風音さやか訳 ハーレクイン(MIRA文庫) 2005年10月

タグ・スラッター(スラッター)
顔にタトゥーを入れた悪辣な少年、ニック少年の天敵 「地獄の世紀 上下」 サイモン・クラーク著;夏来健次訳 扶桑社(扶桑社ミステリー) 2004年5月

ダーク・ピット(ピット)
NUMA(国立海中海洋機関)の特務任務責任者、上院議員を父に持つ元空軍士官で体力・知力・経歴・容姿すべてにおいて完璧な男 「アトランティスを発見せよ 上下」 クライブ・カッスラー著;中山善之訳 新潮社(新潮文庫) 2001年11月

ダーク・ピット(ピット)
NUMA(国立海中海洋機関)の特務任務責任者、上院議員を父に持つ元空軍士官で体力・知力・経歴・容姿すべてにおいて完璧な男 「オデッセイの脅威を暴け 上下」 クライブ・カッスラー著;中山善之訳 新潮社(新潮文庫) 2005年6月

ダーク・ピット(ピット)
NUMA(国立海中海洋機関)の特務任務責任者、上院議員を父に持つ元空軍士官で体力・知力・経歴・容姿すべてにおいて完璧な男 「マンハッタンを死守せよ 上下」 クライブ・カッスラー著;中山善之訳 新潮社(新潮文庫) 2002年12月

ダグ・ブレイク
教え子の女生徒からセクハラで訴えられた高校教師、元大リーガー 「ベビーシッター殺人事件」 パトリシア・マクドナルド著;中井京子訳 集英社(集英社文庫) 2002年1月

ダグラス・ロックウッド（ロックウッド）
マスコミ嫌いのロサンゼルス市警の刑事 「ハリウッドは鎮魂歌(レクイエム)を奏でる」 ヘレン・ノード著;大倉;貴子訳 ソニー・マガジンズ(ヴィレッジブックス) 2004年9月

タケシ・コヴァッチ
元特命外交部隊隊員、大富豪・バンクロフトの殺害の謎を調査した男 「オルタード・カーボン 上下」 リチャード・モーガン著;田口俊樹訳 アスペクト 2005年4月

ダスキヴィッチ
ブルックリン七六分署でいちばん若い刑事、エリート刑事・ジャックのパートナー 「贖いの地」 ガブリエル・コーエン著;北沢和彦訳 新潮社(新潮文庫) 2003年5月

ダスティ
スコッツデールで暮らしている私立探偵リナの恋人 「砂漠の風に吹かれて」 ベティ・ウェブ著;上条ひろみ訳 扶桑社(扶桑社ミステリー) 2004年9月

ダスティ
ホテル〈マントン〉の夜勤のベルボーイ、夢をあきらめ大学をやめた青年 「深夜のベルボーイ」 ジム・トンプスン著;三川基好訳 扶桑社 2003年3月

ダスティー・ライト
死刑廃止団体の元活動家、頭が切れて弁が立つが酒で人生を棒にふった男 「ライフ・オブ・デビッド・ゲイル」 デュウィ・グラム著;本間有訳 新潮社(新潮文庫) 2003年7月

ダスティン・ローズ
ゲーム作家のマーティの夫、南カリフォルニアに住むペンキ屋 「汚辱のゲーム 上下」 ディーン・クーンツ著;田中一江訳 講談社(講談社文庫) 2002年9月

タズ・ファロン（ファロン）
FBI捜査官、一匹狼的行動が多いタフガイ 「覇者 上下」 ポール・リンゼイ著;笹野洋子訳 講談社(講談社文庫) 2003年5月

タツ
警察庁の部長、殺し屋ジョン・レインのヴェトナム時代の旧友 「雨の影」 バリー・アイスラー著;池田真紀子訳 ソニー・マガジンズ(ヴィレッジブックス) 2004年1月

タッカー
コーギー犬、ヴァージニア州の田舎町の女郵便局長ハリーの飼い犬 「森で昼寝する猫」 リタ・メイ・ブラウン著;スニーキー・パイ・ブラウン著;茅律子訳 早川書房(ハヤカワ・ミステリ文庫) 2001年11月

タッカー
女性郵便局長のハリーの飼い犬、猫のミセス・マーフィーの親友のコーギー犬 「トランプをめぐる猫」 リタ・メイ・ブラウン著;スニーキー・パイ・ブラウン著 早川書房(ハヤカワ・ミステリ文庫) 2004年1月

タッカー
女性郵便局長のハリーの飼い犬、猫のミセス・マーフィーの親友のコーギー犬 「新聞をくばる猫」 リタ・メイ・ブラウン著;スニーキー・パイ・ブラウン著 早川書房(ハヤカワ・ミステリ文庫) 2005年7月

タッカー・ソーン
全国ネットのテレビ・リポーターをめざす野心的なカメラマンの男 「デスゲーム24/7」 ジム・ブラウン著;田中昌太郎訳 早川書房(ハヤカワ文庫NV) 2002年3月

タック・ニューランド
元CIA工作員、元米海軍特殊部隊SEALsの隊員 「逃走航路」 ジョン・リード著;夏来健次訳 二見書房(二見文庫) 2004年3月

たっく

タック・ニューランド（ニューランド）
元海軍特殊部隊SEALs隊員、CIAを永久追放になった元CIA局員 「逃走航路」 ジョン・リード著;夏来健次訳　二見書房(二見文庫)　2004年3月

タッド
フィラデルフィア建国百年記念万博の警備員、19歳の人なつこい少年 「黒い囚人馬車」 マーク・グレアム著;山本俊子訳　早川書房 (Hayakawa pocket mystery books)　2001年1月

タディアス・シュモイヤー（タッド）
フィラデルフィア建国百年記念万博の警備員、19歳の人なつこい少年 「黒い囚人馬車」 マーク・グレアム著;山本俊子訳　早川書房 (Hayakawa pocket mystery books)　2001年1月

ターナー
アメリカ合衆国の初の女性大統領、2人の子をもつ46歳の母 「ワルシャワ大空戦 上下」 リチャード・ハーマン著;大久保寛訳　新潮社(新潮文庫)　2003年7月

ターナー
ピュージェット湾にある情報局の施設「ヘイヴン」の管理責任者兼主任研究員 「幼き逃亡者の祈り」 パトリシア・ルーイン著;林啓恵訳　ソニー・マガジンズ(ヴィレッジブックス)　2004年7月

ターナー
中央アジアとインド・パキスタン地域専門の情報ビジネス向けコンサルタント、元CIA工作員 「ビンラディンの剣(サーベル)」 ジェラール・ド・ヴィリエ著;小林修訳　扶桑社(扶桑社ミステリー)　2004年2月

タナー
カリフォルニア州サンフランシスコの私立探偵 「憎悪の果実」 スティーヴン・グリーンリーフ著;黒原敏行訳　早川書房 (Hayakawa pocket mystery books)　2001年3月

タナー
サンフランシスコに住む中年の私立探偵、ベストセラー作家・シャンデリアのボディーガードを依頼された男 「最終章」 スティーヴン・グリーンリーフ著;黒原敏行訳　早川書房 (Hayakawa pocket mystery books)　2002年4月

ダナ・エバンス
ワシントン・トリビューン・ネットワークテレビの女性ニュースキャスター、27歳の長身の知的な美人 「空が落ちる 上下」 シドニィ・シェルダン著;天馬竜行訳　アカデミー出版　2001年9月

ダナ・エバンス
ワシントン・トリビューン・ネットワークテレビの女性ニュースキャスター、27歳の長身の知的な美人 「空が落ちる 上下」 シドニィ・シェルダン著;天馬竜行訳　アカデミー出版　2003年5月

田中　たなか
日本の公安調査庁長官、英国秘密諜報部員ジェイムズ・ボンドの旧友 「007/赤い刺青(いれずみ)の男」 レイモンド・ベンソン著;小林浩子訳　早川書房 (Hayakawa pocket mystery books)　2003年10月

タナッシ
サンタモニカで相棒のグンバたちとギャングから金を奪う計画を立てたギリシャ系の若者 「フランクリンを盗め」 フランク・フロスト著;加賀山卓朗訳　早川書房 (ハヤカワ・ミステリ文庫)　2002年4月

ダナハー
コネチカット州の町ピッツフィールドの警察署の58歳になる老練な警部、ダン・マロイ刑事の上司 「愚か者の祈り」 ヒラリー・ウォー著;沢万里子訳　東京創元社(創元推理文庫)　2005年6月

だにえ

ダニー
コネティカット州に住み一家で廃品回収業を営んでいるイタリア系三世の少年、ヌンツィオ少年の19歳になる兄 「パラダイス・サルヴェージ」 ジョン・フスコ著;奥野昌子訳 角川書店(角川文庫) 2001年10月

ダニー
ベイカーズヴィル保安官事務所の保安官・シェップの息子、ベイカーズヴィル八年制校の射殺事件で逮捕された十三歳の少年 「あどけない殺人」 リサ・ガードナー著;前野律訳 ソニー・マガジンズ(ヴィレッジブックス) 2002年6月

ダニー
情報局の施設「ヘイヴン」から逃げ出した男の子 「幼き逃亡者の祈り」 パトリシア;ルーイン著;林;啓恵訳 ソニー・マガジンズ(ヴィレッジブックス) 2004年7月

ダニー・アシュクロフト
刑事デニスの副業である殺しの相棒 「殺す警官」 サイモン・カーニック著;佐藤耕士訳 新潮社(新潮文庫) 2003年9月

ダニー・エイプリル
シカゴに住む集金代行業者、「クラレンス・ムーン集金代理店」を買いとった青年 「煙で描いた肖像画」 ビル・S.バリンジャー著;矢口誠訳 東京創元社(創元推理文庫) 2002年7月

ダニー・エイプリル
シカゴに住む未収金取り立て業者、「クラレンス・ムーン取り立て代理店」を買収した青年 「煙の中の肖像」 ビル・S.バリンジャー著;仁賀克雄訳 小学館(Shogakukan mystery) 2002年6月

ダニエル
17世紀のアムステルダムで活躍している相場師・ミゲルの仲の悪い弟 「珈琲相場師」 デイヴィッド・リス著;松下祥子訳 早川書房(ハヤカワ・ミステリ文庫) 2004年6月

ダニエル・ウィロビー
著作権エージェント・ジェーンのアシスタント、若くハンサムで将来有望なエージェントの卵 「迷子のマーリーン 三毛猫ウィンキー&ジェーン1」 エヴァン・マーシャル著;高橋恭美子訳 ソニー・マガジンズ(ヴィレッジブックス) 2004年4月

ダニエル・ウィロビー
著作権代理人・ジェーンのアシスタント、献身的に働く有能でハンサムな青年 「迷子のマーリーン」 エヴァン・マーシャル著;高橋恭美子訳 ソニー・マガジンズ(ヴィレッジブックス) 2004年4月

ダニエル・エイムズ
ポートランドでもっとも有力な法律事務所〈リード、ブリッグズ〉の平弁護士 「女神の天秤」 フィリップ・マーゴリン著;井坂清訳 講談社(講談社文庫) 2004年12月

ダニエル・オハラ
アメリカに住むアイルランド系の女性・モイラの青春時代の元恋人、作家の男 「黒い鳥の唄」 ヘザー・グレアム著;風音さやか訳 ハーレクイン(MIRA文庫) 2002年11月

ダニエル・クレイリー
ボルチモアの33歳の図書館司書、殺人事件の被害者・ボビーの元同僚 「ストレンジ・シティ」 ローラ・リップマン著;吉沢康子訳 早川書房(ハヤカワ・ミステリ文庫) 2003年9月

ダニエル・スティパネク
アンティーク・ピッカーのウィジーの恋人、レストランの人気シェフ 「愛さずにはいられない 上下」 メアリー・ケイ・アンドルーズ著;安藤由紀子訳 集英社(集英社文庫) 2004年10月

ダニエル・スミス(スミス)
ニューヨーク州警察の警部補、殺人事件捜査担当の四十代の男 「嘲笑う闇夜」 ビル・プロンジーニ著;バリー・N.マルツバーグ著 文藝春秋(文春文庫) 2002年5月

だにえ

ダニエル・セイファー（セイファー）
35歳くらいのFBI特別捜査官、コサックを思わせる風貌のロシア系ユダヤ人男性 「ホワイトムーン」 サリー・ビッセル著;酒井裕美訳 二見書房(二見文庫) 2003年5月

ダニエル・バクスター（バクスター）
ニューオーリンズ連続誘拐事件を操作するFBI捜査支援チームのチーフ 「戦慄の眠り 上下」 グレッグ・アイルズ著;雨沢泰訳 講談社(講談社文庫) 2004年4月

ダニエル・ハルフォード（ハルフォード）
ロンドンのニュー・スコットランド・ヤード殺人課に所属する39歳の刑事 「青い家」 テリ・ホルブルック著;山本俊子訳 早川書房 (Hayakawa pocket mystery books) 2003年1月

ダニエル・マダーリィ
老舗出版社マダーリィ・プレスの会長兼CEO、編集者マリス・マダーリィの父 「憎しみの孤島から 上下」 サンドラ・ブラウン著;法村里絵訳 新潮社(新潮文庫) 2003年3月

ダニエル・モースタン（少佐）　だにえるもーすたん（しょうさ）
赤ら顔に見事な口髭でずんぐりとした体格の愛想のいい現役軍人 「赤い霧」 ポール・アルテ著;平岡敦訳 早川書房 (Hayakawa pocket mystery books) 2004年10月

ダニエル・モーリー
一見感じのよい若い青年作家、悲惨な幼児体験をもった連続殺人犯 「ザ・スカーフ」 ロバート・ブロック著;村上能成訳 新樹社 2005年1月

ダニー・オーシャン
保釈中のカリスマ窃盗犯、ラスヴェガスの200フィート地下に埋められた巨大金庫から現金を盗み出す計画を練った男 「オーシャンズ11」 デュウィ・グラム著;安原和見訳 新潮社(新潮文庫) 2002年1月

ダニー・キャッスル（タナッシ）
サンタモニカで相棒のグンバたちとギャングから金を奪う計画を立てたギリシャ系の若者 「フランクリンを盗め」 フランク・フロスト著;加賀山卓朗訳 早川書房(ハヤカワ・ミステリ文庫) 2002年4月

ダニー・フレイア（フレイア）
米空軍ハイテクノロジー航空宇宙兵器センターにきたばかりの大尉、アフリカ系アメリカ人の若者 「砂漠の機密空域」 デイル・ブラウン著;上野元美訳 二見書房(二見文庫) 2003年6月

ダニー・ミラー
十歳の時に老婆を殺害し児童心理学者のトム・シーモアに精神鑑定をされた少年 「越境」 パット・バーカー著高儀進訳 白水社 2002年9月

ターニャ・チェルノワ
ソ連陸軍の新兵、美しく聡明な女性 「スターリングラード」 ジャン・ジャック・アノー脚本;アラン・ゴダール脚本;塙幸成訳 角川書店(角川文庫) 2001年3月

ダニーロフ
合衆国での爆弾テロについてFBI捜査官・カウリーと合同捜査でコンビを組むことになったモスクワ民警の上級警官 「爆魔 上下」 ブライアン・フリーマントル著;松本剛史訳 新潮社(新潮文庫) 2004年11月

ダニロフ
ソ連陸軍の若き政治将校 「スターリングラード」 ジャン・ジャック・アノー脚本;アラン・ゴダール脚本;塙幸成訳 角川書店(角川文庫) 2001年3月

タヴァナー
ロンドン警視庁の主任警部、事件の捜査担当者 「ねじれた家」 アガサ・クリスティー著;田村隆一訳 早川書房(ハヤカワ文庫クリスティー文庫) 2004年6月

ダービー
ヴァージニア州パマンキー郡ヴィクトリー・パブテスト教会の牧師、弁護士ナット・ディーズの高校時代の級友 「焦熱の裁き」 デイヴィッド・L.;ロビンズ著;村上;和久訳 新潮社(新潮文庫) 2005年1月

ダービー・ショウ
ニューオーリンズ「テューレーン・ロースクール」に通う二十四歳の美人女子学生 「ペリカン文書」 ジョン・グリシャム著;白石朗訳 小学館(小学館文庫) 2003年4月

ダビッド・コーヘン
古文書学者、俗世から離れて洞窟に隠遁する写学生アリーの父親 「クムラン 蘇る神殿」 エリエット・アベカシス著;鈴木敏弘訳 角川書店 2002年10月

ダヴィデ・モントルシ(モントルシ)
1962年のミラノ警察捜査本部の警部、国営企業総裁の死亡事件を追う男 「イスマエルの名のもとに」 ジュゼッペ・ジェンナ著;荒瀬;ゆみこ訳 角川書店 2004年6月

タビー・デュボネ
ニューオーリンズに住んでいる人のいい弁護士、40代の独身男 「判事の桃色な日々」 トニイ・ダンバー著;中津悠訳 早川書房(ハヤカワ・ミステリ文庫) 2002年2月

タビー・デュボネ
まだ40代なのに奔放な娘のおかげで孫息子をもってしまった男、ニューオーリンズに住む粋な弁護士 「犯罪の帝王」 トニイ・ダンバー著;中津悠訳 早川書房(ハヤカワ・ミステリ文庫) 2001年7月

ダフネ・サンガー
ロンドンのハーレー・ストリートに診療所を構える心理療法医、40代の女性 「一瞬の光のなかで 上下」 ロバート・ゴダード著;加地美知子訳 扶桑社(扶桑社ミステリー) 2002年2月

ダフネ・マシューズ
シアトル市警に常勤する司法心理学者、連続放火事件をプロファイリングする女性警部補 「炎の記憶」 リドリー・ピアスン著;橋本夕子訳 角川書店(角川文庫) 2002年5月

ダフネ・ミルン
イギリスのチョービー村に母親のアンナ・ミルンと二人で暮らしている娘 「その死者の名は」 エリザベス・フェラーズ著;中村有希訳 東京創元社(創元推理文庫) 2002年8月

ダフ・ロクスナー(ロクスナー)
カリフォルニア州シエラネヴァダ山脈の寒村に忍び込んだ3人1組の犯罪者のうちの1人 「雪に閉ざされた村」 ビル・プロンジーニ著;中井京子訳 扶桑社(扶桑社ミステリー) 2001年12月

タペンス
陸軍中尉トミー・ベレズフォードの幼なじみ、活発で冒険好きな女性 「秘密機関」 アガサ・クリスティー著;田村隆一訳 早川書房(ハヤカワ文庫クリスティー文庫) 2003年11月

タペンス・ベレズフォード
「おしどり探偵」ベレズフォード夫妻の妻、元諜報活動員 「NかMか」 アガサ・クリスティー著;深町真理子訳 早川書房(ハヤカワ文庫クリスティー文庫) 2004年4月

タペンス・ベレズフォード
「おしどり探偵」ベレズフォード夫妻の妻、元諜報活動員 「運命の裏木戸」 アガサ・クリスティー著;中村能三訳 早川書房(ハヤカワ文庫クリスティー文庫) 2004年10月

タペンス・ベレズフォード
「おしどり探偵」ベレズフォード夫妻の妻、元諜報活動員 「親指のうずき」 アガサ・クリスティー著;深町真理子訳 早川書房(ハヤカワ文庫クリスティー文庫) 2004年9月

タペンス・ベレズフォード
「おしどり探偵」ベレズフォード夫妻の妻、探偵兼秘密情報部員 「おしどり探偵」 アガサ・クリスティー著;坂口玲子訳　早川書房(ハヤカワ文庫クリスティー文庫)　2004年4月

ダマト
ボストン・レッドソックスのベテランスカウト、才能のある選手を40年間探し続けている男 「殺人豪速球」 デイヴィッド;フェレル著;棚橋志行訳　二見書房(二見文庫)　2003年10月

タマ・ハフナゲル
ミラボーの第一バプテスト教会牧師の妻 「図書館の死体」 ジェフ・アボット著;佐藤耕士訳　早川書房(ハヤカワ・ミステリ文庫)　2005年3月

タマラ・トリメイン
流浪のロマ族の占い師、隣のコンピューターショップの経営者ゼーンに恋する24歳の女 「流浪のヴィーナス」 ローリ・フォスター著;白須清美訳　ソニー・マガジンズ(ヴィレッジブックス)　2005年1月

ダミアン・アルシナ
ブエノスアイレスの天才的な男性タンゴダンサー、公演のためベルリンに滞在中の23歳の青年 「殺戮のタンゴ」 ヴォルフラム・フライシュハウアー著;平井吉夫訳　早川書房(Hayakawa novels)　2002年10月

ダミアン・クレイ(クレイ)
イギリスの国民的歌手、実業家でもあり篤志家でもある男 「女王陛下の少年スパイ!アレックス イーグルストライク」 アンソニー・ホロヴィッツ著;森嶋マリ訳　集英社　2003年11月

タミー・タトル(ティミー)
"魔法使い"と呼ばれた双子の連続殺人犯のひとり、サイコパス 「袋小路」 キャサリン・コールター著;林啓恵訳　二見書房(ザ・ミステリ・コレクション)　2004年1月

タミーナ・ラーマン
独裁政治を続ける夫を軽蔑しているインドネシア大統領夫人 「奪還」 マイケル・デイ著;松本剛史訳　ソニー・マガジンズ(ヴィレッジブックス)　2005年4月

田村 礼子　たむら・れいこ
英国秘密諜報部員ボンドの旧友で日本の公安調査庁長官であるタイガー田中の部下、東大出の才媛 「007/赤い刺青(いれずみ)の男」 レイモンド・ベンスン著;小林浩子訳　早川書房(Hayakawa pocket mystery books)　2003年10月

ダーモット・キンロス博士　だーもっときんろすはかせ
ラ・バンドレットの警察署長の友人、心理学者 「皇帝の嗅ぎ煙草入れ」 ジョン・ディクスン・カー著;中村能三訳　嶋中書店(嶋中文庫)　2004年11月

ダーモット・クラドック(クラドック)
ミドルシャー警察捜査課の警部、ミス・マープルの協力者 「予告殺人」 アガサ・クリスティー著;田村隆一訳　早川書房(ハヤカワ文庫クリスティー文庫)　2003年11月

ダーモット・クラドック(クラドック)
ロンドン警視庁刑事部警部、ミス・マープルの昔の知り合い 「パディントン発4時50分」 アガサ・クリスティー著;松下祥子訳　早川書房(ハヤカワ文庫クリスティー文庫)　2003年10月

ダーモット・クラドック(クラドック)
ロンドン警視庁主任警部、ミス・マープルの昔の知り合い 「鏡は横にひび割れて」 アガサ・クリスティー著;橋本福夫訳　早川書房(ハヤカワ文庫クリスティー文庫)　2004年7月

タラゴン・セージ・ヴァレリアン
青年アンドリューの亡き大叔母が残した屋敷「テイル館」に住みついていた無垢で純真な十九歳の娘 「テイル館の謎」 ドロシー・ギルマン著;柳沢由実子訳　集英社(集英社文庫)　2001年4月

ダラス
親友4人で「ソーイングクラブ」を結成しニューオリンズで詐欺や横領を繰り返していた33歳の男 「標的のミシェル」 ジュリー・ガーウッド著;部谷真奈実訳 ソニーマガジンズ(ヴィレッジブックス) 2003年6月

ダラス・ディオール
ミシシッピ州の田舎町の作家志望者サークルの一員、ノーベル賞受賞作家の妻 「ミシシッピ・シークレット」 リジー・ハート著;安藤由紀子訳 東京創元社(創元コンテンポラリ) 2003年3月

ダラス・ファインズ(ファインズ)
漁村ブライド・バイ・ザ・シーに執筆のため滞在している五十代の小説家、名うての女たらしの人気作家 「塩沢地の霧」 ヘンリー・ウエイド著;駒月雅子訳 国書刊行会(世界探偵小説全集) 2003年2月

ダラス・ルンド
ミスコンテストの優勝者、元売春婦だがショービジネス界での成功を狙う野心家 「アルとダラスの大冒険 上下」 ジャッキー・コリンズ著;井野上悦子訳 扶桑社 2002年4月

タラ・マルレー
動物学者、エジプト考古学者の父に招かれてエジプトへやってきた息子 「カンビュセス王の秘宝 上下」 ポール・サスマン著;篠原慎訳 角川書店(角川文庫) 2003年2月

タラール警部　たらーるけいぶ
ブロドシャー州警察内勤副主任、典型的な軍人風な態度の無表情な男 「警察官よ汝を守れ」 ヘンリー・ウエイド著;鈴木絵美訳 国書刊行会(世界探偵小説全集) 2001年5月

タランス
メンフィスの中堅法律事務所を監視しているFBIの特別捜査官 「法律事務所」 ジョン・グリシャム著;白石朗訳 小学館(小学館文庫) 2003年3月

タリー
ヴァージニア州パマンキー郡の保安官、弁護士ナット・ディーズの幼なじみ 「焦熱の裁き」 デイヴィッド・L.;ロビンズ著;村上和久訳 新潮社(新潮文庫) 2005年1月

タリー
カリフォルニア州ブリスト・カミーノ警察署署長、元ロサンゼルス市警察SWATの敏腕交渉人 「ホステージ 上下」 ロバート・クレイス著;村上和久訳 講談社(講談社文庫) 2005年5月

タリク・アルホウラニ
イスラエルとPLOの和平交渉の頓挫をもくろむ過激派テロリスト、パレスチナ人 「報復という名の芸術－美術修復師ガブリエル・アロン」 ダニエル・シルヴァ著;山本光伸訳 論創社 2005年8月

ダリル・ゴードン
34歳の舞台女優、迷宮入りになった28年前の銀行強盗事件で犯行グループに殺された被害者の娘 「真相」 ロバート・B.パーカー著;菊池光訳 早川書房(Hayakawa novels) 2003年7月

ダリル・シルバー(ダリル・ゴードン)
34歳の舞台女優、迷宮入りになった28年前の銀行強盗事件で犯行グループに殺された被害者の娘 「真相」 ロバート・B.パーカー著;菊池光訳 早川書房(Hayakawa novels) 2003年7月

ダル・ガーロ
アフガニスタンで任務に当たるアメリカ空軍戦闘管制官 「アフガン・決死の潜入作戦」 マイクル・サラザー著;棚橋志行訳 扶桑社(扶桑社ミステリー) 2004年4月

だるぐ

ダルグリッシュ
ロンドン警視庁の殺人特別捜査班を率いる警視長、詩作を趣味とする教養人 「わが職業は死」 P.D.ジェイムズ著;青木久惠訳 早川書房 (ハヤカワ・ミステリ文庫) 2002年3月

ダルグリッシュ
ロンドン警視庁の殺人特別捜査班を率いる警視長、詩作を趣味とする教養人 「殺人展示室」 P.D.ジェイムズ著;青木久惠訳 早川書房 (Hayakawa pocket mystery books) 2005年2月

ダルグリッシュ
ロンドン警視庁の殺人特別捜査班を率いる警視長、詩作を趣味とする教養人 「神学校の死」 P.D.ジェイムズ著;青木久惠訳 早川書房 (Hayakawa pocket mystery books) 2002年7月

タルコット・ガーランド(ミーシャ)
アメリカ東部の名門ロー・スクールの黒人の教授、死んだ元連邦裁判所判事オリヴァーの息子 「オーシャン・パークの帝王 上下」 スティーヴン・L.カーター著;黒原敏行訳 アーティストハウスパブリッシャーズ 2003年9月

タルコーニ
ニース警察署の警部、トランスポーターのフランクをつけまわしている男 「トランスポーター」 リュック・ベッソン著;ロバート・マーク・ケイメン著;小島由記子訳 角川書店 (角川文庫) 2003年1月

ダルジール
中部ヨークシャー警察の警視、巨漢の警察官 「死者との対話」 レジナルド・ヒル著;秋津知子訳 早川書房 (Hayakawa pocket mystery books) 2003年9月

ダルジール
中部ヨークシャー警察の警視、巨漢の警察官 「武器と女たち」 レジナルド・ヒル著;松下祥子訳 早川書房 (Hayakawa pocket mystery books) 2001年12月

ダルジール
中部ヨークシャー警察の警視、作家・ペンと旧知の巨漢の刑事 「死の笑話集」 レジナルド・ヒル著;松下祥子訳 早川書房 (Hayakawa pocket mystery books) 2004年11月

タルボット
実業家、39歳の女流画家ローラの夫 「ローラに何がおきたのか」 フレドリック・ヒューブナー著;法村里絵訳 角川書店 (角川文庫) 2003年5月

ダルリンプル
奇妙な理想主義的独立都市国家エディンバラの公園部の清掃員、元公安局の上級刑事 「ボディ・ポリティック」 ポール・ジョンストン著;森下賢一訳 徳間書店 (徳間文庫) 2001年7月

ダレル・マキャスキー(マキャスキー)
アメリカの国家危機管理センター通称"オプ・センター"のFBI連絡担当官 「自爆政権」 トム・クランシー著;スティーヴ・ピチェニック著;伏見威蕃訳 新潮社 (新潮文庫) 2002年8月

ダロウ・グレアム
「コンチネンタル・ユナイテッド」の経営者、私立探偵V・I・ウォーショースキーの顧客 「ブラック・リスト」 サラ・パレツキー著;山本;やよい訳 早川書房 (Hayakawa novels) 2004年9

タロン
福音派キリスト教徒に敵対する組織「ザ・セヴンズ」に雇われた殺し屋 「ノアの箱舟の秘密 上下」 T.ラヘイ著;B.フィリップス著 扶桑社 (扶桑社ミステリー) 2005年8月

タロン
福音派キリスト教徒に敵対する組織「ザ・セヴンズ」に雇われた殺し屋 「秘宝・青銅の蛇を探せ 上下」 T.ラヘイ著;G.ディナロ著 扶桑社 (扶桑社ミステリー) 2005年5月

ダン
ニューオーリンズに住む弁護士・タビーの親友、銀行強盗事件の際に撃たれた男 「犯罪の帝王」 トニイ・ダンバー著;中津悠訳　早川書房(ハヤカワ・ミステリ文庫) 2001年7月

タン(マンダリン・タン)
17世紀ヴェトナムの高級官僚(マンダリン)、上光洲に赴任している行政官 「王子の亡霊——マンダリン・タンの冒険と推理」 トランニュット著;岡元;麻理恵訳　集英社　2004年6月

ダン・アバタンジェロ(アバタンジェロ)
カメラマンであり麻薬密輸組織のリーダーでもある男 「悪魔の赤毛」 デイヴィッド・コーベット著;小林宏明訳　新潮社(新潮文庫) 2005年2月

ダン・ガスラー(ガスラー)
アメリカからやってきたという私立探偵、キューバの高校教師・ステイルの亡命の手助けをしたいと現れた男 「追放者」 ホセ・ラトゥール著;酒井武志訳　早川書房(ハヤカワ・ミステリ文庫) 2001年2月

ダン・カッセル
フィラデルフィアの大手法律事務所のパートナー、若手辣腕弁護士 「背任」 ボニー・マクドゥーガル著;吉野美耶子訳　講談社(講談社文庫) 2002年4月

ダンカン・アイダホ
CIAの精鋭チーム「アクロバット」のメンバー、元特殊部隊だったやんちゃな性格の28歳の男 「アクロバット」 ゴンザーロ・ライラ著;鈴木恵訳　小学館　2004年6月

ダンカン・キンケイド(キンケイド)
ロンドン警視庁で殺人事件捜査の指揮をとっている警視、12歳の少年キットの父親 「警視の不信」 デボラ・クロンビー著;西田佳子訳　講談社(講談社文庫) 2005年9月

ダンカン・キンケイド(キンケイド)
ロンドン警視庁警視、不可解な自動書記状態になった建築士・ジャックの従兄 「警視の予感」 デボラ・クロンビー著;西田佳子訳　講談社(講談社文庫) 2003年11月

ダンカン・キンケイド(キンケイド)
ロンドン警視庁警視、部下の巡査部長ジェマの恋人 「警視の接吻」 デボラ・クロンビー著;西田佳子訳　講談社(講談社文庫) 2001年6月

タンジイ・セイラー
夫であるヘンプネル大学のノーマン教授によくつくしている妻 「妻という名の魔女たち」 フリッツ・ライバー著;大滝啓裕訳　東京創元社(創元推理文庫) 2003年11月

ダンス
オハイオ州スティールトン市警の黒人の刑事部長 「ダーク・レディ 上下」 リチャード・ノース・パタースン著;東江一紀訳　新潮社(新潮文庫) 2004年9月

ダン・スターキー(スターキー)
北アイルランドで暮らしているフリーの新聞記者、飲んだくれの皮肉屋 「ジャックと離婚」 コリン・ベイトマン著;金原瑞人訳;橋本知香訳　東京創元社(創元コンテンポラリ) 2002年7月

ダンズモー
アメリカ海軍作戦本部長、海軍大将 「ニミッツ・クラス」 パトリック・ロビンソン著;伏見威蕃訳　角川書店(角川文庫) 2001年3月

譚大佐　たんたいさ
チベット南部のラドゥン州人民解放軍の最高責任者 「頭蓋骨のマントラ 上下」 エリオット・パティスン著;三川基好訳　早川書房(ハヤカワ・ミステリ文庫) 2001年3月

ダンテ
大おばの遺産で気ままにくらしている女性・クレアの恋人、ニューヨークのメトロポリタン美術館の学芸員 「ミッシング・ベイビー殺人事件」 エイプリル・ヘンリー著;小西敦子訳 講談社(講談社文庫) 2004年8月

ダンテ・アリーティ(アリーティ)
ニューヨークの麻薬組織で名の知られた売人、CTUの特別攻撃部隊に捕らえられた男 「24-CTU機密解除記録－ヘルゲート作戦 上下」 ジョエル・サーナウ原案;ロバート・コクラン原案;マーク・セラシーニ著;文永優訳 英知出版(英知文庫) 2005年11月

タンディ
ボディビルにのめりこむ看護婦、元モデル 「赦されざる罪」 フェイ・ケラーマン著;高橋恭美子訳 東京創元社(創元推理文庫) 2001年6月

ダンディ(R・I・ダンディ)　だんでぃ(あーるあいだんでぃ)＊
ニューヨークのプラスチック製造会社「R・I・ダンディ&カンパニー」の社長でジュディスの夫 「アルファベット・ヒックス」 レックス・スタウト著;加藤由紀訳 論創社(論創海外ミステリ) 2005年10月

ダンテ・ボナー
大叔母から遺産を受け取ったクレアがニューヨークで出会った画家の男 「フェルメール殺人事件」 エイプリル・ヘンリー著;小西敦子訳 講談社(講談社文庫) 2002年4月

ダンフォード
「ヨークシャー・ポスト」の事件記者 「1983ゴースト」 デイヴィッド・ピース著;酒井武志訳 早川書房(ハヤカワ・ミステリ文庫) 2004年5月

ダンフォード
イングランド〈ヨークシャー・ポスト〉紙の記者 「1974ジョーカー」 デイヴィッド・ピース著;酒井武志訳 早川書房(ハヤカワ・ミステリ文庫) 2001年7月

ダン・ヘッドリー
アメリカ海軍原子力潜水艦〈シャーク〉の35歳の副艦長、兵器とソナーのエキスパート 「原潜シャークの叛乱」 パトリック・ロビンソン著;山本光伸訳 二見書房(二見文庫) 2003年7月

ダン・マークス
ダブリンの心臓医学財団の最高責任者、アメリカ人心臓外科医 「氷の刃」 ポール・カースン著;真野明裕訳 二見書房(二見文庫) 2002年7月

ダン・マディガン(マディガン)
ニューヨーク市警察一級刑事、容疑者に拳銃を奪われてしまった伝説的存在の鬼刑事 「刑事マディガン」 リチャード・ドハティー著;真崎義博訳 早川書房(Hayakawa pocket mystery books) 2003年11月

ダン・マロイ(マロイ)
コネチカット州の町ピッツフィールドの警察署の28歳の刑事、老練な警部ダナハーの部下 「愚か者の祈り」 ヒラリー・ウォー著;沢万里子訳 東京創元社(創元推理文庫) 2005年6月

ダン・ラファティ(ラファティ)
殺人課刑事、心臓医・フェニモアの学生時代からの親友 「フェニモア先生、墓を掘る」 ロビン・ハサウェイ著;坂口玲子訳 早川書房(ハヤカワ・ミステリ文庫) 2001年5月

ダン・ラファティ(ラファティ)
殺人課刑事、心臓医・フェニモアの学生時代からの親友 「フェニモア先生、宝に出くわす」 ロビン・ハサウェイ著;坂口玲子訳 早川書房(ハヤカワ・ミステリ文庫) 2003年7月

ダン・リチャードスン
24歳のキャロルの大平洋海戦で死んだ婚約者、メーン州に住むリチャードスン大佐の息子 「黄色の間」 メアリ・ロバーツ・ラインハート著;阿部里美訳　早川書房(Hayakawa pocket mystery books)　2002年6月

【ち】

小さい人間　ちいさいにんげん
第三次世界大戦から五百年後の『死の土地』と呼ばれる場所に住む正体不明の生物 「廃墟の歌声」 ジェラルド・カーシュ著;西崎憲他訳　昌文社　2003年11月

チェイス
画家、10年前はアメリカ軍用ヘリコプターの操縦士だった37歳の男 「赤い砂塵」 デイヴィッド・マレル著;山本光伸訳　早川書房(ハヤカワ文庫NV)　2001年2月

チェイニー
21012年にペンシルヴェニアの上院議員だったアフリカ系アメリカ人 「蛇神降臨記」 スティーヴ・オルテン著;野村芳夫訳　文藝春秋(文春文庫)　2003年2月

チェ ジェヒョン　ちぇじぇひょん
秘密裏の組織684部隊教育隊長、韓国空軍准尉 「シルミド」 キム・ヒジェ著;伊藤正治訳　角川書店(角川文庫)　2004年5月

チェスター・コンウェイ(コンウェイ)
建設会社の社長、テキサス州セントラルシティの有力者 「おれの中の殺し屋」 ジム・トンプスン著;三川基好訳　扶桑社(扶桑社ミステリー)　2005年5月

チェスター・コンウェイ(コンウェイ)
保安官補・ルーの義兄が事故死した建設現場を請け負い設計していたコンウェイ建設の所有者、ウエスト・テキサス最大の建業業者 「内なる殺人者」 ジム・トンプスン著;村田勝彦訳　河出書房新社　2001年2月

チェスター・ノムラ(ノムラ)
アメリカCIA工作員、日本電気(NEC)北京担当営業主任として中国にきた日系米人 「大戦勃発 1～4」 トム・クランシー著;田村源二訳　新潮社(新潮文庫)　2002年4月

チェ・スンソク(スンソク)
韓国国家情報院のエリート要員 「第二次朝鮮戦争勃発の日 上下」 ファンセヨン著;米津篤八訳　扶桑社(扶桑社ミステリー)　2004年11月

チェ・ソンファン
20歳の高校3年生、成金の息子で自慢したがりのホラ吹き 「ひとまず走れ!」 チョウィソク脚本;蒔田陽平日本語ノベライズ　双葉社　2005年9月

崔 太五　ちぇ・てお
ベトナム戦線帰りの青年、財閥の一人娘の妻に不貞された韓国の田舎町出身のエリート 「ソウル―逃亡の果てに」 金聖鍾著;祖田律男訳　新風舎(新風舎文庫)　2005年4月

チェブ
レストラン「ラ・ジョルジュ」の雇われボーイ長、クレジットカード詐欺の常習犯 「ラリパッパ・レストラン」 ニコラス・ブリンコウ著;玉木亨訳　文藝春秋(文春文庫)　2003年11月

チェリー・デイン
ハリウッドのモンスター映画『グー』シリーズに出演中の女優 「ハリウッドで二度吊せ!」 リチャード・S.プラザー著;三浦彊子訳　論創社(論創海外ミステリ)　2004年12月

チェルヴェッラーティ
南イタリア・バーリの裁判所参事、少年殺害事件の担当検察官 「狼の帝国」 ジャン=クリストフ・グランジェ著;高岡真訳　東京創元社(創元推理文庫)　2005年12月

陳 操　ちぇん・かお
上海警察殺人課の若手独身警部 「上海の紅い死 上下」 ジョー・シャーロン著;田中昌太郎訳　早川書房(ハヤカワ・ミステリ文庫)　2001年11月

チェンバース
マイアミの高級住宅地で開業する精神科医、女性検事補C・J・タウンゼントの主治医 「報復」 ジリアン・ホフマン著;吉田利子訳　ソニー・マガジンズ(ヴィレッジブックス)　2004年11月

父　ちち
青年デニスのロンドンで暮らしている父親、娼婦のヒルダと共謀し妻を殺した男 「スパイダー」 パトリック・マグラア著;富永和子訳　早川書房(ハヤカワepi文庫)　2002年9月

父(ウォルター・コトラー)　ちち(うぉるたーことらー)
二十年間行方不明だった元米国務次官、ロンドン大学に遊学中のニックの父 「スパイにされたスパイ」 ジョゼフ・キャノン著;飯島宏訳　文藝春秋(文春文庫)　2001年6月

父(ジェシー・スレーター)　ちち(じぇしーすれーたー)
故郷を出ていったロイの父親、肝癌で余命短い男 「蜘蛛の巣のなかへ」 トマス・H・クック著;村松潔訳　文藝春秋(文春文庫)　2005年9月

父(ジャクソン・ナヴァー)　ちち(じゃくそんなばー)
テキサス州サンアントニオで10年前に殺された保安官、帰郷した青年・ナヴァーの父親 「ビッグ・レッド・テキーラ」 リック・リオーダン著;伏見威蕃訳　小学館(Shogakukan mystery)　2002年12月

父親(パトリック・モナハン)　ちちおや(ぱとりっくもなはん)
ボルチモアの私立探偵・テスの父親、ベテランのアルコール類検査官 「シュガー・ハウス」 ローラ・リップマン著;吉澤康子訳　早川書房(ハヤカワ・ミステリ文庫)　2002年8月

父親(ランス)　ちちおや(らんす)
国際機関の通訳・フアンの父親、プラド美術館の専門職員で有能な美術鑑定家 「白い心臓」 ハビエル・マリアス著;有本紀明訳　講談社　2001年10月

チック・イーストン
ワイアット・ストームの相棒で大酒飲みの賞金稼ぎ、笑顔に愛嬌のある格闘技の達人 「夢なき街の狩人」 W.L.リプリー著;岩田佳代子訳　東京創元社(創元推理文庫)　2005年12月

チーニー・フィリップス
私立探偵キンジーと旧知のサンタ・テレサ警察警部補 「ロマンスのR」 スー・グラフトン著;嵯峨静江訳　早川書房(Hayakawa novels)　2005年7月

チーヴァー
サンディエゴ市警殺人課のベテラン刑事、中年の男 「傷痕」 アラン・ラッセル著;匝瑳玲子訳　早川書房(ハヤカワ文庫 NV)　2004年6月

チーフ
アメリカ先住民出身のNASAの宇宙飛行士、国民的英雄 「いたずらが死を招く 上下」 サンドラ・ブラウン著;吉沢康子訳　新潮社(新潮文庫)　2002年9月

チベット僧　ちべっとそう
強大な力を秘めた巻物を守るチベット僧、三つの予言を成就した者だけに与えられる奇跡の力を授けられている男 「バレットモンク」 J・M・ディラード著;大城光子訳　竹書房(竹書房文庫)　2004年1月

チャーク
才能に恵まれた若い調教師、女性騎手のアディの兄 「トランプをめくる猫」 リタ・メイ・ブラウン著;スニーキー・パイ・ブラウン著 早川書房(ハヤカワ・ミステリ文庫) 2004年1月

チャステイン
ロサンジェルス市警内務監査課の刑事 「堕天使は地獄へ飛ぶ」 マイクル・コナリー著;古沢嘉通訳 扶桑社 2001年9月

チャック・オール
ボストン沖シャッター島にある精神病院の患者行方不明事件を捜査した連邦保安官、保安官テディの相棒 「シャッター・アイランド」 デニス・ルヘイン著;加賀山卓朗訳 早川書房 2003年12月

チャック・デマティス
ニューヨークの探偵事務所所長、元警官で私立探偵ビル・スミスの仕事上の知人 「どこよりも冷たいところ」 S.J.ローザン著;直良和美訳 東京創元社(創元推理文庫) 2002年6月

チャック・バリス
アメリカのテレビプロデューサー、フィラデルフィア出身の35歳の男 「コンフェッション」 チャック・バリス著;雨海弘美訳 角川書店(角川文庫) 2003年7月

チャック・フォーブズ
オレゴン州ポートランド警察の刑事で重大犯罪捜査班の一員、女性検事補サム・キンケイドの恋人 「女検事補サム・キンケイド」 アラフェア・バーク著;七搦理美子訳 文藝春秋(文春文庫) 2004年6月

チャック・フォーブズ
オレゴン州ポートランド警察の刑事で重大犯罪捜査班の一員、女性検事補サム・キンケイドの恋人 「消えた境界線」 アラフェア・バーク著;七搦理美子訳 文藝春秋(文春文庫) 2005年6月

チャド・ハンター
アメリカで最高の兵器コンサルト、桁外れの威力を持つライフルを開発したドイツの「フォン・ヘルツ社」に勤務していたことがある男 「究極のライフル」 トレヴァー・スコット著;棚橋志行訳 扶桑社(扶桑社ミステリー) 2005年8月

チャド・ベイレス
自殺したカリスマロックスターのイアン・ジャーメインのエージェント 「地獄じゃどいつもタバコを喫う」 ジョン・リドリー著;山田蘭訳 角川書店(角川文庫) 2003年5月

チャニング・マスターズ
元判事、女弁護士キャロラインの父 「最後の審判」 リチャード・ノース・パタースン著;東江一紀訳 新潮社 2002年9月

チャブ
エビ密猟者ボード・ギャザーの相棒の小悪党、ビール腹にポニーテールの白人 「幸運は誰に? 上下」 カール・ハイアセン著;田口俊樹訳 扶桑社(扶桑社ミステリー) 2005年12月

チャーラ・オローク
青年カービーの亡くなった叔父・オマーの商売敵、妖艶な美女 「金時計の秘密」 ジョン・D・マクドナルド著;本間有訳 扶桑社(扶桑社ミステリー) 2003年7月

チャーリー
オハイオ州シンシナティの検察官、ウィリアム・H・タフト元大統領の息子 「ジャズ・バード」 クレイグ・ホールデン著;近藤純夫訳 扶桑社(扶桑社ミステリー) 2002年9月

チャーリー
カリフォルニア州の事務用品問屋の倉庫番、心に病を負った32歳の男 「心憑かれて」 マーガレット・ミラー著;汀一弘訳 東京創元社(創元推理文庫) 2002年11月

チャーリー
フィラデルフィアのプロ犯罪者一味のボス、五十歳を過ぎた男 「狼は天使の匂い」 デイヴィッド・グーディス著;真崎義博訳　早川書房（Hayakawa pocket mystery books）2003年7

チャーリー
大おばの遺産で気ままにくらしている女性・クレアのルームメイト、八十近い老女 「ミッシング・ベイビー殺人事件」 エイプリル・ヘンリー著;小西敦子訳　講談社（講談社文庫）2004年8月

チャーリー
大手通信機器会社「テクネトリクス」経営者、ヴェトナム戦争で身体にひどい傷を受けた男 「アフターバーン　上下」 コリン・ハリスン著;黒原敏行訳　新潮社（新潮文庫）2001年12月

チャーリー・アーグリスト
犯罪シンジケートの法律顧問をしている元弁護士、カンザス州ウィチタに住む中年男 「氷の収穫」 スコット・フィリップス著;細美遙子訳　早川書房（ハヤカワ・ミステリ文庫）2001年6月

チャーリー・アシュモア
ブライドン航空パイロット、顧問弁護士・マイケルの兄で娘のキャロリンを事故で亡くした男性 「終身刑」 アイラ・ゲンバーグ著;石田善彦訳　講談社（講談社文庫）2001年4月

チャーリー・キャンピオン（キャンピオン）
カリフォルニア州の機密軍事施設保安要員、テキサス州アーネットで妻子とともに病死した男 「ザ・スタンド 1」 スティーヴン・キング著;深町眞理子訳　文藝春秋（文春文庫）2004年4月

チャーリー・コーコラン
大衆的人気をほしいままにして二十余年にもなるハリウッドの二枚目スター 「天使の街の地獄」 リチャード・レイナー著;吉野美恵子訳　文藝春秋（文春文庫）2001年3月

チャーリー・シリング
スパルタ警察の刑事、妻と子供に逃げられた中年男 「黒い夏」 ジャック・ケッチャム著;金子浩訳　扶桑社（扶桑社ミステリー）2005年6月

チャーリー・シンプキンズ
ミシガン州イプシランティで兄と祖父と暮らしている青年 「パートタイム・サンドバッグ」 リーサ・リアドン著;川副智子訳　ランダムハウス講談社（ランダムハウス講談社文庫）2005年11月

チャーリー・スウィフト
殺し屋集団「猿の檻」最強のヒットマン、愚直で義理堅い男 「拳銃猿」 ヴィクター・ギシュラー著;宮内もと子訳　早川書房（ハヤカワ・ミステリ文庫）2003年2月

チャーリー・タイドウォーター
幼い息子の死をきっかけに家庭と職を失い故郷の南部ヴァージニアに戻ってきた39歳の男 「雲母の光る道」 ウィリアム・エリオット・ヘイゼルグローブ著;原田勝訳　東京創元社（創元推理文庫）2004年3月

チャリティ・トゥルイット
シアトル郊外の町ウィスパリング・ウォーターズ・コーヴの書店店主、大手企業のCEOの座と好条件の婚約を捨てた29歳の女性 「ささやく水」 ジェイン・アン・クレンツ著;中村三千恵訳　二見書房（二見文庫）2002年6月

チャーリー・パーカー（バード）
かつて妻子を残忍に殺された元NY市警刑事、私立探偵 「奇怪な果実 上下」 ジョン・コナリー著;北澤和彦訳　講談社（講談社文庫）2005年10月

チャーリー・パーカー（バード）
私立探偵、連続殺人鬼に妻子を殺された元ニューヨーク市警刑事 「死せるものすべてに 上下」 ジョン・コナリー著;北澤和彦訳 講談社（講談社文庫） 2003年9月

チャーリー・ハッチンスン
ミシシッピ州の黒人町ティーブスに潜入した6人の射撃チームメンバーのひとり 「最も危険な場所 上下」 スティーヴン・ハンター著;公手成幸訳 扶桑社（扶桑社ミステリー） 2002年5月

チャーリー・バード・パーカー（バード）
元ニューヨーク市警刑事で私立探偵、妻と娘を惨殺した犯人の行方を追った男性 「死せるものすべてに 上下」 ジョン・コナリー著;北沢和彦訳 講談社（講談社文庫） 2003年9月

チャーリー・ブラウアー
切れ者で野心家の弁護士、経済的な事情で妻のコーラに頭があがらない夫 「殺人の代償」 ハリイ・ホイティントン著;佐藤耕士訳 扶桑社（扶桑社ミステリー） 2003年9月

チャーリー・フリーマン
プリンストン大学医学部4年生、奇書「ヒュプネロトマキア」を研究するポールのルームメイト 「フランチェスコの暗号 上下」 イアン・コールドウェル著;ダスティン・トマスン著;柿沼瑛子訳 新潮社（新潮文庫） 2004年10月

チャーリー・ペン（ペン）
〈ワードマン〉連続殺人事件の解決に不満を持つ作家、ダルジール警視と旧知の仲の男 「死の笑話集」 レジナルド・ヒル著;松下祥子訳 早川書房（Hayakawa pocket mystery books） 2004年11月

チャーリー・ポイス
ロンドンの安アパートの住人、建築家の男 「私が見たと蠅は言う」 エリザベス・フェラーズ著;長野きよみ訳 早川書房（ハヤカワ・ミステリ文庫） 2004年4月

チャーリー・マフィン
シベリアのツンドラで発見された死体の英米露合同捜査のイギリス側捜査担当者、英国情報部のロシア駐在員 「待たれていた男 上下」 フリーマントル著;戸田裕之訳 新潮社（新潮文庫） 2002年2月

チャーリー・マフィン
モスクワ駐在の英国情報部員、経験豊かな腕利きだが風采のあがらない中年スパイ 「城壁に手をかけた男 上下」 ブライアン;フリーマントル著;戸田;裕之訳 新潮社（新潮文庫） 2004年5月

チャーリー・モンク
秘密機関に所属している特殊工作員 「迷宮の暗殺者」 デイヴィッド・アンブローズ著;鎌田三平訳 ソニー・マガジンズ（ヴィレッジブックス） 2004年2月

チャーリー・リッジオ
ロサンゼルス市警の爆発物処理員、女性刑事スタッキーの元同僚 「破壊天使 上下」 ロバート・クレイス著;村上和久訳 講談社（講談社文庫） 2002年8月

チャーリー・ルーク（ルーク）
ロンドン警視庁の最古参警察官、主任警部 「霧の中の虎」 マージェリー・アリンガム著;山本俊子訳 早川書房（Hayakawa pocket mystery books） 2001年11月

チャールズ・アシュトン
ボストンの町ボールドウィンズ・ブリッジに住むジョーの戦友、医師ケリーの末期癌の父親 「遠い夏の英雄」 スーザン・ブロックマン著;山田久美子訳 ソニー・マガジンズ（ヴィレッジブックス） 2003年11月

ちゃる

チャールズ・ウィルフォード・スミス教授（ウィルフォード・スミス）　ちゃーるずうぃるふぉーどすみすきょうじゅ（うぃるふぉーどすみす）
イスラエルで遺跡発掘をしている発掘団団長、パレスチナに駐屯していたことがある元軍人　「イエスのビデオ 上下」 アンドレアス・エシュバッハ著;平井吉夫訳　早川書房（ハヤカワ文庫NV）　2003年2月

チャールズ・ウィンストン・ラトリッジ三世（チャールズ・ラトリッジ）　ちゃーるずうぃんすとんらとりっじさんせい（ちゃーるずらとりっじ）
複数の新聞社を所有する富豪、女性記者ラファエラ・ホランドの義父　「カリブより愛をこめて」 キャサリン・コールター著;林啓恵訳　二見書房（二見文庫）　2005年2月

チャールズ・ガウアン（チャーリー）
カリフォルニア州の事務用品問屋の倉庫番、心に病を負った32歳の男　「心憑かれて」 マーガレット・ミラー著;汀一弘訳　東京創元社（創元推理文庫）　2002年11月

チャールズ・カーター
奇術師、ハーディング大統領の暗殺の嫌疑をかけられた男　「奇術師カーターの華麗なるフィナーレ 上下」 グレン・デイヴィッド・ゴールド著;島村浩子訳　早川書房　2003年1月

チャールズ・カートライト
52歳の元舞台俳優、「カラスの巣」と名づけた海辺の豪邸で暮らす体格の良い日焼けした中年の男　「三幕の殺人」 アガサ・クリスティー著;長野きよみ訳　早川書房（ハヤカワ文庫クリスティー文庫）　2003年10月

チャールズ・カートライト
52歳の元舞台俳優、「カラスの巣」と名づけた海辺の豪邸で暮らす体格の良い日焼けした中年の男　「三幕の悲劇」 アガサ・クリスティ作;花上かつみ訳　講談社（講談社青い鳥文庫）　2004年8月

チャールズ・クレイトン
ロンドンのバーネットに住む裕福な実業家　「雨の午後の降霊会」 マーク・マクシェーン著;北澤和彦訳　東京創元社（創元推理文庫）　2005年5月

チャールズ・ケラハー（グリーン）
米国海軍情報部員　「キューバ海峡」 カーステン;ストラウド著;布施;由紀子訳　文藝春秋（文春文庫）　2004年5月

チャールズ・スワンソン（スワンソン）
マーティネス警部補の助手を勤める刑事、「ちびすけ」のあだ名を持つのっぽの青年　「ピーナッツバター殺人事件」 コリン・ホルト・ソーヤー著;中村有希訳　東京創元社（創元推理文庫）　2005年6月

チャールズ・ディケンズ（ディケンズ）
イギリスの国民的大作家、文豪コリンズの先輩作家で20年以上一緒にロンドンの夜の街を散歩していた男　「文豪ディケンズと倒錯の館」 ウィリアム・J・パーマー著;宮脇孝雄訳　新潮社（新潮文庫）　2001年11月

チャールズ・ノヴァク
高名な生化学者、引退前に抗菌薬の研究をしていた男　「感染者 上下」 パトリック・リンチ著;高見浩訳　飛鳥新社　2002年5月

チャールズ・ハーウッド（ハーウッド）
ミシガン州の不動産業者、60歳くらいの車椅子の男　「狩りの風よ吹け」 スティーヴ・ハミルトン著;越前敏弥訳　早川書房（ハヤカワ・ミステリ文庫）　2002年5月

チャールズ・ハーカー（ハーカー）
40代のCIA局員、エリート志向の強い官僚主義者　「スパイ・ゲーム」 マイケル・フロスト・ベックナー脚本;池谷律代編訳　竹書房（竹書房文庫）　2001年12月

チャールズ・ハドソン
ロイター通信社の記者、行方不明になった双子の弟・ハリーを捜しにブラジルへ向かった兄 「アイスキャップ作戦」 スタンレー・ジョンソン著;京兼玲子訳 文藝春秋(文春文庫) 2001年4月

チャールズ・バトラー
女性刑事キャシー・マロリーの友人でコンサルタント、奇術に造詣が深く優れた頭脳と温かい心を持つ大柄な男 「アマンダの影」 キャロル・オコンネル著;務台夏子訳 東京創元社(創元推理文庫) 2001年6月

チャールズ・バトラー
女性刑事キャシー・マロリーの友人でコンサルタント、奇術に造詣が深く優れた頭脳と温かい心を持つ大柄な男 「死のオブジェ」 キャロル・オコンネル著;務台夏子訳 東京創元社(創元推理文庫) 2001年8月

チャールズ・バトラー
女性刑事キャシー・マロリーの友人でコンサルタント、奇術に造詣が深く優れた頭脳と温かい心を持つ大柄な男 「天使の帰郷」 キャロル・オコンネル著;務台夏子訳 東京創元社(創元推理文庫) 2003年2月

チャールズ・バトラー
女性刑事キャシー・マロリーの友人でコンサルタント、奇術に造詣が深く優れた頭脳と温かい心を持つ大柄な男 「氷の天使」 キャロル・オコンネル著;務台夏子訳 東京創元社(創元推理文庫) 2001年5月

チャールズ・バトラー
女性刑事キャシー・マロリーの友人でコンサルタント、奇術に造詣が深く優れた頭脳と温かい心を持つ大柄な男 「魔術師の夜 上下」 キャロル・オコンネル著;務台夏子訳 東京創元社(創元推理文庫) 2005年12月

チャールズ・ヴァリアント(チャーク)
才能に恵まれた若い調教師、女性騎手のアディの兄 「トランプをめぐる猫」 リタ・メイ・ブラウン著;スニーキー・パイ・ブラウン著 早川書房(ハヤカワ・ミステリ文庫) 2004年1月

チャールズ・P・タフト2世(チャーリー)　ちゃーるずぴーたふとにせい(ちゃーりー)＊
オハイオ州シンシナティの検察官、ウィリアム・H・タフト元大統領の息子 「ジャズ・バード」 クレイグ・ホールデン著;近藤純夫訳 扶桑社(扶桑社ミステリー) 2002年9月

チャールズ・ファーガスン(ファーガスン)
イギリスの対テロ組織の責任者、ショーン・ディロンの上司 「復讐の血族」 ジャック・ヒギンズ著;黒原敏行訳 角川書店(角川文庫) 2005年1月

チャールズ・ファーガスン准将(ファーガスン)　ちゃーるずふぁーがすんじゅんしょう(ふぁーがすん)
イギリス首相直属情報組織の責任者、ショーン・ディロンの上司 「ホワイトハウス・コネクション」 ジャック・ヒギンズ著;黒原敏行訳 角川書店(角川文庫) 2003年9月

チャールズ・ファーガスン准将(ファーガスン)　ちゃーるずふぁーがすんじゅんしょう(ふぁーがすん)
イギリス首相直属情報組織の責任者、ショーン・ディロンの上司 「悪魔と手を組め」 ジャック・ヒギンズ著;黒原敏行訳 早川書房(ハヤカワ文庫NV) 2001年3月

チャールズ・ファーガスン准将(ファーガスン)　ちゃーるずふぁーがすんじゅんしょう(ふぁーがすん)
イギリス首相直属情報組織の責任者、ショーン・ディロンの上司 「審判の日」 ジャック・ヒギンズ著;黒原敏行訳 角川書店(角川文庫) 2004年9月

チャールズ・フォックス＝ブラウン
おじのバートラム・ブラウンの財産管理人をやめ作家のイーニッド・レスター＝グリーンに雇われた35歳の男 「フライアーズ・パードン館の謎」 フィリップ・マクドナルド著;白須清美訳 原書房(ヴィンテージ・ミステリ・シリーズ) 2005年3月

ちゃる

チャールズ・フォレスト
宝石コレクターのブレイディングの従兄弟、細密画家のステイシーの前夫 「ブレイディング・コレクション」 パトリシア・ウェントワース著;中島なすか訳 論創社(論創海外ミステリ) 2005年6月

チャールズ・ブレイドン(ブレイドン)
国内屈指の遺伝子研究所ブレイドン研究所の創立者 「幼き逃亡者の祈り」 パトリシア;ルーイン著;林;啓恵訳 ソニー・マガジンズ(ヴィレッジブックス) 2004年7月

チャールズ・プレンティス
トラヴェルライター、コスタ・デル・ソルの一角エストレージャ・デ・マルで起きたホリンガー邸放火殺人事件の容疑者の兄 「コカイン・ナイト」 J.G.バラード著;山田和子訳 新潮社(新潮文庫) 2005年7月

チャールズ・プレンティス
トラヴェルライター、五人の殺人容疑をかけられた弟・フランクの無実を証明するために高級リゾートのエストレージャ・デ・マルに潜入した男 「コカイン・ナイト」 J.G.バラード著;山田和子訳 新潮社 2001年12月

チャールズ・ヘイワード
外交官、大富豪アリスタイド・レオニデスの娘ソフィアの恋人 「ねじれた家」 アガサ・クリスティー著;田村隆一訳 早川書房(ハヤカワ文庫クリスティー文庫) 2004年6月

チャールズ・ペインズウィック(判事)　ちゃーるずぺいんずうぃっく(はんじ)
イギリス高等法院の判事、たびたび問題を起こす放蕩息子マーティンの父 「判事とペテン師」 ヘンリー・セシル著;中村美穂訳 論創社(論創海外ミステリ) 2005年12月

チャールズ・ボールデン(バディ)
私立探偵ヴァレンティン・サンシールの親友、キング・ボールデンの異名を持つ人気の高いコルネット奏者 「快楽通りの悪魔」 デイヴィッド;フルマー著;田村;義進訳 新潮社(新潮文庫) 2004年6月

チャールズ・マクヴェイ
第二次大戦末期に広島原爆投下用ウランの輸送を終えて航行中に日本海軍「伊58潜」に撃沈された巡洋艦「インディアナポリス」の艦長 「巡洋艦インディアナポリス撃沈」 リチャード・ニューカム著;平賀秀明訳 ソニー・マガジンズ(ヴィレッジブックス) 2002年3月

チャールズ・マーティン
女性実業家マイラ・ラトレッジの恋人、元イギリス諜報部員で秘密結社「シスターフッド」の参謀的存在 「シスターフッド」 ファーン・マイケルズ著;小原亜美訳 二見書房(二見文庫) 2004年11月

チャールズ・マーティン
富豪の実業家・マイラの執事で恋人、元イギリス諜報部員 「シスターフッド」 ファーン・マイケルズ著;小原亜美訳 二見書房(二見文庫) 2004年11月

チャールズ・マニオン(マニオン)
メントン・オン・ライのプレイハウス劇場の舞台に立つ主演男優、終幕直後に毒殺された男 「チャーリー退場」 アレックス・アトキンスン著;鈴木恵訳 東京創元社(創元推理文庫) 2004年4月

チャールズ・マラー
英文学専攻の大学教授、アリスンの幼なじみ・ベスの再婚相手で結婚式の前に失踪した男 「あの夏の日に別れのキスを」 ジョン・ウェッセル著;矢口誠訳 ソニー・マガジンズ(ヴィレッジブックス) 2004年7月

チャールズ・マローン(チェイス)
画家、10年前はアメリカ軍用ヘリコプターの操縦士だった37歳の男 「赤い砂塵」 デイヴィッド・マレル著;山本光伸訳 早川書房(ハヤカワ文庫NV) 2001年2月

チャールズ・ラトリッジ
複数の新聞社を所有する富豪、女性記者ラファエラ・ホランドの義父 「カリブより愛をこめて」 キャサリン・コールター著；林啓恵訳 二見書房（二見文庫） 2005年2月

チャールズ・ラヴィッチ（チャーリー）
大手通信機器会社「テクネトリクス」経営者、ヴェトナム戦争で身体にひどい傷を受けた男 「アフターバーン 上下」 コリン・ハリスン著；黒原敏行訳 新潮社（新潮文庫） 2001年12月

チャールズ・ランキン
ロンドンに住む新聞記者ナイジェル・バスゲイトの40代の従兄 「アレン警部登場」 ナイオ・マーシュ著；岩佐薫子訳 論創社（論創海外ミステリ） 2005年4月

チャールズ・リンドバーグ（リンドバーグ）
初の大西洋単独横断に成功した飛行家、ニュージャージーでひとり息子を誘拐された男 「リンドバーグ・デッドライン」 マックス・アラン・コリンズ著；大井良純訳 文藝春秋（文春文庫） 2001年1月

チャールズ・ルーク（チャーリー）
スコットランドヤード犯罪捜査課の警視 「殺人者の街角」 マージェリー・アリンガム著；佐々木愛訳 論創社（論創海外ミステリ） 2005年6月

チャールズ・ルーク（ルーク）
スコットランドヤード犯罪捜査課の警視 「陶人形の幻影」 マージェリー・アリンガム著；佐々木愛訳 論創社（論創海外ミステリ） 2005年9月

チャールズワース
スコットランド・ヤードの美人にめっぽう弱いハンサムな警部 「ハイヒールの死」 クリスチアナ・ブランド著；恩地三保子訳 早川書房（ハヤカワ・ミステリ文庫） 2003年1月

チャールズワース
ロンドン警視庁警部、フランス人殺人事件を追う若く自惚れの強い警官 「疑惑の霧」 クリスチアナ・ブランド著；野上彰訳 早川書房（ハヤカワ・ミステリ文庫） 2004年5月

チャロ
コールガール、私立探偵カルバイヨの愛人 「楽園を求めた男」 M・バスケス・モンタルバン著；田部武光訳 東京創元社（創元推理文庫） 2002年11月

チャン
カナダ連邦騎馬警察警部補、コロンビア大学を優等で卒業した中国人心理分析官 「髑髏島の惨劇」 マイケル・スレイド著；夏来健次訳 文藝春秋（文春文庫） 2002年1月

チャンス
CIAのスパイ活動を副業としている若い弁護士、同業者カーメリーニの同僚 「キューバ 上下」 スティーブン・クーンツ著,;北澤;和彦訳 講談社（講談社文庫） 2003年4月

チャンス・クァルトロー
ネヴァダの田舎町に住む牧場主、ラスト・チャンス・カフェの常連客 「ラストチャンス・カフェ」 リンダ・ラエル・ミラー著；高田恵子訳 ソニー・マガジンズ（ヴィレッジブックス） 2004年3月

チャンス・マッケンジー
諜報員の男、元ストリートキッズでインディアンの血をひくマッケンジー家の養子 「危険な駆け引き」 リンダ・ハワード著；皆川孝司訳 ハーレクイン（MIRA文庫） 2005年12月

チャンドラー
カナダ連邦騎馬警察の警部補、大柄で筋骨たくましい男 「グール 上下」 マイケル・スレイド著；大島豊訳 東京創元社（創元推理文庫） 2004年3月

チャンドラー
事件で負傷しカナダ連邦騎馬警察を休職中の男 「髑髏島の惨劇」 マイケル・スレイド著；夏来健次訳 文藝春秋（文春文庫） 2002年1月

ちゃん

チャンピオン
CNNテレビの極東特派員、仕事一途のまじめな男 「不手際な暗殺」 ノーム・ハリス著;結城山和夫訳 二見書房(二見文庫) 2004年1月

チャン・ユイシュー
中国人民解放軍海軍司令員、元ミサイル駆逐艦艦長 「キロ・クラス」 パトリック・ロビンソン著;伏見威蕃訳 角川書店(角川文庫) 2002年2月

チャン・ユイシュー
中国人民解放軍海軍司令官、59歳の中国海軍大将 「最新鋭原潜シーウルフ奪還 上下」 パトリック・ロビンソン著;上野元美訳 二見書房(二見文庫) 2002年5月

張 玉樹（チャン・ユイシュー）　ちゃん・ゆいしゅー（ちゃんゆいしゅー）
中国人民解放軍海軍司令官、元ミサイル駆逐艦艦長 「キロ・クラス」 パトリック・ロビンソン著;伏見威蕃訳 角川書店(角川文庫) 2002年2月

張 玉樹（チャン・ユイシュー）　ちゃん・ゆいしゅー（ちゃんゆいしゅー）
中国人民解放軍海軍司令官、59歳の中国海軍大将 「最新鋭原潜シーウルフ奪還 上下」 パトリック・ロビンソン著;上野元美訳 二見書房(二見文庫) 2002年5月

チャン・ユンジュ
南韓の軍隊の特殊部隊に行った死刑囚・ジュノの恋人 「シルミド・裏切りの実尾島」 イ・スグァン;著 米津篤八;訳 早川書房(ハヤカワ文庫 NV) 2004年5月

チューチン
シベリアのイルクーツク州マルコヴォ市長ノーヴィクの専属運転手、死の収容所で20年間生き延びたタフな60男 「凍土の牙」 ロビン・ホワイト著;鎌田三平訳 文藝春秋(文春文庫) 2003年12月

チューリング・ホッパー
人工知能パーソナリティのリサーチャー、IT企業の〈UL〉社のドル箱商品 「恋するA・I探偵」 ドナ・アンドリューズ著;島村浩子訳 早川書房(ハヤカワ・ミステリ文庫) 2005年8月

チョーク夫人　ちょーくふじん
素人探偵のキャロラスに従妹アンの行方について調査を依頼した夫人 「骨と髪」 レオ・ブルース著;小林晋訳 原書房(ヴィンテージ・ミステリ・シリーズ) 2005年9月

チョコ
もとモデルでバウンティ・ハンターのドミノの親友、28歳のラテン系の男 「ドミノ」 リチャード・ケリー脚本;富永和子訳 竹書房(竹書房文庫) 2005年10月

チョコレートマン
通り魔の誘拐殺人犯、強迫神経症で極端なきれい好き 「よい子はみんな天国へ」 ジェシー・ハンター著;青木悦子訳 東京創元社(創元推理文庫) 2005年11月

チョドニル　ちょどにる
秘密裏の組織684部隊教育隊長のチェ准尉の片腕、鬼軍曹として知られる32歳の男 「シルミド」 キム・ヒジェ著;伊藤正治訳 角川書店(角川文庫) 2004年5月

チョリソー
コンピューター関係の仕事をしているというエキゾチックな雰囲気の四十代後半の男 「快楽通り12番地」 マーサ・コンウェイ著;米山裕子訳 早川書房(ハヤカワ・ミステリ文庫) 2005年8月

鄭 相沢　ちょん・さんてく
港都釜山育ちの四人の幼なじみの一人、父親が教育者の優等生 「友へ」 郭【キョン】沢著;金重明訳 文藝春秋(文春文庫) 2002年2月

チョーンシー・ウェイン・シュグルー（シュグルー）
酒びたりでドラッグ漬けの私立探偵、ヴェトナム戦争帰りの中年男 「友よ、戦いの果てに」ジェイムズ・クラムリー著；小鷹信光訳　早川書房（ハヤカワ・ミステリ文庫）2001年8月

チョン・ヒチョル（ヒチョル）
北朝鮮から南に潜入した20代半ばの工作員、金正日軍事政治大学の卒業生 「第二次朝鮮戦争勃発の日 上下」ファンセヨン著；米津篤八訳　扶桑社（扶桑社ミステリー）2004年11月

チリ・パーマー
ロスアンゼルスの映画製作プロデューサー、元はマイアミのマフィア系高利貸で無類の映画好き 「ビー・クール」エルモア・レナード著；高見浩訳　小学館（小学館文庫）2005年9月

【つ】

ツイスト
信じがたい事件の数々を解明した犯罪学者、長身痩躯に上品そうな物腰の英国紳士 「カーテンの陰の死」ポール・アルテ著；平岡敦訳　早川書房（Hayakawa pocket mystery books）2005年7月

ツイスト
信じがたい事件の数々を解明した犯罪学者、長身痩躯に上品そうな物腰の英国紳士 「死が招く」ポール・アルテ著；平岡敦訳　早川書房（Hayakawa pocket mystery books）2003年6月

ツイスト
信じがたい事件の数々を解明した犯罪学者、長身痩躯に上品そうな物腰の英国紳士 「第四の扉」ポール・アルテ著；平岡敦訳　早川書房（Hayakawa pocket mystery books）2002年5月

ツイード婦人　ついーどふじん
イギリス人の家庭教師、特急列車で英国女性アイリスと知り合った中年女性 「バルカン超特急 消えた女」エセル・リナ・ホワイト著；近藤三峰訳　小学館（Shogakukan mystery）2003年1月

ツィヨン（ラビ・ベン・ユダ）
イエスこそメシアだと発表したイスラエルの40代のラビ、行方不明の学者 「ニコライ―レフトビハインド〈3〉」ティム・ラヘイ著；ジェリー・ジェンキンズ著；松本和子訳　いのちのことば社フォレストブックス　2003年1月

ツィヨン・ベン・ユダ
元ユダヤ教のラビ、クリスチャンの集団「トリビュレーション・フォース」の霊的指導者 「アサシンズ―レフトビハインド (6)」ティム・ラヘイ著；ジェリー・ジェンキンズ著；伊藤肇訳　いのちのことば社フォレストブックス　2005年6月

ツィヨン・ベン・ユダ
聖書学者、イスラエルで殺人の疑いをかけられアメリカに脱出した男 「ソウル・ハーベスト　レフトビハインド4」ティム・ラヘイ著；ジェリー・ジェンキンズ著；松本和子訳　いのちのことば社フォレストブックス　2003年9月

塚本 恭丈　つかもと・やすたけ
ヤクザ組織「竜神会」の会長、「闇将軍」吉田吾郎を師と仰ぐ男 「007/赤い刺青(いれずみ)の男」レイモンド・ベンスン著；小林浩子訳　早川書房（Hayakawa pocket mystery books）2003年10月

つらび

ツラビー
タリバンのヒズボラ派地域司令官・ザラズィの副隊長、天才的な戦術家 「ロシア軍侵攻 上下」 デイル・ブラウン著;伏見威蕃訳 二見書房(二見文庫) 2005年10月

ツーリオ・カラヴァーレ(カラヴァーレ)
イタリア・マッジョーレ湖畔ストレーザの地区憲兵隊司令官 「骨の島」 アーロン・エルキンズ著;青木久惠訳 早川書房(ハヤカワ・ミステリ文庫) 2005年10月

ツルミルチク
英国人のミラーが大学講師を務めるNY近郊の大学を辞めさせられた元客員教授 「角の生えた男」 ジェイムズ・ラスダン著;谷みな子訳 DHC 2003年11月

【て】

ディアゴラス
書物〈イデアの洞窟〉内の登場人物、哲学教師で亡くなったトラマチウスの師 「イデアの洞窟」 ホセ・カルロス・ソモザ著;風間;賢二訳 文藝春秋 2004年7月

ディアス
メキシコの裏社会で恐れられるプロの暗殺者、無表情で寡黙な謎めいた男 「悲しみにさようなら」 リンダ・ハワード著;加藤洋子訳 二見書房(二見文庫) 2004年8月

ディエゴ・ヘルナンデス(ヘルナンデス)
ラス・ヴェガスのプロのギャンブラー 「バッドラック・ムーン 上下」 マイクル・コナリー著;木村二郎訳 講談社(講談社文庫) 2001年8月

D・A・パーカー　でぃーえーぱーかー*
元FBIエージェント、アーカンソー州の犯罪摘発部隊の30代の指揮官 「悪徳の都 上下」 スティーヴン・ハンター著;公手成幸訳　扶桑社(扶桑社ミステリー) 2001年2月

ティカムシ・ドッグ・バスチャン(バスチャン)
米空軍ハイテクノロジー航空宇宙兵器センター司令官に新たに赴任した中佐 「砂漠の機密空域」 デイル・ブラウン著;上野元美訳 二見書房(二見文庫) 2003年6月

ティカムシ・バスチャン(ドッグ)
米空軍ハイテクノロジー航空宇宙兵器センター司令官 「幻影のエアフォース」 デイル・ブラウン著;上野元美訳 二見書房(二見文庫) 2005年2月

デイク・ウォーカー
ユーバンクス大学のコンピュータ・サイエンス教授、個人投資家トーマス・ウォーカーの弟 「鏡のラビリンス」 ジェイン・アン・クレンツ著;中西和美訳 二見書房(二見文庫) 2005年12月

ディクシト
インドの首相 「中国の野望―印パ戦争勃発」 ハンフリー・ホークスリー著;山本光伸訳 二見書房(二見文庫) 2002年9月

ディクスン・ブライ
元イギリス空軍士官、バース署刑事ダイヤモンドの妻の元夫 「最期の声」 ピーター・ラヴゼイ著;山本やよい訳 早川書房(Hayakawa novels) 2004年1月

ディクラーク
カナダ連邦騎馬警察警視正、長身痩軀にして強靱の50代半ばすぎの紳士 「髑髏島の惨劇」 マイケル・スレイド著;夏来健次訳 文藝春秋(文春文庫) 2002年1月

ディケン
アメリカ国立感染症センターのウィルスハンター 「ダーウィンの使者 上下」 グレッグ・ベア著;大森望訳 ソニー・マガジンズ(ヴィレッジブックス) 2002年12月

ディケンズ
イギリスの国民的大作家、文豪コリンズの先輩作家で20年以上一緒にロンドンの夜の街を散歩していた男 「文豪ディケンズと倒錯の館」 ウィリアム・J・パーマー著;宮脇孝雄訳　新潮社(新潮文庫)　2001年11月

ディーコン
雑誌《ストリート》の記者　42歳のバツ2男　「囁く谺」 ミネット・ウォルターズ著;成川裕子訳　東京創元社(創元推理文庫)　2002年4月

ティジー
ロックフェラー大学の双子研究の専門家、30歳の女性 「エクスペリメント 上下」 ジョン・ダーントン著;嶋田洋一訳　ソニー・マガジンズ(ヴィレッジブックス)　2002年4月

禎司　ていじ
写真家、翻訳の仕事をしているイギリス人・ルーシーの恋人 「アースクエイク・バード」 スザンナ・ジョーンズ著;阿尾正子訳　早川書房(Hayakawa novels)　2001年12月

デイジー
田舎町からニューオーリンズへ出てきて売春婦に身を落とした娘 「犯罪の帝王」 トニイ・ダンバー著;中津悠訳　早川書房(ハヤカワ・ミステリ文庫)　2001年7月

デイジー・アン・マイナー
アラバマ州ヒルズボロの図書館司書、地味で冴えない容姿の34歳の独身女性 「パーティーガール」 リンダ・ハワード著;加藤洋子訳　二見書房(二見文庫)　2002年3月

TJ　てぃーじぇい*
私立探偵マット・スカダーの助手、元ストリート・キッドの若者 「死への祈り」 ローレンス・ブロック著;田口俊樹訳　二見書房　2002年11月

T・J・ヤザー　てぃーじぇいやざー*
ハマーステッド社人事部社員、同社給与会計課社員ジェイン・ブライトの友人 「Mr.パーフェクト」 リンダ・ハワード著;加藤洋子訳　二見書房(二見文庫)　2001年5月

ディジェノヴェーゼ
FBI米ロ共同組織犯罪対策本部所属の特別捜査官、元陸軍レーンジャー 「謀略上場 上下」 クリストファー;ライク著;土屋;京子訳　ランダムハウス講談社　2004年11月

ティズダル
死んだ英国の女優クリスの部屋に滞在していたハンサムな青年 「ロウソクのために一シリングを」 ジョセフィン・テイ著;直良和美訳　早川書房(Hayakawa pocket mystery books)　2001年7月

ディー・ストーリー
バーで働く女、十三歳の娘・シェイと共に元カリフォルニア州の保安官補・ヴィクを殺そうとした母親 「死者を侮るなかれ」 ボストン・テラン著;田口俊樹訳　文藝春秋(文春文庫)　2003年9月

ディーゼル
バウンティ・ハンター(賞金稼ぎ)ステファニー・プラムの自宅に現れた謎の男 「お騒がせなクリスマス」 ジャネット・イヴァノヴィッチ著;細美遙子訳　扶桑社(扶桑社ミステリー)　2003年1月

ティー・タッカー(タッカー)
コーギー犬、ヴァージニア州の田舎町の女郵便局長ハリーの飼い犬 「森で昼寝する猫」 リタ・メイ・ブラウン著;スニーキー・パイ・ブラウン著;茅律子訳　早川書房(ハヤカワ・ミステリ文庫)　2001年11月

ていた

ティー・タッカー(タッカー)
女性郵便局長のハリーの飼い犬、猫のミセス・マーフィーの親友のコーギー犬 「トランプをめぐる猫」 リタ・メイ・ブラウン著;スニーキー・パイ・ブラウン著　早川書房(ハヤカワ・ミステリ文庫) 2004年1月

ティー・タッカー(タッカー)
女性郵便局長のハリーの飼い犬、猫のミセス・マーフィーの親友のコーギー犬 「新聞をくばる猫」 リタ・メイ・ブラウン著;スニーキー・パイ・ブラウン著　早川書房(ハヤカワ・ミステリ文庫) 2005年7月

ディーター・フランク(フランク)
ドイツ軍ロンメル将軍直属の情報将校、少佐 「鴉よ闇へ翔べ」 ケン・フォレット著;戸田裕之訳　小学館(Shogakukan mystery) 2003年5月

ディッキー
弁護士、狩猟中に事故死した株式仲買人・ジェームズの兄 「記憶なき嘘」 ロバート・クラーク著;小津薫訳　講談社(講談社文庫) 2001年9月

ディック
可憐な美女レスリーと婚約したての劇作家、想像力過剰な長身の青年 「死が二人をわかつまで」 ジョン・ディクスン・カー著;仁賀克雄訳　早川書房(ハヤカワ・ミステリ文庫) 2005年4月

ディック
半クラウン貨一枚を持ってロンドンのピカディリーサーカスの理髪店に入った失業中の男 「暗い広場の上で」 ヒュー・ウォルポール著;澄木柚訳　早川書房(Hayakawa pocket mystery books) 2004年8月

ディックス・スティール
戦争帰りの自称作家で女性を狙う連続殺人鬼、ロサンジェルス市警の刑事・ブラブの元戦友 「孤独な場所で」 ドロシイ・B.ヒューズ著;吉野美恵子訳　早川書房(Hayakawa pocket mystery books) 2003年6月

ディック・ハードキャッスル(ハードキャッスル)
クローディン警察捜査課警部、ポーカーフェイスで長身の男 「複数の時計」 アガサ・クリスティー著;橋本福夫訳　早川書房(ハヤカワ文庫クリスティー文庫) 2003年11月

ディック・ヒコック
刑務所仲間のペリーとともに強盗殺人を計画した男、細々とした農家出身で知能程度が高い男 「冷血」 トルーマン・カポーティ著;佐々田雅子訳　新潮社 2005年9月

ディディオ
ロック音楽評論家、私立探偵テリー・オアの大学時代からの友人 「NYPI」 ジム;フジッリ著;公手;成幸訳　講談社(講談社文庫) 2004年11月

ディディウス・ファウォニウス(ゲミヌス)
古代ローマの密偵ファルコの一家を捨てた父、競売人 「密偵ファルコ海神(ポセイドン)の黄金」 リンゼイ・デイヴィス著;矢沢聖子訳　光文社(光文社文庫) 2001年4月

ディディウス・フェストゥス(フェストゥス)
古代ローマの密偵ファルコの兄、ユダヤで戦死した国家的英雄 「密偵ファルコ海神(ポセイドン)の黄金」 リンゼイ・デイヴィス著;矢沢聖子訳　光文社(光文社文庫) 2001年4月

ティナ
ケンブリッジ学校の家主・ジャーヴィスの母の従姉妹、自由奔放な女性 「ソロモン王の絨毯」 バーバラ・ヴァイン著;羽田詩津子訳　角川書店(角川文庫) 2001年10月

デイナ・キーステン
賞金200万ドルを競うリアリティ・ショー『24/7』の競技者、若いシングルマザー 「デスゲーム24/7」 ジム・ブラウン著;田中昌太郎訳　早川書房(ハヤカワ文庫NV) 2002年3月

ディナ・ビショーフ
1909年のウィーンに暮らす宮廷俳優オイゲン・ビショーフの妻 「最後の審判の巨匠」レオ・ペルッツ著;垂野創一郎訳　晶文社(晶文社ミステリ)　2005年3月

狄判事　でぃーはんじ
蒲陽県知事、おとなりの金華県知事の羅(ルオ)の友人で同僚知事 「観月の宴」ロバート・ファン・ヒューリック著;和爾桃子訳　早川書房(Hayakawa pocket mystery books) 2003年12月

狄判事　でぃーはんじ
皇帝息女の消えた首飾りの探索を命じられた蒲陽県知事 「真珠の首飾り」ロバート・ファン・ヒューリック著;和爾桃子訳　早川書房(Hayakawa pocket mystery books) 2001年2月

狄判事　でぃーはんじ
出張旅行の帰途で一大歓楽地「楽園島」を訪れた蒲陽県知事 「紅楼の悪夢」ロバート・ファン・ヒューリック著;和爾桃子訳　早川書房(Hayakawa pocket mystery books) 2004年6月

狄判事　でぃーはんじ
西暦7世紀頃の大唐帝国の県知事、難事件を次々と名推理し裁きをする男 「五色の雲」ロバート・ファン・ヒューリック著;和爾桃子訳　早川書房(Hayakawa pocket mystery books) 2005年1月

狄判事　でぃーはんじ
西暦7世紀頃の大唐帝国の中央裁判所長官である大理寺丞、難事件を次々と名推理し裁きをする男 「柳園の壺」ロバート・ファン・ヒューリック著;和爾桃子訳　早川書房(Hayakawa pocket mystery books) 2005年8月

狄判事　でぃーはんじ
嵐のため避難した山中の寺院で怪事件にあう漢陽県知事 「雷鳴の夜」ロバート・ファン・ヒューリック著;和爾桃子訳　早川書房(Hayakawa pocket mystery books) 2003年4月

デイビー主任警部(フレッド・デイビー)　でいびーしゅにんけいぶ(ふれっどでいびー)
ロンドン警視庁主任警部、田舎者っぽく親切そうだが実は辣腕のベテラン 「バートラム・ホテルにて」アガサ・クリスティー著;乾信一郎訳　早川書房(ハヤカワ文庫クリスティー文庫) 2004年7月

デイビス
医大を目指すトゥルーが勤めるモルグの所長、遺体のエキスパートでトゥルーの良きアドバイザー 「トゥルー・コーリング Vol.1」ジョン・ハーモン・フェルドマン原案;酒井紀子編訳　竹書房(竹書房文庫)　2005年5月

デイビス
医大を目指すトゥルーが勤めるモルグの所長、遺体のエキスパートでトゥルーの良きアドバイザー 「トゥルー・コーリング Vol.2」ジョン・ハーモン・フェルドマン原案;酒井紀子編訳　竹書房(竹書房文庫)　2005年5月

デイビス
医大を目指すトゥルーが勤めるモルグの所長、遺体のエキスパートでトゥルーの良きアドバイザー 「トゥルー・コーリング Vol.3」ジョン・ハーモン・フェルドマン原案;酒井紀子編訳　竹書房(竹書房文庫)　2005年6月

デイビス
医大を目指すトゥルーが勤めるモルグの所長、遺体のエキスパートでトゥルーの良きアドバイザー 「トゥルー・コーリング Vol.4」ジョン・ハーモン・フェルドマン原案;酒井紀子編訳　竹書房(竹書房文庫)　2005年7月

デイビス
医大を目指すトゥルーが勤めるモルグの所長、遺体のエキスパートでトゥルーの良きアドバイザー 「トゥルー・コーリング Vol.5」 ジョン・ハーモン・フェルドマン原案;酒井紀子編訳 竹書房(竹書房文庫) 2005年9月

デイビス
医大を目指すトゥルーが勤めるモルグの所長、遺体のエキスパートでトゥルーの良きアドバイザー 「トゥルー・コーリング Vol.6」 ジョン・ハーモン・フェルドマン原案;酒井紀子編訳 竹書房(竹書房文庫) 2005年9月

デイヴィス・トンプソン(トンプソン)
航空機に搭載するシステムの製造元「サーチライト」社の最高業務執行責任者の男性 「ジェットスター緊急飛行」 カム・マージ著;戸田裕之訳 ソニー・マガジンズ(ヴィレッジブックス) 2002年6月

デイヴィッド
アメリカ司法省の特別捜査班"ナチ・ハンター"のメリッサの夫、ニューヨーク・タイムズのワシントン支局の記者 「ラスト・ナチ」 スタン・ポッティンガー著;中島哲也訳 柏艪舎(文芸シリーズ) 2005年9月

デイヴィッド
探偵事務所ルンギ家の次男・アンジェロの息子、好奇心旺盛な少年 「探偵家族/冬の事件簿」 マイクル・Z・リューイン著;田口俊樹訳 早川書房(Hayakawa pocket mystery books) 2004年1月

デイヴィッド
探偵事務所ルンギ家の次男・アンジェロの息子、好奇心旺盛な少年 「探偵家族」 マイクル・Z・リューイン著;田口俊樹訳 早川書房(ハヤカワ・ミステリ文庫) 2003年12月

デイビッド・アトキンソン
複数の事業を展開する「クェネティクス社」のCEO、友人ティムの力を借りて事業モデルの転換を目指す社長 「ザ・システム」 テリー・ワグホーン著;酒井泰介訳 早川書房 2003年4月

デイヴィッド・イェーツ(イェーツ)
殺された白人女性シャーロット・キングの上司で大手探偵調査会社の経営者 「死刑劇場」 ロバート・ハイルブラン著;奥村章子訳 早川書房(ハヤカワ・ミステリ文庫) 2005年3月

デイヴィッド・ウエスト(ウエスト)
国際臓器移植会社「IORC」に専属医師としてスカウトされた若い心臓外科医 「Jファクター―臓器移植順位」 スティーヴン・カーナル著;平井イサク訳 早川書房(ハヤカワ文庫NV) 2001年1月

デイヴィッド・カー(モンド)
スコットランド・セントアンドルーズ大学の学生、殺害された女性の第一発見者の一人 「過去からの殺意」 ヴァル・マクダーミド著;宮内もと子訳 集英社(集英社文庫) 2005年3月

デイヴィッド・キング
フィラデルフィアの新聞社「イーブニング・ブレティン」の記者、20歳くらいの若者 「黒い囚人馬車」 マーク・グレアム著;山本俊子訳 早川書房(Hayakawa pocket mystery books) 2001年1月

デイヴィッド・グールド(グールド)
ジョージア州サヴァナ市警殺人課刑事でエリーズ・サンドバーグの相棒、元FBI捜査官 「擬死」 アン・フレイジャー著;北沢あかね訳 ランダムハウス講談社 2005年12月

デイヴィッド・クロウ(クロウ)
不吉な伝説のある翔鴉館の貸主、小説家フランシスの担当編集者 「割れたひづめ」 ヘレン・マクロイ著;好野理恵訳 国書刊行会(世界探偵小説全集) 2002年11月

デイヴィット・サスマン
ニューヨークに住む広告代理店勤務のエリート、浮気性の男 「嘘つき男は地獄へ堕ちろ」 ジェイソン;スター著;浜野·アキオ訳 ソニー・マガジンズ(ヴィレッジブックス) 2004年6月

ディヴィッド・サンチェス(リッチー)
タクシー運転手エドの友人でトランプ仲間、口数が少なく右腕の刺青が自慢の十九歳の少年 「メッセージ The first card」 マークース・ズーサック著;立石光子訳 ランダムハウス講談社(ランダムハウス講談社文庫) 2005年12月

デイヴィッド・シール
映画カメラマン、法廷弁護士キルマーチンの友人 「トロイの木馬」 ハモンド・イネス著;伏見威蕃訳 ソニー・マガジンズ(ヴィレッジブックス) 2002年11月

デイヴィッド・デルガド
元刑事の私立探偵、狙撃された殺人課刑事ダニーの妻・スペンサーの元恋人 「容疑者」 ヘザー・グレアム著;鈴木たえ子訳 ハーレクイン(MIRA文庫) 2003年5月

デイヴィッド・バイフィールド
ロンドン近郊の町ロスのセント・メアリー・マグダリーン教会の牧師 「天使の背徳」 アンドリュー・テイラー著;越前敏弥訳 講談社(講談社文庫) 2005年1月

デイビッド・パーマー(パーマー議員)　でいびっどぱーまー(ぱーまーぎいん)
メリーランド州選出の上院議員、米国史上初のアフリカ系大統領候補 「24 CTU/テロ対策ユニットの真実」 マーク・セラシーニ編集;文永優訳 角川書店 2004年3月

デイビッド・パーマー(パーマー議員)　でいびっどぱーまー(ぱーまーぎいん)
メリーランド州選出の上院議員、米国史上初のアフリカ系大統領候補 「24 TWENTY FOUR [1]上中下」 ジョエル・サーナウ原案;ロバート・コクラン原案 竹書房(竹書房文庫) 2003年12月

デイビッド・パーマー(パーマー大統領)　でいびっどぱーまー(ぱーまーだいとうりょう)
米国初の黒人大統領、決断力と協調性を併せ持つ人望ある人物 「24 TWENTY FOUR 2-1」 ジョエル・サーナウ原案;ロバート・コクラン原案 竹書房(竹書房文庫) 2004年4月

デイビッド・パーマー(パーマー大統領)　でいびっどぱーまー(ぱーまーだいとうりょう)
米国初の黒人大統領、決断力と協調性を併せ持つ人望ある人物 「24 TWENTY FOUR 2-2」 ジョエル・サーナウ原案;ロバート・コクラン原案 竹書房(竹書房文庫) 2004年4月

デイビッド・パーマー(パーマー大統領)　でいびっどぱーまー(ぱーまーだいとうりょう)
米国初の黒人大統領、決断力と協調性を併せ持つ人望ある人物 「24 TWENTY FOUR 2-3」 ジョエル・サーナウ原案;ロバート・コクラン原案 竹書房(竹書房文庫) 2004年5月

デイビッド・パーマー(パーマー大統領)　でいびっどぱーまー(ぱーまーだいとうりょう)
米国初の黒人大統領、決断力と協調性を併せ持つ人望ある人物 「24 TWENTY FOUR 2-4」 ジョエル・サーナウ原案;ロバート・コクラン原案 竹書房(竹書房文庫) 2004年6月

デイビッド・パーマー(パーマー大統領)　でいびっどぱーまー(ぱーまーだいとうりょう)
米国初の黒人大統領、決断力と協調性を併せ持つ人望ある人物 「24 TWENTY FOUR 3-1」 ジョエル・サーナウ原案;ロバート・コクラン原案 竹書房(竹書房文庫) 2004年11月

デイビッド・パーマー(パーマー大統領)　でいびっどぱーまー(ぱーまーだいとうりょう)
米国初の黒人大統領、決断力と協調性を併せ持つ人望ある人物 「24 TWENTY FOUR 3-2」 ジョエル・サーナウ原案;ロバート・コクラン原案 竹書房(竹書房文庫) 2004年11月

デイビッド・パーマー(パーマー大統領)　でいびっどぱーまー(ぱーまーだいとうりょう)
米国初の黒人大統領、決断力と協調性を併せ持つ人望ある人物 「24 TWENTY FOUR 3-3」 ジョエル・サーナウ原案;ロバート・コクラン原案 竹書房(竹書房文庫) 2004年12月

ていび

デイビッド・パーマー(パーマー大統領)　でいびっどぱーまー(ぱーまーだいとうりょう)
米国初の黒人大統領、決断力と協調性を併せ持つ人望ある人物　「24 TWENTY FOUR 3-4」　ジョエル・サーナウ原案;ロバート・コクラン原案　竹書房(竹書房文庫)　2004年12月

デイヴィッド・ファスト(ファスト)
コロラド州トミチ郡の名士、ホワイト・リヴァー国有林内の巨大な私有地を購入しようとしているディヴェロッパー　「コロラドの血戦」　クリントン・マッキンジー著;熊谷千寿訳　新潮社(新潮文庫)　2004年11月

デイヴィッド・フィッツジェラルド
ニューヨークでも名うての問題校に勤める中年の高校教師、スクール・バスの爆弾事件で一躍英雄となった男　「一瞬の英雄」　ピーター・ブローナー著;服部清美訳　徳間書店(徳間文庫)　2001年10月

デイヴィッド・プリッチャード(プリッチャード)
天才詐欺師リプリーが住むパリ近郊のヴィルペルス村に越してきたアメリカ人の男　「死者と踊るリプリー」　パトリシア・ハイスミス著;佐宗鈴夫訳　河出書房新社(河出文庫)　2003年12月

デイヴィッド・ブーン
シカゴの病院の外科医、行方不明者捜索組織代表ミラ・エッジの元夫で資金提供者　「悲しみにさようなら」　リンダ・ハワード著;加藤洋子訳　二見書房(二見文庫)　2004年8月

デイヴィッド・マスターズ(マスターズ少佐)　でいびっどますたーず(ますたーずしょうさ)
第二次大戦下の29歳のイギリス軍少佐、爆発物対策班の責任者で元潜水艦艦長　「起爆阻止」　ダグラス・リーマン著;高沢;次郎訳　早川書房　2004年3月

デイヴィッド・ミドルトンブラウン
ノーフォークに住んでいる事務弁護士、画家のルーシーの恋人　「死のさだめ」　ケイト・チャールズ著;中村有希訳　東京創元社(創元推理文庫)　2001年4月

デイビ・デンプシー
シンシナティのビデオ制作会社経営者ソフィ・デンプシーの弟、詐欺師　「プレイボーイをやっつけろ!」　ジェニファー・クルージー著;米山裕子訳　二見書房(二見文庫)　2005年9月

ティービング
ヴェルサイユに住むイギリス人宗教史学者でハーヴァード大学教授ロバート・ラングドンの友人、聖杯の探求に生涯を捧げる老学者　「ダ・ヴィンチ・コード　上下」　ダン・ブラウン著;越前敏弥訳　角川書店　2004年5月

ティービング
ヴェルサイユに住むイギリス人宗教史学者でハーヴァード大学教授ロバート・ラングドンの友人、聖杯の探求に生涯を捧げる老学者　「ダ・ヴィンチ・コード」　ダン・ブラウン著;越前敏弥訳　角川書店　2005年8月

ティファニー・カーター
仮出所したマリーの娘、マリーの元愛人・パトリックの子を産んだ十九歳の少女　「顔のない女　上下」　マーティナ・コール著;小津薫訳　講談社(講談社文庫)　2004年5月

デイヴ・ウェザー(ストーミー)
スコットランドヤード主任警部　「最期の声」　ピーター・ラヴゼイ著;山本やよい訳　早川書房(Hayakawa novels)　2004年1月

デイヴ・フォルシエ
マイアミの軍事製品輸出企業「ジュベール社」の会計士　「ゼウスの烙印」　ジャスミン・クレスウェル著;米崎邦子訳　ハーレクイン(MIRA文庫)　2002年11月

デイヴ・ボイル
少年時代に警官らしき男たちにさらわれたことのある男、境遇の違うショーンとジミーの友人　「ミスティック・リバー」　デニス・ルヘイン著;加賀山卓朗訳　早川書房　2001年9月

デイヴ・ボイル
少年時代に警官らしき男たちにさらわれたことのある男、境遇の違うショーンとジミーの友人 「ミスティック・リバー」 デニス・ルヘイン著;加賀山卓朗訳　早川書房（ハヤカワ・ミステリ文庫）2003年12月

デイヴ・マイクルズ
米国陸軍軍曹タイラーの少年の頃からの無二の親友、タイラーとともに陸軍に入隊した男 「灰色の非武装地帯」 クレイ・ハーヴェイ著;島田三蔵訳　扶桑社（扶桑社ミステリー）　2002年9月

デイヴ・ライリー（ライリー）
国際規模の警備会社の社員、元米軍特殊部隊の下士官だった男 「機密基地」 ボブ・メイヤー著;鎌田三平訳　二見書房（二見文庫）2003年2月

デイヴ・ロビショー
アイビーリア郡保安官事務所の刑事、一匹狼の犯罪者のソニー・ボーイ・マーサラスから謎の手帳を託された男 「燃える天使」 ジェイムズ・リー・バーク著;鈴木恵訳　角川書店（角川文庫）2002年7月

デイヴ・ロビショー
ニュー・アイビーリア保安官事務所の保安官補 「ディキシー・シティ・ジャム」 ジェイムズ・リー・バーク著;大久保寛訳　角川書店（角川文庫）2001年4月

デイヴ・ロビショー
ニュー・アイビーリア保安官事務所の保安官補 「過去が我らを呪う」 ジェイムズ・リー・バーク著;鈴木恵訳　角川書店（角川文庫）2001年1月

ディヴェイン
麻薬取引の世界で闇の帝王と恐れられる男 「謀殺プログラム」 トム・クランシー著;マーティン・グリーンバーグ著;棚橋志行訳　二見書房（二見文庫）2003年5月

ティボドー
米国の巨大企業アップリンク社の世界規模の企業保安部門である私設特殊部隊の全世界監督官 「細菌テロを討て! 上下」 トム・クランシー著;マーティン・グリーンバーグ著;棚橋志行訳　二見書房（二見文庫）2001年11月

ティミー
"魔法使い"と呼ばれた双子の連続殺人犯のひとり、サイコパス 「袋小路」 キャサリン・コールター著;林啓恵訳　二見書房（ザ・ミステリ・コレクション）2004年1月

デイミアン・ウォルターズ
ギャング、元SAS隊員マット・ブラウニングの幼なじみ 「テロ資金根絶作戦」 クリス・ライアン著;伏見威蕃訳　早川書房（ハヤカワ文庫NV）2005年7月

ディミトリアス・クリストフォラス
私立探偵スペンサーの彼女であるスーザンが理事を務めるポート・シティ劇団の美術監督 「歩く影」 ロバート・B・パーカー著;菊池光訳　早川書房（ハヤカワ・ミステリ文庫）2001年11月

ディミトリー・ダニーロフ（ダニーロフ）
合衆国での爆弾テロについてFBI捜査官・カウリーと合同捜査でコンビを組むことになったモスクワ民警の上級警官 「爆魔 上下」 ブライアン・フリーマントル著;松本剛史訳　新潮社（新潮文庫）2004年11月

ティミー・プライス
幼なじみのアンナと一緒に誘拐されて殺された少年 「戦慄」 エリカ・スピンドラー著;平江まゆみ訳　ハーレクイン（MIRA文庫）2002年9月

ていむ

ティム
英領ジブラルタルに駐留する英国陸軍砲兵隊のサル担当士官、品行方正で任務に忠実な男 「われらが英雄スクラッフィ」 ポール・ギャリコ著;山田蘭訳　東京創元社(創元推理文庫)　2002年11月

ティム
複数の事業を展開する「クェネティクス社」のCEO・デイビッドの友人、優れた経営手腕をもった会社経営者 「ザ・システム」 テリー・ワグホーン著;酒井泰介訳　早川書房　2003年4

ティム・アートサイド
聖歌隊指揮者リズの息子、戦時中に特別奇襲部隊に所属していたことがある三十過ぎの男 「空高く」 マイクル・ギルバート著;熊井ひろ美訳　早川書房(ハヤカワ・ミステリ文庫)　2005年8月

ティム・ピンコスキ
IT企業の〈UL〉社のしがないコピー係、人工知能・チューリングに協力する私立探偵にあこがれている男 「恋するA・I探偵」 ドナ・アンドリューズ著;島村浩子訳　早川書房(ハヤカワ・ミステリ文庫)　2005年8月

ティム・ヘス(ヘス)
退職したオレンジ郡保安官事務所警部補、女刑事マーシ・レイボーンの相棒 「ブルー・アワー　上下」 T.ジェファーソン・パーカー著;渋谷比佐子訳　講談社(講談社文庫)　2004年2月

ディメンシィ
ニューオーリンズのやり手の地方検事、非情で悪賢い人物 「判事の桃色な日々」 トニイ・ダンバー著;中津悠訳　早川書房(ハヤカワ・ミステリ文庫)　2002年2月

ティモシー・E・ハント(ティム)　ていもしーいーはんと(ていむ)
複数の事業を展開する「クェネティクス社」のCEO・デイビッドの友人、優れた経営手腕をもった会社経営者 「ザ・システム」 テリー・ワグホーン著;酒井泰介訳　早川書房　2003年4

ティモシー・オコンネル(オコンネル)
殺された軍曹、中年のアイルランド人 「ロード・ジョン・グレイ　緑のドレスの女」 ダイアナ・ガバルドン著;石原未奈子訳　ソニー・マガジンズ(ヴィレッジブックス)　2005年10月

ティモシー・キニット
オックスフォード大学に通う知性と容姿と財産に恵まれた二十二歳の青年 「陶人形の幻影」 マージェリー・アリンガム著;佐々木愛訳　論創社(論創海外ミステリ)　2005年9月

ティモシー・ブラットン
老貴婦人レディ・アマンダの甥、美術研究家 「ある貴婦人の肖像」 ペトラ・エルカー著;小津薫訳　扶桑社(扶桑社ミステリー)　2002年1月

ティモシー・ベイリー(ベイリー大尉)　ていもしーべいりー(べいりーたいい)
第二次大戦下の英領ジブラルタルでサルの世話に明け暮れている大尉、英国陸軍砲兵隊サル担当士官 「われらが英雄スクラッフィ」 ポール・ギャリコ著;山田蘭訳　東京創元社(創元推理文庫)　2002年11月

ティモシー・ベイリー大尉(ティム)　ていもしーべいりーたいい(ていむ)
英領ジブラルタルに駐留する英国陸軍砲兵隊のサル担当士官、品行方正で任務に忠実な男 「われらが英雄スクラッフィ」 ポール・ギャリコ著;山田蘭訳　東京創元社(創元推理文庫)　2002年11月

デイモン・タッカー
強盗殺人容疑をかけられた18歳の黒人青年、複数の逮捕歴がある男 「死刑劇場」 ロバート・ハイルブラン著;奥村章子訳　早川書房(ハヤカワ・ミステリ文庫)　2005年3月

デイモンド・エヴァンズ
ロサンジェルスの麻薬密売組織の売人、腕利きの黒人の男 「地獄じゃどいつもタバコを喫う」 ジョン・リドリー著;山田蘭訳 角川書店(角川文庫) 2003年5月

ディライラ・ブラウン
R&Bの女性歌手、美貌と並外れた歌唱力を持つ黒人女性 「ディーバ」 ケイン&アベル著;Noboru訳 青山出版社(Hiphop★novels) 2005年8月

ディラード教授　でぃらーどきょうじゅ
著名な物理学者、元コロンビア大学教授 「僧正殺人事件」 S.S.ヴァン・ダイン著;宇野利泰訳 嶋中書店(嶋中文庫) 2004年1月

ティリー
落ちこぼれ白人のハップの恋人・ブレットの娘、娼婦 「人にはススメられない仕事」 ジョー・R・ランズデール著;鎌田三平訳 角川書店(角川文庫) 2002年1月

ディリア・ピーボディ(ピーボディー)
ニューヨーク市警の女性警官、警部補イヴ・ダラスの助手 「カサンドラの挑戦」 J.D.ロブ著;青木悦子訳 ソニー・マガジンズ(ヴィレッジブックス) 2005年6月

ディリア・ピーボディ(ピーボディー)
ニューヨーク市警の女性警官、警部補イヴ・ダラスの助手 「ラストシーンは殺意とともに」 J.D.ロブ著;小林浩子訳 ソニー・マガジンズ(ヴィレッジブックス) 2005年11月

ディリア・ピーボディ(ピーボディー)
ニューヨーク市警の女性警官、警部補イヴ・ダラスの助手 「死にゆく者の微笑」 J.D.ロブ著;青木悦子訳 ソニー・マガジンズ(ヴィレッジブックス) 2004年2月

ディリア・ピーボディ(ピーボディー)
ニューヨーク市警の女性警官、警部補イヴ・ダラスの助手 「招かれざるサンタクロース」 J.D.ロブ著;青木悦子訳 ソニー・マガジンズ(ヴィレッジブックス) 2004年12月

ディリア・ピーボディ(ピーボディー)
ニューヨーク市警の女性警官、警部補イヴ・ダラスの助手 「白衣の神のつぶやき」 J.D.ロブ著;中谷ハルナ訳 ソニー・マガジンズ(ヴィレッジブックス) 2005年4月

ディリア・ピーボディ(ピーボディー)
ニューヨーク市警の女性警官、警部補イヴ・ダラスの助手 「不死の花の香り」 J.D.ロブ著;青木悦子訳 ソニー・マガジンズ(ヴィレッジブックス) 2003年9月

ディリア・ピーボディ(ピーボディー)
ニューヨーク市警の女性警官、警部補イヴ・ダラスの助手 「復讐は聖母の前で」 J.D.ロブ著;青木悦子訳 ソニー・マガジンズ(ヴィレッジブックス) 2004年9月

ディリア・ピーボディ(ピーボディー)
ニューヨーク市警の女性警官、警部補イヴ・ダラスの助手 「魔女が目覚める夕べ」 J.D.ロブ著;小林浩子訳 ソニー・マガジンズ(ヴィレッジブックス) 2004年6月

ディル
アメリカ上院調査監視分科委員会の顧問の38歳の男、爆死した殺人課女刑事フェリシティ・ディルの兄 「女刑事の死」 ロス・トーマス著;藤本和子訳 早川書房(ハヤカワ・ミステリ文庫) 2005年6月

ティール・マコイ
テキサス州ダラスのテレビ局に勤務するリポーター、野心にあふれる33歳の独身女性 「虜にされた夜」 サンドラ・ブラウン著;法村里絵訳 新潮社(新潮文庫) 2001年7月

デイル・ミラー
世界最強の特殊部隊〈ドミナンス・レイン〉の三十一歳の曹長 「特別追撃任務」 マーカス・ウィン著;遠藤宏昭訳 早川書房(ハヤカワ文庫NV) 2003年8月

ディレッシオ
フロリダ州マイアミのメトロ・デイド署殺人課の刑事 「危険な蜜月」 ヘザー・グレアム著;せとちやこ訳 ハーレクイン(MIRA文庫) 2005年2月

狄 仁傑(狄判事)　でぃー・れんちぇ(でぃーはんじ)
蒲陽県知事、おとなりの金華県知事の羅(ルオ)の友人で同僚知事 「観月の宴」 ロバート・ファン・ヒューリック著;和爾桃子訳　早川書房(Hayakawa pocket mystery books) 2003年12月

狄 仁傑(狄判事)　でぃー・れんちぇ(でぃーはんじ)
皇帝息女の消えた首飾りの探索を命じられた蒲陽県知事 「真珠の首飾り」 ロバート・ファン・ヒューリック著;和爾桃子訳　早川書房(Hayakawa pocket mystery books) 2001年2月

狄 仁傑(狄判事)　でぃー・れんちぇ(でぃーはんじ)
出張旅行の帰途で一大歓楽地「楽園島」を訪れた蒲陽県知事 「紅楼の悪夢」 ロバート・ファン・ヒューリック著;和爾桃子訳　早川書房(Hayakawa pocket mystery books) 2004年6月

狄 仁傑(狄判事)　でぃー・れんちぇ(でぃーはんじ)
西暦7世紀頃の大唐帝国の県知事、難事件を次々と名推理し裁きをする男 「五色の雲」 ロバート・ファン・ヒューリック著;和爾桃子訳　早川書房(Hayakawa pocket mystery books) 2005年1月

狄 仁傑(狄判事)　でぃー・れんちぇ(でぃーはんじ)
西暦7世紀頃の大唐帝国の中央裁判所長官である大理寺丞、難事件を次々と名推理し裁きをする男 「柳園の壺」 ロバート・ファン・ヒューリック著;和爾桃子訳　早川書房(Hayakawa pocket mystery books) 2005年8月

狄 仁傑(狄判事)　でぃー・れんちぇ(でぃーはんじ)
嵐のため避難した山中の寺院で怪事件にあう漢陽県知事 「雷鳴の夜」 ロバート・ファン・ヒューリック著;和爾桃子訳　早川書房(Hayakawa pocket mystery books) 2003年4月

ディロン
イギリスの対テロ組織のエージェントで元IRA闘士、王立演劇学校で学んだ演技の天才 「復讐の血族」 ジャック・ヒギンズ著;黒原敏行訳　角川書店(角川文庫) 2005年1月

ディロン
イギリス首相直属情報組織のエージェントで元IRAテロリスト、戦闘とダイビングの達人 「ホワイトハウス・コネクション」 ジャック・ヒギンズ著;黒原敏行訳　角川書店(角川文庫) 2003年9月

ディロン
イギリス首相直属情報組織のエージェントで元IRAテロリスト、戦闘とダイビングの達人 「悪魔と手を組め」 ジャック・ヒギンズ著;黒原敏行訳　早川書房(ハヤカワ文庫NV) 2001年3月

ディロン
イギリス首相直属情報組織のエージェントで元IRAテロリスト、戦闘とダイビングの達人 「審判の日」 ジャック・ヒギンズ著;黒原敏行訳　角川書店(角川文庫) 2004年9月

ディロン・サビッチ(サビッチ)
FBI犯罪分析課(CAU)の課長でレーシー・シャーロックの上司、パソコンを天才的に操る捜査官 「迷路」 キャサリン・コールター著;林啓恵訳　二見書房(二見文庫) 2003年8月

ディロン・サビッチ(サビッチ)
FBI犯罪分析課の特別捜査官、直属の部下・シャーロックの夫 「袋小路」 キャサリン・コールター著;林啓恵訳　二見書房(ザ・ミステリ・コレクション) 2004年1月

ディロン・サビッチ(サビッチ)
FBI犯罪分析課捜査官・シャーロックの夫で直属の上司 「土壇場」 キャサリン・コールター著;林啓恵訳 二見書房(ザ・ミステリ・コレクション) 2004年6月

ディロン・バーク
ジョージア工科大学出身の建設会社社員、土木技師 「復讐のとき愛は始まる 上下」 サンドラ・ブラウン著;秋月しのぶ訳 集英社(集英社文庫) 2004年6月

ディン
17世紀ヴェトナムの上光州で蔵書収集を担当する文士、マンダリンと呼ばれる高級官僚のタンの右腕 「王子の亡霊──マンダリン・タンの冒険と推理」 トランニュット著;岡元;麻理恵訳 集英社 2004年6月

デイン(少佐) でいん(しょうさ)
メーン州の知人宅で療養している傷病兵 「黄色の間」 メアリ・ロバーツ・ラインハート著;阿部里美訳 早川書房(Hayakawa pocket mystery books) 2002年6月

デイン・ジャンセン
ミネソタ州タイラー郡保安官、スティル・クリーク出身の元プロフットボール選手 「ふたりだけの岸辺」 タミー・ホウグ著;宮下有香訳 二見書房(二見文庫) 2004年2月

デイン・ホワイトロー
フロリダキーズの「ホワイトロー調査事務所」の経営者、酒浸りの生活を送っている男 「ハリケーン・ベイ」 ヘザー・グレアム著;せとちやこ訳 ハーレクイン(MIRA文庫) 2003年7月

ディーン・マロイ
テキサス州オースティン警察署心理操作官、16歳の息子の父親 「暗闇よこんにちは 上下」 サンドラ・ブラウン著;法村里絵訳 新潮社(新潮文庫) 2004年11月

デイン・ラッド
変死した青年の角膜により視力を取り戻した二十五歳の青年 「凶器の貴公子」 ボストン・テラン著;田口俊樹訳 文藝春秋(文春文庫) 2005年8月

デオドール・シュリゲール(シュリゲール)
大手ドイツ鉄鋼会社の重役、"サラマ"として知られるドイツ・スパイ 「諜報指揮官ヘミングウェイ 上下」 ダン・シモンズ著;小林宏明訳 扶桑社(扶桑社ミステリー) 2002年6月

テオ・ブキャナン
連邦検事、ニューオリンズのパーティ会場で若い女性外科医のミシェルと出会った男 「標的のミシェル」 ジュリー・ガーウッド著;部谷真奈実訳 ソニー・マガジンズ(ヴィレッジブックス) 2003年6月

デクスター
コードネーム「アヴェンジャー」を持ち裏稼業として人狩りを請け負う弁護士、ベトナム戦争時の特殊部隊のメンバー 「アヴェンジャー 上下」 フレデリック;フォーサイス著;篠原;慎訳 角川書店(角川文庫) 2004年8月

デス・アーティスト
ニューヨーク美術界の人間を惨殺し死体で名画を再現していった連続殺人鬼 「デス・アーティスト」 ジョナサン・サントロファー著;高山祥子訳 ソニー・マガジンズ(ヴィレッジブックス) 2003年4月

死の芸術家(デス・アーティスト) ですあーていすと(ですあーていすと)
ニューヨーク美術界の人間を惨殺し死体で名画を再現していった連続殺人鬼 「デス・アーティスト」 ジョナサン・サントロファー著;高山祥子訳 ソニー・マガジンズ(ヴィレッジブックス) 2003年4月

てすう

テス・ウィリアムズ（アンジェラ）
不幸な家庭で育った女性、元バークシャー郡警察官の連続女性殺人犯・ジムの元妻　「素顔は見せないで」　リサ・ガードナー著;前野律訳　ソニー・マガジンズ（ヴィレッジブックス）2002年2月

デスティナ
V市の検察官、一年後に退職をひかえている六十歳すぎの男　「灰色の魂」　フィリップ・クローデル著;高橋啓訳　みすず書房　2004年10月

デズデモーナ・ウェインライト
シアトルのケータリング会社「ライトタッチ・ケータリング」社長、役者一家で育ったキャリアガール　「曇り時々ラテ」　ジェイン・アン・クレンツ著;中村三千恵訳　二見書房（二見文庫）2002年12月

デズデモーナ・マッコイ（マッコイ）
黒人女性のCIA工作員　「ダ・ヴィンチの罠」　ロバート・カレン著;玉木亨訳　二見書房（二見文庫）　2001年2月

テス・モナハン
ボルチモアで探偵事務所をかまえる30歳の女性私立探偵、元新聞記者　「シュガー・ハウス」　ローラ・リップマン著;吉澤康子訳　早川書房（ハヤカワ・ミステリ文庫）2002年8月

テス・モナハン
ボルチモアで探偵事務所をかまえる30歳の女性私立探偵、元新聞記者　「ストレンジ・シティ」　ローラ・リップマン著;吉沢康子訳　早川書房（ハヤカワ・ミステリ文庫）　2003年9月

テス・モナハン
ボルチモアで探偵事務所をかまえる30歳の女性私立探偵、元新聞記者　「ビッグ・トラブル」　ローラ・リップマン著;吉沢康子訳　早川書房（ハヤカワ・ミステリ文庫）　2001年7月

テス・モナハン
ボルチモアで探偵事務所をかまえる31歳の女性私立探偵、元新聞記者　「ラスト・プレイス」　ローラ・リップマン著;吉澤康子訳　早川書房（ハヤカワ・ミステリ文庫）　2004年11月

テス・モナハン
メリーランド州に住む私立探偵、毛皮商の男ルービンから家族の捜索を依頼されたの女性　「ロスト・ファミリー」　ローラ・リップマン著;吉澤康子訳　早川書房（ハヤカワ・ミステリ文庫）2005年12月

デッカー
FBI特別捜査官、FBI訓練アカデミー行動科学課の責任者　「クライム・ゼロ」　マイケル・コーディ著;内田昌之訳　徳間書店　2001年3月

デッカー
プロの殺し屋、40代の後半にさしかかった男　「殺し屋とポストマン」　マシュー・ブラントン著;佐和誠訳　早川書房（ハヤカワ文庫NV）　2002年4月

デッカー
ロサンゼルス市警デヴォンシャー署殺人課刑事、バプテスト派から改宗したユダヤ教徒　「逃れの町」　フェイ・ケラーマン著;高橋恭美子訳　東京創元社（創元推理文庫）　2005年9

テッサ・クエイル
ナイロビ英国高等弁務官事務所に勤める一等書記官ジャスティンの若妻、頭脳明晰な救援活動家　「ナイロビの蜂　上下」　ジョン・ル・カレ著;加賀山卓朗訳　集英社（集英社文庫）2003年12月

テッド・キャヴァノー
ニューヨーク州警察の警察官、エリー姉妹の父　「魔が解き放たれる夜に」　メアリ・ヒギンズ・クラーク著;安原和見訳　新潮社（新潮文庫）　2004年4月

テッド・セイビン（セイビン）
ミネソタ州ヘネピン郡首席検事、長身でハンサムな男 「業火の灰 上下」 タミー・ホウグ著; 飛田野裕子訳 二見書房（二見文庫） 2002年8月

テッド・ナッシュ（ナッシュ）
連邦統合テロリスト対策特別機動隊とともにテロに立ち向かうCIA工作員の男 「王者のゲーム 上下」 ネルソン・デミル著;白石朗訳 講談社（講談社文庫） 2001年11月

テッド・バンディ
1970年代にカリフォルニアで若い女性ばかり数十名を殺害した連続殺人犯 「テッド・バンディの帰還」 マイケル・R・ペリー著;青木悦子訳 東京創元社（創元推理文庫） 2002年2月

テッド・ブラック
コール少年の親友・ジェイソンの兄、弟にメモを遺し謎の失踪を遂げた16歳の少年 「シックス・センス逃亡者」 デイヴィッド・ベンジャミン著;酒井紀子訳 竹書房（竹書房文庫） 2001年3月

テディ・グレックス
工芸大学の学生、愛のない結婚をした両親の元で愛情とは無縁のまま育った青年 「心地よい眺め」 ルース・レンデル著;茅律子訳 早川書房（Hayakawa pocket mystery books） 2003年8月

テティシェリ
ファラオの死後異国の民「ヒクソス」からテーベの町を守るエジプト王妃、王女アアヘテプの母 「自由の王妃アアヘテプ物語1 闇の帝国」 クリスチャン・ジャック著;山田浩之訳 角川書店（角川文庫） 2003年9月

テディ・ダニエルズ
ボストン沖シャッター島にある精神病院の患者行方不明事件を捜査した連邦保安官、保安官チャックの相棒 「シャッター・アイランド」 デニス・ルヘイン著;加賀山卓朗訳 早川書房 2003年12月

デニーズ・キャクストン
近代美術のコレクターとして名高い老富豪の3番目の妻、キャクストンⅡ画廊の経営者 「冷笑」 リンダ・フェアスタイン著;平井イサク訳 早川書房（ハヤカワ・ミステリ文庫） 2003年2月

デニス・クレッグ（スパイダー）
カナダで療養を終え20年ぶりにロンドンに戻った男 「スパイダー」 パトリック・マグラア著;富永和子訳 早川書房（ハヤカワepi文庫） 2002年9月

デニス・ファレンティーノ
ロサンジェルス市警殺人課のベテラン刑事、「刑事コロンボ」のファン 「デス・バイ・ハリウッド」 スティーヴン・ボチコ著;田村;源二著 文藝春秋 2005年1月

デニス・ミルン
ロンドン警視庁刑事部の巡査部長、副業で殺しを請け負う敏腕刑事 「殺す警官」 サイモン・カーニック著;佐藤耕士訳 新潮社（新潮文庫） 2003年9月

テニスン
パプアニューギニアに旅行に来たボハノンの財布を盗んだ現地の女 「密林・生存の掟」 アラン・ディーン・フォスター著;中原尚哉訳 扶桑社（扶桑社ミステリー） 2003年5月

デニソフ
モスクワ市の女性捜査官アナスタシヤが休暇を過ごすことになったN市を支配している黒幕 「アウェイゲーム 分析官アナスタシヤ・シリーズ①」 アレクサンドラ・マリーニナ著;貝澤哉訳 光文社（光文社文庫） 2003年4月

てはだ

テハダ
マドリード内戦に勝利した国民軍治安警備隊の軍曹、隊員に尊敬されている二十代の青年 「青と赤の死」 レベッカ・パウエル著;松本依子訳 早川書房(Hayakawa pocket mystery books) 2004年11月

デーヴィッド・ウィントリンガム
ロンドンに住む内科医、以前ある事件を見事に解決した素人探偵 「断崖は見ていた」 ジョセフィン・ベル著;上杉真理訳 論創社(論創海外ミステリ) 2005年3月

デビッド・オクス(オクス)
ジョージ・ワシントン大学の考古学の元教授、青年考古学者ネーサン・リー・スウィフトの恩師で義理の兄 「紀元零年の遺物 上下」 ジェフ・ロング著;山本光伸訳 二見書房(二見文庫) 2004年11月

デビッド・キャラウェイ
ニューヨークから郊外に移り住む心理学者で大学教授、少女エミリーの父親 「ハイド・アンド・シーク」 アリ・シュロスバーグ脚本;小島由記子ノベライズ編訳 竹書房(竹書房文庫) 2005年4月

デビッド・ゲイル
テキサス大学オースティン校の教授、死刑廃止団体の活動家 「ライフ・オブ・デビッド・ゲイル」 デュウィ・グラム著;本間有訳 新潮社(新潮文庫) 2003年7月

デビッド・シンガー
サンフランシスコの法律事務所に所属する若い弁護士 「よく見る夢 上下」 シドニィ・シェルダン作;天馬竜行訳 アカデミー出版 2003年2月

デビッド・シンガー
サンフランシスコの法律事務所に所属する若い弁護士 「よく見る夢 上下」 シドニィ・シェルダン作;天馬竜行訳 アカデミー出版 2004年4月

デヴィット・ニール
昆虫学者アンナ・ニールの夫、ダブリンの著名な弁護士 「殺人者は蜜蜂をおくる」 ジュリー・パーソンズ著;大鳰双恵訳 扶桑社(扶桑社ミステリー) 2002年2月

デビッド・ベック
「ワシントンハイツクリニック」の小児科医、8年前に連続殺人鬼に襲われ九死に一生を得た男 「唇を閉ざせ 上下」 ハーラン・コーベン著;佐藤耕士訳 講談社(講談社文庫) 2002年1月

デーヴィッド・ルイス
ロンドンに住むエンジニアリング・コンサルタント、ユダヤ系イギリス人の55歳の男 「鷹の城の亡霊」 ジョン・ウィルソン著;水野谷とおる訳 東京創元社(創元推理文庫) 2002年9月

デヴィッド・ワイス
犯罪容疑者の似顔絵画家として卓越した技能をもつ法廷画家 「秘密の顔を持つ女 上下」 ウィリアム・ベイヤー著;汀一弘訳 扶桑社(扶桑社ミステリー) 2003年6月

デヴリン
ニューヨーク市警警部補 「ブレス・ザ・チャイルド 上下」 キャシー・キャッシュ・スペルマン著;中俣真知子訳 竹書房(竹書房文庫) 2001年11月

デヴリン
環境保護団体《われらが地球》のメンバー、ハンサムでたくましい男 「機密基地」 ボブ・メイヤー著;鎌田三平訳 二見書房(二見文庫) 2003年2月

デボラ・コクラン
ハーヴァード大学の大学院生、ルームメイトのジョアンナと田舎町にある不妊治療クリニックに卵子を提供し高額の報酬を得た女性 「ショック」 ロビン・クック著;林克己訳 早川書房(ハヤカワ文庫NV) 2002年11月

デボラ・パーカー
アイルランドのダブリンにある「ジェニングス法律事務所」の弁護士、ギャングの息子マイケルの弁護を引き受けた若い女性 「最後の真実」リズ・アレン著;森沢麻里訳 集英社(集英社文庫) 2005年4月

デーモン
K・ドッグの友人、ハーレムの殺し屋 「ロード・ドッグス」クワン著;Masae訳 青山出版社 (Hiphop★novels) 2005年8月

デューイ
カンザス州捜査局州西部担当の捜査官、元FBI特別捜査官の47歳の男 「冷血」トルーマン・カポーティ著;佐々田雅子訳 新潮社 2005年9月

デューイー・シャープ
テキサス州ワシントン郡保安官、太った白人男 「ロデオ・ダンス・ナイト」ジェイムズ・ハイム著;真崎義博訳 早川書房(ハヤカワ・ミステリ文庫) 2005年5月

デュエイン・ハーバート・レイシー
マーケット州立刑務所から仮釈放中の男、12歳の不良少年コールの父 「死のように静かな冬」P・J・パリッシュ著;長島水際訳 早川書房(ハヤカワ・ミステリ文庫) 2003年11月

デューク・ロー(ロー)
ニューヨーク・チャイナタウンで急速に力を伸ばす新興勢力 「苦い祝宴」S.J.ローザン著;直良和美訳 東京創元社(創元推理文庫) 2004年1月

デュシャーヌ・シェリ(シェリ)
フランスの大企業グレース・テクノロジーズ社の経営者、52歳の男 「鷲の眼 上下」デイヴィッド・ダン著;田中;昌太郎訳 早川書房(ハヤカワ文庫NV) 2004年4月

デュヴァル
イギリスのサリー州シア村の聖職者、隠修女クリスティーンの伝記を執筆中の神父 「独房の修道女」ポール・L・ムーアクラフト著;野口百合子訳 扶桑社(扶桑社ミステリー) 2004年6月

デュマ警部　でゅまけいぶ
スイス・モントルー警察署の警部、穏やかな声に穏やかな顔の男性 「コウノトリの道」ジャン=クリストフ・グランジェ著;平岡敦訳 東京創元社(創元推理文庫) 2003年7月

デュラニー(ジョーダン・テン・エイク)
第二次世界大戦のさなか片耳の聴力がないため徴兵されなかった32歳の大男、高校を中退しアメリカ各地を放浪しながら作家を目指している青年 「深夜特別放送 上下」ジョン・ダニング著;三川基好訳 早川書房(ハヤカワ・ミステリ文庫) 2001年1月

デュランス
19世紀末のイギリス軍東サリー連隊の中尉、北サリー連隊の将校ハリー・ファイヴァシャムの親友 「サハラに舞う羽根」A.E.W.メースン著;古賀弥生訳 東京創元社(創元推理文庫) 2003年7月

デラ・ストリート
弁護士ペリィ・メイスンの秘書、美貌で聡明な女性 「ビロードの爪」E.S.ガードナー著;田中西二郎訳 嶋中書店(嶋中文庫) 2005年4月

テランス
廃刊になった雑誌〈ダステッド〉の創刊者、長身で物静かな三十歳の男 「ティース」ヒュー・ギャラガー著;池田真紀子訳 東京創元社(創元コンテンポラリ) 2003年1月

テリ
クリストファの下で働く弁護士、クリストファの恋人で30歳ヒスパニックの女性 「子供の眼 上下」リチャード・ノース・パタースン著;東江一紀訳 新潮社(新潮文庫) 2004年2月

てり

テリー
タクシー運転手・レンの同僚、男前で女たらしの男 「ブラック・キャブ」 ジョン・マクラーレン著;玉木亨訳　角川書店(角川文庫)　2004年12月

デーリア
犯罪組織の首領・グライムズの愛人、30代のブロンドの女 「野獣よ牙を研げ」 ジョージ・P・ペレケーノス著;横山啓明訳　早川書房(ハヤカワ・ミステリ文庫)　2003年7月

テリー・ウインター
弁護士のピーターのクライアント、乳癌を放置した家庭医のボンダラントを告訴した乳癌患者 「柔らかい棘」 ベイン・カー著;高野裕美子訳　講談社(講談社文庫)　2002年3月

テリー・オア(オア)
ニューヨークの私立探偵、妻と子を殺害した犯人を追うために探偵になった元歴史作家 「NYPI」 ジム;フジッリ著;公手;成幸訳　講談社(講談社文庫)　2004年11月

テリー・クイン(クイン)
私立探偵デレク・ストレンジの相棒、白人の元警官 「終わりなき孤独」 ジョージ・P.ペレケーノス著;佐藤耕士訳　早川書房(ハヤカワ・ミステリ文庫)　2004年8月

テリー・クイン(クイン)
私立探偵デレク・ストレンジの相棒、白人の元警官 「曇りなき正義」 ジョージ・P.ペレケーノス著;佐藤耕士訳　早川書房(ハヤカワ・ミステリ文庫)　2001年11月

デリク・ベラサー
世界で3本の指に入る武器商人、極悪非道の男 「赤い砂塵」 デイヴィッド・マレル著;山本光伸訳　早川書房(ハヤカワ文庫NV)　2001年2月

テリーザ・ペラルタ(テリ)
クリストファの下で働く弁護士、クリストファの恋人で30歳ヒスパニックの女性 「子供の眼 上下」 リチャード・ノース・パタースン著;東江一紀訳　新潮社(新潮文庫)　2004年2月

テリー・シェリダン
元英国海軍中佐、トレジャーハンター・ララのかつての恋人 「トゥームレイダー2」 デイヴ・スターン著;富永和子訳　徳間書店(徳間文庫)　2003年9月

テリー・ソーン
プロの人質交渉人、元英国陸軍特殊空挺部隊兵士 「プルーフ・オブ・ライフ」 デビッド・ロビンス著;池谷律代訳　光文社(光文社文庫)　2001年3月

テリー・ダルトン
14歳のホームレス、6歳のころから施設を出たり入ったりしている少年 「囁く谺」 ミネット・ウォルターズ著;成川裕子訳　東京創元社(創元推理文庫)　2002年4月

デリック・レイナード博士(レイナード)　でりっくれいなーどはかせ(れいなーど)
アメリカ中西部の郊外に住む心臓外科医でレイチェルの夫、レイナード・ファミリー児童財団の共同理事長 「覗く。上下」 デイヴィッド・エリス著;中津悠訳　講談社(講談社文庫)　2003年3月

テリー・ハウ
米海軍予備役の中尉、若く美しいヘリコプター・パイロット 「氷の女王の怒り」 スーザン・ブロックマン著;山田久美子訳　ソニー・マガジンズ(ヴィレッジブックス)　2005年11月

テリー・フィニガン
ロンドンのIT企業社長、事故で夫を亡くしたミランダのボス 「黒衣の天使」 シャーロット・ラム著;三木基子訳　二見書房(二見文庫)　2002年4月

テリー・ブレット
ポートリバーズの敏腕刑事弁護士、憂いを含んだ表情のハンサムな青年 「そして、黄昏が優しくつつむ」 ノーマン・ボグナー著;岡山徹訳　産業編集センター　2003年4月

テリー・ペインター
ずっと年下の女性・アリソンにコテージを貸すことにした家主、独身の看護婦 「暗闇でささやく声」 ジョイ・フィールディング著;吉田利子訳 文藝春秋(文春文庫) 2003年5月

テリー・マッケイレブ
元FBI捜査官でロサンゼルス支局の連続殺人担当、心筋症の悪化のため心臓移植を行った男 「わが心臓の痛み 上下」 マイクル・コナリー著;古沢嘉通訳 扶桑社(扶桑社ミステリー) 2002年11月

テリー・マッケイレブ(マッケイレブ)
心臓病で引退した元FBI心理分析官、殺人事件の捜査協力を依頼された男 「夜より暗き闇 上下」 マイクル・コナリー著;古沢嘉通訳 講談社(講談社文庫) 2003年7月

テリル・サムソン(サムソン)
アメリカ合衆国ハイテクノロジー航空宇宙兵器センター司令官 「韓国軍北侵 上下」 デイル・ブラウン著;伏見威蕃訳 二見書房(二見文庫) 2001年6月

デルーカ
1948年イタリアのボローニャ警察風紀取締班捜査官補 「オーケ通り」 カルロ・ルカレッリ著;菅谷誠訳 柏艪舎(イタリア捜査シリーズ) 2005年5月

デルーカ
第二次世界大戦終戦間もないイタリアで逃亡の身となった元捜査官 「混濁の夏」 カルロ・ルカレッリ著;菅谷誠訳 柏艪舎(イタリア捜査シリーズ) 2005年3月

デルーカ
第二次世界大戦末期にファシズム体制下の北イタリアで活動する捜査官、機動捜査隊長 「白紙委任状」 カルロ・ルカレッリ著;菅谷誠訳 柏艪舎(イタリア捜査シリーズ) 2005年1月

デルドレイ
不動産会社の経営者・ウェンデルの妻、新米探偵ムーディーの依頼人であり昔の恋人 「探偵ムーディー、営業中」 スティーヴ・オリヴァー著;真崎義博訳 早川書房(ハヤカワ・ミステリ文庫) 2001年10月

デル・リエコ
一流人材バンク「ド・ワーヴル社」のプロジェクトマネージャー、50歳くらいの紳士 「首切り」 ミシェル・クレスピ著;山中芳美訳 早川書房(ハヤカワ・ミステリ文庫) 2002年7月

デルレイ
FBIマンハッタン支局の捜査官、変装の名人 「コフィン・ダンサー 上・下」 ジェフリー・ディーヴァー著;池田真紀子訳 文藝春秋(文春文庫) 2004年10月

デルレイ
FBIマンハッタン支局の捜査官、変装の名人 「ボーン・コレクター 上・下」 ジェフリー・ディーヴァー著;池田真紀子訳 文藝春秋(文春文庫) 2003年5月

デルレイ
FBIマンハッタン支局の捜査官、変装の名人 「石の猿―「リンカーン・ライム」シリーズ [4]」 ジェフリー・ディーヴァー著;池田真紀子訳 文藝春秋 2003年5月

デルレイ
FBIマンハッタン支局の捜査官、変装の名人 「魔術師(イリュージョニスト)―「リンカーン・ライム」シリーズ [5]」 ジェフリー・ディーヴァー著;池田真紀子訳 文藝春秋 2004年10月

デレク・アレン
バージニアの農場主でアラブの石油王アミン・アル・タサン首長の息子、大富豪でハンサムな男 「真夏のデイドリーム」 サンドラ・ブラウン著;広田真奈美訳 ハーレクイン(MIRA文庫) 2004年3月

デレク・ストレンジ（ストレンジ）
ワシントンDCに事務所を構える黒人私立探偵、50代の元警官 「終わりなき孤独」 ジョージ・P.ペレケーノス著;佐藤耕士訳 早川書房 (ハヤカワ・ミステリ文庫) 2004年8月

デレク・ストレンジ（ストレンジ）
ワシントンDCに事務所を構える黒人私立探偵、50代の元警官 「曇りなき正義」 ジョージ・P.ペレケーノス著;佐藤耕士訳 早川書房 (ハヤカワ・ミステリ文庫) 2001年11月

テレサ・サンティアゴ
下院議員候補の資産家アクトン家の新しいベビーシッター、ヒスパニック系の貧しい出の娘 「糖蜜色の偽り」 ダイアナ・ダイアモンド著;高橋佳奈子訳 ソニー・マガジンズ (ヴィレッジブックス) 2005年9月

テレサ・ハーネット
ピッツバーグ警察の元女性警官、自宅で残虐な暴行を受け記憶の一部を失ってしまった女性 「人形の記憶」 マーティン・J.スミス著;幾野宏訳 新潮社 (新潮文庫) 2003年10月

デローム
アルゴンキン・ベイ警察の刑事・カーディナルの相棒、署内の不正を暴く特別調査室から刑事部に異動になった女刑事 「悲しみの四十語」 ジャイルズ・ブラント著;阿部里美訳 早川書房 (ハヤカワ・ミステリ文庫) 2002年7月

デーン・カーバー
FBI犯罪分析課の捜査官、殺害された司祭・マイケルの双子の弟 「土壇場」 キャサリン・コールター著;林啓恵訳 二見書房 (ザ・ミステリ・コレクション) 2004年6月

テンダー・ブランソン
カルト教団「クリード教会」で育ち集団自殺から生き残った保護観察中の男 「サバイバー」 チャック・パラニューク著;池田真紀子訳 早川書房 2001年1月

テンダー・ブランソン
集団自殺したカルト教団の生き残りで飛行機を乗っ取った男 「サバイバー」 チャック・パラニューク著;池田真紀子訳 早川書房 (ハヤカワ文庫NV) 2005年2月

デントン
CIAの防諜部担当副長官、人間操縦に長けたエリート官僚 「アクロバット」 ゴンザーロ・ライラ著;鈴木恵訳 小学館 2004年6月

テンプル・キャロル
私立探偵、弁護士のビリー・ボブの調査の手伝いをしている女性 「ハートウッド」 ジェイムズ・リー・バーク著;佐藤耕士訳 講談社 (講談社文庫) 2001年7月

テンプルトン
三流紙「ロサンゼルス・サン」の腕利きの犯罪担当記者、大学院を卒業したばかりの青年 「夜の片隅で」 ジョン・モーガン・ウィルスン著;岩瀬孝雄訳 早川書房 (ハヤカワ・ミステリ文庫) 2002年2月

テンプル・ノーラン（ノーラン）
アラバマ州ヒルズボロの町長、45歳のスマートな男 「パーティーガール」 リンダ・ハワード著;加藤洋子訳 二見書房 (二見文庫) 2002年3月

テンペランス・ブレナン
ノース・カロライナ大学で教鞭をとっている女性、ノース・カロライナとケベックを往復し両方の仕事をこなしている法人類学者 「骨と歌う女」 キャシー・ライクス著;山本やよい訳 講談社 (講談社文庫) 2004年4月

テンペランス・ブレナン（ブレナン）
法人類学者の女性、ケベック州法医学研究所勤務の骨の専門家 「既死感上下」 キャスリーン・レイクス著;山本やよい訳 角川書店 (角川文庫) 2001年1月

デーン・ホリスター
フロリダ州オーランド市警の刑事、筋骨たくましく野性的な風貌の男 「夜を忘れたい」 リンダ・ハワード著;林啓恵訳 二見書房(二見文庫) 2001年8月

【と】

ドア教授　どあきょうじゅ
"犯罪史上最高の頭脳"を誇る天才知能犯、世紀の大強奪計画のため4人の犯罪エキスパートを集めた男 「レディ・キラーズ」 ジョエル・コーエン脚本;イーサン・コーエン脚本;村雨麻規訳 竹書房(竹書房文庫) 2004年5月

ドアティ
フリーランスのカメラマン、ノンフィクション作家フランク・コーソの元恋人 「黒い河」 G.M.フォード著;三川基好訳 新潮社(新潮文庫) 2004年5月

ドアティ
フリーランスのカメラマン、ノンフィクション作家フランク・コーソの元恋人 「白骨」 G.M.フォード著;三川基好訳 新潮社(新潮文庫) 2005年5月

ドアティ
フリーランスの女性カメラマン、新聞記者フランク・コーソの取材助手 「憤怒」 G.M.フォード著;三川基好訳 新潮社(新潮文庫) 2003年10月

ドイツ皇帝　どいつこうてい
秘密の手紙のリストと引きかえに怪盗ルパンを刑務所から釈放する手はずを約束したドイツ皇帝 「続813アルセーヌ・ルパン」 モーリス・ルブラン作;大友徳明訳 偕成社(偕成社文庫) 2005年9月

ドイル
7件の連続殺人の罪で電気椅子送りが決まった死刑囚 「殺人課刑事 上下」 アーサー・ヘイリー著;永井淳訳 新潮社(新潮文庫) 2001年5月

ドイル夫人　どいるふじん
心臓医兼私立探偵アンドルー・フェニモアの診療所の看護婦兼秘書 「フェニモア先生、人形を診る」 ロビン・ハサウェイ著;坂口玲子訳 早川書房(ハヤカワ・ミステリ文庫) 2002年5月

ドイル夫人　どいるふじん
心臓医兼私立探偵アンドルー・フェニモアの診療所の看護婦兼秘書 「フェニモア先生、墓を掘る」 ロビン・ハサウェイ著;坂口玲子訳 早川書房(ハヤカワ・ミステリ文庫) 2001年5月

ドイル夫人　どいるふじん
心臓医兼私立探偵アンドルー・フェニモアの診療所の看護婦兼秘書 「フェニモア先生、宝に出くわす」 ロビン・ハサウェイ著;坂口玲子訳 早川書房(ハヤカワ・ミステリ文庫) 2003年7月

トゥイリー・スプリー
フロリダ州エバグレーズに住む環境運動家、精神的な問題で大学を中退した26歳の青年 「トード島の騒動 上下」 カール・ハイアセン著;佐々田雅子訳 扶桑社(扶桑社ミステリー) 2001年5月

父さん　とうさん
14歳の少年ジョンの父親、イングランドを目指して航海中に嵐に見舞われたアイル・オブ・スカイ号の船主 「呪われた航海」 イアン・ローレンス作;三辺律子訳 理論社 2001年9月

父さん　とうさん
ネヴァダ州の田舎町カーメンに住む高校生・ニールの父親、町の保安官 「ダイアモンド・ドッグス」 アラン・ワット著;豊田成子訳 DHC 2003年7月

どうじ

ドゥージー・トルド(伯爵夫人)　どぅーじーとるど(はくしゃくふじん)
トルド伯爵夫人、検事ヴェンクが賭博場で出会った美しい女　「ドクトル・マブゼ」　ノルベルト・ジャック著;平井吉夫訳　早川書房(Hayakawa pocket mystery books)　2004年7月

ドゥーセット
グルメ・ガイド覆面調査員パンプルムース氏の妻　「パンプルムース家の犬」　マイケル・ボンド著;木村博江訳　東京創元社(創元推理文庫)　2002年4月

ドゥーセット
グルメ・ガイド覆面調査員パンプルムース氏の妻　「パンプルムース氏と飛行船」　マイケル・ボンド著;木村博江訳　東京創元社(創元推理文庫)　2003年6月

ドゥーセット
グルメ・ガイド覆面調査員パンプルムース氏の妻　「パンプルムース氏のおすすめ料理」　マイケル・ボンド著;木村博江訳　東京創元社(創元推理文庫)　2001年7月

ドゥーセット
グルメ・ガイド覆面調査員パンプルムース氏の妻　「パンプルムース氏の晩餐会」　マイケル・ボンド著;木村博江訳　東京創元社(創元推理文庫)　2005年5月

ドゥーセット(パンプルムース婦人)　どぅーせっと(ぱんぷるむーすふじん)
グルメ・ガイド覆面調査員パンプルムース氏の妻　「パンプルムース氏のダイエット」　マイケル・ボンド著;木村博江訳　東京創元社(創元推理文庫)　2002年11月

ドゥーセット(パンプルムース婦人)　どぅーせっと(ぱんぷるむーすふじん)
グルメ・ガイド覆面調査員パンプルムース氏の妻　「パンプルムース氏の秘密任務」　マイケル・ボンド著;木村博江訳　東京創元社(創元推理文庫)　2001年11月

ドゥーセット(パンプルムース婦人)　どぅーせっと(ぱんぷるむーすふじん)
グルメ・ガイド覆面調査員パンプルムース氏の妻　「パンプルムース氏対ハッカー」　マイケル・ボンド著;木村博江訳　東京創元社(創元推理文庫)　2004年1月

トゥルー・デイビーズ
モルグ(死体安置所)で検死助手として働きながら医大を目指す22歳、死体の声を聞き時間を遡る特殊能力を持つ女の子　「トゥルー・コーリング Vol.1」　ジョン・ハーモン・フェルドマン原案;酒井紀子編訳　竹書房(竹書房文庫)　2005年5月

トゥルー・デイビーズ
モルグ(死体安置所)で検死助手として働きながら医大を目指す22歳、死体の声を聞き時間を遡る特殊能力を持つ女の子　「トゥルー・コーリング Vol.2」　ジョン・ハーモン・フェルドマン原案;酒井紀子編訳　竹書房(竹書房文庫)　2005年5月

トゥルー・デイビーズ
モルグ(死体安置所)で検死助手として働きながら医大を目指す22歳、死体の声を聞き時間を遡る特殊能力を持つ女の子　「トゥルー・コーリング Vol.3」　ジョン・ハーモン・フェルドマン原案;酒井紀子編訳　竹書房(竹書房文庫)　2005年6月

トゥルー・デイビーズ
モルグ(死体安置所)で検死助手として働きながら医大を目指す22歳、死体の声を聞き時間を遡る特殊能力を持つ女の子　「トゥルー・コーリング Vol.4」　ジョン・ハーモン・フェルドマン原案;酒井紀子編訳　竹書房(竹書房文庫)　2005年7月

トゥルー・デイビーズ
モルグ(死体安置所)で検死助手として働きながら医大を目指す22歳、死体の声を聞き時間を遡る特殊能力を持つ女の子　「トゥルー・コーリング Vol.5」　ジョン・ハーモン・フェルドマン原案;酒井紀子編訳　竹書房(竹書房文庫)　2005年9月

トゥルー・デイビーズ
モルグ(死体安置所)で検死助手として働きながら医大を目指す22歳、死体の声を聞き時間を遡る特殊能力を持つ女の子 「トゥルー・コーリング Vol.6」 ジョン・ハーモン・フェルドマン原案;酒井紀子編訳 竹書房(竹書房文庫) 2005年9月

ドク
ノースカロライナ州ハバード郡の産婦人科医でパートタイムの検視官 「夢なき者たちの絆 上下」 M.C.ホワイト著;汀一弘訳 扶桑社(扶桑社ミステリー) 2002年9月

ドクター・アンドリュー・ドノヴァン
ウエディングプランナーのアナベルが担当する式の花婿、ハンサムな若き医師 「ウエディング・プランナーは眠れない」 ローラ・ダラム著;上條ひろみ訳 ランダムハウス講談社(ランダムハウス講談社文庫) 2005年11月

ドクター・ウェックスラー(ウェックスラー)
マンハッタンに診療所を構える結婚カウンセラー 「Mr.&Mrs.スミス」 キャシー・デュボウスキー著;小島由記子編訳 ソニー・マガジンズ(ヴィレッジブックス) 2005年9月

ドクタ・ウォールデン
パーム・スプリングスの「デザート回復期患者療養所」の医長、50代後半の太った男 「探偵はいつも憂鬱」 スティーヴ・オリヴァー著;真崎義博訳 早川書房 (ハヤカワ・ミステリ文庫) 2002年8月

ドクター・エドワーズ
フランス・サボイ山中の精神病院シャトー・ランドリーの院長、女性医師コンスタンス・セッジウィックの父の友人 「白い恐怖」 フランシス・ビーディング著;山本俊子訳 早川書房 (Hayakawa pocket mystery books) 2004年2月

ドクター・ケイ・スカーペッタ(スカーペッタ)
バージニア州検屍局長、40代なかばの金髪の美しい女性 「女性署長ハマー 上下」 パトリシア・コーンウェル著;矢沢聖子訳 講談社(講談社文庫) 2001年12月

ドクター・コーマン
ケータリング会社の女主人ゴルディ・シュルツの前夫、暴行罪で収監されていた元産婦人科医 「クッキング・ママの鎮魂歌」 ダイアン・デヴィッドソン著;加藤洋子訳 集英社(集英社文庫) 2005年9月

ドクター・シェリル・ノース(シェリル)
マイアミの製薬会社「バイオテック社」の主任科学者、会社のオーナーの右腕 「マイアミ殺人懲りないドクター」 ダーク・ワイル著;森沢麻里訳 集英社(集英社文庫) 2003年11月

ドクター・シリング
「ウェルベック・クリニック」の精神分析医、ロンドン警視庁に協力する女性心理学者 「素顔の裏まで」 ニッキ・フレンチ著;務台夏子訳 角川書店(角川文庫) 2002年1月

ドクタ・ハバード
マサチューセッツ州バイフォードの終身介護施設「ハバード・ハウス」の開設者、元医師 「スープ鍋につかった死体」 キャサリン・ホール・ペイジ著;沢万里子訳 扶桑社(扶桑社ミステリー) 2002年12月

ドクター・ハリマン
ウエディングプランナーのアナベルが担当する式の花嫁・エリザベスの父親、クララの元夫 「ウエディング・プランナーは眠れない」 ローラ・ダラム著;上條ひろみ訳 ランダムハウス講談社(ランダムハウス講談社文庫) 2005年11月

ドクター・ピアス
妻クララの親友ヘヴと不倫関係にあった医者 「ウエディング・プランナーは眠れない」 ローラ・ダラム著;上條ひろみ訳 ランダムハウス講談社(ランダムハウス講談社文庫) 2005年11月

どくた

ドクター・フレデリク・スタークス（リッキー）
ニューヨークで開業している53歳の精神分析医、謎の人物ルンペルシュティルツキンに脅迫された男「精神分析医 上下」ジョン・カッツェンバック著;堀内静子訳 新潮社（新潮文庫）2003年10月

ドクター・マースチン
フランス・サボイ山中の精神病院シャトー・ランドリーの院長代理、ハンサムな青年医師「白い恐怖」フランシス・ビーディング著;山本俊子訳 早川書房（Hayakawa pocket mystery books）2004年2月

ドクター・マチュリン
19世紀初頭の英国海軍軍医で諜報活動を行なう男、海軍海尉ジャックの友人「勅任艦長への航海 上下」パトリック・オブライアン著;高沢次郎訳 早川書房（ハヤカワ文庫NV）2003年4月

ドクター・ラングスロー
鍛冶職人のメグのミステリー好きの父親「庭に孔雀、裏には死体」ドナ・アンドリューズ著;島村浩子訳 早川書房（ハヤカワ・ミステリ文庫）2001年4月

ドクター・ラングスロー
鍛冶職人のメグの父親「ハゲタカは舞い降りた」ドナ・アンドリューズ著;島村浩子訳 早川書房（ハヤカワ・ミステリ文庫）2004年12月

ドクター・ラングスロー
鍛冶職人のメグの父親「野鳥の会、死体の怪」ドナ・アンドリューズ著;島村浩子訳 早川書房（ハヤカワ・ミステリ文庫）2002年3月

ド・サンタ・クロース侯爵　どさんたくろーすこうしゃく
フランス東部の町モルトフォンを訪れたポルトガルの貴族「サンタクロース殺人事件」ピエール・ヴェリー著;村上光彦訳 晶文社（必読系！ヤングアダルト）2003年11月

ドーシー
首なし死体で発見されたペイタースン警察署の悪徳警官「悪徳警官はくたばらない」デイヴィッド・ローゼンフェルト著;白石朗訳 文藝春秋（文春文庫）2005年2月

ドーズ
19世紀イギリスのミルバンク監獄の女囚、霊媒といわれる美しい娘「半身」サラ・ウォーターズ著;中村有希訳 東京創元社（創元推理文庫）2003年5月

ドーソン
リゾートの仕掛人・ギャビンが主催する同窓会パーティに乗り込んだ武装集団の最高責任者「楽園占拠」クリストファー・ブルックマイア著;玉木亨訳 ソニー・マガジンズ（ヴィレッジブックス）2003年7月

ドツェンコ
モスクワ市内務総局犯罪捜査局部長の通称「丸パン」の部下、人の記憶を引き出すのが巧みな好青年「無限の殺意 分析官アナスタシヤ・シリーズ②」アレクサンドラ・マリーニナ著;佐々洋子訳 光文社（光文社文庫）2003年10月

ドック
コロンビア大学の学生リーヴィの兄、政府の秘密組織「ディヴィジョン」の工作員「マラソン・マン」ウィリアム・ゴールドマン著;沢川進訳 早川書房（ハヤカワ文庫NV）2005年6月

ドッグ
米空軍ハイテクノロジー航空宇宙兵器センター司令官「幻影のエアフォース」デイル・ブラウン著;上野元美訳 二見書房（二見文庫）2005年2月

ドット・エリス
刑期を終えて出所してきた元恋人アーニーにニューヨークから会いに来た女「グリーン・アイス」R.ホイットフィールド著;新藤純子訳 小学館（Shogakukan mystery）2002年9月

ドッド刑事　どっどけいじ
ガラス工芸家ローガンの店の区域が受け持ちの刑事、若いイギリス人女性「勝利」ディック・フランシス著;菊池光訳　早川書房(Hayakawa novels)　2001年5月

ドートマンダー
ニューヨークを中心に仲間たちと稼ぐ天才的泥棒、ある国から隣国が所有している聖少女の骨を奪ってほしいと頼まれた男「骨まで盗んで」ドナルド・E・ウェストレイク著;木村仁良訳　早川書房（ハヤカワ・ミステリ文庫）2002年6月

ドナー・ミラー
フロリダ州バヒアビーチの水上タクシー会社経営者「狂った真実」ナンシー・ピカード著;宇佐川晶子訳　早川書房（ハヤカワ・ミステリ文庫）2001年12月

ドナルド・K・リード(リード)　どなるどけーりーど(りーど)*
アメリカ海軍原子力潜水艦<シャーク>艦長「原潜シャークの叛乱」パトリック・ロビンソン著;山本光伸訳　二見書房（二見文庫）2003年7月

ドナルド・バフィット(バフィット)
ミズーリ州マドックス警察署の一級巡査「ブラディ・リバー・ブルース」ジェフリー・ディーヴァー著;藤田佳澄訳　早川書房（ハヤカワ・ミステリ文庫）2003年1月

トニー
40歳過ぎでデヴォン州ホルズワージーに移り住んだ人材スカウト「石に刻まれた時間」ロバート・ゴダード著;越前敏弥訳　東京創元社（創元推理文庫）2003年1月

トニー
5年間の服役を終えてパリに戻ってきたギャング「男の争い」オーギュスト・ル・ブルトン著;野口雄司訳　早川書房(Hayakawa pocket mystery books)　2003年12月

トニー
ネット犯罪特捜機関「ネットフォース」の司令官・マイケルズの恋人、元副司令官「ネットフォース〈4〉－殲滅の周波数」トム・クランシー著;スティーヴ・ペリー著;スティーヴ・ピチェニック著;熊谷千寿訳　角川書店（角川文庫）2001年5月

トニー
マイアミにオフィスを構えている遊び人の私立探偵「セメントの女」マーヴィン・アルバート著;横山啓明訳　早川書房(Hayakawa pocket mystery books)　2004年4月

トニー・アルメイダ
CTUロサンゼルス支局のチーフ、ジャック・バウアーの協力者「24 TWENTY FOUR 2-1」ジョエル・サーナウ原案;ロバート・コクラン原案　竹書房（竹書房文庫）2004年4月

トニー・アルメイダ
CTUロサンゼルス支局のチーフ、ジャック・バウアーの協力者「24 TWENTY FOUR 2-2」ジョエル・サーナウ原案;ロバート・コクラン原案　竹書房（竹書房文庫）2004年4月

トニー・アルメイダ
CTUロサンゼルス支局のチーフ、ジャック・バウアーの協力者「24 TWENTY FOUR 2-3」ジョエル・サーナウ原案;ロバート・コクラン原案　竹書房（竹書房文庫）2004年5月

トニー・アルメイダ
CTUロサンゼルス支局のチーフ、ジャック・バウアーの協力者「24 TWENTY FOUR 2-4」ジョエル・サーナウ原案;ロバート・コクラン原案　竹書房（竹書房文庫）2004年6月

トニー・アルメイダ
CTUロサンゼルス支局のチーフ・アシスタント、ジャック・バウアーの協力者「24 TWENTY FOUR 3-1」ジョエル・サーナウ原案;ロバート・コクラン原案　竹書房（竹書房文庫）2004年11月

とにあ

トニー・アルメイダ
CTUロサンゼルス支局のチーフ・アシスタント、ジャック・バウアーの協力者 「24 TWENTY FOUR 3-2」ジョエル・サーナウ原案;ロバート・コクラン原案　竹書房(竹書房文庫)　2004年11月

トニー・アルメイダ
CTUロサンゼルス支局のチーフ・アシスタント、ジャック・バウアーの協力者 「24 TWENTY FOUR 3-3」ジョエル・サーナウ原案;ロバート・コクラン原案　竹書房(竹書房文庫)　2004年12月

トニー・アルメイダ
CTUロサンゼルス支局のチーフ・アシスタント、ジャック・バウアーの協力者 「24 TWENTY FOUR 3-4」ジョエル・サーナウ原案;ロバート・コクラン原案　竹書房(竹書房文庫)　2004年12月

トニー・アルメイダ(アルメイダ)
CTUロサンゼルス支局の諜報捜査官 「24 CTU/テロ対策ユニットの真実」マーク・セラシーニ編集;文永優訳　角川書店　2004年3月

トニー・アルメイダ(アルメイダ)
CTUロサンゼルス支局の諜報捜査官 「24 TWENTY FOUR [1]上中下」ジョエル・サーナウ原案;ロバート・コクラン原案　竹書房(竹書房文庫)　2003年12月

トニイ・マーカス
マサチューセッツ州東部の黒人犯罪をすべて取り仕切っているギャングのボス 「冷たい銃声」ロバート・B・パーカー著;菊池光訳　早川書房(Hayakawa novels)　2005年12月

トニオ・トレスキ
天性の美声を持つヴェネツィアの少年、政府高官を輩出する名家の家督相続人 「トニオ、天使の歌声 上下」アン・ライス著;柿沼瑛子訳　扶桑社(扶桑社ミステリー)　2001年10月

トニー・サルバトーリ
テネシー州ノックスビルの犯罪組織のボス、暴力的で冷酷な40代半ばの男 「凍える瞳」クリスティ・ティリー・フレンチ著;中西和美訳　二見書房(二見文庫)　2005年3月

トニー・ジュベール
マイアミの軍事製品輸出企業「ジュベール社」社員でオーナーの27歳の長男 「ゼウスの烙印」ジャスミン・クレスウェル著;米崎邦子訳　ハーレクイン(MIRA文庫)　2002年11月

トニー・スー
ロサンジェルスにあるサン・マリーノ高校の生徒、華僑の子ども 「ジャスミン・トレード」デニーズ・ハミルトン著;堀内静子訳　早川書房(ハヤカワ・ミステリ文庫)　2003年5月

トニー・スローン(スローン)
元TVコマーシャルのプロデューサーで最近ヒット作を飛ばしたばかりの映画監督 「ブラディ・リバー・ブルース」ジェフリー・ディーヴァー著;藤田佳澄訳　早川書房(ハヤカワ・ミステリ文庫)　2003年1月

トニー・チャート
ロンドンを離れ北の田舎村にやってきたマーティンが出会った近隣の地主 「墜落のある風景」マイケル・フレイン著;山本やよい訳　東京創元社(創元推理文庫)　2001年9月

トニー・ニーロ(ニーロ)
ニューヨーク市警の刑事、イタリア系中年男 「ディーバ」ケイン&アベル著;Noboru訳　青山出版社(Hiphop★novels)　2005年8月

ドニー・バークスデイル
妻のヴァレリーに暴力をふるう夫、ジョージア州ブリクストンの占い師アニーを逆恨みしている男 「ギフト」ビリー・ボブ・ソーントン脚本;トム・エパーソン脚本;小島由記子訳　講談社(シネマブックス)　2001年5月

トニー・ハート(ハート)
FBI特別捜査官、ノア・ビショップのチームの一員 「シャドウ・ファイル/狩る」 ケイ・フーパー著;幹遙子訳 早川書房(ハヤカワ文庫NV) 2001年9月

トニー・ヴァレンタイン(ヴァレンタイン)
フロリダ在住の初老のカジノコンサルタント、引退した元刑事でいかさまを見抜く天才 「カジノを罠にかけろ」 ジェイムズ・スウェイン著;三川基好訳 文藝春秋(文春文庫) 2005年3月

トニー・ヒル(ヒル)
大学の行動心理学の上級講師、全英犯罪者プロファイリング・チームの元心理分析官 「殺しの迷路」 ヴァル・マクダーミド著;森沢麻里訳 集英社(集英社文庫) 2004年7月

トニー・フェラーズ
英国のブラックフィールド村の宿屋「黒鳥亭」の主人 「赤い霧」 ポール・アルテ著;平岡敦訳 早川書房(Hayakawa pocket mystery books) 2004年10月

トーニ・プレスコット
シリコンバレーで働くロンドン生まれの女性、アシュレー・パターソンの同僚 「よく見る夢 上下」 シドニィ・シェルダン作;天馬竜行訳 アカデミー出版 2003年2月

トーニ・プレスコット
シリコンバレーで働くロンドン生まれの女性、アシュレー・パターソンの同僚 「よく見る夢 上下」 シドニィ・シェルダン作;天馬竜行訳 アカデミー出版 2004年4月

トニー・フレミング
アンティークショップ店員キャロラインの再婚相手、ニューヨークの高級アパート・ロックウェル館の住人 「ミッドナイト・ボイス」 ジョン;ソール著;野村;芳夫訳 ソニー・マガジンズ(ヴィレッジブックス) 2004年3月

トニー・マーストン
容姿に恵まれた遊び好きな若者、インディアン島オーエン邸に招かれた客の1人 「そして誰もいなくなった」 アガサ・クリスティー著;清水俊二訳 早川書房(ハヤカワ文庫クリスティー文庫) 2003年10月

トニー・ラッセル(ラッセル)
ニューヨーク市警察本部長、容疑者に拳銃を奪われたマディガン刑事の上司 「刑事マディガン」 リチャード・ドハティー著;真崎義博訳 早川書房(Hayakawa pocket mystery books) 2003年11月

トニー・ラブリオーラ
元歌手セーラの夫、水産卸会社の経営者 「孤独な鳥がうたうとき」 トマス・H・クック著;村松潔訳 文藝春秋 2004年11月

トニー・ラベッロ(ラベッロ)
ニューヨークマフィアのトップ、裏社会の有力者 「逃げる男」 シドニィ・シェルダン著;天馬竜行訳 アカデミー出版 2003年11月

トニー・ラベッロ(ラベッロ)
ニューヨークマフィアのトップ、裏社会の有力者 「逃げる男」 シドニィ・シェルダン著;天馬竜行訳 アカデミー出版 2005年5月

トニー・ロード
46歳になる刑事弁護士、青春時代にレイクシティで恋人を殺した無実の罪を着せられた男 「サイレント・ゲーム 上下」 リチャード・ノース・パタースン著;後藤由季子訳 新潮社(新潮文庫) 2005年11月

トニー・ロード
サンフランシスコ在住の辣腕弁護士、女優の妻と17歳の息子を持つ46歳の男 「サイレント・ゲーム」 リチャード・ノース・パタースン著;後藤由季子訳 新潮社 2003年3月

とにろ

トニー・ロング（ロング）
イタリアの第一二七捕虜収容所に収容されている英国陸軍中尉、脱走の常習者 「捕虜収容所の死」 マイケル・ギルバート著；石田善彦訳 東京創元社（創元推理文庫） 2003年5月

ドネリー
ニューヨーク市警本部の私服刑事 「グリーン・アイス」 R.ホイットフィールド著；新藤純子訳 小学館（Shogakukan mystery） 2002年9月

トーヴァル
エリック・パーカーの会社のセキュリティ担当、頭が禿げていて首のない男 「コズモポリス」 ドン・デリーロ著；上岡伸雄訳 新潮社（新潮文庫） 2004年2月

トビー
ノッティング・ヒル署の警部補ジェマの4歳になった息子 「警視の不信」 デボラ・クロンビー著；西田佳子訳 講談社（講談社文庫） 2005年9月

トビー・オデル（オデル）
ワールドクエスト社の元共同経営者、優秀なプログラマー 「悪夢の帆走」 ジェイムズ・セイヤー著；安原和見訳 新潮社（新潮文庫） 2005年7月

トビー・ジャンセン
CIAの精鋭チーム「アクロバット」のメンバー、元経済分析官だった頭脳派の25歳の男 「アクロバット」 ゴンザーロ・ライラ著；鈴木恵訳 小学館 2004年6月

トビー・ダイク
犯罪ジャーナリスト、イギリスのチョービー村で起きた殺人事件の捜査に加わった男 「その死者の名は」 エリザベス・フェラーズ著；中村有希訳 東京創元社（創元推理文庫） 2002年8月

トビー・ローズ
美貌で裕福な女性・イヴの婚約者、アンジュ街にあるイヴの家のまむかいに住んでいる男 「皇帝の嗅ぎ煙草入れ」 ジョン・ディクスン・カー著；中村能三訳 嶋中書店（嶋中文庫） 2004年11月

トービン
ニューヨーク州ロングアイランドのワイナリー経営者、礼儀正しい独身男 「プラムアイランド 上下」 ネルソン・デミル著；上田公子訳 文藝春秋（文春文庫） 2002年6月

トビン・ケラー
シークレットサービスの外国要人警護部に所属する世界でトップクラスのボディーガード、妻を事故で失った三十代後半の男 「ザ・インタープリター」 デイヴィッド・ジェイコブズ著；富永和子訳 徳間書店（徳間文庫） 2005年5月

トフ氏（リチャード・ローリンソン卿）　とふし（りちゃーどろーりんそんきょう）
ハンサムで冒険好きな貴族、ロンドンの貧民街イーストエンドを舞台に凶悪犯罪を解決する「貴族探偵」 「トフ氏と黒衣の女」 ジョン・クリーシー著；田中孜訳 論創社（論創海外ミステリ） 2004年11月

ドーブレック
謎の金色に輝く〈水晶栓〉を所持していた代議士 「水晶栓―ルパン傑作集6」 モーリス・ルブラン著；堀口大學訳 新潮社（新潮文庫） 2002年7月

トーマス
1965年のロサンゼルスで黒人が蜂起した事件当時サウスウエスト署にいた黒人警官 「ある日系人の肖像」 ニーナ・ルヴォワル著；本間有訳 扶桑社（扶桑社ミステリー） 2005年8月

トーマス・ウォーカー
シアトル郊外ウィング・コープ在住の個人投資家、レオノーラ・ハットンの協力者 「鏡のラビリンス」 ジェイン・アン・クレンツ著；中西和美訳 二見書房（二見文庫） 2005年12月

トマス・カーター
英国屈指の由緒ある大学の教授、アメリカ東部の大学で出会った司書のジャクリーンと友達以上恋人未満の男 「リチャード三世「殺人」事件」 エリザベス・ピーターズ著;安野玲訳 扶桑社(扶桑社ミステリー) 2003年2月

トーマス・キャラハン
ニューオーリンズ「テューレーン・ロースクール」の名物教授 「ペリカン文書」 ジョン・グリシャム著;白石朗訳 小学館(小学館文庫) 2003年4月

トーマス・クーパー
ドーセット警察の部長刑事 「鉄の枷」 ミネット・ウォルターズ著;成川裕子訳 東京創元社(創元推理文庫) 2002年12月

トーマス・サミュエルソン
ストックホルムの新聞社で働く女性記者・アニカの夫、国家公務員 「爆殺魔(ザ・ボンバー)」 リサ・マークルンド著;柳沢由実子訳 講談社(講談社文庫) 2002年7月

トマス・ジェイコブス
ボンベイでタクシー運転手のかたわら観光ガイドをしているケララ出身の男 「ボンベイ・アイス」 レスリー・フォーブス著;池田真紀子訳 角川書店 2003年8月

トマス・セント・ジョン(トム)
革製品会社の経営者、行商の途中のアリゾナ州でウィトレスのアリソンに出会った男 「悪党どもの荒野」 ブライアン・ホッジ著;白石朗訳 扶桑社(扶桑社ミステリー) 2001年6月

トーマス・ダービー(ダービー)
ヴァージニア州パマンキー郡ヴィクトリー・バプテスト教会の牧師、弁護士ナット・ディーズの高校時代の級友 「焦熱の裁き」 デイヴィッド・L.;ロビンズ著;村上;和久訳 新潮社(新潮文庫) 2005年1月

トマス・バーク(バーク)
ニューヨーク市警の刑事部長、スラム街出身で麻薬常習者の息子の父親 「闇に問いかける男」 トマス・H・クック著;村松潔訳 文藝春秋(文春文庫) 2003年7月

トマス・ハンラハン
ボストン市警殺人課刑事、「ゼラルダ・エレクトロニクス社」社長・グレースの夫 「もう一人の相続人」 マレー・スミス著;広瀬順弘訳 文藝春秋(文春文庫) 2001年2月

トーマス・ピット(ピット)
ロンドンの優秀な警察官、正義感の強い警部 「十六歳の闇」 アン・ペリー著;富永和子訳 集英社(集英社文庫) 2004年11月

トマス・B・レイモンド(レイ)　とますびーれいもんど(れい)＊
ソルトレイク・シティ警察の巡査、法地質学者エム・ハンセンに協力するハンサムなモルモン教徒 「化石の殺人」 サラ・アンドリューズ著;高橋恭美子訳 早川書房(ハヤカワ・ミステリ文庫) 2002年9月

トマス・ファウラー(ファウラー)
ヴェトナム戦争直前のサイゴンに駐在する初老のイギリス人特派員 「おとなしいアメリカ人－グレアム・グリーン・セレクション」 グレアム;グリーン著;田中;西二郎訳 早川書房(ハヤカワepi文庫) 2004年8月

トマス・プラット(プラット)
全米チャンピオン牛を購入した大衆レストラン・チェーンの経営者 「シーザーの埋葬」 レックス・スタウト著;大村美根子訳 光文社(光文社文庫) 2004年3月

トーマス・ベタートン(ベタートン)
パリで失踪した若い原子物理学者、イギリス在住のアメリカ人 「死への旅」 アガサ・クリスティー著;奥村章子訳 早川書房(ハヤカワ文庫クリスティー文庫) 2004年8月

とます

トーマス・ウェルズ
旅回りの「道徳座」の役者一座が旅の途中で立ち寄った町の街道脇で死んでいた少年　「仮面の真実」バリー・アンズワース磯部和子訳　創土社　2005年1月

トーマス・ベレズフォード
第一次世界大戦後に失業した陸軍中尉、赤毛の好青年　「秘密機関」アガサ・クリスティー著；田村隆一訳　早川書房（ハヤカワ文庫クリスティー文庫）2003年11月

トマス・ベレズフォード
「おしどり探偵」ベレズフォード夫妻の夫、探偵兼秘密情報部員　「おしどり探偵」アガサ・クリスティー著；坂口玲子訳　早川書房（ハヤカワ文庫クリスティー文庫）2004年4月

トーマス・ホワイトホール（ホワイトホール）
韓国駐在陸軍大尉、韓国兵殺害事件の容疑者　「反米同盟 上下」ブライアン・ヘイグ著；平賀秀明訳　新潮社（新潮文庫）2003年6月

トーマス・マドゥン（トミー）
謎のストーカーに殺害予告されたローランの歳の離れた兄、神父　「心うち砕かれて」ジュリー・ガーウッド著；中村三千恵訳　二見書房（二見文庫）2002年1月

トマス・ムーア（ムーア）
ボストン市警察殺人課刑事、女性刑事のリゾーリと女性の子宮を取って喉を掻き切る怪奇連続殺人事件の捜査をした男　「外科医」テス・ジェリッツェン著；安原和見訳　文藝春秋（文春文庫）2003年8月

トマス・ラース
秘密情報部の元工作員だったロバートの息子だという若者　「スパイズ・ライフ 上下」ヘンリー・ポーター著；二宮磬訳　新潮社（新潮文庫）2005年2月

トマス・ロジャース
インディアン島オーエン邸の執事、長身で気品のある男　「そして誰もいなくなった」アガサ・クリスティー著；清水俊二訳　早川書房（ハヤカワ文庫クリスティー文庫）2003年10月

トマス・ロビンソン
イギリス国防大臣・ピーターの十六歳の一人息子、母親が殺害されるのを目撃した少年　「女被告人」サイモン・トールキン著；伏見威蕃訳　ランダムハウス講談社　2003年11月

ド・マリニー
ロンドンに住むオカルティスト・クロウの友人、ニューオリンズの神秘学者の息子　「タイタス・クロウの事件簿」ブライアン・ラムレイ著；夏来健次訳　東京創元社（創元推理文庫）2001年3月

トミー
ロックギタリストのミム・ブラッカの父、刑務所から出所したばかりの男　「わが手に雨を」グレッグ・ルッカ著；佐々田雅子訳　文藝春秋　2004年9月

トミー
謎のストーカーに殺害予告されたローランの歳の離れた兄、神父　「心うち砕かれて」ジュリー・ガーウッド著；中村三千恵訳　二見書房（二見文庫）2002年1月

トミー（トーマス・ベレズフォード）
第一次世界大戦後に失業した陸軍中尉、赤毛の好青年　「秘密機関」アガサ・クリスティー著；田村隆一訳　早川書房（ハヤカワ文庫クリスティー文庫）2003年11月

トミー・カーメリーニ（カーメリーニ）
CIAのスパイ活動を副業としている若い弁護士、同業者チャンスの同僚　「キューバ 上下」スティーブン・クーンツ著,；北澤；和彦訳　講談社（講談社文庫）2003年4月

ドミニク
フランスの資産価値10億ドルのソフトウェア会社「ドゥマン」の経営者 「欧米掃滅 上下」 トム・クランシー著;スティーヴ・ピチェニック著;伏見威蕃訳 新潮社(新潮文庫) 2001年3月

ドミニク・カルーソー
前アメリカ大統領の双子の甥、元FBI特別捜査官で民間の極秘諜報機関「ザ・キャンパス」の新入職員 「国際テロ 上下」 トム・クランシー著;田村源二訳 新潮社(新潮文庫) 2005年8月

ドミニク・ジョバンニ(ジョバンニ)
武器商人、カリブ海の高級リゾート「ポルト・ビアンコ」のオーナーで女性記者ラファエラ・ホランドの実父 「カリブより愛をこめて」 キャサリン・コールター著;林啓恵訳 二見書房(二見文庫) 2005年2月

ドミニク・バスケス
2012年に南フロリダ評価治療センターにインターン研修に来た31歳の女性 「蛇神降臨記」 スティーヴ・オルテン著;野村芳夫訳 文藝春秋(文春文庫) 2003年2月

ドミニク・ファルコネッティ
フロリダ州法執行局の特別捜査官、ブロンド美女連続殺人事件の担当捜査官 「報復」 ジリアン・ホフマン著;吉田利子訳 ソニー・マガジンズ(ヴィレッジブックス) 2004年11月

ドミニク・ファルコネッティ
フロリダ州法執行局の特別捜査官、検事補C・Jの婚約者 「報復ふたたび」 ジリアン・ホフマン著;吉田利子訳 ソニー・マガジンズ(ヴィレッジブックス) 2005年11月

ドミノ・ハーヴェイ
俳優ローレンス・ハーヴェイとモデルのポーリーン・ストーンの娘、トップモデルからバウンティ・ハンターになった25歳の女 「ドミノ」 リチャード・ケリー脚本;富永和子訳 竹書房(竹書房文庫) 2005年10月

トミー・フィールディング(フィールディング)
オハイオ州の新球場建設会社の幹部役員、不慮の死を遂げた男 「ダーク・レディ 上下」 リチャード・ノース・パタースン著;東江一紀訳 新潮社(新潮文庫) 2004年9月

トミー・ヘヴナー
私立探偵キンジー・ミルホーンが新しく借りたオフィスの家主リチャード・ヘヴナーの弟 「獲物のQ」 スー・グラフトン著;嵯峨静江訳 早川書房(Hayakawa novels) 2003年9月

トミー・ベレズフォード
「おしどり探偵」ベレズフォード夫妻の夫、元諜報活動員 「NかMか」 アガサ・クリスティー著;深町真理子訳 早川書房(ハヤカワ文庫クリスティー文庫) 2004年4月

トミー・ベレズフォード
「おしどり探偵」ベレズフォード夫妻の夫、元諜報活動員 「運命の裏木戸」 アガサ・クリスティー著;中村能三訳 早川書房(ハヤカワ文庫クリスティー文庫) 2004年10月

トミー・ベレズフォード
「おしどり探偵」ベレズフォード夫妻の夫、元諜報活動員 「親指のうずき」 アガサ・クリスティー著;深町真理子訳 早川書房(ハヤカワ文庫クリスティー文庫) 2004年9月

トミー・ベレズフォード(トマス・ベレズフォード)
「おしどり探偵」ベレズフォード夫妻の夫、探偵兼秘密情報部員 「おしどり探偵」 アガサ・クリスティー著;坂口玲子訳 早川書房(ハヤカワ文庫クリスティー文庫) 2004年4月

トム
テキサス州東部の小さな町に住む少女、治安官ジェイコブの娘でハリーの妹 「ボトムズ」 ジョー・R.ランズデール著;北野寿美枝訳 早川書房(ハヤカワ・ミステリ文庫) 2005年3月

とむ

トム
テキサス東部に住む少年ハリーの2歳年下の妹、男の子のようにわんぱくな少女 「ボトムズ」 ジョー・R・ランズデール著;大槻寿美枝訳 早川書房(Hayakawa novels) 2001年11月

トム
ロンドンの地下鉄バスカー・もぐりの演奏家、フルート奏者の男 「ソロモン王の絨毯」 バーバラ・ヴァイン著;羽田詩津子訳 角川書店(角川文庫) 2001年10月

トム
科学捜査専門家リンカーン・ライムの介護士兼助手、有能で面倒見の良い好青年 「コフィン・ダンサー 上・下」 ジェフリー・ディーヴァー著;池田真紀子訳 文藝春秋(文春文庫) 2004年10月

トム
科学捜査専門家リンカーン・ライムの介護士兼助手、有能で面倒見の良い好青年 「ボーン・コレクター 上・下」 ジェフリー・ディーヴァー著;池田真紀子訳 文藝春秋(文春文庫) 2003年5月

トム
科学捜査専門家リンカーン・ライムの介護士兼助手、有能で面倒見の良い好青年 「石の猿—「リンカーン・ライム」シリーズ [4]」 ジェフリー・ディーヴァー著;池田真紀子訳 文藝春秋 2003年5月

トム
科学捜査専門家リンカーン・ライムの介護士兼助手、有能で面倒見の良い好青年 「魔術師(イリュージョニスト)—「リンカーン・ライム」シリーズ [5]」 ジェフリー・ディーヴァー著;池田真紀子訳 文藝春秋 2004年10月

トム
革製品会社の経営者、行商の途中のアリゾナ州でウイトレスのアリソンに出会った男 「悪党どもの荒野」 ブライアン・ホッジ著;白石朗訳 扶桑社(扶桑社ミステリー) 2001年6月

トム
洞窟生態学者兼海洋生物学者ホイットニーの夫、40歳の洞窟探検家兼地質学者 「地底迷宮 上下」 マーク;サリヴァン著;上野;元美訳 新潮社(新潮文庫) 2004年3月

トム・アンダーソン(アンダーソン)
私立探偵ヴァレンティン・サンシールの雇い主、ルイジアナ州議会議員で知事に次ぐ権力者 「快楽通りの悪魔」 デイヴィッド;フルマー著;田村;義進訳 新潮社(新潮文庫) 2004年6月

トム・ウィルソン
新聞記者、テレビリポーターのセーラの婚約者 「スプーン三杯の嫉妬」 バンティ・アヴィーソン著;高月園子訳 ソニー・マガジンズ(ヴィレッジブックス) 2005年4月

トム・カー
CIAの精鋭チーム「アクロバット」のリーダー的存在、小柄な体躯に太鼓腹が目立つ53歳の男 「アクロバット」 ゴンザーロ・ライラ著;鈴木恵訳 小学館 2004年6月

トム・カーター
遺伝子学者、世界最大のバイオテクノロジー企業を統括する「ジーニアス社」の経営者 「メサイア・コード 上下」 マイクル・コーディ著;内田昌之訳 早川書房(ハヤカワ文庫NV) 2005年8月

トム・カレン
ウィルスにより死滅したアメリカの生存者、知的障害をもつオクラホマ州の四十五歳くらいの男 「ザ・スタンド 2」 スティーヴン・キング著;深町眞理子訳 文藝春秋(文春文庫) 2004年5月

トム・カレン
ウィルスにより死滅したアメリカの生存者、知的障害をもつオクラホマ州の四十五歳くらいの男 「ザ・スタンド 3」 スティーヴン・キング著;深町眞理子訳 文藝春秋（文春文庫）2004年6月

トム・カレン
死滅したアメリカの生存者たちが築いた〈フリーゾーン〉の住民、知的障害をもつ四十五歳くらいの男 「ザ・スタンド 5」 スティーヴン・キング著;深町眞理子訳 文藝春秋（文春文庫）2004年8月

トム・クローム
「レジスター」紙の35歳の新聞記者、看護師ジョレイン・ラックスの協力者 「幸運は誰に? 上下」 カール・ハイアセン著;田口俊樹訳 扶桑社（扶桑社ミステリー） 2005年12月

トム・ゴードン
ニューヨーク州ロングアイランドの動物疫病研究所に妻とともに勤務する30代の男 「プラムアイランド 上下」 ネルソン・デミル著;上田公子訳 文藝春秋（文春文庫）2002年6月

トム・コレッリ・サリヴァン
プリンストン大学英文学部4年生、奇書「ヒュプネロトマキア」を研究するポールを手伝っていたルームメイト 「フランチェスコの暗号 上下」 イアン・コールドウェル著;ダスティン・トマスン著;柿沼瑛子訳 新潮社（新潮文庫）2004年10月

トム・シーモア
イングランド北部のニューカッスルに住む児童心理学者、老婆を殺害した少年のダニー・ミラーの精神鑑定をした男 「越境」 パット・バーカー著高儀進訳 白水社 2002年9月

トム・ジャクソン
ソルトレーク警察殺人課刑事、10年前にニューヨークから流れてきた中年男 「神の街の殺人」 トマス・H・クック著;村松潔訳 文藝春秋（文春文庫）2002年4月

トム・シュルツ
ケータリング会社の女主人ゴルディ・シュルツの二番目の夫、ファーマン郡警察の刑事 「クッキング・ママの鎮魂歌」 ダイアン・デヴィッドソン著;加藤洋子訳 集英社（集英社文庫）2005年9月

トム・シュルツ
コロラド州アスペンのケータリング店の女主人ゴルディ・シュルツの2番目の夫、ファーマン郡警察殺人課の刑事 「クッキング・ママの供述書」 ダイアン・デヴィッドソン著;加藤洋子訳 集英社（集英社文庫） 2003年9月

トム・シュルツ
コロラド州アスペンのケータリング店の女主人ゴルディ・シュルツの2番目の夫、ファーマン郡警察殺人課の刑事 「クッキング・ママの告訴状」 ダイアン・デヴィッドソン著;加藤洋子訳 集英社（集英社文庫） 2003年9月

トム・シュルツ
コロラド州アスペンのケータリング店の女主人ゴルディ・シュルツの2番目の夫、ファーマン郡警察殺人課の刑事 「クッキング・ママの超推理」 ダイアン・デヴィッドソン著;加藤洋子訳 集英社（集英社文庫） 2002年5月

トム・トムリンソン
イングランドのプロサッカーチーム"シティ"の総務部長 「オウン・ゴール」 フィル・アンドリュース著;玉木亨訳 角川書店（角川文庫）2001年7月

トム・トリップ（トリップ）
教師、カナダ北部のマードッグで二人の少女が行方不明になった事件の容疑者 「ロスト・ガールズ」 アンドリュー・パイパー著;堀内静子訳 早川書房 2001年3月

とむに

トム・ニュークイスト
カリフォルニア州ノタ郡保安官事務所の老刑事、心臓発作で頓死した男 「縛り首のN」 スー・グラフトン著;嵯峨静江訳　早川書房(ハヤカワ・ミステリ文庫) 2001年1月

トム・パオレッティ
米海軍特殊部隊SEAL隊長、休暇でボストンの町ボールドウィンズ・ブリッジに帰省した大尉 「遠い夏の英雄」 スーザン・ブロックマン著;山田久美子訳　ソニー・マガジンズ(ヴィレッジブックス) 2003年11月

トム・ハーゲン
アメリカのマフィアのドンであるヴィトーに忠誠を誓いファミリーの専属弁護士になった男 「ゴッドファーザー 上下」 マリオ・プーゾ著;一ノ瀬直二訳　早川書房(ハヤカワ文庫NV) 2005年11月

トム・ハバー(ハバー警部)　とむはばー(はばーけいぶ)
ギャング団「ズー」の犯罪を捜査する警部 「リベンジは頭脳で」 シドニィ・シェルダン著;天馬龍行訳　アカデミー出版 2005年11月

トム・ハリス
14歳のMI6秘密工作員アレックスが通うブルックランド総合学校の友人 「女王陛下の少年スパイ!アレックス スコルピア」 アンソニー・ホロヴィッツ著;森嶋マリ訳　集英社 2004年7月

トム・ビショップ(ビショップ)
CIAエージェント、CIA作戦担当官のミューアにスカウトされスパイになった男 「スパイ・ゲーム」 マイケル・フロスト・ベックナー脚本;池谷律代編訳　竹書房(竹書房文庫) 2001年12月

トム・フェアチャイルド
マサチューセッツ州エイルフォードの牧師、素人探偵フェイスの夫 「スープ鍋につかった死体」 キャサリン・ホール・ペイジ著;沢万里子訳　扶桑社(扶桑社ミステリー) 2002年12月

トム・フェアチャイルド
マサチューセッツ州エイルフォードの牧師、素人探偵フェイスの夫 「海草をまとった死体」 キャサリン・ホール・ペイジ著;沢万里子訳　扶桑社(扶桑社ミステリー) 2001年6月

トム・マクマイケル(マクマイケル)
サンディエゴ市警殺人課部長刑事、ピート・ブラガ殺害事件の捜査担当者 「コールド・ロード」 T.ジェファーソン・パーカー著;七搦理美子訳　早川書房(Hayakawa novels) 2003年10月

トム・マッキー(ウィアード)
スコットランド・セントアンドルーズ大学の学生、殺害された女性の第一発見者の一人 「過去からの殺意」 ヴァル・マクダーミド著;宮内もと子訳　集英社(集英社文庫) 2005年3月

トム・マンチーニ
バッキンガムシャー出身のコンピュータ技術者、イギリス秘密情報部の工作員ニック・ストーンの任務に協力する小太りの男 「ファイアウォール」 アンディ・マクナブ著;伏見威蕃訳　角川書店(角川文庫) 2003年4月

トム・ランカスター
失踪したテュレーン大学の大学院生 「沈黙」 エリカ・スピンドラー著;平江まゆみ訳　ハーレクイン(MIRA文庫) 2004年10月

トム・リッチ(リッチ)
巨大多国籍企業・アップリンク社の全世界監督官 「殺戮兵器を追え」 トム・クランシー著;マーティン・グリーンバーグ著;棚橋志行訳　二見書房(二見文庫) 2004年1月

トム・リッチ（リッチ）
米国の巨大企業「アップリンク・インターナショナル」の緊急対応部隊に任命された男　「謀殺プログラム」トム・クランシー著;マーティン・グリーンバーグ著;棚橋志行訳　二見書房（二見文庫）2003年5月

トム・リッチ（リッチ）
米国の巨大企業アップリンク社の世界規模の企業保安部門である私設特殊部隊の幹部、チームの改革を図るための人材として雇われた男　「細菌テロを討て! 上下」トム・クランシー著;マーティン・グリーンバーグ著;棚橋志行訳　二見書房（二見文庫）2001年11月

トム・リプリー（リプリー）
希代の天才詐欺師、妻とパリ近郊のヴィルペルス村で裕福な暮らしを送っている男　「死者と踊るリプリー」パトリシア・ハイスミス著;佐宗鈴夫訳　河出書房新社（河出文庫）2003年12月

トム・ロビショー（ロビショー）
ロビショー＆デヴェイン銀行の頭取、スローン銀行副頭取ジョン・サッチャーの大学時代からの友人で抜け目ない実業家　「死の会計」エマ・レイサン著;西山百々子訳　論創社（論創海外ミステリ）2005年2月

トム・ロビショー（ロビショー）
ロビショー＆デヴェイン銀行の頭取、スローン銀行副頭取ジョン・サッチャーの大学時代からの友人で抜け目ない実業家　「死の信託」エマ・レイサン著;中島なすか訳　論創社（論創海外ミステリ）2005年11月

ドーラ
アパラチア山脈の小さな町・イェールに住む猜疑心と神への畏れが強いオールドミス、夫が失踪したレイチェルの姉　「危険な匂いのする男」テリー・ケイ著;栗原百代訳　扶桑社（扶桑社ミステリー）2002年1月

ドラ
1910年のウィーンで起こった殺人事件の被害者、ブルジョア階級出身の18歳の娘　「イチジクを喰った女」ジョディ・シールズ著;奥村章子訳　早川書房（ハヤカワ・ミステリ文庫）2001年2月

ドラガン・アジョニッチ
得体の知れぬ目的のためにポータブル核爆弾（PNB）を狙うテロリスト　「9デイズ」ジェイソン・リッチマン著;マイケル・ブラウニング著;辻優子訳　メディアファクトリー（洋画文庫）2002年10月

トラッシュキャン・マン（ドン・エルバート）
ウィルスにより死滅したアメリカの生存者、インディアナ州ポータンヴィルの放火魔　「ザ・スタンド 3」スティーヴン・キング著;深町眞理子訳　文藝春秋（文春文庫）2004年6月

トラヴィス
犯罪者の地下組織に関わり自らの才覚のみを頼りに裏社会を生きる男　「見えない絆」アイリス・ジョハンセン著;北沢あかね訳　講談社（講談社文庫）2004年1月

トラヴィス・マグワイア
イクスプレス紙の女性記者アイリーン・ケリーのいとこ　「親族たちの嘘」ジャン・バーク著;渋谷比佐子訳　扶桑社（扶桑社ミステリー）2001年1月

ド・ラ・ファイユ男爵　どらふぁいゆだんしゃく
フランス東部の町モルトフォンにある城館の独身の主人　「サンタクロース殺人事件」ピエール・ヴェリー著;村上光彦訳　晶文社（必読系!ヤングアダルト）2003年11月

トラヴェリング・マン
知的でサディスティックな連続殺人鬼　「死せるものすべてに 上下」ジョン・コナリー著;北澤和彦訳　講談社（講談社文庫）2003年9月

とらま

ドーラ・マーチ
メイン州ポート・アルマの「センティネル新聞社」の従業員、寡黙でどこか陰のある美女 「心の砕ける音」トマス・H・クック著;村松潔訳 文藝春秋(文春文庫) 2001年9月

トラマチウス
書物〈イデアの洞窟〉内の登場人物、非業の死を遂げた青年 「イデアの洞窟」ホセ・カルロス・ソモザ著;風間賢二訳 文藝春秋 2004年7月

トラメル
フロリダ州オーランド市警の刑事、刑事デーン・ホリスターの友人で捜査パートナー 「夜を忘れたい」リンダ・ハワード著;林啓恵訳 二見書房(二見文庫) 2001年8月

ドラモンド
合衆国陸軍法務部法務官で少佐、逮捕された犬猿の仲のモリソン准将の妻と過去に恋愛関係にあった男 「キングメーカー 上下」ブライアン・ヘイグ著;平賀秀明訳 新潮社(新潮文庫) 2004年10月

ドラモンド
陸軍法務部法務官、ユーゴスラヴィアのコソヴォ自治州で合衆国陸軍特殊部隊のセルビア人虐殺疑惑の調査に向かった少佐 「極秘制裁 上下」ブライアン・ヘイグ著;平賀秀明訳 新潮社(新潮文庫) 2001年6月

ドラモンド
陸軍法務部法務官、共同弁護人キャサリン・カールソンとロースクール時代に犬猿の仲だった少尉 「反米同盟 上下」ブライアン・ヘイグ著;平賀秀明訳 新潮社(新潮文庫) 2003年6月

ドラローシュ
暗号名が〈オクトーバー〉の凄腕の暗殺者 「暗殺者の烙印」ダニエル・シルヴァ著;二宮磬訳 文藝春秋(文春文庫) 2002年5月

ドーラン
サンタ・テレサ警察殺人課警部補、私立探偵キンジー・ミルホーンと旧知の仲の老刑事 「危険のP」スー・グラフトン著;嵯峨静江訳 早川書房(Hayakawa novels) 2001年8月

トーランド
海洋学者、ドキュメンタリー番組の司会をつとめる科学界の有名人 「デセプション・ポイント 上下」ダン・ブラウン著;越前敏弥訳 角川書店 2005年4月

トラン・ヴィン
ニューオーリンズに住むヴェトナム移民の二十一歳の青年、作家ルークの恋人 「絢爛たる屍」ポピー・Z.ブライト著;柿沼瑛子訳 文藝春秋(文春文庫) 2003年6月

ドリー
月賦専門の三流雑貨店の訪問販売員、仕事に忙殺されている既婚の男 「死ぬほどいい女」ジム・トンプスン著;三川基好訳 扶桑社 2002年3月

トリアナ・ベッカー
平凡な中年女性、二人目の夫を亡くしたばかりの未亡人 「幻のヴァイオリン」アン・ライス著;浅羽莢子訳 扶桑社(扶桑社ミステリー) 2001年11月

ドリスケル・ラモント
深夜に侵入したミシシッピ州の電器店で修理工として働くことになったドラキュラ似の男 「ミシシッピ・シークレット」リジー・ハート著;安藤由紀子訳 東京創元社(創元コンテンポラリ) 2003年3月

トリスターノ
歌手、ヴェネチアを拠点に欧州各地で名声を博したカストラート 「迷宮の舞踏会」ロス・キング著;河野純治訳 早川書房(Hayakawa novels) 2004年4月

トリップ
教師、カナダ北部のマードッグで二人の少女が行方不明になった事件の容疑者 「ロスト・ガールズ」 アンドリュー・パイパー著;堀内静子訳　早川書房　2001年3月

トリヴェリアン大佐　とりべりあんたいさ
ダートムアにあるシタフォード荘の持ち主、退役した海軍大佐で資産家 「シタフォードの秘密」 アガサ・クリスティー著;田村隆一訳　早川書房(ハヤカワ文庫クリスティー文庫)　2004年3月

トリポリーナ(クラウディア)
ボローニャの娼館の女将 「オーケ通り」 カルロ・ルカレッリ著;菅谷誠訳　柏艪舎(イタリア捜査シリーズ)　2005年5月

ドルー・イートン
素人探偵トレイシー・イートンの夫 「花嫁誘拐記念日」 クリス・ネリ著;高瀬素子訳　早川書房(ハヤカワ・ミステリ文庫)　2002年9月

ドルー・ソニエ
石油会社の経営者のウェルドン・ソニエの妹、保安官補のデイブの元恋人 「過去が我らを呪う」 ジェイムズ・リー・バーク著;鈴木恵訳　角川書店(角川文庫)　2001年1月

トレイシー
弁護士フィリップ・ランドールの妻、富豪メトカーフ家の一人娘 「おとしあな」 ハワード・ローワン著;天野淑子訳　早川書房(Hayakawa pocket mystery books)　2001年6月

トレイシー・イートン
ロサンゼルス在住の売れっ子ミステリー作家、ハリウッドスターを両親に持つ30代半ばの女性 「花嫁誘拐記念日」 クリス・ネリ著;高瀬素子訳　早川書房(ハヤカワ・ミステリ文庫)　2002年9月

トレイス・ステュアート
地方新聞発行人エリザベス・ステュアートの10代半ばの息子 「ふたりだけの岸辺」 タミー・ホウグ著;宮下有香訳　二見書房(二見文庫)　2004年2月

ドレイトン
チャールストンの「インディゴ・ティーショップ」のティー・ブレンダー、62歳の男性 「ダージリンは死を招く」 ローラ・チャイルズ著;東野さやか訳　ランダムハウス講談社(ランダムハウス講談社文庫)　2005年9月

ドレイン
超人的な能力を引き出す違法ドラッグ「ハマー」をカリフォルニアで製造している天才科学者 「ネットフォース 5－ドラッグ・ソルジャー」 トム・クランシー　角川書店(角川文庫)　2001年11月

トレサリアン
飛行する謎の大型船のリーダー、衛星利用インターネットの開発者の息子 「キリング・タイム」 ケイレブ・カー著;加賀山卓朗訳　早川書房(Hayakawa novels)　2002年11月

トレーシー
オーク・グローブ署に勤める未亡人の婦人警官レイチェルの娘、14歳の少女 「不当逮捕」 N・T・ローゼンバーグ著;吉野美耶子訳　講談社(講談社文庫)　2003年10月

トーレス
キューバの国有会社アヒール・コーポレーションの社長 「ハバナ・ミッドナイト」 ホセ・ラトゥール著;山本さやか訳　早川書房(ハヤカワ・ミステリ文庫)　2003年3月

トレス
弁護士事務所の調査員、元恋人リリアンの依頼でテキサス州サンアントニオに帰郷した青年 「ビッグ・レッド・テキーラ」 リック・リオーダン著;伏見威蕃訳　小学館(Shogakukan mystery)　2002年12月

トーレス大佐　とーれすたいさ
南米アマドール国の独裁者ボリバル将軍の腹心　「億万ドルの舞台」シドニィ・シェルダン作;天馬竜行訳　アカデミー出版　2004年9月

トレス・ナヴァー
テキサスの探偵社でライセンス修行中の私立探偵見習いの男　「ホンキートンク・ガール」リック・リオーダン著;伏見威蕃訳　小学館(小学館文庫)　2004年3月

トレス・ナヴァー
テキサス州サンアントニオにある「エライニア・マノス探偵社」で見習い中の青年　「殺意の教壇」リック・リオーダン著;林雅代訳　小学館(小学館文庫)　2005年5月

トレース・ローリングス
エクアドルのキトでツアーガイドをしている男　「夢をかなえて」エリザベス・ローウェル作;山本亜里紗訳　ハーレクイン(ハーレクイン文庫)　2001年4月

トレバー・レズニック
工場で働く機械工(マシニスト)、原因不明の極度の不眠症で1年間365日眠っていない男　「マシニスト」スコット・コーサー脚本;入間眞編訳　竹書房(竹書房文庫)　2005年1月

トレヴェリヤン
イングランド軍の少佐グレイの従妹の婚約者、性病にかかっている男　「ロード・ジョン・グレイ　緑のドレスの女」ダイアナ・ガバルドン著;石原未奈子訳　ソニー・マガジンズ(ヴィレッジブックス)　2005年10月

トレモント
ニューヨークの製薬会社「ブランチャード製薬」社長兼最高執行責任者　「冥界からの殺戮者－秘密組織カヴァート・ワン〈1〉」ロバート;ラドラム著;ゲイル・リンズ著;峯村利哉訳　角川書店(角川文庫)　2002年3月

トロイ・ノエル
ニューヨークのオークションハウスの社員、鑑定家の男　「フェルメール殺人事件」エイプリル・ヘンリー著;小西敦子訳　講談社(講談社文庫)　2002年4月

トロイ・フェラン
総資産額百十億ドルの「フェラン・グループ」の創始者、七十八歳の孤独な老富豪　「テスタメント 上下」ジョン・グリシャム著;白石朗訳　新潮社(新潮文庫)　2003年2月

トロイ・フェラン(フェラン)
アメリカの大富豪、遺言状を残し自社ビルから投身自殺した七十八歳の老人　「テスタメント」ジョン・グリシャム著;白石朗訳　新潮社　2001年1月

ドロシイ
23歳の怪盗ルビイの恋人、元小学校教師　「怪盗ルビイ・マーチンスン」ヘンリイ・スレッサー著;村上啓夫訳　早川書房(ハヤカワ・ミステリ文庫)　2005年7月

ドロシー・バンター
ニューヨークの広告会社の社長令嬢で社員のフィリップの妻　「殺意のシナリオ」ジョン・フランクリン・バーディン著;宮下嶺夫訳　小学館(Shogakukan mystery)　2003年12月

ドロシー・ペイル
ベテラン女優、大物俳優アラン・グレイの妻　「リリーからの最後の電話」トビー・リット著;雨海弘美訳　ソニー・マガジンズ(ヴィレッジブックス)　2004年9月

ドロシー・ペンジェリー
コーンウォールで一人暮らしする老婦人、画家ローズ・トレヴェリアンの友人　「しっかりものの老女の死」ジェイニー・ボライソー著;安野玲訳　東京創元社(創元推理文庫)　2005年4月

トロッター
バークシア警察の刑事、ロンドンなまりのある陽気な青年 「ねずみとり」 アガサ・クリスティー著;鳴海四郎訳 早川書房(ハヤカワ文庫クリスティー文庫) 2004年3月

トロット
ドイツに駐屯しているアメリカ軍犯罪調査部に所属する一等軍曹、闇物資取引に関与した友人のピート・マレイを追った男 「憲兵トロットの汚名」 デイヴィッド・イーリイ著;大庭忠男訳 早川書房(ハヤカワ・ミステリ文庫) 2004年11月

ドロレス
「お菓子探偵」ハンナの母でアンティークショップ「グラニーズ・アティック」のオーナー、美貌で若々しい女性 「シュガークッキーが凍えている」 ジョアン・フルーク著;上條ひろみ訳 ソニー・マガジンズ(ビレッジブックス) 2005年12月

ドロレス
「お菓子探偵」ハンナの母でアンティークショップ「グラニーズ・アティック」のオーナー、美貌で若々しい女性 「ストロベリー・ショートケーキが泣いている」 ジョアン・フルーク著;上条ひろみ訳 ソニー・マガジンズ(ヴィレッジブックス) 2003年8月

ドロレス
「お菓子探偵」ハンナの母でアンティークショップ「グラニーズ・アティック」のオーナー、美貌で若々しい女性 「ファッジ・カップケーキは怒っている」 ジョアン・フルーク著;上條ひろみ訳 ソニー・マガジンズ(ビレッジブックス) 2005年6月

ドロレス・ケッセルバッハ(ケッセルバッハ夫人) どろれすけっせるばっは(けっせるばっはふじん)
パリのホテルで殺害されたダイヤモンド王ケッセルバッハの妻、未亡人 「続813アルセーヌ・ルパン」 モーリス・ルブラン作;大友徳明訳 偕成社(偕成社文庫) 2005年9月

ドロレス・サルシネス
巨大メディア企業の企画・開発担当副社長のジャックに地下鉄で名刺を渡された美女 「闇に消えた女」 コリン・ハリソン著;笹野洋子訳 講談社(講談社文庫) 2002年6月

ドロレス・スウェンセン(母) どろれすすうぇんせん(はは)
〈クッキー・ジャー〉のオーナー・ハンナの母 「レモンメレンゲ・パイが隠している」 ジョアン・フルーク著;上条ひろみ訳 ソニー・マガジンズ(ヴィレッジブックス) 2004年1月

ドロレス・デルガド
タンゴダンサー、親友の私立探偵・クラウディアの目の前で変死した女性 「破滅への舞踏」 マレール・デイ著;沢万里子訳 文藝春秋(文春文庫) 2002年12月

ドロレス・トゥーイ
人類学者、母親に餓死されられそうになっていた女の子・ルスを救い母親の代わりに育てている女性 「夜の回帰線 上下」 マイケル・グルーバー著;田口俊樹訳 新潮社(新潮文庫) 2004年7月

ドン
復顔像製作の専門家・イヴに娘のボニーを殺したと電話をかけてきた謎の男 「顔のない狩人」 アイリス・ジョハンセン著;池田真紀子訳 二見書房(二見文庫) 2001年4月

ドン・アレハンドロ・ベガ
カリフォルニアの有力者、24歳の息子ドン・ディエゴの父 「快傑ゾロ」 ジョンストン・マッカレー著;井上一夫訳 東京創元社(創元推理文庫) 2005年12月

ドン・エルバート
ウィルスにより死滅したアメリカの生存者、インディアナ州ポータンヴィルの放火魔 「ザ・スタンド 3」 スティーヴン・キング著;深町眞理子訳 文藝春秋(文春文庫) 2004年6月

ドン・カルロス・ブリド
カリフォルニアの零落した農場主、18歳の娘ロリタの父 「快傑ゾロ」 ジョンストン・マッカレー著;井上一夫訳 東京創元社(創元推理文庫) 2005年12月

ドンジン
工場経営者、裸一貫から会社を興し成功した実業家の男 「復讐者に憐れみを」 パクチャヌク原作;イムヨン原作 竹書房(竹書房文庫) 2005年4月

ドン・ディエゴ・ベガ
カリフォルニアの有力者の御曹司、内気で運動嫌いな24歳のスペイン人の青年 「快傑ゾロ」 ジョンストン・マッカレー著;井上一夫訳 東京創元社(創元推理文庫) 2005年12月

トンプソン
航空機に搭載するシステムの製造元「サーチライト」社の最高業務執行責任者の男性 「ジェットスター緊急飛行」 カム・マージ著;戸田裕之訳 ソニー・マガジンズ(ヴィレッジブックス) 2002年6月

トンプソン・カーヒル(カーヒル)
アラバマ州マウンテン・ブルック署の刑事 「一度しか死ねない」 リンダ・ハワード著;加藤洋子訳 二見書房(二見文庫) 2003年1月

ドン・ルイス・ペレンナ
大胆不敵な大怪盗、時に名探偵として時に愛国者として縦横無尽の活躍をする紳士 「棺桶島」 モーリス・ルブラン著;堀口大学訳 新潮社(新潮文庫) 2004年8月

【な】

ナイジェル・ストレンジウェイズ
犯罪捜査専門の私立探偵 「死の殻」 ニコラス・ブレイク著;大山誠一郎訳 東京創元社(創元推理文庫) 2001年10月

ナイジェル・バスゲイト
ロンドンに住む25歳の男性、「クラリオン」紙の新聞記者 「アレン警部登場」 ナイオ・マーシュ著;岩佐薫子訳 論創社(論創海外ミステリ) 2005年4月

ナイトヒート
賭博師、正体不明の殺し屋と対決すべくコロラドの町グローリー・ガルシュに戻ってきた男 「5枚のカード」 レイ・ゴールデン著;横山啓明訳 早川書房(Hayakawa pocket mystery books) 2005年10月

ナイフ
米空軍ハイテクノロジー航空宇宙兵器センター少佐 「幻影のエアフォース」 デイル・ブラウン著;上野元美訳 二見書房(二見文庫) 2005年2月

ナイメク
巨大多国籍企業アップリンク・インターナショナル社の危機管理特殊保安部隊「剣」の長 「石油密輸ルート」 トム・クランシー著;マーティン・グリーンバーグ著 二見書房(二見文庫) 2005年12月

ナイメク
米国の巨大企業「アップリンク・インターナショナル」の保安部長 「謀殺プログラム」 トム・クランシー著;マーティン・グリーンバーグ著;棚橋志行訳 二見書房(二見文庫) 2003年5月

ナイメク
米国の巨大企業アップリンク社の保安部長、私設特殊部隊のチーム改革のため雇い入れたリッチの長年にわたる友人 「細菌テロを討て! 上下」 トム・クランシー著;マーティン・グリーンバーグ著;棚橋志行訳 二見書房(二見文庫) 2001年11月

ナイメク
米国の巨大企業アップリンク社の保安部長、世界規模の企業保安部門である私設特殊部隊の長 「死の極寒戦線」 トム・クランシー著;マーティン・グリーンバーグ著;棚橋志行訳 二見書房(二見文庫) 2002年8月

ナイル
犯罪組織「スコルピア」のメンバーであるロスマン夫人の部下 「女王陛下の少年スパイ!アレックス スコルピア」 アンソニー・ホロヴィッツ著;森嶋マリ訳 集英社 2004年7月

ナオミ・スミス
ロンドンの安アパートに住んでいた作家志望の娘 「私が見たと蠅は言う」 エリザベス・フェラーズ著;長野きよみ訳 早川書房(ハヤカワ・ミステリ文庫) 2004年4月

羅 起龍 な・ぎりょん
韓国のエリート・太五の妻と不貞していたテレビ俳優、離婚歴のある35歳の男 「ソウル―逃亡の果てに」 金聖鍾著;祖田律男訳 新風舎(新風舎文庫) 2005年4月

ナサニエル・ダンス(ダンス)
オハイオ州スティールトン市警の黒人の刑事部長 「ダーク・レディ上下」 リチャード・ノース・パターソン著;東江一紀訳 新潮社(新潮文庫) 2004年9月

ナサニエル・フレデリック・クライン(クライン)
米国大統領直属の特務機関「カヴァート・ワン」の全活動を掌握するチーフ、科学者・スミスの上司 「破滅の預言―秘密組織カヴァート・ワン(2)」 ロバート;ラドラム著;フィリップ;シェルビー著;峯村利哉訳 角川書店(角川文庫) 2002年11月

ナースチャ
モスクワ市警殺人課の心理分析官 「死刑執行人―モスクワ市警殺人課分析官アナスタシヤ3」 アレクサンドラ・マリーニナ著;吉岡ゆき訳 作品社 2002年3月

ナーセル
かつて高校教師デイヴィッドの生徒だった22歳のムスリムの青年、スクール・バスの爆弾事件の犯人 「一瞬の英雄」 ピーター・ブローナー著;服部清美訳 徳間書店(徳間文庫) 2001年10月

ナターシャ・ブレイク
コッツウォルド地方に住む系図学者、家系をたどって出生の秘密や謎を明らかにする家族史探偵 「死より蒼く」 フィオナ・マウンテン著;竹内さなみ訳 講談社(講談社文庫) 2004年11月

ナタリー
メリーランド州に住む毛皮商・ルービンの妻、三人の子供を連れて家出をした30歳の女性 「ロスト・ファミリー」 ローラ・リップマン著;吉澤康子訳 早川書房(ハヤカワ・ミステリ文庫) 2005年12月

ナタリー・カーマイケル
ミズーリ州の地域医療の医師、義肢販売をしているレイモンドの30代の妻 「レイモンドと3人の妻」 ステファニー・ボンド著;小林理子訳 文藝春秋(文春文庫) 2002年12月

ナタリー・トレント
マンハッタン最大の警備保障会社社長の娘で幹部 「暗殺者(キラー)」 グレッグ・ルッカ著;古沢嘉通訳 講談社(講談社文庫) 2002年2月

ナターリヤ・ニカンドロヴナ
ロシア内務局上級職、英国情報部員チャーリー・マフィンの妻 「城壁に手をかけた男 上下」 ブライアン;フリーマントル著;戸田;裕之訳 新潮社(新潮文庫) 2004年5月

ナターリヤ・ニカンドロヴナ
ロシア内務省内部保安連絡局長、英国情報部ロシア駐在員のチャーリーが愛している女性 「待たれていた男 上下」 フリーマントル著;戸田裕之訳 新潮社(新潮文庫) 2002年2月

ナターリヤ・ヴァジム
ロシアのムルマンスク州「レールモントフ診療院」の医師、警察官ヴァジムの妻 「凶運を語る女 上下」 ドナルド・ジェイムズ著;棚橋志行訳 扶桑社(扶桑社ミステリー) 2001年7月

なたる

ナタールカ
白血病の治療のため母親のハリーナとともにポーランドからカナダへやってきた女性 「死、ふたたび」 シルヴィア・マウルターシュ・ウォルシュ著;横山啓明訳 早川書房(ハヤカワ・ミステリ文庫) 2004年12月

ナッシュ
連邦統合テロリスト対策特別機動隊とともにテロに立ち向かうCIA工作員の男 「王者のゲーム 上下」 ネルソン・デミル著;白石朗訳 講談社(講談社文庫) 2001年11月

ナッシュ警視　なっしゅけいし
郡警察の警視で捜査主任、率直で謙虚な態度の好印象を与える男 「動く指」 アガサ・クリスティー著;高橋豊訳 早川書房(ハヤカワ文庫クリスティー文庫) 2004年4月

ナット・ディーズ
ヴァージニア州リッチモンドの弁護士、元パマンキー郡検事補 「焦熱の裁き」 デイヴィッド・L.;ロビンズ著;村上;和久訳 新潮社(新潮文庫) 2005年1月

ナディアナ・ジェサップ
シングルマザーの写真家、作家ゲイルの5歳の娘の子守役 「青い家」 テリ・ホルブルック著;山本俊子訳 早川書房(Hayakawa pocket mystery books) 2003年1月

ナディア・ブレイク
ロンドンに住むエンタテイナー、脅迫状を受け取った28歳の独身女性 「素顔の裏まで」 ニッキ・フレンチ著;務台夏子訳 角川書店(角川文庫) 2002年1月

ナヴァー(トレス)
弁護士事務所の調査員、元恋人リリアンの依頼でテキサス州サンアントニオに帰郷した青年 「ビッグ・レッド・テキーラ」 リック・リオーダン著;伏見威蕃訳 小学館(Shogakukan mystery) 2002年12月

ナビ・アラス
ロサンゼルス郊外に住む電器店経営者、イスラム狂信者でテロリスト 「24 TWENTY FOUR 4-1」 ジョエル・サーナウ原案;ロバート・コクラン原案 竹書房(竹書房文庫) 2005年9月

ナビ・アラス
ロサンゼルス郊外に住む電器店経営者、イスラム狂信者でテロリスト 「24 TWENTY FOUR 4-2」 ジョエル・サーナウ原案;ロバート・コクラン原案 竹書房(竹書房文庫) 2005年9月

ナビ・アラス
ロサンゼルス郊外に住む電器店経営者、イスラム狂信者でテロリスト 「24 TWENTY FOUR 4-3」 ジョエル・サーナウ原案;ロバート・コクラン原案 竹書房(竹書房文庫) 2005年1月

ナビ・アラス
ロサンゼルス郊外に住む電器店経営者、イスラム狂信者でテロリスト 「24 TWENTY FOUR 4-4」 ジョエル・サーナウ原案;ロバート・コクラン原案 竹書房(竹書房文庫) 2005年11月

ナラコット警部　ならこっとけいぶ
エクスターから派遣された警部、並外れた粘り強さと推理力で事件を解決してきた有能な男 「シタフォードの秘密」 アガサ・クリスティー著;田村隆一訳 早川書房(ハヤカワ文庫クリスティー文庫) 2004年3月

ナンシー・クロンジアック(クロンジアック)
FBIの国内テロリズム班のボス格、かねてからある白人至上主義団体の動向を追っていた女性特別捜査官 「墜落事故調査官」 ビル・マーフィ著;伊達奎訳 二見書房(二見文庫) 2001年3月

ナンシー・スターン
フリーライター、幼児教室の先生をやっている同姓同名のナンシーが住むアパートに引っ越してきた女性 「嘘つきの恋は高くつく」 ジェイン・ヘラー著;法村里絵訳　扶桑社(扶桑社ミステリー)　2003年7月

ナンシー・スターン
マンハッタンで暮らす幼児教室の先生、同じアパートに住むフリーライターと同姓同名の女性 「嘘つきの恋は高くつく」 ジェイン・ヘラー著;法村里絵訳　扶桑社(扶桑社ミステリー)　2003年7月

ナンシー・スターン
マンハッタンにある幼児教室「スモール・ブレッシングス」の先生、同じアパートに引っ越してきたフリーライターと同姓同名だった女性 「嘘つきの恋は高くつく」 ジェイン・ヘラー著;法村里絵訳　扶桑社(扶桑社ミステリー)　2003年7月

ナンシー・ポーター
ボルチモア郡警察殺人課の28歳の女性刑事 「あの日、少女たちは赤ん坊を殺した」 ローラ・リップマン著;吉澤康子訳　早川書房(ハヤカワ・ミステリ文庫)　2005年10月

ナンバー4　なんばー4
1942年2月に沈没したサン・フェリックス号のパーサー、片脚のない温血の偉丈夫 「人魚とビスケット」 J.M.スコット著;清水ふみ訳　東京創元社(創元推理文庫)　2001年2月

【に】

ニエマンス
フランス司法警察の警視正、元組織犯罪対策班の花形刑事 「クリムゾン・リバー」 ジャン=クリストフ・グランジェ著;平岡敦訳　東京創元社(創元推理文庫)　2001年1月

ニオン・ポーク
裏社会で悪名高い24歳の男、ハリウッドの美人映画プロデューサーのロニーに叩きのめされた男 「男殺しのロニー」 レイ・シャノン著;鈴木恵訳　ソニー・マガジンズ(ヴィレッジブックス)　2005年9月

ニキ
美貌の女性弁護士、法の裁きを逃れた犯人に復讐する女たちの秘密結社「シスターフッド」のメンバー 「シスターフッド」 ファーン・マイケルズ著;小原亜美訳　二見書房(二見文庫)　2004年11月

ニキ
明晰な頭脳を持つ美貌の弁護士、大富豪マイラの死んだ娘の親友 「シスターフッド」 ファーン・マイケルズ著;小原亜美訳　二見書房(二見文庫)　2004年11月

ニキ・ミラコス
化学兵器による連続テロが発生したキプロスに派遣されたギリシャ国家情報庁の女性部員 「007/ファクト・オブ・デス」 レイモンド・ベンスン著;小林浩子訳　早川書房(Hayakawa pocket mystery books)　2004年10月

ニコーラ
ウェブデザイン会社のデザイナー、サンフランシスコ在住でバツイチの三十一歳の女 「快楽通り12番地」 マーサ・コンウェイ著;米山裕子訳　早川書房(ハヤカワ・ミステリ文庫)　2005年8月

ニコラ
パリの広告代理店の共同経営者とファシスト勢力と戦うスパイという2つの顔を持つ男、苦みばしった風貌のハンガリー人 「影の王国」 アラン・ファースト著;黒原敏行訳　講談社(講談社文庫)　2005年8月

ニコライ
架空の大物犯罪者、型破りのFBI捜査官マークがアルカイダとつながる裏の世界に踏み込むため身をやつした男 「全米無差別テロの恐怖 上・下」 カイル・ミルズ著;公手成幸訳 扶桑社(扶桑社ミステリー) 2004年6月

ニコライ・カルパチア(カルパチア)
アメリカ国連事務総長、カリスマ的個性を持つルーマニア出身の男 「トリビュレーション・フォース レフトビハインド2」 ティム・ラヘイ著;ジェリー・ジェンキンズ著;松本和子訳 いのちのことば社フォレストブックス 2002年8月

ニコライ・カルパチア(カルパチア)
ルーマニア出身の元国連事務総長、世界を統合する「グローバル・コミュニティー」の主権者 「アサシンズ―レフトビハインド〈6〉」 ティム・ラヘイ著;ジェリー・ジェンキンズ著;伊藤肇訳 いのちのことば社フォレストブックス 2005年6月

ニコライ・カルパチア(カルパチア)
旧国連「グローバル・コミュニティー」の反キリストの主権者、ルーマニア出身の青年 「ニコライ―レフトビハインド〈3〉」 ティム・ラヘイ著;ジェリー・ジェンキンズ著;松本和子訳 いのちのことば社フォレストブックス 2003年1月

ニコライ・カルパチア(カルパチア)
世界平和を唱える新勢力"グローバル・コミュニティー"主権者、ルーマニア出身の男 「ソウル・ハーベスト レフトビハインド4」 ティム・ラヘイ著;ジェリー・ジェンキンズ著;松本和子訳 いのちのことば社フォレストブックス 2003年9月

ニコライ・ゴレフ(ゴレフ)
ロシア司法当局に指名手配されているチェチェン人テロリスト、アル・カイーダの実行犯のひとり 「亡国のゲーム 上・下」 グレン・ミード著;戸田裕之訳 二見書房(ザ・ミステリ・コレクション) 2003年12月

ニコラス・ウォーレン(ニック)
ロンドン大学に遊学中のアメリカ人青年、二十年間行方不明だった元米国務次官の息子 「スパイにされたスパイ」 ジョゼフ・キャノン著;飯島宏訳 文藝春秋(文春文庫) 2001年6月

ニコラス・クエントン・ハーパー
英国貴族で冒険家、財宝コレクターの男性 「秘宝 上下」 ウィルバー・スミス著;大沢晶訳 講談社(講談社文庫) 2001年2月

ニコラス・クレイギー
広大な氷原に囲まれて停止している捕鯨船"北極星号"の船長、冷静で度胸のある男 「北極星号の船長」 コナン・ドイル著;北原尚彦編;西崎憲訳 東京創元社(創元推理文庫) 2004年12月

ニコラス・スペンサー(ニック)
少壮の実業家、抗癌ワクチンを開発したという「ジェン・ストーン社」の社長 「消えたニック・スペンサー」 メアリ・H.クラーク著;宇佐川晶子訳 新潮社(新潮文庫) 2005年5月

ニコラス・チェイニー
イギリス・コーンウォールの旧家の当主であり異父姉のオリヴィアと一緒に自殺した男 「炎の翼」 チャールズ・トッド著;山本やよい訳 扶桑社(扶桑社ミステリー) 2001年1月

ニコラス・デントン(デントン)
CIAの防諜部担当副長官、人間操縦に長けたエリート官僚 「アクロバット」 ゴンザーロ・ライラ著;鈴木恵訳 小学館 2004年6月

ニコラス・ドレイク
アメリカ環境資源基金〈NERF〉の理事長、異様なほど痩せていて孤独を好む禁欲的な男 「恐怖の存在 上下」 マイクル・クライトン著;酒井昭伸訳 早川書房(Hayakawa novels) 2005年9月

ニコラス・バーバー
黒死病の蔓延する14世紀イングランドで修道院を逃げ出した副助祭、マーティンが統率する役者一座「道徳座」に加わった若者 「仮面の真実」 バリー・アンズワース磯部和子訳 創土社 2005年1月

ニコラス・パラギュラ（パラギュラ）
裏社会で暗躍するギャングのボス、ノンフィクション作家フランク・コーソの題材となっている男 「黒い河」 G.M.フォード著;三川基好訳 新潮社(新潮文庫) 2004年5月

ニコラス・パリッシュ（パリッシュ）
連続殺人犯、シエラ・ネバダ山中に遺体を埋めたと自白した男 「骨 上下」 ジャン・バーク著;渋谷比佐子訳 講談社(講談社文庫) 2002年6月

ニコラス・パリーニック
保険会社の調査員、剥製ディーラーのガースの弟 「ピップスキーク!」 ブライアン・M.ウィプラッド著;新井ひろみ訳 ランダムハウス講談社(ランダムハウス講談社文庫) 2005年1月

ニコラス・バルド
パパラッチとして名が通っているパリのフリーカメラマン、自然体で気さくな30代後半の男 「ファム・ファタール」 ブライアン・デ・パルマ脚本;大炊晋也訳 角川書店(角川文庫) 2003年7月

ニコラス・パレオロゴス（ニック）
イギリスでビザンティン帝国最後の皇帝の血を引くパレオロゴス家の三男、有能な中間管理職 「悠久の窓 上下」 ロバート・ゴダード著;加地美知子訳 講談社(講談社文庫) 2005年3月

ニコラス・ペニー（ニック）
英独友好同盟の軍曹、ドイツ人司令官の通訳をしている23歳のイギリス人 「英国占領 上下」 マリ・デイヴィス著;真野明裕訳 二見書房(二見文庫) 2005年7月

ニコラス・ベンジャミン・ブキャナン（ニック）
長期休暇中のFBI捜査官、神父トーマスの小学生の頃からの親友 「心うち砕かれて」 ジュリー・ガーウッド著;中村三千恵訳 二見書房(二見文庫) 2002年1月

ニコラス・マーティン（マーティン）
ロサンジェルス市警察殺人課の元刑事ジョン・バロンの変名 「皇帝の血脈 上下」 アラン・フォルサム著;戸田裕之訳 新潮社(新潮文庫) 2005年11月

ニコラス・ワイアット（ワイアット）
ワイアット・テレコム社の創立者、恐怖で社員を支配する専制的な経営者 「侵入社員 上下」 ジョゼフ・フィンダー著;石田善彦訳 新潮社(新潮文庫) 2005年12月

ニコール・クイン（ニキ）
美貌の女性弁護士、法の裁きを逃れた犯人に復讐する女たちの秘密結社「シスターフッド」のメンバー 「シスターフッド」 ファーン・マイケルズ著;小原亜美訳 二見書房(二見文庫) 2004年11月

ニコール・クイン（ニキ）
明晰な頭脳を持つ美貌の弁護士、大富豪マイラの死んだ娘の親友 「シスターフッド」 ファーン・マイケルズ著;小原亜美訳 二見書房(二見文庫) 2004年11月

ニコール・ザック（ニッキ）
女弁護士のニナの息子・ボブの友人、整形外科医のビルが殺害された事件の容疑者になった16歳の少女 「敵対証人」 ペリー・オショーネシー著;富永和子訳 小学館(小学館文庫) 2005年3月

ニコル・ジェミニ
高校生のジョナが出会い系サイトで知り合った女の子 「出会い系サイトの罠 danger.com 1」 ジョーダン・クレイ著;中江昌彦訳 青春出版社(青春文庫) 2001年10月

にこる

ニコル・タイチュン
シングルマザーでフリーランスのジャーナリスト、頭のいいタフな娘 「奪還」 マイケル・デイ著;松本剛史訳 ソニー・マガジンズ(ヴィレッジブックス) 2005年4月

ニコール・バス(ニッキー)
高級コールガール、イタリアマフィア・ジェネロが殺害した現場の目撃者 「射程圏」 J・C・ポロック著;中原裕子訳 早川書房(ハヤカワ文庫NV) 2001年6月

ニコール・ハワード(ニッキイ)
エリオットの亡き父が隠し持っていた写真の人物と瓜二つの美女、スペイン生まれのニューヨーカー 「神聖娼婦」 グレイアム・ワトキンズ著;大瀧啓裕訳 学習研究社 2004年4月

ニコル・ルージュロン
シャルトルに住んでいるフランス陸軍大佐の娘、スキーの達人 「パイド・パイパー 自由への越境」 ネビル・シュート著;池央耿訳 東京創元社(創元推理文庫) 2002年2月

ニザリ
タリバンのアヘン取引担当者 「アフガン・決死の潜入作戦」 マイクル・サラザー著;棚橋志行訳 扶桑社(扶桑社ミステリー) 2004年4月

23号　にじゅうさんごう*
岩盤の上のアリの都市ベル・オ・カンの反逆アリ 「蟻の時代 ウェルベル・コレクションⅡ」 ベルナール・ウェルベル著;小中陽太郎訳;森山隆訳 角川書店(角川文庫) 2003年7月

ニッキ
女弁護士のニナの息子・ボブの友人、整形外科医のビルが殺害された事件の容疑者になった16歳の少女 「敵対証人」 ペリー・オショーネシー著;富永和子訳 小学館(小学館文庫) 2005年3月

ニッキー
高級コールガール、イタリアマフィア・ジェネロが殺害した現場の目撃者 「射程圏」 J・C・ポロック著;中原裕子訳 早川書房(ハヤカワ文庫NV) 2001年6月

ニッキイ
エリオットの亡き父が隠し持っていた写真の人物と瓜二つの美女、スペイン生まれのニューヨーカー 「神聖娼婦」 グレイアム・ワトキンズ著;大瀧啓裕訳 学習研究社 2004年4月

ニッキ・ティンクス(リスカ)
ミネアポリス市警刑事、9歳と11歳の息子の母親 「業火の灰 上下」 タミー・ホウグ著;飛田野裕子訳 二見書房(二見文庫) 2002年8月

ニッキー・ヴェイル
火災で死んだパミラ・ヴェイルの夫、旧ソ連出身のユダヤ人でロシアンマフィアの元締め 「カリフォルニアの炎」 ドン・ウィンズロウ著;東江一紀訳 角川書店(角川文庫) 2001年9月

ニック
イギリスでビザンティン帝国最後の皇帝の血を引くパレオロゴス家の三男、有能な中間管理職 「悠久の窓 上下」 ロバート・ゴダード著;加地美知子訳 講談社(講談社文庫) 2005年3月

ニック
ロンドン大学に遊学中のアメリカ人青年、二十年間行方不明だった元米国務次官の息子 「スパイにされたスパイ」 ジョゼフ・キャノン著;飯島宏訳 文藝春秋(文春文庫) 2001年6月

ニック
英独友好同盟の軍曹、ドイツ人司令官の通訳をしている23歳のイギリス人 「英国占領 上下」 マリ・デイヴィス著;真野明裕訳 二見書房(二見文庫) 2005年7月

ニック
少壮の実業家、抗癌ワクチンを開発したという「ジェン・ストーン社」の社長 「消えたニック・スペンサー」 メアリ・H.クラーク著;宇佐川晶子訳 新潮社(新潮文庫) 2005年5月

ニック
著作権エージェント・ジェーンの息子、ニュージャージー州北部の町で暮らす9歳の少年 「迷子のマーリーン 三毛猫ウィンキー&ジェーン1」 エヴァン・マーシャル著;高橋恭美子訳 ソニー・マガジンズ(ヴィレッジブックス) 2004年4月

ニック
長期休暇中のFBI捜査官、神父トーマスの小学生の頃からの親友 「心うち砕かれて」 ジュリー・ガーウッド著;中村三千恵訳 二見書房(二見文庫) 2002年1月

ニック・アナンチアート
コネチカット州スカル島に住む高校2年生アニーの義理の兄 「いたずらメールの代償 danger.com 2」 ジョーダン・クレイ著;小西道子訳 青春出版社(青春文庫) 2001年10月

ニック・アンジェロ(ニック・エンジェル)
アメリカ中西部の田舎町の高校生、ローレン・ロバーツの恋人 「天使の迷い道 上下」 ジャッキー・コリンズ著;佐藤知津子訳 二見書房(二見文庫) 2005年6月

ニック・アンドロス
アーカンソー州を旅行中に何者かに暴行された聾唖の二十一歳の青年 「ザ・スタンド 1」 スティーヴン・キング著;深町眞理子訳 文藝春秋(文春文庫) 2004年4月

ニック・アンドロス
ウィルスにより死滅したアメリカの生存者、頭脳明晰な聾唖の二十一歳の青年 「ザ・スタンド 2」 スティーヴン・キング著;深町眞理子訳 文藝春秋(文春文庫) 2004年5月

ニック・アンドロス
ウィルスにより死滅したアメリカの生存者、頭脳明晰な聾唖の二十一歳の青年 「ザ・スタンド 3」 スティーヴン・キング著;深町眞理子訳 文藝春秋(文春文庫) 2004年6月

ニック・アンドロス
死滅したアメリカの生存者たちが築いた〈フリーゾーン〉の住民、頭脳明晰な聾唖の青年 「ザ・スタンド 4」 スティーヴン・キング著;深町眞理子訳 文藝春秋(文春文庫) 2004年7月

ニック・アンドロス
死滅したアメリカの生存者たちが築いた〈フリーゾーン〉の住民、頭脳明晰な聾唖の青年 「ザ・スタンド 5」 スティーヴン・キング著;深町眞理子訳 文藝春秋(文春文庫) 2004年8月

ニック・エイテン
化け物を殺さなければという衝動を生まれる前から抱えていた17歳の少年 「地獄の世紀 上下」 サイモン・クラーク著;夏来健次訳 扶桑社(扶桑社ミステリー) 2004年5月

ニック・エンジェル
アメリカ中西部の田舎町の高校生、ローレン・ロバーツの恋人 「天使の迷い道 上下」 ジャッキー・コリンズ著;佐藤知津子訳 二見書房(二見文庫) 2005年6月

ニック・クレイヴン
カナダ連邦騎馬警察巡査長、母親殺しの嫌疑をかけられた男 「暗黒大陸の悪霊」 マイケル・スレイド著;夏来健次訳 文藝春秋(文春文庫) 2003年1月

ニック・クレイヴン(クレイヴン)
カナダ連邦騎馬警察巡査長、元不良少年 「髑髏島の惨劇」 マイケル・スレイド著;夏来健次訳 文藝春秋(文春文庫) 2002年1月

ニック・ジョーンズ
サンフランシスコの教会で起きた殺人事件の目撃者、知性と美貌を秘めたホームレスの女性 「土壇場」 キャサリン・コールター著;林啓恵訳 二見書房（ザ・ミステリ・コレクション） 2004年6月

ニック・ストークス
ラスベガス市警科学捜査班のメンバー、真面目で一本気だが女癖が悪い甘いマスクの男 「CSI:科学捜査班 シン・シティ」 マックス・アラン・コリンズ著;鎌田三平訳 角川書店（角川文庫） 2005年5月

ニック・ストークス
ラスベガス市警科学捜査班のメンバー、真面目で一本気だが女癖が悪い甘いマスクの男 「CSI:科学捜査班 ダブル・ディーラー」 マックス・アラン・コリンズ著;鎌田三平訳 角川書店（角川文庫） 2005年3月

ニック・ストラング
"シカゴ・センティネル紙"パリ支局の編集長、引き締まった身体の四十六歳の男 「恐怖の審問」 ポール・ギャリコ著;早野依子訳 新樹社 2005年10月

ニック・ストーン
イギリス秘密情報部の工作員、元SAS隊員で不格好だがタフな男 「クライシス・フォア」 アンディ・マクナブ著;伏見威蕃訳 角川書店（角川文庫） 2001年9月

ニック・ストーン
イギリス秘密情報部の工作員、元SAS隊員で不格好だがタフな男 「ファイアウォール」 アンディ・マクナブ著;伏見威蕃訳 角川書店（角川文庫） 2003年4月

ニック・ストーン
イギリス秘密情報部の工作員、元SAS隊員で不格好だがタフな男 「ラスト・ライト」 アンディ・マクナブ著;伏見威蕃訳 角川書店（角川文庫） 2005年4月

ニック・トラヴァーズ
ブルース史研究家で大学教授、元プロフットボール選手 「ディープサウス・ブルース」 エース・アトキンス著;小林宏明訳 小学館（小学館文庫） 2004年4月

ニック・ニコクロポリス
ラスベガスのカジノ「アクロポリス」のオーナーでトニー・ヴァレンタインの依頼者、下品で女好きなギリシャ系の小男 「カジノを罠にかけろ」 ジェイムズ・スウェイン著;三川基好訳 文藝春秋（文春文庫） 2005年3月

ニック・バックリー
イングランド南海岸にあるエンド・ハウスの当主、若く美しい女性 「邪悪の家」 アガサ・クリスティー著;田村隆一訳 早川書房（ハヤカワ文庫クリスティー文庫） 2004年2月

ニック・バックリー
イングランド南海岸にあるエンド・ハウスの当主、若く美しい娘 「エンド・ハウスの怪事件」 アガサ・クリスティ著;厚木淳訳 東京創元社（創元推理文庫） 2004年1月

ニック・バンバ
ムース郡ブラック・クリークの宿屋「くるみ割りの宿」の経営者 「猫は川辺で首をかしげる」 リリアン・J.ブラウン著;羽田詩津子訳 早川書房（ハヤカワ・ミステリ文庫） 2004年2月

ニック・ブライソン
極秘諜報機関の元工作員、CIA副長官の依頼で武器商人の所有する大型貨物船に単身で潜入した男 「単独密偵 上下」 ロバート・ラドラム著;山本光伸訳 新潮社（新潮文庫） 2001年8月

ニック・ベッカー
オレンジ郡保安官事務所殺人課部長刑事、被害者の幼なじみでベッカー家の次男　「カリフォルニア・ガール」　T.ジェファーソン・パーカー著;七搦理美子訳　早川書房（Hayakawa novels）2005年10月

ニック・ヴェルヴェット
2万ドルの報酬で一見無価値なものを盗み出すプロの泥棒、暴力を嫌う知的でスマートな怪盗　「怪盗ニックの事件簿」　エドワード・D.ホック著;木村二郎訳　早川書房（ハヤカワ・ミステリ文庫）2003年11月

ニック・ヴェルヴェット
2万ドルの報酬で一見無価値なものを盗み出すプロの泥棒、暴力を嫌う知的でスマートな怪盗　「怪盗ニックを盗め」　エドワード・D.ホック著;木村二郎訳　早川書房（ハヤカワ・ミステリ文庫）2003年8月

ニック・ヴェルヴェット
2万ドルの報酬で一見無価値なものを盗み出すプロの泥棒、暴力を嫌う知的でスマートな怪盗　「怪盗ニック対女怪盗サンドラ」　エドワード・D.ホック著;木村二郎訳　早川書房（ハヤカワ・ミステリ文庫）2004年7月

ニック・ヴェルヴェット
2万ドルの報酬で一見無価値なものを盗み出すプロの泥棒、暴力を嫌う知的でスマートな怪盗　「怪盗ニック登場」　エドワード・D.ホック著;小鷹信光編　早川書房（ハヤカワ・ミステリ文庫）2003年5月

ニック・ホーソン
ジャーナリスト、オーストラリアへの旅の途中にヒッチハイクをしていた若い娘・アンジーと出会った三十八歳の男　「どんづまり」　ダグラス・ケネディ著;玉木亨訳　講談社（講談社文庫）2001年12月

ニック・マーチャント
サンフランシスコ在住の「相続人探し屋」、私立探偵　「エア・ハンター　相続人を探せ」　クリス・ラースガード著;雨沢泰訳　集英社　2001年11月

ニック・モレリ
ネブラスカ州の田舎町・プラットシティの保安官、FBIのプロファイラー・マギーと連続殺人事件を追った男　「悪魔の眼」　アレックス・カーヴァ著;新井ひろみ訳　ハーレクイン（Mira文庫）2002年9月

ニック・モンタギュー
フロリダ州マイアミのレストラン＆バー「ニックス」の店主、警察学校生アシュリーの叔父　「危険な蜜月」　ヘザー・グレアム著;せとちやこ訳　ハーレクイン（MIRA文庫）2005年2月

ニック・ライランダー
ニュージャージー州郊外の小さな町テーラーズヴィルにある教会の神父　「ベビーシッター殺人事件」　パトリシア・マクドナルド著;中井京子訳　集英社（集英社文庫）2002年1月

ニック・ラファエル
シッスルダウン警察署の刑事、十五年前に起きたリア・ロバートソン殺人事件を担当した男　「ショッキング・ピンク　上下」　エリカ・スピンドラー著;中谷ハルナ訳　ハーレクイン（MIRA文庫）2004年1月

ニック・ローソン（ローソン）
1965年のロサンゼルスで黒人が蜂起した事件当時サウスウエスト署にいた白人警官　「ある日系人の肖像」　ニーナ・ルヴォワル著;本間有訳　扶桑社（扶桑社ミステリー）2005年8月

ニッコーラ
15世紀末のミラノの美しい少女、高利貸ボッチェッタの娘　「レオナルドのユダ」　レオ・ペルッツ著;鈴木芳子訳　エディションq　2001年7月

にっこ

ニッコロウ・ベネデッティ(ベネデッティ)
天才的な犯罪研究家で有名な名探偵、元ニューヨーク州スパータ大の教授 「ホッグ連続殺人」 ウィリアム・L.デアンドリア著;真崎義博訳 早川書房(ハヤカワ・ミステリ文庫) 2005年1月

ニーナ
究極の巻物を追う武器商人・ストラッカーの孫娘、巻物を手に入れるためには手段を厭わない非情な女 「バレットモンク」 J・M・ディラード著;大城光子訳 竹書房(竹書房文庫) 2004年1月

ニーナ・エルナンデス
環境問題活動家、ヒッピー風の風貌のヒスパニック系女性 「図書館の美女」 ジェフ・アボット著;佐藤耕士訳 早川書房(ハヤカワ・ミステリ文庫) 2005年7月

ニーナ・キャプシェック
ミネアポリス市警性犯罪課の刑事、元FBI捜査官の三十一歳の美女 「特別追撃任務」 マーカス・ウィン著;遠藤宏昭訳 早川書房(ハヤカワ文庫NV) 2003年8月

ニーナ・クロフォード
グラスゴー大学附属動物病院の馬外科助教授、セラピストのケレンの患者 「夜の牝馬」 マンダ・スコット著;山岡訓子訳 講談社(講談社文庫) 2002年11月

ニーナ・ベイナム
連邦捜査官、元ロサンジェルス市警の刑事・ジョンの恋人だった女 「死影」 マイケル・マーシャル著;嶋田洋一訳 ソニー・マガジンズ(ヴィレッジブックス) 2005年5月

ニーナ・ボーム
女性検察官アレックスのカリフォルニアに住む親友、仕事でニューヨークに来た女性弁護士 「隠匿」 リンダ・フェアスタイン著;平井イサク訳 早川書房(ハヤカワ・ミステリ文庫) 2005年6月

ニーナ・マイヤーズ
CTUロサンゼルス支局の元ナンバー2、マルチリンガルの二重スパイ 「24 TWENTY FOUR 3-1」 ジョエル・サーナウ原案;ロバート・コクラン原案 竹書房(竹書房文庫) 2004年11月

ニーナ・マイヤーズ
CTUロサンゼルス支局の元ナンバー2、マルチリンガルの二重スパイ 「24 TWENTY FOUR 3-2」 ジョエル・サーナウ原案;ロバート・コクラン原案 竹書房(竹書房文庫) 2004年11月

ニーナ・マイヤーズ
CTUロサンゼルス支局の元ナンバー2、マルチリンガルの二重スパイ 「24 TWENTY FOUR 3-3」 ジョエル・サーナウ原案;ロバート・コクラン原案 竹書房(竹書房文庫) 2004年12月

ニーナ・マイヤーズ
CTUロサンゼルス支局の元ナンバー2、マルチリンガルの二重スパイ 「24 TWENTY FOUR 3-4」 ジョエル・サーナウ原案;ロバート・コクラン原案 竹書房(竹書房文庫) 2004年12月

ニーナ・マイヤーズ
テロ対策ユニットロサンゼルス支局のアシスタントチーフ、特別捜査官・ジャックの右腕 「24-CTU機密解除記録—ヘルゲート作戦 上下」 ジョエル・サーナウ原案;ロバート・コクラン原案;マーク・セラシーニ著;文永優訳 英知出版(英知文庫) 2005年11月

ニーナ・マイヤーズ(マイヤーズ)
CTUロサンゼルス支局の特別捜査官補佐、特別捜査官ジャック・バウアーの元恋人 「24 CTU/テロ対策ユニットの真実」 マーク・セラシーニ編集;文永優訳 角川書店 2004年3月

ニーナ・マイヤーズ（マイヤーズ）
CTUロサンゼルス支局の特別捜査官補佐、特別捜査官ジャック・バウアーの元恋人 「24 TWENTY FOUR［1］上中下」 ジョエル・サーナウ原案;ロバート・コクラン原案　竹書房(竹書房文庫)　2003年12月

ニナ・ライリー
サウス・レイク・タホで事務所を構える女弁護士 「財産分与 女弁護士ニナ・ライリー」 ペリー・オショーネシー著;富永和子訳　小学館(小学館文庫)　2004年12月

ニナ・ライリー
サウス・レイク・タホで事務所を構える女弁護士 「殺害容疑 女弁護士ニナ・ライリー」 ペリー・オショーネシー著;富永和子訳　小学館(小学館文庫)　2005年1月

ニナ・ライリー
女弁護士、13歳の息子のボブの友人・ニッキの弁護を引き受けた母 「敵対証人」 ペリー・オショーネシー著;富永和子訳　小学館(小学館文庫)　2005年3月

ニミエ
19世紀フランスの私立探偵ヴィドックの相棒、元犯罪者 「ヴィドック」 ジャン=クリストフ・グランジェ脚本;江崎リエノベライズ編訳　角川書店(角川文庫)　2001年12月

ニューボルド
マイアミ警察署警部補、殺人課の指揮官 「殺人課刑事 上下」 アーサー・ヘイリー著;永井淳訳　新潮社(新潮文庫)　2001年5月

ニューランド
元海軍特殊部隊SEALs隊員、CIAを永久追放になった元CIA局員 「逃走航路」 ジョン・リード著;夏来健次訳　二見書房(二見文庫)　2004年3月

ニーリー
ケンタッキー州シェルビー郡「ホイッスルダウン農場」の次女、反抗期の15歳の少女 「パラダイスに囚われて」 カレン・ロバーズ著;小林令子訳　ソニー・マガジンズ(ヴィレッジブックス)　2002年10月

ニール
廃刊になった雑誌〈ダステッド〉の新進気鋭のライター、折れた歯に悩まされている二十二歳の青年 「ティース」 ヒュー・ギャラガー著;池田真紀子訳　東京創元社(創元コンテンポラリ)　2003年1月

ニール・ガーヴィン
ネヴァダ州の田舎町カーメンに住む高校生、保安官の父さんと暮らすひとり息子 「ダイアモンド・ドッグス」 アラン・ワット著;豊田成子訳　DHC　2003年7月

ニール・ケアリー
元ストリート・キッドの27歳の青年、銀行家が私的に運営する組織「朋友会」の非常勤工作員の探偵 「ウォータースライドをのぼれ」 ドン・ウィンズロウ著;東江一紀訳　東京創元社(創元推理文庫)　2005年7月

ニール警部　にーるけいぶ
ロンドン警視庁の警部、スマートではきはきした態度の有能な男 「ポケットにライ麦を」 アガサ・クリスティー著;宇野利泰訳　早川書房(ハヤカワ文庫クリスティー文庫)　2003年11月

ニルス
若い巨漢のデンマーク人パズル選手、右手を切断された殺人事件の犠牲者 「パズル」 アントワーヌ・ベロ著;香川由利子訳　早川書房(Hayakawa novels)　2004年11月

ニルス・バーグランド
ミネソタ州ヘイヴンウッド警察の副署長 「煉獄の華」 テイラー・スミス著;安野玲訳　ハーレクイン(MIRA文庫)　2004年6月

にるす

ニール・スレイター（スレイター）
任務で心に深い傷を負った元SAS隊員、イギリス秘密情報部直属の秘密機関カーダに入った男 「特別執行機関カーダ」 クリス・ライアン著;伏見威蕃訳　早川書房（ハヤカワ文庫NV）2002年5月

ニルソン
米海軍特殊部隊SEAL第16チームの隊員、中尉 「沈黙の女を追って」 スーザン・ブロックマン著;阿尾正子訳　ソニー・マガジンズ（ヴィレッジブックス）2004年1月

ニール・バチェット
サウスカロライナ州パルメットの実力者の息子 「復讐のとき愛は始まる 上下」 サンドラ・ブラウン著;秋月しのぶ訳　集英社（集英社文庫）2004年6月

ニール・マドレル
殺人事件を通報したミランダの尋問を担当した痩身の刑事 「黒衣の天使」 シャーロット・ラム著;三木基子訳　二見書房（二見文庫）2002年4月

ニーロ
ニューヨーク市警の刑事、イタリア系中年男 「ディーバ」 ケイン＆アベル著;Noboru訳　青山出版社（Hiphop★novels）2005年8月

【ぬ】

ヌビア
古代ローマの港町・オスティアで暮らす船長の娘・フラビアの家のどれい、アフリカから来た少女 「オスティア物語」 キャロライン・ローレンス著;田栗美奈子訳　PHP研究所　2003年3月

ヌンツィオ・パラディーゾ
コネティカット州に住み一家で廃品回収業を営んでいる12歳のイタリア系三世の少年 「パラダイス・サルヴェージ」 ジョン・フスコ著;奥野昌子訳　角川書店（角川文庫）2001年10月

【ね】

ネイオミ・ヒューズ
メントン・オン・ライのプレイハウス劇場の舞台に立つ主演女優 「チャーリー退場」 アレックス・アトキンスン著;鈴木恵訳　東京創元社（創元推理文庫）2004年4月

ネイサン・カージ
ワイオミング州検察官、次期州知事とも言われるカリスマ性をもつ男 「絶壁の死角」 クリントン・マッキンジー著;熊谷千寿訳　新潮社（新潮文庫）2005年9月

ネイサン・グリーン
二十六歳で変死したテイラーの父、カリフォルニア・デルタとよばれる町の有力者 「凶器の貴公子」 ボストン・テラン著;田口俊樹訳　文藝春秋（文春文庫）2005年8月

ネイザン・スミス
ボストンのピークオッド貯蓄貸付銀行の所有者、28歳歳下の妻を持つ裕福な男 「笑う未亡人」 ロバート・B.パーカー著;菊池光訳　早川書房（Hayakawa novels）2002年7月

ネイサン・ミューア（ミューア）
引退の日を間近にひかえたCIA作戦担当官、数々の危険任務をこなしてきた伝説のスパイ 「スパイ・ゲーム」 マイケル・フロスト・ベックナー脚本;池谷律代編訳　竹書房（竹書房文庫）2001年12月

ネイト・オライリー
ワシントンの訴訟専門の弁護士、投身自殺した大富豪・フェランの遺産の相続人となった女性を探すためブラジルに派遣された男 「テスタメント」 ジョン・グリシャム著;白石朗訳 新潮社 2001年1月

ネイト・オライリー
弁護士、酒とドラッグを完全に断ち切れない四十八歳の男 「テスタメント 上下」 ジョン・グリシャム著;白石朗訳 新潮社(新潮文庫) 2003年2月

ネイト・カリー
フロリダキーズのバー「シー・シャンティ」の経営者、広告会社社員ケルシーの元夫 「ハリケーン・ベイ」 ヘザー・グレアム著;せとちやこ訳 ハーレクイン(MIRA文庫) 2003年7月

ネイト・ヘラー(ヘラー)
シカゴ市警最年少の私服刑事、飛行家リンドバーグの長男誘拐事件捜査のためにシカゴから派遣された青年 「リンドバーグ・デッドライン」 マックス・アラン・コリンズ著;大井良純訳 文藝春秋(文春文庫) 2001年1月

ネイト・ヘラー(ヘラー)
元警官の私立探偵、「A-1探偵社」の三十八歳の社長 「黒衣のダリア」 マックス・アラン・コリンズ著;三川基好訳 文藝春秋(文春文庫) 2003年9月

ネイト・ロマノウスキ
ワイオミング州サドルストリングの南に自給自足で暮らす鷹匠、猟区管理官ジョー・ピケットの協力者 「凍れる森」 C.J.ボックス著;野口百合子訳 講談社(講談社文庫) 2005年10月

ネイラー
女性初のFBI長官、バイロベクター社創設者アリス・プリンスの幼なじみ 「クライム・ゼロ」 マイクル・コーディ著;内田昌之訳 徳間書店 2001年3月

ネイランド・スミス(スミス)
ビルマから帰国した英国政府高等弁務官、開業医ピートリーの旧友 「怪人フー・マンチュー」 サックス・ローマー著;嵯峨静江訳 早川書房(Hayakawa pocket mystery books) 2004年9月

ネーサン・リー・スウィフト
聖遺物の発掘に携わる青年考古学者 「紀元零年の遺物 上下」 ジェフ・ロング著;山本光伸訳 二見書房(二見文庫) 2004年11月

ネッタ・ロングドン
美しさだけが取り柄の売れない映画女優 「二つの脳を持つ男」 パトリック・ハミルトン著;大石健太郎訳 小学館(Shogakukan mystery) 2003年11月

ネッティ
ミシガン湖畔ワーナー・ピアのチョコショップ「テンハイス・ショコラーデ」のオーナー、リー・マッキニーの伯母 「チョコ猫で町は大騒ぎ」 ジョアンナ・カール著;岩田佳代子訳 ソニー・マガジンズ(ビレッジブックス) 2005年5月

ネッド・アトウッド(アトウッド)
美貌で裕福な女性・イヴの前夫 「皇帝の嗅ぎ煙草入れ」 ジョン・ディクスン・カー著;中村能三訳 嶋中書店(嶋中文庫) 2004年11月

ネッド・ダンスタン
誕生日のたびに繰り返し黒衣の男の悪夢を見る少年 「ミスターX 上下」 ピーター・ストラウブ著;近藤麻里子訳 東京創元社(創元推理文庫) 2002年5月

ネヴィル・ウルフマイヤー(ウルフマイヤー)
ボストン・レッドソックスのジェネラルマネージャー 「殺人豪速球」 デイヴィッド;フェレル著;棚橋志行訳 二見書房(二見文庫) 2003年10月

ねびる

ネヴィル・ストレンジ
一流テニスプレーヤーでスポーツ全般の万能選手、優れた容貌と大きな財産の持ち主 「ゼロ時間へ」アガサ・クリスティー著;三川基好訳 早川書房(ハヤカワ文庫クリスティー文庫) 2004年5月

ネフェルティティ
古代エジプトの王アクナーテンの美しい妻 「アクナーテン」アガサ・クリスティー著;中村妙子訳 早川書房(ハヤカワ・ミステリ文庫) 2002年2月

ネフェルティティ
古代エジプトの王アクナーテンの美しい妻 「アクナーテン」アガサ・クリスティー著;中村妙子訳 早川書房(ハヤカワ文庫クリスティー文庫) 2004年10月

ネリ・ブラスレル
フランス人青年ルイ・アンティオッシュの養母、ルイの死んだ両親の親友 「コウノトリの道」ジャン=クリストフ・グランジェ著;平岡敦訳 東京創元社(創元推理文庫) 2003年7月

ネル
オハイオ州コロンバスのマッケンナ探偵社で秘書として働き始めた42歳のバツイチ女性 「ファーストウーマン」ジェニファー・クルージー著;葉月陽子訳 二見書房(二見文庫) 2003年7月

ネルソン・カーペンター
急死したニュージャージー地区首席検事、弁護士・アンディの父親 「弁護士は奇策で勝負する」デイヴィッド・ローゼンフェルト著;白石朗訳 文藝春秋(文春文庫) 2004年4月

ネルソン・カーペンター
弁護士アンディ・カーペンターの父親、元ニュージャージー地区主席検事 「弁護士は奇策で勝負する」デイヴィッド・ローゼンフェルト著;白石朗訳 文藝春秋(文春文庫) 2004年4月

ネル・ブレイ
婦人参政権が認められた英国で初めて議員選挙に立候補した女性人権活動家 「姿なき殺人」ギリアン・リンスコット著;加地美知子訳 講談社(講談社文庫) 2003年6月

ネル・マクダーモット
マンハッタンに住む著名なコラムニスト、元下院議員の祖父に育てられた女性 「さよならを言う前に」メアリ・H.クラーク著;宇佐川晶子訳 新潮社(新潮文庫) 2003年1月

ネロ・ウルフ(ウルフ)
ニューヨークでオフィスを構える巨大漢の私立探偵、偏屈な安楽椅子型の名探偵 「シーザーの埋葬」レックス・スタウト著;大村美根子訳 光文社(光文社文庫) 2004年3月

ネロ・ウルフ(ウルフ)
ニューヨークでオフィスを構える巨大漢の私立探偵、偏屈な安楽椅子型の名探偵 「ネロ・ウルフ対FBI」レックス・スタウト著;高見浩訳 光文社(光文社文庫) 2004年2月

ネロ・ウルフ(ウルフ)
ニューヨークに住む私立探偵 「編集者を殺せ」レックス・スタウト著;矢沢聖子訳 早川書房(Hayakawa pocket mystery books) 2005年2月

ネロ・ウルフ(ウルフ)
マンハッタンに住む私立探偵、超肥満体の美食家 「殺人犯はわが子なり」レックス・スタウト著;大沢みなみ訳 早川書房(Hayakawa pocket mystery books) 2003年1月

【の】

ノア・ビショップ
FBI特別捜査官、顔に傷跡のある長身の男　「シャドウ・ファイル/狩る」　ケイ・フーパー著；幹遙子訳　早川書房（ハヤカワ文庫NV）　2001年9月

ノア・ビショップ
FBI特別捜査官、顔に傷跡のある長身の男　「シャドウ・ファイル/潜む」　ケイ・フーパー著；宮内もと子訳　早川書房（ハヤカワ文庫NV）　2001年7月

ノア・ビショップ
FBI特別捜査官、顔に傷跡のある長身の男　「シャドウ・ファイル/覗く」　ケイ・フーパー著;幹遙子訳　早川書房（ハヤカワ文庫NV）　2001年5月

ノア・メートランド
女性警官スローンの実父が住むパームビーチの家の隣人、億万長者の青年実業家　「夜は何をささやく」　ジュディス・マクノート著;中谷ハルナ訳　新潮社（新潮文庫）　2001年5月

ノア・リード
老舗出版社マダーリィ・プレスの副社長、同社CEOの娘マリスの夫　「憎しみの孤島から　上下」　サンドラ・ブラウン著；法村里絵訳　新潮社（新潮文庫）　2003年3月

ノエル・ウェルズ
イギリスの片田舎・ソルトマーシュ村に赴任したばかりの副牧師の青年　「ソルトマーシュの殺人」　グラディス・ミッチェル著;宮脇孝雄訳　国書刊行会（世界探偵小説全集）　2002年7月

ノエル・カロ
飛行機エンジンを製造する「ブレイン・カンパニー」の副社長、ハンサムな青年　「死を呼ぶスカーフ」　ミニオン・G・エバハート著；板垣節子訳　論創社（論創海外ミステリ）　2005年1月

ノックス
大人気の歴史家、人好きのする性格で人目を惹く容姿の持ち主の五十四歳の紳士　「仮面劇場の殺人」　ディクスン・カー著;田口俊樹訳　東京創元社（創元推理文庫）　2003年9月

ノヴァク
女性検事補・ステラの元恋人、麻薬犯罪専門の弁護士　「ダーク・レディ　上下」　リチャード・ノース・パタースン著;東江一紀訳　新潮社（新潮文庫）　2004年9月

ノバック
インド洋に浮かぶアヌラ共和国でイスラム過激派に捕らわれ死刑宣告された平和活動家、自由財団理事長　「メービウスの環　上下」　ロバート・ラドラム著；山本光伸訳　新潮社（新潮文庫）　2005年1月

ノーヴィク
シベリアのイルクーツク州マルコヴォ市長、16歳の一人娘をもつ37歳のポーランド系ロシア人　「凍土の牙」　ロビン・ホワイト著;鎌田三平訳　文藝春秋（文春文庫）　2003年12月

ノヴェロ
中部ヨークシャー警察の刑事、若い女性警察官　「武器と女たち」　レジナルド・ヒル著;松下祥子訳　早川書房（Hayakawa pocket mystery books）　2001年12月

ノーマン・コーエン（コーエン）
ニューヨーク市警のベテラン刑事、刑事ピアースの相棒でユダヤ系の独身の中年男　「闇に問いかける男」　トマス・H・クック著;村松潔訳　文藝春秋（文春文庫）　2003年7月

ノーマン・セイラー
ヘンプネル大学の文化人類学教授、妻のタンジイと結婚して以来人生が幸運に色どられている男　「妻という名の魔女たち」　フリッツ・ライバー著;大滝啓裕訳　東京創元社（創元推理文庫）　2003年11月

のまん

ノーマン・Z・ムーディー　のーまんぜっとむーでぃー*
精神分析医ジャド・スティーブンスが依頼した私立探偵、丸顔の太った小男　「顔 上下」　シドニィ・シェルダン作;天馬竜行訳　アカデミー出版　2001年2月

ノーマン・ローズ
〈クッキー・ジャー〉のオーナー・ハンナの友人でありお気に入りの男性、歯科医　「レモンメレンゲ・パイが隠している」　ジョアン・フルーク著;上条ひろみ訳　ソニー・マガジンズ（ヴィレッジブックス）　2004年1月

ノーマン・ローズ
「お菓子探偵」ハンナの友人で歯科医、ずんぐりした体形の気さくな男性　「シュガークッキーが凍えている」　ジョアン・フルーク著;上條ひろみ訳　ソニー・マガジンズ（ビレッジブックス）　2005年12月

ノーマン・ローズ
「お菓子探偵」ハンナの友人で歯科医、ずんぐりした体形の気さくな男性　「ストロベリー・ショートケーキが泣いている」　ジョアン・フルーク著;上条ひろみ訳　ソニー・マガジンズ（ヴィレッジブックス）　2003年8月

ノーマン・ローズ
「お菓子探偵」ハンナの友人で歯科医、ずんぐりした体形の気さくな男性　「ファッジ・カップケーキは怒っている」　ジョアン・フルーク著;上條ひろみ訳　ソニー・マガジンズ（ビレッジブックス）　2005年6月

ノムラ
アメリカCIA工作員、日本電気（NEC）北京担当営業主任として中国にきた日系米人　「大戦勃発　1〜4」　トム・クランシー著;田村源二訳　新潮社（新潮文庫）　2002年4月

ノーラ・ケリー
ニューヨーク市自然史博物館の若き女性研究員、百年前の連続殺人事件を再調査した考古学者　「殺人者の陳列棚 上下」　D.プレストン著;L.チャイルド著　二見書房（二見文庫）　2003年8月

ノラ・サマーズ
トライオン・システムズ社の新製品「マエストロ」開発チームの部長、やり手の女性リーダー　「侵入社員 上下」　ジョゼフ・フィンダー著;石田善彦訳　新潮社（新潮文庫）　2005年12月

ノラ・ハートスン
合衆国大統領の娘、22歳のクールな美女　「大統領法律顧問」　ブラッド・メルツァー著;中原裕子訳　早川書房（Hayakawa novels）　2002年1月

ノーラ・ブリッグズ
ラスベガスのカジノ「アクロポリス」の女性ディーラー、ニューヨーク・ブロンクス出身の美女　「カジノを罠にかけろ」　ジェイムズ・スウェイン著;三川基好訳　文藝春秋（文春文庫）　2005年3月

ノーラン
アラバマ州ヒルズボロの町長、45歳のスマートな男　「パーティーガール」　リンダ・ハワード著;加藤洋子訳　二見書房（二見文庫）　2002年3月

ノーラン
大手プロバイダのセキュリティ部門に勤める30代半ばの女性　「青い虚空」　ジェフリー・ディーヴァー著;土屋晃訳　文藝春秋（文春文庫）　2002年11月

ノーラン
北アイルランド警察秘密捜査部門に派遣されたMI5の覆面捜査官、北アイルランド生まれの20代後半の女性　「七月の暗殺者 上下」　ゴードン・スティーヴンズ著;藤倉秀彦訳　東京創元社（創元推理文庫）　2005年11月

ノリコ・カズンズ
巨大多国籍企業・アップリンク社のニューヨーク支部長 「殺戮兵器を追え」 トム・クランシー著;マーティン・グリーンバーグ著;棚橋志行訳 二見書房(二見文庫) 2004年1月

ノリーナ・ケスラー
映画プロダクションの助手、新聞記者ファビオ・ロッシの恋人 「プリオンの迷宮」 マルティン・ズーター著;小津薫訳 扶桑社(扶桑社ミステリー) 2005年9月

ノリントン提督　のりんとんていとく
英国海軍提督、総監の娘のスワンに思いを寄せている男 「パイレーツ・オブ・カリビアン 呪われた海賊たち」 テッド・エリオット脚本;テリー・ロッシオ脚本;ジェイ・ウォルパート脚本;鈴木玲子ノヴェライズ 竹書房(竹書房文庫) 2003年8月

【は】

パイ
ニュージャージー州スパルタの不良青年、モーテル経営者の息子 「黒い夏」 ジャック・ケッチャム著;金子浩訳 扶桑社(扶桑社ミステリー) 2005年6月

ハイアラム・イェーガー(イェーガー)
NUMA(国立海中海洋機関)の情報部門の責任者、シリコンバレー出身でヒッピー風の風貌の天才的プログラマー 「アトランティスを発見せよ 上下」 クライブ・カッスラー著;中山善之訳 新潮社(新潮文庫) 2001年11月

ハイアラム・イェーガー(イェーガー)
NUMA(国立海中海洋機関)の情報部門の責任者、シリコンバレー出身でヒッピー風の風貌の天才的プログラマー 「オデッセイの脅威を暴け 上下」 クライブ・カッスラー著;中山善之訳 新潮社(新潮文庫) 2005年6月

ハイアラム・イェーガー(イェーガー)
NUMA(国立海中海洋機関)の情報部門の責任者、シリコンバレー出身でヒッピー風の風貌の天才的プログラマー 「マンハッタンを死守せよ 上下」 クライブ・カッスラー著;中山善之訳 新潮社(新潮文庫) 2002年12月

ハイアラム・バリスン
ヨーロッパ旅行の途上でリジー・ボーデンが出会った34歳の青年 「リジー・ボーデン事件」 ベロック・ローンズ著;仁賀克雄訳 早川書房(Hayakawa pocket mystery books) 2004年3月

バイオレット・バターフィルド(バターフィルドおばさん)
ロンドンのおやしき街でおてつだいさんをしている未亡人、ハリスおばさんの親友 「ハリスおばさんニューヨークへ行く」 ポール・ギャリコ著;亀山龍樹訳 ブッキング(fukkan.com) 2005年5月

バイオレット・バターフィルド(バターフィルドおばさん)
ロンドンのおやしき街でおてつだいさんをしている未亡人、ハリスおばさんの親友 「ハリスおばさんパリへ行く」 ポール・ギャリコ著;亀山龍樹訳 ブッキング(fukkan.com) 2005年4月

バイオレット・バターフィルド(バターフィルドおばさん)
ロンドンのおやしき街でおてつだいさんをしている未亡人、ハリスおばさんの親友 「ハリスおばさんモスクワへ行く」 ポール・ギャリコ著;亀山龍樹訳;遠藤みえこ訳 ブッキング(fukkan.com) 2005年7月

バイオレット・バターフィルド(バターフィルドおばさん)
ロンドンのおやしき街でおてつだいさんをしている未亡人、ハリスおばさんの親友 「ハリスおばさん国会へ行く」 ポール・ギャリコ著;亀山龍樹訳 ブッキング(fukkan.com) 2005年6月

パイク
国際規模の警備会社を経営する現役陸軍大佐 「機密基地」 ボブ・メイヤー著;鎌田三平訳 二見書房(二見文庫) 2003年2月

ハイド
ジキル博士の家に出入りする謎の男、小柄で不快な容貌の持ち主 「ジキル博士とハイド氏」 ロバート・ルイス・スティーヴンスン著;夏来健次訳 東京創元社(創元推理文庫) 2001年8月

ハイド氏　はいどし
ロンドンの街角で少女を踏みつけて去っていった醜い男 「ハイド氏の奇妙な犯罪」 ジャン＝ピエール・ノーグレット著;三好郁朗訳 東京創元社(創元推理文庫) 2003年1月

バイバ・リエパ
殺害されたリガ警察犯罪捜査官・リエパ中佐の妻 「リガの犬たち」 ヘニング・マンケル著;柳沢由実子訳 東京創元社(創元推理文庫) 2003年4月

バイフォールド
イタリアの第127捕虜収容所に収容されている英国陸軍大尉、脱走の常習者 「捕虜収容所の死」 マイケル・ギルバート著;石田善彦訳 東京創元社(創元推理文庫) 2003年5月

バイ・ミツイ
ミツイの証券ブローカー、政府捜査官ジェニファーの恋人 「ジェニファー・ガバメント」 マックス・バリー著;泊山梁訳 竹書房(竹書房文庫) 2003年12月

ハイム・ブロンシュタイン
中学美術教師、母親とひきこもるように暮らしていた孤独な青年 「グルーム」 ジャン・ヴォートラン著;高野優訳 文藝春秋(文春文庫) 2002年1月

ハイ・リピンスキー
女性私立探偵シャロンのパートナー、警備会社RKIの共同経営者の一員 「沈黙の叫び」 マーシャ・マラー著;古賀弥生訳 講談社(講談社文庫) 2004年3月

パイル
ヴェトナム戦争直前のサイゴンで経済援助使節団の一員としてアメリカ公使館に勤務する32歳のアメリカ人 「おとなしいアメリカ人—グレアム・グリーン・セレクション」 グレアム・グリーン著;田中;西二郎訳 早川書房(ハヤカワepi文庫) 2004年8月

パイロット・ジェイムズ・エアリー
統合失調症の青年、脳外科医のエリックの弟 「もつれ」 ピーター・ムーア・スミス著;伏見威蕃訳 東京創元社(創元推理文庫) 2004年12月

バイロン・ファリーノ
バッファローの街のマフィア「ファリーノ・ファミリー」のドン 「鋼」 ダン・シモンズ著;嶋田洋一訳 早川書房(Hayakawa novels) 2002年5月

バイロン・ファロン
サンフランシスコ警察の巡査ハンター・ファロンの父、サンフランシスコ警察の副本部長 「激震」 ジェイムズ・ダレッサンドロ著;菊地;よしみ訳 早川書房(Hayakawa novels) 2004年7月

ハインド
出所した元服役囚、20年前に重罪にされたことを恨みスコール大尉に復讐を誓っていた男 「警察官よ汝を守れ」 ヘンリー・ウエイド著;鈴木絵美訳 国書刊行会(世界探偵小説全集) 2001年5月

パインハースト
警察署長、ホテル「ブルー・フロッグ・ポンド」で起きた殺人事件の捜査に来た刑事 「休暇はほしくない」 パーネル・ホール著;田中一江訳 早川書房(ハヤカワ・ミステリ文庫) 2005年6月

ハウ
元アメリカ陸軍大将、初の黒人大統領をねらう共和党候補者 「誘拐」 ジェイムズ・グリッパンド著;白石朗訳 小学館(Shogakukan mystery) 2003年2月

バウアー
米国政府テロ対策機関CTUのロサンゼルス支局の特別捜査官 「24 CTU/テロ対策ユニットの真実」 マーク・セラシーニ編集;文永優訳 角川書店 2004年3月

バウアー
米国政府テロ対策機関CTUのロサンゼルス支局の特別捜査官 「24 TWENTY FOUR [1] 上中下」 ジョエル・サーナウ原案;ロバート・コクラン原案 竹書房(竹書房文庫) 2003年12月

ハウエル
元英国軍人、米国大統領直属の特務機関「カヴァート・ワン」の一員・スミスの友人 「破滅の預言-秘密組織カヴァート・ワン〈2〉」 ロバート・ラドラム著;フィリップ・シェルビー著;峯村利哉訳 角川書店(角川文庫) 2002年11月

パウエル
強盗殺人の罪で死刑になったベンの一家の前に現れた伝道師、欲に取り憑かれた殺人鬼 「狩人の夜」 デイヴィス・グラッブ著;宮脇裕子訳 東京創元社(創元推理文庫) 2002年12月

パウエル
秘宝「トライアングル」で世界支配を企む秘密結社イルミナーティの幹部 「トゥームレイダー」 デイヴ・スターン著;富永和子訳 徳間書店(徳間文庫) 2001年9月

ハーウッド
ミシガン州の不動産業者、60歳くらいの車椅子の男 「狩りの風よ吹け」 スティーヴ・ハミルトン著;越前敏弥訳 早川書房(ハヤカワ・ミステリ文庫) 2002年5月

ハーウッド・レイザム
ベイズウォーターのハリソン家の下宿人、物静かで紳士的な若い画家 「箱の中の書類」 ドロシイ・セイヤーズ著;松下祥子訳 早川書房(Hayakawa pocket mystery books) 2002年3月

パオラ・ブルネッティ
ヴェネツィア警察のブルネッティ警視の妻、大学教師 「ヴェネツィア刑事はランチに帰宅する」 ダナ・レオン著;北條元子訳 講談社(講談社文庫) 2005年4月

パオラ・ブルネッティ
ヴェネツィア警察の警視ガイド・ブルネッティの料理上手な妻、大学教授 「ヴェネツィア殺人事件」 ダナ・レオン著;北条元子訳 講談社(講談社文庫) 2003年3月

ハーカー
40代のCIA局員、エリート志向の強い官僚主義者 「スパイ・ゲーム」 マイケル・フロスト・ベックナー脚本;池谷律代編訳 竹書房(竹書房文庫) 2001年12月

バーガー
ニューヨークの女性検事、人目をひく美しい女性 「審問 上下」 P・コーンウェル著;相原真理子訳 講談社(講談社文庫) 2000年12月

パーカー
IT業界の大物が秘蔵している名画コレクションを奪おうとした犯罪者 「悪党パーカー/電子の要塞」 リチャード・スターク著;木村二郎訳 早川書房(ハヤカワ・ミステリ文庫) 2005年2月

パーカー
アイソラ市87分署の三級刑事、人種差別発言の多い嫌われ者 「キス」 エド・マクベイン著;井上一夫訳 早川書房(ハヤカワ・ミステリ文庫) 2001年4月

ぱか

パーカー
アイソラ市87分署の三級刑事、人種差別発言の多い嫌われ者 「ロマンス」 エド・マクベイン著;井上一夫訳　早川書房(ハヤカワ・ミステリ文庫) 2002年8月

パーカー
アイソラ市87分署の三級刑事、人種差別発言の多い嫌われ者 「悪戯」 エド・マクベイン著;井上一夫訳　早川書房(ハヤカワ・ミステリ文庫) 2002年5月

パーカー
新しい三人の仲間と銀行強盗を成功させた犯罪者、冷酷非情な男 「悪党パーカー/地獄の分け前」 リチャード・スターク著;小鷹信光訳　早川書房(ハヤカワ・ミステリ文庫) 2002年1月

パーカー・エバンズ
ジョージア州セントアン島に住む車椅子の作家 「憎しみの孤島から 上下」 サンドラ・ブラウン著;法村里絵訳　新潮社(新潮文庫) 2003年3月

パーカー・パイン
リッチモンド街の人生相談所の主、元官庁勤めで禿頭に度の強い眼鏡をかけた男 「パーカー・パイン登場」 アガサ・クリスティー著;乾信一郎訳　早川書房(ハヤカワ文庫クリスティー文庫) 2004年1月

バーク
「ワシントン・トリビューン」紙の外信部の編集次長 「ダ・ヴィンチの罠」 ロバート・カレン著;玉木亨訳　二見書房(二見文庫) 2001年2月

バーク
NY市警の警部補、テロ組織に乗っとられた聖パトリック大聖堂に駆けつけた男 「ニューヨーク大聖堂 上下」 ネルソン・デミル著;白石朗訳　講談社(講談社文庫) 2005年5月

バーク
かつてワシントンとモスクワの海外特派員として名を馳せていたイギリス在住のフリージャーナリスト 「神の火を盗んで」 ピーター・ミラー著;野村芳夫訳　徳間書店(徳間文庫) 2001年5月

バーク
シカゴのスキンヘッド集団「煽動隊」のリーダー、アメリカをヨーロッパ系白人だけの国にしようとしている男 「刑事エイブ・リーバーマン 憎しみの連鎖」 スチュアート・カミンスキー著;棚橋志行訳　扶桑社(扶桑社ミステリー) 2003年1月

バーク
ニューヨーク市警の刑事部長、スラム街出身で麻薬常習者の息子の父親 「闇に問いかける男」 トマス・H・クック著;村松潔訳　文藝春秋(文春文庫) 2003年7月

バーク
孤児院で育ち刑務所に収監された経験のあるニューヨーク裏社会の探偵 「グッド・パンジィ」 アンドリュー・ヴァクス著;菊地よしみ訳　早川書房(ハヤカワ・ミステリ文庫) 2003年8月

バーク
孤児院で育ち刑務所に収監された経験のあるニューヨーク裏社会の探偵 「クリスタル」 アンドリュー・ヴァクス著;菊地よしみ訳　早川書房(ハヤカワ・ミステリ文庫) 2001年6月

バーク
黒人初の大リーガーのジャッキー・ロビンソンのボディーガードとなった男、第二次世界大戦で身も心も深い傷を負いアメリカに帰還した元海兵隊員 「ダブルプレー」 ロバート・B・パーカー著;菊池光訳　早川書房(Hayakawa novels) 2005年2月

バーク・エーヴリー
テレビレポーターのロビンの別居中の夫、花形レポーター 「トレンチコートに赤い髪」 スパークル・ヘイター著;中谷ハルナ訳　新潮社(新潮文庫) 2002年12月

パク サングン　ぱくさんぐん
秘密裏の組織684部隊教育隊長のチェ准尉の片腕、まだ幼さが顔に残る28歳の青年 「シルミド」 キム・ヒジェ著;伊藤正治訳　角川書店（角川文庫）　2004年5月

伯爵夫人　はくしゃくふじん
トルド伯爵夫人、検事ヴェンクが賭博場で出会った美しい女 「ドクトル・マブゼ」 ノルベルト・ジャック著;平井吉夫訳　早川書房 (Hayakawa pocket mystery books)　2004年7月

バクスター
NYの聖パトリック大聖堂でテロ組織の人質になった駐米イギリス総領事の男 「ニューヨーク大聖堂 上下」 ネルソン・デミル著;白石朗訳　講談社（講談社文庫）　2005年5月

バクスター
ニューオーリンズ連続誘拐事件を操作するFBI捜査支援チームのチーフ 「戦慄の眠り 上下」 グレッグ・アイルズ著;雨沢泰訳　講談社（講談社文庫）　2004年4月

バーク・デヴォア
元製紙会社社員、再就職のライバルとなる元同僚6人を皆殺しにすると決めた失職中の男 「斧」 ドナルド・E・ウェストレイク著;木村二郎訳　文藝春秋（文春文庫）　2001年3月

ハザウェイ
マサチュセッツ州パラダイスの行政委員長、私兵〈自由の騎馬隊〉を組織し町を牛耳っている黒幕 「暗夜を渉る」 ロバート・B・パーカー著;菊池光訳　早川書房（ハヤカワ・ミステリ文庫）　2001年5月

バージェス
マンチェスターにあるクラブの経営者、殺し屋の女・エステラのかつての仕事仲間 「アシッド・カジュアルズ」 ニコラス・ブリンコウ著;玉木亨訳　文藝春秋（文春文庫）　2002年2月

ハーシェル・ジョリー（ジョリー）
ロサンジェルスでギャングがらみのビジネスを牛耳っている男 「フランクリンを盗め」 フランク・フロスト著;加賀山卓朗訳　早川書房（ハヤカワ・ミステリ文庫）　2002年4月

ヴァージニア・シャピロ（ジニー）
セントルイスの新聞記者、20年前にある私立小学校の英才児クラスに在籍していた女性 「雷鳴の記憶」 ダイナ・マコール著;皆川孝子訳　ハーレクイン（MIRA文庫）　2003年5月

ヴァージニア・レイディン
天文考古学者、マヤ文明の研究のためメリダにやってきたアメリカ人の女性 「ハバナ・ミッドナイト」 ホセ・ラトゥール著;山本さやか訳　早川書房（ハヤカワ・ミステリ文庫）　2003年3月

ヴァージニア・レヴェル
イギリス外務省高官ロマックスのいとこ、27歳の魅力あふれる冒険心旺盛な女性 「チムニーズ館の秘密」 アガサ・クリスティー著;高橋豊訳　早川書房（ハヤカワ文庫クリスティー文庫）　2004年2月

パーシー・ベイツ（ベイツ）
FBIワシントン支局所属の捜査官、HRT（人質救出チーム）メンバーのウェブ・ロンドンの上司 「ラストマン・スタンディング」 デイヴィッド・バルダッチ著;熊谷;千寿訳　小学館（小学館文庫）　2004年7月

ヴァジム
ロシアのムルマンスク州第18管区警察署上級捜査官 「凶運を語る女 上下」 ドナルド・ジェイムズ著;棚橋志行訳　扶桑社（扶桑社ミステリー）　2001年7月

ハシム・ニダル
ファタハ革命評議会の新リーダー、テロ組織の国政的ネットワークを作り上げた男 「テロリスト〈征服者〉を撃て 上下」 ブラッド・ソー著;田中昌太郎訳　早川書房（ハヤカワ文庫NV）　2003年9月

はしも

橋下 清文　はしもと・きよふみ
失踪者ループ・オールダーをロンドンまで探しに来た日本人ビジネスマン　「秘められた伝言 上下」ロバート・ゴダード著;加地美知子訳　講談社(講談社文庫)　2003年9月

ヴァシリ・ザイツェフ
ソ連陸軍の新兵、一撃必殺の腕をもつ男　「スターリングラード」ジャン・ジャック・アノー脚本;アラン・ゴダール脚本;塙幸成訳　角川書店(角川文庫)　2001年3月

ヴァージル
謎の人物ルンペルシュティルツキンに雇われている者だと精神分析医のリッキーに名乗った女　「精神分析医 上下」ジョン・カッツェンバック著;堀内静子訳　新潮社(新潮文庫)　2003年10月

バジル・パレオロゴス
イギリスでビザンティン帝国最後の皇帝の血を引くパレオロゴス家の次男、元見習い修道士　「悠久の窓 上下」ロバート・ゴダード著;加地美知子訳　講談社(講談社文庫)　2005年3月

ヴァス
ロシア人マフィアのボス、ポータブル核爆弾(PNB)を売ろうとする男　「9デイズ」ジェイソン・リッチマン著;マイケル・ブラウニング著;辻優子訳　メディアファクトリー(洋画文庫)　2002年10月

パスコー　ぱすこー
青年フラニーをかつて刑務所へ送った中部ヨークシャー警察の主任警部　「死の笑話集」レジナルド・ヒル著;松下祥子訳　早川書房(Hayakawa pocket mystery books)　2004年11月

パスコー　ぱすこー
中部ヨークシャー警察の主任警部　「死者との対話」レジナルド・ヒル著;秋津知子訳　早川書房(Hayakawa pocket mystery books)　2003年9月

パスコー　ぱすこー
中部ヨークシャー警察の主任警部、作家志望のエリーの夫　「武器と女たち」レジナルド・ヒル著;松下祥子訳　早川書房(Hayakawa pocket mystery books)　2001年12月

バスター・アボット・ライトホース・スミス
テキサス州東部の町デューモントのドライヴ・イン・シアター「デュー・ドロップ」の映写技師、アル中の黒人　「ダークライン」ジョー・R.ランズデール著;匝瑳玲子訳　早川書房(Hayakawa novels)　2003年3月

バスチャン
米空軍ハイテクノロジー航空宇宙兵器センター司令官に新たに赴任した中佐　「砂漠の機密空域」デイル・ブラウン著;上野元美訳　二見書房(二見文庫)　2003年6月

ハースト
ロンドン警視庁の警部、犯罪学者アラン・ツイストに協力をたのんでくる男　「カーテンの陰の死」ポール・アルテ著;平岡敦訳　早川書房(Hayakawa pocket mystery books)　2005年7月

ハースト
ロンドン警視庁の警部、犯罪学者アラン・ツイストに協力をたのんでくる男　「死が招く」ポール・アルテ著;平岡敦訳　早川書房(Hayakawa pocket mystery books)　2003年6月

バーソロミュー・クレイン(クレイン)
若手弁護士、カナダ北部のマードッグで起こった二人の少女行方不明の事件で逮捕された教師・トムの弁護を引き受けた男　「ロスト・ガールズ」アンドリュー・パイパー著;堀内静子訳　早川書房　2001年3月

ばっく

バーソロミュー・マーティン（マーティン少佐）　ばーそろみゅーまーてぃん（まーてぃんしょうさ）
テロ組織IRAのメンバーだったフリンを探すイギリス軍情報部少佐　「ニューヨーク大聖堂　上下」　ネルソン・デミル著;白石朗訳　講談社（講談社文庫）　2005年5月

バーソロミュー・ランピオン（バーティ）
父なき子として生まれた少年、3歳で腫瘍により視力を失うが常人を超えた力を備えている神童　「サイレント・アイズ　上下」　ディーン・クーンツ著;田中一江訳　講談社（講談社文庫）　2005年7月

パターソン博士　ぱたーそんはくし
高名な心臓外科医、シリコンバレーの広告会社員アシュレーの父　「よく見る夢　上下」　シドニィ・シェルダン作;天馬竜行訳　アカデミー出版　2003年2月

パターソン博士　ぱたーそんはくし
高名な心臓外科医、シリコンバレーの広告会社員アシュレーの父　「よく見る夢　上下」　シドニィ・シェルダン作;天馬竜行訳　アカデミー出版　2004年4月

バターフィルドおばさん
ロンドンのおやしき街でおてつだいさんをしている未亡人、ハリスおばさんの親友　「ハリスおばさんニューヨークへ行く」　ポール・ギャリコ著;亀山龍樹訳　ブッキング(fukkan.com)　2005年5月

バターフィルドおばさん
ロンドンのおやしき街でおてつだいさんをしている未亡人、ハリスおばさんの親友　「ハリスおばさんパリへ行く」　ポール・ギャリコ著;亀山龍樹訳　ブッキング(fukkan.com)　2005年4月

バターフィルドおばさん
ロンドンのおやしき街でおてつだいさんをしている未亡人、ハリスおばさんの親友　「ハリスおばさんモスクワへ行く」　ポール・ギャリコ著;亀山龍樹訳;遠藤みえこ訳　ブッキング(fukkan.com)　2005年7月

バターフィルドおばさん
ロンドンのおやしき街でおてつだいさんをしている未亡人、ハリスおばさんの親友　「ハリスおばさん国会へ行く」　ポール・ギャリコ著;亀山龍樹訳　ブッキング(fukkan.com)　2005年6月

ハチェット
ヴェトナム戦争の戦場で起きた事件の捜査に当たる合衆国陸軍憲兵隊犯罪捜査部の捜査官　「ヴェトナム戦場の殺人」　デイヴィッド・K・ハーフォード著;松本剛史訳　扶桑社（扶桑社ミステリー）　2002年3月

バック
アメリカのクリスチャングループ「トリビュレーション・フォース」のメンバー、クローイの夫　「ニコライ—レフトビハインド〈3〉」　ティム・ラヘイ著;ジェリー・ジェンキンズ著;松本和子訳　いのちのことば社フォレストブックス　2003年1月

バック
アメリカの一流雑誌グローバル・ウィークリーの主任記者　「トリビュレーション・フォース　レフトビハインド2」　ティム・ラヘイ著;ジェリー・ジェンキンズ著;松本和子訳　いのちのことば社フォレストブックス　2002年8月

バック
元グローバル・ウィークリー誌の主任記者で雑誌「真理」の編集者、クリスチャンの集団「トリビュレーション・フォース」のメンバー　「アサシンズ—レフトビハインド (6)」　ティム・ラヘイ著;ジェリー・ジェンキンズ著;伊藤肇,訳　いのちのことば社フォレストブックス　2005年6月

はっく

バック
世界平和を唱える新勢力"グローバル・コミュニティー"のウィークリー誌発行人 「ソウル・ハーベスト レフトビハインド4」 ティム・ラヘイ著;ジェリー・ジェンキンズ著;松本和子訳 いのちのことば社フォレストブックス 2003年9月

バック(キャメロン・ウィリアムズ)
「グローバル・ウィークリー」誌の主任記者、飛行中に突然何人かの乗客が消えてしまった旅客機に搭乗していた三十歳の男 「レフトビハインド」 ティム・ラヘイ著;ジェリー・ジェンキンズ著;上野五男;訳 いのちのことば社フォレストブックス 2002年3月

ハック・エスカランティ
ヘビー級プロボクサー、新聞記者ビリーと親交の深い若者 「拳よ、闇を払え」 エディー・ミューラー著;延原泰子訳 早川書房(ハヤカワ・ミステリ文庫) 2002年12月

ハック・ナイキ
ナイキのキャラクター商品配布責任者、憧れのマーケティング部へ異動した男 「ジェニファー・ガバメント」 マックス・バリー著;泊山梁訳 竹書房(竹書房文庫) 2003年12月

パット
ペンシルヴェニアに住む36歳の平凡なOL、見知らぬ老婦人の遺産受取人に指名された女性 「将軍の末裔」 エレナ・サンタンジェロ著;中川;聖訳 講談社(講談社文庫) 2004年9月

パット・カラザス(カラザス)
パトロール巡査スチュアート・ハミルトンの親友、教師 「謀殺の火」 S.H.コーティア著;伊藤星江訳 論創社(論創海外ミステリ) 2005年4月

バッドガール
武術を駆使するミステリアスな美少女ストリートファイター 「バレットモンク」 J・M・ディラード著;大城光子訳 竹書房(竹書房文庫) 2004年1月

パット・カンゲル
ネブラスカ州フォールズ・シティの保安官、元警察官 「故郷への苦き想い」 デヴィッド・ウィルツ著;汀一弘訳 扶桑社(扶桑社ミステリー) 2001年12月

ハット・ボウラー(ボウラー)
中部ヨークシャー警察犯罪捜査部のいちばんの新人、エリートコースを歩む大学卒の刑事 「死者との対話」 レジナルド・ヒル著;秋津知子訳 早川書房(Hayakawa pocket mystery books) 2003年9月

バッド・マストン
マストン財団の理事、同じベトナム帰還兵のハリーをいろいろ世話している友人 「真実への銃声 上下」 チャック・ローガン著;千葉隆章訳 扶桑社(扶桑社ミステリー) 2001年7月

ハップ・エクハート
ロサンゼルス市警の刑事、腕利き刑事のウィル・ドーマーと少女殺害事件捜査のため白夜の街アラスカへやってきた男 「インソムニア」 ロバート・ウェストブルックノベライズ;新藤純子訳 新潮社(新潮文庫) 2002年8月

ハップ・コリンズ
テキサス州ラボードに住む40代半ばの落ちこぼれ白人、射撃の巧者 「テキサスの懲りない面々」 ジョー・R.ランズデール著;鎌田三平訳 角川書店(角川文庫) 2003年5月

ハップ・コリンズ
東テキサスに住む腕っぷしは強いけれども貧しい白人、中年の男 「人にはススメられない仕事」 ジョー・R.ランズデール著;鎌田三平訳 角川書店(角川文庫) 2002年1月

バーティ
父なき子として生まれた少年、3歳で腫瘍により視力を失うが常人を超えた力を備えている神童 「サイレント・アイズ 上下」 ディーン・クーンツ著;田中一江訳 講談社(講談社文庫) 2005年7月

バディ
私立探偵ヴァレンティン・サンシールの親友、キング・ボールデンの異名を持つ人気の高いコルネット奏者 「快楽通りの悪魔」 デイヴィッド;フルマー著;田村;義進訳 新潮社(新潮文庫) 2004年6月

バーティ・ウースター
執事ジーヴズの雇い主、愚鈍だが明るくお人好しの青年 「ジーヴズの事件簿」 P.G.ウッドハウス著;岩永正勝編訳 文藝春秋(P・G・ウッドハウス選集) 2005年5月

バディ・コール
ジョージア州ブリクストンの車の修理工、情緒不安定な男 「ギフト」 ビリー・ボブ・ソーントン脚本;トム・エパーソン脚本;小島由記子訳 講談社(シネマブックス) 2001年5月

バディ・ジョージ・ジュニア
ダラスにある経営コンサルタント会社社長、妻に浮気調査をされている男 「ビッグ・タウン」 ダグ・J.スワンソン著;黒原敏行訳 早川書房(ハヤカワ・ミステリ文庫) 2001年2月

ハティ・フォスター
多くのロマンス作家を抱えるやり手の出版エージェント、「おばちゃま」的風貌の女性 「ロマンス作家「殺人」事件」 エリザベス・ピーターズ著;本間有訳 扶桑社(扶桑社ミステリー) 2005年6月

バディ・ルイス(ルイス)
陸軍少佐、2004年の米国で陸軍大将エイムズ付きの士官だった男性 「派兵の代償」 トマス・E.リックス著;藤田佳澄訳 早川書房(ハヤカワ文庫NV) 2002年4月

ハーディング
シカゴに住むラインセンスを剥奪された元私立探偵、フィットネス・ジム「パワー・フェムズ」の経営者・アリソンの恋人 「あの夏の日に別れのキスを」 ジョン・ウェッセル著;矢口誠訳 ソニー・マガジンズ(ヴィレッジブックス) 2004年7月

ハーディング
第二十九代アメリカ合衆国大統領、遊説先のサンフランシスコで謎の死を遂げた男 「奇術師カーターの華麗なるフィナーレ 上下」 グレン・デイヴィッド・ゴールド著;島村浩子訳 早川書房 2003年1月

パテル
ロンドンのパラダイス・ウェイのコンビニエンスストア店主、ウガンダ出身の男 「戦士たちの挽歌」 フレデリック・フォーサイス著;篠原慎訳 角川書店 2002年1月

ハート
FBI特別捜査官、ノア・ビショップのチームの一員 「シャドウ・ファイル/狩る」 ケイ・フーパー著;幹遙子訳 早川書房(ハヤカワ文庫NV) 2001年9月

ハート
イギリス人の美術史教授、名画窃盗犯だった男 「人生を盗む男」 マイケル・パイ著;広津倫子訳 徳間書店 2002年2月

バート
ミステリ愛好家の集まり「猟犬クラブ」の新入会員のシャリー・アンの同居人 「猟犬クラブ」 ピーター・ラヴゼイ著;山本やよい訳 早川書房(ハヤカワ・ミステリ文庫) 2001年6月

バード
かつて妻子を残忍に殺された元NY市警刑事、私立探偵 「奇怪な果実 上下」 ジョン・コナリー著;北澤和彦訳 講談社(講談社文庫) 2005年10月

バード
元ニューヨーク市警刑事で私立探偵、妻と娘を惨殺した犯人の行方を追った男性 「死せるものすべてに 上下」 ジョン・コナリー著;北沢和彦訳 講談社(講談社文庫) 2003年9月

バード
私立探偵、連続殺人鬼に妻子を殺された元ニューヨーク市警刑事 「死せるものすべてに 上下」 ジョン・コナリー著;北澤和彦訳 講談社(講談社文庫) 2003年9月

ハート(アル)
兄殺しの容疑で故郷のニューオーリンズからフィラデルフィアに逃亡してきた三十四歳の青年 「狼は天使の匂い」 デイヴィッド・グーディス著;真崎義博訳 早川書房(Hayakawa pocket mystery books) 2003年7月

パトウー
ロス・アンゼルス「ウィロウブルック医療センター」感染予防主任医師 「感染者 上下」 パトリック・リンチ著;高見浩訳 飛鳥新社 2002年5月

バトゥ・カーン
中央アジアの汎アルタイ連合指導者、チンギス・カーンの末裔称する男 「草原の蒼き狼 上下」 ロス・ラマンナ著;山本光伸訳 二見書房(二見文庫) 2002年4月

バド・ウルフ(ウルフ)
ナイフ使いの殺し屋、極悪非道の男 「女競買人 横盗り」 ウィリアム・D・ブランケンシップ著;中川聖訳 講談社(講談社文庫) 2001年5月

ハードキャスル
クローディン警察捜査課警部、ポーカーフェイスで長身の男 「複数の時計」 アガサ・クリスティー著;橋本福夫訳 早川書房(ハヤカワ文庫クリスティー文庫) 2003年11月

バート・コールズ(コールズ)
アメリカの田舎町ウォーターベリーの地元紙〈ミドルタウンダイヤル〉の記者 「待ちうける影」 ヒラリー・ウォー著;法村里絵訳 東京創元社(創元推理文庫) 2001年7月

バート・シュレーダー(シュレーダー)
NY市警警部、これまでにいちども失敗したことがない人質交渉人 「ニューヨーク大聖堂 上下」 ネルソン・デミル著;白石朗訳 講談社(講談社文庫) 2005年5月

ハートマン
投資会社「ハートマン・キャピタルマネジメント」の創始者、36歳の役員ベンの父 「シグマ最終指令 上下」 ロバート・ラドラム著;山本光伸訳 新潮社(新潮文庫) 2002年11月

バトラー・ジャック
フロリダからカリブ海を巡る豪華客船エクリプス号のシージャック犯、長身痩躯の男 「豪華客船のテロリスト」 ジェイムズ・W・ホール著;北澤和彦訳 講談社(講談社文庫) 2004年10月

バートラム・ミッドウィンター(ミッドウィンター)
スコットランド・ヤードの四十歳の警部、名門テンプラー家の若き司祭・フェリックスの友人 「テンプラー家の惨劇」 ハリントン・ヘクスト著;高田朔訳 国書刊行会(世界探偵小説全集) 2003年5月

バートランド・ディラード教授(ディラード教授) ばーとらんどでぃらーどきょうじゅ(でぃらーどきょうじゅ)
著名な物理学者、元コロンビア大学教授 「僧正殺人事件」 S.S.ヴァン・ダイン著;宇野利泰訳 嶋中書店(嶋中文庫) 2004年1月

パトリシア
北アイルランドに住むアル中記者・ダンの妻 「ジャックと離婚」 コリン・ベイトマン著;金原瑞人訳;橋本知香訳 東京創元社(創元コンテンポラリ) 2002年7月

パトリシア・ノーラン(ノーラン)
大手プロバイダのセキュリティ部門に勤める30代半ばの女性 「青い虚空」 ジェフリー・ディーヴァー著;土屋晃訳　文藝春秋(文春文庫) 2002年11月

パトリシア・ハンセン
殺害された実力者ピート・ブラガの孫娘、刑事トム・マクマイケルの昔の恋人 「コールド・ロード」 T.ジェファーソン・パーカー著;七搦理美子訳　早川書房(Hayakawa novels) 2003年10月

パトリシア・モンテラ(パット)
ペンシルヴェニアに住む36歳の平凡なOL、見知らぬ老婦人の遺産受取人に指名された女性 「将軍の末裔」 エレナ・サンタンジェロ著;中川聖訳　講談社(講談社文庫) 2004年9月

パトリック
ストックホルムのホームレスの女・シビラが隠れ家の屋根裏で偶然出会った15歳の少年 「喪失」 カーリン・アルヴテーゲン著;柳沢由実子訳　小学館(小学館文庫) 2005年1月

パトリック・アシュビィ
アシュビィ家の長男でサイモンとふたごの兄、八年前に遺書を残して崖から落ちたとされている男 「魔性の馬」 ジョセフィン・テイ著;堀田碧訳　小学館(Shogakukan mystery) 2003年3月

パトリック・アラン(ウォーレン・タウマン)
「闇の徘徊者(ナイト・クローラー)」と呼ばれる殺人鬼 「洋上の殺意 上下」 ロバート・ウォーカー著;瓜生知寿子訳　扶桑社(扶桑社ミステリー) 2002年1月

パトリック・ケンジー
ボストン在住の私立探偵、全裸で投身自殺したカレン・ニコルズについて調べ始めた男 「雨に祈りを」 デニス・レヘイン著;鎌田三平訳　角川書店(角川文庫) 2002年9月

パトリック・ケンジー
ボストン在住の私立探偵、同じく私立探偵のアンジーと一緒に暮らしているパートナー 「愛しき者はすべて去りゆく」 デニス・レヘイン著;鎌田三平訳　角川書店(角川文庫) 2001年9月

パトリック・コナー
麻薬密売人、仮出所したマリーの元愛人 「顔のない女 上下」 マーティナ・コール著;小津薫訳　講談社(講談社文庫) 2004年5月

パトリック・ハイド
伝説的な元英秘密情報局工作員、オーストラリア警察の腐敗を捜査している特別調査員 「闇にとけこめ 上下」 クレイグ・トーマス著;田村源二訳　新潮社(新潮文庫) 2001年6月

パトリック・ハーパー(ハーパー)
英国陸軍サウスエセックス連隊軽歩兵中隊大尉・シャープの忠実な部下、アイルランド人軍曹 「秘められた黄金-シャープ・シリーズ〈2〉」 バーナード・コーンウェル著;高水香訳　光人社 2004年7月

パトリック・ハーパー(ハーパー)
英国陸軍第95ライフル銃連隊中尉・シャープの忠実な部下、アイルランド人軍曹 「イーグルを奪え-シャープ・シリーズ〈1〉」 バーナード・コーンウェル著;原佳代子訳　光人社 2004年6月

パトリック・ベンダリ・サガワン
ブルネイの君主・スルタンの甥、24歳になるマレーシアの色男 「大密林」 ジェイムズ・W・ホール著;北澤和彦訳　講談社(講談社文庫) 2002年8月

パトリック・マクラナハン（マクラナハン）
アメリカ合衆国ハイテクノロジー航空宇宙兵器センター副司令官 「韓国軍北侵 上下」 デイル・ブラウン著;伏見威蕃訳 二見書房(二見文庫) 2001年6月

パトリック・マクラナハン（マクラナハン）
元空軍准将でハイテク航空機産業スカイ・マスターズ社の副社長、元軍人でつくる秘密部隊「ナイト・ストーカーズ」の中心メンバー 「炎の翼 上下」 デイル・ブラウン著;伏見威蕃訳 二見書房(二見文庫) 2004年7月

パトリック・マクラナハン（マクラナハン）
第一エア・バトル・フォース司令官、アメリカ空軍少将 「ロシア軍侵攻 上下」 デイル・ブラウン著;伏見威蕃訳 二見書房(二見文庫) 2005年10月

パトリック・マクラナハン（マクラナハン）
米国HAWC（ハイ・テクノロジー航空宇宙兵器センター）副司令官、ハイテク軍用機開発チーム「ドリームランド」の責任者 「「影」の爆撃機 上下」 デイル・ブラウン著;伏見威蕃訳 二見書房(二見文庫) 2002年1月

パトリック・マロニー
失踪直前に奇妙な行動をとっていた大学生、失踪人 「完全なる四角」 リード・ファレル・コールマン著;熊谷千寿訳 早川書房(ハヤカワ・ミステリ文庫) 2004年10月

パトリック・モナハン
ボルチモアの私立探偵・テスの父親、ベテランのアルコール類検査官 「シュガー・ハウス」 ローラ・リップマン著;吉澤康子訳 早川書房(ハヤカワ・ミステリ文庫) 2002年8月

パトリック・ライリー・モリソン（モリソン）
MIT博士号を持つ科学者、電磁波を使ったマインドコントロールを研究する男 「ネットフォース〈4〉－殲滅の周波数」 トム・クランシー著;スティーヴ・ペリー著;スティーヴ・ピチェニック著;熊谷千寿訳 角川書店(角川文庫) 2001年5月

バトル警視　ばとるけいし
ロンドン警視庁の警視、一見鈍重で感情を全く外に出さないが鋭い直感力を備えた中年の男 「ゼロ時間へ」 アガサ・クリスティー著;三川基好訳 早川書房(ハヤカワ文庫クリスティー文庫) 2004年5月

バトル警視　ばとるけいし
ロンドン警視庁の警視、一見鈍重で感情を全く外に出さないが鋭い直感力を備えた中年の男 「チムニーズ館の秘密」 アガサ・クリスティー著;高橋豊訳 早川書房(ハヤカワ文庫クリスティー文庫) 2004年2月

バトル警視　ばとるけいし
ロンドン警視庁の警視、一見鈍重で感情を全く外に出さないが鋭い直感力を備えた中年の男 「七つの時計」 アガサ・クリスティー著;深町真理子訳 早川書房(ハヤカワ文庫クリスティー文庫) 2004年2月

バトル警視　ばとるけいし
ロンドン警視庁の警視、鈍重そうな表情の四角い顔をした大柄な男 「ひらいたトランプ」 アガサ・クリスティー著;加島祥造訳 早川書房(ハヤカワ文庫クリスティー文庫) 2003年10月

バートレイド
修道士ハルインの亡くなった昔の恋人、貴族の娘 「ハルイン修道士の告白」 エリス・ピーターズ著;岡本浜江訳 光文社(光文社文庫) 2005年5月

ハードン(国務長官)　はーどん（こくむちょうかん）
21世紀初頭の米国の国務長官 「化学兵器テロを阻止せよ－ホワイトハウス極秘指令」 ビル・ハーロウ著;塩川優訳 扶桑社(扶桑社ミステリー) 2002年12月

バートン・サンズ
勅許会計士、イングランド「聖バーソロミュー教会」の会計係を担当することになった若者 「死神の戯れ」ピーター・ラヴゼイ著;山本やよい訳　早川書房（ハヤカワ・ミステリ文庫）2002年1月

バートン博士　ばーとんはくし
オクスフォード大学オールソウルズ学寮の評議員、私立探偵ポアロの友人　「ヘラクレスの冒険」アガサ・クリスティー著;田中一江訳　早川書房（ハヤカワ文庫クリスティー文庫）2004年9月

バードン・レイン
ヴァージニア州で暮らしている銃器販売会社の幹部、ギャング　「撃て、そして叫べ」ダグラス・E・ウィンター著;金子浩訳　講談社（講談社文庫）2001年5月

バーナード・スコット
レディングに住む資産家の姉の孫、転落死したキースのまたいとこ　「断崖は見ていた」ジョセフィン・ベル著;上杉真理訳　論創社（論創海外ミステリ）2005年3月

バーナビー少佐　ばーなびーしょうさ
シタフォード荘の持ち主トリヴェリアン大佐の昔からの親友　「シタフォードの秘密」アガサ・クリスティー著;田村隆一訳　早川書房（ハヤカワ文庫クリスティー文庫）2004年3月

バーナム
マンハッタンのマンションの「パニック・ルーム」で暮らしていたメグとサラの母娘を襲った三人の泥棒の一人、警備会社に勤めるギャンブル中毒の男　「パニック・ルーム」ジェームズ・エリソン著;柳下毅一郎訳　ソニー・マガジンズ（ヴィレッジブックス）2002年3月

花婿（ドクター・アンドリュー・ドノヴァン）　はなむこ（どくたーあんどりゅーどのばん）
ウエディングプランナーのアナベルが担当する式の花婿、ハンサムな若き医師　「ウエディング・プランナーは眠れない」ローラ・ダラム著;上條ひろみ訳　ランダムハウス講談社（ランダムハウス講談社文庫）2005年11月

花嫁（エリザベス・ピアス）　はなよめ（えりざべすぴあす）
ウエディングプランナーのアナベルが担当する式の花嫁　「ウエディング・プランナーは眠れない」ローラ・ダラム著;上條ひろみ訳　ランダムハウス講談社（ランダムハウス講談社文庫）2005年11月

バニー
アマチュア泥棒紳士ラッフルズの相棒で作家　「二人で泥棒を―ラッフルズとバニー」E.W.ホーナング著;藤松忠夫訳　論創社（論創海外ミステリ）2004年11月

バニー
アマチュア泥棒紳士ラッフルズの相棒で作家、物語の語り手　「またまた二人で泥棒を」E.W.ホーナング著;藤松忠夫訳　論創社（論創海外ミステリ）2005年1月

バニー
アマチュア泥棒紳士ラッフルズの相棒で作家、物語の語り手　「最後に二人で泥棒を」E.W.ホーナング著;藤松忠夫訳　論創社（論創海外ミステリ）2005年3月

バーニイ・ローデンバー
古本屋の主人で泥棒でもある男　「泥棒はライ麦畑で追いかける」ローレンス・ブロック著;田口俊樹訳　早川書房（Hayakawa pocket mystery books）2001年8月

バーニス・トーランド・ジェームズ
作家マギーの担当編集者で親友、トーランド出版社長・カークの元妻　「マギーはお手上げ」ケイシー・マイケルズ著;早川麻百合訳　二見書房（二見文庫）2004年9月

バニー・ネイマン
ロサンゼルスのマフィア組織の主任会計係、服役中のボスに代わって組織を仕切る男「ザ・メキシカン」ロバート・ウエストブルック著;小島由記子訳 竹書房(竹書房文庫) 2001年4月

ヴァネッサ・バイフィールド
セント・メアリー・マグダリーン教会の牧師デイヴィッド・バイフィールドの後妻「天使の背徳」アンドリュー・テイラー著;越前敏弥訳 講談社(講談社文庫) 2005年1月

バーネット
私立探偵、パリに開業した奇妙な「バーネット探偵社」の主「バーネット探偵社 改版―ルパン傑作集〈7〉」モーリス・ルブラン著;堀口大学訳 新潮社(新潮文庫) 2003年7月

ヴァーノン・ギャント
エディの元妻・メリッサの兄、コカインの売人「ブレイン・ドラッグ」アラン・グリン著;田村義進訳 文藝春秋(文春文庫) 2004年2月

ヴァーノン・ラッカー
テキサスの刑務所付き教誨師、女性死刑囚ロナ・リーと結婚した夫「テキサスは眠れない」メアリ=アン・T・スミス著;匝瑳玲子訳 ソニー・マガジンズ(ヴィレッジブックス) 2002年12月

母 はは
〈クッキー・ジャー〉のオーナー・ハンナの母「レモンメレンゲ・パイが隠している」ジョアン・フルーク著;上条ひろみ訳 ソニー・マガジンズ(ヴィレッジブックス) 2004年1月

母 はは
夫と娼婦ヒルダに殺された妻、カナダで療養を終え20年ぶりにロンドンに戻ってきたデニスの優しかった母「スパイダー」パトリック・マグラア著;富永和子訳 早川書房(ハヤカワepi文庫) 2002年9月

ハーパー
英国陸軍サウスエセックス連隊軽歩兵中隊大尉・シャープの忠実な部下、アイルランド人軍曹「秘められた黄金―シャープ・シリーズ〈2〉」バーナード・コーンウェル著;高水香訳 光人社 2004年7月

ハーパー
英国陸軍第95ライフル銃連隊中尉・シャープの忠実な部下、アイルランド人軍曹「イーグルを奪え―シャープ・シリーズ〈1〉」バーナード・コーンウェル著;原佳代子訳 光人社 2004年6月

ヴァーバー
マンハッタンの探偵事務所の共同経営者、捜査中に失踪した私立探偵「片目の追跡者」モリス・ハーシュマン著;三浦亜紀訳 論創社(論創海外ミステリ) 2004年11月

パパ
ウィーンで暮らしている女学生フローの父親、かつて神学者としても名を知られた大学教授「ペスト記念柱―現代ウィーン・ミステリー・シリーズ」ロッテ・イングリッシュ著;城田千鶴子訳 水声社 2001年5月

パパ(ジェイコブ)
テキサス東部に住む少年ハリーの父、理髪店主兼治安官「ボトムズ」ジョー・R・ランズデール著;大槻寿美枝訳 早川書房(Hayakawa novels) 2001年11月

ハーパー警視 はーぱーけいし
グレンジャー州警察の警視、ラドフォードシャー州警察との共同捜査担当者「書斎の死体」アガサ・クリスティー著;山本やよい訳 早川書房(ハヤカワ文庫クリスティー文庫) 2004年2月

ハバー警部　はばーけいぶ
ギャング団「ズー」の犯罪を捜査する警部　「リベンジは頭脳で」シドニィ・シェルダン著;天馬龍行訳　アカデミー出版　2005年11月

ハーパー署長　はーぱーしょちょう
コネチカット州ベイカーズヘイヴン警察の署長、初めての殺人事件にとりかかる男　「パズルレディの名推理」パーネル・ホール著;田中一江訳　早川書房（ハヤカワ・ミステリ文庫）2001年8月

ハーヴァス
シークレット・サーヴィス大統領警護隊員、アメリカ海軍の特殊部隊SEAL出身の男　「テロリスト〈征服者〉を撃て 上下」ブラッド・ソー著;田中昌太郎訳　早川書房（ハヤカワ文庫NV）2003年9月

ハーヴァス
シークレット・サーヴィス大統領警護隊員、タフで行動的な正義漢　「傭兵部隊〈ライオン〉を追え 上下」ブラッド・ソー著;田中昌太郎訳　早川書房（ハヤカワ文庫NV）2002年7月

ハーヴァス
国際捜査支援局スペシャル・エイジェント、海軍特殊部隊の亡き隊員・マイクルの息子　「〈亡霊国家ソヴィエト〉を倒せ」ブラッド・ソー著;田中昌太郎訳　早川書房（ハヤカワ文庫NV）2005年12月

ハーバート
アメリカ合衆国国家危機管理センター〈オプ・センター〉情報官、かつて爆弾テロで妻を失い脚が不自由になった男　「流血国家 上下」トム・クランシー著;スティーヴ・ピチェニック著;伏見威蕃訳　新潮社（新潮文庫）2001年10月

ハーバート
アメリカ政府の精鋭危機管理チーム"オプ・センター"情報官、車椅子の男　「欧米掃滅 上下」トム・クランシー著;スティーヴ・ピチェニック著;伏見威蕃訳　新潮社（新潮文庫）2001年3月

ハーバード・ウィリアム・クラッター（クラッター氏）　はーばーどうぃりあむくらったー（くらったーし）
カンザス州の裕福な農場主、州農場組織会議の議長で顔の広い48歳の男　「冷血」トルーマン・カポーティ著;佐々田雅子訳　新潮社　2005年9月

ハーバート・マードリック（マードリック）
アメリカの田舎町ウォーターベリーの高校の英語教師、9年前に殺人犯に妻を殺され男　「待ちうける影」ヒラリー・ウォー著;法村里絵訳　東京創元社（創元推理文庫）2001年7月

バーバラ・エイジンガー
シンシナティ郊外に住んでいる元ミス・シンシナティの主婦、大学教授の妻で一女の母　「グランド・アヴェニュー」ジョイ・フィールディング著;吉田利子訳　文藝春秋（文春文庫）2002年4月

バーバラ・ラウス（ラウス）
ベストセラー作家・ルーシーが講演をすることになった女子体育大学の実技が得意で筆記が苦手な二年生　「裁かれる花園」ジョセフィン・テイ著;中島なすか訳　論創社（論創海外ミステリ）2005年2月

ハビエル・ファルコン（ファルコン）
スペインセビーリャ管区警察本部殺人課警部長、45歳の冷静沈着なベテラン敏腕刑事　「セビーリャの冷たい目 上下」ロバート・ウィルソン著;田村義進訳　早川書房（ハヤカワ・ミステリ文庫）2005年4月

ハビエール・マルモレーホ（マルモレーホ）
メキシコ・ユカタン州司法警察の警部　「呪い!」アーロン・エルキンズ著;青木久惠訳　早川書房（ハヤカワ・ミステリ文庫）2005年5月

はびぶ

ハビーブ・シャー
ジャンムー・カシミール解放戦線の中核メンバーの活動家、ヒンドゥ教徒のヴィジャイの幼なじみでイスラム教徒 「カシミールから来た暗殺者」 ヴィクラム・A.チャンドラ著;伏見威蕃訳 角川書店(角川文庫) 2002年1月

ハビランド卿　はびらんどきょう
元首相、書斎から盗まれた機密文書の調査を私立探偵・ゴア大佐に依頼した男 「醜聞の館」 リン・ブロック著;田中孜訳 論創社(論創海外ミステリ) 2005年7月

ハーヴィー・ロージャー(ロージャー)
シカゴの投資コンサルタント、ととのった顔立ちの大柄な男 「人間たちの絆」 スチュアート・カミンスキー著;棚橋志行訳 扶桑社(扶桑社ミステリー) 2002年4月

バフィット
ミズーリ州マドックス警察署の一級巡査 「ブラディ・リバー・ブルース」 ジェフリー・ディーヴァー著;藤田佳澄訳 早川書房(ハヤカワ・ミステリ文庫) 2003年1月

パーフェクト・リー
若いブロンド美女の殺し屋 「ディープサウス・ブルース」 エース・アトキンス著;小林宏明訳 小学館(小学館文庫) 2004年4月

ハーブ・ストーン
伝説のフォー・フェイズ・マンの生き残りであるクセノスの元上司、絵にかいたような古いタイプの情報界の大物 「死のダンス」 リチャード・スタインバーグ著;酒井裕美訳 二見書房(二見文庫) 2002年3月

ハーブ・ベネディクト
シカゴ市警の刑事で女性警部補ジャック・ダニエルズの相棒、でっぷりと太った大食漢 「ウィスキー・サワーは殺しの香り」 J.A.コンラス著;木村博江訳 文藝春秋(文春文庫) 2005年2月

バブルズ・ヤブロンスキー
ジャーナリストを目指す美容師、ペンシルバニア州の鉄鋼町リーハイバレーに生まれ育った35歳子持ちバツイチの女性 「バブルズはご機嫌ななめ」 サラ・ストロマイヤー著;細美遙子訳 講談社(講談社文庫) 2005年8月

ハーヴェイ
英国サフォーク州ニューマーケット地区の裕福な農場主、数頭のサラブレッドを持つ馬主 「烈風」 ディック・フランシス著;菊池光訳 早川書房(ハヤカワ・ミステリ文庫) 2004年11月

パーヴェル・カザコフ(カザコフ)
ロシアの石油会社の経営者で大富豪、闇経済の支配者 「「影」の爆撃機 上下」 デイル・ブラウン著;伏見威蕃訳 二見書房(二見文庫) 2002年1月

パーヴェル・カザコフ(カザコフ)
ロシアの石油会社の経営者で大富豪、闇経済の支配者 「炎の翼 上下」 デイル・ブラウン著;伏見威蕃訳 二見書房(二見文庫) 2004年7月

パーヴェル・サウリャク(サウリャク)
元連邦保安局の将軍ブラートニコフ配下の工作員、ブラートニコフ将軍の裏の顔の秘密の鍵を握る重要人物 「死刑執行人――モスクワ市警殺人課分析官アナスタシヤ3」 アレクサンドラ・マリーニナ著;吉岡ゆき訳 作品社 2002年3月

ハマー
リッチモンド市警察署長からバージニア州警察署長となった55歳の女性署長 「女性署長ハマー 上下」 パトリシア・コーンウェル著;矢沢聖子訳 講談社(講談社文庫) 2001年12月

パーマー議員　ぱーまーぎいん
メリーランド州選出の上院議員、米国史上初のアフリカ系大統領候補　「24 CTU/テロ対策ユニットの真実」　マーク・セラシーニ編集;文永優訳　角川書店　2004年3月

パーマー議員　ぱーまーぎいん
メリーランド州選出の上院議員、米国史上初のアフリカ系大統領候補　「24 TWENTY FOUR [1]上中下」　ジョエル・サーナウ原案;ロバート・コクラン原案　竹書房(竹書房文庫)　2003年12月

パーマー・ストウト(ストウト)
フロリダで活動する腕利きのロビイスト、ハンティングを趣味とする俗物的な男　「トード島の騒動 上下」　カール・ハイアセン著;佐々田雅子訳　扶桑社(扶桑社ミステリー)　2001年5月

パーマー大統領　ぱーまーだいとうりょう
米国初の黒人大統領、決断力と協調性を併せ持つ人望ある人物　「24 TWENTY FOUR 2-1」　ジョエル・サーナウ原案;ロバート・コクラン原案　竹書房(竹書房文庫)　2004年4月

パーマー大統領　ぱーまーだいとうりょう
米国初の黒人大統領、決断力と協調性を併せ持つ人望ある人物　「24 TWENTY FOUR 2-2」　ジョエル・サーナウ原案;ロバート・コクラン原案　竹書房(竹書房文庫)　2004年4月

パーマー大統領　ぱーまーだいとうりょう
米国初の黒人大統領、決断力と協調性を併せ持つ人望ある人物　「24 TWENTY FOUR 2-3」　ジョエル・サーナウ原案;ロバート・コクラン原案　竹書房(竹書房文庫)　2004年5月

パーマー大統領　ぱーまーだいとうりょう
米国初の黒人大統領、決断力と協調性を併せ持つ人望ある人物　「24 TWENTY FOUR 2-4」　ジョエル・サーナウ原案;ロバート・コクラン原案　竹書房(竹書房文庫)　2004年6月

パーマー大統領　ぱーまーだいとうりょう
米国初の黒人大統領、決断力と協調性を併せ持つ人望ある人物　「24 TWENTY FOUR 3-1」　ジョエル・サーナウ原案;ロバート・コクラン原案　竹書房(竹書房文庫)　2004年11月

パーマー大統領　ぱーまーだいとうりょう
米国初の黒人大統領、決断力と協調性を併せ持つ人望ある人物　「24 TWENTY FOUR 3-2」　ジョエル・サーナウ原案;ロバート・コクラン原案　竹書房(竹書房文庫)　2004年11月

パーマー大統領　ぱーまーだいとうりょう
米国初の黒人大統領、決断力と協調性を併せ持つ人望ある人物　「24 TWENTY FOUR 3-3」　ジョエル・サーナウ原案;ロバート・コクラン原案　竹書房(竹書房文庫)　2004年12月

パーマー大統領　ぱーまーだいとうりょう
米国初の黒人大統領、決断力と協調性を併せ持つ人望ある人物　「24 TWENTY FOUR 3-4」　ジョエル・サーナウ原案;ロバート・コクラン原案　竹書房(竹書房文庫)　2004年12月

ハーマン・ペニイク(ペニイク)
次々とひとの考えていることを看破する読心術師、世間でも珍しいくらい控え目の温順しうな人柄の男　「読者よ欺かるるなかれ」　カーター・ディクスン著;宇野利泰訳　早川書房(ハヤカワ・ミステリ文庫)　2002年4月

ハーミア・マウント
英国M16のデンマーク・デスク主任情報分析官、デンマーク陸軍航空隊教官アーネ・オルフセンの婚約者　「ホーネット、飛翔せよ 上下」　ケン;フォレット著;戸田;裕之訳　ソニー・マガジンズ(ヴィレッジブックス)　2004年12月

ハミド・カーン(カーン)
パキスタンの陸軍参謀長で政変首謀者　「中国の野望―印パ戦争勃発」　ハンフリー・ホークスリー著;山本光伸訳　二見書房(二見文庫)　2002年9月

はみる

ハミルトン
ヴィクトリア州ペラディン渓谷で六年前に起きた事件を解き明かそうとするパトロール巡査 「謀殺の火」 S.H.コーティア著;伊藤星江訳 論創社(論創海外ミステリ) 2005年4月

ハミルトン
市議会の警察・公安の最高責任者、元公安局の上級刑事・ダルリンプルの上司だった男 「ボディ・ポリティック」 ポール・ジョンストン著;森下賢一訳 徳間書店(徳間文庫) 2001年7月

パメラ・ダーンリー
FBI捜査官カウリーの同僚、有能だが鼻っ柱も強い女性捜査官 「爆魔 上下」 ブライアン・フリーマントル著;松本剛史訳 新潮社(新潮文庫) 2004年11月

パメラ・ナッシュ(ボー)
ベストセラー作家・ルーシーが講演をすることになった女子体育大学の美貌の二年生代表 「裁かれる花園」 ジョセフィン・テイ著;中島なすか訳 論創社(論創海外ミステリ) 2005年2月

パメラ・フラー
難民救援組織の秘書、ロンドンの安アパートに引っ越してきた女 「私が見たと蠅は言う」 エリザベス・フェラーズ著;長野きよみ訳 早川書房(ハヤカワ・ミステリ文庫) 2004年4月

ハモンド・クロス
サウスカロライナ州チャールストン郡検察官 「殺意は誰ゆえに 上下」 サンドラ・ブラウン著;吉沢康子訳 新潮社(新潮文庫) 2001年3月

ハヨン
サンヨンが率いる4人の若者の殺し屋のチームの一人、リーダーのサンヨンの弟でコンピューターが得意な若者 「ガン&トークス— キラーは愛を守るために」 チャンジン著;梁承喜訳 PHP研究所 2003年2月

パラギュラ
裏社会で暗躍するギャングのボス、ノンフィクション作家フランク・コーソの題材となっている男 「黒い河」 G.M.フォード著;三川基好訳 新潮社(新潮文庫) 2004年5月

ハラルド・オルフセン
デンマーク・サンデ島の牧師の息子、自然科学が好きな18歳の若者 「ホーネット、飛翔せよ 上下」 ケン;フォレット著;戸田;裕之訳 ソニー・マガジンズ(ヴィレッジブックス) 2004年12月

ヴァランダー
スウェーデンのイースタ警察署警部、3ヶ月前に離婚したばかりの42歳の男 「殺人者の顔」 ヘニング・マンケル著;柳沢由実子訳 東京創元社(創元推理文庫) 2001年1月

ヴァランダー
スウェーデンのイースタ警察署警部、正当防衛だが人を殺した罪悪感を払拭できず休職中の男 「笑う男」 ヘニング・マンケル著;柳沢由実子訳 東京創元社(創元推理文庫) 2005年9月

ヴァランダー
スウェーデンの小さな田舎町・イースタに住む警部 「リガの犬たち」 ヘニング・マンケル著;柳沢由実子訳 東京創元社(創元推理文庫) 2003年4月

ヴァランダー
スウェーデンの田舎町イースタ署の犯罪捜査担当警部、44歳の男 「白い雌ライオン」 ヘニング・マンケル著;柳沢由実子訳 東京創元社(創元推理文庫) 2004年9月

ハーラン・ディヴェイン(ディヴェイン)
麻薬取引の世界で闇の帝王と恐れられる男 「謀殺プログラム」 トム・クランシー著;マーティン・グリーンバーグ著;棚橋志行訳 二見書房(二見文庫) 2003年5月

ハーランド
国連職員、秘密情報部の元工作員で将来を嘱望されていたイギリス人の男 「スパイズ・ライフ 上下」 ヘンリー・ポーター著;二宮磬訳 新潮社(新潮文庫) 2005年2月

ハリー
アリゾナの町で暮らしている女手ひとつで幼い双子の娘を育ててきたレストランの女経営者 「ラストチャンス・カフェ」 リンダ・ラエル・ミラー著;高田恵子訳 ソニー・マガジンズ(ヴィレッジブックス) 2004年3月

ハリー
ヴァージニア州の小さな町クロゼットに住む女性郵便局長、犬のタッカーと猫のマーフィーの飼い主 「トランプをめくる猫」 リタ・メイ・ブラウン著;スニーキー・パイ・ブラウン著 早川書房(ハヤカワ・ミステリ文庫) 2004年1月

ハリー
ヴァージニア州の小さな町クロゼットに住む女性郵便局長、犬のタッカーと猫のマーフィーの飼い主 「新聞をくばる猫」 リタ・メイ・ブラウン著;スニーキー・パイ・ブラウン著 早川書房(ハヤカワ・ミステリ文庫) 2005年7月

ハリー
ヴァージニア州の田舎町クロゼットの女郵便局長、猫顔負けの好奇心の持ち主 「森で昼寝する猫」 リタ・メイ・ブラウン著;スニーキー・パイ・ブラウン著;茅律子訳 早川書房(ハヤカワ・ミステリ文庫) 2001年11月

ハリー
テキサス州東部の小さな町に住む少年、治安官ジェイコブの息子 「ボトムズ」 ジョー・R.ランズデール著;北野寿美枝訳 早川書房(ハヤカワ・ミステリ文庫) 2005年3月

ハリー
ハリウッド署の刑事を退職して私立探偵になった五十二歳の男 「暗く聖なる夜 上下」 マイクル・コナリー著;古沢嘉通訳 講談社(講談社文庫) 2005年9月

ハリー・ウィンターボザム(ウィンターボザム)
古典文学の大学教授にして第二次世界大戦中の英国情報部の工作員 「スパイが集う夜」 ジョン・オールトマン著;広瀬順弘訳 早川書房(ハヤカワ文庫NV) 2001年6月

ハーリー・エイブラムズ(エイブラムズ)
FBIの特別捜査官、大統領候補ハウの孫誘拐事件捜査の総指揮をとる46歳の男 「誘拐」 ジェイムズ・グリッパンド著;白石朗訳 小学館(Shogakukan mystery) 2003年2月

ハリエット
ピアニスト・エディが演奏するフィラデルフィアの酒場の経営者、40代半ばの太った女 「ピアニストを撃て」 デイヴィッド・グーディス著;真崎義博訳 早川書房(Hayakawa pocket mystery books) 2004年5月

ハリエット
推理小説作家、ハネムーンで滞在する予定だった屋敷の主人の死体を夫・ピーターと見つけた妻 「忙しい蜜月旅行」 ドロシイ・セイヤーズ著;松下祥子訳 早川書房(ハヤカワ・ミステリ文庫) 2005年6月

ハリエット・ショウ
19世紀末ロンドンにあった女子師範学校〈エルフリーダ・カレッジ〉の女学生 「絞首台までご一緒に」 ピーター・ラヴゼイ著;三好一美訳 早川書房(ハヤカワ・ミステリ文庫) 2004年1月

ハリエット・ハーランド
秘密情報部の元工作員だったロバートの妹、ロンドンで三人の子どもを育てている賢い女性 「スパイズ・ライフ 上下」 ヘンリー・ポーター著;二宮磬訳 新潮社(新潮文庫) 2005年2月

はりえ

ハリエット・フォスター（ハティ・フォスター）
多くのロマンス作家を抱えるやり手の出版エージェント、「おばちゃま」的風貌の女性 「ロマンス作家「殺人」事件」 エリザベス・ピーターズ著;本間有訳　扶桑社(扶桑社ミステリー) 2005年6月

ハリエット・ヴェイン
10年以上前に卒業した母校のオクスフォード大学学寮祭に出席した女性探偵作家 「学寮祭の夜」 ドロシー・L・セイヤーズ著;浅羽莢子訳　東京創元社(創元推理文庫)　2001年8月

ハリー・ガーガン（ガーガン）
観光旅行会社社長、不気味なイグアナや怪しい原住民がいる「南米バナナ共和国」のツアーを企画した男 「観光旅行」 デイヴィッド・イーリイ著;一ノ瀬直二訳　早川書房（ハヤカワ・ミステリ文庫） 2004年6月

ハーリ・クィン
長身でやせた黒髪の青年、事件現場に現れては解決して去っていく謎の探偵 「謎のクィン氏」 アガサ・クリスティー著;嵯峨静江訳　早川書房(ハヤカワ文庫クリスティー文庫) 2004年11月

ハリー・グッチ（グッチ）
特別捜査局(OSI)の少佐 「偽りの名画」 アーロン・エルキンズ著;秋津知子訳　早川書房(ハヤカワ・ミステリ文庫) 2005年3月

ハリー・グリフィン
ミネソタ州にある新聞社のデザイナー、ベトナム帰還兵でアルコール依存症患者 「真実への銃声 上下」 チャック・ローガン著;千葉隆章訳　扶桑社(扶桑社ミステリー) 2001年7月

バリー・グローヴァー
雑誌《ストリート》の写真処理係兼資料管理者、30歳の孤独な小男 「囁く骸」 ミネット・ウォルターズ著;成川裕子訳　東京創元社(創元推理文庫)　2002年4月

ハリー・ケンプル
賭博師、蒸発請負人のジェーンの友人 「蒸発請負人」 トマス・ペリー著;飯島宏訳　講談社(講談社文庫) 2001年3月

ハリー・コーエン（コーエン）
姿を消した囮捜査官フリントの行方を追う弁護士、元MI5の首席法律顧問 「フリント　上下」 ポール・エディ著;芹澤恵訳　新潮社(新潮文庫) 2003年2月

ハリー・コーニッシュ（コーニッシュ）
ロンドンのパラダイス・ウェイの浮浪者、暴行容疑で逮捕された男 「戦士たちの挽歌」 フレデリック・フォーサイス著;篠原慎訳　角川書店　2002年1月

ハリー・コリンズ
テキサス東部に住む11歳の少年、治安官の息子 「ボトムズ」 ジョー・R・ランズデール著;大槻寿美枝訳　早川書房(Hayakawa novels)　2001年11月

ハリー・コンプトン
ロンドン警視庁部長刑事 「囮　上下」 ジェラルド・シーモア著;長野きよみ訳　講談社(講談社文庫) 2001年4月

ハリスおばさん
ロンドンのおやしき街でおてつだいさんをしている60歳ちかくの未亡人 「ハリスおばさんニューヨークへ行く」 ポール・ギャリコ著;亀山龍樹訳　ブッキング(fukkan.com) 2005年5月

ハリスおばさん
ロンドンのおやしき街でおてつだいさんをしている60歳ちかくの未亡人 「ハリスおばさんパリへ行く」 ポール・ギャリコ著;亀山龍樹訳　ブッキング(fukkan.com) 2005年4月

ハリスおばさん
ロンドンのおやしき街でおてつだいさんをしている60歳ちかくの未亡人 「ハリスおばさんモスクワへ行く」 ポール・ギャリコ著;亀山龍樹訳;遠藤みえこ訳 ブッキング(fukkan.com) 2005年7月

ハリスおばさん
ロンドンのおやしき街でおてつだいさんをしている60歳ちかくの未亡人 「ハリスおばさん国会へ行く」 ポール・ギャリコ著;亀山龍樹訳 ブッキング(fukkan.com) 2005年6月

パリス・ギブソン
ラジオ深夜放送のパーソナリティ、プライベート情報を一切隠して人前に姿を表さない女性 「暗闇よこんにちは 上下」 サンドラ・ブラウン著;法村里絵訳 新潮社(新潮文庫) 2004年11月

パリス・スコット
ロサンジェルスのコンビニエンス・ストアの夜勤店員、元脚本家の黒人の若者 「地獄じゃどいつもタバコを喫う」 ジョン・リドリー著;山田蘭訳 角川書店(角川文庫) 2003年5月

ハリー・ストラットン・トレヴェリアン
科学史家、発明家を支援する「アバウィック財団」のコンサルタント 「優しい週末」 ジェイン・アン・クレンツ著;中村三千恵訳 二見書房(二見文庫) 2003年6月

ハリー・ストランド(ストランド)
ヒューストンに住む画商、1年前に妻を交通事故で亡くした中年男性 「夜の色」 デイヴィッド・リンジー著;鳥見;真生訳 柏艪舎(柏艪舎文芸シリーズ) 2004年1月

バリストン
米国のバイオテクノロジー会社「オキシ・テク社」の社長、天才的な遺伝学の科学者 「消えた小麦〈1〉—セス・コルトンシリーズ」 エリック・ローラン著;長島良三訳 小学館 2003年11月

ハリー・ソルター
ロンドンの元ギャングでパブ経営者、対テロ組織エージェントのショーン・ディロンの協力者 「復讐の血族」 ジャック・ヒギンズ著;黒原敏行訳 角川書店(角川文庫) 2005年1月

ハリソン・デイビーズ
検死助手として働くトゥルーの弟、ギャンブル好きのトラブルメイカー 「トゥルー・コーリング Vol.1」 ジョン・ハーモン・フェルドマン原案;酒井紀子編訳 竹書房(竹書房文庫) 2005年5月

ハリソン・デイビーズ
検死助手として働くトゥルーの弟、ギャンブル好きのトラブルメイカー 「トゥルー・コーリング Vol.2」 ジョン・ハーモン・フェルドマン原案;酒井紀子編訳 竹書房(竹書房文庫) 2005年5月

ハリソン・デイビーズ
検死助手として働くトゥルーの弟、ギャンブル好きのトラブルメイカー 「トゥルー・コーリング Vol.3」 ジョン・ハーモン・フェルドマン原案;酒井紀子編訳 竹書房(竹書房文庫) 2005年6月

ハリソン・デイビーズ
検死助手として働くトゥルーの弟、ギャンブル好きのトラブルメイカー 「トゥルー・コーリング Vol.4」 ジョン・ハーモン・フェルドマン原案;酒井紀子編訳 竹書房(竹書房文庫) 2005年7月

ハリソン・デイビーズ
検死助手として働くトゥルーの弟、ギャンブル好きのトラブルメイカー 「トゥルー・コーリング Vol.5」 ジョン・ハーモン・フェルドマン原案;酒井紀子編訳 竹書房(竹書房文庫) 2005年9月

はりそ

ハリソン・デイビーズ
検死助手として働くトゥルーの弟、ギャンブル好きのトラブルメイカー 「トゥルー・コーリング Vol.6」 ジョン・ハーモン・フェルドマン原案;酒井紀子編訳 竹書房(竹書房文庫) 2005年9月

パリッシュ
アメリカ合衆国大統領首席補佐官、有能な男 「ワルシャワ大空戦 上下」 リチャード・ハーマン著;大久保寛訳 新潮社(新潮文庫) 2003年7月

パリッシュ
連続殺人犯、シエラ・ネバダ山中に遺体を埋めたと自白した男 「骨 上下」 ジャン・バーク著;渋谷比佐子訳 講談社(講談社文庫) 2002年6月

ハリ・ディクシト(ディクシト)
インドの首相 「中国の野望一印パ戦争勃発」 ハンフリー・ホークスリー著;山本光伸訳 二見書房(二見文庫) 2002年9月

パリド
17世紀にポルトガル系ユダヤ教徒の共同体を統治する公会議マアマドの役員、相場師ミゲルに圧力をかけている商人 「珈琲相場師」 デイヴィッド・リス著;松下祥子訳 早川書房(ハヤカワ・ミステリ文庫) 2004年6月

ハリーナ
女医レベッカの義母・セイラの知人、娘のナタールカの白血病治療のためポーランドからカナダへやってきた女性 「死、ふたたび」 シルヴィア・マウルタージュ・ウォルシュ著;横山啓明訳 早川書房(ハヤカワ・ミステリ文庫) 2004年12月

ハリー・ノーチラス
アラバマ州モビール市警察のベテラン刑事、若手刑事カーソン・ライダーの相棒 「百番目の男」 ジャック・カーリイ著;三角和代訳 文藝春秋(文春文庫) 2005年4月

ハリー・パウエル(パウエル)
強盗殺人の罪で死刑になったベンの一家の前に現れた伝道師、欲に取り憑かれた殺人鬼 「狩人の夜」 デイヴィス・グラブ著;宮脇裕子訳 東京創元社(創元推理文庫) 2002年12月

ハリー・ハドソン
宝石・稀少鉱物コンサルタント、ロイター通信社の記者・チャールズの双子の弟で行方不明になった男 「アイスキャップ作戦」 スタンレー・ジョンソン著;京兼玲子訳 文藝春秋(文春文庫) 2001年4月

ハリー・ファイヴァシャム(ファイヴァシャム)
19世紀末のイギリス軍北サリー連隊の将校、繊細な感性と豊かな想像力を持つ若者 「サハラに舞う羽根」 A.E.W.メースン著;古賀弥生訳 東京創元社(創元推理文庫) 2003年7月

ハリー・ファーレイ
野生動物保護協会の主宰者・アリスンの夫、元外交官で弁護士 「大密林」 ジェイムズ・W・ホール著;北澤和彦訳 講談社(講談社文庫) 2002年8月

バリー・プランケット
ロンドンやブロードウェイでも成功をおさめているウェスチェスター劇団の座長、三十五歳の俳優 「仮面劇場の殺人」 ディクスン・カー著;田口俊樹訳 東京創元社(創元推理文庫) 2003年9月

ハリー・フロブスキー
一流の新聞社を辞め現在は三流紙「ロサンゼルス・サン」の記者に身を落としている58歳の男 「夜の片隅で」 ジョン・モーガン・ウィルスン著;岩瀬孝雄訳 早川書房(ハヤカワ・ミステリ文庫) 2002年2月

ぱるす

ハリー・ボッシュ（ボッシュ）
ハリウッド署の刑事、自身の信じる正義を貫く男 「堕天使は地獄へ飛ぶ」 マイクル・コナリー著;古沢嘉通訳 扶桑社 2001年9月

ハリー・ボッシュ（ボッシュ）
ハリウッド署殺人捜査担当の刑事、元FBI心理分析官・マッケイレブのかつての仕事仲間 「夜より暗き闇 上下」 マイクル・コナリー著;古沢嘉通訳 講談社（講談社文庫） 2003年7月

ハリー・ボッシュ（ボッシュ）
ロサンジェルス市警ハリウッド署の刑事、元ベトナム帰還兵 「シティ・オブ・ボーンズ」 マイクル・コナリー著;古沢嘉通訳 早川書房（ハヤカワ・ミステリ文庫） 2005年2月

ハリー・ボッシュ（ボッシュ）
ロサンジェルス市警ハリウッド署の刑事、元ベトナム帰還兵 「シティ・オブ・ボーンズ」 マイクル・コナリー著;古沢嘉通訳 早川書房(Hayakawa novels） 2002年12月

ハリー・マグレード
私立探偵、女性刑事ジャック・ダニエルズと確執がある元シカゴ市警の刑事 「ウィスキー・サワーは殺しの香り」 J.A.コンラス著;木村博江訳 文藝春秋（文春文庫） 2005年2月

ハリー・マディガン
バーンスタブル郡公選弁護人事務所で働く男、殺人事件の被告・ロゴリゲス側の弁護人 「霧のとばり」 ローズ・コナーズ著;東野さやか訳 二見書房（二見文庫） 2005年1月

ハリー・ライム
ウィーンに住む闇商人、作家のロロをウィーンに招いた男 「第三の男」 グレアム・グリーン著;小津次郎訳 早川書房（ハヤカワepi文庫） 2001年5月

バリー・リー
借金で生活に困り果て生命保険目当ての偽装殺人を夫婦で画策した夫 「弱気な死人」 ドナルド・E.ウェストレイク著;越前敏弥訳 ソニー・マガジンズ（ヴィレッジブックス） 2005年7月

ハリール
「ライオン」と称されるリビアの残虐なテロリスト、カダフィ大佐の部下の息子 「王者のゲーム 上下」 ネルソン・デミル著;白石朗訳 講談社（講談社文庫） 2001年11月

ハリ・ルクマン（ルクマン）
インドネシア特殊部隊〈コパスス〉の少佐、野心的で彫の深い整った顔立ちの男 「奪還」 マイケル・デイ著;松本剛史訳 ソニー・マガジンズ（ヴィレッジブックス） 2005年4月

パール
強盗殺人の罪で死刑となったベンの娘、4歳半の少女 「狩人の夜」 デイヴィス・グラッブ著;宮脇裕子訳 東京創元社（創元推理文庫） 2002年12月

ハルイン
シュルーズベリ大修道院の修道士、修道士カドフェルの元助手 「ハルイン修道士の告白」 エリス・ピーターズ著;岡本浜江訳 光文社（光文社文庫） 2005年5月

ヴァル王　ばるおう
ロンドンの半分を支配しているギャング・ヴォルソン家の当主、ヴァル王と呼ばれている男 「ブラッドタイド」 メルヴィン・バージェス著;安原和見訳 東京創元社（創元推理文庫） 2005年3月

パールスタイン・ジュニア（ジュニア）
マンハッタンのマンションの「パニック・ルーム」で暮らしていたメグとサラの母娘を襲った三人の泥棒の一人、大富豪のシドニー・パールスタインの孫 「パニック・ルーム」 ジェームズ・エリソン著;柳下毅一郎訳 ソニー・マガジンズ（ヴィレッジブックス） 2002年3月

はると

バルト
民間検査会社ラバッグ社の技術者、食品検査分野の責任者 「プリオンの迷宮」 マルティン・ズーター著;小津薫訳 扶桑社(扶桑社ミステリー) 2005年9月

ハルトムート・グリッフェ(ヘルムート・ヴォルペ)
ドイツ通産省参事、元ナチス・ドイツの保安警察ジポの一員の68歳の男 「パリ、殺人区」 カーラ・ブラック著;奥村章子訳 早川書房(ハヤカワ・ミステリ文庫) 2002年3月

ハルフォード
ロンドンのニュー・スコットランド・ヤード殺人課に所属する39歳の刑事 「青い家」 テリ・ホルブルック著;山本俊子訳 早川書房 (Hayakawa pocket mystery books) 2003年1月

バルボッサ
伝説の海賊、死者の世界からよみがえった海賊船ブラックパール号の元一等航海士 「パイレーツ・オブ・カリビアン 呪われた海賊たち」 テッド・エリオット脚本;テリー・ロッシオ脚本;ジェイ・ウォルパート脚本;鈴木玲子ノヴェライズ 竹書房(竹書房文庫) 2003年8月

ヴァル・ヴォルソン(ヴァル王)　ばるぼるそん(ばるおう)
ロンドンの半分を支配しているギャング・ヴォルソン家の当主、ヴァル王と呼ばれている男 「ブラッドタイド」 メルヴィン・バージェス著;安原和見訳 東京創元社(創元推理文庫) 2005年3月

パルロッタ
ローマの料理店「パルロッタ」の主人、体重百キロはありそうながっちりとした男 「死を招く料理店」 ベルンハルト・ヤウマン著;小津薫訳 扶桑社(扶桑社ミステリー) 2005年2月

ハル・ローパー
ダラスに住む弁護士、調査員のジャックと助手のテディを雇っている男 「ビッグ・タウン」 ダグ・J.スワンソン著;黒原敏行訳 早川書房(ハヤカワ・ミステリ文庫) 2001年2月

バレリア・スヴィック(シビッラ)
女占い師、斜視で赤毛の謎めいた美女 「白紙委任状」 カルロ・ルカレッリ著;菅谷誠訳 柏艪舎(イタリア捜査シリーズ) 2005年1月

ヴァレリー・バークスデイル
夫のドニーの暴力に苦しむ主婦、ジョージア州ブリクストンの占い師アニーの常連客 「ギフト」 ビリー・ボブ・ソーントン脚本;トム・エパーソン脚本;小島由記子訳 講談社(シネマブックス) 2001年5月

バレリー・ホランド
ロスで小児科を開業する未亡人 「そして、黄昏が優しくつつむ」 ノーマン・ボグナー著;岡山徹訳 産業編集センター 2003年4月

バレンジャー
〈ニューヨーク・タイムズ〉の新聞記者、クリーパー(都市探検者)の教授らと共にかつての豪華ホテルに潜入した35歳の男 「廃墟ホテル」 デイヴィッド・マレル著;山本光伸訳 ランダムハウス講談社(ランダムハウス講談社文庫) 2005年12月

ヴァレンタイン
フロリダ在住の初老のカジノコンサルタント、引退した元刑事でいかさまを見抜く天才 「カジノを罠にかけろ」 ジェイムズ・スウェイン著;三川基好訳 文藝春秋(文春文庫) 2005年3月

ヴァレンティン・サンシール
ニューオーリンズの私立探偵、一見白人だが黒人やチェロキーの血が混じったクレオール 「快楽通りの悪魔」 デイヴィッド;フルマー著;田村;義進訳 新潮社(新潮文庫) 2004年6月

ハーロウ・アナスターシャ・グレイル
スリラー作家、女優サヴァンナ・ノースの娘で幼いころ誘拐された過去を持つ女性 「戦慄」 エリカ・スピンドラー著;平江まゆみ訳　ハーレクイン(MIRA文庫)　2002年9月

バロック
元英国軍兵士、英国人殺し屋になった男 「ロイヤル・ブラッド」 バリー・デービス著;窪嶋優子訳　インターメディア出版　2002年7月

ハロルド・ウィルマー
ベテランの靴職人、足と靴のフェティシストである主人公「ぼく」の相談相手 「美しい足に踏まれて」 ジェフ・ニコルスン著;雨海弘美訳　扶桑社(扶桑社ミステリー)　2003年8月

ハロルド・バクスター(バクスター)
NYの聖パトリック大聖堂でテロ組織の人質になった駐米イギリス総領事の男 「ニューヨーク大聖堂 上下」 ネルソン・デミル著;白石朗訳　講談社(講談社文庫)　2005年5月

ハロルド・ヴィカーズ
内側から鍵がかかった密室状態の書斎で奇妙な死を遂げたエキセントリックなミステリ作家 「死が招く」 ポール・アルテ著;平岡敦訳　早川書房 (Hayakawa pocket mystery books) 2003年6月

ハロルド・ローダー
ウィルスにより死滅したアメリカの生存者、メイン州の十六歳のいじめられっ子少年 「ザ・スタンド 2」 スティーヴン・キング著;深町眞理子訳　文藝春秋(文春文庫)　2004年5月

バロン
ロサンジェルス市警察殺人課5-2班の若い優秀な刑事 「皇帝の血脈 上下」 アラン・フォルサム著;戸田裕之訳　新潮社(新潮文庫)　2005年11月

ハーロン・レッドフィールド(レッドフィールド博士)　はーろんれっどふぃーるど(れっどふぃーるどはくし)
精神科医、特殊能力者エヴァン・トレボーンとその父ジェイソンの主治医 「バタフライ・エフェクト」 ジェームズ・スワロウ著;酒井紀子訳　竹書房(竹書房文庫)　2005年4月

ハワード
現役を退いた老弁護士、戦時中にフランスの片田舎へ釣りに出かけたイギリス人 「パイド・パイパー 自由への越境」 ネビル・シュート著;池央耿訳　東京創元社(創元推理文庫)　2002年2月

ハワード・エライアス(エライアス)
黒人の人権派弁護士、ロサンジェルス市警の長年にわたる宿敵 「堕天使は地獄へ飛ぶ」 マイクル・コナリー著;古沢嘉通訳　扶桑社　2001年9月

ハワード・リッター
ハドソン川周遊船上で殺された売れない俳優、50がらみの男 「ハドソン川殺人事件」 D・フリン著;中山善之訳　講談社(講談社文庫)　2001年3月

ハワード・ルディガー(ルディガー)
ミシガン州警察を退職後故郷のオーカス・ビーチで警察署長を務めている男 「狩りの風よ吹け」 スティーヴ・ハミルトン著;越前敏弥訳　早川書房(ハヤカワ・ミステリ文庫)　2002年5月

バンクス
イーストヴェイル署犯罪捜査部主席警部 「誰もが戻れない」 ピーター・ロビンスン著;幸田敦子訳　講談社(講談社文庫)　2001年11月

バンクス
英国イーストヴェイル署犯罪捜査部主席警部、有能だが一匹狼でサボり屋の三十代半ばの男 「渇いた季節」 ピーター・ロビンスン著;野の水生訳　講談社(講談社文庫)　2004年7月

はんさ

ヴァン・ザクセンブルフ
アムステルダムのメルカトル銀行頭取、体力も精神もピークを保っている61歳の男 「ユーロ贋札に隠された陰謀」 ロエル・ヤンセン著;小岡礼子訳;大塚仁子訳 インターメディア出版 2001年12月

ハン サンピル(サンピル) はんさんぴる(さんぴる)
秘密裏の組織684部隊第1班班長、殺人歴がある短気で情的な男 「シルミド」 キム・ヒジェ著;伊藤正治訳 角川書店(角川文庫) 2004年5月

ヴァンサン・モロー
整形外科医リシャールの娘ヴィヴィアーヌを襲った華奢でハンサムなフランス人の男 「蜘蛛の微笑」 ティエリー・ジョンケ著;平岡敦訳 早川書房(ハヤカワ・ミステリ文庫) 2004年6月

判事　はんじ
イギリス高等法院の判事、たびたび問題を起こす放蕩息子マーティンの父 「判事とペテン師」 ヘンリー・セシル著;中村美穂訳 論創社(論創海外ミステリ) 2005年12月

バンジャマン・マロセーヌ(マロセーヌ)
職業的スケープゴート、タリオン出版で社長のザボ女王の"身代わりの山羊"として雇われている男 「散文売りの少女」 ダニエル・ペナック著;平岡敦訳 白水社 2002年3月

ヴァーンス
朝鮮半島の非武装地帯で兵役についていた米国陸軍軍曹、17歳の時に起こした警察沙汰のため陸軍に入隊した男 「灰色の非武装地帯」 クレイ・ハーヴェイ著;島田三蔵訳 扶桑社(扶桑社ミステリー) 2002年9月

ヴァンス
ニューヨークに住むアマチュア探偵 「僧正殺人事件」 S.S.ヴァン・ダイン著;宇野利泰訳 嶋中書店(嶋中文庫) 2004年1月

ヴァンス
名探偵、ヴァン・ダインの友人 「ガーデン殺人事件」 ヴァン・ダイン著;井上;勇訳 東京創元社(創元推理文庫) 2002年11月

バーンズ
ブラック・ジェット証券CEOジョン・J・ギャヴァランの親友で仕事上の片腕、空軍時代の上官 「謀略上場 上下」 クリストファー;ライク著;土屋;京子訳 ランダムハウス講談社 2004年11月

バーンズ
ロンドンのドーバー・ストリート署警部補刑事 「戦士たちの挽歌」 フレデリック・フォーサイス著;篠原慎訳 角川書店 2002年1月

バーンスタイン
ロサンゼルスにあるブラッドフォード建設の副支社長、次期支社長選に臨む男 「硝子の塔」 スタンリー・アレン著;大妻裕一訳 二見書房(二見文庫) 2001年8月

バーンスタイン
ロンドン警視庁の女性警部、首相直属情報組織責任者チャールズ・ファーガスンの補佐官 「ホワイトハウス・コネクション」 ジャック・ヒギンズ著;黒原敏行訳 角川書店(角川文庫) 2003年9月

バーンスタイン
ロンドン警視庁の女性警部、首相直属情報組織責任者チャールズ・ファーガスンの補佐官 「悪魔と手を組め」 ジャック・ヒギンズ著;黒原敏行訳 早川書房(ハヤカワ文庫NV) 2001年3月

バーンスタイン
ロンドン警視庁の女性警部、首相直属情報組織責任者チャールズ・ファーガソンの補佐官 「審判の日」 ジャック・ヒギンズ著;黒原敏行訳　角川書店(角川文庫) 2004年9月

ハンス・トラウヒマン
ナチスドイツの戦犯として終身刑を宣告され50年も刑期をつづけている85歳の男 「覇者 上下」 ポール・リンゼイ著;笹野洋子訳　講談社(講談社文庫) 2003年5月

ハンス・ニーベルング
イスラム同盟の指導者、強力なリーダーシップを発揮しイスラム世界をひとつにまとめあげるカリスマ的人物 「総力戦」 サイモン・ピアソン著;結城山和夫訳　二見書房(ザ・ミステリ・コレクション) 2001年9月

ヴァンダ
ウィーンにある興信所「WMA」の所員、冒険好きな女性 「カルトの影－現代ウィーン・ミステリー・シリーズ」 クルト・ブラハルツ著;郷正文訳　水声社 2002年2月

ヴァーン・ダネガン
引退したワイオミング州猟区管理官、ジョー・ピケットの前任者 「沈黙の森」 C.J.ボックス著;野口百合子訳　講談社(講談社文庫) 2004年8月

ハンター・ファロン
サンフランシスコ警察初の大学卒の警官官・巡査 「激震」 ジェイムズ・ダレッサンドロ著;菊地;よしみ訳　早川書房(Hayakawa novels) 2004年7月

ハンター・マカロック
ニューヨークに住む男子高校生、ドラッグディーラーのホワイト・マイクの幼なじみの友達 「トゥエルヴ」 ニック・マクダネル著;近藤隆文訳　ソニー・マガジンズ 2005年7月

ヴァンドスレール
パリのボロ館に住む若い歴史学者・マルクの伯父、クビになった元刑事 「死者を起こせ」 フレド・ヴァルガス著;藤田真利子訳　東京創元社(創元推理文庫) 2002年6月

パンドラ
古代ローマの貴族の娘、ローマ名リディア 「パンドラ、真紅の夢」 アン・ライス著;柿沼瑛子訳　扶桑社(扶桑社ミステリー) 2002年5月

バントリング
フロリダのブロンド美女連続殺人事件の容疑者、家具のバイヤー 「報復」 ジリアン・ホフマン著;吉田利子訳　ソニー・マガジンズ(ヴィレッジブックス) 2004年11月

バントリング
被害者11人の心臓を奪った残虐なキューピッド事件の犯人とされる男、死刑囚 「報復ふたたび」 ジリアン・ホフマン著;吉田利子訳　ソニー・マガジンズ(ヴィレッジブックス) 2005年11月

バンドル(アイリーン・ブレント)
事件の舞台チムニーズ館の所有者ケイタラム卿の娘、好奇心旺盛で行動力あふれる若い女性 「七つの時計」 アガサ・クリスティー著;深町真理子訳　早川書房(ハヤカワ文庫クリスティー文庫) 2004年2月

韓 東秀　はん・とんす
港都釜山育ちの四人の幼なじみの一人、父親が葬儀屋をしている少年 「友へ」 郭【キョン】沢著;金重明訳　文藝春秋(文春文庫) 2002年2月

ヴァン・ナイトヒート(ナイトヒート)
賭博師、正体不明の殺し屋と対決すべくコロラドの町グローリー・ガルシュに戻ってきた男 「5枚のカード」 レイ・ゴールデン著;横山啓明訳　早川書房(Hayakawa pocket mystery books) 2005年10月

ハンナ・スウェンセン
ミネソタ州レイク・エデンのベイカリー兼コーヒーショップ〈クッキー・ジャー〉のオーナー 「レモンメレンゲ・パイが隠している」 ジョアン・フルーク著;上条ひろみ訳 ソニー・マガジンズ(ヴィレッジブックス) 2004年1月

ハンナ・スウェンセン
ミネソタ州レイク・エデンの菓子店「クッキー・ジャー」のオーナーで素人探偵、赤毛でエネルギッシュな「お菓子探偵」「ストロベリー・ショートケーキが泣いている」 ジョアン・フルーク著;上条ひろみ訳 ソニー・マガジンズ(ヴィレッジブックス) 2003年8月

ハンナ・スウェンセン
ミネソタ州レイク・エデンの菓子店「クッキー・ジャー」のオーナーで素人探偵、赤毛で大柄でエネルギッシュな「お菓子探偵」「シュガークッキーが凍えている」 ジョアン・フルーク著;上條ひろみ訳 ソニー・マガジンズ(ビレッジブックス) 2005年12月

ハンナ・スウェンセン
ミネソタ州レイク・エデンの菓子店「クッキー・ジャー」のオーナーで素人探偵、赤毛で大柄でエネルギッシュな「お菓子探偵」「ファッジ・カップケーキは怒っている」 ジョアン・フルーク著;上條ひろみ訳 ソニー・マガジンズ(ビレッジブックス) 2005年6月

ハンナ・バーンスタイン(バーンスタイン)
ロンドン警視庁の女性警部、首相直属情報組織責任者チャールズ・ファーガスンの補佐官 「ホワイトハウス・コネクション」 ジャック・ヒギンズ著;黒原敏行訳 角川書店(角川文庫) 2003年9月

ハンナ・バーンスタイン(バーンスタイン)
ロンドン警視庁の女性警部、首相直属情報組織責任者チャールズ・ファーガスンの補佐官 「悪魔と手を組め」 ジャック・ヒギンズ著;黒原敏行訳 早川書房(ハヤカワ文庫NV) 2001年3月

ハンナ・バーンスタイン(バーンスタイン)
ロンドン警視庁の女性警部、首相直属情報組織責任者チャールズ・ファーガスンの補佐官 「審判の日」 ジャック・ヒギンズ著;黒原敏行訳 角川書店(角川文庫) 2004年9月

ハンニバル・レクター博士(レクター)　はんにばるれくたーはかせ(れくたー)
精神病理学者、九件の凶悪殺人を犯した異常殺人犯 「レッド・ドラゴン 上下」 トマス・ハリス著;小倉多加志訳 早川書房(ハヤカワ文庫NV) 2002年9月

パンプルムース氏　ぱんぷるむーすし
グルメ・ガイドブック〈ル・ギード〉の覆面調査員、元パリ警視庁の刑事で50代後半の男性 「パンプルムース氏のダイエット」 マイケル・ボンド著;木村博江訳 東京創元社(創元推理文庫) 2002年11月

パンプルムース氏　ぱんぷるむーすし
グルメ・ガイドブック〈ル・ギード〉の覆面調査員、元パリ警視庁の刑事で50代半ばの男性 「パンプルムース氏と飛行船」 マイケル・ボンド著;木村博江訳 東京創元社(創元推理文庫) 2003年6月

パンプルムース氏　ぱんぷるむーすし
グルメ・ガイドブック〈ル・ギード〉の覆面調査員、元パリ警視庁の刑事で50代半ばの男性 「パンプルムース氏の秘密任務」 マイケル・ボンド著;木村博江訳 東京創元社(創元推理文庫) 2001年11月

パンプルムース氏　ぱんぷるむーすし
グルメ・ガイドブック〈ル・ギード〉の覆面調査員、元パリ警視庁の刑事で60代かの男性 「パンプルムース氏対ハッカー」 マイケル・ボンド著;木村博江訳 東京創元社(創元推理文庫) 2004年1月

パンプルムース氏　ぱんぷるむーすし
フランスのグルメ・ガイドブック〈ル・ギード〉の覆面調査員、元パリ警視庁の刑事で50代半ばの男性　「パンプルムース家の犬」　マイケル・ボンド著;木村博江訳　東京創元社(創元推理文庫)　2002年4月

パンプルムース氏　ぱんぷるむーすし
フランスのグルメ・ガイドブック〈ル・ギード〉の覆面調査員、元パリ警視庁の刑事で50代半ばの男性　「パンプルムース氏のおすすめ料理」　マイケル・ボンド著;木村博江訳　東京創元社(創元推理文庫)　2001年7月

パンプルムース氏　ぱんぷるむーすし
フランスのグルメ・ガイドブック〈ル・ギード〉の覆面調査員、元パリ警視庁の刑事で50代半ばの男性　「パンプルムース氏の晩餐会」　マイケル・ボンド著;木村博江訳　東京創元社(創元推理文庫)　2005年5月

パンプルムース婦人　ぱんぷるむーすふじん
グルメ・ガイド覆面調査員パンプルムース氏の妻　「パンプルムース氏のダイエット」　マイケル・ボンド著;木村博江訳　東京創元社(創元推理文庫)　2002年11月

パンプルムース婦人　ぱんぷるむーすふじん
グルメ・ガイド覆面調査員パンプルムース氏の妻　「パンプルムース氏の秘密任務」　マイケル・ボンド著;木村博江訳　東京創元社(創元推理文庫)　2001年11月

パンプルムース婦人　ぱんぷるむーすふじん
グルメ・ガイド覆面調査員パンプルムース氏の妻　「パンプルムース氏対ハッカー」　マイケル・ボンド著;木村博江訳　東京創元社(創元推理文庫)　2004年1月

ハンラハン
シカゴ市警の刑事・リーバーマンの相棒でアルコール依存症の過去がある刑事、カトリック教徒　「刑事エイブ・リーバーマン　憎しみの連鎖」　スチュアート・カミンスキー著;棚橋志行訳　扶桑社(扶桑社ミステリー)　2003年1月

バーンリー
ロンドン警視庁の警部、頭脳明晰で有能なだけでなく親切な男　「樽」　F.W.クロフツ著;加賀山卓朗訳　早川書房(ハヤカワ・ミステリ文庫)　2005年1月

【ひ】

ピアース
ニューヨーク市警のベテラン刑事、刑事コーエンの相棒で幼い娘を殺された33歳の男　「闇に問いかける男」　トマス・H・クック著;村松潔訳　文藝春秋(文春文庫)　2003年7月

ピアス
34歳のナノテク学者、ベンチャー企業「アメデオ・テクノロジーズ」代表　「チェイシング・リリー」　マイクル・コナリー著;古沢嘉通訳　早川書房(Hayakawa novels)　2003年9月

ピアース(JP)　ぴあーす(じぇーぴー)＊
海軍一等兵曹、法務官のフェイドラ付きの事務系下士官を務める女性　「不手際な暗殺」　ノーム・ハリス著;結城山和夫訳　二見書房(二見文庫)　2004年1月

ピアース・クインシー(クインシー)
FBI主任特別捜査官、家族が次々と不可解な事故に巻き込まれた男　「誰も知らない恋人」　リサ・ガードナー著;前野,律訳　ソニーマガジンズ(ヴィレッジブックス)　2003年3月

ピアース・クインシー(クインシー)
FBI捜査支援課の特別捜査官、女性保安官補・レイニーとベイカーズヴィル八年制校で起きた射殺事件を追った男　「あどけない殺人」　リサ・ガードナー著;前野律訳　ソニー・マガジンズ(ヴィレッジブックス)　2002年6月

ピアース警部　ぴあーすけいぶ
画家のローズが第一発見者となった転落死を捜査した地元警察署の警部　「容疑者たちの事情」ジェイニー・ボライソー著;山田順子訳　東京創元社(創元推理文庫)　2004年11月

Ｐ・Ｈ・スローン(スローン)　ぴーえいちすろーん(すろーん)＊
元探偵、アメリカのチョチェーラ渓谷で観光牧場を経営している男　「死を呼ぶスカーフ」ミニオン・Ｇ・エバハート著;板垣節子訳　論創社(論創海外ミステリ)　2005年1月

ヴィエナ・リン
写真家、超自然現象に執心する富豪との契約により心霊写真を撮るためだけに鉄道・飛行機事故を起こし続けていた男　「Ｌの憑依」ハワード・ノーマン著;茂木健訳　東京創元社(創元コンテンポラリ)　2003年8月

Ｂ・Ｆ・コールター　びーえふこーるたー＊
記憶を失くしたTVプロデューサー・エアリアルの80歳近い祖父　「猜疑」ジュディ・マーサー著;北沢あかね訳　講談社(講談社文庫)　2001年11月

ピエール・アンジュ・デスティナ(デスティナ)
Ｖ市の検察官、一年後に退職をひかえている六十歳すぎの男　「灰色の魂」フィリップ・クローデル著;高橋啓訳　みすず書房　2004年10月

ピエール・ド・シャニー
ヨーロッパ一のプリマドンナ・クリスティーヌの息子　「マンハッタンの怪人」フレデリック・フォーサイス著;篠原慎訳　角川書店(角川文庫)　2002年10月

ピエール・ニエマンス(ニエマンス)
フランス司法警察の警視正、元組織犯罪対策班の花形刑事　「クリムゾン・リバー」ジャン＝クリストフ・グランジェ著;平岡敦訳　東京創元社(創元推理文庫)　2001年1月

ヴィエル・ハワード
デンヴァーのマーシー・ジェネラル病院ERに勤務する黒人ベテラン看護婦、認知心理学者・ジョアンナの親友　「航路 上下」コニー・ウィリス;著;大森;望;訳　ソニーマガジンズ(ヴィレッジブックス)　2002年10月

ピエール・ボルジア
21012年にアメリカ合衆国の国務長官だった男、政界の名門の息子　「蛇神降臨記」スティーヴ・オルテン著;野村芳夫訳　文藝春秋(文春文庫)　2003年2月

ピエール・リュシュ(リュシュ氏)　ぴえーるりゅしゅ(りゅしゅし)
モンマルトルの古書店「千一冊の文書館」の老店主、ソルボンヌ大学哲学科出身の老人　「フェルマーの鸚鵡はしゃべらない」ドゥニ・ゲジ著;藤野邦夫訳　角川書店　2003年2月

ヒエロニムス・ボッシュ(ハリー)
ハリウッド署の刑事を退職して私立探偵になった五十二歳の男　「暗く聖なる夜 上下」マイクル・コナリー著;古沢嘉通訳　講談社(講談社文庫)　2005年9月

ヴィオレーヌ・グラント(マダム・グラント)
フランスのグルメ・ガイドブック〈ル・ギード〉経理係の婦人　「パンプルムース氏対ハッカー」マイケル・ボンド著;木村博江訳　東京創元社(創元推理文庫)　2004年1月

ピカソ
切り裂き殺人鬼、女性の死体でオブジェを作るサイコキラー　「わが名はレッド」シェイマス・スミス著;鈴木恵訳　早川書房(ハヤカワ・ミステリ文庫)　2002年9月

ピカリング氏　ぴかりんぐし
グルメ・ガイド覆面調査員パンプルムース氏のパリ警視庁時代の恩人、イギリス人　「パンプルムース氏と飛行船」マイケル・ボンド著;木村博江訳　東京創元社(創元推理文庫)　2003年6月

ヴィク
シカゴでは広く名前の知られた女性の私立探偵ビクトリア・イフィゲネイア・ウォーショースキー 「ハード・タイム」 サラ・パレツキー著;山本やよい訳 早川書房(ハヤカワ・ミステリ文庫) 2004年8月

ヴィク
シカゴのモンロー通りに事務所を構える私立探偵、得意の格闘技とスミス&ウェッソンを武器に巨悪と渡り合うタフで自立心旺盛な女性 「ブラック・リスト」 サラ・パレツキー著;山本やよい訳 早川書房(Hayakawa novels) 2004年9月

ヴィク
私立探偵で女医・ロティの親友、テレビでナチの収容所の生き残りだと主張したラドブーカの過去を探った女性 「ビター・メモリー」 サラ・パレツキー著;山本やよい訳 早川書房(Hayakawa novels) 2002年12月

ヴィクター・キング
ハバナに住む37歳のエリート会社員、ハンサムなカナダ人男性 「バイク・ガールと野郎ども」 ダニエル・チャヴァリア著;真崎義博訳 早川書房(ハヤカワ・ミステリ文庫) 2002年11月

ヴィクター・スタンワース(スタンスワース氏)　びくたーすたんわーす(すたんすわーすし)
歴史ある屋敷「レイトン・コート」を夏の間借りたロンドンの財産家、六十がらみの老紳士 「レイトン・コートの謎」 アントニイ・バークリー著;巴妙子訳 国書刊行会(世界探偵小説全集) 2002年9月

ヴィクター・トレモント(トレモント)
ニューヨークの製薬会社「ブランチャード製薬」社長兼最高執行責任者 「冥界からの殺戮者－秘密組織カヴァート・ワン〈1〉」 ロバート;ラドラム著;ゲイル・リンズ著;峯村利哉訳 角川書店(角川文庫) 2002年3月

ヴィクター・レイザー
シアトルの「レイザー貿易」の経営者、レインの叔父 「そのドアの向こうで」 シャノン・マッケナ著;中西和美訳 二見書房(二見文庫) 2004年3月

ビクター・レスコフ(レスコフ)
バンコクのロシア大使館第二書記、元KGB諜報員の愛国的ロシア人 「因果応報の終わるまで－ミャンマー崩壊作戦」 ポール・アディレックス著;高橋洋伸訳 文芸社 2004年10月

ヴィクトリア・ウェイヴァリー
妹といとこを連れてニュー・メキシコ準州の大牧場の所有者・マクレーン少佐に嫁いだ娘 「レディ・ヴィクトリア」 リンダ・ハワード著;加藤洋子訳 ソニー・マガジンズ(ヴィレッジブックス) 2002年7月

ヴィクトリア・ケンジントン
マンハッタンに共同法律事務所を構える有能な若手弁護士、「ブルドーザー」のニックネームを持つ女 「疑惑のサンクチュアリ 上下」 アンドレア・ケイン著;藤田佳澄訳 ソニー・マガジンズ(ヴィレッジブックス) 2004年4月

ヴィクトリア・ジェーン・ニューフィールド(V・J)　びくとりあじぇーんにゅーふぃーるど(ぶいじぇい)
ベテランミステリー作家、スリムで背の高い61歳くらいのアメリカ人女性 「ミステリー・ウィーク」 ヘザー・グレアム著;笠原博子訳 ハーレクイン(MIRA文庫) 2002年1月

ヴィクトリア・ジョーンズ
ロンドンで働くタイピスト、芝居っ気があり冒険好きな若い娘 「バグダッドの秘密」 アガサ・クリスティー著;中村妙子訳 早川書房(ハヤカワ文庫クリスティー文庫) 2004年7月

ヴィクトリア・ハート
ニュージャージー州検察官、マフィアのドン・ジョーを訴追した才媛検事 「マフィアをはめろ!」 スティーヴン・キャネル著;真野明裕訳 小学館(Shogakukan mystery) 2002年8月

びくと

ヴィクトル・ゴルジェーエフ
モスクワ市内総務局犯罪捜査局部長 「死とほんのすこしの愛 分析官アナスタシヤ・シリーズ③」アレクサンドラ・マリーニナ著;佐々洋子訳 光文社(光文社文庫)2004年4月

ヴィクトール・マバシャ(マバシャ)
南アフリカヨハネスブルグ育ちのズールー族の男、黒人の殺し屋 「白い雌ライオン」ヘニング・マンケル著;柳沢由実子訳 東京創元社(創元推理文庫)2004年9月

ヴィク・トレイ(ジョン・ヴィクター・サリー)
元カリフォルニア州ベイカーの保安官補、ディーとシェイの母娘に殺されかけた男 「死者を悔るなかれ」ボストン・テラン著;田口俊樹訳 文藝春秋(文春文庫)2003年9月

ピコー
ニューオーリンズ警察の警部補 「快楽通りの悪魔」デイヴィッド;フルマー著;田村;義進訳 新潮社(新潮文庫)2004年6月

ピゴット
少女殺害容疑で逮捕されたマイクル・ミシュキンの弁護士 「1983ゴースト」デイヴィッド・ピース著;酒井武志訳 早川書房(ハヤカワ・ミステリ文庫)2004年5月

**BJ　びーじぇい*
男娼、謎の情報提供者 「1983ゴースト」デイヴィッド・ピース著;酒井武志訳 早川書房(ハヤカワ・ミステリ文庫)2004年5月

ビジェイ・グルング
大富豪が創設した対テロ傭兵部隊IFORのリーダー、元グルカ兵部隊の上級曹長 「影の傭兵部隊、出動」ディック・カウチ著;高沢;次郎訳 早川書房(ハヤカワ文庫NV)2004年10月

**B・J・ストーン　びーじぇいすとーん*
ワイオミング州の町「二十マイル」の貸馬屋の主人、元教師の老人 「ワイオミングの惨劇」トレヴェニアン著;雨沢;泰訳 新潮社(新潮文庫)2004年6月

ヴィージェイ・パテル(パテル)
ロンドンのパラダイス・ウェイのコンビニエンスストア店主、ウガンダ出身の男 「戦士たちの挽歌」フレデリック・フォーサイス著;篠原慎訳 角川書店 2002年1月

ヴィジャイ・カウル
インド陸軍少佐、イスラム教徒のハビーブの幼なじみでヒンドゥ教徒の男 「カシミールから来た暗殺者」ヴィクラム・A.チャンドラ著;伏見威蕃訳 角川書店(角川文庫)2002年1月

ビショップ
CIAエージェント、CIA作戦担当官のミューアにスカウトされスパイになった男 「スパイ・ゲーム」マイケル・フロスト・ベックナー脚本;池谷律代編訳 竹書房(竹書房文庫)2001年12月

ヒス
大韓病院のボイラー室管理人、入院する子どもたちの世話もしている女性 「リベラ・メ」ヒョンチョンヨル脚本;ヨジナ脚本;小林弘利訳 角川書店(角川文庫)2001年10月

ビスクテール
私立探偵カルバイヨの助手兼料理人 「楽園を求めた男」M・バスケス・モンタルバン著;田部武光訳 東京創元社(創元推理文庫)2002年11月

ビスケット
1942年2月に沈没したサン・フェリックス号の乗客の1人、イギリス人 「人魚とビスケット」J.M.スコット著;清水ふみ訳 東京創元社(創元推理文庫)2001年2月

B・Z・エイムズ（エイムズ）　びーぜっとえいむず（えいむず）＊
2004年の米国統合参謀本部副議長、改革の必要性を説く精力的な陸軍大将　「派兵の代償」トマス・E.リックス著;藤田佳澄訳　早川書房（ハヤカワ文庫NV）2002年4月

ピーター
アルコール依存症のジョージの飲み友達、前科者の男　「二つの脳を持つ男」パトリック・ハミルトン著;大石健太郎訳　小学館(Shogakukan mystery)　2003年11月

ピーター
ネルソン・グドウィン&ミケル法律事務所の実習生ジャック・マレンの弟　「ビーチハウス」ジェイムズ・パタースン著;ピーター・デ・ジョング著　ソニー・マガジンズ(ヴィレッジブックス)　2003年5月

ピーター・ウィムジー
貴族探偵、ハネムーンで滞在する予定だった屋敷の主人の死体を妻・ハリエットと見つけた夫　「忙しい蜜月旅行」ドロシイ・セイヤーズ著;松下祥子訳　早川書房（ハヤカワ・ミステリ文庫）2005年6月

ピーター・ウィムジイ
貴族探偵、45歳の好事家の紳士　「学寮祭の夜」ドロシー・L・セイヤーズ著;浅羽莢子訳　東京創元社（創元推理文庫）2001年8月

ピーター・エアロン
作家、ウィスコンシン州の路上で爆死したテロリスト・サックスと親友だった男　「リヴァイアサン」ポール・オースター著;柴田元幸訳　新潮社（新潮文庫）2002年12月

ピーター・エヴァンズ（エヴァンズ）
法律事務所「ハッスル&ブラック」の弁護士、二十八歳の青年　「恐怖の存在 上下」マイクル・クライトン著;酒井昭伸訳　早川書房(Hayakawa novels)　2005年9月

ピーター・クロウジャー
名門一族クロウジャー家の次男、メアリーの一人息子ジョニーの父親　「五輪の薔薇III」チャールズ・パリサー著;甲斐萬里江訳　早川書房（ハヤカワ文庫NV）2003年5月

ピーター・クロウジャー
名門一族クロウジャー家の末裔であるジョニーの精神病院に長く幽閉されていた父　「五輪の薔薇IV」チャールズ・パリサー著;甲斐萬里江訳　早川書房（ハヤカワ文庫NV）2003年6月

ピーター・ダイヤモンド（ダイヤモンド警視）　ぴーたーだいやもんど（だいやもんどけいし）
イギリスのバース署殺人捜査班警視、何者かに妻を射殺された男　「最期の声」ピーター・ラヴゼイ著;山本やよい訳　早川書房(Hayakawa novels)　2004年1月

ピーター・ダイヤモンド（ダイヤモンド警視）　ぴーたーだいやもんど（だいやもんどけいし）
エイヴォン・アンド・サマセット警察の警視　「猟犬クラブ」ピーター・ラヴゼイ著;山本やよい訳　早川書房（ハヤカワ・ミステリ文庫）2001年6月

ピーター・ダイヤモンド（ダイヤモンド警視）　ぴーたーだいやもんど（だいやもんどけいし）
バースにあるエイヴォン・アンド・サマセット警察の警視　「暗い迷宮」ピーター・ラヴゼイ著;山本やよい訳　早川書房（ハヤカワ・ミステリ文庫）2003年7月

ピーター・ダイヤモンド（ダイヤモンド警視）　ぴーたーだいやもんど（だいやもんどけいし）
バースのエイヴォン・アンド・サマセット警察殺人捜査班警視、巨漢の48歳の男　「地下墓地」ピーター・ラヴゼイ著;山本やよい訳　早川書房（ハヤカワ・ミステリ文庫）2004年12月

ピーター・ダイヤモンド（ダイヤモンド警視）　ぴーたーだいやもんど（だいやもんどけいし）
バース警察署の警視、バース在住の犯罪心理分析官・エマが絞殺された事件の捜査をした男　「漂う殺人鬼」ピーター・ラヴゼイ著;山本やよい訳　早川書房(Hayakawa novels)　2005年1月

ぴただ

ピーター・ダルース
ブロードウェイの演劇プロデューサー、大富豪ロレーヌ邸に招待されたダルース夫妻の夫 「悪女パズル」 パトリック・クェンティン著;森泉玲子訳　扶桑社(扶桑社ミステリー) 2005年1月

ピーター・デッカー
ロサンゼルス市警フットヒル署の巡査部長 「赦されざる罪」 フェイ・ケラーマン著;高橋恭美子訳　東京創元社(創元推理文庫) 2001年6月

ピーター・デッカー(デッカー)
ロサンゼルス市警デヴォンシャー署殺人課刑事、バプテスト派から改宗したユダヤ教徒 「逃れの町」 フェイ・ケラーマン著;高橋恭美子訳　東京創元社(創元推理文庫) 2005年9

ピーター・デュヴェット
写真家・ヴィエナの助手 「Lの憑依」 ハワード・ノーマン著;茂木健訳　東京創元社(創元コンテンポラリ) 2003年8月

ピーター・ナイメク(ナイメク)
米国の巨大企業アップリンク社の保安部長、私設特殊部隊のチーム改革のため雇い入れたリッチの長年にわたる友人 「細菌テロを討て！上下」 トム・クランシー著;マーティン・グリーンバーグ著;棚橋志行訳　二見書房(二見文庫) 2001年11月

ピーター・ナイメク(ナイメク)
米国の巨大企業アップリンク社の保安部長、世界規模の企業保安部門である私設特殊部隊の長 「死の極寒戦線」 トム・クランシー著;マーティン・グリーンバーグ著;棚橋志行訳　二見書房(二見文庫) 2002年8月

ピーター・ノバック(ノバック)
インド洋に浮かぶアヌラ共和国でイスラム過激派に捕らわれ死刑宣告された平和活動家、自由財団理事長 「メービウスの環　上下」 ロバート・ラドラム著;山本光伸訳　新潮社(新潮文庫) 2005年1月

ピーター・ノーブル
ウェスト・ヨークシャー警察臨時副本部長 「1980ハンター」 デイヴィッド・ピース著;酒井武志訳　早川書房(ハヤカワ・ミステリ文庫) 2002年5月

ピーター・ハウエル(ハウエル)
元英国軍人、米国大統領直属の特務機関「カヴァート・ワン」の一員・スミスの友人 「破滅の預言－秘密組織カヴァート・ワン⟨2⟩」 ロバート;ラドラム著;フィリップ;シェルビー著;峯村利哉訳　角川書店(角川文庫) 2002年11月

ピーター・パスコー(パスコー)　ぴーたーぱすこー(ぱすこー)
青年フラニーをかつて刑務所へ送った中部ヨークシャー警察の主任警部 「死の笑話集」 レジナルド・ヒル著;松下祥子訳　早川書房(Hayakawa pocket mystery books) 2004年11月

ピーター・パスコー(パスコー)　ぴーたーぱすこー(ぱすこー)
中部ヨークシャー警察の主任警部 「死者との対話」 レジナルド・ヒル著;秋津知子訳　早川書房(Hayakawa pocket mystery books) 2003年9月

ピーター・パスコー(パスコー)　ぴーたーぱすこー(ぱすこー)
中部ヨークシャー警察の主任警部、作家志望のエリーの夫 「武器と女たち」 レジナルド・ヒル著;松下祥子訳　早川書房(Hayakawa pocket mystery books) 2001年12月

ピーター・ハッブル(ピート)
上院議員ルシンダ・ハッブルの息子、アダルトビデオ男優 「さよならの接吻」 ジェフ・アボット著;吉沢康子訳　早川書房(ハヤカワ・ミステリ文庫) 2004年3月

ピーター・ハンター
マンチェスター警察副本部長、妻と二人暮らしの40歳の男 「1980ハンター」 デイヴィッド・ピース著;酒井武志訳　早川書房(ハヤカワ・ミステリ文庫) 2002年5月

ピーター・ブランド（ブランド）
ロンドンの人気霊媒師、背が低く痩せすぎで青白い顔の青年 「降霊会の怪事件」 ピーター・ラヴゼイ著;谷田貝常夫訳　早川書房（ハヤカワ・ミステリ文庫）2002年6月

ピーター・ペンジェリー
ドロシー・ペンジェリーの長男、鉄道会社に勤務し妻と2人の子どもを持つ男 「しっかりものの老女の死」 ジェイニー・ボライソー著;安野玲訳　東京創元社（創元推理文庫）2005年4月

ピーター・ボーマン
クアド石油社のアメリカ人技師、中南米の反政府ゲリラに拉致された男 「プルーフ・オブ・ライフ」 デビッド・ロビンス著;池谷律代訳　光文社（光文社文庫）2001年3月

ピーター・ボンデュラント
ミネソタ州ミネアポリスの資産家、大学生のジリアンの父 「業火の灰 上下」 タミー・ホウグ著;飛田野裕子訳　二見書房（二見文庫）2002年8月

ピーター・マーティンデイル
サンフランシスコで画廊を営んでいる経営者、妻から離婚を切り出された夫 「不完全な他人」 スチュアート・ウッズ著;峯村利哉訳　角川書店（角川文庫）2001年8月

ピーター・メッセンガー
カトリック司祭 「ブレス・ザ・チャイルド 上下」 キャシー・キャッシュ・スペルマン著;中俣真知子訳　竹書房（竹書房文庫）2001年11月

ピーター・モス
弁護士、家庭医のボンダラントへの訴訟を乳癌患者・ウインターに依頼された男 「柔らかい棘」 ベイン・カー著;高野裕美子訳　講談社（講談社文庫）2002年3月

ピーター・リー
ニューヨーク・チャイナタウンの弁護士、私立探偵リディア・チンの幼なじみの友人 「苦い祝宴」 S.J.ローザン著;直良和美訳　東京創元社（創元推理文庫）2004年1月

ピーター・ロビンソン
イギリス国防大臣、十六歳のピーターの父親 「女被告人」 サイモン・トールキン著;伏見威蕃訳　ランダムハウス講談社　2003年11月

ヒチョル
北朝鮮から南に潜入した20代半ばの工作員、金正日軍事政治大学の卒業生 「第二次朝鮮戦争勃発の日 上下」 ファンセヨン著;米津篤八訳　扶桑社（扶桑社ミステリー）2004年11月

ヒッキー
身代金目的誘拐犯グループのリーダー、自らの犯罪計画に忠実で冷酷なサディスト 「24時間」 グレッグ・アイルズ著;雨沢泰訳　講談社（講談社文庫）2001年9月

ヴィッキー・スウィート
海賊の末裔にしてイギリスの大富豪・ホークの最愛の女性 「ハシシーユン暗殺集団 上下」 テッド・ベル著;広瀬順弘訳　早川書房（ハヤカワ文庫NV）2005年6月

ヴィッキー・スウィート
海賊の末裔にして大富豪の男・ホークの恋人 「ステルス原潜を追え 上下」 テッド・ベル著;広瀬順弘訳　早川書房（ハヤカワ文庫NV）2003年1月

ヴィッキー・ネルソン
私立探偵の女、元トロント警察殺人課刑事 「ブラッド・プライス 血の召喚」 タニア・ハフ著;和爾桃子訳　早川書房（ハヤカワ文庫FT）2005年10月

びっき

ヴィッキー・フェイン
夫のアーサーをひそかにはげしく嫌悪していた妻、25歳の快活で美しい女性 「殺人者と恐喝者」 カーター・ディクスン著;森英俊訳 原書房(ヴィンテージ・ミステリ・シリーズ) 2004年4月

ヴィッキ・ラティマー
シンシナティ郊外に住んでいる弁護士、出版社オーナーの妻で一男一女の母 「グランド・アヴェニュー」 ジョイ・フィールディング著;吉田利子訳 文藝春秋(文春文庫) 2002年4月

ビッグ・エディ
アメリカの大富豪、ブティック経営者シンディの父 「夢をかなえて」 エリザベス・ローウェル作;山本亜里紗訳 ハーレクイン(ハーレクイン文庫) 2001年4月

ヒックス(アルファベット・ヒックス)
ニューヨークでタクシー運転手をしている元弁護士 「アルファベット・ヒックス」 レックス・スタウト著;加藤由紀訳 論創社(論創海外ミステリ) 2005年10月

ピックス・ミラー
素人探偵フェイス・フェアチャイルドの親友で3人の子供の母親 「海草をまとった死体」 キャサリン・ホール・ペイジ著;沢万里子訳 扶桑社(扶桑社ミステリー) 2001年6月

ビッグ・ダン
コネティカット州に住み一家で廃品回収業を営んでいるイタリア系二世の男、12歳の少年ヌンツィオの父親 「パラダイス・サルヴェージ」 ジョン・フスコ著;奥野昌子訳 角川書店(角川文庫) 2001年10月

ヴィック・ブロディ(ブロディ)
カリフォルニア州シエラネヴァダ山脈の寒村に忍び込んだ3人組の犯罪者のうちの1人 「雪に閉ざされた村」 ビル・プロンジーニ著;中井京子訳 扶桑社(扶桑社ミステリー) 2001年12月

ビッグボーイ
ミシシッピ州の黒人町ティーブズにある刑務農場の看守長 「最も危険な場所 上下」 スティーヴン・ハンター著;公手成幸訳 扶桑社(扶桑社ミステリー) 2002年5月

ビッグ・ロック
大物ミュージシャンでプロデューサー、女性歌手ディライラの元恋人 「ディーバ」 ケイン&アベル著;Noboru訳 青山出版社(Hiphop★novels) 2005年8月

ビッツィー・ブルーム
ニューヨークの「ニューズマガジン社」誌の記者、有能で上品な女性 「ライフ・オブ・デビド・ゲイル」 デュウィ・グラム著;本間有訳 新潮社(新潮文庫) 2003年7月

ピット
NUMA(国立海中海洋機関)の特務任務責任者、上院議員を父に持つ元空軍士官で体力・知力・経歴・容姿すべてにおいて完璧な男 「アトランティスを発見せよ 上下」 クライブ・カッスラー著;中山善之訳 新潮社(新潮文庫) 2001年11月

ピット
NUMA(国立海中海洋機関)の特務任務責任者、上院議員を父に持つ元空軍士官で体力・知力・経歴・容姿すべてにおいて完璧な男 「オデッセイの脅威を暴け 上下」 クライブ・カッスラー著;中山善之訳 新潮社(新潮文庫) 2005年6月

ピット
NUMA(国立海中海洋機関)の特務任務責任者、上院議員を父に持つ元空軍士官で体力・知力・経歴・容姿すべてにおいて完璧な男 「マンハッタンを死守せよ 上下」 クライブ・カッスラー著;中山善之訳 新潮社(新潮文庫) 2002年12月

ピット
ロンドンの優秀な警察官、正義感の強い警部 「十六歳の闇」 アン・ペリー著;富永和子訳 集英社(集英社文庫) 2004年11月

ピットマン
ペンシルバニア州ピッツバーグで下宿を営む女性、おせっかいでお人好しの未亡人 「ジェニー・ブライス事件」 M.R.ラインハート著;鬼頭玲子訳 論創社(論創海外ミステリ) 2005年4月

ヴィットリア・ヴェトラ
スイスの欧州原子核研究機構の科学者、強靭な女性 「天使と悪魔 上下」 ダン・ブラウン著;越前敏弥訳 角川書店 2003年10月

ピーティ
デンバーに住む建築家・ブラッドの9つの時に行方不明になった弟 「ブラッド/孤独な反撃」 デイヴィッド・マレル著;山本光伸訳 早川書房(ハヤカワ文庫NV) 2002年9月

ピーティ
塗装職人 「誘拐犯はそこにいる」 メアリ・ヒギンズ・クラーク著;キャロル・ヒギンズ・クラーク著;宇佐川晶子訳 新潮社(新潮文庫) 2003年12月

P・T ぴーてぃー*
ミシガン州イプシランティで弟と祖父と暮らしている脳に損傷を持つ青年 「パートタイム・サンドバッグ」 リーサ・リアドン著;川副智子訳 ランダムハウス講談社(ランダムハウス講談社文庫) 2005年11月

ピート
上院議員ルシンダ・ハッブルの息子、アダルトビデオ男優 「さよならの接吻」 ジェフ・アボット著;吉沢康子訳 早川書房(ハヤカワ・ミステリ文庫) 2004年3月

ビドウェル
イギリス南海岸の町ファーマスの地元警察の首席警部 「証拠が問題」 ジェームズ;アンダースン著;藤村;裕美訳 東京創元社(創元推理文庫) 2002年11月

ピート・ギャリソン(ギャリソン)
財務省秘密検察局「シークレット・サービス」の一員、アメリカのジョーダン大統領夫人の護衛をしている男 「謀殺の星条旗」 ジェラルド;ペティヴィッチ著;渡辺;庸子訳 ソニー・マガジンズ(ヴィレッジブックス) 2004年8月

ヴィトー・コルレオーネ
ニューヨーク最強のマフィアのドン、コルレオーネ・ファミリーのリーダー 「ゴッドファーザー 上下」 マリオ・プーゾォ著;一ノ瀬直二訳 早川書房(ハヤカワ文庫NV) 2005年11月

ピート・サバティーノ(クレイジーピート)
コネティカット州キャッスルフォードの図書館の職員、フリーメーソン陰謀説にとりつかれた男 「スキャンダル」 ローラ・V.ウォーマー著;小林浩子訳 集英社(集英社文庫) 2003年6月

ピート・ジョーンズ
1930年代のテキサス東部のキャンプ・ラプチャーに住むサンセット・ジョーンズの夫、治安官 「サンセット・ヒート」 ジョー・R.ランズデール著;北野寿美枝訳 早川書房(Hayakawa novels) 2004年5月

ピート・スキャンロン
シアトルのテレビ局KGMOのカメラマン、元ニューヨークのテレビ局カメラマン 「ブロンドライフ」 ジョン・スコット・シェパード脚本;ダナ・スティーヴンス脚本;池谷律代訳 竹書房(竹書房文庫) 2003年8月

ぴとだ

ピート・ダンソン
弁護士、子供の頃事故により部分的記憶喪失となったキャディの幼なじみ 「閉ざされた記憶」 ファーン・マイケルズ著;大鴬双恵訳 二見書房(二見文庫) 2004年2月

ヴィドック
19世紀フランス革命後のパリで活動する私立探偵、元凶悪犯から警察官を経て探偵になった男 「ヴィドック」 ジャン=クリストフ・グランジェ脚本;江崎リエノベライズ編訳 角川書店(角川文庫) 2001年12月

ピート・テイラー
CIA局員、ボディーガードのピートとして考古学者アニーの前に現れた男 「美しき容疑者」 スーザン・ブロックマン作;泉智子訳 ハーレクイン(シルエット・ラブストリーム) 2003年8月

ピート・ナイメク(ナイメク)
巨大多国籍企業アップリンク・インターナショナル社の危機管理特殊保安部隊「剣」の長 「石油密輸ルート」 トム・クランシー著;マーティン・グリーンバーグ著 二見書房(二見文庫) 2005年12月

ピート・ナイメク(ナイメク)
米国の巨大企業「アップリンク・インターナショナル」の保安部長 「謀殺プログラム」 トム・クランシー著;マーティン・グリーンバーグ著;棚橋志行訳 二見書房(二見文庫) 2003年5月

ピート・ボンデュラント
暗黒街の殺し屋、CIAの麻薬密造計画の現場責任者 「アメリカン・デス・トリップ 上下」 ジェイムズ・エルロイ著;田村義進訳 文藝春秋 2001年9月

ピート・マリーノ
リッチモンド市警の元刑事、法病理学者・スカーペッタの元相棒 「黒蝿 上下」 パトリシア・コーンウェル著;相原真理子訳 講談社(講談社文庫) 2003年12月

ピート・マリーノ(マリーノ)
リッチモンド市警の元刑事、法病理学者・スカーペッタの元相棒 「痕跡 上下」 パトリシア・コーンウェル著;相原真理子訳 講談社(講談社文庫) 2004年12月

ピート・マリーノ(マリーノ)
リッチモンド市警察警部、行動は粗野だが繊細で洞察力のある男 「審問 上下」 P・コーンウェル著;相原真理子訳 講談社(講談社文庫) 2000年12月

ピート・マレイ(マレイ)
アメリカ軍犯罪調査部に所属する二等軍曹、闇物資取引に関与し追われる身となった男 「憲兵トロットの汚名」 デイヴィッド・イーリイ著;大庭忠男訳 早川書房(ハヤカワ・ミステリ文庫) 2004年11月

ヒドラ・カールスン
ニューヨークで同居人を探していたアリと暮らすことになった女、控え目で気の弱い事務員 「同居人求む」 ジョン・ラッツ著;延原泰子訳 早川書房(ハヤカワ・ミステリ文庫) 2005年12月

ピートリー
ロンドンで暮らしている開業医、英国政府高等弁務官ネイランド・スミスの旧友 「怪人フー・マンチュー」 サックス・ローマー著;嵯峨静江訳 早川書房(Hayakawa pocket mystery books) 2004年9月

V・I・ウォーショースキー(ヴィク)　びとりあいふいげにあうぉーしょーすきー(びく)*
シカゴでは広く名前の知られた女性の私立探偵ビクトリア・イフィゲネイア・ウォーショースキー 「ハード・タイム」 サラ・パレツキー著;山本やよい訳 早川書房(ハヤカワ・ミステリ文庫) 2004年8月

V・I・ウォーショースキー（ヴィク）　ひとりあいふぃげにあうぉーしょーすきー（びく）＊
シカゴのモンロー通りに事務所を構える私立探偵、得意の格闘技とスミス＆ウェッソンを武器に巨悪と渡り合うタフで自立心旺盛な女性　「ブラック・リスト」　サラ・パレツキー著;山本やよい訳　早川書房(Hayakawa novels)　2004年9月

V・I・ウォーショースキー（ヴィク）　ひとりあいふぃげにあうぉーしょーすきー（びく）＊
私立探偵で女医・ロティの親友、テレビでナチの収容所の生き残りだと主張したラドブーカの過去を探った女性　「ビター・メモリー」　サラ・パレツキー著;山本やよい訳　早川書房(Hayakawa novels)　2002年12月

ヴィニー
犯罪組織のボスのトニー・サルバトーリの運転手兼ボディーガード　「凍える瞳」　クリスティ・ティリェリー・フレンチ著;中西和美訳　二見書房(二見文庫)　2005年3月

ヴィニー
保釈保証会社経営者、「バウンティ・ハンター」ステファニー・プラムのいとこ　「クリムゾン・リバー」　ジャン＝クリストフ・グランジェ著;平岡敦訳　東京創元社(創元推理文庫)　2001年1月

ヴィニー
保釈保証会社経営者、「バウンティ・ハンター」ステファニー・プラムのいとこ　「快傑ムーンはご機嫌ななめ」　ジャネット・イヴァノヴィッチ著;細美遙子訳　扶桑社(扶桑社ミステリー)　2003年2月

ヴィニー
保釈保証会社経営者、バウンティ・ハンター（賞金稼ぎ）のステファニー・プラムのいとこ　「お騒がせなクリスマス」　ジャネット・イヴァノヴィッチ著;細美遙子訳　扶桑社(扶桑社ミステリー)　2003年1月

ヴィニー
保釈保証会社経営者、バウンティ・ハンター（賞金稼ぎ）のステファニー・プラムのいとこ　「やっつけ仕事で八方ふさがり」　ジャネット・イヴァノヴィッチ著;細美遙子訳　扶桑社(扶桑社ミステリー)　2003年5月

ヴィニー
保釈保証会社経営者、バウンティ・ハンター（賞金稼ぎ）のステファニー・プラムのいとこ　「わしの息子はろくでなし」　ジャネット・イヴァノヴィッチ著;細美遙子訳　扶桑社(扶桑社ミステリー)　2002年4月

ビニー
ニューヨーク州立大学の歴史学教授・コンクリン教授の元教え子、24歳の高校教師　「廃墟ホテル」　デイヴィッド・マレル著;山本光伸訳　ランダムハウス講談社(ランダムハウス講談社文庫)　2005年12月

ヴィニイ・モリス
銃撃を受け瀕死の重傷を負った男・ホークの仲間、ガンマン　「冷たい銃声」　ロバート・B・パーカー著;菊池光訳　早川書房(Hayakawa novels)　2005年12月

ピニオン
「シカゴ・コメット紙」の記者、ロンドンで「誤解された男のクラブ」の会員である四人の不思議な人物に出会った男性　「四人の申し分なき重罪人」　G.K.チェスタトン著;西崎憲訳　国書刊行会(ミステリーの本棚)　2001年8月

ヴィニー・カルーソ（カルーソ）
高利貸しのレオ・ラブリオーラの手下　「孤独な鳥がうたうとき」　トマス・H・クック著;村松潔訳　文藝春秋　2004年11月

ヴィニー・ルブラン
オジブワ・インディアンのカジノディーラー兼狩猟案内人、私立探偵アレックス・マクナイトの友人　「ウルフ・ムーンの夜」　スティーヴ・ハミルトン著;越前敏弥訳　早川書房(ハヤカワ・ミステリ文庫)　2001年1月

びのべ

ビーノ・ベイツ
ニュージャージーで荒稼ぎするプロのカード賭博師、詐欺師一族のスター的存在の男 「マフィアをはめろ!」 スティーヴン・キャネル著;真野明裕訳 小学館(Shogakukan mystery) 2002年8月

ヴィヴィアーヌ・ラファグル
フランス人整形外科医リシャールの娘、精神病院に入院中の20歳の女の子 「蜘蛛の微笑」 ティエリー・ジョンケ著;平岡敦訳 早川書房(ハヤカワ・ミステリ文庫) 2004年6月

ヴィヴィアン・エルムズリー
半世紀前にダム建設のため沈められたボブズ・エンド村出身の女流ミステリ作家 「渇いた季節」 ピーター・ロビンスン著;野の水生訳 講談社(講談社文庫) 2004年7月

ヴィヴィアン・パティン
ルイジアナ州トゥーサンにある屋敷ローズバンクに住む美貌の女性 「血のキスをあなたに」 ステラ・キャメロン著;大嶌双恵訳 二見書房(二見文庫) 2005年1月

ピーボディー
ニューヨーク市警の女性警官、警部補イヴ・ダラスの助手 「カサンドラの挑戦」 J.D.ロブ著;青木悦子訳 ソニー・マガジンズ(ヴィレッジブックス) 2005年6月

ピーボディー
ニューヨーク市警の女性警官、警部補イヴ・ダラスの助手 「ラストシーンは殺意とともに」 J.D.ロブ著;小林浩子訳 ソニー・マガジンズ(ヴィレッジブックス) 2005年11月

ピーボディー
ニューヨーク市警の女性警官、警部補イヴ・ダラスの助手 「死にゆく者の微笑」 J.D.ロブ著;青木悦子訳 ソニー・マガジンズ(ヴィレッジブックス) 2004年2月

ピーボディー
ニューヨーク市警の女性警官、警部補イヴ・ダラスの助手 「招かれざるサンタクロース」 J.D.ロブ著;青木悦子訳 ソニー・マガジンズ(ヴィレッジブックス) 2004年12月

ピーボディー
ニューヨーク市警の女性警官、警部補イヴ・ダラスの助手 「白衣の神のつぶやき」 J.D.ロブ著;中谷ハルナ訳 ソニー・マガジンズ(ヴィレッジブックス) 2005年4月

ピーボディー
ニューヨーク市警の女性警官、警部補イヴ・ダラスの助手 「不死の花の香り」 J.D.ロブ著;青木悦子訳 ソニー・マガジンズ(ヴィレッジブックス) 2003年9月

ピーボディー
ニューヨーク市警の女性警官、警部補イヴ・ダラスの助手 「復讐は聖母の前で」 J.D.ロブ著;青木悦子訳 ソニー・マガジンズ(ヴィレッジブックス) 2004年9月

ピーボディー
ニューヨーク市警の女性警官、警部補イヴ・ダラスの助手 「魔女が目覚める夕べ」 J.D.ロブ著;小林浩子訳 ソニー・マガジンズ(ヴィレッジブックス) 2004年6月

P・モーラン　ぴーもーらん*
コネティカット州にあるお屋敷付き運転手、通信教育の探偵講座を受講中のシロウト探偵 「探偵術教えます」 パーシヴァル・ワイルド著;巴妙子訳 晶文社(晶文社ミステリ) 2002年11月

ビーモン
FBIフェニックス支局担当特別捜査官、架空の犯罪者ニコライと正体を偽りアルカイダとつながる裏の世界に踏み込んだ男 「全米無差別テロの恐怖 上・下」 カイル・ミルズ著;公手成幸訳 扶桑社(扶桑社ミステリー) 2004年6月

ピュー
米国の大手煙草企業に壊滅的な打撃を与える証言を裁判において行おうとしている証人 「暗殺者(キラー)」 グレッグ・ルッカ著;古沢嘉通訳 講談社(講談社文庫) 2002年2月

ビュイ
17世紀ヴェトナムの大公、皇帝の従兄で都の司法執行者 「王子の亡霊——マンダリン・タンの冒険と推理」 トラン・ニュット著;岡元:麻理恵訳 集英社 2004年6月

ヒューイ・コットン
誘拐犯ヒッキーの従弟で仲間、鈍重な印象を与える大男 「24時間」 グレッグ・アイルズ著;雨沢泰訳 講談社(講談社文庫) 2001年9月

ヒューゴー・グリーフ博士(グリーフ博士)　ひゅーごーぐりーふはかせ(ぐりーふはかせ)
南アフリカ出身の天才生化学者、「ポイントブランク・アカデミー」の校長 「女王陛下の少年スパイ!アレックス ポイントブランク」 アンソニー・ホロヴィッツ著;竜村風也訳 集英社 2002年12月

ピュータ
灰色のデブ猫、ヴァージニア州の田舎町の女郵便局長の飼い猫ミセス・マーフィの相棒 「森で昼寝する猫」 リタ・メイ・ブラウン著;スニーキー・パイ・ブラウン著;茅律子訳 早川書房(ハヤカワ・ミステリ文庫) 2001年11月

ヒューバート・ハンズリー卿　ひゅーばーとはんずりーきょう
〈奇抜で独創的なパーティー〉を開催するフラントック屋敷の主、50代の男性 「アレン警部登場」 ナイオ・マーシュ著;岩佐薫子訳 論創社(論創海外ミステリ) 2005年4月

ヒューバート・ハンバーストーン
看護婦探偵ケイト・キンセラの事務所の大家、葬儀屋の経営者 「看護婦探偵ケイト」 クリスティン・グリーン著;浅羽莢子訳 扶桑社(扶桑社ミステリー) 2001年8月

ヒューバート・フェイン
弁護士アーサーの叔父、控えめで押しの弱い悪党 「殺人者と恐喝者」 カーター・ディクスン著;森英俊訳 原書房(ヴィンテージ・ミステリ・シリーズ) 2004年4月

ヒューバート・ポーリング(将軍)　ひゅーばーとぽーりんぐ(しょうぐん)
ディーサイド軽歩兵隊旅団長、英国の片田舎ブリンバレーに住む八十歳を超える老人 「空高く」 マイクル・ギルバート著;熊井ひろ美訳 早川書房(ハヤカワ・ミステリ文庫) 2005年8月

ヒュベアトス・ビゲンド
「ブルー・アント社」の設立者、ベルギー系の大富豪 「パターン・レコグニション」 ウィリアム・ギブスン著;浅倉久志訳 角川書店 2004年5月

ヒュー・ベリンガー(ベリンガー)
ゴディス・エイドニーの婚約者、ほっそりした敏捷な体と大胆さをあわせ持つ若者 「死体が多すぎる」 エリス・ピーターズ著;大出健訳 光文社(光文社文庫) 2003年3月

ヒュー・ベリンガー(ベリンガー)
シュロップシャ州執行長官、修道士カドフェルの若い友人 「アイトン・フォレストの隠者」 エリス・ピーターズ著;大出健訳 光文社(光文社文庫) 2005年3月

ヒュー・ベリンガー(ベリンガー)
シュロップシャ州執行長官、修道士カドフェルの若い友人 「異端の徒弟」 エリス・ピーターズ著;岡達子訳 光文社(光文社文庫) 2005年7月

ヒュー・ベリンガー(ベリンガー)
シュロップシャ州執行長官、修道士カドフェルの若い友人 「代価はバラ一輪」 エリス・ピーターズ著;大出健訳 光文社(光文社文庫) 2005年1月

ひゅべ

ヒュー・ベリンガー（ベリンガー）
シュロップシャ州執行長官、修道士カドフェルの若い友人 「陶工の畑」 エリス・ピーターズ著;大出健訳　光文社(光文社文庫)　2005年9月

ヒュー・ベリンガー（ベリンガー）
シュロップシャ州執行長官、修道士カドフェルの若い友人 「秘跡」 エリス・ピーターズ著;大出健訳　光文社(光文社文庫)　2004年9月

ヒュー・ベリンガー（ベリンガー）
シュロップシャ州執行長官、修道士カドフェルの若い友人 「門前通りのカラス」 エリス・ピーターズ著;岡達子訳　光文社(光文社文庫)　2004年11月

ヒュー・ベリンガー（ベリンガー）
シュロップシャ州執行副長官、修道士カドフェルの若い友人 「悪魔の見習い修道士」 エリス・ピーターズ著;大出健訳　光文社(光文社文庫)　2004年3月

ヒュー・ベリンガー（ベリンガー）
シュロップシャ州執行副長官、修道士カドフェルの若い友人 「死者の身代金」 エリス・ピーターズ著;岡本浜江訳　光文社(光文社文庫)　2004年5月

ヒュー・ベリンガー（ベリンガー）
シュロップシャ州執行副長官、修道士カドフェルの若い友人 「聖ペテロ祭殺人事件」 エリス・ピーターズ著;大出健訳　光文社(光文社文庫)　2003年7月

ヒュー・ベリンガー（ベリンガー）
シュロップシャ州執行副長官、修道士カドフェルの若い友人 「聖域の雀」 エリス・ピーターズ著;大出健訳　光文社(光文社文庫)　2004年1月

ヒュー・ベリンガー（ベリンガー）
シュロップシャ州執行副長官、修道士カドフェルの若い友人 「憎しみの巡礼」 エリス・ピーターズ著;岡達子訳　光文社(光文社文庫)　2004年7月

ヒュー・ベリンガー（ベリンガー）
シュロップシャ州執行副長官、修道士カドフェルの若い友人 「氷のなかの処女」 エリス・ピーターズ著;岡本浜江訳　光文社(光文社文庫)　2003年11月

ヒュミリス
内乱で壊滅したウィンチェスターの修道院から逃れてきた修道士、元十字軍の勇士 「秘跡」 エリス・ピーターズ著;大出健訳　光文社(光文社文庫)　2004年9月

ビューレイ
イギリス南西部の町シルストーンで開業する医師 「贖罪の終止符」 サイモン・トロイ著;水野恵訳　論創社(論創海外ミステリ)　2005年3月

ピョートル・アレクサンドロヴィチ・ココーリン（ココーリン）
モスクワ帝国大学法学部の学生、ピストル自殺をした23歳の青年 「堕ちた天使 アザゼル」 ボリス・アクーニン著;沼野恭子訳　作品社　2001年4月

ヒョンテ
韓国の金井二洞分署所属の消防士、消防士サンウの後輩でありパートナー 「リベラ・メ」 ヒョンチョンヨル脚本;ヨジナ脚本;小林弘利訳　角川書店(角川文庫)　2001年10月

ヒラリー
クロフト家の執事、トレジャーハンター・ララのお目付け役 「トゥームレイダー」 デイヴ・スターン著;富永和子訳　徳間書店(徳間文庫)　2001年9月

ヒラリー
クロフト家の執事、トレジャーハンター・ララのお目付け役 「トゥームレイダー2」 デイヴ・スターン著;富永和子訳　徳間書店(徳間文庫)　2003年9月

ヒラリー・クレイヴン
自殺願望をもってロンドンからモロッコに渡った赤毛の女性 「死への旅」 アガサ・クリスティー著;奥村章子訳　早川書房(ハヤカワ文庫クリスティー文庫) 2004年8月

ヒラリー・テイマー
オックスフォード大学セント・ジョージズ・カレッジで法律史を教える教授 「女占い師はなぜ死んでゆく」 サラ・コードウェル著;羽地和世訳　早川書房(Hayakawa pocket mystery books) 2001年5月

ヒラリー・パンセル
北海をのぞむ漁村で画家の夫ジョンとつましい暮らしをする妻、34歳の元看護婦 「塩沢地の霧」 ヘンリー・ウエイド著;駒月雅子訳　国書刊行会(世界探偵小説全集) 2003年2月

ヒラリー・ランド(ランド)
ニュー・スコットランド・ヤードの警視正、複数の殺人捜査の陣頭に立つ54歳の女 「グール上下」 マイケル・スレイド著;大島豊訳　東京創元社(創元推理文庫) 2004年3月

ビリー
メイン州ポート・アルマの「センティネル新聞社」社長、検察官キャルの5歳下の弟 「心の砕ける音」 トマス・H・クック著;村松潔訳　文藝春秋(文春文庫) 2001年9月

ビリイ・ビショップ(エリナー・ビショップ)
元スワンプ・スコットハイスクールの生徒、皆から売女と呼ばれていた行方不明の家出少女 「湖水に消える」 ロバート・B.パーカー著;菊池光訳　早川書房(ハヤカワ・ミステリ文庫) 2005年10月

ビリイ・ビショップ(エリナー・ビショップ)
元スワンプ・スコットハイスクールの生徒、皆から売女と呼ばれていた行方不明の家出少女 「湖水に消える」 ロバート・B.パーカー著;菊池光訳　早川書房(Hayakawa novels) 2002年4月

ビリー・オーガスト
カリフォルニア州「エマ・ハウ探偵事務所」の新米探偵、28歳のシングルマザー 「わたしをさがさないで」 ギリアン・ロバーツ著;栗木さつき訳　集英社(集英社文庫) 2002年6月

ビリー・グラシーン
50年代のシドニーで裏稼業で小金を稼ぐ小悪党 「有り金をぶちこめ」 ピーター・ドイル著;佐藤耕士訳　文藝春秋(文春文庫) 2002年12月

ビリ・コール(コール)
ドイツ刑事警察警視、農家出身の叩き上げの刑事 「獣たちの庭園」 ジェフリー・ディーヴァー著;土屋晃訳　文藝春秋(文春文庫) 2005年9月

ビリー・ジェイ・ウィーヴァー(ウィーヴァー)
ニューヨーク市警特別詐欺課の刑事 「花嫁誘拐記念日」 クリス・ネリ著;高瀬素子訳　早川書房(ハヤカワ・ミステリ文庫) 2002年9月

ビリー・ジャクスン
黒人の医師、エルヴィス・プレスリーと助手のセルマと一緒に連続殺人の調査を始めた男性 「キル・ミー・テンダー」 ダニエル・クライン著;山田久美子訳　集英社(集英社文庫) 2002年6月

ビリー・ジョゼフソン
ジョージタウン精神病院の女性医師 「コード・トゥ・ゼロ」 ケン・フォレット著;戸田裕之訳　小学館(小学館文庫) 2003年5月

ビリー・スターキー
アメリカ合衆国陸軍将官、「プロジェクト・ブルー」の責任者 「ザ・スタンド 1」 スティーヴン・キング著;深町眞理子訳　文藝春秋(文春文庫) 2004年4月

びりす

ビリー・ストレート
ロサンゼルスのグリフィスパークで野宿する12歳の家出少年 「イノセンス 上下」 ジョナサン・ケラーマン著;北沢和彦訳 講談社(講談社文庫) 2001年7月

ビリー・チャカ
取材のため東京を訪れているアメリカ人雑誌記者、芸者マニアの素人探偵 「東京サッカーパンチ」 アイザック・アダムスン著;本間有訳 扶桑社(扶桑社ミステリー) 2003年4月

ビリー・ツリー
シークレット・サービスを退職し生まれ故郷の田舎町フォールズ・シティに戻って来た男 「故郷への苦き想い」 デヴィッド・ウィルツ著;汀一弘訳 扶桑社(扶桑社ミステリー) 2001年12月

ビリー・トゥルーズデール
ロサンジェルス市警サウス管区の黒人女性刑事、刑事シャーロット・ジャスティスの同僚 「エンジェル・シティ・ブルース」 ポーラ・L.ウッズ著;猪俣美江子訳 早川書房(ハヤカワ・ミステリ文庫) 2003年6月

ビリー・ニコルズ
サンフランシスコの新聞記者、ボクシングの名コラムニスト 「拳よ、闇を払え」 エディー・ミューラー著;延原泰子訳 早川書房(ハヤカワ・ミステリ文庫) 2002年12月

ビリー・ニューマン
昆虫学者アンナ・ニールに密かに想いを寄せる友人 「殺人者は蜜蜂をおくる」 ジュリー・パーソンズ著;大嶌双恵訳 扶桑社(扶桑社ミステリー) 2002年2月

ビリー・ビール
女探偵メイジー・ダブズの助手、戦傷により片脚が不自由だが筋骨たくましい青年 「夜明けのメイジー」 ジャクリーン・ウィンスピア著;長野きよみ訳 早川書房(ハヤカワ・ミステリ文庫) 2005年3月

ビリー・ブレイク
ロンドンのテムズ河畔の高級住宅地で餓死した状態で発見された45歳のホームレスの男 「囁く谺」 ミネット・ウォルターズ著;成川裕子訳 東京創元社(創元推理文庫) 2002年4月

ビリー・ヘイズ
保険会社「カリフォルニア火災生命」の火災補償部長 「カリフォルニアの炎」 ドン・ウィンズロウ著;東江一紀訳 角川書店(角川文庫) 2001年9月

ビリー・ベクテル
射撃の腕を買われ全米ライフル協会にスカウトされたテキサス州出身の青年 「ジェニファー・ガバメント」 マックス・バリー著;泊山梁訳 竹書房(竹書房文庫) 2003年12月

ビリーボーイ
ニューオリンズの石油会社経営者、銃刀類収集家 「女競買人 横盗り」 ウィリアム・D・ブランケンシップ著;中川聖訳 講談社(講談社文庫) 2001年5月

ビリー・ボブ
弁護士、大富豪のアール・ディートリッチ宅で起きた盗難事件で逮捕された農夫・ウィルバーの弁護を担当した男 「ハートウッド」 ジェイムズ・リー・バーク著;佐藤耕士訳 講談社(講談社文庫) 2001年7月

ビリー・マグラス
ロサンゼルス市警ヴェニス署殺人課のトップ刑事、アメリカ生まれイギリス育ちの40歳の男 「天使の街の地獄」 リチャード・レイナー著;吉野美恵子訳 文藝春秋(文春文庫) 2001年3月

ビリー・マドマン・サイモン（マドマン）
19年前のガールフレンド殺しでテキサス州ハンツヴィル刑務所に収容されている死刑囚、暴走族ディアブロス・ヒューストン支部の元メンバー 「ビーチハウス」 ジェイムズ・パタースン著;ピーター・デ・ジョング著 ソニー・マガジンズ[ヴィレッジブックス） 2003年5月

ビリー・ムーン
犯罪組織の幹部、かつてタクシー運転手のエドら仲間を裏切り地獄行きを逃れた男 「9ミリの挽歌」 ロブ・ライアン著;鈴木恵訳 文藝春秋（文春文庫） 2001年10月

ヒル
大学の行動心理学の上級講師、全英犯罪者プロファイリング・チームの元心理分析官 「殺しの迷路」 ヴァル・マクダーミド著;森沢麻里訳 集英社（集英社文庫） 2004年7月

ビール
高い教育水準を保ちながらも特殊な教育を必要とする知恵遅れの生徒を受け入れているビール学園の学園長 「ボーダーライナーズ」 ペーター・ホゥ著;今井幹晴訳 求竜堂 2002年8月

ビル
シカゴ警察の老刑事リーバーマンのパートナー、アイルランド系アメリカ人 「人間たちの絆」 スチュアート・カミンスキー著;棚橋志行訳 扶桑社（扶桑社ミステリー） 2002年4月

ビル
ローリー市警の第一級刑事、女探偵ケイシーがひとめぼれした男 「女探偵の条件」 ケイティ・マンガー著;務台夏子訳 新潮社（新潮文庫） 2002年12月

ビル
霊媒のマイラの夫、持病があるため体に負担がかからない仕事しかできない三十九歳の男 「雨の午後の降霊会」 マーク・マクシェーン著;北澤和彦訳 東京創元社（創元推理文庫） 2005年5月

ヴィルガニョン
1555年にブラジルに植民地を築くためフランスから出航した船団の隊長、マルタ騎士団の騎士 「ブラジルの赤」 ジャン=クリストフ・リュファン著;野口雄司訳 早川書房 2002年12月

ビルガー・ルント（ルント）
米国で爆発炎上したツェッペリン型飛行船・ヒンデンブルクの乗客、新聞記者 「ヒンデンブルク炎上 上下」 ヘニング・ボエティウス著;天沼春樹訳 新潮社（新潮文庫） 2004年8月

ビル・コード（コード）
インディアナ州ニューレバノン保安官事務所捜査主任、40歳 「死の教訓 上下」 ジェフリー・ディーヴァー著;越前敏弥訳 講談社（講談社文庫） 2002年3月

ビル・コリンズ（キッド）
かつて一世を風靡した元ボクサー、コルサコフ症候群の持ち主 「アフター・ダーク」 ジム・トンプスン著;三川基好訳 扶桑社（扶桑社ミステリー） 2001年10月

ビル・コンプトン
ルイジアナ州北部の田舎町ボンタンに住む唯一のヴァンパイア、青白い顔の美青年 「満月と血とキスと」 シャーレイン・ハリス著;林啓恵訳 集英社（集英社文庫） 2003年10月

ビル・サイクス
カリスマ整形外科医、16歳の少女・ニッキの伯父 「敵対証人」 ペリー・オショーネシー著;富永和子訳 小学館（小学館文庫） 2005年3月

ビル・ジェニングス
ミシシッピ州の黒人町ティーブスに潜入した6人の射撃ティームメンバーのひとり 「最も危険な場所 上下」 スティーヴン・ハンター著;公手成幸訳 扶桑社（扶桑社ミステリー） 2002年5月

びるし

ビル・シャット
トリニダード島の北東にあるトバコ島在住の熱帯動物学者 「ダスト 上下」 チャールズ・ペレグリーノ著;白石朗訳 ソニー・マガジンズ(ヴィレッジブックス) 2002年5月

ビル・シュミット(シュミット)
米国海軍駆逐艦ウィンストン・チャーチル号の艦長、大統領報道官・ジムの弟 「化学兵器テロを阻止せよ—ホワイトハウス極秘指令」 ビル・ハーロウ著;塩川優訳 扶桑社(扶桑社ミステリー) 2002年12月

ビル・スミス
ニューヨークの私立探偵、中国系女流探偵リディア・チンとパートナーを組む大柄な中年の白人男性でクラシック音楽の愛好家 「どこよりも冷たいところ」 S.J.ローザン著;直良和美訳 東京創元社(創元推理文庫) 2002年6月

ビル・スミス
ニューヨークの私立探偵、中国系女流探偵リディア・チンとパートナーを組む男 「春を待つ谷間で」 S.J.ローザン著;直良和美訳 東京創元社(創元推理文庫) 2005年8月

ビル・スミス
ニューヨークの私立探偵、中国系女流探偵リディア・チンとパートナーを組む白人男性でクラシック音楽の愛好家 「苦い祝宴」 S.J.ローザン著;直良和美訳 東京創元社(創元推理文庫) 2004年1月

ヒルダ・ウィルキンソン
ロンドンで暮らしている娼婦、12歳の少年デニスの父と共謀しデニスの母を殺した女 「スパイダー」 パトリック・マグラア著;富永和子訳 早川書房(ハヤカワepi文庫) 2002年9月

ビル・ハンラハン(ハンラハン)
シカゴ市警の刑事・リーバーマンの相棒でアルコール依存症の過去がある刑事、カトリック教徒 「刑事エイブ・リーバーマン 憎しみの連鎖」 スチュアート・カミンスキー著;棚橋志行訳 扶桑社(扶桑社ミステリー) 2003年1月

ビル・ボールドリッジ(ボールドリッジ)
アメリカ海軍情報部員、海軍少佐 「ニミッツ・クラス」 パトリック・ロビンソン著;伏見威蕃訳 角川書店(角川文庫) 2001年3月

ビル・マスグレーヴ
第一次世界大戦集結直後の英国の女性人権活動家・ネルの元恋人、陸軍大尉 「姿なき殺人」 ギリアン・リンスコット著;加地美知子訳 講談社(講談社文庫) 2003年6月

ビル・モス
ニューヨークの大手広告代理店の副部長職を追われアルバイトの電話勧誘員に落ちぶれてしまった男 「あんな上司は死ねばいい」 ジェイソン・スター著;大野晶子訳 ソニー・マガジンズ(ヴィレッジブックス) 2002年8月

ビル・ローズ(ダスティ)
ホテル〈マントン〉の夜勤のベルボーイ、夢をあきらめ大学をやめた青年 「深夜のベルボーイ」 ジム・トンプスン著;三川基好訳 扶桑社 2003年3月

ビル・ロバーツ
テキサス州の無職の青年 「アイスマン」 ジョー・R.ランズデール著;七搦理美子訳 早川書房(Hayakawa novels) 2002年2月

ヴィレミーナ・ベアトリス・フォーセンストルム(シビラ)
ストックホルムの街中で暮らすホームレスの32歳の女、18歳で家出した富豪の令嬢 「喪失」 カーリン・アルヴテーゲン著;柳沢由実子訳 小学館(小学館文庫) 2005年1月

ピンカートン
元孤児のアメリカ人青年、商売人の息子ラウドンのパリの美術学校での同級生 「難破船」 ロバート・ルイス・スティーヴンスン著;ロイド・オズボーン著;駒月雅子訳　早川書房 (Hayakawa pocket mystery books)　2005年6月

ビングル
死体捜索犬、ジャーマン・シェパードの雑種犬 「骨 上下」 ジャン・バーク著;渋谷比佐子訳　講談社(講談社文庫)　2002年6月

ヴィンス
ジェファーソンハイスクールに通う17歳の高校生、マフィアのボスの息子 「恋人はマフィア」 ゴードン;コーマン著;杉田;七重訳　集英社(集英社文庫)　2004年1月

ヴィンセント(ヴィニー)
犯罪組織のボスのトニー・サルバトーリの運転手兼ボディーガード 「凍える瞳」 クリスティ・ティリー・フレンチ著;中西和美訳　二見書房(二見文庫)　2005年3月

ヴィンセント・カルドーニ(カルドーニ)
離婚訴訟中の外科医、加重殺人の容疑者 「野性の正義」 フィリップ・マーゴリン著;加賀山卓朗訳　早川書房(Hayakawa novels)　2001年6月

ヴィンセント・カルホーン(カルホーン)
メキシコのティファンに赴任している米国麻薬取締局捜査員、アメリカ合衆国への密入国者たちに手助けして不当に金を稼いでいる男 「死者の日」 ケント・ハリントン著;田村義進訳　扶桑社　2001年9月

ヴィンセント・ジェネロ(ジェネロ)
イタリアマフィアのガンビーノ・ファミリーのボス 「射程圏」 J・C・ポロック著;中原裕子訳　早川書房(ハヤカワ文庫NV)　2001年6月

ヴィンセント・バネリ(ビニー)
ニューヨーク州立大学の歴史学教授・コンクリン教授の元教え子、24歳の高校教師 「廃墟ホテル」 デイヴィッド・マレル著;山本光伸訳　ランダムハウス講談社(ランダムハウス講談社文庫)　2005年12月

ヴィンセント・プラム(ヴィニー)
保釈保証会社経営者、「バウンティ・ハンター」ステファニー・プラムのいとこ 「クリムゾン・リバー」 ジャン=クリストフ・グランジェ著;平岡敦訳　東京創元社(創元推理文庫)　2001年1月

ヴィンセント・プラム(ヴィニー)
保釈保証会社経営者、「バウンティ・ハンター」ステファニー・プラムのいとこ 「快傑ムーンはご機嫌ななめ」 ジャネット・イヴァノヴィッチ著;細美遙子訳　扶桑社(扶桑社ミステリー)　2003年2月

ヴィンセント・プラム(ヴィニー)
保釈保証会社経営者、バウンティ・ハンター(賞金稼ぎ)のステファニー・プラムのいとこ 「お騒がせなクリスマス」 ジャネット・イヴァノヴィッチ著;細美遙子訳　扶桑社(扶桑社ミステリー)　2003年1月

ヴィンセント・プラム(ヴィニー)
保釈保証会社経営者、バウンティ・ハンター(賞金稼ぎ)のステファニー・プラムのいとこ 「やっつけ仕事で八方ふさがり」 ジャネット・イヴァノヴィッチ著;細美遙子訳　扶桑社(扶桑社ミステリー)　2003年5月

ヴィンセント・プラム(ヴィニー)
保釈保証会社経営者、バウンティ・ハンター(賞金稼ぎ)のステファニー・プラムのいとこ 「わしの息子はろくでなし」 ジャネット・イヴァノヴィッチ著;細美遙子訳　扶桑社(扶桑社ミステリー)　2002年4月

びんせ

ヴィンセント・マリノ
フロリダ州のギャングのボス 「哀しい嘘」 スーザン・ブロックマン作;安倍杏子訳 ハーレクイン(シルエット・ラブストリーム) 2002年7月

ヴィンセント・ルカ(ヴィンス)
ジェファーソンハイスクールに通う17歳の高校生、マフィアのボスの息子 「恋人はマフィア」 ゴードン;コーマン著;杉田;七重訳 集英社(集英社文庫) 2004年1月

ヴィンセント・ルビオ
ロサンジェルス在住の私立探偵、巧妙な扮装で人間に化けて社会生活を送る「恐竜探偵」 「さらば、愛しき鉤爪」 エリック・ガルシア著;酒井昭伸訳 ソニー・マガジンズ(ヴィレッジブックス) 2001年11月

ヴィンセント・ルビオ
ロサンジェルス在住の私立探偵、巧妙な扮装で人間に化けて社会生活を送る恐竜 「鉤爪の収穫」 エリック・ガルシア著;酒井昭伸訳 ソニー・マガジンズ(ヴィレッジブックス) 2005年8月

ヴィンセント・ルビオ
ロサンジェルス在住の私立探偵、巧妙な扮装で人間に化けて社会生活を送る恐竜 「鉤爪プレイバック」 エリック・ガルシア著;酒井昭伸訳 ソニー・マガジンズ(ヴィレッジブックス) 2003年1月

ビンワジール
女だけの暗殺組織を率いるテロリスト 「ハシシーユン暗殺集団 上下」 テッド・ベル著;広瀬順弘訳 早川書房(ハヤカワ文庫NV) 2005年6月

【ふ】

ファイヴァシャム
19世紀末のイギリス軍北サリー連隊の将校、繊細な感性と豊かな想像力を持つ若者 「サハラに舞う羽根」 A.E.W.メースン著;古賀弥生訳 東京創元社(創元推理文庫) 2003年7月

ファイロ・ヴァンス(ヴァンス)
ニューヨークに住むアマチュア探偵 「僧正殺人事件」 S.S.ヴァン・ダイン著;宇野利泰訳 嶋中書店(嶋中文庫) 2004年1月

ファイロ・ヴァンス(ヴァンス)
名探偵、ヴァン・ダインの友人 「ガーデン殺人事件」 ヴァン・ダイン著;井上;勇訳 東京創元社(創元推理文庫) 2002年11月

ファインズ
漁村ブライド・バイ・ザ・シーに執筆のため滞在している五十代の小説家、名うての女たらしの人気作家 「塩沢地の霧」 ヘンリー・ウエイド著;駒月雅子訳 国書刊行会(世界探偵小説全集) 2003年2月

ファウラー
ヴェトナム戦争直前のサイゴンに駐在する初老のイギリス人特派員 「おとなしいアメリカ人―グレアム・グリーン・セレクション」 グレアム;グリーン著;田中;西二郎訳 早川書房(ハヤカワepi文庫) 2004年8月

ファウラー
ロンドンのクラブ「アルカディア」のオーナー 「覗く銃口」 サイモン・カーニック著;佐藤耕士訳 新潮社(新潮文庫) 2005年1月

ファーガスン
イギリスの対テロ組織の責任者、ショーン・ディロンの上司 「復讐の血族」 ジャック・ヒギンズ著;黒原敏行訳　角川書店(角川文庫)　2005年1月

ファーガスン
イギリス首相直属情報組織の責任者、ショーン・ディロンの上司 「ホワイトハウス・コネクション」 ジャック・ヒギンズ著;黒原敏行訳　角川書店(角川文庫)　2003年9月

ファーガスン
イギリス首相直属情報組織の責任者、ショーン・ディロンの上司 「悪魔と手を組め」 ジャック・ヒギンズ著;黒原敏行訳　早川書房(ハヤカワ文庫NV)　2001年3月

ファーガスン
イギリス首相直属情報組織の責任者、ショーン・ディロンの上司 「審判の日」 ジャック・ヒギンズ著;黒原敏行訳　角川書店(角川文庫)　2004年9月

ファーシュ
フランス司法警察中央局警部、「牡牛」のあだ名を持つ威厳ある男 「ダ・ヴィンチ・コード　上下」 ダン・ブラウン著;越前敏弥訳　角川書店　2004年5月

ファーシュ
フランス司法警察中央局警部、「牡牛」のあだ名を持つ威厳ある男 「ダ・ヴィンチ・コード」 ダン・ブラウン著;越前敏弥訳　角川書店　2005年8月

ファスト
コロラド州トミチ郡の名士、ホワイト・リヴァー国有林内の巨大な私有地を購入しようとしているディヴェロッパー 「コロラドの血戦」 クリントン・マッキンジー著;熊谷千寿訳　新潮社(新潮文庫)　2004年11月

ファーティリティ・ホリス
カルト教団の集団自殺から生き残った男・テンダー・ブランソンの恋人 「サバイバー」 チャック・パラニューク著;池田真紀子訳　早川書房　2001年1月

ファーティリティ・ホリス
集団自殺したカルト教団の生き残りの男テンダー・ブランソンが出会った謎の少女 「サバイバー」 チャック・パラニューク著;池田真紀子訳　早川書房(ハヤカワ文庫NV)　2005年2月

ファニー
ウィーンで暮らしているレルナー教授のプライベートな秘書、とつぜん失踪した22歳の女性 「ペスト記念柱―現代ウィーン・ミステリー・シリーズ」 ロッテ・イングリッシュ著;城田千鶴子訳　水声社　2001年5月

ファニー
ロンドンの病院で外科の研修医をしていたハガードが悲劇的な恋愛をした既婚女性、同じ施設の病理医の妻 「愛という名の病」 パトリック・マグラア著;宮脇孝雄訳　河出書房新社　2003年10月

ファーニス
スコットランド・ヤードの主任警部、主演男優が毒殺されたメントン・オン・ライのプレイハウス劇場にやってきた男 「チャーリー退場」 アレックス・アトキンスン著;鈴木恵訳　東京創元社(創元推理文庫)　2004年4月

ファニー・フェレイラ
ゲルノン大学の地質学教授、登山家でもある若い女性 「クリムゾン・リバー」 ジャン=クリストフ・グランジェ著;平岡敦訳　東京創元社(創元推理文庫)　2001年1月

ファニー伯母　ふぁにー伯母
老練な新聞記者クィラランの母親の友人、田舎町ピカックスで暮らす90歳の女性資産家 「猫はブラームスを演奏する」 リリアン・J.ブラウン著;羽田詩津子訳　早川書房(ハヤカワ・ミステリ文庫)　2001年6月

ふぁの

ファノン・ハヤート
武器商人、もとはイギリス秘密情報部に協力していたがいまは関係を断ちセルビアと近しい関係にある男 「特別執行機関カーダ」 クリス・ライアン著;伏見威蕃訳 早川書房(ハヤカワ文庫NV) 2002年5月

ファビオ・ロッシ
スイスの日曜新聞「ゾンターク・モルゲン」の記者、後頭部を殴打され50日間の記憶を失った33歳の男 「プリオンの迷宮」 マルティン・ズーター著;小津薫訳 扶桑社(扶桑社ミステリー) 2005年9月

ファベル
中世フランスのナヴァール学寮事務総長、かつて代書人をパリから追放した張本人 「赤の文書」 ユベール・ド・マクシミー著;篠田勝英訳 白水社 2001年12月

ファミリーマン
2年間に全米各地で5家族24人が惨殺された事件の犯人、まだ逮捕されていない連続殺人鬼 「捕食者の貌」 トム・サヴェージ著;奥村章子訳 早川書房 (ハヤカワ・ミステリ文庫) 2001年8月

ファラデー
病気療養中のボストン警察の警視ケインを訪ねた男、ローリング邸の調査の依頼人 「ローリング邸の殺人」 ロジャー・スカーレット著;板垣節子訳 論創社(論創海外ミステリ) 2005年12月

ファルコ
ローマ帝国に住む密偵、ユピテル神官の孫と名乗る少女ガイアに助けを求められた男 「密偵ファルコ聖なる灯を守れ」 リンゼイ・デイヴィス著;矢沢聖子訳 光文社(光文社文庫) 2005年10月

ファルコ
紀元72年頃のローマ帝国で活動する密偵、皇帝ウェスパシアヌスから密命を受けた32歳の男 「密偵ファルコ砂漠の守護神」 リンゼイ・デイヴィス著;田代泰子訳 光文社(光文社文庫) 2003年2月

ファルコ
紀元72年頃のローマ帝国で活動する密偵、皇帝ウェスパシアヌスから密命を受けた32歳の男 「密偵ファルコ新たな旅立ち」 リンゼイ・デイヴィス著;矢沢聖子訳 光文社(光文社文庫) 2003年6月

ファルコ
紀元72年頃のローマ帝国で活動する密偵、殺人事件の解決を依頼された32歳の男 「密偵ファルコ水路の連続殺人」 リンゼイ・デイヴィス著;矢沢聖子訳 光文社(光文社文庫) 2004年10月

ファルコ
紀元72年頃のローマ帝国で活動する密偵、属州ヒスパニア調査の密命を受けた32歳の男 「密偵ファルコオリーブの真実」 リンゼイ・デイヴィス著;田代泰子訳 光文社(光文社文庫) 2004年6月

ファルコ
古代ローマの密偵 「密偵ファルコ海神(ポセイドン)の黄金」 リンゼイ・デイヴィス著;矢沢聖子訳 光文社(光文社文庫) 2001年4月

ファルコ
仕事のパートナー・アナクリテスとローマ帝国の国税調査員になった密偵の男 「密偵ファルコ獅子の目覚め」 リンゼイ・デイヴィス著;田代泰子訳 光文社(光文社文庫) 2005年4月

ファルコン
スペインセビーリャ管区警察本部殺人課警部長、45歳の冷静沈着なベテラン敏腕刑事 「セビーリャの冷たい目 上下」 ロバート・ウィルスン著;田村義進訳 早川書房(ハヤカワ・ミステリ文庫) 2005年4月

ファレル・スレイター
KEY報道局のプロデューサー、ニューヨークのオークションで高値が付いた宝飾品・ムーンエッグの贋作疑惑を追った女性 「緊急報道」 メアリ・ジェイン・クラーク著;山本やよい訳 講談社(講談社文庫) 2002年7月

ファロン
FBI捜査官、一匹狼的行動が多いタフガイ 「覇者 上下」 ポール・リンゼイ著;笹野洋子訳 講談社(講談社文庫) 2003年5月

ファン
国際機関の四ヵ国語を話す同時通訳者、スペインの首脳会議の席上で知り合ったルイサと結婚した男 「白い心臓」 ハビエル・マリアス著;有本紀明訳 講談社 2001年10月

方文　ふぁん・うぇん
学術交流のため一年間の予定で来日した作家、盟友張儀から弟張猛の遺骨探しを依頼された男 「海怒　東京黒社会群狼記 上下」 陳放著;椙田雅美訳;宮崎真紀訳 バジリコ 2004年4月

房幹　ふぁん・がん
中国無任所大臣 「大戦勃発 1〜4」 トム・クランシー著;田村源二訳 新潮社(新潮文庫) 2002年4月

ファンドーリン
モスクワ警察本署直属特捜部文書係、赴任して3週間の新米刑事 「堕ちた天使 アザゼル」 ボリス・アクーニン著;沼野恭子訳 作品社 2001年4月

ファン・フェーテレン
マールダム市警察の刑事部長、殺人捜査のエキスパートの五十代の男 「終止符(ピリオド)」 ホーカン・ネッセル著;中村友子訳 講談社(講談社文庫) 2003年5月

フィー
ニューヨークに暮らすロシア・マフィアの首領レクシーの息子、青年マーティンの親友 「魂の傷痕」 アンソニー・リー著;横山啓明訳 早川書房(Hayakawa novels) 2002年8月

フィオナ
サンタ・テレサで行方不明となった老医師の前妻 「危険のP」 スー・グラフトン著;嵯峨静江訳 早川書房(ハヤカワ・ミステリ文庫) 2005年5月

フィオナ・キャメロン
犯罪心理学者、警察の捜査に協力する優秀なプロファイラー 「シャドウ・キラー」 ヴァル・マクダーミド著;森沢麻里訳 集英社(集英社文庫) 2001年9月

フィオナ・パーセル
私立探偵キンジー・ミルホーンの依頼人、失踪したダウ・パーセルの前妻でインテリアデザイン会社の経営者 「獲物のQ」 スー・グラフトン著;嵯峨静江訳 早川書房(Hayakawa novels) 2003年9月

フィオーナ・メイ・エアリー
総合失調症のパイロットと脳外科医のエリックの妹、七歳の時に行方不明になった女の子 「もつれ」 ピーター・ムーア・スミス著;伏見威蕃訳 東京創元社(創元推理文庫) 2004年12月

V・J　ぶいじぇい
ベテランミステリー作家、スリムで背の高い61歳くらいのアメリカ人女性 「ミステリー・ウィーク」 ヘザー・グレアム著;笠原博子訳 ハーレクイン(MIRA文庫) 2002年1月

ふぃす

フィステリア・ジャンカージ
カナダ西部バンクーバー島付近の海域で発生した人喰いプランクトン 「腐海」 ジェームズ・ポーリック著;古賀弥生訳　徳間書店　2001年6月

フィッツジェラルド
〈ニューヨーク・デイリープレス〉紙の市内版記者、人がいい独身の男 「ハドソン川殺人事件」 D・フリン著;中山善之訳　講談社(講談社文庫)　2001年3月

フィデル・カストロ(カストロ)
キューバの若手弁護士、カリスマ的雄弁家 「ハバナの男たち 上下」 スティーヴン・ハンター著;公手成幸訳　扶桑社(扶桑社ミステリー)　2004年7月

フィーニー
ニューヨーク市警電子探査課の警部、警部補イヴ・ダラスの友人で元相棒 「カサンドラの挑戦」 J.D.ロブ著;青木悦子訳　ソニー・マガジンズ(ヴィレッジブックス)　2005年6月

フィーニー
ニューヨーク市警電子探査課の警部、警部補イヴ・ダラスの友人で元相棒 「この悪夢が消えるまで」 J.D.ロブ著;青木悦子訳　ソニー・マガジンズ(ヴィレッジブックス)　2002年12月

フィーニー
ニューヨーク市警電子探査課の警部、警部補イヴ・ダラスの友人で元相棒 「ラストシーンは殺意とともに」 J.D.ロブ著;小林浩子訳　ソニー・マガジンズ(ヴィレッジブックス)　2005年11月

フィーニー
ニューヨーク市警電子探査課の警部、警部補イヴ・ダラスの友人で元相棒 「雨のなかの待ち人」 J.D.ロブ著;小林浩子訳　ソニー・マガジンズ(ヴィレッジブックス)　2003年5月

フィーニー
ニューヨーク市警電子探査課の警部、警部補イヴ・ダラスの友人で元相棒 「死にゆく者の微笑」 J.D.ロブ著;青木悦子訳　ソニー・マガジンズ(ヴィレッジブックス)　2004年2月

フィーニー
ニューヨーク市警電子探査課の警部、警部補イヴ・ダラスの友人で元相棒 「白衣の神のつぶやき」 J.D.ロブ著;中谷ハルナ訳　ソニー・マガジンズ(ヴィレッジブックス)　2005年4月

フィーニー
ニューヨーク市警電子探査課の警部、警部補イヴ・ダラスの友人で元相棒 「不死の花の香り」 J.D.ロブ著;青木悦子訳　ソニー・マガジンズ(ヴィレッジブックス)　2003年9月

フィーニー
ニューヨーク市警電子探査課の警部、警部補イヴ・ダラスの友人で元相棒 「魔女が目覚める夕べ」 J.D.ロブ著;小林浩子訳　ソニー・マガジンズ(ヴィレッジブックス)　2004年6月

フィニアス・T・タッカー(フィン)　ふぃにあすてぃーたっかー(ふぃん)*
オハイオ州南部の町テンプテーションの町長、天性のプレイボーイ 「プレイボーイをやっつけろ!」 ジェニファー・クルージー著;米山裕子訳　二見書房(二見文庫)　2005年9月

フィービ・ウィチャリー
メドウ・ファームズの大富豪ホーマー・ウィチャリーの21歳の1人娘、ボールダー・ビーチ・カレッジの学生 「ウィチャリー家の女」 ロス・マクドナルド著;小笠原豊樹訳　早川書房(ハヤカワ・ミステリ文庫)　2004年7月

フィービおばさん
鍛冶職人・メグのモンヒーガン島にコテージを持っているおば 「野鳥の会、死体の怪」 ドナ・アンドリューズ著;島村浩子訳　早川書房(ハヤカワ・ミステリ文庫)　2002年3月

フィミー
レイプの結果娘のエンジェルを生んだ母親 「サイレント・アイズ 上下」 ディーン・クーンツ著;田中一江訳 講談社(講談社文庫) 2005年7月

フィリップ
コーンウォールの一領主、一生独身で通すことを決めている青年 「レイチェル」 ダフネ・デュ・モーリア著;務台夏子訳 東京創元社(創元推理文庫) 2004年6月

フィリップ・アシュリー
イングランド・コーンウォールの一領主、年の離れた従兄に育てられた23歳の青年 「レイチェル」 ダフネ・デュ・モーリア著;務台夏子訳 東京創元社(創元推理文庫) 2004年6月

フィリップ・ウィントル
ロンドン警視庁特別捜査課警視長、ロンドンで起こったテロ事件を捜査する五十代の男 「復讐の天使」 ロビン・ハンター著;鎌田三平訳 角川書店(角川文庫) 2001年12月

フィリップ・ガント
弁護士・アンディの別居中の妻の父親、上院議員でアンディの父親の友人 「弁護士は奇策で勝負する」 デイヴィッド・ローゼンフェルト著;白石朗訳 文藝春秋(文春文庫) 2004年4月

フィリップ・ショーヴァン
新聞記者アヴェリーの父親、サイプレス・スプリングスの自宅で亡くなった医者 「沈黙」 エリカ・スピンドラー著;平江まゆみ訳 ハーレクイン(MIRA文庫) 2004年10月

フィリップ・スターリング
オックスフォード大学の特別研究員、ホメロス時代の文明と文学に関しての第一人者 「死の殻」 ニコラス・ブレイク著;大山誠一郎訳 東京創元社(創元推理文庫) 2001年10月

フィリップ・トマス
妻を殺し西海岸からシカゴの救済院へ逃げてきた天才青年弁護士 「危険がいっぱい」 デイ・キーン著;松本依子訳 早川書房(Hayakawa pocket mystery books) 2005年7月

フィリップ・ニュービー
イギリスの全寮制パブリック・スクールの英語教師、1年前の事故で足に障害を負った37歳の男 「踊り子の死」 ジル・マゴーン著;高橋なお子訳 東京創元社(創元推理文庫) 2002年9月

フィリップ・ノックス(ノックス)
大人気の歴史家、人好きのする性格で人目を惹く容姿の持ち主の五十四歳の紳士 「仮面劇場の殺人」 ディクスン・カー著;田口俊樹訳 東京創元社(創元推理文庫) 2003年9月

フィリップ・バンター
ニューヨークの広告会社のアカウントエグゼクティブで社長の義理の息子 「殺意のシナリオ」 ジョン・フランクリン・バーディン著;宮下嶺夫訳 小学館(Shogakukan mystery) 2003年12月

フィリップ・マーサー(マーサー)
アメリカ人の優秀な地質学者兼鉱山技師、グリーンランド探検隊のメンバー 「パンドラの呪い 上下」 ジャック・ダブラル著;村上和久訳 ソニー・マガジンズ(ビレッジブックス) 2005年10月

フィリップ・ランドール
マンハッタンの有力法律事務所に所属する弁護士、不倫中の妻帯者 「おとしあな」 ハワード・ローワン著;天野淑子訳 早川書房(Hayakawa pocket mystery books) 2001年6月

フィリップ・ルフェーヴル(ルフェーヴル)
ラス・ピエルナス警察殺人課の刑事、孤独な一匹狼 「汚れた翼 上下」 ジャン・バーク著;渋谷比佐子訳 講談社(講談社文庫) 2005年11月

ふいり

フィリップ・ロンバード(ロンバード大尉)　ふぃりっぷろんばーど(ろんばーどたいい)
元陸軍大尉、インディアン島オーエン邸に招かれた客の1人 「そして誰もいなくなった」 アガサ・クリスティー著;清水俊二訳　早川書房(ハヤカワ文庫クリスティー文庫)　2003年10月

フィリー・ポスト(ポスト)
サンフランシスコの警察官、殺人課の警部補 「サンセット・ブルヴァード殺人事件」 グロリア・ホワイト著;加地美知子訳　講談社(講談社文庫)　2002年5月

フィル
ニューヨークのユニバーシティ病院精神科の指導医の男性、研修医エヴリンの恋人 「研修医エヴリンと夏の殺人鬼」 レイア・ルース・ロビンソン著;清水ふみ訳　東京創元社(創元推理文庫)　2005年8月

フィル
刑事、セント・シモーン警察の囮捜査官 「とらわれのエンジェル」 スーザン・ブロックマン作;安倍杏子訳　ハーレクイン(シルエット・ラブストリーム)　2002年8月

フィル・ウィリアムズ
アンティーク商ケイの元夫、ジャマイカの観光地でレストランを経営している男 「女競買人横盗り」 ウィリアム・D・ブランケンシップ著;中川聖訳　講談社(講談社文庫)　2001年5月

フィル・ゲイター(ゲイター)
元強盗犯、イタリアへ高飛びしたイギリス人・フランキーの父親に暴行した男 「本末転倒の男たち」 ジェリー・レイン著;常田景子訳　扶桑社(扶桑社ミステリー)　2001年1月

フィル・コルビー(コルビー)
休暇中に隣の州で事件に巻き込まれた23分署の刑事 「湖畔に消えた婚約者」 エド・マクベイン著;塩川優訳　扶桑社(扶桑社ミステリー)　2001年11月

フィールズ
出版社「ティクナー・アンド・フィールズ」の経営者、南北戦争直後のアメリカでダンテ『神曲』の翻訳に取り組む「ダンテ・クラブ」のメンバー 「ダンテ・クラブ」 マシュー・パール著;鈴木恵訳　新潮社　2004年8月

フィールディング
オハイオ州の新球場建設会社の幹部役員、不慮の死を遂げた男 「ダーク・レディ 上下」 リチャード・ノース・パタースン著;東江一紀訳　新潮社(新潮文庫)　2004年9月

フィールディング
ロンドンの百貨店員、作曲家・ジェフリの旅の道連れに志願した貴族出身の若い男 「大聖堂は大騒ぎ」 エドマンド・クリスピン著;滝口達也訳　国書刊行会(世界探偵小説全集)　2004年5月

フィールド
イギリスの首都警察隊ボウ・ストリート署警部、文豪チャールズ・コリンズとは旧友の辣腕刑事 「文豪ディケンズと倒錯の館」 ウィリアム・J・パーマー著;宮脇孝雄訳　新潮社(新潮文庫)　2001年11月

フィル・ボーモント
「ピンカートン探偵社」の調査員、出版者のリチャード・フォーサイス変死事件の真相をアンリ・ルドックと共に追ったアメリカ人 「仮面舞踏会」 ウォルター・サタスウェイト著;大友香奈子訳　東京創元社(創元推理文庫)　2004年3月

フィレモン
傷害致死の罪で国外追放中の二十三歳のアテナイ市民、ステファノスの従兄弟 「哲人アリストテレスの殺人推理」 マーガレット・ドゥーディ著;左近司祥子訳;左近司彩子訳　講談社　2005年6月

フィン
オハイオ州南部の町テンプテーションの町長、天性のプレイボーイ 「プレイボーイをやっつけろ!」 ジェニファー・クルージー著;米山裕子訳　二見書房(二見文庫)　2005年9月

フィンドホーン
気象学者、極北の氷山に取り残された科学調査チームの救出に向かった北極探検家 「ペトロシアンの方程式 上下」 ビル・ネイピア著;藤田佳澄訳　新潮社(新潮文庫)　2004年1月

フィン夫人　ふぃんふじん
アメリカの大富豪の娘、金を使うことにも儲けることにも熱心な女性 「誇り高き男たち」 ギャビン・ライアル著;遠藤宏昭訳　早川書房(Hayakawa novels)　2002年6月

フィンレー・ドーソン(ドーソン)
リゾートの仕掛人・ギャビンが主催する同窓会パーティに乗り込んだ武装集団の最高責任者 「楽園占拠」 クリストファー・ブルックマイア著;玉木亨訳　ソニー・マガジンズ(ヴィレッジブックス)　2003年7月

フェイ
米海軍犯罪捜査本部所属法務官、元大統領の娘 「不手際な暗殺」 ノーム・ハリス著;結城山和夫訳　二見書房(二見文庫)　2004年1月

フェイ・アンダースン
元ボクサーのキッド・コリンズが偶然出会った魅力的な未亡人 「アフター・ダーク」 ジム・トンプスン著;三川基好訳　扶桑社(扶桑社ミステリー)　2001年10月

フェイス・デブリン・ハーディー
生まれ故郷のルイジアナ州プレスコットに戻ってきた旅行会社経営者、貧しい生まれから成功した美しい女性 「あの日を探して」 リンダ・ハワード著;林啓恵訳　二見書房(二見文庫)　2001年12月

フェイス・パーカー
アトランタ市役所の職員、事故で記憶を失った28歳の女性 「シャドウ・ファイル/潜む」 ケイ・フーパー著;宮内もと子訳　早川書房(ハヤカワ文庫NV)　2001年7月

フェイス・フェアチャイルド
マサチューセッツ州エイルフォード村に住む牧師の妻、仕出し屋「ハヴ・フェイス」のシェフ兼経営者 「スープ鍋につかった死体」 キャサリン・ホール・ペイジ著;沢万里子訳　扶桑社(扶桑社ミステリー)　2002年12月

フェイス・フェアチャイルド
マサチューセッツ州エイルフォード村に住む牧師の妻、仕出し屋「ハヴ・フェイス」のシェフ兼経営者 「海草をまとった死体」 キャサリン・ホール・ペイジ著;沢万里子訳　扶桑社(扶桑社ミステリー)　2001年6月

フェイダー・ドーフマン
魔王(サタン)の声が聞こえるという連続殺人犯 「魔王のささやき」 ロバート・ウォーカー著;瓜生知寿子訳　扶桑社(扶桑社ミステリー)　2002年12月

フェイト
シリコン・ヴァレーに住む連続殺人犯、かつては真面目で優秀だった27歳の青年 「青い虚空」 ジェフリー・ディーヴァー著;土屋晃訳　文藝春秋(文春文庫)　2002年11月

フェイドラ・グリーン(フェイ)
米海軍犯罪捜査本部所属法務官、元大統領の娘 「不手際な暗殺」 ノーム・ハリス著;結城山和夫訳　二見書房(二見文庫)　2004年1月

フェイ・ヨー
花屋の店主、私刑団〈シスターフッド〉のメンバー 「シスターフッド」 ファーン・マイケルズ著;小原亜美訳　二見書房(二見文庫)　2004年11月

ふぇす

フェストゥス
古代ローマの密偵ファルコの兄、ユダヤで戦死した国家的英雄 「密偵ファルコ海神(ポセイドン)の黄金」リンゼイ・デイヴィス著;矢沢聖子訳 光文社(光文社文庫) 2001年4月

フェニモア
フィラデルフィアに小さな診療所を持つ心臓医、探偵業もする男 「フェニモア先生、人形を診る」ロビン・ハサウェイ著;坂口玲子訳 早川書房(ハヤカワ・ミステリ文庫) 2002年5月

フェニモア
フィラデルフィアに小さな診療所を持つ心臓医、探偵業もする男 「フェニモア先生、墓を掘る」ロビン・ハサウェイ著;坂口玲子訳 早川書房(ハヤカワ・ミステリ文庫) 2001年5月

フェニモア
フィラデルフィアに小さな診療所を持つ心臓医、探偵業もする男 「フェニモア先生、宝に出くわす」ロビン・ハサウェイ著;坂口玲子訳 早川書房(ハヤカワ・ミステリ文庫) 2003年7月

フェニラ・グッドマン
アメリカ大富豪の娘、呪われた地と言われている「ジプシーが丘」で青年のマイケルと出会った二十一歳 「終りなき夜に生れつく」アガサ・クリスティー著;乾信一郎訳 早川書房(ハヤカワ文庫クリスティー文庫) 2004年8月

フェラーズ夫人　ふぇらーずふじん
キングズパドック荘の未亡人、夫を毒殺したとつねづね主張していた夫人 「アクロイド氏殺害事件」アガサ・クリスティ作;花上かつみ訳 講談社(青い鳥文庫) 2005年4月

フェラン
アメリカの大富豪、遺言状を残し自社ビルから投身自殺した七十八歳の老人 「テスタメント」ジョン・グリシャム著;白石朗訳 新潮社 2001年1月

フェリクス・パスコー(フィー)
ニューヨークに暮らすロシア・マフィアの首領レクシーの息子、青年マーティンの親友 「魂の傷痕」アンソニー・リー著;横山啓明訳 早川書房(Hayakawa novels) 2002年8月

フェリシアン・シャルル
フランスの建築技師、怪盗ルパンが変装した小貴族・ラウールに仕事を依頼された青年 「カリオストロの復讐」モーリス・ルブラン作;長島良三訳 偕成社(偕成社文庫) 2005年9

フェリシティ・クレア(フリック)
イギリス軍の応急看護婦部隊(FANY)少佐、秘密機関SOEのメンバーでコードネームは「レパーデス」「鴉よ闇へ翔べ」ケン・フォレット著;戸田裕之訳 小学館(Shogakukan mystery) 2003年5月

フェリシティ・ディル
爆弾を仕掛けられて殺害された殺人課の女刑事、上院調査監視分科委員会の顧問・ディルの妹 「女刑事の死」ロス・トーマス著;藤本和子訳 早川書房(ハヤカワ・ミステリ文庫) 2005年6月

フェリシティ・フレンチ
ジブラルタル要塞副司令官フレンチ提督の娘、サル担当士官ティモシー・ベイリー大尉の恋人 「われらが英雄スクラッフィ」ポール・ギャリコ著;山田蘭訳 東京創元社(創元推理文庫) 2002年11月

フェリツィタス(フレックス)
コニーおじさんたちと謎の集団に追われる若者をかくまった十六歳の少女 「17歳の悪夢 ブラックボックス」バルバラ・ビューヒナー著;山崎恒裕訳 ポプラ社 2003年5月

フェリックス・テンプラー
イングランド南部の名門テンプラー家の若き司祭、一家の当主サー・オーガスティンの甥 「テンプラー家の惨劇」ハリントン・ヘクスト著;高田朔訳 国書刊行会(世界探偵小説全集) 2003年5月

フェリーペ・サラザー（フィル）
刑事、セント・シモーン警察の囮捜査官　「とらわれのエンジェル」　スーザン・ブロックマン作;安倍杏子訳　ハーレクイン（シルエット・ラブストリーム）　2002年8月

フェル・アルクランド（アルクランド）
失踪した「行動センター」近隣区の上級メンバー　「オンリー・フォワード」　マイケル・マーシャル・スミス著;嶋田洋一訳　ソニー・マガジンズ　2001年7月

フェルディナント・コルテン（コルテン）
西ドイツのライン化学工業会長、私立探偵ゼルプの義兄　「ゼルプの裁き」　ベルンハルト・シュリンク著;ヴァルター・ポップ著;岩淵達治他訳　小学館（Shogakukan mystery）　2002年6月

フェル博士　ふぇるはかせ
イギリスの探偵、山賊風口ひげをはやした恰幅のよい紳士　「死が二人をわかつまで」　ジョン・ディクスン・カー著;仁賀克雄訳　早川書房（ハヤカワ・ミステリ文庫）　2005年4月

フェル博士　ふぇるはかせ
巨体で赤ら顔のイギリス人名探偵、五十四歳の歴史家のノックスの旧友　「仮面劇場の殺人」　ディクスン・カー著;田口俊樹訳　東京創元社（創元推理文庫）　2003年9月

フェル博士　ふぇるはかせ
探偵、小山のような体型の男性　「月明かりの闇 フェル博士最後の事件」　ジョン・ディクスン・カー著;田口俊樹訳　早川書房（ハヤカワ・ミステリ文庫）　2004年9月

フェン
オックスフォード大学の英語英文学教授で素人探偵、作曲家・ジェフリイの同窓生　「大聖堂は大騒ぎ」　エドマンド・クリスピン著;滝口達也訳　国書刊行会（世界探偵小説全集）　2004年5月

馮軍曹　ふぇんぐんそう
中国経済部の元主任監察官・単の監視役、武骨な軍曹　「頭蓋骨のマントラ 上下」　エリオット・パティスン著;三川基好訳　早川書房（ハヤカワ・ミステリ文庫）　2001年3月

フェントレス
ヴァージニア州検事、弁護士ナット・ディーズの元上司　「焦熱の裁き」　デイヴィッド・L.;ロビンズ著;村上;和久訳　新潮社（新潮文庫）　2005年1月

フォーガス・オブライエン（オブライエン）
引退した飛行士、英国の空の英雄と讃えられた男　「死の殻」　ニコラス・ブレイク著;大山誠一郎訳　東京創元社（創元推理文庫）　2001年10月

フォーカーソン
サンフランシスコ州警察の警部補、市のごみ処理センターで発見された頭蓋の身元を捜査した老練刑事　「屍肉の聖餐」　ユベール・コルバン著;佐宗鈴夫訳　集英社（集英社文庫）　2001年2月

フォス
ドイツ陸軍情報将校、共産主義者を追ってリスボンに来た青年　「スパイは異邦に眠る 上下」　ロバート・ウィルスン著;田村義進訳　早川書房（ハヤカワ・ミステリ文庫）　2003年3月

フォックス
マフィア「ソラッツォ・ファミリー」の幹部　「審判の日」　ジャック・ヒギンズ著;黒原敏行訳　角川書店（角川文庫）　2004年9月

フォックス博士　ふぉっくすはかせ
イースターマン博士殺害の被疑者、白血病の集団発生に農薬工場が関係していると指摘した女性　「デッドリミット」　ランキン・デイヴィス著;白石朗訳　文藝春秋（文春文庫）　2001年5月

ふぉて

フォーティンブラス
著名な会計士でナショナル社の株主、小柄できびきびとした態度の70歳前後の男性 「死の会計」エマ・レイサン著;西山百々子訳　論創社(論創海外ミステリ)　2005年2月

フォーリー
銀行強盗のプロで脱獄犯、知的で軽妙な会話を好む47歳の男 「アウト・オブ・サイト」エルモア・レナード著;高見浩訳　角川書店(角川文庫)　2002年1月

フォーリー大尉　ふぉーりーたいい
第二次大戦下のイギリス軍大尉、機雷の除去にあたるモーターランチの艇長 「起爆阻止」ダグラス・リーマン著;高沢次郎訳　早川書房　2004年3月

フォルトリッグ
ニューオーリンズ連邦検事局地区首席検事 「依頼人」ジョン・グリシャム著;白石朗訳　小学館(小学館文庫)　2003年1月

フォレスト・アトリー
薬物中毒の36歳の男で老判事の次男、大学教授レイの弟 「呼び出し＜召喚状＞上下」ジョン・グリシャム著;天馬,龍行訳　アカデミー出版　2004年12月

フォレスト・アトリー
薬物中毒者、老判事のルーベンの息子でエリート教授のレイの弟 「召喚状 上下」ジョン・グリシャム著;天馬竜行訳　アカデミー出版　2002年9月

フォン
アメリカ人パイル・オールデンと同棲するヴェトナム人女性、イギリス人特派員トマス・ファウラーのかつての愛人 「おとなしいアメリカ人―グレアム・グリーン・セレクション」グレアム;グリーン著;田中;西二郎訳　早川書房(ハヤカワepi文庫)　2004年8月

フォン・グンテン(グンテン)
メーゲンドルフ村に来ていた行商人、14歳の少女を凌辱した前科のある男 「約束」フリードリッヒ・デュレンマット著;前川道介訳　早川書房(ハヤカワ・ミステリ文庫)　2002年5月

フォン・ヨッシュ男爵　ふぉんよっしゅだんしゃく
騎兵大尉、1909年のウィーンで宮廷俳優ビショーフの家に集まっていた演奏仲間の一人 「最後の審判の巨匠」レオ・ペルッツ著;垂野創一郎訳　晶文社(晶文社ミステリ)　2005年3月

ブーク
国際寝台車会社の重役でベルギー人、私立探偵ポアロがベルギー警察にいた頃からの知人 「オリエント急行の殺人」アガサ・クリスティー著;中村能三訳　早川書房(ハヤカワ文庫クリスティー文庫)　2003年10月

ブーク
国際寝台車会社の重役でベルギー人、私立探偵ポワロがベルギー警察にいた頃からの知人 「オリエント急行の殺人」アガサ・クリスティ著;長沼弘毅訳　東京創元社(創元推理文庫)　2003年11月

ヴーケリッチ
フランスの通信社「アヴァス」の通信員、ソ連赤軍スパイ・ゾルゲの東京通信網の写真担当者 「ゾルゲ引裂かれたスパイ 上下」ロバート・ワイマント著;西木正明訳　新潮社(新潮文庫)　2003年5月

ブッカー・リーヴズ
オクラホマ州捜査局を辞めさせられたベテラン捜査官、誘拐された美少女映画スター・スーザンの捜査を始めた男 「心理捜査」レオナード・サンダーズ著;矢沢聖子訳　講談社(講談社文庫)　2001年7月

フック
ニューヨーク州ブラッドストーンで暮らす断酒中の元舞台俳優 「嘲笑う闇夜」 ビル・プロンジーニ著;バリー・N.マルツバーグ著　文藝春秋(文春文庫) 2002年5月

フックス
心臓発作で死亡したドイツ生まれの物理学者、原爆スパイとして歴史に名を残している人物 「神の火を盗んで」 ピーター・ミラー著;野村芳夫訳　徳間書店(徳間文庫) 2001年5月

ブッチ・カープ(カープ)
法廷検事、ニューヨーク地区検察局刑事裁判課課長の検事補 「さりげない殺人者」 ロバート・K.タネンボーム著;菅沼裕乃訳　講談社(講談社文庫) 2005年1月

フッド
アメリカ合衆国の国家危機管理特別機関「オプ・センター」長官 「起爆国境」 トム・クランシー著;スティーヴ・ピチェニック著　新潮社(新潮文庫) 2005年3月

フッド
アメリカ合衆国の国家危機管理特別機関「オプ・センター」長官 「油田爆破」 トム・クランシー著;スティーヴ・ピチェニック著　新潮社(新潮文庫) 2004年9月

フッド
アメリカ合衆国国家危機管理センター〈オプ・センター〉長官、元ロサンジェルス市長 「流血国家 上下」 トム・クランシー著;スティーヴ・ピチェニック著;伏見威蕃訳　新潮社(新潮文庫) 2001年10月

フッド
アメリカ政府の精鋭危機管理チーム"オプ・センター"の長官 「国連制圧」 トム・クランシー著;スティーヴ・ピチェニック著;伏見威蕃訳　新潮社(新潮文庫) 2003年5月

フッド
アメリカ政府の精鋭危機管理チーム"オプ・センター"長官、強靭な体つきの43歳の男 「欧米掃滅 上下」 トム・クランシー著;スティーヴ・ピチェニック著;伏見威蕃訳　新潮社(新潮文庫) 2001年3月

フート
ニューヨーク市警性犯罪課の刑事、豪邸に住みモデル並みの容姿を持つ31歳の富豪刑事 「殺意に招かれた夜」 イーサン・ブラック著;加賀山卓朗訳　ソニー・マガジンズ(ヴィレッジブックス) 2003年11月

フート
ニューヨーク市警性犯罪課の刑事、代々警察官の家系出身で豪邸に住みモデル並みの容姿を持つ31歳の富豪刑事 「古き友からの伝言」 イーサン・ブラック著;加賀山卓朗訳　ソニー・マガジンズ(ヴィレッジブックス) 2005年6月

フーヴァー
FBIの初代長官 「諜報指揮官ヘミングウェイ 上下」 ダン・シモンズ著;小林宏明訳　扶桑社(扶桑社ミステリー) 2002年6月

フーバー・トリヴァー
プランテーション視察のためアメリカからコンゴに派遣された二十八歳の植物学者 「藪に棲む悪魔」 マシュー・ヘッド著;中島なすか訳　論創社(論創海外ミステリ) 2005年9月

ブーマー・ダニング
アメリカ海軍原子力潜水艦コロンビア艦長 「キロ・クラス」 パトリック・ロビンソン著;伏見威蕃訳　角川書店(角川文庫) 2002年2月

ブーマー・ワード
子供の頃事故により部分的記憶喪失となったキャディの3歳年上の幼なじみ、インディゴ・バレーの警察署長 「閉ざされた記憶」 ファーン・マイケルズ著;大嶌双恵訳　二見書房(二見文庫) 2004年2月

ふまん

フー・マンチュー
銀幕を飾り悪魔の代名詞ともなった伝説の怪人 「怪人フー・マンチュー」 サックス・ローマー著;嵯峨静江訳　早川書房(Hayakawa pocket mystery books) 2004年9月

フムルム
施設で少年ペートォと友達になりブランコで事故死した少年 「ボーダーライナーズ」 ペーター・ホゥ著;今井幹晴訳　求竜堂　2002年8月

フュックス師　ふゅっくすし
聖ニコラの祭日を迎えたフランス東部の町モルトフォンの教会の神父 「サンタクロース殺人事件」 ピエール・ヴェリー著;村上光彦訳　晶文社(必読系!ヤングアダルト)　2003年11月

ブライアム・ラスボーン(ラスボーン)
イギリスのブルーフィールド村から夫婦で行方不明になった夫 「骨と髪」 レオ・ブルース著;小林晋訳　原書房(ヴィンテージ・ミステリ・シリーズ)　2005年9月

ブライアン・カルーソー
前アメリカ大統領の双子の甥、元海兵隊特殊部隊大尉で民間の極秘諜報機関「ザ・キャンパス」の新入職員 「国際テロ 上下」 トム・クランシー著;田村源二訳　新潮社(新潮文庫) 2005年8月

ブライアン・ジブラルタル(ジブラルタル)
ミシガン州ルーンレイク署の警察署長、名門スタンフォード大学出身のインテリ男 「死のように静かな冬」 P・J・パリッシュ著;長島水際訳　早川書房(ハヤカワ・ミステリ文庫) 2003年11月

ブライアン・ストラトフォード
小学2年生の野球好きの男の子、ニューヨーク州リーフブルック市の市長の息子 「崩壊のプレリュード」 アンドレア・ケイン著;藤田佳澄訳　ソニー・マガジンズ(ヴィレッジブックス) 2005年8月

ブライアン・ブラックウッド
不良少年クライド・エドソンの仲間 「テキサス・ナイトランナーズ」 ジョー・R・ランズデール著;佐々田雅之訳　文藝春秋(文春文庫)　2002年3月

ブライアン・レッドフォード(レッドフォード)
元CIA職員アレックスの昔の同僚で伝説の美術品"ウインドダンサー"に異常に執着している仇敵 「風のペガサス 上下」 アイリス・ジョハンセン著;大倉貴子訳　二見書房(二見文庫)　2001年7月

ブライス
スピードパズル連盟の秘書を務める青年、右腕を切断された殺人事件の犠牲者 「パズル」 アントワーヌ・ベロ著;香川由利子訳　早川書房(Hayakawa novels)　2004年11月

ブライス
天才的コンピューター・プログラマー、トレジャーハンター・ララの片腕 「トゥームレイダー」 デイヴ・スターン著;富永和子訳　徳間書店(徳間文庫)　2001年9月

ブライス
天才的コンピューター・プログラマー、トレジャーハンター・ララの片腕 「トゥームレイダー2」 デイヴ・スターン著;富永和子訳　徳間書店(徳間文庫)　2003年9月

ブライス
ロンドンのパラダイス・ウェイの浮浪者、暴行容疑で逮捕された男 「戦士たちの挽歌」 フレデリック・フォーサイス著;篠原慎訳　角川書店　2002年1月

ブライズ・スチュアート
映画スター、長年対立していた俳優一家ロイル家の当主・ジャックと結婚することになった女優 「ハートの4」 エラリイ・クイーン著;大庭忠男訳　早川書房(ハヤカワ・ミステリ文庫) 2004年2月

ブライス・プロクター
ニューヨークに住むスランプ中のベストセラー作家、妻ルーシーと離婚調停中の男 「鉤」 ドナルド・E.ウェストレイク著;木村二郎訳　文藝春秋（文春文庫）2003年5月

ブライト
オハイオ州エリー郡の郡検事、女性検事補・ステラの上司 「ダーク・レディ 上下」 リチャード・ノース・パタースン著;東江一紀訳　新潮社（新潮文庫）2004年9月

ブライトマイアー
三流大衆新聞のカメラマン、ウィーン在住の天涯孤独の青年 「消えた心臓―現代ウィーン・ミステリー・シリーズ」 ユルゲン・ベンヴェヌーティ著;唐沢徹訳　水声社　2001年10月

プライムファクター
アメリカの巨大テーマパーク「ユートピア」の技術と売上金を狙ったグループのリーダー 「ユートピア」 リンカーン・チャイルド著;白石朗訳　文藝春秋（文春文庫）2003年12月

ブライン
ピアニスト・エディが演奏するフィラデルフィアの酒場の用心棒、43歳の元プロレスラー 「ピアニストを撃て」 デイヴィッド・グーディス著;真崎義博訳　早川書房（Hayakawa pocket mystery books）2004年5月

ブラウン
アイソラ市87分署の二級刑事、スティーブ・キャレラの同僚で黒人の大男 「ビッグ・バッド・シティ」 エド・マクベイン著;山本博訳　早川書房（ハヤカワ・ミステリ文庫）2005年3月

ブラウン
フィラデルフィア警察の刑事、飛行機墜落事故を通じてコール少年の能力を知り良き友人となった男 「シックス・センス逃亡者」 デイヴィッド・ベンジャミン著;酒井紀子訳　竹書房（竹書房文庫）2001年3月

ブラウン神父　ぶらうんしんぷ
イギリス・サセックス教区のカトリック司祭でアマチュア探偵、丸顔に眼鏡をかけてこうもり傘を常に持ち歩く小柄な男 「ブラウン神父物語」 G.K.チェスタートン著;田中西二郎訳　嶋中書店（嶋中文庫）2004年12月

ブラザー・ガブリエル
大きな勢力を持つ新興宗教の教祖、46歳の美男子 「いたずらが死を招く 上下」 サンドラ・ブラウン著;吉沢康子訳　新潮社（新潮文庫）2002年9月

ブラッキー・クーガン
サンフランシスコで暮らしている女性探偵ロニーの親友でありよき指導者の私立探偵 「サンセット・ブルヴァード殺人事件」 グロリア・ホワイト著;加地美知子訳　講談社（講談社文庫）2002年5月

フラッグ
ウィルスにより死滅したアメリカの生存者たちの悪夢のなかに出没する闇の男 「ザ・スタンド 3」 スティーヴン・キング著;深町眞理子訳　文藝春秋（文春文庫）2004年6月

フラッグ
闇の男、死滅したアメリカの生存者たちがラスヴェガスに築いた悪の集団の支配者 「ザ・スタンド 4」 スティーヴン・キング著;深町眞理子訳　文藝春秋（文春文庫）2004年7月

フラッグ
闇の男、死滅したアメリカの生存者たちがラスヴェガスに築いた悪の集団の支配者 「ザ・スタンド 5」 スティーヴン・キング著;深町眞理子訳　文藝春秋（文春文庫）2004年8月

ブラック・タイ
悪党一味の首領、悪魔のようにハンサムなアフリカ系黒人 「ファム・ファタール」 ブライアン・デ・パルマ脚本;大炊晋也訳　角川書店（角川文庫）2003年7月

フラッシュ
廃刊になった雑誌〈ダステッド〉の創刊者、テレビ番組〈ザ・チャンネル〉の司会者に抜擢された男 「ティース」ヒュー・ギャラガー著;池田真紀子訳　東京創元社(創元コンテンポラリ)　2003年1月

ブラッド
ニューヨークのアンティークショップ店員キャロラインの通り魔に殺された夫、弁護士 「ミッドナイト・ボイス」ジョン;ソール著;野村;芳夫訳　ソニー・マガジンズ(ヴィレッジブックス) 2004年3月

プラット
全米チャンピオン牛を購入した大衆レストラン・チェーンの経営者 「シーザーの埋葬」レックス・スタウト著;大村美根子訳　光文社(光文社文庫)　2004年3月

ブラッド・スターリング
私立探偵スペンサーの恋人・スーザンの前夫、お金と女にだらしないプロモーター 「突然の災禍」ロバート・B・パーカー著;菊池光訳　早川書房(ハヤカワ・ミステリ文庫)　2005年3月

ブラッド・デニング
デンバーで妻のケイトと息子のジェイソンと暮らす建築家、行方不明になったピーティの兄 「ブラッド/孤独な反撃」デイヴィッド・マレル著;山本光伸訳　早川書房(ハヤカワ文庫NV)　2002年9月

ブラット・ファラー
孤児、行方不明になっている長男・パトリックになりすましてアシュビィ家へ向かった男 「魔性の馬」ジョセフィン・テイ著;堀田碧訳　小学館(Shogakukan mystery)　2003年3月

ブラッドリー・スタインウィック(先生)　ぶらっどりーすたいんういっく(せんせい)
人質事件が起こったコンビニの客、医療知識のある牧場主 「虜にされた夜」サンドラ・ブラウン著;法村里絵訳　新潮社(新潮文庫)　2001年7月

ブラートニコフ
暗殺された連邦保安局の将軍 「死刑執行人——モスクワ市警殺人課分析官アナスタシヤ3」アレクサンドラ・マリーニナ著;吉岡ゆき訳　作品社　2002年3月

フラートン
カリフォルニア州選出上院議員 「遺産」D.W.;バッファ著;二宮;磐訳　文藝春秋(文春文庫)　2004年10月

プラナス
バルセロナの企業家連盟副総裁 「楽園を求めた男」M・バスケス・モンタルバン著;田部武光訳　東京創元社(創元推理文庫)　2002年11月

フラニー
コロラド州ベアブラフで動物病院を開業する獣医、FBIキット・ハリスンの協力者 「翼のある子供たち」ジェイムズ・パタースン著;古賀弥生訳　ランダムハウス講談社(ランダムハウス講談社文庫)　2005年11月

フラニー
ニューヨークの大学で文学講師として働く30代半ばの女性 「イン・ザ・カット」スザンナ・ムーア著;川副智子訳　早川書房(ハヤカワ文庫NV)　2004年3月

フラニー・ゴールドスミス
ウィルスにより死滅したアメリカの生存者、メイン州の二十一歳の妊婦の女子学生 「ザ・スタンド 2」スティーヴン・キング著;深町眞理子訳　文藝春秋(文春文庫)　2004年5月

フラニー・ゴールドスミス
死滅したアメリカの生存者たちが築いた〈フリーゾーン〉の住民、妊娠中の元女子学生 「ザ・スタンド 4」スティーヴン・キング著;深町眞理子訳　文藝春秋(文春文庫)　2004年7月

フラニー・ゴールドスミス
大学生の彼氏との子どもを妊娠中のメイン州オガンクィットの二十一歳の女子学生 「ザ・スタンド 1」 スティーヴン・キング著;深町眞理子訳　文藝春秋 (文春文庫) 2004年4月

フラニー・ルート
中部ヨークシャー大学の研究生、パスコー警部がかつて刑務所へ送った前科者の青年 「死の笑話集」 レジナルド・ヒル著;松下祥子訳　早川書房 (Hayakawa pocket mystery books) 2004年11月

フラビア・ジェミナ
古代ローマの港町・オスティアで暮らす船長の娘、謎ときの名手の少女 「オスティア物語」 キャロライン・ローレンス著;田栗美奈子訳　PHP研究所　2003年3月

ブラブ・ニコライ
ロサンジェルス市警の刑事、女性を狙う連続殺人鬼・ディックスの元戦友 「孤独な場所で」 ドロシイ・B.ヒューズ著;吉野美恵子訳　早川書房 (Hayakawa pocket mystery books) 2003年6月

フランキー
イギリスの田舎町のアワー・グローリアス校に通う卒業を間近に控えた男子生徒 「穴」 ガイ・バート著;矢野浩三郎訳　アーティストハウス (BOOK PLUS) 2002年3月

フランキー
詐欺師コンビ「ロイとフランキー」のかたわれ、浪費家で女好きの痩せた男 「マッチスティック・メン」 エリック・ガルシア著;土屋晃訳　ソニー・マガジンズ (ヴィレッジブックス) 2003年9月

フランキー(フランシス・ダーウェント)
伯爵令嬢、ボビイの幼なじみで好奇心旺盛な冒険好きの娘 「なぜ、エヴァンズに頼まなかったのか?」 アガサ・クリスティー著;田村隆一訳　早川書房(ハヤカワ文庫クリスティー文庫) 2004年3月

フランキー(フランセス・ダーウェント)
伯爵令嬢、ボビーの幼なじみで好奇心旺盛な冒険好きの娘 「なぜエヴァンズにいわない?」 アガサ・クリスティ作;茅野美ど里訳　偕成社 (偕成社文庫) 2004年2月

フランキー・ダブズ
女探偵メイジーの父親、野菜の引き売り行商人 「夜明けのメイジー」 ジャクリーン・ウィンスピア著;長野きよみ訳　早川書房(ハヤカワ・ミステリ文庫) 2005年3月

フランキー・ピアソン
シアトルの高級住宅街に暮らす15歳の少女、両親と兄と妹の5人家族の長女 「フリーキー・グリーンアイ」 ジョイス・キャロル・オーツ著;大嶌双恵訳　ソニー・マガジンズ　2005年

フランキー・ボッサー
イタリアのスキー・リゾートにある〈マイクズ・バー〉のバーテン、警官を撃ち殺してしまいイタリアに高飛びしたイギリス人の男 「本末転倒の男たち」 ジェリー・レイン著;常田景子訳　扶桑社(扶桑社ミステリー) 2001年1月

フランク
ドイツ軍ロンメル将軍直属の情報将校、少佐 「鴉よ闇へ翔べ」 ケン・フォレット著;戸田裕之訳　小学館 (Shogakukan mystery) 2003年5月

フランク・アンジェリ(アンジェリ)
ニューヨーク19分署の殺人課の若手刑事 「顔 上下」 シドニィ・シェルダン作;天馬竜行訳　アカデミー出版　2001年2月

フランク・オグデン
材木業者、14年前に父親が遭難した娘・シェリーの養父 「魔の淵」 ヘイク・タルボット著;小倉多加志訳　早川書房 (Hayakawa pocket mystery books) 2001年4月

フランク・オコーネル（オコーネル）
刑事事件専門弁護士、30代なかばのさえない男 「確信犯 上下」 スティーヴン・ホーン著；遠藤宏昭訳　早川書房（ハヤカワ・ミステリ文庫）2001年8月

フランク・カピストラーノ（カピストラーノ）
ホワイトハウス直属の国家安全保障特別顧問でテロ対策のエキスパート、工作員マルコ・リンゲの依頼主 「ビンラディンの剣（サーベル）」 ジェラール・ド・ヴィリエ著；小林修訳　扶桑社（扶桑社ミステリー）2004年2月

フランク・ギルモア（ギルモア）
田舎のデントン市の警察署に着任した若き部長刑事、中年刑事フロスト警部の部下 「夜のフロスト」 R.D.ウィングフィールド著；芹沢恵訳　東京創元社（創元推理文庫）2001年6月

フランク・クランシー（クランシー）
ダブリン「マーシー病院」の血液学専門顧問医、正義感の強い三十八歳の男 「氷の刃」 ポール・カースン著；真野明裕訳　二見書房（二見文庫）2002年7月

フランク・グレヴェンジャー
精神科医、大富豪ビショップ家の幼い娘が殺された事件で捜査を助ける法医学者 「抑えがたい欲望」 キース・アブロウ著；高橋恭美子訳　文藝春秋（文春文庫）2004年9月

フランク・コーソ（コーソ）
シアトルの新聞記者で世間から身を隠し桟橋に付けた船の上で暮らすタフな男、元ニューヨーク・タイムズの花形記者 「憤怒」 G.M.フォード著；三川基好訳　新潮社（新潮文庫）2003年10月

フランク・コーソ（コーソ）
事件の真相を追うノンフィクション作家、シアトルの桟橋に付けた船の上で暮らすタフな男 「黒い河」 G.M.フォード著；三川基好訳　新潮社（新潮文庫）2004年5月

フランク・コーソ（コーソ）
事件の真相を追うノンフィクション作家、シアトルの桟橋に付けた船の上で暮らすタフな男 「白骨」 G.M.フォード著；三川基好訳　新潮社（新潮文庫）2005年5月

フランク・ゴーリー（ゴーリー）
スコットランドのインヴァネス管区警察警部補 「死の極寒戦線」 トム・クランシー著；マーティン・グリーンバーグ著；棚橋志行訳　二見書房（二見文庫）2002年8月

フランク・サカイ
1994年に71歳で死んだ日系二世、カリフォルニア大学の女学生ジャッキーの祖父 「ある日系人の肖像」 ニーナ・ルヴォワル著；本間有訳　扶桑社（扶桑社ミステリー）2005年8月

フランク・ジャフィ
ポートランド在住の辣腕弁護士、新米弁護士アマンダの父親 「野性の正義」 フィリップ・マーゴリン著；加賀山卓朗訳　早川書房（Hayakawa novels）2001年6月

フランク・デイリー
「ワシントン・ポスト」紙のジャーナリスト、遺体から強力なインフルエンザウィルス「スペインの貴婦人」を採取する遠征調査に同行する予定だった男 「スペインの貴婦人」 ジョン・ケース著；池田真紀子訳　ランダムハウス講談社　2003年11月

フランク・ディロン（ドリー）
月賦専門の三流雑貨店の訪問販売員、仕事に忙殺されている既婚の男 「死ぬほどいい女」 ジム・トンプスン著；三川基好訳　扶桑社　2002年3月

フランク・バーナム（バーナム）
マンハッタンのマンションの「パニック・ルーム」で暮らしていたメグとサラの母娘を襲った三人の泥棒の一人、警備会社に勤めるギャンブル中毒の男 「パニック・ルーム」 ジェームズ・エリソン著；柳下毅一郎訳　ソニー・マガジンズ（ヴィレッジブックス）2002年3月

フランク・ハリスン
オックスフォードシャーの小さな村で惨殺された正看護婦イヴォンヌの夫、銀行員 「悔恨の日」 コリン・デクスター著;大庭忠男訳　早川書房（ハヤカワ・ミステリ文庫）2002年11月

フランク・ハリマン
ラス・ピエルナス警察殺人課の刑事、新聞記者アイリーン・ケリーの夫 「汚れた翼 上下」 ジャン・バーク著;渋谷比佐子訳　講談社（講談社文庫）2005年11月

フランク・ハリマン
ラス・ピエルナス警察殺人課の刑事、新聞記者アイリーン・ケリーの夫 「親族たちの嘘」 ジャン・バーク著;渋谷比佐子訳　扶桑社（扶桑社ミステリー）2001年1月

フランク・ハリマン
女性記者アイリーンの夫、ラス・ピエルナス警察の殺人課刑事 「骨 上下」 ジャン・バーク著;渋谷比佐子訳　講談社（講談社文庫）2002年6月

フランク・バレンジャー（バレンジャー）
〈ニューヨーク・タイムズ〉の新聞記者、クリーパー（都市探検者）の教授らと共にかつての豪華ホテルに潜入した35歳の男 「廃墟ホテル」 デイヴィッド・マレル著;山本光伸訳　ランダムハウス講談社（ランダムハウス講談社文庫）2005年12月

フランク・フォーカーソン（フォーカーソン）
サンフランシスコ州警察の警部補、市のごみ処理センターで発見された頭蓋の身元を捜査した老練刑事 「屍肉の聖餐」 ユベール・コルバン著;佐宗鈴夫訳　集英社（集英社文庫）2001年2月

フランク・フーリハン
ジャーナリストのブリスコーの叔父、72歳のアイルランド人 「天国の銃弾」 ピート・ハミル著;高見浩訳　東京創元社（創元推理文庫）2003年12月

フランク・プレンティス
コスタ・デル・ソルの一角エストレージャ・デ・マルにあるクラブ・ナウティコの支配人、殺人事件の容疑者 「コカイン・ナイト」 J.G.バラード著;山田和子訳　新潮社（新潮文庫）2005年7月

フランク・プレンティス
高級リゾートのエストレージャ・デ・マルにある「クラブ・ナウティコ」の経営者、五人の殺人容疑をかけられた男 「コカイン・ナイト」 J.G.バラード著;山田和子訳　新潮社　2001年12月

フランク・ベルソン（ベルソン）
私立探偵スペンサーの朋友、ボストン警察の殺人課部長刑事 「虚空」 ロバート・B.パーカー著;菊池光訳　早川書房（ハヤカワ・ミステリ文庫）2002年9月

フランク・ヘンズリー
麻薬の売人・アリーティの行方をずっと追っているFBI特別捜査官 「24-CTU機密解除記録－ヘルゲート作戦 上下」 ジョエル・サーナウ原案;ロバート・コクラン原案;マーク・セラシーニ著;文永優訳　英知出版（英知文庫）2005年11月

フランク・ホワイト
ロンドンの小さな採掘コンサルタントに勤めている地質学者 「堕天使の報復」 マーク・バーネル著;中井京子訳　二見書房（二見文庫）2002年12月

フランク・マーティン
プロのトランスポーター、依頼品を高額の報酬と引き換えに運ぶアメリカ人の男 「トランスポーター」 リュック・ベッソン著;ロバート・マーク・ケイメン著;小島由記子訳　角川書店（角川文庫）2003年1月

フランクリン
弁護士、投資コンサルタントのロージャーの友人 「人間たちの絆」 スチュアート・カミンスキー著;棚橋志行訳　扶桑社（扶桑社ミステリー）2002年4月

ふらん

フランクリン・デウィーズ
フロリダ州検察官、犯罪ノンフィクション女性作家マリーの恋人 「狂った真実」 ナンシー・ピカード著;宇佐川晶子訳　早川書房（ハヤカワ・ミステリ文庫）2001年12月

フランク・ワシントン
ニューオーリンズ市警本部殺人課の警部補 「壁のなかで眠る男」 トニー・フェンリー著;川副智子訳　新潮社（新潮文庫）2003年8月

ブランコ・ド・ヴーケリッチ（ヴーケリッチ）
フランスの通信社「アヴァス」の通信員、ソ連赤軍スパイ・ゾルゲの東京通信網の写真担当者 「ゾルゲ引裂かれたスパイ 上下」 ロバート・ワイマント著;西木正明訳　新潮社（新潮文庫）2003年5月

フランコ・ベネッティ
ヨーロッパ屈指のマフィアでコルシカ人組織〈ブラザーフッド〉の支部リーダー、荒々しく粗暴な男 「死のダンス」 リチャード・スタインバーグ著;酒井裕美訳　二見書房（二見文庫）2002年3月

フランコ・ロッシ（ロッシ）
ヴェネツィア市の不動産台帳管理局の職員、目立たず冴えない外見の若い男 「ヴェネツィア殺人事件」 ダナ・レオン著;北条元子訳　講談社（講談社文庫）2003年3月

フランシス・スウェイン（スウェイン）
不吉な伝説のある翔鴉館の借主、小説家の男 「割れたひづめ」 ヘレン・マクロイ著;好野理恵訳　国書刊行会（世界探偵小説全集）2002年11月

フランシス・ダーウェント
伯爵令嬢、ボビイの幼なじみで好奇心旺盛な冒険好きの娘 「なぜ、エヴァンズに頼まなかったのか?」 アガサ・クリスティー著;田村隆一訳　早川書房（ハヤカワ文庫クリスティー文庫）2004年3月

フランシス・デ・ゴヤ（ゴヤ）
スペイン王カルロス四世に仕える宮廷画家、アルバ公爵夫人・カイエターナに憧れている男 「裸のマハー名画に秘められた謎」 ビガス・ルナ脚本;クカ・カナルス脚本　徳間書店（徳間文庫）2002年5月

フランシス・バックラム
前ニューヨーク市警察本部長 「砕かれた街 上下」 ローレンス・ブロック著;田口俊樹訳　二見書房（二見文庫）2004年8月

フランシス・フェイガン
サンフランシスコ警察の巡査、同署の巡査ハンター・ファロンの従兄 「激震」 ジェイムズ・ダレッサンドロ著;菊地よしみ訳　早川書房（Hayakawa novels）2004年7月

フランシス・ヴォーン（ファニー）
ロンドンの病院で外科の研修医をしていたハガードが悲劇的な恋愛をした既婚女性、同じ施設の病理医の妻 「愛という名の病」 パトリック・マグラア著;宮脇孝雄訳　河出書房新社 2003年10月

フランシス・ペティグルー（ペティグルー）
元弁護士として単調ながら平和な日々を過ごしていた男 「いつ死んだのか」 シリル・ヘアー著;矢田智佳子訳　論創社（論創海外ミステリ）2005年11月

フランシス・マロニー（マロニー）
失踪した大学生・パトリックの父親、郡の公衆衛生担当理事 「完全なる四角」 リード・ファレル・コールマン著;熊谷千寿訳　早川書房（ハヤカワ・ミステリ文庫）2004年10月

フランシス・ロナン
プロモーターのブラッドをセクハラで訴えた女性を妻に持つ法学部教授、法曹界の大物 「突然の災禍」 ロバート・B・パーカー著；菊池光訳　早川書房（ハヤカワ・ミステリ文庫）2005年3月

フランシーヌ・アチュール
成年障害者山岳レジャーセンター所長、人のよさそうな婦人 「雪の死神」 ブリジット・オベール著；香川由利子訳　早川書房（ハヤカワ・ミステリ文庫）2002年2月

フラン・シモンズ
TV局のリポーター、夫殺しで服役した妻・モリーの友人 「殺したのは私」 メアリ・H．クラーク著；深町真理子訳；安原和見訳　新潮社（新潮文庫）2002年10月

ブランシュ
女探偵メイジー・ダブズの恩師で後援者 「夜明けのメイジー」 ジャクリーン・ウィンスピア著；長野きよみ訳　早川書房（ハヤカワ・ミステリ文庫）2005年3月

フランシーン
8歳の時に母親を殺害されたことで9ヶ月間言葉を失った経験のある美しい娘 「心地よい眺め」 ルース・レンデル著；茅律子訳　早川書房（Hayakawa pocket mystery books）2003年8月

フランセス・オニール（フラニー）
コロラド州ベアブラフで動物病院を開業する獣医、FBIキット・ハリスンの協力者 「翼のある子供たち」 ジェイムズ・パタースン著；古賀弥生訳　ランダムハウス講談社（ランダムハウス講談社文庫）2005年11月

フランセスカ・クリンゲンショーエン（ファニー伯母）　ふらんせすかくりんげんしょーえん（ふぁにー伯母）
老練な新聞記者クィラランの母親の友人、田舎町ピカックスで暮らす90歳の女性資産家 「猫はブラームスを演奏する」 リリアン・J．ブラウン著；羽田詩津子訳　早川書房（ハヤカワ・ミステリ文庫）2001年6月

フランセス・ダーウェント
伯爵令嬢、ボビーのおさななじみで好奇心旺盛な冒険好きの娘 「なぜエヴァンズにいわない?」 アガサ・クリスティ作；茅野美ど里訳　偕成社（偕成社文庫）2004年2月

フランソア
自称王子のボルスキーと巨石建造物研究家の娘ベロニックの14歳の息子 「棺桶島」 モーリス・ルブラン著；堀口大学訳　新潮社（新潮文庫）2004年8月

フランソア・メラン（メラン）
パリの口腔外科医、38歳の赤毛の男 「メグレたてつく」 ジョルジュ・シムノン著；榊原晃三訳　河出書房新社（河出文庫）2001年4月

フランソワーズ・クラムスキー（クラムスキー）
カドネ市にある「ブルナコフ翻訳事務所」の所長・ブルナコフの秘書 「ゴルディオスの結び目」 ベルンハルト・シュリンク著；岩淵達治ほか訳　小学館（Shogakukan mystery）2003年8月

ブランダン
ヘビメタ好きの息子スコットと二人で暮らしている父親 「雪原決死行 上下」 ジョン・ギルストラップ著；飯島宏訳　扶桑社（扶桑社ミステリー）2005年4月

ブランチ
ニューヨークに引っ越してきたばかりの女性、行方不明になったバニー・レークの母親 「バニー・レークは行方不明」 イヴリン・パイパー著；嵯峨静江訳　早川書房（Hayakawa pocket mystery books）2003年3月

ふらん

フランチェスコ・サビーノ
モデナ市警察警視、女警部カミッラ・カリオストリの上司 「霧に消えた約束」 ジュゼッペ・ペデリアーリ著;関口英子訳 二見書房(二見文庫) 2005年4月

フランツ・パヴラーク
「ベルリナー・モルゲン紙」の音楽記者、三年間記者のキュラと机を並べて仕事をしてきた男 「殺戮の女神」 テア・ドルン著;小津薫訳 扶桑社 2001年2月

フランツ・ベルガー(坊ちゃん)　ふらんつべるがー(ぼっちゃん)
ウィーン警視庁殺人犯捜査課二係刑事、童顔で一言居士の若手刑事 「小さな花―現代ウィーン・ミステリー・シリーズ」 エルンスト・ヒンターベルガー著;鈴木隆雄訳 水声社 2001年10月

ブランディ・アレクザンダー
事故で顔をなくしたモデルの「わたし」が入院中に知り合った女、変幻自在の謎の美女 「インヴィジブル・モンスターズ」 チャック・パラニューク著;池田真紀子訳 早川書房 (Hayakawa novels) 2003年5月

ブランディ・ミューラー(ミューラー)
アメリカのチャンネル9レポーター、華やかさと度胸を併せ持った女性キャスター 「天使の悪夢 上下」 マイケル・フレイズ著;西田佳子訳 講談社(講談社文庫) 2004年7月

ブラント
イギリスの諜報機関MI6の特別作戦局長 「女王陛下の少年スパイ!アレックス スコルピア」 アンソニー・ホロヴィッツ著;森嶋マリ訳 集英社 2004年7月

ブラント
イギリスの諜報機関MI6の特別作戦局長 「女王陛下の少年スパイ!アレックス ポイントブランク」 アンソニー・ホロヴィッツ著;竜村風也訳 集英社 2002年12月

ブラント
ロイヤル&ジェネラル銀行の頭取、実はイギリス諜報機関MI6の特別作戦局長 「女王陛下の少年スパイ!アレックス ストームブレイカー」 アンソニー・ホロヴィッツ著;竜村風也訳 集英社 2002年8月

ブランド
ロンドンの人気霊媒師、背が低く痩せすぎで青白い顔の青年 「降霊会の怪事件」 ピーター・ラヴゼイ著;谷田貝常夫訳 早川書房(ハヤカワ・ミステリ文庫) 2002年6月

ブランド警部　ぶらんどけいぶ
ナス屋敷の事件の捜査担当警部、大柄で福々しい男 「死者のあやまち」 アガサ・クリスティー著;田村隆一訳 早川書房(ハヤカワ文庫クリスティー文庫) 2003年12月

フランボウ
元盗賊の探偵で大男、ブラウン神父の友人で協力者 「ブラウン神父物語」 G.K.チェスタートン著;田中西二郎訳 嶋中書店(嶋中文庫) 2004年12月

フリー
米海軍特殊部隊SEAL部隊員、天才的スナイパー 「ティアーズ・オブ・ザ・サン」 アレックス・ラスカー脚本;パトリック・シリーロ脚本;石田享訳 竹書房(竹書房文庫) 2003年10月

フリア
美術館や古美術商からひっぱりだこの絵画修復士、スペイン在住の女性 「フランドルの呪画(のろいえ)」 アルトゥーロ・ペレス・レベルテ著;佐宗鈴夫訳 集英社(集英社文庫) 2001年5月

ブリアナ・ランダル
二百年前に生きたハイランドのスコットランド人ジェイミー・フレイザーと20世紀の女性クレアの娘 「アウトランダー7 時の彼方の再会1」 ダイアナ・ガバルドン著;加藤洋子訳 ソニー・マガジンズ(ヴィレッジブックス) 2005年1月

プリエーゼ
イタリア・ボローニャ警察殺人捜査班警部補、捜査官補デルーカの元部下 「オーケ通り」 カルロ・ルカレッリ著;菅谷誠訳　柏艪舎(イタリア捜査シリーズ)　2005年5月

プリエーゼ
捜査官デルーカの部下、警部補で機動捜査隊班長 「白紙委任状」 カルロ・ルカレッリ著;菅谷誠訳　柏艪舎(イタリア捜査シリーズ)　2005年1月

プリシア・スイート
夫を殺害して逮捕された謎めいた雰囲気の妻、ニューヨークの刑事弁護士・キャプランに弁護をしてもらった女性 「裁きを待つ女」 デイヴィッド・クレイ著;北沢あかね訳　ソニー・マガジンズ(ヴィレッジブックス)　2002年4月

ブリジェット・コンウェイ
アッシュ館の所有者ホイットフィールド卿の秘書、神秘的な風貌の美女 「殺人は容易だ」 アガサ・クリスティー著;高橋豊訳　早川書房(ハヤカワ文庫クリスティー文庫)　2004年3月

ブリジット・ローガン(ブリディ)
私立探偵、非常に気が強く口が悪い長身のアイルランド系アメリカ人女性 「耽溺者(ジャンキー)」 グレッグ・ルッカ著;古沢嘉通訳　講談社(講談社文庫)　2005年2月

ブリスコー
取材のためアイルランドの首都ベルファストを訪れたアメリカ人ジャーナリスト 「天国の銃弾」 ピート・ハミル著;高見浩訳　東京創元社(創元推理文庫)　2003年12月

プリースト
シルバー・リバー・バレーのコミューンのリーダーでテロ集団「エデンの鉄槌」の中心人物、読み書き障害を持つ男 「ハンマー・オブ・エデン―エデンの鉄槌」 ケン;フォレット著;矢野;浩三郎訳　小学館(小学館文庫)　2004年9月

フリーダ
フィラデルフィアのプロ犯罪者一味のひとり、離婚歴が三回ある三十四歳の女 「狼は天使の匂い」 デイヴィッド・グーディス著;真崎義博訳　早川書房(Hayakawa pocket mystery books)　2003年7月

ブリーチ
北米太平洋岸でもっとも冷酷無比な犯罪組織のボス 「野性の正義」 フィリップ・マーゴリン著;加賀山卓朗訳　早川書房(Hayakawa novels)　2001年6月

フリック
イギリス軍の応急看護婦部隊(FANY)少佐、秘密機関SOEのメンバーでコードネームは「レパーデス」 「鴉よ闇へ翔べ」 ケン・フォレット著;戸田裕之訳　小学館(Shogakukan mystery)　2003年5月

ブリッグズ
ポートランドでもっとも有力な法律事務所〈リード、ブリッグズ〉の代表弁護士 「女神の天秤」 フィリップ・マーゴリン著;井坂清訳　講談社(講談社文庫)　2004年12月

ブリッシング
モスクワ警察本署直属特捜部侍従武官直属特殊任務捜査官 「堕ちた天使 アザゼル」 ボリス・アクーニン著;沼野恭子訳　作品社　2001年4月

プリッチャート
投資会社副社長、私立探偵ヘイスティングズの依頼人 「罠から逃げたい」 パーネル・ホール著;田中一江訳　早川書房(ハヤカワ・ミステリ文庫)　2001年11月

プリッチャード
天才詐欺師リプリーが住むパリ近郊のヴィルペルス村に越してきたアメリカ人の男 「死者と踊るリプリー」 パトリシア・ハイスミス著;佐宗鈴夫訳　河出書房新社(河出文庫)　2003年12月

ブリディ
私立探偵、非常に気が強く口が悪い長身のアイルランド系アメリカ人女性 「耽溺者(ジャンキー)」 グレッグ・ルッカ著;古沢嘉通訳 講談社(講談社文庫) 2005年2月

プリムローズ
イギリス南海岸の町ファーマスの地元警察の部長刑事 「証拠が問題」 ジェームズ;アンダースン著;藤村;裕美訳 東京創元社(創元推理文庫) 2002年11月

フリン
ゲラー製薬訴訟の原告弁護士、「弱者の味方」として知られる高名な辣腕弁護士 「女神の天秤」 フィリップ・マーゴリン著;井坂清訳 講談社(講談社文庫) 2004年12月

ブリン
北アイルランドのアライアンス党党首、次期首相候補 「ジャックと離婚」 コリン・ベイトマン著;金原瑞人訳;橋本知香訳 東京創元社(創元コンテンポラリ) 2002年7月

フリン(マックール)
NYの聖パトリック大聖堂を占拠したアイルランド人テロ組織「フィアナ騎士団」の首領 「ニューヨーク大聖堂 上下」 ネルソン・デミル著;白石朗訳 講談社(講談社文庫) 2005年

プリンセス・オブ・ウェールズ・ダイアナ
イギリスの第1位王位継承権者ウェールズ公チャールズの最初の妃 「ロイヤル・ブラッド」 バリー・デービス著;窪嶋優子訳 インターメディア出版 2002年7月

フリント
ロンドン警視庁犯罪捜査部の警部、覆面捜査を専らとする女性囮捜査官 「フリント 上下」 ポール・エディ著;芹澤;恵訳 新潮社(新潮文庫) 2003年2月

ブリーンナ・ストッカード(ラブ)
米空軍ハイテクノロジー航空宇宙兵器センター大尉、同センター司令官・バスチャンの娘で少佐・ジェフの妻 「幻影のエアフォース」 デイル・ブラウン著;上野元美訳 二見書房(二見文庫) 2005年2月

ブリーンナ・ラブ・ストッカード
米空軍ハイテクノロジー航空宇宙兵器センターの大尉でパイロット、バスチャン中佐の娘 「砂漠の機密空域」 デイル・ブラウン著;上野元美訳 二見書房(二見文庫) 2003年6月

ブル
「ホテル・アンバサドール」の給仕のジョニーの隣人、ブルドーザーのように大きな身体の男 「異形の花嫁」 ブリジット・オベール著;藤本優子訳 早川書房(ハヤカワ・ミステリ文庫) 2003年5月

プール
ブロドシャー州警察本部内での射殺事件の捜査に派遣されてきたスコットランド・ヤードの警部 「警察官よ汝を守れ」 ヘンリー・ウエイド著;鈴木絵美訳 国書刊行会(世界探偵小説全集) 2001年5月

ブルース・バーンズ
シカゴのニュー・ホープ・ビレッジ教会の若い牧師 「トリビュレーション・フォース レフトビハインド2」 ティム・ラヘイ著;ジェリー・ジェンキンズ著;松本和子訳 いのちのことば社フォレストブックス 2002年8月

プルーデン
トラフトン警察の警部補、不思議な超能力を持つマダム・カリツカに事件捜査の協力をお願いしている男性 「伯爵夫人は万華鏡」 ドロシー・ギルマン著;柳沢由実子訳 集英社(集英社文庫) 2002年5月

プルーデンス・カウリイ(タペンス)
陸軍中尉トミー・ベレズフォードの幼なじみ、活発で冒険好きな女性 「秘密機関」 アガサ・クリスティー著;田村隆一訳 早川書房(ハヤカワ文庫クリスティー文庫) 2003年11月

ブルドッグ
1942年2月に沈没したサン・フェリックス号の乗客の1人、イギリス人 「人魚とビスケット」 J.M.スコット著;清水ふみ訳 東京創元社(創元推理文庫) 2001年2月

ブルナコフ
カドネ市にある「ブルナコフ翻訳事務所」の所長 「ゴルディオスの結び目」 ベルンハルト・シュリンク著;岩淵達治ほか訳 小学館(Shogakukan mystery) 2003年8月

ブルーナー夫人　ぶるーなーふじん
大富豪の遺産を相続した未亡人、FBIから執拗に尾行されている中年女性 「ネロ・ウルフ対FBI」 レックス・スタウト著;高見浩訳 光文社(光文社文庫) 2004年2月

ブルネッティ
ヴェネツィア警察の警視 「ヴェネツィア刑事はランチに帰宅する」 ダナ・レオン著;北條元子訳 講談社(講談社文庫) 2005年4月

ブルネッティ
ヴェネツィア警察の警視、真面目に職務に取り組む正義漢 「ヴェネツィア殺人事件」 ダナ・レオン著;北条元子訳 講談社(講談社文庫) 2003年3月

ブルーノ・ハントリー
大物テレビプロデューサー、ケータリング探偵マデリンへのパーティ依頼主 「死人主催晩餐会」 ジェリリン・ファーマー著;智田貴子訳 早川書房(ハヤカワ・ミステリ文庫) 2002年7月

フレイア
米空軍ハイテクノロジー航空宇宙兵器センターにきたばかりの大尉、アフリカ系アメリカ人の若者 「砂漠の機密空域」 デイル・ブラウン著;上野元美訳 二見書房(二見文庫) 2003年6月

フレイア・シュミット
殺人容疑で指名手配中のユダヤ人エンジニア・シュミットの娘 「トロイの木馬」 ハモンド・イネス著;伏見威蕃訳 ソニー・マガジンズ(ヴィレッジブックス) 2002年11月

ブレイク
カナダ連邦騎馬警察(RCMP)草創期の伝説的捜査官 「ヘッドハンター 上下」 マイケル・スレイド著;大島豊訳 東京創元社(創元推理文庫) 2005年9月

ブレイク・ジョンスン(ジョンスン)
アメリカ大統領直属捜査機関「ベイスメント」の責任者、イギリス首相直属情報組織のエージェントショーン・ディロンの盟友 「ホワイトハウス・コネクション」 ジャック・ヒギンズ著;黒原敏行訳 角川書店(角川文庫) 2003年9月

ブレイク・ジョンスン(ジョンスン)
アメリカ大統領直属捜査機関「ベイスメント」の責任者、イギリス首相直属情報組織のエージェントショーン・ディロンの盟友 「審判の日」 ジャック・ヒギンズ著;黒原敏行訳 角川書店(角川文庫) 2004年9月

フレイザー
イングランドのウェスト・ヨークシャー警察の部長刑事 「1974ジョーカー」 デイヴィッド・ピース著;酒井武志訳 早川書房(ハヤカワ・ミステリ文庫) 2001年7月

ブレイシャー
ロサンジェルス市警ハリウッド署の新人刑事、刑事ハリー・ボッシュの恋人 「シティ・オブ・ボーンズ」 マイクル・コナリー著;古沢嘉通訳 早川書房(ハヤカワ・ミステリ文庫) 2005年2

ブレイシャー
ロサンジェルス市警ハリウッド署の新人刑事、刑事ハリー・ボッシュの恋人 「シティ・オブ・ボーンズ」 マイクル・コナリー著;古沢嘉通訳 早川書房(Hayakawa novels) 2002年12月

ぶれい

ブレイスウェイト
イギリス内務省および首都警察の精神医学顧問、40代の黒人男性 「グール 上下」 マイケル・スレイド著;大島豊訳 東京創元社(創元推理文庫) 2004年3月

ブレイドン
国内屈指の遺伝子研究所ブレイドン研究所の創立者 「幼き逃亡者の祈り」 パトリシア;ルーイン著;林;啓恵訳 ソニー・マガジンズ(ヴィレッジブックス) 2004年7月

ブレキンリッジ
財務省秘密検察局「シークレット・サービス」の特別捜査官、過激派集団のネオナチ組織に殺された同僚の事件を捜査した男 「謀殺の星条旗」 ジェラルド;ペティヴィッチ著;渡辺;庸子訳 ソニー・マガジンズ(ヴィレッジブックス) 2004年8月

プレシャス・ラモツエ(マ・ラモツエ)
ボツワナでただひとりの女探偵、「ナンバーワンレディーズ探偵社」の社長 「No.1レディーズ探偵社、本日開業」 アレグザンダー・マコール・スミス著;小林浩子訳 ソニー・マガジンズ(ヴィレッジブックス) 2003年9月

プレシャス・ラモツエ(マ・ラモツエ)
ボツワナ唯一の女性探偵、〈NO.1レディーズ探偵社〉の経営者 「キリンの涙―ミス・ラモツエの事件簿〈2〉」 アレグザンダー・マコール;スミス著;小林;浩子訳 ソニー・マガジンズ(ヴィレッジブックス) 2004年8月

プレストン
親友4人で「ソーイングクラブ」を結成しニューオリンズで詐欺や横領を繰り返していた32歳の男 「標的のミシェル」 ジュリー・ガーウッド著;部谷真奈実訳 ソニーマガジンズ(ヴィレッジブックス) 2003年6月

プレストン・マーシュ
カリフォルニアのハンティントン・ビーチの暴走族 「源にふれろ」 ケム・ナン著;大久保寛訳 早川書房(ハヤカワ・ミステリ文庫) 2004年7月

プレスリー
ナチェズ郊外のトレーラーハウスに住む元警官のならず者、末期がんを患う56歳の男 「沈黙のゲーム 上下」 グレッグ・アイルズ著;雨沢泰訳 講談社(講談社文庫) 2003年7月

フレックス
コニーおじさんたちと謎の集団に追われる若者をかくまった十六歳の少女 「17歳の悪夢 ブラックボックス」 バルバラ・ビューヒナー著;山崎恒裕訳 ポプラ社 2003年5月

ブレット・アレン
ニューハンプシャーに住む女子大生、辣腕弁護士キャロラインの姪 「最後の審判 上下」 リチャード・ノース・パタースン著;東江一紀訳 新潮社(新潮文庫) 2005年6月

ブレット・アレン
ニューハンプシャー州チェイス・カレッジの学生、弁護士キャロラインの22歳の姪 「最後の審判」 リチャード・ノース・パタースン著;東江一紀訳 新潮社 2002年9月

ブレット・オーガスト(オーガスト)
アメリカ政府の精鋭危機管理チーム"オプ・センター"のストライカーチームの指揮官、空軍大佐 「国連制圧」 トム・クランシー著;スティーヴ・ピチェニック著;伏見威蕃訳 新潮社(新潮文庫) 2003年5月

フレッド・コルレオーネ(フレデリコ)
アメリカのマフィアのドンであるヴィトーの次男、体つきは小柄だがたくましく忠実で従順な男 「ゴッドファーザー 上下」 マリオ・プーゾォ著;一ノ瀬直二訳 早川書房(ハヤカワ文庫NV) 2005年11月

ふれで

フレッド・C・ペッカー　ふれっどしーぺっかー＊
アーカンソー州ガーランド郡検察官、野心に満ちあふれた男　「悪徳の都 上下」　スティーヴン・ハンター著;公手成幸訳　扶桑社(扶桑社ミステリー)　2001年2月

ブレット・ソウヤー
東テキサスに住む中年の白人・ハップの恋人、40代の看護婦　「人にはススメられない仕事」　ジョー・R・ランズデール著;鎌田三平訳　角川書店(角川文庫)　2002年1月

フレッド・デイビー
ロンドン警視庁主任警部、田舎者っぽく親切そうだが実は辣腕のベテラン　「バートラム・ホテルにて」　アガサ・クリスティー著;乾信一郎訳　早川書房(ハヤカワ文庫クリスティー文庫)　2004年7月

フレッド・デルレイ(デルレイ)
FBIマンハッタン支局の捜査官、変装の名人　「コフィン・ダンサー 上・下」　ジェフリー・ディーヴァー著;池田真紀子訳　文藝春秋(文春文庫)　2004年10月

フレッド・デルレイ(デルレイ)
FBIマンハッタン支局の捜査官、変装の名人　「ボーン・コレクター 上・下」　ジェフリー・ディーヴァー著;池田真紀子訳　文藝春秋(文春文庫)　2003年5月

フレッド・デルレイ(デルレイ)
FBIマンハッタン支局の捜査官、変装の名人　「石の猿－「リンカーン・ライム」シリーズ [4]」　ジェフリー・ディーヴァー著;池田真紀子訳　文藝春秋　2003年5月

フレッド・デルレイ(デルレイ)
FBIマンハッタン支局の捜査官、変装の名人　「魔術師(イリュージョニスト)－「リンカーン・ライム」シリーズ [5]」　ジェフリー・ディーヴァー著;池田真紀子訳　文藝春秋　2004年10月

フレッド・フィッチ
うだつもあがらず女性にももてないフリーの調査員、歩けば不幸にぶちあたるカモられ男　「我輩はカモである」　ドナルド・E・ウェストレイク著;池央耿訳　早川書房(ハヤカワ・ミステリ文庫)　2005年2月

フレッド・フィンドホーン(フィンドホーン)
気象学者、極北の氷山に取り残された科学調査チームの救出に向かった北極探検家　「ペトロシアンの方程式 上下」　ビル・ネイピア著;藤田佳澄訳　新潮社(新潮文庫)　2004年1月

フレッド・ポール
海辺にあるサンボーン村の医師、療養に来た青年のアランを自宅で預かった男　「被告の女性に関しては」　フランシス・アイルズ著;白須清美訳　晶文社(晶文社ミステリ)　2002年6月

ブレット・マクグラフ
アメリカ人ミステリー作家、4度の離婚経験がある背の高いハンサムな男　「ミステリー・ウィーク」　ヘザー・グレアム著;笠原博子訳　ハーレクイン(MIRA文庫)　2002年1月

フレディ・プリムローズ(プリムローズ)
イギリス南海岸の町ファーマスの地元警察の部長刑事　「証拠が問題」　ジェームズ;アンダースン著;藤村;裕美訳　東京創元社(創元推理文庫)　2002年11月

フレディ・レオン(レオン)
ハリウッドを裏であやつる謎の大物エージェント　「LA闇のコネクション」　ジャッキー・コリンズ著;野原房訳　扶桑社(扶桑社ミステリー)　2002年1月

フレデリコ
アメリカのマフィアのドンであるヴィトーの次男、体つきは小柄だがたくましく忠実で従順な男　「ゴッドファーザー 上下」　マリオ・プーヅォ著;一ノ瀬直二訳　早川書房(ハヤカワ文庫NV)　2005年11月

ふれで

フレデリック・スタントン
FBI捜査官、国立公園の法執行レンジャーのアンナの恋人 「絶滅危惧種」 ネヴァダ・バー著;栗原百代訳 小学館(Shogakukan mystery) 2002年11月

フレデリック・ラルサン(ラルサン)
パリ警視庁の刑事、国際的に有名な名探偵 「黄色い部屋の謎」 ガストン・ルルー著;宮崎嶺雄訳 嶋中書店(嶋中文庫) 2005年2月

フレドリック・トービン(トービン)
ニューヨーク州ロングアイランドのワイナリー経営者、礼儀正しい独身男 「プラムアイランド 上下」 ネルソン・デミル著;上田公子訳 文藝春秋(文春文庫) 2002年6月

ブレナー
ウィーン救護センターの救急ドライバー、元警察官で元探偵の男 「きたれ、甘き死よ―現代ウィーン・ミステリー・シリーズ」 ヴォルフ・ハース著;福本義憲訳 水声社 2001年5月

ブレナ・ケネディ
辣腕女性弁護士、性的暴行及び殺人未遂事件の容疑者・カーメンを釈放させた女性 「人形の記憶」 マーティン・J.スミス著;幾野宏訳 新潮社(新潮文庫) 2003年10月

ブレナン
法人類学者の女性、ケベック州法医学研究所勤務の骨の専門家 「既死感上下」 キャスリーン・レイクス著;山本やよい訳 角川書店(角川文庫) 2001年1月

フレーム(エヴァ・ヘルナンデス)
SMプレイ専門ホテル「ロワシー」のオーナー、ニューヨーク市警の元女性警察官 「悦楽者たちの館」 ジョン・ウォーレン著;三川基好訳 扶桑社(扶桑社ミステリー) 2003年1月

フレンチ
ロンドン警視庁の主任警部、人当たりがよく旅行好きの愛妻家 「フレンチ警部と漂う死体」 F.W.クロフツ著;井伊順彦訳 論創社(論創海外ミステリ) 2004年12月

フレンチー
アーカンソー州の犯罪摘発部隊隊員、20歳の警察官 「悪徳の都 上下」 スティーヴン・ハンター著;公手成幸訳 扶桑社(扶桑社ミステリー) 2001年2月

フレンチー
イギリスのブルーフィールド村から失踪した女性アンの姉、行方が分からない娼婦 「骨と髪」 レオ・ブルース著;小林晋訳 原書房(ヴィンテージ・ミステリ・シリーズ) 2005年9月

フレンチー
キューバのアメリカ大使館在勤のCIA職員、対諜報部門のトップ 「ハバナの男たち 上下」 スティーヴン・ハンター著;公手成幸訳 扶桑社(扶桑社ミステリー) 2004年7月

プレンティス・マーシャル・ゲイツ三世　ぷれんていすまーしゃるげいつさんせい
サンフランシスコ地区検事長、少年売春殺人疑惑で逮捕された男 「検事長ゲイツの犯罪」 シェルドン・シーゲル著;古屋美登里訳 講談社(講談社文庫) 2002年5月

プレンティス・ラモント
自殺した白人の大学院生、ホモを暴露するニューズレターを出していたゲイの若者 「沈黙」 ロバート・B・パーカー著;菊池光訳 早川書房(ハヤカワ・ミステリ文庫) 2005年7月

ブレント・スポルディング
OSI特別捜査官マット・ワイルダーの上司であり親友、ニューオリンズ生まれの男 「草原の蒼き狼 上下」 ロス・ラマンナ著;山本光伸訳 二見書房(二見文庫) 2002年4月

ブレント・マックイーン
アメリカで有名なバンドの41歳のギタリスト、広告会社経営者・キャシーの元夫 「フォーエバー・マイ・ラブ」 ヘザー・グレアム作;津田藤子訳 ハーレクイン(シルエット・ラブストリーム) 2005年11月

ブロア
私立探偵で元ロンドン警視庁犯罪捜査部の警部、インディアン島オーエン邸に招かれた客の1人 「そして誰もいなくなった」 アガサ・クリスティー著;清水俊二訳 早川書房(ハヤカワ文庫クリスティー文庫) 2003年10月

フロイド・ガーデン(ガーデン)
ニューヨークのペントハウスに住む化学者イフフレイム・ガーデン教授の息子、競馬狂の青年 「ガーデン殺人事件」 ヴァン・ダイン著;井上;勇訳 東京創元社(創元推理文庫) 2002年11月

ブローガン
連続殺人事件を捜査しているボストン警察の警部補、ジェファーソン刑事の相棒 「虐殺魔〈ジン〉上下」 マシュー・B.J.ディレイニー著;田中昌太郎訳 早川書房(ハヤカワ文庫NV) 2003年3月

プロクター
インターチェンジ下の「島」で暮らす精神障がいをもった老人、元サーカス団員 「コンクリート・アイランド」 J.G.バラード著;大和田始訳;國領昭彦訳 太田出版 2003年9月

プロクター
フリーのジャーナリスト 「堕天使の報復」 マーク・バーネル著;中井京子訳 二見書房(二見文庫) 2002年12月

フロスト
だらしのない中年男でイギリスの田舎のデントン市警察署の警部、新米の部長刑事・ギルモアの上司 「夜のフロスト」 R.D.ウィングフィールド著;芹沢恵訳 東京創元社(創元推理文庫) 2001年6月

フロスト
東テキサスを本拠とするフリークショーの一座の経営者、50がらみの白髪の男 「アイスマン」 ジョー・R.ランズデール著;七搦理美子訳 早川書房(Hayakawa novels) 2002年2月

プロスパー・シャルマ
ボンベイの大物映画監督、ジャーナリストのロザリンドの異母妹ミランダの夫 「ボンベイ・アイス」 レスリー・フォーブス著;池田真紀子訳 角川書店 2003年8月

ブロディ
カリフォルニア州シエラネヴァダ山脈の寒村に忍び込んだ3人組の犯罪者のうちの1人 「雪に閉ざされた村」 ビル・プロンジーニ著;中井京子訳 扶桑社(扶桑社ミステリー) 2001年12月

プロバート博士　ぷろばーとはかせ
ロンドン大学の生物学者 「降霊会の怪事件」 ピーター・ラヴゼイ著;谷田貝常夫訳 早川書房(ハヤカワ・ミステリ文庫) 2002年6月

フローラリント・レルナー
ウィーンで暮らし哲学を専攻している女学生、失踪したファニーの幼いころからの友人 「ペスト記念柱―現代ウィーン・ミステリー・シリーズ」 ロッテ・イングリッシュ著;城田千鶴子訳 水声社 2001年5月

フローレンス・プライス
著作権代理人・ジェーンの息子の世話をする新しいベビーシッター、トリニダード出身の働き者 「迷子のマーリーン」 エヴァン・マーシャル著;高橋恭美子訳 ソニー・マガジンズ(ヴィレッジブックス) 2004年4月

フロレンタイン
実業家、不気味なイグアナや怪しい原住民がいる「南米バナナ共和国」のツアーに参加したアメリカ人観光客 「観光旅行」 デイヴィッド・イーリイ著;一ノ瀬直二訳 早川書房(ハヤカワ・ミステリ文庫) 2004年6月

フロンサック
ルイ15世に仕える博物学者、謎の獣の調査を命じられフランス中南部の辺境地・ジェヴォーダンに赴いた男 「ジェヴォーダンの獣」 ピエール・ペロー著;佐野晶訳 ソニー・マガジンズ(ヴィレッジブックス) 2002年1月

ブロンテ・デブリン
事故で息子を亡くし夫とも別れた元幼稚園教師、生まれ育ったニューヨークに来た女性 「一つの顔、二人の女」 アン・メイジャー著;細郷妙子訳 ハーレクイン(MIRA文庫) 2002年11月

豊後ピート　ぶんごぴーと
戦時下の日本海軍大佐、駆逐艦艦長 「深く静かに潜航せよ」 エドワード・L・ビーチ著;鳥見真生訳 柏艪舎 2003年8月

【へ】

ヘア
英国女性アイリスの乗った特急列車の乗客で土木技師、浮ついた若者 「バルカン超特急 消えた女」 エセル・リナ・ホワイト著;近藤三峰訳 小学館(Shogakukan mystery) 2003年1月

ベアード大佐　べあーどたいさ
イタリアの第一二七捕虜収容所に収容されている英国陸軍大佐、脱走委員会の委員長 「捕虜収容所の死」 マイケル・ギルバート著;石田善彦訳 東京創元社(創元推理文庫) 2003年5月

ベアトリクス・カーマイケル
テネシー州に住む52歳の専業主婦、医師ナタリーの夫レイモンドの重婚相手 「レイモンドと3人の妻」 ステファニー・ボンド著;小林理子訳 文藝春秋(文春文庫) 2002年12月

ベアリー・ラブジョイ
ギリシア駐在のアメリカ大使のひとり娘で大使館に勤務する25歳の女性 「愛は命がけ」 リンダ・ハワード著;霜月桂訳 ハーレクイン(MIRA文庫) 2005年9月

ヘイグ
ブリスベン警察捜査課の警部、口が悪く態度の大きい男 「ドリームタイム・ランド」 S.H.コーティア著;伊藤星江訳 論創社(論創海外ミステリ) 2005年11月

ベイジル・ウィリング
精神分析医、マンハッタンの地方検事事務所の精神医学顧問 「歌うダイアモンド」 ヘレン・マクロイ著;好野理恵訳 晶文社(晶文社ミステリ) 2003年1月

ベイジル・ウィリング
第二次世界大戦中のニューヨーク地区検事事務所で犯罪捜査の顧問をつとめる精神分析学者 「家蠅とカナリア」 ヘレン・マクロイ著;深町眞理子訳 東京創元社(創元推理文庫) 2002年9月

ベイジル・ウィリング(ウィリング博士)　べいじるういりんぐ(ういりんぐはかせ)
精神分析学者、雪深い山中で道に迷い不吉な伝説のある翔鴉館に一夜の宿を求めた博士 「割れたひづめ」 ヘレン・マクロイ著;好野理恵訳 国書刊行会(世界探偵小説全集) 2002年11月

ヘイズ
航空機に搭載するシステムの製造元「サーチライト」社の最高経営責任者兼会長の男性 「ジェットスター緊急飛行」 カム・マージ著;戸田裕之訳 ソニー・マガジンズ(ヴィレッジブックス) 2002年6月

ベイズウォーターさん
フランス大使シャサニュ公爵のおかかえ運転手 「ハリスおばさん国会へ行く」 ポール・ギャリコ著;亀山龍樹訳 ブッキング(fukkan.com) 2005年6月

ベイズウォーター氏　べいずうぉーたーし
フランス大使シャサニュ公爵のおかかえ運転手 「ハリスおばさんニューヨークへ行く」 ポール・ギャリコ著;亀山龍樹訳 ブッキング(fukkan.com) 2005年5月

ヘイスティ・ハザウェイ(ハザウェイ)
マサチュセッツ州パラダイスの行政委員長、私兵〈自由の騎馬隊〉を組織し町を牛耳っている黒幕 「暗夜を渉る」 ロバート・B.パーカー著;菊池光訳　早川書房(ハヤカワ・ミステリ文庫) 2001年5月

ヘイスティー・ラニオン(ラニオン)
医師、ジキル博士とアタスン弁護士の共通の知人 「ジキル博士とハイド氏」 ロバート・ルイス・スティーヴンスン著;夏来健次訳　東京創元社(創元推理文庫) 2001年8月

ヘイスティングズ
ニューヨークで法律事務所の下請けを専門とする私立探偵、お人好しで控え目な平和主義者 「サスペンスは嫌い」 パーネル・ホール著;田中一江訳　早川書房(ハヤカワ・ミステリ文庫) 2004年4月

ヘイスティングズ
ニューヨークに住んでいる私立探偵、天才的不運の持ち主 「休暇はほしくない」 パーネル・ホール著;田中一江訳　早川書房(ハヤカワ・ミステリ文庫) 2005年6月

ヘイスティングズ
ニューヨークに住んでいる私立探偵、天才的不運の持ち主 「罠から逃げたい」 パーネル・ホール著;田中一江訳　早川書房(ハヤカワ・ミステリ文庫) 2001年11月

ヘイスティングズ(アーサー・ヘイスティングズ)
私立探偵ポアロの友人で助手、第一次世界大戦従軍中の負傷のため予備役に退いた英国陸軍大尉 「ABC殺人事件」 アガサ・クリスティー著;堀内静子訳　早川書房(ハヤカワ文庫クリスティー文庫) 2003年11月

ヘイスティングズ(アーサー・ヘイスティングズ)
私立探偵ポアロの友人で助手、第一次世界大戦従軍中の負傷のため予備役に退いた英国陸軍大尉 「エッジウェア卿の死」 アガサ・クリスティー著;福島正実訳　早川書房(ハヤカワ文庫クリスティー文庫) 2004年7月

ヘイスティングズ(アーサー・ヘイスティングズ)
私立探偵ポアロの友人で助手、第一次世界大戦従軍中の負傷のため予備役に退いた英国陸軍大尉 「カーテン」 アガサ・クリスティー著;中村能三訳　早川書房(ハヤカワ文庫クリスティー文庫) 2004年11月

ヘイスティングズ(アーサー・ヘイスティングズ)
私立探偵ポアロの友人で助手、第一次世界大戦従軍中の負傷のため予備役に退いた英国陸軍大尉 「ゴルフ場殺人事件」 アガサ・クリスティー著;田村隆一訳　早川書房(ハヤカワ文庫クリスティー文庫) 2004年1月

ヘイスティングズ(アーサー・ヘイスティングズ)
私立探偵ポアロの友人で助手、第一次世界大戦従軍中の負傷のため予備役に退いた英国陸軍大尉 「スタイルズ荘の怪死事件」 アガサ・クリスティ作;花上かつみ訳　講談社(講談社青い鳥文庫) 2003年2月

ヘイスティングズ(アーサー・ヘイスティングズ)
私立探偵ポアロの友人で助手、第一次世界大戦従軍中の負傷のため予備役に退いた英国陸軍大尉 「スタイルズ荘の怪事件」 アガサ・クリスティー著;矢沢聖子訳　早川書房(ハヤカワ文庫クリスティー文庫) 2003年10月

へいす

ヘイスティングズ（アーサー・ヘイスティングズ）
私立探偵ポアロの友人で助手、第一次世界大戦従軍中の負傷のため予備役に退いた英国陸軍大尉　「ビッグ4」　アガサ・クリスティー著;中村妙子訳　早川書房（ハヤカワ文庫クリスティー文庫）　2004年3月

ヘイスティングズ（アーサー・ヘイスティングズ）
私立探偵ポアロの友人で助手、第一次世界大戦従軍中の負傷のため予備役に退いた英国陸軍大尉　「ブラック・コーヒー　小説版」　アガサ・クリスティー著;チャールズ・オズボーン小説化　早川書房（ハヤカワ文庫クリスティー文庫）　2004年9月

ヘイスティングズ（アーサー・ヘイスティングズ）
私立探偵ポアロの友人で助手、第一次世界大戦従軍中の負傷のため予備役に退いた英国陸軍大尉　「ブラック・コーヒー」　アガサ・クリスティー著;麻田実訳　早川書房（ハヤカワ文庫クリスティー文庫）　2004年1月

ヘイスティングズ（アーサー・ヘイスティングズ）
私立探偵ポアロの友人で助手、第一次世界大戦従軍中の負傷のため予備役に退いた英国陸軍大尉　「ポアロ登場」　アガサ・クリスティー著;真崎義博訳　早川書房（ハヤカワ文庫クリスティー文庫）　2004年7月

ヘイスティングズ（アーサー・ヘイスティングズ）
私立探偵ポアロの友人で助手、第一次世界大戦従軍中の負傷のため予備役に退いた英国陸軍大尉　「もの言えぬ証人」　アガサ・クリスティー著;加島祥造訳　早川書房（ハヤカワ文庫クリスティー文庫）　2003年12月

ヘイスティングズ（アーサー・ヘイスティングズ）
私立探偵ポアロの友人で助手、第一次世界大戦従軍中の負傷のため予備役に退いた英国陸軍大尉　「邪悪の家」　アガサ・クリスティー著;田村隆一訳　早川書房（ハヤカワ文庫クリスティー文庫）　2004年2月

ヘイスティングズ（アーサー・ヘイスティングズ）
私立探偵ポワロの友人で助手、第一次世界大戦従軍中の負傷のため予備役に退いた英国陸軍大尉　「ABC殺人事件」　アガサ・クリスティ著;深町真理子訳　東京創元社（創元推理文庫）　2003年11月

ヘイスティングズ（アーサー・ヘイスティングズ）
私立探偵ポワロの友人で助手、第一次世界大戦従軍中の負傷のため予備役に退いた英国陸軍大尉　「エンド・ハウスの怪事件」　アガサ・クリスティ著;厚木淳訳　東京創元社（創元推理文庫）　2004年1月

ヘイスティングズ（アーサー・ヘイスティングズ）
私立探偵ポワロの友人で助手、第一次世界大戦従軍中の負傷のため予備役に退いた英国陸軍大尉　「ゴルフ場の殺人」　アガサ・クリスティ作;花上かつみ訳　講談社（講談社青い鳥文庫）　2004年1月

ヘイスティングズ（アーサー・ヘイスティングズ）
私立探偵ポワロの友人で助手、第一次世界大戦従軍中の負傷のため予備役に退いた英国陸軍大尉　「スタイルズの怪事件」　アガサ・クリスティ著;田中西二郎訳　東京創元社（創元推理文庫）　2004年3月

ヘイズルリグ
スコットランド・ヤードの首席警部、農場主のような赤ら顔で頑丈な体格の男　「スモールボーン氏は不在」　マイケル・ギルバート著;浅羽莢子訳　小学館（Shogakukan mystery）　2003年9月

ベイツ
FBIワシントン支局所属の捜査官、HRT（人質救出チーム）メンバーのウェブ・ロンドンの上司　「ラストマン・スタンディング」　デイヴィッド;バルダッチ著;熊谷;千寿訳　小学館（小学館文庫）　2004年7月

ペイトン・シャーウッド
ニューヨーク・イーストヴィレッジに事務所を構える私立探偵 「Aアヴェニューの東」 ラッセル・アトウッド著;塩川優訳　早川書房(ハヤカワ・ミステリ文庫) 2001年7月

ベイビィ・キャット・フェイス
ニューオーリンズに住む23歳の女性、製油所に勤めるジンボの恋人 「ベイビィ・キャット・フェイス」 バリー・ギフォード著;真崎義博訳　文藝春秋(文春文庫) 2001年4月

ヘイミッシュ・マクラウド
警部ラトリッジに憑依し話しかける声の主、戦時中にラトリッジに処刑された兵士 「炎の翼」 チャールズ・トッド著;山本やよい訳　扶桑社(扶桑社ミステリー) 2001年1月

ヘイリー
チャールストンの「インディゴ・ティーショップ」のパティシエ、若い女性従業員 「ダージリンは死を招く」 ローラ・チャイルズ著;東野さやか訳　ランダムハウス講談社(ランダムハウス講談社文庫) 2005年9月

ベイリー大尉　べいりーたいい
第二次大戦下の英領ジブラルタルでサルの世話に明け暮れている大尉、英国陸軍砲兵隊サル担当士官 「われらが英雄スクラッフィ」 ポール・ギャリコ著;山田蘭訳　東京創元社(創元推理文庫) 2002年11月

ペイル・セイント
21人の犠牲者を出しアメリカ史上最悪と言われた連続殺人犯 「クローン捜査官」 エリック・ラストベーダー著;皆川孝子訳　徳間書店(徳間文庫) 2002年1月

ヘイワード
ロンドン警視庁の副総監、チャールズ・ヘイワードの父 「ねじれた家」 アガサ・クリスティー著;田村隆一訳　早川書房(ハヤカワ文庫クリスティー文庫) 2004年6月

ペク・スンチョル
韓国安全企画部対共第一局対共捜査団団長、どこか異様な風格のある七十がらみの男 「二重スパイ」 具本韓著;秋那訳　新潮社(新潮文庫) 2003年5月

ヘクター
リンダの弟、麻薬の原料を大量に積んだ車ごと谷底に落ちて死んだ男 「アンダーキル」 レナード・チャン著;三川基好訳　アーティストハウス(Book plus) 2003年8月

ヘクター・パズ
サンディエゴ市警殺人課長刑事、刑事トム・マクマイケルの相棒 「コールド・ロード」 T.ジェファーソン・パーカー著;七搦理美子訳　早川書房(Hayakawa novels) 2003年10月

ヘクター・マグレガー(マグレガー)
ロジアン・ボーダーズ警察の元警部、引退生活が始まったばかりの男 「楽園占拠」 クリストファー・ブルックマイア著;玉木亨訳　ソニー・マガジンズ(ヴィレッジブックス) 2003年7月

ペクトンホ　ぺくとんほ
服役中にシルミドの訓練兵だったカン・インチャンから聞いた「シルミド事件」を小説にした男 「シルミド」 白東虎著;鄭銀淑訳　幻冬舎 2004年5月

ヘザー
シンディの次女、ジュリアの妹 「二度失われた娘」 ジョイ・フィールディング著;吉田利子訳　文藝春秋(文春文庫) 2005年4月

ヘザー・アセンシオ
私立探偵ジーザス・アセンシオの妻、遊園地「ワンダーランド」の創業者ラス・ワンダーの娘 「ワンダーランドで人が死ぬ」 ケント・ブレイスウェイト著;渋谷比佐子訳　扶桑社(扶桑社ミステリー) 2002年7月

べさに

ベサニー・グレイスター（ベス）
ギタリストのサルバドールの妻リディアの学生時代のルームメイト、おっとりした平凡な娘 「サルバドールの復活 上下」 ジェレミー・ドロンフィールド著;越前敏弥訳 東京創元社（創元推理文庫） 2005年1月

ベサニー・マーシャル
イギリスの系図学者のナターシャに家族史の調査を依頼したモデルの若い女性 「死より蒼く」 フィオナ・マウンテン著;竹内さなみ訳 講談社（講談社文庫） 2004年11月

ヘザー・ランドール
無実の罪で有罪となった青年・ジェフの父 「マンハッタン狩猟クラブ」 ジョン・ソール著;加賀山卓朗訳 文藝春秋（文春文庫） 2004年3月

ベジェツカヤ
人を惹きつけるまなざしをもった正体不明の美女 「堕ちた天使 アザゼル」 ボリス・アクーニン著;沼野恭子訳 作品社 2001年4月

ベシュー
パリ警視庁の警部、捜査にいつも私立探偵・バーネットの知恵を借りる羽目になってしまう男 「バーネット探偵社 改版―ルパン傑作集〈7〉」 モーリス・ルブラン著;堀口大学訳 新潮社（新潮文庫） 2003年7月

ヘジンボザム
米英戦争でアメリカの国家機密を漏らし国家機密反逆罪で有罪判決を受けた男 「シックス・センス密告者」 デイヴィッド・ベンジャミン著;酒井紀子訳 竹書房（竹書房文庫） 2001年7月

ベス
退職したオレンジ郡保安官事務所警部補、女刑事マーシ・レイボーンの相棒 「ブルー・アワー 上下」 T.ジェファーソン・パーカー著;渋谷比佐子訳 講談社（講談社文庫） 2004年2月

ベス
ギタリストのサルバドールの妻リディアの学生時代のルームメイト、おっとりした平凡な娘 「サルバドールの復活 上下」 ジェレミー・ドロンフィールド著;越前敏弥訳 東京創元社（創元推理文庫） 2005年1月

ベス
ニューヨーク州ロングアイランドのサフォーク郡警殺人課の美人刑事 「プラムアイランド 上下」 ネルソン・デミル著;上田公子訳 文藝春秋（文春文庫） 2002年6月

ベス・コンヴェイ
ワシントンDC「エドワーズ&ボネット」法律事務所の女性弁護士 「ロシア大統領暗殺 上下」 ゲイル・リンズ著;佐竹史子訳 早川書房（ハヤカワ文庫NV） 2002年1月

ヘスス・トーレス（トーレス大佐）　へすすと-れす（と-れすたいさ）
南米アマドール国の独裁者ボリバル将軍の腹心 「億万ドルの舞台」 シドニィ・シェルダン作;天馬竜行訳 アカデミー出版 2004年9月

ヴェスタ・ブリッグズ
サンフランシスコの有名ギャラリー「ギャラリー・シャテライン」創設者、美術コンサルタントのキャディ・ブリッグズのおば 「迷子の大人たち」 ジェイン・アン・クレンツ著;中西和美訳 二見書房（二見文庫） 2003年12月

ヘスティングス
アメリカ合衆国大統領 「中国の野望―印パ戦争勃発」 ハンフリー・ホークスリー著;山本光伸訳 二見書房（二見文庫） 2002年9月

ベズ・ファーシュ(ファーシュ)
フランス司法警察中央局警部、「牡牛」のあだ名を持つ威厳ある男 「ダ・ヴィンチ・コード 上下」 ダン・ブラウン著;越前敏弥訳 角川書店 2004年5月

ベズ・ファーシュ(ファーシュ)
フランス司法警察中央局警部、「牡牛」のあだ名を持つ威厳ある男 「ダ・ヴィンチ・コード」 ダン・ブラウン著;越前敏弥訳 角川書店 2005年8月

ペーター・アイゼンハルト(アイゼンハルト)
ドイツのSF作家、メディアの帝王ジョン・カウンに雇われてイスラエルに行くことになった男 「イエスのビデオ 上下」 アンドレアス・エシュバッハ著;平井吉夫訳 早川書房(ハヤカワ文庫NV) 2003年2月

ベタートン
パリで失踪した若い原子物理学者、イギリス在住のアメリカ人 「死への旅」 アガサ・クリスティー著;奥村章子訳 早川書房(ハヤカワ文庫クリスティー文庫) 2004年8月

ベータ・ハーチャー
ミラボーの住人で狂信的なバプテスト協会の信者 「図書館の死体」 ジェフ・アボット著;佐藤耕士訳 早川書房(ハヤカワ・ミステリ文庫) 2005年3月

ペーター・ブロリン
ストックホルムに住む破綻した零細企業の経営者、パニック発作に苦しむ39歳の男 「罪」 カーリン・アルヴテーゲン著;柳沢由実子訳 小学館(小学館文庫) 2005年6月

ベッキー
マストン財団の理事・バッドの義娘、クリスと双子の16歳の少女 「真実への銃声 上下」 チャック・ローガン著;千葉隆章訳 扶桑社(扶桑社ミステリー) 2001年7月

ベッキー(レベッカ・バムロイ)
インディアンに両親を殺され兄・イーセックもさらわれた少女、5年後戻ってきた兄と町から逃亡した妹 「バックスキンの少女」 ドロシー・ギルマン著;柳沢由実子訳 集英社(集英社文庫) 2002年11月

ベッキー・ジョーンズ
テキサスの高校教師、大学教授モンゴメリー・ジョーンズの妻 「テキサス・ナイトランナーズ」 ジョー・R.ランズデール著;佐々田雅子訳 文藝春秋(文春文庫) 2002年3月

ベック
メキシコにあるという伝説の銃"メキシカン"を持つ男 「ザ・メキシカン」 ロバート・ウエストブルック著;小島由記子訳 竹書房(竹書房文庫) 2001年4月

ベック
私立探偵キンジーの元の雇い主 「ロマンスのR」 スー・グラフトン著;嵯峨静江訳 早川書房(Hayakawa novels) 2005年7月

ベッツィ・オールデン
妖艶な美女・チャーラのてきぱきしたキャリアガールタイプの姪、端役女優 「金時計の秘密」 ジョン・D・マクドナルド著;本間有訳 扶桑社(扶桑社ミステリー) 2003年7月

ベッツィー・カヴァリエ
FBI上級捜査官でカイル・クレイグの部下、黒髪の小柄な女性 「闇に薔薇」 ジェームズ・パターソン著;小林宏明訳 講談社(講談社文庫) 2005年4月

ペッパー
コネチカット州スカル島に住む高校2年生の少女、同級生のジョシュのガールフレンド 「いたずらメールの代償 danger.com 2」 ジョーダン・クレイ著;小西道子訳 青春出版社(青春文庫) 2001年10月

ペッペ(ジュゼッペ・アマデネッリ)
密かに異端の教義グノーシスを信奉している小人、ローマ教皇レオ十世の侍従 「グノーシスの薔薇」 デヴィッド・マドセン著;大久保譲訳 角川書店 2004年11月

ベティー・アレン
女弁護士キャロラインの姉、22歳のブレットの母親 「最後の審判」 リチャード・ノース・パタースン著;東江一紀訳 新潮社 2002年9月

ペティグルー
元弁護士として単調ながら平和な日々を過ごしていた男 「いつ死んだのか」 シリル・ヘアー著;矢田智佳子訳 論創社(論創海外ミステリ) 2005年11月

ベティ・ジーフリート(ゴールディ)
1950年代のニューヨーク州で作られた少女ギャング団「フォックスファイア」のメンバー、積極的な性格の15歳の少女 「フォックスファイア」 ジョイス・キャロル・オーツ著;井伊順彦訳 DHC 2002年7月

ペートォ
デンマークの孤児院を転々としてビール学園へ送られてきた少年 「ボーダーライナーズ」 ペーター・ホゥ著;今井幹晴訳 求竜堂 2002年8月

ペトラ・コナー
ハリウッド署殺人課の刑事、元はアーティスト志望で離婚経験のある29歳の女性 「イノセンス 上下」 ジョナサン・ケラーマン著;北沢和彦訳 講談社(講談社文庫) 2001年7月

ペトラ・ベッカー
ベルリン警察の犯罪情報課の刑事、レズビアンの女性 「殺しの迷路」 ヴァル・マクダーミド著;森沢麻里訳 集英社(集英社文庫) 2004年7月

ペトラ・ロイター
イギリスのダーラム大学の元学生、娼婦からプロのテロリストに転向した二十二歳の娘 「堕天使の報復」 マーク・バーネル著;中井京子訳 二見書房(二見文庫) 2002年12月

ペトロ
ローマ帝国第十三地区警備隊長、密偵ファルコの親友 「密偵ファルコ新たな旅立ち」 リンゼイ・デイヴィス著;矢沢聖子訳 光文社(光文社文庫) 2003年6月

ペトロ
ローマ帝国第十三地区警備隊長を停職中の男、密偵ファルコの親友 「密偵ファルコ水路の連続殺人」 リンゼイ・デイヴィス著;矢沢聖子訳 光文社(光文社文庫) 2004年10月

ペトロニウス・ロングス(ペトロ)
ローマ帝国第十三地区警備隊長、密偵ファルコの親友 「密偵ファルコ新たな旅立ち」 リンゼイ・デイヴィス著;矢沢聖子訳 光文社(光文社文庫) 2003年6月

ペトロニウス・ロングス(ペトロ)
ローマ帝国第十三地区警備隊長を停職中の男、密偵ファルコの親友 「密偵ファルコ水路の連続殺人」 リンゼイ・デイヴィス著;矢沢聖子訳 光文社(光文社文庫) 2004年10月

ペニー
ニューヨークに暮らすロシア・マフィアの首領の息子フィーの妻 「魂の傷痕」 アンソニー・リー著;横山啓明訳 早川書房(Hayakawa novels) 2002年8月

ペニイク
次々とひとの考えていることを看破する読心術師、世間でも珍しいくらい控え目の温順しそうな人柄の男 「読者よ欺かるるなかれ」 カーター・ディクスン著;宇野利泰訳 早川書房(ハヤカワ・ミステリ文庫) 2002年4月

ベニー・エルブリッジ(エルブリッジ)
ギャングスター・ラッパーのザ・ディガの父 「愚者の群れ」 ガー・アンソニー・ヘイウッド著；熊谷千寿訳 早川書房(ハヤカワ・ミステリ文庫) 2001年3月

ペニー・パチーノ
アメリカのテレビプロデューサーのチャックの恋人 「コンフェッション」 チャック・バリス著；雨海弘美訳 角川書店(角川文庫) 2003年7月

ベニー・マッコ(マッコ)
ロサンゼルス市警内務監査室のチーフ、ベテラン刑事ギャヴィランを目の敵にしている野心家の男 「ハリウッド的殺人事件」 ロン・シェルトン脚本；ロバート・ソウザ脚本；石田亨編訳 竹書房(竹書房文庫) 2004年1月

ペーニャ上院議員(ガス)　ぺーにゃじょういんぎいん(がす)
イースト・ロサンジェルス選出の上院議員、飲酒運転で人を轢き殺した男 「秘められた掟」 マイケル・ナーヴァ著；柿沼瑛子訳 東京創元社(創元推理文庫) 2002年1月

ペニー・レイモンド
家出した高校生、カルト集団〈中世を模倣する会〉に入会した18歳の少女 「わたしをさがさないで」 ギリアン・ロバーツ著；栗木さつき訳 集英社(集英社文庫) 2002年6月

ベニー・ロザート
弁護士で法律事務所「ロザート・アンド・アソシエイツ」のボス、自分と瓜ふたつの女性で恋人殺しの容疑で収監されているアリスの弁護を引き受けた女性 「似た女」 リザ・スコットライン著；高山祥子訳 講談社(講談社文庫) 2002年2月

ヴェニング警視　べにんぐけいし
ブロドシャー州警察副本部長、歳は50手前で古いタイプの警官 「警察官よ汝を守れ」 ヘンリー・ウエイド著；鈴木絵美訳 国書刊行会(世界探偵小説全集) 2001年5月

ベネッチ大尉　べねっちたいい
イタリア内務省に直属する特殊警察官 「捕虜収容所の死」 マイケル・ギルバート著；石田善彦訳 東京創元社(創元推理文庫) 2003年5月

ベネット・ニニアン
新任の教区司祭エイルノスが連れてきた青年、修道士カドフェルの助手となる快活で陽気な若者 「門前通りのカラス」 エリス・ピーターズ著；岡達子訳 光文社(光文社文庫) 2004年11月

ベネデッティ
天才的な犯罪研究家で有名な名探偵、元ニューヨーク州スパータ大の教授 「ホッグ連続殺人」 ウィリアム・L・デアンドリア著；真崎義博訳 早川書房(ハヤカワ・ミステリ文庫) 2005年1月

ペネロピ(ペニー)
ニューヨークに暮らすロシア・マフィアの首領の息子フィーの妻 「魂の傷痕」 アンソニー・リー著；横山啓明訳 早川書房(Hayakawa novels) 2002年8月

ペネロピ・ライス(ポピー)
FBI特別捜査官、科学捜査研究所元所長 「テキサスは眠れない」 メアリ＝アン・T・スミス著；匝瑳玲子訳 ソニー・マガジンズ(ヴィレッジブックス) 2002年12月

ベーブ
コロンビア大学の学生トーマス・ハビントン・リーヴィ、赤狩りにあい自殺した学者の遺児でマラソンランナーになることを夢見る25歳の若者 「マラソン・マン」 ウィリアム・ゴールドマン著；沢川進訳 早川書房(ハヤカワ文庫NV) 2005年6月

ペペ・カルバイヨ(カルバイヨ)
美食家の私立探偵 「楽園を求めた男」 M・バスケス・モンタルバン著；田部武光訳 東京創元社(創元推理文庫) 2002年11月

ベベ・ラウダーミルク
アンティーク・ピッカーのウィジーの親友、レストランの経営者 「愛さずにはいられない 上下」 メアリー・ケイ・アンドルーズ著;安藤由紀子訳 集英社(集英社文庫) 2004年10月

ヘミングウェイ
ノーベル賞作家、第二次世界大戦のまっただなかキューバで諜報活動を行っていた男 「諜報指揮官ヘミングウェイ 上下」 ダン・シモンズ著;小林宏明訳 扶桑社(扶桑社ミステリー) 2002年6月

ベーム
〈自然の友〉と自称するスイスに住む高名な鳥類研究家、フランス人青年ルイ・アンティオッシュの養父母の友人 「コウノトリの道」 ジャン=クリストフ・グランジェ著;平岡敦訳 東京創元社(創元推理文庫) 2003年7月

ヘラー
シカゴ市警最年少の私服刑事、飛行家リンドバーグの長男誘拐事件捜査のためにシカゴから派遣された青年 「リンドバーグ・デッドライン」 マックス・アラン・コリンズ著;大井良純訳 文藝春秋(文春文庫) 2001年1月

ヘラー
元警官の私立探偵、「A-1探偵社」の三十八歳の社長 「黒衣のダリア」 マックス・アラン・コリンズ著;三川基好訳 文藝春秋(文春文庫) 2003年9月

ベラ
私立探偵テリー・オアの12歳の娘 「NYPI」 ジム・フジッリ著;公手成幸訳 講談社(講談社文庫) 2004年11月

ヴェラ・クレイソーン
臨時雇いの秘書・教師を職業とする娘、インディアン島オーエン邸に招かれた客の1人 「そして誰もいなくなった」 アガサ・クリスティー著;清水俊二訳 早川書房(ハヤカワ文庫クリスティー文庫) 2003年10月

ヘラクレス・ポントー
書物〈イデアの洞窟〉内の登場人物、謎の解読者 「イデアの洞窟」 ホセ・カルロス・ソモザ著;風間賢二訳 文藝春秋 2004年7月

ヘラー長官　へらーちょうかん
米国国防長官、ジャック・バウアーの直属の上司 「24 TWENTY FOUR 4-1」 ジョエル・サーナウ原案;ロバート・コクラン原案 竹書房(竹書房文庫) 2005年9月

ヘラー長官　へらーちょうかん
米国国防長官、ジャック・バウアーの直属の上司 「24 TWENTY FOUR 4-2」 ジョエル・サーナウ原案;ロバート・コクラン原案 竹書房(竹書房文庫) 2005年9月

ヘラー長官　へらーちょうかん
米国国防長官、ジャック・バウアーの直属の上司 「24 TWENTY FOUR 4-3」 ジョエル・サーナウ原案;ロバート・コクラン原案 竹書房(竹書房文庫) 2005年1月

ヘラー長官　へらーちょうかん
米国国防長官、ジャック・バウアーの直属の上司 「24 TWENTY FOUR 4-4」 ジョエル・サーナウ原案;ロバート・コクラン原案 竹書房(竹書房文庫) 2005年11月

ベラドンナ(イザベラ・アリエル・ニッカーソン)
イギリスの特権階級に属する男たちが三年に一度禁断の快楽を味わう「秘密クラブ」に囚われた十八歳の美少女 「囚われて 上下」 カレン・モリーン著;田村達子訳 講談社(講談社文庫) 2001年8月

ペラム
ドキュメンタリー映画を製作中の映画のロケーション・スカウト、元インディペンデント系映画監督の独身男 「ヘルズ・キッチン」 ジェフリー・ディーヴァー著;渋谷正子訳　早川書房(ハヤカワ・ミステリ文庫) 2002年12月

ペラム
映画のロケーション・スカウトをしている37歳の男、元スタントマン 「シャロウ・グレイブズ」 ジェフリー・ディーヴァー著;飛田野裕子訳　早川書房(ハヤカワ・ミステリ文庫) 2003年2月

ペラム
映画のロケーション・スカウトをしている37歳の男、元スタントマン 「ブラディ・リバー・ブルース」 ジェフリー・ディーヴァー著;藤田佳澄訳　早川書房(ハヤカワ・ミステリ文庫) 2003年1月

ベリアノフ
アメリカに亡命したロシアの元KGB将軍、筋金入りの共産主義者 「ロシア大統領暗殺 上下」 ゲイル・リンズ著;佐竹史子訳　早川書房(ハヤカワ文庫NV) 2002年1月

ペリイ・ステュアート
BBCの気象部に勤める気象予報士、祖母以外に身寄りのない独身の31歳 「烈風」 ディック・フランシス著;菊池光訳　早川書房(ハヤカワ・ミステリ文庫) 2004年11月

ペリィ・メイスン(メイスン)
カリフォルニア州に事務所を構える刑事事件専門の弁護士探偵 「ビロードの爪」 E.S.ガードナー著;田中西二郎訳　嶋中書店(嶋中文庫) 2005年4月

ペリー・スミス
刑務所仲間のディックとともに強盗殺人を実行した31歳の男、母親がインディアン系の元孤児 「冷血」 トルーマン・カポーティ著;佐々田雅之訳　新潮社 2005年9月

ヴェリティ
高級雑誌「エクスペクティションズ」の40代の編集長、実業界の大物コーベットの妻 「スキャンダル」 ローラ・V.ウォーマー著;小林浩子訳　集英社(集英社文庫) 2003年6月

ペリー・バーグマン
太平洋の海底で発掘作業を行った「ベンシック・マリン社」の社長、海洋地質学者のスーザンと共に潜水艇で海底に赴いた男性 「アブダクション」 ロビン・クック著;林克己訳　早川書房(ハヤカワ文庫NV) 2001年10月

ベーリンガー
CIA諜報員、ソ連崩壊に貢献しミャンマー分割の任務を与えられた男 「因果応報の終わるまで－ミャンマー崩壊作戦」 ポール・アディレックス著;高橋洋伸訳　文芸社 2004年10月

ベリンガー
ゴディス・エイドニーの婚約者、ほっそりした敏捷な体と大胆さをあわせ持つ若者 「死体が多すぎる」 エリス・ピーターズ著;大出健訳　光文社(光文社文庫) 2003年3月

ベリンガー
シュロップシャ州執行長官、修道士カドフェルの若い友人 「アイトン・フォレストの隠者」 エリス・ピーターズ著;大出健訳　光文社(光文社文庫) 2005年3月

ベリンガー
シュロップシャ州執行長官、修道士カドフェルの若い友人 「異端の徒弟」 エリス・ピーターズ著;岡達子訳　光文社(光文社文庫) 2005年7月

ベリンガー
シュロップシャ州執行長官、修道士カドフェルの若い友人 「代価はバラ一輪」 エリス・ピーターズ著;大出健訳　光文社(光文社文庫) 2005年1月

べりん

ベリンガー
シュロップシャ州執行長官、修道士カドフェルの若い友人 「陶工の畑」 エリス・ピーターズ著;大出健訳 光文社(光文社文庫) 2005年9月

ベリンガー
シュロップシャ州執行長官、修道士カドフェルの若い友人 「秘跡」 エリス・ピーターズ著;大出健訳 光文社(光文社文庫) 2004年9月

ベリンガー
シュロップシャ州執行長官、修道士カドフェルの若い友人 「門前通りのカラス」 エリス・ピーターズ著;岡達子訳 光文社(光文社文庫) 2004年11月

ベリンガー
シュロップシャ州執行副長官、修道士カドフェルの若い友人 「悪魔の見習い修道士」 エリス・ピーターズ著;大出健訳 光文社(光文社文庫) 2004年3月

ベリンガー
シュロップシャ州執行副長官、修道士カドフェルの若い友人 「死者の身代金」 エリス・ピーターズ著;岡本浜江訳 光文社(光文社文庫) 2004年5月

ベリンガー
シュロップシャ州執行副長官、修道士カドフェルの若い友人 「聖ペテロ祭殺人事件」 エリス・ピーターズ著;大出健訳 光文社(光文社文庫) 2003年7月

ベリンガー
シュロップシャ州執行副長官、修道士カドフェルの若い友人 「聖域の雀」 エリス・ピーターズ著;大出健訳 光文社(光文社文庫) 2004年1月

ベリンガー
シュロップシャ州執行副長官、修道士カドフェルの若い友人 「憎しみの巡礼」 エリス・ピーターズ著;岡達子訳 光文社(光文社文庫) 2004年7月

ベリンガー
シュロップシャ州執行副長官、修道士カドフェルの若い友人 「氷のなかの処女」 エリス・ピーターズ著;岡本浜江訳 光文社(光文社文庫) 2003年11月

ベリンダ・マリガン
FBI捜査官レーシー・シャーロックの異父姉、殺人事件の被害者 「迷路」 キャサリン・コールター著;林啓恵訳 二見書房(二見文庫) 2003年8月

ペル
女性刑事スターキーが調査中の爆発事件に捜査協力するためワシントンからやって来たFBI特別捜査官 「破壊天使 上下」 ロバート・クレイス著;村上和久訳 講談社(講談社文庫) 2002年8月

ヴェルガー
「ヴェラー&ヴェルガー銀行」の頭取、私立探偵・ゼルプに匿名の預金者の身元調査を依頼した男 「ゼルプの殺人」 ベルンハルト・シュリンク著;岩淵達治ほか訳 小学館(Shogakukan mystery) 2003年4月

ベルソン
私立探偵スペンサーの朋友、ボストン警察の殺人課部長刑事 「虚空」 ロバート・B.パーカー著;菊池光訳 早川書房(ハヤカワ・ミステリ文庫) 2002年9月

ヘル・ドクトール
1930年代の東京を駆けめぐったソビエトのスパイ、スターリング主義者 「ゾルゲ」 モルガン・スポルテス著;吉田恒雄訳 岩波書店 2005年9月

へれな

ベルトラム・ヴェルカー（ヴェルガー）
「ヴェラー＆ヴェルガー銀行」の頭取、私立探偵・ゼルプに匿名の預金者の身元調査を依頼した男　「ゼルプの殺人」　ベルンハルト・シュリンク著；岩淵達治ほか訳　小学館（Shogakukan mystery）　2003年4月

ベルトラン・ファベル（ファベル）
中世フランスのナヴァール学寮事務総長、かつて代書人をパリから追放した張本人　「赤の文書」　ユベール・ド・マクシミー著；篠田勝英訳　白水社　2001年12月

ヘールトロイド・ダムホイス
17世紀に"コーヒー"という新しい商品に目をつけた裕福な未亡人、独立心旺盛なオランダ女性　「珈琲相場師」　デイヴィッド・リス著；松下祥子訳　早川書房（ハヤカワ・ミステリ文庫）　2004年6月

ヴェルナー・クレル
武器商人、メディチ家の短剣を追い求めているドイツの億万長者　「メディチ家の短剣」　キャメロン・ウエスト著；酒井武志訳　早川書房（ハヤカワ文庫NV）　2002年10月

ヘルナンデス
ラス・ヴェガスのプロのギャンブラー　「バッドラック・ムーン　上下」　マイクル・コナリー著；木村二郎訳　講談社（講談社文庫）　2001年8月

ベルベット・モジョ
アダルトビデオのプロデューサー兼女優　「さよならの接吻」　ジェフ・アボット著；吉沢康子訳　早川書房（ハヤカワ・ミステリ文庫）　2004年3月

ヘルマン・コーラー（コーラー）
パリ・ゲシュタポ中央本部警部、サンシール警部とナチ占領下で起こった若い男の変死体の捜査を開始した男　「虜囚の都」　J.ロバート・ジェインズ著；石田善彦訳　文藝春秋（文春文庫）　2001年11月

ヘルマン・コーラー（コーラー）
パリ・ゲシュタポ本部警部、フランス国家治安警察主任警部・サンシールとナチス占領下のパリで起きた連続殺人事件を追った男　「磔刑の木馬」　J.ロバート・ジェインズ著；石田善彦訳　文藝春秋（文春文庫）　2002年6月

ヘルムート・ヴォルペ
ドイツ通産省参事、元ナチス・ドイツの保安警察ジポの一員の68歳の男　「パリ、殺人区」　カーラ・ブラック著；奥村章子訳　早川書房（ハヤカワ・ミステリ文庫）　2002年3月

ヘレナ
書物〈イデアの洞窟〉の翻訳者の友人、ギリシア語教師　「イデアの洞窟」　ホセ・カルロス・ソモザ著；風間;賢二訳　文藝春秋　2004年7月

ヘレーナ・アヤラ
カリフォルニア州サンディエゴの実業家にして地元名士・カルロスの身重の妻　「トラフィック」　スティーブン・ギャガン著；富永和子訳　新潮社（新潮文庫）　2001年4月

ヘレナ・マークスベリ
英国秘密情報部員・ボンドの個人アシスタント、きまじめな33歳の女性　「007/ハイタイム・トゥ・キル」　レイモンド・ベンソン著；小林浩子訳　早川書房（Hayakawa pocket mystery books）　2005年11月

ヘレナ・ユスティナ
ローマ帝国の国税調査員になった密偵・ファルコの恋人、元老院議員の娘　「密偵ファルコ　獅子の目覚め」　リンゼイ・デイヴィス著；田代泰子訳　光文社（光文社文庫）　2005年4月

へれな

ヘレナ・ユスティナ
ローマ帝国の密偵・ファルコと行動を共にするむこうみずな恋人、元老院議員の令嬢で25歳になる女 「密偵ファルコ新たな旅立ち」 リンゼイ・デイヴィス著;矢沢聖子訳 光文社(光文社文庫) 2003年6月

ヘレナ・ユスティナ
ローマ帝国の密偵・ファルコの子をみごもっている恋人、元老院議員の令嬢で25歳の女 「密偵ファルコオリーブの真実」 リンゼイ・デイヴィス著;田代泰子訳 光文社(光文社文庫) 2004年6月

ヘレナ・ユスティナ
ローマ帝国の密偵・ファルコの子を産んだ恋人、元老院議員の令嬢で25歳の女 「密偵ファルコ水路の連続殺人」 リンゼイ・デイヴィス著;矢沢聖子訳 光文社(光文社文庫) 2004年10月

ヘレナ・ユスティナ
ローマ帝国の密偵ファルコと行動を共にするむこうみずな恋人、元老院議員の令嬢 「密偵ファルコ砂漠の守護神」 リンゼイ・デイヴィス著;田代泰子訳 光文社(光文社文庫) 2003年2月

ヘレナ・ユスティナ
古代ローマの元老院議員の娘、密偵ファルコの恋人 「密偵ファルコ海神(ポセイドン)の黄金」 リンゼイ・デイヴィス著;矢沢聖子訳 光文社(光文社文庫) 2001年4月

ヘレナ・ユスティナ
密偵ファルコの恋人で1歳のユリアの母親、元老院議員の娘 「密偵ファルコ聖なる灯を守れ」 リンゼイ・デイヴィス著;矢沢聖子訳 光文社(光文社文庫) 2005年10月

ベレニス・ホリス
若き美術評論家・ジェームズの愛人、ミネソタ州ダルースにあるハイスクールの英語教師 「炎に消えた名画(アート)」 チャールズ・ウィルフォード著;浜野アキオ訳 扶桑社(扶桑社ミステリー) 2004年8月

ヘレン
イギリス貴族ラング准男爵の夫人、ボストンの裕福な家庭出身の大富豪 「ホワイトハウス・コネクション」 ジャック・ヒギンズ著;黒原敏行訳 角川書店(角川文庫) 2003年9月

ヘレン・ケイペル
ウェールズの人里離れた屋敷サミット邸に住み込みで働くメイド 「らせん階段」 エセル・リナ・ホワイト著;山本俊子訳 早川書房(Hayakawa pocket mystery books) 2003年9月

ヘレン・ジャスタス
シカゴの名士ジェーク・ジャスタスの妻、アッシュブロンドの気の強い美女 「マローン御難」 クレイグ・ライス著;山本やよい訳 早川書房(ハヤカワ・ミステリ文庫) 2003年9月

ヘレン・ジャスタス
シカゴの名士ジェーク・ジャスタスの妻、アッシュブロンドの気の強い美女 「暴徒裁判」 クレイグ・ライス著;山本やよい訳 早川書房(ハヤカワ・ミステリ文庫) 2005年5月

ヘレン・ディープノー
メイン州デリーの住人ラルフの隣人、DV夫エドの妻 「不眠症 上下」 スティーヴン・キング著;芝山幹郎訳 文藝春秋 2001年7月

ヘレン・トロイ
サンディエゴに住む多重人格の女性画家 「傷痕」 アラン・ラッセル著;匝瑳玲子訳 早川書房(ハヤカワ文庫 NV) 2004年6月

ヘレン・バーク
ニューヨークのコカ・コーラのセールスマンのルイスの妻 「樹海脱出」 マーカス・スティーヴンズ著;小林宏明訳 二見書房(二見文庫) 2003年9月

ヘレン・フーヴァー・ボイル
幽霊屋敷専門の「ボイル不動産」を経営する四十前後の女、魔女崇拝者・モナの雇い主 「ララバイ」 チャック・パラニューク著;池田真紀子訳 早川書房 2005年3月

ヘレン・ブラックウェル
イギリスの田園地方ハイフィールド村の女医、第一次大戦で家族を失った女性 「夜の闇を待ちながら」 レニー・エアース著;田中靖訳 講談社(講談社文庫) 2001年10月

ヘレン・マニング
ボルチモアの公立学校で教師をしているシングルマザー、少女アリスの母親 「あの日、少女たちは赤ん坊を殺した」 ローラ・リップマン著;吉澤康子訳 早川書房(ハヤカワ・ミステリ文庫) 2005年10月

ヘレン・ミルナー
イギリスのピーク地方出身のクーパー刑事の幼なじみの女性 「黒い犬」 スティーヴン・ブース著;宮脇裕子訳 東京創元社(創元推理文庫) 2003年8月

ヘレン・レイ
製薬会社「スターン・コーポレーション」販売促進部副部長 「感染者 上下」 パトリック・リンチ著;高見浩訳 飛鳥新社 2002年5月

ベロ・キウ・キウニ
生物学者エドモンの遺したアパートの地下室に巣食うアリの群れの女王アリ 「蟻―ウェルベル・コレクション〈1〉」 ベルナール;ウェルベル著;小中;陽太郎訳;森山;隆訳 角川書店(角川文庫) 2003年6月

ヘロッド・セイル(セイル)
レバノン出身の大実業家、コンピュータ会社「セイル・エンタープライズ」の創業者でオーナー社長 「女王陛下の少年スパイ!アレックス ストームブレイカー」 アンソニー・ホロヴィッツ著;竜村風也訳 集英社 2002年8月

ヴェロニカ
スーパーモデル、カンヌ国際映画祭のゲスト 「ファム・ファタール」 ブライアン・デ・パルマ脚本;大炊晋也訳 角川書店(角川文庫) 2003年7月

ヴェロニカ
ロンドン警視庁圏内重要犯罪捜査隊キャフェリーの恋人、難病をかかえた女性 「死を啼く鳥」 モー・ヘイダー著;小林宏明訳 角川春樹事務所(ハルキ文庫) 2002年4月

ベロニック・デルジュモン
巨石建造物研究家の娘、14歳のフランソアの母 「棺桶島」 モーリス・ルブラン著;堀口大学訳 新潮社(新潮文庫) 2004年8月

ヘロルド
ネブラスカに住む老資産家、マンハッタンへ私立探偵ウルフを訪ねてきた依頼人 「殺人犯はわが子なり」 レックス・スタウト著;大沢みなみ訳 早川書房(Hayakawa pocket mystery books) 2003年1月

ヘン
ボグナー・リージス警察署の女主任警部、海水浴場で絞殺されたエマの事件の捜査責任者 「漂う殺人鬼」 ピーター・ラヴゼイ著;山本やよい訳 早川書房(Hayakawa novels) 2005年1月

ベン
サンディエゴの高校教師、独特の魅力のある男 「殺人者の日記」 トム・ラシーナ著;夏来健次訳 扶桑社(扶桑社ミステリー) 2002年11月

ぺん

ペン
〈ワードマン〉連続殺人事件の解決に不満を持つ作家、ダルジール警視と旧知の仲の男 「死の笑話集」 レジナルド・ヒル著;松下祥子訳 早川書房(Hayakawa pocket mystery books) 2004年11月

ベン・アレン
骨董商のガッシーの甥、叔母の仕事を手伝うダウン症の青年 「死体あります アンティーク・フェア殺人事件」 リア・ウェイト著;木村博江訳 文藝春秋(文春文庫) 2003年9月

ベン・オールトン(オールトン)
FBIシカゴ支局の正義感の強い捜査官、癌で片脚を失った黒人男性 「鉄槌」 ポール・リンゼイ著;笹野洋子訳 講談社(講談社文庫) 2005年7月

ベン・キャンディーディ
マイアミのブライアン医大で薬学博士号取得目前の学生、生体臨床医学の専門家 「マイアミ殺人懲りないドクター」 ダーク・ワイル著;森沢麻里訳 集英社(集英社文庫) 2003年11月

ヴェンク
第一次世界大戦後のドイツの検察官、賭博取締に情熱を注ぐ正義漢 「ドクトル・マブゼ」 ノルベルト・ジャック著;平井吉夫訳 早川書房(Hayakawa pocket mystery books) 2004年7月

ベン・クーパー
イギリスのピーク地方出身の若い刑事、新しく異動してきた女刑事フライの相棒 「黒い犬」 スティーヴン・ブース著;宮脇裕子訳 東京創元社(創元推理文庫) 2003年8月

ペン・ケージ
元検事でリーガルスリラーの人気作家、妻の死後一人娘とともに故郷のミシシッピ州ナチェズに戻ってきた38歳の男 「沈黙のゲーム 上下」 グレッグ・アイルズ著;雨沢泰訳 講談社(講談社文庫) 2003年7月

ペン・ケージ(ケージ)
石油会社経営者ジョン・ウォーターズから相談を受ける作家、ミシシッピ州ナチェズに住む元検事 「魔力の女」 グレッグ・アイルズ著;雨沢泰訳 講談社(講談社文庫) 2005年11月

ベンザ
西海岸最大の犯罪組織のボス、カリフォルニア郊外に住む会計士ウォルター・スミスの雇い主 「ホステージ 上下」 ロバート・クレイス著;村上和久訳 講談社(講談社文庫) 2005年5月

ベン・サントリ
シアトルで暴力的な義父から虐待を受けている12歳の孤独な少年、連続放火容疑者の目撃者 「炎の記憶」 リドリー・ピアスン著;橋本夕子訳 角川書店(角川文庫) 2002年5月

ペンジェリー
恐ろしく質が悪く意地悪な卑しむべき悪党、恐喝の常習犯 「暗い広場の上で」 ヒュー・ウォルポール著;澄木柚訳 早川書房(Hayakawa pocket mystery books) 2004年8月

ベンジャミン・サックス(サックス)
ウィスコンシン州の路上で爆死したテロリスト、作家のピーターの親友だった男 「リヴァイアサン」 ポール・オースター著;柴田元幸訳 新潮社(新潮文庫) 2002年12月

ベンジャミン・ジャスティス(ジャスティス)
「ロサンゼルス・タイムズ」の元記者、マスコミを追われ失意の毎日を送っている男 「夜の片隅で」 ジョン・モーガン・ウィルスン著;岩瀬孝雄訳 早川書房(ハヤカワ・ミステリ文庫) 2002年2月

ベンジャミン・シュピーゲル(ベン)
サンディエゴの高校教師、独特の魅力のある男 「殺人者の日記」 トム・ラシーナ著;夏来健次訳 扶桑社(扶桑社ミステリー) 2002年11月

ベンジャミン・ソープ
出張でニューヨークにやってきた建築家、妻とロサンゼルスに住む43歳の男性 「キャンディーランド」 エヴァン・ハンター著;エド・マクベイン著;山本博訳 早川書房(Hayakawa novels) 2001年10月

ベンジャミン・ディル(ディル)
アメリカ上院調査監視分科委員会の顧問の38歳の男、爆死した殺人課女刑事フェリシティ・ディルの兄 「女刑事の死」 ロス・トーマス著;藤本和子訳 早川書房(ハヤカワ・ミステリ文庫) 2005年6月

ベンジャミン・バーネット
ロンドンのニュース社の経営者、科学者モリアーティの元情報提供者 「千里眼を持つ男」 マイケル・クーランド著;吉川;正子訳 講談社(講談社文庫) 2004年6月

ベンジャミン・リエンゾ(ウィーヴァー)
18世紀のロンドンで暮らしている調査員、元ボクサーの男 「紙の迷宮 上下」 デイヴィッド・リス著;松下祥子訳 早川書房(ハヤカワ・ミステリ文庫) 2001年8月

ベンジャミン・ワトキンス
ロサンゼルス市警殺人課の新任の主任刑事、コロンボ警部の部下 「人形の密室」 アルフレッド・ローレンス著;小鷹信光訳 二見書房(二見文庫) 2001年3月

編集長　へんしゅうちょう
パンプルムース氏が覆面調査員を務めるグルメ・ガイドブック〈ル・ギード〉の編集長 「パンプルムース家の犬」 マイケル・ボンド著;木村博江訳 東京創元社(創元推理文庫) 2002年4月

編集長　へんしゅうちょう
パンプルムース氏が覆面調査員を務めるグルメ・ガイドブック〈ル・ギード〉の編集長 「パンプルムース氏と飛行船」 マイケル・ボンド著;木村博江訳 東京創元社(創元推理文庫) 2003年6月

編集長　へんしゅうちょう
パンプルムース氏が覆面調査員を務めるグルメ・ガイドブック〈ル・ギード〉の編集長 「パンプルムース氏のおすすめ料理」 マイケル・ボンド著;木村博江訳 東京創元社(創元推理文庫) 2001年7月

編集長　へんしゅうちょう
パンプルムース氏が覆面調査員を務めるグルメ・ガイドブック〈ル・ギード〉の編集長 「パンプルムース氏のダイエット」 マイケル・ボンド著;木村博江訳 東京創元社(創元推理文庫) 2002年11月

編集長　へんしゅうちょう
パンプルムース氏が覆面調査員を務めるグルメ・ガイドブック〈ル・ギード〉の編集長 「パンプルムース氏の晩餐会」 マイケル・ボンド著;木村博江訳 東京創元社(創元推理文庫) 2005年5月

編集長　へんしゅうちょう
パンプルムース氏が覆面調査員を務めるグルメ・ガイドブック〈ル・ギード〉の編集長 「パンプルムース氏の秘密任務」 マイケル・ボンド著;木村博江訳 東京創元社(創元推理文庫) 2001年11月

編集長　へんしゅうちょう
パンプルムース氏が覆面調査員を務めるグルメ・ガイドブック〈ル・ギード〉の編集長 「パンプルムース氏対ハッカー」 マイケル・ボンド著;木村博江訳 東京創元社(創元推理文庫) 2004年1月

べんす

ベン・スタック(スタック)
ニューヨーク市警殺人課の刑事、女性刑事リカの上司で古風なタイプの紳士 「火炙り」 ジョン・ラッツ著;天野淑子訳 早川書房(ハヤカワ・ミステリ文庫) 2003年1月

ベン・スタフォード
元デルタ・フォース隊員で保釈執行代理人、カナダの原生林で飛行機が墜落した現場にいた男 「終極の標的」 J・C・ポロック著;広瀬順弘訳 早川書房(ハヤカワ文庫NV) 2002年6月

ベン・ゼーヴィ
マイアミにあるマーナ・ベン=ゼーヴィ記念不妊治療病院の院長、"ナチ・ハンター"であるメリッサの不妊治療の主治医 「ラスト・ナチ」 スタン・ポッティンガー著;中島哲也訳 柏艪舎(文芸シリーズ) 2005年9月

ベンダー
アメリカが衆国空軍大将、知的で控えめな男 「ワルシャワ大空戦 上下」 リチャード・ハーマン著;大久保寛訳 新潮社(新潮文庫) 2003年7月

ペンダーガスト
FBI特別捜査官、ニューヨークの高層マンション建築現場で見つかった三十六体の人骨の捜査をするためニューオーリンズからやってきた男 「殺人者の陳列棚 上下」 D.プレストン著;L.チャイルド著 二見書房(二見文庫) 2003年8月

ヴェンタナ
サンフランシスコで暮らしている私立探偵、20年前に両親が事故死した34歳の女性 「サンセット・ブルヴァード殺人事件」 グロリア・ホワイト著;加地美知子訳 講談社(講談社文庫) 2002年5月

ベンテュラ
ボストンの暗黒街を牛耳るギャング 「チャンス」 ロバート・B.パーカー著;菊池光訳 早川書房(ハヤカワ・ミステリ文庫) 2003年11月

ベンツ
ニューオーリンズ警察の刑事、一時的に殺人課の仕事をしている四十代後半の男 「ロザリオとともに葬られ」 リサ・ジャクソン著;富永和子訳 ソニーマガジンズ(ヴィレッジブックス) 2004年8月

ヘンドリック・グルート(リークス)
ハバナで働くエリート会社員・ヴィクターのヨーロッパ人のボス 「バイク・ガールと野郎ども」 ダニエル・チャヴァリア著;真崎義博訳 早川書房(ハヤカワ・ミステリ文庫) 2002年11月

ベンドール
ロシア大統領狙撃犯、30年前にロシアに亡命したイギリス人核科学者の息子 「城壁に手をかけた男 上下」 ブライアン・フリーマントル著;戸田裕之訳 新潮社(新潮文庫) 2004年5月

ベン・トルーマン
メイン州の田舎町ヴァーセイルズの若い警察署長 「ボストン、沈黙の街」 ウィリアム・ランデイ著;東野さやか訳 早川書房(ハヤカワ・ミステリ文庫) 2003年9月

ベントン・ウェズリー
元FBI心理分析官で異常犯罪の捜査にたずさわるコンサルタント、法病理学者・スカーペッタの恋人 「痕跡 上下」 パトリシア・コーンウェル著;相原真理子訳 講談社(講談社文庫) 2004年12月

ベントン・ウェズリー
元FBI心理分析官で法心理学者、法医学者のスカーペッタの恋人 「神の手 上下」 パトリシア・コーンウェル著;相原真理子訳 講談社(講談社文庫) 2005年12月

ベントン・ウェズリー
元FBI心理分析官の男、バージニア州検屍局長ケイの恋人 「審問 上下」 P・コーンウェル著;相原真理子訳 講談社(講談社文庫) 2000年12月

ベントン・リンチ
アメリカ南部の田舎町ニーリーの養鶏場の息子、ほとんど喋らない個性も特徴もない少年 「甘美なる来世へ」 T・R・ピアソン著;柴田元幸訳 みすず書房 2003年11月

ベン・バッドウィン
ギレスピーの街にある小さなホテルの経営者、女性を追いかけるスリルを求めている魅力的な独身男性 「一夜だけの約束」 ローリ・フォスター著;石原未奈子訳 ソニー・マガジンズ(ヴィレッジブックス) 2005年2月

ベン・ハートマン
投資会社「ハートマン・キャピタルマネジメント」役員、創始者マックスの36歳の息子 「シグマ最終指令 上下」 ロバート・ラドラム著;山本光伸訳 新潮社(新潮文庫) 2002年11月

ベン・ハーパー
オハイオ州のある町に暮らしていた貧しい金物屋の店員、強盗殺人の罪で死刑に処された男 「狩人の夜」 デイヴィス・グラブ著;宮脇裕子訳 東京創元社(創元推理文庫) 2002年12月

ベン・ヴァーバー(ヴァーバー)
マンハッタンの探偵事務所の共同経営者、捜査中に失踪した私立探偵 「片目の追跡者」 モリス・ハーシュマン著;三浦亜紀訳 論創社(論創海外ミステリ) 2004年11月

ベン・マーコ(マーコ)
合衆国陸軍大尉、朝鮮戦争のあと英雄になった軍曹・レイモンドの上司 「影なき狙撃者」 リチャード・コンドン著;佐和誠訳 早川書房(ハヤカワ文庫NV) 2002年12月

ベン・ヤージー(ヤージー)
暗号通信兵、ナヴァホ語がアメリカの軍事暗号として使われたためサイパン上陸作戦に同行したアメリカ先住民・ナヴァホ族の若者 「ウインドトーカーズ」 マックス・A.コリンズ著;北沢和彦訳 新潮社(新潮文庫) 2002年8月

ベン・ライアン
ノースカロライナ州ライアンズ・ブラフの地方検事、超能力者キャシーの協力者 「シャドウ・ファイル/覗く」 ケイ・フーパー著;幹遙子訳 早川書房(ハヤカワ文庫NV) 2001年5月

ヘンリー・アシュビー(アシュビー)
イギリスの俳優クラブの会員、古書の収集家としても有名な貴族 「文豪ディケンズと倒錯の館」 ウィリアム・J・パーマー著;宮脇孝雄訳 新潮社(新潮文庫) 2001年11月

ヘンリー・アボット
ひもじさにふるえみすぼらしいスーツをまとった目の覚めるような美青年、鑑識眼と知識を持ち合わせた男 「銀の仮面」 ヒュー・ウォルポール著;倉阪鬼一郎訳 国書刊行会(ミステリーの本棚) 2001年10月

ヘンリー・アンカテル卿　へんりーあんかてるきょう
ハロウィーン諸島の元政務長官、ホロー荘の所有者 「ホロー荘の殺人」 アガサ・クリスティー著;中村能三訳 早川書房(ハヤカワ文庫クリスティー文庫) 2003年12月

ヘンリエッタ・オドワイヤー・コリンズ(ヘンリー・O)　へんりえったおどわいやーこりんず(へんりーおー)
元新聞記者のミステリ作家、六年前に事故死した夫の死の真相を追うことになった妻 「悪意の楽園」 キャロリン・G.ハート著;長島水際訳 The Mysterious Press(ミステリアス・プレス文庫) 2001年1月

ヘンリエッタ・オドワイヤー・コリンズ(ヘンリー・O)　へんりえったおどわいやーこりんず(へんりーおー)
名探偵の60代の老婦人、さまざまな受賞歴をもつ元新聞記者 「死の散歩道」 キャロリン・G.ハート著;対馬妙訳 早川書房(ハヤカワ・ミステリ文庫) 2002年1月

へんり

ヘンリエッタプリチャード
ボストン・レッドソックス球団の取締役会長、オーナーの姪 「殺人豪速球」 デイヴィッド；フェレル著；棚橋志行訳　二見書房（二見文庫） 2003年10月

ヘンリエッタ・マリン（ヘン）
ボグナー・リージス警察署の女主任警部、海水浴場で絞殺されたエマの事件の捜査責任者 「漂う殺人鬼」 ピーター・ラヴゼイ著；山本やよい訳　早川書房（Hayakawa novels） 2005年1月

ヘンリー・O　へんりーおー
元新聞記者のミステリ作家、六年前に事故死した夫の死の真相を追うことになった妻 「悪意の楽園」 キャロリン・G.ハート著；長島水際訳　The Mysterious Press（ミステリアス・プレス文庫） 2001年1月

ヘンリー・O　へんりーおー
名探偵の60代の老婦人、さまざまな受賞歴をもつ元新聞記者 「死の散歩道」 キャロリン・G.ハート著；対馬妙訳　早川書房（ハヤカワ・ミステリ文庫） 2002年1月

ヘンリー・ガーマジ（ガーマジ）
ニューヨークで暮らしている名探偵、どこから見ても立ち居振る舞いが見苦しい男 「予期せぬ夜」 エリザベス・デイリイ著；白須清美訳　早川書房（Hayakawa pocket mystery books） 2002年1月

ヘンリー卿（ヘンリー・クリザリング）　へんりーきょう（へんりーくりざりんぐ）
引退したロンドン警視庁の元総監、ミス・マープルの知人 「予告殺人」 アガサ・クリスティー著；田村隆一訳　早川書房（ハヤカワ文庫クリスティー文庫） 2003年11月

ヘンリー・クリザリング
引退したロンドン警視庁の元総監、ミス・マープルの知人 「予告殺人」 アガサ・クリスティー著；田村隆一訳　早川書房（ハヤカワ文庫クリスティー文庫） 2003年11月

ヘンリー・ゴイルズ（ゴイルズ）
イタリアの第一二七捕虜収容所に収容されている英国陸軍大尉、脱走の常習者 「捕虜収容所の死」 マイケル・ギルバート著；石田善彦訳　東京創元社（創元推理文庫） 2003年5月

ヘンリー・ジェイムズ・ジェスン三世（ジェスン）　へんりーじぇいむずじぇすんさんせい（じぇすん）
大富豪、ニューヨーク公共図書館の司書・アレクサンダーに時間外の仕事を依頼した老人 「形見函と王妃の時計」 アレン・カーズワイル著；大島豊訳　東京創元社（海外文学セレクション） 2004年7月

ヘンリー・ジキル（ジキル）
19世紀後半のロンドンに住む高名な医学博士、弁護士アタスンの顧客 「ジキル博士とハイド氏」 ロバート・ルイス・スティーヴンスン著；夏来健次訳　東京創元社（創元推理文庫） 2001年8月

ヘンリー・シヴァー（シヴァー先生）　へんりーしばー（しばーせんせい）
1831年のイギリス・サンダーランドに住む医師、医学生に解剖を教える解剖学者 「青いドレスの少女」 シェリ・ホールマン著；河野純治訳　DHC 2002年5月

ベン・リース
オハイオ州アルダートン大学の記録保管人、博学な「難事件鑑定人」 「難事件鑑定人」 サリー・ライト著；長島水際訳　早川書房（ハヤカワ・ミステリ文庫） 2001年10月

ヘンリー・スピアマン（スピアマン）
ハーバード大学経済学部の大物教授、大学の教授昇任委員会の委員 「経済学殺人事件」 マーシャル・ジェボンズ著；青木；栄一訳　日本経済新聞社（日経ビジネス人文庫） 2004年2月

ヘンリー・チェイス
ウォールストリートの企業乗っ取り会社に勤めるヤング・エグゼクティブ、自分の業績と収入を上げるためだけに生きている冷酷無情な男 「ヘンリーの悪行リスト」ジョン・スコット・シェパード著;矢口誠訳 新潮社(新潮文庫) 2005年2月

ヘンリー・トマス・スミス(スミス)
幼児猥褻ならびに幼児殺害の罪の刑期を終えキングズマーカムに戻ってきた男、71歳の小児性愛者 「悪意の傷跡」ルース・レンデル著;吉野美恵子訳 早川書房(Hayakawa pocket mystery books) 2002年12月

ベン・リヴィア(リヴィア)
四十歳前後の美術鑑定家、ナチスの略奪品に詳しいボストン美術館の元学芸員 「略奪」アーロン・エルキンズ著;笹野洋子訳 講談社(講談社文庫) 2001年1月

ヘンリー・ピアス(ピアス)
34歳のナノテク学者、ベンチャー企業「アメデオ・テクノロジーズ」代表 「チェイシング・リリー」マイクル・コナリー著;古沢嘉通訳 早川書房(Hayakawa novels) 2003年9月

ヘンリー・フィッツロイ
イングランド国王の血を引く十六世紀生まれのヴァンパイア 「ブラッド・プライス 血の召喚」タニア・ハフ著;和爾桃子訳 早川書房(ハヤカワ文庫FT) 2005年10月

ヘンリー・フィールディング(フィールディング)
ロンドンの百貨店員、作曲家・ジェフリの旅の道連れに志願した貴族出身の若い男 「大聖堂は大騒ぎ」エドマンド・クリスピン著;滝口達也訳 国書刊行会(世界探偵小説全集) 2004年5月

ヘンリー・ブラウン
アメリカ航空兵の息子、ロンドンの大家族にあずけられているアメリカ人の少年 「ハリスおばさんニューヨークへ行く」ポール・ギャリコ著;亀山龍樹訳 ブッキング(fukkan.com) 2005年5月

ヘンリー・ブーン
ロンドンの法律事務所で働く新米弁護士、二時間以上眠ることができない超不眠症の男 「スモールボーン氏は不在」マイケル・ギルバート著;浅羽莢子訳 小学館(Shogakukan mystery) 2003年9月

ヘンリー・ヘラー
ロサンゼルス在住のTVプロデューサー・エアリアルの元上司でボーイフレンド 「猜疑」ジュディ・マーサー著;北沢あかね訳 講談社(講談社文庫) 2001年11月

ヘンリー・メイナード
ジェイムズ島のメイナード家当主 「月明かりの闇 フェル博士最後の事件」ジョン・ディクスン・カー著;田口俊樹訳 早川書房(ハヤカワ・ミステリ文庫) 2004年9月

ヘンリー・メツガー(メツガー)
リーハイ製鋼の元会長、鉄鋼町リーハイバレーを牛耳る億万長者 「バブルズはご機嫌ななめ」サラ・ストロマイヤー著;細美遙子訳 講談社(講談社文庫) 2005年8月

ヘンリー・メリヴェール(H・M)　へんりーめりべーる(えいちえむ)＊
イギリス陸軍情報局総裁であり名探偵 「読者よ欺かるるなかれ」カーター・ディクスン著;宇野利泰訳 早川書房(ハヤカワ・ミステリ文庫) 2002年4月

ヘンリー・メリヴェール(H・M)　へんりーめりべーる(えいちえむ)＊
英国陸軍情報部長官、元情報部部員ケンの結婚式前日に元スパイの屋敷へ潜入を命じた男 「パンチとジュディ」カーター・ディクスン著;白須清美訳 早川書房(ハヤカワ・ミステリ文庫) 2004年3月

へんり

ヘンリー・メルヴェール(H・M）　へんりーめるべーる（えいちえむ）＊
イギリス陸軍省の大物にして名探偵　「殺人者と恐喝者」　カーター・ディクスン著;森英俊訳　原書房（ヴィンテージ・ミステリ・シリーズ）　2004年4月

ヘンリー・リオス（リオス）
ロサンジェルスで暮らすゲイでヒスパニックの弁護士、何年にもわたってアルコール中毒者更生施設にいた男　「秘められた掟」　マイケル・ナーヴァ著;柿沼瑛子訳　東京創元社（創元推理文庫）　2002年1月

ヘンリー・ワズワース・ロングフェロー（ロングフェロー）
アメリカの国民的詩人、南北戦争直後のアメリカでダンテ『神曲』の翻訳に取り組む「ダンテ・クラブ」のメンバー　「ダンテ・クラブ」　マシュー・パール著;鈴木;恵訳　新潮社　2004年8

【ほ】

ボー
ベストセラー作家・ルーシーが講演をすることになった女子体育大学の美貌の二年生代表　「裁かれる花園」　ジョセフィン・テイ著;中島なすか訳　論創社（論創海外ミステリ）　2005年2月

ボー（ボートワン・アンスラン）
生まれついての肉体は男性だが心は女性であると認識している二十八歳の青年　「異形の花嫁」　ブリジット・オベール著;藤本優子訳　早川書房（ハヤカワ・ミステリ文庫）　2003年5月

ポアロ（エルキュール・ポアロ）
「灰色の脳細胞」を駆使して事件に挑むイギリスの私立探偵、小柄なベルギー人　「アクロイド殺し」　アガサ・クリスティー著;羽田詩津子訳　早川書房（ハヤカワ文庫クリスティー文庫）　2003年12月

ポアロ（エルキュール・ポアロ）
「灰色の脳細胞」を駆使して事件に挑むイギリスの私立探偵、小柄なベルギー人　「エッジウェア卿の死」　アガサ・クリスティー著;福島正実訳　早川書房（ハヤカワ文庫クリスティー文庫）　2004年7月

ポアロ（エルキュール・ポアロ）
「灰色の脳細胞」を駆使して事件に挑むイギリスの私立探偵、小柄なベルギー人　「カーテン」　アガサ・クリスティー著;中村能三訳　早川書房（ハヤカワ文庫クリスティー文庫）　2004年11月

ポアロ（エルキュール・ポアロ）
「灰色の脳細胞」を駆使して事件に挑むイギリスの私立探偵、小柄なベルギー人　「クリスマス・プディングの冒険」　アガサ・クリスティー著;橋本福夫ほか訳　早川書房（ハヤカワ文庫クリスティー文庫）　2004年11月

ポアロ（エルキュール・ポアロ）
「灰色の脳細胞」を駆使して事件に挑むイギリスの私立探偵、小柄なベルギー人　「ゴルフ場殺人事件」　アガサ・クリスティー著;田村隆一訳　早川書房（ハヤカワ文庫クリスティー文庫）　2004年1月

ポアロ（エルキュール・ポアロ）
「灰色の脳細胞」を駆使して事件に挑むイギリスの私立探偵、小柄なベルギー人　「ナイルに死す」　アガサ・クリスティー著;加島祥造訳　早川書房（ハヤカワ文庫クリスティー文庫）　2003年10月

ポアロ（エルキュール・ポアロ）
「灰色の脳細胞」を駆使して事件に挑むイギリスの私立探偵、小柄なベルギー人　「ハロウィーン・パーティ」　アガサ・クリスティー著;中村能三訳　早川書房（ハヤカワ文庫クリスティー文庫）　2003年11月

ポアロ（エルキュール・ポアロ）
「灰色の脳細胞」を駆使して事件に挑むイギリスの私立探偵、小柄なベルギー人 「ビッグ4」 アガサ・クリスティー著;中村妙子訳　早川書房(ハヤカワ文庫クリスティー文庫)　2004年3月

ポアロ（エルキュール・ポアロ）
「灰色の脳細胞」を駆使して事件に挑むイギリスの私立探偵、小柄なベルギー人 「ヒッコリー・ロードの殺人」 アガサ・クリスティー著;高橋豊訳　早川書房(ハヤカワ文庫クリスティー文庫)　2004年7月

ポアロ（エルキュール・ポアロ）
「灰色の脳細胞」を駆使して事件に挑むイギリスの私立探偵、小柄なベルギー人 「ひらいたトランプ」 アガサ・クリスティー著;加島祥造訳　早川書房(ハヤカワ文庫クリスティー文庫)　2003年10月

ポアロ（エルキュール・ポアロ）
「灰色の脳細胞」を駆使して事件に挑むイギリスの私立探偵、小柄なベルギー人 「ブラック・コーヒー 小説版」 アガサ・クリスティー著;チャールズ・オズボーン小説化　早川書房(ハヤカワ文庫クリスティー文庫)　2004年9月

ポアロ（エルキュール・ポアロ）
「灰色の脳細胞」を駆使して事件に挑むイギリスの私立探偵、小柄なベルギー人 「ブラック・コーヒー」 アガサ・クリスティー著;麻田実訳　早川書房(ハヤカワ文庫クリスティー文庫)　2004年1月

ポアロ（エルキュール・ポアロ）
「灰色の脳細胞」を駆使して事件に挑むイギリスの私立探偵、小柄なベルギー人 「ヘラクレスの冒険」 アガサ・クリスティー著;田中一江訳　早川書房(ハヤカワ文庫クリスティー文庫)　2004年9月

ポアロ（エルキュール・ポアロ）
「灰色の脳細胞」を駆使して事件に挑むイギリスの私立探偵、小柄なベルギー人 「ポアロのクリスマス」 アガサ・クリスティー著;村上啓夫訳　早川書房(ハヤカワ文庫クリスティー文庫)　2003年11月

ポアロ（エルキュール・ポアロ）
「灰色の脳細胞」を駆使して事件に挑むイギリスの私立探偵、小柄なベルギー人 「ポアロ登場」 アガサ・クリスティー著;真崎義博訳　早川書房(ハヤカワ文庫クリスティー文庫)　2004年7月

ポアロ（エルキュール・ポアロ）
「灰色の脳細胞」を駆使して事件に挑むイギリスの私立探偵、小柄なベルギー人 「マギンティ夫人は死んだ」 アガサ・クリスティー著;田村隆一訳　早川書房(ハヤカワ文庫クリスティー文庫)　2003年12月

ポアロ（エルキュール・ポアロ）
「灰色の脳細胞」を駆使して事件に挑むイギリスの私立探偵、小柄なベルギー人 「メソポタミヤの殺人」 アガサ・クリスティー著;石田善彦訳　早川書房(ハヤカワ文庫クリスティー文庫)　2003年12月

ポアロ（エルキュール・ポアロ）
「灰色の脳細胞」を駆使して事件に挑むイギリスの私立探偵、小柄なベルギー人 「もの言えぬ証人」 アガサ・クリスティー著;加島祥造訳　早川書房(ハヤカワ文庫クリスティー文庫)　2003年12月

ポアロ（エルキュール・ポアロ）
「灰色の脳細胞」を駆使して事件に挑むイギリスの私立探偵、小柄なベルギー人 「愛国殺人」 アガサ・クリスティー著;加島祥造訳　早川書房(ハヤカワ文庫クリスティー文庫)　2004年6月

ぽあろ

ポアロ（エルキュール・ポアロ）
「灰色の脳細胞」を駆使して事件に挑むイギリスの私立探偵、小柄なベルギー人 「雲をつかむ死」 アガサ・クリスティー著;加島祥造訳　早川書房（ハヤカワ文庫クリスティー文庫） 2004年4月

ポアロ（エルキュール・ポアロ）
「灰色の脳細胞」を駆使して事件に挑むイギリスの私立探偵、小柄なベルギー人 「五匹の子豚」 アガサ・クリスティー著;桑原千恵子訳　早川書房（ハヤカワ文庫クリスティー文庫） 2003年12月

ポアロ（エルキュール・ポアロ）
「灰色の脳細胞」を駆使して事件に挑むイギリスの私立探偵、小柄なベルギー人 「三幕の殺人」 アガサ・クリスティー著;長野きよみ訳　早川書房（ハヤカワ文庫クリスティー文庫） 2003年10月

ポアロ（エルキュール・ポアロ）
「灰色の脳細胞」を駆使して事件に挑むイギリスの私立探偵、小柄なベルギー人 「死との約束」 アガサ・クリスティー著;高橋豊訳　早川書房（ハヤカワ文庫クリスティー文庫） 2004年5月

ポアロ（エルキュール・ポアロ）
「灰色の脳細胞」を駆使して事件に挑むイギリスの私立探偵、小柄なベルギー人 「死人の鏡」 アガサ・クリスティー著;小倉多加志訳　早川書房（ハヤカワ文庫クリスティー文庫） 2004年5月

ポアロ（エルキュール・ポアロ）
「灰色の脳細胞」を駆使して事件に挑むイギリスの私立探偵、小柄なベルギー人 「邪悪の家」 アガサ・クリスティー著;田村隆一訳　早川書房（ハヤカワ文庫クリスティー文庫） 2004年2月

ポアロ（エルキュール・ポアロ）
「灰色の脳細胞」を駆使して事件に挑むイギリスの私立探偵、小柄なベルギー人 「象は忘れない」 アガサ・クリスティー著;中村能三訳　早川書房（ハヤカワ文庫クリスティー文庫） 2003年12月

ポアロ（エルキュール・ポアロ）
「灰色の脳細胞」を駆使して事件に挑むイギリスの私立探偵、小柄なベルギー人 「杉の柩」 アガサ・クリスティー著;恩地三保子訳　早川書房（ハヤカワ文庫クリスティー文庫） 2004年5月

ポアロ（エルキュール・ポアロ）
「灰色の脳細胞」を駆使して事件に挑むイギリスの私立探偵、小柄なベルギー人 「青列車の秘密」 アガサ・クリスティー著;青木久恵訳　早川書房（ハヤカワ文庫クリスティー文庫） 2004年7月

ポアロ（エルキュール・ポアロ）
「灰色の脳細胞」を駆使して事件に挑むイギリスの私立探偵、小柄なベルギー人 「葬儀を終えて」 アガサ・クリスティー著;加島祥造訳　早川書房（ハヤカワ文庫クリスティー文庫） 2003年11月

ポアロ（エルキュール・ポアロ）
「灰色の脳細胞」を駆使して事件に挑むイギリスの私立探偵、小柄なベルギー人 「第三の女」 アガサ・クリスティー著;小尾芙佐訳　早川書房（ハヤカワ文庫クリスティー文庫） 2004年8月

ポアロ（エルキュール・ポアロ）
「灰色の脳細胞」を駆使して事件に挑むイギリスの私立探偵、小柄なベルギー人 「鳩のなかの猫」 アガサ・クリスティー著;橋本福夫訳　早川書房（ハヤカワ文庫クリスティー文庫） 2004年7月

ポアロ(エルキュール・ポアロ)
「灰色の脳細胞」を駆使して事件に挑むイギリスの私立探偵、小柄なベルギー人 「複数の時計」 アガサ・クリスティー著;橋本福夫訳 早川書房(ハヤカワ文庫クリスティー文庫) 2003年11月

ポアロ(エルキュール・ポアロ)
「灰色の脳細胞」を駆使して事件に挑むイギリスの私立探偵、小柄なベルギー人 「満潮に乗って」 アガサ・クリスティー著;恩地三保子訳 早川書房(ハヤカワ文庫クリスティー文庫) 2004年6月

ポアロ(エルキュール・ポアロ)
「灰色の脳細胞」を駆使して事件に挑むイギリスの私立探偵、卵型の頭とピンと跳ねた口髭が特徴の小柄なベルギー人 「ABC殺人事件」 アガサ・クリスティー著;堀内静子訳 早川書房(ハヤカワ文庫クリスティー文庫) 2003年11月

ポアロ(エルキュール・ポアロ)
「灰色の脳細胞」を駆使して事件に挑むイギリスの私立探偵、卵型の頭とピンと跳ねた口髭が特徴の小柄なベルギー人 「オリエント急行の殺人」 アガサ・クリスティー著;中村能三訳 早川書房(ハヤカワ文庫クリスティー文庫) 2003年10月

ポアロ(エルキュール・ポアロ)
「灰色の脳細胞」を駆使して事件に挑むイギリスの私立探偵、卵型の頭とピンと跳ねた口髭が特徴の小柄なベルギー人 「スタイルズ荘の怪事件」 アガサ・クリスティー著;矢沢聖子訳 早川書房(ハヤカワ文庫クリスティー文庫) 2003年10月

ポアロ(エルキュール・ポアロ)
「灰色の脳細胞」を駆使して事件に挑むイギリスの私立探偵、卵型の頭とピンと跳ねた口髭が特徴の小柄なベルギー人 「ホロー荘の殺人」 アガサ・クリスティー著;中村能三訳 早川書房(ハヤカワ文庫クリスティー文庫) 2003年12月

ポアロ(エルキュール・ポアロ)
「灰色の脳細胞」を駆使して事件に挑むイギリスの私立探偵、卵型の頭とピンと跳ねた口髭が特徴の小柄なベルギー人 「死者のあやまち」 アガサ・クリスティー著;田村隆一訳 早川書房(ハヤカワ文庫クリスティー文庫) 2003年12月

ポアロ(エルキュール・ポアロ)
「灰色の脳細胞」を駆使して事件に挑むイギリスの私立探偵、卵型の頭とピンと跳ねた口髭が特徴の小柄なベルギー人 「白昼の悪魔」 アガサ・クリスティー著;鳴海四郎訳 早川書房(ハヤカワ文庫クリスティー文庫) 2003年10月

ポアロ(エルキュール・ポアロ)
イングランドの田舎にある住民が知りあいばかりというキングズアボット村に住みはじめた私立探偵、ベルギー人の元花形捜査官 「スタイルズ荘の怪死事件」 アガサ・クリスティ作;花上かつみ訳 講談社(講談社青い鳥文庫) 2003年2月

ポアロ(エルキュール・ポアロ)
イングランドの田舎にある住民が知りあいばかりというキングズアボット村に住みはじめた私立探偵、ベルギー人の元花形捜査官 「三幕の悲劇」 アガサ・クリスティ作;花上かつみ訳 講談社(講談社青い鳥文庫) 2004年8月

ボイセン
米国で爆発炎上したツェッペリン型飛行船・ヒンデンブルクの乗員、昇降舵手 「ヒンデンブルク炎上 上下」 ヘニング・ボエティウス著;天沼春樹訳 新潮社(新潮文庫) 2004年8月

ホイットニー・バーグ
ケンタッキー州タリントンに住む洞窟生態学者兼海洋生物学者 「地底迷宮 上下」 マーク・サリヴァン著;上野元美訳 新潮社(新潮文庫) 2004年3月

ほいっ

ホイット・モーズリー
テキサス州の田舎町ポートレオの治安判事、親のコネで判事の職についた気楽な青年「さよならの接吻」ジェフ・アボット著;吉沢康子訳　早川書房（ハヤカワ・ミステリ文庫）2004年3月

ホイット・モーズリー
テキサス州の田舎町ポートレオの判事、親のコネで判事の職についた気楽な青年「海賊岬の死体」ジェフ・アボット著;吉沢康子訳　早川書房（ハヤカワ・ミステリ文庫）2004年7月

ホイット・モーズリー（モーズリー）
テキサス州の町ポートレオの治安判事、幼い頃に家族を棄てて失踪した母親を持つ男「逃げる悪女」ジェフ・アボット著;吉澤康子訳　早川書房（ハヤカワ・ミステリ文庫）2005年1月

ボイド・ドビンズ
ラスヴェガスでカード・ディーラーをしている男、託児所勤務のアリスンの同棲相手「悪党どもの荒野」ブライアン・ホッジ著;白石朗訳　扶桑社（扶桑社ミステリー）2001年6月

ホイーラン
ヴィクトリア州政府閣僚の行政アドバイザー「ブラッシュ・オフ」シェイン・マローニー著;浜野アキオ訳　文藝春秋（文春文庫）2002年12月

ポウク
気立てのいい年配の男、脚に障害を持つ一流の犯罪者「野獣よ牙を研げ」ジョージ・P・ペレケーノス著;横山啓明訳　早川書房（ハヤカワ・ミステリ文庫）2003年7月

ホウゲンドバー
ヴァージニア州の田舎町クロゼットの元郵便局長の未亡人「森で昼寝する猫」リタ・メイ・ブラウン著;スニーキー・パイ・ブラウン著;茅律子訳　早川書房（ハヤカワ・ミステリ文庫）2001年11月

ボウラー
中部ヨークシャー警察犯罪捜査部のいちばんの新人、エリートコースを歩む大学卒の刑事「死者との対話」レジナルド・ヒル著;秋津知子訳　早川書房（Hayakawa pocket mystery books）2003年9月

ホーギー
ニューヨークに住む小説家、作家の卵と思われるアンサーマンから手紙を送られた男「殺人小説家」デイヴィッド・ハンドラー著;北沢あかね訳　講談社（講談社文庫）2005年6月

ホーギー
作家、大学時代からの友人の有名作家ソアからゴーストライターを頼まれた男「傷心」デイヴィッド・ハンドラー著;北沢あかね訳　講談社（講談社文庫）2001年6月

ホギー
レストラン「ラ・ジョルジュ」に雇われた新進シェフ、クスリ漬けの男「ラリパッパ・レストラン」ニコラス・ブリンコウ著;玉木亨訳　文藝春秋（文春文庫）2003年11月

ホーク
海賊の末裔にしてイギリス屈指の大富豪、元英国海軍中佐「ハシシーユン暗殺集団 上下」テッド・ベル著;広瀬順弘訳　早川書房（ハヤカワ文庫NV）2005年6月

ホーク
海賊の末裔にして大富豪の男、百戦錬磨の元英国海軍中佐で世界的な実業家「ステルス原潜を追え 上下」テッド・ベル著;広瀬順弘訳　早川書房（ハヤカワ文庫NV）2003年1月

ホーク
私立探偵・スペンサーの相棒「突然の災禍」ロバート・B・パーカー著;菊池光訳　早川書房（ハヤカワ・ミステリ文庫）2005年3月

ホーク
私立探偵・スペンサーの相棒、黒人の職業的犯罪者 「沈黙」 ロバート・B・パーカー著;菊池光訳 早川書房 (ハヤカワ・ミステリ文庫) 2005年7月

ホーク
私立探偵・スペンサーの相棒、背後から銃撃され瀕死の重傷を負った黒人の男 「冷たい銃声」 ロバート・B・パーカー著;菊池光訳 早川書房(Hayakawa novels) 2005年12月

ホーク
私立探偵スペンサーの相棒、身長6フィート2インチ・体重210ポンドの大柄な黒人男性 「チャンス」 ロバート・B.パーカー著;菊池光訳 早川書房 (ハヤカワ・ミステリ文庫) 2003年11月

ホーク
私立探偵スペンサーの相棒、身長6フィート2インチ・体重210ポンドの大柄な黒人男性 「ポットショットの銃弾」 ロバート・B.パーカー著;菊池光訳 早川書房(Hayakawa novels) 2001年7月

ホーク
私立探偵スペンサーの相棒、身長6フィート2インチ・体重210ポンドの大柄な黒人男性 「悪覚」 ロバート・B.パーカー著;菊池光訳 早川書房 (ハヤカワ・ミステリ文庫) 2004年11月

ホーク
私立探偵スペンサーの相棒、身長6フィート2インチ・体重210ポンドの大柄な黒人男性 「笑う未亡人」 ロバート・B.パーカー著;菊池光訳 早川書房(Hayakawa novels) 2002年7月

ホーク
私立探偵スペンサーの相棒、身長6フィート2インチ・体重210ポンドの大柄な黒人男性 「真相」 ロバート・B.パーカー著;菊池光訳 早川書房(Hayakawa novels) 2003年7月

ホーク
私立探偵スペンサーの相棒、身長6フィート2インチ・体重210ポンドの大柄な黒人男性 「背信」 ロバート・B.パーカー著;菊池光訳 早川書房(Hayakawa novels) 2004年12月

ホーク
私立探偵スペンサーの相棒、身長6フィート2インチ・体重210ポンドの大柄な黒人男性 「歩く影」 ロバート・B.パーカー著;菊池光訳 早川書房 (ハヤカワ・ミステリ文庫) 2001年11月

牧師　ぼくし
イギリス国教会の教区牧師、馬の血統やコンディションを研究して勝ち馬を当てることができる男 「判事とペテン師」 ヘンリー・セシル著;中村美穂訳 論創社(論創海外ミステリ) 2005年12月

ボゴミル・ツルミルチク(ツルミルチク)
英国人のミラーが大学講師を務めるNY近郊の大学を辞めさせられた元客員教授 「角の生えた男」 ジェイムズ・ラスダン著;谷みな子訳 DHC 2003年11月

ポスト
サンフランシスコの警察官、殺人課の警部補 「サンセット・ブルヴァード殺人事件」 グロリア・ホワイト著;加地美知子訳 講談社(講談社文庫) 2002年5月

ホセ・ザバーラ(ザバーラ)
NUMA(国立海中海洋機関)の特別出動班班員、ミドル級ボクサーの経験を持つヒスパニック系の海洋技術者 「ロマノフの幻を追え 上下」 クライブ・カッスラー著;ポール・ケンプレコス著 新潮社(新潮文庫) 2004年8月

ホセ・ザバーラ(ザバーラ)
NUMA(国立海中海洋機関)の特別出動班班員、ミドル級ボクサーの経験を持つヒスパニック系の海洋技術者 「白き女神を救え」 クライブ・カッスラー著;ポール・ケンプレコス著 新潮社(新潮文庫) 2003年4月

ぽたふ

ポーターフィールド
ウェスト・ヴァージニアの谷間にある田舎町を独裁者のように支配している悪徳保安官 「蜘蛛の巣のなかへ」トマス・H・クック著;村松潔訳　文藝春秋 (文春文庫) 2005年9月

ボッシュ
ハリウッド署の刑事、自身の信じる正義を貫く男 「堕天使は地獄へ飛ぶ」 マイクル・コナリー著;古沢嘉通訳　扶桑社　2001年9月

ボッシュ
ハリウッド署殺人捜査担当の刑事、元FBI心理分析官・マッケイレブのかつての仕事仲間 「夜より暗き闇 上下」 マイクル・コナリー著;古沢嘉通訳　講談社(講談社文庫) 2003年7月

ボッシュ
ロサンジェルス市警ハリウッド署の刑事、元ベトナム帰還兵 「シティ・オブ・ボーンズ」 マイクル・コナリー著;古沢嘉通訳　早川書房 (ハヤカワ・ミステリ文庫) 2005年2月

ボッシュ
ロサンジェルス市警ハリウッド署の刑事、元ベトナム帰還兵 「シティ・オブ・ボーンズ」 マイクル・コナリー著;古沢嘉通訳　早川書房(Hayakawa novels) 2002年12月

ボッチェッタ
15世紀末のミラノの高利貸、悪辣で吝嗇な金の亡者 「レオナルドのユダ」 レオ・ペルッツ著;鈴木芳子訳　エディションq　2001年7月

坊ちゃん　ぼっちゃん
ウィーン警視庁殺人犯捜査課二係刑事、童顔で一言居士の若手刑事 「小さな花―現代ウィーン・ミステリー・シリーズ」エルンスト・ヒンターベルガー著;鈴木隆雄訳　水声社　2001年10月

ホットヴァーグナー
ウィーン警視庁殺人犯捜査課二係主任、本庁「殺人班」の最年長で定年間近の警部補 「小さな花―現代ウィーン・ミステリー・シリーズ」エルンスト・ヒンターベルガー著;鈴木隆雄訳　水声社　2001年10月

ボード・ギャザー
犯罪歴多数のエビ密猟者、白人優越論に凝り固まった小男 「幸運は誰に? 上下」 カール・ハイアセン著;田口俊樹訳　扶桑社(扶桑社ミステリー) 2005年12月

ボートルレ
パリの高校生、天才的推理力で怪盗ルパンを追い詰める少年 「奇岩城」 モーリス・ルブラン作;榊原晃三訳　岩波書店(岩波少年文庫) 2001年7月

ボードワン
11世紀の南フランスの悪徳領主 「黒十字の騎士」 ジェイムズ・パタースン著;アンドリュー・グロス著　ソニー・マガジンズ(ビレッジブックス) 2004年4月

ボートワン・アンスラン
生まれついての肉体は男性だが心は女性であると認識している二十八歳の青年 「異形の花嫁」 ブリジット・オベール著;藤本優子訳　早川書房 (ハヤカワ・ミステリ文庫) 2003年5月

ボニー
グラッドストーンの女性保安官ミランダ・ナイトの妹 「シャドウ・ファイル/狩る」 ケイ・フーパー著;幹遙子訳　早川書房(ハヤカワ文庫NV) 2001年9月

ボニー・カントレル
女性弁護士・メガンの依頼人、アル中の元夫から子どもを守ろうとする女性 「殺意のクリスマス・イブ」 W.バーンハート著;白石朗訳　講談社(講談社文庫) 2002年11月

ボニー・リー・ボーモント
ノースマイアミの店で歌とストリップみたいなことをしている白い巻き毛の若い女の子、踊り子 「金時計の秘密」 ジョン・D・マクドナルド著;本間有訳 扶桑社(扶桑社ミステリー) 2003年7月

ボハノン
自分探しの旅の途中でパプアニューギニアに立ち寄った失業中のアメリカ人青年 「密林・生存の掟」 アラン・ディーン・フォスター著;中原尚哉訳 扶桑社(扶桑社ミステリー) 2003年5月

ボビー
元CIA捜査官、両親の死の謎を探っていく友人のウォードの捜査を手伝う男 「死影」 マイケル・マーシャル著;嶋田洋一訳 ソニー・マガジンズ(ヴィレッジブックス) 2005年5月

ボビー
産婦人科医でパートタイムの検視官スチュアート・ジョーダンの愛人、地方検事補 「夢なき者たちの絆 上下」 M.C.ホワイト著;汀一弘訳 扶桑社(扶桑社ミステリー) 2002年9月

ポピー
FBI特別捜査官、科学捜査研究所元所長 「テキサスは眠れない」 メアリ=アン・T・スミス著;匝瑳玲子訳 ソニー・マガジンズ(ヴィレッジブックス) 2002年12月

ポピー
タクシー運転手・レンの娘、難病を抱えた13歳の少女 「ブラック・キャブ」 ジョン・マクラーレン著;玉木亨訳 角川書店(角川文庫) 2004年12月

ボビー(ロバート・ジョーンズ)
ウェールズの小さな町マーチボルトの牧師の四男坊、元海軍軍人 「なぜエヴァンズにいわない?」 アガサ・クリスティ作;茅野美ど里訳 偕成社(偕成社文庫) 2004年2月

ボビイ(ロバート・ジョーンズ)
ウェールズの小さな町マーチボルトの牧師の四男坊、元海軍軍人 「なぜ、エヴァンズに頼まなかったのか?」 アガサ・クリスティー著;田村隆一訳 早川書房(ハヤカワ文庫クリスティー文庫) 2004年3月

ボビー・ジーン
名無しの探偵「わたし」の自殺した友人・エバハートの内縁の妻 「幻影」 ビル・プロンジーニ著;木村二郎訳 講談社(講談社文庫) 2003年8月

ボビー・ニューマン
脚本家、金持ちの人妻が愛人を殺す場面を目撃した男 「デス・バイ・ハリウッド」 スティーヴン・ボチコ著;田村;源二著 文藝春秋 2005年1月

ボビー・バーンズ
2004年に米国陸軍将校だった男、ハーヴァード大学の卒業生 「派兵の代償」 トマス・E.リックス著;藤田佳澄訳 早川書房(ハヤカワ文庫NV) 2002年4月

ボビー・ホールウェー
カリフォルニア州ムーンライト・ベイの28歳のサーファー、難病のクリスの親友 「何ものも恐れるな 上下」 ディーン・クーンツ著;天馬竜行訳 アカデミー出版 2001年4月

ボビー・マロリー
シカゴ警察警部、私立探偵V・I・ウォーショースキーの亡父の親友 「ブラック・リスト」 サラ・パレツキー著;山本;やよい訳 早川書房(Hayakawa novels) 2004年9月

ボビー・メドリン
サンフランシスコに住むアントネッリのいとこ、弁護士 「遺産」 D.W.;バッファ著;二宮;磐訳 文藝春秋(文春文庫) 2004年10月

ほぷ

ホープ
HHF(ホープ&ハピネス・ファンデーション)創立者、テキサスの億万長者 「因果応報の終わるまで－ミャンマー崩壊作戦」 ポール・アディレックス著;高橋洋伸訳 文芸社 2004年10月

ホープ
心臓発作で亡くなった著名な小説家・キャンドレスの次女 「煙突掃除の少年」 バーバラ・ヴァイン著;富永和子訳 早川書房(Hayakawa pocket mystery books) 2002年2月

ボブ
女弁護士のニナの13歳の息子、殺人の容疑者となった16歳の少女ニッキの友人 「敵対証人」 ペリー・オショーネシー著;富永和子訳 小学館(小学館文庫) 2005年3月

ボブ
毎週金曜日に巨大ドライブイン・シアター「オービット」に通う高校生「ぼく」の仲間 「モンスター・ドライヴイン」 ジョー・R.ランズデール著;尾之上浩司訳 東京創元社(創元SF文庫) 2003年2月

ボブ・ジョージ(幽霊番人) ぼぶじょーじ(ごーすときーぱー)
カナダ連邦騎馬警察巡査部長、「幽霊番人」と呼ばれている鑑識技術が抜群の男 「斬首人の復讐」 マイケル・スレイド著;夏来健次訳 文藝春秋(文春文庫) 2005年9月

ボブ・ハイタワー
カリフォルニア州クレイ保安官事務所刑事、カルト教団〈左手の小径〉に妻を殺され娘を誘拐された男 「神は銃弾」 ボストン・テラン著;田口俊樹訳 文藝春秋(文春文庫) 2001年9月

ボブ・ハーバート(ハーバート)
アメリカ合衆国国家危機管理センター〈オプ・センター〉情報官、かつて爆弾テロで妻を失い脚が不自由になった男 「流血国家 上下」 トム・クランシー著;スティーヴ・ピチェニック著;伏見威蕃訳 新潮社(新潮文庫) 2001年10月

ボブ・ハーバート(ハーバート)
アメリカ政府の精鋭危機管理チーム"オプ・センター"情報官、車椅子の男 「欧米掃滅 上下」 トム・クランシー著;スティーヴ・ピチェニック著;伏見威蕃訳 新潮社(新潮文庫) 2001年3月

ボブ・フレイザー
ウェスト・ヨークシャーのミルガース署の32歳の部長刑事 「1977リッパー」 デイヴィッド・ピース著;酒井武志訳 早川書房(ハヤカワ・ミステリ文庫) 2001年9月

ボブ・ムーニー(ムーニー)
サンタモニカの警察署に勤務している定年直前の巡査部長 「セルラー」 ラリー・コーエン原案;クリス・モーガン脚本;真田おいる訳 メディアファクトリー(洋画文庫) 2005年2月

ホーマー・ウィチャリー(ウィチャリー)
メドウ・ファームズ住む60過ぎの大富豪、私立探偵リュウ・アーチャーへの依頼主 「ウィチャリー家の女」 ロス・マクドナルド著;小笠原豊樹訳 早川書房(ハヤカワ・ミステリ文庫) 2004年7月

ボーマニャン
カリオストロ伯爵夫人と対抗しフランス王家の財宝を狙う謎の男 「ルパン」 ジャン・ポール・サロメ著;ローラン・ヴァショー著;番由美子編訳 メディアファクトリー(洋画文庫) 2005年8月

ホームズ
19世紀イギリスの名探偵 「シャーロック・ホームズ対切り裂きジャック」 マイケル・ディブディン著;日暮雅通訳 河出書房新社(河出文庫) 2004年2月

ぽむふ

ホームズ
19世紀末のロンドンに住む名探偵、鋭い観察眼と推理力を持った男 「千里眼を持つ男」 マイケル・クーランド著;吉川;正子訳 講談社(講談社文庫) 2004年6月

ホームズ
ドイツ皇帝と会見しAPOONの秘密を発見する約束をとりかわしたイギリスの名探偵 「続813アルセーヌ・ルパン」 モーリス・ルブラン作;大友徳明訳 偕成社(偕成社文庫) 2005年9月

ホームズ
ハーヴァード大学教授で詩人・小説家、南北戦争直後のアメリカでダンテ『神曲』の翻訳に取り組む「ダンテ・クラブ」のメンバー 「ダンテ・クラブ」 マシュー・パール著;鈴木;恵訳 新潮社 2004年8月

ホームズ
引退してサセックスで養蜂を営む探偵 「シャーロック・ホームズの失われた事件簿」 ケン;グリーンウォルド著;日暮;雅通訳 原書房 2004年11月

ホームズ
天才的な観察眼と推理力を持つ名探偵 「ワトスン君、これは事件だ！」 コリン・ブルース著;布施由紀子訳 角川書店(角川文庫) 2001年12月

ホームズ
名推理をはたらかせるイギリスが誇る五十歳ほどの名探偵 「ルパン対ホームズ」 モーリス・ルブラン作;榊原晃三訳 岩波書店(岩波少年文庫) 2001年4月

ホームズ
名推理をはたらかせるイギリスが誇る五十歳ほどの名探偵 「奇岩城」 モーリス・ルブラン作;榊原晃三訳 岩波書店(岩波少年文庫) 2001年7月

ホームズ
名探偵 「バスカヴィルの謎―シャーロック・ホームズの愛弟子」 ローリー・キング著;山田久美子訳 集英社(集英社文庫) 2002年4月

ホームズ
名探偵、さまざまな姿に身を変えて旅を続けた男 「シャーロック・ホームズ 東洋の冒険」 テッド;リカーディ著;日暮;雅通訳 光文社(光文社文庫) 2004年8月

ホームズ
名探偵、ロンドンを離れて養蜂に専念している初老の男 「エルサレムへの道―シャーロック・ホームズの愛弟子」 ローリー・キング著;山田久美子訳 集英社(集英社文庫) 2004年8月

ポムフリット
グルメ・ガイド覆面調査員パンプルムース氏の愛犬、元警察犬のブラッドハウンド 「パンプルムース家の犬」 マイケル・ボンド著;木村博江訳 東京創元社(創元推理文庫) 2002年4月

ポムフリット
グルメ・ガイド覆面調査員パンプルムース氏の愛犬、元警察犬のブラッドハウンド 「パンプルムース氏と飛行船」 マイケル・ボンド著;木村博江訳 東京創元社(創元推理文庫) 2003年6月

ポムフリット
グルメ・ガイド覆面調査員パンプルムース氏の愛犬、元警察犬のブラッドハウンド 「パンプルムース氏のおすすめ料理」 マイケル・ボンド著;木村博江訳 東京創元社(創元推理文庫) 2001年7月

ぽむふ

ポムフリット
グルメ・ガイド覆面調査員パンプルムース氏の愛犬、元警察犬のブラッドハウンド 「パンプルムース氏のダイエット」 マイケル・ボンド著;木村博江訳　東京創元社(創元推理文庫) 2002年11月

ポムフリット
グルメ・ガイド覆面調査員パンプルムース氏の愛犬、元警察犬のブラッドハウンド 「パンプルムース氏の晩餐会」 マイケル・ボンド著;木村博江訳　東京創元社(創元推理文庫) 2005年5月

ポムフリット
グルメ・ガイド覆面調査員パンプルムース氏の愛犬、元警察犬のブラッドハウンド 「パンプルムース氏の秘密任務」 マイケル・ボンド著;木村博江訳　東京創元社(創元推理文庫) 2001年11月

ポムフリット
グルメ・ガイド覆面調査員パンプルムース氏の愛犬、元警察犬のブラッドハウンド 「パンプルムース氏対ハッカー」 マイケル・ボンド著;木村博江訳　東京創元社(創元推理文庫) 2004年1月

ボーモン
パリの路上生活者・アントワーヌと相棒のロレンスを監禁した狂信的な富豪の男、謎の大金持ち 「夜を喰らう」 トニーノ・ベナキスタ著;藤田真利子訳　早川書房(ハヤカワ・ミステリ文庫) 2001年4月

ポーラ・ガーランド
8歳で行方不明になった娘ジャネットの母、32歳のスコットランド人女性 「1974ジョーカー」 デイヴィッド・ピース著;酒井武志訳　早川書房(ハヤカワ・ミステリ文庫) 2001年7月

ホラス・ジェイコブ・リトル
作家、読者の前にけっして姿を現さない正体不明の人物 「詩神たちの館」 デイヴィッド・チャクルースキー著;立石光子訳　早川書房 2002年7月

ポーラ・フォンテーン
ダラスにある経営コンサルタント会社の女副社長 「ビッグ・タウン」 ダグ・J.スワンソン著;黒原敏行訳　早川書房(ハヤカワ・ミステリ文庫) 2001年2月

ホリ
インホテプ家の管理人、真面目で口数の少ない青年 「死が最後にやってくる」 アガサ・クリスティー著;加島祥造訳　早川書房(ハヤカワ文庫クリスティー文庫) 2004年4月

ホリー
ハリウッドのパーティー企画・ケータリング会社〈マデリン・ビーン・ケータリング〉のマデリンのアシスタント 「死人主催晩餐会」 ジェリリン・ファーマー著;智田貴子訳　早川書房(ハヤカワ・ミステリ文庫) 2002年7月

ポリー
珍品博物館「デザーズ・エンド」の管理人、生き生きとした性格で素朴な美しさをもつ老婦人 「殺人者の街角」 マージェリー・アリンガム著;佐々木愛訳　論創社(論創海外ミステリ) 2005年6月

ポリー・ウィチャリー
ミステリ愛好家の集まり「猟犬クラブ」の会長、投資目的で美本を蒐集している女性 「猟犬クラブ」 ピーター・ラヴゼイ著;山本やよい訳　早川書房(ハヤカワ・ミステリ文庫) 2001年6月

ホリー・カーター
遺伝子学者であり「ジーニアス社」の社長であるトムの八歳のひとり娘 「メサイア・コード 上下」 マイケル・コーディ著;内田昌之訳　早川書房(ハヤカワ文庫NV) 2005年8月

ホリー・カーナハン（オハラ）
第二次世界大戦のさなかのアメリカで小説家の青年デュラニーが愛した女性 「深夜特別放送 上下」 ジョン・ダニング著;三川基好訳 早川書房（ハヤカワ・ミステリ文庫）2001年1月

ホリー・ジョンスン（ジョンスン）
FBI捜査官、偶然出会った元米国軍人・リーチャーと共にモンタナの山奥へ誘拐されてしまった脚の悪い女性 「反撃 上下」 リー・チャイルド著;小林宏明訳 講談社（講談社文庫）2003年2月

ボリス・グリドル
失踪した科学者トーマス・ベタートンの先妻のいとこ、ブロンドのポーランド人 「死への旅」 アガサ・クリスティー著;奥村章子訳 早川書房（ハヤカワ文庫クリスティー文庫）2004年8月

ボリス・レオノヴィッチ
運び屋、奇跡のダイエット薬「ミラ・ロス」の分析結果のデータを運んでいた時に失せ物探しのプロのエス・イェーガーに追われた中年男 「運び屋を追え」 ジェイ・マクラーティ著;山本光伸訳 二見書房（二見文庫）2004年4月

ポリー・ダンカン
ムース郡の地元紙コラムニストのジェイムズ・クィラランのガールフレンド、ピカックスの図書館長 「猫は川辺で首をかしげる」 リリアン・J.ブラウン著;羽田詩津子訳 早川書房（ハヤカワ・ミステリ文庫）2004年2月

ポリー・ダンカン
もと新聞記者・クィラランの魅力的で知性的なガールフレンド、ピカックスの市立図書館の館長 「猫はコインを貯める」 リリアン・J・ブラウン著;羽田詩津子訳 早川書房（ハヤカワ・ミステリ文庫）2002年12月

ポリー・ダンカン
もと新聞記者・クィラランの魅力的で知性的なガールフレンド、ピカックスの市立図書館の館長 「猫は火事場にかけつける」 リリアン・J・ブラウン著;羽田詩津子訳 早川書房（ハヤカワ・ミステリ文庫）2003年6月

ポリー・パジェット
FCN社長で超人気番組のホスト役ジャック・ランディスのニューヨーク事務所に勤めるタイピスト 「ウォータースライドをのぼれ」 ドン・ウィンズロウ著;東江一紀訳 東京創元社（創元推理文庫）2005年7月

ボリバル将軍　ぼりばるしょうぐん
南米の小国アマドールの残酷な独裁者、色黒の小男 「億万ドルの舞台」 シドニィ・シェルダン作;天馬竜行訳 アカデミー出版 2004年9月

ポリュグノースト
アテナイ市の貴族ブータデスの甥、最富裕層に属する十九歳の少年 「哲人アリストテレスの殺人推理」 マーガレット・ドゥーディ著;左近司祥子訳;左近司彩子訳 講談社 2005年6月

ポーリーン
ニューヨークの大学の講師・フラニーの親友 「イン・ザ・カット」 スザンナ・ムーア著;川副智子訳 早川書房（ハヤカワ文庫NV）2004年3月

ポーリーン・オナイダ（ペッパー）
コネチカット州スカル島に住む高校2年生の少女、同級生のジョシュのガールフレンド 「いたずらメールの代償 danger.com 2」 ジョーダン・クレイ著;小西道子訳 青春出版社（青春文庫）2001年10月

ぽりん

ポーリーン・グラボウスキー(グラボウスキー)
マンハッタンにあるネルソン・グドウィン&ミケル法律事務所の最高の調査員の一人、「ビーチハウス」ジェイムズ・パタースン著;ピーター・デ・ジョング著 ソニー・マガジンズ〔ヴィレッジブックス) 2003年5月

ポール
ブッカー賞作家、顔にひどいケガをして眼球も失い世間と隔絶した生活を送っている男 「閉じた本」ギルバート・アデア著;青木純子訳 東京創元社(海外文学セレクション) 2003年9月

ポール
ボディーガードのアレンの同僚、アレンとコンピューター会社の社長を警護していた時に頭を撃たれて死んだ男 「夜明けの挽歌」レナード・チャン著;三川基好訳 アーティストハウス 2002年7月

ポール・アボット(アボット)
米国科学アカデミーの長、天才科学者ミランダの父 「紀元零年の遺物 上下」ジェフ・ロング著;山本光伸訳 二見書房(二見文庫) 2004年11月

ポール・アマーロ
マンハッタンのマフィア、二十七歳のアンジェリーナの父 「灼熱」ローレンス・シェイムズ著;北沢あかね訳 講談社(講談社文庫) 2001年5月

ポール・アンジェリ
フランスの土地開発会社「セディム社」研修生、刑務所帰りで保護観察付きの25歳の青年 「リード・マイ・リップス」トニーノ・ブナキスタ著;ジャック・オディアール著;沼澤哲也訳 メディアファクトリー 2003年9月

ホルエムヘブ
古代エジプトの王アクナーテンの友人、武人 「アクナーテン」アガサ・クリスティー著;中村妙子訳 早川書房(ハヤカワ・ミステリ文庫) 2002年2月

ホルエムヘブ
古代エジプトの王アクナーテンの友人、武人 「アクナーテン」アガサ・クリスティー著;中村妙子訳 早川書房(ハヤカワ文庫クリスティー文庫) 2004年10月

ポール・カイト
ニュー・スコットランド・ヤード犯罪捜査部の警部、フランス人研修生クレマンの上司 「夜の音楽」ベルトラン・ピュアール著;東野純子訳 集英社(集英社文庫) 2002年10月

ポール・キアケ
デンマークの対独スパイ組織「夜警団」のリーダー、陸軍航空隊の教官アーネ・オフルセンの友人 「ホーネット、飛翔せよ 上下」ケン;フォレット著;戸田;裕之訳 ソニー・マガジンズ(ヴィレッジブックス) 2004年12月

ポール・キング
ロック歌手アル・キングの弟でマネージャー 「アルとダラスの大冒険 上下」ジャッキー・コリンズ著;井野上悦子訳 扶桑社 2002年4月

ヴォルコフ
東欧出身の国際的犯罪王、東欧から勢力を伸ばしてきた犯罪界の大立者 「全米無差別テロの恐怖 上・下」カイル・ミルズ著;公手成幸訳 扶桑社(扶桑社ミステリー) 2004年6月

ホルコム
ピットマン夫人の下宿で起きた事件で探偵役を務める年配の紳士、引退した商人 「ジェニー・ブライス事件」M.R.ラインハート著;鬼頭玲子訳 論創社(論創海外ミステリ) 2005年4月

ポール・サモーラ(サモーラ)
オレンジ郡保安官事務所殺人課刑事、マーシ・レイボーンの相棒 「ブラック・ウォーター」 T.ジェファーソン・パーカー著;横山啓明訳 早川書房(Hayakawa novels) 2003年2月

ポール・シューマン
オリンピック直前のベルリンに潜入するニューヨークの殺し屋、元兵士でボクシングジムのオーナー 「獣たちの庭園」 ジェフリー・ディーヴァー著;土屋晃訳 文藝春秋(文春文庫) 2005年9月

ポール・シンクレア
雑誌編集者、エデン・オランピアに赴任した女医ジェインの夫 「スーパー・カンヌ」 J.G.バラード著;小山太一訳 新潮社 2002年11月

ボルスキー
自称王子、欧州戦争による動乱の中で刺殺されたドイツ人の男 「棺桶島」 モーリス・ルブラン著;堀口大学訳 新潮社(新潮文庫) 2004年8月

ポール・セヴァリーン(シュミット)
ナチスから逃れて英国に亡命したユダヤ人エンジニア、殺人容疑で指名手配中で本名はフランツ・シュミット 「トロイの木馬」 ハモンド・イネス著;伏見威蕃訳 ソニー・マガジンズ(ヴィレッジブックス) 2002年11月

ポール・ターナー(ターナー)
ピュージェット湾にある情報局の施設「ヘイヴン」の管理責任者兼主任研究員 「幼き逃亡者の祈り」 パトリシア;ルーイン著;林啓恵訳 ソニー・マガジンズ(ヴィレッジブックス) 2004年7月

ボールト
シアトル市警殺人課の部長刑事、連続放火事件を捜査する42歳の男 「炎の記憶」 リドリー・ピアスン著;橋本夕子訳 角川書店(角川文庫) 2002年5月

ポール・ド・サン・マルタン(サン・マルタン)
18世紀後半のフランスの街道巡邏隊長、大佐で公爵 「王宮劇場の惨劇」 チャールズ・オブライアン著;奥村章子訳 早川書房(ハヤカワ・ミステリ文庫) 2002年1月

ポール・トラウト
NUMA(国立海中海洋機関)の深海地質学者、長身痩躯だが強靭な肉体を持つ元漁師 「ロマノフの幻を追え 上下」 クライブ・カッスラー著;ポール・ケンプレコス著 新潮社(新潮文庫) 2004年8月

ポール・トラウト
NUMA(国立海中海洋機関)の深海地質学者、長身痩躯だが強靭な肉体を持つ元漁師 「白き女神を救え」 クライブ・カッスラー著;ポール・ケンプレコス著 新潮社(新潮文庫) 2003年4月

ボールドリッジ
アメリカ海軍情報部員、海軍少佐 「ニミッツ・クラス」 パトリック・ロビンソン著;伏見威蕃訳 角川書店(角川文庫) 2001年3月

ポール・ドレイク
私立探偵、弁護士ペリィ・メイスンの仲間で腕利きの調査員 「ビロードの爪」 E.S.ガードナー著;田中西二郎訳 嶋中書店(嶋中文庫) 2005年4月

ポルトン
科学探偵ソーンダイクの有能な研究助手、元時計技師 「歌う白骨」 オースチン・フリーマン著;大久保康雄訳 嶋中書店(嶋中文庫) 2004年12月

ぽるど

ポール・ドンツォフ
ウィーンで暮らす売れない物書き、英国の貴族アルバマール公爵の次男チャールズのスパイ名 「千里眼を持つ男」 マイケル・クーランド著;吉川;正子訳 講談社(講談社文庫) 2004年6月

ポール・ネルトー
司法警察第一課警部でパリ十区担当、熱心で執拗な捜査官 「狼の帝国」 ジャン=クリストフ・グランジェ著;高岡真訳 東京創元社(創元推理文庫) 2005年12月

ポール・バターリャ
マンハッタン地方検察庁の地方検事 「絶叫」 リンダ・フェアスタイン著;平井イサク訳 早川書房(ハヤカワ・ミステリ文庫) 2002年1月

ポール・ハリス
プリンストン大学歴史学部4年生、ルネッサンス時代の奇書「ヒュプネロトマキア・ポリフィリ」を研究する学生 「フランチェスコの暗号 上下」 イアン・コールドウェル著;ダスティン・トマスン著;柿沼瑛子訳 新潮社(新潮文庫) 2004年10月

ポール・ハワード
アラスカのラングル警察の警部補、生粋のインディアン 「裏切りの色」 マーシャ・シンプスン著;堀内静子訳 早川書房(ハヤカワ・ミステリ文庫) 2001年11月

ポール・フッド(フッド)
アメリカ合衆国の国家危機管理特別機関「オプ・センター」長官 「起爆国境」 トム・クランシー著;スティーヴ・ピチェニック著 新潮社(新潮文庫) 2005年3月

ポール・フッド(フッド)
アメリカ合衆国の国家危機管理特別機関「オプ・センター」長官 「油田爆破」 トム・クランシー著;スティーヴ・ピチェニック著 新潮社(新潮文庫) 2004年9月

ポール・フッド(フッド)
アメリカ合衆国国家危機管理センター〈オプ・センター〉長官、元ロサンジェルス市長 「流血国家 上下」 トム・クランシー著;スティーヴ・ピチェニック著;伏見威蕃訳 新潮社(新潮文庫) 2001年10月

ポール・フッド(フッド)
アメリカ政府の精鋭危機管理チーム"オプ・センター"の長官 「国連制圧」 トム・クランシー著;スティーヴ・ピチェニック著;伏見威蕃訳 新潮社(新潮文庫) 2003年5月

ポール・フッド(フッド)
アメリカ政府の精鋭危機管理チーム"オプ・センター"長官、強靭な体つきの43歳の男 「欧米掃滅 上下」 トム・クランシー著;スティーヴ・ピチェニック著;伏見威蕃訳 新潮社(新潮文庫) 2001年3月

ポール・ブラッドリー
アンティーク家具と古美術の輸入販売会社の経営者、アンジェラとレイチェルの双子を養子にしたシアトルの高級住宅地に住む裕福な夫妻の夫 「緋色の影」 メグ・オブライエン著;皆川孝子訳 ハーレクイン(MIRA文庫) 2004年8月

ヴォルフラム・シュラーデ(シュラーデ)
ベルリンに住む50代前半のドイツ人、画商クロード・コルジェの顧客 「夜の色」 デイヴィッド・リンジー著;鳥見;真生訳 柏艪舎(柏艪舎文芸シリーズ) 2004年1月

ポール・ブレナー
ヴァージニア州フォールズチャーチに住む元陸軍犯罪捜査部(CID)秘密捜査官、サウス・ボストン出身のアイリッシュ 「アップ・カントリー 上下」 ネルソン・デミル著;白石朗訳 講談社(講談社文庫) 2003年11月

ポール・ブレナー
合衆国陸軍犯罪捜査部の元秘密捜査官、ヴェトナムでの中尉殺害事件の捜査を極秘依頼された男 「アップ・カントリー 上下—兵士の帰還」 ネルソン・デミル著;白石朗訳 講談社（講談社文庫） 2003年11月

ホルヘ・ロドリゲス
マイアミ警察署殺人課最年少の刑事 「殺人課刑事 上下」 アーサー・ヘイリー著;永井淳訳 新潮社（新潮文庫） 2001年5月

ポール・ヘロルド
ネブラスカに住む老資産家・ジェームズが10年前に勘当した息子 「殺人犯はわが子なり」 レックス・スタウト著;大沢みなみ訳 早川書房（Hayakawa pocket mystery books） 2003年1月

ポール・マーチ
女性弁護士ジェニファー・マーチの父、投資会社の副社長 「すべてが罠 上下」 グレン・ミード著;戸田裕之訳 二見書房（二見文庫） 2005年11月

ポール・マドリアニ（マドリアニ）
サンディエゴに事務所の支所を構えた弁護士 「弁護人 上下」 S・マルティニ著;斉藤伯好訳 講談社（講談社文庫） 2002年11月

ポール・ライリー（ライリー）
殺人事件の容疑者となった銀行員マーティーに雇われた男性弁護士、元検察官 「覗く。上下」 デイヴィッド・エリス著;中津悠訳 講談社（講談社文庫） 2003年3月

ポール・ラシッド
アラブとイギリスの血を引く名門ラシッド家の長男、「ラシッド投資会社」の経営者で世界屈指の大富豪 「復讐の血族」 ジャック・ヒギンズ著;黒原敏行訳 角川書店（角川文庫） 2005年1月

ポール・ラドブーカ（ラドブーカ）
ナチの収容所の生き残りだとテレビで主張した男、セラピストのリーアの患者 「ビター・メモリー」 サラ・パレツキー著;山本やよい訳 早川書房（Hayakawa novels） 2002年12月

ポール・リチャードソン
女性警官スローンの父親を捜査するため現れたFIB捜査官 「夜は何をささやく」 ジュディス・マクノート著;中谷ハルナ訳 新潮社（新潮文庫） 2001年5月

ポール・ルボー
ミネソタのアイアン湖畔の町・オーロラに住む新聞配達の少年、雪嵐のなか最後の配達先の老判事の屋敷から行方不明になった中学生 「凍りつく心臓」 ウィリアム・K．クルーガー著;野口百合子訳 講談社（講談社文庫） 2001年9月

ポール・レドナップ（レドナップ）
ロサンゼルスにあるブラッドフォード建設の設計企画部長、次期支社長選に臨む男 「硝子の塔」 スタンリー・アレン著;大妻裕一訳 二見書房（二見文庫） 2001年8月

ホレイショ
心臓医兼私立探偵アンドルー・フェニモアの診療所のアシスタント 「フェニモア先生、人形を診る」 ロビン・ハサウェイ著;坂口玲子訳 早川書房（ハヤカワ・ミステリ文庫） 2002年5月

ホレイショ
心臓医兼私立探偵アンドルー・フェニモアの診療所のアシスタント 「フェニモア先生、墓を掘る」 ロビン・ハサウェイ著;坂口玲子訳 早川書房（ハヤカワ・ミステリ文庫） 2001年5月

ホレイショ
心臓医兼私立探偵アンドルー・フェニモアの診療所のアシスタント 「フェニモア先生、宝に出くわす」 ロビン・ハサウェイ著;坂口玲子訳 早川書房（ハヤカワ・ミステリ文庫） 2003年7月

ほれい

ホレイショー・ブルースター
ニューヨークに住んでいるロバートとリリーの兄妹に莫大な遺産を遺して亡くなった大伯父 「風の向くまま」 ジル・チャーチル著;戸田早紀訳　東京創元社(創元推理文庫)　2002年8月

ホレス・ビドウェル(ビドウェル)
イギリス南海岸の町ファーマスの地元警察の首席警部 「証拠が問題」 ジェームズ;アンダーソン著;藤村;裕美訳　東京創元社(創元推理文庫)　2002年11月

ホワイト
強盗傷害事件の容疑者でかつて事件の裁判を担当した退官判事殺害の容疑者 「第三の銃弾」 カーター・ディクスン著;田口俊樹訳　早川書房(ハヤカワ・ミステリ文庫)　2001年9月

ホワイトホール
韓国駐在陸軍大尉、韓国兵殺害事件の容疑者 「反米同盟 上下」 ブライアン・ヘイグ著;平賀秀明訳　新潮社(新潮文庫)　2003年6月

ホワイト・マイク(マイク)
17歳のドラッグディーラー、母親を亡くして高校をやめたニューヨークに住む少年 「トゥエルヴ」 ニック・マクダネル著;近藤隆文訳　ソニー・マガジンズ　2005年7月

ポワロ(エルキュール・ポワロ)
「灰色の脳細胞」を駆使して事件に挑むイギリスの私立探偵、小柄なベルギー人 「ABC殺人事件」 アガサ・クリスティ著;深町眞理子訳　東京創元社(創元推理文庫)　2003年11月

ポワロ(エルキュール・ポワロ)
「灰色の脳細胞」を駆使して事件に挑むイギリスの私立探偵、小柄なベルギー人 「アクロイド殺害事件」 アガサ・クリスティ著;大久保康雄訳　東京創元社(創元推理文庫)　2004年3月

ポワロ(エルキュール・ポワロ)
「灰色の脳細胞」を駆使して事件に挑むイギリスの私立探偵、小柄なベルギー人 「エンド・ハウスの怪事件」 アガサ・クリスティ著;厚木淳訳　東京創元社(創元推理文庫)　2004年1月

ポワロ(エルキュール・ポワロ)
「灰色の脳細胞」を駆使して事件に挑むイギリスの私立探偵、小柄なベルギー人 「スタイルズの怪事件」 アガサ・クリスティ著;田中西二郎訳　東京創元社(創元推理文庫)　2004年3月

ポワロ(エルキュール・ポワロ)
「灰色の脳細胞」を駆使して事件に挑むイギリスの私立探偵、小柄なベルギー人 「殺人は癖になる」 アガサ・クリスティ著;厚木淳訳　東京創元社(創元推理文庫)　2003年11月

ポワロ(エルキュール・ポワロ)
「灰色の脳細胞」を駆使して事件に挑むイギリスの私立探偵、卵型の頭とピンと跳ねた口髭が特徴の小柄なベルギー人 「アクロイド殺害事件」 アガサ・クリスティー著;河野一郎訳　嶋中書店(嶋中文庫)　2004年10月

ポワロ(エルキュール・ポワロ)
「灰色の脳細胞」を駆使して事件に挑むイギリスの私立探偵、卵型の頭とピンと跳ねた口髭が特徴の小柄なベルギー人 「オリエント急行の殺人」 アガサ・クリスティ著;長沼弘毅訳　東京創元社(創元推理文庫)　2003年11月

ポワロ(エルキュール・ポワロ)
イングランドの田舎にある住民が知りあいばかりというキングズアボット村に住みはじめた私立探偵、ベルギー人の元花形捜査官 「アクロイド氏殺害事件」 アガサ・クリスティ作;花上かつみ訳　講談社(青い鳥文庫)　2005年4月

ポワロ（エルキュール・ポワロ）
イングランドの田舎にある住民が知りあいばかりというキングズアボット村に住みはじめた私立探偵、ベルギー人の元花形捜査官 「ゴルフ場の殺人」 アガサ・クリスティ作;花上かつみ訳 講談社(講談社青い鳥文庫) 2004年1月

ボンコンバーニ
ローマ刑事警察の警部 「死を招く料理店」 ベルンハルト・ヤウマン著;小津薫訳 扶桑社(扶桑社ミステリー) 2005年2月

ポンター・ボディット
ネアンデルタールの量子物理学者、実験中に不慮の事故で人類界へ転送させられた男 「ホミニッド－原人」 ロバート・J.ソウヤー著;内田昌之訳 早川書房(ハヤカワ文庫SF) 2005年2月

ボンダラント
家庭医でコロイド州医師会の会長、患者のテリーに乳癌を放置したと訴えられた男 「柔らかい棘」 ベイン・カー著;高野裕美子訳 講談社(講談社文庫) 2002年3月

ボンダレンコ
ロシア極東軍管区総司令官 「大戦勃発1～4」 トム・クランシー著;田村源二訳 新潮社(新潮文庫) 2002年4月

ボンド
英国情報局秘密情報部員、イギリス返還直前の香港壊滅という大陰謀に挑む男 「007/ゼロ・マイナス・テン」 レイモンド・ベンスン著;小林浩子訳 早川書房(Hayakawa pocket mystery books) 2002年11月

ボンド
英国情報局秘密情報部員、化学兵器による連続テロが発生したキプロスに特派された男 「007/ファクト・オブ・デス」 レイモンド・ベンスン著;小林浩子訳 早川書房(Hayakawa pocket mystery books) 2004年10月

ボンド
殺しのライセンスを持つ英国秘密諜報部(MI6)の工作員、コードネームは「007」 「007/ダイ・アナザー・デイ」 レイモンド・ベンソン著;富永和子訳 竹書房(竹書房文庫) 2003年3月

ボンド
殺しのライセンスを持つ英国秘密諜報部(MI6)の工作員、コードネームは「007」 「007/赤い刺青(いれずみ)の男」 レイモンド・ベンスン著;小林浩子訳 早川書房(Hayakawa pocket mystery books) 2003年10月

ボンド
新素材「スキン17」の盗まれた製法の奪回を命じられた英国秘密情報部員 「007/ハイタイム・トゥ・キル」 レイモンド・ベンスン著;小林浩子訳 早川書房(Hayakawa pocket mystery books) 2005年11月

ポントウスキー
アメリカ合衆国空軍准将、アメリカ合衆国元大統領の息子 「ワルシャワ大空戦 上下」 リチャード・ハーマン著;大久保寛訳 新潮社(新潮文庫) 2003年7月

【ま】

マイア・リー
サンフランシスコの事務所で調査員のナヴァーと働いていた女性弁護士 「ビッグ・レッド・テキーラ」 リック・リオーダン著;伏見威蕃訳 小学館(Shogakukan mystery) 2002年12月

まいき

マイキー
新米マフィア、本物のマフィアになるための通過儀礼として殺人をしようとした男 「マフィアに恋して」 C.C.クリスクオーロ著;吉沢康子訳　集英社(集英社文庫) 2001年3月

マイク
17歳のドラッグディーラー、母親を亡くして高校をやめたニューヨークに住む少年 「トゥエルヴ」 ニック・マクダネル著;近藤隆文訳　ソニー・マガジンズ 2005年7月

マイク
2億ドルの資産家で会社社長、リンディと20年以上内縁関係だった男 「財産分与 女弁護士ニナ・ライリー」 ペリー・オショーネシー著;富永和子訳　小学館(小学館文庫) 2004年12月

マイク
イギリスの田舎町のアワー・グローリアス校に通う卒業を間近に控えた男子生徒 「穴」 ガイ・バート著;矢野浩三郎訳　アーティストハウス(BOOK PLUS) 2002年3月

マイク
刑事弁護士、サンフランシスコ最大の「シンプソン・アンド・ゲイツ法律事務所」を解雇された中年男 「ドリームチーム弁護団」 シェルドン・シーゲル著;古屋美登里訳　講談社(講談社文庫) 2001年2月

マイク
刑事弁護士、離婚した妻・ロージーと一緒に小さな法律事務所を経営している四十七歳の男 「検事長ゲイツの犯罪」 シェルドン・シーゲル著;古屋美登里訳　講談社(講談社文庫) 2002年5月

マイク(マイケル・ロジャース)
呪われた地と言われている「シプシーが丘」でアメリカ大富豪の娘・エリーと出会った青年 「終りなき夜に生れつく」 アガサ・クリスティー著;乾信一郎訳　早川書房(ハヤカワ文庫クリスティー文庫) 2004年8月

マイク・キングストン
ミネソタ州ウィネトカ郡保安官事務所の刑事部長、長身でハンサムな男性 「シュガークッキーが凍えている」 ジョアン・フルーク著;上條ひろみ訳　ソニー・マガジンズ(ビレッジブックス) 2005年12月

マイク・キングストン
ミネソタ州ウィネトカ郡保安官事務所の刑事部長、長身でハンサムな男性 「ファッジ・カップケーキは怒っている」 ジョアン・フルーク著;上條ひろみ訳　ソニー・マガジンズ(ビレッジブックス) 2005年6月

マイク・キングストン
ミネソタ州ウィネトカ郡保安官事務所の保安官助手、長身でハンサムな男性 「ストロベリー・ショートケーキが泣いている」 ジョアン・フルーク著;上条ひろみ訳　ソニー・マガジンズ(ヴィレッジブックス) 2003年8月

マイク・サンチェス
ニューヨーク市警20分署のメキシコ系巡査部長 「紅唇(ルージュ)」 レスリー・グラス著;翔田朱美訳　講談社(講談社文庫) 2001年10月

マイク・ストローザー
車椅子の作家パーカー・エバンズの世話をする友人 「憎しみの孤島から 上下」 サンドラ・ブラウン著;法村里絵訳　新潮社(新潮文庫) 2003年3月

マイク・セルッチ(セルッチ)
トロント警察殺人課刑事、元刑事で私立探偵ヴィッキーの元彼 「ブラッド・プライス 血の召喚」 タニア・ハフ著;和爾桃子訳　早川書房(ハヤカワ文庫FT) 2005年10月

マイク・ダナハー（ダナハー）
コネチカット州の町ピッツフィールドの警察署の58歳になる老練な警部、ダン・マロイ刑事の上司「愚か者の祈り」ヒラリー・ウォー著;沢万里子訳　東京創元社（創元推理文庫）2005年6月

マイク・チャップマン
ニューヨーク市警・殺人課のヴェテラン刑事「誤殺」リンダ・フェアスタイン著;平井イサク訳　早川書房（ハヤカワ・ミステリ文庫）2002年7月

マイク・チャップマン
ニューヨーク市警・殺人課のヴェテラン刑事、「絶叫」リンダ・フェアスタイン著;平井イサク訳　早川書房（ハヤカワ・ミステリ文庫）2002年1月

マイク・チャップマン
ニューヨーク市警・殺人課のヴェテラン刑事、「妄執」リンダ・フェアスタイン著;平井イサク訳　早川書房（ハヤカワ・ミステリ文庫）2004年8月

マイク・チャップマン
ニューヨーク市警・殺人課のヴェテラン刑事、35歳「冷笑」リンダ・フェアスタイン著;平井イサク訳　早川書房（ハヤカワ・ミステリ文庫）2003年2月

マイク・チャップマン
ニューヨーク市警殺人課の刑事、女性検察官アレックスの仕事仲間「隠匿」リンダ・フェアスタイン著;平井イサク訳　早川書房（ハヤカワ・ミステリ文庫）2005年6月

マイク・ドネリー（ドネリー）
ニューヨーク市警本部の私服刑事「グリーン・アイス」R.ホイットフィールド著;新藤純子訳　小学館（Shogakukan mystery）2002年9月

マイク・パイク（パイク）
国際規模の警備会社を経営する現役陸軍大佐「機密基地」ボブ・メイヤー著;鎌田三平訳　二見書房（二見文庫）2003年2月

マイク・ブラッドリー
これまでに何度も世界を救ってきた組織《委員会》の一員、ノーベル賞を受賞した生物学者「深海の大河 セス・コルトンシリーズ 2」エリック・ローラン著;長島良三訳　小学館　2004年6月

マイク・マクガバン
ニューヨークのテレビのレポーター、ミュージシャン兼私立探偵のキンキーの友人「マンハッタンの中心でアホと叫ぶ カウボーイ探偵うたう大捜査線」キンキー・フリードマン著;吉田博訳　新風舎（新風舎文庫）2004年10月

マイク・マクナリー
オレンジ郡保安官事務所風俗犯罪取締班刑事、女刑事マーシ・レイボーンの同僚で恋人「レッド・ライト 上下」T.ジェファーソン・パーカー著;渋谷比佐子訳　講談社（講談社文庫）2005年2月

マイクル
ケチな泥棒を重ねて生計を立てている抑鬱症の男、初老のジーンと妊婦のステフと同居生活をはじめることになった中年男「夢の破片（かけら）」モーラ・ジョス著;猪俣美江子訳　早川書房（Hayakawa pocket mystery books）2004年12月

マイクル・ウォーターストン
鍛冶職人・メグの恋人、独身の演劇教授「ハゲタカは舞い降りた」ドナ・アンドリューズ著;島村浩子訳　早川書房（ハヤカワ・ミステリ文庫）2004年12月

マイクル・ウォーターストン
鍛冶職人で素人探偵のメグの恋人、独身の演劇教授「13羽の怒れるフラミンゴ」ドナ・アンドリューズ著;島村浩子訳　早川書房（ハヤカワ・ミステリ文庫）2003年5月

まいく

マイクル・ウォーターストン
母親の代わりにヴァージニア州ヨークタウンの仕立て屋をまかされている息子、ふだんは大学で演劇を教えているゴージャスな男性 「庭に孔雀、裏には死体」ドナ・アンドリューズ著;島村浩子訳 早川書房（ハヤカワ・ミステリ文庫）2001年4月

マイクル・ウォーターストン
野鳥の島へ恋人の鍛冶職人・メグと訪れた男、独身の演劇教授 「野鳥の会、死体の怪」ドナ・アンドリューズ著;島村浩子訳 早川書房（ハヤカワ・ミステリ文庫）2002年3月

マイクル・オージーンスキ
カナダ在住のポーランドの伯爵、作家志望の不思議な男 「死、ふたたび」シルヴィア・マウルターシュ・ウォルシュ著;横山啓明訳 早川書房（ハヤカワ・ミステリ文庫）2004年12月

マイクル・スタークウェッダー（スタークウェッダー）
ウォリック家への不意の訪問者、行動的で頭が切れそうな35歳ぐらいの男 「招かれざる客」アガサ・クリスティー著;深町眞理子訳 早川書房（ハヤカワ文庫クリスティー文庫）2004年9月

マイクル・デュヴァル（デュヴァル）
イギリスのサリー州シア村の聖職者、隠修女クリスティーンの伝記を執筆中の神父 「独房の修道女」ポール・L・ムーアクラフト著;野口百合子訳 扶桑社（扶桑社ミステリー）2004年6月

マイクル・ブロック
ワシントンの巨大法律事務所「ドレイク＆スウィーニー」の32歳のエリート弁護士 「路上の弁護士 上下」ジョン・グリシャム著;白石朗訳 新潮社（新潮文庫）2001年9月

マイクル・マーフィー（マーフィー）
聖書考古学者でプレストン大学教授、人工遺物の探索に情熱を注ぐ冒険家 「ノアの箱舟の秘密 上下」T.ラヘイ著;B.フィリップス著 扶桑社（扶桑社ミステリー）2005年8月

マイクル・マーフィー（マーフィー）
聖書考古学者でプレストン大学教授、人工遺物の探索に情熱を注ぐ冒険家 「秘宝・青銅の蛇を探せ 上下」T.ラヘイ著;G.ディナロ著 扶桑社（扶桑社ミステリー）2005年5月

マイク・ロジャーズ（ロジャーズ）
アメリカ合衆国の国家危機管理特別機関「オプ・センター」副長官、陸軍少将 「起爆国境」トム・クランシー著;スティーヴ・ピチェニック著 新潮社（新潮文庫）2005年3月

マイク・ロジャーズ（ロジャーズ）
アメリカ合衆国国家危機管理センター〈オプ・センター〉副長官、陸軍少将 「流血国家 上下」トム・クランシー著;スティーヴ・ピチェニック著;伏見威蕃訳 新潮社（新潮文庫）2001年10月

マイク・ロジャーズ（ロジャーズ）
アメリカ政府の精鋭危機管理チーム"オプ・センター"の副長官、陸軍少尉 「国連制圧」トム・クランシー著;スティーヴ・ピチェニック著;伏見威蕃訳 新潮社（新潮文庫）2003年5月

マイク・ロジャーズ（ロジャーズ）
アメリカ政府の精鋭危機管理チーム"オプ・センター"副長官、陸軍少尉 「欧米掃滅 上下」トム・クランシー著;スティーヴ・ピチェニック著;伏見威蕃訳 新潮社（新潮文庫）2001年3月

マイクロフト・ネクスト
文学刑事・サーズデイの伯父、本の中へ入ることができる装置を発明した発明家 「文学刑事サーズデイ・ネクスト 1 ジェイン・エアを探せ!」ジャスパー・フォード著;田村源二訳 ソニー・マガジンズ 2003年1月

マイクロフト・ネクスト
文学刑事・サーズデイの伯父、本の中へ入ることができる装置を発明した発明家 「文学刑事サーズデイ・ネクスト1 ジェイン・エアを探せ!」 ジャスパー・フォード著;田村源二訳 ソニー・マガジンズ(ヴィレッジブックス) 2005年9月

マイケル
10年前にボツワナで消息を絶ったアメリカ人青年、マ・ラモツエの依頼人アンドレア・カーティンの息子 「キリンの涙―ミス・ラモツエの事件簿〈2〉」 アレグザンダー・マコール;スミス著;小林、浩子訳 ソニー・マガジンズ(ヴィレッジブックス) 2004年8月

マイケル・アシュモア
ブライドン航空顧問弁護士、墜落したジャンボ機の機長・チャーリーの弟 「終身刑」 アイラ・ゲンバーグ著;石田善彦訳 講談社(講談社文庫) 2001年4月

マイケル・アダムス(アダム・チャートフ)
豪華客船で上院議員を拉致した集団の一人、元アメリカ陸軍軍人 「ふたつの顔を愛したら」 ヘザー・グレアム作;津田藤子訳 ハーレクイン(シルエット・ラブストリーム) 2005年3月

マイケル・アップルヤード
女性聖職者サリー・アップルヤードの夫、刑事捜査部の部長刑事 「天使の遊戯」 アンドリュー・テイラー著;越前敏弥訳 講談社(講談社文庫) 2004年2月

マイケル・アトウォーター(アトウォーター)
花形地区検事、女性とつきあっても一ヵ月以上つづくことはめったにない悪名高いプレイボーイ 「不当逮捕」 N・T・ローゼンバーグ著;吉野美耶子訳 講談社(講談社文庫) 2003年10月

マイケル・オウリア
アパラチア山脈の小さな町・イェールに現れた旅役者、口上手で魅力的なアイルランド人の男 「危険な匂いのする男」 テリー・ケイ著;栗原百代訳 扶桑社(扶桑社ミステリー) 2002年1月

マイケル・オズボーン
CIA対テロ・センター(CTC)工作担当官、凄腕スパイ 「顔のないテロリスト」 ダニエル・シルヴァ著;二宮磬訳 文藝春秋(文春文庫) 2005年10月

マイケル・オズボーン
アメリカ中央情報局 対テロ・センター工作担当官、イスラム過激派組織〈ガザの剣〉を追い続けている男 「暗殺者の烙印」 ダニエル・シルヴァ著;二宮磬訳 文藝春秋(文春文庫) 2002年5月

マイケル・オローク(オローク)
墜落した旅客機の機長・ケイトに会いに来た国家輸送安全委員会の男性メンバー 「ジェットスター緊急飛行」 カム・マージ著;戸田裕之訳 ソニー・マガジンズ(ヴィレッジブックス) 2002年6月

マイケル・ガブリエル(ミック)
2012年に南フロリダ評価治療センターに入院していた統合失調症患者、考古学者夫妻の息子 「蛇神降臨記」 スティーヴ・オルテン著;野村芳夫訳 文藝春秋(文春文庫) 2003年2月

マイケル・ギャリック
合衆国大統領の法律顧問オフィスに所属する弁護士、ナイーヴで生真面目な好青年 「大統領法律顧問」 ブラッド・メルツァー著;中原裕子訳 早川書房(Hayakawa novels) 2002年1月

マイケル・コルレオーネ
アメリカのマフィアのドンであるヴィトーの三男、内に秘めた闘志と知性が備わっている男 「ゴッドファーザー 上下」 マリオ・プーヅォ著;一ノ瀬直二訳 早川書房(ハヤカワ文庫NV) 2005年11月

まいけ

マイケル・サリヴァン(サリヴァン)
禁酒法時代のシカゴで暗躍していた殺し屋、アイルランド系マフィアのボス・ルーニーに仕えていた中年の男 「ロード・トゥ・パーディション」 マックス・A・コリンズ著;松本剛史訳 新潮社(新潮文庫) 2002年9月

マイケル・ジュニア
アイルランドのダブリンの高級コールガール組織のボス・マグシーの25歳の息子 「最後の真実」 リズ・アレン著;森沢麻里訳 集英社(集英社文庫) 2005年4月

マイケル・ジョーゼフ・カーバー
FBI犯罪分析課捜査官・デーンの双子の兄、サンフランシスコにある教会の司祭 「土壇場」 キャサリン・コールター著;林啓恵訳 二見書房(ザ・ミステリ・コレクション) 2004年6月

マイケルズ
FBIのネット犯罪特捜サブユニット「ネットフォース」の司令官 「ネットフォース〈4〉—殲滅の周波数」 トム・クランシー著;スティーヴ・ペリー著;スティーヴ・ピチェニック著;熊谷千寿訳 角川書店(角川文庫) 2001年5月

マイケルズ
FBIのネット犯罪特捜サブユニット「ネットフォース」の司令官 「ネットフォース〈6〉—電子国家独立宣言」 トム・クランシー著;スティーヴ・ペリー著;スティーヴ・ピチェニック著;熊谷千寿訳 角川書店(角川文庫) 2002年7月

マイケルズ
FBIのネット犯罪特捜サブユニット「ネットフォース」の司令官 「ネットフォース 5—ドラッグ・ソルジャー」 トム・クランシー 角川書店(角川文庫) 2001年11月

マイケル・スタークウェッダー
「アングロ・イラニアン石油」のエンジニア、霧が立ち込めた真夜中に車のタイヤを溝に落としてしまい助けを求めてウォリック家の屋敷を訪ねた男 「アガサ・クリスティー 招かれざる客」 チャールズ;オズボーン著;羽田;詩津子訳 講談社(講談社文庫) 2002年12月

マイケル・ストーン
子どもの虐待や性犯罪を専門とする女性司法心理学者、セラピスト 「囚人分析医」 アンナ・ソルター著;矢沢聖子訳 早川書房(ハヤカワ・ミステリ文庫) 2004年4月

マイケル・ディーコン(ディーコン)
雑誌《ストリート》の記者 42歳のバツ2男 「囁く谺」 ミネット・ウォルターズ著;成川裕子訳 東京創元社(創元推理文庫) 2002年4月

マイケル・デイリー(マイク)
刑事弁護士、サンフランシスコ最大の「シンプソン・アンド・ゲイツ法律事務所」を解雇された中年男 「ドリームチーム弁護団」 シェルドン・シーゲル著;古屋美登里訳 講談社(講談社文庫) 2001年2月

マイケル・デイリー(マイク)
刑事弁護士、離婚した妻・ロージーと一緒に小さな法律事務所を経営している四十七歳の男 「検事長ゲイツの犯罪」 シェルドン・シーゲル著;古屋美登里訳 講談社(講談社文庫) 2002年5月

マイケル・トラヴィス(トラヴィス)
犯罪者の地下組織に関わり自らの才覚のみを頼りに裏社会を生きる男 「見えない絆」 アイリス・ジョハンセン著;北沢あかね訳 講談社(講談社文庫) 2004年1月

マイケル・トーランド(トーランド)
海洋学者、ドキュメンタリー番組の司会をつとめる科学界の有名人 「デセプション・ポイント 上下」 ダン・ブラウン著;越前敏弥訳 角川書店 2005年4月

マイケル・ヒル
英軍にテロリストと決めつけられ無罪なのに三年余拘禁されたアイルランドの青年 「名無しのヒル」 シェイマス・スミス著;鈴木恵訳　早川書房(ハヤカワ・ミステリ文庫) 2004年9月

マイケル・ブラッカ
ロックギタリストのミム・ブラッカの兄、ドラッグディーラー 「わが手に雨を」 グレッグ・ルッカ著;佐々田雅子訳　文藝春秋 2004年9月

マイケル・ボネッロ(マイキー)
新米マフィア、本物のマフィアになるための通過儀礼として殺人をしようとした男 「マフィアに恋して」 C.C.クリスクオーロ著;吉沢康子訳　集英社(集英社文庫) 2001年3月

マイケル・マクレイン
テレビ番組制作会社の経営者、アイルランド人を両親にもつアメリカ人女性制作会社経営者のモイラの恋人で部下、アイルランド系の男 「黒い鳥の唄」 ヘザー・グレアム著;風音さやか訳　ハーレクイン(MIRA文庫) 2002年11月

マイケル・マラン
表ではマネーロンダリングのため不動産業を営む麻薬密売組織のボス 「殺人者は蜜蜂をおくる」 ジュリー・パーソンズ著;大鳥双恵訳　扶桑社(扶桑社ミステリー) 2002年2月

マイケル・リオ・ケリー(ケリー)
ダブリンでいちばん物騒な区域に住む33歳の麻薬中毒の男 「氷の刃」 ポール・カースン著;真野明裕訳　二見書房(二見文庫) 2002年7月

マイケル・リーバス
グレイト・ロンドン・ロード署の部長刑事ジョン・リーバスの弟、催眠術師 「紐と十字架」 イアン・ランキン著;延原泰子訳　早川書房(ハヤカワ・ミステリ文庫) 2005年4月

マイケル・ロジャース
呪われた地と言われている「ジプシーが丘」でアメリカ大富豪の娘・エリーと出会った青年 「終りなき夜に生れつく」 アガサ・クリスティー著;乾信一郎訳　早川書房(ハヤカワ文庫クリスティー文庫) 2004年8月

マイヤーズ
CTUロサンゼルス支局の特別捜査官補佐、特別捜査官ジャック・バウアーの元恋人 「24 CTU/テロ対策ユニットの真実」 マーク・セラシーニ編集;文永優訳　角川書店 2004年3月

マイヤーズ
CTUロサンゼルス支局の特別捜査官補佐、特別捜査官ジャック・バウアーの元恋人 「24 TWENTY FOUR [1]上中下」 ジョエル・サーナウ原案;ロバート・コクラン原案　竹書房(竹書房文庫) 2003年12月

マイヤー・マイヤー
アイソラ市87分署の二級刑事、スティーブ・キャレラの同僚でユダヤ人 「キス」 エド・マクベイン著;井上一夫訳　早川書房(ハヤカワ・ミステリ文庫) 2001年4月

マイヤー・マイヤー
アイソラ市87分署の二級刑事、スティーブ・キャレラの同僚でユダヤ人 「ノクターン」 エド・マクベイン著;井上一夫訳　早川書房(ハヤカワ・ミステリ文庫) 2004年7月

マイヤー・マイヤー
アイソラ市87分署の二級刑事、スティーブ・キャレラの同僚でユダヤ人 「ビッグ・バッド・シティ」 エド・マクベイン著;山本博訳　早川書房(ハヤカワ・ミステリ文庫) 2005年3月

マイヤー・マイヤー
アイソラ市87分署の二級刑事、スティーブ・キャレラの同僚でユダヤ人 「ロマンス」 エド・マクベイン著;井上一夫訳　早川書房(ハヤカワ・ミステリ文庫) 2002年8月

まいや

マイヤー・マイヤー
アイソラ市87分署の二級刑事、スティーブ・キャレラの同僚でユダヤ人 「悪戯」 エド・マクベイン著;井上一夫訳　早川書房(ハヤカワ・ミステリ文庫) 2002年5月

マイラ・サヴェジ
死者との交信ができるという霊媒、ロンドン郊外に住むさえない四十四歳の女 「雨の午後の降霊会」 マーク・マクシェーン著;北澤和彦訳　東京創元社(創元推理文庫) 2005年5

マイラ・ラトレッジ
富豪の女性実業家、私刑団〈シスターフッド〉を結成したゴッドマザー 「シスターフッド」 ファーン・マイケルズ著;小原亜美訳　二見書房(二見文庫) 2004年11月

マイラ・ラトレッジ
富豪の女性実業家で弁護士ニキの養母、秘密結社「シスターフッド」の発案者でスポンサー 「シスターフッド」 ファーン・マイケルズ著;小原亜美訳　二見書房(二見文庫) 2004年11月

マイルズ・ケロッグ(ケロッグ)
元CIAエージェント、大物政治家射殺事件の目撃者 「確信犯 上下」 スティーヴン・ホーン著;遠藤宏昭訳　早川書房(ハヤカワ・ミステリ文庫) 2001年8月

マイロ・スタージス
LA市警刑事、小児臨床心理医・アレックスの親友 「モンスター 臨床心理医アレックス」 ジョナサン・ケラーマン著;北澤和彦訳　講談社(講談社文庫) 2005年3月

マイロ・モーション
ミステリ愛好家の集まり「猟犬クラブ」の会員の男性 「猟犬クラブ」 ピーター・ラヴゼイ著;山本やよい訳　早川書房(ハヤカワ・ミステリ文庫) 2001年6月

マイロン・ボライター
ニューヨーク在住のスポーツ・エージェントで「MBスポーツレップス」の経営者、元プロバスケットボール選手 「ウイニング・ラン」 ハーラン・コーベン著;中津悠訳　早川書房(ハヤカワ・ミステリ文庫) 2002年4月

マイロン・ボライター
凄腕の青年スポーツ・エージェント、エージェント会社「MBスポーツレップス」の共同経営者 「パーフェクト・ゲーム」 ハーラン・コーベン著;中津悠訳　早川書房(ハヤカワ・ミステリ文庫) 2001年2月

マカーサー将軍　まかーさーしょうぐん
退役した白髪の老将軍、インディアン島オーエン邸に招かれた客の1人 「そして誰もいなくなった」 アガサ・クリスティー著;清水俊二訳　早川書房(ハヤカワ文庫クリスティー文庫) 2003年10月

マーカス・ウィットビー(ウィットビー)
私立探偵V・I・ウォーショースキーが調査先で遺体を発見した黒人ジャーナリスト 「ブラック・リスト」 サラ・パレツキー著;山本、やよい訳　早川書房(Hayakawa novels) 2004年9月

マーカス・スモールボーン(スモールボーン)
ロンドンの法律事務所の顧客、イカボッド・ストークス信託共同管財人 「スモールボーン氏は不在」 マイケル・ギルバート著;浅羽莢子訳　小学館(Shogakukan mystery) 2003年9月

マーカス・ディメンシィ(ディメンシィ)
ニューオーリンズのやり手の地方検事、非情で悪賢い人物 「判事の桃色な日々」 トニイ・ダンバー著;中津悠訳　早川書房(ハヤカワ・ミステリ文庫) 2002年2月

マーカス・テイラー
アート雑誌編集長のサリナの婚約者、若いアーティストの男 「ブラッシュ・オフ」 シェイン・マローニー著;浜野アキオ訳　文藝春秋(文春文庫) 2002年12月

マーカス・デヴリン（マーカス・ライアン・オサリバン）
カリブ海の高級リゾート「ポルト・ビアンコ」の支配人、シカゴ出身のハンサムなアメリカ人 「カリブより愛をこめて」 キャサリン・コールター著;林啓恵訳 二見書房（二見文庫） 2005年2月

マーカス・フォード
ロス・アンゼルス「ウィロウブルック医療センター」外傷外科の39歳の主任医師 「感染者 上下」 パトリック・リンチ著;高見浩訳 飛鳥新社 2002年5月

マーカス・モウブレイ（モウブレイ）
検死局の元局長、警部補のフォーカーソンに依頼され市のごみ処理センターで発見された頭蓋の身元を調べた男 「屍肉の聖餐」 ユベール・コルバン著;佐宗鈴夫訳 集英社（集英社文庫） 2001年2月

マーカス・ライアン・オサリバン
カリブ海の高級リゾート「ポルト・ビアンコ」の支配人、シカゴ出身のハンサムなアメリカ人 「カリブより愛をこめて」 キャサリン・コールター著;林啓恵訳 二見書房（二見文庫） 2005年2月

マガーヴィ
イギリス警察本部の警部、バース署刑事ダイヤモンドの妻殺人事件の捜査責任者 「最期の声」 ピーター・ラヴゼイ著;山本やよい訳 早川書房（Hayakawa novels） 2004年1月

マーカム
私立探偵ファイロ・ヴァンスと15年来の親交があるニューヨーク州地方検事 「僧正殺人事件」 S.S.ヴァン・ダイン著;宇野利泰訳 嶋中書店（嶋中文庫） 2004年1月

マカラ・ハーコナン
インドネシア最大の海運会社「ハーコナン海運」などを手広く経営する大富豪 「攻撃目標を殲滅せよ 上下」 ジェイムズ・H・コブ著;伏見威蕃訳 文藝春秋（文春文庫）2002年10月

マーガレット
アル中記者・ダンの浮気相手の女子大生、北アイルランド次期首相候補の側近の娘 「ジャックと離婚」 コリン・ベイトマン著;金原瑞人訳・橋本知香訳 東京創元社（創元コンテンポラリ） 2002年7月

マーガレット
鍛冶職人のメグの母親 「野鳥の会、死体の怪」 ドナ・アンドリューズ著;島村浩子訳 早川書房（ハヤカワ・ミステリ文庫） 2002年3月

マーガレット・アン・サドフスキー（レッグズ）
1950年代のニューヨーク州で作られた少女ギャング団「フォックスファイア」の最高司令官 「フォックスファイア」 ジョイス・キャロル・オーツ著;井伊順彦訳 DHC 2002年7月

マーガレット・タッシー（ポリー）
珍品博物館「デザーズ・エンド」の管理人、生き生きとした性格で素朴な美しさをもつ老婦人 「殺人者の街角」 マージェリー・アリンガム著;佐々木愛訳 論創社（論創海外ミステリ） 2005年6月

マーガレット・ハリソン
電気技師のジョージの20以上年の離れた後妻、土木技師のポールの義理の母 「箱の中の書類」 ドロシイ・セイヤーズ著;松下祥子訳 早川書房（Hayakawa pocket mystery books） 2002年3月

マーガレット・ブライア
19世紀イギリスの貴婦人、ミルバンク監獄への慰問を仕事とする独身女性 「半身」 サラ・ウォーターズ著;中村有希訳 東京創元社（創元推理文庫） 2003年5月

マギー
ワイオミング州犯罪捜査部の法務副長官、特別捜査官アントニオ・バーンズの上司で短躯ながら迫力ある風貌の老人 「絶壁の死角」 クリントン・マッキンジー著;熊谷千寿訳 新潮社(新潮文庫) 2005年9月

マギー・オコナー
ニューヨークの骨董品店店主、悪魔崇拝集団に孫娘を奪われた42歳の未亡人 「ブレス・ザ・チャイルド 上下」 キャシー・キャッシュ・スペルマン著;中俣真知子訳 竹書房(竹書房文庫) 2001年11月

マギー・オデール
FBI特別捜査官でプロファイラー、田舎町のプラットシティで起きた連続殺人事件を追った女性 「悪魔の眼」 アレックス・カーヴァ著;新井ひろみ訳 ハーレクイン(Mira文庫) 2002年9月

マギー・ケリー
いまをときめくアメリカの人気作家、マンハッタンで暮らす31歳の女性 「マギーはお手上げ」 ケイシー・マイケルズ著;早川麻百合訳 二見書房(二見文庫) 2004年9月

マギー・ケリー
ベストセラーリスト常連の人気ミステリー作家、マンハッタンで暮らす31歳の独身女性 「マギーはお手上げ」 ケイシー・マイケルズ著;早川麻百合訳 二見書房(二見文庫) 2004年9月

マギー・サマー
骨董商、夫を亡くしたばかり女性 「死体あります アンティーク・フェア殺人事件」 リア・ウェイト著;木村博江訳 文藝春秋(文春文庫) 2003年9月

マキシーン・ウィニントン
サスペンス作家ケネス・P・ウィニントンの妻、私立探偵スタンリー・ヘイスティングズの依頼人 「サスペンスは嫌い」 パーネル・ホール著;田中一江訳 早川書房(ハヤカワ・ミステリ文庫) 2004年4月

マギー・シンプソン
スタンダップコメディアン、女優のケリー・マクギリス似の彼女と恋におちたレズビアン 「カレンダー・ガール」 ステラ・ダフィ著;柿沼瑛子訳 新潮社(新潮文庫) 2002年11月

マーキス大佐　まーきすたいさ
ロンドン警視庁警視監で元陸軍士官、不可解な退官判事殺害事件を捜査した男 「第三の銃弾」 カーター・ディクスン著;田口俊樹訳 早川書房(ハヤカワ・ミステリ文庫) 2001年9月

マギー・バーンズ
シアトル市警勤務の似顔絵画家、被害者の記憶をもとに正確な犯人の似顔絵を描く特殊能力の持ち主 「あやつられたスケッチ」 ケイ・フーパー著;長島水際訳 ソニー・マガジンズ(ヴィレッジブックス) 2005年3月

マギー・ピーターソン
作家志望のカールに手記のゴーストライターを依頼したニューヨーク出版界に名を知られた有能な女性編集者 「ギデオン神の怒り」 ラッセル・アンドルース著;渋谷比佐子訳 講談社(講談社文庫) 2001年2月

マキャスキー
アメリカの国家危機管理センター通称"オプ・センター"のFBI連絡担当官 「自爆政権」 トム・クランシー著;スティーヴ・ピチェニック著;伏見威蕃訳 新潮社(新潮文庫) 2002年8月

マーク
イングランドのド・クリントン司教からウェールズへの使節を務める助祭、元カドフェルの助手 「デーン人の夏」 エリス・ピーターズ著;岡達子訳 光文社(光文社文庫) 2005年11月

マーク
シュルーズベリ大修道院の見習い修道士、孤児で無口だが修道士カドフェルには心を許す若者 「修道士の頭巾(フード)」 エリス・ピーターズ著;岡本浜江訳　光文社(光文社文庫)　2003年5月

マーク
シュルーズベリ大修道院の見習い修道士でカドフェルの助手、物静かで几帳面で手先の器用な若者 「死を呼ぶ婚礼」 エリス・ピーターズ著;大出健訳　光文社(光文社文庫)　2003年9月

マーク
シュルーズベリ大修道院の見習い修道士でカドフェルの助手、物静かで几帳面で手先の器用な若者 「聖ペテロ祭殺人事件」 エリス・ピーターズ著;大出健訳　光文社(光文社文庫)　2003年7月

マーク
子供専門の肖像写真家スノーのボーイフレンド、妻帯者 「失われた自画像」 シャーロット・ヴェイル・アレン著;細郷妙子訳　ハーレクイン(MIRA文庫)　2002年5月

マーク・アーリマン(アーリマン)
天才精神科医、ゲーム作家のマーティの主治医 「汚辱のゲーム 上下」 ディーン・クーンツ著;田中一江訳　講談社(講談社文庫)　2002年9月

マーク・イースターブルック
学者、神父殺害事件の探偵役 「蒼ざめた馬」 アガサ・クリスティー著;高橋恭美子訳　早川書房(ハヤカワ文庫クリスティー文庫)　2004年8月

マーク・オーガスティン(オーガスティン)
アメリカ疫病対策予防センター局長 「ダーウィンの使者 上下」 グレッグ・ベア著;大森望訳　ソニー・マガジンズ(ヴィレッジブックス)　2002年12月

マーク・サイドマン
形成外科医、妻を殺害し生後6ヵ月の娘を誘拐した犯人を追った男 「ノー・セカンドチャンス 上下」 ハーラン・コーベン著;山本やよい訳　ランダムハウス講談社(ランダムハウス講談社文庫)　2005年9月

マーク・サンガー
サンフランシスコ市警察特別顧問アイアンサイドの助手を務める黒人青年 「鬼警部アイアンサイド」 ジム・トンプスン著;尾之上浩司訳　早川書房(Hayakawa pocket mystery books)　2005年5月

マーク・ジェローム・タルボット(タルボット)
実業家、39歳の女流画家ローラの夫 「ローラに何がおきたのか」 フレドリック・ヒューブナー著;法村里絵訳　角川書店(角川文庫)　2003年5月

マクシミーノ・アレナス(アレナス)
キューバの国有会社アヒール・コーポレーションの副社長、先物取引の専門家・ランダの少年時代からの知人 「ハバナ・ミッドナイト」 ホセ・ラトゥール著;山本さやか訳　早川書房(ハヤカワ・ミステリ文庫)　2003年3月

マクシミリアン・コーラー(コーラー)
スイスの欧州原子核研究機構所長、60歳代前半の車椅子の男 「天使と悪魔 上下」 ダン・ブラウン著;越前敏弥訳　角川書店　2003年10月

マクシミリアン・ヘア(ヘア)
英国女性アイリスの乗った特急列車の乗客で土木技師、浮ついた若者 「バルカン超特急 消えた女」 エセル・リナ・ホワイト著;近藤三峰訳　小学館(Shogakukan mystery)　2003年1月

まくす

マーク・スウェイ
11歳の少年、8歳のリッキーの兄 「依頼人」 ジョン・グリシャム著;白石朗訳 小学館(小学館文庫) 2003年1月

マーク・スチュアート
24歳のイギリス陸軍大尉、サリー州シア村に移り住んだマーダの兄 「独房の修道女」 ポール・L・ムーアクラフト著;野口百合子訳 扶桑社(扶桑社ミステリー) 2004年6月

マーク・スティーヴンソン
かつてアメリカじゅうを震撼させた連続殺人事件を題材にした小説『深い闇』の作者、ニューヨークに住んでいるミステリ作家 「捕食者の貌」 トム・サヴェージ著;奥村章子訳 早川書房(ハヤカワ・ミステリ文庫) 2001年8月

マグダ・ドゥーン(ミス・ドゥーン)
ロンドンの老舗ブティックのフランスにできる新しい支店を任される筆頭候補だった仕入部主任 「ハイヒールの死」 クリスチアナ・ブランド著;恩地三保子訳 早川書房(ハヤカワ・ミステリ文庫) 2003年1月

マグダレーナ・ロッシュ
見知らぬ男を果物ナイフで刺殺した主婦・コーラの妹、生まれつき病身だった女性 「記憶を埋める女」 ペトラ・ハメスファール著;畔上司訳 学研 2002年11月

マグダレン
ゴドリックス・フォードの女子修道院の修道女、俊敏な才気と決断力を備えた魅力的な女性 「死者の身代金」 エリス・ピーターズ著;岡本浜江訳 光文社(光文社文庫) 2004年5月

マグダレン
ゴドリックス・フォードの女子修道院の修道女、俊敏な才気と決断力を備えた魅力的な女性 「秘跡」 エリス・ピーターズ著;大出健訳 光文社(光文社文庫) 2004年9月

マーク・デイリー
図書館司書ロウィーナ・グレアムの同僚であり親友、恋人をエイズで亡くしたゲイの男性 「クローディアの憂鬱」 シャーロット・ヴェイル・アレン著;細郷妙子訳 ハーレクイン(MIRA文庫) 2003年3月

マクナブ
ロンドン市警の主任警部、貴族探偵トフ氏のライバル 「トフ氏と黒衣の女」 ジョン・クリーシー著;田中孜訳 論創社(論創海外ミステリ) 2004年11月

マグノリア・シェルビー(ミス・マギー)
ヴァージニアに住む91歳の元教師、OLのパットを遺産受取人に指名した老婦人 「将軍の末裔」 エレナ・サンタンジェロ著;中川:聖訳 講談社(講談社文庫) 2004年9月

マーク・ハリス(フィリップ・トマス)
妻を殺し西海岸からシカゴの救済院へ逃げてきた天才青年弁護士 「危険がいっぱい」 デイ・キーン著;松本依子訳 早川書房(Hayakawa pocket mystery books) 2005年7月

マーク・ビーモン(ビーモン)
FBIフェニックス支局担当特別捜査官、架空の犯罪者ニコライと正体を偽りアルカイダとつながる裏の世界に踏み込んだ男 「全米無差別テロの恐怖 上・下」 カイル・ミルズ著;公手成幸訳 扶桑社(扶桑社ミステリー) 2004年6月

マクブッシュ
アメリカ大使館員、実業家のフロレンタインに「南米バナナ共和国」のツアーの内偵を頼んだ男 「観光旅行」 デイヴィッド・イーリイ著;一ノ瀬直二訳 早川書房(ハヤカワ・ミステリ文庫) 2004年6月

マーク・プライス(プライス)
ロンドンのパラダイス・ウェイの浮浪者、暴行容疑で逮捕された男 「戦士たちの挽歌」 フレデリック・フォーサイス著;篠原慎訳 角川書店 2002年1月

マクブライド
CIA捜査官、「アヴェンジャー」キャル・デクスターのかつての部下 「アヴェンジャー 上下」 フレデリック・フォーサイス著;篠原慎訳　角川書店(角川文庫)　2004年8月

マーク・ブラック
アルゼンチン・フエゴ島での偵察任務を遂行するSASチームのリーダー、39歳の軍曹 「SAS特命潜入隊」 クリス・ライアン著;伏見威蕃訳　早川書房(ハヤカワ文庫NV)　2004年8月

マーク・ブリン(ブリン)
北アイルランドのアライアンス党党首、次期首相候補 「ジャックと離婚」 コリン・ベイトマン著;金原瑞人訳;橋本知香訳　東京創元社(創元コンテンポラリ)　2002年7月

マーク・フルカワ
ロサンジェルスで問題児のカウンセラーをしている日系三世の男 「ジャスミン・トレード」 デニーズ・ハミルトン著;堀内静子訳　早川書房(ハヤカワ・ミステリ文庫)　2003年5月

マクマイケル
サンディエゴ市警殺人課部長刑事、ピート・ブラガ殺害事件の捜査担当者 「コールド・ロード」 T.ジェファーソン・パーカー著;七搦理美子訳　早川書房(Hayakawa novels)　2003年10月

マーク・ライアン
ニューヨーク市警113分署の刑事、女性弁護士ジェニファー・マーチの友人 「すべてが罠 上下」 グレン・ミード著;戸田裕之訳　二見書房(二見文庫)　2005年11月

マクラケン
パプアニューギニアに住むスコットランド人、気むずかしい男 「密林・生存の掟」 アラン・ディーン・フォスター著;中原尚哉訳　扶桑社(扶桑社ミステリー)　2003年5月

マクラナハン
アメリカ合衆国ハイテクノロジー航空宇宙兵器センター副司令官 「韓国軍北侵 上下」 デイル・ブラウン著;伏見威蕃訳　二見書房(二見文庫)　2001年6月

マクラナハン
元空軍准将でハイテク航空機産業スカイ・マスターズ社の副社長、元軍人でつくる秘密部隊「ナイト・ストーカーズ」の中心メンバー 「炎の翼 上下」 デイル・ブラウン著;伏見威蕃訳　二見書房(二見文庫)　2004年7月

マクラナハン
第一エア・バトル・フォース司令官、アメリカ空軍少将 「ロシア軍侵攻 上下」 デイル・ブラウン著;伏見威蕃訳　二見書房(二見文庫)　2005年10月

マクラナハン
米国HAWC(ハイ・テクノロジー航空宇宙兵器センター)副司令官、ハイテク軍用機開発チーム「ドリームランド」の責任者 「「影」の爆撃機 上下」 デイル・ブラウン著;伏見威蕃訳　二見書房(二見文庫)　2002年1月

マーク・ラング(ラング)
アメリカ軍海兵隊偵察チーム「ペッパードッグズ」の隊長、誘拐された親友・コスグローヴ大尉を探した男 「猟犬たちの山脈 上下」 ビング・ウェスト著;村上和久訳　文藝春秋(文春文庫)　2004年9月

マクリアリー
建国百年記念万博の会場警備を任されたフィラデルフィア警察の警察官 「黒い囚人馬車」 マーク・グレアム著;山本俊子訳　早川書房(Hayakawa pocket mystery books)　2001年1月

まくり

マクリーン
イギリス海軍潜水艦隊司令長官 「ニミッツ・クラス」 パトリック・ロビンソン著;伏見威蕃訳 角川書店(角川文庫) 2001年3月

マクリン
刑務所を出たばかりの犯罪のプロ、パラダイス港のスタイルズ島の強奪を計画する男 「忍び寄る牙」 ロバート・B・パーカー著;菊池光訳 早川書房(ハヤカワ・ミステリ文庫) 2004年9月

マクルーア博士　まくるーあはかせ
ニューヨーク在住の流行作家カレンのフィアンセ、癌研究の権威の医師 「日本庭園の秘密」 エラリイ・クイーン著;大庭忠男訳 早川書房(ハヤカワ・ミステリ文庫) 2003年4月

マーク・ルービン(モシェ)
家族の捜索を私立探偵のテスに依頼したメリーランド州に住む毛皮商の男、ユダヤ教徒 「ロスト・ファミリー」 ローラ・リップマン著;吉澤康子訳 早川書房(ハヤカワ・ミステリ文庫) 2005年12月

マクレガー
ニューヨーク州警察主席捜査官で私立探偵ビル・スミスの友人、釣りにのめり込んでいる男 「春を待つ谷間で」 S.J.ローザン著;直良和美訳 東京創元社(創元推理文庫) 2005年8月

マグレガー
ロジアン・ボーダーズ警察の元警部、引退生活が始まったばかりの男 「楽園占拠」 クリストファー・ブルックマイア著;玉木亨訳 ソニー・マガジンズ(ヴィレッジブックス) 2003年7月

マクレーン(少佐)　まくれーん(しょうさ)
ニュー・メキシコ準州の奪った土地で大牧場を営む男 「レディ・ヴィクトリア」 リンダ・ハワード著;加藤洋子訳 ソニー・マガジンズ(ヴィレッジブックス) 2002年7月

マクロー
ニューヨーク市警刑事、弁護士ジャック・ロスの妻の殺害事件を担当する捜査官 「マンハッタンの薔薇」 シンシア;ビクター著;田村;達子訳 講談社(講談社文庫) 2004年5月

マーコ
合衆国陸軍大尉、朝鮮戦争のあと英雄になった軍曹・レイモンドの上司 「影なき狙撃者」 リチャード・コンドン著;佐和誠訳 早川書房(ハヤカワ文庫NV) 2002年12月

マーコヴィッツ
ニューヨーク市警の警視、女性刑事キャシー・マロリーを妻ヘレンとともに愛情深く育ててきた養父 「氷の天使」 キャロル・オコンネル著;務台夏子訳 東京創元社(創元推理文庫) 2001年5月

マーゴ・フォーティエ
ニューオーリンズのコラムニスト、ゲイの夫をもつ45歳の元ストリッパー 「壁のなかで眠る男」 トニー・フェンリー著;川副智子訳 新潮社(新潮文庫) 2003年8月

マコーリフ
ニューヨークに住む私立探偵ヘイスティングズと一度ならずかかわりあったことのある殺人課の部長刑事 「罠から逃げたい」 パーネル・ホール著;田中一江訳 早川書房(ハヤカワ・ミステリ文庫) 2001年11月

マコーリフ
ニューヨーク市警殺人課部長刑事、私立探偵スタンリー・ヘイスティングズの協力者 「サスペンスは嫌い」 パーネル・ホール著;田中一江訳 早川書房(ハヤカワ・ミステリ文庫) 2004年4月

マコーン
サンフランシスコの女性私立探偵、アメリカ先住民ショショニ族の血を引く女性 「沈黙の叫び」 マーシャ・マラー著;古賀弥生訳 講談社(講談社文庫) 2004年3月

マーサー
アメリカ人の優秀な地質学者兼鉱山技師、グリーンランド探検隊のメンバー 「パンドラの呪い 上下」 ジャック・ダブラル著;村上和久訳 ソニー・マガジンズ(ビレッジブックス) 2005年10月

マザー・アバゲイル
ウィルスにより死滅したアメリカの生存者、ネブラスカ州に住む百八歳の老女 「ザ・スタンド 3」 スティーヴン・キング著;深町眞理子訳 文藝春秋(文春文庫) 2004年6月

マザー・アバゲイル
死滅したアメリカの生存者たちが築いた〈フリーゾーン〉の住民、百八歳の老女 「ザ・スタンド 4」 スティーヴン・キング著;深町眞理子訳 文藝春秋(文春文庫) 2004年7月

マザー・アバゲイル
死滅したアメリカの生存者たちが築いた〈フリーゾーン〉の住民、百八歳の老女 「ザ・スタンド 5」 スティーヴン・キング著;深町眞理子訳 文藝春秋(文春文庫) 2004年8月

マサイアス
黎明期の中東で代々暗殺者の技能を磨いてきた少数部族アッカド人の傭兵、誇り高き暗殺者 「スコーピオン・キング」 マックス・アラン・コリンズ著;小田川佳子訳 角川書店(角川文庫) 2002年5月

マーサー・ウォーレス
ニューヨーク市警・特殊被害者課の刑事、ニューヨーク市警で一級刑事になった数少ないアフリカ系アメリカ人の一人 「絶叫」 リンダ・フェアスタイン著;平井イサク訳 早川書房(ハヤカワ・ミステリ文庫) 2002年1月

マーサー・ウォーレス
ニューヨーク市警・特殊被害者課の刑事、ニューヨーク市警で一級刑事になった数少ないアフリカ系アメリカ人の一人 「妄執」 リンダ・フェアスタイン著;平井イサク訳 早川書房(ハヤカワ・ミステリ文庫) 2004年8月

マーサー・ウォーレス
ニューヨーク市警・特殊被害者課の刑事、ニューヨーク市警で一級刑事になった数少ないアフリカ系アメリカ人の一人で40歳 「冷笑」 リンダ・フェアスタイン著;平井イサク訳 早川書房(ハヤカワ・ミステリ文庫) 2003年2月

マーサー・ウォーレス
ニューヨーク市警特殊被害者課の41歳の刑事、女性検察官アレックスの仕事仲間 「隠匿」 リンダ・フェアスタイン著;平井イサク訳 早川書房(ハヤカワ・ミステリ文庫) 2005年6月

マーサ・ゲルホーン
ノーベル賞作家ヘミングウェイの妻 「諜報指揮官ヘミングウェイ 上下」 ダン・シモンズ著;小林宏明訳 扶桑社(扶桑社ミステリー) 2002年6月

マサド・モハメド
シカゴ大学内にあるアラブ人過激派集団「アラブ人学生対応委員会」の一員でメンバーのジャーラの弟 「刑事エイブ・リーバーマン 憎しみの連鎖」 スチュアート・カミンスキー著;棚橋志行訳 扶桑社(扶桑社ミステリー) 2003年1月

マーサ・ブレキンリッジ(ブレキンリッジ)
財務省秘密検察局「シークレット・サービス」の特別捜査官、過激派集団のネオナチ組織に殺された同僚の事件を捜査した男 「謀殺の星条旗」 ジェラルド;ペティヴィッチ著;渡辺;庸子訳 ソニー・マガジンズ(ヴィレッジブックス) 2004年8月

まさま

マーサ・マッコール
アメリカ合衆国国家危機管理センター〈オプ・センター〉政策・経済担当官、40代後半のアフリカ系アメリカ人で気難しい女性 「流血国家 上下」トム・クランシー著;スティーヴ・ピチェニック著;伏見威蕃訳 新潮社(新潮文庫) 2001年10月

マージ
FBIのバーチャル犯罪特捜隊「ネットフォース」の少年部隊「ネットフォースエクスプローラーズ」のメンバーで女子高校生、シミュレーショングループG7の一員 「ネットフォースエクスプローラーズ 1は孤独な数字」トム・クランシー著;スティーヴ・ピチェニック著 アスペクト 2001年3月

マージ
ロサンゼルス市警デヴォンシャー署殺人課女性刑事、ピーター・デッカーの仕事上の相棒 「逃れの町」フェイ・ケラーマン著;高橋恭美子訳 東京創元社(創元推理文庫) 2005年9月

マージ
ロサンゼルス市警の女刑事、巡査部長デッカーのパートナー 「赦されざる罪」フェイ・ケラーマン著;高橋恭美子訳 東京創元社(創元推理文庫) 2001年6月

マジェク
漁村ブライド・バイ・ザ・シーの若い漁師、大工を兼業する35歳の器用な青年 「塩沢地の霧」ヘンリー・ウエイド著;駒月雅子訳 国書刊行会(世界探偵小説全集) 2003年2月

マーシー・コールダー
オクラホマ州レイクシティ高校の女子陸上部員 「サイレント・ゲーム」リチャード・ノース・パタースン著;後藤由季子訳 新潮社 2003年3月

マーシー・コールダー
オハイオ州レイクシティに住む殺害された女子陸上部員 「サイレント・ゲーム 上下」リチャード・ノース・パタースン著;後藤由季子訳 新潮社(新潮文庫) 2005年11月

マーシ・ディーン
ハマーステッド社経理部長、同社給与会計課社員ジェイン・ブライトの友人 「Mr.パーフェクト」リンダ・ハワード著;加藤洋子訳 二見書房(二見文庫) 2001年5月

マーシー・フレイシャー
クイーンズ909分署二級刑事、チョコレートマンによる誘拐事件の捜査担当者 「よい子はみんな天国へ」ジェシー・ハンター著;青木悦子訳 東京創元社(創元推理文庫) 2005年11月

マーシャ
双子の兄姉の末っ子の十歳、隣に引っ越してきたあやしげな独身男性・グリーンに興味を抱いた少女 「指先にふれた罪」スザンヌ・バーン著;友田葉子訳 DHC 2001年4月

マーシャ・クロー
メアリー・クローの12年前にレイプされ殺害された母 「人狩りの森」サリー・ビッセル著;酒井裕美訳 二見書房(二見文庫) 2001年1月

マーシャ・デカーロ(カーリー)
経済コラムニスト、「ジェン・ストーン社」の社長ニコラス・スペンサーの妻のリンの義妹 「消えたニック・スペンサー」メアリ・H.クラーク著;宇佐川晶子訳 新潮社(新潮文庫) 2005年5月

マーシャ・ヒリス
テキサス州ダラスの住人、ホテル〈マントン〉の宿泊客の女 「深夜のベルボーイ」ジム・トンプスン著;三川基好訳 扶桑社 2003年3月

マーシャル・ウェスト
ロス・アンゼルス郡厚生局の保険総監、外科医マーカスの大学時代の旧友 「感染者 上下」 パトリック・リンチ著;高見浩訳　飛鳥新社　2002年5月

マーシャル・ヘイズ（ヘイズ）
航空機に搭載するシステムの製造元「サーチライト」社の最高経営責任者兼会長の男性 「ジェットスター緊急飛行」 カム・マージ著;戸田裕之訳　ソニー・マガジンズ（ヴィレッジブックス）　2002年6月

マシュー
刑務所に服役中の〈わたし〉が文通している〈彼女〉の友だち、12歳の少年 「わたしがアリスを殺した理由」 A.M.ホームズ著;高山祥子訳　扶桑社（扶桑社ミステリー）　2004年4月

マシュー
巡礼者キアランの同行者、自信に満ちて冷静な青年 「憎しみの巡礼」 エリス・ピーターズ著;岡達子訳　光文社（光文社文庫）　2004年7月

マシュー
翼を持つ少年、同じく翼を持つ少女マックスの弟 「翼のある子供たち」 ジェイムズ・パタースン著;古賀弥生訳　ランダムハウス講談社（ランダムハウス講談社文庫）　2005年11月

マシューズ
精神科医、患者のジェイコブが見えると言った小人に一緒に会いに行った男 「死を呼ぶペルシュロン」 ジョン・フランクリン・バーディン著;今本渉訳　晶文社（晶文社ミステリ）　2004年4月

マシュー・ダブチェク
ワイオミング州のさびれた銀鉱の町「二十マイル」の便利屋、ネブラスカから旧式の銃を担いでやってきた若者 「ワイオミングの惨劇」 トレヴェニアン著;雨沢泰訳　新潮社（新潮文庫）　2004年6月

マシュー・プライア（マット）
イギリスの田舎町レスターシャーで暮らすピザ販売業者、人材スカウトアントニー・シェリダンの親友 「石に刻まれた時間」 ロバート・ゴダード著;越前敏弥訳　東京創元社（創元推理文庫）　2003年1月

マシュー・ブラック（マット）
リゾートの仕掛人であるギャビンが主催する同窓会に招待されたコメディアンの男 「楽園占拠」 クリストファー・ブルックマイア著;玉木亨訳　ソニー・マガジンズ（ヴィレッジブックス）　2003年7月

マシュー・ランクリン（ランクリン）
第一次世界大戦勃発前の英国情報局のエージェント、名家出身だが没落した軍人 「スパイの誇り」 ギャビン・ライアル著;石田善彦訳　早川書房（ハヤカワ・ミステリ文庫）　2003年10月

マシュー・ランクリン（ランクリン大尉）　ましゅーらんくりん（らんくりんたいい）
英国情報局のエージェント 「誇りは永遠に」 ギャビン・ライアル著;遠藤宏昭訳　早川書房（Hayakawa novels）　2003年1月

マシュー・ランクリン（ランクリン大尉）　ましゅーらんくりん（らんくりんたいい）
誇り高き名門出身の大尉、英国情報局エージェント 「誇り高き男たち」 ギャビン・ライアル著;遠藤宏昭訳　早川書房（Hayakawa novels）　2002年6月

マージョリー・コンウェイ
ロンドンのホクストン通りの下宿屋に住む元イギリス空軍婦人補助部隊の娘 「カーテンの陰の死」 ポール・アルテ著;平岡敦訳　早川書房（Hayakawa pocket mystery books）　2005年7月

まじょ

マージョリー・ダン（マージ）
ロサンゼルス市警デヴォンシャー署殺人課女性刑事、ピーター・デッカーの仕事上の相棒 「逃れの町」 フェイ・ケラーマン著;高橋恭美子訳　東京創元社(創元推理文庫)　2005年9月

マージョリー・ダン（マージ）
ロサンゼルス市警の女刑事、巡査部長デッカーのパートナー 「赦されざる罪」 フェイ・ケラーマン著;高橋恭美子訳　東京創元社(創元推理文庫)　2001年6月

マージョリー・ヴェイン（レディ・ティヴァートン）
ニュージャージー州出身の五十四歳の元女優 「仮面劇場の殺人」 ディクスン・カー著;田口俊樹訳　東京創元社(創元推理文庫)　2003年9月

マーシ・レイボーン
オレンジ郡保安官事務所殺人課巡査部長、上昇志向が強く有能な女性刑事 「ブラック・ウォーター」 T.ジェファーソン・パーカー著;横山啓明訳　早川書房(Hayakawa novels) 2003年2月

マーシ・レイボーン
オレンジ郡保安官事務所殺人課巡査部長、上昇志向が強く有能な女性刑事 「ブルー・アワー　上下」 T.ジェファーソン・パーカー著;渋谷比佐子訳　講談社(講談社文庫)　2004年2月

マーシ・レイボーン
オレンジ郡保安官事務所殺人課巡査部長、上昇志向が強く有能な女性刑事 「レッド・ライト　上下」 T.ジェファーソン・パーカー著;渋谷比佐子訳　講談社(講談社文庫)　2005年2月

マシンガム
ロンドン警視庁の警視長アダム・ダルグリッシュとともに事件を捜査するロンドン警視庁の警部 「わが職業は死」 P.D.ジェイムズ著;青木久惠訳　早川書房（ハヤカワ・ミステリ文庫）2002年3月

マスターズ少佐　ますたーずしょうさ
第二次大戦下の29歳のイギリス軍少佐、爆発物対策班の責任者で元潜水艦艦長 「起爆阻止」 ダグラス・リーマン著;高沢;次郎訳　早川書房　2004年3月

マタイ
パリのボロ館に住む失業中の若者、先史時代を専門とする個性的な歴史学者 「死者を起こせ」 フレッド・ヴァルガス著;藤田真利子訳　東京創元社(創元推理文庫)　2002年6月

マーダ・スチュアート
ワイン輸入会社の社員、イギリスのサリー州シア村に移り住んだ23歳の女性 「独房の修道女」 ポール・L・ムーアクラフト著;野口百合子訳　扶桑社(扶桑社ミステリー)　2004年6月

マダム・カリツカ
ヨーロッパの貴族と結婚して伯爵夫人の称号を持つマダム、アメリカの東海岸に一人で住んでいる不思議な超能力がある女性 「伯爵夫人は万華鏡」 ドロシー・ギルマン著;柳沢由実子訳　集英社(集英社文庫)　2002年5月

マダム・グラント
フランスのグルメ・ガイドブック〈ル・ギード〉経理係の婦人 「パンプルムース氏対ハッカー」 マイケル・ボンド著;木村博江訳　東京創元社(創元推理文庫)　2004年1月

マダム・コルベール
シャンゼリゼー街「クリスチャン・ディオール」の女支配人 「ハリスおばさんパリへ行く」 ポール・ギャリコ著;亀山龍樹訳　ブッキング(fukkan.com)　2005年4月

マダム・ド・ラ・シマルド
ギタリストのサルバドール・ド・ラ・シマルドの母、デヴォンの城館の女主人 「サルバドールの復活 上下」 ジェレミー・ドロンフィールド著;越前敏弥訳 東京創元社(創元推理文庫) 2005年1月

マチルダ・ギレスピー
自宅の浴室で中世の鉄の拘束具を頭に被ったまま亡くなっていた資産家の老婦人 「鉄の枷」 ミネット・ウォルターズ著;成川裕子訳 東京創元社(創元推理文庫) 2002年12月

マチルダ・クレックヒートン
サー・スタフォード・ナイのおば、おしゃべり好きで頭の良い老婦人 「フランクフルトへの乗客」 アガサ・クリスティー著;永井淳訳 早川書房(ハヤカワ文庫クリスティー文庫) 2004年1月

マチルド・スタンガースン
グランディエ城の離れに住む令嬢、科学者スタンガースン博士の娘で研究助手 「黄色い部屋の謎」 ガストン・ルルー著;宮崎嶺雄訳 嶋中書店(嶋中文庫) 2005年2月

マチルド・ドネー
婚約者を第一次大戦で失った車椅子の娘、フランス人 「長い日曜日」 セバスチアン・ジャプリゾ著;田部武光訳 東京創元社(創元推理文庫) 2005年3月

マッキンタイア
アメリカ海軍中将、海軍特殊「シーファイター」任務部隊司令官 「攻撃目標を殲滅せよ 上下」 ジェイムズ・H・コッブ著;伏見威蕃訳 文藝春秋(文春文庫) 2002年10月

マッキンドレス
ハインドランドの邸宅に住む富豪の老婦人マデリン・マッキンドレスの死んだ弟 「カッティング・ルーム」 ルイーズ・ウェルシュ著;大槻寿美枝訳 早川書房(Hayakawa pocket mystery books) 2003年7月

マック
有力な元下院議員、著名なコラムニスト・ネルの祖父 「さよならを言う前に」 メアリ・H.クラーク著;宇佐川晶子訳 新潮社(新潮文庫) 2003年1月

マック・イーストン
行方不明の美術品の追跡調査会社「ロスト&ファウンド」の経営者、美術コンサルタントのキャディ・ブリッグズの協力者 「迷子の大人たち」 ジェイン・アン・クレンツ著;中西和美訳 二見書房(二見文庫) 2003年12月

マックグレビー
ニューヨーク19分署の殺人課の警部補 「顔 上下」 シドニィ・シェルダン作;天馬竜行訳 アカデミー出版 2001年2月

マックス
ニューヨーク州ロングアイランドのサウソウルド警察署長、40代独身のハンサム男 「プラムアイランド 上下」 ネルソン・デミル著;上田公子訳 文藝春秋(文春文庫) 2002年6月

マックス
ニューヨーク裏社会の探偵バークの仲間、武術の達人 「グッド・パンジイ」 アンドリュー・ヴァクス著;菊地よしみ訳 早川書房(ハヤカワ・ミステリ文庫) 2003年8月

マックス
ニューヨーク裏社会の探偵バークの仲間、武術の達人 「クリスタル」 アンドリュー・ヴァクス著;菊地よしみ訳 早川書房(ハヤカワ・ミステリ文庫) 2001年6月

マックス
パリに住む11歳の耳の不自由な少年、蚤の市で不思議なオウムを手に入れた少年 「フェルマーの鸚鵡はしゃべらない」 ドゥニ・ゲジ著;藤野邦夫訳 角川書店 2003年2月

マックス
精神療法学者、特殊な精神療法でカリスマ的な人気を誇る男 「あやつられた魂」 ステラ・ダフィ著;柿沼瑛子訳 新潮社(新潮文庫) 2003年5月

マックス
翼を持つ少女、長いブロンドの髪と緑色の目の美少女 「翼のある子供たち」 ジェイムズ・パタースン著;古賀弥生訳 ランダムハウス講談社(ランダムハウス講談社文庫) 2005年11月

マックス
連続殺人事件の容疑者、九人もの人格を持つ多重人格者の男 「監禁治療」 ジョナサン・ナソー著;匝瑳玲子訳 早川書房(ハヤカワ文庫NV) 2001年12月

マックス・アイバーソン(アイバーソン)
元傭兵のボディーガード、警備会社の共同経営者 「覗く銃口」 サイモン・カーニック著;佐藤耕士訳 新潮社(新潮文庫) 2005年1月

マックスウェル・ノース(マックス)
精神療法学者、特殊な精神療法でカリスマ的な人気を誇る男 「あやつられた魂」 ステラ・ダフィ著;柿沼瑛子訳 新潮社(新潮文庫) 2003年5月

マックス・キャンドル
第二次世界大戦中に活躍した奇術師でチャールズ・バトラーの従兄、故人 「魔術師の夜 上下」 キャロル・オコンネル著;務台夏子訳 東京創元社(創元推理文庫) 2005年12月

マックス・クラウゼン
ソ連赤軍スパイゾルゲの東京諜報網の無線通信担当者 「ゾルゲ引裂かれたスパイ 上下」 ロバート・ワイマント著;西木正明訳 新潮社(新潮文庫) 2003年5月

マックス・スティール
ハリウッドの大物エージェント・レオンのパートナーで野心家、高級コールガール・クリスティンの顧客 「LA闇のコネクション」 ジャッキー・コリンズ著;野原房訳 扶桑社(扶桑社ミステリー) 2002年1月

マックス・パーカル
50年代のシドニーで有名な男優でありミュージシャン、小悪党・ビリーの27歳の親友 「有り金をぶちこめ」 ピーター・ドイル著;佐藤耕士訳 文藝春秋(文春文庫) 2002年12月

マックス・ハートマン(ハートマン)
投資会社「ハートマン・キャピタルマネジメント」の創始者、36歳の役員ベンの父 「シグマ最終指令 上下」 ロバート・ラドラム著;山本光伸訳 新潮社(新潮文庫) 2002年11月

マックス・フリーリング
窃盗犯、ハイ・デザート女子刑務所から仮釈放中のキャシーの恋人 「バッドラック・ムーン 上下」 マイクル・コナリー著;木村二郎訳 講談社(講談社文庫) 2001年8月

マックス・ベーム
スイスに住む高名な鳥類研究家、小柄でがっしりとした五十七歳の男 「コウノトリの道」 ジャン・クリストフ・グランジェ著;平岡敦訳 東京創元社(創元推理文庫) 2003年7月

マックス・ベーム(ベーム)
〈自然の友〉と自称するスイスに住む高名な鳥類研究家、フランス人青年ルイ・アンティオッシュの養父母の友人 「コウノトリの道」 ジャン=クリストフ・グランジェ著;平岡敦訳 東京創元社(創元推理文庫) 2003年7月

マック・スミス(ナイフ)
米空軍ハイテクノロジー航空宇宙兵器センター少佐 「幻影のエアフォース」 デイル・ブラウン著;上野元美訳 二見書房(二見文庫) 2005年2月

マックス・メイヤー
女骨董商スーザン・クレイマーからナポリの風景画を買った謎の男 「闇のアンティーク」 サルバトーレ・ウォーカー著;工藤妙子訳 扶桑社(扶桑社ミステリー) 2005年11月

マックス・ロデリック
元花形スキーヤー、タイシルク王ジャック・ロデリックの孫 「王は闇に眠る 上下」 フランシーヌ・マシューズ著;中井京子訳 新潮社(新潮文庫) 2003年10月

マック・ナイフ・スミス(スミス)
米空軍ハイテクノロジー航空宇宙兵器センターの少佐でパイロット 「砂漠の機密空域」 デイル・ブラウン著;上野元美訳 二見書房(二見文庫) 2003年6月

マック・マクォーリー
サウスキャロライナ州チャールストンの私立探偵、元チャールストン市警の警官 「月明かりのキリング・フィールド」 カレン・ロバーズ著;高田;恵子訳 ソニー・マガジンズ(ヴィレッジブックス) 2004年11月

マック・マッカラム
カルパチア専用機の副機長 「ソウル・ハーベスト レフトビハインド4」 ティム・ラヘイ著;ジェリー・ジェンキンズ著;松本和子訳 いのちのことば社フォレストブックス 2003年9月

マック・マレンコ(マレンコ)
FDNY(ニューヨーク市消防局)の主任捜査官、ジョージア・スキーアンの交際相手 「欺く炎」 スザンヌ・チェイズン著;中井京子訳 二見書房(二見文庫) 2004年9月

マックール
NYの聖パトリック大聖堂を占拠したアイルランド人テロ組織「フィアナ騎士団」の首領 「ニューヨーク大聖堂 上下」 ネルソン・デミル著;白石朗訳 講談社(講談社文庫) 2005年

マッケイレブ
心臓病で引退した元FBI心理分析官、殺人事件の捜査協力を依頼された男 「夜より暗き闇 上下」 マイクル・コナリー著;古沢嘉通訳 講談社(講談社文庫) 2003年7月

マッコ
ロサンゼルス市警内務監査室のチーフ、ベテラン刑事ギャヴィランを目の敵にしている野心家の男 「ハリウッド的殺人事件」 ロン・シェルトン脚本;ロバート・ソウザ脚本;石田享編訳 竹書房(竹書房文庫) 2004年1月

マッコイ
黒人女性のCIA工作員 「ダ・ヴィンチの罠」 ロバート・カレン著;玉木亨訳 二見書房(二見文庫) 2001年2月

マッジ・ビアズリー
ネヴァダの田舎町にあるラスト・チャンス・カフェの運営者 「ラストチャンス・カフェ」 リンダ・ラエル・ミラー著;高田恵子訳 ソニー・マガジンズ(ヴィレッジブックス) 2004年3月

マッジ・メイナード
メイナード家当主・ヘンリーの娘、27歳の美しい女性 「月明かりの闇 フェル博士最後の事件」 ジョン・ディクスン・カー著;田口俊樹訳 早川書房(ハヤカワ・ミステリ文庫) 2004年9月

マッソン
保護観察付きの青年ポールに大金を貸したヤクザのボス 「リード・マイ・リップス」 トニーノ・ブナキスタ著;ジャック・オディアール著;沼澤哲也訳 メディアファクトリー 2003年9月

マッデン
ロンドン警視庁犯罪捜査部警部補、第一次大戦からの生き残りの男 「夜の闇を待ちながら」 レニー・エアース著;田中靖訳 講談社(講談社文庫) 2001年10月

まっと

マット
イギリスの田舎町レスターシャーで暮らすピザ販売業者、人材スカウトアントニー・シェリダンの親友 「石に刻まれた時間」 ロバート・ゴダード著;越前敏弥訳 東京創元社(創元推理文庫) 2003年1月

マット
リゾートの仕掛人であるギャビンが主催する同窓会に招待されたコメディアンの男 「楽園占拠」 クリストファー・ブルックマイア著;玉木亨訳 ソニー・マガジンズ(ヴィレッジブックス) 2003年7月

マット・イングランド
精神分析医シルヴィア・ストレンジの恋人、ニューメキシコ州警察の刑事 「フクロウは死を運ぶ」 サラ・ラヴェット著;阿尾正子訳 扶桑社(扶桑社ミステリー) 2002年6月

マット・ゲイブリエル
小さな田舎町ブラックウォーター・ベイの保安官、次期保安官選挙の現職立候補者 「すべての石の下に」 ポーラ・ゴズリング著;山本俊子訳 早川書房(Hayakawa pocket mystery books) 2001年1月

マット・スカダー(スカダー)
ニューヨークの許可証を持たない私立探偵、元刑事 「獣たちの墓」 ローレンス・ブロック著;田口俊樹訳 二見書房(二見文庫) 2001年1月

マット・スカダー(スカダー)
ニューヨークの私立探偵、連続殺人犯「ウィル」に狙われた弁護士の身辺警護を依頼された男 「処刑宣告」 ローレンス・ブロック著;田口俊樹訳 二見書房(二見文庫) 2005年3月

マット・スカダー(スカダー)
ニューヨークの無免許の私立探偵、秘密の会「三十一人の会」の事件を調査する男 「死者の長い列」 ローレンス・ブロック著;田口俊樹訳 二見書房(二見文庫) 2002年12月

マット・スカダー(スカダー)
ニューヨークの無免許の私立探偵、弁護士のホルツマン殺害事件の背景を追う男 「死者との誓い」 ローレンス・ブロック著;田口俊樹訳 二見書房(二見文庫) 2002年2月

マット・スカダー(スカダー)
初老の私立探偵、元ニューヨーク市警察の警官 「死への祈り」 ローレンス・ブロック著;田口俊樹訳 二見書房 2002年11月

マット・スティーヴンス
新聞記者アヴェリーの元恋人、ウエスト・フェリシアナ郡保安官代理 「沈黙」 エリカ・スピンドラー著;平江まゆみ訳 ハーレクイン(MIRA文庫) 2004年10月

マット・ストール(ストール)
アメリカ政府の精鋭危機管理チーム"オプ・センター"作戦支援官、気弱で小太りの男 「欧米掃滅 上下」 トム・クランシー著;スティーヴ・ピチェニック著;伏見威蕃訳 新潮社(新潮文庫) 2001年3月

マット・ダンバー
ノースカロライナ州ライアンズ・ブラフの保安官、地方検事ベン・ライアンの友人 「シャドウ・ファイル/覗く」 ケイ・フーパー著;幹遙子訳 早川書房(ハヤカワ文庫NV) 2001年5月

マッドドッグ
CIA情報分析官、夫のエリックを旅客機爆破テロで亡くした女性 「カットアウト 上下」 フランシーヌ・マシューズ著;高野裕美子訳 新潮社(新潮文庫) 2002年6月

狂犬　まっどどっぐ
カナダ連邦騎馬警察巡査長、ユーコン準州の狩人の息子で「狂犬」と呼ばれているマッチョ・マン 「斬首人の復讐」 マイケル・スレイド著;夏来健次訳 文藝春秋(文春文庫) 2005年9月

マットーネ
フィラデルフィアのプロ犯罪者一味のひとり、ライトヘヴィ級のボクサーだった男 「狼は天使の匂い」 デイヴィッド・グーディス著;真崎義博訳 早川書房（Hayakawa pocket mystery books）2003年7月

マット・ハプグッド
アルツハイマー症の祖母と一緒に暮らすことになった十六歳、継父を銃殺した疑いをかけられた少年 「妖香」 ジョン・ソール著;野村芳夫訳 ソニー・マガジンズ（ヴィレッジブックス） 2002年3月

マット・ハンター
2025年のFBIのネット取り締まり特捜隊の年少機関「エクスプローラーズ」の一員、ワシントンの名門校に通う高校生 「ネットフォースエクスプローラーズ－仮想破壊者」 トム・クランシー著;スティーヴ・ピチェニック著 アスペクト 2001年6月

マット・ヒューズ
カリフォルニア州シエラネヴァダ山脈の寒村ヒドゥン・ヴァレーの村長 「雪に閉ざされた村」 ビル・プロンジーニ著;中井京子訳 扶桑社（扶桑社ミステリー） 2001年12月

マット・ブラウニング
大きな借金をかかえた元SAS（英陸軍特殊空挺部隊）隊員 「テロ資金根絶作戦」 クリス・ライアン著;伏見威蕃訳 早川書房（ハヤカワ文庫NV） 2005年7月

マット・ポントウスキー（ポントウスキー）
アメリカ合衆国空軍准将、アメリカ合衆国元大統領の息子 「ワルシャワ大空戦 上下」 リチャード・ハーマン著;大久保寛訳 新潮社（新潮文庫） 2003年7月

マット・ワイルダー
米国空軍特別捜査局（OSI）の特別捜査官、33歳の男 「草原の蒼き狼 上下」 ロス・ラマンナ著;山本光伸訳 二見書房（二見文庫） 2002年4月

マーティー
ストームヴィル警察の刑事、以前アッティカ刑務所に新米看守として配属された三人の男の一人 「汚名」 ヴィンセント・ザンドリ著;高橋恭美子訳 文藝春秋（文春文庫） 2001年8月

マテーイ
チューリッヒ州警察の警部、優秀だがどの派閥にも属さない孤独なたちの中尉 「約束」 フリードリッヒ・デュレンマット著;前川道介訳 早川書房（ハヤカワ・ミステリ文庫） 2002年5月

マディ
1950年代のニューヨーク州で作られた少女ギャング団「フォックスファイア」のメンバー、活動を記録する13歳の少女 「フォックスファイア」 ジョイス・キャロル・オーツ著;井伊順彦訳 DHC 2002年7月

マティアス・ドラマール（マタイ）
パリのボロ館に住む失業中の若者、先史時代を専門とする個性的な歴史学者 「死者を起こせ」 フレッド・ヴァルガス著;藤田真利子訳 東京創元社（創元推理文庫） 2002年6月

マーティー・カリッシュ
アメリカの投資銀行の社員、慈善団体である児童財団でボランティアをしている男性 「覗く。上下」 デイヴィッド・エリス著;中津悠訳 講談社（講談社文庫） 2003年3月

マディガン
ニューヨーク市警察一級刑事、容疑者に拳銃を奪われてしまった伝説的存在の鬼刑事 「刑事マディガン」 リチャード・ドハティー著;真崎義博訳 早川書房（Hayakawa pocket mystery books）2003年11月

マティ・コーディントン
英独友好同盟軍曹のニコラスの幼馴染、レジスタンス活動家 「英国占領 上下」 マリ・デイヴィス著;真野明裕訳 二見書房（二見文庫） 2005年7月

まてい

マーティ・ジェイコブズ
映画のロケーション・スカウトをしているジョン・ペラムの相棒、29歳 「シャロウ・グレイブズ」 ジェフリー・ディーヴァー著;飛田野裕子訳　早川書房(ハヤカワ・ミステリ文庫) 2003年2月

マディスン・アデア
フロリダキーズのモデル兼歌手、殺害現場を透視する超能力をもつ24歳の女性 「視線の先の狂気」 ヘザー・グレアム著;風音さやか訳　ハーレクイン(MIRA文庫)　2001年9月

マディソン・カステリ
ニューヨークで活躍している若く美しい女性ジャーナリスト 「LA闇のコネクション」 ジャッキー・コリンズ著;野原房訳　扶桑社(扶桑社ミステリー)　2002年1月

マーティ・ニッカーソン
バーンスタブル郡の地方検事補、若い男が惨殺された事件を担当した検察官 「霧のとばり」 ローズ・コナーズ著;東野さやか訳　二見書房(二見文庫) 2005年1月

マーティネス
サンディエゴ郡警察署の警部補、高級老人ホームでの連続殺人事件を捜査する刑事 「フクロウは夜ふかしをする」 コリン・ホルト・ソーヤー著;中村有希訳　東京創元社(創元推理文庫) 2003年3月

マーティネス
ちょっとハンサムで若かりしころ人気のあった二枚目俳優に似ているサンディエゴ警察の警部補 「氷の女王が死んだ」 コリン・ホルト・ソーヤー著;中村有希訳　東京創元社(創元推理文庫) 2002年4月

マーティネス
高級老人ホーム「海の上のカムデン」周囲の事件を担当する警部補 「ピーナッツバター殺人事件」 コリン・ホルト・ソーヤー著;中村有希訳　東京創元社(創元推理文庫) 2005年6月

マディ・ブレイク
元大リーガーで高校教師・ダグの妻、ステンドグラスを制作している女性 「ベビーシッター殺人事件」 パトリシア・マクドナルド著;中井京子訳　集英社(集英社文庫) 2002年1月

マティルダ・フェアヴォーン
マンハッタン大学天体物理学教授の妻 「歌うダイアモンド」 ヘレン・マクロイ著;好野理恵訳　晶文社(晶文社ミステリ) 2003年1月

マーティン
イギリスの田舎町のアワー・グローリアス校に通う卒業を間近に控えた男子生徒 「穴」 ガイ・バート著;矢野浩三郎訳　アーティストハウス(BOOK PLUS) 2002年3月

マーティン
テキサス州ブレナムの牧師ジム・フレッチャーの息子、10年前に殺害されたシシーの弟 「ロデオ・ダンス・ナイト」 ジェイムズ・ハイム著;真崎義博訳　早川書房(ハヤカワ・ミステリ文庫) 2005年5月

マーティン
ロサンジェルス市警察殺人課の元刑事ジョン・バロンの変名 「皇帝の血脈 上下」 アラン・フォルサム著;戸田裕之訳　新潮社(新潮文庫) 2005年11月

マーティン・アーケンハウト(アーケンハウト)
医師の息子でオランダ人、相手の「人生」を奪い取るためだけに殺人を犯しつづける青年 「人生を盗む男」 マイケル・パイ著;広津倫子訳　徳間書店 2002年2月

マーティン・クイン
ニューヨークで麻薬取引をしていた仲間に撃たれた青年、アイルランド系移民 「魂の傷痕」 アンソニー・リー著;横山啓明訳　早川書房(Hayakawa novels) 2002年8月

マーティン・クレイ
美術界への転身を目指している哲学者、ロンドンの大学で教鞭をとっている男 「墜落のある風景」 マイケル・フレイン著;山本やよい訳 東京創元社(創元推理文庫) 2001年9月

マーティン・クワーク(クワーク)
ボストン警察殺人課の警部・責任者、大柄で怪力な男 「真相」 ロバート・B.パーカー著;菊池光訳 早川書房(Hayakawa novels) 2003年7月

マーティン・ジェラルド
英国海軍海尉、戦列艦からドーバーの密輸監視を任務とするカッター艦に左遷された二十六歳 「ドーバーの伏兵」 エドウィン・トーマス著;高津幸枝訳 早川書房(ハヤカワ文庫NV) 2005年4月

マーティン少佐　まーてぃんしょうさ
テロ組織IRAのメンバーだったフリンを探すイギリス軍情報部少佐 「ニューヨーク大聖堂 上下」 ネルソン・デミル著;白石朗訳 講談社(講談社文庫) 2005年5月

マーティン・シリンガー(マーティー)
ストームヴィル警察の刑事、以前アッティカ刑務所に新米看守として配属された三人の男の一人 「汚名」 ヴィンセント・ザンドリ著;高橋恭美子訳 文藝春秋(文春文庫) 2001年8月

マーティンズ
作家、友人のハリー・ライムに招かれて第二次大戦終結直後のウィーンにやってきた男 「第三の男」 グレアム・グリーン著;小津次郎訳 早川書房(ハヤカワepi文庫) 2001年5月

マーティン・ステュークリイ
レース中に事故死したイギリス人騎手、ガラス工芸家・ローガンの友人 「勝利」 ディック・フランシス著;菊池光訳 早川書房(Hayakawa novels) 2001年5月

マーティン・ディーフォード
行きずりで出会った若い女の首を絞めて湖に投げ込んだ男 「雨が降りつづく夜」 パトリシア・カーロン著;沢万里子訳 扶桑社(扶桑社ミステリー) 2003年12月

マーティン・デルコフィー
コミュニティーのメンバー、町でいちばんの天才少年といわれている男 「地獄の世紀 上下」 サイモン・クラーク著;夏来健次訳 扶桑社(扶桑社ミステリー) 2004年5月

マーティン・ビショップ
「探検家協会」の有力者の50代の息子、グリーンランド探検隊の隊長 「パンドラの呪い 上下」 ジャック・ダブラル著;村上和久訳 ソニー・マガジンズ(ビレッジブックス) 2005年10月

マーティン・ブリーチ(ブリーチ)
北米太平洋岸でもっとも冷酷無比な犯罪組織のボス 「野性の正義」 フィリップ・マーゴリン著;加賀山卓朗訳 早川書房(Hayakawa novels) 2001年6月

マーティン・ヘイズ
元IRAの爆弾製造者アンドレアの夫で建築会社の共同経営者、誘拐されたケイティの父親 「ロンドン爆破まで九日間 上下」 スティーブン・レザー著;田辺千幸訳 ランダムハウス講談社(ランダムハウス講談社文庫) 2005年10月

マーティン・ペインズウィック
イギリス高等法院判事の息子、会計士という職を持ちながら悪行を生業としている若者 「判事とペテン師」 ヘンリー・セシル著;中村美穂訳 論創社(論創海外ミステリ) 2005年12月

マーティン・ベル
旅回りの「道徳座」の役者一座を統率する座長 「仮面の真実」 バリー・アンズワース磯部和子訳 創土社 2005年1月

まてい

マーティン・ペンジェリー
ドロシー・ペンジェリーの次男、トレーラーハウスで暮らす無職で酒好きの男 「しっかりものの老女の死」 ジェイニー・ボライソー著;安野玲訳 東京創元社(創元推理文庫) 2005年4月

マーティーン・ローズ
南カリフォルニアに住む美貌の女性ゲーム作家、精神の均衡を失い消耗していく女性 「汚辱のゲーム 上下」 ディーン・クーンツ著;田中一江訳 講談社(講談社文庫) 2002年9月

マデライン・デカーロ
ラスヴェガスのカジノの女性ピットボス、カード・ディーラーのボイドの浮気相手 「悪党どもの荒野」 ブライアン・ホッジ著;白石朗訳 扶桑社(扶桑社ミステリー) 2001年6月

マデライン・ネイラー(ネイラー)
女性初のFBI長官、バイロベクター社創設者アリス・プリンスの幼なじみ 「クライム・ゼロ」 マイクル・コーディ著;内田昌之訳 徳間書店 2001年3月

マデリン・グリーン(マージ)
FBIのバーチャル犯罪特捜隊「ネットフォース」の少年部隊「ネットフォースエクスプローラーズ」のメンバーで女子高校生、シミュレーショングループG7の一員 「ネットフォースエクスプローラーズ 1は孤独な数字」 トム・クランシー著;スティーヴ・ピチェニック著 アスペクト 2001年3月

マデリン・ビーン
ハリウッドのパーティ企画・ケータリング会社〈マデリン・ビーン・ケータリング〉の経営者、じっくり考えるのが苦手でおしゃべり好きな女性 「死人主催晩餐会」 ジェリリン・ファーマー著;智田貴子訳 早川書房(ハヤカワ・ミステリ文庫) 2002年7月

マデリン・ビーン
ロサンゼルスのケータリング会社「マデリン・ビーン・イベント」の女性経営者 「殺人現場で朝食を」 ジェリリン・ファーマー著;智田貴子訳 早川書房(ハヤカワ・ミステリ文庫) 2003年3月

マデリン・フェイス・ワーツ(マディ)
1950年代のニューヨーク州で作られた少女ギャング団「フォックスファイア」のメンバー、活動を記録する13歳の少女 「フォックスファイア」 ジョイス・キャロル・オーツ著;井伊順彦訳 DHC 2002年7月

マデリン・マッキンドレス
ハインドランドの邸宅に住む富豪、狭心症と股関節炎を患う80過ぎの老婦人でマッキンドレス一族最後の生き残り 「カッティング・ルーム」 ルイーズ・ウェルシュ著;大槻寿美枝訳 早川書房(Hayakawa pocket mystery books) 2003年7月

マート(マーティン・ディーフォード)
行きずりで出会った若い女の首を絞めて湖に投げ込んだ男 「雨が降りつづく夜」 パトリシア・カーロン著;沢万里子訳 扶桑社(扶桑社ミステリー) 2003年12月

マドマン
19年前のガールフレンド殺しでテキサス州ハンツヴィル刑務所に収容されている死刑囚、暴走族ディアブロス・ヒューストン支部の元メンバー 「ビーチハウス」 ジェイムズ・パターソン著;ピーター・デ・ジョング著 ソニー・マガジンズ[ヴィレッジブックス) 2003年5月

マドリアニ
サンディエゴに事務所の支所を構えた弁護士 「弁護人 上下」 S・マルティニ著;斉藤伯好訳 講談社(講談社文庫) 2002年11月

マードリック
アメリカの田舎町ウォーターベリーの高校の英語教師、9年前に殺人犯に妻を殺され男 「待ちうける影」 ヒラリー・ウォー著;法村里絵訳 東京創元社(創元推理文庫) 2001年7月

マドリン・オキース・ターナー（ターナー）
アメリカ合衆国の初の女性大統領、2人の子をもつ46歳の母 「ワルシャワ大空戦 上下」 リチャード・ハーマン著;大久保寛訳　新潮社（新潮文庫） 2003年7月

マドレーヌ・ド・サラ
エクゾチックな黒髪の美女、パーカー・パインの助手 「パーカー・パイン登場」 アガサ・クリスティー著;乾信一郎訳　早川書房（ハヤカワ文庫クリスティー文庫） 2004年1月

マドローン
米空軍ハイテクノロジー航空宇宙兵器センターでの人為的神経情報伝達反応システム開発の被験者に選ばれた陸軍大尉 「幻影のエアフォース」 デイル・ブラウン著;上野元美訳　二見書房（二見文庫） 2005年2月

マニ
博物学者フロンサックと兄弟の契りを結んでいるモホーク族の最後の生き残り、狼の言葉を理解する不思議な力を持つ男 「ジェヴォーダンの獣」 ピエール・ペロー著;佐野晶訳　ソニー・マガジンズ（ヴィレッジブックス） 2002年1月

マニオン
メントン・オン・ライのプレイハウス劇場の舞台に立つ主演男優、終幕直後に毒殺された男 「チャーリー退場」 アレックス・アトキンスン著;鈴木恵訳　東京創元社（創元推理文庫） 2004年4月

マニュエル・パルマリ
パリのレストラン「金色の釘」経営者、元やくざ 「メグレたてつく」 ジョルジュ・シムノン著;榊原晃三訳　河出書房新社（河出文庫） 2001年4月

マニュエル・ロドリゲス（ロドリゲス）
山ほどの前科を持つ二十六歳のチンピラ、チャタムで惨殺された事件の被告人 「霧のとばり」 ローズ・コナーズ著;東野さやか訳　二見書房（二見文庫） 2005年1月

マーニー・ライト
プログラマー、祖母の残した山小屋へ行く途中に工作員・ジェイクと出会った二十七歳の女性 「隠れ家の天使」 チェリー・アデア著;小林令子訳　ランダムハウス講談社（ランダムハウス講談社文庫） 2005年1月

マバシャ
南アフリカヨハネスブルグ育ちのズールー族の男、黒人の殺し屋 「白い雌ライオン」 ヘニング・マンケル著;柳沢由実子訳　東京創元社（創元推理文庫） 2004年9月

マーヴィン
タクシー運転手エドの友人でトランプ仲間、あまのじゃくな性格の十九歳の少年 「メッセージ The first card」 マークース・ズーサック著;立石光子訳　ランダムハウス講談社（ランダムハウス講談社文庫） 2005年12月

マーヴ（マーヴィン）
タクシー運転手エドの友人でトランプ仲間、あまのじゃくな性格の十九歳の少年 「メッセージ The first card」 マークース・ズーサック著;立石光子訳　ランダムハウス講談社（ランダムハウス講談社文庫） 2005年12月

マーフィ
トラ猫、ヴァージニア州の田舎町の女郵便局長ハリーの飼い猫 「森で昼寝する猫」 リタ・メイ・ブラウン著;スニーキー・パイ・ブラウン著;茅律子訳　早川書房（ハヤカワ・ミステリ文庫） 2001年11月

マーフィ
女性郵便局長のハリーの飼い猫、犬のティー・タッカーの親友で素晴らしく頭がいいトラ猫 「トランプをめくる猫」 リタ・メイ・ブラウン著;スニーキー・パイ・ブラウン著　早川書房（ハヤカワ・ミステリ文庫） 2004年1月

マーフィ
女性郵便局長のハリーの飼い猫、犬のティー・タッカーの親友で素晴らしく頭がいいトラ猫「新聞をくばる猫」リタ・メイ・ブラウン著;スニーキー・パイ・ブラウン著　早川書房（ハヤカワ・ミステリ文庫）2005年7月

マーフィー
聖書考古学者でプレストン大学教授、人工遺物の探索に情熱を注ぐ冒険家「ノアの箱舟の秘密 上下」T.ラヘイ著;B.フィリップス著　扶桑社（扶桑社ミステリー）2005年8月

マーフィー
聖書考古学者でプレストン大学教授、人工遺物の探索に情熱を注ぐ冒険家「秘宝・青銅の蛇を探せ 上下」T.ラヘイ著;G.ディナロ著　扶桑社（扶桑社ミステリー）2005年5月

マーフィー神父　まーふぃーしんぷ
NYの聖パトリック大聖堂でテロ組織の人質になった神父「ニューヨーク大聖堂 上下」ネルソン・デミル著;白石朗訳　講談社（講談社文庫）2005年5月

マブゼ
第一次世界大戦後のドイツの精神分析医、催眠術と変装の達人「ドクトル・マブゼ」ノルベルト・ジャック著;平井吉夫訳　早川書房（Hayakawa pocket mystery books）2004年7月

マボンゾ
アフリカのカマンガ国アルファ・コマンドウの曹長、ジョス・ムヴラ少佐の部下で優秀な追跡員「孤立突破」クリス・ライアン著;伏見威蕃訳　早川書房（ハヤカワ文庫NV）2001年11月

ママ
ルンギ探偵事務所の創設者・親父さんの妻、穏やかな性格のママ「探偵家族/冬の事件簿」マイクル・Z・リューイン著;田口俊樹訳　早川書房（Hayakawa pocket mystery books）2004年1月

ママ
ルンギ探偵事務所の創設者・親父さんの妻、穏やかな性格のママ「探偵家族」マイクル・Z・リューイン著;田口俊樹訳　早川書房（ハヤカワ・ミステリ文庫）2003年12月

マ・マクチ
ボツワナ唯一の女性探偵マ・ラモツエの経営する〈NO.1レディーズ探偵社〉の秘書「キリンの涙―ミス・ラモツエの事件簿〈2〉」アレグザンダー・マコール;スミス著;小林;浩子訳　ソニー・マガジンズ（ヴィレッジブックス）2004年8月

マユミ
日本有数の製薬会社「キュアラブ」社社長の三女、十六歳で家出をした不良娘「007/赤い刺青（いれずみ）の男」レイモンド・ベンスン著;小林浩子訳　早川書房（Hayakawa pocket mystery books）2003年10月

マライア
法学教授タルコットの元ジャーナリストの姉、5人の子供の母親で投資銀行の重役の妻「オーシャン・パークの帝王 上下」スティーヴン・L.カーター著;黒原敏行訳　アーティストハウスパブリッシャーズ　2003年9月

マラカイ
高名な老奇術師、亡くなった妻の「亡霊」を助手としてマジックを行う「狂気の魔術師」「魔術師の夜 上下」キャロル・オコンネル著;務台夏子訳　東京創元社（創元推理文庫）2005年12月

マラカイ・デヴリン（デヴリン）
ニューヨーク市警警部補「ブレス・ザ・チャイルド 上下」キャシー・キャッシュ・スペルマン著;中俣真知子訳　竹書房（竹書房文庫）2001年11月

マーラ・コーマン
コロラド州アスペンのケータリング店の女主人ゴルディ・シュルツの親友、ゴルディの前夫の妻 「クッキング・ママの供述書」 ダイアン・デヴィッドソン著;加藤洋子訳 集英社(集英社文庫) 2003年9月

マーラ・コーマン
コロラド州アスペンのケータリング店の女主人ゴルディ・シュルツの親友、ゴルディの前夫の妻 「クッキング・ママの告訴状」 ダイアン・デヴィッドソン著;加藤洋子訳 集英社(集英社文庫) 2003年9月

マーラ・コーマン
コロラド州アスペンのケータリング店の女主人ゴルディ・シュルツの親友、ゴルディの前夫の妻 「クッキング・ママの超推理」 ダイアン・デヴィッドソン著;加藤洋子訳 集英社(集英社文庫) 2002年5月

マーラ・ソング
ヒューストンの高級住宅街に住む美術講師、画商ハリー・ストランドとヨーロッパに同行するアジア系の女性 「夜の色」 デイヴィッド・リンジー著;鳥見、真生訳 柏艪舎(柏艪舎文芸シリーズ) 2004年1月

マーラ・ハリントン
アメリカで有名なミュージシャン・ブレントの恋人、ブロンド美人 「フォーエバー・マイ・ラブ」 ヘザー・グレアム作;津田藤子訳 ハーレクイン(シルエット・ラブストリーム) 2005年11月

マ・ラモツエ
ボツワナでただひとりの女探偵、「ナンバーワンレディーズ探偵社」の社長 「No.1レディーズ探偵社、本日開業」 アレグザンダー・マコール・スミス著;小林浩子訳 ソニー・マガジンズ(ヴィレッジブックス) 2003年9月

マ・ラモツエ
ボツワナ唯一の女性探偵、〈NO.1レディーズ探偵社〉の経営者 「キリンの涙——ミス・ラモツエの事件簿〈2〉」 アレグザンダー・マコール;スミス著;小林,浩子訳 ソニー・マガジンズ(ヴィレッジブックス) 2004年8月

マリー
探偵事務所ルンギ家の次男・アンジェロの娘、探偵活動よりおしゃれに夢中の14歳 「探偵家族」 マイクル・Z・リューイン著;田口俊樹訳 早川書房(ハヤカワ・ミステリ文庫) 2003年12月

マリー
探偵事務所ルンギ家の次男・アンジェロの娘、探偵活動よりおしゃれに夢中の少女 「探偵家族/冬の事件簿」 マイクル・Z・リューイン著;田口俊樹訳 早川書房(Hayakawa pocket mystery books) 2004年1月

マリア
極度の不眠症の機械工(マシニスト)トレバーが通う空港のカフェのウエイトレス、シングルマザー 「マシニスト」 スコット・コーサー脚本;入間眞編訳 竹書房(竹書房文庫) 2005年1月

マリア
私立探偵アレックスの旧友ランディーの元恋人 「狩りの風よ吹け」 スティーヴ・ハミルトン著;越前敏弥訳 早川書房(ハヤカワ・ミステリ文庫) 2002年5月

マリア・エレナ・エレーラ・ガルザ
テキサス州サンアントニオにあるギャラリー「テソロス」のオーナー、ヒスパニック系のガルザ一族の長 「死の散歩道」 キャロリン・G・ハート著;対馬妙訳 早川書房(ハヤカワ・ミステリ文庫) 2002年1月

まりあ

マリア・ベナリアク
キリストの再臨を待つ秘密団体「ブラザーフッド」の女暗殺者、息をのむような美人 「メサイア・コード 上下」 マイクル・コーディ著;内田昌之訳 早川書房(ハヤカワ文庫NV) 2005年8月

マリア・マルケス
キューバ人の聡明で美しく若い娼婦 「諜報指揮官ヘミングウェイ 上下」 ダン・シモンズ著;小林宏明訳 扶桑社(扶桑社ミステリー) 2002年6月

マリア・ルイーサ
スペイン王カルロス四世の王妃、大貴族のカイエターナと反目する最高権力者 「裸のマハ―名画に秘められた謎」 ビガス・ルナ脚本;クカ・カナルス脚本 徳間書店(徳間文庫) 2002年5月

マリアン
彫刻家ロス・アルトーのパリでの恋人 「刻まれる女」 デイヴィッド・L.;リンジー著;山本;光伸訳 新潮社(新潮文庫) 2004年3月

マリアン・エスガード
カメラマンのイアン・ジャレットがウィーンで出会った女性 「一瞬の光のなかで 上下」 ロバート・ゴダード著;加地美知子訳 扶桑社(扶桑社ミステリー) 2002年2月

マリー・アントワネット
18世紀のフランス国王ルイ16世の王妃 「マリー・アントワネットの首飾り」 エリザベス・ハンド著;野口百合子訳 新潮社(新潮文庫) 2002年2月

マリアンナ・サンダース
ステンドグラス職人の娘、19世紀初頭のバルカン半島で両親を失った少女 「虹の彼方に」 アイリス・ジョハンセン著;酒井裕美訳 二見書房(二見文庫) 2005年5月

マリアンヌ・ド・モランジアス
フランス中南部の辺境地・ジェヴォーダン地方の名士であるモランジアス伯爵の娘、行動的な女性 「ジェヴォーダンの獣」 ピエール・ペロー著;佐野晶訳 ソニー・マガジンズ(ヴィレッジブックス) 2002年1月

マリアン・パイオット
英下院議員、ブリュッセルで一年前に幼馴染みによって暗殺されそこなった女性 「闇にとけこめ 上下」 クレイグ・トーマス著;田村源二訳 新潮社(新潮文庫) 2001年6月

マリイ・ガーソン
元銀行強盗犯ロイ・アールと行動をともにする娼婦 「ハイ・シエラ」 W.R.バーネット著;菊池光訳 早川書房(Hayakawa pocket mystery books) 2003年2月

マリウス
ウィーンにある興信所「WMA」の所員、メカマニアの男性 「カルトの影―現代ウィーン・ミステリー・シリーズ」 クルト・ブラハルツ著;郷正文訳 水声社 2002年2月

マリウス
古代ローマの貴族の娘が思いを寄せる金髪碧眼の美青年 「パンドラ、真紅の夢」 アン・ライス著;柿沼瑛子訳 扶桑社(扶桑社ミステリー) 2002年5月

マリオ
刑務所帰りのトニーの仲間、陽気で女好きのイタリア人 「男の争い」 オーギュスト・ル・ブルトン著;野口雄司訳 早川書房(Hayakawa pocket mystery books) 2003年12月

マリオ・ルッジェリオ
シチリアに本拠をおく62歳のマフィアの首領、ヨーロッパ大陸一番の指名手配者 「囮 上下」 ジェラルド・シーモア著;長野きよみ訳 講談社(講談社文庫) 2001年4月

マリー・カーター
二十一歳のときに殺人罪でクッカム・ウッド刑務所に服役し十三年ぶりに仮出所した女 「顔のない女 上下」 マーティナ・コール著;小津薫訳　講談社(講談社文庫)　2004年5月

マリガン
アメリカ海軍作戦本部長 「キロ・クラス」 パトリック・ロビンソン著;伏見威蕃訳　角川書店(角川文庫)　2002年2月

マーリー・キーン
フロリダ州オーランドに住む28歳の女性、他人の心を感知する特殊能力の持ち主 「夜を忘れたい」 リンダ・ハワード著;林啓恵訳　二見書房(二見文庫)　2001年8月

マリク
コンゴのキンシャサの食料雑貨店経営者、親切なアフリカ人男性 「樹海脱出」 マーカス・スティーヴンズ著;小林宏明訳　二見書房(二見文庫)　2003年9月

マリサ・コナー
マイアミの軍事製品輸出企業「ジュベール社」オーナーの次女、25歳の元モデル 「ゼウスの烙印」 ジャスミン・クレスウェル著;米崎邦子訳　ハーレクイン(MIRA文庫)　2002年11月

マリス・マダーリィ・リード
老舗出版社マダーリィ・プレス主席副社長、優秀な編集者にして魅力的な女性 「憎しみの孤島から 上下」 サンドラ・ブラウン著;法村里絵訳　新潮社(新潮文庫)　2003年3月

マリー・スラッタリー
女性弁護士、「ハウザー&トッド法律事務所」のパートナーのエドの部下 「ローラに何がおきたのか」 フレドリック・ヒューブナー著;法村里絵訳　角川書店(角川文庫)　2003年5月

マリー・ダウリング
アメリカの原子力潜水艦「タルサ」の機関長ジョン・ダウリングの妻 「原潜を救助せよ」 ジェイムズ・フランシス著;村上和久訳　二見書房(二見文庫)　2003年11月

マリーナ
サンフランシスコで暮らしている女性探偵ロニーを崇拝している14歳の少女 「サンセット・ブルヴァード殺人事件」 グロリア・ホワイト著;加地美知子訳　講談社(講談社文庫)　2002年5月

マリーナ・グレッグ
アメリカの映画女優、セント・メアリ・ミード村のゴシントン・ホールの購入者 「鏡は横にひび割れて」 アガサ・クリスティー著;橋本福夫訳　早川書房(ハヤカワ文庫クリスティー文庫)　2004年7月

マリーナ・シェリダン
人材スカウトアントニーの妻、事務弁護士 「石に刻まれた時間」 ロバート・ゴダード著;越前敏弥訳　東京創元社(創元推理文庫)　2003年1月

マリーナ・ベネディクト
女優、挙動不審の中年男が赤ちゃんを連れ去るのを目撃した女性 「誘拐工場」 キャスリーン・ジョージ著;高橋恭美子訳　新潮社(新潮文庫)　2003年8月

マリーナ・ルー
結婚間近で殺された17歳の少女、華僑の子ども 「ジャスミン・トレード」 デニーズ・ハミルトン著;堀内静子訳　早川書房(ハヤカワ・ミステリ文庫)　2003年5月

マリーノ
リッチモンド市警の元刑事、法病理学者・スカーペッタの元相棒 「痕跡 上下」 パトリシア・コーンウェル著;相原真理子訳　講談社(講談社文庫)　2004年12月

まりの

マリーノ
リッチモンド市警察警部、行動は粗野だが繊細で洞察力のある男 「審問 上下」 P・コーンウェル著;相原真理子訳 講談社(講談社文庫) 2000年12月

マリーノ・ペンタリーズ
クレタ島のパルチザンのリーダー、イギリス軍人ロックハートの友人 「反逆部隊 上下」 ガイ・ウォルターズ著;横山啓明訳 早川書房(ハヤカワ文庫NV) 2003年11月

マリー・ブレモン
殺されたジャーナリストの妻 「踏みはずし」 ミシェル・リオ著;堀江敏幸訳 白水社(白水Uブックス) 2001年7月

マリー・ライトフット
フロリダ州バヒアビーチに住む犯罪ノンフィクション女性作家 「狂った真実」 ナンシー・ピカード著;宇佐川晶子訳 早川書房(ハヤカワ・ミステリ文庫) 2001年12月

マリリー・ジェニングズ
元法廷記録官、ニューエデンに移住し狩猟中の誤射により死亡した友人の全財産を相続した女 「楽園の暗い影 上下」 タミー・ホウグ著;立石ゆかり訳 原書房(ライムブックス) 2005年12月

マリリン
1930年代のテキサス東部のキャンプ・ラプチャーに住むサンセット・ジョーンズの夫ピートの母 「サンセット・ヒート」 ジョー・R.ランズデール著;北野寿美枝訳 早川書房(Hayakawa novels) 2004年5月

マーリン
マンハッタンの弁護士、謎の人物ルンペルシュティルツキンの手下 「精神分析医 上下」 ジョン・カッツェンバック著;堀内静子訳 新潮社(新潮文庫) 2003年10月

マーリーン・ベンソン
著作権エージェント・ジェーンの息子の元ベビーシッター、ジェーンの古い友人のひとり娘 「迷子のマーリーン 三毛猫ウィンキー&ジェーン1」 エヴァン・マーシャル著;高橋恭美子訳 ソニー・マガジンズ(ヴィレッジブックス) 2004年4月

マーリーン・ロウリイ
私立探偵スペンサーの依頼人、大手ブローカー・キナージイ社の最高業務責任者であるトレントン(トレント)の妻でマンチェスター在住 「背信」 ロバート・B.パーカー著;菊池光訳 早川書房(Hayakawa novels) 2004年12月

マルカム・アーニー
元恋人ドットの罪を被って刑に服しニューヨークに戻って来た男 「グリーン・アイス」 R.ホイットフィールド著;新藤純子訳 小学館(Shogakukan mystery) 2002年9月

マルガリータ
ハバナに一緒に住む売春婦の娘アリシアを支援している母親 「バイク・ガールと野郎ども」 ダニエル・チャヴァリア著;真崎義博訳 早川書房(ハヤカワ・ミステリ文庫) 2002年11月

マルガレータ・エスタ(レディ・エスタ)
イギリスの有名な慈善家エスター男爵夫人 「堕ちた天使 アザゼル」 ボリス・アクーニン著;沼野恭子訳 作品社 2001年4月

マルク
カリフォルニア州コスタ・パシフィカ警察の警部補、私立探偵ジーザス・アセンシオの幼なじみ 「ワンダーランドで人が死ぬ」 ケント・ブレイスウェイト著;渋谷比佐子訳 扶桑社(扶桑社ミステリー) 2002年7月

マルクス・アッティリウス・プリムス（アッティリウス）
ローマ帝国で最長の水道・アウグスタ水道の管理官、代々水道技官をする家出身の27歳の男 「ポンペイの四日間」 ロバート・ハリス著;菊地よしみ訳　早川書房（ハヤカワ文庫NV） 2005年3月

マルクス・ディディウス・ファルコ（ファルコ）
ローマ帝国に住む密偵、ユピテル神官の孫と名乗る少女ガイアに助けを求められた男 「密偵ファルコ聖なる灯を守れ」 リンゼイ・デイヴィス著;矢沢聖子訳　光文社（光文社文庫） 2005年10月

マルクス・ディディウス・ファルコ（ファルコ）
紀元72年頃のローマ帝国で活動する密偵、皇帝ウェスパシアヌスから密命を受けた32歳の男 「密偵ファルコ砂漠の守護神」 リンゼイ・デイヴィス著;田代泰子訳　光文社（光文社文庫）　2003年2月

マルクス・ディディウス・ファルコ（ファルコ）
紀元72年頃のローマ帝国で活動する密偵、皇帝ウェスパシアヌスから密命を受けた32歳の男 「密偵ファルコ新たな旅立ち」 リンゼイ・デイヴィス著;矢沢聖子訳　光文社（光文社文庫）　2003年6月

マルクス・ディディウス・ファルコ（ファルコ）
紀元72年頃のローマ帝国で活動する密偵、殺人事件の解決を依頼された32歳の男 「密偵ファルコ水路の連続殺人」 リンゼイ・デイヴィス著;矢沢聖子訳　光文社（光文社文庫） 2004年10月

マルクス・ディディウス・ファルコ（ファルコ）
紀元72年頃のローマ帝国で活動する密偵、属州ヒスパニア調査の密命を受けた32歳の男 「密偵ファルコオリーブの真実」 リンゼイ・デイヴィス著;田代泰子訳　光文社（光文社文庫） 2004年6月

マルクス・ディディウス・ファルコ（ファルコ）
古代ローマの密偵 「密偵ファルコ海神(ポセイドン)の黄金」 リンゼイ・デイヴィス著;矢沢聖子訳　光文社（光文社文庫）　2001年4月

マルクス・ディディウス・ファルコ（ファルコ）
仕事のパートナー・アナクリテスとローマ帝国の国税調査員になった密偵の男 「密偵ファルコ獅子の目覚め」 リンゼイ・デイヴィス著;田代泰子訳　光文社（光文社文庫）　2005年4月

マルク・ヴァンドスレール（マルコ）
パリのボロ館に住む失業中の若者、中世を専門とする個性的な歴史学者 「死者を起こせ」 フレッド・ヴァルガス著;藤田真利子訳　東京創元社（創元推理文庫）　2002年6月

マルコ
パリのボロ館に住む失業中の若者、中世を専門とする個性的な歴史学者 「死者を起こせ」 フレッド・ヴァルガス著;藤田真利子訳　東京創元社（創元推理文庫）　2002年6月

マルコス・トーレス（トーレス）
キューバの国有会社アヒール・コーポレーションの社長 「ハバナ・ミッドナイト」 ホセ・ラトゥール著;山本さやか訳　早川書房（ハヤカワ・ミステリ文庫）2003年3月

マルコ・ソラッツォ（ソラッツォ）
アメリカ人弁護士、マフィアの首領アントニオ・ルッソの甥 「悪魔と手を組め」 ジャック・ヒギンズ著;黒原敏行訳　早川書房（ハヤカワ文庫NV）　2001年3月

マルコ・ヴァローニ
イタリア美術品特捜部本部長、トリノの大聖堂で起きた火事の捜査をした男 「聖骸布血盟上下」 フリア・ナバロ著;白川貴子訳　ランダムハウス講談社（ランダムハウス講談社文庫） 2005年9月

マルコム・エインズリー(エインズリー)
マイアミ警察署殺人課の部長刑事、元カトリック神父 「殺人課刑事 上下」 アーサー・ヘイリー著;永井淳訳 新潮社(新潮文庫) 2001年5月

マルコム・トレサリアン(トレサリアン)
飛行する謎の大型船のリーダー、衛星利用インターネットの開発者の息子 「キリング・タイム」 ケイレブ・カー著;加賀山卓朗訳 早川書房(Hayakawa novels) 2002年11月

マルコム・リヴァーズ
19時間後に死刑となる殺人犯の男 「アイデンティティー」 スティーヴン・ピジック著;柳下毅一郎訳 ソニー・マガジンズ(ヴィレッジブックス) 2003年10月

マルコ・リンゲ
ウィーン郊外に城を持つオーストリア人貴族でCIAの雇われ特務諜報員、通称SAS(殿下) 「アルカイダの金塊を追え」 ジェラール・ド・ヴィリエ著;小林修訳 扶桑社(扶桑社ミステリー) 2004年6月

マルコ・リンゲ
ウィーン郊外に城を持つオーストリア人貴族でCIAの雇われ特務諜報員、通称SAS(殿下) 「ビンラディンの剣(サーベル)」 ジェラール・ド・ヴィリエ著;小林修訳 扶桑社(扶桑社ミステリー) 2004年2月

マルコ・ロンバルディ(ロンバルディ)
モデナ在住の投資家、フェラーリを運転する40代のハンサムな男 「霧に消えた約束」 ジュゼッペ・ペデリアーリ著;関口英子訳 二見書房(二見文庫) 2005年4月

マルシャン
刑務所を出所し土地開発会社「セディム社」で働きはじめたポールの保護司 「リード・マイ・リップス」 トニーノ・ブナキスタ著;ジャック・オディアール著;沼澤哲也訳 メディアファクトリー 2003年9月

マルセル・ブラン
巡査、コートダジュールで起こった複数の死体を切断して縫合する怪奇事件の犯人を追った男 「死の仕立屋」 ブリジット・オベール著;香川由利子訳 早川書房(ハヤカワ・ミステリ文庫) 2004年6月

マルタ
米国で爆発炎上したツェッペリン型飛行船・ヒンデンブルクの乗客、新聞記者・ルントの友人 「ヒンデンブルク炎上 上下」 ヘニング・ボエティウス著;天沼春樹訳 新潮社(新潮文庫) 2004年8月

マルチェロ
マフィアの大物で弁護士ウォード・リテルのクライアント、ケネディ暗殺の黒幕 「アメリカン・デス・トリップ 上下」 ジェイムズ・エルロイ著;田村義進訳 文藝春秋 2001年9月

マルモレーホ
メキシコ・ユカタン州司法警察の警部 「呪い!」 アーロン・エルキンズ著;青木久惠訳 早川書房(ハヤカワ・ミステリ文庫) 2005年5月

マルレーネ・チャンピ
ニューヨーク地区検察局刑事裁判課の検事補・カープの部下で婚約者 「さりげない殺人者」 ロバート・K.タネンボーム著;菅沼裕乃訳 講談社(講談社文庫) 2005年1月

マルレン・ベルガー
食品会社ルミュー社の広告部アシスタント、新聞記者ファビオ・ロッシのガールフレンド 「プリオンの迷宮」 マルティン・ズーター著;小津薫訳 扶桑社(扶桑社ミステリー) 2005年9月

マレイ
アメリカ軍犯罪調査部に所属する二等軍曹、闇物資取引に関与し追われる身となった男 「憲兵トロットの汚名」 デイヴィッド・イーリイ著;大庭忠男訳 早川書房 (ハヤカワ・ミステリ文庫) 2004年11月

マレイケ・ファン・ハッセルト
ライデン市警の刑事、レズビアンの女性 「殺しの迷路」 ヴァル・マクダーミド著;森沢麻里訳 集英社(集英社文庫) 2004年7月

マレット
イギリスの田舎のデントン市警察署の署長、フロスト警部の捜査を妨害する官僚主義者 「夜のフロスト」 R.D.ウィングフィールド著;芹沢恵訳 東京創元社(創元推理文庫) 2001年6月

マレット
戦争の後に警視になって退職した元警部、元弁護士のペティグルーの旧友 「いつ死んだのか」 シリル・ヘアー著;矢田智佳子訳 論創社(論創海外ミステリ) 2005年11月

マレー・ホイーラン(ホイーラン)
ヴィクトリア州政府閣僚の行政アドバイザー 「ブラッシュ・オフ」 シェイン・マローニー著;浜野アキオ訳 文藝春秋(文春文庫) 2002年12月

マレー・ランディス
ニューヨーク市警殺人課の刑事、ロマンス小説家ジュリエットの大学時代の友人 「嘆きのパ・ド・ドゥ」 エレン・ポール著;木村博江訳 ソニー・マガジンズ(ヴィレッジブックス) 2003年10月

マレンコ
FDNY(ニューヨーク市消防局)の主任捜査官、ジョージア・スキーアンの交際相手 「欺く炎」 スザンヌ・チェイズン著;中井京子訳 二見書房(二見文庫) 2004年9月

マロイ
コネチカット州の町ピッツフィールドの警察署の28歳の刑事、老練な警部ダナハーの部下 「愚か者の祈り」 ヒラリー・ウォー著;沢万里子訳 東京創元社(創元推理文庫) 2005年6月

マロイ
ピアス大学哲学科教授エヴァン・バーチが巻き込まれた女子高校生失踪事件の担当刑事 「悩み多き哲学者の災難」 ジョージ・ハラ著;対馬妙訳 早川書房(ハヤカワ文庫NV) 2004年11月

マロイ
殺人事件の聞きこみをしていたニューヨーク市警の刑事 「イン・ザ・カット」 スザンナ・ムーア著;川副智子訳 早川書房(ハヤカワ文庫 NV) 2004年3月

マロセーヌ
職業的スケープゴート、タリオン出版で社長のザボ女王の"身代わりの山羊"として雇われている男 「散文売りの少女」 ダニエル・ペナック著;平岡敦訳 白水社 2002年3月

マロニー
失踪した大学生・パトリックの父親、郡の公衆衛生担当理事 「完全なる四角」 リード・ファレル・コールマン著;熊谷千寿訳 早川書房(ハヤカワ・ミステリ文庫) 2004年10月

マロリー
ニューヨーク市警の巡査部長、類まれな美貌とハッカーとしての天才的な頭脳を持つ女性捜査官 「アマンダの影」 キャロル・オコンネル著;務台夏子訳 東京創元社(創元推理文庫) 2001年6月

まろり

マロリー
ニューヨーク市警の巡査部長、類まれな美貌とハッカーとしての天才的な頭脳を持つ女性捜査官 「死のオブジェ」 キャロル・オコンネル著;務台夏子訳 東京創元社(創元推理文庫) 2001年8月

マロリー
ニューヨーク市警の巡査部長、類まれな美貌とハッカーとしての天才的な頭脳を持つ女性捜査官 「天使の帰郷」 キャロル・オコンネル著;務台夏子訳 東京創元社(創元推理文庫) 2003年2月

マロリー
ニューヨーク市警の巡査部長、類まれな美貌とハッカーとしての天才的な頭脳を持つ女性捜査官 「氷の天使」 キャロル・オコンネル著;務台夏子訳 東京創元社(創元推理文庫) 2001年5月

マロリー
ニューヨーク市警の巡査部長、類まれな美貌とハッカーとしての天才的な頭脳を持つ女性捜査官 「魔術師の夜 上下」 キャロル・オコンネル著;務台夏子訳 東京創元社(創元推理文庫) 2005年12月

マロリー・キャンドラー
石油会社経営者ジョン・ウォーターズの学生時代の恋人、32歳で死亡したセクシーな美女 「魔力の女」 グレッグ・アイルズ著;雨沢泰訳 講談社(講談社文庫) 2005年11月

マローン
シカゴの売れっ子刑事弁護士でジェークとヘレンのジャスタス夫妻の友人、小太りで感傷的な男 「マローン御難」 クレイグ・ライス著;山本やよい訳 早川書房(ハヤカワ・ミステリ文庫) 2003年9月

マローン
シカゴの売れっ子刑事弁護士でジェークとヘレンのジャスタス夫妻の友人、小太りで感傷的な男 「暴徒裁判」 クレイグ・ライス著;山本やよい訳 早川書房(ハヤカワ・ミステリ文庫) 2005年5月

馬栄 まーろん
蒲陽県知事の狄(ディー)判事の腹心の部下、判事とともに一大歓楽地「楽園島」を訪れた副官 「紅楼の悪夢」 ロバート・ファン・ヒューリック著;和爾桃子訳 早川書房(Hayakawa pocket mystery books) 2004年6月

マンゼッティー
ニューヨーク市警殺人課のイタリア人の刑事 「キャンディーランド」 エヴァン・ハンター著;エド・マクベイン著;山本博訳 早川書房(Hayakawa novels) 2001年10月

マンソ・デ・エレラス
クーデターを計画しているキューバ軍最高司令官 「ステルス原潜を追え 上下」 テッド・ベル著;広瀬順弘訳 早川書房(ハヤカワ文庫NV) 2003年1月

マンソン
CIAドバイ支部支部長、工作員マルコ・リンゲの依頼主 「アルカイダの金塊を追え」 ジェラール・ド・ヴィリエ著;小林修訳 扶桑社(扶桑社ミステリー) 2004年6月

マンソン夫人 まんそんふじん
亡き夫が遺してくれた屋敷に愛猫と慎ましく暮らす敬虔なクリスチャン、黒人の老婦人 「レディ・キラーズ」 ジョエル・コーエン脚本;イーサン・コーエン脚本;村雨麻規訳 竹書房(竹書房文庫) 2004年5月

マンダリン・タン
17世紀ヴェトナムの高級官僚(マンダリン)、上光洲に赴任している行政官 「王子の亡霊―マンダリン・タンの冒険と推理」 トランニュット著;岡元;麻理恵訳 集英社 2004年6月

マンダレー・アウン（マンディー）
アメリカとミャンマーのハーフ、HHF(ホープ＆ハピネス・ファンデーション)のバンコク事務所長であり救出活動家でもある美しい女性 「因果応報の終わるまで－ミャンマー崩壊作戦」ポール・アディレックス著;高橋洋伸訳 文芸社 2004年10月

マンチーノ
15世紀末のミラノの詩人兼歌手、死神のような風貌の記憶喪失の男 「レオナルドのユダ」レオ・ペルッツ著;鈴木芳子訳 エディションq 2001年7月

マンディー
アメリカとミャンマーのハーフ、HHF(ホープ＆ハピネス・ファンデーション)のバンコク事務所長であり救出活動家でもある美しい女性 「因果応報の終わるまで－ミャンマー崩壊作戦」ポール・アディレックス著;高橋洋伸訳 文芸社 2004年10月

マンディー・タナー
殺人事件の容疑者となった銀行員マーティーに雇われた女性弁護士、元検察官 「覗く。上下」デイヴィッド・エリス著;中津悠訳 講談社(講談社文庫) 2003年3月

マンフレッド・パウエル（パウエル）
秘宝「トライアングル」で世界支配を企む秘密結社イルミナーティの幹部 「トゥームレイダー」デイヴ・スターン著;富永和子訳 徳間書店(徳間文庫) 2001年9月

【み】

ミア・マーサー
アルバータ・マレーの夫カークの浮気相手、女優 「黒い天使」コーネル・ウールリッチ著;黒原敏行訳 早川書房(ハヤカワ・ミステリ文庫) 2005年2月

ミカエル・マーコフ（マイク）
2億ドルの資産家で会社社長、リンディと20年以上内縁関係だった男 「財産分与 女弁護士ニナ・ライリー」ペリー・オショーネシー著;富永和子訳 小学館(小学館文庫) 2004年12月

ミーガン・オマリー
FBIのバーチャル犯罪特捜隊「ネットフォース」の少年部隊「ネットフォース・エクスプローラーズ」のメンバー、女子高校生 「ネットフォースエクスプローラーズ 陰謀のゲーム」トム・クランシー著;スティーヴ・ピチェニック著 アスペクト 2001年12月

ミーガン・レース
ニューハンプシャー州チェイス・カレッジの学生、愛くるしい顔立ちの女 「最後の審判」リチャード・ノース・パタースン著;東江一紀訳 新潮社 2002年9月

ミクルマス
MI5副長官、次期長官をねらう53歳の男 「七月の暗殺者 上下」ゴードン・スティーヴンズ著;藤倉秀彦訳 東京創元社(創元推理文庫) 2005年11月

ミゲル・リエンゾ
17世紀のアムステルダムで相場師として才能を発揮していたユダヤ教徒 「珈琲相場師」デイヴィッド・リス著;松下祥子訳 早川書房(ハヤカワ・ミステリ文庫) 2004年6月

ミシェル・コルデ（コルデ）
革命期のフランスに送り込まれたイギリス人スパイ、バンパイアのシモーヌと反政府行動をともにする男 「闇を駆ける女神」カレン・ハーバー著;島村浩子訳 ソニー・マガジンズ(ヴィレッジブックス) 2005年12月

みしえ

ミシェル・ルッソ
リッチな専業主婦、ドラッグ・ディーラーの嫌疑がかかった夫のせいで世間の冷たい視線にさらされた女性 「三人の怒れる妻たち 上下」オリヴィア・ゴールドスミス著;安藤由紀子訳 扶桑社(扶桑社セレクト) 2003年10月

ミシェル・レナード
研修を終えて故郷のルイジアナ州ボーウェンで診療所を開こうとしている女性外科医 「標的のミシェル」 ジュリー・ガーウッド著;部谷真奈実訳 ソニーマガジンズ(ヴィレッジブックス) 2003年6月

ミーシャ
アメリカ東部の名門ロー・スクールの黒人の教授、死んだ元連邦裁判所判事オリヴァーの息子 「オーシャン・パークの帝王 上下」スティーヴン・L.カーター著;黒原敏行訳 アーティストハウスパブリッシャーズ 2003年9月

ミーシャ
ウィーンで暮らしている22歳の男子学生、失踪したファニーの双子のきょうだい 「ペスト記念柱―現代ウィーン・ミステリー・シリーズ」 ロッテ・イングリッシュ著;城田千鶴子訳 水声社 2001年5月

ミーシャ・ドツェンコ(ドツェンコ)
モスクワ市内務総局犯罪捜査局部長の通称「丸パン」の部下、人の記憶を引き出すのが巧みな好青年 「無限の殺意 分析官アナスタシヤ・シリーズ②」 アレクサンドラ・マリーニナ著;佐々洋子訳 光文社(光文社文庫) 2003年10月

ミス・カーショー
レディングに住む資産家の甥の義妹、転落死した居候のキースの叔母 「断崖は見ていた」 ジョセフィン・ベル著;上杉真理訳 論創社(論創海外ミステリ) 2005年3月

ミス・グレゴリィ
ロンドンにある老舗ブティックのオーナーの美人秘書 「ハイヒールの死」 クリスチアナ・ブランド著;恩地三保子訳 早川書房(ハヤカワ・ミステリ文庫) 2003年1月

ミスターX　みすたーえっくす*
ハリウッドでトップクラスの高級コールガール・クリスティンの顧客、裏で暗躍する顔の見えない男 「LA闇のコネクション」 ジャッキー・コリンズ著;野原房訳 扶桑社(扶桑社ミステリー) 2002年1月

ミスターX　みすたーえっくす*
少年時代から怪奇小説に沈溺している男 「ミスターX 上下」 ピーター・ストラウブ著;近藤麻里子訳 東京創元社(創元推理文庫) 2002年5月

ミスター・グリン
大実業家セイルの執事、元ナイフ投げの芸人で口の両端をナイフで切り裂かれている男 「女王陛下の少年スパイ!アレックス ストームブレイカー」 アンソニー・ホロヴィッツ著;竜村風也訳 集英社 2002年8月

ミスター・ディーリング
フランス・サボイ山中の精神病院シャトー・ランドリーのベテラン薬剤師 「白い恐怖」 フランシス・ビーディング著;山本俊子訳 早川書房(Hayakawa pocket mystery books) 2004年2月

ミスター・ブライスン
末期がんだという謎の病人、失踪人のパトリックについて素人探偵モーのもとへ電話をかけてきた男 「完全なる四角」 リード・ファレル・コールマン著;熊谷千寿訳 早川書房(ハヤカワ・ミステリ文庫) 2004年10月

ミスター・ブレイガー
片足のきかない素人探偵、失職中のユダヤ人の元警官 「完全なる四角」 リード・ファレル・コールマン著;熊谷千寿訳 早川書房(ハヤカワ・ミステリ文庫) 2004年10月

ミスタ・マッキンドレス(マッキンドレス)
ハインドランドの邸宅に住む富豪の老婦人マデリン・マッキンドレスの死んだ弟 「カッティング・ルーム」 ルイーズ・ウェルシュ著;大槻寿美枝訳　早川書房(Hayakawa pocket mystery books) 2003年7月

ミスター・マーブル
ナショナル・カウンティ銀行の銀行員、借金に追われ海外での事業に成功した甥の金を搾取した男 「終わりなき負債」 C.S.フォレスター著;村上和久訳　小学館(Shogakukan mystery) 2004年1月

ミスター・レッド
連続爆破事件の犯人、新聞に名前が出るような有名な爆発物処理員を爆殺することに病的な喜びを見いだす男 「破壊天使 上下」 ロバート・クレイス著;村上和久訳　講談社(講談社文庫) 2002年8月

ミスター・ローズ
ホテルの夜勤のベルボーイをしているダスティの父、失職し息子の稼ぎを使い込んでいる男 「深夜のベルボーイ」 ジム・トンプスン著;三川基好訳　扶桑社　2003年3月

ミス・チルマーク
ミステリ愛好家の集まり「猟犬クラブ」の会員の女性 「猟犬クラブ」 ピーター・ラヴゼイ著;山本やよい訳　早川書房(ハヤカワ・ミステリ文庫) 2001年6月

ミス・ドゥーン
ロンドンの老舗ブティックのフランスにできる新しい支店を任される筆頭候補だった仕入部主任 「ハイヒールの死」 クリスチアナ・ブランド著;恩地三保子訳　早川書房(ハヤカワ・ミステリ文庫) 2003年1月

ミス・バーネット
素人探偵ロジャー・シェリンガムの秘書、完璧な美しさと聡明さを兼ね備えるが愛想のない若い女性 「最上階の殺人」 アントニイ・バークリー著;大沢晶訳　新樹社(Shinjusha mystery) 2001年8月

ミス・バルストロード
ロンドン郊外の名門女子校メドウバンク校の女性校長、仕事を生き甲斐とする優秀な女性 「鳩のなかの猫」 アガサ・クリスティー著;橋本福夫訳　早川書房(ハヤカワ文庫クリスティー文庫) 2004年7月

ミス・ピム
女子体育大学で講演をおこなうことになった心理学書のベストセラー作家 「裁かれる花園」 ジョセフィン・テイ著;中島なすか訳　論創社(論創海外ミステリ) 2005年2月

ミス・フロイ(ツイード婦人)　みすふろい(ついーどふじん)
イギリス人の家庭教師、特急列車で英国女性アイリスと知り合った中年女性 「バルカン超特急 消えた女」 エセル・リナ・ホワイト著;近藤三峰訳　小学館(Shogakukan mystery) 2003年1月

ミス・マギー
ヴァージニアに住む91歳の元教師、OLのパットを遺産受取人に指名した老婦人 「将軍の末裔」 エレナ・サンタンジェロ著;中川、聖訳　講談社(講談社文庫) 2004年9月

ミス・マープル(ジェーン・マープル)
ロンドン近郊セント・メアリ・ミード村に住む老嬢探偵、ゴシップ好きで好奇心旺盛な老婦人 「カリブ海の秘密」 アガサ・クリスティー著;永井淳訳　早川書房(ハヤカワ文庫クリスティー文庫) 2003年12月

ミス・マープル(ジェーン・マープル)
ロンドン近郊セント・メアリ・ミード村に住む老嬢探偵、ゴシップ好きで好奇心旺盛な老婦人 「スリーピング・マーダー」 アガサ・クリスティー著;綾川梓訳　早川書房(ハヤカワ文庫クリスティー文庫) 2004年11月

みすま

ミス・マープル（ジェーン・マープル）
ロンドン近郊セント・メアリ・ミード村に住む老嬢探偵、ゴシップ好きで好奇心旺盛な老婦人
「バートラム・ホテルにて」 アガサ・クリスティー著;乾信一郎訳　早川書房（ハヤカワ文庫クリスティー文庫） 2004年7月

ミス・マープル（ジェーン・マープル）
ロンドン近郊セント・メアリ・ミード村に住む老嬢探偵、ゴシップ好きで好奇心旺盛な老婦人
「パディントン発4時50分」 アガサ・クリスティー著;松下祥子訳　早川書房（ハヤカワ文庫クリスティー文庫） 2003年10月

ミス・マープル（ジェーン・マープル）
ロンドン近郊セント・メアリ・ミード村に住む老嬢探偵、ゴシップ好きで好奇心旺盛な老婦人
「ポケットにライ麦を」 アガサ・クリスティー著;宇野利泰訳　早川書房（ハヤカワ文庫クリスティー文庫） 2003年11月

ミス・マープル（ジェーン・マープル）
ロンドン近郊セント・メアリ・ミード村に住む老嬢探偵、ゴシップ好きで好奇心旺盛な老婦人
「火曜クラブ」 アガサ・クリスティー著;中村妙子訳　早川書房（ハヤカワ文庫クリスティー文庫） 2003年10月

ミス・マープル（ジェーン・マープル）
ロンドン近郊セント・メアリ・ミード村に住む老嬢探偵、ゴシップ好きで好奇心旺盛な老婦人
「鏡は横にひび割れて」 アガサ・クリスティー著;橋本福夫訳　早川書房（ハヤカワ文庫クリスティー文庫） 2004年7月

ミス・マープル（ジェーン・マープル）
ロンドン近郊セント・メアリ・ミード村に住む老嬢探偵、ゴシップ好きで好奇心旺盛な老婦人
「書斎の死体」 アガサ・クリスティー著;山本やよい訳　早川書房（ハヤカワ文庫クリスティー文庫） 2004年2月

ミス・マープル（ジェーン・マープル）
ロンドン近郊セント・メアリ・ミード村に住む老嬢探偵、ゴシップ好きで好奇心旺盛な老婦人
「動く指」 アガサ・クリスティー著;高橋豊訳　早川書房（ハヤカワ文庫クリスティー文庫） 2004年4月

ミス・マープル（ジェーン・マープル）
ロンドン近郊セント・メアリ・ミード村に住む老嬢探偵、ゴシップ好きで好奇心旺盛な老婦人
「復讐の女神」 アガサ・クリスティー著;乾信一郎訳　早川書房（ハヤカワ文庫クリスティー文庫） 2004年1月

ミス・マープル（ジェーン・マープル）
ロンドン近郊セント・メアリ・ミード村に住む老嬢探偵、ゴシップ好きで好奇心旺盛な老婦人
「牧師館の殺人」 アガサ・クリスティー著;田村隆一訳　早川書房（ハヤカワ文庫クリスティー文庫） 2003年10月

ミス・マープル（ジェーン・マープル）
ロンドン近郊セント・メアリ・ミード村に住む老嬢探偵、ゴシップ好きで好奇心旺盛な老婦人
「魔術の殺人」 アガサ・クリスティー著;田村隆一訳　早川書房（ハヤカワ文庫クリスティー文庫） 2004年3月

ミス・マープル（ジェーン・マープル）
ロンドン近郊セント・メアリ・ミード村に住む老嬢探偵、ゴシップ好きで好奇心旺盛な老婦人
「予告殺人」 アガサ・クリスティー著;田村隆一訳　早川書房（ハヤカワ文庫クリスティー文庫） 2003年11月

ミス・メルヴィル
40代半ばのオールドミスでお嬢様育ちの画家、射撃の上手な殺し屋 「ミス・メルヴィルの決闘」 イーヴリン・E.スミス著;長野きよみ訳　早川書房（ハヤカワ・ミステリ文庫） 2005年11月

ミス・メルヴィル
40代半ばのオールドミスでお嬢様育ちの画家、射撃の上手な殺し屋 「ミス・メルヴィルの後悔」 イーヴリン・E.スミス著;長野きよみ訳　早川書房（ハヤカワ・ミステリ文庫）2005年1月

ミス・メルヴィル
40代半ばのオールドミスでお嬢様育ちの画家、射撃の上手な殺し屋 「ミス・メルヴィルの復讐」 イーヴリン・E.スミス著;長野きよみ訳　早川書房（ハヤカワ・ミステリ文庫）2005年8月

ミス・メルヴィル
40代半ばのオールドミスでお嬢様育ちの画家、射撃の上手な殺し屋 「帰ってきたミス・メルヴィル」 イーヴリン・E.スミス著;長野きよみ訳　早川書房（ハヤカワ・ミステリ文庫）2005年4月

ミス・モード・シルヴァー
私立探偵、警察本部長のランダル・マーチの家庭教師をしていた老婆 「ブレイディング・コレクション」 パトリシア・ウェントワース著;中島なすか訳　論創社（論創海外ミステリ）2005年6月

ミス・レイチェル
老嬢探偵、年齢を感じさせない行動力と鋭敏な頭脳で事件を解決する好奇心旺盛な70歳 「黒猫は殺人を見ていた」 D.B.オルセン著;澄木柚訳　早川書房 (Hayakawa pocket mystery books) 2003年5月

ミス・レモン
私立探偵エルキュール・ポアロの秘書、実務処理において完璧で有能な女性 「ヒッコリー・ロードの殺人」 アガサ・クリスティー著;高橋豊訳　早川書房（ハヤカワ文庫クリスティー文庫）2004年7月

ミス・レモン
私立探偵エルキュール・ポアロの秘書、実務処理において完璧で有能な女性 「第三の女」 アガサ・クリスティー著;小尾芙佐訳　早川書房（ハヤカワ文庫クリスティー文庫）2004年8月

ミス・ロメデュー
青年アンドリューの亡き大叔母が残した屋敷「テイル館」に住みついていた謎の老淑女 「テイル館の謎」 ドロシー・ギルマン著;柳沢由実子訳　集英社（集英社文庫）2001年4月

ミセス・ウォーターストン
鍛冶職人メグの恋人・マイクルの母親、仕立屋〈ビ・スティッチト〉の経営者 「13羽の怒れるフラミンゴ」 ドナ・アンドリューズ著;島村浩子訳　早川書房（ハヤカワ・ミステリ文庫）2003年5月

ミセス・オリヴァ
高名な女流探偵作家、がっしりした体格の愛想の良い中年女性 「ハロウィーン・パーティ」 アガサ・クリスティー著;中村能三訳　早川書房（ハヤカワ文庫クリスティー文庫）2003年11月

ミセス・オリヴァ
高名な女流探偵作家、がっしりした体格の愛想の良い中年女性 「象は忘れない」 アガサ・クリスティー著;中村能三訳　早川書房（ハヤカワ文庫クリスティー文庫）2003年12月

ミセス・カーティン
ボツワナ唯一の女性探偵マ・ラモツエの依頼人、アメリカからやって来た婦人 「キリンの涙―ミス・ラモツエの事件簿〈2〉」 アレグザンダー・マコール;スミス著;小林;浩子訳　ソニー・マガジンズ（ヴィレッジブックス）2004年8月

ミセス・コッカートン
骨董屋の女主人、長身で風変わりな老婦人 「月が昇るとき」 グラディス・ミッチェル著;好野理恵訳　晶文社（晶文社ミステリ）2004年9月

ミセス・ジョージ
ダラスにある経営コンサルタント会社社長バディの妻 「ビッグ・タウン」 ダグ・J.スワンソン著;黒原敏行訳 早川書房(ハヤカワ・ミステリ文庫) 2001年2月

ミセス・ダンディ(ジュディス・ダンディ)
ニューヨークのプラスチック製造会社「R・I・ダンディ&カンパニー」の社長ダンディの妻 「アルファベット・ヒックス」 レックス・スタウト著;加藤由紀訳 論創社(論創海外ミステリ) 2005年10月

ミセス・ピアス(クララ・ピアス)
ウエディングプランナーのアナベルが担当する式の花嫁・エリザベスの母親 「ウエディング・プランナーは眠れない」 ローラ・ダラム著;上條ひろみ訳 ランダムハウス講談社(ランダムハウス講談社文庫) 2005年11月

ミセス・ヒル
貧乏街の救済院にいた美しい女、金持ちの若き未亡人 「危険がいっぱい」 デイ・キーン著;松本依子訳 早川書房(Hayakawa pocket mystery books) 2005年7月

ミセズ・ファレル
姪のモナを幽閉し売春まがいの行為を強制している強欲な老婆 「死ぬほどいい女」 ジム・トンプスン著;三川基好訳 扶桑社 2002年3月

ミセス・フィン
米国の大富豪レイナード・シェリングの娘、才気煥発な美女 「スパイの誇り」 ギャビン・ライアル著;石田善彦訳 早川書房(ハヤカワ・ミステリ文庫) 2003年10月

ミセス・ブラッドリー
イギリスの心理学者で魔女の血を引く老婦人、頭の切れる女探偵 「ソルトマーシュの殺人」 グラディス・ミッチェル著;宮脇孝雄訳 国書刊行会(世界探偵小説全集) 2002年7月

ミセス・ブラッドリー
心理学者でイギリス内務省の顧問、眼光が鋭く鉤爪のような手を持つ50代半ばの女性 「月が昇るとき」 グラディス・ミッチェル著;好野理恵訳 晶文社(晶文社ミステリ) 2004年9月

ミセズ・フランク・ベルソン
ニュー・ハンプシャーにある小さな町プロクターのディスク・ジョッキー、フランク・ベルソンの妻 「虚空」 ロバート・B.パーカー著;菊池光訳 早川書房(ハヤカワ・ミステリ文庫) 2002年9月

ミセス・マクゲイン
カリフォルニア州ナパヴァレーでワイナリーを経営する双子ジェームズとジーナの母親 「Sの誘惑」 ローラ・リーズ著;池田真紀子訳 早川書房(Hayakawa novels) 2002年3月

ミセス・マーフィ(マーフィ)
トラ猫、ヴァージニア州の田舎町の女郵便局長ハリーの飼い猫 「森で昼寝する猫」 リタ・メイ・ブラウン著;スニーキー・パイ・ブラウン著;茅律子訳 早川書房(ハヤカワ・ミステリ文庫) 2001年11月

ミセス・マーフィ(マーフィ)
女性郵便局長のハリーの飼い猫、犬のティー・タッカーの親友で素晴らしく頭がいいトラ猫 「トランプをめくる猫」 リタ・メイ・ブラウン著;スニーキー・パイ・ブラウン著 早川書房(ハヤカワ・ミステリ文庫) 2004年1月

ミセス・マーフィ(マーフィ)
女性郵便局長のハリーの飼い猫、犬のティー・タッカーの親友で素晴らしく頭がいいトラ猫 「新聞をくばる猫」 リタ・メイ・ブラウン著;スニーキー・パイ・ブラウン著 早川書房(ハヤカワ・ミステリ文庫) 2005年7月

ミセス・マーブル
借金に追われる銀行員・マーブルの妻 「終わりなき負債」 C.S.フォレスター著;村上和久訳　小学館(Shogakukan mystery) 2004年1月

ミセス・ラニラ
ロンドン南西部に住んでいた女性、家の前の側溝で近所の黒人女性・アニーが倒れていたのを発見した住人 「蛇の形」 ミネット・ウォルターズ著;成川裕子訳　東京創元社(創元推理文庫) 2004年7月

ミセス・ロジャース
インディアン島オーエン邸の料理人、執事トマスの妻 「そして誰もいなくなった」 アガサ・クリスティー著;清水俊二訳　早川書房(ハヤカワ文庫クリスティー文庫) 2003年10月

ミーチャム・キーフ
ニューヨーク市警の富豪刑事コンラッド・フートの幼なじみで親友、元陸軍勤務の男 「古き友からの伝言」 イーサン・ブラック著;加賀山卓朗訳　ソニー・マガジンズ(ヴィレッジブックス) 2005年6月

ミッキー・コナー
ニューヨーク市警性犯罪課の刑事、コンラッド・フートの相棒で元海兵隊員 「古き友からの伝言」 イーサン・ブラック著;加賀山卓朗訳　ソニー・マガジンズ(ヴィレッジブックス) 2005年6月

ミッキー・コナー
ニューヨーク市警性犯罪課の刑事、コンラッド・フートの相棒で元海兵隊員 「殺意に招かれた夜」 イーサン・ブラック著;加賀山卓朗訳　ソニー・マガジンズ(ヴィレッジブックス) 2003年11月

ミッキー・マグルーダー(ジョン・ラッセル)
女性私立探偵キンジーの離婚した最初の夫、元サンタ・テレサ警察風紀取締課の刑事 「アウトローのO」 スー・グラフトン著;嵯峨静江訳　早川書房(ハヤカワ・ミステリ文庫) 2004年4月

ミッキー・ラインハン
コンチネンタル探偵社サンフランシスコ支局の探偵、探偵の「わたし」の同僚 「血の収穫」 ダシール・ハメット著;河野一郎訳;田中西二郎訳　嶋中書店(嶋中文庫) 2005年1月

ミック
2012年に南フロリダ評価治療センターに入院していた統合失調症患者、考古学者夫妻の息子 「蛇神降臨記」 スティーヴ・オルテン著;野村芳夫訳　文藝春秋(文春文庫) 2003年2月

ミック・ハモンド
ロサンゼルスの私立探偵クライヴの旧友、足が不自由な男 「非情の裁き」 リイ・ブラケット著;浅倉久志訳　扶桑社(扶桑社ミステリー) 2003年8月

ミッシェル・デュラン
フランスの精神分析医、窃盗癖と異常な性癖を持つ人妻・オルガの主治医 「青い夢の女」 ジャン=ピエール・ガッテーニョ著;松本百合子訳　扶桑社 2001年11月

ミッチ
アメリカ合衆国海軍特殊部隊シールに所属する海軍大尉 「希望への旅人」 スーザン・ブロックマン作;安倍杏子訳　ハーレクイン(シルエット・ラブストリーム) 2001年5月

ミッチ
アメリカ国内で発見された未知のウィルスの解明を続けている人類学者 「ダーウィンの使者 上下」 グレッグ・ベア著;大森望訳　ソニー・マガジンズ(ヴィレッジブックス) 2002年12月

ミッチ
ハーヴァード・ロースクールを優秀な成績で卒業した青年、メンフィスの中堅事務所の新人弁護士 「法律事務所」 ジョン・グリシャム著;白石;朗訳　小学館（小学館文庫）2003年3月

ミッチ
合衆国陸軍憲兵隊犯罪捜査部の捜査官、捜査官ハチェットの相棒で友人 「ヴェトナム戦場の殺人」 デイヴィッド・K.ハーフォード著;松本剛史訳　扶桑社（扶桑社ミステリー）2002年3月

ミッチェル
カリフォルニア医療センターに勤める黒人医師 「エンジェル・シティ・ブルース」 ポーラ・L.ウッズ著;猪俣美江子訳　早川書房（ハヤカワ・ミステリ文庫）2003年6月

ミッチェル・エリオット
ミサイル誘導システムを開発・製造している〈アラートン・ディフェンス・システムズ〉の会長、政界に強大な影響力を持つ男 「暗殺者の烙印」 ダニエル・シルヴァ著;二宮磬訳　文藝春秋（文春文庫）2002年5月

ミッチェル・ショー（ミッチ）
アメリカ合衆国海軍特殊部隊シールに所属する海軍大尉 「希望への旅人」 スーザン・ブロックマン作;安倍杏里訳　ハーレクイン（シルエット・ラブストリーム）2001年5月

ミッチェル・ラップ（ラップ）
CIAの隠密組織オリオン・チームのメンバー、鉄人と呼ばれる凄腕の殺し屋 「強権国家」 ヴィンス・フリン著;結城山和夫訳　二見書房（二見文庫）2003年3月

ミッチェル・レイフェルスン（ミッチ）
アメリカ国内で発見された未知のウィルスの解明を続けている人類学者 「ダーウィンの使者 上下」 グレッグ・ベア著;大森望訳　ソニー・マガジンズ（ヴィレッジブックス）2002年12月

ミッチェル・Y・マクディーア（ミッチ）　みっちぇるわいまくでぃーあ（みっち）*
ハーヴァード・ロースクールを優秀な成績で卒業した青年、メンフィスの中堅事務所の新人弁護士 「法律事務所」 ジョン・グリシャム著;白石;朗訳　小学館（小学館文庫）2003年3月

ミッチ・テイラー
二一分署の三級刑事 「被害者のV」 ローレンス・トリート著;常田景子訳　早川書房（Hayakawa pocket mystery books）2003年8月

ミッチ・ラップ（ラップ）
CIAの隠密組織オリオン・チームのメンバー、鉄人と呼ばれる凄腕の殺し屋 「謀略国家」 ヴィンス・フリン著;結城山和夫訳　二見書房（二見文庫）2002年11月

ミッチ・レヴィン
テレビ局のニュースライター・アーティの親友の精神科医、ベトナム戦争帰りの男 「ウェイティング」 フランク・M.ロビンソン著;鎌田三平訳　角川書店（角川文庫）2003年12月

ミッドウィンター
スコットランド・ヤードの四十歳の警部、名門テンプラー家の若き司祭・フェリックスの友人 「テンプラー家の惨劇」 ハリントン・ヘクスト著;高田朔訳　国書刊行会（世界探偵小説全集）2003年5月

ミーナー
スイス戦略情報局の幹部、スイス政府最高位の情報官で国防軍の施設の警備に関するエキスパート 「傭兵部隊〈ライオン〉を追え 上下」 ブラッド・ソー著;田中昌太郎訳　早川書房（ハヤカワ文庫NV）2002年7月

ミニー・スウェル
スリラー作家・アンナのファン、アンナにファンレターを送った十一歳の少女 「戦慄」 エリカ・スピンドラー著;平江まゆみ訳　ハーレクイン（MIRA文庫）2002年9月

ミニー・マン
私立探偵、身長120センチで生まれながらの障害を持っている頭脳明晰な二十二歳の女性 「マン嬢は死にました。彼女からよろしくとのこと」 ヘルムート・ツェンカー著;上松美和子訳　水声社(現代ウィーン・ミステリー・シリーズ)　2002年2月

ミハイル・ワシン(ワシン)
36歳の実業家、ロシアの犯罪世界最強のゴッドファーザー 「ワルシャワ大空戦 上下」 リチャード・ハーマン著;大久保寛訳　新潮社(新潮文庫)　2003年7月

ミヒャエル・ファブリツィウス(ミーシャ)
ウィーンで暮らしている22歳の男子学生、失踪したファニーの双子のきょうだい 「ペスト記念柱―現代ウィーン・ミステリー・シリーズ」 ロッテ・イングリッシュ著;城田千鶴子訳　水声社　2001年5月

ミム
人気ロックバンド「テイルフック」のギタリスト、10代を養親に育てられた26歳の女性 「わが手に雨を」 グレッグ・ルッカ著;佐々田雅子訳　文藝春秋　2004年9月

宮城 与徳　みやぎ・よとく
ソ連赤軍スパイ・ゾルゲの東京諜報網の末端組織を担った沖縄人の画家 「ゾルゲ引裂かれたスパイ 上下」 ロバート・ワイマント著;西木正明訳　新潮社(新潮文庫)　2003年5月

ミューア
引退の日を間近にひかえたCIA作戦担当官、数々の危険任務をこなしてきた伝説のスパイ 「スパイ・ゲーム」 マイケル・フロスト・ベックナー脚本;池谷律代編訳　竹書房(竹書房文庫)　2001年12月

ミューラー
アメリカのチャンネル9レポーター、華やかさと度胸を併せ持った女性キャスター 「天使の悪夢 上下」 マイケル・フレイズ著;西田佳子訳　講談社(講談社文庫)　2004年7月

ミュリエル・ウィン
キンドル群の主席検事補 「死刑判決 上下」 スコット・トゥロー著;佐藤;耕士訳　講談社(講談社文庫)　2004年10月

ミュンスター
マールダム市警察の刑事部長・フェーテレンの部下、愛妻家 「終止符(ピリオド)」 ホーカン・ネッセル著;中村友子訳　講談社(講談社文庫)　2003年5月

ミラ
偶然殺人現場を目撃してしまったスコットランドの寒村に暮らす15歳の少女 「シャープ・ノース」 パトリック・ケイヴ著;金原瑞人訳　カプコン　2005年7月

ミラー
殺しの指令をくだす組織中枢と殺し屋の媒体役である"ポストマン" 「殺し屋とポストマン」 マシュー・ブラントン著;佐和誠訳　早川書房(ハヤカワ文庫NV)　2002年4月

ミラ・エッジ
行方不明者を捜索するボランティア組織「ファインダーズ」代表、メキシコで幼い息子を誘拐された母 「悲しみにさようなら」 リンダ・ハワード著;加藤洋子訳　二見書房(二見文庫)　2004年8月

ミランダ
町の高級住宅地にある「ホリーブッシュ教護院」で暮らす美貌の少女 「迷い子たちの長い夜」 フランセスカ・ワイズマン著;猪俣美江子訳　ランダムハウス講談社(ランダムハウス講談社文庫)　2005年1月

ミランダー
犯罪者・パーカーと組んで銀行を襲撃した男、屈強な大男 「悪党パーカー/地獄の分け前」 リチャード・スターク著;小鷹信光訳　早川書房(ハヤカワ・ミステリ文庫)　2002年1月

ミランダ・アボット
英才教育で育てられた天才科学者、17歳の美しい娘 「紀元零年の遺物 上下」 ジェフ・ロング著;山本光伸訳 二見書房(二見文庫) 2004年11月

ミランダ・グレイ
ヨットの事故で最愛の夫を亡くした妻、ロンドンのIT企業の広報担当 「黒衣の天使」 シャーロット・ラム著;三木基子訳 二見書房(二見文庫) 2002年4月

ミランダ・シャルマ
ジャーナリストのロザリンドの異母妹、ボンベイの大物映画監督シャルマの妻 「ボンベイ・アイス」 レスリー・フォーブス著;池田真紀子訳 角川書店 2003年8月

ミランダ・ジョーンズ
メイン州の名家の娘で新進気鋭の美術史学者、一族のもつ美術史研究所と付属美術館の運営者 「盗まれた恋心 上下」 ノーラ・ロバーツ著;芹沢恵訳 扶桑社(扶桑社ロマンス) 2004年9月

ミランダ・ダニエルズ
テキサスで家族でバンドを組んでいる新進カントリー歌手、25歳くらいの女 「ホンキートンク・ガール」 リック・リオーダン著;伏見威蕃訳 小学館(小学館文庫) 2004年3月

ミランダ・ナイト(ランディ)
テネシー州グラッドストーンの保安官、超能力を持つ女性 「シャドウ・ファイル/狩る」 ケイ・フーパー著;幹遙子訳 早川書房(ハヤカワ文庫NV) 2001年9月

ミランダ・フロスト
英国のダイヤモンド王グレイヴスの女性広報係、フェンシングの達人 「007/ダイ・アナザー・デイ」 レイモンド・ベンソン著;富永和子訳 竹書房(竹書房文庫) 2003年3月

ミランダ・ホウゲンドバー(ホウゲンドバー)
ヴァージニア州の田舎町クロゼットの元郵便局長の未亡人 「森で昼寝する猫」 リタ・メイ・ブラウン著;スニーキー・パイ・ブラウン著;茅律子訳 早川書房(ハヤカワ・ミステリ文庫) 2001年11月

ミリアム・ブラッカ(ミム)
人気ロックバンド「テイルフック」のギタリスト、10代を養親に育てられた26歳の女性 「わが手に雨を」 グレッグ・ルッカ著;佐々田雅子訳 文藝春秋 2004年9月

ミリアム・メンキン
地質学者エム・ハンセンの元上司ジョー・メンキンの妻 「沈黙の日記」 サラ・アンドリューズ著;高橋恭美子訳 早川書房(ハヤカワ・ミステリ文庫) 2001年2月

ミリシア・ホニガー・スタントン
ニューヨークの女性建築家 「紅唇(ルージュ)」 レスリー・グラス著;翔田朱美訳 講談社(講談社文庫) 2001年10月

ミルドレッド・パウエル
ウェールズにある小さな町・ルウールに住む青年のエドワードの伯母、甥の財布を握っている専横で支配的な女 「伯母殺人事件」 リチャード・ハル著;中村能三訳 嶋中書店(嶋中文庫) 2005年6月

ミルン夫人　みるんふじん
イギリスのチョービー村に娘ダフネと住む未亡人、深夜に人を轢いてしまったと警察署にきた女性 「その死者の名は」 エリザベス・フェラーズ著;中村有希訳 東京創元社(創元推理文庫) 2002年8月

ミロ・ミロドラゴヴィッチ
酔いどれでドラッグまみれの老私立探偵、モンタナの資産家出身の男 「ファイナル・カントリー」 ジェイムズ・クラムリー著;小鷹信光訳 早川書房(ハヤカワ・ミステリ文庫) 2004年7月

ミン・ギョンビン（キョンビン）
アメリカ・ペンシルベニア州の大学教授、ニューヨークの領事官の叔父の依頼でロシアへ向かった元特殊工作員　「白夜 上中下」ハンテフン著;徐正根訳　竹書房（竹書房文庫）2005年3月

ミンソン
韓国の金井二洞分署所属の火災調査官、消防士だった兄を火災現場で失った男　「リベラ・メ」ヒョンチョンヨル脚本;ヨジナ脚本;小林弘利訳　角川書店（角川文庫）　2001年10月

ミン・テスマン
有名な弁護士、17歳のジェイミーの母　「わたしが消えた夜」ジュリー・R・ディーヴァー著;石原未奈子訳　集英社（集英社文庫）2003年7月

【む】

ムーア
ボストン市警察殺人課刑事、女性刑事のリゾーリと女性の子宮を取って喉を掻き切る怪奇連続殺人事件の捜査をした男　「外科医」テス・ジェリッツェン著;安原和見訳　文藝春秋（文春文庫）2003年8月

ムーサ
ローマ帝国の密偵ファルコを見張る若い神官、秘境ペトラを支配する宰相ブラザーの部下　「密偵ファルコ砂漠の守護神」リンゼイ・デイヴィス著;田代泰子訳　光文社（光文社文庫）2003年2月

ムスタファ・ヤシン（ヤシン）
オサマ・ビンラディン亡き後のアルカイダの後継者、元経済学者　「全米無差別テロの恐怖 上・下」カイル・ミルズ著;公手成幸訳　扶桑社（扶桑社ミステリー）2004年6月

ムチョス
マドリード中で最強のプレイヤーたちが集まるチェス・クラブのなかでも最強のチェスプレイヤー、40を少し超えたぐらいの男　「フランドルの呪画（のろいえ）」アルトゥーロ・ペレス・レベルテ著;佐宗鈴夫訳　集英社（集英社文庫）2001年5月

ムーディー
ワシントン州スポーカンでタクシー運転手をしている新米私立探偵の男　「探偵ムーディー、営業中」スティーヴ・オリヴァー著;真崎義博訳　早川書房（ハヤカワ・ミステリ文庫）2001年10月

ムーディー
私立探偵兼タクシー運転手兼新聞記者、ヴェトナム戦争によるPTSDで幻聴幻覚に悩まされてる男　「探偵はいつも憂鬱」スティーヴ・オリヴァー著;真崎義博訳　早川書房（ハヤカワ・ミステリ文庫）2002年8月

ムーニー
サンタモニカの警察署に勤務している定年直前の巡査部長　「セルラー」ラリー・コーエン原案;クリス・モーガン脚本;真田おいる訳　メディアファクトリー（洋画文庫）2005年2月

ムハンマド・イクバール
女性コメディアン・ジェイミーとマネージャーのリリーの同居人でゲイの男性、地元の著名な弁護士の勘当された息子　「ストーン・ベイビー」ジュールズ・デンビー著;古賀弥生訳　早川書房（Hayakawa pocket mystery books）2002年8月

ムラト三世　むらとさんせい
オスマン・トルコ帝国の第12代皇帝、細密画技術の庇護者でイスラム暦千年を祝う『祝賀本』の発注者　「わたしの名は「紅」」オルハン;パムク著;和久井;路子訳　藤原書店　2004年11月

【め】

〈眼〉(老婆)　め(ろうば)
1831年のイギリス・サンダーランドに住む娼婦ガスティンの監視役の老婆　「青いドレスの少女」　シェリ・ホールマン著;河野純治訳　DHC　2002年5月

メアリ
駐ベルギー合衆国大使令嬢、下校中に誘拐された十歳の少女　「虐待者　上下」　フリーマントル著;幾野宏訳　新潮社(新潮文庫)　2001年4月

メアリー
19世紀初頭の英国でメランフィー家の一人息子ジョニーと二人半幽閉的な生活をする母親　「五輪の薔薇Ⅰ」　チャールズ・パリサー著;甲斐萬里江訳　早川書房(ハヤカワ文庫NV)　2003年3月

メアリー
メランフィー家の一人息子ジョニーの母親　「五輪の薔薇Ⅱ」　チャールズ・パリサー著;甲斐萬里江訳　早川書房(ハヤカワ文庫NV)　2003年4月

メアリー
メランフィー家の一人息子ジョニーの亡くなった母親　「五輪の薔薇Ⅲ」　チャールズ・パリサー著;甲斐萬里江訳　早川書房(ハヤカワ文庫NV)　2003年5月

メアリー
難破船の積荷を奪うレッカーたちの村に住む美しい少女、おじのモーガンと暮らしている娘　「呪われた航海」　イアン・ローレンス作;三辺律子訳　理論社　2001年9月

メアリー・アリーザ(アリーザ)
ポンター＆カー法律事務所の弁護士、心臓発作で倒れたテロリストの仲間を助けた女性　「誘拐指令」　J.ケニーリー著;高橋健次訳　講談社(講談社文庫)　2001年6月

メアリー・イネス(イネス)
ベストセラー作家・ルーシーが講演をすることになった女子体育大学の優秀な二年生　「裁かれる花園」　ジョセフィン・テイ著;中島なすか訳　論創社(論創海外ミステリ)　2005年2月

メアリー・リー・マスターズ　めありーりーますたーず
史上初のノース・カロライナ選出の女性上院議員にならんとしている政治家、女探偵ケイシーの雇い主　「女探偵の条件」　ケイティ・マンガー著;務台夏子訳　新潮社(新潮文庫)　2002年12月

メアリー・エリザベス・ポッター
ワイオミング州の田舎町・ルースの高校に新しく赴任した女高校教師　「マッケンジーの山」　リンダ・ハワード著;高木晶子訳　ハーレクイン(MIRA文庫)　2005年5月

メアリー・クロー
アトランタのデッカード郡地区検事、チェロキー族の血を引く聡明でいながらたくましい女性　「ホワイトムーン」　サリー・ビッセル著;酒井裕美訳　二見書房(二見文庫)　2003年5月

メアリー・クロー
アトランタのデッカード郡地区検事、チェロキー族の血を引く聡明でいながらたくましい女性　「人狩りの森」　サリー・ビッセル著;酒井裕美訳　二見書房(二見文庫)　2001年1月

メアリ・スミス
ボストンのピークオッド貯蓄貸付銀行の所有者ネイザン・スミスの28歳年下の妻　「笑う未亡人」　ロバート・B.パーカー著;菊池光訳　早川書房(Hayakawa novels)　2002年7月

メアリー・デイ
ハンガリー人スパイ・モラートが共同経営者を務める広告代理店の主任広告文案家、陽気で悪戯っぽい風貌の若い女性 「影の王国」 アラン・ファースト著;黒原敏行訳 講談社(講談社文庫) 2005年8月

メアリー・ディナンツィオ
女性弁護士、フィラデルフィアの法律事務所「R&A」のアソシエイト 「代理弁護」 リザ;スコットライン著;高山;祥子訳 講談社(講談社文庫) 2004年3月

メアリー・デービス
無名役者エディ・デービスの妻 「億万ドルの舞台」 シドニィ・シェルダン作;天馬竜行訳 アカデミー出版 2004年9月

メアリー・ニューマン
アメリカ合衆国国務長官 「北朝鮮最終決戦 上下」 ハンフリー・ホークスリー著;棚橋志行訳 二見書房(二見文庫) 2005年5月

メアリ・パット(MP)　めありぱっと(えむぴー)＊
CIAモスクワ支局長エド・フォーリの妻、同支局職員 「教皇暗殺 1・2・3・4」 トム・クランシー著;田村源二訳 新潮社(新潮文庫) 2004年4月

メアリー・フィニー
アメリカ出身の医療宣教師、コンゴで巡回布教活動を行っている女性 「藪に棲む悪魔」 マシュー・ヘッド著;中島なすか訳 論創社(論創海外ミステリ) 2005年9月

メアリー・ベルソン
ベテラン看護婦、高圧的でどこか人を寄せ付けない雰囲気をもつ40歳の女 「赦されざる罪」 フェイ・ケラーマン著;高橋恭美子訳 東京創元社(創元推理文庫) 2001年6月

メアリ・ヴォーン
遺伝学者の38歳の女性、カナダのヨーク大学教授 「ホミニッド－原人」 ロバート・J.ソウヤー著;内田昌之訳 早川書房(ハヤカワ文庫 SF) 2005年2月

メアリー・マイナー・ハリスティーン(ハリー)
ヴァージニア州の小さな町クロゼットに住む女性郵便局長、犬のタッカーと猫のマーフィーの飼い主 「トランプをめくる猫」 リタ・メイ・ブラウン著;スニーキー・パイ・ブラウン著 早川書房(ハヤカワ・ミステリ文庫) 2004年1月

メアリー・マイナー・ハリスティーン(ハリー)
ヴァージニア州の小さな町クロゼットに住む女性郵便局長、犬のタッカーと猫のマーフィーの飼い主 「新聞をくばる猫」 リタ・メイ・ブラウン著;スニーキー・パイ・ブラウン著 早川書房(ハヤカワ・ミステリ文庫) 2005年7月

メアリー・マイナー・ハリスティーン(ハリー)
ヴァージニア州の田舎町クロゼットの女郵便局長、猫顔負けの好奇心の持ち主 「森で昼寝する猫」 リタ・メイ・ブラウン著;スニーキー・パイ・ブラウン著;茅律子訳 早川書房(ハヤカワ・ミステリ文庫) 2001年11月

メアリー・マーサ・オークレイ
カリフォルニア州の小学校に通う9歳の少女 「心憑かれて」 マーガレット・ミラー著;汀一弘訳 東京創元社(創元推理文庫) 2002年11月

メアリー・モリソン
CIAモスクワ支局長、国家反逆罪で逮捕されたモリソン准将の妻 「キングメーカー 上下」 ブライアン・ヘイグ著;平賀秀明訳 新潮社(新潮文庫) 2004年10月

メアリ・ラッセル
名探偵シャーロック・ホームズの愛弟子、オックスフォード大学の女学生 「エルサレムへの道－シャーロック・ホームズの愛弟子」 ローリー・キング著;山田久美子訳 集英社(集英社文庫) 2004年8月

めあり

メアリ・ラッセル
名探偵のシャーロック・ホームズの妻 「バスカヴィルの謎―シャーロック・ホームズの愛弟子」 ローリー・キング著;山田久美子訳 集英社(集英社文庫) 2002年4月

メアリ・ルー
元ハイスクールのフットボールコーチ・スティーブの妻、西部の町ポットショットでツアー・ガイドを営む美女 「ポットショットの銃弾」 ロバート・B・パーカー著;菊池光訳 早川書房 (Hayakawa novels) 2001年7月

メアリー・ルー・ゴダード
ボストンに住むフェミニズム運動家、女探偵サリーの依頼人でコンサルティング会社グレート・ストライズの代表 「二度目の破滅」 ロバート・B・パーカー著;奥村章子訳 早川書房(ハヤカワ・ミステリ文庫) 2001年9月

メイジー・ダブズ
ロンドンに探偵事務所を開業する女性調査員、元第一次世界大戦時の従軍看護婦 「夜明けのメイジー」 ジャクリーン・ウィンスピア著;長野きよみ訳 早川書房(ハヤカワ・ミステリ文庫) 2005年3月

メイジー・ネリス
デンヴァーのマーシー・ジェネラル病院で入退院をくりかえす心臓病を抱えた九歳くらいの少女 「航路 上下」 コニー・ウィリス;著;大森;望;訳 ソニーマガジンズ(ヴィレッジブックス) 2002年10月

メイスン
カリフォルニア州に事務所を構える刑事事件専門の弁護士探偵 「ビロードの爪」 E.S.ガードナー著;田中西二郎訳 嶋中書店(嶋中文庫) 2005年4月

メイ・チャン
「ザイモス・テクノロジー社」の製造プラントの美人プログラマー、もとフィールド生物学者 「プレイ 獲物 上下」 マイクル・クライトン著;酒井昭伸訳 早川書房 2003年4月

メイトランド
ロンドンで事務所を経営する35歳の建築家、車の事故を起こしてインターチェンジ下の「島」に漂着した男 「コンクリート・アイランド」 J.G.バラード著;大和田始訳;國領昭彦訳 太田出版 2003年9月

メイヒュー
老嬢探偵ミス・レイチェルの協力者、カリフォルニア州ブレイカーズ・ビーチ警察の警部補 「黒猫は殺人を見ていた」 D.B.オルセン著;澄木柚訳 早川書房 (Hayakawa pocket mystery books) 2003年5月

メイ・ヒル(ミセス・ヒル)
貧乏街の救済院にいた美しい女、金持ちの若き未亡人 「危険がいっぱい」 デイ・キーン著;松本依子訳 早川書房 (Hayakawa pocket mystery books) 2005年7月

メイ・ベラミー
ニューヨークに住む天才的泥棒・ドートマンダーの同居人でガールフレンド 「骨まで盗んで」 ドナルド・E・ウェストレイク著;木村仁良訳 早川書房(ハヤカワ・ミステリ文庫) 2002年6

メイベル・ストラック
カジノコンサルタントのトニー・ヴァレンタインの隣人、匿名の新聞広告作家 「カジノを罠にかけろ」 ジェイムズ・スウェイン著;三川基好訳 文藝春秋(文春文庫) 2005年3月

メイ・モリソン
TVプロデューサー、トークショーのプロデューサーたちが次々と狙われた連続殺人事件の嫌疑をかけられた女性 「つぎはおまえだ」 ナンシー・スター著;加藤洋子訳 集英社(集英社文庫) 2002年3月

メイ・モリソン
ニューヨークのテレビトークショーの女性プロデューサー、2人の娘をもつシングルマザー 「迫り来る死」 ナンシー;スター著;細田;利江子訳 集英社(集英社文庫) 2004年12月

メガン・マッギー
オクラホマシティの大手法律事務所で働く弁護士、聖公会派教会の元司祭で37歳の独身女性 「殺意のクリスマス・イブ」 W.バーンハート著;白石朗訳 講談社(講談社文庫) 2002年11月

メグ
モンタナ州ミズーラのGMACの車回収業者、小さな犯罪で過去に複数逮捕歴のある女性 「ハード・アイス」 ジェニー・サイラー著;安藤由紀子訳 早川書房(ハヤカワ・ミステリ文庫) 2001年5月

メグ・アルトマン
娘のサラとマンハッタンで緊急時の避難用に作られた「パニック・ルーム」のあるマンションに引っ越してきた三十六歳の母親 「パニック・ルーム」 ジェームズ・エリソン著;柳下毅一郎訳 ソニー・マガジンズ(ヴィレッジブックス) 2002年3月

メグ・エルジンブロッド
服飾デザイナー、20歳の時マーティン・エルジンブロッド少佐と結婚してすぐに戦争未亡人になった美女 「霧の中の虎」 マージェリー・アリンガム著;山本俊子訳 早川書房 (Hayakawa pocket mystery books) 2001年11月

メグ・ドアティ(ドアティ)
フリーランスのカメラマン、ノンフィクション作家フランク・コーソの元恋人 「黒い河」 G.M.フォード著;三川基好訳 新潮社(新潮文庫) 2004年5月

メグ・ドアティ(ドアティ)
フリーランスのカメラマン、ノンフィクション作家フランク・コーソの元恋人 「白骨」 G.M.フォード著;三川基好訳 新潮社(新潮文庫) 2005年5月

メグ・ドアティ(ドアティ)
フリーランスの女性カメラマン、新聞記者フランク・コーソの取材助手 「憤怒」 G.M.フォード著;三川基好訳 新潮社(新潮文庫) 2003年10月

メグ・トーレンス
ニューヨーク州北部のクリアリーで不動産ブローカーをしている女性 「シャロウ・グレイブズ」 ジェフリー・ディーヴァー著;飛田野裕子訳 早川書房(ハヤカワ・ミステリ文庫) 2003年2月

メグ・ペサトゥーロ
レイプの被害者三人が自分たちで犯人をつきとめるために結成された「サバイバーズ・クラブ」のメンバー、十九歳の大学生 「いまは誰も愛せない」 リサ・ガードナー;著;前野律訳 ソニー・マガジンズ(ヴィレッジブックス) 2004年10月

メグ・ホリングワース・ラングスロー
34歳の鍛冶職人兼芸術家、ワシントンから故郷のヴァージニア州ヨークタウンに戻った女 「庭に孔雀、裏には死体」 ドナ・アンドリューズ著;島村浩子訳 早川書房(ハヤカワ・ミステリ文庫) 2001年4月

メグ・ムーア
ワシントンDCのカズベキスタン大使館で働くコンサルタント、10歳のエイミーの母 「沈黙の女を追って」 スーザン・ブロックマン著;阿尾正子訳 ソニー・マガジンズ(ヴィレッジブックス) 2004年1月

メグ・ラングスロー
鍛冶職人、コンピューター・ゲーム会社を立ち上げたロブの姉で素人探偵 「ハゲタカは舞い降りた」 ドナ・アンドリューズ著;島村浩子訳 早川書房(ハヤカワ・ミステリ文庫) 2004年12月

めぐら

メグ・ラングスロー
鍛冶職人の素人探偵、演劇教授のマイクルの恋人 「13羽の怒れるフラミンゴ」 ドナ・アンドリューズ著;島村浩子訳　早川書房（ハヤカワ・ミステリ文庫） 2003年5月

メグ・ラングスロー
野鳥の島・モンヒーガン島へ恋人のマイクルと訪れた鍛冶職人、素人探偵 「野鳥の会、死体の怪」 ドナ・アンドリューズ著;島村浩子訳　早川書房（ハヤカワ・ミステリ文庫） 2002年3月

メグレ
パリ警視庁刑事局に所属していた元警視 「メグレ、ニューヨークへ行く」 G.シムノン著;長島良三訳　河出書房新社（河出文庫） 2001年3月

メグレ
パリ警視庁刑事局に所属している警視 「メグレと幽霊」 G.シムノン著;佐宗鈴夫訳　河出書房新社（河出文庫） 2001年2月

メグレ
パリ警視庁刑事局に所属している警視 「メグレと老婦人の謎」 G.シムノン著;長島良三訳　河出書房新社（河出文庫） 2001年6月

メグレ
パリ警視庁犯罪捜査部の長をつとめる52歳の男 「メグレたてつく」 ジョルジュ・シムノン著;榊原晃三訳　河出書房新社（河出文庫） 2001年4月

メツガー
リーハイ製鋼の元会長、鉄鋼町リーハイバレーを牛耳る億万長者 「バブルズはご機嫌ななめ」 サラ・ストロマイヤー著;細美遙子訳　講談社（講談社文庫） 2005年8月

メヴァ（レイモン・マカテア）
トランスセクシャルのボーの友人、相撲レスラーみたいな体格の陽気なタヒチ人の女性 「異形の花嫁」 ブリジット・オベール著;藤本優子訳　早川書房（ハヤカワ・ミステリ文庫） 2003年5月

メムノーン
黎明期の混乱にあった中東で世界征服をもくろんでいた王、死と破壊の征服者 「スコーピオン・キング」 マックス・アラン・コリンズ著;小田川佳子訳　角川書店（角川文庫） 2002年5月

メラニー・アカンデ
キングズマーカム医療センターの医師・アカンデの娘、黒人の少女 「シミソラ」 ルース・レンデル著;宇佐川晶子訳　角川書店（角川文庫） 2001年3月

メラニー・ウォッズワース
サンフランシスコのアンティーク商、性悪女 「女競買人 横盗り」 ウィリアム・D・ブランケンシップ著;中川聖訳　講談社（講談社文庫） 2001年5月

メラニー・カーカス
テロ集団「エデンの鉄槌」のリーダー・プリーストの愛人でコミューンの一員、地震学者マイケル・カーカスの妻 「ハンマー・オブ・エデン－エデンの鉄槌」 ケン;フォレット著;矢野;浩三郎訳　小学館（小学館文庫） 2004年9月

メラニー・ジョウン・ホール
ボストン在住の人気ロマンス作家、ブロンドで豊満な肉体の持ち主 「束縛」 ロバート・B.パーカー著;奥村章子訳　早川書房（ハヤカワ・ミステリ文庫） 2003年4月

メラニー・セバスティアン
不動産業者・カールと親子ほど年の離れた美人妻、ある日突然失踪した女 「消えた人妻」 スチュアート・カミンスキー著;中津悠;訳　講談社（講談社文庫） 2004年9月

メラン
パリの口腔外科医、38歳の赤毛の男 「メグレたてつく」 ジョルジュ・シムノン著;榊原晃三訳 河出書房新社(河出文庫) 2001年4月

メリエス
パリ警察署辣腕警視、怖がり屋の32歳の男 「蟻の時代 ウェルベル・コレクションⅡ」 ベルナール・ウェルベル著;小中陽太郎訳;森山隆訳 角川書店(角川文庫) 2003年7月

メリエット・アスプレー
シュルーズベリ大修道院に預けられた見習い修道士、孤独な印象を与える若者 「悪魔の見習い修道士」 エリス・ピーターズ著;大出健訳 光文社(光文社文庫) 2004年3月

メリッサ・オーブリー
精神科医のすすめでヨーロッパへ一人旅に出た女性、途中船上で出会った男・スターンズから一冊の本を受け取った若いアメリカ女性 「メリッサの旅」 ドロシー・ギルマン著;柳沢由実子訳 集英社(集英社文庫) 2001年12月

メリッサ・ギャント
フリーライターのエディの元妻、コカインの売人・ヴァーノンの妹 「ブレイン・ドラッグ」 アラン・グリン著;田村義進訳 文藝春秋(文春文庫) 2004年2月

メリッサ・ゲール
アメリカ司法省の特別捜査班"ナチ・ハンター"の一員、致死性のウィルスを使う男・アダルウルフを追っている38歳の女性 「ラスト・ナチ」 スタン・ポッティンガー著;中島哲也訳 柏艪舎(文芸シリーズ) 2005年9月

メリッサ・ライリー
精神科医ジェシカ・ライリーの妹、ハーヴァードで医学を学ぶ学生 「見えない絆」 アイリス・ジョハンセン著;北沢あかね訳 講談社(講談社文庫) 2004年1月

メリッサ・ランドル(アフロディーテ)
ニューヨーク州北部にあるハート・レーク女子学院の学生、ラテン語教師ジェーンの生徒 「乙女の湖」 キャロル・グッドマン著;津森優子訳 早川書房(ハヤカワ・ミステリ文庫) 2003

メリーナ・ロイド
一卵性双生児の一方でジリアンの妹、エスコート業を営む36歳の美女 「いたずらが死を招く 上下」 サンドラ・ブラウン著;吉沢康子訳 新潮社(新潮文庫) 2002年9月

メリンダ・グッドウィンター
女医、もと記者・クィラランの恋人で弁護士のアレグザンダーの従妹 「猫は郵便配達をする」 リリアン・J・ブラウン著;羽田詩津子訳 早川書房(ハヤカワ・ミステリ文庫) 2002年1月

メリンダ・ストリックランド
合衆国農務省森林局の役人、冷酷で邪悪な本性をもつ女性 「凍れる森」 C.J.ボックス著;野口百合子訳 講談社(講談社文庫) 2005年10月

メル・クーパー(クーパー)
ニューヨーク市警鑑識課員、科学捜査専門家リンカーン・ライムの元同僚 「コフィン・ダンサー 上・下」 ジェフリー・ディーヴァー著;池田真紀子訳 文藝春秋(文春文庫) 2004年10

メル・クーパー(クーパー)
ニューヨーク市警鑑識課員、科学捜査専門家リンカーン・ライムの元同僚 「ボーン・コレクター 上・下」 ジェフリー・ディーヴァー著;池田真紀子訳 文藝春秋(文春文庫) 2003年5

メル・クーパー(クーパー)
ニューヨーク市警鑑識課員、科学捜査専門家リンカーン・ライムの元同僚 「石の猿-「リンカーン・ライム」シリーズ[4]」 ジェフリー・ディーヴァー著;池田真紀子訳 文藝春秋 2003年5月

めるく

メル・クーパー(クーパー)
ニューヨーク市警鑑識課員、科学捜査専門家リンカーン・ライムの元同僚 「魔術師(イリュージョニスト)—「リンカーン・ライム」シリーズ [5]」 ジェフリー・ディーヴァー著;池田真紀子訳 文藝春秋 2004年10月

メル・ダイアモンド
ロンドン警視庁圏内重要犯罪捜査隊Fチームに所属する警部 「死を啼く鳥」 モー・ヘイダー著;小林宏明訳 角川春樹事務所(ハルキ文庫) 2002年4月

メルチェット大佐　めるちぇっとたいさ
ラドフォードシャー州警察の本部長、赤毛できびきびした小柄な男 「書斎の死体」 アガサ・クリスティー著;山本やよい訳 早川書房(ハヤカワ文庫クリスティー文庫) 2004年2月

メルチェット大佐　めるちぇっとたいさ
ラドフォードシャー州警察の本部長、赤毛できびきびした小柄な男 「牧師館の殺人」 アガサ・クリスティー著;田村隆一訳 早川書房(ハヤカワ文庫クリスティー文庫) 2003年10月

メル・ヴァンダイン
「主婦探偵」ジェーン・シェフリイの恋人、刑事 「エンドウと平和」 ジル・チャーチル著;浅羽莢子訳 東京創元社(創元推理文庫) 2001年11月

メレディス・サンガー
ヒューストン警察第三十一分署専属の精神科医の女性 「肩の上の死神」 ロバート・ウォーカー著;岡田葉子訳 扶桑社(扶桑社ミステリー) 2001年4月

メレディス・デイビーズ
検死助手として働くトゥルーのドラッグの問題を抱えている姉、クールでプライドの高いやり手の弁護士 「トゥルー・コーリング Vol.1」 ジョン・ハーモン・フェルドマン原案;酒井紀子編訳 竹書房(竹書房文庫) 2005年5月

メンキン
地質学者エム・ハンセンの元上司、倒産した石油会社「ブラックフィート・オイル」の元社長 「沈黙の日記」 サラ・アンドリューズ著;高橋恭美子訳 早川書房(ハヤカワ・ミステリ文庫) 2001年2月

メンチュ・ローチ
マドリードにある画廊の女性オーナー、女性の絵画修復士・フリアとは古い付き合いの女性 「フランドルの呪画(のろいえ)」 アルトゥーロ・ペレス・レベルテ著;佐宗鈴夫訳 集英社(集英社文庫) 2001年5月

【も】

モイラ・キャスリーン・ケリー
テレビ番組制作会社の経営者、アイルランド人を両親にもつアメリカ人女性 「黒い鳥の唄」 ヘザー・グレアム著;風音さやか訳 ハーレクイン(MIRA文庫) 2002年11月

モウブレイ
検死局の元局長、警部補のフォーカーソンに依頼され市のごみ処理センターで発見された頭蓋の身元を調べた男 「屍肉の聖餐」 ユベール・コルバン著;佐宗鈴夫訳 集英社(集英社文庫) 2001年2月

モーガン
アメリカ国家安全保障局長官、海軍中将 「ニミッツ・クラス」 パトリック・ロビンソン著;伏見威蕃訳 角川書店(角川文庫) 2001年3月

モーガン
アメリカ国家安全保障問題担当大統領補佐官 「最新鋭原潜シーウルフ奪還 上下」 パトリック・ロビンソン著;上野元美訳 二見書房(二見文庫) 2002年5月

モーガン
アメリカ国家安全保障問題担当大統領補佐官、いまだ壮健の61歳の男 「原潜シャークの叛乱」 パトリック・ロビンソン著;山本光伸訳 二見書房(二見文庫) 2003年7月

モーガン
アメリカ国家安全保障問題担当大統領補佐官、テロリストが使用した原子力潜水艦「バラクーダ」の捜索をした海軍少将 「原潜バラクーダ奇襲」 パトリック・ロビンソン著;山本光伸訳 二見書房(二見文庫) 2005年9月

モーガン
アメリカ国家安全保障問題担当大統領補佐官、元原子力潜水艦艦長 「キロ・クラス」 パトリック・ロビンソン著;伏見威蕃訳 角川書店(角川文庫) 2002年2月

モーガン
ニューヨーク市警風俗犯罪取締班の刑事 「キャンディーランド」 エヴァン・ハンター著;エド・マクベイン著;山本博訳 早川書房(Hayakawa novels) 2001年10月

モーガン
元CIAの暗殺者、女性フォトジャーナリストのアレックス・グレアムのボディーガード 「その夜、彼女は獲物になった」 アイリス・ジョハンセン著;池田真紀子訳 ソニー・マガジンズ(ヴィレッジブックス) 2005年7月

モーガン
難破船の積荷を奪うレッカーたちの村に住む男、美しい少女メアリーのおじ 「呪われた航海」 イアン・ローレンス作;三辺律子訳 理論社 2001年9月

モーガン・ハケット
カリフォルニア州グッドマン演劇学校へ通うことが決まっている17歳の少女 「わたしが消えた夜」 ジュリー・R・ディーヴァー著;石原未奈子訳 集英社(集英社文庫) 2003年7月

モシェ
家族の捜索を私立探偵のテスに依頼したメリーランド州に住む毛皮商の男、ユダヤ教徒 「ロスト・ファミリー」 ローラ・リップマン著;吉澤康子訳 早川書房(ハヤカワ・ミステリ文庫) 2005年12月

モジョ(ムハンマド・イクバール)
女性コメディアン・ジェイミーとマネージャーのリリーの同居人でゲイの男性、地元の著名な弁護士の勘当された息子 「ストーン・ベイビー」 ジュールズ・デンビー著;古賀弥生訳 早川書房(Hayakawa pocket mystery books) 2002年8月

モース
イギリス・オックスフォードシャーのテムズバレイ警察主任警部、酒好きで独身の中年男 「死はわが隣人」 コリン・デクスター著;大庭忠男訳 早川書房(ハヤカワ・ミステリ文庫) 2001年12月

モース
オックスフォードのテムズ・バレイ警察本部捜査課の主任警部、定年を間近に控えた男 「悔恨の日」 コリン・デクスター著;大庭忠男訳 早川書房(ハヤカワ・ミステリ文庫) 2002年11月

モーズビー
アマチュア探偵ロジャー・シェリンガムと推理を競うスコットランド・ヤードの警部 「ロジャー・シェリンガムとヴェインの謎」 アントニイ・バークリー著;武藤崇恵訳 晶文社(晶文社ミステリ) 2003年4月

モーズビー
アマチュア探偵ロジャー・シェリンガムと推理を競うスコットランド・ヤードの主席警部 「絹靴下殺人事件」 アントニイ・バークリー著;富塚由美訳 晶文社(晶文社ミステリ) 2004年2月

もずび

モーズビー
スコットランドヤードの主任警部、素人探偵ロジャー・シェリンガムの捜査上のライバル 「最上階の殺人」 アントニイ・バークリー著;大沢晶訳 新樹社(Shinjusha mystery) 2001年8月

モーズリー
テキサス州の町ポートレオの治安判事、幼い頃に家族を棄てて失踪した母親を持つ男 「逃げる悪女」 ジェフ・アボット著;吉澤康子訳 早川書房(ハヤカワ・ミステリ文庫) 2005年1月

モーディカイ・グリーン
ワシントンの治安の悪い地域にある「14番ストリート法律相談所」所長、50代の巨漢の黒人 「路上の弁護士 上下」 ジョン・グリシャム著;白石朗訳 新潮社(新潮文庫) 2001年9月

モーティマー
人捜し専門の探偵・スタークの仲介人、高利貸しのラブリオーラに借りがある男 「孤独な鳥がうたうとき」 トマス・H・クック著;村松潔訳 文藝春秋 2004年11月

モート
人身被害専門の弁護士ロビーのパートナー 「囮弁護士 上下」 スコット・トゥロー著;二宮磬訳 文藝春秋(文春文庫) 2004年11月

モード・グレアム
IT企業の〈UL〉社に勤める五十代の秘書、非常に几帳面で事務処理能力に優れている有能な女性 「恋するA・I探偵」 ドナ・アンドリューズ著;島村浩子訳 早川書房(ハヤカワ・ミステリ文庫) 2005年8月

モード・リリー
ロンドンの西にある村の辺鄙な地に建つ城館・ブライア城に住む令嬢、世間知らずの女相続人 「荊の城 上・下」 サラ・ウォーターズ著;中村有希訳 東京創元社(創元推理文庫) 2004年4月

モートン・ディナースタイン(モート)
人身被害専門の弁護士ロビーのパートナー 「囮弁護士 上下」 スコット・トゥロー著;二宮磬訳 文藝春秋(文春文庫) 2004年11月

モナ・サバット
魔女崇拝者の女、不動産業者ヘレンの秘書で環境テロリスト・オイスターの恋人 「ララバイ」 チャック・パラニューク著;池田真紀子訳 早川書房 2005年3月

モナ・ドゥラ・カート
ミシシッピ州の田舎町の作家志望者サークルの一員、SM研究家の女性 「ミシシッピ・シークレット」 リジー・ハート著;安藤由紀子訳 東京創元社(創元コンテンポラリ) 2003年3月

モナ・ファレル
伯母に半ば幽閉され売春まがいの行為を強制されている姪、さして美人ではないのにやけに心を惹く女 「死ぬほどいい女」 ジム・トンプスン著;三川基好訳 扶桑社 2002年3月

モニカ・サマーズ
CIAの精鋭チーム「アクロバット」のメンバー、ブロンドヘアのスポーツウーマン 「アクロバット」 ゴンザーロ・ライラ著;鈴木恵訳 小学館 2004年6月

モニカ・サンプソン
クルーズ会社オーナー・モートンの行方不明になっている娘 「豪華客船のテロリスト」 ジェイムズ・W・;ホール著;北澤和彦訳 講談社(講談社文庫) 2004年10月

モニカ・ズットナー(ズットナー)
ウィーン警視庁殺人犯捜査課二係刑事、小柄だが黒帯初段で拳銃射撃の名手でもある新任の女性巡査部長 「小さな花―現代ウィーン・ミステリー・シリーズ」 エルンスト・ヒンターベルガー著;鈴木隆雄訳 水声社 2001年10月

モネ
画家、貧困と愛人問題の過去を引きずりながらロンドンに滞在していた老人 「霧けむる王国」 ジェイン・ジェイクマン著;長野きよみ訳 新潮社 2004年2月

モー・プレイガー(ミスター・プレイガー)
片足のきかない素人探偵、失職中のユダヤ人の元警官 「完全なる四角」 リード・ファレル・コールマン著;熊谷千寿訳 早川書房(ハヤカワ・ミステリ文庫) 2004年10月

モーラ
アメリカの実業家、元警視のメグレにニューヨークへ来てほしいと懇願した十九歳の若者 「メグレ、ニューヨークへ行く」 G.シムノン著;長島良三訳 河出書房新社(河出文庫) 2001年3月

モラート・ミクローシュ(ニコラ)
パリの広告代理店の共同経営者とファシスト勢力と戦うスパイという2つの顔を持つ男、苦みばしった風貌のハンガリー人 「影の王国」 アラン・ファースト著;黒原敏行訳 講談社(講談社文庫) 2005年8月

モリアーティ
19世紀末のロンドンに住む頭脳明晰な科学者にして犯罪界のナポレオンと評された悪党 「千里眼を持つ男」 マイケル・クーランド著;吉川正子訳 講談社(講談社文庫) 2004年6月

モリー・アバウィック
シアトルの女性実業家、発明家を支援する「アバウィック財団」の理事長 「優しい週末」 ジェイン・アン・クレンツ著;中村三千恵訳 二見書房(二見文庫) 2003年6月

モリイ・クレイン
マサチュセッツ州パラダイス警察の署員、アイルランド系カソリックで3児の母 「影に潜む」 ロバート・B.パーカー著;菊池光訳 早川書房(Hayakawa novels) 2004年3月

モーリス・ジェローム(ジェローム)
殺害された貴族の息子の家庭教師、面白みがない皮肉屋 「十六歳の闇」 アン・ペリー著;富永和子訳 集英社(集英社文庫) 2004年11月

モーリス・ジョブソン(ジョブソン)
ウェスト・ヨークシャー警察主任警視 「1980ハンター」 デイヴィッド・ピース著;酒井武志訳 早川書房(ハヤカワ・ミステリ文庫) 2002年5月

モーリス・ジョブソン(ジョブソン)
ヨークシャー州リーズ警察の主任警視、「フクロウ」のあだ名を持つ黒縁の眼鏡をかけた男 「1983ゴースト」 デイヴィッド・ピース著;酒井武志訳 早川書房(ハヤカワ・ミステリ文庫) 2004年5月

モリー・スティール
小児科医、私立探偵のサズが恋人のレズビアン 「あやつられた魂」 ステラ・ダフィ著;柿沼瑛子訳 新潮社(新潮文庫) 2003年5月

モーリス・ブランシュ(ブランシュ)
女探偵メイジー・ダブズの恩師で後援者 「夜明けのメイジー」 ジャクリーン・ウィンスピア著;長野きよみ訳 早川書房(ハヤカワ・ミステリ文庫) 2005年3月

モーリス・ブランメル
ニューヨーク市警65分署の刑事 「殺しの接吻」 ウィリアム・ゴールドマン著;酒井武志訳 早川書房(Hayakawa pocket mystery books) 2004年6月

モリソン
MIT博士号を持つ科学者、電磁波を使ったマインドコントロールを研究する男 「ネットフォース〈4〉－殲滅の周波数」 トム・クランシー著;スティーヴ・ペリー著;スティーヴ・ピチェニック著;熊谷千寿訳 角川書店(角川文庫) 2001年5月

モリソン
国家反逆罪でFBIに逮捕された合衆国陸軍准将、ドラモンド少佐と犬猿の仲の元上司「キングメーカー 上下」ブライアン・ヘイグ著;平賀秀明訳 新潮社(新潮文庫) 2004年10月

モリー・チショーム
フリージャーナリスト、ロンドン大学に遊学中のアメリカ人青年・ニックの恋人「スパイにされたスパイ」ジョゼフ・キャノン著;飯島宏訳 文藝春秋(文春文庫) 2001年6月

モリー・ピジョン
神経科クリニックの医者、国立公園の法執行レンジャー・アンナの姉「女神の島の死」ネヴァダ・バー著;松井みどり訳 小学館(Shogakukan mystery) 2003年10月

モリー・ピジョン
精神科医、国立公園の法執行レンジャーのアンナの姉「絶滅危惧種」ネヴァダ・バー著;栗原百代訳 小学館(Shogakukan mystery) 2002年11月

モリー・プライス
50年代のシドニーで小金を稼ぐ小悪党・ビリーの大戦当時からの女友だちで恋人「有り金をぶちこめ」ピーター・ドイル著;佐藤耕士訳 文藝春秋(文春文庫) 2002年12月

モリー・ラッシュ
突然夫殺しの罪で起訴された二十七歳の女性、五年半の服役を終え夫殺しの真相解明を決意した妻「殺したのは私」メアリ・H. クラーク著;深町真理子訳;安原和見訳 新潮社(新潮文庫) 2002年10月

モリー・ロールストン
民宿マンクスウェル山荘の女主人、長身で美貌の気さくな20代の女性「ねずみとり」アガサ・クリスティー著;鳴海四郎訳 早川書房(ハヤカワ文庫クリスティー文庫) 2004年3月

モーリーン
アメリカ中西部の町ブライアーヒルに暮らす主婦ダイアナのハイスクール時代の親友「春に葬られた光」ローラ・カジシュキー著;木村博江訳 ソニー・マガジンズ(ヴィレッジブックス) 2005年3月

モリン
パリに対して異常なまでの反感を抱いている地中海生まれの元営業マン「首切り」ミシェル・クレスピ著;山中芳美訳 早川書房(ハヤカワ・ミステリ文庫) 2002年7月

モーリン・デピーノ
ギャンブル狂いのジョーイの30代半ばの妻、法律事務所勤務でレスリーの幼なじみ「嘘つき男は地獄へ堕ちろ」ジェイソン;スター著;浜野;アキオ訳 ソニー・マガジンズ(ヴィレッジブックス) 2004年6月

モーリーン・マローン
NYの聖パトリック大聖堂でテロ組織の人質になったIRA(アイルランド共和国軍)の元メンバーの女性「ニューヨーク大聖堂 上下」ネルソン・デミル著;白石朗訳 講談社(講談社文庫) 2005年5月

モレリ
ニュージャージー州トレントン警察の私服刑事、「バウンティ・ハンター」ステファニー・プラムの幼なじみ「お騒がせなクリスマス」ジャネット・イヴァノヴィッチ著;細美遙子訳 扶桑社(扶桑社ミステリー) 2003年1月

モレリ
ニュージャージー州トレントン警察の私服刑事、「バウンティ・ハンター」ステファニー・プラムの幼なじみ「クリムゾン・リバー」ジャン=クリストフ・グランジェ著;平岡敦訳 東京創元社(創元推理文庫) 2001年1月

モレリ
ニュージャージー州トレントン警察の私服刑事、「バウンティ・ハンター」ステファニー・プラムの幼なじみ 「快傑ムーンはご機嫌ななめ」 ジャネット・イヴァノヴィッチ著;細美遙子訳 扶桑社(扶桑社ミステリー) 2003年2月

モレリ
ニュージャージー州トレントン警察の私服刑事、バウンティ・ハンター(賞金稼ぎ)のステファニー・プラムの幼なじみ 「やっつけ仕事で八方ふさがり」 ジャネット・イヴァノヴィッチ著;細美遙子訳 扶桑社(扶桑社ミステリー) 2003年5月

モレリ
ニュージャージー州トレントン警察の私服刑事、バウンティ・ハンター(賞金稼ぎ)のステファニー・プラムの幼なじみ 「わしの息子はろくでなし」 ジャネット・イヴァノヴィッチ著;細美遙子訳 扶桑社(扶桑社ミステリー) 2002年4月

モレル
女性探偵ヴィクが調査のために知り合ったジャーナリストの男 「ハード・タイム」 サラ・パレツキー著;山本やよい訳 早川書房(ハヤカワ・ミステリ文庫) 2004年8月

モンゴメリー・ジョーンズ(モンティー)
テキサスの大学教授、臆病だが優しい男 「テキサス・ナイトランナーズ」 ジョー・R.ランズデール著;佐々田雅子訳 文藝春秋(文春文庫) 2002年3月

モンティ
サラ・パトリックの愛犬のゴールデンレトリバー、優秀な捜索犬 「爆風」 アイリス・ジョハンセン著;池田真紀子訳 二見書房(二見文庫) 2003年2月

モンティー
テキサスの大学教授、臆病だが優しい男 「テキサス・ナイトランナーズ」 ジョー・R.ランズデール著;佐々田雅子訳 文藝春秋(文春文庫) 2002年3月

モンテル・ゴードン(ゴードン)
カリフォルニア州サンディエゴの麻薬取締局おとり捜査官 「トラフィック」 スティーブン・ギャガン著;富永和子訳 新潮社(新潮文庫) 2001年4月

モンド
スコットランド・セントアンドルーズ大学の学生、殺害された女性の第一発見者の一人 「過去からの殺意」 ヴァル・マクダーミド著;宮内もと子訳 集英社(集英社文庫) 2005年3月

モントルシ
1962年のミラノ警察捜査本部の警部、国営企業総裁の死亡事件を追う男 「イスマエルの名のもとに」 ジュゼッペ・ジェンナ著;荒瀬;ゆみこ訳 角川書店 2004年6月

【や】

姚 秀茹　やお・しぃうるぅ
中国公安庁刑事、日本の福建マフィア張猛と幼馴染み 「海怒 東京黒社会群狼記 上下」 陳放著;椙田雅美訳;宮崎真紀訳 バジリコ 2004年4月

ヤーコ
十六歳のフレックスたちにかくまわれた謎の集団に追われる若い男 「17歳の悪夢 ブラックボックス」 バルバラ・ビューヒナー著;山崎恒裕訳 ポプラ社 2003年5月

ヤーコフ
ロシア人孤児、モスクワのうらぶれたアパートで体を売っていた十一歳の少年 「僕の心臓を盗まないで」 テス・ジェリッツェン著;浅羽莢子訳 角川書店(角川文庫) 2001年1月

やこぶ

ヤーコブ・ミュンツァー（ヤーコ）
十六歳のフレックスたちにかくまわれた謎の集団に追われる若い男　「17歳の悪夢　ブラックボックス」　バルバラ・ビューヒナー著;山崎恒裕訳　ポプラ社　2003年5月

ヤコブレフ
ロシアGRUの大佐、共産主義体制の下で長年生物化学兵器の開発に携わってきた軍人　「消えた小麦〈1〉―セス・コルトンシリーズ」　エリック・ローラン著;長島良三訳　小学館　2003年11月

ヤージー
暗号通信兵、ナヴァホ語がアメリカの軍事暗号として使われたためサイパン上陸作戦に同行したアメリカ先住民・ナヴァホ族の若者　「ウインドトーカーズ」　マックス・A.コリンズ著;北沢和彦訳　新潮社（新潮文庫）　2002年8月

ヤシン
オサマ・ビンラディン亡き後のアルカイダの後継者、元経済学者　「全米無差別テロの恐怖　上・下」　カイル・ミルズ著;公手成幸訳　扶桑社（扶桑社ミステリー）　2004年6月

ヤスミン
旅回りのブルターノ・サーカスの芸人、空中ブランコ乗りをする娘　「パンプルムース氏と飛行船」　マイケル・ボンド著;木村博江訳　東京創元社（創元推理文庫）　2003年6月

ヤッセン・グレゴロヴィッチ
ロシア人の殺し屋、アレックスのMI6のスパイだった叔父を殺害した男　「女王陛下の少年スパイ!アレックス　イーグルストライク」　アンソニー・ホロヴィッツ著;森嶋マリ訳　集英社　2003年11月

ヤッセン・グレゴロヴィッチ
ロシア人の殺し屋、アレックスのMI6のスパイだった叔父を殺害した男　「女王陛下の少年スパイ!アレックス　ストームブレイカー」　アンソニー・ホロヴィッツ著;竜村風也訳　集英社　2002年8月

ヤノス・クラウダー
殺害された東欧の国のソングライター、有力者に人脈を持つ愛国歌謡作曲家　「嘆きの橋」　オレン・スタインハウアー著;村上博基訳　文藝春秋（文春文庫）　2005年1月

山岡　俊　やまおか・しゅん
信念党の党首、日本政界を裏から操ろうともくろんでいる男　「雨の影」　バリー・アイスラー著;池田真紀子訳　ソニー・マガジンズ（ヴィレッジブックス）　2004年1月

山猫　やまねこ
凄腕の傭兵、麻薬取引の世界の闇の帝王ディヴェインに雇われている男　「謀殺プログラム」　トム・クランシー著;マーティン・グリーンバーグ著;棚橋志行訳　二見書房（二見文庫）　2003年5月

ヤムヤム
ムース郡の地元紙コラムニストのジェイムズ・クィラランが飼っているシャム猫、毛並みの美しい雌猫　「猫は川辺で首をかしげる」　リリアン・J.ブラウン著;羽田詩津子訳　早川書房（ハヤカワ・ミステリ文庫）　2004年2月

ヤムヤム
もと新聞記者・クィラランの飼い猫、小柄で柔和なかわいらしいシャム猫　「猫はコインを貯める」　リリアン・J.ブラウン著;羽田詩津子訳　早川書房（ハヤカワ・ミステリ文庫）　2002年12月

ヤムヤム
もと新聞記者・クィラランの飼い猫、小柄で柔和なかわいらしいシャム猫　「猫は火事場にかけつける」　リリアン・J.ブラウン著;羽田詩津子訳　早川書房（ハヤカワ・ミステリ文庫）　2003年6月

ヤムヤム
もと新聞記者・クィラランの飼い猫、小柄で柔和なかわいらしいシャム猫 「猫は流れ星を見る」 リリアン・J・ブラウン著;羽田詩津子訳 早川書房(ハヤカワ・ミステリ文庫) 2002年6月

ヤムヤム
億万長者クィラランの飼い猫、小さなシャム猫 「猫は郵便配達をする」 リリアン・J・ブラウン著;羽田詩津子訳 早川書房(ハヤカワ・ミステリ文庫) 2002年1月

ヤムヤム
元新聞記者で「ムース郡なんとか」紙のコラムニスト・クィラランが飼っている甘えん坊の小柄な雌猫 「猫は日記をつける」 リリアン・J・ブラウン著;羽田詩津子訳 早川書房(ハヤカワ・ミステリ文庫) 2005年7月

矢村警部　やむらけいぶ
在日最大蛇頭「福竜社」の幫主、名前は通称で正体不明 「海怒 東京黒社会群狼記 上下」 陳放著;椙田雅美訳;宮崎真紀訳 バジリコ 2004年4月

ヤローム
ロサンゼルス郊外に住むダイヤモンド・ディーラー、ユダヤ人 「逃れの町」 フェイ・ケラーマン著;高橋恭美子訳 東京創元社(創元推理文庫) 2005年9月

ヤン
成年障害者山岳レジャーセンターで訓練士として働いている男 「雪の死神」 ブリジット・オベール著;香川由利子訳 早川書房(ハヤカワ・ミステリ文庫) 2002年2月

ヤン・アンデルスフート
詩人、パプアニューギニアに住む南アフリカ人 「密林・生存の掟」 アラン・ディーン・フォスター著;中原尚哉訳 扶桑社(扶桑社ミステリー) 2003年5月

ヤンハズバンド
豪華客船メガノート号に乗り合わせて事件に遭遇した出張中の若者 「海のオベリスト」 C.デイリー・キング著;横山啓明訳 原書房(ヴィンテージ・ミステリ・シリーズ) 2004年9月

【ゆ】

ユーアン
ロンドン警視庁キャフェリー警部の27年前に失踪した兄 「悪鬼(トロール)の檻」 モー・ヘイダー著;小林宏明訳 角川春樹事務所(ハルキ文庫) 2003年7月

ユーグ・ド・ルカ
11世紀の南フランスで宿屋を営む元旅芸人 「黒十字の騎士」 ジェイムズ・パタースン著;アンドリュー・グロス著 ソニー・マガジンズ(ビレッジブックス) 2004年4月

ユージニア・スウィフト
「リーブルック・ガラス博物館」の館長、私立探偵のサイラスと変死した資産家のコレクターについて調査することになった女性 「ガラスのかけらたち」 ジェイン・アン・クレンツ著;中西和美訳 二見書房(二見文庫) 2004年12月

ユージーン・シュミッツ(シュミッツ)
サンフランシスコ市長 「激震」 ジェイムズ・ダレッサンドロ著;菊地;よしみ訳 早川書房(Hayakawa novels) 2004年7月

ユスフ・ハリファ
ルクソール警察警部、盗堀品売りの男が殺された事件を追った男 「カンビュセス王の秘宝 上下」 ポール・サスマン著;篠原慎訳 角川書店(角川文庫) 2003年2月

ユーディト・メネズ
イスラエルで遺跡発掘をしている発掘団協力員、20歳のユダヤ人女性 「イエスのビデオ 上下」 アンドレアス・エシュバッハ著;平井吉夫訳　早川書房(ハヤカワ文庫NV)　2003年2月

ユヴィッツア・グリーン
CIAの精鋭チーム「アクロバット」のメンバー、作戦任務のための現金や武器などなんでも入手する調達のプロ 「アクロバット」 ゴンザーロ・ライラ著;鈴木恵訳　小学館　2004年6月

ユーラ・コロトコフ(コロトコフ)
モスクワ市内務総局犯罪捜査局部長の通称「丸パン」の部下、女性捜査官アナスタシヤのよき相棒 「無限の殺意 分析官アナスタシヤ・シリーズ②」 アレクサンドラ・マリーニナ著;佐々洋子訳　光文社(光文社文庫)　2003年10月

ユルゲン・レンツ(レンツ)
ウィーン最高の富豪で<レンツ財団>の会長、50代の内科医 「シグマ最終指令 上下」 ロバート・ラドラム著;山本光伸訳　新潮社(新潮文庫)　2002年11月

ユン
17世紀ヴェトナムの大公・ビュイの王子、マンダリンと呼ばれる高級官僚のタンの同級生 「王子の亡霊——マンダリン・タンの冒険と推理」 トランニュット著;岡元,麻理恵訳　集英社　2004年6月

ユン・スミ
韓国の女性アナウンサー、MBCラジオのベテランDJ 「二重スパイ」 具本韓著;秋那訳　新潮社(新潮文庫)　2003年5月

【よ】

ヨアヒム・ベーハイム
15世紀末のイタリアで商売する馬商人でボヘミアの豪商の息子、並外れた美貌の40歳ぐらいの男 「レオナルドのユダ」 レオ・ペルッツ著;鈴木芳子訳　エディションq　2001年7月

ヨーギ
ロシアの犯罪組織「アナーキー99」のリーダー 「トリプルX」 リッチ・ウィルクス脚本;メル・オドム著;富永和子訳　角川書店(角川文庫)　2002年9月

ヨークシャー・リッパー(リッパー)
イングランドのプレストンで13人目の犠牲者を出した連続殺人鬼 「1980ハンター」 デイヴィッド・ピース著;酒井武志訳　早川書房(ハヤカワ・ミステリ文庫)　2002年5月

ヨークシャー・リッパー(リッパー)
ウェスト・ヨークシャーの連続殺人鬼 「1977リッパー」 デイヴィッド・ピース著;酒井武志訳　早川書房(ハヤカワ・ミステリ文庫)　2001年9月

吉田 吾郎　よしだ・ごろう
私兵団とともに択捉に潜伏する国粋主義者の男、あだ名は「闇将軍」 「007/赤い刺青(いれずみ)の男」 レイモンド・ベンスン著;小林浩子訳　早川書房(Hayakawa pocket mystery books)　2003年10月

ヨナ・ヘイル
弁護士ポールの依頼人、宝くじを当て大金持ちになった元工場労働者の男 「弁護人 上下」 S・マルティニ著;斉藤伯好訳　講談社(講談社文庫)　2002年11月

ヨンシン
徴兵された青年ジンテの許婚、3人の弟妹とソウルで暮らしていた娘 「ブラザーフッド」 カン・ジェギュ著;上之二郎ノベライズ　集英社(集英社文庫)　2004年5月

ヨン チェウン　よんちぇうん
金庫破りのペク・トンホの弟子であり恋人、テコンドーの有段者 「シルミド」 白東虎著;鄭銀淑訳　幻冬舎　2004年5月

ヨンミ
耳の聞こえない内気な少年リュの恋人 「復讐者に憐れみを」 パクチャヌク原作;イムヨン原作　竹書房(竹書房文庫)　2005年4月

【ら】

ライ
プロのトランスポーター・フランクの依頼品の中にいた謎の中国人美女 「トランスポーター」 リュック・ベッソン著;ロバート・マーク・ケイメン著;小島由記子訳　角川書店(角川文庫)　2003年1月

ライアン
CIAに入局したてでイギリスのSISに修行に出された駆け出しの32歳の情報分析官 「教皇暗殺 1・2・3・4」 トム・クランシー著;田村源二訳　新潮社(新潮文庫)　2004年4月

ライアン
ケベック州警察殺人課の警部、型破りな刑事 「既死感上下」 キャスリーン・レイクス著;山本やよい訳　角川書店(角川文庫)　2001年1月

ライアン
ニューヨークのアンティークショップ店員キャロラインの11歳の息子 「ミッドナイト・ボイス」 ジョン;ソール著;野村;芳夫訳　ソニー・マガジンズ(ヴィレッジブックス)　2004年3月

ライアン
誘拐された高校教師ジェシカからの突然の電話に出た22歳の青年 「セルラー」 ラリー・コーエン原案;クリス・モーガン脚本;真田おいる訳　メディアファクトリー(洋画文庫)　2005年2月

ライアン・ケリー(ケリー)
オヘア空港TRACONの航空管制官の男 「航空管制室 上下」 ポール・マックエルロイ著;熊谷千寿訳　早川書房(ハヤカワ文庫NV)　2002年2月

ライアン・ダフィ
コロラド州の田舎町の病院で働く外科医、病死した父親の遺産を手にした35歳の医師 「汚れた遺産」 ジェイムズ・グリッパンド著;白石;朗訳　小学館(小学館文庫)　2003年11月

ライアン・フィーニー(フィーニー)
ニューヨーク市警電子探査課の警部、警部補イヴ・ダラスの友人で元相棒 「カサンドラの挑戦」 J.D.ロブ著;青木悦子訳　ソニー・マガジンズ(ヴィレッジブックス)　2005年6月

ライアン・フィーニー(フィーニー)
ニューヨーク市警電子探査課の警部、警部補イヴ・ダラスの友人で元相棒 「この悪夢が消えるまで」 J.D.ロブ著;青木悦子訳　ソニー・マガジンズ(ヴィレッジブックス)　2002年12月

ライアン・フィーニー(フィーニー)
ニューヨーク市警電子探査課の警部、警部補イヴ・ダラスの友人で元相棒 「ラストシーンは殺意とともに」 J.D.ロブ著;小林浩子訳　ソニー・マガジンズ(ヴィレッジブックス)　2005年11月

ライアン・フィーニー(フィーニー)
ニューヨーク市警電子探査課の警部、警部補イヴ・ダラスの友人で元相棒 「雨のなかの待ち人」 J.D.ロブ著;小林浩子訳　ソニー・マガジンズ(ヴィレッジブックス)　2003年5月

らいあ

ライアン・フィーニー（フィーニー）
ニューヨーク市警電子探査課の警部、警部補イヴ・ダラスの友人で元相棒　「死にゆく者の微笑」J.D.ロブ著;青木悦子訳　ソニー・マガジンズ（ヴィレッジブックス）　2004年2月

ライアン・フィーニー（フィーニー）
ニューヨーク市警電子探査課の警部、警部補イヴ・ダラスの友人で元相棒　「白衣の神のつぶやき」J.D.ロブ著;中谷ハルナ訳　ソニー・マガジンズ（ヴィレッジブックス）　2005年4月

ライアン・フィーニー（フィーニー）
ニューヨーク市警電子探査課の警部、警部補イヴ・ダラスの友人で元相棒　「不死の花の香り」J.D.ロブ著;青木悦子訳　ソニー・マガジンズ（ヴィレッジブックス）　2003年9月

ライアン・フィーニー（フィーニー）
ニューヨーク市警電子探査課の警部、警部補イヴ・ダラスの友人で元相棒　「魔女が目覚める夕べ」J.D.ロブ著;小林浩子訳　ソニー・マガジンズ（ヴィレッジブックス）　2004年6月

ライアン・ボルダーリ
ニューヨークで画廊を経営するイタリア人の男、美術品専門の泥棒　「盗まれた恋心　上下」　ノーラ・ロバーツ著;芹沢,恵訳　扶桑社（扶桑社ロマンス）　2004年9月

ライオネル・ベアード
ニューヨーク市警の鑑識カメラマン・アマンダの父親、ウォール街の帝王　「ヒロインは眠らない　上下」ドリス・モートマン著;栗木さつき訳　二見書房（二見文庫）　2004年1月

ライカー
ニューヨーク市警のベテラン巡査部長、女性刑事キャシー・マロリーの相棒　「アマンダの影」キャロル・オコンネル著;務台夏子訳　東京創元社（創元推理文庫）　2001年6月

ライカー
ニューヨーク市警のベテラン巡査部長、女性刑事キャシー・マロリーの相棒　「死のオブジェ」キャロル・オコンネル著;務台夏子訳　東京創元社（創元推理文庫）　2001年8月

ライカー
ニューヨーク市警のベテラン巡査部長、女性刑事キャシー・マロリーの相棒　「天使の帰郷」　キャロル・オコンネル著;務台夏子訳　東京創元社（創元推理文庫）　2003年2月

ライカー
ニューヨーク市警のベテラン巡査部長、女性刑事キャシー・マロリーの相棒　「氷の天使」　キャロル・オコンネル著;務台夏子訳　東京創元社（創元推理文庫）　2001年5月

ライカー
ニューヨーク市警のベテラン巡査部長、女性刑事キャシー・マロリーの相棒　「魔術師の夜　上下」キャロル・オコンネル著;務台夏子訳　東京創元社（創元推理文庫）　2005年12月

ライザ・シェリダン
ラスヴェガスの複合娯楽施設『ゴールデン・フリース』の王号担当学芸員、古代の宝飾品を専門とする女性コンサルタント　「禁じられた黄金」エリザベス・ローウェル著;高田恵子訳　ソニー・マガジンズ（ヴィレッジブックス）　2003年7月

ライザ・スクーフ
私立探偵ブリジット・ローガンの2歳年下の友人、元麻薬中毒者　「耽溺者（ジャンキー）」グレッグ・ルッカ著;古沢嘉通訳　講談社（講談社文庫）　2005年2月

ライザ・ロメロ
アラスカの海でスクーナー船を操り移動図書館をしている女船長、タフで自立した女性　「裏切りの色」　マーシャ・シンプスン著;堀内静子訳　早川書房（ハヤカワ・ミステリ文庫）　2001年11月

ライス
新種の生物兵器を開発した邪悪な科学者 「トゥームレイダー2」 デイヴ・スターン著;富永和子訳 徳間書店(徳間文庫) 2003年9月

ライダー
ハリウッド署の女刑事、上司ボッシュの相棒 「堕天使は地獄へ飛ぶ」 マイクル・コナリー著;古沢嘉通訳 扶桑社 2001年9月

ライダー
ロサンジェルス市警強盗殺人課刑事、刑事ハリー・ボッシュの元部下 「シティ・オブ・ボーンズ」 マイクル・コナリー著;古沢嘉通訳 早川書房(ハヤカワ・ミステリ文庫) 2005年2月

ライダー
ロサンジェルス市警強盗殺人課刑事、刑事ハリー・ボッシュの元部下 「シティ・オブ・ボーンズ」 マイクル・コナリー著;古沢嘉通訳 早川書房(Hayakawa novels) 2002年12月

ライドナー博士　らいどなーはくし
スウェーデン系アメリカ人の考古学者、イラクの古代遺跡の調査隊長 「メソポタミヤの殺人」 アガサ・クリスティー著;石田善彦訳 早川書房(ハヤカワ文庫クリスティー文庫) 2003年12月

ライナス・クラーク
アメリカ海軍原子力潜水艦〈シーウルフ〉副長、34歳のアメリカ海軍少佐 「最新鋭原潜シーウルフ奪還 上下」 パトリック・ロビンソン著;上野元美訳 二見書房(二見文庫) 2002年5月

ライ・ポマーナ
短編小説コンテストの共催者である中部ヨークシャー州立図書館の司書、魅力的な女性 「死者との対話」 レジナルド・ヒル著;秋津知子訳 早川書房 (Hayakawa pocket mystery books) 2003年9月

ライム
科学捜査専門家、元ニューヨーク市警科学捜査部長 「エンプティー・チェア―リンカーン・ライムシリーズ〈3〉」 ジェフリー・ディーヴァー著;池田真紀子訳 文藝春秋 2001年1月

ライム
捜査中の事故で四肢麻痺となった天才的科学捜査専門家、元ニューヨーク市警科学捜査部長で現顧問 「コフィン・ダンサー 上・下」 ジェフリー・ディーヴァー著;池田真紀子訳 文藝春秋(文春文庫) 2004年10月

ライム
捜査中の事故で四肢麻痺となった天才的科学捜査専門家、元ニューヨーク市警科学捜査部長で現顧問 「ボーン・コレクター 上・下」 ジェフリー・ディーヴァー著;池田真紀子訳 文藝春秋(文春文庫) 2003年5月

ライム
捜査中の事故で四肢麻痺となった天才的科学捜査専門家、元ニューヨーク市警科学捜査部長で現顧問 「石の猿―「リンカーン・ライム」シリーズ [4]」 ジェフリー・ディーヴァー著;池田真紀子訳 文藝春秋 2003年5月

ライム
捜査中の事故で四肢麻痺となった天才的科学捜査専門家、元ニューヨーク市警科学捜査部長で現顧問 「魔術師(イリュージョニスト)―「リンカーン・ライム」シリーズ [5]」 ジェフリー・ディーヴァー著;池田真紀子訳 文藝春秋 2004年10月

ライラ・カトラー
故郷を出ていったロイがかつて将来結婚を約束していた地元の娘 「蜘蛛の巣のなかへ」 トマス・H・クック著;村松潔訳 文藝春秋(文春文庫) 2005年9月

ライリー
国際規模の警備会社の社員、元米軍特殊部隊の下士官だった男 「機密基地」 ボブ・メイヤー著;鎌田三平訳　二見書房(二見文庫) 2003年2月

ライリー
殺人事件の容疑者となった銀行員マーティーに雇われた男性弁護士、元検察官 「覗く。上下」 デイヴィッド・エリス著;中津悠訳　講談社(講談社文庫) 2003年3月

ライリー・マッケンナ
オハイオ州コロンバスのマッケンナ探偵社のパートナー、オーナーのゲイブのいとこで32歳の探偵 「ファーストウーマン」 ジェニファー・クルージー著;葉月陽子訳　二見書房(二見文庫) 2003年7月

ライル・ケントン(イファセン)
ニューヨーク・アストリア地区に住み霊界と交信できるという霊能者 「始末屋ジャック幽霊屋敷の秘密 上下」 F.ポール・ウィルスン著;大瀧啓裕訳　扶桑社(扶桑社ミステリー) 2005年10月

ライル・ソニエ
石油会社の経営者のウェルドン・ソニエの弟、いかがわしいテレビ伝道師 「過去が我らを呪う」 ジェイムズ・リー・バーク著;鈴木恵訳　角川書店(角川文庫) 2001年1月

ラインハルト・エルンスト(エルンスト)
ドイツ国内安定担当全権委員、殺し屋ポール・シューマンの標的 「獣たちの庭園」 ジェフリー・ディーヴァー著;土屋晃訳　文藝春秋(文春文庫) 2005年9月

ラウス
ベストセラー作家・ルーシーが講演をすることになった女子体育大学の実技が得意で筆記が苦手な二年生 「裁かれる花園」 ジョセフィン・テイ著;中島なすか訳　論創社(論創海外ミステリ) 2005年2月

ラウドン・ドッド
アメリカ出身の裕福な商売人の息子、19世紀にイギリスの商業学校からパリへ美術留学した青年 「難破船」 ロバート・ルイス・スティーヴンスン著;ロイド・オズボーン著;駒月雅子訳　早川書房(Hayakawa pocket mystery books) 2005年6月

ラウール・アヴィラ
マンハッタンのマンションの「パニック・ルーム」で暮らしていたメグとサラの母娘を襲った三人の泥棒の一人、ドラッグの売人 「パニック・ルーム」 ジェームズ・エリソン著;柳下毅一郎訳　ソニー・マガジンズ(ヴィレッジブックス) 2002年3月

ラウール・ダベルニー(アルセーヌ・ルパン)
フランスの国民的怪盗アルセーヌ・ルパンが偽名をつかって変装した田舎の小貴族 「カリオストロの復讐」 モーリス・ルブラン作;長島良三訳　偕成社(偕成社文庫) 2005年9月

ラウール・ダンドレジー
デティク男爵の一人娘のクラリスの恋人、20歳の青年 「カリオストロ伯爵夫人」 モーリス・ルブラン著;平岡敦訳　早川書房(ハヤカワ・ミステリ文庫) 2005年8月

ラウール・ダンドレジー(アルセーヌ・ルパン)
19世紀のフランスで中世の財宝をめぐる抗争に巻きこまれた20歳の平民出身の青年 「カリオストロ伯爵夫人」 モーリス・ルブラン作;竹西英夫訳　偕成社(偕成社文庫) 2005年9月

ラウレンツ・ブライトマイアー(ブライトマイアー)
三流大衆新聞のカメラマン、ウィーン在住の天涯孤独の青年 「消えた心臓―現代ウィーン・ミステリー・シリーズ」 ユルゲン・ベンヴェヌーティ著;唐沢徹訳　水声社 2001年10月

ラグス
パプアニューギニアの現地人、筋肉隆々で若いとも年寄りともつかない顔をした男 「密林・生存の掟」 アラン・ディーン・フォスター著;中原尚哉訳 扶桑社(扶桑社ミステリー) 2003年5月

ラグナロク・ステナマー(ラグス)
パプアニューギニアの現地人、筋肉隆々で若いとも年寄りともつかない顔をした男 「密林・生存の掟」 アラン・ディーン・フォスター著;中原尚哉訳 扶桑社(扶桑社ミステリー) 2003年5月

ラーク・マクラレン
超人気作家シャンデリアの管理補佐、控え目な若い女性 「最終章」 スティーヴン・グリーンリーフ著;黒原敏行訳 早川書房(Hayakawa pocket mystery books) 2002年4月

ラザーロ・キャンベル
アメリカの諜報員、ラテン系の顔立ちでたくましい体つきの男 「北朝鮮最終決戦 上下」 ハンフリー・ホークスリー著;棚橋志行訳 二見書房(二見文庫) 2005年5月

ラジ
プロモーション会社の共同経営者、女性歌手リンダ・ムーンのマネージャー 「ビー・クール」 エルモア・レナード著;高見浩訳 小学館(小学館文庫) 2005年9月

ラズ
弁護士、親友のマーティーと慈善団体である児童財団にくわわった男性 「覗く。上下」 デイヴィッド・エリス著;中津悠訳 講談社(講談社文庫) 2003年3月

ラスチェロ
アメリカの原子力潜水艦「タルサ」の航海長 「原潜を救助せよ」 ジェイムズ・フランシス著;村上和久訳 二見書房(二見文庫) 2003年11月

ラスティ
英国特殊工作部欧州課の中尉、ヒトラーの暗殺を命じられ単身でヒトラーの山荘近くの村に潜入した男 「鷲の巣を撃て」 マリ・デイヴィス著;真野明裕訳 二見書房(二見文庫) 2004年6月

ラスティー
いかさまトランプ師、カリスマ窃盗犯のダニー・オーシャンの相棒 「オーシャンズ11」 デュウィ・グラム著;安原和見訳 新潮社(新潮文庫) 2002年1月

ラスボーン
イギリスのブルーフィールド村から夫婦で行方不明になった夫 「骨と髪」 レオ・ブルース著;小林晋訳 原書房(ヴィンテージ・ミステリ・シリーズ) 2005年9月

ラスボーン夫人(アン・ラスボーン)　らすぼーんふじん(あんらすぼーん)
イギリスのブルーフィールド村から夫婦で行方不明になった妻、チョーク夫人の従妹 「骨と髪」 レオ・ブルース著;小林晋訳 原書房(ヴィンテージ・ミステリ・シリーズ) 2005年9月

ラッキー
アメリカ合衆国海軍特殊部隊シールに所属する海軍大尉 「希望への旅人」 スーザン・ブロックマン作;安倍杏子訳 ハーレクイン(シルエット・ラブストリーム) 2001年5月

ラッキー(ルーク・オドンロン)
米海軍特殊部隊SEAL所属の将校、愛称で「ラッキー」と呼ばれている男 「ラッキーをつかまえろ」 スーザン・ブロックマン作;長田乃莉子訳 ハーレクイン(シルエット・ラブストリーム) 2001年6月

ラッキー・ロブデル
オレンジ郡保安官事務所殺人課部長刑事、刑事ニック・ベッカーの相棒 「カリフォルニア・ガール」 T.ジェファーソン・パーカー著;七搦理美子訳 早川書房(Hayakawa novels) 2005年10月

ラッセル
ニューヨーク市警察本部長、容疑者に拳銃を奪われたマディガン刑事の上司 「刑事マディガン」 リチャード・ドハティー著;真崎義博訳　早川書房（Hayakawa pocket mystery books）2003年11月

ラッセル・オア
CIAの精鋭チーム「アクロバット」のメンバー、空軍出身で慎重な行動に徹する戦略的プランナー 「アクロバット」 ゴンザーロ・ライラ著;鈴木恵訳　小学館　2004年6月

ラッド・メイソン
知的で上品な風貌の資産家 「黒い天使」 コーネル・ウールリッチ著;黒原敏行訳　早川書房（ハヤカワ・ミステリ文庫）2005年2月

ラップ
CIAの隠密組織オリオン・チームのメンバー、鉄人と呼ばれる凄腕の殺し屋 「強権国家」 ヴィンス・フリン著;結城山和夫訳　二見書房（二見文庫）2003年3月

ラップ
CIAの隠密組織オリオン・チームのメンバー、鉄人と呼ばれる凄腕の殺し屋 「謀略国家」 ヴィンス・フリン著;結城山和夫訳　二見書房（二見文庫）2002年11月

ラッフルズ
スポーツマンシップにのっとり盗みをはたらくアマチュア泥棒紳士、上流階級出身でクリケットの名手 「またまた二人で泥棒を」 E.W.ホーナング著;藤松忠夫訳　論創社（論創海外ミステリ）2005年1月

ラッフルズ
スポーツマンシップにのっとり盗みをはたらくアマチュア泥棒紳士、上流階級出身でクリケットの名手 「最後に二人で泥棒を」 E.W.ホーナング著;藤松忠夫訳　論創社（論創海外ミステリ）2005年3月

ラッフルズ
スポーツマンシップにのっとり盗みをはたらくアマチュア泥棒紳士、上流階級出身でクリケットの名手 「二人で泥棒を—ラッフルズとバニー」 E.W.ホーナング著;藤松忠夫訳　論創社（論創海外ミステリ）2004年11月

ラ・トゥーシュ
ロンドンの有名な私立探偵、国際的事件を専門とする地味な外見の男 「樽」 F.W.クロフツ著;加賀山卓朗訳　早川書房（ハヤカワ・ミステリ文庫）2005年1月

ラドキン
ウェスト・ヨークシャーのミルガース署警部 「1977リッパー」 デイヴィッド・ピース著;酒井武志訳　早川書房（ハヤカワ・ミステリ文庫）2001年9月

ラドブーカ
ナチの収容所の生き残りだとテレビで主張した男、セラピストのリーアの患者 「ビター・メモリー」 サラ・パレツキー著;山本やよい訳　早川書房（Hayakawa novels）2002年12月

ラトリッジ
イギリス・コーンウォールに派遣されたロンドン警視庁の警部 「炎の翼」 チャールズ・トッド著;山本やよい訳　扶桑社（扶桑社ミステリー）2001年1月

ラドルファス
シュルーズベリ大修道院の院長、厳格で静かな威厳のある男 「聖ペテロ祭殺人事件」 エリス・ピーターズ著;大出健訳　光文社（光文社文庫）2003年7月

ラドルファス
シュルーズベリ大修道院の院長、厳格で静かな威厳のある男 「陶工の畑」 エリス・ピーターズ著;大出健訳　光文社（光文社文庫）2005年9月

ラナ
1950年代のニューヨーク州で作られた少女ギャング団「フォックスファイア」のメンバー、斜視でいじめられていた13歳の少女 「フォックスファイア」 ジョイス・キャロル・オーツ著;井伊順彦訳　DHC　2002年7月

ラナ・ウィシュニア
ボルチモアでネイリストをしている女性、子供を連れて家出をしたナタリーの友人 「ロスト・ファミリー」 ローラ・リップマン著;吉澤康子訳　早川書房（ハヤカワ・ミステリ文庫）2005年12月

ラニアー
ロサンゼルスのクレンショー地区の公民館に勤める男性、日系二世のフランクの遺書に名が記されていたカーティスのいとこ 「ある日系人の肖像」 ニーナ・ルヴォワル著;本間有訳　扶桑社（扶桑社ミステリー）　2005年8月

ラニオン
医師、ジキル博士とアタスン弁護士の共通の知人 「ジキル博士とハイド氏」 ロバート・ルイス・スティーヴンスン著;夏来健次訳　東京創元社（創元推理文庫）2001年8月

ラヌルフ・レイヴン
非常に多くの作品を遺した十九世紀の流行作家 「アプルビイズ・エンド」 マイケル・イネス著;鬼頭玲子訳　論創社（論創海外ミステリ）　2005年9月

ラビ・ベン・ユダ
イエスこそメシアだと発表したイスラエルの40代のラビ、行方不明の学者 「ニコライ―レフトビハインド〈3〉」 ティム・ラヘイ著;ジェリー・ジェンキンズ著;松本和子訳　いのちのことば社フォレストブックス　2003年1月

ラビ・ラシュード
赤子のときにイランからロンドンに渡った北ロンドンの名家の子息、イギリス陸軍特殊空挺部隊の少佐 「原潜バラクーダ奇襲」 パトリック・ロビンソン著;山本光伸訳　二見書房（二見文庫）　2005年9月

ラブ
米空軍ハイテクノロジー航空宇宙兵器センター大尉、同センター司令官・バスチャンの娘で少佐・ジェフの妻 「幻影のエアフォース」 デイル・ブラウン著;上野元美訳　二見書房（二見文庫）　2005年2月

ラファエラ・ホランド
「ボストン・トリビューン」紙の有能な事件記者、直情径行で気の強い20代半ばの美人 「カリブより愛をこめて」 キャサリン・コールター著;林啓恵訳　二見書房（二見文庫）　2005年2月

ラファグル
フランス人整形外科医、精神病院に入院中の娘ヴィヴィアーヌの父 「蜘蛛の微笑」 ティエリー・ジョンケ著;平岡敦訳　早川書房（ハヤカワ・ミステリ文庫）2004年6月

ラファティ
殺人課刑事、心臓医・フェニモアの学生時代からの親友 「フェニモア先生、墓を掘る」 ロビン・ハサウェイ著;坂口玲子訳　早川書房（ハヤカワ・ミステリ文庫）2001年5月

ラファティ
殺人課刑事、心臓医・フェニモアの学生時代からの親友 「フェニモア先生、宝に出くわす」 ロビン・ハサウェイ著;坂口玲子訳　早川書房（ハヤカワ・ミステリ文庫）2003年7月

ラフィール氏　らふぃーるし
西インド諸島ゴールデン・パーム・ホテルの長期滞在者、裕福な病身の老人 「カリブ海の秘密」 アガサ・クリスティー著;永井淳訳　早川書房（ハヤカワ文庫クリスティー文庫）2003年12月

らふい

ラフィール氏（ジェースン・ラフィール）　らふぃーるし（じぇーすんらふぃーる）
西インド諸島でミス・マープルと知り合った裕福な老人、故人　「復讐の女神」　アガサ・クリスティー著;乾信一郎訳　早川書房（ハヤカワ文庫クリスティー文庫）　2004年1月

ラブジョイ
英領ジブラルタルに駐留する英国陸軍砲兵隊の砲兵、サル担当士官ティモシー・ベイリー大尉の部下　「われらが英雄スクラッフィ」　ポール・ギャリコ著;山田蘭訳　東京創元社（創元推理文庫）　2002年11月

ラブジョイ砲兵　らぶじょいほうへい
英国陸軍砲兵隊サル担当士官・ベイリー大尉の部下　「われらが英雄スクラッフィ」　ポール・ギャリコ著;山田蘭訳　東京創元社（創元推理文庫）　2002年11月

ラブリオーラ
元歌手セーラの義父、高利貸しの男　「孤独な鳥がうたうとき」　トマス・H・クック著;村松潔訳　文藝春秋　2004年11月

ラベッロ
ニューヨークマフィアのトップ、裏社会の有力者　「逃げる男」　シドニィ・シェルダン著;天馬竜行訳　アカデミー出版　2003年11月

ラベッロ
ニューヨークマフィアのトップ、裏社会の有力者　「逃げる男」　シドニィ・シェルダン著;天馬竜行訳　アカデミー出版　2005年5月

ラーマ
代々暗殺者の技能を磨いてきた少数部族アッカド人の一人、誇り高き暗殺者・マサイアスの兄弟　「スコーピオン・キング」　マックス・アラン・コリンズ著;小田川佳子訳　角川書店（角川文庫）　2002年5月

ラマー・コールスン
ヒューストンの黒人少年連続誘拐・惨殺犯に誘拐された黒人少年　「肩の上の死神」　ロバート・ウォーカー著;岡田葉子訳　扶桑社（扶桑社ミステリー）　2001年4月

ラ・マテコニ
〈トロクェン・ロード・スピーディ・モーターズ〉の経営者、女性探偵マ・ラモツエの婚約者　「キリンの涙―ミス・ラモツエの事件簿〈2〉」　アレグザンダー・マコール;スミス著;小林;浩子訳　ソニー・マガジンズ（ヴィレッジブックス）　2004年8月

ラーマン
インドネシア大統領、国内の中国系インドネシア人に対し残虐な行為を続けている独裁者　「奪還」　マイケル・デイ著;松本剛史訳　ソニー・マガジンズ（ヴィレッジブックス）　2005年4月

ラムジー
ロサンゼルス近郊の豪邸に住む俳優、殺害された女性の元夫　「イノセンス 上下」　ジョナサン・ケラーマン著;北沢和彦訳　講談社（講談社文庫）　2001年7月

ラムジー・カーティス
元アメリカ空軍大将、圧倒的な威圧感と存在感をもつ男　「合衆国復活の日 上下」　ブレンダン・デュボイズ著;野口百合子訳　扶桑社（扶桑社ミステリー）　2002年8月

ラム・シャントラ
フリージャーナリストのロザリンドの旧友、ボンベイに音響スタジオをもつSFX技術者の男性　「ボンベイ・アイス」　レスリー・フォーブス著;池田真紀子訳　角川書店　2003年8月

ラモン・ボリバル（ボリバル将軍）　らもんぼりばる（ぼりばるしょうぐん）
南米の小国アマドールの残酷な独裁者、色黒の小男　「億万ドルの舞台」　シドニィ・シェルダン作;天馬竜行訳　アカデミー出版　2004年9月

ララ・クィン
運び屋・サイモンの妹、兄の仕事のアシスタントをした三十二歳の女性 「運び屋を追え」 ジェイ・マクラーティ著;山本光伸訳 二見書房(二見文庫) 2004年4月

ララ・クロフト
タフで美人のトレジャーハンター 「トゥームレイダー」 デイヴ・スターン著;富永和子訳 徳間書店(徳間文庫) 2001年9月

ララ・クロフト
タフで美人のトレジャーハンター 「トゥームレイダー2」 デイヴ・スターン著;富永和子訳 徳間書店(徳間文庫) 2003年9月

ラーラ・トルドー
フロリダ州の美人ダンサー、社交ダンスの競技会で数々の優勝歴を持つ38歳の女性 「エターナル・ダンス」 ヘザー・グレアム著;風音さやか訳 ハーレクイン(MIRA文庫) 2005年10月

ラーラ・ノウルズ
新人記者のジェイクと精神を病んでしまったアンドリューの元同窓生 「詩神たちの館」 デイヴィッド・チャクルースキー著;立石光子訳 早川書房 2002年7月

ラリー
ノンフィクション・ライターのジョージのもとに現われた謎の訪問者 「偶然のラビリンス」 デイヴィッド・アンブローズ著;鎌田三平訳 ソニー・マガジンズ(ヴィレッジブックス) 2005年9月

ラリー・アンダーウッド
ウィルスにより死滅したアメリカの生存者、ニューヨーク州出身のロックシンガー 「ザ・スタンド 2」 スティーヴン・キング著;深町眞理子訳 文藝春秋(文春文庫) 2004年5月

ラリー・アンダーウッド
死滅したアメリカの生存者たちが築いた〈フリーゾーン〉の住民、元ロックシンガー 「ザ・スタンド 4」 スティーヴン・キング著;深町眞理子訳 文藝春秋(文春文庫) 2004年7月

ラリー・アンダーウッド
死滅したアメリカの生存者たちが築いた〈フリーゾーン〉の住民、元ロックシンガー 「ザ・スタンド 5」 スティーヴン・キング著;深町眞理子訳 文藝春秋(文春文庫) 2004年8月

ラリー・アンダーウッド
自作の曲が突然ヒットし仕事と生活が一変したニューヨーク州出身のロックシンガー 「ザ・スタンド 1」 スティーヴン・キング著;深町眞理子訳 文藝春秋(文春文庫) 2004年4月

ラリー・エメリー(エメリー) らりーえめりー(えめりー)
ミネソタ州マストン郡の保安官、屈強な男 「真実への銃声 上下」 チャック・ローガン著;千葉隆章訳 扶桑社(扶桑社ミステリー) 2001年7月

ラリー・ギャンドル
億万長者のグリフィンに雇われた殺し屋、巨漢の中年男 「唇を閉ざせ 上下」 ハーラン・コーベン著;佐藤耕士訳 講談社(講談社文庫) 2002年1月

ラリー・スタークゼク
刑事、主席検事補ミュリエルの元恋人 「死刑判決 上下」 スコット・トゥロー著;佐藤・耕士訳 講談社(講談社文庫) 2004年10月

ラリッサ・トレサリアン
飛行する謎の大型船に乗っている若い女、船のリーダー・マルコムの妹 「キリング・タイム」 ケイレブ・カー著;加賀山卓朗訳 早川書房(Hayakawa novels) 2002年11月

ラリー・トルーマン
FBIニューオーリンズ支局長 「依頼人」 ジョン・グリシャム著;白石朗訳 小学館(小学館文庫) 2003年1月

ラリー・ヘイデン
アラスカの海でスクーナー船を操る女船長・ライザのボーイフレンド 「裏切りの色」 マーシャ・シンプスン著;堀内静子訳　早川書房(ハヤカワ・ミステリ文庫)　2001年11月

ラリー・ミラー
マイアミの宣伝広告会社「シャーマン・アンド・カティ」社員、行方不明のシーラの元夫 「ハリケーン・ベイ」 ヘザー・グレアム著;せとちやこ訳　ハーレクイン(MIRA文庫)　2003年7月

ラリー・ロイド
エレクトロニクスの専門家、パーカーの仲間になり名画コレクションを奪おうとした仮出所中の男 「悪党パーカー/電子の要塞」 リチャード・スターク著;木村二郎訳　早川書房(ハヤカワ・ミステリ文庫)　2005年2月

ラルサン
パリ警視庁の刑事、国際的に有名な名探偵 「黄色い部屋の謎」 ガストン・ルルー著;宮崎嶺雄訳　嶋中書店(嶋中文庫)　2005年2月

ラルフ・ターンパイク
イギリスで小さな画材店を営んでいて花嫁を見つけるために東京の結婚斡旋所を訪れた男 「睡蓮が散るとき」 スザンナ・ジョーンズ著;阿尾正子訳　早川書房(Hayakawa novels)　2003年11月

ラルフ・ビューレイ(ビューレイ)
イギリス南西部の町シルストーンで開業する医師 「贖罪の終止符」 サイモン・トロイ著;水野恵訳　論創社(論創海外ミステリ)　2005年3月

ラルフ・ベイルズ
殺し屋、殺人現場に居合わせたロケーションスカウトのジョン・ペラムを追う男 「ブラディ・リバー・ブルース」 ジェフリー・ディーヴァー著;藤田佳澄訳　早川書房(ハヤカワ・ミステリ文庫)　2003年1月

ラルフ・マルコム(マルク)
カリフォルニア州コスタ・パシフィカ警察の警部補、私立探偵ジーザス・アセンシオの幼なじみ 「ワンダーランドで人が死ぬ」 ケント・ブレイスウェイト著;渋谷比佐子訳　扶桑社(扶桑社ミステリー)　2002年7月

ラルフ・ロバーツ
メイン州デリーに住む不眠症に苦しむ70歳の老人 「不眠症 上下」 スティーヴン・キング著;芝山幹郎訳　文藝春秋　2001年7月

ラング
アメリカ軍海兵隊偵察チーム「ペッパードッグズ」の隊長、誘拐された親友・コスグローヴ大尉を探した男 「猟犬たちの山脈 上下」 ビング・ウェスト著;村上和久訳　文藝春秋(文春文庫)　2004年9月

ラングドン
ハーヴァード大学の宗教図像解釈学の教授、気さくで理知的な45歳の男 「天使と悪魔 上下」 ダン・ブラウン著;越前敏弥訳　角川書店　2003年10月

ラングドン
ハーヴァード大学教授で宗教象徴学の権威、スポーツマンだが閉所恐怖症を持つ男 「ダ・ヴィンチ・コード 上下」 ダン・ブラウン著;越前敏弥訳　角川書店　2004年5月

ラングドン
ハーヴァード大学教授のアメリカ人男性、宗教象徴学の権威 「ダ・ヴィンチ・コード」 ダン・ブラウン著;越前敏弥訳　角川書店　2005年8月

ランクリン
第一次世界大戦勃発前の英国情報局のエージェント、名家出身だが没落した軍人 「スパイの誇り」 ギャビン・ライアル著;石田善彦訳 早川書房 (ハヤカワ・ミステリ文庫) 2003年10月

ランクリン大尉　らんくりんたいい
英国情報局のエージェント 「誇りは永遠に」 ギャビン・ライアル著;遠藤宏昭訳 早川書房 (Hayakawa novels) 2003年1月

ランクリン大尉　らんくりんたいい
誇り高き名門出身の大尉、英国情報局エージェント 「誇り高き男たち」 ギャビン・ライアル著;遠藤宏昭訳 早川書房(Hayakawa novels) 2002年6月

ランシー・ホッジス
スタッド・ポーカー界の帝王、シンシナティの若きプレイヤー・キッドの対戦相手 「シンシナティ・キッド」 リチャード・ジェサップ著;真崎義博訳 扶桑社(扶桑社ミステリー) 2001年3月

ランス
国際機関の通訳・フアンの父親、プラド美術館の専門職員で有能な美術鑑定家 「白い心臓」 ハビエル・マリアス著;有本紀明訳 講談社 2001年10月

ランス・ブラッドリー
サマセットのグラストンベリーに住む男、失踪者ループ・オールダーの幼なじみ 「秘められた伝言 上下」 ロバート・ゴダード著;加地美知子訳 講談社(講談社文庫) 2003年9月

ランス・ベーリンガー (ベーリンガー)
CIA諜報員、ソ連崩壊に貢献しミャンマー分割の任務を与えられた男 「因果応報の終わるまで―ミャンマー崩壊作戦」 ポール・アディレックス著;高橋洋伸訳 文芸社 2004年10月

ランス・ミッチェル (ミッチェル)
カリフォルニア医療センターに勤める黒人医師 「エンジェル・シティ・ブルース」 ポーラ・L・ウッズ著;猪俣美江子訳 早川書房 (ハヤカワ・ミステリ文庫) 2003年6月

ランダ
キューバ人の砂糖相場アナリスト、カストロ主義を信奉している男 「ハバナ・ミッドナイト」 ホセ・ラトゥール著;山本さやか訳 早川書房 (ハヤカワ・ミステリ文庫) 2003年3月

ランダル
新たな聖書の発行プロジェクトをめぐる謎に立ち向かう宣伝広告会社の社長 「イエスの古文書 上下」 アーヴィング・ウォーレス著;宇野利泰訳 扶桑社(扶桑社ミステリー) 2005年3月

ランディ
テネシー州グラッドストーンの保安官、超能力を持つ女性 「シャドウ・ファイル/狩る」 ケイ・フーパー著;幹遙子訳 早川書房(ハヤカワ文庫NV) 2001年9月

ランディ
毎週金曜日に巨大ドライブイン・シアター「オービット」に通う高校生「ぼく」の仲間 「モンスター・ドライヴイン」 ジョー・R・ランズデール著;尾之上浩司訳 東京創元社(創元SF文庫) 2003年2月

ランディー・ウィルキンズ
ロサンゼルスに住む元マイナーリーグ選手、私立探偵アレックスの親友 「狩りの風よ吹け」 スティーヴ・ハミルトン著;越前敏弥訳 早川書房 (ハヤカワ・ミステリ文庫) 2002年5月

ランディ・オグルズビー
ヒューストン警察第三十一分署専属の精神科医メレディス・サンガーの助手、コンピュータの達人 「肩の上の死神」 ロバート・ウォーカー著;岡田葉子訳 扶桑社(扶桑社ミステリー) 2001年4月

ランディ・カーター（カーター）
FDNY（ニューヨーク市消防局）のベテラン火災捜査官、59歳の男性 「欺く炎」 スザンヌ・チェイズン著;中井京子訳 二見書房（二見文庫） 2004年9月

ランディ・カーター（カーター）
ニューヨーク市消防局火災捜査官、女性捜査官・ジョージアのパートナーの黒人男性 「火災捜査官」 スザンヌ・チェイズン著;中井京子訳 二見書房（二見文庫） 2003年11月

ランディ・ラッセル
CIA工作員、米国大統領直属の特務機関「カヴァート・ワン」の一員・スミスの亡き婚約者の妹 「破滅の預言－秘密組織カヴァート・ワン〈2〉」 ロバート;ラドラム著;フィリップ;シェルビー著;峯村利哉訳 角川書店（角川文庫） 2002年11月

ランデン・パーク・レイン
作家、文学刑事・サーズデイの夫 「文学刑事サーズデイ・ネクスト〈2〉」 ジャスパー・フォード著;田村源二訳 ソニー・マガジンズ 2004年9月

ランデン・パーク・レイン
文学刑事・サーズデイの昔の彼氏、クリミア戦争に従軍し片脚を失った作家 「文学刑事サーズデイ・ネクスト 1 ジェイン・エアを探せ!」 ジャスパー・フォード著;田村源二訳 ソニー・マガジンズ 2003年1月

ランデン・パーク・レイン
文学刑事・サーズデイの昔の彼氏、クリミア戦争に従軍し片脚を失った作家 「文学刑事サーズデイ・ネクスト 1 ジェイン・エアを探せ!」 ジャスパー・フォード著;田村源二訳 ソニー・マガジンズ（ヴィレッジブックス） 2005年9月

ランド
ニュー・スコットランド・ヤードの警視正、複数の殺人捜査の陣頭に立つ54歳の女 「グール 上下」 マイケル・スレイド著;大島豊訳 東京創元社（創元推理文庫） 2004年3月

ランドル・コヴ（コヴ）
FBIのベテラン潜入捜査官、強靭な肉体を持つ大柄な男 「ラストマン・スタンディング」 デイヴィッド;バルダッチ著;熊谷;千寿訳 小学館（小学館文庫） 2004年7月

ランドール・デヴリン（デヴリン）
環境保護団体《われらが地球》のメンバー、ハンサムでたくましい男 「機密基地」 ボブ・メイヤー著;鎌田三平訳 二見書房（二見文庫） 2003年2月

ランドルフ
ワシントンDCにある最高級靴店の店員 「野獣よ牙を研げ」 ジョージ・P・ペレケーノス著;横山啓明訳 早川書房（ハヤカワ・ミステリ文庫） 2003年7月

ランドル・フラッグ（フラッグ）
ウィルスにより死滅したアメリカの生存者たちの悪夢のなかに出没する闇の男 「ザ・スタンド 3」 スティーヴン・キング著;深町眞理子訳 文藝春秋（文春文庫） 2004年6月

ランドル・フラッグ（フラッグ）
闇の男、死滅したアメリカの生存者たちがラスヴェガスに築いた悪の集団の支配者 「ザ・スタンド 4」 スティーヴン・キング著;深町眞理子訳 文藝春秋（文春文庫） 2004年7月

ランドル・フラッグ（フラッグ）
闇の男、死滅したアメリカの生存者たちがラスヴェガスに築いた悪の集団の支配者 「ザ・スタンド 5」 スティーヴン・キング著;深町眞理子訳 文藝春秋（文春文庫） 2004年8月

ランバート
メンフィスの中堅法律事務所のシニア・パートナー、61歳の老練な弁護士 「法律事務所」 ジョン・グリシャム著;白石;朗訳 小学館（小学館文庫） 2003年3月

ランプ
世紀の大強奪計画のため天才知能犯・ドア教授に集められた男、格闘のプロ 「レディ・キラーズ」 ジョエル・コーエン脚本;イーサン・コーエン脚本;村雨麻規訳 竹書房(竹書房文庫) 2004年5月

【り】

リー
刑事弁護士、女性を絞殺した容疑で逮捕された結婚詐欺師のノーマン・トーキルソンの弁護をした女性 「弁護士リリー・ホワイト」 スーザン・アイザックス著;矢倉尚子訳 集英社(集英社文庫) 2001年7月

リアム
パブで働くアイルランド人・ケイトリンの弟、カトリック・スクールに通う15歳の少年 「24-CTU機密解除記録―ヘルゲート作戦 上下」 ジョエル・サーナウ原案;ロバート・コクラン原案;マーク・セラシーニ著;文永優訳 英知出版(英知文庫) 2005年11月

リアム・コンラン(コンラン)
IRA暫定派軍事評議会のメンバー、指揮系統の頂点をねらう長身痩躯の男 「七月の暗殺者 上下」 ゴードン・スティーヴンズ著;藤倉秀彦訳 東京創元社(創元推理文庫) 2005年11月

リーアム・メロウズ
カトリック系の武装集団・IRAの闘士、MRUの情報部員のジャックの親友 「シリウス・ファイル」 ジョン・クリード著;鎌田三平訳 新潮社(新潮文庫) 2004年7月

リーアン・プルーデル
私立探偵アレックス・マクナイトの相棒、240ポンドの巨漢 「ウルフ・ムーンの夜」 スティーヴ・ハミルトン著;越前敏弥訳 早川書房(ハヤカワ・ミステリ文庫) 2001年1月

リエパ中佐　りえぱちゅうさ
ラトヴィア警察からスウェーデンの小さな田舎町で起きた殺人事件の捜査に派遣されてきた中佐、リガ警察の犯罪捜査官 「リガの犬たち」 ヘニング・マンケル著;柳沢由実子訳 東京創元社(創元推理文庫) 2003年4月

リオス
ロサンジェルスで暮らすゲイでヒスパニックの弁護士、何年にもわたってアルコール中毒者更生施設にいた男 「秘められた掟」 マイケル・ナーヴァ著;柿沼瑛子訳 東京創元社(創元推理文庫) 2002年1月

リオネッロ・アンドリアス(リオン)
イタリアの小国マンダラの君主、大柄でがっしりした体格の傭兵隊長 「風の踊り子」 アイリス・ジョハンセン著;酒井裕美訳 二見書房(二見文庫) 2003年9月

リオン
イタリアの小国マンダラの君主、大柄でがっしりした体格の傭兵隊長 「風の踊り子」 アイリス・ジョハンセン著;酒井裕美訳 二見書房(二見文庫) 2003年9月

リ・ガウン
北朝鮮工作員チョン・ヒチョルの元恋人、人民武力部偵察局女軍特殊部隊出身のスパイ 「第二次朝鮮戦争勃発の日 上下」 ファンセヨン著;米津篤八訳 扶桑社(扶桑社ミステリー) 2004年11月

リカード・エイリアス(リッチー)
弁護士テリーザ・ペラルタの離婚訴訟中の夫 「子供の眼 上下」 リチャード・ノース・パターソン著;東江一紀訳 新潮社(新潮文庫) 2004年2月

りかる

リカルド・ファー
米紙の現地通信員で占星術師で高級娼婦のポン引きで密輸業者、キューバで蔓延しはじめた淋病・クラップにかかってしまった男 「クラップ」 J.W.ディアズ著;山田蘭訳 角川書店(Book plus) 2001年6月

リカ・ロペス
ニューヨーク市警殺人課の刑事、若い黒人の女性 「火炙り」 ジョン・ラッツ著;天野淑子訳 早川書房(ハヤカワ・ミステリ文庫) 2003年1月

リーガン・ライリー
三十一歳の私立探偵 葬儀社経営者のルークの娘 「誘拐犯はそこにいる」 メアリ・ヒギンズ・クラーク著;キャロル・ヒギンズ・クラーク著;宇佐川晶子訳 新潮社(新潮文庫) 2003年12月

リークス
ハバナで働くエリート会社員・ヴィクターのヨーロッパ人のボス 「バイク・ガールと野郎ども」 ダニエル・チャヴァリア著;真崎義博訳 早川書房(ハヤカワ・ミステリ文庫) 2002年11月

リクター
アメリカの原子力潜水艦「タルサ」の艦長、真面目で頭脳明晰な38歳の中佐 「原潜を救助せよ」 ジェイムズ・フランシス著;村上和久訳 二見書房(二見文庫) 2003年11月

リコ
リトル・イタリア地区で使い走りからのし上がったギャング団の首領 「リトル・シーザー」 W.R.バーネット著;小鷹信光訳 小学館(Shogakukan mystery) 2003年7月

リーザ・ジョンソン
「スマッグ誌」の編集アシスタント、横暴な上司に解雇された女性を訪問したところマフィアの人質になってしまった女性 「マフィアに恋して」 C.C.クリスクオーロ著;吉沢康子訳 集英社(集英社文庫) 2001年3月

リーサ・セントクレア(ミセズ・フランク・ベルソン)
ニュー・ハンプシャーにある小さな町プロクターのディスク・ジョキー、フランク・ベルソンの妻 「虚空」 ロバート・B.パーカー著;菊池光訳 早川書房(ハヤカワ・ミステリ文庫) 2002年9月

リサ・チュウ
ニューヨークのユニバーシティ病院の実習中の医学生、連続殺人鬼の被害者テリーザの友人 「研修医エヴリンと夏の殺人鬼」 レイア・ルース・ロビンソン著;清水ふみ訳 東京創元社(創元推理文庫) 2005年8月

リサ・ハーマン
ミネソタ州レイク・エデンのベイカリー兼コーヒーショップ〈クッキー・ジャー〉オーナー・ハンナの共同経営者 「レモンメレンゲ・パイが隠している」 ジョアン・フルーク著;上条ひろみ訳 ソニー・マガジンズ(ヴィレッジブックス) 2004年1月

リーザン
モスクワ県控訴院議長の娘、大学生ココーリンのピストル自殺を目撃した17歳の少女 「堕ちた天使 アザゼル」 ボリス・アクーニン著;沼野恭子訳 作品社 2001年4月

リジー
27歳の弁護士、弁護士事務所RT&Jを経営するジャック・ロスの長女 「マンハッタンの薔薇」 シンシア;ビクター著;田村;達子訳 講談社(講談社文庫) 2004年5月

リジー・アンドルー・ボーデン
マサチューセッツの小村フォール・リヴァーの裕福な家の三女、32歳の独身女性 「リジー・ボーデン事件」 ベロック・ローンズ著;仁賀克雄訳 早川書房(Hayakawa pocket mystery books) 2004年3月

リー・ジャクソン
売れない彫刻家・サムの美大時代の恩師、理知的で聡明な女性 「死美人」 ローレン・ヘンダースン著;池田真紀子訳 新潮社(新潮文庫) 2002年11月

リシャール・ラファグル(ラファグル)
フランス人整形外科医、精神病院に入院中の娘ヴィヴィアーヌの父 「蜘蛛の微笑」 ティエリー・ジョンケ著;平岡敦訳 早川書房(ハヤカワ・ミステリ文庫) 2004年6月

リシュアン・ドヴェルノワ(ルカ)
パリのボロ館に住む失業中の若者、第一次世界大戦の個性的な歴史家 「死者を起こせ」 フレッド・ヴァルガス著;藤田真利子訳 東京創元社(創元推理文庫) 2002年6月

リズ
イギリスの田舎町のアワー・グローリアス校に通う卒業を間近に控えた女子生徒 「穴」 ガイ・バート著;矢野浩三郎訳 アーティストハウス(BOOK PLUS) 2002年3月

リズ(エリザベス・エイムズ)
カウンセラー、フロリダ州キーウエストの教会の牧師・レイチェルの妹 「邪神」 エリカ・スピンドラー著;平江まゆみ訳 ハーレクイン(MIRA文庫) 2003年5月

リズ・アートサイド
英国の片田舎の「ブリンバレー聖歌隊」の指揮者、ティムの母親 「空高く」 マイクル・ギルバート著;熊井ひろ美訳 早川書房(ハヤカワ・ミステリ文庫) 2005年8月

リスカ
ミネアポリス市警刑事、9歳と11歳の息子の母親 「業火の灰 上下」 タミー・ホウグ著;飛田野裕子訳 二見書房(二見文庫) 2002年8月

リース刑事　りーすけいじ
ウエディング・プランナーのアナベルの店「ウエディング・ベル」に来たハンサムな刑事 「ウエディング・プランナーは眠れない」 ローラ・ダラム著;上條ひろみ訳 ランダムハウス講談社(ランダムハウス講談社文庫) 2005年11月

リス小僧　りすこぞう
同性の若者に無理やりロボトミー手術を施している男Q・Pの新たな標的、15歳前後の少年 「生ける屍」 ジョイス・キャロル・オーツ著;井伊順彦訳 扶桑社(扶桑社ミステリー) 2004年7月

リズ・デローム(デローム)
アルゴンキン・ベイ警察の刑事・カーディナルの相棒、署内の不正を暴く特別調査室から刑事部に異動になった女刑事 「悲しみの四十語」 ジャイルズ・ブラント著;阿部里美訳 早川書房(ハヤカワ・ミステリ文庫) 2002年7月

リズ・フィンチ
APIパリ支局に勤務するアメリカ人の新聞記者 「聖母マリア再臨の日 上下」 アーヴィング・ウォーレス著;青木久惠訳 扶桑社(扶桑社ミステリー) 2005年10月

リー曹長　りーそうちょう
密造ドラッグで稼いでいた下士官・エルウッドが駐屯するドイツ基地に赴任してきた厳格な曹長 「バッファロー・ソルジャーズ」 ロバート・オコナー著;松下祥子訳 早川書房(ハヤカワ文庫NV) 2002年5月

リゾーリ
ボストン市警察殺人課の女性刑事、刑事のムーアと女性の子宮を取って喉を掻き切る怪奇連続殺人事件の捜査をした女性 「外科医」 テス・ジェリッツェン著;安原和見訳 文藝春秋(文春文庫) 2003年8月

リタ
1950年代のニューヨーク州で作られた少女ギャング団「フォックスファイア」のメンバー、元いじめられっ子の少女 「フォックスファイア」ジョイス・キャロル・オーツ著;井伊順彦訳 DHC 2002年7月

リーダー
ワイオミング州立刑務所に収監されている凶悪犯 「ワイオミングの惨劇」トレヴェニアン著;雨沢・泰訳 新潮社(新潮文庫) 2004年6月

リタ・ブレークムア
ウィルスにより死滅したアメリカの生存者、五十歳くらいの富裕な未亡人 「ザ・スタンド 2」スティーヴン・キング著;深町眞理子訳 文藝春秋(文春文庫) 2004年5月

リタ・マリア・ロンバーディ
カリフォルニア州の田舎町ハシエンダスの苺農場で働く明朗闊達な25歳の娘 「憎悪の果実」スティーヴン・グリーンリーフ著;黒原敏行訳 早川書房(Hayakawa pocket mystery books) 2001年3月

リーチャー
元米国軍人、脚の悪いFBI女捜査官・ホリーとモンタナの山奥へ誘拐されてしまった三十七歳の男 「反撃 上下」リー・チャイルド著;小林宏明訳 講談社(講談社文庫) 2003年2月

リチャード・ウォーターフィールド
老舗の紅茶問屋の新入社員、愛嬌がよくて洒脱とした顔つきの二十二歳の若者 「殺人者の街角」マージェリー・アリンガム著;佐々木愛訳 論創社(論創海外ミステリ) 2005年6月

リチャード・ウォリック
濃霧の夜に自宅で殺されたウォリック家の当主、車椅子使用者 「招かれざる客」アガサ・クリスティー著;深町眞理子訳 早川書房(ハヤカワ文庫クリスティー文庫) 2004年9月

リチャード・エリオット(エリオット氏) りちゃーどえりおっと(えりおっとし)
イギリスの人気探偵作家で農場経営者、犯罪者ヒーローをえがく小説「スパイダー」の作者 「ストップ・プレス」マイクル・イネス著;富塚由美訳 国書刊行会(世界探偵小説全集) 2005年9月

リチャード・ガン(ディック)
半クラウン貨一枚を持ってロンドンのピカディリーサーカスの理髪店に入った失業中の男 「暗い広場の上で」ヒュー・ウォルポール著;澄木柚訳 早川書房(Hayakawa pocket mystery books) 2004年8月

リチャード・クリスティー(クリスティー)
刑事、女優のマリーナが目撃した赤ちゃん誘拐事件を担当した四十三歳の男 「誘拐工場」キャスリーン・ジョージ著;高橋恭美子訳 新潮社(新潮文庫) 2003年8月

リチャード・グレアム
第二次世界大戦中に英国の諜報部員だった男、障害競走のアマチュア騎手 「訣別の弔鐘」ジョン・ウェルカム著;岩佐薫子訳 論創社(論創海外ミステリ) 2004年12月

リチャード・グレンジャー(プリースト)
シルバー・リバー・バレーのコミューンのリーダーでテロ集団「エデンの鉄槌」の中心人物、読み書き障害を持つ男 「ハンマー・オブ・エデン―エデンの鉄槌」ケン;フォレット著;矢野浩三郎訳 小学館(小学館文庫) 2004年9月

リチャード・コストリル
ハンブルトン・カレッジの非常勤講師、パートタイム探偵兼非常勤講師のジョー・バーリーの同僚 「ロージー・ドーンの誘拐」エリック・ライト著;佐藤耕士訳 早川書房(ハヤカワ・ミステリ文庫) 2001年12月

リチャード・コリンズ
ミステリ作家のヘンリー・Oの夫、六年前に事故死した男 「悪意の楽園」 キャロリン・G.ハート著;長島水際訳 The Mysterious Press(ミステリアス・プレス文庫) 2001年1月

リチャード・ジェラード
ワシントンDCでウエディング・プランナーをしているアナベルの友人、一流仕出し屋 「ウエディング・プランナーは眠れない」 ローラ・ダラム著;上條ひろみ訳 ランダムハウス講談社(ランダムハウス講談社文庫) 2005年11月

リチャード・シャープ(シャープ)
英国陸軍サウスエセックス連隊軽歩兵中隊大尉 「秘められた黄金ーシャープ・シリーズ〈2〉」 バーナード・コーンウェル著;高水香訳 光人社 2004年7月

リチャード・シャープ(シャープ)
英国陸軍第95ライフル銃連隊中尉 「イーグルを奪えーシャープ・シリーズ〈1〉」 バーナード・コーンウェル著;原佳代子訳 光人社 2004年6月

リチャード・シンクレア
アメリカのロングアイランドにある「ブルックヘイヴン国立研究所」の古生物学者 「ダスト 上下」 チャールズ・ペレグリーノ著;白石朗訳 ソニー・マガジンズ(ヴィレッジブックス) 2002年5月

リチャード・デイビーズ
検死助手として働くトゥルーの疎遠な関係にある父親、弁護士 「トゥルー・コーリング Vol.5」 ジョン・ハーモン・フェルドマン原案;酒井紀子編訳 竹書房(竹書房文庫) 2005年

リチャード・デイビーズ
検死助手として働くトゥルーの疎遠な関係にある父親、弁護士 「トゥルー・コーリング Vol.6」 ジョン・ハーモン・フェルドマン原案;酒井紀子編訳 竹書房(竹書房文庫) 2005年

リチャード・ネール
在日最大蛇頭「福竜社」の対外交渉代理人、表向きは米国籍華人実業家 「海怒 東京黒社会群狼記 上下」 陳放著;椙田雅美訳;宮崎真紀訳 バジリコ 2004年4月

リチャード・バートン
卓越した十九世紀の文学者、探検家 「失われし書庫」 ジョン・ダニング著;宮脇孝雄訳 早川書房(ハヤカワ・ミステリ文庫) 2004年12月

リチャード・パリッシュ(パリッシュ)
アメリカ合衆国大統領首席補佐官、有能な男 「ワルシャワ大空戦 上下」 リチャード・ハーマン著;大久保寛訳 新潮社(新潮文庫) 2003年7月

リチャード・フォーサイス
アメリカ人出版者、パリで愛人と変死した男 「仮面舞踏会」 ウォルター・サタスウェイト著;大友香奈子訳 東京創元社(創元推理文庫) 2004年3月

リチャード・マーカム(ディック)
可憐な美女レスリーと婚約したての劇作家、想像力過剰な長身の青年 「死が二人をわかつまで」 ジョン・ディクスン・カー著;仁賀克雄訳 早川書房(ハヤカワ・ミステリ文庫) 2005年4月

リチャード・マックエヴァン(ディッキー)
弁護士、狩猟中に事故死した株式仲買人・ジェームズの兄 「記憶なき嘘」 ロバート・クラーク著;小津薫訳 講談社(講談社文庫) 2001年9月

リチャード・マンソン(マンソン)
CIAドバイ支部支部長、工作員マルコ・リンゲの依頼主 「アルカイダの金塊を追え」 ジェラール・ド・ヴィリエ著;小林修訳 扶桑社(扶桑社ミステリー) 2004年6月

リチャード・ライト
デンヴァーのマーシー・ジェネラル病院に勤務する神経内科医、認知心理学者・ジョアンナの同僚 「航路 上下」 コニー・ウィリス;著;大森;望;訳 ソニーマガジンズ(ヴィレッジブックス) 2002年10月

リチャード・リヴァース(紳士)　りちゃーどりばーす(じぇまん)
ロンドンに住む掏摸の少女・スウと顔見知りの詐欺師、水も滴るいい男 「荊の城 上・下」 サラ・ウォーターズ著;中村有希訳　東京創元社(創元推理文庫) 2004年4月

リチャード・ルーデル
幼い時からシュルーズベリ大修道院に預けられている荘園主の息子、利発で冒険好きな10歳の少年 「アイトン・フォレストの隠者」 エリス・ピーターズ著;大出健訳　光文社(光文社文庫) 2005年3月

リチャード・ローゼンバーグ
ニューヨーク・シティでも指折りの過失事故訴訟専門弁護士 「罠から逃げたい」 パーネル・ホール著;田中一江訳　早川書房(ハヤカワ・ミステリ文庫) 2001年11月

リチャード・ローリンソン卿　りちゃーどろーりんそんきょう
ハンサムで冒険好きな貴族、ロンドンの貧民街イーストエンドを舞台に凶悪犯罪を解決する「貴族探偵」 「トフ氏と黒衣の女」 ジョン・クリーシー著;田中孜訳　論創社(論創海外ミステリ) 2004年11月

リチャード・ワース
ウォール街の投資家、画廊経営者キャンドラ・ワースの夫 「黄昏に生まれたから」 リンダ・ハワード著;加藤洋子訳　ソニー・マガジンズ(ヴィレッジブックス) 2002年1月

リー・チャン・イェン
国際犯罪組織「ビッグ4」の首領、知力と指導力に優れた中国人 「ビッグ4」 アガサ・クリスティー著;中村妙子訳　早川書房(ハヤカワ文庫クリスティー文庫) 2004年3月

リッキー
ニューヨークで開業している53歳の精神分析医、謎の人物ルンペルシュティルツキンに脅迫された男 「精神分析医 上下」 ジョン・カッツェンバック著;堀内静子訳　新潮社(新潮文庫) 2003年10月

リッキイ・ウー
ポートシティ劇団に多額の寄付を行う理事、大金持ちの夫を持つ中国系アメリカ人女性 「歩く影」 ロバート・B.パーカー著;菊池光訳　早川書房(ハヤカワ・ミステリ文庫) 2001年11月

リッキー・コレンソ
ボスニア紛争時にボランティア先の旧ユーゴで虐殺されたアメリカ人青年、当時20歳のハーヴァード大学の学生 「アヴェンジャー 上下」 フレデリック;フォーサイス著;篠原;慎訳　角川書店(角川文庫) 2004年8月

リッキー・スウェイ
11歳のマークの8歳の弟 「依頼人」 ジョン・グリシャム著;白石朗訳　小学館(小学館文庫) 2003年1月

リッキー・マーティン
高校の科学教師ジェシカの11歳のひとり息子 「セルラー」 ラリー・コーエン原案;クリス・モーガン脚本;真田おいる訳　メディアファクトリー(洋画文庫) 2005年2月

リッキー・モース
「ザイモス・テクノロジー社」のソフトウェア部門の責任者、快活で魅力的な性格の男 「プレイ 獲物 上下」 マイクル・クライトン著;酒井昭伸訳　早川書房 2003年4月

リッキー・リー・チャールズ
LA暗黒街の顔役、麻薬売買で巨財を築いた大物ギャング 「天使の街の地獄」 リチャード・レイナー著;吉野美恵子訳　文藝春秋（文春文庫）2001年3月

リッキー・ロイ・ロサーダ（ロサーダ）
テキサス州フォートワースの高級ペントハウスに住むプロの殺し屋 「指先に語らせないで 上下」 サンドラ・ブラウン著;吉沢康子訳　新潮社（新潮文庫）　2003年11月

リッグズ
ボディーガードのマックス・アイバーソンとともに警備会社を営む共同経営者、元将校 「覗く銃口」 サイモン・カーニック著;佐藤耕士訳　新潮社（新潮文庫）　2005年1月

リック・ハンター
アメリカ海軍特殊部隊SEAL第2攻撃隊の35歳の隊長 「原潜シャークの叛乱」 パトリック・ロビンソン著;山本光伸訳　二見書房（二見文庫）2003年7月

リック・ピエロ
フレンチ・サミュエルソン銀行の投資専門家、仕事のことで恐喝してくる謎の人物の捜査を私立探偵・ジョンに依頼した男 「黒い地図」 ピーター・スピーゲルマン著;松本剛史訳　ソニー・マガジンズ（ヴィレッジブックス）　2005年1月

リック・ブローカ
ニューヨーク州警察の元警官、現在は映画のテクニカルアドバイザー 「キューバ海峡」 カーステン;ストラウド著;布施;由紀子訳　文藝春秋（文春文庫）2004年5月

リック・ベンツ（ベンツ）
ニューオーリンズ警察の刑事、一時的に殺人課の仕事をしている四十代後半の男 「ロザリオとともに葬られ」 リサ・ジャクソン著;富永;和子訳　ソニーマガジンズ（ヴィレッジブックス）2004年8月

リック・ボカ
猟師、ウェイトレスのクリスティーナの元恋人 「アフターバーン 上下」 コリン・ハリスン著;黒原敏行訳　新潮社（新潮文庫）2001年12月

リック・マギル
ニューヨーク州立大学の歴史学教授・コンクリン教授の元教え子、同じく元教え子のコーラの夫 「廃墟ホテル」 デイヴィッド・マレル著;山本光伸訳　ランダムハウス講談社（ランダムハウス講談社文庫）2005年12月

リッチ
巨大多国籍企業・アップリンク社の全世界監督官 「殺戮兵器を追え」 トム・クランシー著;マーティン・グリーンバーグ著;棚橋志行訳　二見書房（二見文庫）2004年1月

リッチ
戦時下のアメリカ海軍の潜水艦艦長、何事にも慎重な男 「深く静かに潜航せよ」 エドワード・L・ビーチ著;鳥見真生訳　柏艪舎　2003年8月

リッチ
米国の巨大企業「アップリンク・インターナショナル」の緊急対応部隊に任命された男 「謀殺プログラム」 トム・クランシー著;マーティン・グリーンバーグ著;棚橋志行訳　二見書房（二見文庫）2003年5月

リッチ
米国の巨大企業アップリンク社の世界規模の企業保安部門である私設特殊部隊の幹部、チームの改革を図るための人材として雇われた男 「細菌テロを討て! 上下」 トム・クランシー著;マーティン・グリーンバーグ著;棚橋志行訳　二見書房（二見文庫）2001年11月

りっち

リッチー
タクシー運転手エドの友人でトランプ仲間、口数が少なく右腕の刺青が自慢の十九歳の少年 「メッセージ The first card」 マークース・ズーサック著;立石光子訳 ランダムハウス講談社(ランダムハウス講談社文庫) 2005年12月

リッチー
弁護士テリーザ・ペラルタの離婚訴訟中の夫 「子供の眼 上下」 リチャード・ノース・パタースン著;東江一紀訳 新潮社(新潮文庫) 2004年2月

リッチー・バーク
女性私立探偵サニー・ランドルの元夫、俗にいうダークアイリッシュでギャングの家族を持つ男性 「束縛」 ロバート・B.パーカー著;奥村章子訳 早川書房(ハヤカワ・ミステリ文庫) 2003年4月

リッチー・バーク
女探偵サニーの元夫、マサチューセッツ州を牛耳っているアイルランド系ギャングの息子 「メランコリー・ベイビー」 ロバート・B.パーカー著;奥村章子訳 早川書房(ハヤカワ・ミステリ文庫) 2005年11月

リッチー・バーク
女探偵サニーの元夫、マサチューセッツ州を牛耳っているアイルランド系ギャングの息子 「二度目の破滅」 ロバート・B.パーカー著;奥村章子訳 早川書房(ハヤカワ・ミステリ文庫) 2001年9月

リッチー・ロドリゲス
ニューヨーク市警の刑事、マロイ刑事の相棒 「イン・ザ・カット」 スザンナ・ムーア著;川副智子訳 早川書房(ハヤカワ文庫NV) 2004年3月

リッパー
イングランドのプレストンで13人目の犠牲者を出した連続殺人鬼 「1980ハンター」 デイヴィッド・ピース著;酒井武志訳 早川書房(ハヤカワ・ミステリ文庫) 2002年5月

リッパー
ウェスト・ヨークシャーの連続殺人鬼 「1977リッパー」 デイヴィッド・ピース著;酒井武志訳 早川書房(ハヤカワ・ミステリ文庫) 2001年9月

リディア
荒野で行き倒れていたところをテキサスに向かう幌馬車隊に拾われた美しい娘 「夕暮れに抱擁 上下」 サンドラ・ブラウン著;秋月しのぶ訳 集英社(集英社文庫) 2005年6月

リディア・チン
ニューヨーク・チャイナタウン生まれの私立探偵、私立探偵ビル・スミスとパートナーを組む小柄で若い中国系の女性 「どこよりも冷たいところ」 S.J.ローザン著;直良和美訳 東京創元社(創元推理文庫) 2002年6月

リディア・チン
ニューヨーク・チャイナタウン生まれの私立探偵、私立探偵ビル・スミスとパートナーを組む中国系の若い女 「春を待つ谷間で」 S.J.ローザン著;直良和美訳 東京創元社(創元推理文庫) 2005年8月

リディア・チン
ニューヨーク・チャイナタウン生まれの私立探偵、私立探偵ビル・スミスとパートナーを組む中国系の女性 「苦い祝宴」 S.J.ローザン著;直良和美訳 東京創元社(創元推理文庫) 2004年1月

リディア・ハットン・ド・ラ・シマルド
ギタリストの故サルバドール・ド・ラ・シマルドの妻、明るい美人 「サルバドールの復活 上下」 ジェレミー・ドロンフィールド著;越前敏弥訳 東京創元社(創元推理文庫) 2005年1月

リー・ティービング（ティービング）
ヴェルサイユに住むイギリス人宗教史学者でハーヴァード大学教授ロバート・ラングドンの友人、聖杯の探求に生涯を捧げる老学者 「ダ・ヴィンチ・コード 上下」ダン・ブラウン著;越前敏弥訳　角川書店　2004年5月

リー・ティービング（ティービング）
ヴェルサイユに住むイギリス人宗教史学者でハーヴァード大学教授ロバート・ラングドンの友人、聖杯の探求に生涯を捧げる老学者 「ダ・ヴィンチ・コード」ダン・ブラウン著;越前敏弥訳　角川書店　2005年8月

リード
アメリカ海軍原子力潜水艦〈シャーク〉艦長 「原潜シャークの叛乱」パトリック・ロビンソン著;山本光伸訳　二見書房（二見文庫）　2003年7月

リード
スコットランド・ヤードの首席警部、探偵ジェフリーの亡くなった父親の友人 「魔法人形」マックス・アフォード著;霜島義明訳　国書刊行会（世界探偵小説全集）　2003年8月

リードベリ
スウェーデンのイースタ警察署で鑑識を担当している優秀なベテラン刑事 「殺人者の顔」ヘニング・マンケル著;柳沢由実子訳　東京創元社（創元推理文庫）　2001年1月

リード・ランバート
テキサス州パーセル郡保安官、女性検事補アレックス・ゲイサーの母セリーナのクラスメート 「封印された愛の闇を 上下」サンドラ・ブラウン著;秋月しのぶ訳　集英社（集英社文庫）　2003年6月

リドル少佐　りどるしょうさ
ウェストシャー警察本部長、私立探偵ポアロの知人 「死人の鏡」アガサ・クリスティー著;小倉多加志訳　早川書房（ハヤカワ文庫クリスティー文庫）　2004年5月

リナ・アダムズ
大学教授・シビルの双子の姉、優秀な刑事 「開かれた瞳孔」カリン・スローター著;大槻寿美枝訳　早川書房（ハヤカワ・ミステリ文庫）　2002年1月

リーナ・ケンドリックス
ナイジェリア内戦の犠牲者の治療活動に従事しているアメリカ国籍の女医 「ティアーズ・オブ・ザ・サン」アレックス・ラスカー脚本、パトリック・シリーロ脚本;石田享訳　竹書房（竹書房文庫）　2003年10月

リナ・ジョーンズ
スコッツデールで暮らしている私立探偵、かつて刑事だった顔に傷跡のある女性 「砂漠の風に吹かれて」ベティ・ウェブ著;上条ひろみ訳　扶桑社（扶桑社ミステリー）　2004年9月

リナ・ミリアム・デッカー
ロサンゼルス市警の刑事ピーター・デッカーの妻、正統派ユダヤ教徒 「逃れの町」フェイ・ケラーマン著;高橋恭美子訳　東京創元社（創元推理文庫）　2005年9月

リネット・リッジウェイ
遺産相続により得た莫大な富と美貌を兼ね備えた若い女性、社交界の花形 「ナイルに死す」アガサ・クリスティー著;加島祥造訳　早川書房（ハヤカワ文庫クリスティー文庫）　2003年10月

リーバ
大富豪の刑務所から出所した一人娘、30歳を超えているのに常識に欠けるわがまま娘 「ロマンスのR」スー・グラフトン著;嵯峨静江訳　早川書房（Hayakawa novels）　2005年7月

リヴァイア・パルロッタ
ローマの料理店「パルロッタ」で働いている店主の娘 「死を招く料理店」ベルンハルト・ヤウマン著;小津薫訳　扶桑社（扶桑社ミステリー）　2005年2月

リーバス
エジンバラのグレイト・ロンドン・ロード署の部長刑事、元陸軍特殊空挺部隊隊員 「紐と十字架」 イアン・ランキン著;延原泰子訳　早川書房(ハヤカワ・ミステリ文庫) 2005年4月

リーバス
エジンバラのゲイフィールド・スクエア署の警部、元陸軍特殊空挺部隊隊員 「獣と肉」 イアン・ランキン著;延原泰子訳　早川書房(Hayakawa novels) 2005年11月

リーバス
エジンバラのセント・レナーズ署の警部、元陸軍特殊空挺部隊隊員 「血に問えば」 イアン・ランキン著;延原泰子訳　早川書房(Hayakawa novels) 2004年10月

リーバス
エジンバラのセント・レナーズ署の警部、元陸軍特殊空挺部隊隊員 「滝」 イアン・ランキン著;延原泰子訳　早川書房(Hayakawa pocket mystery books) 2002年3月

リーバス
エジンバラのセント・レナーズ署の警部、元陸軍特殊空挺部隊隊員 「蹲る骨」 イアン・ランキン著;延原泰子訳　早川書房(Hayakawa pocket mystery books) 2001年4月

リーバーマン
シカゴ警察の老刑事、ユダヤ系アメリカ人 「人間たちの絆」 スチュアート・カミンスキー著;棚橋志行訳　扶桑社(扶桑社ミステリー) 2002年4月

リーバーマン
シカゴ市警に勤務するユダヤ系の老刑事、襲撃されたミア・シャヴォット教会の信徒 「刑事エイブ・リーバーマン　憎しみの連鎖」 スチュアート・カミンスキー著;棚橋志行訳　扶桑社(扶桑社ミステリー) 2003年1月

リヴィ
作家ペン・ケージのハイスクール時代の恋人、地元有力者レオ・マーストンの娘。 「沈黙のゲーム 上下」 グレッグ・アイルズ著;雨沢泰訳　講談社(講談社文庫) 2003年7月

リーヴィ(ベーブ)
コロンビア大学の学生トーマス・ハビントン・リーヴィ、赤狩りにあい自殺した学者の遺児でマラソンランナーになることを夢見る25歳の若者 「マラソン・マン」 ウィリアム・ゴールドマン著;沢川進訳　早川書房(ハヤカワ文庫NV) 2005年6月

リヴィア
四十歳前後の美術鑑定家、ナチスの略奪品に詳しいボストン美術館の元学芸員 「略奪」 アーロン・エルキンズ著;笹野洋子訳　講談社(講談社文庫) 2001年1月

リヒアルト・ゾルゲ(ゾルゲ)
ナチス党員でソ連赤軍第四本部スパイ、ソ連東京諜報網のトップ 「ゾルゲ引裂かれたスパイ 上下」 ロバート・ワイマント著;西木正明訳　新潮社(新潮文庫) 2003年5月

リヴ
ロシア・マフィアの頭目ヴァレンティンの部下、長身の完璧な美女 「ファイアウォール」 アンディ・マクナブ著;伏見威蕃訳　角川書店(角川文庫) 2003年4月

リプリー
ミシガン湖畔ワーナー・ピア在住の有名女性弁護士 「チョコ猫で町は大騒ぎ」 ジョアンナ・カール著;岩田佳代子訳　ソニー・マガジンズ(ビレッジブックス) 2005年5月

リプリー
希代の天才詐欺師、妻とパリ近郊のヴィルペルス村で裕福な暮らしを送っている男 「死者と踊るリプリー」 パトリシア・ハイスミス著;佐宗鈴夫訳　河出書房新社(河出文庫) 2003年12月

リーマス
禁酒法時代のオハイオ州シンシナティの酒密売業者、元弁護士 「ジャズ・バード」 クレイグ・ホールデン著;近藤純夫訳 扶桑社(扶桑社ミステリー) 2002年9月

リー・マッキニー
ミシガン湖畔ワーナー・ピアのチョコショップ「テンハイス・ショコラーデ」の会計係、長身で活発な女性 「チョコ猫で町は大騒ぎ」 ジョアンナ・カール著;岩田佳代子訳 ソニー・マガジンズ(ビレッジブックス) 2005年5月

リム・ビョンホ
朝鮮人民軍対南事業本部の最優秀要員、諜報活動のため韓国に偽装亡命した男 「二重スパイ」 具本韓著;秋那訳 新潮社(新潮文庫) 2003年5月

リュ
生まれつき口がきけず耳も聞こえない内気な少年、病気の姉を持ち日々の暮らしをなんとか凌ぐ韓国の工場労働者 「復讐者に憐れみを」 パクチャヌク原作;イムヨン原作 竹書房(竹書房文庫) 2005年4月

リュウ・アーチャー
ロサンジェルスの私立探偵 「ウィチャリー家の女」 ロス・マクドナルド著;小笠原豊樹訳 早川書房(ハヤカワ・ミステリ文庫) 2004年7月

リュエル・マクラレン
スコットランドの貴族出身の山師 「光の旅路 上下」 アイリス・ジョハンセン著;酒井裕美訳 二見書房(二見文庫) 2004年4月

リュク・クローデル(クローデル)
モントリオール市警察殺人課の部長刑事、不愛想な男 「既死感上下」 キャスリーン・レイクス著;山本やよい訳 角川書店(角川文庫) 2001年1月

リュク・クローデル(クローデル)
モントリオール市警殺人課部長刑事、法人類学者テンペと共同で捜査にあったことがあるが不愛想な男 「骨と歌う女」 キャシー・ライクス著;山本やよい訳 講談社(講談社文庫) 2004年4月

リュシュ氏　りゅしゅし
モンマルトルの古書店「千一冊の文書館」の老店主、ソルボンヌ大学哲学科出身の老人 「フェルマーの鸚鵡はしゃべらない」 ドゥニ・ゲジ著;藤野邦夫訳 角川書店 2003年2月

リョーシャ
数学の教授、ロシア市警殺人課の分析官・アナスタシヤの夫 「死刑執行人—モスクワ市殺人課分析官アナスタシヤ3」 アレクサンドラ・マリーニナ著;吉岡ゆき訳 作品社 2002年3月

リリー
CIAの暗殺者、親友一家を殺した国際犯罪組織のボスのサルヴァトーレ・ネルヴィを殺害した37歳の女 「くちづけは眠りの中で」 リンダ・ハワード著;加藤洋子訳 二見書房(二見文庫) 2005年7月

リリー・アイリッシュ
ブレイク寸前の女優、テレビのCMディレクター・コンラッドの元恋人 「リリーからの最後の電話」 トビー・リット著;雨海弘美訳 ソニー・マガジンズ(ヴィレッジブックス) 2004年9月

リリアナ・マーティン
ハリウッドの新進女優、三十六歳の魅力的な女性 「ラスト・ラヴァー」 ローラ・V.;ウォーマー著;小林浩子訳 集英社(集英社文庫) 2004年5月

りりあ

リリアン・ケンブリッジ
テキサス州サンアントニオに住むギャラリー経営者、帰郷した青年・ナヴァーの元恋人 「ビッグ・レッド・テキーラ」 リック・リオーダン著;伏見威蕃訳　小学館(Shogakukan mystery) 2002年12月

リリアン・マンスフィールド(リリー)
CIAの暗殺者、親友一家を殺した国際犯罪組織のボスのサルヴァトーレ・ネルヴィを殺害した37歳の女 「くちづけは眠りの中で」 リンダ・ハワード著;加藤洋子訳　二見書房(二見文庫) 2005年7月

リリイ・サマーズ
スワンプ・スコットハイスクールの校長、過去に2度の離婚を経験している独身女性 「湖水に消える」 ロバート・B.パーカー著;菊池光訳　早川書房 (ハヤカワ・ミステリ文庫) 2005年10月

リリイ・サマーズ
スワンプ・スコットハイスクールの校長、過去に2度の離婚を経験している独身女性 「湖水に消える」 ロバート・B.パーカー著;菊池光訳　早川書房(Hayakawa novels) 2002年4月

リリウィン
シュルーズベリの町で盗みの疑いをかけられた放浪の曲芸士、小柄でやせ細った少年 「聖域の雀」 エリス・ピーターズ著;大出健訳　光文社(光文社文庫) 2004年1月

リリー・カールソン(リル)
女性コメディアン・ジェイミーのマネージャー、赤子の頃公衆便所に捨てられて養子として育った過去を持つ女性 「ストーン・ベイビー」 ジュールズ・デンビー著;古賀弥生訳　早川書房(Hayakawa pocket mystery books) 2002年8月

リリー・クインラン
ロサンジェルスで行方知れずになっている評判の娼婦 「チェイシング・リリー」 マイクル・コナリー著;古沢嘉通訳　早川書房(Hayakawa novels) 2003年9月

リリー・ブリッジズ
イギリス人バーテンダー、フライの知り合いで東京湾で遺体となって発見された女性 「アースクエイク・バード」 スザンナ・ジョーンズ著;阿尾正子訳　早川書房(Hayakawa novels) 2001年12月

リリー・ブルースター
大きな屋敷は持っているがお金がないため有名人を招待して会費制パーティーを企画した兄妹の妹 「夜の静寂に」 ジル・チャーチル著;戸田早紀訳　東京創元社(創元推理文庫) 2004年2月

リリー・ブルースター
大伯父の遺産を相続するために兄のロバートとニューヨークから田舎の街ヴォールブルグ・オン・ハドソンへ移り住むことになった娘 「風の向くまま」 ジル・チャーチル著;戸田早紀訳　東京創元社(創元推理文庫) 2002年8月

リリー・フレージャー
FBI犯罪分析課特別捜査官・サビッチの妹、風刺漫画家 「袋小路」 キャサリン・コールター著;林啓恵訳　二見書房(ザ・ミステリ・コレクション) 2004年1月

リリー・ホワイト(リー)
刑事弁護士、女性を絞殺した容疑で逮捕された結婚詐欺師のノーマン・トーキルソンの弁護をした女性 「弁護士リリー・ホワイト」 スーザン・アイザックス著;矢倉尚子訳　集英社(集英社文庫) 2001年7月

リル
女性コメディアン・ジェイミーのマネージャー、赤子の頃公衆便所に捨てられて養子として育った過去を持つ女性 「ストーン・ベイビー」 ジュールズ・デンビー著;古賀弥生訳　早川書房(Hayakawa pocket mystery books) 2002年8月

リルケ
グラスゴー市内の競売会社バワリー・オークションズのオークショニア(競売人)、43歳の同性愛者 「カッティング・ルーム」 ルイーズ・ウェルシュ著;大槻寿美枝訳 早川書房 (Hayakawa pocket mystery books) 2003年7月

リロイ
ロサンゼルスのマフィア組織のボスの代理ネイマンに雇われたプロの殺し屋 「ザ・メキシカン」 ロバート・ウエストブルック著;小島由記子訳 竹書房(竹書房文庫) 2001年4月

リロイ・ペンジェリー(ペンジェリー)
恐ろしく質が悪く意地悪な卑しむべき悪党、恐喝の常習犯 「暗い広場の上で」 ヒュー・ウォルポール著;澄木柚訳 早川書房 (Hayakawa pocket mystery books) 2004年8月

リーン・イングリッシュ
少女誘拐殺人事件の容疑者レイモンドの女弁護士 「狂った真実」 ナンシー・ピカード著;宇佐川晶子訳 早川書房(ハヤカワ・ミステリ文庫) 2001年12月

リンカー
女殺し屋、女刑事弁護士・カーメルから弁護士のヘレンの妻の殺害を依頼された女 「餌食」 ジョン・サンドフォード著;北沢あかね訳 講談社(講談社文庫) 2003年2月

リンカン・オニール(リンク)
世界的に有名なフォト・ジャーナリスト、女性教師ケリー・ビショップの協力者 「星をなくした夜」 サンドラ・ブラウン著;霜月桂訳 ハーレクイン(MIRA文庫) 2001年11月

リンカーン・ハウ(ハウ)
元アメリカ陸軍大将、初の黒人大統領をねらう共和党候補者 「誘拐」 ジェイムズ・グリッパンド著;白石朗訳 小学館(Shogakukan mystery) 2003年2月

リンカーン・ライム(ライム)
科学捜査専門家、元ニューヨーク市警科学捜査部長 「エンプティー・チェアーリンカーン・ライムシリーズ〈3〉」 ジェフリー・ディーヴァー著;池田真紀子訳 文藝春秋 2001年1月

リンカーン・ライム(ライム)
捜査中の事故で四肢麻痺となった天才的科学捜査専門家、元ニューヨーク市警科学捜査部長で現顧問 「コフィン・ダンサー 上・下」 ジェフリー・ディーヴァー著;池田真紀子訳 文藝春秋(文春文庫) 2004年10月

リンカーン・ライム(ライム)
捜査中の事故で四肢麻痺となった天才的科学捜査専門家、元ニューヨーク市警科学捜査部長で現顧問 「ボーン・コレクター 上・下」 ジェフリー・ディーヴァー著;池田真紀子訳 文藝春秋(文春文庫) 2003年5月

リンカーン・ライム(ライム)
捜査中の事故で四肢麻痺となった天才的科学捜査専門家、元ニューヨーク市警科学捜査部長で現顧問 「石の猿―「リンカーン・ライム」シリーズ[4]」 ジェフリー・ディーヴァー著;池田真紀子訳 文藝春秋 2003年5月

リンカーン・ライム(ライム)
捜査中の事故で四肢麻痺となった天才的科学捜査専門家、元ニューヨーク市警科学捜査部長で現顧問 「魔術師(イリュージョニスト)―「リンカーン・ライム」シリーズ[5]」 ジェフリー・ディーヴァー著;池田真紀子訳 文藝春秋 2004年10月

リンク
世界的に有名なフォト・ジャーナリスト、女性教師ケリー・ビショップの協力者 「星をなくした夜」 サンドラ・ブラウン著;霜月桂訳 ハーレクイン(MIRA文庫) 2001年11月

リンク・シーヴァー(シーヴァー)
ネヴァダ州兵航空隊第111爆撃飛行隊の少佐、強靭な体つきのウェールズ人の男 「韓国軍北侵 上下」 デイル・ブラウン著;伏見威蕃訳 二見書房(二見文庫) 2001年6月

りんし

リン・シアー　りんしあ―
"死者を見る能力"を持つ少年・コールの母親、離婚し子供を抱えての生活に苦しんでいる女性　「シックス・センス逃亡者」デイヴィッド・ベンジャミン著;酒井紀子訳　竹書房(竹書房文庫) 2001年3月

リン・シアー　りんしあ―
"死者を見る能力"を持つ少年・コールの母親、離婚し子供を抱えての生活に苦しんでいる女性　「シックス・センス密告者」デイヴィッド・ベンジャミン著;酒井紀子訳　竹書房(竹書房文庫) 2001年7月

リンジー・ウォーカー
検死助手として働くトゥルーの広告代理店に勤務する明朗活発な親友　「トゥルー・コーリング Vol.1」ジョン・ハーモン・フェルドマン原案;酒井紀子編訳　竹書房(竹書房文庫) 2005年5月

リンジー・ウォーカー
検死助手として働くトゥルーの広告代理店に勤務する明朗活発な親友　「トゥルー・コーリング Vol.2」ジョン・ハーモン・フェルドマン原案;酒井紀子編訳　竹書房(竹書房文庫) 2005年5月

リンジー・ウォーカー
検死助手として働くトゥルーの広告代理店に勤務する明朗活発な親友　「トゥルー・コーリング Vol.3」ジョン・ハーモン・フェルドマン原案;酒井紀子編訳　竹書房(竹書房文庫) 2005年6月

リンジー・ウォーカー
検死助手として働くトゥルーの広告代理店に勤務する明朗活発な親友　「トゥルー・コーリング Vol.4」ジョン・ハーモン・フェルドマン原案;酒井紀子編訳　竹書房(竹書房文庫) 2005年7月

リンジー・ボクサー
サンフランシスコ市警殺人課警部補、「女性殺人捜査クラブ」の主要メンバー　「チャンスは2度めぐる」ジェイムズ・パタースン著;羽田詩津子訳　角川書店(角川文庫) 2005年4月

リンジー・ボクサー
サンフランシスコ市警殺人課主任刑事、「女性殺人捜査クラブ」の主要メンバー　「1番目に死がありき」ジェイムズ・パタースン著;羽田詩津子訳　角川書店(角川文庫) 2002年10月

リンダ
カフェの経営者、路頭に迷っていたボーに住む部屋を提供してくれた老女　「異形の花嫁」ブリジット・オベール著;藤本優子訳　早川書房(ハヤカワ・ミステリ文庫) 2003年5月

リンダ・アデア
自宅に火炎瓶を投げこまれたローム青少年育成センターの副理事　「七つの丘のある街」トマス・H・クック著;佐藤和彦訳　原書房 2003年11月

リンダ・マルドナード
ボディーガードのアレンの元恋人、変死した弟・ヘクターの捜査をアレンに頼んだ姉　「アンダーキル」レナード・チャン著;三川基好訳　アーティストハウス(Book plus) 2003年8月

リンダ・マルドナード
新聞記者、アレンの同僚・ポールの死に疑念を持ったメキシコ系女性　「夜明けの挽歌」レナード・チャン著;三川基好訳　アーティストハウス 2002年7月

リンダ・ムーン
映画プロデューサーのチリ・パーマーが売り出そうとする女性歌手、スタイル抜群の白人美女　「ビー・クール」エルモア・レナード著;高見浩訳　小学館(小学館文庫) 2005年9月

リンディ・マーコフ
資産家マーコフと20年以上内縁関係だった同棲相手、女弁護士ニナ・ライリーの依頼人 「財産分与 女弁護士ニナ・ライリー」ペリー・オショーネシー著;富永和子訳 小学館(小学館文庫) 2004年12月

リンドバーグ
初の大西洋単独横断に成功した飛行家、ニュージャージーでひとり息子を誘拐された男 「リンドバーグ・デッドライン」マックス・アラン・コリンズ著;大井良純訳 文藝春秋(文春文庫) 2001年1月

【る】

ルー
法科大学院を辞めて二年くらい前から高利貸し業をしている青年 「快楽通り12番地」マーサ・コンウェイ著;米山裕子訳 早川書房(ハヤカワ・ミステリ文庫) 2005年8月

ルアド・ルビド(ルビド)
連続殺人事件の容疑者ウィリアム・バントリングの弁護人、キューバ人女性 「報復」ジリアン・ホフマン著;吉田利子訳 ソニー・マガジンズ(ヴィレッジブックス) 2004年11月

ルイ・アンティオッシュ
歴史学の博士号を取ったばかりで無職の青年、パリに在住する32歳のフランス人 「コウノトリの道」ジャン=クリストフ・グランジェ著;平岡敦訳 東京創元社(創元推理文庫) 2003年7月

ルイ・アンティオッシュ
歴史学の博士号を取ったばかりのパリに住む三十二歳の青年 「コウノトリの道」ジャン・クリストフ・グランジェ著;平岡敦訳 東京創元社(創元推理文庫) 2003年7月

ルイサ
国際機関の通訳・フアンがスペインの首脳会談の席上で知り合い結婚した妻 「白い心臓」ハビエル・マリアス著;有本紀明訳 講談社 2001年10月

ルイス
オックスフォードのテムズ・バレイ警察本部捜査課の部長刑事、主任警部モースの相方 「悔恨の日」コリン・デクスター著;大庭忠男訳 早川書房(ハヤカワ・ミステリ文庫) 2002年11月

ルイス
テムズバレイ警察の部長刑事、モース警部の部下 「死はわが隣人」コリン・デクスター著;大庭忠男訳 早川書房(ハヤカワ・ミステリ文庫) 2001年12月

ルイス
急進的黒人組織「黒人解放戦線」の幹部 「エンジェル・シティ・ブルース」ポーラ・L.ウッズ著;猪俣美江子訳 早川書房(ハヤカワ・ミステリ文庫) 2003年6月

ルイス
半引退生活を楽しんでいる黒人の殺し屋、ゲイの元泥棒・エンジェルのボーイフレンド 「奇怪な果実 上下」ジョン・コナリー著;北澤和彦訳 講談社(講談社文庫) 2005年10月

ルイス
陸軍少佐、2004年の米国で陸軍大将エイムズ付きの士官だった男性 「派兵の代償」トマス・E.リックス著;藤田佳澄訳 早川書房(ハヤカワ文庫NV) 2002年4月

ルイーズ
フランスのグルメ・ガイドブック〈ル・キード〉編集長の叔母、さえないゼロ星レストラン・ホテル〈オテル・デュ・パラディ〉のオーナー 「パンプルムース氏の秘密任務」マイケル・ボンド著;木村博江訳 東京創元社(創元推理文庫) 2001年11月

るいす

ルイス・キンケイド
ミシガン州ルーンレイク署の警察官、アフリカ系アメリカ人の25歳の青年 「死のように静かな冬」P・J・パリッシュ著;長島水際訳　早川書房(ハヤカワ・ミステリ文庫) 2003年11月

ルイス・バーク
ニューヨークのコカ・コーラのセールスマン、7歳の全盲の息子シェーンの父 「樹海脱出」マーカス・スティーヴンズ著;小林宏明訳　二見書房(二見文庫) 2003年9月

ルイーズ・パクストン
婦人科医キースの妻、官僚のロビンと山歩きの旅で出会った後に二重殺人の犠牲者となった女性 「永遠に去りぬ」ロバート・ゴダード著;伏見威蕃訳　東京創元社(創元推理文庫) 2001年2月

ルイス・ハミルトン(ハミルトン)
市議会の警察・公安の最高責任者、元公安局の上級刑事・ダルリンプルの上司だった男 「ボディ・ポリティック」ポール・ジョンストン著;森下賢一訳　徳間書店(徳間文庫) 2001年7月

ルイス・ブレイディング
宝石コレクターの大金持ち、チャールズの従兄弟 「ブレイディング・コレクション」パトリシア・ウェントワース著;中島なすか訳　論創社(論創海外ミステリ) 2005年6月

ルイス・ベイリー
放火の容疑がかけられたヘルズ・キッチンの住人エティの弁護士 「ヘルズ・キッチン」ジェフリー・ディーヴァー著;渋谷正子訳　早川書房(ハヤカワ・ミステリ文庫) 2002年12月

ルイーズ・ライドナー
考古学者ライドナー博士の妻、30代半ばのブロンドの美女 「メソポタミヤの殺人」アガサ・クリスティー著;石田善彦訳　早川書房(ハヤカワ文庫クリスティー文庫) 2003年12月

ルイーズ・ラング
図書館の司書、事務用品問屋の倉庫番チャーリーの恋人 「心憑かれて」マーガレット・ミラー著;汀一弘訳　東京創元社(創元推理文庫) 2002年11月

ルイーズ・レイドナー
考古学者レイドナー博士の妻、30代半ばのブロンドの美女 「殺人は癖になる」アガサ・クリスティ著;厚木淳訳　東京創元社(創元推理文庫) 2003年11月

ルイ・マーコヴィッツ
ニューヨーク市警の警視で故人、女性刑事キャシー・マロリーを妻ヘレンとともに愛情深く育ててきた養父 「アマンダの影」キャロル・オコンネル著;務台夏子訳　東京創元社(創元推理文庫) 2001年6月

ルイ・マーコヴィッツ
ニューヨーク市警の警視で故人、女性刑事キャシー・マロリーを妻ヘレンとともに愛情深く育ててきた養父 「死のオブジェ」キャロル・オコンネル著;務台夏子訳　東京創元社(創元推理文庫) 2001年8月

ルイ・マーコヴィッツ(マーコヴィッツ)
ニューヨーク市警の警視、女性刑事キャシー・マロリーを妻ヘレンとともに愛情深く育ててきた養父 「氷の天使」キャロル・オコンネル著;務台夏子訳　東京創元社(創元推理文庫) 2001年5月

ルウ
ロンドンの若い作家エドワードの妻、不安定で空想にふけることが多い女 「あの薔薇を見てよ」エリザベス・ボウエン著;太田良子訳　ミネルヴァ書房(MINERVA世界文学選) 2004年8月

羅 維民　るお・うぇいみん
古城刑務所の捜査課捜査官、市公安局副局長・魏徳華の親友　「十面埋伏 上下」張平著;荒岡啓子訳　新風舎　2005年11月

羅 寛充　るお・くわんちゅん
金華県知事、蒲陽県知事の狄(ディー)判事の友人で同僚知事　「観月の宴」ロバート・ファン・ヒューリック著;和爾桃子訳　早川書房(Hayakawa pocket mystery books) 2003年12

ルカ
パリのボロ館に住む失業中の若者、第一次世界大戦の個性的な歴史家　「死者を起こせ」フレド・ヴァルガス著;藤田真利子訳　東京創元社(創元推理文庫) 2002年6月

ルーカス・イェーガー
スイスの日曜新聞「ゾンターク・モルゲン」の記者、新聞記者ファビオ・ロッシの同僚で友人　「プリオンの迷宮」マルティン・ズーター著;小津薫訳　扶桑社(扶桑社ミステリー) 2005年9月

ルーカス・グレイウルフ(グレイウルフ)
インディアン地位向上のための活動をしている弁護士、インディアン居留地で育った白人とインディアンの混血でナバホ族の男　「侵入者」サンドラ・ブラウン著;松村和紀子訳　ハーレクイン(MIRA文庫) 2001年9月

ルーカス・スウェイン
CIAの諜報員、国際犯罪組織のボスのサルヴァトーレ・ネルヴィを殺害したリリーを追った男　「くちづけは眠りの中で」リンダ・ハワード著;加藤洋子訳　二見書房(二見文庫) 2005年7月

ルーカス・ストーンコート
ヒューストン警察第三十一分署刑事、アメリカインディアンのチェロキー族出身の男性　「肩の上の死神」ロバート・ウォーカー著;岡田葉子訳　扶桑社(扶桑社ミステリー) 2001年4月

ルーカス・ランサム(ルーク)
ヴェトナム移民の青年・トランの恋人、作家　「絢爛たる屍」ポピー・Z・ブライト著;柿沼瑛子訳　文藝春秋(文春文庫) 2003年6月

ルーカ・セリエーリ
アルノ川左岸のサンタ・トリニタ橋のたもとで溺死した29歳の青年　「ぼくは死んでいる」フィリップ・ベッソン著;稲松三千野訳　早川書房(ハヤカワ・ミステリ文庫) 2005年9月

チャーリー
スコットランドヤード犯罪捜査課の警視　「殺人者の街角」マージェリー・アリンガム著;佐々木愛訳　論創社(論創海外ミステリ) 2005年6月

ルーク
ヴェトナム移民の青年・トランの恋人、作家　「絢爛たる屍」ポピー・Z・ブライト著;柿沼瑛子訳　文藝春秋(文春文庫) 2003年6月

ルーク
スコットランドヤード犯罪捜査課の警視　「陶人形の幻影」マージェリー・アリンガム著;佐々木愛訳　論創社(論創海外ミステリ) 2005年9月

ルーク
ロンドン警視庁の最古参警察官、主任警部　「霧の中の虎」マージェリー・アリンガム著;山本俊子訳　早川書房(Hayakawa pocket mystery books) 2001年11月

ルーク
陸軍弾道ミサイル局研究員、何者かによって記憶を消された男　「コード・トゥ・ゼロ」ケン・フォレット著;戸田裕之訳　小学館(小学館文庫) 2003年5月

ルーク・オドンロン
米海軍特殊部隊SEAL所属の将校、愛称で「ラッキー」と呼ばれている男 「ラッキーをつかまえろ」 スーザン・ブロックマン作;長田乃莉子訳 ハーレクイン(シルエット・ラブストリーム) 2001年6月

ルーク・オドンロン(ラッキー)
アメリカ合衆国海軍特殊部隊シールに所属する海軍大尉 「希望への旅人」 スーザン・ブロックマン作;安倍杏子訳 ハーレクイン(シルエット・ラブストリーム) 2001年5月

ルーク・ジョンストン
検死助手として働くトゥルーの別れた恋人、事件現場担当のカメラマン 「トゥルー・コーリング Vol.4」 ジョン・ハーモン・フェルドマン原案;酒井紀子編訳 竹書房(竹書房文庫) 2005年7月

ルーク・ジョンストン
検死助手として働くトゥルーの恋人、事件現場担当のカメラマン 「トゥルー・コーリング Vol.2」 ジョン・ハーモン・フェルドマン原案;酒井紀子編訳 竹書房(竹書房文庫) 2005年5月

ルーク・ジョンストン
検死助手として働くトゥルーの恋人、事件現場担当のカメラマン 「トゥルー・コーリング Vol.3」 ジョン・ハーモン・フェルドマン原案;酒井紀子編訳 竹書房(竹書房文庫) 2005年6月

ルーク・スキナー(スキナー)
ロンドンのドーバー・ストリート署巡査部長 「戦士たちの挽歌」 フレデリック・フォーサイス著;篠原慎訳 角川書店 2002年1月

ルーク・デッカー(デッカー)
FBI特別捜査官、FBI訓練アカデミー行動科学課の責任者 「クライム・ゼロ」 マイクル・コーディ著;内田昌之訳 徳間書店 2001年3月

ルーク・フィッツウィリアム
東南アジアの植民地駐在からイギリスに帰国した元警官 「殺人は容易だ」 アガサ・クリスティー著;高橋豊訳 早川書房(ハヤカワ文庫クリスティー文庫) 2004年3月

ルクマン
インドネシア特殊部隊〈コパスス〉の少佐、野心的で彫の深い整った顔立ちの男 「奪還」 マイケル・デイ著;松本剛史訳 ソニー・マガジンズ(ヴィレッジブックス) 2005年4月

ルーク・ライリー
三つの葬儀社の経営者、三十一歳の私立探偵のリーガンの父 「誘拐犯はそこにいる」 メアリ・ヒギンズ・クラーク著;キャロル・ヒギンズ・クラーク著;宇佐川晶子訳 新潮社(新潮文庫) 2003年12月

ルーシー
ピザ販売業者マシューの妻、マリーナ・シェリダンの妹 「石に刻まれた時間」 ロバート・ゴダード著;越前敏弥訳 東京創元社(創元推理文庫) 2003年1月

ルーシー
法医学者・スカーペッタの姪、全米法医学アカデミーのオーナー 「神の手 上下」 パトリシア・コーンウェル著;相原真理子訳 講談社(講談社文庫) 2005年12月

ルーシー・アイルズバロウ
短期契約の非常に優秀な家政婦、オックスフォード大学卒の32歳の女性 「パディントン発4時50分」 アガサ・クリスティー著;松下祥子訳 早川書房(ハヤカワ文庫クリスティー文庫) 2003年10月

ルシアン・アナトール・ジョリ（ジョリ）
フランス司法警察局の警部 「古い骨」 アーロン・エルキンズ著;青木久惠訳　早川書房（ハヤカワ・ミステリ文庫）2005年1月

ル・ジェラン
英国の国防評価研究局から新素材「スキン17」の製法を盗んだ犯罪組織「ユニオン」のリーダー 「007/ハイタイム・トゥ・キル」 レイモンド・ベンスン著;小林浩子訳　早川書房（Hayakawa pocket mystery books）2005年11月

ルーシー・ギルバート
ポートレオの判事ホイット・モーズリーの恋人、占い師 「海賊岬の死体」 ジェフ・アボット著;吉沢康子訳　早川書房（ハヤカワ・ミステリ文庫）2004年7月

ルーシー・キングズリー
ロンドンに住んでいる画家、キングズリー聖堂参事の美しい娘 「死のさだめ」 ケイト・チャールズ著;中村有希訳　東京創元社（創元推理文庫）2001年4月

ルーシー・サーマン
元サーカスで見世物になっていた女性、神を愛する孤独な三十代後半の介護ヘルパー 「タトゥ・ガール」 ブルック・スティーヴンズ著;細美;遙子訳　講談社（講談社文庫）2004年1月

ルーシー・ジョメッティ
ワシントンDCのCIAの分析官、テロリストがアメリカに核ミサイルを撃ちこむ計画を発見した女性 「テロリストのウォーゲーム」 ボニー・ラムサン著;佐藤耕士訳　集英社（集英社文庫）2003年4月

ルーシー・スカーペッタ
ATFのマイアミ地方局の捜査官、バージニア州検屍局長ケイの姪 「審問 上下」 P・コーンウェル著;相原真理子訳　講談社（講談社文庫）2000年12月

ルーシー・スプリング
悠々自適の暮らしをしている女性私立探偵、探偵タナーの古い友人 「最終章」 スティーヴン・グリーンリーフ著;黒原敏行訳　早川書房（Hayakawa pocket mystery books）2002年4月

ルーシー・パトゥー（パトゥー）
ロス・アンゼルス「ウィロウブルック医療センター」感染予防主任医師 「感染者 上下」 パトリック・リンチ著;高見浩訳　飛鳥新社　2002年5月

ルーシー・ピム（ミス・ピム）
女子体育大学で講演をおこなうことになった心理学書のベストセラー作家 「裁かれる花園」 ジョセフィン・テイ著;中島なすか訳　論創社（論創海外ミステリ）2005年2月

ルーシー・ファリネリ
法病理学者・スカーペッタの姪、マイアミ在住の元FBI捜査官 「痕跡 上下」 パトリシア・コーンウェル著;相原真理子訳　講談社（講談社文庫）2004年12月

ルーシー・ファリネリ
法病理学者・スカーペッタの姪で元FBI捜査官、ニューヨークで私的捜査機関を主宰する女 「黒蠅 上下」 パトリシア・コーンウェル著;相原真理子訳　講談社（講談社文庫）2003年12月

ルーシー・フライ
日本で翻訳の仕事をしているイギリス人で禎司の恋人、友人・リリー殺害の容疑者となってしまった女性 「アースクエイク・バード」 スザンナ・ジョーンズ著;阿尾正子訳　早川書房（Hayakawa novels）2001年12月

るしぷ

ルーシー・プロクター
ニューヨークのベストセラー作家ブライスの離婚調停中の妻 「鉤」ドナルド・E.ウェストレイク著;木村二郎訳 文藝春秋(文春文庫) 2003年5月

ルーシー・メッソン・スミス
イギリス国教会の教区牧師のひとり娘、賭け屋で働く二十二歳の事務員 「判事とペテン師」ヘンリー・セシル著;中村美穂訳 論創社(論創海外ミステリ) 2005年12月

ルジューン
地区警察の警部、黒っぽい髪に灰色の目の頑丈な男 「蒼ざめた馬」アガサ・クリスティー著;高橋恭美子訳 早川書房(ハヤカワ文庫クリスティー文庫) 2004年8月

ルシール・ケルズ
犯罪組織のブレーンであるレッド・ドッグによって誘拐されコネマラ地方の孤児院に捨てられた娘 「わが名はレッド」シェイマス・スミス著;鈴木恵訳 早川書房(ハヤカワ・ミステリ文庫) 2002年9月

ルシール・ヘア
作家志望の34歳の銀行員、ミシシッピ州の田舎町の電器店店主の妹 「ミシシッピ・シークレット」リジー・ハート著;安藤由紀子訳 東京創元社(創元コンテンポラリ) 2003年3月

ルシンダ・プライア(ルーシー)
ピザ販売業者マシューの妻、マリーナ・シェリダンの妹 「石に刻まれた時間」ロバート・ゴダード著;越前敏弥訳 東京創元社(創元推理文庫) 2003年1月

ルース
三歳の時にウィスコンシンの凍結した湖で母を亡くし伯母のアマンダに育てられた娘 「湖の記憶」クリスティーナ・シュワルツ著;北沢あかね訳 講談社(講談社文庫) 2003年8月

ルース・パーク
SMプレイ専門ホテル「ロワシー」の宿泊客、情け容赦もない商売のやり方で有名な「パーク株式会社」の女社長 「悦楽者たちの館」ジョン・ウォーレン著;三川基好訳 扶桑社(扶桑社ミステリー) 2003年1月

ルース・ファインゴールド
元下院議員の女弁護士、有名作家ソアの妻 「傷心」デイヴィッド・ハンドラー著;北沢あかね訳 講談社(講談社文庫) 2001年6月

ルーズベルト・フロスト
カリフォルニア州の有力者、元有名アメフト選手だった63歳の男 「何ものも恐れるな 上下」ディーン・クーンツ著;天馬竜行訳 アカデミー出版 2001年4月

ルース・レンズウィック
ニューヨークのヤンシュ・バレエ団の新作バレエの振付をまかされた女性、ロマンス小説家ジュリエットの親友 「嘆きのパ・ド・ドゥ」エレン・ポール著;木村博江訳 ソニー・マガジンズ(ヴィレッジブックス) 2003年10月

ルディガー
ミシガン州警察を退職後故郷のオーカス・ビーチで警察署長を務めている男 「狩りの風よ吹け」スティーヴ・ハミルトン著;越前敏弥訳 早川書房(ハヤカワ・ミステリ文庫) 2002年5月

ルディ・ガン(ガン)
NUMA(国立海中海洋機関)の次長でダーク・ピットやアル・ジョルディーノの同僚、長官サンデッカーを助ける参謀役 「オデッセイの脅威を暴け 上下」クライブ・カッスラー著;中山善之訳 新潮社(新潮文庫) 2005年6月

ルディ・ガン（ガン）
NUMA（国立海中海洋機関）の次長でダーク・ピットやアル・ジョルディーノの同僚、長官サンデッカーを助ける参謀役　「マンハッタンを死守せよ　上下」　クライブ・カッスラー著；中山善之訳　新潮社（新潮文庫）　2002年12月

ルディ・ガン（ガン）
NUMA（国立海中海洋機関）の次長でダーク・ピットやアル・ジョルディーノの同僚、優れた組織運営力で長官サンデッカーを助ける参謀役　「アトランティスを発見せよ　上下」　クライブ・カッスラー著；中山善之訳　新潮社（新潮文庫）　2001年11月

ルドルフ・グローヴィアン
見知らぬ男を果物ナイフで刺殺した主婦・コーラの事件を担当した警部　「記憶を埋める女」　ペトラ・ハメスファール著；畔上司訳　学研　2002年11月

ルドルフ・ケッセルバッハ
億万長者のダイヤモンド王、パリに滞在中に殺害されたケープタウンの支配者　「813　アルセーヌ・ルパン」　モーリス・ルブラン作；大友徳明訳　偕成社（偕成社文庫）　2005年9月

ルドルフ・サントニックス
建築家、依頼人が住みたいと思う家を建てることができる稀有な才能を持つ老人　「終りなき夜に生れつく」　アガサ・クリスティー著；乾信一郎訳　早川書房（ハヤカワ文庫クリスティー文庫）　2004年8月

ルドルフ・メイズ
ワシントンの巨大法律事務所「ドレイク＆スウィーニー」の反トラスト法部門パートナー　「路上の弁護士　上下」　ジョン・グリシャム著；白石朗訳　新潮社（新潮文庫）　2001年9月

ルナ・シザム
ハマーステッド社営業部社員、同社給与会計課社員ジェイン・ブライトの友人　「Mr.パーフェクト」　リンダ・ハワード著；加藤洋子訳　二見書房（二見文庫）　2001年5月

ルノマン部長　るのまんぶちょう
怪盗ルパンを追うパリ警視庁国家警察部長　「813　アルセーヌ・ルパン」　モーリス・ルブラン作；大友徳明訳　偕成社（偕成社文庫）　2005年9月

ルーパス
古代ローマの港町・オスティアで暮らす物乞いの少年、舌を切り取られた孤児　「オスティア物語」　キャロライン・ローレンス著；田栗美奈子訳　PHP研究所　2003年3月

ルパート・ロール
出版社に持ち込まれた原稿の著者、元英国諜報部員・リチャードが敬愛していた死んだはずの上官　「訣別の弔鐘」　ジョン・ウェルカム著；岩佐薫子訳　論創社（論創海外ミステリ）　2004年12月

ルパン
フランスの国民的怪盗、変装の名人で神出鬼没の大盗賊　「ルパン対ホームズ」　モーリス・ルブラン作；榊原晃三訳　岩波書店（岩波少年文庫）　2001年4月

ルパン
フランスの国民的怪盗、変装の名人で神出鬼没の大盗賊　「奇岩城」　モーリス・ルブラン作；榊原晃三訳　岩波書店（岩波少年文庫）　2001年7月

ルパン
金持ちや貴族しか狙わず乱暴や殺人は決して働かない「怪盗紳士」「ルパン」　ジャン・ポール・サロメ著；ローラン・ヴァショー著；番由美子編訳　メディアファクトリー（洋画文庫）　2005年8月

ルパン
死んだと思われていた有名な怪盗紳士　「813　アルセーヌ・ルパン」　モーリス・ルブラン作；大友徳明訳　偕成社（偕成社文庫）　2005年9月

るぱん

ルパン
神出鬼没の怪盗紳士、数カ月前から武勇の数々が新聞の紙上をにぎわせている謎の人物 「怪盗紳士ルパン」 モーリス・ルブラン著;平岡敦訳　早川書房（ハヤカワ・ミステリ文庫）　2005年9月

ルパン
代議士ドーブレックのマリーテレーズ別荘に手下と強盗に入った強盗紳士 「水晶栓─ルパン傑作集6」 モーリス・ルブラン著;堀口大學訳　新潮社（新潮文庫）　2002年7月

ルパン
大胆不敵な大怪盗、時に名探偵として時に愛国者として縦横無尽の活躍をする紳士 「ルパンの告白」 モーリス・ルブラン著;堀口大學訳　新潮社（新潮文庫）　2004年5月

ルパン
謎の人物『L・M』の手によって刑務所に放り込まれた有名な怪盗 「続813アルセーヌ・ルパン」 モーリス・ルブラン作;大友徳明訳　偕成社（偕成社文庫）　2005年9月

ルビー
ラジオのパーソナリティ、ハリウッド分署のギャヴィランにネタを提供している女霊能者 「ハリウッド的殺人事件」 ロン・シェルトン脚本;ロバート・ソウザ脚本;石田享編訳　竹書房（竹書房文庫）　2004年1月

ルビイ・マーチンスン
善良な小市民にして犯罪における悪魔的頭脳の持ち主でもあるニューヨークに住む23歳の青年 「怪盗ルビイ・マーチンスン」 ヘンリイ・スレッサー著;村上啓夫訳　早川書房（ハヤカワ・ミステリ文庫）　2005年7月

ルビド
連続殺人事件の容疑者ウィリアム・バントリングの弁護人、キューバ人女性 「報復」 ジリアン・ホフマン著;吉田利子訳　ソニー・マガジンズ（ヴィレッジブックス）　2004年11月

ルビー・リン・カーマイケル
ケンタッキー州に住む21歳のストリッパー、医師ナタリーの夫レイモンドの重婚相手 「レイモンドと3人の妻」 ステファニー・ボンド著;小林理子訳　文藝春秋（文春文庫）　2002年12月

ルーファス・マッケロイ
朝鮮半島の非武装地帯で米国陸軍兵士のタイラーを戦闘マシーンに仕立てた米国陸軍大尉 「灰色の非武装地帯」 クレイ・ハーヴェイ著;島田三蔵訳　扶桑社（扶桑社ミステリー）　2002年9月

ルファルジュ
パリ警視庁の警部、ロンドン警視庁バーンリー警部の友人 「樽」 F.W.クロフツ著;加賀山卓朗訳　早川書房（ハヤカワ・ミステリ文庫）　2005年1月

ルフェーヴル
ラス・ピエルナス警察殺人課の刑事、孤独な一匹狼 「汚れた翼　上下」 ジャン・バーク著;渋谷比佐子訳　講談社（講談社文庫）　2005年11月

ルー・フォード
ウエスト・テキサスの田舎町の保安官補、義兄が建設現場で事故死した男 「内なる殺人者」 ジム・トンプスン著;村田勝彦訳　河出書房新社　2001年2月

ルー・フォード
テキサス州セントラルシティの保安官助手、細身で筋肉質の29歳の男 「おれの中の殺し屋」 ジム・トンプスン著;三川基好訳　扶桑社（扶桑社ミステリー）　2005年5月

ルー・フォネスカ
フロリダ州のサラソータ地区の召喚状送達業者、イリノイ州クック郡の州検事局の元捜査官でイタリア系の中年男 「消えた人妻」 スチュアート・カミンスキー著;中津悠,訳　講談社（講談社文庫）　2004年9月

ループ・オールダー
失踪した男、サマセットのストリート出身でロンドンのユリビア・シッピング社の元社員 「秘められた伝言 上下」ロバート・ゴダード著;加地美知子訳 講談社(講談社文庫) 2003年9月

ルーベン・シェインドリン(シェインドリン)
マイアミにある貿易会社の経営者、闇商人 「追放者」ホセ・ラトゥール著;酒井武志訳 早川書房(ハヤカワ・ミステリ文庫) 2001年2月

ルーベン・V・アトリー　るーべんぶいあとりー*
老判事、エリート教授のレイと薬物中毒者のフォレストの父親 「召喚状 上下」ジョン・グリシャム著;天馬竜行訳 アカデミー出版 2002年9月

ルーベン・モンティーゴ
カナダのクレイトン鉱山の専属医師、30代なかばのジャマイカ系カナダ人男性 「ホミニッド―原人」ロバート・J・ソウヤー著;内田昌之訳 早川書房(ハヤカワ文庫SF) 2005年2月

ルー・ボールト(ボールト)
シアトル市警殺人課の部長刑事、連続放火事件を捜査する42歳の男 「炎の記憶」リドリー・ピアスン著;橋本夕子訳 角川書店(角川文庫) 2002年5月

ルールタビーユ
有力紙「エポック」の18歳の記者、生意気で自惚れが強いが鋭く独創的な推理力の持ち主 「黄色い部屋の謎」ガストン・ルルー著;宮崎嶺雄訳 嶋中書店(嶋中文庫) 2005年2月

ルント
米国で爆発炎上したツェッペリン型飛行船・ヒンデンブルクの乗客、新聞記者 「ヒンデンブルク炎上 上下」ヘニング・ボエティウス著;天沼春樹訳 新潮社(新潮文庫) 2004年8月

ルンドベリ
大手広告会社の社長、威厳ある態度の60歳前後の男 「罪」カーリン・アルヴテーゲン著;柳沢由実子訳 小学館(小学館文庫) 2005年6月

ルンペルシュティルツキン
ニューヨークで開業している精神分析医リッキーに手紙を送りつけた謎の脅迫者 「精神分析医 上下」ジョン・カッツェンバック著;堀内静子訳 新潮社(新潮文庫) 2003年10月

【れ】

レアルコ・パドバーニ(カルネラ)
第二次世界大戦中のイタリアのレジスタンスの闘士でロマーニャ地方サン・タルベルトの英雄的存在、鷲鼻の巨漢 「混濁の夏」カルロ・ルカレッリ著;菅谷誠訳 柏艪舎(イタリア捜査シリーズ) 2005年3月

レイ
ソルトレイク・シティ警察の巡査、法地質学者エム・ハンセンに協力するハンサムなモルモン教徒 「化石の殺人」サラ・アンドリューズ著;高橋恭美子訳 早川書房(ハヤカワ・ミステリ文庫) 2002年9月

レイ
フロリダ州バヒアビーチで起きた少女誘拐殺人事件の容疑者 「狂った真実」ナンシー・ピカード著;宇佐川晶子訳 早川書房(ハヤカワ・ミステリ文庫) 2001年12月

レイ・アトリー
バージニア大学で法律を教えるエリート教授、老判事のルーベンの息子で薬物中毒者のフォレストの兄 「召喚状 上下」ジョン・グリシャム著;天馬竜行訳 アカデミー出版 2002年9月

れいあ

レイ・アトリー
バージニア大学ロースクールの教授で老判事の長男、薬物中毒者フォレストの兄 「呼び出し〈召喚状〉上下」 ジョン・グリシャム著;天馬;龍行訳 アカデミー出版 2004年12月

レイ・エルウッド（エルウッド）
合衆国陸軍四等特技下士官、ドイツ駐頓基地で密造ドラッグで稼いでいた男 「バッファロー・ソルジャーズ」 ロバート・オコナー著;松下祥子訳 早川書房（ハヤカワ文庫NV）2002年5月

レイ・カーマン（ラビ・ラシュード）
赤子のときにイランからロンドンに渡った北ロンドンの名家の子息、イギリス陸軍特殊空挺部隊の少佐 「原潜バラクーダ奇襲」 パトリック・ロビンソン著;山本光伸訳 二見書房（二見文庫） 2005年9月

レイク・クレイク（クレイク）
オランダの「ボール紙のゴッホ」と呼ばれるスピードパズル選手、左足を切断された殺人事件の犠牲者 「パズル」 アントワーヌ・ベロ著;香川由利子訳 早川書房（Hayakawa novels） 2004年11月

レイシー・クイン
南カリフォルニアで工芸店を営む美貌の女性、祖父が遺した絵画の価値を世に知らしめたいと願う孫娘 「三つの死のアート」 エリザベス・ローウェル著;高田恵子訳 ソニー・マガジンズ（ヴィレッジブックス） 2005年10月

レイシー・ファレル
不動産会社「パーカー・アンド・パーカー社」のトップセールスウーマン、娘の部屋を売りたいと依頼してきた夫人・イザベルが殺されたのを目撃した女性 「見ないふりして」 メアリ・H.クラーク著;深町真理子訳 新潮社（新潮文庫） 2002年3月

レイ・シムラ
日本の書画骨董の売買仲介をする日系アメリカ人のアンティーク・ディーラー 「月殺人事件」 スジャータ・マッシー著;矢沢聖子訳 講談社（講談社文庫） 2003年10月

レイス
60歳すぎの元陸軍大佐、ケンプ主任警部の協力者 「忘られぬ死」 アガサ・クリスティー著;中村能三訳 早川書房（ハヤカワ文庫クリスティー文庫） 2004年5月

レイスン
スコットランド・ヤードのあらゆる課が持て余した事件を引き受ける迷宮課の警部 「百万に一つの偶然－迷宮課事件簿〔Ⅱ〕」 ロイ・ヴィカーズ著;宇野利泰訳 早川書房（ハヤカワ・ミステリ文庫） 2003年7月

レイチェル
アパラチア山脈の小さな町・イェールに住む女、夫が失踪して以来孤閨を守っている妻 「危険な匂いのする男」 テリー・ケイ著;栗原百代訳 扶桑社（扶桑社ミステリー） 2002年1

レイチェル
コーンウォールの一領主フィリップの従兄・アンブローズの妻、もとはアンブローズの遠縁だったイタリア女 「レイチェル」 ダフネ・デュ・モーリア著;務台夏子訳 東京創元社（創元推理文庫） 2004年6月

レイチェル・アシュフォード
イギリス・コーンウォールの旧家の自殺した当主オリヴィアの従姉妹、未亡人 「炎の翼」 チャールズ・トッド著;山本やよい訳 扶桑社（扶桑社ミステリー） 2001年1月

レイチェル・アシュリー
イングランドの一領主・フィリップの年の離れた従兄の妻、イタリア出身の伯爵夫人 「レイチェル」 ダフネ・デュ・モーリア著;務台夏子訳 東京創元社（創元推理文庫） 2004年6月

レイチェル・ウルフ
犯罪心理学者、私立探偵バードの元恋人 「奇怪な果実 上下」 ジョン・コナリー著;北澤和彦訳 講談社(講談社文庫) 2005年10月

レイチェル・ウルフ(ウルフ)
優秀な女性犯罪心理学者 「死せるものすべてに 上下」 ジョン・コナリー著;北澤和彦訳 講談社(講談社文庫) 2003年9月

レイチェル・シモンズ
オーク・グローブ署の夜間パトロール勤務の婦人警官、二人の子どもをかかえる34歳の未亡人 「不当逮捕」 N・T・ローゼンバーグ著;吉野美耶子訳 講談社(講談社文庫) 2003年10月

レイチェル・ジャンセン
イングランドのウィルトシャー州「聖バーソロミュー教会」の教徒、28歳の既婚女性 「死神の戯れ」 ピーター・ラヴゼイ著;山本やよい訳 早川書房(ハヤカワ・ミステリ文庫) 2002年1月

レイチェル・ジョコパーツィ
イクスプレス紙の女性記者アイリーン・ケリーの友人、元フェニックス警察の刑事 「親族たちの嘘」 ジャン・バーク著;渋谷比佐子訳 扶桑社(扶桑社ミステリー) 2001年1月

レイチェル・スターン
精神科医、多重人格者・ヘレンの主治医 「傷痕」 アラン・ラッセル著;匝瑳玲子訳 早川書房(ハヤカワ文庫NV) 2004年6月

レイチェル・セクストン
国家偵察局員、大統領選の現職の対立候補であるセクストン上院議員の娘 「デセプション・ポイント 上下」 ダン・ブラウン著;越前敏弥訳 角川書店 2005年4月

レイチェル・バトラー
ギタリストのサルバドールの妻リディアの学生時代のルームメイト、太って鈍重な娘 「サルバドールの復活 上下」 ジェレミー・ドロンフィールド著;越前敏弥訳 東京創元社(創元推理文庫) 2005年1月

レイチェル・パームクィスト
脳神経科学者、神経科学を暴力犯罪研究に応用している女性研究者 「ブレイン・ストーム 上下」 リチャード・ドゥーリング著;白石朗訳 講談社(講談社文庫) 2003年4月

レイチェル・ハワード
フロリダ州キーウエストの教会の牧師、カウンセラーのリズの姉 「邪神」 エリカ・スピンドラー著;平江まゆみ訳 ハーレクイン(MIRA文庫) 2003年5月

レイチェル・ブラッドリー
施設からシアトルの高級住宅地に住む裕福なブラッドリー夫妻に養子として引き取られた双子の姉妹の一人 「緋色の影」 メグ・オブライエン著;皆川孝子訳 ハーレクイン(MIRA文庫) 2004年8月

レイチェル・ブルーナー(ブルーナー夫人) れいちぇるぶるーなー(ぶるーなーふじん)
大富豪の遺産を相続した未亡人、FBIから執拗に尾行されている中年女性 「ネロ・ウルフ対FBI」 レックス・スタウト著;高見浩訳 光文社(光文社文庫) 2004年2月

レイチェル・ペンヒル
二十九歳の宝石商の女性、九歳のアンの叔母 「雨が降りつづく夜」 パトリシア・カーロン著;沢万里子訳 扶桑社(扶桑社ミステリー) 2003年12月

レイチェル・ペンブローク
資産家マーコフの婚約者、25歳の女性 「財産分与 女弁護士ニナ・ライリー」 ペリー・オショーネシー著;富永和子訳 小学館(小学館文庫) 2004年12月

れいち

レイチェル・マードック(ミス・レイチェル)
老嬢探偵、年齢を感じさせない行動力と鋭敏な頭脳で事件を解決する好奇心旺盛な70歳 「黒猫は殺人を見ていた」 D.B.オルセン著;澄木柚訳 早川書房 (Hayakawa pocket mystery books) 2003年5月

レイチェル・ミルズ
元FBI捜査官、形成外科医のマークの元恋人 「ノー・セカンドチャンス 上下」 ハーラン・コーベン著;山本やよい訳 ランダムハウス講談社(ランダムハウス講談社文庫) 2005年9月

レイチェル・レイナード(レイナード)
アメリカ中西部の郊外に住む心臓外科医デリックの妻、レイナード・ファミリー児童財団の共同理事長 「覗く。上下」 デイヴィッド・エリス著;中津悠訳 講談社(講談社文庫) 2003年3月

レイチェル・レイン
自殺した老富豪フェランの二十歳の娘、世界先住民宣教協会の一員 「テスタメント 上下」 ジョン・グリシャム著;白石朗訳 新潮社(新潮文庫) 2003年2月

レイド・ピアソン
スポーツキャスターでフランキーの父、元フットボールのスター選手 「フリーキー・グリーンアイ」 ジョイス・キャロル・オーツ著;大嶌双恵訳 ソニー・マガジンズ 2005年9月

レイ・ドラン
ニューヨーク州のマンスフィールドに住む警察官、隣に引っ越してきた人妻・シーラと恋に落ちた男 「ライン・オブ・サイト」 ジャック・ケリー著;内海由起子訳 DHC 2002年10月

レイ・ドールトン
世界最強の特殊部隊〈ドミナンス・レイン〉の指揮官 「特別追撃任務」 マーカス・ウィン著;遠藤宏昭訳 早川書房(ハヤカワ文庫NV) 2003年8月

レイナード
アメリカ中西部の郊外に住む心臓外科医デリックの妻、レイナード・ファミリー児童財団の共同理事長 「覗く。上下」 デイヴィッド・エリス著;中津悠訳 講談社(講談社文庫) 2003年3月

レイナード
アメリカ中西部の郊外に住む心臓外科医でレイチェルの夫、レイナード・ファミリー児童財団の共同理事長 「覗く。上下」 デイヴィッド・エリス著;中津悠訳 講談社(講談社文庫) 2003年3月

レイニー
オレゴン州の元保安官補で私立探偵の女性、FBI主任捜査官・クインシーの元仕事仲間 「誰も知らない恋人」 リサ・ガードナー著;前野;律訳 ソニーマガジンズ(ヴィレッジブックス) 2003年3月

レイニー(ロレイン)
人身被害専門の弁護士ロビーの筋委縮性側索硬化症(ALS)を患った妻 「囮弁護士 上下」 スコット・トゥロー著;二宮磐訳 文藝春秋(文春文庫) 2004年11月

レイニー(ロレイン・コナー)
ベイカーズヴィル保安官事務所の保安官補、ベイカーズヴィル八年制校で起きた射殺事件を追った三十一歳の女性 「あどけない殺人」 リサ・ガードナー著;前野律訳 ソニー・マガジンズ(ヴィレッジブックス) 2002年6月

レイニー・ケリガン
シアトルのテレビ局KQMOの花形リポーター、美貌と才能に恵まれた女性 「ブロンドライフ」 ジョン・スコット・シェパード脚本;ダナ・スティーヴンス脚本;池谷律代訳 竹書房(竹書房文庫) 2003年8月

レイ・パイ（パイ）
ニュージャージー州スパルタの不良青年、モーテル経営者の息子 「黒い夏」 ジャック・ケッチャム著; 金子浩訳 扶桑社 (扶桑社ミステリー) 2005年6月

レイヴァリー大佐　れいばりーたいさ
英国軍最高指揮官 「捕虜収容所の死」 マイケル・ギルバート著; 石田善彦訳 東京創元社 (創元推理文庫) 2003年5月

レイフ・アンダーソン
FBIのバーチャル犯罪特捜隊「ネットフォース」の少年部隊「ネットフォース・エクスプローラーズ」のメンバー、男子高校生 「ネットフォースエクスプローラーズ 陰謀のゲーム」 トム・クランシー著; スティーヴ・ピチェニック著 アスペクト 2001年12月

レイフォード・スチール
アメリカのクリスチャングループ「トリビュレーション・フォース」のメンバー、クローイの父親 「ニコライ—レフトビハインド〈3〉」 ティム・ラヘイ著; ジェリー・ジェンキンズ著; 松本和子訳 いのちのことば社フォレストブックス 2003年1月

レイフォード・スチール
アメリカのパン・コンチネンタル航空パイロット 「トリビュレーション・フォース レフトビハインド2」 ティム・ラヘイ著; ジェリー・ジェンキンズ著; 松本和子訳 いのちのことば社フォレストブックス 2002年8月

レイフォード・スチール
カルパチア専用機の機長、元パン・コンチネンタル航空パイロット 「ソウル・ハーベスト レフトビハインド4」 ティム・ラヘイ著; ジェリー・ジェンキンズ著; 松本和子訳 いのちのことば社フォレストブックス 2003年9月

レイフォード・スチール
パン・コンチネンタル航空のパイロット、飛行中に突然何人かの乗客が消えてしまった旅客機を操縦していた男 「レフトビハインド」 ティム・ラヘイ著; ジェリー・ジェンキンズ著; 上野五男; 訳 いのちのことば社フォレストブックス 2002年3月

レイフォード・スチール
元パン・コンチネンタル航空のパイロット、クリスチャンの集団「トリビュレーション・フォース」のメンバー 「アサシンズ—レフトビハインド (6)」 ティム・ラヘイ著; ジェリー・ジェンキンズ著; 伊藤肇; 訳 いのちのことば社フォレストブックス 2005年6月

レイフォード・ベントン・リンチ（ベントン・リンチ）
アメリカ南部の田舎町ニーリーの養鶏場の息子、ほとんど喋らない個性も特徴もない少年 「甘美なる来世へ」 T・R・ピアソン著; 柴田元幸訳 みすず書房 2003年11月

レイ・プレスリー（プレスリー）
ナチェズ郊外のトレーラーハウスに住む元警官のならず者、末期がんを患う56歳の男 「沈黙のゲーム 上下」 グレッグ・アイルズ著; 雨沢泰訳 講談社 (講談社文庫) 2003年7月

レイヴン（ルース・パーク）
SMプレイ専門ホテル「ロワシー」の宿泊客、情け容赦ない商売のやり方で有名な「パーク株式会社」の女社長 「悦楽者たちの館」 ジョン・ウォーレン著; 三川基好訳 扶桑社 (扶桑社ミステリー) 2003年1月

レイ・ボブ
無一文の流れ者、テキサスの街でコンビニの店員を殺害してしまい相棒のエディと逃避行を開始した男 「終わりのないブルーズ」 クリストファー・クック著; 奥田祐士訳 ソニー・マガジンズ (ヴィレッジブックス) 2002年2月

レイモン
スペイン領下のカリフォルニアの青年将校 「快傑ゾロ」 ジョンストン・マッカレー著; 井上一夫訳 東京創元社 (創元推理文庫) 2005年12月

レイモンド・オリヴァー・ソーン
謎の経歴を持つ殺人者 「皇帝の血脈 上下」 アラン・フォルサム著;戸田裕之訳　新潮社（新潮文庫）2005年11月

レイモンド・カーマイケル
義肢販売をしている42歳の男性、ミズーリ州の地域医療の医師ナタリーの夫 「レイモンドと3人の妻」 ステファニー・ボンド著;小林理子訳　文藝春秋（文春文庫）2002年12月

レイモンド・キーン
刑事デニスの副業である殺しの依頼人 「殺す警官」 サイモン・カーニック著;佐藤耕士訳　新潮社（新潮文庫）2003年9月

レイモンド・ショウ
朝鮮戦争で捕虜になっていた部隊を救い英雄になった合衆国陸軍軍曹、マーコ大尉の部下 「影なき狙撃者」 リチャード・コンドン著;佐和誠訳　早川書房（ハヤカワ文庫NV）2002年12月

レイモンド・ビューレイ
死亡した医師ラルフ・ビューレイの15歳違いの弟、役者 「贖罪の終止符」 サイモン・トロイ著;水野恵訳　論創社（論創海外ミステリ）2005年3月

レイモンド・ホワイト（レーヨン）
ケチな動物業者、32歳になる双子の兄弟オーロンの兄 「大密林」 ジェイムズ・W・ホール著;北澤和彦訳　講談社（講談社文庫）2002年8月

レイモンド・レイントゥリー（レイ）
フロリダ州バヒアビーチで起きた少女誘拐殺人事件の容疑者 「狂った真実」 ナンシー・ピカード著;宇佐川晶子訳　早川書房（ハヤカワ・ミステリ文庫）2001年12月

レイモン・マカテア
トランスセクシャルのボーの友人、相撲レスラーみたいな体格の陽気なタヒチ人の女性 「異形の花嫁」 ブリジット・オベール著;藤本優子訳　早川書房（ハヤカワ・ミステリ文庫）2003年5月

レイラ・ムーア
CIA訓練生、エリート訓練生のジェイムズと恋におちた知的でセクシーな女性 「リクルート」 ロジャー・タウン脚本;カート・ウィマー脚本;ミッチ・グレイザー脚本;保志一蔵編訳　角川書店（角川文庫）2003年12月

レイン
シアトルに住む27歳の女性、叔父が経営する「レイザー貿易」に正体を隠して勤める秘書 「そのドアの向こうで」 シャノン・マッケナ著;中西和美訳　二見書房（二見文庫）2004年3月

レオ
英仏海峡のジャージー島に取材に訪れたハンブルクの雑誌社の若手記者、活発で知識欲旺盛な女性 「ある貴婦人の肖像」 ペトラ・エルカー著;小津薫訳　扶桑社（扶桑社ミステリー）2002年1月

レオ
行方不明になったハイデルベルク大学の女子大生、良家の子女 「ゼルプの欺瞞」 ベルンハルト・シュリンク著;平野卿子訳　小学館（Shogakukan mystery）2002年10月

レオ
青年アンドリューの亡き大叔母が残した屋敷「テイル館」に住みついていた元労働組合の闘士だった読書家 「テイル館の謎」 ドロシー・ギルマン著;柳沢由実子訳　集英社（集英社文庫）2001年4月

レオ十世(ジョヴァンニ・デ・メディチ)　れおじゅっせい(じょばんにでめでぃち)
メディチ家出身の教養豊かなローマ教皇　「グノーシスの薔薇」　デヴィッド・マドセン著;大久保譲訳　角川書店　2004年11月

レオナルディ
イタリアのエミーリア・ロマーニャ地方サン・タルベルトのパルチザン警察巡査部長　「混濁の夏」　カルロ・ルカレッリ著;菅谷誠訳　柏艪舎(イタリア捜査シリーズ)　2005年3月

レオナルド
合衆国空軍大佐、ワイオミング州の特別捜査官・アントンの父親　「コロラドの血戦」　クリントン・マッキンジー著;熊谷千寿訳　新潮社(新潮文庫)　2004年11月

レオナルド・ダ・ヴィンチ
15世紀末のミラノでサンタ・マリア・デッレ・グラツィエ修道院の壁画「最後の晩餐」の制作に取り組む芸術家　「レオナルドのユダ」　レオ・ペルッツ著;鈴木芳子訳　エディションq　2001年7月

レオナルド・ヴェトラ
スイスの欧州原子核研究機構の科学者、カトリック司祭　「天使と悪魔 上下」　ダン・ブラウン著;越前敏弥訳　角川書店　2003年10月

レオ・ニューボルド(ニューボルド)
マイアミ警察署警部補、殺人課の指揮官　「殺人課刑事 上下」　アーサー・ヘイリー著;永井淳訳　新潮社(新潮文庫)　2001年5月

レオネク・テルジアン
東ヨーロッパ某国の人民警察殺人捜査課の捜査官、新人捜査官エミール・ブロードのパートナー　「嘆きの橋」　オレン・スタインハウアー著;村上博基訳　文藝春秋(文春文庫)　2005年1月

レオノーラ・ハットン
図書館司書、亡くなった女詐欺師メレディス・スプーナーの友人　「鏡のラビリンス」　ジェイン・アン・クレンツ著;中西和美訳　二見書房(二見文庫)　2005年12月

レオノーレ・ザルガー(レオ)
行方不明になったハイデルベルク大学の女子大生、良家の子女　「ゼルプの欺瞞」　ベルンハルト・シュリンク著;平野卿子訳　小学館(Shogakukan mystery)　2002年10月

レオ・ベルティーナ
男娼、22歳の青年　「ぼくは死んでいる」　フィリップ・ベッソン著;稲松三千野訳　早川書房(ハヤカワ・ミステリ文庫)　2005年9月

レオポルド・サラマッジオ(サラマッジオ)
セント・キャサリン病院の神経外科部長、昏睡状態の少年・タイラーの担当になった世界的に有名なカリスマ神経外科医　「打ち砕かれた昏睡(コーマ)」　ジョン・ダーントン著;嶋田洋一訳　ソニー・マガジンズ(ヴィレッジブックス)　2005年8月

レオ・マーストン
ミシシッピ州ナチェズの政財界を牛耳る有力者で大富豪の判事、作家ペン・ケージの昔の恋人リヴィの父親　「沈黙のゲーム 上下」　グレッグ・アイルズ著;雨沢泰訳　講談社(講談社文庫)　2003年7月

レオ・ラブリオーラ(ラブリオーラ)
元歌手セーラの義父、高利貸しの男　「孤独な鳥がうたうとき」　トマス・H・クック著;村松潔訳　文藝春秋　2004年11月

レオ・レンフロ
元窃盗犯のキャシーの昔の仲間　「バッドラック・ムーン 上下」　マイクル・コナリー著;木村二郎訳　講談社(講談社文庫)　2001年8月

レオン
ハリウッドを裏であやつる謎の大物エージェント 「LA闇のコネクション」 ジャッキー・コリンズ著;野原房訳　扶桑社(扶桑社ミステリー)　2002年1月

レオンティーヌ・アントワーヌ
メジスリー河岸に住む一人暮らしの老婦人、自宅で窒息死していた女性 「メグレと老婦人の謎」 G.シムノン著;長島良三訳　河出書房新社(河出文庫)　2001年6月

レオン・ドーニン
ロシア外交官、素性の怪しい男 「女競買人　横盗り」 ウィリアム・D・ブランケンシップ著;中川聖訳　講談社(講談社文庫)　2001年5月

レクシー・パスコー
ニューヨークに暮らすロシア・マフィアの首領でフィーの父親 「魂の傷痕」 アンソニー・リー著;横山啓明訳　早川書房(Hayakawa novels)　2002年8月

レクター
精神病理学者、九件の凶悪殺人を犯した異常殺人犯 「レッド・ドラゴン　上下」 トマス・ハリス著;小倉多加志訳　早川書房(ハヤカワ文庫NV)　2002年9月

レーシー・シャーロック(シャーロック)
FBI犯罪分析課(CAU)の女性捜査官、FBIアカデミーを優秀な成績で卒業した新人 「迷路」 キャサリン・コールター著;林啓恵訳　二見書房(二見文庫)　2003年8月

レーシー・シャーロック(シャーロック)
FBI犯罪分析課の捜査官、直属の上司・サビッチの妻 「袋小路」 キャサリン・コールター著;林啓恵訳　二見書房(ザ・ミステリ・コレクション)　2004年1月

レーシー・シャーロック(シャーロック)
FBI犯罪分析課の捜査官、直属の上司・サビッチの妻 「土壇場」 キャサリン・コールター著;林啓恵訳　二見書房(ザ・ミステリ・コレクション)　2004年6月

レジーナ・クローセン
証券アナリスト、三年前世界周遊中に行方を絶った女性 「君ハ僕ノモノ」 メアリ・H.クラーク著;宇佐川晶子訳　新潮社(新潮文庫)　2002年5月

レジナルド・ウェクスフォード(ウェクスフォード)
キングズマーカム警察主任警部、ソーシャルワーカーのシルヴィアの父親 「悪意の傷跡」 ルース・レンデル著;吉野美恵子訳　早川書房(Hayakawa pocket mystery books)　2002年12月

レジナルド・ウェクスフォード(ウェクスフォード)
キングズマーカム警察主任警部、白人の大男 「シミソラ」 ルース・レンデル著;宇佐川晶子訳　角川書店(角川文庫)　2001年3月

レジャイナ・シェルダン
ウエスト・サセックスの村でアンティークショップを経営する女性、弁護士ジュリア・ラーウッドの叔母 「女占い師はなぜ死んでゆく」 サラ・コードウェル著;羽地和世訳　早川書房(Hayakawa pocket mystery books)　2001年5月

レジー・ラブ
女性弁護士、高名な産婦人科医の元妻 「依頼人」 ジョン・グリシャム著;白石朗訳　小学館(小学館文庫)　2003年1月

レ神父　れしんぷ
世界一の腕利き捜査官スペクトゥールの友人、薬物中毒者 「悪党どもはぶち殺せ!」 ジスラン・タシュロー著;吉田良子訳　扶桑社(扶桑社ミステリー)　2003年11月

レス
グラスゴーの競売会社の競売人リルケの親友、麻薬の売人もする40歳のオカマ 「カッティング・ルーム」 ルイーズ・ウェルシュ著;大槻寿美枝訳　早川書房 (Hayakawa pocket mystery books) 2003年7月

レスコフ
バンコクのロシア大使館第二書記、元KGB諜報員の愛国的ロシア人 「因果応報の終わるまで－ミャンマー崩壊作戦」 ポール・アディレックス著;高橋洋伸訳　文芸社　2004年10月

レスター・ダント
犯罪歴が長く最近釈放されたインディアナ州生まれの犯罪者 「ブラッド/孤独な反撃」 デイヴィッド・マレル著;山本光伸訳　早川書房(ハヤカワ文庫NV)　2002年9月

レストレード
ロンドン警視庁の警部 「シャーロック・ホームズ対切り裂きジャック」 マイケル・ディブディン著;日暮雅通訳　河出書房新社(河出文庫)　2004年2月

レスリー
作家志望の青年・キャルが一夜を共にした女 「著者略歴」 ジョン・コラピント著;横山啓明訳　早川書房(ハヤカワ・ミステリ文庫)　2005年11月

レスリー
主人公の青年ジョーが暮らす荷船の持ち主、ジョーの雇い主 「ヤング・アダム」 アレグザンダー・トロッキ著;浜野アキオ訳　河出書房新社　2005年1月

レスリー(レス)
グラスゴーの競売会社の競売人リルケの親友、麻薬の売人もする40歳のオカマ 「カッティング・ルーム」 ルイーズ・ウェルシュ著;大槻寿美枝訳　早川書房 (Hayakawa pocket mystery books) 2003年7月

レスリー・ウエルズ
ジョージア州アトランタの「連邦疫病対策センター」に所属する昆虫学者 「ダスト 上下」 チャールズ・ペレグリーノ著;白石朗訳　ソニー・マガジンズ(ヴィレッジブックス)　2002年5月

レスリー・グラント
劇作家の青年ディックと婚約したての美女 「死が二人をわかつまで」 ジョン・ディクスン・カー著;仁賀克雄訳　早川書房(ハヤカワ・ミステリ文庫)　2005年4月

レスリー・サスマン
広告代理店勤務のデイヴィットの妻、モーリンの幼なじみ 「嘘つき男は地獄へ堕ちろ」 ジェイソン;スター著;浜野;アキオ訳　ソニー・マガジンズ(ヴィレッジブックス)　2004年6月

レスリー・マッケンジー
フロリダの最高級リゾートタウンのパーム・ビーチにある不動産屋の女性 「悪党パーカー/地獄の分け前」 リチャード・スターク著;小鷹信光訳　早川書房(ハヤカワ・ミステリ文庫)　2002年1月

レーズン・パートロー
ニューオーリンズに住む弁護士・タビーの居候、鶏脱糞ゲームに熱中し恋人をほったらかしにする男 「判事の桃色な日々」 トニイ・ダンバー著;中津悠訳　早川書房(ハヤカワ・ミステリ文庫)　2002年2月

レダ・ラカン
彫刻家ロス・アルトーのモデルになる美貌の女性、依頼主セレステ・ラカンの異父妹 「刻まれる女」 デイヴィッド・L.;リンジー著;山本;光伸訳　新潮社(新潮文庫)　2004年3月

レッグズ
1950年代のニューヨーク州で作られた少女ギャング団「フォックスファイア」の最高司令官 「フォックスファイア」 ジョイス・キャロル・オーツ著;井伊順彦訳　DHC　2002年7月

れっく

レックス・カーヴァー（カーヴァー）
イギリスの私立探偵、へそ曲がりでお調子者だが正義感と行動力を持つ男 「溶ける男」 ヴィクター・カニング著;水野恵訳 論創社（論創海外ミステリ） 2005年10月

レックス・ワイマン（ワイマン）
ワールドクエスト社社長で大富豪、ヨット「ビクトリー号」のオーナーで冬期太平洋横断レースの主催者 「悪夢の帆走」 ジェイムズ・セイヤー著;安原和見訳 新潮社（新潮文庫） 2005年7月

レッド・ウッドロー
テキサス州パール・クリークの治安官、隣郡の治安官ジェイコブの古い知り合い 「ボトムズ」 ジョー・R.ランズデール著;北野寿美枝訳 早川書房（ハヤカワ・ミステリ文庫） 2005年3月

レッド・ドック
犯罪組織のブレーン、人生を破壊した親族への復讐を誓った男 「わが名はレッド」 シェイマス・スミス著;鈴木恵訳 早川書房（ハヤカワ・ミステリ文庫） 2002年9月

レッドフィールド博士　れっどふぃーるどはくし
精神科医、特殊能力者エヴァン・トレボーンとその父ジェイソンの主治医 「バタフライ・エフェクト」 ジェームズ・スワロウ著;酒井紀子訳 竹書房（竹書房文庫） 2005年4月

レッドフォード
元CIA職員アレックスの昔の同僚で伝説の美術品"ウインドダンサー"に異常に執着している仇敵 「風のペガサス 上下」 アイリス・ジョハンセン著;大倉貴子訳 二見書房（二見文庫） 2001年7月

レティ
オレンジ郡保安局刑事部の捜査官、火災査定人ジャック・ウェイドの恋人 「カリフォルニアの炎」 ドン・ウィンズロウ著;東江一紀訳 角川書店（角川文庫） 2001年9月

レディ・アマンダ・ソーンボウルド
英仏海峡のジャージー島に住む老貴婦人 「ある貴婦人の肖像」 ペトラ・エルカー著;小津薫訳 扶桑社（扶桑社ミステリー） 2002年1月

レディ・エスタ
イギリスの有名な慈善家エスター男爵夫人 「堕ちた天使 アザゼル」 ボリス・アクーニン著;沼野恭子訳 作品社 2001年4月

レティシア・ウェルズ
パリの〈エコー・デュ・ディマンシュ〉紙の記者、人間嫌いの美女 「蟻の時代 ウェルベル・コレクションⅡ」 ベルナール・ウェルベル著;小中陽太郎訳;森山隆訳 角川書店（角川文庫） 2003年7月

レティシア・デル・リオ（レティ）
オレンジ郡保安局刑事部の捜査官、火災査定人ジャック・ウェイドの恋人 「カリフォルニアの炎」 ドン・ウィンズロウ著;東江一紀訳 角川書店（角川文庫） 2001年9月

レディー・スーザン・ケアリー
ケアリー家の投手でウィトリンガル・ホールの持ち主である老婦人 「シシリーは消えた」 アントニイ・バークリー著;森英俊訳・解説 原書房（ヴィンテージ・ミステリ・シリーズ） 2005年2月

レディ・ティヴァートン
ニュージャージー州出身の五十四歳の元女優 「仮面劇場の殺人」 ディクスン・カー著;田口俊樹訳 東京創元社（創元推理文庫） 2003年9月

レディ・ヘレン・ラング（ヘレン）
イギリス貴族ラング准男爵の夫人、ボストンの裕福な家庭出身の大富豪 「ホワイトハウス・コネクション」 ジャック・ヒギンズ著;黒原敏行訳 角川書店（角川文庫） 2003年9月

レディ・ボウクレア
若き画家のジョージ・コートロイに想いをよせられていた女性、四十年以上前に絞首刑で処された美女 「迷宮の舞踏会」 ロス・キング著;河野純治訳　早川書房(Hayakawa novels) 2004年4月

レディ・ラウラ
ローマ教皇レオ十世の侍従・ペッペをグノーシスの教義に導く謎の少女 「グノーシスの薔薇」 デヴィッド・マドセン著;大久保護訳　角川書店 2004年11月

レディー・ローワン・コンプトン
女探偵メイジー・ダブズの元の雇い主で後援者 「夜明けのメイジー」 ジャクリーン・ウィンスピア著;長野きよみ訳　早川書房 (ハヤカワ・ミステリ文庫) 2005年3月

レトー・ド・ヴィレット
若い伯爵夫人・ジャンヌの愛人、社交界の権謀術数にたけたジゴロ 「マリー・アントワネットの首飾り」 エリザベス・ハンド著;野口百合子訳　新潮社(新潮文庫) 2002年2月

レドナップ
ロサンゼルスにあるブラッドフォード建設の設計企画部長、次期支社長選に臨む男 「硝子の塔」 スタンリー・アレン著;大妻裕一訳　二見書房(二見文庫) 2001年8月

レナ
ピアニスト・エディが演奏するフィラデルフィアの酒場のウェイトレス 「ピアニストを撃て」 デイヴィッド・グーディス著;真崎義博訳　早川書房 (Hayakawa pocket mystery books) 2004年5月

レナ・クラウダー
殺害された東欧の国のソングライターのヤノス・クラウダーの未亡人、郊外の大邸宅に住む美女 「嘆きの橋」 オレン・スタインハウアー著;村上博基訳　文藝春秋 (文春文庫) 2005年1月

レナータ
カンザス州ウィチタにあるストリップ・バーの経営者、美女 「氷の収穫」 スコット・フィリップス著;細美遙子訳　早川書房(ハヤカワ・ミステリ文庫) 2001年6月

レナード・シェルビー
前向性健忘症という記憶障害をもつ元保険調査員、妻殺しの犯人を追った夫 「メメント」 クリストファー・ノーラン原案;今野雄二著　ソニー・マガジンズ 2001年10月

レナード・パイン
ゲイの黒人、ストレートの白人・ハップの親友で相棒 「人にはススメられない仕事」 ジョー・R・ランズデール著;鎌田三平訳　角川書店(角川文庫) 2002年1月

レナード・パイン
テキサス州ラボードに住むゲイの黒人、落ちこぼれ白人ハップの相棒 「テキサスの懲りない面々」 ジョー・R.ランズデール著;鎌田三平訳　角川書店(角川文庫) 2003年5月

レナード・ボウル
未亡人殺害の容疑をかけられた失業中の青年 「検察側の証人」 アガサ・クリスティー著;加藤恭平訳　早川書房(ハヤカワ文庫クリスティー文庫) 2004年5月

レーナ・ブラント
数学者・エーミールの妻で元CBS職員、アメリカのジャーナリスト・ジェイクと不倫関係だった女性 「さらば、ベルリン　上下」 ジョゼフ・キャノン著;渋谷正子訳　早川書房(Hayakawa novels) 2002年9月

レニ
ベルリンの娼家「キティの店」にいる22歳の娼婦、ドイツ親衛隊保安諜報部のスパイ 「反逆部隊　上下」 ガイ・ウォルターズ著;横山啓明訳　早川書房(ハヤカワ文庫NV) 2003年11月

レニー・ケイガン
特殊能力者エヴァン・トレボーンの幼なじみの友人 「バタフライ・エフェクト」 ジェームズ・スワロウ著;酒井紀子訳 竹書房(竹書房文庫) 2005年4月

レニセンブ
インホテプの娘、夫を亡くして実家に戻った若い寡婦 「死が最後にやってくる」 アガサ・クリスティー著;加島祥造訳 早川書房(ハヤカワ文庫クリスティー文庫) 2004年4月

レニー・ニュートン
テキサス州フォートワースのタラント総合病院に勤務する外科の女医 「指先に語らせないで 上下」 サンドラ・ブラウン著;吉沢康子訳 新潮社(新潮文庫) 2003年11月

レニーヌ
エーグルロッシュ伯の客としてラ・マレーズ城館に滞在する公爵、盗賊アルセーヌ・ルパンの仮の姿 「八点鐘」 モーリス・ルブラン著;堀口大学訳 新潮社(新潮文庫) 2003年12月

レニー・ライアン
殺人の容疑者、麻薬の売人を公園内の橋から川へ突きおとした男 「血の奔流」 ジェス・ウォルター著;天野淑子訳 早川書房(ハヤカワ文庫NV) 2002年2月

レネ・サントス(サントス)
冷徹な国際的テロリスト、ユダヤ人大富豪を誘拐する任務のためサンフランシスコへやってきた男 「誘拐指令」 J.ケニーリー著;高橋健次訳 講談社(講談社文庫) 2001年6月

レブ・バーネット
ハリウッドのスタントマン、美術館の学芸員だった亡き父・バーネット博士の息子 「メディチ家の短剣」 キャメロン・ウエスト著;酒井武志訳 早川書房(ハヤカワ文庫NV) 2002年10月

レヴ・ペトロシアン
物理学者、原子爆弾の製造にかかわりソ連へ逃亡したと考えられている男 「ペトロシアンの方程式 上下」 ビル・ネイピア著;藤田佳澄訳 新潮社(新潮文庫) 2004年1月

レーヴン・ジョンソン
インテリアデザイン会社社長、十五歳の時に親友のアンディとジュリーとだれも住んでいない新築住宅でSMプレイをしている男女を目撃した女の子 「ショッキング・ピンク 上下」 エリカ・スピンドラー著;中谷ハルナ訳 ハーレクイン(MIRA文庫) 2004年1月

レベッカ
ロンドンの女流画家、元ストリッパー 「死を嘲く鳥」 モー・ヘイダー著;小林宏明訳 角川春樹事務所(ハルキ文庫) 2002年4月

レベッカ・キーズ
ニューメキシコの「レイジー・エイト牧場」の女支配人 「希望への旅人」 スーザン・ブロックマン作;安倍杏子訳 ハーレクイン(シルエット・ラブストリーム) 2001年5月

レベッカ・シェイズ
フリーの売れっ子写真家、小児科医ベックの亡き妻エリザベスの一番の女友達 「唇を閉ざせ 上下」 ハーラン・コーベン著;佐藤耕士訳 講談社(講談社文庫) 2002年1月

レベッカ・テンプル
最愛の夫を病気で亡くした女性、カナダに住んでいる医師 「死、ふたたび」 シルヴィア・マウルターシュ・ウォルシュ著;横山啓明訳 早川書房(ハヤカワ・ミステリ文庫) 2004年12月

レベッカ・バムロイ
インディアンに両親を殺され兄・イーセックもさらわれた少女、5年後戻ってきた兄と町から逃亡した妹 「バックスキンの少女」 ドロシー・ギルマン著;柳沢由実子訳 集英社(集英社文庫) 2002年11月

レベッカ・バロン（レベッカ・マーティン）
ロサンジェルス市警察の刑事ジョン・バロン（ニコラス・マーティン）の妹、15歳の時に言葉を失ったが元は明敏で聡明な娘 「皇帝の血脈 上下」 アラン・フォルサム著;戸田裕之訳 新潮社（新潮文庫） 2005年11月

レベッカ・フォーネス
ネヴァダ州兵航空隊第111爆撃飛行隊の司令、忠誠心と決断力と美貌を兼ね備えた女性 「韓国軍北侵 上下」 デイル・ブラウン著;伏見威蕃訳 二見書房（二見文庫） 2001年6月

レベッカ・マーティン
ロサンジェルス市警察の刑事ジョン・バロン（ニコラス・マーティン）の妹、15歳の時に言葉を失ったが元は明敏で聡明な娘 「皇帝の血脈 上下」 アラン・フォルサム著;戸田裕之訳 新潮社（新潮文庫） 2005年11月

レベッカ・モラント
ロンドン警視庁のキャフェリー警部の恋人、性犯罪の被害者で女流芸術家 「悪鬼（トロール）の檻」 モー・ヘイダー著;小林宏明訳 角川春樹事務所（ハルキ文庫） 2003年7月

レミー・ジャーディン
ニースの仮面舞踏会で記憶を喪失した27歳の女、ニューオーリンズで海運会社を運営する一族の一人娘 「愛は仮面舞踏会の夜に」 ジャネット・デイリー著;矢倉尚子訳 集英社（集英社文庫） 2003年5月

レーヨン
ケチな動物業者、32歳になる双子の兄弟オーロンの兄 「大密林」 ジェイムズ・W・ホール著;北澤和彦訳 講談社（講談社文庫） 2002年8月

レン
冴えない中年のタクシー運転手、難病の娘・ポピーの父親 「ブラック・キャブ」 ジョン・マクラーレン著;玉木亨訳 角川書店（角川文庫） 2004年12月

レンジャー
保釈保証会社の腕利きバウンティ・ハンター（逃亡者逮捕請負人）、キューバ系アメリカ人 「クリムゾン・リバー」 ジャン＝クリストフ・グランジェ著;平岡敦訳 東京創元社（創元推理文庫） 2001年1月

レンジャー
保釈保証会社の腕利きバウンティ・ハンター（逃亡者逮捕請負人）、キューバ系アメリカ人 「やっつけ仕事で八方ふさがり」 ジャネット・イヴァノヴィッチ著;細美遙子訳 扶桑社（扶桑社ミステリー） 2003年5月

レンジャー
保釈保証会社の腕利きバウンティ・ハンター（逃亡者逮捕請負人）、キューバ系アメリカ人 「わしの息子はろくでなし」 ジャネット・イヴァノヴィッチ著;細美遙子訳 扶桑社（扶桑社ミステリー） 2002年4月

レンジャー
保釈保証会社の腕利きバウンティ・ハンター（逃亡者逮捕請負人）、キューバ系アメリカ人 「快傑ムーンはご機嫌ななめ」 ジャネット・イヴァノヴィッチ著;細美遙子訳 扶桑社（扶桑社ミステリー） 2003年2月

レンズ保安官　れんずほあんかん
ニュー・イングランドの町ノースモントの保安官、医師サム・ホーソーンの友人 「サム・ホーソーンの事件簿 2」 エドワード・D・ホック著;木村二郎訳 東京創元社（創元推理文庫） 2002年5月

レンズ保安官　れんずほあんかん
ニュー・イングランドの町ノースモントの保安官、医師サム・ホーソーンの友人 「サム・ホーソーンの事件簿 3」 エドワード・D・ホック著;木村二郎訳 東京創元社（創元推理文庫） 2004年9月

れんず

レンズ保安官　れんずほあんかん
ニュー・イングランドの田舎町ノースモントの保安官 「サイモン・アークの事件簿 2」 エドワード・D. ホック著;木村二郎訳　東京創元社(創元推理文庫)　2002年5月

レンズ保安官　れんずほあんかん
ニュー・イングランドの田舎町ノースモントの保安官 「サイモン・アークの事件簿 3」 エドワード・D. ホック著;木村二郎訳　東京創元社(創元推理文庫)　2004年9月

レンツ
ウィーン最高の富豪で<レンツ財団>の会長、50代の内科医 「シグマ最終指令 上下」 ロバート・ラドラム著;山本光伸訳　新潮社(新潮文庫)　2002年11月

【ろ】

ロー
ニューヨーク・チャイナタウンで急速に力を伸ばす新興勢力 「苦い祝宴」 S.J.ローザン著;直良和美訳　東京創元社(創元推理文庫)　2004年1月

ロー
ロサンゼルス市警本部強盗殺人課の元刑事、銃撃事件で快復不能の障害を負った男 「暗く聖なる夜 上下」 マイクル・コナリー著;古沢嘉通訳　講談社(講談社文庫)　2005年9月

ロイ
詐欺師コンビ「ロイとフランキー」のかたわれ、堅実な性格で神経症を病む太った男 「マッチスティック・メン」 エリック・ガルシア著;土屋晃訳　ソニー・マガジンズ(ヴィレッジブックス)　2003年9月

ロイ・ホールドストロム
「マクシマス・フィルム社」で特撮を担当する男、ライターの「私」のハイスクール時代からの親友 「黄泉からの旅人」 レイ・ブラッドベリ著;日暮雅通訳　文藝春秋　2005年11月

ロイ・アール
六年間の服役後すぐに新たな犯罪に向かう元銀行強盗犯 「ハイ・シエラ」 W.R.バーネット著;菊池光訳　早川書房 (Hayakawa pocket mystery books)　2003年2月

ロイ・クロック(クロック)
アメリカ国務省特別捜査官、有力な証人を目の前で消されてしまった男 「硝煙のトランザム」 ロブ・ライアン著;鈴木恵訳　文藝春秋(文春文庫)　2003年8月

ロイ・コーリー(コーリー)
ラテン語教師ジェーンが高校生のころの親友のいとこ、ニューヨーク州警察の刑事 「乙女の湖」 キャロル・グッドマン著;津森優子訳　早川書房(ハヤカワ・ミステリ文庫)　2003年1月

ロイス・サカイ
カリフォルニア大学の女学生ジャッキーの叔母、日系二世の父フランクを亡くした次女 「ある日系人の肖像」 ニーナ・ルヴォワル著;本間有訳　扶桑社(扶桑社ミステリー)　2005年8月

ロイス・チャース
メイン州デリーに住む68歳の未亡人、不眠症に苦しむラルフの女友達 「不眠症 上下」 スティーヴン・キング著;芝山幹郎訳　文藝春秋　2001年7月

ロイ・スレーター
北カリフォルニアの小さな町の教師、余命短い父を看取るため二十数年ぶりに故郷の田舎町へ戻ってきた男 「蜘蛛の巣のなかへ」 トマス・H・クック著;村松潔訳　文藝春秋(文春文庫)　2005年9月

ロイ・ディジェノヴェーゼ（ディジェノヴェーゼ）
FBI米ロ共同組織犯罪対策本部所属の特別捜査官、元陸軍レーンジャー 「謀略上場 上下」 クリストファー・ライク著;土屋京子訳 ランダムハウス講談社 2004年11月

ロイド
イギリスのスタンズフィールド署の捜査課首席警部 「踊り子の死」 ジル・マゴーン著;高橋なお子訳 東京創元社（創元推理文庫） 2002年9月

ロイド・ヘンリード
ウィルスにより死滅したアメリカの生存者、州際逃亡犯人 「ザ・スタンド 3」 スティーヴン・キング著;深町眞理子訳 文藝春秋（文春文庫） 2004年6月

ロイド・ヘンリード
州際逃亡犯人、アリゾナ州アパッチ郡で相棒と強盗をもくろむ男 「ザ・スタンド 1」 スティーヴン・キング著;深町眞理子訳 文藝春秋（文春文庫） 2004年4月

ロイ・ファウラー（ファウラー）
ロンドンのクラブ「アルカディア」のオーナー 「覗く銃口」 サイモン・カーニック著;佐藤耕士訳 新潮社（新潮文庫） 2005年1月

ロイ・フォルトリッグ（フォルトリッグ）
ニューオーリンズ連邦検事局地区首席検事 「依頼人」 ジョン・グリシャム著;白石朗訳 小学館（小学館文庫） 2003年1月

ロイ・ロック
英独友好同盟軍曹のニコラスの幼馴染、パブの亭主でレジスタンス活動家 「英国占領 上下」 マリ・デイヴィス著;真野明裕訳 二見書房（二見文庫） 2005年7月

ロウィーナ・グレアム
コネティカット州スタンフォード市に住む39歳の女性、マグナッソン図書館の図書館司書 「クローディアの憂鬱」 シャーロット・ヴェイル・アレン著;細郷妙子訳 ハーレクイン（MIRA文庫） 2003年3月

ローウェル
ハーヴァード大学教授で詩人・編集者、南北戦争直後のアメリカでダンテ『神曲』の翻訳に取り組む「ダンテ・クラブ」のメンバー 「ダンテ・クラブ」 マシュー・パール著;鈴木恵訳 新潮社 2004年8月

ローウェル・ロバーツ（ロバーツ判事） ろーうぇるろばーつ（ろばーつはんじ）
アラバマ州マウンテン・ブルックに住む引退した連邦判事、執事兼ボディガードのセーラ・スティーヴンズの雇い主 「一度しか死ねない」 リンダ・ハワード著;加藤洋子訳 二見書房（二見文庫） 2003年1月

ロウジー・エヴァンス
自宅で殺人事件が起こったトーマス医師の妹、未婚で妊娠した18歳の奔放な娘 「疑惑の霧」 クリスチアナ・ブランド著;野上彰訳 早川書房（ハヤカワ・ミステリ文庫） 2004年5月

老婆　ろうば
1831年のイギリス・サンダーランドに住む娼婦ガスティンの監視役の老婆 「青いドレスの少女」 シェリ・ホールマン著;河野純治訳 DHC 2002年5月

ロガヴィン
エリート連邦検事、長身痩躯の35歳の男 「確信犯 上下」 スティーヴン・ホーン著;遠藤宏昭訳 早川書房（ハヤカワ・ミステリ文庫） 2001年8月

ローガン
イギリス人のガラス工芸家、レース中に事故死した騎手・マーティンの友人 「勝利」 ディック・フランシス著;菊池光訳 早川書房(Hayakawa novels) 2001年5月

ろがん

ローガン
コンピューター会社をはじめ数々の事業を興した大富豪、サラ・パトリックの依頼人 「爆風」 アイリス・ジョハンセン著;池田真紀子訳 二見書房(二見文庫) 2003年2月

ローガン
政府にも影響力をもつ大富豪、フォトジャーナリストのアレックス・グレアムの親友サラの夫 「その夜、彼女は獲物になった」 アイリス・ジョハンセン著;池田真紀子訳 ソニー・マガジンズ(ヴィレッジブックス) 2005年7月

ローガン・キンケイド
世界をまたにかけている賭博師の男 「魔の淵」 ヘイク・タルボット著;小倉多加志訳 早川書房(Hayakawa pocket mystery books) 2001年4月

ローガン・グリフィン
国家安全保障庁「テスラ・プロジェクト」の最初の人間被験者 「エヴァーグレイズに消える」 T.J.マグレガー著;古賀弥生訳 早川書房(ハヤカワ・ミステリ文庫) 2004年3月

ローク
国際企業ロークインダストリーズの社長兼CEO、ハンサムな大富豪 「この悪夢が消えるまで」 J.D.ロブ著;青木悦子訳 ソニー・マガジンズ(ヴィレッジブックス) 2002年12月

ローク
国際企業ロークインダストリーズの社長兼CEO、ハンサムな大富豪で警部補イヴ・ダラスの夫 「カサンドラの挑戦」 J.D.ロブ著;青木悦子訳 ソニー・マガジンズ(ヴィレッジブックス) 2005年6月

ローク
国際企業ロークインダストリーズの社長兼CEO、ハンサムな大富豪で警部補イヴ・ダラスの夫 「ラストシーンは殺意とともに」 J.D.ロブ著;小林浩子訳 ソニー・マガジンズ(ヴィレッジブックス) 2005年11月

ローク
国際企業ロークインダストリーズの社長兼CEO、ハンサムな大富豪で警部補イヴ・ダラスの夫 「死にゆく者の微笑」 J.D.ロブ著;青木悦子訳 ソニー・マガジンズ(ヴィレッジブックス) 2004年2月

ローク
国際企業ロークインダストリーズの社長兼CEO、ハンサムな大富豪で警部補イヴ・ダラスの夫 「招かれざるサンタクロース」 J.D.ロブ著;青木悦子訳 ソニー・マガジンズ(ヴィレッジブックス) 2004年12月

ローク
国際企業ロークインダストリーズの社長兼CEO、ハンサムな大富豪で警部補イヴ・ダラスの夫 「白衣の神のつぶやき」 J.D.ロブ著;中谷ハルナ訳 ソニー・マガジンズ(ヴィレッジブックス) 2005年4月

ローク
国際企業ロークインダストリーズの社長兼CEO、ハンサムな大富豪で警部補イヴ・ダラスの夫 「不死の花の香り」 J.D.ロブ著;青木悦子訳 ソニー・マガジンズ(ヴィレッジブックス) 2003年9月

ローク
国際企業ロークインダストリーズの社長兼CEO、ハンサムな大富豪で警部補イヴ・ダラスの夫 「復讐は聖母の前で」 J.D.ロブ著;青木悦子訳 ソニー・マガジンズ(ヴィレッジブックス) 2004年9月

ローク
国際企業ロークインダストリーズの社長兼CEO、ハンサムな大富豪で警部補イヴ・ダラスの夫 「魔女が目覚める夕べ」 J.D.ロブ著;小林浩子訳 ソニー・マガジンズ(ヴィレッジブックス) 2004年6月

ローク
国際企業ロークインダストリーズの社長兼CEO、ハンサムな大富豪で警部補イヴ・ダラスの恋人 「雨のなかの待ち人」 J.D.ロブ著;小林浩子訳　ソニー・マガジンズ（ヴィレッジブックス）2003年5月

ロクサーン・ビードルマン
虐待女性救援組織「レスキュー」のメンバー、ノートルダム大学出身の32歳独身女性 「恋と殺しのホームカミング」 ステファニー・ボンド著;押田由起訳　文藝春秋（文春文庫）2003年6月

ロクスナー
カリフォルニア州シエラネヴァダ山脈の寒村に忍び込んだ3人組の犯罪者のうちの1人 「雪に閉ざされた村」 ビル・ブロンジーニ著;中井京子訳　扶桑社（扶桑社ミステリー）2001年12月

ロケーシュ
老チベット人の僧、元中国経済部主任監察官・単の年上の親友 「霊峰の血 上下」 エリオット・パティスン著;三川基好訳　早川書房（ハヤカワ・ミステリ文庫）2004年2月

ロサーダ
テキサス州フォートワースの高級ペントハウスに住むプロの殺し屋 「指先に語らせないで 上下」 サンドラ・ブラウン著;吉沢康子訳　新潮社（新潮文庫）2003年11月

ロザリーン・クロード
戦時中に死亡した大富豪ゴードン・クロードの若い未亡人、遺産相続人 「満潮に乗って」 アガサ・クリスティー著;恩地三保子訳　早川書房（ハヤカワ文庫クリスティー文庫）2004年6月

ロザリンド・バートン（ロズ）
女農場主キャロル・パーシヴァルの友人、彫刻家 「飛蝗の農場」 ジェレミー・ドロンフィールド著;越前敏弥訳　東京創元社（創元推理文庫）2002年3月

ロザリンド・ベネガル（ロズ・ベンガル）
インド出身のフリージャーナリスト、ロンドンのラジオ局のプロデューサーを務める女性 「ボンベイ・アイス」 レスリー・フォーブス著;池田真紀子訳　角川書店　2003年8月

ロージー
女性私立探偵サニーと元夫リッチーの愛犬、ミニチュア・イングリッシュ・ブルテリア 「メランコリー・ベイビー」 ロバート・B.パーカー著;奥村章子訳　早川書房（ハヤカワ・ミステリ文庫）2005年11月

ロージー
女性私立探偵サニーと元夫リッチーの愛犬、ミニチュア・イングリッシュ・ブルテリア 「束縛」 ロバート・B.パーカー著;奥村章子訳　早川書房（ハヤカワ・ミステリ文庫）2003年4月

ロージー
女性私立探偵サニーと元夫リッチーの愛犬、ミニチュア・イングリッシュ・ブルテリア 「二度目の破滅」 ロバート・B.パーカー著;奥村章子訳　早川書房（ハヤカワ・ミステリ文庫）2001年9月

ロージー
弁護士、離婚した夫のマイケル・デイリーと一緒に小さな法律事務所を経営している四十三歳の女性 「検事長ゲイツの犯罪」 シェルドン・シーゲル著;古屋美登里訳　講談社（講談社文庫）2002年5月

ロジータ・ゴンザレス
葬儀社のリムジン運転手、二十六歳のシングルマザー 「誘拐犯はそこにいる」 メアリ・ヒギンズ・クラーク著;キャロル・ヒギンズ・クラーク著;宇佐川晶子訳　新潮社（新潮文庫）2003年12月

ロージー・ドーン
誘拐されたダンサー、ケータリングサービス会社社長の愛人 「ロージー・ドーンの誘拐」エリック・ライト著;佐藤耕士訳 早川書房(ハヤカワ・ミステリ文庫) 2001年12月

ロージャー
シカゴの投資コンサルタント、ととのった顔立ちの大柄な男 「人間たちの絆」 スチュアート・カミンスキー著;棚橋志行訳 扶桑社(扶桑社ミステリー) 2002年4月

ロジャー・アクロイド
イギリスの村キングズ・アボットの地主、大富豪 「アクロイド殺し」 アガサ・クリスティー著;羽田詩津子訳 早川書房(ハヤカワ文庫クリスティー文庫) 2003年12月

ロジャー・アクロイド
イギリスの村キングズ・アボットの地主、大富豪 「アクロイド殺害事件」 アガサ・クリスティー著;河野一郎訳 嶋中書店(嶋中文庫) 2004年10月

ロジャー・アクロイド
イギリスの村キングズ・アボットの地主、大富豪 「アクロイド殺害事件」 アガサ・クリスティ著;大久保康雄訳 東京創元社(創元推理文庫) 2004年3月

ロジャー・アクロイド(アクロイド氏) ろじゃーあくろいど(あくろいどし)
イギリスのキングズアボット村にあるファンリーパーク荘の主人、大成功をおさめた五十歳ちかい実業家 「アクロイド氏殺害事件」 アガサ・クリスティ作;花上かつみ訳 講談社(青い鳥文庫) 2005年4月

ロジャー・ウェイクフィールド
歴史学者 「アウトランダー7 時の彼方の再会1」 ダイアナ・ガバルドン著;加藤洋子訳 ソニー・マガジンズ(ヴィレッジブックス) 2005年1月

ロジャー・カークパトリック
オレゴン州ポートランドの弁護士事務所に所属する弁護士、女性検事補サム・キンケイドの元夫 「消えた境界線」 アラフェア・バーク著;七搦理美子訳 文藝春秋(文春文庫) 2005年6月

ロジャー・ゴーディアン
巨大多国籍企業・アップリンク社の創設者 「殺戮兵器を追え」 トム・クランシー著;マーティン・グリーンバーグ著;棚橋志行訳 二見書房(二見文庫) 2004年1月

ロジャー・ゴーディアン(ゴーディアン)
米国の巨大企業「アップリンク・インターナショナル」の創設者であり最高経営者 「謀殺プログラム」 トム・クランシー著;マーティン・グリーンバーグ著;棚橋志行訳 二見書房(二見文庫) 2003年5月

ロジャー・ゴーディアン(ゴーディアン)
米国の巨大企業アップリンク社の創業者で経営者 「細菌テロを討て! 上下」 トム・クランシー著;マーティン・グリーンバーグ著;棚橋志行訳 二見書房(二見文庫) 2001年11月

ロジャー・シェリンガム
イギリスの人気小説家、犯罪学が趣味で好奇心の強い三十代半ばの男 「レイトン・コートの謎」 アントニイ・バークリー著;巴妙子訳 国書刊行会(世界探偵小説全集) 2002年9月

ロジャー・シェリンガム
オックスフォード出身の有名な小説家、おしゃべりでおせっかいなアマチュア探偵 「ウィッチフォード毒殺事件」 アントニイ・バークリー著;藤村裕美訳 晶文社(晶文社ミステリ) 2002年9月

ロジャー・シェリンガム
オックスフォード出身の有名な小説家、おしゃべりでおせっかいなアマチュア探偵 「ロジャー・シェリンガムとヴェインの謎」 アントニイ・バークリー著;武藤崇恵訳 晶文社(晶文社ミステリ) 2003年4月

ロジャー・シェリンガム
オックスフォード出身の有名な小説家、おしゃべりでおせっかいなアマチュア探偵 「絹靴下殺人事件」 アントニイ・バークリー著;富塚由美訳　晶文社(晶文社ミステリ) 2004年2月

ロジャー・シェリンガム
犯罪学に関心をもつイギリスの人気小説家、趣味で探偵小説を書いている中年男ロナルドの友人 「ジャンピング ジェニイ」 アントニイ・バークリー著;狩野一郎訳　国書刊行会(世界探偵小説全集) 2001年7月

ロジャー・シェリンガム
犯罪学を趣味とする作家兼素人探偵、小柄でずんぐりした体型の無礼で自意識過剰な男 「最上階の殺人」 アントニイ・バークリー著;大沢晶訳　新樹社(Shinjusha mystery) 2001年8月

ロジャー・ジンマーマン(ジンマーマン)
ニューヨークに住む精神分析医リッキーの患者、過保護の母親と暮らす男 「精神分析医 上下」 ジョン・カッツェンバック著;堀内静子訳　新潮社(新潮文庫) 2003年10月

ロジャーズ
アメリカ合衆国の国家危機管理特別機関「オプ・センター」副長官、陸軍少将 「起爆国境」 トム・クランシー著;スティーヴ・ピチェニック著　新潮社(新潮文庫) 2005年3月

ロジャーズ
アメリカ合衆国国家危機管理センター〈オプ・センター〉副長官、陸軍少将 「流血国家 上下」 トム・クランシー著;スティーヴ・ピチェニック著;伏見威蕃訳　新潮社(新潮文庫) 2001年10月

ロジャーズ
アメリカ政府の精鋭危機管理チーム"オプ・センター"の副長官、陸軍少尉 「国連制圧」 トム・クランシー著;スティーヴ・ピチェニック著;伏見威蕃訳　新潮社(新潮文庫) 2003年5月

ロジャーズ
アメリカ政府の精鋭危機管理チーム"オプ・センター"副長官、陸軍少尉 「欧米掃滅 上下」 トム・クランシー著;スティーヴ・ピチェニック著;伏見威蕃訳　新潮社(新潮文庫) 2001年3月

ロジャー・スタレット(サム・スタレット)
アメリカ最強の特殊部隊SEAL第十六チームの中尉、ハイジャック機奪還計画の指揮を執る男 「氷の女王の怒り」 スーザン・ブロックマン著;山田久美子訳　ソニー・マガジンズ(ヴィレッジブックス) 2005年11月

ロジャー・バイフォールド(バイフォールド)
イタリアの第127捕虜収容所に収容されている英国陸軍大尉、脱走の常習者 「捕虜収容所の死」 マイケル・ギルバート著;石田善彦訳　東京創元社(創元推理文庫) 2003年5月

ロジャー・ハーディー
19世紀末ロンドンのバッキンガムシャー署の巡査 「絞首台までご一緒に」 ピーター・ラヴゼイ著;三好一美訳　早川書房(ハヤカワ・ミステリ文庫) 2004年1月

ロジャー・ブルーム(ハビランド卿)　ろじゃーぶるーむ(はびらんどきょう)
元首相、書斎から盗まれた機密文書の調査を私立探偵・ゴア大佐に依頼した男 「醜聞の館」 リン・ブロック著;田中孜訳　論創社(論創海外ミステリ) 2005年7月

ロス
犯罪者・パーカーと組んで銀行を襲撃した男、乾いた革のような肌をした小男 「悪党パーカー/地獄の分け前」 リチャード・スターク著;小鷹信光訳　早川書房(ハヤカワ・ミステリ文庫) 2002年1月

ろず

ローズ
バースとブリストルの間にある病院の駐車場で意識不明で倒れていた記憶喪失の若い女 「暗い迷宮」 ピーター・ラヴゼイ著;山本やよい訳　早川書房(ハヤカワ・ミステリ文庫) 2003年7月

ローズ
探偵事務所ルンギ家の29歳の長女で経理担当、永遠の夢見る乙女 「探偵家族/冬の事件簿」 マイクル・Z・リューイン著;田口俊樹訳　早川書房(Hayakawa pocket mystery books) 2004年1月

ローズ
探偵事務所ルンギ家の29歳の長女で経理担当、現在不倫中の困り者 「探偵家族」 マイクル・Z・リューイン著;田口俊樹訳　早川書房(ハヤカワ・ミステリ文庫) 2003年12月

ロズ
女農場主キャロル・パーシヴァルの友人、彫刻家 「飛蝗の農場」 ジェレミー・ドロンフィールド著;越前敏弥訳　東京創元社(創元推理文庫) 2002年3月

ロス・ウッド
元英秘密情報局工作員・ハイドの永遠の恋人 「闇にとけこめ 上下」 クレイグ・トーマス著;田村源二訳　新潮社(新潮文庫) 2001年6月

ロスコウ・ハーヴィー・フレッチャー
セント・エリザベス高校の校長、陽気で快活な45歳の男 「新聞をくばる猫」 リタ・メイ・ブラウン著;スニーキー・パイ・ブラウン著　早川書房(ハヤカワ・ミステリ文庫) 2005年7月

ロス・コールマン
リディアを拾った幌馬車隊の一員、妻を亡くし乳飲み子をかかえる男 「夕暮れに抱擁を 上下」 サンドラ・ブラウン著;秋月しのぶ訳　集英社(集英社文庫) 2005年6月

ローズ・トレヴェリアン
イギリスのコーンウォールで暮らす画家で写真家、夫と死別した40歳なかばの女性 「容疑者たちの事情」 ジェイニー・ボライソー著;山田順子訳　東京創元社(創元推理文庫) 2004年11月

ローズ・トレヴェリアン
コーンウォールに住む画家兼写真家で素人探偵、40代半ばの未亡人 「しっかりものの老女の死」 ジェイニー・ボライソー著;安野玲訳　東京創元社(創元推理文庫) 2005年4月

ローズ・バワリー
グラスゴー市内の競売会社バワリー・オークションズの代表、同性愛者の競売人リルケの上司で友人の女性 「カッティング・ルーム」 ルイーズ・ウェルシュ著;大槻寿美枝訳　早川書房(Hayakawa pocket mystery books) 2003年7月

ロズ・ベンガル
インド出身のフリージャーナリスト、ロンドンのラジオ局のプロデューサーを務める女性 「ボンベイ・アイス」 レスリー・フォーブス著;池田真紀子訳　角川書店 2003年8月

ロス・マギー(マギー)
ワイオミング州犯罪捜査部の法務副長官、特別捜査官アントニオ・バーンズの上司で短躯ながら迫力ある風貌の老人 「絶壁の死角」 クリントン・マッキンジー著;熊谷千寿訳　新潮社(新潮文庫) 2005年9月

ローズマリー・バイフィールド
セント・メアリー・マグダリーン教会の牧師デイヴィッド・バイフィールドの娘 「天使の背徳」 アンドリュー・テイラー著;越前敏弥訳　講談社(講談社文庫) 2005年1月

ローズマリー・バートン
自分の誕生パーティーで服毒自殺した富豪の美女 「忘られぬ死」 アガサ・クリスティー著;中村能三訳　早川書房(ハヤカワ文庫クリスティー文庫) 2004年5月

ロス・マルトー
テキサス州サン・ラファエルに住居とアトリエを構える彫刻家 「刻まれる女」 デイヴィッド・L.;リンジー著;山本;光伸訳 新潮社(新潮文庫) 2004年3月

ロスマン夫人 ろすまんふじん
ベネチアに住む富豪の女性、危険な犯罪組織「スコルピア」のメンバー 「女王陛下の少年スパイ!アレックス スコルピア」 アンソニー・ホロヴィッツ著;森嶋マリ訳 集英社 2004年7月

ロゼッタ(ローズ)
探偵事務所ルンギ家の29歳の長女で経理担当、永遠の夢見る乙女 「探偵家族/冬の事件簿」 マイクル・Z・リューイン著;田口俊樹訳 早川書房(Hayakawa pocket mystery books) 2004年1月

ロゼッタ(ローズ)
探偵事務所ルンギ家の29歳の長女で経理担当、現在不倫中の困り者 「探偵家族」 マイクル・Z・リューイン著;田口俊樹訳 早川書房(ハヤカワ・ミステリ文庫) 2003年12月

ローソン
1965年のロサンゼルスで黒人が蜂起した事件当時サウスウエスト署にいた白人警官 「ある日系人の肖像」 ニーナ・ルヴォワル著;本間有訳 扶桑社(扶桑社ミステリー) 2005年8月

ロチェスター
人里離れた谷間の屋敷に住む高名な悪魔学研究家、探偵ジェフリーの旧友ロロを秘書とする男 「魔法人形」 マックス・アフォード著;霜島義明訳 国書刊行会(世界探偵小説全集) 2003年8月

ロックウッド
マスコミ嫌いのロサンゼルス市警の刑事 「ハリウッドは鎮魂歌(レクイエム)を奏でる」 ヘレン・ノード著;大倉;貴子訳 ソニー・マガジンズ(ヴィレッジブックス) 2004年9月

ロックウッド氏 ろっくうっどし
ロンドンのおやしき街に住む作家、いかつい風貌だがあどけない表情もみせる35歳の男 「ハリスおばさんモスクワへ行く」 ポール・ギャリコ著;亀山龍樹訳;遠藤みえこ訳 ブッキング(fukkan.com) 2005年7月

ロックハート
30歳の英国陸軍大尉、1943年に潜入したクレタ島でドイツ軍の捕虜となった軍人 「反逆部隊 上下」 ガイ・ウォルターズ著;横山啓明訳 早川書房(ハヤカワ文庫NV) 2003年11月

ロッシ
ヴェネツィア市の不動産台帳管理局の職員、目立たず冴えない外見の若い男 「ヴェネツィア殺人事件」 ダナ・レオン著;北条元子訳 講談社(講談社文庫) 2003年3月

ロティ・ハーシェル
女医、私立探偵のヴィクの親友 「ビター・メモリー」 サラ・パレツキー著;山本やよい訳 早川書房(Hayakawa novels) 2002年12月

ロディー・ロフィサー
過去に起きた出来事を再現するシミュレーションを行うグループ「G7」の一員、男子高校生 「ネットフォースエクスプローラーズ 1は孤独な数字」 トム・クランシー著;スティーヴ・ピチェニック著 アスペクト 2001年3月

ロデリック・アレン
ロンドン警視庁犯罪捜査課主任警部、休暇で向かった故郷のニュージーランドでキャロリン・ダクレス英国喜劇一座に出会った男 「ヴィンテージ・マーダー」 ナイオ・マーシュ著;岩佐薫子訳 論創社(論創海外ミステリ) 2005年1月

ろでり

ロデリック・アレン(アレン)
ロンドン警視庁犯罪捜査課の主任警部、オックスフォード大学を極めて優秀な成績で卒業したエリート 「アレン警部登場」 ナイオ・マーシュ著;岩佐薫子訳 論創社(論創海外ミステリ) 2005年4月

ロード警部 ろーどけいぶ
ヘイルシャム・ブラウンの家で起きた事件の捜査担当者 「蜘蛛の巣」 アガサ・クリスティー著;加藤恭平訳 早川書房(ハヤカワ文庫クリスティー文庫) 2004年6月

ロド・ボーンザイヤー
アムステルダムのメルカトル銀行頭取、40代半ばのアグレッシブな投資部門責任者 「ユーロ 贋札に隠された陰謀」 ロエル・ヤンセン著;小岡礼子訳;大塚仁子訳 インターメディア出版 2001年12月

ロドリゲス
山ほどの前科を持つ二十六歳のチンピラ、チャタムで惨殺された事件の被告人 「霧のとばり」 ローズ・コナーズ著;東野さやか訳 二見書房(二見文庫) 2005年1月

ロートン・クロス(ロー)
ロサンゼルス市警本部強盗殺人課の元刑事、銃撃事件で快復不能の障害を負った男 「暗く聖なる夜 上下」 マイクル・コナリー著;古沢嘉通訳 講談社(講談社文庫) 2005年9

ローナ・ウィアシンスキー
ボストンの土地開発会社の社員、図書館長ジョーダン・ポティートの昔の恋人 「図書館の美女」 ジェフ・アボット著;佐藤耕士訳 早川書房(ハヤカワ・ミステリ文庫) 2005年7月

ローナ・マイルズ
死亡した医師ラルフ・ビューレイの秘書で婚約者 「贖罪の終止符」 サイモン・トロイ著;水野恵訳 論創社(論創海外ミステリ) 2005年3月

ロナ・リー・グリュック
刑が執行されればテキサスで南北戦争以来初めて処刑されることになる女性死刑囚、元売春婦 「テキサスは眠れない」 メアリ=アン・T・スミス著;匝瑳玲子訳 ソニー・マガジンズ(ヴィレッジブックス) 2002年12月

ロナルド(ロニー)
国際連盟の職員・キャヴァナー氏の幼い息子、イギリス人の子ども 「パイド・パイパー 自由への越境」 ネビル・シュート著;池央耿訳 東京創元社(創元推理文庫) 2002年2月

ロナルド・ジェフリーズ
ネブラスカ州の田舎町・プラットシティで三人の少年を襲った連続殺人犯、3カ月前に死刑になった男 「悪魔の眼」 アレックス・カーヴァ著;新井ひろみ訳 ハーレクイン(Mira文庫) 2002年9月

ロナルド・ストラットン
趣味で探偵小説を書いているイギリスの比較的裕福な中年男、小説家ロジャーの友人 「ジャンピング ジェニイ」 アントニイ・バークリー著;狩野一郎訳 国書刊行会(世界探偵小説全集) 2001年7月

ロナルド・バウワーズ(ジョン・カーター)
ミステリ作家、謎解きの名に値する小説を書き続けている五十歳くらいの男 「第四の扉」 ポール・アルテ著;平岡敦訳 早川書房(Hayakawa pocket mystery books) 2002年5月

ロニー
国際連盟の職員・キャヴァナー氏の幼い息子、イギリス人の子ども 「パイド・パイパー 自由への越境」 ネビル・シュート著;池央耿訳 東京創元社(創元推理文庫) 2002年2月

ロニー・ガービン
カニ漁船「ホーネット号」の船長、荒天下の航海に長けた船乗り 「悪夢の帆走」 ジェイムズ・セイヤー著;安原和見訳 新潮社(新潮文庫) 2005年7月

ろばと

ロニー・シドニー
シングルマザーのアンナの息子、「私生児」と蔑まれながらも聡明に成長したヘプトン在住の美少年 「復讐の子」 パトリック・レドモンド著;高山祥子訳 新潮社(新潮文庫) 2005年3月

ロニー・ディヴィソン
テキサス州フォートワースのハイスクールの男子生徒、富豪の娘サーブラ・デンディの恋人 「虜にされた夜」 サンドラ・ブラウン著;法村里絵訳 新潮社(新潮文庫) 2001年7月

ロニー・ディール
ハリウッドの美人映画プロデューサー、社内のライバルにおとしいれられた女 「男殺しのロニー」 レイ・シャノン著;鈴木恵訳 ソニー・マガジンズ(ヴィレッジブックス) 2005年9月

ロニー・フラー
ボルチモアの中学に進学する夏にアリスと一緒に赤ん坊を殺してしまった少女 「あの日、少女たちは赤ん坊を殺した」 ローラ・リップマン著;吉澤康子訳 早川書房(ハヤカワ・ミステリ文庫) 2005年10月

ロニー・ヴェンタナ(ヴェンタナ)
サンフランシスコで暮らしている私立探偵、20年前に両親が事故死した34歳の女性 「サンセット・ブルヴァード殺人事件」 グロリア・ホワイト著;加地美知子訳 講談社(講談社文庫) 2002年5月

ロニョン
パリ第十八区署の刑事、ジュノー並木通りの路上で何者かに撃たれた男 「メグレと幽霊」 G.シムノン著;佐宗鈴夫訳 河出書房新社(河出文庫) 2001年2月

ローパー
ニュー・メキシコ準州の大牧場の所有者・マクレーン少佐に雇われたガンマン 「レディ・ヴィクトリア」 リンダ・ハワード著;加藤洋子訳 ソニー・マガジンズ(ヴィレッジブックス) 2002年7月

ロー・ハケット
著名な精神科医、17歳のモーガンの叔母 「わたしが消えた夜」 ジュリー・R・ディーヴァー著;石原未奈子訳 集英社(集英社文庫) 2003年7月

ロバータ・ティズデール(ボビー)
産婦人科医でパートタイムの検視官スチュアート・ジョーダンの愛人、地方検事補 「夢なき者たちの絆 上下」 M.C.ホワイト著;汀一弘訳 扶桑社(扶桑社ミステリー) 2002年9月

ロバーツ判事　ろばーつはんじ
アラバマ州マウンテン・ブルックに住む引退した連邦判事、執事兼ボディガードのセーラ・スティーヴンズの雇い主 「一度しか死ねない」 リンダ・ハワード著;加藤洋子訳 二見書房(二見文庫) 2003年1月

ロバート
シュルーズベリ大修道院の副院長、長身で貴族的風貌を持つ野心満々な男 「修道士の頭巾(フード)」 エリス・ピーターズ著;岡本浜江訳 光文社(光文社文庫) 2003年5月

ロバート
シュルーズベリ大修道院の副院長、長身で貴族的風貌を持つ野心満々な男 「聖女の遺骨求む」 エリス・ピーターズ著;大出健訳 光文社(光文社文庫) 2003年3月

ロバート・アイアンサイド(アイアンサイド)
サンフランシスコ市警察特別顧問、銃撃による下半身麻痺で車椅子を使用しているがたくましくハンサムな巨漢 「鬼警部アイアンサイド」 ジム・トンプスン著;尾之上浩司訳 早川書房(Hayakawa pocket mystery books) 2005年5月

ろばと

ロバート・ウェークフィールド
オハイオ州判事、合衆国麻薬対策本部本部長に抜擢された男 「トラフィック」 スティーブン・ギャガン著;富永和子訳　新潮社(新潮文庫)　2001年4月

ロバート・クラプリー(クラプリー)
フロリダの開発業者、麻薬ビジネスで財を成した下品な男 「トード島の騒動 上下」 カール・ハイアセン著;佐々田雅子訳　扶桑社(扶桑社ミステリー)　2001年5月

ロバート・コンクリン(コンクリン教授)　ろばーとこんくりん(こんくりんきょうじゅ)
ニューヨーク州立大学の歴史学教授、封印された過去を見るため違法行為を承知の上で建物に入り込むクリーパー(都市探検者) 「廃墟ホテル」 デイヴィッド・マレル著;山本光伸訳　ランダムハウス講談社(ランダムハウス講談社文庫)　2005年12月

ロバート・J・リプランスキ　ろばーとじぇいりぷらんすき
刑務所入りの前歴があるいかさま師、ボクシングのプロモーター 「成り上がりの掟」 スティーヴ・モンロー著;宮内もと子訳　早川書房(ハヤカワ文庫NV)　2001年12月

ロバート・ジョーンズ
ウェールズの小さな町マーチボルトの牧師の四男坊、元海軍軍人 「なぜ、エヴァンズに頼まなかったのか?」 アガサ・クリスティー著;田村隆一訳　早川書房(ハヤカワ文庫クリスティー文庫)　2004年3月

ロバート・ジョーンズ
ウェールズの小さな町マーチボルトの牧師の四男坊、元海軍軍人 「なぜエヴァンズにいわない?」 アガサ・クリスティ作;茅野美ど里訳　偕成社(偕成社文庫)　2004年2月

ロバート・ディクラーク
カナダ連邦騎馬警察(RCMP)警視、バンクーヴァーを脅かす連続殺人鬼〈ヘッドハンター〉の特別捜査本部長 「ヘッドハンター 上下」 マイケル・スレイド著;大島豊訳　東京創元社(創元推理文庫)　2005年9月

ロバート・ディクラーク
カナダ連邦騎馬警察警視正、RCMP特別対外課「スペシャルX」を率いる男 「暗黒大陸の悪霊」 マイケル・スレイド著;夏来健次訳　文藝春秋(文春文庫)　2003年1月

ロバート・ディクラーク
カナダ連邦騎馬警察特別対外課統括指揮官、想像力と戦闘戦術を備えている警視正 「カットスロート 上下」 マイケル・スレイド著;大島豊訳　東京創元社(創元推理文庫)　2005年11月

ロバート・ディクラーク
カナダ連邦騎馬警察特別対外課統括指揮官、想像力と戦闘戦術を備えている警視正 「斬首人の復讐」 マイケル・スレイド著;夏来健次訳　文藝春秋(文春文庫)　2005年9月

ロバート・ディクラーク(ディクラーク)
カナダ連邦騎馬警察警視正、長身痩軀にして強靭の50代半ばすぎの紳士 「髑髏島の惨劇」 マイケル・スレイド著;夏来健次訳　文藝春秋(文春文庫)　2002年1月

ロバート・ティズダル(ティズダル)
死んだ英国の女優クリスの部屋に滞在していたハンサムな青年 「ロウソクのために一シリングを」 ジョセフィン・テイ著;直良和美訳　早川書房(Hayakawa pocket mystery books)　2001年7月

ロバート・トーマス(トーマス)
1965年のロサンゼルスで黒人が蜂起した事件当時サウスウエスト署にいた黒人警官 「ある日系人の肖像」 ニーナ・ルヴォワル著;本間有訳　扶桑社(扶桑社ミステリー)　2005年8月

ロバート・ドレイン（ドレイン）
超人的な能力を引き出す違法ドラッグ「ハマー」をカリフォルニアで製造している天才科学者 「ネットフォース 5 ドラッグ・ソルジャー」 トム・クランシー 角川書店（角川文庫） 2001年11月

ロバート・ナイガード（ボビー）
元CIA捜査官、両親の死の謎を探っていく友人のウォードの捜査を手伝う男 「死影」 マイケル・マーシャル著;嶋田洋一訳 ソニー・マガジンズ（ヴィレッジブックス） 2005年5月

ロバート・ハーランド（ハーランド）
国連職員、秘密情報部の元工作員で将来を嘱望されていたイギリス人の男 「スパイズ・ライフ 上下」 ヘンリー・ポーター著;二宮磐訳 新潮社（新潮文庫） 2005年2月

ロバート・フェヴァー（ロビー）
キンドル郡で人身被害専門の弁護士として働く40代の男 「囮弁護士 上下」 スコット・トゥロー著;二宮磐訳 文藝春秋（文春文庫） 2004年11月

ロバート・ブルースター
大きな屋敷は持っているがお金がないため有名人を招待して会費制パーティーを企画した兄妹の兄 「夜の静寂に」 ジル・チャーチル著;戸田早紀訳 東京創元社（創元推理文庫） 2004年2月

ロバート・ブルースター
大伯父の遺産を相続するために妹のリリーとニューヨークから田舎の街ヴォールブルグ・オン・ハドソンへ移り住むことになった青年 「風の向くまま」 ジル・チャーチル著;戸田早紀訳 東京創元社（創元推理文庫） 2002年8月

ロバート・ベンダー（ベンダー）
アメリカが衆国空軍大将、知的で控えめな男 「ワルシャワ大空戦 上下」 リチャード・ハーマン著;大久保寛訳 新潮社（新潮文庫） 2003年7月

ロバート・マクダレン
スコットランドのクレイドー領主、メアリ・スチュアートの娘ケイトの夫 「女王の娘」 アイリス・ジョハンセン著;葉月陽子訳 二見書房（二見文庫） 2002年10月

ロバート・マロイ（マロイ）
ピアス大学哲学科教授エヴァン・バーチが巻き込まれた女子高校生失踪事件の担当刑事 「悩み多き哲学者の災難」 ジョージ・ハラ著;対馬妙訳 早川書房（ハヤカワ文庫NV） 2004年11月

ロバート・メイトランド（メイトランド）
ロンドンで事務所を経営する35歳の建築家、車の事故を起こしてインターチェンジ下の「島」に漂着した男 「コンクリート・アイランド」 J.G.バラード著;大和田始訳;國領昭彦訳 太田出版 2003年9月

ロバート・ラングドン（ラングドン）
ハーヴァード大学の宗教図像解釈学の教授、気さくで理知的な45歳の男 「天使と悪魔 上下」 ダン・ブラウン著;越前敏弥訳 角川書店 2003年10月

ロバート・ラングドン（ラングドン）
ハーヴァード大学教授で宗教象徴学の権威、スポーツマンだが閉所恐怖症を持つ男 「ダ・ヴィンチ・コード 上下」 ダン・ブラウン著;越前敏弥訳 角川書店 2004年5月

ロバート・ラングドン（ラングドン）
ハーヴァード大学教授のアメリカ人男性、宗教象徴学の権威 「ダ・ヴィンチ・コード」 ダン・ブラウン著;越前敏弥訳 角川書店 2005年8月

ロビー
キンドル郡で人身被害専門の弁護士として働く40代の男 「囮弁護士 上下」 スコット・トゥロー著;二宮磐訳 文藝春秋（文春文庫） 2004年11月

ロビショー
ロビショー&デヴェイン銀行の頭取、スローン銀行副頭取ジョン・サッチャーの大学時代からの友人で抜け目ない実業家 「死の会計」 エマ・レイサン著；西山百々子訳 論創社（論創海外ミステリ） 2005年2月

ロビショー
ロビショー&デヴェイン銀行の頭取、スローン銀行副頭取ジョン・サッチャーの大学時代からの友人で抜け目ない実業家 「死の信託」 エマ・レイサン著；中島なすか訳 論創社（論創海外ミステリ） 2005年11月

ロビンソン・ネヴィンズ
自殺した学生と同性愛関係と疑惑の大学教授、黒人の英文学者 「沈黙」 ロバート・B・パーカー著；菊池光訳 早川書房（ハヤカワ・ミステリ文庫） 2005年7月

ロビン・ダーシイ
フロリダ在住の実業家、農場主キャスパー・ハーヴェイの友人 「烈風」 ディック・フランシス著；菊池光訳 早川書房（ハヤカワ・ミステリ文庫） 2004年11月

ロビン・ティマリオット
欧州共同体の官僚、クリケット・バットのメーカーの家の息子 「永遠に去りぬ」 ロバート・ゴダード著；伏見威蕃訳 東京創元社（創元推理文庫） 2001年2月

ロビン・ハドソン
ニューヨークを本拠とする有名TVネットワーク「ANN」の三流レポーター、37歳のバツイチ女性 「ボンデージ！」 スパークル・ヘイター著；中谷ハルナ訳 新潮社（新潮文庫） 2003年7月

ロビン・ハドソン
マンハッタンにあるテレビネットワークのレポーター、夫バークと別居中の35歳の妻 「トレンチコートに赤い髪」 スパークル・ヘイター著；中谷ハルナ訳 新潮社（新潮文庫） 2002年12月

ロビン・ラスティ（ラスティ）
英国特殊工作部欧州課の中尉、ヒトラーの暗殺を命じられ単身でヒトラーの山荘近くの村に潜入した男 「鷲の巣を撃て」 マリ・デイヴィス著；真野明裕訳 二見書房（二見文庫） 2004年6月

ロブ
鍛冶職人のメグの弟、コンピューター・ゲーム会社〈ミュータント・ウィザーズ〉の経営者 「ハゲタカは舞い降りた」 ドナ・アンドリューズ著；島村浩子訳 早川書房（ハヤカワ・ミステリ文庫） 2004年12月

ロブ
鍛冶職人のメグの弟、貴族的な容貌で司法試験の受験勉強中の青年 「野鳥の会、死体の怪」 ドナ・アンドリューズ著；島村浩子訳 早川書房（ハヤカワ・ミステリ文庫） 2002年3月

ロブ・ウェスタフィールド
「アトランタ・ニューズ」紙の調査報道記者・エリーの姉の元恋人、姉を殺した男 「魔が解き放たれる夜に」 メアリ・ヒギンズ・クラーク著；安原和見訳 新潮社（新潮文庫） 2004年4月

ロペス
2001年のミラノ警察捜査本部の警部、国際会議の要人警護を命じられた男 「イスマエルの名のもとに」 ジュゼッペ・ジェンナ著；荒瀬；ゆみこ訳 角川書店 2004年6月

ロベール・ダルザック
ソルボンヌ大学教授、科学者スタンガースン博士の娘マチルドの婚約者 「黄色い部屋の謎」 ガストン・ルルー著；宮崎嶺雄訳 嶋中書店（嶋中文庫） 2005年2月

ロベルト
薬物依存症患者、ワイオミング州の特別捜査官・アントンの兄 「コロラドの血戦」 クリントン・マッキンジー著;熊谷千寿訳 新潮社(新潮文庫) 2004年11月

ロベルト・サントス
インターネット上の電子国家「サイバーネーション」の警備隊実戦部隊長 「ネットフォース〈6〉－電子国家独立宣言」 トム・クランシー著;スティーヴ・ペリー著;スティーヴ・ピチェニック著;熊谷千寿訳 角川書店(角川文庫) 2002年7月

ローマ
カルト教団SESOUPの創始者 「異界への扉」 F.ポール・ウィルスン著;大滝啓裕訳 扶桑社(扶桑社ミステリー) 2002年7月

ローマイン
未亡人殺害容疑者レナード・ボウルの妻、ドイツ人の元女優 「検察側の証人」 アガサ・クリスティー著;加藤恭平訳 早川書房(ハヤカワ文庫クリスティー文庫) 2004年5月

ロマノス
宗教と哲学を研究する「新ピタゴラス教団」の教祖で大富豪、哲学者で数学者 「007/ファクト・オブ・デス」 レイモンド・ベンスン著;小林浩子訳 早川書房(Hayakawa pocket mystery books) 2004年10月

ロミー・ギャンドルフ
10年前にレストランで3人を惨殺した罪で死刑を宣告された黒人の男 「死刑判決 上下」 スコット・トゥロー著;佐藤耕士訳 講談社(講談社文庫) 2004年10月

ローヤン・アル・シッマ
殺害されたエジプト考古学者アル=シッマの妻、30代になったばかりの若い女性考古学者 「秘宝 上下」 ウィルバー・スミス著;大沢晶訳 講談社(講談社文庫) 2001年2月

ローラ・ウォリック
ウォリック家の当主・リチャードの妻、暴力的な夫を衝動的に殺してしまった女性 「アガサ・クリスティー 招かれざる客」 チャールズ;オズボーン著;羽田;詩津子訳 講談社(講談社文庫) 2002年12月

ローラ・ウォリック
リチャード・ウォリックの妻、30歳ぐらいで金髪の魅力的な女性 「招かれざる客」 アガサ・クリスティー著;深町真理子訳 早川書房(ハヤカワ文庫クリスティー文庫) 2004年9月

ローラ・エルウッド
アメリカ海軍の潜水艦副長・ジムの婚約者 「深く静かに潜航せよ」 エドワード・L・ビーチ著;鳥見真生訳 柏艪舎 2003年8月

ローラ・ジョー・ダン
孫のキャディが事故で記憶を失くした街インディゴ・バレーに住んでいる祖母、元映画スター 「閉ざされた記憶」 ファーン・マイケルズ著;大嶌双恵訳 二見書房(二見文庫) 2004年2月

ローラ・ダコタ
キングズ・カレッジの政治学科教授42歳 「妄執」 リンダ・フェアスタイン著;平井イサク訳 早川書房(ハヤカワ・ミステリ文庫) 2004年8月

ローラ・ハサウェイ
私立探偵スモーキー・ドルトンの依頼人、20代後半の白人女性 「危険な道」 クリス・ネルスコット著;延原泰子訳 早川書房(Hayakawa pocket mystery books) 2001年9月

ローラ・ピーターソン
酒密売業者ジョージ・リーマスの妻イモジーンの親友 「ジャズ・バード」 クレイグ・ホールデン著;近藤純夫訳 扶桑社(扶桑社ミステリー) 2002年9月

ろらぶ

ローラ・ブークマン
17歳のチアリーダー、フリーダム高校の生徒 「バブルズはご機嫌ななめ」サラ・ストロマイヤー著;細美遙子訳 講談社(講談社文庫) 2005年8月

ローラ・マリー・アーカンド
画家、双極性障害と闘いつづけている39歳の女性 「ローラに何がおきたのか」フレドリック・ヒューブナー著;法村里絵訳 角川書店(角川文庫) 2003年5月

ローラ・ミーディル
弁護士チャーリーが雇ったばかりの秘書 「殺人の代償」ハリイ・ホイッティントン著;佐藤耕士訳 扶桑社(扶桑社ミステリー) 2003年9月

ローラ・リー
借金で生活に困り果て生命保険目当ての偽装殺人を夫婦で画策した妻 「弱気な死人」ドナルド・E.ウェストレイク著;越前敏弥訳 ソニー・マガジンズ(ヴィレッジブックス) 2005年7月

ローラン・エイムズ
フランス内務省の高級官僚、アンナの夫 「狼の帝国」ジャン=クリストフ・グランジェ著;高岡真訳 東京創元社(創元推理文庫) 2005年12月

ローランド卿(ローランド・デラヘイ) ろーらんどきょう(ろーらんどでらへい)
外交官夫人クラリサの叔父で後見人 「蜘蛛の巣」アガサ・クリスティー著;加藤恭平訳 早川書房(ハヤカワ文庫クリスティー文庫) 2004年6月

ローランド・デラヘイ
外交官夫人クラリサの叔父で後見人 「蜘蛛の巣」アガサ・クリスティー著;加藤恭平訳 早川書房(ハヤカワ文庫クリスティー文庫) 2004年6月

ローランド・ハバード(ドクタ・ハバード)
マサチューセッツ州バイフォードの終身介護施設「ハバード・ハウス」の開設者、元医師 「スープ鍋につかった死体」キャサリン・ホール・ペイジ著;沢万里子訳 扶桑社(扶桑社ミステリー) 2002年12月

ローラン・マドゥン
謎のストーカーに殺害予告された美しく聡明な女性、神父トーマスの歳の離れた妹 「心うち砕かれて」ジュリー・ガーウッド著;中村三千恵訳 二見書房(二見文庫) 2002年1月

ローリ
オレゴン州自動車局職員だったクレアの元同僚、白血病にかかった三歳の息子を持つ母親 「ミッシング・ベイビー殺人事件」エイプリル・ヘンリー著;小西敦子訳 講談社(講談社文庫) 2004年8月

ローリー
ニューヨークのアンティークショップ店員キャロラインの12歳の娘 「ミッドナイト・ボイス」ジョン;ソール著;野村;芳夫訳 ソニー・マガジンズ(ヴィレッジブックス) 2004年3月

ローリィ・スマイロー(スマイロー)
サウスカロライナ州チャールストン警察の部長刑事 「殺意は誰ゆえに 上下」サンドラ・ブラウン著;吉沢康子訳 新潮社(新潮文庫) 2001年3月

ローリ・ケリー・ココーラン
デザイナー兼教師、かつてある秘密をかかえて故郷マイアミを飛び出した女性 「甘い香りの誘惑」ヘザー・グレアム著;高科優子訳 二見書房(二見文庫) 2004年7月

ローリー・コリンズ
元警察官、弁護士アンディの恋人であり法律事務所の調査員 「悪徳警官はくたばらない」デイヴィッド・ローゼンフェルト著;白石朗訳 文藝春秋(文春文庫) 2005年2月

ローリー・コリンズ
弁護士アンディ・カーペンターの調査員で恋人、見事なプロポーションのブロンド美女 「弁護士は奇策で勝負する」 デイヴィッド・ローゼンフェルト著;白石朗訳 文藝春秋(文春文庫) 2004年4月

ロリタ
カリフォルニアの零落した農場主の娘、優雅で小柄な18歳の美少女 「快傑ゾロ」 ジョンストン・マッカレー著;井上一夫訳 東京創元社(創元推理文庫) 2005年12月

ロリー・ティボドー(ティボドー)
米国の巨大企業アップリンク社の世界規模の企業保安部門である私設特殊部隊の全世界監督官 「細菌テロを討て! 上下」 トム・クランシー著;マーティン・グリーンバーグ著;棚橋志行訳 二見書房(二見文庫) 2001年11月

ローリ・バンバ
ムース郡ブラック・クリークの宿屋「くるみ割りの宿」の経営者、ニック・バンバの妻 「猫は川辺で首をかしげる」 リリアン・J.ブラウン著;羽田詩津子訳 早川書房(ハヤカワ・ミステリ文庫) 2004年2月

ローリング
ボストンにある古い屋敷ローリング邸の主、病で臥せっている男 「ローリング邸の殺人」 ロジャー・スカーレット著;板垣節子訳 論創社(論創海外ミステリ) 2005年12月

ロール・アッシュ
悪女と淑女の顔を使い分けしたたかに生きる20代なかばの魅惑の女性 「ファム・ファタール」 ブライアン・デ・パルマ脚本;大炊晋也訳 角川書店(角川文庫) 2003年7月

ロルフ・ブルーナ
どんな非合法の行為も厭わない弁護士、ドイツ民主連合党のメンバー 「覇者 上下」 ポール・リンゼイ著;笹野洋子訳 講談社(講談社文庫) 2003年5月

ロレイン
人身被害専門の弁護士ロビーの筋委縮性側索硬化症(ALS)を患った妻 「囮弁護士 上下」 スコット・トゥロー著;二宮磬訳 文藝春秋(文春文庫) 2004年11月

ロレイン・キャメロン(レイン)
シアトルに住む27歳の女性、叔父が経営する「レイザー貿易」に正体を隠して勤める秘書 「そのドアの向こうで」 シャノン・マッケナ著;中西和美訳 二見書房(二見文庫) 2004年3月

ロレイン・コナー
ベイカーズヴィル保安官事務所の保安官補、ベイカーズヴィル八年制校で起きた射殺事件を追った三十一歳の女性 「あどけない殺人」 リサ・ガードナー著;前野律訳 ソニー・マガジンズ(ヴィレッジブックス) 2002年6月

ロレイン・コナー(レイニー)
オレゴン州の元保安官補で私立探偵の女性、FBI主任捜査官・クインシーの元仕事仲間 「誰も知らない恋人」 リサ・ガードナー著;前野、律訳 ソニーマガジンズ(ヴィレッジブックス) 2003年3月

ロレッタ・マグワイア(ラナ)
1950年代のニューヨーク州で作られた少女ギャング団「フォックスファイア」のメンバー、斜視でいじめられていた13歳の少女 「フォックスファイア」 ジョイス・キャロル・オーツ著;井伊順彦訳 DHC 2002年7月

ロレーヌ・プレイゲル
ネヴァダ州に住む大富豪、人を従わせる力を備えている魅力的な婦人 「悪女パズル」 パトリック・クェンティン著;森泉玲子訳 扶桑社(扶桑社ミステリー) 2005年1月

ロレンス
パリの路上生活者・アントワーヌの相棒 「夜を喰らう」 トニーノ・ベナキスタ著;藤田真利子訳 早川書房(ハヤカワ・ミステリ文庫) 2001年4月

ロレンス
遺伝子学者・カサンドラのラボで誕生した連続殺人鬼ペイル・セイントのクローン 「クローン捜査官」 エリック・ラストベーダー著;皆川孝子訳 徳間書店(徳間文庫) 2002年1月

ローレンス・ウォーグレイヴ(ウォーグレイヴ判事) ろーれんすうぉーぐれいぶ(うぉーぐれいぶはんじ)
高名な元判事、インディアン島オーエン邸に招かれた客の1人 「そして誰もいなくなった」 アガサ・クリスティー著;清水俊二訳 早川書房(ハヤカワ文庫クリスティー文庫) 2003年10月

ローレンス・カレ
人事・広報の専門家、上品だが仕事を得ることに貪欲な女性 「首切り」 ミシェル・クレスピ著;山中芳美訳 早川書房(ハヤカワ・ミステリ文庫) 2002年7月

ローレンス・グリーンヒル
83歳のユダヤ人弁護士 「囁く狢」 ミネット・ウォルターズ著;成川裕子訳 東京創元社(創元推理文庫) 2002年4月

ローレンス・ジェフリー・ハート(ラリー)
ノンフィクション・ライターのジョージのもとに現われた謎の訪問者 「偶然のラビリンス」 デイヴィッド・アンブローズ著;鎌田三平訳 ソニー・マガジンズ(ヴィレッジブックス) 2005年9月

ローレンス・バンクロフト
大富豪で有力者、六週間前に殺害された男 「オルタード・カーボン 上下」 リチャード・モーガン著;田口俊樹訳 アスペクト 2005年4月

ローレンス・ミラー
NY郊外の大学講師を務める英国人の男 「角の生えた男」 ジェイムズ・ラスダン著;谷みな子訳 DHC 2003年11月

ロレンス・レディング
セント・メアリ・ミード村に滞在する画家、美貌で魅力的な青年 「牧師館の殺人」 アガサ・クリスティー著;田村隆一訳 早川書房(ハヤカワ文庫クリスティー文庫) 2003年10月

ロレンソ・クァルト(クァルト)
ハッカーの調査のためにセビリアの教会に来たヴァチカン外務局の神父、たくましい長身のハンサムな男 「サンタ・クルスの真珠」 アルトゥーロ・ペレス・レベルテ著;佐宗鈴夫訳 集英社 2002年10月

ロレンツォ・ヴァサロ
マンダラの君主リオネッロ・アンドリアスの親友で側近 「風の踊り子」 アイリス・ジョハンセン著;酒井裕美訳 二見書房(二見文庫) 2003年9月

ローレン・ロバーツ
アメリカ中西部の田舎町の高校生、ニック・アンジェロの恋人 「天使の迷い道 上下」 ジャッキー・コリンズ著;佐藤知津子訳 二見書房(二見文庫) 2005年6月

ロロ・マーティンズ(マーティンズ)
作家、友人のハリー・ライムに招かれて第二次大戦終結直後のウィーンにやってきた男 「第三の男」 グレアム・グリーン著;小津次郎訳 早川書房(ハヤカワepi文庫) 2001年5月

ロワゾー・ド・ニュイ(ワゾー)
ルイジアナ州トゥーサンで営業する自称霊媒師 「血のキスをあなたに」 ステラ・キャメロン著;大鷲双恵訳 二見書房(二見文庫) 2005年1月

ロン・ウィドナー
女性探偵サニーの恋人、既婚者の建築家 「ピーチツリー探偵社」 ルース・バーミングハム著;宇佐川晶子訳　早川書房（ハヤカワ・ミステリ文庫）2002年11月

ロン・カーター
国家運輸安全委員会の航空機事故調査官、メキシコでの墜落事故の主席捜査官に指名された36歳の若者 「墜落事故調査官」 ビル・マーフィ著;伊達奎訳　二見書房（二見文庫）2001年3月

ロング
イタリアの第一二七捕虜収容所に収容されている英国陸軍中尉、脱走の常習者 「捕虜収容所の死」 マイケル・ギルバート著;石田善彦訳　東京創元社（創元推理文庫）2003年5月

ロングフェロー
アメリカの国民的詩人、南北戦争直後のアメリカでダンテ『神曲』の翻訳に取り組む「ダンテ・クラブ」のメンバー 「ダンテ・クラブ」 マシュー・パール著;鈴木恵訳　新潮社 2004年8

ローン・グリフィン（グリフィン）
ロードアイランド州警察重要犯罪課部長刑事 「いまは誰も愛せない」 リサ・ガードナー;著;前野律訳 ソニー・マガジンズ（ヴィレッジブックス）2004年10月

ロン・ケイン
ボストン・レッドソックスの大型新人投手、時速170キロ超の豪速球を投げ込む21歳の青年 「殺人豪速球」 デイヴィッド;フェレル著;棚橋志行訳　二見書房（二見文庫）2003年10月

ロン・ゴッダード（ゴッダード）
言語学者、ジョージア州スタトラーズ・クロスに引っ越してきたイギリス人の男 「青い家」 テリ・ホルブルック著;山本俊子訳　早川書房（Hayakawa pocket mystery books）2003年1月

ロン・ジェントリイ
私立探偵、名探偵ベネデッティ教授の教え子で助手 「ホッグ連続殺人」 ウィリアム・L.デアンドリア著;真崎義博訳　早川書房（ハヤカワ・ミステリ文庫）2005年1月

ロン・セリットー（セリットー）
ニューヨーク市警殺人課のベテラン刑事、科学捜査専門家リンカーン・ライムの旧友 「コフィン・ダンサー 上・下」 ジェフリー・ディーヴァー著;池田真紀子訳　文藝春秋（文春文庫）2004年10月

ロン・セリットー（セリットー）
ニューヨーク市警殺人課のベテラン刑事、科学捜査専門家リンカーン・ライムの旧友 「ボーン・コレクター 上・下」 ジェフリー・ディーヴァー著;池田真紀子訳　文藝春秋（文春文庫）2003年5月

ロン・セリットー（セリットー）
ニューヨーク市警殺人課のベテラン刑事、科学捜査専門家リンカーン・ライムの旧友 「石の猿―「リンカーン・ライム」シリーズ [4]」 ジェフリー・ディーヴァー著;池田真紀子訳　文藝春秋 2003年5月

ロン・セリットー（セリットー）
ニューヨーク市警殺人課のベテラン刑事、科学捜査専門家リンカーン・ライムの旧友 「魔術師(イリュージョニスト)―「リンカーン・ライム」シリーズ [5]」 ジェフリー・ディーヴァー著;池田真紀子訳　文藝春秋 2004年10月

ロンドー
テキサス州オースティン警察署コンピュータ犯罪取締班の巡査、引き締まった体つきのハンサムな若者 「暗闇よこんにちは 上下」 サンドラ・ブラウン著;法村里絵訳　新潮社（新潮文庫）2004年11月

ろんば

ロンバード大尉　ろんばーどたいい
元陸軍大尉、インディアン島オーエン邸に招かれた客の1人 「そして誰もいなくなった」 アガサ・クリスティー著;清水俊二訳　早川書房(ハヤカワ文庫クリスティー文庫)　2003年10月

ロンバルディ
モデナ在住の投資家、フェラーリを運転する40代のハンサムな男 「霧に消えた約束」 ジュゼッペ・ペデリアーリ著;関口英子訳　二見書房(二見文庫)　2005年4月

ロン・マクレガー(マクレガー)
ニューヨーク州警察主席捜査官で私立探偵ビル・スミスの友人、釣りにのめり込んでいる男 「春を待つ谷間で」 S.J.ローザン著;直良和美訳　東京創元社(創元推理文庫)　2005年8月

【わ】

ワイアット
ワイアット・テレコム社の創立者、恐怖で社員を支配する専制的な経営者 「侵入社員 上下」 ジョゼフ・フィンダー著;石田善彦訳　新潮社(新潮文庫)　2005年12月

ワイアット・エドワード・ジレット(ジレット)
天才ハッカー、カリフォルニア州サンノゼにある連邦男子矯正施設の29歳の受刑囚 「青い虚空」 ジェフリー・ディーヴァー著;土屋晃訳　文藝春秋(文春文庫)　2002年11月

ワイアット・ケイツ
アメリカ空軍少佐 「歪められた男」 ビル・S.バリンジャー著;矢田智佳子訳　論創社(論創海外ミステリ)　2005年7月

ワイアット・ストーム
ミズーリ州とコロラド州に拠点を置くハンター、元プロフットボール選手で自然を愛するタフガイ 「夢なき街の狩人」 W.L.リプリー著;岩田佳代子訳　東京創元社(創元推理文庫)　2005年12月

ワイスバーグ
パズル・ハウスを建てた著名なアメリカ人建築家、右足を切断された殺人事件の犠牲者 「パズル」 アントワーヌ・ベロ著;香川由利子訳　早川書房(Hayakawa novels)　2004年11月

ワイマン
ワールドクエスト社社長で大富豪、ヨット「ビクトリー号」のオーナーで冬期太平洋横断レースの主催者 「悪夢の帆走」 ジェイムズ・セイヤー著;安原和見訳　新潮社(新潮文庫)　2005年7月

ワキル・ムハンマド・ザラズィ(ザラズィ)
タリバン政権の急進的な原理主義派閥ヒズボラの地域司令官、38歳の自由戦士 「ロシア軍侵攻 上下」 デイル・ブラウン著;伏見威蕃訳　二見書房(二見文庫)　2005年10月

ワシリー・ヤコブレフ(ヤコブレフ)
ロシアGRUの大佐、共産主義体制の下で長年生物化学兵器の開発に携わってきた軍人 「消えた小麦〈1〉―セス・コルトンシリーズ」 エリック・ローラン著;長島良三訳　小学館　2003年11月

ワシン
36歳の実業家、ロシアの犯罪世界最強のゴッドファーザー 「ワルシャワ大空戦 上下」 リチャード・ハーマン著;大久保寛訳　新潮社(新潮文庫)　2003年7月

ワシントン・ペルトン(ウォッシュ)
ニューヨーク州矯正局局長、以前アッティカ刑務所に新米看守として配属された三人の男の一人 「汚名」 ヴィンセント・ザンドリ著;高橋恭美子訳　文藝春秋(文春文庫)　2001年8月

ワゾー
ルイジアナ州トゥーサンで営業する自称霊媒師 「血のキスをあなたに」 ステラ・キャメロン著;大鳬双恵訳 二見書房(二見文庫) 2005年1月

和田 留奈　わだ・るな
地方の中高一貫の私立校の英語教師、十六歳の教え子の池田純と関係を持った女性 「睡蓮が散るとき」 スザンナ・ジョーンズ著;阿尾正子訳　早川書房(Hayakawa novels) 2003年11月

ワトスン
開業医、探偵シャーロック・ホームズの友人 「シャーロック・ホームズの失われた事件簿」 ケン;グリーンウォルド著;日暮;雅通訳　原書房　2004年11月

ワトスン
名探偵シャーロック・ホームズの相棒 「ワトスン君、これは事件だ!」 コリン・ブルース著;布施由紀子訳　角川書店(角川文庫) 2001年12月

ワトスン(ジョゼフ・T・ワトスン)　わとすん(じょぜふてぃーわとすん)
セントルイスの大手法律事務所のアソシエイト、民事専門の新人事務弁護士 「ブレイン・ストーム 上下」 リチャード・ドゥーリング著;白石朗訳　講談社(講談社文庫) 2003年4月

ワトスン(ジョン・H・ワトスン)　わとすん(じょんえいちわとすん)
名探偵シャーロック・ホームズと同居する友人、元陸軍軍医 「シャーロック・ホームズ対切り裂きジャック」 マイケル・ディブディン著;日暮雅通訳　河出書房新社(河出文庫) 2004年2月

ワトソン
イギリスの名探偵シャーロック・ホームズの友人で協力者 「ルパン対ホームズ」 モーリス・ルブラン作;榊原晃三訳　岩波書店(岩波少年文庫) 2001年4月

ワードマン
中部ヨークシャー警察犯罪捜査部が取り組む連続殺人事件の犯人、短編コンテストに犯行の詳細を記した短編を送りつけてくる応募者 「死者との対話」 レジナルド・ヒル著;秋津知子訳　早川書房(Hayakawa pocket mystery books) 2003年9月

王 国炎　わん・ぐぉおいぃえん
古城刑務所に収監されている受刑者、湖北省幹部の子弟の39歳の男 「十面埋伏 上下」 張平著;荒岡啓子訳　新風舎　2005年11月

ワンステッド教授　わんすてっどきょうじゅ
ミス・マープルが参加したツアーのメンバーの一人、犯罪者の頭脳を研究する病理学者 「復讐の女神」 アガサ・クリスティー著;乾信一郎訳　早川書房(ハヤカワ文庫クリスティー文庫) 2004年1月

名前から引ける登場人物名索引

【あ】

アイアンサイド→ロバート・アイアンサイド（アイアンサイド）
アイゼンハルト→ペーター・アイゼンハルト（アイゼンハルト）
アイバーソン→マックス・アイバーソン（アイバーソン）
アイリーン・ブレント→バンドル（アイリーン・ブレント）
アウグスト・ミュラ→クリフォード・マーティン（アウグスト・ミュラ）
アグネリ→アンジェロ・アグネリ（アグネリ）
アクロイド氏　あくろいどし→ロジャー・アクロイド（アクロイド氏）
アーケンハウト→マーティン・アーケンハウト（アーケンハウト）
アーサー・ヘイスティングズ→ヘイスティングズ（アーサー・ヘイスティングズ）
アシュビー→ヘンリー・アシュビー（アシュビー）
アースキン→アイラ・アースキン（アースキン）
アタスン→ゲイブリエル・ジョーン・アタスン（アタスン）
アタスン→ゲイブリエル・ジョン・アタスン（アタスン）
アダム・チャートフ→マイケル・アダムス（アダム・チャートフ）
アッケルマン→エリック・アッケルマン（アッケルマン）
アッティリウス→マルクス・アッティリウス・プリムス（アッティリウス）
アーティ→アーサー・バンクス（アーティ）
アディ→アデリア・ヴァリアント（アディ）
アテナ→エレン・クレイヴン（アテナ）
アトウォーター→マイケル・アトウォーター（アトウォーター）
アトウッド→ネッド・アトウッド（アトウッド）
アナ・ウェイクフィールド→アン・ウェイヴァリー（アナ・ウェイクフィールド）
アーニ→アナベル・ハンプトン（アーニ）
アニー→アネット（アニー）
アニー→アン・バッツ（アニー）
アニー→アン・モロー（アニー）
アバタンジェロ→ダン・アバタンジェロ（アバタンジェロ）
アプルビイ→ジョン・アプルビイ（アプルビイ）

アフロディーテ→メリッサ・ランドル（アフロディーテ）
アボット→ポール・アボット（アボット）
アームストロング→ジャック・アームストロング（アームストロング）
アームストロング医師　あーむすとろんぐいし→エドワード・アームストロング（アームストロング医師）
アリー→アラスター・マクエード（アリー）
アリーザ→メアリー・アリーザ（アリーザ）
アリーティ→ダンテ・アリーティ（アリーティ）
アーリマン→マーク・アーリマン（アーリマン）
アル→ハート（アル）
R・I・ダンディ　あーるあいだんでぃ→ダンディ（R・I・ダンディ）
アルクランド→フェル・アルクランド（アルクランド）
アルセーヌ・ルパン→ラウール・ダベルニー（アルセーヌ・ルパン）
アルセーヌ・ルパン→ラウール・ダンドレジー（アルセーヌ・ルパン）
アルバ公爵夫人　あるばこうしゃくふじん→カイエターナ（アルバ公爵夫人）
アルバータ・フレンチ→アルバータ・マレー（アルバータ・フレンチ）
アルファベット・ヒックス→ヒックス（アルファベット・ヒックス）
アルメイダ→トニー・アルメイダ（アルメイダ）
アレクサンダー・ブレイクリー　あれくさんだーぶれいくりー→セント・ジャスト子爵（アレクサンダー・ブレイクリー）
アレグザンドラ・クーパー→アレックス（アレグザンドラ・クーパー）
アレック→アレグザンダー・グリアスン（アレック）
アレックス→アレキサンダー・デルモア（アレックス）
アレックス→アレクサンドラ・ヘイウッド（アレックス）
アレックス→アレクサンドラ・マクリモン（アレックス）
アレックス→アレクサンドロス・マヌッシ（アレックス）
アレナス→マクシミーノ・アレナス（アレナス）
アレン→ロデリック・アレン（アレン）
アン・アシュワース→アンドリア・アスピヌル（アン・アシュワース）

601

アンジー→アンジェラ・ジェナーロ（アンジー）
アンジェラ→テス・ウィリアムズ（アンジェラ）
アンジェリ→フランク・アンジェリ（アンジェリ）
アンダーソン→アンディ・アンダーソン（アンダーソン）
アンダーソン→トム・アンダーソン（アンダーソン）
アンディ→アンドリュー・マッケイ（アンディ）
アントニア・ジネーブラ・ジャネッリ→ジニー（アントニア・ジネーブラ・ジャネッリ）
アントネッリ→ジョーゼフ・アントネッリ（アントネッリ）
アントン→アントニオ・バーンズ（アントン）
アンマン→アンソニー・アンマン（アンマン）
アン・ラスボーン　あんらすぼーん→ラスボーン夫人（アン・ラスボーン）

【い】

イェーガー→エス・イェーガー（イェーガー）
イェーガー→ハイアラム・イェーガー（イェーガー）
イェーツ→デイヴィッド・イェーツ（イェーツ）
イザベラ・アリエル・ニッカーソン→ベラドンナ（イザベラ・アリエル・ニッカーソン）
イネス→メアリー・イネス（イネス）
イファセン→ライル・ケントン（イファセン）
インチャン　いんちゃん→カン　インチャン（インチャン）

【う】

ウィアード→トム・マッキー（ウィアード）
ウィギー→イネズ・ウィゲンズ（ウィギー）
ウィークス→オリー・ウィークス（ウィークス）
ウィジー→エロウィーズ・フォリー（ウィジー）
ウィチャリー→ホーマー・ウィチャリー（ウィチャリー）
ウィットビー→マーカス・ウィットビー（ウィットビー）
ウィニントン　うぃにんとん→ケネス・P・ウィニントン（ウィニントン）
ウィーヴァー→ビリー・ジェイ・ウィーヴァー（ウィーヴァー）
ウィーヴァー→ベンジャミン・リエンゾ（ウィーヴァー）

ウィリアム・ダニエル→ウィル・サリヴァン（ウィリアム・ダニエル）
ウィリング博士　うぃりんぐはかせ→ベイジル・ウィリング（ウィリング博士）
ウィル→ウィリアム・ジラード・ハットン（ウィル）
ウィールド→エドガー・ウィールド（ウィールド）
ウィルフォード・スミス　うぃるふぉーどすみす→チャールズ・ウィルフォード・スミス教授（ウィルフォード・スミス）
ウィン→ウィニフレッド・オールダー（ウィン）
ウィン　うぃん→ウィンザー・ホーン・ロックウッド三世（ウィン）
ウィンターズ→ジェイムズ・ウィンターズ（ウィンターズ）
ウィンターズ→ジェームズ・ウィンターズ（ウィンターズ）
ウィンターボザム→ハリー・ウィンターボザム（ウィンターボザム）
ウェイヴァリー→ゴードン・ウェイヴァリー（ウェイヴァリー）
維民　うぇいみん→羅　維民
ウェクスフォード→レジナルド・ウェクスフォード（ウェクスフォード）
ウェスタ→サンディ・ジェームズ（ウェスタ）
ウエスト→ジュリアン・ウェスト（ウェスト）
ウエスト→アレックス・ウエスト（ウエスト）
ウエスト→デイヴィッド・ウエスト（ウエスト）
ウェックスラー→ドクター・ウェックスラー（ウェックスラー）
ウェルチ→ジョー・ウェルチ（ウェルチ）
文　うぇん→方　文
ウォーカー→ジョン・ウォーカー（ウォーカー）
ウォーグレイヴ判事　うぉーぐれいぶはんじ→ローレンス・ウォーグレイヴ（ウォーグレイヴ判事）
ウォーターズ　うぉーたーず→A・K・ウォーターズ（ウォーターズ）
ウォーターズ→ジョン・ウォーターズ（ウォーターズ）
ウォッシュ→ワシントン・ペルトン（ウォッシュ）
ウォッチマン→ジョーゼフ・ミーアン（ウォッチマン）
ウォニ　うぉに→ソン　ウォニ（ウォニ）
ウォルター・コトラー　うぉるたーことらー→父（ウォルター・コトラー）

ウォレン教授 うぉれんきょうじゅ→セバスチアン・ウォレン(ウォレン教授)
ウォーレン・タウマン→パトリック・アラン(ウォーレン・タウマン)
ウォーン→アンドルー・ウォーン(ウォーン)
禹刑事 うけいじ→禹 東一(禹刑事)
ウッドロウ→サンディ・ウッドロウ(ウッドロウ)
ウルフ→クラウディオ(ウルフ)
ウルフ→ネロ・ウルフ(ウルフ)
ウルフ→バド・ウルフ(ウルフ)
ウルフ→レイチェル・ウルフ(ウルフ)
ウルフ博士 うるふはかせ→ギデオン・ウルフ(ウルフ博士)
ウルフマイヤー→ネヴィル・ウルフマイヤー(ウルフマイヤー)

【え】

H・M えいちえむ→ヘンリー・メリヴェール(H・M)
H・M えいちえむ→ヘンリー・メルヴェール(H・M)
エイブラムズ→ハーリー・エイブラムズ(エイブラムズ)
エイムズ えいむず→B・Z・エイムズ(エイムズ)
エインズリー→マルコム・エインズリー(エインズリー)
XO えっくすおー→エルスワース(XO)
エッタ→エティ・ワシントン(エッタ)
エドガー→ジェリー・エドガー(エドガー)
エドワード・ウェブスター・リン→エディ(エドワード・ウェブスター・リン)
エヴァ・ヘルナンデス→フレーム(エヴァ・ヘルナンデス)
エヴァンズ→ピーター・エヴァンズ(エヴァンズ)
エミリー・ハンセン→エム・ハンセン(エミリー・ハンセン)
エム→エミリー・マーシャル(エム)
MP えむぴー→メアリ・パット(MP)
エメリー えめりー→ラリー・エメリー(エメリー)
エライアス→ハワード・エライアス(エライアス)
エリオット→オーヴィル・エリオット(エリオット)
エリオット氏 えりおっとし→リチャード・エリオット(エリオット氏)

エリカ・ベアード→アマンダ・マクスウェル(エリカ・ベアード)
エリザベス・エイムズ→リズ(エリザベス・エイムズ)
エリザベス・ピアス えりざべすぴあす→花嫁(エリザベス・ピアス)
エリナー・ビショップ→ビリイ・ビショップ(エリナー・ビショップ)
エルウッド→レイ・エルウッド(エルウッド)
エルキュール・ポアロ→ポアロ(エルキュール・ポアロ)
エルキュール・ポワロ→ポワロ(エルキュール・ポワロ)
エルブリッジ→ベニー・エルブリッジ(エルブリッジ)
エル・ペロ→エミリアーノ・デル・ソル(エル・ペロ)
エルンスト→ラインハルト・エルンスト(エルンスト)
エレン・モーズリー→イヴ・マイケルズ(エレン・モーズリー)
エンジェル→ケンドラ・サルバトーリ(エンジェル)
エンダーズ→ジョー・エンダーズ(エンダーズ)

【お】

オア→テリー・オア(オア)
オーガスティン→マーク・オーガスティン(オーガスティン)
オーガスト→ブレット・オーガスト(オーガスト)
オギルロイ→コーンウォール・オギルロイ(オギルロイ)
オギルロイ→コナル・オギルロイ(オギルロイ)
オギルロイ→コンウォール・オギルロイ(オギルロイ)
オークス→ゲイロード・オークス(オークス)
オクス→デビッド・オクス(オクス)
オコーネル→フランク・オコーネル(オコーネル)
オコンネル→ティモシー・オコンネル(オコンネル)
オースチン→カート・オースチン(オースチン)
オーステン→ウィリアム・オーステン(オーステン)
オズマンド→ジョン・オズマンド(オズマンド)

603

オーツ→スタニスラス・オーツ（オーツ）
オット→オイゲン・オット（オット）
オデル→トビー・オデル（オデル）
オハラ→ホリー・カーナハン（オハラ）
オブライエン→フォーガス・オブライエン（オブライエン）
オーブリー艦長　おーぶりーかんちょう→ジャック・オーブリー（オーブリー艦長）
巨　おみ→稲村 巨
オリヴァ夫人　おりばふじん→アリアドニ・オリヴァ（オリヴァ夫人）
オリファント→ステーシー・オリファント（オリファント）
オルセン→ジェーク・オルセン（オルセン）
オルテガ→カルロス・オルテガ（オルテガ）
オールトン→ベン・オールトン（オールトン）
オローク→マイケル・オローク（オローク）
オーロン→オーランド・ホワイト（オーロン）

【か】

カイザー→ジョン・カイザー（カイザー）
カイダノフ博士　かいだのふはかせ→セルゲイ・カイダノフ（カイダノフ博士）
カインズ→ケニス・カインズ（カインズ）
カウ・コウ＝クン→ココ（カウ・コウ＝クン）
カウリー→ウィリアム・カウリー（カウリー）
操　かお→陳 操
カザコフ→パーヴェル・カザコフ（カザコフ）
カスト→アレグザンダー・ボナパート・カスト（カスト）
カストロ→フィデル・カストロ（カストロ）
カスバート・ボニフェイス・ディングル　かすばーとぼにふぇいすでぃんぐる→Ｃ・Ｂ（カスバート・ボニフェイス・ディングル）
カーター→ランディ・カーター（カーター）
カーチ→ジャック・カーチ（カーチ）
カッペル　かっぺる→香部屋係り（カッペル）
カーティス→アーマ・カーデュー（カーティス）
カーディナル→ジョン・カーディナル（カーディナル）
カーヴァー→レックス・カーヴァー（カーヴァー）
カービイ→ジャック・カービイ（カービイ）
カピストラーノ→フランク・カピストラーノ（カピストラーノ）
カーヒル→トンプソン・カーヒル（カーヒル）

カープ→ブッチ・カープ（カープ）
カーメリーニ→トミー・カーメリーニ（カーメリーニ）
カラザス→パット・カラザス（カラザス）
カラドス夫人　からどすふじん→エドナ・カラドス（カラドス夫人）
カラヴァーレ→ツーリオ・カラヴァーレ（カラヴァーレ）
カーリ→カール・ヴァーゼネッガー（カーリ）
カーリー→マーシャ・デカーロ（カーリー）
カリー→カロライン・ブルックス（カリー）
カルーソ→ヴィニー・カルーソ（カルーソ）
カルドーニ→ヴィンセント・カルドーニ（カルドーニ）
カルネラ→レアルコ・パドバーニ（カルネラ）
カルバイヨ→ペペ・カルバイヨ（カルバイヨ）
カルパチア→ニコライ・カルパチア（カルパチア）
カルホーン→ヴィンセント・カルホーン（カルホーン）
カルミ→アンソニー・カルミ・オルランド（カルミ）
カーン→ハミド・カーン（カーン）
幹　がん→房 幹

【が】

ガーガン→ハリー・ガーガン（ガーガン）
ガス　がす→オーガスト・ローリング三世（ガス）
ガス　がす→ペーニャ上院議員（ガス）
ガスラー→ダン・ガスラー（ガスラー）
ガーデン→フロイド・ガーデン（ガーデン）
ガーナー→ウィリアム・ブロック・ガーナー（ガーナー）
ガナー→アーロン・ガナー（ガナー）
ガーマジ→ヘンリー・ガーマジ（ガーマジ）
ガルシア→オスカー・ガルシア（ガルシア）
ガレティ→ウィリアム・ガレティ（ガレティ）
ガレン→ショーン・ガレン（ガレン）
ガン→ルディ・ガン（ガン）

【き】

キズ→キズミン・ライダー（キズ）
キーチー　きーちー→クワン キーチー
キッド→シンシナティ・キッド（キッド）
キッド→ビル・コリンズ（キッド）

キマー→キンバリー(キマー)
キム→キンバリー・バウアー(キム)
キャサリン→キャシー・キングマン(キャサリン)
キャシー→カサンドラ・ニール(キャシー)
キャシー→カッサンドラ・デウビル(キャシー)
キャシー・カー→キャスリン・カー(キャシー・カー)
キャディ→キャドウェル・ソフィア・ジョーダン(キャディ)
キャノン→カート・キャノン(キャノン)
キャフェリー→ジャック・キャフェリー(キャフェリー)
キャプラン→シドニー・アイザック・キャプラン(キャプラン)
キャベンディッシュ→エドワード・キャベンディッシュ(キャベンディッシュ)
キャメロン・ウィリアムズ→バック(キャメロン・ウィリアムズ)
キャリー→カルドニア(キャリー)
キャリイ・ルイズ→キャロライン・ルイズ・セロコールド(キャリイ・ルイズ)
キャル→キャルヴィン・チェイス(キャル)
キャルガリ→アーサー・キャルガリ(キャルガリ)
キャレラ→スティーブ・キャレラ(キャレラ)
キャロライン・クーツ きゃろらいんくーつ→奥さん(キャロライン・クーツ)
キャンドレス→ジェラルド・キャンドレス(キャンドレス)
キャンバス→コリン・メドーズ(キャンバス)
キャンピオン→アルバート・キャンピオン(キャンピオン)
キャンピオン→チャーリー・キャンピオン(キャンピオン)
清文 きよふみ→橋下 清文
慶寿 きよんす→李 慶寿
キョンビン→ミン・ギョンビン(キョンビン)
起龍 ぎりょん→羅 起龍
キルマーチン→アンドリュー・キルマーチン(キルマーチン)
キーロフ→コンスタンチン・ロマノビッチ・キーロフ(キーロフ)
キング きんぐ→C・C・バド・キング(キング)
キングズリー聖堂参事 きんぐずりーせいどうさんじ→ジョン・キングズリー(キングズリー聖堂参事)
キンケイド→ジャック・キンケイド(キンケイド)
キンケイド→ダンカン・キンケイド(キンケイド)

【ぎ】

ギボンズ→オーガスタス・ギボンズ(ギボンズ)
ギャヴァラン ぎゃばらん→ジョン・J・ギャヴァラン(ギャヴァラン)
ギャビー→ガブリエル・マコーリー(ギャビー)
ギャヴィラン→ジョー・ギャヴィラン(ギャヴィラン)
ギャラン→ジョン・ギャラン(ギャラン)
ギャリソン→ピート・ギャリソン(ギャリソン)
ギルモア→フランク・ギルモア(ギルモア)

【く】

クァルト→ロレンソ・クァルト(クァルト)
クィララン→ジェイムズ・マッキントッシュ・クィララン(クィララン)
クィララン→ジム・クィララン(クィララン)
クィン→ジョン・クィン(クィン)
クイーン→エラリイ・クイーン(クイーン)
クイン→テリー・クイン(クイン)
クインシー→ピアース・クインシー(クインシー)
クウェンティン くうぇんてぃん→Q・P(クウェンティン)
国炎 ぐぅおいいぇん→王 国炎
クーガン→カウ・パット・クーガン(クーガン)
クーガン→ジョージ・クーガン(クーガン)
クセノス・フィロティーモ→ジェリー・ゴールドマン(クセノス・フィロティーモ)
クーパー→メル・クーパー(クーパー)
クービオン→アール・クービオン(クービオン)
クライヴ→エドモンド・クライヴ(クライヴ)
クライン→ナサニエル・フレデリック・クライン(クライン)
クラウディア→トリポリーナ(クラウディア)
クラーク→ジム・クラーク(クラーク)
クラッター氏 くらったーし→ハーバード・ウィリアム・クラッター(クラッター氏)
クラドック→ダーモット・クラドック(クラドック)
クラプリー→ロバート・クラプリー(クラプリー)

クラムスキー→フランソワーズ・クラムスキー（クラムスキー）
クラムリー→エルモ・クラムリー（クラムリー）
クララ・ピアス→ミセス・ピアス（クララ・ピアス）
クランシー→フランク・クランシー（クランシー）
クリケット　くりけっと→アレクサンドラ"クリケット"（クリケット）
クリス→クリストファー・スノー（クリス）
クリスティー→リチャード・クリスティー（クリスティー）
クリーヴァー→ウォレン・クリーヴァー（クリーヴァー）
クリフ→クリスフォード・ジェーンウェイ（クリフ）
クルース→アレハンドロ・クルース（クルース）
クルスク→アレクセイ・クルスク（クルスク）
クルツ→ジョー・クルツ（クルツ）
クレイ→ダミアン・クレイ（クレイ）
クレイク→レイク・クレイク（クレイク）
クレイジーピート→ピート・サバティーノ（クレイジーピート）
クレイトン→ジョン・ブレア・クレイトン（クレイトン）
クレイヴン→ニック・クレイヴン（クレイヴン）
クレイン→スティーヴ・クレイン（クレイン）
クレイン→バーソロミュー・クレイン（クレイン）
クローイ・ラーソン　くろーいらーそん→C・J・タウンゼント（クローイ・ラーソン）
クローイ・ラーソン　くろーいらーそん→C・J・タウンゼンド（クローイ・ラーソン）
クロウ→タイタス・クロウ（クロウ）
クロウ→デイヴィッド・クロウ（クロウ）
クロス→ジェイムズ・ジャック・クロス（クロス）
クロス→ジョン・クロス（クロス）
クロッカー→ジャッド・クロッカー（クロッカー）
クロック→ロイ・クロック（クロック）
クロット→エゼキン・クロット（クロット）
クローデル→リュク・クローデル（クローデル）
クロフォード→ジャック・クロフォード（クロフォード）
クロメリン→ケース・クロメリン（クロメリン）
クロンジアック→ナンシー・クロンジアック（クロンジアック）

クワーク→マーティン・クワーク（クワーク）
寛充　くわんちゅん→羅　寛充

【ぐ】

グッチ→ハリー・グッチ（グッチ）
グラボウスキー→ポーリーン・グラボウスキー（グラボウスキー）
グラント→アラン・グラント（グラント）
グリッサム→ギル・グリッサム（グリッサム）
グリフィン→ローン・グリフィン（グリフィン）
グリーフ博士　ぐりーふはかせ→ヒューゴー・グリーフ博士（グリーフ博士）
グリーン→オールデン・グリーン（グリーン）
グリーン→ジョージ・ワシントン・グリーン（グリーン）
グリーン→チャールズ・ケラハー（グリーン）
グルイズロフ→アナトリー・グルイズロフ（グルイズロフ）
グルーシン→クサヴェリー・フェオフィラクトヴィチ・グルーシン（グルーシン）
グールド→アーヴィン・グールド（グールド）
グールド→デイヴィッド・グールド（グールド）
グレアム→ウィル・グレアム（グレアム）
グレイ→ジョン・グレイ（グレイ）
グレイウルフ→ルーカス・グレイウルフ（グレイウルフ）
グレイヴス→グスタフ・グレイヴス（グレイヴス）
グロンスキー→アール・グロンスキー（グロンスキー）
グンテン→フォン・グンテン（グンテン）
グンバ→アントニオ・スカルラッタ（グンバ）

【け】

ケイショーン・ウィルソン　けいしょーんうぃるそん→K・ドッグ（ケイショーン・ウィルソン）
ケイト→キャサリン・アン・ケンタイア（ケイト）
ケイリー→ジョン・ケイリー（ケイリー）
ケージ→ペン・ケージ（ケージ）
ケッセルバッハ夫人　けっせるばっはふじん→ドロレス・ケッセルバッハ（ケッセルバッハ夫人）
ケネディ→アイリーン・ケネディ（ケネディ）
ケラー→アレックス・ケラー（ケラー）
ケラー→ジョン・ケラー（ケラー）

ケリー→エドワード・ケリー(ケリー)
ケリー→ジョン・ケリー(ケリー)
ケリー→マイケル・リオ・ケリー(ケリー)
ケリー→ライアン・ケリー(ケリー)
ケロッグ→マイルズ・ケロッグ(ケロッグ)
ケン→ケンウッド・ブレイク(ケン)

【げ】

ゲイター→フィル・ゲイター(ゲイター)
ゲイブ→ガブリエル・マッケンナ(ゲイブ)
ゲミヌス→ディディウス・ファウォニウス(ゲミヌス)

【こ】

コウビー→ジェイ・コウビー(コウビー)
コーエン→ノーマン・コーエン(コーエン)
コーエン→ハリー・コーエン(コーエン)
国務長官　こくむちょうかん→ハーデン(国務長官)
ココーリン→ピョートル・アレクサンドロヴィチ・ココーリン(ココーリン)
コーソ→フランク・コーソ(コーソ)
コッキー→コックリル(コッキー)
コック・ロビン　こっくろびん→J・C・ロビン(コック・ロビン)
コーディック→ジャック・コーディック(コーディック)
コード→ビル・コード(コード)
コナー→ウィリアム・コナー(コナー)
コニー→コンスタンス・ダンフォース(コニー)
コーニッシュ→ハリー・コーニッシュ(コーニッシュ)
コノヴァンコ→アナトリ・コノヴァンコ(コノヴァンコ)
コヴ→ランドル・コヴ(コヴ)
コーラー→ヘルマン・コーラー(コーラー)
コーラー→マクシミリアン・コーラー(コーラー)
コーリー→ジョン・コーリー(コーリー)
コーリー→ロイ・コーリー(コーリー)
コリンズ→ウィルキー・コリンズ(コリンズ)
コリンズ→ジャック・コリンズ(コリンズ)
コール→ビリ・コール(コール)
コルジェ→クロード・コルジェ(コルジェ)
コールズ→バート・コールズ(コールズ)
コルデ→ミシェル・コルデ(コルデ)
コルテン→フェルディナント・コルテン(コルテン)
コールデン　こーるでん→K・C・コールデン(コールデン)
コルビー→フィル・コルビー(コルビー)
コーレス→ジョック・コーレス(コーレス)
吾郎　ごろう→吉田　吾郎
コロトコフ→ユーラ・コロトコフ(コロトコフ)
コンウェイ→チェスター・コンウェイ(コンウェイ)
コングリーヴ→アンブローズ・コングリーヴ(コングリーヴ)
コンクリン教授　こんくりんきょうじゅ→ロバート・コンクリン(コンクリン教授)
昆虫少年　こんちゅうしょうねん→ギャレット・ハンロン(昆虫少年)
コンラン→リアム・コンラン(コンラン)

【ご】

ゴア大佐　ごあたいさ→ウィッカム・ゴア(ゴア大佐)
ゴイルズ→ヘンリー・ゴイルズ(ゴイルズ)
幽霊番人　ごーすときーぱー→ボブ・ジョージ(幽霊番人)
ゴダード→オーガスティン・ゴダード(ゴダード)
ゴッダード→ロン・ゴッダード(ゴッダード)
ゴーディ→ゴードン・ブリュワー(ゴーディ)
ゴーディアン→ロジャー・ゴーディアン(ゴーディアン)
ゴードン→ジェイムズ・ゴードン(ゴードン)
ゴードン→モンテル・ゴードン(ゴードン)
ゴーフォース→ジョン・ゴーフォース(ゴーフォース)
ゴヤ→フランシス・デ・ゴヤ(ゴヤ)
ゴーリー→フランク・ゴーリー(ゴーリー)
ゴールディ→ベティ・ジーフリート(ゴールディ)
ゴレフ→ニコライ・ゴレフ(ゴレフ)

【さ】

サイクス→グレン・サイクス(サイクス)
サイード→イブラハム・サイード(サイード)
サイモン→エドガー・サイモン(サイモン)
サウリャク→パーヴェル・サウリャク(サウリャク)

サー・クロード・エイモリー さーくろーどえいもりー→クロード・エイモリー卿（サー・クロード・エイモリー）
サーシャ→アレクサンドル・イワノフ（サーシャ）
サーシャ→アレクサンドル・カメンスキー（サーシャ）
サッカリー→ガイ・サッカリー（サッカリー）
サッカレイ→エドワード・サッカレイ（サッカレイ）
サックス→アメリア・サックス（サックス）
サックス→ベンジャミン・サックス（サックス）
サッチャー→ジョン・パトナム・サッチャー（サッチャー）
サトクリフ→エヴリン・サトクリフ（サトクリフ）
サニー→ソニア・ミラー（サニー）
サビッチ→ディロン・サビッチ（サビッチ）
サミュエル→サム・キーライン（サミュエル）
サム→サマンサ・カーライル（サム）
サム→サマンサ・ジョーンズ（サム）
サム・キンケイド→サマンサ・キンケイド（サム・キンケイド）
サム・スタレット→ロジャー・スタレット（サム・スタレット）
サムソン→テリル・サムソン（サムソン）
サモーラ→ポール・サモーラ（サモーラ）
サラ・アレビ→ジャクリーヌ・ドラクロワ（サラ・アレビ）
サラマッジオ→レオポルド・サラマッジオ（サラマッジオ）
サリー→サリヴァン・ディーン（サリー）
サリヴァン→マイケル・サリヴァン（サリヴァン）
サルテイン→アントワン・サルテイン（サルテイン）
サル・マタッチ→ジギー・マックス（サル・マタッチ）
サロフ→アレクセイ・サロフ（サロフ）
サンシール→ジャン・ルイ・サンシール（サンシール）
サンダース→スティーブン・サンダース（サンダース）
サンディ→サンドラ・プライス（サンディ）
サンティノ→ソニー・コルレオーネ（サンティノ）
相沢 さんてく→鄭 相沢
サンデッカー→ジェームズ・サンデッカー（サンデッカー）
サントス→レネ・サントス（サントス）

サンピル さんぴる→ハン サンピル（サンピル）
サン・マルタン→ポール・ド・サン・マルタン（サン・マルタン）

【ざ】

ザイツェフ→オレグ・イワノヴィッチ・ザイツェフ（ザイツェフ）
ザク→ザカリー・ハミルトン（ザク）
ザバーラ→ホセ・ザバーラ（ザバーラ）
ザラズィ→ワキル・ムハンマド・ザラズィ（ザラズィ）

【し】

シア→アルシア・オーベン（シア）
秀茹 しいうるぅ→姚 秀茹
C・E・ディガ・ジョーンズ しーいーでぃがじょーんずー→ザ・ディガ（C・E・ディガ・ジョーンズ）
シェインドリン→ルーベン・シェインドリン（シェインドリン）
シェード→ジョン・シェード（シェード）
シェリ→デュシャーヌ・シェリ（シェリ）
シェリル→ドクター・シェリル・ノース（シェリル）
シェル・スコット→シェルドン・スコット（シェル・スコット）
シド→シドニー・オルスン（シド）
シドニー・ジェームソン→シド（シドニー・ジェームソン）
シニア・チーフ→スタン・ウォルコノク（シニア・チーフ）
シーヴァー→リンク・シーヴァー（シーヴァー）
シヴァー先生 しばーせんせい→ヘンリー・シヴァー（シヴァー先生）
シビッラ→バレリア・スヴィック（シビッラ）
シビラ→ヴィレミーナ・ベアトリス・フォーセンストルム（シビラ）
シフェール→ジャン・ルイ・シフェール（シフェール）
シマーソン→サー・ヘンリー・シマーソン（シマーソン）
シャーキー→オーギー・シャーキー（シャーキー）
シャープ→リチャード・シャープ（シャープ）
シャーマン→シンディ・シャーマン（シャーマン）

シャムロン→アリ・シャムロン（シャムロン）
シャーリー→シャーロット・パーソンズ（シャーリー）
シャーロック→レーシー・シャーロック（シャーロック）
シュガーマン→アイラ・シュガーマン（シュガーマン）
シュグルー→チョーンシー・ウェイン・シュグルー（シュグルー）
シュテップ→シュテファニー・ホルリック（シュテップ）
シュテルン→エーヴァルト・シュテルン（シュテルン）
シュテレンボッシュ女史　しゅてれんぼっしゅじょし→エバ・シュテレンボッシュ女史（シュテレンボッシュ女史）
シュトラッサー→カール・シュトラッサー（シュトラッサー）
シュナイダー→アーサー・シュナイダー（シュナイダー）
シュミッツ→ユージーン・シュミッツ（シュミッツ）
シュミット→ビル・シュミット（シュミット）
シュミット→ポール・セヴァリーン（シュミット）
シュラーデ→ヴォルフラム・シュラーデ（シュラーデ）
シュリゲール→デオドール・シュリゲール（シュリゲール）
シュレーダー→バート・シュレーダー（シュレーダー）
俊　しゅん→山岡　俊
純治　じゅんじ→今　純治
将軍　しょうぐん→ヒューバート・ポーリング（将軍）
少佐　しょうさ→ダニエル・モースタン（少佐）
少佐　しょうさ→デイン（少佐）
少佐　しょうさ→マクレーン（少佐）
シリングスワース→ジョン・シリングスワース（シリングスワース）
シンディ→シンシア・エドウィナ・ライアン・マコール（シンディ）
シンディ→シンシア・デッカー（シンディ）

【じ】

ジー　じー→エリス・Z・ペティグルー（ジー）
ジアド→アブドゥル・ジアド（ジアド）
ジェイコブ→パパ（ジェイコブ）
J・T　じぇいてい→ジョン・ソープ（J・T）
ジェイムズ・シェパード→シェパード（ジェイムズ・シェパード）
ジェシー→ジーザス・アセンシオ（ジェシー）
ジェシー・スレーター　じぇしーすれーたー→父（ジェシー・スレーター）
ジェスン　じぇすん→ヘンリー・ジェイムズ・ジェスン三世（ジェスン）
ジェースン・ラフィール　じぇーすんらふぃーる→ラフィール氏（ジェースン・ラフィール）
ジェニファー→ジェン（ジェニファー）
ジェネロ→ヴィンセント・ジェネロ（ジェネロ）
JP　じぇーぴー→ピアース（JP）
ジェフ→ジェフリー・ハモンド（ジェフ）
ジェファーソン→ウィル・ジェファーソン（ジェファーソン）
紳士　じぇまん→リチャード・リヴァース（紳士）
ジェームズ・シェパード→シェパード（ジェームズ・シェパード）
ジェローム→モーリス・ジェローム（ジェローム）
ジェーン・マーブル→ミス・マープル（ジェーン・マーブル）
ジオ→アンドリュー・ジョベルティ（ジオ）
ジギー→シグムンド・マーキウイッツ（ジギー）
ジキル→ヘンリー・ジキル（ジキル）
ジニー→ヴァージニア・シャピロ（ジニー）
ジブラルタル→ブライアン・ジブラルタル（ジブラルタル）
ジフン→キム・ジフン（ジフン）
ジミー→ジェームズ・マックエヴァン（ジミー）
ジミー・ローネン→ジェイムズ・ローネン（ジミー・ローネン）
ジム→ジェイムズ・キーガン（ジム）
ジャクソン・ナヴァー　じゃくそんなばー→父（ジャクソン・ナヴァー）
ジャスティス→シャーロット・ジャスティス（ジャスティス）
ジャスティス→ジャス（ジャスティス）
ジャスティス→ベンジャミン・ジャスティス（ジャスティス）
ジャッキー→ジャック・ダニエルズ（ジャッキー）
ジャック→ジョン・ロイル（ジャック）
ジャック・ジュニア→ジョン・パトリック・ライアン・ジュニア（ジャック・ジュニア）
ジャッコ→ジャック（ジャッコ）
ジャーヴィス博士　じゃーびすはかせ→クリストファ・ジャーヴィス（ジャーヴィス博士）

ジャンキー→ジョン・キー(ジャンキー)
ジャン・ジャン→ジャノー(ジャン・ジャン)
ジュゼッペ・アマドネッリ→ペッペ(ジュゼッペ・アマドネッリ)
ジュディ→ジュディス・ヘンリー・ハーパー(ジュディ)
ジュディス・ダンディ→ミセス・ダンディ(ジュディス・ダンディ)
ジュニア→イーノック・ジュニア・ケイン(ジュニア)
ジュニア→パールスタイン・ジュニア(ジュニア)
ジュノ→キム・ジュノ(ジュノ)
巡査部長 じゅんさぶちょう→エッグベア(巡査部長)
ジョー→ジョーゼフ・リーナ(ジョー)
ジョー→ジョゼフ・ラコート(ジョー)
ジョイ→オーティス・ジョイ(ジョイ)
ジョーイ→ジョアンナ・ロス(ジョーイ)
ジョージ→グレガー・パトニアクス(ジョージ)
ジョジーヌ→ジョゼフィーヌ・バルサモ(ジョジーヌ)
ジョゼフィーヌ・バルサモ じょぜふぃーぬばるさも→カリオストロ伯爵夫人(ジョゼフィーヌ・バルサモ)
ジョゼフ・T・ワトソン じょぜふてぃーわとすん→ジョーダン(ジョゼフ・T・ワトソン)
ジョーダン・テン・エイク→デュラニー(ジョーダン・テン・エイク)
ジョーディ→ジョーダン・ポティート(ジョーディ)
ジョニー→ジョナサン・ラッド・ジョーンズ(ジョニー)
ジョニー→ジョン(ジョニー)
ジョニー→ジョン・エドワード・リトルジョーン(ジョニー)
ジョニー→ジョン・カラドス(ジョニー)
ジョバンニ→ドミニク・ジョバンニ(ジョバンニ)
ジョヴァンニ・デ・メディチ じょばんにでめでぃち→レオ十世(ジョヴァンニ・デ・メディチ)
ジョブソン→モーリス・ジョブソン(ジョブソン)
ジョリ→ルシアン・アナトール・ジョリ(ジョリ)
ジョリー→ハーシェル・ジョリー(ジョリー)
ジョルディーノ→アル・ジョルディーノ(ジョルディーノ)
ジョン・H・ワトスン じょんえいちわとすん→ワトスン(ジョン・H・ワトスン)

ジョン・カーター→ロナルド・バウワーズ(ジョン・カーター)
ジョーンズ→ジェファソン・ジョーンズ(ジョーンズ)
ジョンスン→ブレイク・ジョンスン(ジョンスン)
ジョンスン→ホリー・ジョンスン(ジョンスン)
ジョン・パトリック・ライアン→ジャック・ライアン(ジョン・パトリック・ライアン)
ジョン・ヴィクター・サリー→ヴィク・トレイ(ジョン・ヴィクター・サリー)
ジョンヒョン→イム・ジョンヒョン(ジョンヒョン)
ジョン・ラッセル→ミッキー・マグルーダー(ジョン・ラッセル)
ジリチ→ゾラン・ジリチ(ジリチ)
ジレット→ワイアット・エドワード・ジレット(ジレット)
ジンクス→ジェイン・キングズリー(ジンクス)
ジンソク→イ・ジンソク(ジンソク)
ジンテ→イ・ジンテ(ジンテ)
ジンマーマン→ロジャー・ジンマーマン(ジンマーマン)

【す】

スウ→スーザン・トリンダー(スウ)
スウェイン→フランシス・スウェイン(スウェイン)
スウェーデンのジョー→ジョー(スウェーデンのジョー)
スカダー→マット・スカダー(スカダー)
スカーペッタ→ケイ・スカーペッタ(スカーペッタ)
スカーペッタ→ドクター・ケイ・スカーペッタ(スカーペッタ)
スキナー→ルーク・スキナー(スキナー)
スコット→イライジャ・スコット(スコット)
スコール大尉 すこーる大尉→アンソン・スコール(スコール大尉)
スター→ステラ・ヒギンス(スター)
スターキー→キャロル・スターキー(スターキー)
スターキー→ダン・スターキー(スターキー)
スターク→サム・スターク(スターク)
スタークウェッダー→マイケル・スタークウェッダー(スタークウェッダー)
スタック→ベン・スタック(スタック)

スタフォード・ナイ→サー・スタフォード・ナイ（スタフォード・ナイ）
スタレット→サム・スタレット（スタレット）
スタン→スタンリー・ジュニア（スタン）
スタンスワース氏　すたんすわーすし→ヴィクター・スタンワース（スタンスワース氏）
スタントン→ジョン・スタントン（スタントン）
スティール→カーティス・スティール（スティール）
ステイル→エリオット・ステイル（ステイル）
スティレット→スティーヴ・スティレット（スティレット）
ステッテン→アルブレヒト・フォン・ステッテン（ステッテン）
ステフィ→ステファニー・マンデル（ステフィ）
ストウト→パーマー・ストウト（ストウト）
ストッダート→ジャック・ストッダート（ストッダート）
ストーミー→デイヴ・ウェザー（ストーミー）
ストライカー→ジャック・ストライカー（ストライカー）
ストランド→ハリー・ストランド（ストランド）
ストール→マット・ストール（ストール）
ストレンジ→デレク・ストレンジ（ストレンジ）
ストーン→ジェッシイ・ストーン（ストーン）
スパイダー→デニス・クレッグ（スパイダー）
スパーリング→ジャック・スパーリング（スパーリング）
スパンドレル→ウィリアム・スパンドレル（スパンドレル）
スピアマン→ヘンリー・スピアマン（スピアマン）
スピルズベリー→ジョン・スピルズベリー（スピルズベリー）
スマイロー→ローリィ・スマイロー（スマイロー）
スミス→ジョナサン・スミス（スミス）
スミス→ジョン・スミス（スミス）
スミス→ダニエル・スミス（スミス）
スミス→ネイランド・スミス（スミス）
スミス→ヘンリー・トマス・スミス（スミス）
スミス→マック・ナイフ・スミス（スミス）
スミスバック→ウィリアム・スミスバック（スミスバック）
スモールズ→アルバート・ジェイ・スモールズ（スモールズ）
スモールボーン→ジャック・スモールボーン（スモールボーン）

スモールボーン→マーカス・スモールボーン（スモールボーン）
スラッター→タグ・スラッター（スラッター）
スレイター→ニール・スレイター（スレイター）
スローン　すろーん→Ｐ・Ｈ・スローン（スローン）
スローン→トニー・スローン（スローン）
スワンソン→チャールズ・スワンソン（スワンソン）
スンソク→チェ・スンソク（スンソク）

【ず】

ズットナー→モニカ・ズットナー（ズットナー）
ズワイイ→ジャダラー・サーレム・ズワイイ（ズワイイ）

【せ】

セイビン→テッド・セイビン（セイビン）
セイファー→ダニエル・セイファー（セイファー）
セイル→ヘロッド・セイル（セイル）
セクストン→セジウィック・セクストン（セクストン）
セリットー→ロン・セリットー（セリットー）
セルッチ→マイク・セルッチ（セルッチ）
セロー→ウェズリー・ディーン・セロー（セロー）
先生　せんせい→ブラッドリー・スタインウィック（先生）

【ぜ】

ゼルプ→ゲーアハルト・ゼルプ（ゼルプ）
ゼン→ジェフ・ストッカード（ゼン）
ゼン→ジェフ・ゼン・ストッカード（ゼン）

【そ】

ソア→ソーヴィン・ギブズ（ソア）
ソニー→ソニア・クロンスキー（ソニー）
ソニエール→ジャック・ソニエール（ソニエール）
ソラッツォ→マルコ・ソラッツォ（ソラッツォ）
ソーンダイク→ジョン・イヴリン・ソーンダイク（ソーンダイク）

【ぞ】

ゾルグループ→エンジニア（ゾルグループ）
ゾルゲ→リヒアルト・ゾルゲ（ゾルゲ）

【た】

タウザー→イーライ・タウザー（タウザー）
道雲　たおゆん→単　道雲
タツ　たつ→石倉　達彦（タツ）
タッカー→ティー・タッカー（タッカー）
タッド→タディアス・シュモイヤー（タッド）
ターナー→ジョン・ターナー（ターナー）
ターナー→ポール・ターナー（ターナー）
ターナー→マドリン・オキース・ターナー（ターナー）
タナー→ジョン・マーシャル・タナー（タナー）
田中　たなか→タイガー田中（田中）
タナッシ→ダニー・キャッスル（タナッシ）
タペンス→プルーデンス・カウリイ（タペンス）
タランス→ウェイン・タランス（タランス）
タリー→ジェフ・タリー（タリー）
タリー→ジョージ・タリー（タリー）
タルボット→マーク・ジェローム・タルボット（タルボット）
タンディ→サンドラ・ロバーツ（タンディ）

【だ】

大統領　だいとうりょう→ジャック・ラトリッジ（大統領）
ダイヤモンド警視　だいやもんどけいし→ピーター・ダイヤモンド（ダイヤモンド警視）
ダウリング→ジョン・ダウリング（ダウリング）
ダスキヴィッチ→ゲーリー・ダスキヴィッチ（ダスキヴィッチ）
ダスティ→ビル・ローズ（ダスティ）
ダナハー→マイク・ダナハー（ダナハー）
ダニーロフ→ディミトリー・ダニーロフ（ダニーロフ）
ダービー→トーマス・ダービー（ダービー）
ダマト→スチュ・ダマト（ダマト）
ダリル・ゴードン→ダリル・シルバー（ダリル・ゴードン）
ダルグリッシュ→アダム・ダルグリッシュ（ダルグリッシュ）
ダルジール→アンディ・ダルジール（ダルジール）
ダルリンプル→クインティリアン・ダルリンプル（ダルリンプル）
ダンス→ナサニエル・ダンス（ダンス）
ダンズモー　だんずもー→スコット・F・ダンズモー（ダンズモー）
ダンフォード→エディ・ダンフォード（ダンフォード）

【ち】

チェイス→チャールズ・マローン（チェイス）
チェイニー→エニス・チェイニー（チェイニー）
将　ちぇん→陶　将
チェンバース→グレゴリー・チェンバース（チェンバース）
鎮要　ちぇんよう→宋　鎮要
チーフ　ちーふ→クリストファー・ハート大佐（チーフ）
チャーク→チャールズ・ヴァリアント（チャーク）
チャステイン→ジョン・チャステイン（チャステイン）
チャーリー　ちゃーりー→チャールズ・P・タフト2世（チャーリー）
チャーリー→チャールズ・ガウアン（チャーリー）
チャーリー→チャールズ・ラヴィッチ（チャーリー）
チャールズ・ラトリッジ　ちゃーるずらとりっじ→チャールズ・ウィンストン・ラトリッジ三世（チャールズ・ラトリッジ）
チャン→エリック・チャン（チャン）
チャンス→ウィリアム・ヘンリー・チャンス（チャンス）
チャンドラー→ジンク・チャンドラー（チャンドラー）
チャンピオン→ギフォード・チャンピオン（チャンピオン）
チャン・ユイシュー　ちゃんゆいしゅー→張　玉樹（チャン・ユイシュー）
俊錫　ちゅんそく→李　俊錫
重豪　ちゅんほ→李　重豪

【つ】

ツイスト→アラン・ツイスト（ツイスト）

ツイード婦人　ついーどふじん→ミス・フロイ（ツイード婦人）
ツラビー→ジェラルディン・ツラビー（ツラビー）
ツルミルチク→ボゴミル・ツルミルチク（ツルミルチク）

【て】

ティジー　てぃじー→エリザベス・ティアニー博士（ティジー）
ティズダル→ロバート・ティズダル（ティズダル）
ティービング→リー・ティービング（ティービング）
ティボドー→ロリー・ティボドー（ティボドー）
ティミー→タミー・タトル（ティミー）
ティム　てぃむ→ティモシー・E・ハント（ティム）
ティム　てぃむ→ティモシー・ベイリー大尉（ティム）
太五　てお→崔　太五
テニスン→タイ・テニスン（テニスン）
テハダ→カルロス・テハダ・アロンソ・イ・レオン（テハダ）
テリ→テリーザ・ペラルタ（テリ）
テンプルトン→アレックス・テンプルトン（テンプルトン）

【で】

ディクシト→ハリ・ディクシト（ディクシト）
ディクスン・ブライ→エドワード・ディクスン・ブライ（ディクスン・ブライ）
ディクラーク→ロバート・ディクラーク（ディクラーク）
ディケン→クリストファー・ディケン（ディケン）
ディケンズ→チャールズ・ディケンズ（ディケンズ）
ディーコン→マイケル・ディーコン（ディーコン）
ディジェノヴェーゼ→ロイ・ディジェノヴェーゼ（ディジェノヴェーゼ）
ディッキー→リチャード・マックエヴァン（ディッキー）
ディック→リチャード・ガン（ディック）
ディック→リチャード・マーカム（ディック）
狄判事　でぃーはんじ→狄　仁傑（狄判事）

ディヴェイン→ハーラン・ディヴェイン（ディヴェイン）
ディメンシィ→マーカス・ディメンシィ（ディメンシィ）
ディラード教授　でぃらーどきょうじゅ→バートランド・ディラード教授（ディラード教授）
ディル→ベンジャミン・ディル（ディル）
ディレッシオ→ジェイク・ディレッシオ（ディレッシオ）
ディロン→ショーン・ディロン（ディロン）
デクスター→キャル・デクスター（デクスター）
デス・アーティスト　ですあーてぃすと→死の芸術家（デス・アーティスト）
デスティナ→ピエール・アンジュ・デスティナ（デスティナ）
デッカー→ジョン・デッカー（デッカー）
デッカー→ピーター・デッカー（デッカー）
デッカー→ルーク・デッカー（デッカー）
デニソフ→エドゥアルド・デニソフ（デニソフ）
デヴリン→マラカイ・デヴリン（デヴリン）
デヴリン→ランドール・デヴリン（デヴリン）
デューイ→アルヴィン・アダムズ・デューイ（デューイ）
デュヴァル→マイクル・デュヴァル（デュヴァル）
デュマ警部　でゅまけいぶ→エルヴェ・デュマ（デュマ警部）
デュランス→ジャック・デュランス（デュランス）
デル・リエコ→ジョセフ・デル・リエコ（デル・リエコ）
デルレイ→フレッド・デルレイ（デルレイ）
デローム→リズ・デローム（デローム）
デントン→ニコラス・デントン（デントン）

【と】

トニー→アンソニー・ローム（トニー）
トニー→アントニー・シェリダン（トニー）
トニー→アントネラ・フィオレラ（トニー）
トニー・フレミング→アンソニー・フレミング（トニー・フレミング）
トニー・マーストン→アンソニー・マーストン（トニー・マーストン）
トービン→フレドリック・トービン（トービン）
徳華　どーほあ→魏　徳華
トーマス→ロバート・トーマス（トーマス）

トーマス・ベレズフォード→トミー（トーマス・ベレズフォード）
トマス・ベレズフォード→トミー・ベレズフォード（トマス・ベレズフォード）
トミー→トーマス・マドゥン（トミー）
トム→トマス・セント・ジョン（トム）
トラヴィス→マイケル・トラヴィス（トラヴィス）
トラメル→アレックス・トラメル（トラメル）
トーランド→マイケル・トーランド（トーランド）
トリップ→トム・トリップ（トリップ）
トリヴェリアン大佐　とりべりあんたいさ→ジョセフ・トリヴェリアン（トリヴェリアン大佐）
トレサリアン→マルコム・トレサリアン（トレサリアン）
トーレス→マルコス・トーレス（トーレス）
トレス→ナヴァー（トレス）
トーレス大佐　とーれすたいさ→ヘスス・トーレス（トーレス大佐）
トレヴェリヤン→ジョセフ・トレヴェリヤン（トレヴェリヤン）
トレモント→ヴィクター・トレモント（トレモント）
トロット→ウィリアム・トロット（トロット）
東秀　とんす→韓 東秀
トンプソン→デイヴィス・トンプソン（トンプソン）

【ど】

ドアティ→メグ・ドアティ（ドアティ）
ドイル→エルロイ・ドイル（ドイル）
ドク→スチュアート・ジョーダン（ドク）
ドクター・アンドリュー・ドノヴァン　どくたーあんどりゅーどのばん→花婿（ドクター・アンドリュー・ドノヴァン）
ドクター・コーマン→ジョン・リチャード（ドクター・コーマン）
ドクター・シリング→グレイス・シリング（ドクター・シリング）
ドクタ・ハバード→ローランド・ハバード（ドクタ・ハバード）
ドクター・マースチン→エドワード・マースチン（ドクター・マースチン）
ドクター・マチュリン→スティーブン・マチュリン（ドクター・マチュリン）
ドーシー→アレックス・ドーシー（ドーシー）
ドーズ→シライナ・アン・ドーズ（ドーズ）
ドーソン→フィンレー・ドーソン（ドーソン）
ドツェンコ→ミーシャ・ドツェンコ（ドツェンコ）
ドッグ→ティカムシ・バスチャン（ドッグ）
ドッド刑事　どっどけいじ→キャザリン・ドッド（ドッド刑事）
ドートマンダー→ジョン・ドートマンダー（ドートマンダー）
ドネリー→マイク・ドネリー（ドネリー）
ドーブレック→アレクシス・ドーブレック（ドーブレック）
ド・マリニー→アンリ・ド・マリニー（ド・マリニー）
ドミニク→ジェラール・デュプレ（ドミニク）
ドラモンド→ショーン・ドラモンド（ドラモンド）
ドラローシュ→ジャン・ポール・ドラローシュ（ドラローシュ）
ドーラン→コン・ドーラン（ドーラン）
ドリー→フランク・ディロン（ドリー）
ドレイン→ロバート・ドレイン（ドレイン）
ドロレス・トゥーイ→ジェイン・ドウ（ドロレス・トゥーイ）
ドン・エルバート→トラッシュキャン・マン（ドン・エルバート）
ドン・ルイス・ペレンナ→アルセーヌ・ルパン（ドン・ルイス・ペレンナ）

【な】

ナイトヒート→ヴァン・ナイトヒート（ナイトヒート）
ナイフ→マック・スミス（ナイフ）
ナイメク→ピーター・ナイメク（ナイメク）
ナイメク→ピート・ナイメク（ナイメク）
直二　なおじ→木村 直二
ナースチャ→アナスタシヤ・カメンスカヤ（ナースチャ）
ナタリー　なたりー→母さん（ナタリー）
ナッシュ→テッド・ナッシュ（ナッシュ）

【に】

ニエマンス→ピエール・ニエマンス（ニエマンス）
ニキ→ニコール・クイン（ニキ）
ニコラ→モラート・ミクローシュ（ニコラ）
ニザリ→グル・ニザリ（ニザリ）
ニッキ→ニコール・ザック（ニッキ）
ニッキー→ニコール・バス（ニッキー）
ニッキイ→ニコール・ハワード（ニッキイ）
ニック→ニコラス・ウォーレン（ニック）

ニック→ニコラス・スペンサー（ニック）
ニック→ニコラス・パレオロゴス（ニック）
ニック→ニコラス・ペニー（ニック）
ニック→ニコラス・ベンジャミン・ブキャナン（ニック）
ニック・エンジェル→ニック・アンジェロ（ニック・エンジェル）
ニューボルド→レオ・ニューボルド（ニューボルド）
ニューランド→タック・ニューランド（ニューランド）
ニーリー→コーネリア・ヘイウッド（ニーリー）
ニルス→オロフ・ニルス（ニルス）
ニルソン→ジョン・ニルソン（ニルソン）
ニーロ→トニー・ニーロ（ニーロ）

【ね】

ネイラー→マデライン・ネイラー（ネイラー）
ネッティ→ジャネット・テンハイス（ネッティ）
ネル→エレノア・ダイサート（ネル）

【の】

ノックス→フィリップ・ノックス（ノックス）
ノヴァク→ジャック・ノヴァク（ノヴァク）
ノバック→ピーター・ノバック（ノバック）
ノーヴィク→グリゴーリイ・ノーヴィク（ノーヴィク）
ノヴェロ→シャーリー・ノヴェロ（ノヴェロ）
ノムラ→チェスター・ノムラ（ノムラ）
ノーラン→キャシー・ノーラン（ノーラン）
ノーラン→テンプル・ノーラン（ノーラン）
ノーラン→パトリシア・ノーラン（ノーラン）

【は】

ハイド→エドワード・ハイド（ハイド）
ハインド→アルバート・ハインド（ハインド）
ハウ→リンカーン・ハウ（ハウ）
ハウエル→ピーター・ハウエル（ハウエル）
ハーウッド→チャールズ・ハーウッド（ハーウッド）
ハーカー→チャールズ・ハーカー（ハーカー）
伯爵夫人　はくしゃくふじん→ドゥージー・トルド（伯爵夫人）

ハザウェイ→ヘイスティ・ハザウェイ（ハザウェイ）
ハースト→アーチボルト・ハースト（ハースト）
ハチェット→カール・ハチェット（ハチェット）
ハティ・フォスター→ハリエット・フォスター（ハティ・フォスター）
ハーディング→ウォーレン・ガマリエル・ハーディング（ハーディング）
ハート→クリストファー・ハート（ハート）
ハート→トニー・ハート（ハート）
ハードキャッスル→ディック・ハードキャッスル（ハードキャッスル）
ハートマン→マックス・ハートマン（ハートマン）
母　はは→ドロレス・スウェンセン（母）
ハーパー→パトリック・ハーパー（ハーパー）
ハバー警部　はばーけいぶ→トム・ハバー（ハバー警部）
ハーヴァス→スコット・ハーヴァス（ハーヴァス）
ハーバート→ボブ・ハーバート（ハーバート）
ハビランド卿　はびらんどきょう→ロジャー・ブルーム（ハビランド卿）
ハーヴェイ→キャスパー・ハーヴェイ（ハーヴェイ）
ハマー→ジュディ・ハマー（ハマー）
ハミルトン→スチュアート・ハミルトン（ハミルトン）
ハミルトン→ルイス・ハミルトン（ハミルトン）
ハーランド→ロバート・ハーランド（ハーランド）
ハリー→ヒエロニムス・ボッシュ（ハリー）
ハリー→メアリー・マイナー・ハリスティーン（ハリー）
ハリスおばさん→アダ・ハリス（ハリスおばさん）
ハリール→アサド・ハリール（ハリール）
ハルフォード→ダニエル・ハルフォード（ハルフォード）
ハーロウ・アナスターシャ・グレイル→アンナ・ノース（ハーロウ・アナスターシャ・グレイル）
ハワード→ジョン・シドニー・ハワード（ハワード）
判事　はんじ→チャールズ・ペインズウィック（判事）
ハンス・ニーベルング→サラディン（ハンス・ニーベルング）

ハンラハン→ビル・ハンラハン（ハンラハン）

【ば】

バイフォールド→ロジャー・バイフォールド（バイフォールド）
バウアー→ジャック・バウアー（バウアー）
バーガー→ジェイミー・バーガー（バーガー）
バーク→ウィリアム・スタンリー・バーク（バーク）
バーク→エイモン・バーク（バーク）
バーク→コリン・バーク（バーク）
バーク→ジョセフ・バーク（バーク）
バーク→トマス・バーク（バーク）
バクスター→ダニエル・バクスター（バクスター）
バクスター→ハロルド・バクスター（バクスター）
バージェス→ジョン・バージェス（バージェス）
ヴァジム→コンスタンチン・ヴァジム（ヴァジム）
ヴァス→アドリク・ヴァス（ヴァス）
バスチャン→ティカムシ・ドッグ・バスチャン（バスチャン）
バターフィルドおばさん→バイオレット・バターフィルド（バターフィルドおばさん）
バック→キャメロン・ウィリアムズ（バック）
バッドガール→ジェイド（バッドガール）
バーティ→バーソロミュー・ランピオン（バーティ）
バディ→チャールズ・ボールデン（バディ）
バード→チャーリー・パーカー（バード）
バード→チャーリー・バード・パーカー（バード）
バーナム→フランク・バーナム（バーナム）
バーネット→ジム・バーネット（バーネット）
ヴァーバー→ベン・ヴァーバー（ヴァーバー）
バフィット→ドナルド・バフィット（バフィット）
ヴァランダー→クルト・ヴァランダー（ヴァランダー）
バリストン→ジャック・バリストン（バリストン）
ヴァル王　ばるおう→ヴァル・ヴォルソン（ヴァル王）
バルト→アンドレアス・バルト（バルト）
バルボッサ→キャプテン・バルボッサ（バルボッサ）

バレンジャー→フランク・バレンジャー（バレンジャー）
ヴァレンタイン→トニー・ヴァレンタイン（ヴァレンタイン）
バロン→ジョン・バロン（バロン）
バンクス→アラン・バンクス（バンクス）
ヴァン・ザクセンブルフ→オリヴィエ・ヴァン・ザクセンブルフ（ヴァン・ザクセンブルフ）
ヴァーンス　ばーんす→タイラー・C・ヴァーンス（ヴァーンス）
ヴァンス→ファイロ・ヴァンス（ヴァンス）
バーンズ→グラフトン・バーンズ（バーンズ）
バーンズ→ジャック・バーンズ（バーンズ）
バーンスタイン→ジャック・バーンスタイン（バーンスタイン）
バーンスタイン→ハンナ・バーンスタイン（バーンスタイン）
ヴァンドスレール→アルマン・ヴァンドスレール（ヴァンドスレール）
バントリング→ウィリアム・ルーパート・バントリング（バントリング）

【ぱ】

パイ→レイ・パイ（パイ）
パイク→マイク・パイク（パイク）
パイル→オールデン・パイル（パイル）
パウエル→ハリー・パウエル（パウエル）
パウエル→マンフレッド・パウエル（パウエル）
パーカー→アンディ・パーカー（パーカー）
パスコー　ぱすこー→ピーター・パスコー（パスコー）
パターソン博士　ぱたーそんはくし→スティーブン・パターソン（パターソン博士）
パット→パトリシア・モンテラ（パット）
パテル→ヴィージェイ・パテル（パテル）
パトゥー→ルーシー・パトゥー（パトゥー）
パトリック・モナハン　ぱとりっくもなはん→父親（パトリック・モナハン）
パパ→カルル・レルナー（パパ）
パーマー議員　ぱーまーぎいん→デイビッド・パーマー（パーマー議員）
パーマー大統領　ぱーまーだいとうりょう→デイビッド・パーマー（パーマー大統領）
パラギュラ→ニコラス・パラギュラ（パラギュラ）
パリッシュ→ニコラス・パリッシュ（パリッシュ）

616

パリッシュ→リチャード・パリッシュ（パリッシュ）
パリド→ソロモン・パリド（パリド）
パルロッタ→ジャンカルロ・パルロッタ（パルロッタ）
パンプルムース氏　ぱんぷるむーすし→アリスティード・パンプルムース（パンプルムース氏）
パンプルムース婦人　ぱんぷるむーすふじん→ドゥーセット（パンプルムース婦人）

【ひ】

ヒチョル→チョン・ヒチョル（ヒチョル）
ヒッキー→ジョー・ヒッキー（ヒッキー）
ヒル→トニー・ヒル（ヒル）

【び】

ヴィク　びく→V・I・ウォーショースキー（ヴィク）
ビショップ→トム・ビショップ（ビショップ）
ビッグ・エディ　びっぐえでぃ→エドワード・ライアン・マコール二世（ビッグ・エディ）
ビドウェル→ホレス・ビドウェル（ビドウェル）
ヴィニー→ヴィンセント（ヴィニー）
ヴィニー→ヴィンセント・プラム（ヴィニー）
ビニー→ヴィンセント・バネリ（ビニー）
ビーモン→マーク・ビーモン（ビーモン）
ビューレイ→ラルフ・ビューレイ（ビューレイ）
ビリー→ウィリアム・チェイス（ビリー）
ビリーボーイ→ウィリアム・ワトキンズ（ビリーボーイ）
ビル→ウィリアム・サヴェジ（ビル）
ビル→ウィリアム・バトラー（ビル）
ビル→ウィリアム・ハンラハン（ビル）
ヴィンス→ヴィンセント・ルカ（ヴィンス）
ビンワジール→スナイ・ビンワジール（ビンワジール）

【ぴ】

ピアース→ジャック・ピアース（ピアース）
ピアス→ヘンリー・ピアス（ピアス）
ピアース警部　ぴあーすけいぶ→ジャック・ピアース（ピアース警部）
ピコー　ぴこー→J・ピコー（ピコー）
ピゴット→ジョン・ピゴット（ピゴット）

ピット→ダーク・ピット（ピット）
ピット→トーマス・ピット（ピット）
ピート→ピーター・ハッブル（ピート）
ピート・テイラー→ケンダル・ピーターソン（ピート・テイラー）
ピニオン→エイサ・リー・ピニオン（ピニオン）
ピーボディ→ディリア・ピーボディ（ピーボディ）
ピュー→ジェレマイア・ピュー（ピュー）
ピンカートン→ジェイムズ・ピンカートン（ピンカートン）

【ふ】

ファイヴァシャム→ハリー・ファイヴァシャム（ファイヴァシャム）
ファインズ→ダラス・ファインズ（ファインズ）
ファウラー→トマス・ファウラー（ファウラー）
ファウラー→ロイ・ファウラー（ファウラー）
ファーガスン→チャールズ・ファーガスン（ファーガスン）
ファーガスン　ふぁーがすん→チャールズ・ファーガスン准将（ファーガスン）
ファーシュ→ベズ・ファーシュ（ファーシュ）
ファスト→デイヴィッド・ファスト（ファスト）
ファニー→シュテファニー・ファブリツィウス（ファニー）
ファニー→フランシス・ヴォーン（ファニー）
ファニー伯母　ふぁにー伯母→フランセスカ・クリンゲンショーエン（ファニー伯母）
ファノン・ハヤート→アントワーヌ・ファノン・ハヤート（ファノン・ハヤート）
ファベル→ベルトラン・ファベル（ファベル）
ファルコ→マルクス・ディディウス・ファルコ（ファルコ）
ファルコン→ハビエル・ファルコン（ファルコン）
ファロン→タズ・ファロン（ファロン）
ファンドーリン→エラスト・ペトローヴィチ・ファンドーリン（ファンドーリン）
フィー→フェリクス・パスコー（フィー）
フィーニー→ライアン・フィーニー（フィーニー）
フィミー→セラフィム・ホワイト（フィミー）
フィリップ・トマス→マーク・ハリス（フィリップ・トマス）
フィル→フェリーペ・サラザー（フィル）
フィールズ→ジェームズ・トーマス・フィールズ（フィールズ）

フィールディング→トミー・フィールディング（フィールディング）
フィールディング→ヘンリー・フィールディング（フィールディング）
フィン　ふぃん→フィニアス・T・タッカー（フィン）
フィンドホーン→フレッド・フィンドホーン（フィンドホーン）
フィン夫人　ふぃんふじん→コリーナ・シェリング（フィン夫人）
フェイ→フェイドラ・グリーン（フェイ）
フェイト→ジョン・パトリック・ホロウェイ（フェイト）
フェストゥス→ディディウス・フェストゥス（フェストゥス）
フェニモア→アンドルー・フェニモア（フェニモア）
フェニラ・グッドマン→エリー（フェニラ・グッドマン）
フェラン→トロイ・フェラン（フェラン）
フェル博士　ふぇるはかせ→ギデオン・フェル（フェル博士）
フェン→ジャーヴァス・フェン（フェン）
フェントレス→エド・フェントレス（フェントレス）
フォーカーソン→フランク・フォーカーソン（フォーカーソン）
フォス→カール・フォス（フォス）
フォックス→ジャック・フォックス（フォックス）
フォックス博士　ふぉっくすはかせ→ジェニファー・フォックス（フォックス博士）
フォーティンブラス→クラレンス・フォーティンブラス（フォーティンブラス）
フォーリー→ジャック・フォーリー（フォーリー）
フォーリー大尉　ふぉーりーたいい→クリス・フォーリー（フォーリー大尉）
フォルトリッグ→ロイ・フォルトリッグ（フォルトリッグ）
フック→スティーヴン・フック（フック）
フックス→クラウス・フックス（フックス）
フッド→ポール・フッド（フッド）
フート→コンラッド・フート（フート）
フーヴァー　ふーばー→J・エドガー・フーヴァー（フーヴァー）
フュックス師　ふゅっくすし→主任司祭（フュックス師）
フラッグ→ランドル・フラッグ（フラッグ）
フラートン→ジェレミー・フラートン（フラートン）

フラニー→フランセス・オニール（フラニー）
フランク→ディーター・フランク（フランク）
フランクリン→ケネス・フランクリン（フランクリン）
フランシス・ダーウェント→フランキー（フランシス・ダーウェント）
フランセス・ダーウェント→フランキー（フランセス・ダーウェント）
フリー→ジェイソン・メイプリー（フリー）
フリック→フェリシティ・クレア（フリック）
フリン→アーロン・フリン（フリン）
フリント→グレイス・エリーズ・フリント（フリント）
フレイア→ダニー・フレイア（フレイア）
フレックス→フェリツィタス（フレックス）
フレッド・デイビー　ふれっどでいびー→デイビー主任警部（フレッド・デイビー）
フレデリコ→フレッド・コルレオーネ（フレデリコ）
フレンチ→ジョウゼフ・フレンチ（フレンチ）
フレンチー　ふれんちー→ウォルター・F・ショート（フレンチー）
フレンチー→ウォルター・ショート（フレンチー）
フレンチー→シャーロット・ブライト（フレンチー）
フロスト→ジャック・フロスト（フロスト）
フロレンタイン→ウォルター・フロレンタイン（フロレンタイン）
フロンサック→グレゴワール・ド・フロンサック（フロンサック）

【ぶ】

V・J　ぶいじぇい→ヴィクトリア・ジェーン・ニューフィールド（V・J）
ヴーケリッチ→ブランコ・ド・ヴーケリッチ（ヴーケリッチ）
ブライト→アーサー・ブライト（ブライト）
ブライトマイアー→ラウレンツ・ブライトマイアー（ブライトマイアー）
ブライン→ウォーリー・ブライン（ブライン）
ブラウン→アーサー・ブラウン（ブラウン）
ブラウン→ジェームズ・ブラウン（ブラウン）
ブラートニコフ→ウラジーミル・ブラートニコフ（ブラートニコフ）
ブランシュ→モーリス・ブランシュ（ブランシュ）
ブラント→アラン・ブラント（ブラント）

ブランド→ピーター・ブランド（ブランド）
ブリスコー→サム・ブリスコー（ブリスコー）
ブリーチ→マーティン・ブリーチ（ブリーチ）
ブリッグズ→アーサー・ブリッグズ（ブリッグズ）
ブリッシング→イワン・フランツェヴィチ・ブリッシング（ブリッシング）
ブリディ→ブリジット・ローガン（ブリディ）
ブリン→マーク・ブリン（ブリン）
ブルドッグ→ジョナサン・ネイザム（ブルドッグ）
ブルーナー夫人　ぶるーなーふじん→レイチェル・ブルーナー（ブルーナー夫人）
ブルネッティ→ガイド・ブルネッティ（ブルネッティ）
ブレイク→ウィルフレッド・ブレイク（ブレイク）
ブレイシャー→ジュリア・ブレイシャー（ブレイシャー）
ブレイスウェイト→ウィンストン・ブレイスウェイト（ブレイスウェイト）
ブレイドン→チャールズ・ブレイドン（ブレイドン）
ブレキンリッジ→マーサ・ブレキンリッジ（ブレキンリッジ）
ブレナン→テンペランス・ブレナン（ブレナン）
ブロア→ウィリアム・ブロア（ブロア）
ブロディ→ヴィック・ブロディ（ブロディ）

【ぷ】

プライス→マーク・プライス（プライス）
プライムファクター→ジョン・ドー（プライムファクター）
プラット→トマス・プラット（プラット）
プラナス→イシドロ・プラナス（プラナス）
プリースト→リチャード・グレンジャー（プリースト）
プリッチャート→クランストン・プリッチャート（プリッチャート）
プリッチャード→デイヴィッド・プリッチャード（プリッチャード）
プリムローズ→フレディ・プリムローズ（プリムローズ）
プリンセス・オブ・ウェールズ・ダイアナ→ダイアナ（プリンセス・オブ・ウェールズ・ダイアナ）
プレスリー→レイ・プレスリー（プレスリー）

プレンティス・マーシャル・ゲイツ三世　ぷれんていすまーしゃるげいつさんせい→スキッパー（プレンティス・マーシャル・ゲイツ三世）
プロクター→キース・プロクター（プロクター）

【へ】

ヘア→マクシミリアン・ヘア（ヘア）
ヘイグ　へいぐ→C.J.ヘイグ（ヘイグ）
ヘイズ→マーシャル・ヘイズ（ヘイズ）
ヘイスティングズ→スタンリー・ヘイスティングズ（ヘイスティングズ）
ヘジンボザム→ジョン・ヘジンボザム（ヘジンボザム）
ヘス→ティム・ヘス（ヘス）
ヘスティングス→ジョン・ヘスティングス（ヘスティングス）
ヘミングウェイ→アーネスト・ヘミングウェイ（ヘミングウェイ）
ヘラー→ネイト・ヘラー（ヘラー）
ヘラー長官　へらーちょうかん→ジェームズ・ヘラー（ヘラー長官）
ヘルナンデス→ディエゴ・ヘルナンデス（ヘルナンデス）
ヘルムート・ヴォルペ→ハルトムート・グリッフェ（ヘルムート・ヴォルペ）
ヘレン→レディ・ヘレン・ラング（ヘレン）
ヘロルド　へろるど→ジェームズ・R・ヘロルド（ヘロルド）
ヘン→ヘンリエッタ・マリン（ヘン）
ヘンリー・アボット　へんりーあぼっと→青年（ヘンリー・アボット）
ヘンリー・O　へんりーおー→ヘンリエッタ・オドワイヤー・コリンズ（ヘンリー・O）
ヘンリー・クリザリング　へんりーくりざりんぐ→ヘンリー卿（ヘンリー・クリザリング）

【べ】

ベイズウォーターさん→ジョン・ベイズウォーター（ベイズウォーターさん）
ベイズウォーター氏　べいずうぉーたーし→ジョン・ベイズウォーター（ベイズウォーター氏）
ベイツ→パーシー・ベイツ（ベイツ）
ベイビィ・キャット・フェイス→エスケリータ・レイナ（ベイビィ・キャット・フェイス）
ベイリー大尉　べいりーたいい→ティモシー・ベイリー（ベイリー大尉）

ベジェツカヤ→アマリヤ・ベジェツカヤ（ベジェツカヤ）
ベス→エリザベス・ペンローズ（ベス）
ベス→ベサニー・グレイスター（ベス）
ベタートン→トーマス・ベタートン（ベタートン）
ベック→アラン・ベックウィス（ベック）
ベネデッティ→ニッコロウ・ベネデッティ（ベネデッティ）
ベーブ→リーヴィ（ベーブ）
ベーム→マックス・ベーム（ベーム）
ベラ→ギャブリエラ（ベラ）
ベリアノフ→アレクセイ・ベリアノフ（ベリアノフ）
ベーリンガー→ランス・ベーリンガー（ベーリンガー）
ベリンガー→ヒュー・ベリンガー（ベリンガー）
ヴェルガー→ベルトラム・ヴェルカー（ヴェルガー）
ベルソン→フランク・ベルソン（ベルソン）
ベン→ベンジャミン・シュピーゲル（ベン）
ベンザ→ソニー・ベンザ（ベンザ）
ベンダー→ロバート・ベンダー（ベンダー）
ヴェンタナ→ロニー・ヴェンタナ（ヴェンタナ）
ベンテュラ→ジュリアス・ベンテュラ（ベンテュラ）
ベンツ→リック・ベンツ（ベンツ）
ベンドール→ジョージ・ベンドール（ベンドール）
ベントン・リンチ→レイフォード・ベントン・リンチ（ベントン・リンチ）

【ぺ】

ペッパー→ポーリーン・オナイダ（ペッパー）
ペティグルー→フランシス・ペティグルー（ペティグルー）
ペトラ・ロイター→ステファニー・パトリック（ペトラ・ロイター）
ペトロ→ペトロニウス・ロングス（ペトロ）
ペニー→ペネロピ（ペニー）
ペニイク→ハーマン・ペニイク（ペニイク）
ペラム→ジョン・ペラム（ペラム）
ペル→ジャック・ペル（ペル）
ペン→チャーリー・ペン（ペン）
ペンジェリー→リロイ・ペンジェリー（ペンジェリー）

【ほ】

ホイーラン→マレー・ホイーラン（ホイーラン）
ホウゲンドバー→ミランダ・ホウゲンドバー（ホウゲンドバー）
ホーギー→スチュアート・スタフォード・ホーグ（ホーギー）
ホーギー→スチュアート・ホーグ（ホーギー）
ホーク→アレックス・ホーク（ホーク）
ホットヴァーグナー→オットー・ホットヴァーグナー（ホットヴァーグナー）
秀実 ほつみ→尾崎 秀実
ホープ→ケンリック・ホープ（ホープ）
ホームズ→オリヴァー・ウェンデル・ホームズ（ホームズ）
ホームズ→シャーロック・ホームズ（ホームズ）
ホワイト→ゲイブリエル・ホワイト（ホワイト）
ホワイトホール→トーマス・ホワイトホール（ホワイトホール）
紅英 ほんいん→関 紅英

【ぼ】

ボー→パメラ・ナッシュ（ボー）
ボイセン→エドモント・ボイセン（ボイセン）
ボウラー→ハット・ボウラー（ボウラー）
牧師 ぼくし→ウェルズビイ・メッソン・スミス（牧師）
ボッシュ→ハリー・ボッシュ（ボッシュ）
坊ちゃん ぼっちゃん→フランツ・ベルガー（坊ちゃん）
ボートルレ→イジドール・ボートルレ（ボートルレ）
ボートワン・アンスラン→ボー（ボートワン・アンスラン）
ボハノン→スティーブン・ボハノン（ボハノン）
ボビー→ロバータ・ティズデール（ボビー）
ボビー→ロバート・ナイガード（ボビー）
ボリス・レオノヴィッチ→サイモン（ボリス・レオノヴィッチ）
ボリバル将軍 ぼりばるしょうぐん→ラモン・ボリバル（ボリバル将軍）
ヴォルコフ→クリスチャン・ヴォルコフ（ヴォルコフ）

ボルスキー→アレクシス・ボルスキー（ボルスキー）
ボールト→ルー・ボールト（ボールト）
ボールドリッジ→ビル・ボールドリッジ（ボールドリッジ）
ボンダラント→ウォレス・ボンダラント（ボンダラント）
ボンダレンコ→ゲンナジー・ボンダレンコ（ボンダレンコ）
ボンド→ジェイムズ・ボンド（ボンド）
ボンド→ジェームズ・ボンド（ボンド）

【ぽ】

ポスト→フィリー・ポスト（ポスト）
ポーターフィールド→ウォレス・ポーターフィールド（ポーターフィールド）
ポピー→ペネロピ・ライス（ポピー）
ポリー→マーガレット・タッシー（ポリー）
ポール→サー・ポール（ポール）
ポントウスキー→マット・ポントウスキー（ポントウスキー）

【ま】

マイキー→マイケル・ボネッロ（マイキー）
マイク→ホワイト・マイク（マイク）
マイク→マイケル・デイリー（マイク）
マイク→ミカエル・マーコフ（マイク）
マイケルズ→アレグザンダー・マイケルズ（マイケルズ）
マイケル・ロジャース→マイク（マイケル・ロジャース）
マイヤーズ→ニーナ・マイヤーズ（マイヤーズ）
マカーサー将軍　まかーさーしょうぐん→ジョン・マカーサー（マカーサー将軍）
マーカス・ライアン・オサリバン→マーカス・デヴリン（マーカス・ライアン・オサリバン）
マガーヴィ→カーティス・マガーヴィ（マガーヴィ）
マーカム　まーかむ→ジョン・F・Xマーカム（マーカム）
マギー→ロス・マギー（マギー）
マキャスキー→ダレル・マキャスキー（マキャスキー）
マクブッシュ→ジョン・マクブッシュ（マクブッシュ）

マクブライド→ケヴィン・マクブライド（マクブライド）
マクマイケル→トム・マクマイケル（マクマイケル）
マクラケン→ソーリー・マクラケン（マクラケン）
マクラナハン→パトリック・マクラナハン（マクラナハン）
マクリアリー→ウィルトン・マクリアリー（マクリアリー）
マクリーン→サー・イアン・マクリーン（マクリーン）
マクリン→ジェイムズ・マクリン（マクリン）
マクルーア博士　まくるーあはかせ→ジョン・マクルーア博士（マクルーア博士）
マクレガー→ロン・マクレガー（マクレガー）
マグレガー→ヘクター・マグレガー（マグレガー）
マクロー→ゲイリー・マクロー（マクロー）
マーコ→ベン・マーコ（マーコ）
マーコヴィッツ→ルイ・マーコヴィッツ（マーコヴィッツ）
マコーン→シャロン・マコーン（マコーン）
マーサー→フィリップ・マーサー（マーサー）
マージ→マージョリー・ダン（マージ）
マージ→マデリン・グリーン（マージ）
マジェク→クリスチャン・マジェク（マジェク）
マシューズ→ジョージ・マシューズ（マシューズ）
マシンガム→ジョン・マシンガム（マシンガム）
マスターズ少佐　ますたーずしょうさ→デイヴィッド・マスターズ（マスターズ少佐）
マタイ→マティアス・ドラマール（マタイ）
マダム・グラント→ヴィオレーヌ・グラント（マダム・グラント）
マダム・ド・ラ・シマルド→ジュヌビエーヴ・ド・ラ・シマルド（マダム・ド・ラ・シマルド）
マッキンタイア→エリオット・マッキンタイア（マッキンタイア）
マッキンドレス→ミスタ・マッキンドレス（マッキンドレス）
マック→コーネリアス・マクダーモット（マック）
マックグレビー→アンドリュー・マックグレビー（マックグレビー）
マックス→シルヴェスター・マックスウェル（マックス）
マックス→マックスウェル・ノース（マックス）
マックール→フリン（マックール）

マッケイレブ→テリー・マッケイレブ（マッケイレブ）
マッコ→ベニー・マッコ（マッコ）
マッコイ→デズデモーナ・マッコイ（マッコイ）
マッデン→ジョン・マッデン（マッデン）
マット→マシュー・プライア（マット）
マット→マシュー・ブラック（マット）
マッドドッグ→キャロライン・カーマイクル（マッドドッグ）
狂犬 まっどどっぐ→エド・ラビドウスキィ（狂犬）
マーティー→マーティン・シリンガー（マーティー）
マディ→マデリン・フェイス・ワーツ（マディ）
マディガン→ダン・マディガン（マディガン）
マーティネス まーてぃねす→警部補（マーティネス）
マーティン→ニコラス・マーティン（マーティン）
マーティン少佐 まーてぃんしょうさ→バーソロミュー・マーティン（マーティン少佐）
マーティンズ→ロロ・マーティンズ（マーティンズ）
マーティン・ディーフォード→マート（マーティン・ディーフォード）
マドマン→ビリー・マドマン・サイモン（マドマン）
マドリアニ→ポール・マドリアニ（マドリアニ）
マドリック→ハーバート・マドリック（マドリック）
マドローン→ケヴィン・マドローン（マドローン）
マニオン→チャールズ・マニオン（マニオン）
マバシャ→ヴィクトール・マバシャ（マバシャ）
マーヴィン→マーヴ（マーヴィン）
マーフィ→ミセス・マーフィ（マーフィ）
マーフィー→マイクル・マーフィー（マーフィー）
マボンゾ→ジェイソン・フィリ（マボンゾ）
マ・ラモツエ→プレシャス・ラモツエ（マ・ラモツエ）
マリア・ルイーサ まりあるいーさ→王妃（マリア・ルイーサ）
マリガン→ジョーゼフ・マリガン（マリガン）
真理子 まりこ→稲村 真理子
マリーノ→ピート・マリーノ（マリーノ）
マルク→ラルフ・マルコム（マルク）
マルコ→マルク・ヴァンドスレール（マルコ）

マルチェロ→カルロス・マルチェロ（マルチェロ）
マルモレーホ→ハビエール・マルモレーホ（マルモレーホ）
マレイ→ピート・マレイ（マレイ）
マレット→スタンレー・マレット（マレット）
マレンコ→マック・マレンコ（マレンコ）
マロイ まろい→ジェームズ・A・マロイ（マロイ）
マロイ→ダン・マロイ（マロイ）
マロイ→ロバート・マロイ（マロイ）
マロセーヌ→バンジャマン・マロセーヌ（マロセーヌ）
マロニー→フランシス・マロニー（マロニー）
マロリー→キャシー・マロリー（マロリー）
マローン まろーん→ジョン・J・マローン（マローン）
マンゼッティー→アンソニー・マンゼッティー（マンゼッティー）
マンソン→リチャード・マンソン（マンソン）
マンダリン・タン→タン（マンダリン・タン）
マンディー→マンダレー・アウン（マンディー）

【み】

美恵 みえ→井上 美恵
ミクルマス→ジョン・ペサリントン・ミクルマス（ミクルマス）
ミーシャ→タルコット・ガーランド（ミーシャ）
ミーシャ→ミヒャエル・ファブリツィウス（ミーシャ）
ミス・カーショー→ジュリア・カーショー（ミス・カーショー）
ミスター・ディーリング→アンブローズ・ディーリング（ミスター・ディーリング）
ミスター・ブライスン→タイロン・ブライスン（ミスター・ブライスン）
ミスター・プレイガー→モー・プレイガー（ミスター・プレイガー）
ミスター・マーブル→ウィリアム・マーブル（ミスター・マーブル）
ミスター・レッド→ジョン・マイクル・ファウルズ（ミスター・レッド）
ミス・ドゥーン→マグダ・ドゥーン（ミス・ドゥーン）
ミス・バーネット→ステラ・バーネット（ミス・バーネット）
ミス・バルストロード→オノリア・バルストロード（ミス・バルストロード）

ミス・ピム→ルーシー・ピム（ミス・ピム）
ミス・マギー→マグノリア・シェルビー（ミス・マギー）
ミス・メルヴィル→スーザン・メルヴィル（ミス・メルヴィル）
ミス・レイチェル→レイチェル・マードック（ミス・レイチェル）
ミセス・オリヴァ→アリアドニ・オリヴァ（ミセス・オリヴァ）
ミセス・カーティン→アンドレア・カーティン（ミセス・カーティン）
ミセス・ヒル→メイ・ヒル（ミセス・ヒル）
ミセス・フィン→コリナ・シェリング（ミセス・フィン）
ミセズ・フランク・ベルソン→リーサ・セントクレア（ミセズ・フランク・ベルソン）
ミセス・マーブル→アニー・マーブル（ミセス・マーブル）
ミセス・ロジャース→エセル・ロジャース（ミセス・ロジャース）
ミック→マイケル・ガブリエル（ミック）
ミッチ　みっち→ミッチェル・Y・マクディーア（ミッチ）
ミッチ→ミッチェル・ショー（ミッチ）
ミッチ→ミッチェル・レイフェルスン（ミッチ）
ミッチェル→ランス・ミッチェル（ミッチェル）
ミッドウィンター→バートラム・ミッドウィンター（ミッドウィンター）
みどり　みどり→川村　みどり
ミーナー→ゲルハルト・ミーナー（ミーナー）
ミム→ミリアム・ブラッカ（ミム）
ミュアー→ネイサン・ミュアー（ミュアー）
ミューラー→ブランディ・ミューラー（ミューラー）
ミルン夫人　みるんふじん→アンナ・ミルン（ミルン夫人）

【む】

ムーア→トマス・ムーア（ムーア）
ムーディー→スコット・ムーディー（ムーディー）
ムーニー→ボブ・ムーニー（ムーニー）
ムハンマド・イクバール→モジョ（ムハンマド・イクバール）

【め】

メアリー　めありー→母さん（メアリー）

メイスン→ペリィ・メイスン（メイスン）
メイトランド→ロバート・メイトランド（メイトランド）
メイヒュー→スティーブン・メイヒュー（メイヒュー）
メツガー→ヘンリー・メツガー（メツガー）
メラン→フランソア・メラン（メラン）
メリエス→ジャック・メリエス（メリエス）
メンキン→ジョー・カーベリ・メンキン（メンキン）

【も】

モウブレイ→マーカス・モウブレイ（モウブレイ）
モーガン→アーノルド・モーガン（モーガン）
モーガン→サイモン・モーガン（モーガン）
モーガン→ジェイムズ・モーガン（モーガン）
モーガン→ジャド・モーガン（モーガン）
モシェ→マーク・ルービン（モシェ）
モーズリー→ホイット・モーズリー（モーズリー）
モート→モートン・ディナースタイン（モート）
モネ→クロード・モネ（モネ）
モーラ→ジョアシャン・モーラ（モーラ）
モリアーティ→ジェームズ・モリアーティ（モリアーティ）
モリソン→ウィリアム・モリソン（モリソン）
モリソン→パトリック・ライリー・モリソン（モリソン）
モレリ→ジョー・モレリ（モレリ）
猛　もん→張　猛
モンティー→モンゴメリー・ジョーンズ（モンティー）
モンド→デイヴィッド・カー（モンド）
モントルシ→ダヴィデ・モントルシ（モントルシ）

【や】

ヤーコ→ヤーコブ・ミュンツァー（ヤーコ）
ヤコブレフ→ワシリー・ヤコブレフ（ヤコブレフ）
ヤージー→ベン・ヤージー（ヤージー）
ヤシン→ムスタファ・ヤシン（ヤシン）
恭丈　やすたけ→塚本　恭丈
山猫　やまねこ→ジークフリート・カール（山猫）

ヤローム→アリーク・ヤローム(ヤローム)

【よ】

与徳 よとく→宮城 与徳

【ら】

ライアン→アンドリュー・ライアン(ライアン)
ライアン→ジャック・ライアン(ライアン)
ライス らいす→ジョナサン・ライス博士(ライス)
ライダー→キズミン・ライダー(ライダー)
ライドナー博士 らいどなーはくし→エリック・ライドナー(ライドナー博士)
ライム→リンカーン・ライム(ライム)
ライリー→デイヴ・ライリー(ライリー)
ライリー→ポール・ライリー(ライリー)
ラウス→バーバラ・ラウス(ラウス)
ラウール・ダンドレジー→アルセーヌ・ルパン(ラウール・ダンドレジー)
ラグス→ラグナロク・ステナマー(ラグス)
ラズ→ジェリー・ラザラス(ラズ)
ラスチェロ→エンツォ・ラスチェロ(ラスチェロ)
ラスティ→ロビン・ラスティ(ラスティ)
ラスボーン→ブライアム・ラスボーン(ラスボーン)
ラッキー→ルーク・オドンロン(ラッキー)
ラッセル→トニー・ラッセル(ラッセル)
ラップ→ミッチ・ラップ(ラップ)
ラップ→ミッチェル・ラップ(ラップ)
ラッフルズ らっふるず→A.J.ラッフルズ(ラッフルズ)
ラ・トゥーシュ→ジョルジュ・ラ・トゥーシュ(ラ・トゥーシュ)
ラドキン→ジョン・ラドキン(ラドキン)
ラドブーカ→ポール・ラドブーカ(ラドブーカ)
ラトリッジ→イアン・ラトリッジ(ラトリッジ)
ラナ→ロレッタ・マグワイア(ラナ)
ラニアー→ジェームズ・ラニアー(ラニアー)
ラニオン→ヘイスティー・ラニオン(ラニオン)
ラビ・ベン・ユダ→ツィヨン(ラビ・ベン・ユダ)
ラビ・ラシュード→レイ・カーマン(ラビ・ラシュード)
ラプ→ブリーンナ・ストッカード(ラプ)

ラファグル→リシャール・ラファグル(ラファグル)
ラファティ→ダン・ラファティ(ラファティ)
ラブジョイ らぶじょい→ジョン・C・ラブジョイ(ラブジョイ)
ラブジョイ砲兵 らぶじょいほうへい→ジョン・C・ラブジョイ(ラブジョイ砲兵)
ラブリオーラ→レオ・ラブリオーラ(ラブリオーラ)
ラベッロ→トニー・ラベッロ(ラベッロ)
ラ・マテコニ らまてこに→J・L・B・マテコニ(ラ・マテコニ)
ラーマン→アミール・ラーマン(ラーマン)
ラムジー→カート・ラムジー(ラムジー)
ラリー→ローレンス・ジェフリー・ハート(ラリー)
ラルサン→フレデリック・ラルサン(ラルサン)
ラング→マーク・ラング(ラング)
ラングドン→ロバート・ラングドン(ラングドン)
ランクリン→マシュー・ランクリン(ランクリン)
ランクリン大尉 らんくりんたいい→マシュー・ランクリン(ランクリン大尉)
ランス らんす→父親(ランス)
ランダ→アリエル・ランダ(ランダ)
ランダル→スティーヴン・ランダル(ランダル)
ランディ→ミランダ・ナイト(ランディ)
ランド→ヒラリー・ランド(ランド)
ランバート→オリヴァー・ランバート(ランバート)

【り】

リー→リリー・ホワイト(リー)
リエパ中佐 りえぱちゅうさ→カルリス・リエパ(リエパ中佐)
リオス→ヘンリー・リオス(リオス)
リオン→リオネッロ・アンドリアス(リオン)
リークス→ヘンドリック・グルート(リークス)
リクター→ジェフリー・リクター(リクター)
リコ→シザーレ・バンデーロ(リコ)
リーザン→エリザヴェータ・フォン・エヴェルト・コロコリーツェフ(リーザン)
リジー→エリザベス・ロス(リジー)
リスカ→ニッキ・ティンクス(リスカ)
リゾーリ→ジェイン・リゾーリ(リゾーリ)

リタ→エリザベス・オヘイガン（リタ）
リーチャー→ジャック・リーチャー（リーチャー）
リチャード・ローリンソン卿　りちゃーどろーりんそんきょう→トフ氏（リチャード・ローリンソン卿）
リッキー→ドクター・フレデリク・スタークス（リッキー）
リッグズ→ジョー・リッグズ（リッグズ）
リッチ　りっち→エドワード・J・リチャードソン（リッチ）
リッチ→トム・リッチ（リッチ）
リッチー→ディヴィッド・サンチェス（リッチー）
リッチー→リカード・エイリアス（リッチー）
リッパー→ヨークシャー・リッパー（リッパー）
リード→ウィリアム・ジェイミソン・リード（リード）
リード　りーど→ドナルド・K・リード（リード）
リーバス→ジョン・リーバス（リーバス）
リーバーマン→エイブ・リーバーマン（リーバーマン）
リーバーマン→エイブラハム・リーバーマン（リーバーマン）
リヴィ→オリヴィア・マーストン（リヴィ）
リヴィア→ベン・リヴィア（リヴィア）
リプリー→クレメンタイン・リプリー（リプリー）
リプリー→トム・リプリー（リプリー）
リーマス→ジョージ・リーマス（リーマス）
リム・ビョンホ→イム・ビョンホ（リム・ビョンホ）
リュシュ氏　りゅしゅし→ピエール・リュシュ（リュシュ氏）
リョーシャ→アレクセイ・チスチャコフ（リョーシャ）
リリー→リリアン・マンスフィールド（リリー）
リル→リリー・カールソン（リル）
リンカー→クララ・リンカー（リンカー）
リンク→リンカン・オニール（リンク）
リンドバーグ→チャールズ・リンドバーグ（リンドバーグ）

【る】

ルイス→シンケ・ルイス（ルイス）
ルイス→バディ・ルイス（ルイス）
ルカ→リシュアン・ドヴェルノワ（ルカ）
チャーリー→チャールズ・ルーク（チャーリー）
ルーク→クロード・ルーカス（ルーク）
ルーク→チャーリー・ルーク（ルーク）
ルーク→チャールズ・ルーク（ルーク）
ルーク→ルーカス・ランサム（ルーク）
ルーク・オドンロン→ラッキー（ルーク・オドンロン）
ルクマン→ハリ・ルクマン（ルクマン）
ルーシー→ルシンダ・プライア（ルーシー）
ルース・パーク→レイヴン（ルース・パーク）
ルディガー→ハワード・ルディガー（ルディガー）
留奈　るな→和田 留奈
ルパン→アルセーヌ・ルパン（ルパン）
ルビド→ルアド・ルビド（ルビド）
ルフェーヴル→フィリップ・ルフェーヴル（ルフェーヴル）
ルールタビーユ→ジョゼフ・ルールタビーユ（ルールタビーユ）
ルント→ビルガー・ルント（ルント）
ルンドベリ→オーロフ・ルンドベリ（ルンドベリ）

【れ】

レイ　れい→トマス・B・レイモンド（レイ）
レイ→レイモンド・レイントゥリー（レイ）
礼子　れいこ→田村 礼子
レイス→ジョニー・レイス（レイス）
レイナード　れいなーど→デリック・レイナード博士（レイナード）
レイナード→レイチェル・レイナード（レイナード）
レイニー→ロレイン・コナー（レイニー）
レイモン・マカテア→メヴァ（レイモン・マカテア）
レイン→ロレイン・キャメロン（レイン）
レオ→エレオノーレ・ベーハイム（レオ）
レオ→エレオノーレ・ザルガー（レオ）
レオナルディ→グイード・レオナルディ（レオナルディ）
レオン→フレディ・レオン（レオン）
レクター　れくたー→ハンニバル・レクター博士（レクター）
レス→レスリー（レス）
レスコフ→ビクター・レスコフ（レスコフ）
レッグズ→マーガレット・アン・サドフスキー（レッグズ）

レッドフィールド博士　れっどふぃーるどはくし→ハーロン・レッドフィールド（レッドフィールド博士）
レッドフォード→ブライアン・レッドフォード（レッドフォード）
レティ→レティシア・デル・リオ（レティ）
レディ・エスタ→マルガレータ・エスタ（レディ・エスタ）
レディ・ティヴァートン→マージリー・ヴェイン（レディ・ティヴァートン）
レドナップ→ポール・レドナップ（レドナップ）
レニーヌ→セルジ・レニーヌ（レニーヌ）
レベッカ・バムロイ→ベッキー（レベッカ・バムロイ）
レベッカ・マーティン→レベッカ・バロン（レベッカ・マーティン）
レーヨン→レイモンド・ホワイト（レーヨン）
レンツ→ユルゲン・レンツ（レンツ）

【ろ】

ロー→デューク・ロー（ロー）
ロー→ロートン・クロス（ロー）
ローウェル→ジェームズ・ラッセル・ローウェル（ローウェル）
老婆　ろうば→〈眼〉（老婆）
ロガヴィン→カイル・ロガヴィン（ロガヴィン）
ローガン→ジェラード・ローガン（ローガン）
ローガン→ジョン・ローガン（ローガン）
ロクスナー→ダフ・ロクスナー（ロクスナー）
ロサーダ→リッキー・ロイ・ロサーダ（ロサーダ）
ロージャー→ハーヴィー・ロージャー（ロージャー）
ロジャー・アクロイド→アクロイド（ロジャー・アクロイド）
ロジャーズ→マイク・ロジャーズ（ロジャーズ）
ローズ→ロゼッタ（ローズ）
ロズ→ロザリンド・バートン（ロズ）
ロズ・ベンガル→ロザリンド・ベネガル（ロズ・ベンガル）
ロスマン夫人　ろすまんふじん→ジュリア・ロスマン（ロスマン夫人）
ローソン→ニック・ローソン（ローソン）
ロチェスター→コーネリアス・ロチェスター（ロチェスター）
ロックウッド→ダグラス・ロックウッド（ロックウッド）
ロックウッド氏　ろっくうっどし→ジェフリー・ロックウッド（ロックウッド氏）
ロックハート→ジョン・ロックハート（ロックハート）
ロッシ→フランコ・ロッシ（ロッシ）
ロドリゲス→マニュエル・ロドリゲス（ロドリゲス）
ロニー→ロナルド（ロニー）
ローパー→ジェイク・ローパー（ローパー）
ロバーツ判事　ろばーつはんじ→ローウェル・ロバーツ（ロバーツ判事）
ロバート・J・リプランスキー　ろばーとじぇいりぷらんすき→ザ・リップ（ロバート・J・リプランスキー）
ロバート・ジョーンズ→ボビイ（ロバート・ジョーンズ）
ロバート・ジョーンズ→ボビー（ロバート・ジョーンズ）
ロビー→ロバート・フェヴァー（ロビー）
ロビショー→トム・ロビショー（ロビショー）
ロペス→グィード・ロペス（ロペス）
ローマ→サルヴァトール・ローマ（ローマ）
ロマノス→コンスタンティン・ロマノス（ロマノス）
ローランド・デラヘイ　ろーらんどでらへい→ローランド卿（ローランド・デラヘイ）
ロリタ→セニョリタ・ロリタ（ロリタ）
ローリング→アーロン・ローリング（ローリング）
ロレイン→レイニー（ロレイン）
ロレイン・コナー→レイニー（ロレイン・コナー）
ロング→トニー・ロング（ロング）
ロングフェロー→ヘンリー・ワズワース・ロングフェロー（ロングフェロー）
ロンドー→ジョン・ロンドー（ロンドー）
ロンバード大尉　ろんばーどたいい→フィリップ・ロンバード（ロンバード大尉）
ロンバルディ→マルコ・ロンバルディ（ロンバルディ）

【わ】

ワイアット→ニコラス・ワイアット（ワイアット）
ワイスバーグ→アーウィン・ワイスバーグ（ワイスバーグ）
ワイマン→レックス・ワイマン（ワイマン）
ワシン→ミハイル・ワシン（ワシン）
ワゾー→ロワゾー・ド・ニュイ（ワゾー）

萬波　わんぽう→杏 萬波

収録作品一覧（作家の姓の表記順→名の順→出版社の字順並び）

弁護士リリー・ホワイト／スーザン・アイザックス著／集英社（集英社文庫）／2001/07
雨の牙／バリー・アイスラー著／ソニー・マガジンズ（ヴィレッジブックス）／2002/01
雨の影／バリー・アイスラー著／ソニー・マガジンズ（ヴィレッジブックス）／2004/01
24時間／グレッグ・アイルズ著／講談社（講談社文庫）／2001/09
沈黙のゲーム 上下／グレッグ・アイルズ著／講談社（講談社文庫）／2003/07
戦慄の眠り 上下／グレッグ・アイルズ著／講談社（講談社文庫）／2004/04
魔力の女／グレッグ・アイルズ著／講談社（講談社文庫）／2005/11
被告の女性に関しては／フランシス・アイルズ著／晶文社（晶文社ミステリ）／2002/06
スプーン三杯の嫉妬／バンティ・アヴィーソン著／ソニー・マガジンズ（ヴィレッジブックス）／2005/04
堕ちた天使 アザゼル／ボリス・アクーニン著／作品社／2001/04
切り裂き魔ゴーレム／ピーター・アクロイド著／白水社／2001/09
東京サッカーパンチ／アイザック・アダムスン著／扶桑社（扶桑社ミステリー）／2003/04
閉じた本／ギルバート・アデア著／東京創元社（海外文学セレクション）／2003/09
隠れ家の天使／チェリー・アデア著／ランダムハウス講談社（ランダムハウス講談社文庫）／2005/01
因果応報の終わるまで－ミャンマー崩壊作戦／ポール・アディリックス著／文芸社／2004/10
Aアヴェニューの東／ラッセル・アトウッド著／早川書房（ハヤカワ・ミステリ文庫）／2001/07
チャーリー退場／アレックス・アトキンスン著／東京創元社（創元推理文庫）／2004/04
ディープサウス・ブルース／エース・アトキンス著／小学館（小学館文庫）／2004/04
スターリングラード／ジャン・ジャック・アノー脚本;アラン・ゴダール脚本／角川書店（角川文庫）／2001/03
魔法人形／マックス・アフォード著／国書刊行会（世界探偵小説全集）／2003/08
抑えがたい欲望／キース・アブロウ著／文藝春秋（文春文庫）／2004/09
クムラン 蘇る神殿／エリエット・アベカシス著／角川書店／2002/10
さよならの接吻／ジェフ・アボット著／早川書房（ハヤカワ・ミステリ文庫）／2004/03
海賊岬の死体／ジェフ・アボット著／早川書房（ハヤカワ・ミステリ文庫）／2004/07
逃げる悪女／ジェフ・アボット著／早川書房（ハヤカワ・ミステリ文庫）／2005/01
図書館の死体／ジェフ・アボット著／早川書房（ハヤカワ・ミステリ文庫）／2005/03
図書館の美女／ジェフ・アボット著／早川書房（ハヤカワ・ミステリ文庫）／2005/07
検屍官の領分／マージェリー・アリンガム著／論創社（論創海外ミステリ）／2005/01
殺人者の街角／マージェリー・アリンガム著／論創社（論創海外ミステリ）／2005/06
陶人形の幻影／マージェリー・アリンガム著／論創社（論創海外ミステリ）／2005/09
霧の中の虎／マージェリー・アリンガム著／早川書房 (Hayakawa pocket mystery books)／2001/11
喪失／カーリン・アルヴテーゲン著／小学館（小学館文庫）／2005/01
罪／カーリン・アルヴテーゲン著／小学館（小学館文庫）／2005/06
第四の扉／ポール・アルテ著／早川書房 (Hayakawa pocket mystery books)／2002/05
死が招く／ポール・アルテ著／早川書房 (Hayakawa pocket mystery books)／2003/06
赤い霧／ポール・アルテ著／早川書房 (Hayakawa pocket mystery books)／2004/10
カーテンの陰の死／ポール・アルテ著／早川書房 (Hayakawa pocket mystery books)／2005/07
セメントの女／マーヴィン・アルバート著／早川書房 (Hayakawa pocket mystery books)／2004/04
Eメールは眠らない／シャーロット・ヴェイル・アレン著／ハーレクイン（MIRA文庫）／2004/03
失われた自画像／シャーロット・ヴェイル・アレン著／ハーレクイン（MIRA文庫）／2002/05
クローディアの憂鬱／シャーロット・ヴェイル・アレン著／ハーレクイン（MIRA文庫）／2003/03
硝子の塔／スタンリー・アレン著／二見書房（二見文庫）／2001/08
最後の真実／リズ・アレン著／集英社（集英社文庫）／2005/04

仮面の真実／バリー・アンズワース磯部和子訳／創土社／2005/01
証拠が問題／ジェームズ・アンダースン著／東京創元社(創元推理文庫)／2002/11
オウン・ゴール／フィル・アンドリュース著／角川書店（角川文庫）／2001/07
沈黙の日記／サラ・アンドリューズ著／早川書房（ハヤカワ・ミステリ文庫)／2001/02
化石の殺人／サラ・アンドリューズ著／早川書房（ハヤカワ・ミステリ文庫)／2002/09
庭に孔雀、裏には死体／ドナ・アンドリューズ著／早川書房(ハヤカワ・ミステリ文庫)／2001/04
野鳥の会、死体の怪／ドナ・アンドリューズ著／早川書房(ハヤカワ・ミステリ文庫)／2002/03
13羽の怒れるフラミンゴ／ドナ・アンドリューズ著／早川書房(ハヤカワ・ミステリ文庫)／2003/05
ハゲタカは舞い降りた／ドナ・アンドリューズ著／早川書房(ハヤカワ・ミステリ文庫)／2004/12
恋するA・I探偵／ドナ・アンドリューズ著／早川書房(ハヤカワ・ミステリ文庫)／2005/08
愛さずにはいられない 上下／メアリー・ケイ・アンドルーズ著／集英社(集英社文庫)／2004/10
ギデオン神の怒り／ラッセル・アンドルース著／講談社（講談社文庫）／2001/02
迷宮の暗殺者／デイヴィッド・アンブローズ著／ソニー・マガジンズ（ヴィレッジブックス）／2004/02
偶然のラビリンス／デイヴィッド・アンブローズ著／ソニー・マガジンズ（ヴィレッジブックス）／2005/09
観光旅行／デイヴィッド・イーリイ著／早川書房（ハヤカワ・ミステリ文庫）／2004/06
憲兵トロットの汚名／デイヴィッド・イーリイ著／早川書房（ハヤカワ・ミステリ文庫）／2004/11
ヨットクラブ／デイヴィッド・イーリイ著／晶文社（晶文社ミステリ）／2003/10
けちんぼフレッドを探せ!／ジャネット・イヴァノヴィッチ著／扶桑社（扶桑社ミステリー）／2001/08
わしの息子はろくでなし／ジャネット・イヴァノヴィッチ著／扶桑社（扶桑社ミステリー）／2002/04
お騒がせなクリスマス／ジャネット・イヴァノヴィッチ著／扶桑社（扶桑社ミステリー）／2003/01
快傑ムーンはご機嫌ななめ／ジャネット・イヴァノヴィッチ著／扶桑社（扶桑社ミステリー）／2003/02
やっつけ仕事で八方ふさがり／ジャネット・イヴァノヴィッチ著／扶桑社（扶桑社ミステリー）／2003/05
DMZ非武装地帯／イキュヒョン著／PHP研究所／2005/07
トロイの木馬／ハモンド・イネス著／ソニー・マガジンズ（ヴィレッジブックス）／2002/11
ストップ・プレス／マイクル・イネス著／国書刊行会（世界探偵小説全集）／2005/09
アプルビイズ・エンド／マイケル・イネス著／論創社（論創海外ミステリ）／2005/09
ペスト記念柱―現代ウィーン・ミステリー・シリーズ／ロッテ・イングリッシュ著／水声社／2001/05
ソロモン王の絨毯／バーバラ・ヴァイン著／角川書店（角川文庫）／2001/10
煙突掃除の少年／バーバラ・ヴァイン著／早川書房（Hayakawa pocket mystery books）／2002/02
クリスタル／アンドリュー・ヴァクス著／早川書房（ハヤカワ・ミステリ文庫）／2001/06
グッド・パンジイ／アンドリュー・ヴァクス著／早川書房（ハヤカワ・ミステリ文庫）／2003/08
死者を起こせ／フレッド・ヴァルガス著／東京創元社（創元推理文庫）／2002/06
彼女は水草に抱かれ／キャロリン・ウィート著／早川書房（ハヤカワ・ミステリ文庫）／2001/03
百万に一つの偶然―迷宮課事件簿〔II〕／ロイ・ヴィカーズ著／早川書房（ハヤカワ・ミステリ文庫）／2003/07
ピップスキーク!／ブライアン・M.ウィプラッド著／ランダムハウス講談社（ランダムハウス講談社文庫）／2005/01
ビンラディンの剣(サーベル)／ジェラール・ド・ヴィリエ著／扶桑社（扶桑社ミステリー）／2004/02
アルカイダの金塊を追え／ジェラール・ド・ヴィリエ著／扶桑社（扶桑社ミステリー）／2004/06
航路 上下／コニー・ウィリス著／ソニーマガジンズ（ヴィレッジブックス）／2002/10
トリプルX／リッチ・ウィルクス脚本／角川書店（角川文庫）／2002/09
神と悪魔の遺産 上下／F.ポール・ウィルスン著／扶桑社（扶桑社ミステリー）／2001/01
異界への扉／F.ポール・ウィルスン著／扶桑社（扶桑社ミステリー）／2002/07
始末屋ジャック見えない敵 上下／F.ポール・ウィルスン著／扶桑社（扶桑社ミステリー）／2005/01
始末屋ジャック幽霊屋敷の秘密 上下／F.ポール・ウィルスン著／扶桑社（扶桑社ミステリー）／2005/10
夜の片隅で／ジョン・モーガン・ウィルスン著／早川書房（ハヤカワ・ミステリ文庫）／2002/02

スパイは異邦に眠る 上下／ロバート・ウィルスン著／早川書房（ハヤカワ・ミステリ文庫）／2003/03
セビーリャの冷たい目 上下／ロバート・ウィルスン著／早川書房（ハヤカワ・ミステリ文庫）／2005/04
鷹の城の亡霊／ジョン・ウィルスン著／東京創元社（創元推理文庫）／2002/09
故郷への苦き想い／デヴィッド・ウィルツ著／扶桑社（扶桑社ミステリー）／2001/12
炎に消えた名画（アート）／チャールズ・ウィルフォード著／扶桑社（扶桑社ミステリー）／2004/08
夜のフロスト／R.D.ウィングフィールド著／東京創元社（創元推理文庫）／2001/06
夜明けのメイジー／ジャクリーン・ウィンスピア著／早川書房（ハヤカワ・ミステリ文庫）／2005/03
カリフォルニアの炎／ドン・ウィンズロウ著／角川書店（角川文庫）／2001/09
ウォータースライドをのぼれ／ドン・ウィンズロウ著／東京創元社（創元推理文庫）／2005/07
特別追撃任務／マーカス・ウィン著／早川書房（ハヤカワ文庫NV）／2003/08
撃て、そして叫べ／ダグラス・E・ウィンター著／講談社（講談社文庫）／2001/05
黒い天使／コーネル・ウールリッチ著／早川書房（ハヤカワ・ミステリ文庫）／2005/02
死体あります アンティーク・フェア殺人事件／リア・ウェイト著／文藝春秋（文春文庫）／2003/09
塩沢地の霧／ヘンリー・ウエイド著／国書刊行会（世界探偵小説全集）／2003/02
警察官よ汝を守れ／ヘンリー・ウエイド著／国書刊行会（世界探偵小説全集）／2001/05
メディチ家の短剣／キャメロン・ウエスト著／早川書房（ハヤカワ文庫NV）／2002/10
猟犬たちの山脈 上下／ビング・ウェスト著／文藝春秋（文春文庫）／2004/09
インソムニア／ロバート・ウェストブルックノベライズ／新潮社（新潮文庫）／2002/08
ザ・メキシカン／ロバート・ウエストブルック著／竹書房（竹書房文庫）／2001/04
我輩はカモである／ドナルド・E・ウェストレイク著／早川書房（ハヤカワ・ミステリ文庫）／2005/02
骨まで盗んで／ドナルド・E・ウェストレイク著／早川書房（ハヤカワ・ミステリ文庫）／2002/06
斧／ドナルド・E・ウェストレイク著／文藝春秋（文春文庫）／2001/03
弱気な死人／ドナルド・E.ウェストレイク著／ソニー・マガジンズ（ヴィレッジブックス）／2005/07
鉤／ドナルド・E.ウェストレイク著／文藝春秋（文春文庫）／2003/05
あの夏の日に別れのキスを／ジョン・ウェッセル著／ソニー・マガジンズ（ヴィレッジブックス）／2004/07
砂漠の風に吹かれて／ベティ・ウェブ著／扶桑社（扶桑社ミステリー）／2004/09
サンタクロース殺人事件／ピエール・ヴェリー著／晶文社（必読系!ヤングアダルト）／2003/11
訣別の弔鐘／ジョン・ウェルカム著／論創社（論創海外ミステリ）／2004/12
カッティング・ルーム／ルイーズ・ウェルシュ著／早川書房（Hayakawa pocket mystery books）／2003/07
蟻―ウェルベル・コレクション〈1〉／ベルナール・ウェルベル著／角川書店（角川文庫）／2003/06
蟻の時代 ウェルベル・コレクションⅡ／ベルナール・ウェルベル著／角川書店（角川文庫）／2003/07
蟻の革命―ウェルベル・コレクション〈3〉／ベルナール・ウェルベル著／角川書店（角川文庫）／2003/09
ブレイディング・コレクション／パトリシア・ウェントワース著／論創社（論創海外ミステリ）／2005/06
箱の女／G・K・ウオリ著／早川書房（ハヤカワ文庫NV）／2004/02
闇のアンティーク／サルバトーレ・ウォーカー著／扶桑社（扶桑社ミステリー）／2005/11
洋上の殺意 上下／ロバート・ウォーカー著／扶桑社(扶桑社ミステリー)／2002/01
魔王のささやき／ロバート・ウォーカー著／扶桑社(扶桑社ミステリー)／2002/12
肩の上の死神／ロバート・ウォーカー著／扶桑社(扶桑社ミステリー)／2001/04
半身／サラ・ウォーターズ著／東京創元社（創元推理文庫）／2003/05
荊の城 上・下／サラ・ウォーターズ著／東京創元社（創元推理文庫）／2004/04
グルーム／ジャン・ヴォートラン著／文藝春秋（文春文庫）／2002/01
ラスト・ラヴァー／ローラ・V.ウォーマー著／集英社（集英社文庫）／2004/05
スキャンダル／ローラ・V.ウォーマー著／集英社（集英社文庫）／2003/06
イエスの古文書 上下／アーヴィング・ウォーレス著／扶桑社（扶桑社ミステリー）／2005/03
聖母マリア再臨の日 上下／アーヴィング・ウォーレス著／扶桑社（扶桑社ミステリー）／2005/10

悦楽者たちの館／ジョン・ウォーレン著／扶桑社（扶桑社ミステリー）／2003/01
愚か者の祈り／ヒラリー・ウォー著／東京創元社（創元推理文庫）／2005/06
待ちうける影／ヒラリー・ウォー著／東京創元社（創元推理文庫）／2001/07
死、ふたたび／シルヴィア・マウルターシュ・ウォルシュ著／早川書房（ハヤカワ・ミステリ文庫）／2004/12
反逆部隊 上下／ガイ・ウォルターズ著／早川書房（ハヤカワ文庫NV）／2003/11
囁く谺／ミネット・ウォルターズ著／東京創元社（創元推理文庫）／2002/04
鉄の枷／ミネット・ウォルターズ著／東京創元社（創元推理文庫）／2002/12
蛇の形／ミネット・ウォルターズ著／東京創元社（創元推理文庫）／2004/07
昏い部屋／ミネット・ウォルターズ著／東京創元社（創元推理文庫）／2005/04
血の奔流／ジェス・ウォルター著／早川書房（ハヤカワ文庫NV）／2002/02
暗い広場の上で／ヒュー・ウォルポール著／早川書房（Hayakawa pocket mystery books）／2004/08
銀の仮面／ヒュー・ウォルポール著／国書刊行会（ミステリーの本棚）／2001/10
不完全な他人／スチュアート・ウッズ著／角川書店（角川文庫）／2001/08
エンジェル・シティ・ブルース／ポーラ・L.ウッズ著／早川書房（ハヤカワ・ミステリ文庫）／2003/06
魔物を狩る少年／クリス・ウッディング著／東京創元社（創元推理文庫）／2005/08
ジーヴズの事件簿／P.G.ウッドハウス著／文藝春秋（P・G・ウッドハウス選集）／2005/05
夜の闇を待ちながら／レニー・エアース著／講談社（講談社文庫）／2001/10
イエスのビデオ 上下／アンドレアス・エシュバッハ著／早川書房（ハヤカワ文庫NV）／2003/02
フリント　　上下／ポール・エディ著／新潮社（新潮文庫）／2003/02
死を呼ぶスカーフ／ミニオン・G・エバハート著／論創社（論創海外ミステリ）／2005/01
パイレーツ・オブ・カリビアン 呪われた海賊たち／テッド・エリオット脚本;テリー・ロッシオ脚本／竹書房（竹書房文庫）／2003/08
覗く。　　上下／デイヴィッド・エリス著／講談社（講談社文庫）／2003/03
パニック・ルーム／ジェームズ・エリソン著／ソニー・マガジンズ（ヴィレッジブックス）／2002/03
ある貴婦人の肖像／ペトラ・エルカー著／扶桑社（扶桑社ミステリー）／2002/01
略奪／アーロン・エルキンズ著／講談社（講談社文庫）／2001/01
偽りの名画／アーロン・エルキンズ著／早川書房（ハヤカワ・ミステリ文庫）／2005/03
古い骨／アーロン・エルキンズ著／早川書房（ハヤカワ・ミステリ文庫）／2005/01
呪い！／アーロン・エルキンズ著／早川書房（ハヤカワ・ミステリ文庫）／2005/05
骨の島／アーロン・エルキンズ著／早川書房（ハヤカワ・ミステリ文庫）／2005/10
わが母なる暗黒／ジェイムズ・エルロイ著／文藝春秋（文春文庫）／2004/10
アメリカン・デス・トリップ 上下／ジェイムズ・エルロイ著／文藝春秋／2001/09
フォックスファイア／ジョイス・キャロル・オーツ著／DHC／2002/07
生ける屍／ジョイス・キャロル・オーツ著／扶桑社（扶桑社ミステリー）／2004/07
フリーキー・グリーンアイ／ジョイス・キャロル・オーツ著／ソニー・マガジンズ／2005/09
リヴァイアサン／ポール・オースター著／新潮社（新潮文庫）／2002/12
スパイが集う夜／ジョン・オールトマン著／早川書房（ハヤカワ文庫NV）／2001/06
バッファロー・ソルジャーズ／ロバート・オコナー著／早川書房（ハヤカワ文庫NV）／2002/05
闇に刻まれた言葉／ジャック・オコネル著／ソニー・マガジンズ（ヴィレッジブックス）／2002/01
氷の天使／キャロル・オコンネル著／東京創元社（創元推理文庫）／2001/05
アマンダの影／キャロル・オコンネル著／東京創元社（創元推理文庫）／2001/06
死のオブジェ／キャロル・オコンネル著／東京創元社（創元推理文庫）／2001/08
天使の帰郷／キャロル・オコンネル著／東京創元社（創元推理文庫）／2003/02
魔術師の夜 上下／キャロル・オコンネル著／東京創元社（創元推理文庫）／2005/12
財産分与 女弁護士ニナ・ライリー／ペリー・オショーネシー著／小学館（小学館文庫）／2004/12
殺害容疑 女弁護士ニナ・ライリー／ペリー・オショーネシー著／小学館（小学館文庫）／2005/01

敵対証人／ペリー・オショーネシー著／小学館（小学館文庫）／2005/03
アガサ・クリスティー 招かれざる客／チャールズ・オズボーン著／講談社（講談社文庫）／2002/12
スイミング・プール／フランソワ・オゾン著／アーティストハウスパブリッシャーズ、角川書店発売／2004/05
王宮劇場の惨劇／チャールズ・オブライアン著／早川書房（ハヤカワ・ミステリ文庫）／2002/01
新鋭艦長、戦乱の海へ 上下／パトリック・オブライアン著／早川書房（ハヤカワ文庫NV）／2002/12
勅任艦長への航海 上下／パトリック・オブライアン著／早川書房（ハヤカワ文庫NV）／2003/04
ボストン沖、決死の脱出行 上下／パトリック・オブライアン著／早川書房（ハヤカワ文庫NV）／2005/09
攻略せよ、要衝モーリシャス 上下／パトリック・オブライアン著／早川書房（ハヤカワ文庫NV）／2004/07
囚人護送艦、流刑大陸へ 上下／パトリック・オブライアン著／早川書房（ハヤカワ文庫NV）／2005/05
緋色の影／メグ・オブライエン著／ハーレクイン（MIRA文庫）／2004/08
雪の死神／ブリジット・オベール著／早川書房（ハヤカワ・ミステリ文庫）／2002/02
死の仕立屋／ブリジット・オベール著／早川書房（ハヤカワ・ミステリ文庫）／2004/06
異形の花嫁／ブリジット・オベール著／早川書房（ハヤカワ・ミステリ文庫）／2003/05
探偵ムーディー、営業中／スティーヴ・オリヴァー著／早川書房（ハヤカワ・ミステリ文庫）／2001/10
探偵はいつも憂鬱／スティーヴ・オリヴァー著／早川書房（ハヤカワ・ミステリ文庫）／2002/08
黒猫は殺人を見ていた／D.B.オルセン著／早川書房（Hayakawa pocket mystery books）／2003/05
蛇神降臨記／スティーヴ・オルテン著／文藝春秋（文春文庫）／2003/02
悪魔の眼／アレックス・カーヴァ著／ハーレクイン（Mira文庫）／2002/09
魔性の女がほほえむとき／ジュリー・ガーウッド著／ソニーマガジンズ（ヴィレッジブックス）／2004/12
心うち砕かれて／ジュリー・ガーウッド著／二見書房（二見文庫）／2002/01
標的のミシェル／ジュリー・ガーウッド著／ソニーマガジンズ（ヴィレッジブックス）／2003/06
廃墟の歌声／ジェラルド・カーシュ著／昌文社／2003/11
形見函と王妃の時計／アレン・カーズワイル著／東京創元社（海外文学セレクション）／2004/07
氷の刃／ポール・カースン著／二見書房（二見文庫）／2002/07
オーシャン・パークの帝王 上下／スティーヴン・L.カーター著／アーティストハウスパブリッシャーズ／2003/09
ビロードの爪／E.S.ガードナー著／嶋中書店（嶋中文庫）／2005/04
いまは誰も愛せない／リサ・ガードナー著／ソニー・マガジンズ（ヴィレッジブックス）／2004/10
誰も知らない恋人／リサ・ガードナー著／ソニーマガジンズ（ヴィレッジブックス）／2003/03
素顔は見せないで／リサ・ガードナー著／ソニー・マガジンズ（ヴィレッジブックス）／2002/02
あどけない殺人／リサ・ガードナー著／ソニー・マガジンズ（ヴィレッジブックス）／2002/06
Jファクター―臓器移植順位／スティーヴン・カーナル著／早川書房（ハヤカワ文庫NV）／2001/01
殺す警官／サイモン・カーニック著／新潮社（新潮文庫）／2003/09
覗く銃口／サイモン・カーニック著／新潮社（新潮文庫）／2005/01
昏睡（コーマ）／アレックス・ガーランド著／アーティストハウスパブリッシャーズ／2004/06
百番目の男／ジャック・カーリイ著／文藝春秋（文春文庫）／2005/04
チョコ猫で町は大騒ぎ／ジョアンナ・カール著／ソニー・マガジンズ（ビレッジブックス）／2005/05
雨が降りつづく夜／パトリシア・カーロン著／扶桑社（扶桑社ミステリー）／2003/12
沈黙の代償／パトリシア・カーロン著／扶桑社（扶桑社ミステリー）／2001/02
キリング・タイム／ケイレブ・カー著／早川書房（Hayakawa novels）／2002/11
死が二人をわかつまで／ジョン・ディクスン・カー著／早川書房（ハヤカワ・ミステリ文庫）／2005/04
皇帝の嗅ぎ煙草入れ／ジョン・ディクスン・カー著／嶋中書店（嶋中文庫）／2004/11
月明かりの闇 フェル博士最後の事件／ジョン・ディクスン・カー著／早川書房（ハヤカワ・ミステリ文庫）／2004/09
仮面劇場の殺人／ディクスン・カー著／東京創元社（創元推理文庫）／2003/09

柔らかい棘／ベイン・カー著／講談社（講談社文庫）／2002/03
影の傭兵部隊、出動／ディック・カウチ著／早川書房（ハヤカワ文庫 NV）／2004/10
春に葬られた光／ローラ・カジシュキー著／ソニー・マガジンズ（ヴィレッジブックス）／2005/03
恋人たちのマンハッタン／メグ・カスタルド著／DHC／2002/11
白き女神を救え／クライブ・カッスラー著;ポール・ケンプレコス著／新潮社（新潮文庫）／2003/04
ロマノフの幻を追え 上下／クライブ・カッスラー著;ポール・ケンプレコス著／新潮社（新潮文庫）／2004/08
アトランティスを発見せよ 上下／クライブ・カッスラー著／新潮社（新潮文庫）／2001/11
マンハッタンを死守せよ 上下／クライブ・カッスラー著／新潮社（新潮文庫）／2002/12
オデッセイの脅威を暴け 上下／クライブ・カッスラー著／新潮社（新潮文庫）／2005/06
精神分析医 上下／ジョン・カッツェンバック著／新潮社（新潮文庫）／2003/10
青い夢の女／ジャン＝ピエール・ガッテーニョ著／扶桑社／2001/11
溶ける男／ヴィクター・カニング著／論創社（論創海外ミステリ）／2005/10
ジェイミーの墓標〈1〉－アウトランダー4／ダイアナ・ガバルドン著／ソニー・マガジンズ（ヴィレッジブックス）／2003/12
ジェイミーの墓標〈2〉－アウトランダー5／ダイアナ・ガバルドン著／ソニー・マガジンズ（ヴィレッジブックス）／2004/01
ジェイミーの墓標〈3〉－アウトランダー6／ダイアナ・ガバルドン著／ソニー・マガジンズ（ヴィレッジブックス）／2004/02
アウトランダー7 時の彼方の再会1／ダイアナ・ガバルドン著／ソニー・マガジンズ（ヴィレッジブックス）／2005/01
ロード・ジョン・グレイ 緑のドレスの女／ダイアナ・ガバルドン著／ソニー・マガジンズ（ヴィレッジブックス）／2005/10
冷血／トルーマン・カポーティ著／新潮社／2005/09
人間たちの絆／スチュアート・カミンスキー著／扶桑社（扶桑社ミステリー）／2002/04
刑事エイブ・リーバーマン 憎しみの連鎖／スチュアート・カミンスキー著／扶桑社（扶桑社ミステリー）／2003/01
消えた人妻／スチュアート・カミンスキー著／講談社（講談社文庫）／2004/09
さらば、愛しき鉤爪／エリック・ガルシア著／ソニー・マガジンズ（ヴィレッジブックス）／2001/11
鉤爪プレイバック／エリック・ガルシア著／ソニー・マガジンズ（ヴィレッジブックス）／2003/01
鉤爪の収穫／エリック・ガルシア著／ソニー・マガジンズ（ヴィレッジブックス）／2005/08
マッチスティック・メン／エリック・ガルシア著／ソニー・マガジンズ（ヴィレッジブックス）／2003/09
ダ・ヴィンチの罠／ロバート・カレン著／二見書房（二見文庫）／2001/02
ナイロビの蜂 上下／ジョン・ル・カレ著／集英社（集英社文庫）／2003/12
無意識の証人／ジャンリーコ・カロフィーリオ著／文藝春秋（文春文庫）／2005/12
危険がいっぱい／デイ・キーン著／早川書房（Hayakawa pocket mystery books）／2005/07
拳銃猿／ヴィクター・ギシュラー著／早川書房（ハヤカワ・ミステリ文庫）／2003/02
ベイビィ・キャット・フェイス／バリー・ギフォード著／文藝春秋（文春文庫）／2001/04
パターン・レコグニション／ウィリアム・ギブスン著／角川書店／2004/05
トラフィック／スティーブン・ギャガン著／新潮社（新潮文庫）／2001/04
追われる警官／スティーヴン・キャネル著／小学館（小学館文庫）／2003/09
マフィアをはめろ!／スティーヴン・キャネル著／小学館（Shogakukan mystery）／2002/08
酔いどれ探偵街を行く／カート・キャノン著／早川書房（ハヤカワ・ミステリ文庫）／2005/11
さらば、ベルリン 上下／ジョゼフ・キャノン著／早川書房（Hayakawa novels）／2002/09
スパイにされたスパイ／ジョゼフ・キャノン著／文藝春秋（文春文庫）／2001/06
血のキスをあなたに／ステラ・キャメロン著／二見書房（二見文庫）／2005/01
ティース／ヒュー・ギャラガー著／東京創元社（創元コンテンポラリ）／2003/01

ハリスおばさんパリへ行く／ポール・ギャリコ著／ブッキング（fukkan.com）／2005/04
ハリスおばさんニューヨークへ行く／ポール・ギャリコ著／ブッキング（fukkan.com）／2005/05
ハリスおばさん国会へ行く／ポール・ギャリコ著／ブッキング（fukkan.com）／2005/06
ハリスおばさんモスクワへ行く／ポール・ギャリコ著／ブッキング（fukkan.com）／2005/07
われらが英雄スクラッフィ／ポール・ギャリコ著／東京創元社（創元推理文庫）／2002/11
恐怖の審問／ポール・ギャリコ著／新樹社／2005/10
ジェーンに起きたこと／カトリーヌ・キュッセ著／東京創元社（創元推理文庫）／2004/07
雪原決死行 上下／ジョン・ギルストラップ著／扶桑社（扶桑社ミステリー）／2005/04
空高く／マイクル・ギルバート著／早川書房（ハヤカワ・ミステリ文庫）／2005/08
捕虜収容所の死／マイケル・ギルバート著／東京創元社（創元推理文庫）／2003/05
スモールボーン氏は不在／マイケル・ギルバート著／小学館（Shogakukan mystery）／2003/09
テイル館の謎／ドロシー・ギルマン著／集英社（集英社文庫）／2001/04
メリッサの旅／ドロシー・ギルマン著／集英社（集英社文庫）／2001/12
伯爵夫人は万華鏡／ドロシー・ギルマン著／集英社（集英社文庫）／2002/05
バックスキンの少女／ドロシー・ギルマン著／集英社（集英社文庫）／2002/11
海のオベリスト／C.デイリー・キング著／原書房（ヴィンテージ・ミステリ・シリーズ）／2004/09
不眠症 上下／スティーヴン・キング著／文藝春秋／2001/07
ザ・スタンド 1／スティーヴン・キング著／文藝春秋（文春文庫）／2004/04
ザ・スタンド 2／スティーヴン・キング著／文藝春秋（文春文庫）／2004/05
ザ・スタンド 3／スティーヴン・キング著／文藝春秋（文春文庫）／2004/06
ザ・スタンド 4／スティーヴン・キング著／文藝春秋（文春文庫）／2004/07
ザ・スタンド 5／スティーヴン・キング著／文藝春秋（文春文庫）／2004/08
奥津城／ローリー・キング著／集英社（集英社文庫）／2001/08
バスカヴィルの謎―シャーロック・ホームズの愛弟子／ローリー・キング著／集英社（集英社文庫）／2002/04
エルサレムへの道―シャーロック・ホームズの愛弟子／ローリー・キング著／集英社（集英社文庫）／2004/08
捜査官ケイト夜勤／ローリー・キング著／集英社（集英社文庫）／2001/10
迷宮の舞踏会／ロス・キング著／早川書房（Hayakawa novels）／2004/04
ブラック・ホーン／A.J.クィネル著／集英社（集英社文庫）／2001/04
神の灯／エラリー・クイーン著／嶋中書店（嶋中文庫）／2004/11
スペイン岬の秘密／エラリイ・クイーン著／早川書房（ハヤカワ・ミステリ文庫）／2002/03
日本庭園の秘密／エラリイ・クイーン著／早川書房（ハヤカワ・ミステリ文庫）／2003/04
ハートの4／エラリイ・クイーン著／早川書房（ハヤカワ・ミステリ文庫）／2004/02
エラリー・クイーンの国際事件簿／エラリー・クイーン著／東京創元社（創元推理文庫）／2005/07
狼は天使の匂い／デイヴィッド・グーディス著／早川書房（Hayakawa pocket mystery books）／2003/07
ピアニストを撃て／デイヴィッド・グーディス著／早川書房（Hayakawa pocket mystery books）／2004/05
千里眼を持つ男／マイケル・クーランド著／講談社（講談社文庫）／2004/06
真夜中への鍵／ディーン・クーンツ著／東京創元社（創元推理文庫）／2001/01
何ものも恐れるな 上下／ディーン・クーンツ著／アカデミー出版／2001/04
汚辱のゲーム 上下／ディーン・クーンツ著／講談社（講談社文庫）／2002/09
サイレント・アイズ 上下／ディーン・クーンツ著／講談社（講談社文庫）／2005/07
キューバ 上下／スティーブン・クーンツ著／講談社（講談社文庫）／2003/04
悪女パズル／パトリック・クェンティン著／扶桑社（扶桑社ミステリー）／2005/01
終わりのないブルーズ／クリストファー・クック著／ソニー・マガジンズ（ヴィレッジブックス）／2002/02
七つの丘のある街／トマス・H・クック著／原書房／2003/11

孤独な鳥がうたうとき／トマス・H・クック著／文藝春秋／2004/11
心の砕ける音／トマス・H・クック著／文藝春秋（文春文庫）／2001/09
神の街の殺人／トマス・H・クック著／文藝春秋（文春文庫）／2002/04
闇に問いかける男／トマス・H・クック著／文藝春秋（文春文庫）／2003/07
蜘蛛の巣のなかへ／トマス・H・クック著／文藝春秋（文春文庫）／2005/09
アブダクション／ロビン・クック著／早川書房（ハヤカワ文庫NV）／2001/10
ショック／ロビン・クック著／早川書房（ハヤカワ文庫NV）／2002/11
乙女の湖／キャロル・グッドマン著／早川書房（ハヤカワ・ミステリ文庫）／2003/01
地獄の世紀 上下／サイモン・クラーク著／扶桑社（扶桑社ミステリー）／2004/05
君ハ僕ノモノ／メアリ・H.クラーク著／新潮社（新潮文庫）／2002/05
さよならを言う前に／メアリ・H.クラーク著／新潮社（新潮文庫）／2003/01
消えたニック・スペンサー／メアリ・H.クラーク著／新潮社（新潮文庫）／2005/05
見ないふりして／メアリ・H.クラーク著／新潮社（新潮文庫）／2002/03
殺したのは私／メアリ・H. クラーク著／新潮社（新潮文庫）／2002/10
緊急報道／メアリ・ジェイン・クラーク著／講談社（講談社文庫）／2002/07
誘拐犯はそこにいる／メアリ・ヒギンズ・クラーク著;キャロル・ヒギンズ・クラーク著／新潮社（新潮文庫）／2003/12
魔が解き放たれる夜に／メアリ・ヒギンズ・クラーク著／新潮社（新潮文庫）／2004/04
記憶なき嘘／ロバート・クラーク著／講談社（講談社文庫）／2001/09
プレイ 獲物 上下／マイクル・クライトン著／早川書房／2003/04
恐怖の存在 上下／マイクル・クライトン著／早川書房（Hayakawa novels）／2005/09
キル・ミー・テンダー／ダニエル・クライン著／集英社（集英社文庫）／2002/06
紅唇（ルージュ）／レスリー・グラス著／講談社（講談社文庫）／2001/10
狩人の夜／デイヴィス・グラッブ著／東京創元社（創元推理文庫）／2002/12
真実の問題／C・W・グラフトン著／国書刊行会（世界探偵小説全集）／2001/01
縛り首のN／スー・グラフトン著／早川書房（ハヤカワ・ミステリ文庫）／2001/01
アウトローのO／スー・グラフトン著／早川書房（ハヤカワ・ミステリ文庫）／2004/04
危険のP／スー・グラフトン著／早川書房（ハヤカワ・ミステリ文庫）／2005/05
危険のP／スー・グラフトン著／早川書房（Hayakawa novels）／2001/08
獲物のQ／スー・グラフトン著／早川書房（Hayakawa novels）／2003/09
ロマンスのR／スー・グラフトン著／早川書房（Hayakawa novels）／2005/07
洞窟／ティム・クラベー著／アーティストハウス（Book plus）／2002/08
友よ、戦いの果てに／ジェイムズ・クラムリー著／早川書房（ハヤカワ・ミステリ文庫）／2001/08
ファイナル・カントリー／ジェイムズ・クラムリー著／早川書房（ハヤカワ・ミステリ文庫）／2004/07
オーシャンズ11／デュウィ・グラム著／新潮社（新潮文庫）／2002/01
ライフ・オブ・デビッド・ゲイル／デュウィ・グラム著／新潮社（新潮文庫）／2003/07
コウノトリの道／ジャン・クリストフ・グランジェ著／東京創元社（創元推理文庫）／2003/07
ネットフォース 5－ドラッグ・ソルジャー／トム・クランシー著／角川書店（角川文庫）／2001/11
ネットフォースエクスプローラーズ 1は孤独な数字／トム・クランシー著;スティーヴ・ピチェニック著／アスペクト／2001/03
ネットフォースエクスプローラーズ―仮想破壊者／トム・クランシー著;スティーヴ・ピチェニック著／アスペクト／2001/06
ネットフォースエクスプローラーズ 陰謀のゲーム／トム・クランシー著;スティーヴ・ピチェニック著／アスペクト／2001/12
油田爆破／トム・クランシー著;スティーヴ・ピチェニック著／新潮社（新潮文庫）／2004/09
起爆国境／トム・クランシー著;スティーヴ・ピチェニック著／新潮社（新潮文庫）／2005/03
欧米掃滅 上下／トム・クランシー著;スティーヴ・ピチェニック著／新潮社（新潮文庫）／2001/03

流血国家 上下／トム・クランシー著;スティーヴ・ピチェニック著／新潮社（新潮文庫）／2001/10
自爆政権／トム・クランシー著;スティーヴ・ピチェニック著／新潮社（新潮文庫）／2002/08
国連制圧／トム・クランシー著;スティーヴ・ピチェニック著／新潮社（新潮文庫）／2003/05
ネットフォース 〈4〉－殲滅の周波数／トム・クランシー著;スティーヴ・ペリー著／角川書店（角川文庫）／2001/05
ネットフォース 〈6〉－電子国家独立宣言／トム・クランシー著;スティーヴ・ペリー著／角川書店（角川文庫）／2002/07
石油密輸ルート／トム・クランシー著;マーティン・グリーンバーグ著／二見書房（二見文庫）／2005/12
細菌テロを討て! 上下／トム・クランシー著;マーティン・グリーンバーグ著／二見書房（二見文庫）／2001/11
死の極寒戦線／トム・クランシー著;マーティン・グリーンバーグ著／二見書房（二見文庫）／2002/08
謀殺プログラム／トム・クランシー著;マーティン・グリーンバーグ著／二見書房（二見文庫）／2003/05
殺戮兵器を追え／トム・クランシー著;マーティン・グリーンバーグ著／二見書房（二見文庫）／2004/01
大戦勃発 1～4／トム・クランシー著／新潮社（新潮文庫）／2002/04
教皇暗殺 1・2・3・4／トム・クランシー著／新潮社（新潮文庫）／2004/04
国際テロ 上下／トム・クランシー著／新潮社（新潮文庫）／2005/08
ヴィドック／ジャン＝クリストフ・グランジェ脚本／角川書店（角川文庫）／2001/12
狼の帝国／ジャン＝クリストフ・グランジェ著／東京創元社（創元推理文庫）／2005/12
クリムゾン・リバー／ジャン＝クリストフ・グランジェ著／東京創元社（創元推理文庫）／2001/01
コウノトリの道／ジャン＝クリストフ・グランジェ著／東京創元社（創元推理文庫）／2003/07
トフ氏と黒衣の女／ジョン・クリーシー著／論創社（論創海外ミステリ）／2004/11
シリウス・ファイル／ジョン・クリード著／新潮社（新潮文庫）／2004/07
シャーロック・ホームズの失われた事件簿／ケン・グリーンウォルド著／原書房／2004/11
憎悪の果実／スティーヴン・グリーンリーフ著／早川書房 (Hayakawa pocket mystery books)／2001/03
最終章／スティーヴン・グリーンリーフ著／早川書房 (Hayakawa pocket mystery books)／2002/04
看護婦探偵ケイト／クリスティン・グリーン著／扶桑社（扶桑社ミステリー）／2001/08
第三の男／グレアム・グリーン著／早川書房（ハヤカワepi文庫）／2001/05
おとなしいアメリカ人－グレアム・グリーン・セレクション／グレアム・グリーン著／早川書房（ハヤカワepi文庫）／2004/08
権力と栄光－グレアム・グリーン・セレクション／グレアム・グリーン著／早川書房（ハヤカワepi文庫）／2004/09
呼び出し<召喚状> 上下／ジョン・グリシャム著／アカデミー出版／2004/12
召喚状 上下／ジョン・グリシャム著／アカデミー出版／2002/09
法律事務所／ジョン・グリシャム著／小学館（小学館文庫）／2003/03
依頼人／ジョン・グリシャム著／小学館（小学館文庫）／2003/01
ペリカン文書／ジョン・グリシャム著／小学館（小学館文庫）／2003/04
テスタメント／ジョン・グリシャム著／新潮社／2001/01
路上の弁護士 上下／ジョン・グリシャム著／新潮社（新潮文庫）／2001/09
テスタメント 上下／ジョン・グリシャム著／新潮社（新潮文庫）／2003/02
マフィアに恋して／C.C.クリスクオーロ著／集英社（集英社文庫）／2001/03
ブラック・コーヒー 小説版／アガサ・クリスティー著／早川書房（ハヤカワ文庫クリスティー文庫）／2004/09
スリーピング・マーダー／アガサ・クリスティー著／早川書房（ハヤカワ文庫クリスティー文庫）／2004/11
ポケットにライ麦を／アガサ・クリスティー著／早川書房（ハヤカワ文庫クリスティー文庫）／2003/11
アクロイド殺し／アガサ・クリスティー著／早川書房（ハヤカワ文庫クリスティー文庫）／2003/12
カリブ海の秘密／アガサ・クリスティー著／早川書房（ハヤカワ文庫クリスティー文庫）／2003/12

フランクフルトへの乗客／アガサ・クリスティー著／早川書房（ハヤカワ文庫クリスティー文庫）／
　2004/01
死への旅／アガサ・クリスティー著／早川書房（ハヤカワ文庫クリスティー文庫）／2004/08
杉の柩／アガサ・クリスティー著／早川書房（ハヤカワ文庫クリスティー文庫）／2004/05
満潮に乗って／アガサ・クリスティー著／早川書房（ハヤカワ文庫クリスティー文庫）／2004/06
ナイルに死す／アガサ・クリスティー著／早川書房（ハヤカワ文庫クリスティー文庫）／2003/10
ひらいたトランプ／アガサ・クリスティー著／早川書房（ハヤカワ文庫クリスティー文庫）／2003/10
葬儀を終えて／アガサ・クリスティー著／早川書房（ハヤカワ文庫クリスティー文庫）／2003/11
もの言えぬ証人／アガサ・クリスティー著／早川書房（ハヤカワ文庫クリスティー文庫）／2003/12
雲をつかむ死／アガサ・クリスティー著／早川書房（ハヤカワ文庫クリスティー文庫）／2004/04
死が最後にやってくる／アガサ・クリスティー著／早川書房（ハヤカワ文庫クリスティー文庫）／2004/04
愛国殺人／アガサ・クリスティー著／早川書房（ハヤカワ文庫クリスティー文庫）／2004/06
検察側の証人／アガサ・クリスティー著／早川書房（ハヤカワ文庫クリスティー文庫）／2004/05
蜘蛛の巣／アガサ・クリスティー著／早川書房（ハヤカワ文庫クリスティー文庫）／2004/06
アクロイド殺害事件／アガサ・クリスティー著／嶋中書店（嶋中文庫）／2004/10
パーカー・パイン登場／アガサ・クリスティー著／早川書房（ハヤカワ文庫クリスティー文庫）／2004/01
復讐の女神／アガサ・クリスティー著／早川書房（ハヤカワ文庫クリスティー文庫）／2004/01
バートラム・ホテルにて／アガサ・クリスティー著／早川書房（ハヤカワ文庫クリスティー文庫）／
　2004/07
終りなき夜に生れつく／アガサ・クリスティー著／早川書房（ハヤカワ文庫クリスティー文庫）／2004/08
クリスマス・プディングの冒険／アガサ・クリスティー著／早川書房（ハヤカワ文庫クリスティー文庫）／
　2004/11
複数の時計／アガサ・クリスティー著／早川書房（ハヤカワ文庫クリスティー文庫）／2003/11
鏡は横にひび割れて／アガサ・クリスティー著／早川書房（ハヤカワ文庫クリスティー文庫）／2004/07
鳩のなかの猫／アガサ・クリスティー著／早川書房（ハヤカワ文庫クリスティー文庫）／2004/07
五匹の子豚／アガサ・クリスティー著／早川書房（ハヤカワ文庫クリスティー文庫）／2003/12
蒼ざめた馬／アガサ・クリスティー著／早川書房（ハヤカワ文庫クリスティー文庫）／2004/08
チムニーズ館の秘密／アガサ・クリスティー著／早川書房（ハヤカワ文庫クリスティー文庫）／2004/02
殺人は容易だ／アガサ・クリスティー著／早川書房（ハヤカワ文庫クリスティー文庫）／2004/03
動く指／アガサ・クリスティー著／早川書房（ハヤカワ文庫クリスティー文庫）／2004/04
死との約束／アガサ・クリスティー著／早川書房（ハヤカワ文庫クリスティー文庫）／2004/05
ヒッコリー・ロードの殺人／アガサ・クリスティー著／早川書房（ハヤカワ文庫クリスティー文庫）／
　2004/07
謎のクィン氏／アガサ・クリスティー著／早川書房（ハヤカワ文庫クリスティー文庫）／2004/11
おしどり探偵／アガサ・クリスティー著／早川書房（ハヤカワ文庫クリスティー文庫）／2004/04
ゼロ時間へ／アガサ・クリスティー著／早川書房（ハヤカワ文庫クリスティー文庫）／2004/05
書斎の死体／アガサ・クリスティー著／早川書房（ハヤカワ文庫クリスティー文庫）／2004/02
無実はさいなむ／アガサ・クリスティー著／早川書房（ハヤカワ文庫クリスティー文庫）／2004/07
死人の鏡／アガサ・クリスティー著／早川書房（ハヤカワ文庫クリスティー文庫）／2004/05
第三の女／アガサ・クリスティー著／早川書房（ハヤカワ文庫クリスティー文庫）／2004/08
パディントン発４時50分／アガサ・クリスティー著／早川書房（ハヤカワ文庫クリスティー文庫）／
　2003/10
七つの時計／アガサ・クリスティー著／早川書房（ハヤカワ文庫クリスティー文庫）／2004/02
ＮかＭか／アガサ・クリスティー著／早川書房（ハヤカワ文庫クリスティー文庫）／2004/04
招かれざる客／アガサ・クリスティー著／早川書房（ハヤカワ文庫クリスティー文庫）／2004/09
親指のうずき／アガサ・クリスティー著／早川書房（ハヤカワ文庫クリスティー文庫）／2004/09
ポアロ登場／アガサ・クリスティー著／早川書房（ハヤカワ文庫クリスティー文庫）／2004/07

そして誰もいなくなった／アガサ・クリスティー著／早川書房（ハヤカワ文庫クリスティー文庫）／
　2003/10
青列車の秘密／アガサ・クリスティー著／早川書房（ハヤカワ文庫クリスティー文庫）／2004/07
メソポタミヤの殺人／アガサ・クリスティー著／早川書房（ハヤカワ文庫クリスティー文庫）／2003/12
ポアロのクリスマス／アガサ・クリスティー著／早川書房（ハヤカワ文庫クリスティー文庫）／2003/11
オリエント急行の殺人／アガサ・クリスティー著／早川書房（ハヤカワ文庫クリスティー文庫）／2003/10
ハロウィーン・パーティ／アガサ・クリスティー著／早川書房（ハヤカワ文庫クリスティー文庫）／
　2003/11
ホロー荘の殺人／アガサ・クリスティー著／早川書房（ハヤカワ文庫クリスティー文庫）／2003/12
象は忘れない／アガサ・クリスティー著／早川書房（ハヤカワ文庫クリスティー文庫）／2003/12
茶色の服の男／アガサ・クリスティー著／早川書房（ハヤカワ文庫クリスティー文庫）／2004/01
忘られぬ死／アガサ・クリスティー著／早川書房（ハヤカワ文庫クリスティー文庫）／2004/05
運命の裏木戸／アガサ・クリスティー著／早川書房（ハヤカワ文庫クリスティー文庫）／2004/10
カーテン／アガサ・クリスティー著／早川書房（ハヤカワ文庫クリスティー文庫）／2004/11
アクナーテン／アガサ・クリスティー著／早川書房（ハヤカワ・ミステリ文庫）／2002/02
火曜クラブ／アガサ・クリスティー著／早川書房（ハヤカワ文庫クリスティー文庫）／2003/10
ビッグ4／アガサ・クリスティー著／早川書房（ハヤカワ文庫クリスティー文庫）／2004/03
バグダッドの秘密／アガサ・クリスティー著／早川書房（ハヤカワ文庫クリスティー文庫）／2004/07
アクナーテン／アガサ・クリスティー著／早川書房（ハヤカワ文庫クリスティー文庫）／2004/10
三幕の殺人／アガサ・クリスティー著／早川書房（ハヤカワ文庫クリスティー文庫）／2003/10
牧師館の殺人／アガサ・クリスティー著／早川書房（ハヤカワ文庫クリスティー文庫）／2003/10
秘密機関／アガサ・クリスティー著／早川書房（ハヤカワ文庫クリスティー文庫）／2003/11
予告殺人／アガサ・クリスティー著／早川書房（ハヤカワ文庫クリスティー文庫）／2003/11
マギンティ夫人は死んだ／アガサ・クリスティー著／早川書房（ハヤカワ文庫クリスティー文庫）／
　2003/12
死者のあやまち／アガサ・クリスティー著／早川書房（ハヤカワ文庫クリスティー文庫）／2003/12
ゴルフ場殺人事件／アガサ・クリスティー著／早川書房（ハヤカワ文庫クリスティー文庫）／2004/01
邪悪の家／アガサ・クリスティー著／早川書房（ハヤカワ文庫クリスティー文庫）／2004/02
シタフォードの秘密／アガサ・クリスティー著／早川書房（ハヤカワ文庫クリスティー文庫）／2004/03
なぜ、エヴァンズに頼まなかったのか?／アガサ・クリスティー著／早川書房（ハヤカワ文庫クリスティー
　文庫）／2004/03
魔術の殺人／アガサ・クリスティー著／早川書房（ハヤカワ文庫クリスティー文庫）／2004/03
ねじれた家／アガサ・クリスティー著／早川書房（ハヤカワ文庫クリスティー文庫）／2004/06
ヘラクレスの冒険／アガサ・クリスティー著／早川書房（ハヤカワ文庫クリスティー文庫）／2004/09
エッジウェア卿の死／アガサ・クリスティー著／早川書房（ハヤカワ文庫クリスティー文庫）／2004/07
ABC殺人事件／アガサ・クリスティー著／早川書房（ハヤカワ文庫クリスティー文庫）／2003/11
ブラック・コーヒー／アガサ・クリスティー著／早川書房（ハヤカワ文庫クリスティー文庫）／2004/01
白昼の悪魔／アガサ・クリスティー著／早川書房（ハヤカワ文庫クリスティー文庫）／2003/10
ねずみとり／アガサ・クリスティー著／早川書房（ハヤカワ文庫クリスティー文庫）／2004/03
スタイルズ荘の怪事件／アガサ・クリスティー著／早川書房（ハヤカワ文庫クリスティー文庫）／2003/10
スタイルズ荘の怪死事件／アガサ・クリスティ作／講談社（講談社青い鳥文庫）／2003/02
ゴルフ場の殺人／アガサ・クリスティ作／講談社（講談社青い鳥文庫）／2004/01
三幕の悲劇／アガサ・クリスティ作／講談社（講談社青い鳥文庫）／2004/08
アクロイド氏殺害事件／アガサ・クリスティ作／講談社（青い鳥文庫）／2005/04
なぜエヴァンズにいわない?／アガサ・クリスティ作／偕成社（偕成社文庫）／2004/02
殺人は癖になる／アガサ・クリスティ著／東京創元社（創元推理文庫）／2003/11
エンド・ハウスの怪事件／アガサ・クリスティ著／東京創元社（創元推理文庫）／2004/01

ABC殺人事件／アガサ・クリスティ著／東京創元社（創元推理文庫）／2003/11
アクロイド殺害事件／アガサ・クリスティ著／東京創元社（創元推理文庫）／2004/03
オリエント急行の殺人／アガサ・クリスティ著／東京創元社（創元推理文庫）／2003/11
スタイルズの怪事件／アガサ・クリスティ著／東京創元社（創元推理文庫）／2004/03
大聖堂は大騒ぎ／エドマンド・クリスピン著／国書刊行会（世界探偵小説全集）／2004/05
誘拐／ジェイムズ・グリッパンド著／小学館（Shogakukan mystery）／2003/02
汚れた遺産／ジェイムズ・グリッパンド著／小学館（小学館文庫）／2003/11
コラテラル・ダメージ／デイビッド・グリフィス脚本;ピーター・グリフィス脚本／光文社（光文社文庫）／2002/03
挑発／シャーロット・グリムショー著／早川書房（ハヤカワ・ミステリ文庫）／2001/04
ブレイン・ドラッグ／アラン・グリン著／文藝春秋（文春文庫）／2004/02
凍りつく心臓／ウィリアム・K．クルーガー著／講談社（講談社文庫）／2001/09
プレイボーイをやっつけろ！／ジェニファー・クルージー著／二見書房（二見文庫）／2005/09
ファーストウーマン／ジェニファー・クルージー著／二見書房（二見文庫）／2003/07
フランス鍵の秘密／フランク・グルーバー著／早川書房（Hayakawa pocket mystery books）／2005/09
夜の回帰線　上下／マイケル・グルーバー著／新潮社（新潮文庫）／2004/07
ニューヨークから来た天使／ヘザー・グレアム作／ハーレクイン（シルエット・ラブストリーム）／2004/11
ふたつの顔を愛したら／ヘザー・グレアム作／ハーレクイン（シルエット・ラブストリーム）／2005/03
フォーエバー・マイ・ラブ／ヘザー・グレアム作／ハーレクイン（シルエット・ラブストリーム）／2005/11
ハリケーン・ベイ／ヘザー・グレアム著／ハーレクイン（MIRA文庫）／2003/07
危険な蜜月／ヘザー・グレアム著／ハーレクイン（MIRA文庫）／2005/02
炎の瞳／ヘザー・グレアム著／ハーレクイン（MIRA文庫）／2005/07
ミステリー・ウィーク／ヘザー・グレアム著／ハーレクイン（MIRA文庫）／2002/01
甘い香りの誘惑／ヘザー・グレアム著／二見書房（二見文庫）／2004/07
ひそやかな微笑み／ヘザー・グレアム著／二見書房（二見文庫）／2002/11
視線の先の狂気／ヘザー・グレアム著／ハーレクイン（MIRA文庫）／2001/09
黒い鳥の唄／ヘザー・グレアム著／ハーレクイン（MIRA文庫）／2002/11
エターナル・ダンス／ヘザー・グレアム著／ハーレクイン（MIRA文庫）／2005/10
容疑者／ヘザー・グレアム著／ハーレクイン（MIRA文庫）／2003/05
黒い囚人馬車／マーク・グレアム著／早川書房（Hayakawa pocket mystery books）／2001/01
ホット・プラスティック／ピーター・クレイグ著／アーティストハウスパブリッシャーズ／2004/08
破壊天使　上下／ロバート・クレイス著／講談社（講談社文庫）／2002/08
ホステージ　上下／ロバート・クレイス著／講談社（講談社文庫）／2005/05
いたずらメールの代償 danger.com 2／ジョーダン・クレイ著／青春出版社（青春文庫）／2001/10
出会い系サイトの罠 danger.com 1／ジョーダン・クレイ著／青春出版社（青春文庫）／2001/10
裁きを待つ女／デイヴィッド・クレイ著／ソニー・マガジンズ（ヴィレッジブックス）／2002/04
ゼウスの烙印／ジャスミン・クレスウェル著／ハーレクイン（MIRA文庫）／2002/11
首切り／ミシェル・クレスピ著／早川書房（ハヤカワ・ミステリ文庫）／2002/07
レイジング・アトランティス／トマス・グレニーアス著／早川書房（ハヤカワ文庫NV）／2005/11
迷子の大人たち／ジェイン・アン・クレンツ著／二見書房（二見文庫）／2003/12
ガラスのかけらたち／ジェイン・アン・クレンツ著／二見書房（二見文庫）／2004/12
鏡のラビリンス／ジェイン・アン・クレンツ著／二見書房（二見文庫）／2005/12
ささやく水／ジェイン・アン・クレンツ著／二見書房（二見文庫）／2002/06
曇り時々ラテ／ジェイン・アン・クレンツ著／二見書房（二見文庫）／2002/12
優しい週末／ジェイン・アン・クレンツ著／二見書房（二見文庫）／2003/06

灰色の魂／フィリップ・クローデル著／みすず書房／2004/10
フレンチ警部と漂う死体／F.W.クロフツ著／論創社（論創海外ミステリ）／2004/12
樽／F.W.クロフツ著／早川書房（ハヤカワ・ミステリ文庫）／2005/01
警視の接吻／デボラ・クロンビー著／講談社（講談社文庫）／2001/06
警視の予感／デボラ・クロンビー著／講談社（講談社文庫）／2003/11
警視の不信／デボラ・クロンビー著／講談社（講談社文庫）／2005/09
ロード・ドッグス／クワン著／青山出版社（Hiphop★novels）／2005/08
ディーバ／ケイン＆アベル著／青山出版社（Hiphop★novels）／2005/08
シャープ・ノース／パトリック・ケイヴ著／カプコン／2005/07
疑惑のサンクチュアリ 上下／アンドレア・ケイン著／ソニー・マガジンズ（ヴィレッジブックス）／2004/04
崩壊のプレリュード／アンドレア・ケイン著／ソニー・マガジンズ（ヴィレッジブックス）／2005/08
危険な匂いのする男／テリー・ケイ著／扶桑社（扶桑社ミステリー）／2002/01
ダーク・サーティ／テリー・ケイ著／扶桑社（扶桑社ミステリー）／2003/10
スペインの貴婦人／ジョン・ケース著／ランダムハウス講談社／2003/11
フェルマーの鸚鵡はしゃべらない／ドゥニ・ゲジ著／角川書店／2003/02
地下室の箱／ジャック・ケッチャム著／扶桑社（扶桑社ミステリー）／2001/05
黒い夏／ジャック・ケッチャム著／扶桑社（扶桑社ミステリー）／2005/06
誘拐指令／J.ケニーリー著／講談社（講談社文庫）／2001/06
どんづまり／ダグラス・ケネディ著／講談社（講談社文庫）／2001/12
イノセンス 上下／ジョナサン・ケラーマン著／講談社（講談社文庫）／2001/07
モンスター 臨床心理医アレックス／ジョナサン・ケラーマン著／講談社（講談社文庫）／2005/03
赦されざる罪／フェイ・ケラーマン著／東京創元社（創元推理文庫）／2001/06
逃れの町／フェイ・ケラーマン著／東京創元社（創元推理文庫）／2005/09
ドミノ／リチャード・ケリー脚本／竹書房（竹書房文庫）／2005/10
ライン・オブ・サイト／ジャック・ケリー著／DHC／2002/10
終身刑／アイラ・ゲンバーグ著／講談社（講談社文庫）／2001/04
レディ・キラーズ／ジョエル・コーエン脚本;イーサン・コーエン脚本／竹書房（竹書房文庫）／2004/05
セルラー／ラリー・コーエン原案;クリス・モーガン脚本／メディアファクトリー（洋画文庫）／2005/02
贖いの地／ガブリエル・コーエン著／新潮社（新潮文庫）／2003/05
マシニスト／スコット・コーサー脚本／竹書房（竹書房文庫）／2005/01
メサイア・コード 上下／マイクル・コーディ著／早川書房（ハヤカワ文庫NV）／2005/08
クライム・ゼロ／マイクル・コーディ著／徳間書店／2001/03
謀殺の火／S.H.コーティア著／論創社（論創海外ミステリ）／2005/04
ドリームタイム・ランド／S.H.コーティア著／論創社（論創海外ミステリ）／2005/11
女占い師はなぜ死んでゆく／サラ・コードウェル著／早川書房（Hayakawa pocket mystery books）／2001/05
悪魔の赤毛／デイヴィッド・コーベット著／新潮社（新潮文庫）／2005/02
唇を閉ざせ 上下／ハーラン・コーベン著／講談社（講談社文庫）／2002/01
ノー・セカンドチャンス 上下／ハーラン・コーベン著／ランダムハウス講談社（ランダムハウス講談社文庫）／2005/09
パーフェクト・ゲーム／ハーラン・コーベン著／早川書房（ハヤカワ・ミステリ文庫）／2001/02
ウイニング・ラン／ハーラン・コーベン著／早川書房（ハヤカワ・ミステリ文庫）／2002/04
恋人はマフィア／ゴードン・コーマン著／集英社（集英社文庫）／2004/01
袋小路／キャサリン・コールター著／二見書房（ザ・ミステリ・コレクション）／2004/01
土壇場／キャサリン・コールター著／二見書房（ザ・ミステリ・コレクション）／2004/06
迷路／キャサリン・コールター著／二見書房（二見文庫）／2003/08

カリブより愛をこめて／キャサリン・コールター著／二見書房（二見文庫）／2005/02
5枚のカード／レイ・ゴールデン著／早川書房（Hayakawa pocket mystery books）／2005/10
完全なる四角／リード・ファレル・コールマン著／早川書房（ハヤカワ・ミステリ文庫）／2004/10
奇術師カーターの華麗なるフィナーレ 上下／グレン・デイヴィッド・ゴールド著／早川書房／2003/01
フランチェスコの暗号 上下／イアン・コールドウェル著;ダスティン・トマスン著／新潮社（新潮文庫）／2004/10
三人の怒れる妻たち 上下／オリヴィア・ゴールドスミス著／扶桑社（扶桑社セレクト）／2003/10
殺しの接吻／ウィリアム・ゴールドマン著／早川書房（Hayakawa pocket mystery books）／2004/06
マラソン・マン／ウィリアム・ゴールドマン著／早川書房（ハヤカワ文庫NV）／2005/06
顔のない女 上下／マーティナ・コール著／講談社（講談社文庫）／2004/05
審問 上下／P・コーンウェル著／講談社（講談社文庫）／2000/12
イーグルを奪え―シャープ・シリーズ〈1〉／バーナード・コーンウェル著／光人社／2004/06
秘められた黄金―シャープ・シリーズ〈2〉／バーナード・コーンウェル著／光人社／2004/07
黒蠅 上下／パトリシア・コーンウェル著／講談社（講談社文庫）／2003/12
痕跡 上下／パトリシア・コーンウェル著／講談社（講談社文庫）／2004/12
神の手 上下／パトリシア・コーンウェル著／講談社（講談社文庫）／2005/12
女性署長ハマー 上下／パトリシア・コーンウェル著／講談社（講談社文庫）／2001/12
すべての石の下に／ポーラ・ゴズリング著／早川書房（Hayakawa pocket mystery books）／2001/01
死の連鎖／ポーラ・ゴズリング著／早川書房（Hayakawa pocket mystery books）／2003/05
石に刻まれた時間／ロバート・ゴダード著／東京創元社（創元推理文庫）／2003/01
今ふたたびの海 上下／ロバート・ゴダード著／講談社（講談社文庫）／2002/09
秘められた伝言 上下／ロバート・ゴダード著／講談社（講談社文庫）／2003/09
悠久の窓 上下／ロバート・ゴダード著／講談社（講談社文庫）／2005/03
一瞬の光のなかで 上下／ロバート・ゴダード著／扶桑社（扶桑社ミステリー）／2002/02
永遠に去りぬ／ロバート・ゴダード著／東京創元社（創元推理文庫）／2001/02
攻撃目標を殲滅せよ 上下／ジェイムズ・H・コッブ著／文藝春秋（文春文庫）／2002/10
霧のとばり／ローズ・コナーズ著／二見書房（二見文庫）／2005/01
死せるものすべてに 上下／ジョン・コナリー著／講談社（講談社文庫）／2003/09
死せるものすべてに 上下／ジョン・コナリー著／講談社（講談社文庫）／2003/09
奇怪な果実 上下／ジョン・コナリー著／講談社（講談社文庫）／2005/10
夜より暗き闇 上下／マイクル・コナリー著／講談社（講談社文庫）／2003/07
暗く聖なる夜 上下／マイクル・コナリー著／講談社（講談社文庫）／2005/09
シティ・オブ・ボーンズ／マイクル・コナリー著／早川書房（ハヤカワ・ミステリ文庫）／2005/02
シティ・オブ・ボーンズ／マイクル・コナリー著／早川書房（Hayakawa novels）／2002/12
チェイシング・リリー／マイクル・コナリー著／早川書房（Hayakawa novels）／2003/09
堕天使は地獄へ飛ぶ／マイクル・コナリー著／扶桑社／2001/09
わが心臓の痛み 上下／マイクル・コナリー著／扶桑社（扶桑社ミステリー）／2002/11
バッドラック・ムーン 上下／マイクル・コナリー著／講談社（講談社文庫）／2001/08
著者略歴／ジョン・コラピント著／早川書房（ハヤカワ・ミステリ文庫）／2005/11
著者略歴／ジョン・コラピント著／早川書房（Hayakawa novels）／2002/03
アルとダラスの大冒険 上下／ジャッキー・コリンズ著／扶桑社／2002/04
天使の迷い道 上下／ジャッキー・コリンズ著／二見書房（二見文庫）／2005/06
LA闇のコネクション／ジャッキー・コリンズ著／扶桑社（扶桑社ミステリー）／2002/01
CSI:科学捜査班 ダブル・ディーラー／マックス・アラン・コリンズ著／角川書店（角川文庫）／2005/03
CSI:科学捜査班 シン・シティ／マックス・アラン・コリンズ著／角川書店（角川文庫）／2005/05
黒衣のダリア／マックス・アラン・コリンズ著／文藝春秋（文春文庫）／2003/09
スコーピオン・キング／マックス・アラン・コリンズ著／角川書店（角川文庫）／2002/05

リンドバーグ・デッドライン／マックス・アラン・コリンズ著／文藝春秋（文春文庫）／2001/01
ロード・トゥ・パーディション／マックス・A・コリンズ著／新潮社（新潮文庫）／2002/09
ウインドトーカーズ／マックス・A.コリンズ著／新潮社（新潮文庫）／2002/08
屍肉の聖餐／ユベール・コルバン著／集英社（集英社文庫）／2001/02
快楽通り12番地／マーサ・コンウェイ著／早川書房（ハヤカワ・ミステリ文庫）／2005/08
影なき狙撃者／リチャード・コンドン著／早川書房（ハヤカワ文庫NV）／2002/12
ウィスキー・サワーは殺しの香り／J.A.コンラス著／文藝春秋（文春文庫）／2005/02
24 TWENTY FOUR [1]上中下／ジョエル・サーナウ原案／竹書房（竹書房文庫）／2003/12
24 TWENTY FOUR 2-1／ジョエル・サーナウ原案／竹書房（竹書房文庫）／2004/04
24 TWENTY FOUR 2-2／ジョエル・サーナウ原案／竹書房（竹書房文庫）／2004/04
24 TWENTY FOUR 2-3／ジョエル・サーナウ原案／竹書房（竹書房文庫）／2004/05
24 TWENTY FOUR 2-4／ジョエル・サーナウ原案／竹書房（竹書房文庫）／2004/06
24 TWENTY FOUR 3-1／ジョエル・サーナウ原案／竹書房（竹書房文庫）／2004/11
24 TWENTY FOUR 3-2／ジョエル・サーナウ原案／竹書房（竹書房文庫）／2004/11
24 TWENTY FOUR 3-3／ジョエル・サーナウ原案／竹書房（竹書房文庫）／2004/12
24 TWENTY FOUR 3-4／ジョエル・サーナウ原案／竹書房（竹書房文庫）／2004/12
24 TWENTY FOUR 4-3／ジョエル・サーナウ原案／竹書房（竹書房文庫）／2005/01
24 TWENTY FOUR 4-1／ジョエル・サーナウ原案／竹書房（竹書房文庫）／2005/09
24 TWENTY FOUR 4-2／ジョエル・サーナウ原案／竹書房（竹書房文庫）／2005/09
24 TWENTY FOUR 4-4／ジョエル・サーナウ原案／竹書房（竹書房文庫）／2005/11
24-CTU 機密解除記録－ヘルゲート作戦 上下／ジョエル・サーナウ原案／英知出版（英知文庫）／2005/11
ハード・アイス／ジェニー・サイラー著／早川書房（ハヤカワ・ミステリ文庫）／2001/05
捕食者の貌／トム・サヴェージ著／早川書房（ハヤカワ・ミステリ文庫）／2001/08
カンビュセス王の秘宝 上下／ポール・サスマン著／角川書店（角川文庫）／2003/02
仮面舞踏会／ウォルター・サタスウェイト著／東京創元社（創元推理文庫）／2004/03
遺骨／リチャード・ベン・サピア著／青山出版社／2002/10
アフガン・決死の潜入作戦／マイクル・サラザー著／扶桑社（扶桑社ミステリー）／2004/04
ロシアの超兵器を破壊せよ／マイクル・サラザー著／扶桑社（扶桑社ミステリー）／2004/12
地底迷宮 上下／マーク・サリヴァン著／新潮社（新潮文庫）／2004/03
ルパン／ジャン・ポール・サロメ著;ローラン・ヴァショー著／メディアファクトリー（洋画文庫）／2005/08
心理捜査／レオナード・サンダーズ著／講談社（講談社文庫）／2001/07
将軍の末裔／エレナ・サンタンジェロ著／講談社（講談社文庫）／2004/09
餌食／ジョン・サンドフォード著／講談社（講談社文庫）／2003/02
汚名／ヴィンセント・ザンドリ著／文藝春秋（文春文庫）／2001/08
デス・アーティスト／ジョナサン・サントロファー著／ソニー・マガジンズ（ヴィレッジブックス）／2003/04
ドリームチーム弁護団／シェルドン・シーゲル著／講談社（講談社文庫）／2001/02
検事長ゲイツの犯罪／シェルドン・シーゲル著／講談社（講談社文庫）／2002/05
潔白／バリー・シーゲル著／講談社（講談社文庫）／2001/01
ミステリアス・ホテル／E.C.シーディ著／二見書房（二見文庫）／2005/11
囮 上下／ジェラルド・シーモア著／講談社（講談社文庫）／2001/04
ドアをあける女／メイベル・シーリー著／論創社（論創海外ミステリ）／2005/07
イチジクを喰った女／ジョディ・シールズ著／早川書房（ハヤカワ・ミステリ文庫）／2001/02
霧けむる王国／ジェイン・ジェイクマン著／新潮社／2004/02
ザ・インタープリター／デイヴィッド・ジェイコブズ著／徳間書店（徳間文庫）／2005/05

灼熱／ローレンス・シェイムズ著／講談社（講談社文庫）／2001/05
凶運を語る女 上下／ドナルド・ジェイムズ著／扶桑社（扶桑社ミステリー）／2001/07
神学校の死／P.D.ジェイムズ著／早川書房（Hayakawa pocket mystery books）／2002/07
殺人展示室／P.D.ジェイムズ著／早川書房（Hayakawa pocket mystery books）／2005/02
わが職業は死／P.D.ジェイムズ著／早川書房（ハヤカワ・ミステリ文庫）／2002/03
虜囚の都／J.ロバート・ジェインズ著／文藝春秋（文春文庫）／2001/11
磔刑の木馬／J.ロバート・ジェインズ著／文藝春秋（文春文庫）／2002/06
ブラザーフッド／カン・ジェギュ著／集英社（集英社文庫）／2004/05
シンシナティ・キッド／リチャード・ジェサップ著／扶桑社（扶桑社ミステリー）／2001/03
ブロンドライフ／ジョン・スコット・シェパード脚本；ダナ・スティーヴンス脚本／竹書房（竹書房文庫）／2003/08
ヘンリーの悪行リスト／ジョン・スコット・シェパード著／新潮社（新潮文庫）／2005/02
経済学殺人事件／マーシャル・ジェボンズ著／日本経済新聞社（日経ビジネス人文庫）／2004/02
外科医／テス・ジェリッツェン著／文藝春秋（文春文庫）／2003/08
僕の心臓を盗まないで／テス・ジェリッツェン著／角川書店（角川文庫）／2001/01
顔 上下／シドニィ・シェルダン作／アカデミー出版／2001/02
よく見る夢 上下／シドニィ・シェルダン作／アカデミー出版／2003/02
よく見る夢 上下／シドニィ・シェルダン作／アカデミー出版／2004/04
億万ドルの舞台／シドニィ・シェルダン作／アカデミー出版／2004/09
空が落ちる 上下／シドニィ・シェルダン著／アカデミー出版／2001/09
空が落ちる 上下／シドニィ・シェルダン著／アカデミー出版／2003/05
逃げる男／シドニィ・シェルダン著／アカデミー出版／2003/11
逃げる男／シドニィ・シェルダン著／アカデミー出版／2005/05
リベンジは頭脳で／シドニィ・シェルダン著／アカデミー出版／2005/11
ハリウッド的殺人事件／ロン・シェルトン脚本；ロバート・ソウザ脚本／竹書房（竹書房文庫）／2004/01
イスマエルの名のもとに／ジュゼッペ・ジェンナ著／角川書店／2004/06
メグレたてつく／ジョルジュ・シムノン著／河出書房新社（河出文庫）／2001/04
メグレと幽霊／G.シムノン著／河出書房新社（河出文庫）／2001/02
メグレ、ニューヨークへ行く／G.シムノン著／河出書房新社（河出文庫）／2001/03
メグレと老婦人の謎／G.シムノン著／河出書房新社（河出文庫）／2001/06
諜報指揮官ヘミングウェイ 上下／ダン・シモンズ著／扶桑社（扶桑社ミステリー）／2002/06
ダーウィンの剃刀／ダン・シモンズ著／早川書房（ハヤカワ文庫NV）／2004/12
鋼／ダン・シモンズ著／早川書房（Hayakawa novels）／2002/05
雪嵐／ダン・シモンズ著／早川書房（Hayakawa novels）／2003/06
上海の紅い死 上下／ジョー・シャーロン著／早川書房（ハヤカワ・ミステリ文庫）／2001/11
ロザリオとともに葬られ／リサ・ジャクソン著／ソニーマガジンズ（ヴィレッジブックス）／2004/08
キスしたいのはおまえだけ／マキシム・ジャクボヴスキー著／扶桑社（扶桑社ミステリー）／2002/07
自由の王妃アアヘテプ物語1 闇の帝国／クリスチャン・ジャック著／角川書店（角川文庫）／2003/09
自由の王妃アアヘテプ物語2 二つの王冠／クリスチャン・ジャック著／角川書店（角川文庫）／2003/11
自由の王妃アアヘテプ物語3 燃えあがる剣／クリスチャン・ジャック著／角川書店（角川文庫）／2004/01
ドクトル・マブゼ／ノルベルト・ジャック著／早川書房（Hayakawa pocket mystery books）／2004/07
男殺しのロニー／レイ・シャノン著／ソニー・マガジンズ（ヴィレッジブックス）／2005/09
長い日曜日／セバスチアン・ジャプリゾ著／東京創元社（創元推理文庫）／2005/03
パイド・パイパー 自由への越境／ネビル・シュート著／東京創元社（創元推理文庫）／2002/02
スイス銀行の陰謀／ダニエル・ジュフュレ著／中央公論新社（中公文庫）／2001/12
ゼルプの裁き／ベルンハルト・シュリンク著;ヴァルター・ポップ著／小学館（Shogakukan mystery）／2002/06

ゼルプの殺人／ベルンハルト・シュリンク著／小学館（Shogakukan mystery）／2003/04
ゴルディオスの結び目／ベルンハルト・シュリンク著／小学館（Shogakukan mystery）／2003/08
ゼルプの欺瞞／ベルンハルト・シュリンク著／小学館（Shogakukan mystery）／2002/10
ハイド・アンド・シーク／アリ・シュロスバーグ脚本／竹書房（竹書房文庫）／2005/04
湖の記憶／クリスティーナ・シュワルツ著／講談社（講談社文庫）／2003/08
誘拐工場／キャスリーン・ジョージ著／新潮社（新潮文庫）／2003/08
アースクエイク・バード／スザンナ・ジョーンズ著／早川書房（Hayakawa novels）／2001/12
睡蓮が散るとき／スザンナ・ジョーンズ著／早川書房（Hayakawa novels）／2003/11
夢の破片(かけら)／モーラ・ジョス著／早川書房（Hayakawa pocket mystery books）／2004/12
女神たちの嵐 上下／アイリス・ジョハンセン著／二見書房（二見文庫）／2002/07
風の踊り子／アイリス・ジョハンセン著／二見書房（二見文庫）／2003/09
光の旅路 上下／アイリス・ジョハンセン著／二見書房（二見文庫）／2004/04
虹の彼方に／アイリス・ジョハンセン著／二見書房（二見文庫）／2005/05
風のペガサス 上下／アイリス・ジョハンセン著／二見書房（二見文庫）／2001/07
そしてさよならを告げよう／アイリス・ジョハンセン著／ソニー・マガジンズ（ヴィレッジブックス）／2004/09
その夜、彼女は獲物になった／アイリス・ジョハンセン著／ソニー・マガジンズ（ヴィレッジブックス）／2005/07
顔のない狩人／アイリス・ジョハンセン著／二見書房（二見文庫）／2001/04
爆風／アイリス・ジョハンセン著／二見書房（二見文庫）／2003/02
嘘はよみがえる／アイリス・ジョハンセン著／講談社（講談社文庫）／2004/06
見えない絆／アイリス・ジョハンセン著／講談社（講談社文庫）／2004/01
嘘はよみがえる／アイリス・ジョハンセン著／講談社（講談社文庫）／2004/06
女王の娘／アイリス・ジョハンセン著／二見書房（二見文庫）／2002/10
眠れぬ楽園／アイリス・ジョハンセン著／二見書房（二見文庫）／2003/04
蜘蛛の微笑／ティエリー・ジョンケ著／早川書房（ハヤカワ・ミステリ文庫）／2004/06
ボディ・ポリティック／ポール・ジョンストン著／徳間書店（徳間文庫）／2001/07
アイスキャップ作戦／スタンレー・ジョンソン著／文藝春秋（文春文庫）／2001/04
報復という名の芸術―美術修復師ガブリエル・アロン／ダニエル・シルヴァ著／論創社／2005/08
さらば死都ウィーン―美術修復師ガブリエル・アロンシリーズ／ダニエル・シルヴァ著／論創社／2005/10
暗殺者の烙印／ダニエル・シルヴァ著／文藝春秋（文春文庫）／2002/05
顔のないテロリスト／ダニエル・シルヴァ著／文藝春秋（文春文庫）／2005/10
裏切りの色／マーシャ・シンプスン著／早川書房（ハヤカワ・ミステリ文庫）／2001/11
カジノを罠にかけろ／ジェイムズ・スウェイン著／文藝春秋（文春文庫）／2005/03
メッセージ The first card／マークース・ズーサック著／ランダムハウス講談社（ランダムハウス講談社文庫）／2005/12
プリオンの迷宮／マルティン・ズーター著／扶桑社（扶桑社ミステリー）／2005/09
ローリング邸の殺人／ロジャー・スカーレット著／論創社（論創海外ミステリ）／2005/12
シルミド・裏切りの実尾島／イ・スグァン著／早川書房（ハヤカワ文庫 NV）／2004/05
似た女／リザ・スコットライン著／講談社（講談社文庫）／2002/02
代理弁護／リザ・スコットライン著／講談社（講談社文庫）／2004/03
人魚とビスケット／J.M.スコット著／東京創元社（創元推理文庫）／2001/02
究極のライフル／トレヴァー・スコット著／扶桑社（扶桑社ミステリー）／2005/08
夜の牝馬／マンダ・スコット著／講談社（講談社文庫）／2002/11
悪党パーカー/地獄の分け前／リチャード・スターク著／早川書房（ハヤカワ・ミステリ文庫）／2002/01
悪党パーカー/電子の要塞／リチャード・スターク著／早川書房（ハヤカワ・ミステリ文庫）／2005/02
ストーム／ボリス・スターリング著／アーティストハウス／2001/06

トゥームレイダー／デイヴ・スターン著／徳間書店（徳間文庫）／2001/09
トゥームレイダー2／デイヴ・スターン著／徳間書店（徳間文庫）／2003/09
あんな上司は死ねばいい／ジェイソン・スター著／ソニー・マガジンズ（ヴィレッジブックス）／2002/08
嘘つき男は地獄へ堕ちろ／ジェイソン・スター著／ソニー・マガジンズ（ヴィレッジブックス）／2004/06
つぎはおまえだ／ナンシー・スター著／集英社（集英社文庫）／2002/03
迫り来る死／ナンシー・スター著／集英社（集英社文庫）／2004/12
死のダンス／リチャード・スタインバーグ著／二見書房（二見文庫）／2002/03
嘆きの橋／オレン・スタインハウアー著／文藝春秋（文春文庫）／2005/01
アルファベット・ヒックス／レックス・スタウト著／論創社（論創海外ミステリ）／2005/10
ネロ・ウルフ対FBI／レックス・スタウト著／光文社（光文社文庫）／2004/02
シーザーの埋葬／レックス・スタウト著／光文社（光文社文庫）／2004/03
殺人犯はわが子なり／レックス・スタウト著／早川書房（Hayakawa pocket mystery books）／2003/01
編集者を殺せ／レックス・スタウト著／早川書房（Hayakawa pocket mystery books）／2005/02
告白／ドメニック・スタンズベリー著／早川書房（ハヤカワ・ミステリ文庫）／2005/12
核の砂漠／アンドリュー・スティーヴンスン著／扶桑社（扶桑社ミステリー）／2005/04
難破船／ロバート・ルイス・スティーヴンスン著;ロイド・オズボーン著／早川書房（Hayakawa pocket mystery books）／2005/06
ジキル博士とハイド氏／ロバート・ルイス・スティーヴンスン著／東京創元社（創元推理文庫）／2001/08
七月の暗殺者 上下／ゴードン・スティーヴンス著／東京創元社（創元推理文庫）／2005/11
タトゥ・ガール／ブルック・スティーヴンス著／講談社（講談社文庫）／2004/01
樹海脱出／マーカス・スティーヴンス著／二見書房（二見文庫）／2003/09
ブラックウォーター・トランジット／カーステン・ストラウド著／文藝春秋（文春文庫）／2002/11
キューバ海峡／カーステン・ストラウド著／文藝春秋（文春文庫）／2004/05
ミスターX 上下／ピーター・ストラウブ著／東京創元社（創元推理文庫）／2002/05
バブルズはご機嫌ななめ／サラ・ストロマイヤー著／講談社（講談社文庫）／2005/08
美しき囮／トニー・ストロング著／角川書店　（角川文庫）／2004/01
黒い地図／ピーター・スピーゲルマン著／ソニー・マガジンズ（ヴィレッジブックス）／2005/01
ショッキング・ピンク　上下／エリカ・スピンドラー著／ハーレクイン（MIRA文庫）／2004/01
戦慄／エリカ・スピンドラー著／ハーレクイン（MIRA文庫）／2002/11
邪神／エリカ・スピンドラー著／ハーレクイン（MIRA文庫）／2003/05
沈黙／エリカ・スピンドラー著／ハーレクイン（MIRA文庫）／2004/10
ブレス・ザ・チャイルド 上下／キャシー・キャッシュ・スペルマン著／竹書房（竹書房文庫）／2001/11
ゾルゲ／モルガン・スポルテス著／岩波書店／2005/09
No.1 レディーズ探偵社、本日開業／アレグザンダー・マコール・スミス著／ソニー・マガジンズ（ヴィレッジブックス）／2003/09
キリンの涙―ミス・ラモツエの事件簿〈2〉／アレグザンダー・マコール・スミス著／ソニー・マガジンズ（ヴィレッジブックス）／2004/08
ミス・メルヴィルの後悔／イーヴリン・E.スミス著／早川書房（ハヤカワ・ミステリ文庫）／2005/01
帰ってきたミス・メルヴィル／イーヴリン・E.スミス著／早川書房（ハヤカワ・ミステリ文庫）／2005/04
ミス・メルヴィルの復讐／イーヴリン・E.スミス著／早川書房（ハヤカワ・ミステリ文庫）／2005/08
ミス・メルヴィルの決闘／イーヴリン・E.スミス著／早川書房（ハヤカワ・ミステリ文庫）／2005/11
秘宝 上下／ウィルバー・スミス著／講談社（講談社文庫）／2001/02
わが名はレッド／シェイマス・スミス著／早川書房（ハヤカワ・ミステリ文庫）／2002/09
名無しのヒル／シェイマス・スミス著／早川書房（ハヤカワ・ミステリ文庫）／2004/09
煉獄の華／テイラー・スミス著／ハーレクイン（MIRA文庫）／2004/06
もつれ／ピーター・ムーア・スミス著／東京創元社（創元推理文庫）／2004/12
オンリー・フォワード／マイケル・マーシャル・スミス著／ソニー・マガジンズ／2001/07

スペアーズ／マイケル・マーシャル・スミス著／ソニー・マガジンズ（ヴィレッジブックス）／2001/11
ハバナ・ベイ／マーティン・C.スミス著／講談社（講談社文庫）／2002/10
人形の記憶／マーティン・J.スミス著／新潮社（新潮文庫）／2003/10
もう一人の相続人／マレー・スミス著／文藝春秋（文春文庫）／2001/02
テキサスは眠れない／メアリ=アン・T・スミス著／ソニー・マガジンズ（ヴィレッジブックス）／2002/12
髑髏島の惨劇／マイケル・スレイド著／文藝春秋（文春文庫）／2002/01
暗黒大陸の悪霊／マイケル・スレイド著／文藝春秋（文春文庫）／2003/01
斬首人の復讐／マイケル・スレイド著／文藝春秋（文春文庫）／2005/09
グール 上下／マイケル・スレイド著／東京創元社（創元推理文庫）／2004/03
ヘッドハンター 上下／マイケル・スレイド著／東京創元社（創元推理文庫）／2005/09
カットスロート 上下／マイケル・スレイド著／東京創元社（創元推理文庫）／2005/11
怪盗ルビイ・マーチンスン／ヘンリイ・スレッサー著／早川書房（ハヤカワ・ミステリ文庫）／2005/07
開かれた瞳孔／カリン・スローター著／早川書房（ハヤカワ・ミステリ文庫）／2002/01
バタフライ・エフェクト／ジェームズ・スワロウ著／竹書房（竹書房文庫）／2005/04
ダ・ヴィンチ贋作計画／トーマス・スワン著／角川書店（角川文庫）／2002/03
ビッグ・タウン／ダグ・J.スワンソン著／早川書房（ハヤカワ・ミステリ文庫）／2001/02
箱の中の書類／ドロシイ・セイヤーズ著／早川書房（Hayakawa pocket mystery books）／2002/03
忙しい蜜月旅行／ドロシイ・セイヤーズ著／早川書房（ハヤカワ・ミステリ文庫）／2005/06
学寮祭の夜／ドロシー・L・セイヤーズ著／東京創元社（創元推理文庫）／2001/08
悪夢の帆走／ジェイムズ・セイヤー著／新潮社（新潮文庫）／2005/07
判事とペテン師／ヘンリー・セシル著／論創社（論創海外ミステリ）／2005/12
24 CTU／テロ対策ユニットの真実／マーク・セラシーニ編集／角川書店／2004/03
ホミニッド―原人／ロバート・J.ソウヤー著／早川書房（ハヤカワ文庫 SF）／2005/02
マンハッタン狩猟クラブ／ジョン・ソール著／文藝春秋（文春文庫）／2004/03
妖香／ジョン・ソール著／ソニー・マガジンズ（ヴィレッジブックス）／2002/03
ミッドナイト・ボイス／ジョン・ソール著／ソニー・マガジンズ（ヴィレッジブックス）／2004/03
氷の女王が死んだ／コリン・ホルト・ソーヤー著／東京創元社（創元推理文庫）／2002/04
フクロウは夜ふかしをする／コリン・ホルト・ソーヤー著／東京創元社（創元推理文庫）／2003/03
ピーナッツバター殺人事件／コリン・ホルト・ソーヤー著／東京創元社（創元推理文庫）／2005/06
傭兵部隊＜ライオン＞を追え 上下／ブラッド・ソー著／早川書房（ハヤカワ文庫NV）／2002/07
テロリスト＜征服者＞を撃て 上下／ブラッド・ソー著／早川書房（ハヤカワ文庫NV）／2003/09
＜亡霊国家ソヴィエト＞を倒せ／ブラッド・ソー著／早川書房（ハヤカワ文庫NV）／2005/12
囚人分析医／アンナ・ソルター著／早川書房（ハヤカワ・ミステリ文庫）／2004/04
イデアの洞窟／ホセ・カルロス・ソモザ著／文藝春秋／2004/07
ギフト／ビリー・ボブ・ソーントン脚本;トム・エパーソン脚本／講談社（シネマブックス）／2001/05
エクスペリメント 上下／ジョン・ダーントン著／ソニー・マガジンズ（ヴィレッジブックス）／2002/04
打ち砕かれた昏睡（コーマ）／ジョン・ダーントン著／ソニー・マガジンズ（ヴィレッジブックス）／2005/08
華やかな誤算／ダイアナ・ダイアモンド著／ソニー・マガジンズ（ヴィレッジブックス）／2002/04
糖蜜色の偽り／ダイアナ・ダイアモンド著／ソニー・マガジンズ（ヴィレッジブックス）／2005/09
僧正殺人事件／S.S.ヴァン・ダイン著／嶋中書店（嶋中文庫）／2004/01
ガーデン殺人事件／ヴァン・ダイン著／東京創元社（創元推理文庫）／2002/11
スカルピア／リンゼイ・タウンゼンド著／講談社（講談社文庫）／2002/02
リクルート／ロジャー・タウン脚本;カート・ウィマー脚本;ミッチ・グレイザー脚本／角川書店（角川文庫）／2003/12
悪党どもはぶち殺せ!／ジスラン・タシュロー著／扶桑社（扶桑社ミステリー）／2003/11
失われし書庫／ジョン・ダニング著／早川書房（ハヤカワ・ミステリ文庫）／2004/12

深夜特別放送 上下／ジョン・ダニング著／早川書房（ハヤカワ・ミステリ文庫）／2001/01
カレンダー・ガール／ステラ・ダフィ著／新潮社（新潮文庫）／2002/11
あやつられた魂／ステラ・ダフィ著／新潮社（新潮文庫）／2003/05
パンドラの呪い 上下／ジャック・ダブラル著／ソニー・マガジンズ（ビレッジブックス）／2005/10
さりげない殺人者／ロバート．K.タネンボーム著／講談社（講談社文庫）／2005/01
ウエディング・プランナーは眠れない／ローラ・ダラム著／ランダムハウス講談社（ランダムハウス講談社文庫）／2005/11
裸のフェニックス／マーシャ・タリー編;ローリー・キングほか著／ソニー・マガジンズ（ヴィレッジブックス）／2002/06
魔の淵／ヘイク・タルボット著／早川書房（Hayakawa pocket mystery books）／2001/04
激震／ジェイムズ・ダレッサンドロ著／早川書房（Hayakawa novels）／2004/07
天使は夜を翔べ／レックス・ダンサー著／講談社（講談社文庫）／2001/08
犯罪の帝王／トニイ・ダンバー著／早川書房（ハヤカワ・ミステリ文庫）／2001/07
判事の桃色な日々／トニイ・ダンバー著／早川書房（ハヤカワ・ミステリ文庫）／2002/02
氷雪のサバイバル戦／デイヴィッド・ダン著／早川書房（ハヤカワ文庫NV）／2003/05
鷲の眼 上下／デイヴィッド・ダン著／早川書房（ハヤカワ文庫 NV）／2004/04
火災捜査官／スザンヌ・チェイズン著／二見書房（二見文庫）／2003/11
欺く炎／スザンヌ・チェイズン著／二見書房（二見文庫）／2004/09
風の向くまま／ジル・チャーチル著／東京創元社（創元推理文庫）／2002/08
夜の静寂に／ジル・チャーチル著／東京創元社（創元推理文庫）／2004/02
エンドウと平和／ジル・チャーチル著／東京創元社（創元推理文庫）／2001/11
死のさだめ／ケイト・チャールズ著／東京創元社（創元推理文庫）／2001/04
ダージリンは死を招く／ローラ・チャイルズ著／ランダムハウス講談社（ランダムハウス講談社文庫）／2005/09
反撃 上下／リー・チャイルド著／講談社（講談社文庫）／2003/02
ユートピア／リンカーン・チャイルド著／文藝春秋（文春文庫）／2003/12
バイク・ガールと野郎ども／ダニエル・チャヴァリア著／早川書房（ハヤカワ・ミステリ文庫）／2002/11
詩神たちの館／デイヴィッド・チャクルースキー著／早川書房／2002/07
ブラウン神父物語／G.K.チェスタートン著／嶋中書店　（嶋中文庫）／2004/12
四人の申し分なき重罪人／G.K.チェスタトン著／国書刊行会（ミステリーの本棚）／2001/08
カインの檻／ハーブ・チャップマン著／文藝春秋（文春文庫）／2005/06
夜明けの挽歌／レナード・チャン著／アーティストハウス／2002/07
アンダーキル／レナード・チャン著／アーティストハウス（Book plus）／2003/08
ガン＆トークス— キラーは愛を守るために／チャンジン著／PHP研究所／2003/02
カシミールから来た暗殺者／ヴィクラム・A.チャンドラ著／角川書店（角川文庫）／2002/01
ひとまず走れ！／チョウィソク脚本／双葉社／2005/09
マン嬢は死にました。彼女からよろしくのこと／ヘルムート・ツェンカー著／水声社（現代ウィーン・ミステリー・シリーズ）／2002/02
ホッグ連続殺人／ウィリアム・L.デアンドリア著／早川書房（ハヤカワ・ミステリ文庫）／2005/01
クラップ／J.W.ディアズ著／角川書店（Book plus）／2001/06
プティ・ベーゼ／ドミニク・ディアンス著／早川書房（ハヤカワ・ミステリ文庫）／2003/08
死の教訓 上下／ジェフリー・ディーヴァー著／講談社（講談社文庫）／2002/03
ヘルズ・キッチン／ジェフリー・ディーヴァー著／早川書房（ハヤカワ・ミステリ文庫）／2002/12
エンプティー・チェアーリンカーン・ライムシリーズ〈3〉／ジェフリー・ディーヴァー著／文藝春秋／2001/01
石の猿—「リンカーン・ライム」シリーズ [4]／ジェフリー・ディーヴァー著／文藝春秋／2003/05
魔術師(イリュージョニスト)—「リンカーン・ライム」シリーズ [5]／ジェフリー・ディーヴァー著／文藝

春秋／2004/10
ボーン・コレクター 上・下／ジェフリー・ディーヴァー著／文藝春秋（文春文庫）／2003/05
コフィン・ダンサー 上・下／ジェフリー・ディーヴァー著／文藝春秋（文春文庫）／2004/10
青い虚空／ジェフリー・ディーヴァー著／文藝春秋（文春文庫）／2002/11
獣たちの庭園／ジェフリー・ディーヴァー著／文藝春秋（文春文庫）／2005/09
ブラディ・リバー・ブルース／ジェフリー・ディーヴァー著／早川書房（ハヤカワ・ミステリ文庫）／2003/01
シャロウ・グレイブズ／ジェフリー・ディーヴァー著／早川書房（ハヤカワ・ミステリ文庫）／2003/02
わたしが消えた夜／ジュリー・R・ディーヴァー著／集英社（集英社文庫）／2003/07
鷲の巣を撃て／マリ・デイヴィス著／二見書房（二見文庫）／2004/06
英国占領 上下／マリ・デイヴィス著／二見書房（二見文庫）／2005/07
デッドリミット／ランキン・デイヴィス著／文藝春秋（文春文庫）／2001/05
密偵ファルコ砂漠の守護神／リンゼイ・デイヴィス著／光文社（光文社文庫）／2003/02
密偵ファルコオリーブの真実／リンゼイ・デイヴィス著／光文社（光文社文庫）／2004/06
密偵ファルコ獅子の目覚め／リンゼイ・デイヴィス著／光文社（光文社文庫）／2005/04
密偵ファルコ海神（ポセイドン）の黄金／リンゼイ・デイヴィス著／光文社（光文社文庫）／2001/04
密偵ファルコ新たな旅立ち／リンゼイ・デイヴィス著／光文社（光文社文庫）／2003/06
密偵ファルコ水路の連続殺人／リンゼイ・デイヴィス著／光文社（光文社文庫）／2004/10
密偵ファルコ聖なる灯を守れ／リンゼイ・デイヴィス著／光文社（光文社文庫）／2005/10
忌まわしき絆／L.P.デイビス著／論創社（論創海外ミステリ）／2005/02
読者よ欺かるるなかれ／カーター・ディクスン著／早川書房（ハヤカワ・ミステリ文庫）／2002/04
殺人者と恐喝者／カーター・ディクスン著／原書房（ヴィンテージ・ミステリ・シリーズ）／2004/04
第三の銃弾／カーター・ディクスン著／早川書房（ハヤカワ・ミステリ文庫）／2001/09
パンチとジュディ／カーター・ディクスン著／早川書房（ハヤカワ・ミステリ文庫）／2004/03
シャーロック・ホームズ対切り裂きジャック／マイケル・ディブディン著／河出書房新社（河出文庫）／2004/02
天使の遊戯／アンドリュー・テイラー著／講談社（講談社文庫）／2004/02
天使の背徳／アンドリュー・テイラー著／講談社（講談社文庫）／2005/01
バレットモンク／J・M・ディラード著／竹書房（竹書房文庫）／2004/01
予期せぬ夜／エリザベス・デイリイ著／早川書房（Hayakawa pocket mystery books）／2002/01
愛は仮面舞踏会の夜に／ジャネット・デイリー著／集英社（集英社文庫）／2003/05
虐殺魔<ジン> 上下／マシュー・B.J.ディレイニー著／早川書房（ハヤカワ文庫NV）／2003/03
裁かれる花園／ジョセフィン・テイ著／論創社（論創海外ミステリ）／2005/02
ロウソクのために一シリングを／ジョセフィン・テイ著／早川書房（Hayakawa pocket mystery books）／2001/07
魔性の馬／ジョセフィン・テイ著／小学館（Shogakukan mystery）／2003/03
歌う砂〜グラント警部最後の事件／ジョセフィン・テイ著／論創社（論創海外ミステリ）／2005/06
奪還／マイケル・デイ著／ソニー・マガジンズ（ヴィレッジブックス）／2005/04
破滅への舞踏／マレール・デイ著／文藝春秋（文春文庫）／2002/12
クッキング・ママの告訴状／ダイアン・デヴィッドソン著／集英社（集英社文庫）／2001/05
クッキング・ママの超推理／ダイアン・デヴィッドソン著／集英社（集英社文庫）／2002/05
クッキング・ママの供述書／ダイアン・デヴィッドソン著／集英社（集英社文庫）／2003/09
クッキング・ママの告訴状／ダイアン・デヴィッドソン著／集英社（集英社文庫）／2003/09
クッキング・ママの鎮魂歌／ダイアン・デヴィッドソン著／集英社（集英社文庫）／2005/09
ロイヤル・ブラッド／バリー・デービス著／インターメディア出版／2002/07
死はわが隣人／コリン・デクスター著／早川書房（ハヤカワ・ミステリ文庫）／2001/12
悔恨の日／コリン・デクスター著／早川書房（ハヤカワ・ミステリ文庫）／2002/11

超音速漂流／ネルソン・デミル著;トマス・ブロック著／文藝春秋（文春文庫）／2001/12
プラムアイランド 上下／ネルソン・デミル著／文藝春秋（文春文庫）／2002/06
王者のゲーム 上下／ネルソン・デミル著／講談社（講談社文庫）／2001/11
アップ・カントリー 上下／ネルソン・デミル著／講談社（講談社文庫）／2003/11
アップ・カントリー 上下―兵士の帰還／ネルソン・デミル著／講談社（講談社文庫）／2003/11
ニューヨーク大聖堂 上下／ネルソン・デミル著／講談社（講談社文庫）／2005/05
闇の狩人を撃て 上下／P.T.デューターマン著／二見書房（二見文庫）／2003/04
フィレンツェに消えた女／サラ・デュナント著／講談社（講談社文庫）／2003/06
合衆国復活の日 上下／ブレンダン・デュボイス著／扶桑社（扶桑社ミステリー）／2002/08
Mr.&Mrs.スミス／キャシー・デュボウスキー著／ソニー・マガジンズ（ヴィレッジブックス）／2005/09
約束／フリードリッヒ・デュレンマット著／早川書房（ハヤカワ・ミステリ文庫）／2002/05
神は銃弾／ボストン・テラン著／文藝春秋（文春文庫）／2001/09
死者を侮るなかれ／ボストン・テラン著／文藝春秋（文春文庫）／2003/09
凶器の貴公子／ボストン・テラン著／文藝春秋（文春文庫）／2005/08
コズモポリス／ドン・デリーロ著／新潮社（新潮文庫）／2004/02
ストーン・ベイビー／ジュールズ・デンビー著／早川書房（Hayakawa pocket mystery books）／2002/08
北極星号の船長／コナン・ドイル著／東京創元社（創元推理文庫）／2004/12
有り金をぶちこめ／ピーター・ドイル著／文藝春秋（文春文庫）／2002/12
哲人アリストテレスの殺人推理／マーガレット・ドゥーディ著／講談社／2005/06
ブレイン・ストーム 上下／リチャード・ドゥーリング著／講談社（講談社文庫）／2003/04
死刑判決 上下／スコット・トゥロー著／講談社（講談社文庫）／2004/10
われらが父たちの掟 上下／スコット・トゥロー著／文藝春秋（文春文庫）／2001/12
囮弁護士 上下／スコット・トゥロー著／文藝春秋（文春文庫）／2004/11
ドーバーの伏兵／エドウィン・トーマス著／早川書房（ハヤカワ文庫NV）／2005/04
闇にとけこめ 上下／クレイグ・トーマス著／新潮社（新潮文庫）／2001/06
女刑事の死／ロス・トーマス著／早川書房（ハヤカワ・ミステリ文庫）／2005/06
女被告人／サイモン・トールキン著／ランダムハウス講談社／2003/11
炎の翼／チャールズ・トッド著／扶桑社（扶桑社ミステリー）／2001/01
刑事マディガン／リチャード・ドハティー著／早川書房（Hayakawa pocket mystery books）／2003/11
王子の亡霊―マンダリン・タンの冒険と推理／トランニュット著／集英社／2004/06
被害者のV／ローレンス・トリート著／早川書房（Hayakawa pocket mystery books）／2003/08
殺戮の女神／テア・ドルン著／扶桑社／2001/02
ワイオミングの惨劇／トレヴェニアン著／新潮社（新潮文庫）／2004/06
贖罪の終止符／サイモン・トロイ著／論創社（論創海外ミステリ）／2005/03
ヤング・アダム／アレグザンダー・トロッキ著／河出書房新社／2005/01
飛蝗の農場／ジェレミー・ドロンフィールド著／東京創元社（創元推理文庫）／2002/03
サルバドールの復活 上下／ジェレミー・ドロンフィールド著／東京創元社（創元推理文庫）／2005/01
死ぬほどいい女／ジム・トンプスン著／扶桑社／2002/03
深夜のベルボーイ／ジム・トンプスン著／扶桑社／2003/03
取るに足りない殺人／ジム・トンプスン著／扶桑社／2003/09
アフター・ダーク／ジム・トンプスン著／扶桑社（扶桑社ミステリー）／2001/10
おれの中の殺し屋／ジム・トンプスン著／扶桑社（扶桑社ミステリー）／2005/05
内なる殺人者／ジム・トンプスン著／河出書房新社／2001/02
鬼警部アイアンサイド／ジム・トンプスン著／早川書房（Hayakawa pocket mystery books）／2005/05
秘められた掟／マイケル・ナーヴァ著／東京創元社（創元推理文庫）／2002/01
監禁治療／ジョナサン・ナソー著／早川書房（ハヤカワ文庫NV）／2001/12
聖骸布血盟 上下／フリア・ナバロ著／ランダムハウス講談社（ランダムハウス講談社文庫）／2005/09

源にふれろ／ケム・ナン著／早川書房（ハヤカワ・ミステリ文庫）／2004/07
ブラックアウト 上下／ジョン・J.ナンス著／新潮社（新潮文庫）／2002/05
美しい足に踏まれて／ジェフ・ニコルスン著／扶桑社（扶桑社ミステリー）／2003/08
巡洋艦インディアナポリス撃沈／リチャード・ニューカム著／ソニー・マガジンズ（ヴィレッジブックス）／2002/03
ペトロシアンの方程式 上下／ビル・ネイピア著／新潮社（新潮文庫）／2004/01
マジック・サークル 上下／キャサリン・ネヴィル著／学研／2003/09
終止符(ピリオド)／ホーカン・ネッセル著／講談社（講談社文庫）／2003/05
花嫁誘拐記念日／クリス・ネリ著／早川書房（ハヤカワ・ミステリ文庫）／2002/09
危険な道／クリス・ネルスコット著／早川書房（Hayakawa pocket mystery books）／2001/09
ハイド氏の奇妙な犯罪／ジャン＝ピエール・ノーグレット著／東京創元社（創元推理文庫）／2003/01
蝶のめざめ／ダリアン・ノース著／文藝春秋（文春文庫）／2001/05
ハリウッドは鎮魂歌(レクイエム)を奏でる／ヘレン・ノード著／ソニー・マガジンズ（ヴィレッジブックス）／2004/09
Lの憑依／ハワード・ノーマン著／東京創元社（創元コンテンポラリ）／2003/08
メメント／クリストファー・ノーラン原案／ソニー・マガジンズ／2001/10
灰色の非武装地帯／クレイ・ハーヴェイ著／扶桑社（扶桑社ミステリー）／2002/09
自白の迷宮／ケネス・J.ハーヴェイ著／扶桑社（扶桑社ミステリー）／2004/06
ブラック・ウォーター／T.ジェファーソン・パーカー著／早川書房（Hayakawa novels）／2003/02
サイレント・ジョー／T.ジェファーソン・パーカー著／早川書房（ハヤカワ・ミステリ文庫）／2005/09
コールド・ロード／T.ジェファーソン・パーカー著／早川書房（Hayakawa novels）／2003/10
カリフォルニア・ガール／T.ジェファーソン・パーカー著／早川書房（Hayakawa novels）／2005/10
ブルー・アワー 上下／T.ジェファーソン・パーカー著／講談社（講談社文庫）／2004/02
レッド・ライト 上下／T.ジェファーソン・パーカー著／講談社（講談社文庫）／2005/02
越境／パット・バーカー著高儀進訳／白水社／2002/09
忍び寄る牙／ロバート・B・パーカー著／早川書房（ハヤカワ・ミステリ文庫）／2004/09
突然の災禍／ロバート・B・パーカー著／早川書房（ハヤカワ・ミステリ文庫）／2005/03
沈黙／ロバート・B・パーカー著／早川書房（ハヤカワ・ミステリ文庫）／2005/07
ダブルプレー／ロバート・B・パーカー著／早川書房（Hayakawa novels）／2005/02
冷たい銃声／ロバート・B・パーカー著／早川書房（Hayakawa novels）／2005/12
二度目の破滅／ロバート・B.パーカー著／早川書房（ハヤカワ・ミステリ文庫）／2001/09
束縛／ロバート・B.パーカー著／早川書房（ハヤカワ・ミステリ文庫）／2003/04
メランコリー・ベイビー／ロバート・B.パーカー著／早川書房（ハヤカワ・ミステリ文庫）／2005/11
暗夜を渉る／ロバート・B.パーカー著／早川書房（ハヤカワ・ミステリ文庫）／2001/05
歩く影／ロバート・B.パーカー著／早川書房（ハヤカワ・ミステリ文庫）／2001/11
虚空／ロバート・B.パーカー著／早川書房（ハヤカワ・ミステリ文庫）／2002/09
チャンス／ロバート・B.パーカー著／早川書房（ハヤカワ・ミステリ文庫）／2003/11
悪党／ロバート・B.パーカー著／早川書房（ハヤカワ・ミステリ文庫）／2004/11
湖水に消える／ロバート・B.パーカー著／早川書房（ハヤカワ・ミステリ文庫）／2005/10
ポットショットの銃弾／ロバート・B.パーカー著／早川書房（Hayakawa novels）／2001/07
湖水に消える／ロバート・B.パーカー著／早川書房（Hayakawa novels）／2002/04
笑う未亡人／ロバート・B.パーカー著／早川書房（Hayakawa novels）／2002/07
真相／ロバート・B.パーカー著／早川書房（Hayakawa novels）／2003/07
影に潜む／ロバート・B.パーカー著／早川書房（Hayakawa novels）／2004/03
背信／ロバート・B.パーカー著／早川書房（Hayakawa novels）／2004/12
ジャンピング ジェニイ／アントニイ・バークリー著／国書刊行会（世界探偵小説全集）／2001/07
シシリーは消えた／アントニイ・バークリー著／原書房（ヴィンテージ・ミステリ・シリーズ）／2005/02

最上階の殺人／アントニイ・バークリー著／新樹社（Shinjusha mystery）／2001/08
ウィッチフォード毒殺事件／アントニイ・バークリー著／晶文社（晶文社ミステリ）／2002/09
レイトン・コートの謎／アントニイ・バークリー著／国書刊行会（世界探偵小説全集）／2002/09
絹靴下殺人事件／アントニイ・バークリー著／晶文社（晶文社ミステリ）／2004/02
ロジャー・シェリンガムとヴェインの謎／アントニイ・バークリー著／晶文社（晶文社ミステリ）／2003/04
ダークハウス／アレックス・バークレー著／柏艪舎（文芸シリーズ）／2005/10
女検事補サム・キンケイド／アラフェア・バーク著／文藝春秋（文春文庫）／2004/06
消えた境界線／アラフェア・バーク著／文藝春秋（文春文庫）／2005/06
ハートウッド／ジェイムズ・リー・バーク著／講談社（講談社文庫）／2001/07
ディキシー・シティ・ジャム／ジェイムズ・リー・バーク著／角川書店（角川文庫）／2001/04
過去が我らを呪う／ジェイムズ・リー・バーク著／角川書店（角川文庫）／2001/01
燃える天使／ジェイムズ・リー・バーク著／角川書店（角川文庫）／2002/07
骨 上下／ジャン・バーク著／講談社（講談社文庫）／2002/06
汚れた翼 上下／ジャン・バーク著／講談社（講談社文庫）／2005/11
親族たちの嘘／ジャン・バーク著／扶桑社（扶桑社ミステリー）／2001/01
ブラッドタイド／メルヴィン・バージェス著／東京創元社（創元推理文庫）／2005/03
片目の追跡者／モリス・ハーシュマン著／論創社（論創海外ミステリ）／2004/11
きたれ、甘き死よ―現代ウィーン・ミステリー・シリーズ／ヴォルフ・ハース著／水声社／2001/05
殺人者は蜜蜂をおくる／ジュリー・パーソンズ著／扶桑社（扶桑社ミステリー）／2002/02
殺意のシナリオ／ジョン・フランクリン・バーディン著／小学館（Shogakukan mystery）／2003/12
死を呼ぶペルシュロン／ジョン・フランクリン・バーディン著／晶文社（晶文社ミステリ）／2004/04
ミシシッピ・シークレット／リジー・ハート著／東京創元社（創元コンテンポラリ）／2003/03
穴／ガイ・バート著／アーティストハウス（BOOK PLUS）／2002/03
ハイ・シエラ／W.R.バーネット著／早川書房（Hayakawa pocket mystery books）／2003/02
リトル・シーザー／W.R.バーネット著／小学館（Shogakukan mystery）／2003/07
堕天使の報復／マーク・バーネル著／二見書房（二見文庫）／2002/12
闇を駆ける女神／カレン・ハーバー著／ソニー・マガジンズ（ヴィレッジブックス）／2005/12
ヴェトナム戦場の殺人／デイヴィッド・K.ハーフォード著／扶桑社（扶桑社ミステリー）／2002/03
文豪ディケンズと倒錯の館／ウィリアム・J.パーマー著／新潮社（新潮文庫）／2001/11
病棟封鎖72時間／マイケル・パーマー著／ソニー・マガジンズ（ヴィレッジブックス）／2002/10
ワルシャワ大空戦 上下／リチャード・ハーマン著／新潮社（新潮文庫）／2003/07
ピーチツリー探偵社／ルース・バーミングハム著／早川書房（ハヤカワ・ミステリ文庫）／2002/11
ダンテ・クラブ／マシュー・パール著／新潮社／2004/08
化学兵器テロを阻止せよ―ホワイトハウス極秘指令／ビル・ハーロウ著／扶桑社（扶桑社ミステリー）／2002/12
指先にふれた罪／スザンヌ・バーン著／DHC／2001/04
殺意のクリスマス・イブ／W.バーンハート著／講談社（講談社文庫）／2002/11
絶滅危惧種／ネヴァダ・バー著／小学館（Shogakukan mystery）／2002/11
闇へ降りる／ネヴァダ・バー著／小学館（Shogakukan mystery）／2003/06
女神の島の死／ネヴァダ・バー著／小学館（Shogakukan mystery）／2003/10
トード島の騒動 上下／カール・ハイアセン著／扶桑社（扶桑社ミステリー）／2001/05
幸運は誰に？ 上下／カール・ハイアセン著／扶桑社（扶桑社ミステリー）／2005/12
ロックンロール・ウイドー／カール・ハイアセン著／文藝春秋（文春文庫）／2004/12
死者と踊るリプリー／パトリシア・ハイスミス著／河出書房新社（河出文庫）／2003/12
消失点／リン・S.ハイタワー著／講談社（講談社文庫）／2001/03
ロスト・ガールズ／アンドリュー・パイパー著／早川書房／2001/03

バニー・レークは行方不明／イヴリン・パイパー著／早川書房（Hayakawa pocket mystery books）／2003/03
ロデオ・ダンス・ナイト／ジェイムズ・ハイム著／早川書房（ハヤカワ・ミステリ文庫）／2005/05
死刑劇場／ロバート・ハイルブラン著／早川書房（ハヤカワ・ミステリ文庫）／2005/03
人生を盗む男／マイケル・パイ著／徳間書店／2002/02
青と赤の死／レベッカ・パウエル著／早川書房（Hayakawa pocket mystery books）／2004/11
追われる男／ジェフリー・ハウスホールド著／東京創元社（創元推理文庫）／2002/08
復讐者に憐れみを／パクチャヌク原作／竹書房（竹書房文庫）／2005/04
フェニモア先生、墓を掘る／ロビン・ハサウェイ著／早川書房（ハヤカワ・ミステリ文庫）／2001/05
フェニモア先生、人形を診る／ロビン・ハサウェイ著／早川書房（ハヤカワ・ミステリ文庫）／2002/05
フェニモア先生、宝に出くわす／ロビン・ハサウェイ著／早川書房（ハヤカワ・ミステリ文庫）／2003/07
黒十字の騎士／ジェイムズ・パターソン著;アンドリュー・グロス著／ソニー・マガジンズ（ビレッジブックス）／2004/04
ビーチハウス／ジェイムズ・パターソン著;ピーター・デ・ジョング著／ソニー・マガジンズ（ヴィレッジブックス）／2003/05
1番目に死がありき／ジェイムズ・パターソン著／角川書店（角川文庫）／2002/10
チャンスは2度めぐる／ジェイムズ・パターソン著／角川書店（角川文庫）／2005/04
翼のある子供たち／ジェイムズ・パターソン著／ランダムハウス講談社（ランダムハウス講談社文庫）／2005/11
闇に薔薇／ジェームズ・パターソン著／講談社（講談社文庫）／2005/04
サイレント・ゲーム／リチャード・ノース・パタースン著／新潮社／2003/03
サイレント・ゲーム 上下／リチャード・ノース・パタースン著／新潮社（新潮文庫）／2005/11
最後の審判／リチャード・ノース・パタースン著／新潮社／2002/09
子供の眼 上下／リチャード・ノース・パタースン著／新潮社（新潮文庫）／2004/02
ダーク・レディ 上下／リチャード・ノース・パタースン著／新潮社（新潮文庫）／2004/09
最後の審判 上下／リチャード・ノース・パタースン著／新潮社（新潮文庫）／2005/06
遺産／D.W.バッファ著／文藝春秋（文春文庫）／2004/10
頭蓋骨のマントラ 上下／エリオット・パティスン著／早川書房（ハヤカワ・ミステリ文庫）／2001/03
シルクロードの鬼神 上下／エリオット・パティスン著／早川書房（ハヤカワ・ミステリ文庫）／2002/02
霊峰の血 上下／エリオット・パティスン著／早川書房（ハヤカワ・ミステリ文庫）／2004/02
死の散歩道／キャロリン・G.ハート著／早川書房（ハヤカワ・ミステリ文庫）／2002/01
悪意の楽園／キャロリン・G.ハート著／The Mysterious Press（ミステリアス・プレス文庫）／2001/01
夢の研究 上下／ジャック・バトラー著／角川書店（角川文庫）／2001/02
ブラッド・プライス 血の召喚／タニア・ハフ著／早川書房（ハヤカワ文庫 FT）／2005/10
マップ・オブ・ザ・ワールド／ジェーン・ハミルトン著／講談社（講談社文庫）／2001/12
ウルフ・ムーンの夜／スティーヴ・ハミルトン著／早川書房（ハヤカワ・ミステリ文庫）／2001/01
狩りの風よ吹け／スティーヴ・ハミルトン著／早川書房（ハヤカワ・ミステリ文庫）／2002/05
ジャスミン・トレード／デニーズ・ハミルトン著／早川書房（ハヤカワ・ミステリ文庫）／2003/05
二つの脳を持つ男／パトリック・ハミルトン著／小学館（Shogakukan mystery）／2003/11
天国の銃弾／ピート・ハミル著／東京創元社（創元推理文庫）／2003/12
わたしの名は「紅」／オルハン・パムク著／藤原書店／2004/11
記憶を埋める女／ペトラ・ハメスファール著／学研／2002/11
血の収穫／ダシール・ハメット著／嶋中書店（嶋中文庫）／2005/01
サバイバー／チャック・パラニューク著／早川書房／2001/01
ララバイ／チャック・パラニューク著／早川書房／2005/03
インヴィジブル・モンスターズ／チャック・パラニューク著／早川書房（Hayakawa novels）／2003/05
サバイバー／チャック・パラニューク著／早川書房（ハヤカワ文庫 NV）／2005/02

悩み多き哲学者の災難／ジョージ・ハラ著／早川書房（ハヤカワ文庫NV）／2004/11
コカイン・ナイト／J.G.バラード著／新潮社／2001/12
コカイン・ナイト／J.G.バラード著／新潮社（新潮文庫）／2005/07
スーパー・カンヌ／J.G.バラード著／新潮社／2002/11
コンクリート・アイランド／J.G.バラード著／太田出版／2003/09
ジェニファー・ガバメント／マックス・バリー著／竹書房（竹書房文庫）／2003/12
五輪の薔薇Ⅰ／チャールズ・パリサー著／早川書房（ハヤカワ文庫NV）／2003/03
五輪の薔薇Ⅱ／チャールズ・パリサー著／早川書房（ハヤカワ文庫NV）／2003/04
五輪の薔薇Ⅲ／チャールズ・パリサー著／早川書房（ハヤカワ文庫NV）／2003/05
五輪の薔薇 Ⅳ／チャールズ・パリサー著／早川書房（ハヤカワ文庫NV）／2003/06
五輪の薔薇 Ⅴ／チャールズ・パリサー著／早川書房（ハヤカワ文庫NV）／2003/07
アフターバーン 上下／コリン・ハリスン著／新潮社（新潮文庫）／2001/12
神の創り忘れたビースト／ジム・ハリスン著／アーティストハウス／2002/06
満月と血とキスと／シャーレイン・ハリス著／集英社（集英社文庫）／2003/10
レッド・ドラゴン 上下／トマス・ハリス著／早川書房（ハヤカワ文庫NV）／2002/09
不手際な暗殺／ノーム・ハリス著／二見書房（二見文庫）／2004/01
ポンペイの四日間／ロバート・ハリス著／早川書房（ハヤカワ文庫NV）／2005/03
コンフェッション／チャック・バリス著／角川書店（角川文庫）／2003/07
闇に消えた女／コリン・ハリソン著／講談社（講談社文庫）／2002/06
死のように静かな冬／P・J・パリッシュ著／早川書房（ハヤカワ・ミステリ文庫）／2003/11
煙の中の肖像／ビル・S.バリンジャー著／小学館（Shogakukan mystery）／2002/06
煙で描いた肖像画／ビル・S.バリンジャー著／東京創元社（創元推理文庫）／2002/07
歪められた男／ビル・S.バリンジャー著／論創社（論創海外ミステリ）／2005/07
転落の道標／ケント・ハリントン著／扶桑社（扶桑社ミステリー）／2001/02
死者の日／ケント・ハリントン著／扶桑社／2001/09
伯母殺人事件／リチャード・ハル著／嶋中書店（嶋中文庫）／2005/06
ラストマン・スタンディング／デイヴィッド・バルダッチ著／小学館（小学館文庫）／2004/07
ファム・ファタール／ブライアン・デ・パルマ脚本／角川書店（角川文庫）／2003/07
ブラック・リスト／サラ・パレツキー著／早川書房（Hayakawa novels）／2004/09
ビター・メモリー／サラ・パレツキー著／早川書房（Hayakawa novels）／2002/12
ハード・タイム／サラ・パレツキー著／早川書房（ハヤカワ・ミステリ文庫）／2004/08
黄昏に生まれたから／リンダ・ハワード著／ソニー・マガジンズ（ヴィレッジブックス）／2002/01
レディ・ヴィクトリア／リンダ・ハワード著／ソニー・マガジンズ（ヴィレッジブックス）／2002/07
Mr.パーフェクト／リンダ・ハワード著／二見書房（二見文庫）／2001/05
パーティーガール／リンダ・ハワード著／二見書房（二見文庫）／2002/03
一度しか死ねない／リンダ・ハワード著／二見書房（二見文庫）／2003/01
悲しみにさようなら／リンダ・ハワード著／二見書房（二見文庫）／2004/08
くちづけは眠りの中で／リンダ・ハワード著／二見書房（二見文庫）／2005/07
危険な駆け引き／リンダ・ハワード著／ハーレクイン（MIRA文庫）／2005/12
マッケンジーの山／リンダ・ハワード著／ハーレクイン（MIRA文庫）／2005/05
愛は命がけ／リンダ・ハワード著／ハーレクイン（MIRA文庫）／2005/09
夜を忘れたい／リンダ・ハワード著／二見書房（二見文庫）／2001/08
あの日を探して／リンダ・ハワード著／二見書房（二見文庫）／2001/12
キャンディーランド／エヴァン・ハンター著;エド・マクベイン著／早川書房（Hayakawa novels）／2001/10
よい子はみんな天国へ／ジェシー・ハンター著／東京創元社（創元推理文庫）／2005/11
悪徳の都 上下／スティーヴン・ハンター著／扶桑社（扶桑社ミステリー）／2001/02

最も危険な場所 上下／スティーヴン・ハンター著／扶桑社（扶桑社ミステリー）／2002/05
ハバナの男たち 上下／スティーヴン・ハンター著／扶桑社（扶桑社ミステリー）／2004/07
復讐の天使／ロビン・ハンター著／角川書店（角川文庫）／2001/12
傷心／デイヴィッド・ハンドラー著／講談社（講談社文庫）／2001/06
殺人小説家／デイヴィッド・ハンドラー著／講談社（講談社文庫）／2005/06
マリー・アントワネットの首飾り／エリザベス・ハンド著／新潮社（新潮文庫）／2002/02
白夜 上中下／ハンテフン著／竹書房（竹書房文庫）／2005/03
炎の記憶／リドリー・ピアスン著／角川書店（角川文庫）／2002/05
総力戦／サイモン・ピアソン著／二見書房（ザ・ミステリ・コレクション）／2001/09
甘美なる来世へ／T・R・ピアソン著／みすず書房／2003/11
1974 ジョーカー／デイヴィッド・ピース著／早川書房（ハヤカワ・ミステリ文庫）／2001/07
1977 リッパー／デイヴィッド・ピース著／早川書房（ハヤカワ・ミステリ文庫）／2001/09
1980 ハンター／デイヴィッド・ピース著／早川書房（ハヤカワ・ミステリ文庫）／2002/05
1983 ゴースト／デイヴィッド・ピース著／早川書房（ハヤカワ・ミステリ文庫）／2004/05
リチャード三世「殺人」事件／エリザベス・ピーターズ著／扶桑社（扶桑社ミステリー）／2003/02
ベストセラー「殺人」事件／エリザベス・ピーターズ著／扶桑社（扶桑社ミステリー）／2003/06
ロマンス作家「殺人」事件／エリザベス・ピーターズ著／扶桑社（扶桑社ミステリー）／2005/06
憎しみの巡礼／エリス・ピーターズ著／光文社（光文社文庫）／2004/07
門前通りのカラス／エリス・ピーターズ著／光文社（光文社文庫）／2004/11
異端の徒弟／エリス・ピーターズ著／光文社（光文社文庫）／2005/07
デーン人の夏／エリス・ピーターズ著／光文社（光文社文庫）／2005/11
修道士の頭巾(フード)／エリス・ピーターズ著／光文社（光文社文庫）／2003/05
氷のなかの処女／エリス・ピーターズ著／光文社（光文社文庫）／2003/11
死者の身代金／エリス・ピーターズ著／光文社（光文社文庫）／2004/05
ハルイン修道士の告白／エリス・ピーターズ著／光文社（光文社文庫）／2005/05
死体が多すぎる／エリス・ピーターズ著／光文社（光文社文庫）／2003/03
聖女の遺骨求む／エリス・ピーターズ著／光文社（光文社文庫）／2003/03
聖ペテロ祭殺人事件／エリス・ピーターズ著／光文社（光文社文庫）／2003/07
死を呼ぶ婚礼／エリス・ピーターズ著／光文社（光文社文庫）／2003/09
聖域の雀／エリス・ピーターズ著／光文社（光文社文庫）／2004/01
悪魔の見習い修道士／エリス・ピーターズ著／光文社（光文社文庫）／2004/03
秘跡／エリス・ピーターズ著／光文社（光文社文庫）／2004/09
代価はバラ一輪／エリス・ピーターズ著／光文社（光文社文庫）／2005/01
アイトン・フォレストの隠者／エリス・ピーターズ著／光文社（光文社文庫）／2005/03
陶工の畑／エリス・ピーターズ著／光文社（光文社文庫）／2005/09
深く静かに潜航せよ／エドワード・L・ビーチ著／柏艪舎／2003/08
白い恐怖／フランシス・ビーディング著／早川書房（Hayakawa pocket mystery books）／2004/02
狂った真実／ナンシー・ピカード著／早川書房（ハヤカワ・ミステリ文庫）／2001/12
ホワイトハウス・コネクション／ジャック・ヒギンズ著／角川書店（角川文庫）／2003/09
審判の日／ジャック・ヒギンズ著／角川書店（角川文庫）／2004/09
復讐の血族／ジャック・ヒギンズ著／角川書店（角川文庫）／2005/01
悪魔と手を組め／ジャック・ヒギンズ著／早川書房（ハヤカワ文庫NV）／2001/03
マンハッタンの薔薇／シンシア・ビクター著／講談社（講談社文庫）／2004/05
シルミド／キム・ヒジェ著／角川書店（角川文庫）／2004/05
アイデンティティー／スティーヴン・ビジック著／ソニー・マガジンズ（ヴィレッジブックス）／2003/10
人狩りの森／サリー・ビッセル著／二見書房（二見文庫）／2001/01
ホワイトムーン／サリー・ビッセル著／二見書房（二見文庫）／2003/05

夜の音楽／ベルトラン・ピュアール著／集英社（集英社文庫）／2002/10
孤独な場所で／ドロシイ・B.ヒューズ著／早川書房（Hayakawa pocket mystery books）／2003/06
17歳の悪夢 ブラックボックス／バルバラ・ビューヒナー著／ポプラ社／2003/05
ローラに何がおきたのか／フレドリック・ヒュープナー著／角川書店（角川文庫）／2003/05
真珠の首飾り／ロバート・ファン・ヒューリック著／早川書房（Hayakawa pocket mystery books）／2001/02
雷鳴の夜／ロバート・ファン・ヒューリック著／早川書房（Hayakawa pocket mystery books）／2003/04
観月の宴／ロバート・ファン・ヒューリック著／早川書房（Hayakawa pocket mystery books）／2003/12
紅楼の悪夢／ロバート・ファン・ヒューリック著／早川書房（Hayakawa pocket mystery books）／2004/06
五色の雲／ロバート・ファン・ヒューリック著／早川書房（Hayakawa pocket mystery books）／2005/01
柳園の壺／ロバート・ファン・ヒューリック著／早川書房（Hayakawa pocket mystery books）／2005/08
リベラ・メ／ヒョンチョンヨル脚本;ヨジナ脚本／角川書店（角川文庫）／2001/10
死者との対話／レジナルド・ヒル著／早川書房（Hayakawa pocket mystery books）／2003/09
武器と女たち／レジナルド・ヒル著／早川書房（Hayakawa pocket mystery books）／2001/12
死の笑話集／レジナルド・ヒル著／早川書房（Hayakawa pocket mystery books）／2004/11
小さな花―現代ウィーン・ミステリー・シリーズ／エルンスト・ヒンターベルガー著／水声社／2001/10
第二次朝鮮戦争勃発の日 上下／ファンセヨン著／扶桑社（扶桑社ミステリー）／2004/11
影の王国／アラン・ファースト著／講談社（講談社文庫）／2005/08
死人主催晩餐会／ジェリリン・ファーマー著／早川書房（ハヤカワ・ミステリ文庫）／2002/07
殺人現場で朝食を／ジェリリン・ファーマー著／早川書房（ハヤカワ・ミステリ文庫）／2003/03
グランド・アヴェニュー／ジョイ・フィールディング著／文藝春秋（文春文庫）／2002/04
暗闇でささやく声／ジョイ・フィールディング著／文藝春秋（文春文庫）／2003/05
二度失われた娘／ジョイ・フィールディング著／文藝春秋（文春文庫）／2005/04
氷の収穫／スコット・フィリップス著／早川書房（ハヤカワ・ミステリ文庫）／2001/06
レディ・エマの微笑み／スーザン・エリザベス・フィリップス著／二見書房（二見文庫）／2005/03
侵入社員 上下／ジョゼフ・フィンダー著／新潮社（新潮文庫）／2005/12
黒い犬／スティーヴン・ブース著／東京創元社（創元推理文庫）／2003/08
ゴッドファーザー 上下／マリオ・プーヅォ著／早川書房（ハヤカワ文庫NV）／2005/11
シャドウ・ファイル/覗く／ケイ・フーパー著／早川書房（ハヤカワ文庫NV）／2001/05
シャドウ・ファイル/狩る／ケイ・フーパー著／早川書房（ハヤカワ文庫NV）／2001/09
シャドウ・ファイル/潜む／ケイ・フーパー著／早川書房（ハヤカワ文庫NV）／2001/07
あやつられたスケッチ／ケイ・フーパー著／ソニー・マガジンズ（ヴィレッジブックス）／2005/03
絶叫／リンダ・フェアスタイン著／早川書房（ハヤカワ・ミステリ文庫）／2002/01
誤殺／リンダ・フェアスタイン著／早川書房（ハヤカワ・ミステリ文庫）／2002/07
冷笑／リンダ・フェアスタイン著／早川書房（ハヤカワ・ミステリ文庫）／2003/02
妄執／リンダ・フェアスタイン著／早川書房（ハヤカワ・ミステリ文庫）／2004/08
隠匿／リンダ・フェアスタイン著／早川書房（ハヤカワ・ミステリ文庫）／2005/06
その死者の名は／エリザベス・フェラーズ著／東京創元社（創元推理文庫）／2002/08
私が見たと蠅は言う／エリザベス・フェラーズ著／早川書房（ハヤカワ・ミステリ文庫）／2004/04
トゥルー・コーリング Vol.1／ジョン・ハーモン・フェルドマン原案／竹書房（竹書房文庫）／2005/05
トゥルー・コーリング Vol.2／ジョン・ハーモン・フェルドマン原案／竹書房（竹書房文庫）／2005/05
トゥルー・コーリング Vol.3／ジョン・ハーモン・フェルドマン原案／竹書房（竹書房文庫）／2005/06
トゥルー・コーリング Vol.4／ジョン・ハーモン・フェルドマン原案／竹書房（竹書房文庫）／2005/07
トゥルー・コーリング Vol.5／ジョン・ハーモン・フェルドマン原案／竹書房（竹書房文庫）／2005/09
トゥルー・コーリング Vol.6／ジョン・ハーモン・フェルドマン原案／竹書房（竹書房文庫）／2005/09
殺人豪速球／デイヴィッド・フェレル著／二見書房（二見文庫）／2003/10
壁のなかで眠る男／トニー・フェンリー著／新潮社（新潮文庫）／2003/08

ホーネット、飛翔せよ 上下／ケン・フォレット著／ソニー・マガジンズ（ヴィレッジブックス）／2004/12
ハンマー・オブ・エデン―エデンの鉄槌／ケン・フォレット著／小学館（小学館文庫）／2004/09
戦士たちの挽歌／フレデリック・フォーサイス著／角川書店／2002/01
マンハッタンの怪人／フレデリック・フォーサイス著／角川書店（角川文庫）／2002/10
アヴェンジャー 上下／フレデリック・フォーサイス著／角川書店（角川文庫）／2004/08
文学刑事サーズデイ・ネクスト 1 ジェイン・エアを探せ！／ジャスパー・フォード著／ソニー・マガジンズ／2003/01
文学刑事サーズデイ・ネクスト (2)／ジャスパー・フォード著／ソニー・マガジンズ／2004/09
文学刑事サーズデイ・ネクスト 1 ジェイン・エアを探せ！／ジャスパー・フォード著／ソニー・マガジンズ（ヴィレッジブックス）／2005/09
憤怒／G.M.フォード著／新潮社（新潮文庫）／2003/10
黒い河／G.M.フォード著／新潮社（新潮文庫）／2004/05
白骨／G.M.フォード著／新潮社（新潮文庫）／2005/05
ボンベイ・アイス／レスリー・フォーブス著／角川書店／2003/08
密林・生存の掟／アラン・ディーン・フォスター著／扶桑社（扶桑社ミステリー）／2003/05
一夜だけの約束／ローリ・フォスター著／ソニー・マガジンズ（ヴィレッジブックス）／2005/02
流浪のヴィーナス／ローリ・フォスター著／ソニー・マガジンズ（ヴィレッジブックス）／2005/01
皇帝の血脈 上下／アラン・フォルサム著／新潮社（新潮文庫）／2005/11
終わりなき負債／C.S.フォレスター著／小学館（Shogakukan mystery）／2004/01
鴉も闇へ翔べ／ケン・フォレット著／小学館（Shogakukan mystery）／2003/05
コード・トゥ・ゼロ／ケン・フォレット著／小学館（小学館文庫）／2003/05
NYPI／ジム・フジッリ著／講談社（講談社文庫）／2004/11
パラダイス・サルヴェージ／ジョン・フスコ著／角川書店（角川文庫）／2001/10
リード・マイ・リップス／トニーノ・ブナキスタ著;ジャック・オディアール著／メディアファクトリー／2003/09
城壁に手をかけた男 上下／ブライアン・フリーマントル著／新潮社（新潮文庫）／2004/05
殺戮のタンゴ／ヴォルフラム・フライシュハウアー著／早川書房（Hayakawa novels）／2002/10
絢爛たる屍／ポピー・Z.ブライト著／文藝春秋（文春文庫）／2003/06
殺意は誰ゆえに 上下／サンドラ・ブラウン著／新潮社（新潮文庫）／2001/03
いたずらが死を招く 上下／サンドラ・ブラウン著／新潮社（新潮文庫）／2002/09
指先に語らせないで 上下／サンドラ・ブラウン著／新潮社（新潮文庫）／2003/11
真夏のデイドリーム／サンドラ・ブラウン著／ハーレクイン（MIRA文庫）／2004/03
封印された愛の闇を 上下／サンドラ・ブラウン著／集英社（集英社文庫）／2003/06
復讐のとき愛は始まる 上下／サンドラ・ブラウン著／集英社（集英社文庫）／2004/06
夕暮れに抱擁を 上下／サンドラ・ブラウン著／集英社（集英社文庫）／2005/06
侵入者／サンドラ・ブラウン著／ハーレクイン（MIRA文庫）／2001/09
星をなくした夜／サンドラ・ブラウン著／ハーレクイン（MIRA文庫）／2001/11
虜にされた夜／サンドラ・ブラウン著／新潮社（新潮文庫）／2001/07
憎しみの孤島から 上下／サンドラ・ブラウン著／新潮社（新潮文庫）／2003/03
暗闇よこんにちは 上下／サンドラ・ブラウン著／新潮社（新潮文庫）／2004/11
デスゲーム24/7／ジム・ブラウン著／早川書房（ハヤカワ文庫NV）／2002/03
天使と悪魔 上下／ダン・ブラウン著／角川書店／2003/10
ダ・ヴィンチ・コード 上下／ダン・ブラウン著／角川書店／2004/05
デセプション・ポイント 上下／ダン・ブラウン著／角川書店／2005/04
ダ・ヴィンチ・コード／ダン・ブラウン著／角川書店／2005/08
砂漠の機密空域／デイル・ブラウン著／二見書房（二見文庫）／2003/06

幻影のエアフォース／デイル・ブラウン著／二見書房（二見文庫）／2005/02
韓国軍北侵 上下／デイル・ブラウン著／二見書房（二見文庫）／2001/06
「影」の爆撃機 上下／デイル・ブラウン著／二見書房（二見文庫）／2002/01
炎の翼 上下／デイル・ブラウン著／二見書房（二見文庫）／2004/07
ロシア軍侵攻 上下／デイル・ブラウン著／二見書房（二見文庫）／2005/10
トランプをめくる猫／リタ・メイ・ブラウン著;スニーキー・パイ・ブラウン著／早川書房（ハヤカワ・ミステリ文庫）／2004/01
新聞をくばる猫／リタ・メイ・ブラウン著;スニーキー・パイ・ブラウン著／早川書房（ハヤカワ・ミステリ文庫）／2005/07
森で昼寝する猫／リタ・メイ・ブラウン著;スニーキー・パイ・ブラウン著／早川書房（ハヤカワ・ミステリ文庫）／2001/11
猫はブラームスを演奏する／リリアン・J.ブラウン著／早川書房（ハヤカワ・ミステリ文庫）／2001/06
猫は郵便配達をする／リリアン・J.ブラウン著／早川書房（ハヤカワ・ミステリ文庫）／2002/01
猫は流れ星を見る／リリアン・J.ブラウン著／早川書房（ハヤカワ・ミステリ文庫）／2002/06
猫はコインを貯める／リリアン・J.ブラウン著／早川書房（ハヤカワ・ミステリ文庫）／2002/12
猫は火事場にかけつける／リリアン・J.ブラウン著／早川書房（ハヤカワ・ミステリ文庫）／2003/06
猫は川辺で首をかしげる／リリアン・J.ブラウン著／早川書房（ハヤカワ・ミステリ文庫）／2004/02
猫は銀幕にデビューする／リリアン・J.ブラウン著／早川書房（ハヤカワ・ミステリ文庫）／2005/02
猫は日記をつける／リリアン・J.ブラウン著／早川書房（ハヤカワ・ミステリ文庫）／2005/07
非情の裁き／リイ・ブラケット著／扶桑社（扶桑社ミステリー）／2003/08
ハリウッドで二度吊せ!／リチャード・S.ブラザー著／論創社（論創海外ミステリ）／2004/12
殺意に招かれた夜／イーサン・ブラック著／ソニー・マガジンズ（ヴィレッジブックス）／2003/11
古き友からの伝言／イーサン・ブラック著／ソニー・マガジンズ（ヴィレッジブックス）／2005/06
パリ、殺人区／カーラ・ブラック著／早川書房（ハヤカワ・ミステリ文庫）／2002/03
さよなら、コンスタンス／レイ・ブラッドベリ著／文藝春秋／2005/09
死ぬときはひとりぼっち／レイ・ブラッドベリ著／文藝春秋／2005/10
黄泉からの旅人／レイ・ブラッドベリ著／文藝春秋／2005/11
カルトの影―現代ウィーン・ミステリー・シリーズ／クルト・ブラハルツ著／水声社／2002/02
女競買人 横盗り／ウィリアム・D・ブランケンシップ著／講談社（講談社文庫）／2001/05
原潜を救助せよ／ジェイムズ・フランシス著／二見書房（二見文庫）／2003/11
不屈／ディック・フランシス著／早川書房（ハヤカワ・ミステリ文庫）／2002/01
烈風／ディック・フランシス著／早川書房（ハヤカワ・ミステリ文庫）／2004/11
勝利／ディック・フランシス著／早川書房（Hayakawa novels）／2001/05
殺し屋とポストマン／マシュー・ブラントン著／早川書房（ハヤカワ文庫NV）／2002/04
悲しみの四十語／ジャイルズ・ブラント著／早川書房（ハヤカワ・ミステリ文庫）／2002/07
はなれわざ／クリスチアナ・ブランド著／早川書房（ハヤカワ・ミステリ文庫）／2003/06
ハイヒールの死／クリスチアナ・ブランド著／早川書房（ハヤカワ・ミステリ文庫）／2003/01
疑惑の霧／クリスチアナ・ブランド著／早川書房（ハヤカワ・ミステリ文庫）／2004/05
マンハッタンの中心でアホと叫ぶ カウボーイ探偵うたう大捜査線／キンキー・フリードマン著／新風舎（新風舎文庫）／2004/10
シャングリラ病原体 上下／ブライアン・フリーマントル著／新潮社（新潮文庫）／2003/03
爆魔 上下／ブライアン・フリーマントル著／新潮社（新潮文庫）／2004/11
虐待者 上下／フリーマントル著／新潮社（新潮文庫）／2001/04
待たれていた男 上下／フリーマントル著／新潮社（新潮文庫）／2002/02
シャーロック・ホームズの息子 上下／フリーマントル著／新潮社（新潮文庫）／2005/01
歌う白骨／オースチン・フリーマン著／嶋中書店（嶋中文庫）／2004/12
アシッド・カジュアルズ／ニコラス・ブリンコウ著／文藝春秋（文春文庫）／2002/02

ラリパッパ・レストラン／ニコラス・ブリンコウ著／文藝春秋（文春文庫）／2003/11
ハドソン川殺人事件／D・フリン著／講談社（講談社文庫）／2001/03
謀略国家／ヴィンス・フリン著／二見書房（二見文庫）／2002/11
強権国家／ヴィンス・フリン著／二見書房（二見文庫）／2003/03
酔いどれに悪人なし／ケン・ブルーウン著／早川書房（ハヤカワ・ミステリ文庫）／2005/01
酔いどれ故郷にかえる／ケン・ブルーウン著／早川書房（ハヤカワ・ミステリ文庫）／2005/05
ストロベリー・ショートケーキが泣いている／ジョアン・フルーク著／ソニー・マガジンズ（ヴィレッジブックス）／2003/08
レモンメレンゲ・パイが隠している／ジョアン・フルーク著／ソニー・マガジンズ（ヴィレッジブックス）／2004/01
ファッジ・カップケーキは怒っている／ジョアン・フルーク著／ソニー・マガジンズ（ビレッジブックス）／2005/06
シュガークッキーが凍えている／ジョアン・フルーク著／ソニー・マガジンズ（ビレッジブックス）／2005/12
ワトスン君、これは事件だ！／コリン・ブルース著／角川書店（角川文庫）／2001/12
骨と髪／レオ・ブルース著／原書房（ヴィンテージ・ミステリ・シリーズ）／2005/09
楽園占拠／クリストファー・ブルックマイア著／ソニー・マガジンズ（ヴィレッジブックス）／2003/07
男の争い／オーギュスト・ル・ブルトン著／早川書房 (Hayakawa pocket mystery books)／2003/12
快楽通りの悪魔／デイヴィッド・フルマー著／新潮社（新潮文庫）／2004/06
死の殻／ニコラス・ブレイク著／東京創元社（創元推理文庫）／2001/10
擬死／アン・フレイジャー著／ランダムハウス講談社／2005/12
ワンダーランドで人が死ぬ／ケント・ブレイスウェイト著／扶桑社（扶桑社ミステリー）／2002/07
天使の悪夢 上下／マイケル・フレイズ著／講談社（講談社文庫）／2004/07
スパイたちの夏／マイケル・フレイン著／白水社／2003/03
墜落のある風景／マイケル・フレイン著／東京創元社（創元推理文庫）／2001/09
殺人者の陳列棚 上下／D.プレストン著;L.チャイルド著／二見書房（二見文庫）／2003/08
凍える瞳／クリスティ・ティレリー・フレンチ著／二見書房（二見文庫）／2005/03
優しく殺して／ニッキ・フレンチ著／角川書店（角川文庫）／2001/02
素顔の裏まで／ニッキ・フレンチ著／角川書店（角川文庫）／2002/01
一瞬の英雄／ピーター・ブローナー著／徳間書店（徳間文庫）／2001/10
フランクリンを盗め／フランク・フロスト著／早川書房（ハヤカワ・ミステリ文庫）／2002/04
希望への旅人／スーザン・ブロックマン作／ハーレクイン（シルエット・ラブストリーム）／2001/05
哀しい嘘／スーザン・ブロックマン作／ハーレクイン（シルエット・ラブストリーム）／2002/07
とらわれのエンジェル／スーザン・ブロックマン作／ハーレクイン（シルエット・ラブストリーム）／2002/08
美しき容疑者／スーザン・ブロックマン作／ハーレクイン（シルエット・ラブストリーム）／2003/08
ラッキーをつかまえろ／スーザン・ブロックマン作／ハーレクイン（シルエット・ラブストリーム）／2001/06
沈黙の女を追って／スーザン・ブロックマン著／ソニー・マガジンズ（ヴィレッジブックス）／2004/01
遠い夏の英雄／スーザン・ブロックマン著／ソニー・マガジンズ（ヴィレッジブックス）／2003/11
氷の女王の怒り／スーザン・ブロックマン著／ソニー・マガジンズ（ヴィレッジブックス）／2005/11
醜聞の館／リン・ブロック著／論創社（論創海外ミステリー）／2005/07
泥棒はライ麦畑で追いかける／ローレンス・ブロック著／早川書房 (Hayakawa pocket mystery books)／2001/08
死への祈り／ローレンス・ブロック著／二見書房／2002/11
獣たちの墓／ローレンス・ブロック著／二見書房（二見文庫）／2001/01
死者との誓い／ローレンス・ブロック著／二見書房（二見文庫）／2002/02

殺しのリスト／ローレンス・ブロック著／二見書房（二見文庫）／2002/06
死者の長い列／ローレンス・ブロック著／二見書房（二見文庫）／2002/12
砕かれた街 上下／ローレンス・ブロック著／二見書房（二見文庫）／2004/08
処刑宣告／ローレンス・ブロック著／二見書房（二見文庫）／2005/03
ザ・スカーフ／ロバート・ブロック著／新樹社／2005/01
嘲笑う闇夜／ビル・プロンジーニ著;バリー・N.マルツバーグ著／文藝春秋（文春文庫）／2002/05
雪に閉ざされた村／ビル・プロンジーニ著／扶桑社（扶桑社ミステリー）／2001/12
幻影／ビル・プロンジーニ著／講談社（講談社文庫）／2003/08
いつ死んだのか／シリル・ヘアー著／論創社（論創海外ミステリ）／2005/11
ダーウィンの使者 上下／グレッグ・ベア著／ソニー・マガジンズ（ヴィレッジブックス）／2002/12
愚者の群れ／ガー・アンソニー・ヘイウッド著／早川書房（ハヤカワ・ミステリ文庫）／2001/03
極秘制裁 上下／ブライアン・ヘイグ著／新潮社（新潮文庫）／2001/06
反米同盟 上下／ブライアン・ヘイグ著／新潮社（新潮文庫）／2003/06
キングメーカー 上下／ブライアン・ヘイグ著／新潮社（新潮文庫）／2004/10
海草をまとった死体／キャサリン・ホール・ペイジ著／扶桑社（扶桑社ミステリー）／2001/06
スープ鍋につかった死体／キャサリン・ホール・ペイジ著／扶桑社（扶桑社ミステリー）／2002/12
雲母の光る道／ウィリアム・エリオット・ヘイゼルグローブ著／東京創元社（創元推理文庫）／2004/03
トレンチコートに赤い髪／スパークル・ヘイター著／新潮社（新潮文庫）／2002/12
ボンデージ！／スパークル・ヘイター著／新潮社（新潮文庫）／2003/07
死を啼く鳥／モー・ヘイダー著／角川春樹事務所（ハルキ文庫）／2002/04
悪鬼(トロール)の檻／モー・ヘイダー著／角川春樹事務所（ハルキ文庫）／2003/07
ジャックと離婚／コリン・ベイトマン著／東京創元社（創元コンテンポラリ）／2002/07
秘密の顔を持つ女 上下／ウィリアム・ベイヤー著／扶桑社（扶桑社ミステリー）／2003/06
殺人課刑事 上下／アーサー・ヘイリー著／新潮社（新潮文庫）／2001/05
テンプラー家の惨劇／ハリントン・ヘクスト著／国書刊行会（世界探偵小説全集）／2003/05
スパイ・ゲーム／マイケル・フロスト・ベックナー脚本／竹書房（竹書房ミステリー文庫）／2001/12
ぼくは死んでいる／フィリップ・ベッソン著／早川書房（ハヤカワ・ミステリ文庫）／2005/09
トランスポーター／リュック・ベッソン著;ロバート・マーク・ケイメン著／角川書店（角川文庫）／2003/01
藪に棲む悪魔／マシュー・ヘッド著／論創社（論創海外ミステリ）／2005/09
謀殺の星条旗／ジェラルド・ペティヴィッチ著／ソニー・マガジンズ（ヴィレッジブックス）／2004/08
霧に消えた約束／ジュゼッペ・ペデリアーリ著／二見書房（二見文庫）／2005/04
夜を喰らう／トニーノ・ベナキスタ著／早川書房（ハヤカワ・ミステリ文庫）／2001/04
散文売りの少女／ダニエル・ペナック著／白水社／2002/03
バッキンガム宮殿の殺人／C.C.ベニスン著／早川書房（ハヤカワ・ミステリ文庫）／2005/02
嘘つきの恋は高くつく／ジェイン・ヘラー著／扶桑社（扶桑社ミステリー）／2003/07
嘘つきの恋は高くつく／ジェイン・ヘラー著／扶桑社（扶桑社ミステリー）／2003/07
フランス革命夜話／アン・ペリー著／ソニー・マガジンズ（ヴィレッジブックス）／2002/08
十六歳の闇／アン・ペリー著／集英社（集英社文庫）／2004/11
蒸発請負人／トマス・ペリー著／講談社（講談社文庫）／2001/03
テッド・バンディの帰還／マイケル・R・ペリー著／東京創元社（創元推理文庫）／2002/02
8017列車／アレッサンドロ・ペリッシノット著／柏艪舎（イタリア捜査シリーズ）／2005/09
最後の審判の巨匠／レオ・ペルッツ著／晶文社（晶文社ミステリ）／2005/03
レオナルドのユダ／レオ・ペルッツ著／エディションq／2001/07
断崖は見ていた／ジョセフィン・ベル著／論創社（論創海外ミステリ）／2005/03
ステルス原潜を追え 上下／テッド・ベル著／早川書房（ハヤカワ文庫NV）／2003/01
ハシシーユン暗殺集団 上下／テッド・ベル著／早川書房（ハヤカワ文庫NV）／2005/06

ダスト 上下／チャールズ・ペレグリーノ著／ソニー・マガジンズ（ヴィレッジブックス）／2002/05
野獣よ牙を研げ／ジョージ・P・ペレケーノス著／早川書房（ハヤカワ・ミステリ文庫）／2003/07
曇りなき正義／ジョージ・P.ペレケーノス著／早川書房（ハヤカワ・ミステリ文庫）／2001/11
終わりなき孤独／ジョージ・P.ペレケーノス著／早川書房（ハヤカワ・ミステリ文庫）／2004/08
ジェヴォーダンの獣／ピエール・ペロー著／ソニー・マガジンズ（ヴィレッジブックス）／2002/01
パズル／アントワーヌ・ベロ著／早川書房（Hayakawa novels）／2004/11
消えた心臓――現代ウィーン・ミステリー・シリーズ／ユルゲン・ベンヴェヌーティ著／水声社／2001/10
シックス・センス逃亡者／デイヴィッド・ベンジャミン著／竹書房（竹書房文庫）／2001/03
シックス・センス密告者／デイヴィッド・ベンジャミン著／竹書房（竹書房文庫）／2001/07
007／ゼロ・マイナス・テン／レイモンド・ベンスン著／早川書房（Hayakawa pocket mystery books）／2002/11
007／赤い刺青(いれずみ)の男／レイモンド・ベンスン著／早川書房（Hayakawa pocket mystery books）／2003/10
007／ファクト・オブ・デス／レイモンド・ベンスン著／早川書房（Hayakawa pocket mystery books）／2004/10
007／ハイタイム・トゥ・キル／レイモンド・ベンスン著／早川書房（Hayakawa pocket mystery books）／2005/11
007／ダイ・アナザー・デイ／レイモンド・ベンソン著／竹書房（竹書房文庫）／2003/03
死美人／ローレン・ヘンダースン著／新潮社（新潮文庫）／2002/11
フェルメール殺人事件／エイプリル・ヘンリー著／講談社（講談社文庫）／2002/04
ミッシング・ベイビー殺人事件／エイプリル・ヘンリー著／講談社（講談社文庫）／2004/08
グリーン・アイス／R.ホイットフィールド著／小学館（Shogakukan mystery）／2002/09
殺人の代償／ハリイ・ホイッティントン著／扶桑社（扶桑社ミステリー）／2003/09
あの薔薇を見てよ／エリザベス・ボウエン著／ミネルヴァ書房（MINERVA 世界文学選）／2004/08
ふたりだけの岸辺／タミー・ホウグ著／二見書房（二見文庫）／2004/02
業火の灰 上下／タミー・ホウグ著／二見書房（二見文庫）／2002/08
楽園の暗い影 上下／タミー・ホウグ著／原書房（ライムブックス）／2005/12
ボーダーライナーズ／ペーター・ホゥ著／求竜堂／2002/08
ヒンデンブルク炎上 上下／ヘニング・ボエティウス著／新潮社（新潮文庫）／2004/08
中国の野望―印パ戦争勃発／ハンフリー・ホークスリー著／二見書房（二見文庫）／2002/09
北朝鮮最終決戦 上下／ハンフリー・ホークスリー著／二見書房（二見文庫）／2005/05
スパイズ・ライフ 上下／ヘンリー・ポーター著／新潮社（新潮文庫）／2005/02
二人で泥棒を―ラッフルズとバニー／E.W.ホーナング著／論創社（論創海外ミステリ）／2004/11
またまた二人で泥棒を／E.W.ホーナング著／論創社（論創海外ミステリ）／2005/01
最後に二人で泥棒を／E.W.ホーナング著／論創社（論創海外ミステリ）／2005/03
わたしがアリスを殺した理由／A.M.ホームズ著／扶桑社（扶桑社ミステリー）／2004/04
腐海／ジェームズ・ポーリック著／徳間書店／2001/06
ジャズ・バード／クレイグ・ホールデン著／扶桑社（扶桑社ミステリー）／2002/09
青いドレスの少女／シェリ・ホールマン著／DHC／2002/05
豪華客船のテロリスト／ジェイムズ・W・ホール著／講談社（講談社文庫）／2004/10
大密林／ジェイムズ・W・ホール著／講談社（講談社文庫）／2002/08
パズルレディと赤いニシン／パーネル・ホール著／早川書房（ハヤカワ・ミステリ文庫）／2003/04
パズルレディの名推理／パーネル・ホール著／早川書房（ハヤカワ・ミステリ文庫）／2001/08
罠から逃げたい／パーネル・ホール著／早川書房（ハヤカワ・ミステリ文庫）／2001/11
サスペンスは嫌い／パーネル・ホール著／早川書房（ハヤカワ・ミステリ文庫）／2004/04
休暇はほしくない／パーネル・ホール著／早川書房（ハヤカワ・ミステリ文庫）／2005/06
嘆きのパ・ド・ドゥ／エレン・ポール著／ソニー・マガジンズ（ヴィレッジブックス）／2003/10

確信犯 上下／スティーヴン・ホーン著／早川書房（ハヤカワ・ミステリ文庫）／2001/08
そして、黄昏が優しくつつむ／ノーマン・ボグナー著／産業編集センター／2003/04
助産婦が裁かれるとき／クリス・ボジャリアン著／東京創元社（創元推理文庫）／2004/05
デス・バイ・ハリウッド／スティーヴン・ボチコ著／文藝春秋／2005/01
看護婦への墓碑銘／アン・ホッキング著／論創社（論創海外ミステリ）／2005/12
怪盗ニック登場／エドワード・D.ホック著／早川書房（ハヤカワ・ミステリ文庫）／2003/05
怪盗ニックを盗め／エドワード・D.ホック著／早川書房（ハヤカワ・ミステリ文庫）／2003/08
怪盗ニックの事件簿／エドワード・D.ホック著／早川書房（ハヤカワ・ミステリ文庫）／2003/11
怪盗ニック対女怪盗サンドラ／エドワード・D.ホック著／早川書房（ハヤカワ・ミステリ文庫）／2004/07
サム・ホーソーンの事件簿 2／エドワード・D.ホック著／東京創元社（創元推理文庫）／2002/05
サム・ホーソーンの事件簿 3／エドワード・D.ホック著／東京創元社（創元推理文庫）／2004/09
沈黙の森／C.J.ボックス著／講談社（講談社文庫）／2004/08
凍れる森／C.J.ボックス著／講談社（講談社文庫）／2005/10
悪党どもの荒野／ブライアン・ホッジ／扶桑社（扶桑社ミステリー）／2001/06
ラスト・ナチ／スタン・ポッティンガー著／柏艪舎（文芸シリーズ）／2005/09
報復／ジリアン・ホフマン著／ソニー・マガジンズ（ヴィレッジブックス）／2004/11
報復ふたたび／ジリアン・ホフマン著／ソニー・マガジンズ（ヴィレッジブックス）／2005/11
しっかりものの老女の死／ジェイニー・ボライソー著／東京創元社（創元推理文庫）／2005/04
容疑者たちの事情／ジェイニー・ボライソー著／東京創元社（創元推理文庫）／2004/11
青い家／テリ・ホルブルック著／早川書房 (Hayakawa pocket mystery books)／2003/01
女王陛下の少年スパイ!アレックス スケルトンキー／アンソニー・ホロヴィッツ著／集英社／2003/06
女王陛下の少年スパイ!アレックス イーグルストライク／アンソニー・ホロヴィッツ著／集英社／2003/11
女王陛下の少年スパイ!アレックス スコルピア／アンソニー・ホロヴィッツ著／集英社／2004/07
女王陛下の少年スパイ!アレックス ストームブレイカー／アンソニー・ホロヴィッツ著／集英社／2002/08
女王陛下の少年スパイ!アレックス ポイントブランク／アンソニー・ホロヴィッツ著／集英社／2002/12
射程圏／J・C・ポロック著／早川書房（ハヤカワ文庫NV）／2001/06
終極の標的／J・C・ポロック著／早川書房（ハヤカワ文庫NV）／2002/06
バルカン超特急 消えた女／エセル・リナ・ホワイト著／小学館（Shogakukan mystery）／2003/01
らせん階段／エセル・リナ・ホワイト著／早川書房 (Hayakawa pocket mystery books)／2003/09
夢なき者たちの絆 上下／M.C.ホワイト著／扶桑社（扶桑社ミステリー）／2002/09
サンセット・ブルヴァード殺人事件／グロリア・ホワイト著／講談社（講談社文庫）／2002/05
凍土の牙／ロビン・ホワイト著／文藝春秋（文春文庫）／2003/12
恋と殺しのホームカミング／ステファニー・ボンド著／文藝春秋（文春文庫）／2003/06
レイモンドと3人の妻／ステファニー・ボンド著／文藝春秋（文春文庫）／2002/12
パンプルムース氏のおすすめ料理／マイケル・ボンド著／東京創元社（創元推理文庫）／2001/07
パンプルムース氏の秘密任務／マイケル・ボンド著／東京創元社（創元推理文庫）／2001/11
パンプルムース家の犬／マイケル・ボンド著／東京創元社（創元推理文庫）／2002/04
パンプルムース氏のダイエット／マイケル・ボンド著／東京創元社（創元推理文庫）／2002/11
パンプルムース氏と飛行船／マイケル・ボンド著／東京創元社（創元推理文庫）／2003/06
パンプルムース氏対ハッカー／マイケル・ボンド著／東京創元社（創元推理文庫）／2004/01
パンプルムース氏の晩餐会／マイケル・ボンド著／東京創元社（創元推理文庫）／2005/05
爆殺魔(ザ・ボンバー)／リサ・マークルンド著／講談社（講談社文庫）／2002/07
女神の天秤／フィリップ・マーゴリン著／講談社（講談社文庫）／2004/12
野性の正義／フィリップ・マーゴリン著／早川書房 (Hayakawa novels)／2001/06
猜疑／ジュディ・マーサー著／講談社（講談社文庫）／2001/11
迷子のマーリーン／エヴァン・マーシャル著／ソニー・マガジンズ（ヴィレッジブックス）／2004/04
迷子のマーリーン 三毛猫ウィンキー＆ジェーン1／エヴァン・マーシャル著／ソニー・マガジンズ（ヴィ

レッジブックス）／2004/04
死影／マイケル・マーシャル著／ソニー・マガジンズ（ヴィレッジブックス）／2005/05
ヴィンテージ・マーダー／ナイオ・マーシュ著／論創社（論創海外ミステリ）／2005/01
アレン警部登場／ナイオ・マーシュ著／論創社（論創海外ミステリ）／2005/04
ジェットスター緊急飛行／カム・マージ著／ソニー・マガジンズ（ヴィレッジブックス）／2002/06
墜落事故調査官／ビル・マーフィ著／二見書房（二見文庫）／2001/03
マギーはお手上げ／ケイシー・マイケルズ著／二見書房（二見文庫）／2004/09
シスターフッド／ファーン・マイケルズ著／二見書房（二見文庫）／2004/11
閉ざされた記憶／ファーン・マイケルズ著／二見書房（二見文庫）／2004/02
死より蒼く／フィオナ・マウンテン著／講談社（講談社文庫）／2004/11
雨の午後の降霊会／マーク・マクシェーン著／東京創元社（創元推理文庫）／2005/05
赤の文書／ユベール・ド・マクシミー著／白水社／2001/12
過去からの殺意／ヴァル・マクダーミド著／集英社（集英社文庫）／2005/03
シャドウ・キラー／ヴァル・マクダーミド著／集英社（集英社文庫）／2001/09
殺しの迷路／ヴァル・マクダーミド著／集英社（集英社文庫）／2004/07
トゥエルヴ／ニック・マクダネル著／ソニー・マガジンズ／2005/07
背任／ボニー・マクドゥーガル著／講談社（講談社文庫）／2002/04
金時計の秘密／ジョン・D・マクドナルド著／扶桑社（扶桑社ミステリー）／2003/07
ベビーシッター殺人事件／パトリシア・マクドナルド著／集英社（集英社文庫）／2002/01
フライアーズ・パードン館の謎／フィリップ・マクドナルド著／原書房（ヴィンテージ・ミステリ・シリーズ）／2005/03
ウィチャリー家の女／ロス・マクドナルド著／早川書房（ハヤカワ・ミステリ文庫）／2004/07
クライシス・フォア／アンディ・マクナブ著／角川書店（角川文庫）／2001/09
ファイアウォール／アンディ・マクナブ著／角川書店（角川文庫）／2003/04
ラスト・ライト／アンディ・マクナブ著／角川書店（角川文庫）／2005/04
夜は何をささやく／ジュディス・マクノート著／新潮社（新潮文庫）／2001/05
キス／エド・マクベイン著／早川書房（ハヤカワ・ミステリ文庫）／2001/04
悪戯／エド・マクベイン著／早川書房（ハヤカワ・ミステリ文庫）／2002/05
ロマンス／エド・マクベイン著／早川書房（ハヤカワ・ミステリ文庫）／2002/08
ノクターン／エド・マクベイン著／早川書房（ハヤカワ・ミステリ文庫）／2004/07
ドライビング・レッスン／エド・マクベイン著／ソニー・マガジンズ（ヴィレッジブックス）／2002/01
湖畔に消えた婚約者／エド・マクベイン著／扶桑社（扶桑社ミステリー）／2001/11
マネー、マネー、マネー／エド・マクベイン著／早川書房 (Hayakawa pocket mystery books)／2002/09
でぶのオリーの原稿／エド・マクベイン著／早川書房 (Hayakawa pocket mystery books)／2003/11
歌姫／エド・マクベイン著／早川書房 (Hayakawa pocket mystery books)／2004/12
耳を傾けよ!／エド・マクベイン著／早川書房 (Hayakawa pocket mystery books)／2005/10
ビッグ・バッド・シティ／エド・マクベイン著／早川書房（ハヤカワ・ミステリ文庫）／2005/03
運び屋を追え／ジェイ・マクラーティ著／二見書房（二見文庫）／2004/04
ブラック・キャブ／ジョン・マクラーレン著／角川書店（角川文庫）／2004/12
愛という名の病／パトリック・マグラア著／河出書房新社／2003/10
スパイダー／パトリック・マグラア著／早川書房（ハヤカワepi文庫）／2002/09
エヴァーグレイズに消える／T.J.マグレガー著／早川書房（ハヤカワ・ミステリ文庫）／2004/03
割れたひづめ／ヘレン・マクロイ著／国書刊行会（世界探偵小説全集）／2002/11
歌うダイアモンド／ヘレン・マクロイ著／晶文社（晶文社ミステリ）／2003/01
家蠅とカナリア／ヘレン・マクロイ著／東京創元社（創元推理文庫）／2002/09
雷鳴の記憶／ダイナ・マコール著／ハーレクイン（MIRA文庫）／2003/05
踊り子の死／ジル・マゴーン著／東京創元社（創元推理文庫）／2002/09

カットアウト 上下／フランシーヌ・マシューズ著／新潮社（新潮文庫）／2002/06
王は闇に眠る 上下／フランシーヌ・マシューズ著／新潮社（新潮文庫）／2003/10
快傑ゾロ／ジョンストン・マッカレー著／東京創元社（創元推理文庫）／2005/12
コロラドの血戦／クリントン・マッキンジー著／新潮社（新潮文庫）／2004/11
絶壁の死角／クリントン・マッキンジー著／新潮社（新潮文庫）／2005/09
航空管制室 上下／ポール・マックエルロイ著／早川書房（ハヤカワ文庫NV）／2002/02
そのドアの向こうで／シャノン・マッケナ著／二見書房（二見文庫）／2004/03
影のなかの恋人／シャノン・マッケナ著／二見書房（二見文庫）／2005/08
月殺人事件／スジャータ・マッシー著／講談社（講談社文庫）／2003/10
グノーシスの薔薇／デヴィッド・マドセン著／角川書店／2004/11
沈黙の叫び／マーシャ・マラー著／講談社（講談社文庫）／2004/03
白い心臓／ハビエル・マリアス著／講談社／2001/10
アウェイゲーム 分析官アナスタシヤ・シリーズ①／アレクサンドラ・マリーニナ著／光文社（光文社文庫）／2003/04
死刑執行人──モスクワ市警殺人課分析官アナスタシヤ3／アレクサンドラ・マリーニナ著／作品社／2002/03
死とほんのすこしの愛 分析官アナスタシヤ・シリーズ③／アレクサンドラ・マリーニナ著／光文社（光文社文庫）／2004/04
無限の殺意 分析官アナスタシヤ・シリーズ②／アレクサンドラ・マリーニナ著／光文社（光文社文庫）／2003/10
弁護人 上下／S・マルティニ著／講談社（講談社文庫）／2002/11
廃墟ホテル／デイヴィッド・マレル著／ランダムハウス講談社（ランダムハウス講談社文庫）／2005/12
赤い砂塵／デイヴィッド・マレル著／早川書房（ハヤカワ文庫NV）／2001/02
ブラッド／孤独な反撃／デイヴィッド・マレル著／早川書房（ハヤカワ文庫NV）／2002/09
ブラッシュ・オフ／シェイン・マローニー著／文藝春秋（文春文庫）／2002/12
女探偵の条件／ケイティ・マンガー著／新潮社（新潮文庫）／2002/12
時間ぎれ／ケイティ・マンガー著／新潮社（新潮文庫）／2003/06
殺人者の顔／ヘニング・マンケル著／東京創元社（創元推理文庫）／2001/01
リガの犬たち／ヘニング・マンケル著／東京創元社（創元推理文庫）／2003/04
白い雌ライオン／ヘニング・マンケル著／東京創元社（創元推理文庫）／2004/09
笑う男／ヘニング・マンケル著／東京創元社（創元推理文庫）／2005/09
亡国のゲーム 上・下／グレン・ミード著／二見書房（ザ・ミステリ・コレクション）／2003/12
すべてが罠 上下／グレン・ミード著／二見書房（二見文庫）／2005/11
ソルトマーシュの殺人／グラディス・ミッチェル著／国書刊行会（世界探偵小説全集）／2002/07
月が昇るとき／グラディス・ミッチェル著／晶文社（晶文社ミステリ）／2004/09
拳よ、闇を払え／エディー・ミューラー著／早川書房（ハヤカワ・ミステリ文庫）／2002/12
神の火を盗んで／ピーター・ミラー著／徳間書店（徳間文庫）／2001/05
心憑かれて／マーガレット・ミラー著／東京創元社（創元推理文庫）／2002/11
ラストチャンス・カフェ／リンダ・ラエル・ミラー著／ソニー・マガジンズ（ヴィレッジブックス）／2004/03
全米無差別テロの恐怖 上・下／カイル・ミルズ著／扶桑社（扶桑社ミステリー）／2004/06
四日間の不思議／A.A.ミルン著／原書房（ヴィンテージ・ミステリ・シリーズ）／2004/06
イン・ザ・カット／スザンナ・ムーア著／早川書房（ハヤカワ文庫NV）／2004/03
独房の修道女／ポール・L・ムーアクラフト著／扶桑社（扶桑社ミステリー）／2004/06
一つの顔、二人の女／アン・メイジャー著／ハーレクイン（MIRA文庫）／2002/11
溺れゆく者たち／リチャード・メイソン著／角川書店（Book plus）／2001/01
機密基地／ボブ・メイヤー著／二見書房（二見文庫）／2003/02

大統領法律顧問／ブラッド・メルツァー著／早川書房（Hayakawa novels）／2002/01
サハラに舞う羽根／A.E.W.メースン著／東京創元社（創元推理文庫）／2003/07
オルタード・カーボン 上下／リチャード・モーガン著／アスペクト／2005/04
ヒロインは眠らない 上下／ドリス・モートマン著／二見書房（二見文庫）／2004/01
レイチェル／ダフネ・デュ・モーリア著／東京創元社（創元推理文庫）／2004/06
囚われて 上下／カレン・モリーン著／講談社（講談社文庫）／2001/08
楽園を求めた男／M・バスケス・モンタルバン著／東京創元社（創元推理文庫）／2002/11
成り上がりの掟／スティーヴ・モンロー著／早川書房（ハヤカワ文庫NV）／2001/12
死を招く料理店／ベルンハルト・ヤウマン著／扶桑社（扶桑社ミステリー）／2005/02
ユーロ贋札に隠された陰謀／ロエル・ヤンセン著／インターメディア出版／2001/12
エア・ハンター 相続人を探せ／クリス・ラースガード著／集英社／2001/11
誇り高き男たち／ギャビン・ライアル著／早川書房（Hayakawa novels）／2002/06
誇りは永遠に／ギャビン・ライアル著／早川書房（Hayakawa novels）／2003/01
スパイの誇り／ギャビン・ライアル著／早川書房（ハヤカワ・ミステリ文庫）／2003/10
偽装殲滅／クリス・ライアン著／早川書房（ハヤカワ文庫NV）／2001/04
孤立突破／クリス・ライアン著／早川書房（ハヤカワ文庫NV）／2001/11
特別執行機関カーダ／クリス・ライアン著／早川書房（ハヤカワ文庫NV）／2002/05
暗殺工作員ウォッチマン／クリス・ライアン著／早川書房（ハヤカワ文庫NV）／2003/07
SAS特命潜入隊／クリス・ライアン著／早川書房（ハヤカワ文庫NV）／2004/08
テロ資金根絶作戦／クリス・ライアン著／早川書房（ハヤカワ文庫NV）／2005/07
9ミリの挽歌／ロブ・ライアン著／文藝春秋（文春文庫）／2001/10
硝煙のトランザム／ロブ・ライアン著／文藝春秋（文春文庫）／2003/08
骨と歌う女／キャシー・ライクス著／講談社（講談社文庫）／2004/04
謀略上場 上下／クリストファー・ライク著／ランダムハウス講談社／2004/11
トニオ、天使の歌声 上下／アン・ライス著／扶桑社（扶桑社ミステリー）／2001/10
パンドラ、真紅の夢／アン・ライス著／扶桑社（扶桑社ミステリー）／2002/05
幻のヴァイオリン／アン・ライス著／扶桑社（扶桑社ミステリー）／2001/11
マローン御難／クレイグ・ライス著／早川書房（ハヤカワ・ミステリ文庫）／2003/09
暴徒裁判／クレイグ・ライス著／早川書房（ハヤカワ・ミステリ文庫）／2005/05
背信の海／ルアン・ライス著／集英社（集英社文庫）／2004/04
ロージー・ドーンの誘拐／エリック・ライト著／早川書房（ハヤカワ・ミステリ文庫）／2001/12
難事件鑑定人／サリー・ライト著／早川書房（ハヤカワ・ミステリ文庫）／2001/10
妻という名の魔女たち／フリッツ・ライバー著／東京創元社（創元推理文庫）／2003/11
アクロバット／ゴンザーロ・ライラ著／小学館／2004/06
ジェニー・ブライス事件／M.R.ラインハート著／論創社（論創海外ミステリー）／2005/04
黄色の間／メアリ・ロバーツ・ラインハート著／早川書房（Hayakawa pocket mystery books）／2002/06
フクロウは死を運ぶ／サラ・ラヴェット著／扶桑社（扶桑社ミステリー）／2002/06
絞首台までご一緒に／ピーター・ラヴゼイ著／早川書房（ハヤカワ・ミステリ文庫）／2004/01
猟犬クラブ／ピーター・ラヴゼイ著／早川書房（ハヤカワ・ミステリ文庫）／2001/06
死神の戯れ／ピーター・ラヴゼイ著／早川書房（ハヤカワ・ミステリ文庫）／2002/01
暗い迷宮／ピーター・ラヴゼイ著／早川書房（ハヤカワ・ミステリ文庫）／2003/07
地下墓地／ピーター・ラヴゼイ著／早川書房（ハヤカワ・ミステリ文庫）／2004/12
最期の声／ピーター・ラヴゼイ著／早川書房（Hayakawa novels）／2004/01
漂う殺人鬼／ピーター・ラヴゼイ著／早川書房（Hayakawa novels）／2005/01
降霊会の怪事件／ピーター・ラヴゼイ著／早川書房（ハヤカワ・ミステリ文庫）／2002/06
殺人者の日記／トム・ラシーナ著／扶桑社（扶桑社ミステリー）／2002/11
ティアーズ・オブ・ザ・サン／アレックス・ラスカー脚本;パトリック・シリーロ脚本／竹書房（竹書房文

庫)／2003/10
角の生えた男／ジェイムズ・ラスダン著／DHC／2003/11
クローン捜査官／エリック・ラストベーダー著／徳間書店（徳間文庫）／2002/01
傷痕／アラン・ラッセル著／早川書房（ハヤカワ文庫 NV）／2004/06
同居人求む／ジョン・ラッツ著／早川書房（ハヤカワ・ミステリ文庫）／2005/12
火炙り／ジョン・ラッツ著／早川書房（ハヤカワ・ミステリ文庫）／2003/01
ハバナ・ミッドナイト／ホセ・ラトゥール著／早川書房（ハヤカワ・ミステリ文庫）／2003/03
追放者／ホセ・ラトゥール著／早川書房（ハヤカワ・ミステリ文庫）／2001/02
単独密偵 上下／ロバート・ラドラム著／新潮社（新潮文庫）／2001/08
シグマ最終指令 上下／ロバート・ラドラム著／新潮社（新潮文庫）／2002/11
メービウスの環　上下／ロバート・ラドラム著／新潮社（新潮文庫）／2005/01
冥界からの殺戮者―秘密組織カヴァート・ワン〈1〉／ロバート・ラドラム著;ゲイル・リンズ著／角川書店（角川文庫）／2002/03
破滅の預言―秘密組織カヴァート・ワン〈2〉／ロバート・ラドラム著／角川書店（角川文庫）／2002/11
アサシンズ―レフトビハインド（6）／ティム・ラヘイ著;ジェリー・ジェンキンズ著／いのちのことば社フォレストブックス／2005/06
トリビュレーション・フォース レフトビハインド2／ティム・ラヘイ著;ジェリー・ジェンキンズ著／いのちのことば社フォレストブックス／2002/08
ニコライ―レフトビハインド〈3〉／ティム・ラヘイ著;ジェリー・ジェンキンズ著／いのちのことば社フォレストブックス／2003/01
ソウル・ハーベスト レフトビハインド4／ティム・ラヘイ著;ジェリー・ジェンキンズ著／いのちのことば社フォレストブックス／2003/09
レフトビハインド／ティム・ラヘイ著;ジェリー・ジェンキンズ著／いのちのことば社フォレストブックス／2002/03
ノアの箱舟の秘密 上下／T.ラヘイ著;B.フィリップス著／扶桑社（扶桑社ミステリー）／2005/08
秘宝・青銅の蛇を探せ 上下／T.ラヘイ著;G.ディナロ著／扶桑社（扶桑社ミステリー）／2005/05
草原の蒼き狼 上下／ロス・ラマンナ著／二見書房（二見文庫）／2002/04
テロリストのウォーゲーム／ボニー・ラムサン著／集英社（集英社文庫）／2003/04
タイタス・クロウの事件簿／ブライアン・ラムレイ著／東京創元社（創元推理文庫）／2001/03
黒衣の天使／シャーロット・ラム著／二見書房（二見文庫）／2002/04
蹲る骨／イアン・ランキン著／早川書房（Hayakawa pocket mystery books）／2001/04
滝／イアン・ランキン著／早川書房（Hayakawa pocket mystery books）／2002/03
紐と十字架／イアン・ランキン著／早川書房（ハヤカワ・ミステリ文庫）／2005/04
血に問えば／イアン・ランキン著／早川書房（Hayakawa novels）／2004/10
獣と肉／イアン・ランキン著／早川書房（Hayakawa novels）／2005/11
人にはススメられない仕事／ジョー・R・ランズデール著／角川書店（角川文庫）／2002/01
ボトムズ／ジョー・R・ランズデール著／早川書房（Hayakawa novels）／2001/11
テキサスの懲りない面々／ジョー・R.ランズデール著／角川書店（角川文庫）／2003/05
テキサス・ナイトランナーズ／ジョー・R.ランズデール著／文藝春秋（文春文庫）／2002/03
アイスマン／ジョー・R.ランズデール著／早川書房（Hayakawa novels）／2002/02
ダークライン／ジョー・R.ランズデール著／早川書房（Hayakawa novels）／2003/03
モンスター・ドライヴイン／ジョー・R.ランズデール著／東京創元社（創元SF文庫）／2003/02
ボトムズ／ジョー・R.ランズデール著／早川書房（ハヤカワ・ミステリ文庫）／2005/03
サンセット・ヒート／ジョー・R.ランズデール著／早川書房（Hayakawa novels）／2004/05
ボストン、沈黙の街／ウィリアム・ランデイ著／早川書房（ハヤカワ・ミステリ文庫）／2003/09
追いつめられて／ジル・マリー・ランディス著／二見書房（二見文庫）／2005/04
パートタイム・サンドバッグ／リーサ・リアドン著／ランダムハウス講談社（ランダムハウス講談社文庫）

／2005/11
Sの誘惑／ローラ・リーズ著／早川書房（Hayakawa novels）／2002/03
逃走航路／ジョン・リード著／二見書房（二見文庫）／2004/03
起爆阻止／ダグラス・リーマン著／早川書房／2004/03
魂の傷痕／アンソニー・リー著／早川書房（Hayakawa novels）／2002/08
ビッグ・レッド・テキーラ／リック・リオーダン著／小学館（Shogakukan mystery）／2002/12
ホンキートンク・ガール／リック・リオーダン著／小学館（小学館文庫）／2004/03
殺意の教壇／リック・リオーダン著／小学館（小学館文庫）／2005/05
踏みはずし／ミシェル・リオ著／白水社（白水Uブックス）／2001/07
シャーロック・ホームズ 東洋の冒険／テッド・リカーディ著／光文社（光文社文庫）／2004/08
紙の迷宮 上下／デイヴィッド・リス著／早川書房（ハヤカワ・ミステリ文庫）／2001/08
珈琲相場師／デイヴィッド・リス著／早川書房（ハヤカワ・ミステリ文庫）／2004/06
狂信者の黙示録 上下／ダグ・リチャードソン著／東京創元社（創元推理文庫）／2004/08
派兵の代償／トマス・E.リックス著／早川書房（ハヤカワ文庫NV）／2002/04
9デイズ／ジェイソン・リッチマン著;マイケル・ブラウニング著／メディアファクトリー（洋画文庫）／
  2002/10
リリーからの最後の電話／トビー・リット著／ソニー・マガジンズ（ヴィレッジブックス）／2004/09
ビッグ・トラブル／ローラ・リップマン著／早川書房（ハヤカワ・ミステリ文庫）／2001/07
ストレンジ・シティ／ローラ・リップマン著／早川書房（ハヤカワ・ミステリ文庫）／2003/09
シュガー・ハウス／ローラ・リップマン著／早川書房（ハヤカワ・ミステリ文庫）／2002/08
ラスト・プレイス／ローラ・リップマン著／早川書房（ハヤカワ・ミステリ文庫）／2004/11
あの日、少女たちは赤ん坊を殺した／ローラ・リップマン著／早川書房（ハヤカワ・ミステリ文庫）／
  2005/10
ロスト・ファミリー／ローラ・リップマン著／早川書房（ハヤカワ・ミステリ文庫）／2005/12
地獄じゃどいつもタバコを喫う／ジョン・リドリー著／角川書店（角川文庫）／2003/05
夢なき街の狩人／W.L.リプリー著／東京創元社（創元推理文庫）／2005/12
探偵家族／冬の事件簿／マイクル・Z・リューイン著／早川書房（Hayakawa pocket mystery books）／
  2004/01
探偵家族／マイクル・Z・リューイン著／早川書房（ハヤカワ・ミステリ文庫）／2003/12
ブラジルの赤／ジャン=クリストフ・リュファン著／早川書房／2002/12
夜の色／デイヴィッド・リンジー著／柏艪舎（柏艪舎文芸シリーズ）／2004/01
姿なき殺人／ギリアン・リンスコット著／講談社（講談社文庫）／2003/06
ロシア大統領暗殺 上下／ゲイル・リンズ著／早川書房（ハヤカワ文庫NV）／2002/01
謀略のモザイク 上下／ゲイル・リンズ著／早川書房（ハヤカワ文庫NV）／2001/10
覇者 上下／ポール・リンゼイ著／講談社（講談社文庫）／2003/05
鉄槌／ポール・リンゼイ著／講談社（講談社文庫）／2005/07
刻まれる女／デイヴィッド・L.リンジー著／新潮社（新潮文庫）／2004/03
感染者 上下／パトリック・リンチ著／飛鳥新社／2002/05
ある日系人の肖像／ニーナ・ルヴォワル著／扶桑社（扶桑社ミステリー）／2005/08
幼き逃亡者の祈り／パトリシア・ルーイン著／ソニー・マガジンズ（ヴィレッジブックス）／2004/07
哀しみの街の検事補／ロブ・ルーランド著／扶桑社（扶桑社ミステリー）／2004/04
白紙委任状／カルロ・ルカレッリ著／柏艪舎（イタリア捜査シリーズ）／2005/01
混濁の夏／カルロ・ルカレッリ著／柏艪舎（イタリア捜査シリーズ）／2005/03
オーケ通り／カルロ・ルカレッリ著／柏艪舎（イタリア捜査シリーズ）／2005/05
暗殺者(キラー)／グレッグ・ルッカ著／講談社（講談社文庫）／2002/02
耽溺者(ジャンキー)／グレッグ・ルッカ著／講談社（講談社文庫）／2005/02
わが手に雨を／グレッグ・ルッカ著／文藝春秋／2004/09

裸のマハー名画に秘められた謎／ビガス・ルナ脚本;クカ・カナルス脚本／徳間書店（徳間文庫）／2002/05
ルパン対ホームズ／モーリス・ルブラン作／岩波書店（岩波少年文庫）／2001/04
奇岩城／モーリス・ルブラン作／岩波書店（岩波少年文庫）／2001/07
813 アルセーヌ・ルパン／モーリス・ルブラン作／偕成社（偕成社文庫）／2005/09
続813 アルセーヌ・ルパン／モーリス・ルブラン作／偕成社（偕成社文庫）／2005/09
カリオストロ伯爵夫人／モーリス・ルブラン作／偕成社（偕成社文庫）／2005/09
カリオストロの復讐／モーリス・ルブラン作／偕成社（偕成社文庫）／2005/09
カリオストロ伯爵夫人／モーリス・ルブラン著／早川書房（ハヤカワ・ミステリ文庫）／2005/08
怪盗紳士ルパン／モーリス・ルブラン著／早川書房（ハヤカワ・ミステリ文庫）／2005/09
バーネット探偵社　改版―ルパン傑作集〈7〉／モーリス・ルブラン著／新潮社（新潮文庫）／2003/07
八点鐘／モーリス・ルブラン著／新潮社（新潮文庫）／2003/12
棺桶島／モーリス・ルブラン著／新潮社（新潮文庫）／2004/08
水晶栓―ルパン傑作集6／モーリス・ルブラン著／新潮社（新潮文庫）／2002/07
ルパンの告白／モーリス・ルブラン著／新潮社（新潮文庫）／2004/05
ミスティック・リバー／デニス・ルヘイン著／早川書房／2001/09
シャッター・アイランド／デニス・ルヘイン著／早川書房／2003/12
ミスティック・リバー／デニス・ルヘイン著／早川書房（ハヤカワ・ミステリ文庫）／2003/12
黄色い部屋の謎／ガストン・ルルー著／嶋中書店（嶋中文庫）／2005/02
既死感上下／キャスリーン・レイクス著／角川書店（角川文庫）／2001/01
死の会計／エマ・レイサン著／論創社（論創海外ミステリ）／2005/02
死の信託／エマ・レイサン著／論創社（論創海外ミステリ）／2005/11
天使の街の地獄／リチャード・レイナー著／文藝春秋（文春文庫）／2001/03
本末転倒の男たち／ジェリー・レイン著／扶桑社（扶桑社ミステリー）／2001/01
ステップフォードの妻たち／アイラ・レヴィン著／早川書房（ハヤカワ文庫NV）／2003/11
ヴェネツィア殺人事件／ダナ・レオン著／講談社（講談社文庫）／2003/03
ヴェネツィア刑事はランチに帰宅する／ダナ・レオン著／講談社（講談社文庫）／2005/04
ロンドン爆破まで九日間　上下／スティーブン・レザー著／ランダムハウス講談社（ランダムハウス講談社文庫）／2005/10
天球の調べ／エリザベス・レッドファーン著／新潮社／2002/10
復讐の子／パトリック・レドモンド著／新潮社（新潮文庫）／2005/03
アウト・オブ・サイト／エルモア・レナード著／角川書店（角川文庫）／2002/01
ビー・クール／エルモア・レナード著／小学館（小学館文庫）／2005/09
愛しき者はすべて去りゆく／デニス・レヘイン著／角川書店（角川文庫）／2001/09
雨に祈りを／デニス・レヘイン著／角川書店（角川文庫）／2002/09
サンタ・クルスの真珠／アルトゥーロ・ペレス・レベルテ著／集英社／2002/10
フランドルの呪画(のろいえ)／アルトゥーロ・ペレス・レベルテ著／集英社（集英社文庫）／2001/05
シミソラ／ルース・レンデル著／角川書店（角川文庫）／2001/03
心地よい眺め／ルース・レンデル著／早川書房（Hayakawa pocket mystery books）／2003/08
悪意の傷跡／ルース・レンデル著／早川書房（Hayakawa pocket mystery books）／2002/12
夢をかなえて／エリザベス・ローウェル作／ハーレクイン（ハーレクイン文庫）／2001/04
水晶の鐘が鳴るとき　上下／エリザベス・ローウェル著／ソニー・マガジンズ（ヴィレッジブックス）／2002/09
禁じられた黄金／エリザベス・ローウェル著／ソニー・マガジンズ（ヴィレッジブックス）／2003/07
三つの死のアート／エリザベス・ローウェル著／ソニー・マガジンズ（ヴィレッジブックス）／2005/10
真実への銃声　上下／チャック・ローガン著／扶桑社（扶桑社ミステリー）／2001/07
どこよりも冷たいところ／S.J.ローザン著／東京創元社（創元推理文庫）／2002/06
苦い祝宴／S.J.ローザン著／東京創元社（創元推理文庫）／2004/01

春を待つ谷間で／S.J.ローザン著／東京創元社（創元推理文庫）／2005/08
不当逮捕／N・T・ローゼンバーグ著／講談社（講談社文庫）／2003/10
弁護士は奇策で勝負する／デイヴィッド・ローゼンフェルト著／文藝春秋（文春文庫）／2004/04
悪徳警官はくたばらない／デイヴィッド・ローゼンフェルト著／文藝春秋（文春文庫）／2005/02
怪人フー・マンチュー／サックス・ローマー著／早川書房（Hayakawa pocket mystery books）／2004/09
消えた小麦 〈1〉―セス・コルトンシリーズ／エリック・ローラン著／小学館／2003/11
深海の大河 セス・コルトンシリーズ 2／エリック・ローラン著／小学館／2004/06
呪われた航海／イアン・ローレンス作／理論社／2001/09
人形の密室／アルフレッド・ローレンス著／二見書房（二見文庫）／2001/03
オスティア物語／キャロライン・ローレンス著／PHP研究所／2003/03
おとしあな／ハワード・ローワン著／早川書房（Hayakawa pocket mystery books）／2001/06
リジー・ボーデン事件／ベロック・ローンズ著／早川書房（Hayakawa pocket mystery books）／2004/03
月明かりのキリング・フィールド／カレン・ロバーズ著／ソニー・マガジンズ（ヴィレッジブックス）／2004/11
パラダイスに囚われて／カレン・ロバーズ著／ソニー・マガジンズ（ヴィレッジブックス）／2002/10
わたしをさがさないで／ギリアン・ロバーツ著／集英社（集英社文庫）／2002/06
盗まれた恋心 上下／ノーラ・ロバーツ著／扶桑社（扶桑社ロマンス）／2004/09
ぶどう畑の秘密 上下／ノーラ・ロバーツ著／扶桑社（扶桑社ロマンス）／2003/11
傲慢な花／ノーラ・ロバーツ著／ハーレクイン（MIRA文庫）／2004/02
誰もが戻れない／ピーター・ロビンスン著／講談社（講談社文庫）／2001/11
渇いた季節／ピーター・ロビンスン著／講談社（講談社文庫）／2004/07
焦熱の裁き／デイヴィッド・L.ロビンズ著／新潮社（新潮文庫）／2005/01
プルーフ・オブ・ライフ／デビッド・ロビンス著／光文社（光文社文庫）／2001/03
原潜シャークの叛乱／パトリック・ロビンソン著／二見書房（二見文庫）／2003/07
原潜バラクーダ奇襲／パトリック・ロビンソン著／二見書房（二見文庫）／2005/09
最新鋭原潜シーウルフ奪還 上下／パトリック・ロビンソン著／二見書房（二見文庫）／2002/05
ニミッツ・クラス／パトリック・ロビンソン著／角川書店（角川文庫）／2001/03
キロ・クラス／パトリック・ロビンソン著／角川書店（角川文庫）／2002/02
ウェイティング／フランク・M.ロビンソン著／角川書店（角川文庫）／2003/12
研修医エヴリンと夏の殺人鬼／レイア・ルース・ロビンソン著／東京創元社（創元推理文庫）／2005/08
雨のなかの待ち人／J.D.ロブ著／ソニー・マガジンズ（ヴィレッジブックス）／2003/05
魔女が目覚める夕べ／J.D.ロブ著／ソニー・マガジンズ（ヴィレッジブックス）／2004/06
ラストシーンは殺意とともに／J.D.ロブ著／ソニー・マガジンズ（ヴィレッジブックス）／2005/11
この悪夢が消えるまで／J.D.ロブ著／ソニー・マガジンズ（ヴィレッジブックス）／2002/12
不死の花の香り／J.D.ロブ著／ソニー・マガジンズ（ヴィレッジブックス）／2003/09
死にゆく者の微笑／J.D.ロブ著／ソニー・マガジンズ（ヴィレッジブックス）／2004/02
復讐は聖母の前で／J.D.ロブ著／ソニー・マガジンズ（ヴィレッジブックス）／2004/09
招かれざるサンタクロース／J.D.ロブ著／ソニー・マガジンズ（ヴィレッジブックス）／2004/12
カサンドラの挑戦／J.D.ロブ著／ソニー・マガジンズ（ヴィレッジブックス）／2005/06
白衣の神のつぶやき／J.D.ロブ著／ソニー・マガジンズ（ヴィレッジブックス）／2005/04
紀元零年の遺物 上下／ジェフ・ロング著／二見書房（二見文庫）／2004/11
迷い子たちの長い夜／フランチェスカ・ワイズマン著／ランダムハウス講談社（ランダムハウス講談社文庫）／2005/01
ゾルゲ引裂かれたスパイ 上下／ロバート・ワイマント著／新潮社（新潮文庫）／2003/05
探偵術教えます／パーシヴァル・ワイルド著／晶文社（晶文社ミステリ）／2002/11
マイアミ殺人懲りないドクター／ダーク・ワイル著／集英社（集英社文庫）／2003/11
ザ・システム／テリー・ワグホーン著／早川書房／2003/04

ダイアモンド・ドッグス／アラン・ワット著／DHC／2003/07
神聖娼婦／グレイアム・ワトキンズ著／学習研究社／2004/04
友へ／郭【キョン】沢著／文藝春秋（文春文庫）／2002/02
ソウル―逃亡の果てに／金聖鍾著／新風舎（新風舎文庫）／2005/04
二重スパイ／具本韓著／新潮社（新潮文庫）／2003/05
十面埋伏 上下／張平著／新風舎／2005/11
海怒　東京黒社会群狼記 上下／陳放著／バジリコ／2004/04
シルミド／白東虎著／幻冬舎／2004/05
JSA―共同警備区域／朴商延著／文藝春秋（文春文庫）／2001/05

翻訳ミステリー小説登場人物索引
単行本篇

2001-2005

2018年9月30日　第1刷発行

発行者	道家佳織
編集・発行	株式会社ＤＢジャパン
	〒151-0053 東京都渋谷区代々木2-23-1
	ニューステイトメナー865
電話	03-6304-2431
ファクス	03-6369-3686
e-mail	books@db-japan.co.jp
装丁	ＤＢジャパン
電算漢字処理	ＤＢジャパン
印刷・製本	大日本法令印刷株式会社
制作スタッフ	石川真結、入江千恵、後宮信美、
	小寺恭子、竹中陽子、野本純子、
	古田紗英子、森田香、森雅子

不許複製・禁無断転載
〈落丁・乱丁本はお取り換えいたします〉
ISBN 978-4-86140-039-1
Printed in Japan 2018

DB ジャパン　既刊一覧

歴史・時代小説

- 歴史・時代小説登場人物索引　単行本篇　2000-2009
  定価 22,000 円　2010.12　発行　ISBN978-4-86140-015-5
- 歴史・時代小説登場人物索引　アンソロジー篇　2000-2009
  定価 20,000 円　2010.05　発行　ISBN978-4-86140-014-8
- 歴史・時代小説登場人物索引　遡及版・アンソロジー篇
  定価 21,000 円　2003.07　発行　ISBN978-4-9900690-9-4
- 歴史・時代小説登場人物索引　単行本篇
  定価 22,000 円　2001.04　発行　ISBN978-4-9900690-1-8
- 歴史・時代小説登場人物索引　アンソロジー篇
  定価 20,000 円　2000.11　発行　ISBN978-4-9900690-0-1

ミステリー小説

- 日本のミステリー小説登場人物索引　単行本篇　2001-2011　上下
  定価 25,000 円　2013.05　発行　ISBN978-4-86140-021-6
- 日本のミステリー小説登場人物索引　アンソロジー篇　2001-2011
  定価 20,000 円　2012.05　発行　ISBN978-4-86140-018-6
- 日本のミステリー小説登場人物索引　単行本篇　上下
  定価 28,000 円　2003.01　発行　ISBN978-4-9900690-8-7
- 日本のミステリー小説登場人物索引　アンソロジー篇
  定価 20,000 円　2002.05　発行　ISBN978-4-9900690-5-6
- 翻訳ミステリー小説登場人物索引　上下
  定価 28,000 円　2001.09　発行　ISBN978-4-9900690-4-9

絵本・紙芝居

- テーマ・ジャンルからさがす乳幼児絵本
  定価 22,000 円 2014.02 発行 ISBN978-4-86140-022-3
- テーマ・ジャンルからさがす物語・お話絵本① 子どもの世界・生活/架空のもの・ファンタジー
  定価 22,000 円 2011.09 発行 ISBN978-4-86140-016-2
- テーマ・ジャンルからさがす物語・お話絵本②
  民話・昔話・名作/動物/自然・環境・宇宙/戦争と平和・災害・社会問題/人・仕事・生活
  定価 22,000 円 2011.09 発行 ISBN978-4-86140-017-9
- テーマ・ジャンルからさがす物語・お話絵本 2011-2013
  定価 15,000 円 2018.08 発行 ISBN978-4-86140-037-7
- 紙芝居登場人物索引
  定価 22,000 円 2009.09 発行 ISBN978-4-86140-013-1
- 紙芝居登場人物索引 2009-2015
  定価 5,000 円 2016.08 発行 ISBN978-4-86140-024-7
- 日本の物語・お話絵本登場人物索引 1953-1986 ロングセラー絵本ほか
  定価 22,000 円 2008.08 発行 ISBN978-4-86140-011-7
- 日本の物語・お話絵本登場人物索引
  定価 22,000 円 2007.08 発行 ISBN978-4-86140-009-4
- 日本の物語・お話絵本登場人物索引 2007-2015
  定価 22,000 円 2017.05 発行 ISBN978-4-86140-028-5
- 世界の物語・お話絵本登場人物索引 1953-1986 ロングセラー絵本ほか
  定価 20,000 円 2009.02 発行 ISBN978-4-86140-012-4
- 世界の物語・お話絵本登場人物索引
  定価 22,000 円 2008.01 発行 ISBN978-4-86140-010-0
- 世界の物語・お話絵本登場人物索引 2007-2015
  定価 15,000 円 2017.05 発行 ISBN978-4-86140-030-8

児童文学

- 日本の児童文学登場人物索引 民話・昔話集篇
  定価 22,000 円 2006.11 発行 ISBN978-4-86140-008-7
- 日本の児童文学登場人物索引 単行本篇 上下
  定価 28,000 円 2004.10 発行 ISBN978-4-86140-003-2
- 日本の児童文学登場人物索引 単行本篇 2003-2007
  定価 22,000 円 2017.08 発行 ISBN 978-4-86140-030-8
- 日本の児童文学登場人物索引 単行本篇 2008-2012
  定価 22,000 円 2017.09 発行 ISBN 978-4-86140-031-5
- 日本の児童文学登場人物索引 単行本篇 2013-2017
  定価 25,000 円 2018.08 発行 ISBN 978-4-86140-038-4
- 児童文学登場人物索引 アンソロジー篇 2003-2014
  定価 23,000 円 2015.08 発行 ISBN978-4-86140-023-0
- 日本の児童文学登場人物索引 アンソロジー篇
  定価 22,000 円 2004.02 発行 ISBN978-4-86140-000-1
- 世界の児童文学登場人物索引 単行本篇 上下
  定価 28,000 円 2006.03 発行 ISBN978-4-86140-007-0
- 世界の児童文学登場人物索引 単行本篇 2005-2007
  定価 15,000 円 2017.11 発行 ISBN978-4-86140-032-2
- 世界の児童文学登場人物索引 単行本篇 2008-2010
  定価 15,000 円 2018.01 発行 ISBN978-4-86140-033-9
- 世界の児童文学登場人物索引 単行本篇 2011-2013
  定価 10,000 円 2018.02 発行 ISBN978-4-86140-034-6
- 世界の児童文学登場人物索引 アンソロジーと民話・昔話集篇
  定価 21,000 円 2005.06 発行 ISBN978-4-86140-004-9